JUDITH TARR

Zeit der Pharaonen

Buch

Ganz Unterägypten leidet unter dem Joch der fremden Herrscher, Retenu genannten Streitwagenkämpfern aus Kanaan. Sie haben auch das Landgut der jungen, bildschönen Iry besetzt, die fortan ihr Leben als Sklavin fristen muss. Da übernimmt der Sohn ihres Herrn das Gut, der im fernen Land seiner Mutter gelebt hat und die Weiße Stute – Inkarnation einer mächtigen Göttin – mit sich führt. Diese erwählt das ägyptische Mädchen zu ihrer neuen Priesterin und will, so scheint es, Unter- und Oberreich wieder vereinigen. Der Pharao des Oberen Reiches – in Theben am Nil alsbald selbst über Pferde und ein Heer von Streitwagenkämpfern verfügend – verbündet sich mit den kretisch-minoischen Seefahrern; zu Wasser und zu Land gehen sie gemeinsam gegen den fremden Pharao und sein Volk vor. Und auf einmal ist Khayan, der Mann, den Iry insgeheim leidenschaftlich liebt, nicht mehr ihr Herr, sondern ihr Diener …

Autorin

Judith Tarr hat in Cambridge, Massachusetts, und Yale, Connecticut, Geschichte studiert. Als Autorin zahlreicher historischer und phantastischer Romane lebt sie heute auf ihrem Gestüt in Vail, Arizona.

Von Judith Tarr lieferbar:

Zeit des Feuers. Roman (35163)

Weitere Bände sind in Vorbereitung.

JUDITH TARR

Zeit der Pharaonen

Roman

Deutsch von
Regina Winter

BLANVALET

Die amerikanische Originalausgabe erschien unter dem Titel
»The Shepherd Kings«
bei Forge Book/Tom Doherty Associates, Inc., New York

Umwelthinweis:
Alle bedruckten Materialen dieses Taschenbuches
sind chlorfrei und umweltschonend.

Blanvalet Taschenbücher erscheinen im Goldmann Verlag,
einem Unternehmen der Verlagsgruppe Random House GmbH.

Deutsche Erstveröffentlichung 4/2002

Umschlaggestaltung: Design Team München
Umschlagmotiv: Rudolph Ernst
Satz: Uhl + Massopust, Aalen
Druck: Elsnerdruck, Berlin
Titelnummer: 35412
Redaktion: Werner Bauer
V. B. · Herstellung: Heidrun Nawrot
Printed in Germany
ISBN 3-442-35412-9
www.blanvalet-verlag.de

1 3 5 7 9 10 8 6 4 2

Vorspiel

DIE FREMDEN KÖNIGE

An dem Tag, an dem die Welt sich verändern sollte, entwich Iry ihrer Kinderfrau, um im Arbeitszimmer von Huy, dem Schreiber, zu spielen. Huy störte das nicht. Wenn er damit beschäftigt war, in seiner sonnigen Ecke zu schreiben, Palette und Pinsel bei der Hand und eine Papyrusrolle auf dem Schoß, spielte Iry still in ihrer eigenen Ecke; zur Belohnung erzählte er ihr später, wenn er mit dem Schreiben fertig war, eine Geschichte. Er konnte wunderbare Geschichten erzählen. Oder – noch besser! – er ließ sie auf einem Papyrusrest ein oder sogar zwei Worte malen.

Worte waren wunderbar. Sie sahen aus wie Tiere oder Menschen, wie Wellen oder Hügel oder Häuser oder das Auge der Sonne, aber sie bedeuteten so viele verschiedene Dinge! Wenn sie groß war, wollte Iry Schreiber werden, obwohl das bedeuten würde, dass sie ein Mann werden müsste, und das, hatten ihre Brüder ihr hochnäsig erzählt, war unmöglich.

Irys Brüder waren schrecklich hochnäsig und ohne Ausnahme älter als sie, Männer oder beinahe Männer, deshalb waren sie auch alle mit Vater und den Männern aus dem Dorf und ihrem Vetter Kemni in den Krieg gezogen. Sie blickten aus großer Höhe auf kleine, dumme Schwestern herab. Brüder waren nun einmal so, sagte Kemni. Kemni war so alt und eingebildet wie Irys Brüder, aber nicht ganz so hochnäsig. Iry mochte Kemni; es tat ihr Leid, dass er in den Krieg gezogen war, statt zu bleiben und ihr und Huy Gesellschaft zu leisten.

Heute – Vater und die anderen waren schon eine ganze Weile weg – spielte Iry still in einem Flecken Sonne, während Huy mit gerunzelter Stirn murmelnd über einem Papyrus saß. Er erledigte die Buchhaltung für den Hof – winzige, gedrängte Reihen und Spalten, und seine Augen waren nicht mehr so gut wie früher. Manchmal bat er Iry, einen Blick auf die Papyrusreste zu werfen, von denen er abschrieb, und ihm zu sagen, welche Worte oder Zahlen dort notiert waren, damit er sie auf der großen, schweren Rolle in seinem Schoß festhalten konnte.

Heute hatte er das allerdings nicht getan. Iry hatte ihn eine Weile beobachtet und bewundert, wie die Sonne auf seinem kahlen, braunen Kopf schimmerte. Dann war sie in ein Spiel versunken. Sie hatte die Holzarmee ihres jüngsten Bruders mitgebracht – ein verbotenes Vergnügen, aber Huy sagte nie etwas dagegen – und ein Haus aus Papyrusresten gebaut. Ein Teil der Armee wohnte dort als Herren und Diener, die anderen waren draußen und übten auf dem Feld. Mit dem schönsten Stück, das ihr Vater aus der Stadt der fremden Könige mitgebracht hatte, einem hölzernen Kampfwagen, der von Holzpferden gezogen wurde, galoppierte sie an den Feldern vorbei, so schnell die Pferde – und ihre Hand – es konnten; sie ließ den Wagen gern schnell auf seinen rasselnden Rädern fahren. Die schreckliche Gestalt darin, der Fremde aus dem Land namens Retenu, mit seinem buschigen, schwarzen Bart und seinem finsteren gemalten Gesicht, wackelte und schwankte, wenn der Wagen sich bewegte. Iry hätte es gerne so gemacht, dass er herausfiel und sich das Genick brach, aber das hätte nur dazu geführt, dass sie verprügelt wurde, wenn ihr Bruder nach Hause kam.

Stattdessen gab sie sich damit zufrieden, den Wagen anzuhalten und den Wagenlenker in ein Feld zu stellen und ihn von den Ägyptern mit ihren Speeren und Holzschwertern zur Übung töten zu lassen. Die Retenu waren böse, sagte Vater. Sie waren nach Ägypten gekommen, als Ur-Ur-Urgroßvater noch jung war, und hatten das gesamte Untere Königreich erobert und sich zu Königen gemacht. »Könige!«, schnaubte Vater manchmal abends, wenn er ein wenig mehr Bier getrunken hatte, als es Mutter gefiel, und wie ein Leopard im Käfig in unserem Esszimmer auf und ab ging. »Sie sind keine Könige. Sie sind Eindringlinge – Fremde.«

»Eroberer«, sagte Mutter dann mit ihrer kühlen, süßen Stimme, aber mit dem Hauch eines Lächelns. Sie lächelte immer über Vaters Ausbrüche. »Immerhin beherrschen sie uns. Ja, sogar dich.«

Vater fauchte dann und kochte vor Wut, bis sie ihn in eine beruhigende Umarmung lockte. Aber vor nicht allzu langer Zeit hatte er aufgehört zu fauchen, denn er hatte etwas gehört: Der König, der wahre König, das Große Haus von Theben, Herr des Oberen Reiches, hatte eine Armee aufgestellt und war den Fluss heruntergekommen, um das Untere Reich zurückzuerobern. Vater war vor Freude außer sich gewesen, Mutter auch, aber das hatte bei ihr schnell wieder nachgelassen, als Vater die Pächter, seine Söhne und den Sohn seiner Schwester zusammengerufen hatte und mit ihnen in den Krieg gezogen war.

Er würde bald zurückkehren. Das Große Haus und seine Armeen – darunter auch Vaters Truppe – waren nach Avaris, zur Stadt des Eroberers gezogen, und hatten sie eingenommen. Alle erwarteten, dass der Krieg danach vorüber sein würde und die Retenu zurück in jenes weit abgelegene, kalte Land getrieben würden, wo sie hingehörten. Ägypten würde wieder die Zwei Länder sein, das Obere und das Untere Reich.

Iry ließ ihre Holzsoldaten den bärtigen Retenu töten. Er lag starr zu ihren Füßen, immer noch mit dieser finsteren Miene. Sie betrachtete ihn selbst mit Stirnrunzeln. Retenu sollten nicht feierlich beigesetzt werden, sodass sie ewig hinter dem Horizont weiterlebten; sie sollten krepieren wie Hunde, sagte Vater immer, und zu Staub und vergessen werden. Aber wenn sie ihn einbalsamierte und bandagierte, konnte er eine richtige ägyptische Leiche sein; dann konnte sie ihm eine feierliche Beisetzung gewähren.

Als sie sich nach etwas umsah, das als Mumienbinden dienen mochte – ihre eigene Kleidung hätte sie nicht verwenden können, denn sie trug keine, nichts weiter als das Amulett um ihren Hals und die blaue Glücksperle um ihre Mitte –, begann draußen der Lärm. Männer liefen hastig hin und her, riefen und schrien.

Iry regte sich nicht. Wenn sie zuvor plötzlich verschwunden war, hatte ihre Kinderfrau sich schrecklich angestellt, aber inzwischen wussten alle, wo man nach ihr suchen musste. Und sie hatte, bevor sie hergekommen war, nichts getan, was die Leute so aufregen konnte – nicht wie damals, als sie die Färse herausgelassen hatte, weil sie so jämmerlich muhte, und der Stier zufällig im nächsten Feld gewesen war und das Gatter niedergerissen hatte, um zu ihr zu kommen. Iry war direkt aus ihrem Zimmer zu Huys Arbeitszimmer gegangen. Gut, sie hatte die

Holzarmee mitgenommen, aber der Einzige, der etwas dagegen haben konnte, war weit weg und kämpfte in einer echten Armee.

Nein, bei diesem Aufruhr ging es nicht um sie, so unruhig war es im Haus nicht ihretwegen. Sie ließ die Armee, wo sie war, sicher in ihrem Fleck Sonnenlicht, und stellte fest, dass Huy mit seinem Papyrus dasselbe getan hatte. Sie wusste nicht warum, aber sie ging zu ihm und ließ ihre Hand in seine gleiten; seine Finger waren dünn und überraschend alt. Zusammen gingen sie nach draußen, um nachzusehen, was dort los war.

Es war ein Bote, ein Mann mit bleichem, magerem Gesicht, der den Arm in einem schmutzigen Verband trug. Er war in einem Boot flussaufwärts gekommen, auf der Flucht vor etwas Schrecklichem. Iry kannte ihn. Er war der Waffenmeister ihres Vaters, Pepi, der sie oft auf den Knien gewiegt und ihr alberne Lieder vorgesungen hatte. Jetzt war nichts Albernes mehr an ihm.

»Besiegt«, sagte er zu den Leuten im Hof hinter dem äußeren Tor. »Wir sind besiegt. Wir hielten Avaris und das Untere Reich. Wir *hatten* es. Aber die Retenu waren zu schlau für uns. Sie haben ihre Verbündeten in Nubien, weit im Süden von Theben, benachrichtigt, und diese haben dort einen Krieg begonnen, einen größeren, als wir ihn hier führen können. Das Große Haus musste umkehren oder alles verlieren, das Obere Reich ebenso wie das Untere. Er kämpft sich nun nach Süden.«

»Aber vielleicht«, sagte Teti, der Verwalter, »kann er die Adligen aus dem Unteren Reich hier zurücklassen, und sie kämpfen –«

»Nein«, sagte Pepi mit einer Schärfe, die er sich normalerweise gegenüber einem Mann von Tetis Rang nicht erlaubt hätte, aber er war eindeutig erschöpft. »Wir sind nicht genug.«

»Zumindest«, meinte Tetis Frau, »werden wir unseren Herrn und seine Söhne wiedersehen. Vielleicht wird es den Retenu nicht einmal auffallen, dass sie weg waren. Vielleicht –«

»Die Retenu wissen es«, sagte Pepi. Seine Stimme war tonlos, so tonlos, als hätten die Worte keine Bedeutung mehr. »Sie sind tot. Alle. Sie starben auf dem Rückzug aus Avaris. Eine Kompanie von Kampfwagen holte uns auf dem Weg zu den Schiffen ein.

Sie hat sie niedergemäht. Es wurde uns Überlebenden erlaubt, die Leichen mitzunehmen. Sie sind nun bei den Balsamierern. Sobald sie balsamiert sind, werden sie zurückkehren. Die Retenu haben nichts dagegen, gefallene Feinde zu ehren. Und sie geben –« Pepis Stimme brach. »Und sie geben den Besitz der Gefallenen jenen, deren Kampfwagen sie getötet haben.«

Huy umklammerte Irys Hand so fest, dass sie beinahe geschrien hätte. Aber sie biss sich auf die Lippe und schwieg. Nicht alle verstanden, was Pepi gerade gesagt hatte, aber Huy verstand und sprach es für alle aus. »Wir alle, jeder hier in der Aufgehenden Sonne – wir gehören jetzt den Retenu?«

»Einem Retenuherren«, bestätigte Pepi. »Wenn unser Herr im Begräbnisboot zurückkommt, wird es der Retenu sein, der ihn bringt. Er wird sich um die Beisetzung kümmern, dann das Anwesen übernehmen und fortan unser neuer Herr sein.«

»Das ist unmöglich«, sagte Tetis Frau Tawit mit ihrer durchdringenden Stimme. »Einfach lächerlich. Wir waren nie erobert – man hat uns in Ruhe gelassen, von dem Tribut abgesehen.«

»Das war«, meinte ihr Mann trocken, »bevor unser Herr die Waffen gegen die fremden Könige erhob. Nun sind wir Beute – Gefangene.«

»Ich nicht«, sagte Tawit. »Ich weigere mich. Ich werde gehen.«

»Und wohin?«, wollte Teti wissen.

Das brachte sie zum Schweigen, obwohl sie mürrisch weiter vor sich hin grübelte. Iry wusste, sie würde später weiter darüber reden, aber im Augenblick nicht. Alle stellten Fragen, belagerten den armen, erschöpften Pepi mit Worten. Er beantwortete so viele Fragen, wie er konnte, aber Iry war alles gleich, bis auf eine Sache: Vater war tot, ihre Brüder und Kemni – tot. Ein neuer Herr war auf dem Weg. Ein fremder Herr, ein bärtiger, finster dreinblickender Retenu, den sie nicht töten konnte wie den hölzernen Wagenlenker.

Sie konnte es allerdings versuchen, nahm sie an. Sie war nur ein Kind, noch dazu ein Mädchen, aber sie hatte einen starken Willen. Das sagten alle. *Störrisch* sagten sie und *entschlossen*. Sie würde gegenüber den Fremden nicht aufgeben, nicht mehr als Tawit.

Oder Mutter. Mutter war immer noch im Frauenhaus, denn sie würde nicht auf den Hof herauskommen wie eine einfache Dienerin. Sie musste bereits wissen, wie Pepis Botschaft lautete. Mutter wusste alles. Mutter würde sich den Retenu nicht unterwerfen. Niemals. Ebenso wenig wie Iry. Nicht im Herzen, nicht im Geist. Nicht dort, wo es zählte.

Horus

1

Sie tanzten im Sonnenhof mit dem Stier.

Sie waren zu dritt, zwei schlanke junge Männer und ein Mädchen, ebenso schlank wie sie. Der Stier war gewaltig, hoch aufragend und Furcht erregend, rot und weiß wie Schaum vom Meer, gefleckt mit Blut. Seine Hörner waren lang und gebogen und tödlich spitz.

Die Tänzer bewegten sich zum rhythmischen Schlag einer Trommel und Flötenspiel, einem Rhythmus, so alt und dennoch so jung wie der Morgen der Welt. Das Schnauben des Stiers erklang darüber hinweg, ebenso das gedämpfte Dröhnen seiner Hufe im Sand. Trotz seiner Größe war er schnell – und mörderisch stark.

Die jungen Männer und das Mädchen tanzten einen Ringtanz, die beiden jungen Männer mit entschlossener Intensität, das Mädchen dagegen lächelte süß und verwegen. Sie war es, die den Kreis in dem Augenblick brach, als der Stier zustieß, einen Handstand machte, die Speerspitzenhörner packte und mit einem Salto über den Stierrücken auf die wartenden Schultern des größeren der jungen Männer sprang.

Der Stier grunzte, weil man ihn um seine Beute betrogen hatte. Nun ragte die Mauer des Stierhofs vor ihm auf. Schnaubend kam er zum Stehen, Sand spritzte auf; der Stier wirbelte mit erschreckender Geschwindigkeit herum.

Der kleinere der beiden jungen Männer, vielleicht neidisch auf den Mut des Mädchens, sprang so dicht auf den Stier zu, wie sie es getan hatte. Aber er war zu früh abgesprungen und das Horn erwischte ihn in der Luft. Es durchdrang ihn, als bestünde er aus Stoff, durchdrang ihn und zerriss ihn.

Der Stier schüttelte den Kopf und grunzte wegen des plötzlichen Gewichts auf seinem Horn. Der Junge krampfte sich zusammen, gab aber keinen Laut von sich. Er konnte sich auch nicht regen, nicht einmal, um das Horn zu packen, das ihn ins Herz getroffen hatte. Langsam glitt er auf den Kopf und die Schultern des Stieres zu, blieb dort liegen, als ruhte er sich aus, und starrte mit offenen Augen in das gnadenlose Gesicht der Sonne. Er war nicht tot. Noch nicht. Aber der Tod lag auf ihm, so wie er auf dem Stier lag. Der Stier brüllte in plötzlichem Zorn wegen dieser unerwünschten Last, bäumte sich auf und wand sich und schleuderte den jungen Mann in den Sand, wo er leblos liegen blieb.

Kemni erwachte erschrocken. In seinem Traum war er nicht der Stiertänzer gewesen, und dennoch, als er erwachte, konnte er den Schmerz des Horns in seinem Innern spüren, spürte, wie sein Herz durchstoßen wurde, wie das Leben aus ihm herausfloss.

Keuchend lag er da, schweißbedeckt – und nicht allein, denn es war eine warme Nacht. Sein Hals schmerzte. Hatte er laut geschrien?

Wenn das der Fall war, hatte es zumindest niemand gehört oder sich darum gekümmert. Langsam kehrte die Welt zurück, und mit ihr die Erinnerung. Er lag in seinem Bett im Palast in Theben, in seiner kleinen Kammer, in der er seine wenigen Besitztümer aufbewahrte. Eines davon war die Lampe, auf deren Seite ein vielarmiges Seeungeheuer gemalt war. Sie brannte niedrig, aber stetig, warf große Schatten auf die geschnitzte, bemalte Truhe, in der er seine Kleidung aufbewahrte, und die einfachere Truhe mit seinen Waffen und die Schachtel darauf, in der sich seine Schätze befanden.

Sein Blick ruhte nicht auf den Truhen, sondern auf der Lampe selbst. Sie kam aus Kreta, das hatte der Händler ihm zumindest erzählt. Hatte er deshalb heute Nacht einen kretischen Traum gehabt? Er hatte gehört, dass sie dort vor ihren Göttern mit den Stieren tanzten, und er hatte Bilder davon gesehen, aber das war alles. Dennoch konnte er immer noch den Schweiß der Tänzer, den schweren Geruch des Stieres und den trockenen, heißen Duft des Sandes riechen – und über allem den Gestank von Blut und zerrissenen Eingeweiden.

Er holte tief Luft. Und nun roch er nichts Erschreckenderes als seinen eigenen Schweiß und einen Hauch von Parfüm des Mädchens, das in seinem Bett gewesen war, als er einschlief. Sie war weg. Er war allein. Allein mit seinem Traum.

Er setzte sich aufrecht hin, musste immer noch gegen den Drang ankämpfen, innere Organe zu schützen, die nie ein Stierhorn durchdrungen hatte. Sein Kopf tat schrecklich weh. Selbstverständlich war der Weinkrug leer, den letzten Rest hatte er zusammen mit dem Mädchen getrunken – wie hatte sie noch geheißen? Er konnte sich nicht erinnern, sie jemals gefragt zu haben.

Taumelnd kam er auf die Beine, drückte den Krug an die Brust und machte sich auf die Suche nach mehr Wein.

Es war die dunkle Stunde vor der Dämmerung, wenn selbst die Diener schliefen und nur die Wachen darum rangen wach zu bleiben. Er war schon zuvor im flüsternden Dunkel diese Wege entlanggegangen, im Schein von Mondlicht auf dem Hof, im Flackern einer Fackel in einer Gasse. Die Geister der Toten und jener, die wie tot schliefen, flatterten und schwatzten über seinem Kopf.

Vor ihnen fürchtete er sich nicht, denn sie waren nichts als Luft. Er fürchtete nur die Nachtwanderer, Blutsäufer und Seelenfresser, aber er war geschützt: Er trug Amulette von großer Macht um den Hals.

Allerdings hatte er nie eines finden können, das ihn gegen Träume schützte.

Wein verhinderte sie niemals, machte sie aber im Nachhinein erträglicher. Er fand einen Krug im nahe gelegenen Vorratsraum, und dieser Krug war beinahe voll mit dem starken, süßen Wein, der über das Meer kam. Nicht viel davon erreichte Theben, seit fremde Könige das Untere Reich erobert hatten – die Götter sollten sie verfluchen! Aber das hier war der Palast, das Haus der Prinzen. Für sie gab es immer nur das Beste.

Jemand wartete auf ihn, als er mit dem vollen Krug aus dem Vorratsraum kam, eine Schattengestalt, die sich an die Wand lehnte. Falls nicht der *Ka* aus eigener Kraft einherging, während sein Herr schlief, war dies eine Gestalt, die Kemni gut kannte.

»Gebu«, sagte er.

Die Gestalt richtete sich auf und trat ins Licht an der Tür des Vorratsraums: Es war ein junger Mann, allerdings älter als Kemni, höher gewachsen, ein wenig breiter, ziemlich groß für einen Ägypter. Er nahm den Krug aus Kemnis widerstandslosen Händen und trank. Dann zog er die Brauen hoch. »Seit wann«, wollte er wissen, »hast du die Erlaubnis, etwas aus diesem Krug zu nehmen?«

»Seit mein Traum das Leben des Erben rettete«, erwiderte Kemni. »Und was treibt dich zu dieser gottlosen Stunde umher?«

»Ich bin dir gefolgt«, sagte Gebu. »Du hattest also wieder einen Traum?«

Kemni nickte. Es war nicht kalt, nicht einmal nahe daran, und dennoch schauderte er.

»Trink«, bat Gebu ihn.

Gebu war ein Prinz, wenn auch nicht der Erbe. Manchmal gefiel es Kemni, sich daran zu erinnern. Und nun, da er sich erinnerte, hielt er es für das Beste zu gehorchen.

Der Wein war stark und unverwässert, deshalb wurde ihm ein wenig schwindelig davon. Gebu half ihm, aufrecht zu stehen, und führte ihn in einen Hof voller Mondlicht.

Dies hier war der Hof der blühenden Bäume, angelegt auf Befehl eines längst verstorbenen Prinzen und bewahrt zum Vergnügen weiterer Prinzen. Der Blütenduft hing schwer in der Luft; der Mond verwandelte jede Blüte in Silber und jeden Schatten ins tiefste Schwarz.

Gebu führte Kemni zu einem Baum und bat ihn, sich im kühlen Mondlicht niederzusetzen. »Du hast eine Weile nicht geträumt«, sagte er.

Kemni legte sich nieder, zog den Weinkrug vor sich. »Nein«, stimmte er Gebu aus dieser Zuflucht heraus zu.

»Erzähl es mir.«

Kemni hob den Kopf. Das hier war nicht der Erbe des Königs, aber er war ein Prinz und eine Macht an diesem Ort, und – was mehr zählte – Kemnis Freund und Kampfesbruder. Aus diesem Grund wehrte Kemni sich nicht. »Es ist nicht viel, wirklich nicht. Niemand, den wir kennen, ist umgekommen.«

»Erzähl es mir«, sagte Gebu abermals.

»Ich habe geträumt«, berichtete Kemni. »Ich sah Kreter, ich sah sie mit dem Stier tanzen. Einer der Tänzer starb. Weißt du, er ist zu früh abgesprungen. Der Stier hat ihn mit seinem Horn aufgespießt.«

Gebu runzelte die Stirn.

»Kreta? Stiere? Deine Träume haben dich nie zuvor aus Ägypten hinausgeführt.«

»Ich bin kein Prophet!«

Das kam direkt aus Kemnis Herz. Vergeblich, wie es war, tröstete es ihn doch ein wenig.

»Ich habe Träume«, sagte er. »Manchmal bedeuten sie etwas. Ich weiß es immer – sie sind anders als jene, die die Götter mir sonst schicken. Aber ich bin kein Prophet.«

»Du bist kein Prophet«, sagte auch Gebu, mit der Haltung eines Mannes, der gegenüber einem Freund nachgibt. »Aber – Kreta? Wieso sollten *deren* Götter dich mit Visionen plagen?«

»Das wissen nur die Götter selbst«, meinte Kemni säuerlich. Er klammerte die Hände um den Weinkrug. Dieser war immer noch fast voll, aber plötzlich hatte er keine Lust mehr auf Wein und stellte ihn ab.

»Du solltest meinem Vater davon erzählen«, sagte Gebu.

Kemni schüttelte entschlossen den Kopf. »Nein. Nein, das werde ich nicht tun.«

»Dann werde ich es tun«, meinte Gebu.

»Nein«, sagte Kemni. »Dann wird die ganze Welt wissen –«

»Dass du Träume hast?« Gebu schüttelte den Kopf. »Nicht, wenn wir es richtig anfangen. Komm, du solltest jetzt schlafen. Es wird bald hell werden.«

Kemni hatte nicht vor zu schlafen, besonders nicht, wenn Gebu über ihn wachte. Eine Weile schloss er allerdings die Augen, um ein wenig Frieden zu haben. Er wollte nicht als Träumer bekannt werden. Die Leute erwarteten dann zu viel, und von Propheten erwarteten sie Prophezeiungen. Die Träume kamen, wann sie kamen. Kemni lud sie nicht ein, hieß sie nicht sonderlich willkommen. Er nahm an, dass sie ein Geschenk darstellten, allerdings ein Geschenk mit einem scharfen Rand wie ein Schwert.

Gegen seinen Willen schlief er dann doch ein. Der Traum kam bruchstückhaft zurück, wirr und unvollständig. Der Schrecken war verschwunden. Es war nur noch seltsam.

Der Horus, der lebendige Gott, der König, das Große Haus von Ägypten, Herr des Oberen Reiches und aller tributpflichtigen Länder, hatte an diesem Morgen gute Laune. Er hatte mithilfe einer Konkubine von überwältigender Kunstfertigkeit gut geschlafen. Es gab keine Katastrophen, um die Unbeschwertheit seines Morgens zu verderben, keinen Ärger, der ihn davon abhielt, eine Jagd am Fluss vorzubereiten. Sie würden sich an Bord der Flotte begeben, mit Speeren bewaffnet, um Flusspferde zu jagen, mit Bögen und Netzen Wildgeflügel für den Topf zu fangen, und selbst ein paar Angelschnüre mitnehmen, falls jemand vorhatte zu fischen.

Aber um diese Stunde, immer noch nah am Sonnenaufgang, war Ahmose, der König, mit dem Frühstück beschäftigt. Er speiste allein, wenn man von einer kleinen Armee von Dienern absah, und nicht in Gesellschaft eines seiner Adligen oder seines Stammes von Söhnen. Das war ein Luxus, den ein König sich selten leisten konnte – und einer, den sein Sohn Gebu ihm nicht lange gestattete.

Der König war nicht sonderlich beunruhigt, einen seiner Söhne zu sehen, und auch nicht verärgert wegen Kemnis Eindringen. Er lächelte beide an, winkte sie herein und bat sie, von dem Tisch vor ihnen zu nehmen, was sie wollten.

Kemni stellte fest, dass er tatsächlich Hunger hatte. Er hatte schon zuvor mit dem König das Brot gebrochen, allerdings nicht im Palast von Theben. Ahmose hielt sich nicht an Zeremonien, wenn er die Notwendigkeit nicht einsah. Für einen König war er ein recht warmherziger Mann. Er war unter einfachen Sterblichen durchaus unbeschwert, sogar unter Gemeinen.

Als er nun bei ihm saß, mild gewürzte Kuchen, feines Weizenbrot und kalten Gänsebraten aß, fühlte Kemni sich langsam wieder wie er selbst. Vielleicht würde es doch nicht so schlimm sein, wenn Ahmose von Kemnis Gabe erfuhr. Die Könige nahmen Gaben entgegen und benutzten sie. So waren sie einfach.

Aber Ahmose würde die Gabe einsetzen, wie er es für sein Volk am besten hielt.

Sein Sohn Gebu sah ihm ähnlich, obwohl Ahmose nicht so groß und kräftig war wie er Das Königtum hatte er vor ein paar Jahren von seinem Bruder Kamose geerbt, nachdem dieser im Kampf gegen die Nubier gefallen war. Er war in der Blüte seiner Jahre gewesen, als er die Krone übernahm, dennoch sah er jetzt kaum älter aus als sein Sohn – er war stark und jugendlich in seiner Kraft.

Man begann nicht einfach ein Gespräch mit dem König, man aß sein Frühstück mit aufrichtigem Genuss, spülte es mit gutem ägyptischen Bier hinunter und wartete, bis Seine Königliche Majestät die Stimme erhob.

Was er schließlich tat, aber nur, nachdem beide junge Männer gegessen und getrunken hatten. So verlangte es die Höflichkeit, die diesen König von Oberägypten kennzeichnete. Er sagte: »Nun, meine Herren, sagt mir, was euch herbringt.«

Kemni zögerte. Gebu warf ihm zwar einen aufmunternden Blick zu, aber er konnte einfach nicht die richtigen Worte finden.

Also sprach Gebu sie für ihn, mit unter den Umständen bewunderungswürdiger Geduld. »Kemni, mein Blutsbruder, den ich liebe, hat Träume.«

Ahmose zog die Brauen hoch. Er tat dies nicht, weil er überrascht war, stellte Kemni fest. »Das habe ich gehört«, sagte der König. Gebu nickte, ebenfalls nicht überrascht. »Heute Nacht hat er vom Stiertanz geträumt «

Der König zog die Brauen noch höher. »Erzähl es mir«, sagte er.

Kemni berichtete ihm, was er bereits Gebu gesagt hatte, Wort für Wort; es wurde beim zweiten Mal nicht einfacher. Der König lauschte schweigend, zeigte keine Reaktion, sah Kemni nur an. Es war beinahe ein ausdrucksloser Blick, flach, wie Kemni ihn genannt hätte, aber nur, wie tiefes Wasser flach sein kann, denn kein menschliches Auge hat die Kraft, unter die Oberfläche zu dringen.

Ahmose war immerhin König und Gott. Kemni, einfacher Sterblicher, durfte nur sprechen, wenn man es ihm befahl, und er hoffte, den König damit zufrieden zu stellen.

Und so schien es zu sein. Nachdem Kemni alles berichtet hatte – der Tod des jungen Tänzers, der triumphierende Stier –, schwieg er. Auch Ahmose schwieg, zupfte an seinem Kinn, dachte über die Geschichte nach, die er gehört hatte.

Endlich sagte er: »Der Stier siegte, sagst du. Was ist mit den anderen Tänzern?«

»Das weiß ich nicht, Herr«, antwortete Kemni. »Ich sah nur den, der starb.«

»In der Tat«, meinte der König. Er warf Gebu einen Blick zu, und dieser zog die Brauen hoch. Der König nickte.

»Jetzt?«, fragte der Prinz.

Der König nickte abermals.

Gebu hatte Kemni am Arm gepackt und zog ihn nun hoch und aus dem Zimmer des Königs, bevor er ein Wort sagen oder Widerstand leisten konnte. Erst als sie an den äußeren Wachen vorbei waren, gelang es Kemni stehen zu bleiben. »Was –«

»Komm einfach mit«, sagte Gebu.

»Nicht, wenn du mir nicht sagst, wohin.«

»Nicht hier«, erwiderte Gebu. »Folge mir.« Entweder das, oder er wäre mithilfe eines massiven nubischen Soldaten mitgeschleppt worden. Also ging Kemni, wohin man ihn führte, und protestierte nicht mehr.

Er hatte diesen Weg schon öfter zurückgelegt: durch eine der hinteren Türen des Palastes in die weniger angenehmen Teile der Stadt. Sie waren nicht aufwändiger gekleidet als bei nächtlichen Ausflügen auf der Suche nach schlechtem Bier und billigen Frauen und hatten keine andere Begleitung als einander. Kemni wäre zufriedener gewesen, wenn er noch die Gelegenheit gehabt hätte, etwas anderes als seinen besten Schurz anzuziehen. Zumindest, dachte er, trug er kaum Edelsteine und nur seine drittbeste Perücke, da er annahm, später, wenn der König mit seiner Audienz fertig war, mit auf die Flusspferdjagd gehen zu können.

Nun schien es, als wären sie auf der Jagd nach etwas ganz anderem – etwas, das unten am Fluss lebte. Nicht weit von hier vertäuten Kaufleute ihre Schiffe. Die Mannschaften fanden Frauen und Bier und andere Unterhaltung hinter den niedrigen

Türen und verwitterten Mauern. In den Straßen hing Gestank: Pisse, altes Erbrochenes, menschlicher und Hundekot.

Um diese Morgenstunde stellten sich nur wenige dem Licht und der beginnenden Hitze. Schwärme von Fliegen stürzten sich auf Kemni und Gebu. Ein Rudel Hunde, ganz Rippen und räudiges Fell, drängte sich vorbei und verschwand in einer Gasse, in voller Jagd nach etwas, das vermutlich nur die Götter wussten.

Kemni hatte angefangen … nein, nicht sich zu ängstigen. Aber er fragte sich, ob er etwas getan hatte, um den König zu verärgern. Wieso sonst hatte man ihn in dieses stinkigste Viertel von Theben gebracht, wenn nicht, um ihn zu bestrafen?

Als Gebu stehen blieb, wäre Kemni beinahe mit ihm zusammengestoßen. Er duckte sich durch einen Ledervorhang in ein Haus, das wie jedes andere in diesem Sumpf von einer Straße aussah, in vollkommene Dunkelheit hinein.

Kemni erstarrte, aber Gebu packte ihn am Arm und zog ihn in dieses Dunkel. Dann, nach ein paar Schritten und dem Rasseln eines Riegels, waren sie wieder im Tageslicht.

Tageslicht und der Duft von Blüten; das Glitzern von Sonnenlicht auf einem Teich. Kemni blinzelte und fand sich erstaunt in einem Innenhof wieder, wie er ihn in einem Herrenhaus erwartet hätte – aber nicht hier, im ärmsten Viertel der Stadt.

Sie blieben lange genug stehen, damit Kemni sich orientieren konnte, dann zerrte Gebu ihn weiter. Unter einer Kolonnade gingen sie in den Schatten, wo es beinahe kühl war, dann eine Treppe hoch in einen lang gezogenen, ziemlich großen Raum.

Kemni blieb vor der Schwelle stehen; unwillkürlich musste er lachen.

Er stand inmitten seiner eigenen kretischen Lampe. Dasselbe vielarmige Seegeschöpf zog sich an der Wand entlang, gefolgt von all seinen Verwandten. Keine Stiere hier, keine schlanken, beweglichen Tänzer.

Einer der Schatten bewegte sich. Kemni zuckte zusammen. Das war nicht sein Traum, der Wirklichkeit geworden war. Es war ein älterer Mann, kräftig, von Jahren in Wind und Sonne zu Leder gegerbt. Aber seine Finger, die breiten Schultern, die schlanken Hüften, das Gesicht mit der langen Nase und den großen Augen und das Haar, das in Löckchen über seinen Nacken und die Schultern fiel – alles erinnerte lebhaft an die Tänzer im Traum.

Er bewegte sich auch wie ein Tänzer, leichtfüßig, schnell und lautlos wie eine Katze. Andere tauchten hinter ihm auf, Männer, die wie gut ausgebildete Diener wirkten. Er achtete nicht auf sie, ebenso wenig wie Gebu. Das war das Seltsame an Kemni, dass er alles bemerkte, selbst Sklaven.

Gebu drängte sich mit einer Geste ehrlicher Freude an Kemni vorbei. Das Gesicht des Kreters spiegelte diese Stimmung wider: plötzliches Lächeln, ein rasches Händeschütteln. »Naukrates«, sagte Gebu. »Ich befürchtete schon, du wärest bereits in See gestochen.«

»Du wusstest doch, dass ich noch hier war«, sagte der Mann mit Namen Naukrates. »Sonst hättest du nicht nach mir gesucht.«

Gebu lachte. »Also gut. Ich hoffte, dass du noch in der Stadt sein würdest.«

Naukrates verbeugte sich, eine anmutige, seltsame Geste. »Und was kann ich für dich tun?«

Gebu warf einen Blick zu Kemni hinüber, der nahe der Tür stehen geblieben war. »Das hier ist mein Bruder in Blut und Kampf, der Sohn eines Adligen aus dem Unteren Reich. Er heißt Kemni.«

»Kemni«, sagte der Kreter. Er sprach den Namen weicher aus, auf eine angenehme Art. Es klang wie *Kemeni*, war Gruß und Willkommen zugleich.

Er rührte sich nicht, doch als hätte er ein Zeichen gegeben, kamen Diener herein, leise, auf bloßen Füßen, brachten Stühle, einen Tisch, Krüge und Becher und Schalen: alles, was zu einem kleinen Festessen gehörte. Kemni staunte, dass ein Haus, das ihm so verlassen, unbewacht, unverteidigt vorgekommen war, so gut bewirtschaftet sein sollte.

Ausländische Geheimnisse. Auch der Wein war ihm fremd, aber das Essen war vertraut genug. Wer immer der Koch war, Kemni hätte Silber darauf gewettet, dass es sich um einen Ägypter handelte.

Die Sitten erwarteten Geduld. Man musste essen, obwohl man gerade erst mit dem König gefrühstückt hatte; man musste trinken und von nichts sprechen und den Tanz der Begegnung mit Fremden tanzen. Man fragte nicht, was man unbedingt wissen wollte, und zeigte nicht durch einen Blick oder eine Bewegung an, dass man vor Ungeduld beinahe aus der Haut fuhr.

Naukrates war Kapitän eines kretischen Schiffes. Er erzählte vom Großen Grün – dem Meer rund um Kreta –, von seinen Geschöpfen und den Menschen an seinen Gestaden. Es waren wunderbare Geschichten, und durch sie erkannte Kemni etwas anderes.

Das hier war kein einfacher Handelsschiffskapitän. Dass er sich in Theben befand, dass er durch die Barrieren gekommen war, die die fremden Könige südlich von Memphis auf dem Fluss errichtet hatten, zeugte von seiner außerordentlichen Entschlossenheit. Der Wohlstand dieses Hauses, die Anzahl und Qualität der Diener ließen Kemni annehmen, dass dieser Mann von hohem Rang war, vielleicht sogar vom selben wie Gebu. Er verhielt sich, als betrachtete er es als selbstverständlich, dass die Menschen ihm zuhörten, wenn er sprach; und wenn er einen Befehl gab, gehorchte man.

Beinahe unbemerkt von Kemni hatte sich die Richtung des Gesprächs verändert. Sie hatten von Handel gesprochen und vom Fluss, und es war unvermeidlich, dass sie nun von dem fremden König sprachen, der das Flussdelta besetzt hielt und die Handelshäuser von Memphis beherrschte.

»Einstmals gab es die Zwei Länder«, sagte Gebu. »Oberägypten mit Theben als Hauptstadt und dem langen, schmalen Flusstal und Unterägypten mit Memphis und dem Delta. Zwei Länder, aber auch zwei Welten, denn das Obere Reich ist so schmal, dass ein Mann es manchmal innerhalb einer Stunde durchqueren kann, und zudem von Wüsten begrenzt. Das Untere Reich mit seinen grünen Sümpfen und der feuchten Luft ist in der Tat ein ganz anderes Land.

Und nun gehört uns nur noch Oberägypten, das Untere Reich wird von den Retenu beherrscht. Vor zehn Jahren holten wir es uns zurück – doch wir verloren es, sobald wir es gewonnen hatten, denn wir konnten es nicht halten, nicht sowohl gegen die fremden Könige als auch gegen die Könige von Nubien.«

»Ich nehme an«, meinte Naukrates, »dass man dieses Faktum einfach hinnehmen könnte.«

»Man könnte«, sagte Gebu bedächtig.

»Oder man könnte … handeln.«

»Das könnte man auch«, meinte Gebu. »Und wie würde das Kreta dienen?«

»Ganz einfach«, erwiderte Naukrates. »Ägypten war immer reich an Handel. Diese fremden Könige nehmen gern, was wir ihnen anbieten, aber sie schließen den größeren Wohlstand Ägyptens vor uns ab. Sie halten uns fern vom Handel mit weit abgelegenen Orten am Rand der Welt.«

»Gold«, sagte Gebu. »Elfenbein.«

»Elefanten und Affen und Vögel und Edelsteine.« Naukrates seufzte. »Die Fremden handeln mit den Nubiern. Aber der Tribut, den deren König verlangt, ist lächerlich.«

»Jeder königliche Tribut ist lächerlich, wenn man einen Kaufmann fragt«, meinte Gebu.

»Dieser ist lächerlicher als andere«, sagte Naukrates. »Der fremde König hat ein Auge auf das Land geworfen, auf die Königreiche Asiens und den Handel aus den Ländern des Sonnenaufgangs. Von uns, die wir übers Meer kommen, hält er wenig.«

»Während wir, die wir in Schiffen auf unserem eigenen Fluss segeln, der so breit sein kann wie ein Meer – wir verstehen den Handel, der in Schiffen über das Große Grün kommt.«

»So ist es«, erwiderte Naukrates.

Kemni lauschte schweigend. Er begann zu verstehen, was das alles bedeuten mochte.

Kreta war weit entfernt, eine Insel im Großen Grün. Zwischen Theben und Kreta gab es nicht nur Wasser, sondern den ganzen breiten Streifen des Unteren Reiches. Und das Untere Reich befand sich in den Händen asiatischer Könige.

Nicht ganz Unterägypten ergab sich den Eroberern ohne Gegenwehr. Kemni wusste das – vielleicht besser als alle anderen. Er war der Sohn eines Adligen aus dem Unteren Reich. Sein Vater hatte sich vor dem Eroberer gebeugt, aber Kemni nicht. Kemni hatte sich zusammen mit seinem Onkel, dem Bruder seines Vaters, bewaffnet, der ebenfalls ein Adliger des eroberten Landes war, und für den König von Oberägypten gekämpft. Der Onkel war dafür gestorben. Kemni hatte überlebt, war aber nicht in seine Heimat zurückgekehrt. Gebu hatte ihn nach Theben gebracht, hatte einen Prinzen aus ihm gemacht und liebte ihn wie einen Bruder.

Kreta war eine große Macht im Meer. Kretas Schiffe und Kretas Kämpfer galten als Weltwunder.

Was, dachte Kemni, wenn das Untere Reich nicht allein kämpfen musste? Was, wenn es sich mit Kreta verbündete und die Fremden zwischen den Fronten festsaßen? Dann mochte es vielleicht nach hundert Jahren gelingen, endlich das zurückzuerobern, was man verloren hatte.

Während Kemnis Gedanken abgeschweift waren, war mit dem Gespräch dasselbe geschehen. Nun ging es um Götter und Wunder, um Träume und Visionen. Aber bevor Kemni noch etwas sagen konnte, war auch das schon wieder vorbei. Gebu sagte gerade: »Ich nehme an, du stichst bald in See.«

Naukrates nickte. »Wir haben uns hier schon zu lange aufgehalten. Ich möchte gern für die Stiertänze zu Hause sein. Du weißt, die finden am Ende des Jahres statt.«

»Ja«, sagte Gebu, da Kemni weiterhin schwieg, »könntest du einen Passagier mitnehmen?«

Naukrates zuckte auf sehr kretische Art mit den Achseln: ausdrucksvoll und für einen Ägypter nicht ganz deutlich.

»Könnte sein«, meinte er. »Kann er dafür bezahlen? Oder wird er arbeiten?«

»Er kann bezahlen«, sagte Gebu, »aber er könnte auch nützlich sein. Für einen Ägypter ist er kein schlechter Seemann.«

Naukrates zog die Brauen hoch. Kemni wusste, was die kretischen Seeleute von Ägyptern und ihren Schiffen hielten. Kinder, die in Pfützen spielten, hatte er einmal einen sagen gehört.

Und warum, fragte sich Kemni, wollte Gebu nach Kreta? Sicherlich nicht wegen einer Rebellion. Sicherlich hatte er nicht vor, vor seinem Vater, seinem Volk und dem Krieg, der zweifellos vor der Tür stand, zu fliehen.

Er ging als Botschafter. Ja, so musste es sein. Ganz geheim.

Wenn der König im Norden davon erfuhr, bevor das kretische Schiff den letzten ägyptischen Hafen verlassen hatte, würde er das Schiff und jeden Mann darauf zerstören, und die Allianz mit ihm.

Dann sagte Naukrates: »Du hältst dich also für einen Seemann.«

Er hatte den Blick nicht auf Gebu gerichtet, sondern sah Kemni direkt ins Gesicht.

Kemni fühlte sich wie ein Narr. Selbstverständlich hatten sie von ihm gesprochen. Wieso sonst sollte er hier sein? Man hatte ihn gern, aber man vertraute ihm wohl kaum die Geheimnisse des Königs an. Es sei denn, er konnte von Nutzen sein.

Nach einem eher zu langen Schweigen antwortete er Naukrates, so gut er konnte. »Ich habe nie behauptet, auf dem Großen Grün gesegelt zu sein.«

Die dunklen Augen des Kreters glitzerten. »Was denn, ein bescheidener Ägypter? Hat die Welt so etwas schon einmal gesehen?«

»Die Welt will vielleicht wissen, wieso ich nach Kreta fahre«, meinte Kemni.

»Weil die Götter dich auserwählt haben«, sagte Gebu. »Weigerst du dich? Das kannst du, wenn du willst. Es ist ein langer Weg, und das alles nur wegen kaum mehr als einem Traum.«

Kemni zuckte unmerklich zusammen, als er das hörte. »Hat dein Vater um ein Zeichen gebeten? War das seine Antwort?«

»Das wissen nur mein Vater und der Rest der Götter.«

Kemni stieß zischend den Atem aus. »Du willst, dass ich Ägypten verlasse.«

»Verlasse Ägypten, geh nach Kreta, sprich mit dem König im Labyrinth und«, fügte Gebu hinzu, »komm mit einem Zeichen der Allianz zurück. Einem lebendigen, wenn die Versprechen wahr sind.«

»Sie sind wahr«, sagte Naukrates. »Für einen solchen Vertrag ist die einzige wahre Sicherheit ein Leben.«

»Eine Frau für den König.«

Gebu seufzte. »Ich hatte darum gebeten, dass man mir die Aufgabe überträgt. Aber die Götter wollten dich.«

»Ein Traum«, sagte Kemni. »Ein einziger Albtraum. Willst du etwa behaupten, nie von solchen Dingen gehört zu haben?«

»Ich habe nie so etwas geträumt«, sagte Gebu.

»Nun gut«, meinte Kemni gereizt, und es war ihm gleich, was der kretische Kapitän dachte. »Ich gehe. Aber versprich mir eins.«

»Was immer du willst.«

»Wenn ich zurückkomme«, sagte Kemni, »mach mich nicht einfach reich. Gib mir Pferde und einen Streitwagen, und lass mich lernen, damit umzugehen.«

Kemni hatte Gebu noch nie so verblüfft erlebt. »Pferde? Wieso das?«

»Damit ich den Eroberer erobern kann«, erwiderte Kemni.

»Nun«, meinte Gebu nach einem Augenblick des Schweigens, »ich selbst kann dir nicht mehr sagen. Ich werde mit meinem Vater sprechen. Wenn es möglich ist, wird er es tun.«

»Das genügt«, sagte Kemni und erschrak dann ein wenig, doch Gebu tadelte ihn nicht für diese Unverschämtheit. Er lachte nur, versetzte ihm einen Schlag gegen den Oberarm und rief nach neuem Wein. »Zu deinen Ehren«, sagte er, »und zu Ehren der Gesandtschaft.«

2

Kemni fragte sich, ob er wohl den Verstand verloren hatte. Selbst wenn der König es befohlen hatte – Kemni hatte nicht die Fähigkeiten, das Land im Geheimen zu verlassen und vor dem König von Kreta für seinen König zu sprechen. Er konnte kämpfen, er konnte ein Schiff segeln, er konnte einen Prinzen amüsieren. Aber solche Gesandtschaften waren etwas für Weise, für große Herren und Prinzen. Nicht für den Adoptivbruder eines geringeren Prinzen.

Er hatte doch nur einen Traum gehabt! Es schien, als ob der König das Schicksal Ägyptens tatsächlich von einer solch fragwürdigen Sache abhängig machte.

Es war bereits entschieden. Der König hatte es selbst gesagt. »Die Götter haben dich auserwählt«, erklärte er, als Kemni versuchte zu widersprechen. »Sie werden dich führen. Vertraue ihnen.«

Kemni hatte keine Wahl. Der König hatte gesprochen. Und Naukrates, der Kreter, wollte am nächsten Morgen segeln.

Kemni würde allein reisen. Man hätte ihm einen Diener oder eine Wache mitgegeben, doch das lehnte er ab. Immerhin war es eine geheime Mission und musste vor den Retenu verborgen bleiben.

Und vielleicht hatte man ihn auch deshalb auserwählt. Ein Adliger von höherem Rang hätte vermutlich auf mehr Aufwand bestanden, denn das Angebot eines einzelnen Kriegers oder Dieners als Begleitung hätte eine solche Persönlichkeit beleidigt. Und ein für einen großen Herren angemessenes Gefolge wäre aufgefallen, lange bevor sie die Häfen des Deltas passiert hätten; das Geheimnis würde entdeckt und alle getötet werden.

Das hier war kein Kampf auf dem Schlachtfeld, Mann gegen Mann, bei denen die Götter den Sieger wählten, und dennoch war es eine Schlacht. Dass sie im Geheimen ausgetragen werden musste, nun, das war eine Schande, aber keine so große Schande wie die Teilung Ägyptens und die Tatsache, dass ein asiatischer König eine Hälfte des Landes regierte.

Am Ende ritt Kemni auf dem Rücken seines Zorns: des Zorns auf den fremden König und darauf, dass man ihn im Namen seines eigenen Königs aus seinem eigenen Land vertrieb, um einen anderen fremden König um Hilfe zu bitten, das Untere Reich zurückzugewinnen. Zorn hielt ihn aufrecht, als er sich nicht einmal von seinen Freunden oder den anderen Prinzen außer Gebu verabschieden konnte; selbst als er von seinem König zum Abschied nichts weiter enthielt als eine Schachtel, die mit Silber gefüllt war. Das war Wohlstand – aber kaum genug, um die Gunst eines Königs zu gewinnen.

Er verließ den Palast leise und wie beiläufig, als machte er sich nur auf die Suche nach Unterhaltung, und ging durch die erwachende Stadt zu den Kaianlagen und den Schiffen.

Das Schiff aus Kreta war, wie Kemnis eigene Gesandtschaft, dazu angelegt, weniger zu scheinen als zu sein. Sein Name war, wie er erfahren hatte, *Tänzerin*. Es war ein älteres Schiff, das am Bug aufgemalte Auge von Wellen und Wetter ausgebleicht, die einstmals purpurfarben gefärbten Segel nun von einem verwaschenen Grau. Die Mannschaft nahm wenig Notiz von Kemni, als er nicht allzu ungeschickt an Bord ging, aber sie waren sich seiner bewusst. Er spürte es auf seiner Haut und zwischen den Schulterblättern.

Dass Naukrates hier der Kapitän war, war nicht nur an seiner glanzvollen Aufmachung zu erkennen – über solche verfügte er nicht –, sondern weil er unter einem Baldachin an Deck stand und die anderen seine Befehle befolgten. Nicht, dass dies häufig geschah. Sie hatten die Haltung von Männern, die lange und gut unter demselben Kapitän und auf demselben Schiff gedient hatten; alles hier war ihnen vertraut und jeder Mann hatte seinen Platz und seinen Zweck.

Kemni hatte keinen Anteil an dieser eingeübten Zusammenarbeit. Schon bald fand er sich an einer Stelle nahe dem stachelbewehrten Bug der *Tänzerin*, gegen einen Ballen Fracht gelehnt. Dort, so wurde klar, sollte er lieber bleiben und sich nicht einmischen.

Gut, dass er nur so wenig Stolz zu verlieren hatte, dachte er, als er es sich so gut wie möglich zwischen den Kisten und Ballen gemütlich machte. So wenig herrschaftlich und auf einem Schiff, das eindeutig bessere Tage gesehen hatte, verließ Kemni also den Hafen von Theben. Keine Menschenmengen jubelten ihm zu, keine Adligen Ägyptens verabschiedeten ihn. Er ging wie ein ganz gewöhnlicher Reisender, unbemerkt und unerkannt.

Und das war genau, was der König wünschte. Kemni ertrug es aus keinem anderen Grund. Er war immer noch wütend und hatte auch vor, um Ägyptens willen wütend zu bleiben, bis er in Knossos vor dem König stand und sagte, was sein König ihm aufgetragen hatte.

Aber bis dahin würde es noch eine Weile dauern. Also ließ er sich nieder, beschloss unsichtbar zu werden, Fracht wie die Kisten und Ballen, und sich so auf dem Fluss immer weiter von der Stadt zu entfernen, die die vergangenen Jahre zu seiner Heimat geworden war. Er blickte nicht zurück, denn Theben war in seiner Erinnerung so klar, dass er das nicht brauchte.

Er richtete den Blick auf den Fluss vor sich: Das Wasser war voller Boote und Schiffe, jeder Fischer war draußen, jeder Händler, und jeder Mann und jede Frau, für die irgendwie die Notwendigkeit bestand, sich auf dem Fluss aufzuhalten. Er sah eine Flottille von Beisetzungsbooten mit klagenden Frauen, die einen einbalsamierten Toten zu einem Grabmal am Westufer brachten. Er sah einen Adligen in einer bunten Barke, gefolgt von einem Boot voll Musikern, die die Luft mit dem Klang von Flöten und Harfen versüßten. Er sah Händler verschiedener Nationen, alle in ihrer eigenen Art von Schiffen: Nubier, Ägypter, Asiaten. Aber nur seines war ein kretisches Schiff.

Die Strömung war täuschend träge, denn dies war die Jahreszeit des Wartens auf die Flut, die ihn weit über das ägyptische Tal ausbreiten würde. Der Tag träumte seinen Weg in den Abend und in eine Nacht klarer Sterne. Sie gingen nirgendwo hier in Ahmoses Königreich vor Anker, sondern segelten die Nacht durch, weiter aufs Meer zu. Kemni wäre beinahe zwischen der Fracht eingeschlafen, war tatsächlich bereits am Dösen, aber eine Hand auf seiner Schulter ließ ihn plötzlich aufschrecken.

Er blinzelte auf in ein Gesicht, das er kannte – aber woher oder wieso er es kannte, wusste er nicht genau. Es war ein kretisches Gesicht, jung, mit großen Augen und schwarzen Locken. Auf den ersten Blick hätte er nicht sagen können, ob es ein Mann oder eine Frau war, aber als er sich dann aufsetzte und der Kreter zurückwich, sah er deutlich, dass es sich um einen Mann handelte, oder genauer gesagt um einen Jungen, fast nackt, braun gebrannt und über die Maßen vergnügt.

Er schwatzte in seiner eigenen Sprache auf Kemni ein, rasch und leicht wie fließendes Wasser. Als Kemni einfach zurückstarrte, seufzte er ein wenig – gerade genug, dass es wahrnehmbar war – und sagte langsam und mit schrecklichem Akzent: »Kapitän sagt, du kommen. Du kommen. Ja?«

»Ja«, erwiderte Kemni. Er erhob sich, streckte sich, reckte den steifen Hals, die Schultern und den Rücken. Der kretische Junge grinste ihn an. Kemni fletschte die Zähne und grinste zurück wie ein Löwe.

Der Junge lachte. »Du kommen«, sagte er.

Naukrates, der Kapitän, saß entspannt in seiner Kabine unter Deck, im sanft schaukelnden Licht von Lampen, die süßes Öl verbrannten. Hier gab es kein Gold, keinen offensichtlichen Luxus, aber für Augen, die sehen konnten, bestand kein Zweifel daran, dass hier ein wichtiger Mann lebte. Die Lampen bestanden aus Bronze, einfache, aber hervorragende Arbeit. Die Decken auf den eingebauten Sitzbänken, die Kissen, die sie bequem machten, waren ein wenig abgewetzt, aber wunderschön, die Arbeit feiner Nadeln: zweifellos adliger oder gar königlicher Herkunft. Eine weitere solche Handarbeit bedeckte eine Truhe von Ehrfurcht gebietender Größe, und was sich darin befand, konnte Kemni erraten.

Im Augenblick diente sie als Tisch. Kemni hatte kein königliches Bankett erwartet, aber für ein Schiff, das vorgab, ganz gewöhnlich zu sein, war es ein gutes Essen. Der Wein stammte aus Kreta und schmeckte sehr gut. Das Brot war aus fein gemahlenem Mehl, und es gab Öl, um es hineinzutauchen, üppig duftend und aus kretischen Oliven gepresst. Der Entenbraten und die Flussfische, jeder in einem anderen Kraut gebraten, hätten auch einer königlichen Tafel keine Schande bereitet. Es gab Zwiebeln und Salat und danach Kuchen mit Honig und Gewürzen.

Endlich lehnte Kemni sich zurück, vermeintlich kurz vor dem Platzen, und rülpste anerkennend. »Ein Lob für den Koch«, sagte er.

Naukrates lächelte. »Ich bin sicher, er wird dafür dankbar sein.«

»Obwohl ich Ägypter bin und nicht viel wert?«

»Ah«, meinte Naukrates. »Du verstehst uns zu gut.«

»Ägypter denken ebenso von Kretern«, meinte Kemni. »So ist es nun einmal in der Welt.«

Eine Weile saßen sie sich schweigend gegenüber. Kemni beobachtete, wie die Lampen schwankten, während *Tänzerin* sich in der Strömung wiegte. Er konnte die Geräusche hören, die für ein Schiff bei Nacht typisch waren: schnarchende Männer, knarrende Takelage, der leise Schritt der Deckswache über seinem Kopf. Warmer Wind drang durch die Luke. Jemand spielte Flöte, sehr leise, sehr angenehm.

»Und jetzt erzähl mir«, sagte Naukrates, »warum man dir diese Aufgabe übertragen hat.«

»Mir, wo man doch so viele andere hätte schicken können?« Kemni zuckte mit den Achseln. »Ich sehe ziemlich unbedeutend aus, nicht wahr? Selbst für einen Ägypter.«

»Oh, ich denke, es ist mehr an dir, als man glauben möchte.« Naukrates griff nach dem Weinkrug und füllte ihnen nach. Er griff nach seinem Becher, trank aber nicht sofort, sondern drehte ihn nur hin und her und beobachtete Kemni über den Rand hinweg. »Erzähl mir, wer du bist.«

»Ich heiße Kemni«, sagte Kemni nach kurzem Schweigen. »Mein Vater war ein Adliger, nicht sonderlich wichtig, aber achtbar genug, oben im Delta, hinter Memphis. Unsere Familie lebte auf einem Besitz, den wir den Goldenen Ibis nannten, schon zu Zeiten, bevor es einen König der Zwei Länder gab.

Dann kamen die fremden Könige, die wir Retenu nennen. Mein Großvater kämpfte gegen sie, aber er wurde besiegt. Er behielt sein Anwesen und bewirtschaftete es so gut wie möglich, zahlte aber einem König Tribut, der nicht in Ägypten geboren war. Als er sich zum Blütenfeld begab, wo er zweifellos eine gerechte und große Belohnung erhielt, übernahm sein Sohn die Herrschaft. Das war mein Vater, ein stiller Mann, wenig geneigt, sich gegen seinen Oberherrn zu widersetzen. Er heiratete spät. Als ich zur Welt kam, war er bereits alt. Vielleicht lebt er noch, ich weiß es nicht. Ich verließ ihn, als ich alt genug war, um zu kämpfen, und ging mit dem Bruder meiner Mutter zum König in Theben.

Er nahm uns als Diener auf, wie es angemessen war. Und wir kämpften gegen die Eroberer. Wir siegten – wir triumphierten. Wir nahmen den größten Teil des Unteren Reichs ein und belagerten ihre Hauptstadt Avaris. Mein Onkel starb mit einem Retenupfeil im Herzen, ich selbst wurde verwundet. Vielleicht hätte ich sterben sollen, aber die Götter schützten mich. Ich bemerkte nicht einmal, dass ich verwundet war: Nachdem mein Onkel gefallen war, kämpfte ich mich durch eine Mauer von Feinden und fand mich dann wieder bei meinem eigenen Volk. Wir kämpften, bis niemand mehr übrig war, und dann stand mir plötzlich ein

Mann gegenüber, der mich ansah und sagte: ›Großer Horus, sie haben dich aufgespießt wie einen Ochsen!‹«

»War das der Fall?«, wollte Naukrates wissen.

»Beinahe«, sagte Kemni. »Ich hatte Glück, denn der Speer hatte kein lebenswichtiges Organ durchdrungen. Ich war eine Weile ziemlich jämmerlich dran, und mein neuer Kampfesbruder hatte viel damit zu tun, auf mich aufzupassen, vor allem nachdem wir die Belagerung von Avaris abgebrochen hatten und direkt nach Nubien gezogen waren, um dort die Grenzen des Königreichs zu schützen, aber am Ende ging es mir wieder gut. Inzwischen wusste ich, dass mein Waffenkamerad einer der Söhne des Königs war, und dann nahm er mich in seinem Haus auf. Dort habe ich seitdem gelebt und dem König so gut ich konnte gedient. Aber ich bin nie in das Land zurückgekehrt, das das meine sein sollte. Ich bin als Rebell bekannt, und die Retenu würden mich sofort töten. Das wäre mir gleich, aber meine Mutter, mein Vater, falls er noch am Leben ist – sie würden nur leiden, wenn ich zurückkehrte.«

»Also hast du guten Grund«, sagte Naukrates, »zu wünschen, dass die Eroberer verschwinden.«

»O ja«, erwiderte Kemni. »Ja, das habe ich.« Es war ein alter Zorn, geschliffen und poliert wie ein antikes Schwert. »Ich habe meinem Kampfesbruder einmal gesagt, dass ich alles tun würde, um die Retenu aus Ägypten zu vertreiben. Selbst – ja, selbst Ägypten verlassen.«

»Ägypter tun das nie, nicht wahr?«

»Warum sollten wir?«

Der Kreter zuckte mit den Achseln und lächelte. »Wir segeln durch die ganze Welt. Mein Zuhause ist hier«, sagte er und legte sich die Faust aufs Herz. »Das Land, aus dem wir kommen, ist schön, aber wir sehnen uns nach dem Meer. Wir sind ein Meeresvolk, Kinder des Windes. Wir reiten auf der Brust der Wellen. Wenn wir zurück zur Erdmutter kommen, dann wie ein Geliebter, der eine Weile bei ihr ruht, bis er auf sein Schiff zurückkehrt.«

»Alles, was wir sind, ist in Ägypten«, erwiderte Kemni. »Das Rote Land an der Grenze, das Schwarze Land im Herzen. Und der Fluss, der alles vereint. Das ist, was wir brauchen, alles, was wir je wollten.«

»Was für ein seltsames Volk ihr seid«, sagte Naukrates.

»Nicht seltsamer als ihr«, erwiderte Kemni.

»Du musst mir nur versprechen«, meinte Naukrates, »dass du nicht welken und sterben wirst, sobald Ägypten außer Sichtweite gerät. Es wäre schwierig, es deinem König zu erklären – oder dem meinen.«

»Ich hoffe, dass ich stärker bin als das«, erklärte Kemni.

»Oh. Ich habe dich beleidigt.« Es schien Naukrates nicht sonderlich zu stören. »Dann werde ich dich jetzt weiter beleidigen. Gesandtschaften profitieren von den Künsten ihrer Übersetzer. Es würde die Großen meines Landes erfreuen, wenn du in ihrer eigenen Sprache sprächest.«

»Würdest du auch darum bitten«, wollte Kemni wissen, »wenn ich ein großer Adliger in einer goldenen Barke mit Armeen von Dienern wäre?«

»Nein«, erwiderte Naukrates prompt.

»Nun«, sagte Kemni, »es ist nicht so, als ob ich hier viel zu tun hätte.«

»Wir werden schon Arbeit für dich finden«, sagte Naukrates. »Und während wir das tun, können wir dir auch beibringen, Worte zu sprechen, die das Meer versteht.«

Kemni hatte so etwas noch nie zuvor gehört. Wieder zum Schüler zu werden, wie ein kleiner Junge in der Schreiberschule – nur, dass er viele Lehrer hatte, tatsächlich die meisten Seeleute an Bord, und sein Schulzimmer war das Schiff selbst, das sich weiter den Fluss hinunter auf das eroberte Land zubewegte. Und danach würde es, wenn die Götter gnädig und die Eroberer angemessen blind waren, das Meer erreichen, das Große Grün, von dem er gehört, das er aber nie gesehen hatte.

Es gab keine genauen Grenzen zwischen dem Land seines Königs und dem, das sich vor den Eroberern beugte. Vieles war geblieben wie früher: Dörfer und Städte entlang des Flusses, der Handel und Verkehr von Ägypten. Aber während *Tänzerin* weiter nach Norden segelte, sah Kemni erste Anzeichen der Eroberer: eine Eselskarawane am Flussufer; ein Mann in einem langen Gewand mit dichtem Bart, der unbehaglich in einem Boot saß und Gott weiß wohin gerudert wurde. Und am verblüffendsten von allen Männern in einer Reihe von Wagen, die vom Schwarzen Land ins Rote Land rasten, mit glitzernden Speerspitzen und schimmernder Rüstung. Ob sie in einen Kampf oder nur auf die Jagd fuhren, wusste Kemni nicht. Er hätte sein Herzblut für eine Antwort auf diese Frage gegeben, aber das war unmöglich. Nicht jetzt. Sein König verbot es. Er musste Geheimhaltung wahren, bis er Ägypten verlassen hatte.

Er hielt sich so gut wie möglich im Schatten und tat sein Bestes, nicht aufzufallen. Ein drahtiger Mann mit brauner Haut musste aussehen wie der andere, obwohl er sein Haar nicht in langen Locken, sondern kurz geschnitten trug. Er fasste mit an, wenn er gebraucht wurde, und lernte die Worte, die dazugehörten, und nach dem ersten langen Tag schaffte er es, tagsüber zu viel zu tun zu haben, um sich zu langweilen, und nachts zu erschöpft zu sein, um mehr als schlafen zu können. Die Träume ließen ihn in Ruhe. Er tat, was die Götter von ihm wollten, und sie überließen ihn freundlich sich selbst.

3

An einem feuchten, heißen Tag erreichten sie Memphis. Die Kreter ächzten. Kemni ging es besser, denn er war ja in diesem Land geboren und aufgewachsen. Diese Stadt war seine Stadt gewesen, diese Welt seine Welt.

Und dennoch konnte er hier nun nicht unterwegs sein, nicht, wenn er den Befehl des Königs befolgen wollte. Er musste sich hier mehr als je zuvor verstecken und ducken.

Sie würden einen Tag und eine Nacht in der Stadt bleiben und am zweiten Morgen wieder ablegen. Naukrates hatte Fracht abund aufzuladen – denn dies war tatsächlich eine Handelsreise, was immer sonst es auch sein mochte. Man konnte ein Schiff dieser Bauart und Größe kaum verbergen, und das hatte er auch nicht vor.

Weil sich am Ufer viele Schiffe drängten und weil sie lieber in der Flussmitte bleiben wollten, wo sie nicht so verwundbar waren, warfen sie Anker und ruderten mit Booten zum Ufer. Kemni hielt sich, so lange er es aushalten konnte, in der Kabine auf. Selbst er fand die Luft hier drückend, und es wehte kein kühlender Wind. Es gab einen Fächer und mit Wein gesüßtes Wasser, was einem etwas Erleichterung verschaffte. Und er war froh darüber, als der Mann des Hafenmeisters in seinem vergoldeten Boot kam, um das Schiff und seine Ladung zu inspizieren, denn diese Stimme, schrill und hochnäsig, und der gewichtige Schritt an Deck waren ihm schrecklich vertraut. Ptahmose war häufig Gast im Hause von Kemnis Vater gewesen: ein entfernter Verwandter mit großem Interesse am Schicksal des Anwesens. Wäre Kemni eine Tochter und nicht – Dank den Göttern – ein Sohn gewesen, hätte Ptahmose vielleicht Heiratsgedanken gehegt.

Und nun war er Untergebener des Hafenmeisters; zweifellos waren seine Truhen voll mit Silber und ausländischem Gold. Kemni drückte sich in den Schatten und betete, dass weder Ptahmose noch seine trampelnden Wachen ihre Inspektion auch unter Deck fortsetzen würden.

Aber er schien damit zufrieden, oben zu verweilen, mit Naukrates Wein zu trinken und die guten Kuchen des Kochs zu genießen. Kemni wusste wohl, wie gut diese Kuchen waren: eine Serviette voll hatte seinen Weg in sein Versteck gefunden. Der Koch, der niemanden leiden konnte, verabscheute Kemni nicht ganz so sehr wie die meisten anderen an Bord.

Nach einer scheinbaren Ewigkeit entfernten sich Ptahmose und seine Männer endlich wieder vom Schiff. Naukrates ging mit ihnen, oder kurz nach ihnen. Nach allem, was Kemni hören oder spüren konnte, hatte er es nicht eilig.

Er schwitzte in der Kabine, verließ sie aber noch nicht. Er lag auf der Pritsche. Vielleicht schlief er, vielleicht hatte er auch geträumt; aber daran erinnerte er sich nicht.

Als er aufschreckte, hatte die Hitze ein wenig nachgelassen und das Licht in der Kabine war dunkler geworden. Auf der *Tänzerin* war alles still, wie immer bei Sonnenuntergang.

Vorsichtig ging er nach draußen und hielt sich im Schatten.

Das Deck war so gut wie verlassen, die meisten Besatzungsmitglieder waren an Land gegangen, die an Bord Gebliebenen verhielten sich still und wachsam. Das waren keine gewöhnlichen Seeleute! Kemni erkannte einen Kämpfer, wenn er ihn sah.

Naukrates mochte lässig wirken, ließ aber in seiner Wachsamkeit keine Sekunde lang nach. Kemni entspannte sich ein wenig, als er das bemerkte.

Der Platz an Deck, an dem er sich meistens aufhielt, hatte sich verändert. Einige der vertrauten Kisten und Ballen waren verschwunden, und andere hatten ihren Platz eingenommen. Kemni fand eine schattige Stelle mit einem Hauch von Wind und nicht mehr Stechfliegen als unbedingt notwendig; es war beinahe angenehm.

Als er dort lag – ruhig, aber aufmerksam wie die Wachen –, kamen einige von der Mannschaft zurück, früh, wie man aus den Worten schließen konnte, mit denen ihre Genossen sie empfingen. Kemni verstand nun ein wenig von der Sprache, wenn auch nicht jedes Wort. Sie waren einem Freund oder Verbündeten begegnet, oder jemandem, der ihnen zumindest wohlgesonnen war, und tatsächlich hatten sie einen Fremden dabei, eine Gestalt so schattenhaft, wie Kemni versuchte zu sein. Selbst an einem stickigen Abend wie diesem war die Gestalt in einen Umhang gewickelt, und sie bewegte sich beinahe lautlos. Die nur mit einem Lendenschurz oder überhaupt nicht bekleideten Besatzungsmitglieder machten Platz, wie sie es für einen von höherem Rang zu tun gewohnt waren.

Eine Weile fragte sich Kemni sogar, ob vielleicht Naukrates zurückgekehrt sei, wenn auch aus irgendeinem Grund verkleidet. Aber diese Gestalt war kleiner, leichtfüßiger und schneller. Bevor er noch genau wusste, was geschah, beugte sich die Gestalt über ihn, ein Schatten im Umhang, und tief im Dunkeln die glitzernden Augen.

Er hoffte, dass sie von ihm nicht mehr erkennen konnte als er von … *ihr*?

Ja, sie. Es war nichts, was er tatsächlich *sah*, aber seine Haut wusste es, und sein Knochenmark. Sie bewegte sich nicht wie eine Frau, sie hielt sich nicht wie eine, sie hatte den sicheren Schritt eines Mannes und seine arrogante Haltung. Aber sobald Kemni es wusste, fragte er sich, wie er sie je für etwas anderes als eine Frau hatte halten können.

Sie sprach die Sprache der Kreter. Ihre Stimme war tief, aber klar. »Ist er das?«

Der Hauptmann der Wache war zu ihr gekommen. »Ja«, bestätigte er.

»Er scheint harmlos zu sein«, sagte sie. »Sag ihm, er wird mit mir essen.«

»Ich werde mit dir essen«, erklärte Kemni ungefragt. Seine Zunge war noch nicht so rasch wie seine Ohren, aber so viel konnte er mittlerweile verständlich sagen. »Aber sag mir erst, wer du bist und warum ich tun soll, was du sagst.«

»Weil ich es dir sage.«

Kemni zog die Brauen hoch. Ägypten hatte seinen üblichen Anteil an herrischen Frauen, aber eine solche hatte er bislang noch nicht gesehen.

Sonst schien niemand überrascht oder auch nur amüsiert. Die Seeleute waren offenbar der Ansicht, das sei alles ganz richtig so, und wer wusste schon, ob das in Kreta nicht auch der Fall war?

Kemni, ein Gast an diesem Ort, beschloss sich so zu verhalten, wie es sich für einen Gast gehörte. Diese Frau, wer immer sie sein mochte, aß nicht in der Kabine wie der Kapitän. Für sie wurde ein Baldachin an Deck errichtet und mit Lampen beleuchtet und dann mit feinem ägyptischen Leinen zugehängt, darüber folgte ein schlichterer, matterer Stoff, damit nichts mehr zu sehen war. Und als alles bereit war, führte man Kemni hinein.

Er betrat einen Raum, der, so klein er auch war, gleichzeitig wie ein Palast wirkte. Der Leinenstoff und die Lampen waren geschickt drapiert und balancierten Licht und Schatten auf beinahe magische Weise. Zwei Bänke standen einander gegenüber, bedeckt mit den verblichenen Polstern, die Kemni so oft in der Kapitänskajüte gesehen hatte. Dazwischen stand ein niedriger Tisch.

Sie hatte sich auf der vom Eingang weiter entfernten Bank ausgestreckt. Er wusste nicht, warum er eine Frau von etwa Naukrates' Alter erwartet hatte. Sie hatte sich mit ihrem schweren Umhang wie eine junge Frau bewegt, aber die Autorität ihrer Stimme und die Arroganz ihrer Haltung hatten für Kemni sowohl auf Alter als auch auf Macht hingewiesen.

Nun erwies sich, dass sie eher jünger war als er. Offensichtlich war sie mit Naukrates verwandt: Sie sah ihm sehr ähnlich, wenn ihre Züge auch dank Jugend und Geschlecht weicher waren. Naukrates war auf seine kretische Art ein gut aussehender Mann. Auch sie sah gut aus, obwohl Kemni sie nicht als Schönheit bezeichnet hätte. Ihr Gesicht war zu ausgeprägt dafür, ihr Blick zu direkt, gerade wie der eines Mannes.

Es war allerdings kein Mann, der sich hier zurücklehnte, gekleidet in der Art einer kretischen Dame: ein langer, vielstufiger Rock aus gewebtem Stoff, eng und in der schmalen Taille hoch gegürtet, und eine Weste aus ähnlichem Material, die mit Gold und Perlen bestickt war. Dieses Kleidungsstück ließ ihre Brüste nicht nur bloß, sondern hob sie der Welt auf geradezu arrogante Weise entgegen.

Die Frauen in Kreta waren stolz darauf, Frauen zu sein – das war nicht zu übersehen.

Sie betrachtete ihn vielleicht noch intensiver als er sie, obwohl sie bereits draußen bei der Fracht alles gesehen haben musste, was es an ihm zu sehen gab. Sie sah ihn an, als wollte sie ihn kennen, als wollte sie verstehen, was er war. Er verstand nichts von ihr, er kannte nicht einmal ihren Namen, aber er hatte nicht vor, sich davon durcheinander bringen zu lassen.

Sie konnte eine Feindin sein. Er bezweifelte allerdings, dass sie ihn den fremden Königen verraten würde. Nicht, weil sie sich um Gesandtschaften oder Allianzen sorgte, sondern weil das dem Kapitän dieses Schiffes und der Mannschaft schaden würde.

All diese Überlegungen erfolgten in einem kurzen Augenblick, obwohl es Kemni wie eine Ewigkeit vorkam. Dann ließ er sich ihr gegenüber nieder, ohne auf eine Einladung zu warten; er wartete lediglich darauf, was sie tun würde.

Sie tat nichts. Wie auf ein vorher abgesprochenes Zeichen brachte der Junge des Kochs nun das Essen, nichts Besseres oder Schlechteres als bei den Mahlzeiten, die Kemni mit Naukrates zu sich zu nehmen pflegte. Er hatte Hunger. Obwohl noch keiner von ihnen ein Wort gesprochen hatte, griff er nach dem Brot, brach es und bat ihr die Hälfte an. Sie nahm es ohne sichtliches Zögern entgegen.

Sie aßen schweigend, wie sie begonnen hatten. Es war ein seltsames Schweigen, beinahe behaglich, als wären sie Freunde und nicht vollkommen Fremde. Er kannte nicht einmal ihren Namen.

Nachdem sie sich beide satt gegessen hatten und der Weinkrug einmal nachgefüllt worden war, sich aber niemand regte, um nachzugießen, ergriff sie endlich das Wort: »Ich heiße Iphikleia«, sagte sie – in seiner eigenen Sprache, die sie offenbar recht gut beherrschte.

»Iphikleia«, wiederholte er. Oder versuchte es zumindest. Seine Zunge stolperte von Anfang bis Ende – noch schlimmer als Naukrates' Stolpern mit Kemnis eigenem, viel einfacheren Namen. »Ich heiße Kemni.«

»Kemeni«, sagte sie, wie auch schon zuvor der Kapitän. Sie nickte ihm zu. »Du bist anders, als ich erwartet hatte.«

Er zog die Brauen hoch. »Ach ja? Und was hast du erwartet?«

»Einen älteren Mann«, erklärte sie.

»Einen älteren und einen mit mehr Macht und Präsenz in der Welt?«

Sie zuckte mit den Achseln. Das bewirkte faszinierende Dinge mit ihren Brüsten. »Ein König hat dich auserwählt. Er muss einen Grund dafür gehabt haben.«

»Ich schien ihm zu genügen«, meinte Kemni. »Was mich angeht ... ich wäre lieber in Theben, würde die Fremden hassen und auf den nächsten Kampf gegen sie warten.«

»Das hier ist ein Kampf«, sagte sie. »Daran solltest du keinen Zweifel haben.« Sie bewegte sich plötzlich und sprach Worte, die keine Bedeutung hatten, bis sein Geist ihnen mit einiger Verzögerung Bedeutung verlieh: kretische Worte, die sie langsam ausgesprochen hatte, als wollte sie es sehr deutlich machen. »Hier ist kein Platz für Kinder oder Narren. Ich hoffe um deinetwillen, dass du keines von beiden bist.«

»Bist du der Kapitän?«, fragte Kemni in derselben Sprache, »dass du Macht darüber hast, wer auf diesem Schiff sein darf und wer nicht?«

Ihre Augen wurden ein wenig größer. »Du sprichst unsere Sprache recht gut.«

»Gut genug für einen Ägypter.« Kemni wich ihrem Blick nicht aus. »Naukrates ist dein Vater, nicht wahr?«

»Mein Onkel«, erklärte sie. »Der Bruder meiner Mutter.«

»Und er überlässt dir das Kommando auf seinem Schiff?«

Kemnis Ungläubigkeit traf ihren Stolz: Er sah, wie sie die Lippen zusammenkniff. »Er ist der Kapitän«, erklärte sie steif. »Er segelt das Schiff. Ich bin die Besitzerin.«

»Ach ja?« Kemni hatte schon davon gehört, dass Frauen Boote besaßen. Aber ein ganzes Handelsschiff? Und ausgerechnet jenes, das hier auf dem ägyptischen Fluss fuhr … »Du warst in Memphis«, sagte er. »Was hattest du in Memphis zu tun?«

»Was geht es dich an?«

Das war zu schwierig für sein unvollkommenes Kretisch. Er fiel ins Ägyptische zurück – und er empfand eine gewisse klammheimliche Freude dabei, dieselbe Verwirrung bei ihr zu bemerken, die sie bei ihm bewirkt hatte, als sie ohne Vorwarnung die Sprache wechselte. »Solange ich dem König, der in Theben regiert, diene, ist jeder Fremde, der sich in Memphis herumtreibt, verdächtig. Was hast du in dieser Stadt gemacht? Hast du vielleicht eine Allianz mit den fremden Königen gesucht?«

»Du sitzt hier auf meinem Schiff«, sagte sie mit tiefer beherrschter Stimme. »Du klagst mich des Verrats an. Wenn ich wirklich wäre, was du glaubst, hätte ich dich schon lange gefangen genommen.«

»Nicht, wenn du vorhättest, die Geheimnisse meines Königs zu erfahren«, meinte Kemni.

Sie verzog den Mund. Es war ein wunderschöner Mund und kunstvoll angemalt – und wieso ihn das bei einer Unterhaltung interessierte, die einem Kampf mit Speer oder Schwert glich, konnte er sich nicht vorstellen. »Ich bezweifle, dass du angeblich nicht mehr weißt als die wenigen Worte einer königlichen Botschaft. Das könnte auch ein Tanzaffe übermitteln oder ein Singvogel.«

»Sind es auch Affen, die im Hof der Doppelaxt mit den Stieren tanzen?«

Sie hatte sich bewegt, bevor er wusste, was sie tat. Ihre Finger um seinen Hals waren kräftig, stark und seltsam kühl wie Bronzebänder. Ihr Gesicht war alles, was er sah. Ihre Stimme war ein Flüstern wie das Zischen des Windes im Ried. »Sprich niemals«, sagte sie, »nicht einmal im Zorn, nicht einmal um mich aufzubringen, auf diese Weise von diesem Tanz. Hast du mich verstanden?«

Er verstand. Aber sie hatte seinen Stolz verletzt, und er hatte keine Angst vor Träumen. Also auch nicht vor Träumen, die von den Göttern kamen.

»Warst du es demnach, die ich gesehen habe, die die jungen Männer verlockte, bis einer bei dem Versuch, so zu springen wie du, umkam?«

Sie erstarrte. Nein, es war nicht ihr Gesicht gewesen, das wusste er, noch während er den Satz aussprach. Aber ein sehr ähnliches. Als wäre diese Frau eine Blutsverwandte. Die Züge waren fast die gleichen, obwohl ihre nicht so fein und nicht annähernd so schön waren.

Sie zog langsam die Hand zurück, als wiederstrebte ihr das, aber auch, als würde sie dazu gezwungen. »Aha«, sagte sie in kühlerem, aber nicht mehr zornigem Ton. »Aha. Das bist du also. Ich hätte es wissen sollen.«

»Was wissen sollen?«

Selbstverständlich gab sie keine Antwort. Sie setzte sich wieder auf ihre Bank, lehnte sich aber nicht bequem zurück, sondern saß bemüht aufrecht, wie eine Ägypterin es gewohnt war zu sitzen. »Vergiss nicht«, sagte sie, »dass die Götter vielleicht durch dich sprechen, sie aber deiner Weisheit nichts hinzufügen. Du wirst beurteilt werden als das, was du bist – nicht nur als ein Instrument der Götter.«

»Das hoffe ich«, sagte Kemni mit gewisser Schärfe.

Sie ging nicht darauf ein. »Erwarte nichts«, sagte sie. »Und eins solltest du wissen: Wir haben für den König im Süden ebenso wenig übrig wie für den im Norden. Und der König im Norden sitzt auf dem Tor zum Meer. Wir tun, was wir tun müssen, um dieses Tor offen zu halten.«

»Auch wenn das bedeutet, den König im Süden zu verraten?«

»Wenn es uns passt«, sagte sie. »Im Augenblick passt es uns nicht.«

»Warum warst du dann in Memphis?«

Er drängte zu heftig, er wusste es. Aber irgendwie konnte er nicht aufhören. Sie brachte ihn halb um den Verstand: ihre seltsame, derart starke Schönheit, ihre dreisten Brüste, ihr Geist, der so scharf war wie eine Klinge und gnadenloser als der eines Mannes.

Sie stürzte sich nicht wieder auf ihn, und sie bedrohte ihn auch nicht. Sie sagte mit einer Stimme, die man für sanft hätte halten können: »Wir treiben Handel. Wir handeln mit allem, womit man handeln kann.«

»Insgeheim? Verborgen vor der Welt?«

»Nicht alle Händel werden im offenen Tageslicht abgeschlossen, nicht einmal der größte Teil davon.«

Kemni spürte, wie er die Augen aufriss. »Schmuggel, wie?«

»Im Augenblick schmuggeln wir dich«, kam ihre unerwartete Antwort.

»Ich war nicht in Memphis.«

»Gibst du niemals auf?«, fragte sie ihn.

»Nein«, sagte er.

»Dann werden wir einander weiter misstrauen«, sagte sie. »Und jetzt geh und schlaf. Wir segeln beim ersten Morgenlicht.«

Beinahe hätte er noch einmal ihr Recht, auf diesem Schiff Befehle zu geben, in Frage gestellt, erinnerte sich aber rechtzeitig daran, dass sie ja die Besitzerin war. »Du musst in Kreta eine große Dame sein«, sagte er.

»Und du bist in Ägypten von ausgesprochen geringer Bedeutung«, erwiderte Iphikleia.

Er lachte. Das verblüffte sie nicht so, wie er gehofft hatte, aber immerhin wich das verächtliche Lächeln von ihren Lippen. »Damit, Prinzessin, hast du Recht. Aber ich diene meinem König. So viel kannst du mir glauben.«

»So viel glaube ich dir.«

Dann ließ sie ihn gehen. Es wäre ihm lieber gewesen, dass er sie verlassen hätte, doch als er aus diesem Palast des Lichts in die dunkle, duftende Nacht hinausging, wusste er, dass er es tat, weil sie es gestattet hatte. Er taumelte unter Deck, fiel auf die Pritsche, die man ihm überlassen hatte, und lag dort reglos, aber immer noch hellwach. Nicht einmal vor dem König in Theben hatte man ihn so an seine Grenzen getrieben und so ausgewrungen.

Das da war kein König, nein, sie war vielleicht sogar mehr als ein König. Und eine Frau und jung, und Götter! Lange her seit er seinen Spaß mit diesem hübschen Mädchen in Theben gehabt hatte.

Es hieß, der Gott Atum habe die Welt und alle Geschöpfe darin eines Nachts gezeugt, als seine Frau ihm ihren Körper vorenthielt. Kemni hätte nicht mehr oder weniger getan als irgendein Gott, wenn er im Stande gewesen wäre, sich zu bewegen. Sein ganzer Körper fühlte sich an, als triebe er in tiefem Wasser; in seinem Geist wucherte die Verwirrung wie Unkraut in einem Flussbett, und die Gedanken, die hin und wieder vorbeischossen, waren zu schnell, als dass er sie hätte fangen können.

Er wusste, dass er träumte. Das war keine Prophezeiung, kein Gott hatte diesen Traum geschickt und auch keine Göttin. Und dennoch war es so lebhaft wie im hellen Tageslicht – ein anderes Licht als in Ägypten, ebenso klar, aber viel weicher. Das Licht in Ägypten war weiß, so hell, dass es blendete. Dies hier war von sanftem Gold. Es beleuchtete ein großartiges Gebäude, einen weißen Palast, der sich über ein grünes Land am Meer erstreckte. Jeder Turm und jeder Vorsprung zeigte das Abbild des Stieres und seine Hörner, die in den blauen Himmel stießen.

Kemni flog darüber hinweg, hoch wie ein Falke vor der Sonne. Das war seine Traumseele, seine Vogelseele, der *Ba*, der über den Tod des Körpers hinaus leben würde, der frei fliegen konnte, wenn sein Körper schlief, und andere, seltsame Orte aufsuchte, an denen er im wachen Leben nie verweilt hatte. Er schwebte durch den blauen Himmel, schaute hinab auf die gehörnten Türme, und tatsächlich, von so hoch oben wirkten sie wie eine große Herde schneeweißen Viehs, das sich auf den felsigen Hügeln der Inseln zusammendrängte.

Dann sackte er wie in so vielen Träumen zur Erde, streifte irgendwie seine Flügel ab und wurde zu dem anderen Gesicht seiner Seele, dem *Ka*, dem unsterblichen Abbild seines sterblichen Ichs. Er schritt durch die Höfe jenes weißen Palastes. Kalte Höfe, leere Höfe, Höfe ohne Leben und Wärme. An jeder Wand war ein einziges Bild angebracht: die Doppelaxt, wie die Stierhörner Zeichen und Siegel des königlichen Kreters.

Rund und rund ging er in diesem Irrgarten von Höfen, tiefer und tiefer hinein. Sie schienen kein Ende zu nehmen. *Labyrinth* nannten sie diesen Palast: Haus der Doppelaxt. Das war kein schlechtes Wort für einen Irrgarten oder für so verschlungene Pfade von derart großer Zahl, dass man jegliches Gefühl dafür verlor, wo man sich befand.

Und dennoch ging er weiter, denn dies war sein Traum, und er verspürte ein intensives Bedürfnis, das Ende zu sehen. Dieses Ende, als es endlich kam, war, wie er es irgendwie erwartet hatte: eine große Halle, ein Wald von Säulen und ein Aufmarsch von Bildern in Bronze und Silber und schimmerndem Gold ... der Stier mit seinen Hörnern, die Doppelaxt, immer und immer wieder, die ganze Länge der Halle entlang.

Aber Kemni hielt auch hier nicht inne. Sein Traum zog ihn rasch vorbei an den Stieren und den Doppeläxten, auf den großen, goldenen Thron zu und auch daran vorbei durch eine Tür, die geschickt dahinter verborgen war.

Und hier befand sich das Herz, der Mittelpunkt des Labyrinths. Es war kein kleiner Raum, wirkte aber nach der geräumigen Halle so. Die Wände waren bemalt, nicht mit Stieren, nicht mit Äxten, sondern mit Männern und Frauen, Jungen und Mädchen, gekrönt mit Girlanden, die in einer langen Reihe tanzten. Die vielen Lampen, die sie beleuchteten, ließen sie lebendig wirken, es sah aus, als bewegten sie sich, als wehten ihre Locken, als wirbelten sie lachend umher.

Das lebendige Wesen unter ihnen schien weniger lebhaft als sie. Es war eine einzelne Gestalt, die auf einer niedrigen Bank saß und die Hände ruhig auf die Knie gelegt hatte. Sie regte sich nicht, schien nicht einmal zu atmen. Nur die Augen zeigten Zeichen von Leben. Dunkle Augen, groß in dem schmalen Gesicht, und der Blick war fragend und drängend auf ihn gerichtet.

Er kannte dieses Gesicht, er kannte diese Augen, diese hohen, dreisten Brüste und diesen Körper in dem Stufenrock und der bestickten Weste. Als hätte sie nur darauf gewartet, erkannt zu werden, erhob sich Iphikleia, streckte die Arme aus.

Er ging auf sie zu, blieb aber dann stehen und atmete flach und rasch. Was er für kunstvolle Armbänder gehalten hatte, hatte sich geregt und erhob schmale Schlangenköpfe. Gespaltene Zungen schossen hervor, Edelsteinaugen glitzerten.

In Ägypten waren Schlangen heilig, aber sie waren auch tödlich – wie es Götter nur zu oft sein konnten. Kein Priester, keine Priesterin würde es wagen, sie wie Edelsteine zu tragen oder sie zu streicheln, wenn sie sich um die Arme wickelten, um über ihre Köpfe hinweg Kemni anzulächeln.

Dieses Lächeln war süß und schrecklich zugleich. Welche Angst auch immer in ihm aufgestiegen war, war plötzlich verschwunden. An ihre Stelle war heller Jubel getreten. Er kam von überall und nirgendwoher, nährte sich aus ihrem Blick.

Die Schlangen glitten ihre Arme hinauf über ihre Schultern, über ihre Brüste nach unten. Sie umkreisten sie, hoben sie kurz noch höher, als wollten sie sagen: *Sieh! Sieh, wie schön!* Und sie waren schön, so schön wie der Mond.

Zwillingsmonde. Zwillingskelche aus Alabaster mit Karneolspitzen. Die Schlangen verließen sie, vielleicht bedauernd, glitten über die süße Biegung ihres Bauches, umgürteten ihre schlanke Taille und die wohlgerundeten Hüften. Irgendwie hatte sie ihre Kleidung abgelegt. Sie war nun vollkommen nackt, wie eine Elfenbeinstatue. Ihre einzige Bekleidung waren die Schlangen.

Sie trafen sich in ihrer Mitte, umkreisten sie und ruhten dort, bis auf eine, die unverschämt den Kopf einen Augenblick lang senkte, zu schnell beinahe, um es zu bemerken, um das dunkle, lockige Vlies zu küssen, das ihr Geschlecht schützte.

Kemni hielt den Atem an. Er hätte – er hätte Welten gegeben, so gesegnet zu sein, aber er konnte sich nicht regen. Er wagte es nicht. Schon als er sie in der wachen Welt gesehen hatte, hatte er gewusst, dass sie mehr war als eine einfache Frau. Das hätte man wohl kaum übersehen können, so wie sie aus den Schatten von Memphis gekommen war und das Schiff mit der sicheren Hand der Besitzerin übernommen hatte.

Aber das hier war mehr, das hier war eine Sache von Göttern und Mysterien. Was immer seine Männlichkeit ihm befahl, wonach immer sie jämmerlich flehte, sein Geist war klüger und wusste, was immer er tat, würde er nur tun können, wenn sie es gestattete.

Sie winkte. Ihr Lächeln glühte nun. *Jetzt*, sagte sie – die Luft selbst schien dieses Wort auszusprechen.

Er nahm sie nicht. Sie war keine, die man nahm. Er näherte sich ihr, wie man sich dem Schrein einer Göttin nähert, verbeugte sich vor ihr, betete sie an, wie es ihr zustand. Er trank sie wie Wein. Er schlang die Arme um sie und sank auf einen Boden, der, wie es in Träumen geschieht, so weich wie Wasser geworden war.

Dort trieben sie, trieben auf einer warmen, drängenden Flut. Sie öffnete sich ihm. Er drang tief ein. Sie seufzte wie eine Welle, die sich vom Strand zurückzieht. Eine Welle so warm wie Blut. Er sank hinein, tiefer und tiefer, stärker und stärker, heißer, drängender, bis die ganze Welt zu diesem einzigen Bewusstsein zusammengeschrumpft war.

Es war nur noch ein Punkt, ein Nadelstich blendenden Lichtes, und es gleißte und verschlang ihn.

4

Kemni erwachte im Dunkeln und schaukelte immer noch auf der Welle, die ihn im Traum getragen hatte. Unvermeidlich ging dies ins Erwachen über: das trübe Licht unter Deck, die Koje unter ihm, die Decksplanken direkt über ihm. Der Dunkelheit nach zu schließen war es immer noch Nacht, aber die *Tänzerin* war zum Leben erwacht – leise, aber unmissverständlich. Männer gingen hin und her, sprachen leise miteinander.

Er kroch nach draußen und blinzelte im Sternenlicht und dem schwachen Mondlicht auf all die Schiffe hinaus, die sich auf den Weg machten. Der Mond hing niedrig am Himmel, warf tiefe Schatten auf das Westufer des Flusses. Die alten Grabmale der Könige erhoben sich dort wie in Silber gebadete Berge.

Niemand segelte bei Nacht, es sei denn, er hatte einen Grund. Kemni ging zum Platz des Kapitäns auf dem Deck.

Naukrates war nicht dort. Seine Nichte Iphikleia stand, wo er immer gestanden hatte, und befehligte die Seeleute; sie gehorchten ihr ohne das geringste Murren.

»Wo ist er?«, wollte Kemni wissen. Er war immer noch halb am Schlafen, sonst wäre er vorsichtiger gewesen. Aber er mochte Naukrates. »Du kannst ihn nicht einfach zurücklassen!«

Sie ignorierte ihn. Selbst in seinem Halbtraum spürte er das Drängen, sah er, wie sich die Seeleute anstrengten, das Schiff zum Ablegen vorzubereiten.

»Was ist los? Wieso legen wir um diese Zeit ab?«

Sie achtete nicht auf ihn. Er war nicht dumm genug, sie zu berühren oder sie zu schütteln, bis sie ihn ansah, aber er hockte sich zu ihren Füßen nieder, wo sie über ihn steigen musste, wenn sie nicht fallen wollte.

Der Anker wurde gelichtet. Langsam, beinahe lautlos glitten die Ruder hinaus. Iphikleia hob die Hand – die Ruder verharrten. Sie senkte die Hand – die Ruder schnitten ins Wasser. Die *Tänzerin* bebte wie ein lebendes Wesen, schüttelte sich und sprang vorwärts.

Kemni klammerte sich zu Iphikleias Füßen ans Deck. Nun war er wach von der Bewegung des Schiffes und dem Wind in seinem Gesicht, der feucht und zu dieser Tageszeit beinahe kühl war. Er war sich deutlich Iphikleias Anwesenheit bewusst, ihres Körpers in dem Stufenrock, der winzigen Weste, und darüber hinaus, dass sie bald bemerken würde, wohin seine Träume ihn geführt hatten.

Er zog die Knie an, schlang die Arme darum und hoffte, das würde genügen. Die langen Wollgewänder der Retenu waren für eines wirklich gut: die heftigeren Regungen eines Mannes zu verbergen. Ein ägyptischer Schurz bot diese Möglichkeit nicht.

Die *Tänzerin* bewegte sich rasch auf der Strömung des Nils. Die Ruderer hatten nicht nachgelassen, sobald sie die Flussmitte erreichten. Es sah aus, als seien sie auf der Flucht vor etwas.

»Wovor rennen wir davon?«, fragte Kemni plötzlich.

Er hatte eigentlich erwartet, abermals ignoriert zu werden,

aber Iphikleia antwortete, ohne den Blick von den Ruderern zu nehmen. »Fragen«, sagte sie.

Kemni dachte darüber nach. Als er damit fertig war, sagte er: »Es könnte interessant werden, wenn wir das ganze Delta durchqueren müssten mit… Fragen auf den Fersen.«

»Darum kümmert sich mein Onkel«, sagte sie. »Er sorgt dafür, dass die Fragen beantwortet oder nie gestellt werden.«

»Und er wird dafür sterben?«

»Ich hoffe nicht«, sagte sie.

Und er hörte ihren strengen Ton, blickte auf zu diesem reglosen Gesicht, erinnerte sich an ihre Wärme in seinem Traum und an den Klang ihres Lachens. Diese wache Frau lachte nie, dessen war er sicher.

Bei Sonnenaufgang waren sie schon ein beträchtliches Stück flussabwärts von Memphis. Sie entspannten sich ein wenig, zogen die Ruder ein, setzten das ausgebleichte Segel und fuhren langsamer weiter. Falls fremde Augen sie entdeckten, war nichts Bemerkenswertes, keine Eile zu erkennen. Aber die Männer waren nie weit von ihren Waffen entfernt, und die Frau, die den Platz des Kapitäns eingenommen hatte, verließ ihn nicht, setzte sich nicht einmal.

Sie wartete auf etwas. Einen Kampf? Irgendwie konnte Kemni das nicht so recht glauben.

Der Verkehr auf dem Fluss wurde stärker, als es heller wurde, bis die intensiver werdende Hitze und die strahlende Sonne alle bis auf die Entschlossensten dazu trieb, am Ufer Schutz zu suchen. Wind blähte das Segel. Es gab wenig zu tun, außer es im Wind zu halten und sich so gut wie möglich auszuruhen.

Gegen Mittag, als die Luft wie gehämmerte Bronze war und selbst die Stechfliegen sich auf die Suche nach einer Zuflucht gemacht hatten, legte ein kleines Boot vom Ufer ab. In diesem Boot stand ein Mann, ein schlanker, brauner Mann in einem Lendenschurz, der ein Stück Stoff um den Kopf gewickelt hatte.

Kemni hätte ihn als Kreter erkannt, selbst wenn er seinen Namen und das Gesicht nicht gekannt hätte. Die breiten Schultern, die schmale Taille, die runden Augen und die Lässigkeit, mit der er in diesem kleinen Boot stand, waren unmissverständlich. Aber niemand verfolgte ihn. Niemand stand am Flussufer und schrie Verrat.

Naukrates hatte ein wenig flussabwärts des Schiffs abgelegt. Es war leicht für ihn zu warten, bis sie ihn einholten, über die Seite zu springen, als sie vorbeizogen und an Bord zu klettern.

Man bereitete ihm kein sonderliches Willkommen, aber etwas auf dem Schiff hatte sich verändert. Es war, dachte Kemni, wieder vollständig. Iphikleia konnte befehlen, und man gehorchte ihr, aber Naukrates war der Kapitän. Ohne ihn hatte die *Tänzerin* ihren Kopf verloren.

Er blieb nicht an Deck und verschwendete keine Zeit mit leerem Geschwätz. Lediglich einen forschenden Blick warf er über das ganze Schiff und stellte offenbar fest, dass alles in Ordnung oder zumindest nicht in sonderlicher Unordnung war. Mit der Andeutung eines Nickens drehte er sich um und ging nach unten.

Kemni ließ ihm Zeit, sich zu waschen, sich umzuziehen, sich auszuruhen. Aber als die Sonne sich sichtlich dem westlichen Horizont zubewegte, verließ er das Deck selbst. Niemand hielt ihn auf. Er war ein wenig überrascht.

Naukrates hatte geschlafen: Er sah verknittert aus, ebenso wie seine Koje. Aber nun war er aufgestanden, trug den üblichen Schurz und kaute auf einem Stück Gerstenbrot. Es sah so aus, als hätte er ein oder zwei Becher Wein getrunken. Er goss Kemni welchen ein, als dieser in die Kabine trat, und schob ihm den Becher über den Tisch zu.

Kemni trank um der Höflichkeit willen einen Schluck, aber er hatte keinen Durst. »Du bist schnell gereist«, sagte er, »um ein Schiff einholen zu können, das sich mit Wind und Strömung bewegte und vor dir ablegte.«

»Ein Wagen«, erwiderte Naukrates, »und der Segen der Götter.« Er streckte sich schmerzlich und rieb sich über ein Schienbein, das ihm offenbar wehtat. »Die Retenu lernen, in Wagen zu fahren, bevor sie noch laufen können, aber wir, die wir es an Land oder auf einem Schiff behaglicher finden – oh!«

»Und was hast du in einem Wagen gemacht?«, wollte Kemni wissen.

Naukrates lachte. »Das gefällt mir an dir, Ägypter: Du sprichst so schnell wie du denkst. Was glaubst du wohl, was ich in einem Wagen gemacht habe? Mich gegen dich und deinen König verschworen?«

»Das wäre möglich«, meinte Kemni, »aber unwahrscheinlich. Es ist nicht deine Art. Du hättest mich schon längst getötet und an die Krokodile verfüttert, wenn du mich loswerden wolltest.«

»Ich könnte dich vielleicht überraschen«, sagte Naukrates mit einem scharfen Seitenblick. Aber dann fügte er hinzu: »Nicht jeder Wagen im Unteren Reich gehört einem Eroberer. Und nicht jedes Zugtier hat ein fremdes Brandzeichen. Das solltest du wissen, Sohn eines Adligen aus dem Unteren Reich, wenn überhaupt jemand.«

»Ich weiß es«, sagte Kemni. »Aber ich wollte es hören. Du hast also mit Ägyptern gesprochen, die keinen Grund haben, ihren neuen König zu lieben. War das auch der Grund, wieso dein Schiff so plötzlich floh?«

»Wir haben erfahren, dass bestimmte Offiziere des Königs vielleicht am Morgen zu Besuch kommen wollten. Wir waren in keiner gastfreundlichen Stimmung.«

»Und ihr wolltet sie nicht entdecken lassen, dass ihr Ägypter unter eurer kretischen Besatzung habt.« Kemni probierte den Wein in seinem Becher, bemerkte, dass er mittlerweile doch Durst hatte, und trank. Als er wieder hinter dem Becher auftauchte, lag Brot vor ihm, und jetzt hatte er auch Hunger. Zwischen Bissen in die steinharte Kruste sagte er: »Du wärest vielleicht besser geblieben. Wenn ein Mann zu rasch verschwindet, glaubt man, er könne Grund dazu haben.«

»Wir hatten Grund«, sagte Naukrates. »Ein Ruf aus Kreta, der uns zurückbefiehlt, bevor die Stiertänze beginnen.«

Kemni setzte dazu an zu sagen, dass dieser Befehl bereits ergangen war, bevor die *Tänzerin* Theben verlassen hatte, sprach es aber nicht aus. »Wer war so neugierig? Ein gewisser Ptahmose?«

Naukrates nickte.

»Aha«, sagte Kemni. »Woher wusstest du, dass er mich kennt?«

»Man kann über vieles sprechen«, antwortete Naukrates, »während man den Besuch eines solchen Herrn erträgt.«

Mehr würde Kemni nicht erfahren. Er war nicht ganz zufrieden damit, aber es würde genügen müssen. Hinter dieser ganzen Angelegenheit steckte mehr, als man ihm gesagt oder gezeigt hatte, das hatte er gewusst, seit er an Bord gegangen war. Er diente seinem König, wie man einem König dienen musste. Man hatte ihn nicht gebeten, seine Meinung darüber kundzutun.

Sie wurden vielleicht nicht verfolgt, hatten aber auch nicht vor, mehr Aufmerksamkeit als nötig zu erregen. Als sich der Fluss in das gewaltige Delta aufteilte, teilte und wieder teilte, wählte Naukrates Wege, die sie an den unwichtigeren Städten vorbeiführten; Avaris, die Hauptstadt der fremden Könige, sahen sie nicht. Damit hätten sie das Schicksal nur herausgefordert.

Kemni konnte die Hand des Eroberers auf diesem Land spüren: Nicht nur die Hitze war hier bedrückend. Felder, die üppig bepflanzt gewesen waren, waren nun abgeerntet, von Eselherden abgegrast, zum Teil auch von den weniger verbreiteten größeren, eleganteren Pferden. Manchmal sah man sie zum Trinken an den Fluss kommen, oder wie sie sich schnell hin und her bewegten, um etwas zu erreichen, das dem Auge des Beobachters verborgen blieb.

Er hätte sie hassen sollen. Sie waren der Wohlstand des Eroberers, seine Waffe und seine Kraft. Aber sie waren auch schön, stark und schnell, und sie selbst wollten den Menschen nicht schaden.

Eine Waffe, dachte er, als er sich auf die Reling stützte und eine solche Herde beobachtete – Pferde, die von einer Bewegung im Ried zum Galopp veranlasst worden waren –, kümmerten sich wenig darum, welche Hand sie schwang. Ägypten würde den Streitwagen meistern können, ebenso wie die Tiere, die ihn zogen.

Er war nicht der Erste, der so etwas gedacht hatte, aber bisher hatte niemand etwas unternommen – zumindest nicht das, was Kemni vorhatte. Und er schwor sich, dass er es tun würde. Wenn er seine Pflicht in Kreta hinter sich gebracht hatte. Wenn er wieder in Ägypten war. Er würde die Pferde des Feindes zähmen und sich seiner Streitwagen bemächtigen. Dann wäre Ägypten so stark wie die Retenu und ebenso unbesiegbar im Kampf

5

Das Delta war sowohl tief als auch breit, ein großes und üppiges Land. Aber sogar das Delta hatte ein Ende und ergoss seine Wasserfluten ins Meer.

Kemni hatte das Meer noch nie gesehen. Er war niemals so weit nach Norden gekommen, niemals dem Fluss zu seinem Ende gefolgt, er hatte nicht erwartet, dass er es zuerst riechen könnte, lange bevor er es sah. Es war ein seltsamer Geruch, durchdringend und schwer von Salz. Er hasste es beinahe, und beinahe liebte er es.

Die Götter hatten ihn so weit gefahrlos gebracht, und von der nächtlichen Abreise aus Memphis einmal abgesehen, war er nie bedroht gewesen. Nun träumte er davon, sich vom Bug der *Tänzerin* in den Fluss von Ägypten zu werfen, seinen Fluss, den einzigen Fluss auf der Welt, der so groß und so gesegnet war.

Er konnte Ägypten nicht verlassen. Ägypten war in seinem Blut, tief in seinen Knochen, fern von diesem Land würde er welken und sterben.

Aber sein König hatte ihm einen Befehl erteilt, also musste er tun, was man ihm befohlen hatte.

Und was ihre bisher relativ ungestörte Reise anging: Noch dankten sie den Göttern nicht, nicht bevor sie die letzte Landspitze hinter sich gelassen hatten und aufs offene Meer hinausgesegelt waren. Sie waren weiterhin vorsichtig, hatten die Waffen dicht bei der Hand und Wachen an Bug und Mast aufgestellt, die unablässig in das grüne Dickicht am Ufer spähten. Das einzige Geräusch war das Summen der Fliegen und das Plätschern des Wassers gegen den Rumpf, und in der Ferne das träge Röhren eines Flusspferdes.

Kemni hielt sich an dem Ort auf, an dem er häufig war, nahe

dem Kapitänsposten. Er war vollkommen angespannt; wenn er sich nicht ungeheuer beherrschte, würde er ins Wasser springen, selbst ungeachtet der Krokodile. Einmal erwischte er sich beinahe dabei, um das Auftauchen von Feinden zu beten, einer ganzen Armee mit Streitwagen.

Und wenn der Feind käme, was konnten sie noch tun? Sie könnten vielleicht auf die *Tänzerin* schießen, aber das Schiff würde wegen ihnen nicht langsamer werden. Die Fremden hatten keine eigene Flotte.

Kemni konnte nicht hoffen, auf solche Art gerettet zu werden. Ägypten verschwand hinter ihnen umso schneller, je näher sie dem Meer kamen. Dann war es zwischen einem und dem anderen Atemzug völlig verschwunden. Das große, träge Wiegen hatte sie übernommen. Der Himmel hatte sich geöffnet, und bis zum Horizont gab es nur Wasser. Kein Land. Kein Ägypten. Nur das gewaltige Große Grün.

Es war nicht grün. Es war blau; von tiefstem, reinem Blau wie Lapislazuli mit weißem Schaum gesprenkelt. Direkt unter dem Schiff war noch eine Erinnerung ans Land zu erkennen: ein breiter Fächer von schlammigem Braun, Geschenk und Tribut des Flusses ans Meer. Aber nur zu schnell segelten sie dort hinaus und in tieferes, reineres Wasser.

Kemni klammerte sich ans Deck und kämpfte gegen den Drang an zu heulen wie ein Hund. Rings um ihn her entspannten sich die wachsamen kretischen Seeleute; eine gewisse Grimmigkeit wich von ihnen, schmolz in der Sonne. Sie waren zu Hause und frei.

Er war zu Hause gewesen und war es nun nicht mehr. Er, Kemni, fühlte sich leer im Geist, dachte, ganz entfernt, dass er davon sterben könnte.

Dann spürte er eine Hand auf der Schulter und vernahm eine klare, ein wenig kalte Stimme: Iphikleia. »Trinke den Wind«, sagte sie. »Fülle deine Seele damit. Erinnere dich, wo du herkommst. Das wirst du nie vergessen – nicht, solange du dich erinnern kannst.«

Sie versuchte nicht, freundlich oder sanft zu sein. Sie sagte ihm, dass er stark sein müsse. Er blickte zu ihr auf, doch sie schien keine Notiz von ihm zu nehmen, hatte den Blick zum Horizont gewendet. In ihren Augen stand die Sonne und der Wind und der kalte Kuss der Gischt.

»Die Götter leben hinter dem Horizont«, sagte Kemni. Er wusste nicht genau, wo dieser Satz herkam, aber er entsprach der Wahrheit. »Der Horizont ändert sich nie, ganz gleich, wo man steht.«

»Ja«, sagte sie.

Sie bot ihm nichts weiter an, aber auch nicht weniger. Er nahm an, es war für sie wichtig, dafür zu sorgen, dass der Gesandte des ägyptischen Königs nicht den Verstand verlor und versuchte, in sein eigenes Land zurückzuschwimmen. Und dennoch war er ihr etwas schuldig. Sie hatte ihn mit wenigen Worten gelehrt, klar zu sehen, und ihm den Mut gegeben, sich dieser gewaltigen neuen Welt zu stellen.

Sie war groß, diese Welt, und sehr leer, eine Wüste von Wasser und Himmel. Es gab keinen Ankerplatz, kein Ufer, an dem man rasten konnte, wenn die Sonne sank und die Sterne herauskamen. Diese Kreter segelten bei Tag und Nacht, wenn der Wind günstig war. Die Meeresgötter freuten sich, sagte sie, sie nach so langer Zeit auf dem ägyptischen Fluss wieder hier zu sehen.

Naukrates war nach der wilden Fahrt im Streitwagen längst wieder zu sich gekommen. An jenem ersten Abend auf See spielte er an Deck den Gastgeber für Kemni und Iphikleia sowie einen oder zwei der wichtigeren Seeleute. Kemni brauchte sich nicht mehr zu ducken, nicht mehr zu verbergen, dass er nicht zu diesem Volk gehörte. Er stellte allerdings fest, dass diese Gewohnheit erstaunlich schwer zu brechen war, aber nachdem er das erst einmal bewältigt hatte, hatte er das Gefühl, eine Last sei von seinen Schultern gefallen. Er setzte seine drittbeste Perücke auf, zog seinen zweitbesten Schurz und den goldenen Kragen an und war eine Weile wieder ein Adliger

Auch Iphikleia hatte sich geschmückt und ihre Brüste ebenso bemalt wie die Lippen, als wollte sie ihn mit etwas verlocken, wovon er wohl träumen, was er aber nie wirklich haben könnte. Sie blieb weiter kühl und zurückhaltend, hochfahrend sogar gegenüber ihrem Onkel – obwohl er sie dafür neckte und Geschichten aus ihrer Jugend erzählte.

»Du warst so wild wie eine Möwe«, erinnerte er sich, nachdem ihn der Wein ein wenig erwärmt hatte, »du bist überall hingerannt, wohin du wolltest – sogar in den hohen Rat des Königs oder zu den Priesterinnen bei ihren Ritualen. Aber meistens«, sagte er mit leisem Lachen zu Kemni, »war sie in den Hügeln, scheuchte das Vieh und die Schafe hin und her und brachte die Hirten zur Verzweiflung. Sie hatte gehört, dass die Leute im Osten auf Pferden ritten, und beschlossen, dass eine Kuh ein gutes Reittier für ein kretisches Kind abgeben könnte. Sie bastelte sich einen Sattel aus einem alten Fell sowie Lederriemen und eine Art Zaumzeug aus Knotenschnüren und erwählte sich nicht irgendeine Kuh, sondern die Färse der Herrin. Weiß wie Milch war dieses Tier, und ihre Hörner wie der junge Mond, und die Priesterinnen hatten sie nur mit der feinsten Gerste gefüttert und sie mit Blütengirlanden geschmückt.

Und dieses Kind wollte ein Pferd aus der Kuh machen. Sie war so zahm wie ein neugeborenes Lamm, bei aller Anbetung, die sie erhielt – und das war ein Glück, denn wenn dieses freche Mädchen sich in den Kopf gesetzt hätte, einen der Stiere zu zähmen ...«

»Ich mag waghalsig gewesen sein«, lenkte Iphikleia ein, »aber niemals dumm. Ich habe das Tier erwählt, das wahrscheinlich am zahmsten sein würde. Und das war sie. Man konnte nicht gut auf ihr sitzen, nicht wie auf einem Pferd, dessen Rücken dazu geschaffen ist, einen Reiter zu halten, aber sie ertrug mich. Sie ging sogar, wohin ich wollte, und blieb meist stehen, wenn ich sie bat. Sie war ein recht vernünftiges Reittier.«

»Bis die Priesterinnen dich erwischt haben«, fuhr Naukrates fort. »Götter und Göttinnen, wie sie sich aufgeführt haben! Es ist ein Wunder, dass sie nicht verlangten, dir das Herz bei lebendigem Leib herauszureißen.«

»Nein, sie wollten nur meinen Körper für den Stiertanz.« Dann schloss Iphikleia bewusst den Mund. Dies, so verkündete die Geste, kam Dingen zu nahe, die Fremde nicht hören sollten.

Aber Naukrates schonte sie nicht. »Ja, sie haben dir eine harte Strafe auferlegt. Aber auch beim Stiertanz lag der Segen der Herrin auf dir. Es blieb ihnen nichts übrig, als dich zu einer der Ihren zu machen, um den Rest ihres Viehs vor deinem Ehrgeiz in Sicherheit zu bringen.«

Iphikleia kniff die Lippen zusammen. Sie hatte nichts Leichtfertiges an sich, das erkannte Kemni, erst recht nicht, wenn es um sie selbst ging. Und dennoch musste sie als Kind anders gewesen sein, waghalsig, zu Streichen aufgelegt. Es war schade, dass sie das so vollkommen hinter sich gelassen hatte.

In dieser Nacht träumte er wieder von ihr, einem schlanken Mädchen mit kaum gesprossenen Brüsten, das auf einer milchweißen Färse ritt. Es war ein keuscher Traum, wie es die anderen nicht gewesen waren, und dennoch erwachte er voller Begierde. Er verschaffte sich Erleichterung, so gut er konnte, und fluchte in seiner dunklen, stickigen Kabine: Wenn er an Land ginge, würde er – o ja, bei den Göttern, er würde sich eine willige Frau suchen und sie lieben, bis sie um Gnade flehte.

Sie waren fünf Tage auf See, und vier Nächte voller Träume, an die Kemni sich lieber nicht erinnern wollte. Auch am fünften Tag wehte ein frischer Wind, die Seeleute tänzelten singend durch das geordnete Durcheinander des Schiffs, und gegen Mittag erklang ein Ruf: »Land! Land ahoi!«

Es war nur ein Schatten, eine Wolke am Horizont. Aber dieser Schatten wuchs, während der Tag weiterging und die Sonne kletterte, und als sie wieder zu sinken begann, konnte selbst ein Fremder die große Insel erkennen. Felsige Klippen, mit Grün gekrönt, und darauf verstreut schimmerndes Weiß: Städte, Paläste, weiße Tempel, hoch oben auf den Felsen. Kemni war davon überzeugt, dass der Erste dieser Paläste der war, den sie suchten, der heilige Palast, das Haus der Doppelaxt, das Labyrinth des Königs von Kreta.

Aber es war ein Tempel – ein Tempel für den Himmelsgott, sagte Iphikleia. Das Haus der Doppelaxt lag im Land, auf der anderen Seite der Insel. Sie würden ihr Ziel erst nach Tagen erreiche, mussten diesen Berg mitten im Meer umsegeln, bevor sie zum Hafen von Knossos gelangten und von dort zum Labyrinth aufsteigen konnten.

»Freu dich daran«, sagte sie zu Kemnis deutlicher Enttäuschung. »Wir werden bei Tag segeln und die Nächte in den Dörfern verbringen. Kreta wird uns herzlich willkommen heißen, und wir haben keine Eile, darüber hinwegzugehen.«

Kemni biss sich auf die Lippe und schwieg. Iphikleia wusste, was er dachte: Sie zog die bemalten Brauen hoch. Aber auch sie schwieg.

Kemni versuchte zu tun, was sie ihm geraten hatte. Die Tage waren kühl, die Luft roch nach Salz. Die grünen Hügel und felsigen Klippen der Insel trieben vorbei, und von ihnen ging ein üppiger Duft nach Erde aus, so ganz anders als der Geruch des Meeres. Abends gingen sie, wie Iphikleia angekündigt hatte, an Land – gesegnetes Land, wie steinig es auch sein mochte. Schlanke, braune Menschen kamen, brachten Essen und Wein und sangen und spielten. Kemni schlief zum Klang von Wellen und zu den Stimmen dieser singenden Fremden ein.

Endlich, an einem schönen Tag, kamen sie nach Knossos, und ein stetiger Wind blies sie auf den Hafen zu, als die Sonne gerade über den steilen Klippen der Insel ihren Höchststand erreichte. Beim Anblick ihrer eigenen Heimatstadt war selbst Iphikleia weniger kühl: ihre Augen blitzten, sie hatte den roten Mund ein wenig geöffnet und beugte sich angespannt vor.

Dies hier war für sie wie für die anderen zu Hause, wie Ägypten für Kemni zu Hause war. Er fand es sehr seltsam, so felsig und dennoch so grün und kühl – beinahe kalt für sein ägyptisches Blut, wie Iphikleia selbst. Die Kreter waren mit Schurz und hohen Stiefeln zufrieden, er dagegen, mit bloßen Füßen, schauderte nur noch. Der Wind peitschte die Wärme aus ihm heraus, und die Gischt sorgte dafür, dass sie weiter fern blieb.

Aber als *Tänzerin* sich dem Ufer näherte, interessierte ihn nur noch, dass er wieder auf festem Boden stehen sollte und am nächsten Morgen nicht wieder an Bord gehen musste, um weiterzusegeln – nicht, bis er wieder nach Ägypten zurückkehrte.

Alle Männer der Besatzung waren von Bord gesprungen, kletterten über die Seiten, sangen, johlten und tanzten auf der Erde, ihrer Mutter. Sie wurden erwartet, und auch die Menschen, die sie erwarteten, tanzten und sangen: Frauen, Männer, Kinder – es sah aus wie die halbe Bevölkerung dieser Insel, die zusammengekommen war, um sie willkommen zu heißen. Sie hießen selbst Kemni willkommen, ergriffen seine Hände, wirbelten ihn herum und ließen ihn dann schwindelig in den Sand sinken. Kemni störte das nicht, er umarmte die Erde, küsste sie. Es war zwar nicht seine eigene Erde, sein Schwarzes Land, nicht einmal das Rote Land, das es begrenzte, aber es war Erde. Es musste genügen.

6

Endlich erhob Kemni sich wieder und kaum taumelnd auf die Beine, auf einem Boden, der nicht schaukelte und wippte wie ein Schiffsdeck. Er fand sich im Mittelpunkt der allgemeinen Aufmerksamkeit wieder, denn jeder in diesem Hafen, der nichts Besseres zu tun hatte, schien fasziniert von dieser sandbedeckten, schwankenden Gestalt.

Und dann stand vor ihnen allen eine Frau von herzzerreißender Schönheit. Sie sah ein wenig wie Iphikleia aus, doch sahen sich nicht alle Kreter ähnlich? Sie war kleiner, zierlicher, und ihre Brüste noch schöner. Kemni hätte ihre Taille mit beiden Händen umfassen können.

Von Iphikleia hatte er geträumt und nach ihr geglüht, wenn er erwachte. Diese hier ging über den Traum hinaus, für diese Frau würde er sterben.

Sie musste eine Göttin oder zumindest das Abbild einer Göttin sein. Und dennoch betrachtete sie ihn mit solch reinem und boshaftem Vergnügen, das er selbst wie ein Idiot grinste. Sie lachte, wie Wasser aus einer Quelle plätscherte, und wischte ihm den Sand von den Schultern. »Oh!«, sagte sie. »Das Meer hat mir ein solch prachtvolles Geschenk gebracht. Woher kommst du, schöner Mann?«

»Er kommt aus Ägypten«, erklang Iphikleias klare Stimme direkt hinter ihm, »und er will den König sehen.«

»Umso besser«, sagte die Fremde. »Komm mit, schöner Mann! Komm mit mir in den Palast.«

Kemni hätte nicht widerstehen können, selbst wenn er gewollt hätte. Sie hatte ihn an der Hand genommen, vertrauensvoll wie ein Kind, aber keiner der Menschen hier schien sie so zu betrachten, sie waren geblendet wie er und ebenso hilflos.

Von all den Arten, auf die er geglaubt hatte, zum Labyrinth gelangen zu können, war dies die unglaublichste: Hand in Hand mit dieser schönsten aller Frauen, während er ihrem Schwatzen lauschte. Er war sich verschwommen einer Stadt bewusst, weißer Mauern, Straßen, die mit glatten Steinen und schimmernden Muscheln gepflastert waren, Aufblitzen von bunten Farben überall: Blüten über einer Wand, bunte Farbe um einen Eingang, ein Glitzern von Gold im Schatten. Und überall waren Menschen, schlank, mit schwarzen, langen Locken und großen, dunklen Augen. Aber am klarsten und unvergesslichsten war ihr Gesicht, das sie ihm entgegenhob – denn sie reichte ihm nur bis zum Kinn –, und ihre bezaubernde Stimme.

»Ich heiße Ariana«, sagte sie. »Ich bin dort oben geboren worden, in einem hohen weißen Raum, der an einem Steinturm vorbei aufs Meer hinausgeht. Ich habe das Meer im Blut. Stimmt es, dass die Ägypter dort Sand und Flussschlamm haben?«

Kemni lachte, bevor er noch nachdenken konnte – halb amüsiert, halb verblüfft. »So könnte man es ausdrücken«, sagte er.

»Du sprichst unsere Sprache gut«, stellte Ariana fest. »Ich nehme an, Iphikleia hat dich unterrichtet. Sie ist eine gute Lehrerin.«

»Sie ist sehr … streng«, meinte Kemni.

Arianas Lachen stieg in den blauen Himmel hinauf. »Es gefällt ihr, wenn man das von ihr glaubt. Es kommt daher, weil sie als Kind ein solcher Nichtsnutz war – sie versucht, das wieder gutzumachen, indem sie sich als die würdigste aller Frauen gibt. Aber ich weiß«, meinte Ariana, »dass sie so wild ist wie eh und je. Ist sie in Ägypten herumgerannt, wie sie es hier getan hat?«

Kemni wollte das verneinen, schwieg dann aber. Er erinnerte sich plötzlich daran, wie sie in Memphis im Schutz der Dunkelheit an Bord gekommen war und sich geweigert hatte, genau zu sagen, was sie dort getan hatte.

»Siehst du«, sagte Ariana und führte ihn weiter die steile,

schmale Straße hinauf. »Du solltest ihr einfach nicht glauben, wenn sie die Stirn runzelt und mit Blitzen droht.«

»Nicht einmal, wenn sie für ihre Götter spricht?«, fragte Kemni ein wenig boshaft.

»Sie spricht für die Erdmutter«, sagte Ariana. »Aber du wirst immer wissen, wenn sie das tut. Du bist schließlich im Stande zu sehen.«

Kemni erstarrte, doch sie zerrte ihn weiter.

»Komm, schöner Mann! Wir haben noch einen weiten Weg vor uns.«

Sie hatten beinahe den höchsten Punkt eines, wie ihm plötzlich auffiel, recht steilen Anstiegs erreicht. Die weißen Häuser unter ihnen senkten sich hinab zum blauen Schimmer des Meeres. Der Weg vor ihnen war gerade, aber dann ging es wieder nach oben, höher und höher zu Schwindel erregenden Gipfeln.

Allerdings würden sie – und den Göttern sei Dank dafür – nicht gezwungen sein, ganz so hoch zu steigen. Menschen warteten hier, Diener mit neugierigen, blitzenden Augen standen neben einer eleganten vergoldeten Sänfte, wie sie in Ägypten Könige und wichtige Adlige benutzten. Ariana setzte sich geschickt hinein, zupfte ihren Stufenrock zurecht und lächelte Kemni an. »Nun? Was ist mit dir?«

Kemni hatte ein- oder zweimal eine solche Sänfte benutzt, weil man ihn ehren wollte oder weil er verwundet gewesen war. Eine hatte ihn aus der Schlacht um Avaris getragen, bis man ihn in eines der Schiffe des Königs legte und ihn den Fluss hinabruderte. Aber nie hatte er so in einer Sänfte gesessen, einer Frau gegenüber, die so schön wie eine Göttin war.

Sie schwatzte weiter, und er brauchte sich nicht einmal zu bemühen, Konversation zu machen. Ihre Sätze plätscherten über ihn hinweg, als die Diener die Sänfte auf starke Schultern hoben und zum Labyrinth hinaufzusteigen begannen. Es war ein langer Weg und zum Teil so steil, dass er sich an der Sänfte festhielt und zu beten begann, während Ariana ihn auslachte.

Aber endlich hatte der Aufstieg ein Ende. Die Sonne war zum Horizont hinabgesunken. Die Träger keuchten und schwitzten, aber der Geruch ihres Schweißes war eher angenehm. Und über ihnen ragte eine Mauer auf, weiß wie Gischt, weiß wie die Wolken, die über den blauen Himmel huschten. Den ganzen Gipfel entlang zogen sich Hörner, gebogen wie der neue Mond, oder wie die Hörner des Stieres, die sie hier alle anbeteten. Und überall auf dieser Mauer gab es Abbilder der *Labrys*, der Doppelaxt.

Direkt vor ihnen lag ein Tor, hoch und breit und gekrönt mit den Stierhörnern, die wie Monde aussahen. Wachen standen auf beiden Seiten, hoch gewachsene, breitschultrige, kräftige Männer, bewaffnet mit Doppeläxten.

Kemnis Magen zog sich zusammen. Er war nicht gerüstet für einen Palast, immer noch sandig, ohne Perücke auf dem geschorenen Kopf und in einem Schurz, der zu viel Wind und Salz erlebt hatte. Aber Ariana führte und schützte ihn.

Die Wachen verbeugten sich, als die Sänfte hineingetragen wurde, diese hoch gewachsenen Männer mit ihren Helmen verbeugten sich fast bis zum Boden. Vielleicht vor Kemni, aber das bezweifelte er. Ariana saß mit hocherhobenem Kopf da und schwatzte weiter, als käme sie jeden Tag an diesem Tor und diesen Wachen vorbei. Und das war vermutlich der Fall. Sie stellte hier eine große Macht dar, oder Kemni hatte jegliches Gefühl für Höfe und Könige verloren.

Eine solch seltsame Macht – dieses wunderschöne Kind, das völlig unbewacht einherging und einen Fremden mit durch das Tor des Stieres ins Haus der Doppelaxt brachte, wie es ihr gefiel.

Kemni fühlte sich in Palästen keineswegs als Fremder. Er kannte den Palast von Memphis und den in Theben, selbst jenen in Avaris, wo die Retenu herrschten. Er war auf Wegen gegangen, die schon in der Morgendämmerung der Welt alt gewesen waren.

Dieser Palast war nicht so alt, wie ein Ägypter erwarten würde. Wenn überhaupt, war er eher zu neu. Er war auch nicht so weitläufig wie der von Theben, so hoch aufragend und Ehrfurcht gebietend; und dennoch hatte er seine eigene Macht und seine eigene, unmissverständliche Majestät.

Drinnen war es tatsächlich ein Irrgarten, ein großes, schimmerndes Durcheinander von Gebäuden, die sich über die gesamte Kuppe des Hügels zogen. Ariana kannte sich hier aus, wie

Kemni sich im Rieddickicht vor dem Haus seines Vater ausgekannt hatte, in jeder Abzweigung und Wendung. Sie führte ihn bis zu einem Haus mitten in einem Garten, wobei er vollkommen die Orientierung verlor. Das Haus hatte ein Bad und Diener, die sich um ihn kümmerten, und ein Ruhebett, falls ihm nach Rast zu Mute war. Es gab sogar ein Wunder: Wasser, das in Becken floss, wenn man einen Hebel bewegte, und in einem Becken konnte man sich waschen und in einem anderen sich erleichtern, und es war bemerkenswert zu sehen, wie das Wasser floss und innehielt, floss und innehielt.

Dort ließ sie ihn zurück und machte deutlich, dass er ihr nicht folgen solle. Aber sie hatte ja versprochen, ihn wieder abzuholen, und daran klammerte er sich, hier, wo es nichts ihm Bekanntes gab und nichts, das ihm gehörte. Sein gesamter Besitz befand sich, soweit er wusste, immer noch auf dem Schiff.

Wenn dies eine Verschwörung war, ihn von seinem eigenen Volk zu trennen, ihn zu isolieren, um ihn zu zerstören, dann waren sie erfolgreich gewesen. Er konnte sich starr vor Angst in eine Ecke zurückziehen, er konnte sich aber auch von diesen geschickten Dienern helfen lassen. Sie waren alle jung, Jungen und schlanke Mädchen, in winzige Röcke gekleidet, das lange Haar in scharlachrote Tücher gebunden. Es waren keine Sklaven – das erkannte er an ihren mutigen Blicken und den Bemerkungen, die sie abgaben, während sie ihn wuschen und rasierten und wieder vorzeigbar machten. Vielleicht wussten sie nicht, dass er ihre Sprache verstand, oder falls doch, dann war es ihnen wohl gleich.

In Ägypten hatte man ihn für gut aussehend gehalten, obwohl er sich selbst nicht für eine Schönheit hielt. Hier kümmerten sie sich weniger um Perfektion und mehr um die ganze Person eines Menschen. Aus irgendeinem Grund, den er nicht verstand – vielleicht, weil Ariana ihn schön fand –, waren sie entzückt von ihm. Sie liebten das warme Rotbraun seiner Haut, das sich so sehr von ihrer Bräune unterschied, waren ein wenig verblüfft über sein Haar, das er wegen der Perücken kurz geschoren trug, aber sie staunten über seine schmalen, dunklen Augen. Sie stellten fest, dass er nicht so breit in den Schultern und schmalhüftig war wie sie, aber breitschultrig und schmalhüftig genug, um angenehm auszusehen. Und sie hatten viel über seine Männlichkeit zu sagen, die er niemals für sonderlich bemerkenswert gehalten hatte – aber hier beschnitt man die Vorhaut nicht um der Sauberkeit willen und als Opfer für die Götter. Sie zeigten und starrten und kicherten, und ein mutiges Mädchen griff zu, als hätte sie alles Recht der Welt dazu.

Er hätte wütend werden können, wenn er es darauf angelegt hätte, oder wenn sie weitergemacht hätten. Aber dann wandten sie sich anderen Wundern zu, trockneten ihn ab und wickelten ihn in einen Rock nach kretischer Mode und zogen ihm hohe Stiefel an – noch mehr Staunen, so schmal wie sie waren. Elegant, sagten sie. Das war das Wort, das sie immer wieder wiederholten. Er war elegant, als wäre das eine große Tugend.

Er kam sich nicht elegant vor. Gut, er war sauber und ordentlich bekleidet, fühlte sich aber dennoch seltsam wirr und gereizt. Er war nicht daran gewöhnt, dass Diener so offen über den Kopf eines Adligen hinweg sprachen – oder über seine anderen Körperteile.

Sie luden ihn ein, sich auf das breite Bett zu legen und zu ruhen, in einem Zimmer, das voll vom Lied des Meeres war – seltsam, denn das Meer war recht weit entfernt und nicht zu sehen, wiewohl es zu hören und zu riechen war. Aber darin gab er ihnen nicht nach. Stattdessen ging er hinaus in den Garten. Auf einer Seite gab es eine Art Terrasse. Kemni spähte einen steilen Abhang hinab auf die Felsen und Steinsimse des kretischen Hinterlandes. Es war eine wilde Aussicht, seltsam und nicht besonders einladend und ganz anders als in seinem eigenen Land.

Er schauderte. Ihm war nicht mehr richtig warm gewesen, seit sie das Delta verlassen hatten. Selbst hier in der Sonne war der Wind noch kühl; er kam vom Meer, und das kalte Herz des Meeres kam mit ihm.

Dann fiel etwas Warmes über ihn. Er drehte sich verblüfft um und fand sich Iphikleia gegenüber, die ihm einen Umhang in der Farbe von Meer und Himmel um die Schultern legte, gefüttert mit cremig weißem Schafsfell.

Nach der strahlenden Erinnerung an Ariana wirkte sie noch Furcht erregender und weniger verlockend als Begleiterin. Aber sie hatte ihm den Umhang gebracht, während niemand sonst daran gedacht hatte. Er wickelte sich hinein, genoss die Wärme und auch die Schönheit dieses Kleidungsstückes. »Das ist ein Umhang für einen König«, sagte er. »Ich danke dir.«

Sie zuckte mit den Achseln, stellte sich neben ihn und stützte die Hände auf die Mauer der Terrasse. »Wir können nicht zulassen, dass du dir den Tod holst, bevor du mit dem König gesprochen hast«, sagte sie.

Solche Sorge um sein Wohlergehen, dachte er. »Und wann werde ich mit dem König sprechen?«, wollte er wissen.

Abermals zuckte sie mit den Achseln. »Wenn der König bereit ist, wird er dich rufen lassen.«

»Aha«, erwiderte Kemni; er kannte Könige. »Und was soll ich inzwischen anfangen?«

»Was immer du willst?«, erwiderte Iphikleia.

»Mord? Vergewaltigung? Viehdiebstahl?«

Blitzten ihre Augen bei der letzten Bemerkung auf? Bei ihr wusste man das nie.

»Alles innerhalb der Gesetze«, meinte sie leichthin.

»Wirst du dann meine Führerin sein?«, fragte er. »Ich würde mich gern ein wenig umsehen.«

»Ich bin keine Dienerin«, sagte sie. »Ich bezweifle, dass du weißt, was ich bin.«

»Eine Priesterin«, gab er zurück. »Eine Priesterin. Ich komme im Namen des ägyptischen Königs. Ich mag als Person weit unter dir stehen, aber mein König steht eher über dir.«

»Ach ja?« Sie hob das Kinn. »Also gut. Ich sehe, dass du keine Ahnung von uns hast – und dein Akzent ist immer noch unerträglich. Es könnte passieren, dass du um Wein bittest, und man gibt dir einen Nachttopf. Also werde ich Fremdenführerin spielen. Komm.«

Sie war nicht liebenswert, aber danach hatte er auch nicht gesucht. Er suchte das Wissen einer Frau, die sich als Kind in diesen Hügeln herumgetrieben hatte und die – was immer sie ihn glauben machen wollte – keinen Fingerbreit davon vergessen hatte.

In ihrer Gegenwart war er erheblich weniger abgelenkt und

bemerkte viel mehr, wo er sich befand und was er sich ansah. Und dennoch war er sich ihrer Anwesenheit immer bewusst, ebenso wie der Wärme des Umhangs auf seiner Haut. Sie bezeichnete ihn nicht als schön und auch nicht als etwas anderes, wusste aber, wo es den besten Wein gab und den besten Blick auf die Insel und sogar auf das Meer weit in der Ferne; sie zeigte ihm die schönste Straße in der Stadt und die üppigsten Weiden mit dem berühmten Vieh. Sie wusste sogar, wo Pferde zu finden waren.

Es gab nicht viele. Kemni zählte vier Hände voll, die meisten Stuten und Fohlen. Der Hengst war alt und hatte die Narben ebenso alter Kämpfe. Aber sie waren Pferde, und sie hatten keine Angst. »Sie gehören dem Erderschütterer«, sagte Iphikleia mit einer Geste, die das Böse abwehren sollte. »Er nimmt das Opfer des Stiers an, ebenso wie den Tanz. Aber wir nennen ihn Herrn der Pferde. Er erhielt sie vor langer Zeit, noch bevor unsere Urmütter auf diese Insel kamen, von seiner Mutter, die sie schuf.«

»Man hat mir erzählt«, meinte Kemni, »dass er sie geschaffen hat.«

»Das denken die Männer gerne«, erwiderte Iphikleia. »Nein, die Pferdegöttin hat sie gemacht. Er bekam sie als Geschenk von ihr. Sie segnen dieses Land. Sie verkörpern sein Versprechen: Solange sie leben und gedeihen, wird er nie Hand an uns legen.«

»Sie schützen euch«, sagte Kemni. Er beobachtete die Pferde auf der Weide, während sie grasten und spielten und – ja, da drüben – sich vereinigten. »Sie bedrohten uns. Die Retenu –«

»Die Retenu haben sie zu einer Waffe gemacht«, warf sie ein. »Aber eine Waffe dient in jeder Hand, die sie benutzen kann.«

»Ja«, meinte er. »Daran habe ich schon gedacht. Bei den Göttern, das habe ich. Aber nun, wo ich vor ihnen stehe, kommt mir der Traum, diese Waffe zu benutzen, überheblich vor …«

»Hast du Angst vor ihnen?«, fragte sie.

»Nein«, erwiderte er. Und das entsprach der Wahrheit. Sie waren groß, aber Ochsen konnten größer werden. Sie waren nicht so sanft wie Ochsen, aber auch nicht so wild wie Krokodile und nicht annähernd so tödlich.

Iphikleia ging an ihm vorbei auf die Weide hinaus. Ein paar Pferde hoben die Köpfe. Ein, zwei jüngere kamen neugierig herbei, um sie zu betrachten. Iphikleia grüßte sie wie eine, die sich gut mit ihnen auskannte, und bewegte sich lässig unter ihnen.

Kemni hatte Pferde nie von so nahem gesehen, außer in der Schlacht. Diese hier stürzten sich nicht auf ihn, um ihn zu vernichten, nein, sie nahmen überwiegend kaum Notiz von ihm. Es waren Tiere, das war alles, versunken in ihre eigene Welt.

»Könnte ich lernen«, fragte er mit klopfendem Herzen, »sie zu verstehen?«

»Du könntest es versuchen«, entgegnete sie.

»Das werde ich tun«, erklärte er. Er sprach mit mehr Mut, als er tatsächlich hatte, versuchte aber nicht, seine Worte zurückzunehmen, nachdem er sie einmal ausgesprochen hatte. Iphikleias Blick zeigte, wie gut sie ihn verstand.

Besser sie verstand dies als die Träume, die er von ihr hatte. Er seufzte leise. Sie stand jetzt zwischen den Pferden, strich über Mähnen, kraulte Hälse, wehrte neugierige Nasen ab. Er nahm seinen ganzen Mut zusammen und folgte ihr.

Es war nicht einfach. Zwangsläufig erinnerte er sich an seine andere Begegnung mit Pferden, die Streitwagen zogen und ihn und seine Leute niedertrampelten. Sein Onkel und die Söhne seines Onkels waren unter diesen Hufen und diesen grausamen Rädern gestorben, zerdrückt und zerrissen, sodass die Einbalsamierer ihre ganze Kunst hatten aufbieten müssen, um sie noch wie Menschen aussehen zu lassen. Wenn er ihnen hinter dem Blütenfeld wieder begegnete, wenn er denn je so gesegnet sein sollte, würden sie wohl geheilt sein, das hoffte er zumindest, denn sonst wäre ihr ewiges Leben eine Qual.

Dies hier waren keine Pferde für den Krieg. Kreter kämpften auf ihren Schiffen. Diese Pferde waren heilig und verwöhnt und wurden nur für Feste vor den Wagen gespannt; es waren friedliche Geschöpfe, die nach Gras und Seesalz rochen, sauberer Luft und etwas recht Angenehmem, das ganz ihnen gehörte. Er fuhr mit den Händen über glatte Hälse und gerundete Bäuche; ihre Mähnen waren rau und verfilzt. Er kämmte eine mit den Fingern, die Mähne einer braunen Stute mit einem dunklen Fohlen. Das Fohlen knabberte an seinem Umhang und schnaubte ein wenig, wohl wegen des Geruchs von Wolle und Schafsfell.

»Es geht weniger darum, die Pferde zu verstehen«, sagte Iphikleia, »als sie zu beherrschen. Verstehen kann man sie einfach genug. Sie zu beherrschen ist vielleicht zu viel für dich.«

»Ich kann es versuchen«, erwiderte er, »wenn jemand mich lehren will. Schließlich sieht es so aus, als müsste ich auf dieser wunderschönen Insel eine Weile warten.«

Sie zog die Brauen hoch. »Ah. Du fängst an, wie ein Höfling zu sprechen. Wer hätte das gedacht?«

»Ich nicht«, gab er zurück. »Such mir einen Lehrer, und ich lasse dich in Ruhe.«

»Wir werden sehen.«

7

Kemni speiste allein in dem Haus, das man ihm offenbar überlassen hatte. Man bediente ihn und setzte ihm eine königliche Mahlzeit vor, aber keiner der Diener schien zu einem Gespräch geneigt. Er dachte daran, nach Gesellschaft zu verlangen, zu bitten, dass man ihn zu Naukrates' Haus bringen oder einer höfischen Versammlung vorstellen möge. Aber er war nach dieser Reise und nach seinem langen Spaziergang auf der Insel müder, als er gedacht hatte.

Iphikleia war gegangen und hatte nicht gesagt wohin. Sie hatte ihn einfach in der Abenddämmerung an der Tür stehen lassen und war gegangen, wohin es ihr gefiel. Sie hatte nicht darauf gewartet, dass er sie hereinbat, sie hatte ihm nicht einmal die Gelegenheit dazu gegeben.

Gegen das Essen hatte er keinerlei Einwände, ebenso wenig gegen den Wein. Beide waren von bester Qualität und wurden geschickt und freundlich serviert. Das Essen war auch nicht sonderlich fremd. Jemand hatte sich vielleicht Mühe gegeben, ihm zu schicken, woran er gewöhnt war.

Nachdem er gegessen und getrunken hatte, führte ihn ein Diener mit einer Lampe zum Schlafzimmer. Der Mann setzte dazu an, ihm beim Ausziehen zu helfen, doch Kemni schickte ihn weg. Er konnte sich recht gut selbst behelfen.

Das Bett war zu breit und viel zu weich mit all diesen Kissen und Decken. Kemni konnte nicht in solchem Luxus schlafen, so etwas kannte er nicht.

Etwas rührte sich unter den Decken; er zuckte zusammen und sprang auf. Lachen folgte ihm.

Im Bett lag eine Frau – ein Mädchen –, ein wenig verträumt, als hätte sie geschlafen, aber wach genug, und nun reckte sie sich lachend aus einem Nest von Kissen. Sie war auf kretische Art entzückend, mit ihren großen, runden Augen und dem lockigen, schwarzen Haar und der Taille, die so verblüffend schmal war, dass er darüber staunte, selbst in seiner Verwirrung. Er konnte alles von ihr sehen, denn sie war so nackt, wie sie zur Welt gekommen war.

Nun, ebenso wie er, und zumindest ein Teil von ihm wusste, was zu tun war. Der Rest suchte sich den Verstand zusammen und wollte wissen: »Wer bist du? Was machst du hier?«

»Ich bin Ariana«, sagte sie. »Ich bin gekommen, um dir Gesellschaft zu leisten.«

Er warf ihr einen wütenden Blick zu. »Du bist nicht Ariana. Ich kenne sie, und sie ist nicht –«

»Ich bin Ariana«, erwiderte sie. »Die Ariana hat mich geschickt. Deshalb bin ich –«

Er schüttelte den Kopf, hatte er doch geglaubt, diese Sprache gut genug zu verstehen, nachdem ihn Iphikleia so lange unterrichtet hatte. Aber das hier war vollkommen unverständlich. »Ariana? *Die Ariana*? Was –«

»Wir alle sind Ariana«, sagte sie. »Alle, die der Göttin im Labyrinth dienen. Die Ariana sagt uns, was wir tun sollen. Sie hat mich angewiesen, zu dir zu gehen. Willst du mich nicht? Willst du sie enttäuschen? Sie hat so gehofft, dass ich dir gefallen würde.«

Kemni rang mit seinem umnebelten Geist und seinem gewaltig abgelenkten Körper, um zu begreifen, was sie sagte. »Ariana – ist das ein Titel? Ein – ein Amt?«

Sie nickte vergnügt. »Ja. Ja, ein Titel. Die Ariana mag dich. Sie nennt dich den schönen Mann.« Sie kniff diese großen, runden Augen ein wenig zusammen und legte den Kopf schief. »Ja, du bist gut anzusehen. Kommst du jetzt und lässt dir von mir Gesellschaft leisten?« In all den Jahren des Herumschäkerns mit Dienerinnen und hin und wieder einer verzweifelt mutigen adligen Dame hatte sich niemals jemand Kemni so dreist und mit solch eindeutigem Interesse genähert. Er war kaum im Stande sich zu rühren oder ein Wort zu sagen.

Das Mädchen – diese eine von vielen Arianas – schüttelte den Kopf und seufzte. »Die Ariana sagte schon, dass du vielleicht albern reagieren würdest. Ich soll dir ausrichten, dass du sie nicht haben kannst. Es ist nicht gestattet, aber du kannst so viele von uns haben, wie mit dir spielen möchten. Möchtest du mehr? Reicht dir eine nicht?«

»Nein!«, rief Kemni. »O nein. Ich habe nicht – ich – ich wollte nicht –«

»Ah«, sagte sie. »Armer schöner Mann. Komm her.«

Das sagte sie befehlsgewohnt und dennoch mit einem leisen Lachen in der Stimme, dass er ihrer Anweisung einfach folgen musste. Sie wirkte in seinem Armen fast so klein wie ein Kind, aber kein Kind war so anschmiegsam und beherrscht solche Dinge. Sie neckte und quälte ihn, ließ ihn sich niederlegen, berührte ihn nur mit Lippen und Brüsten, ließ aber nicht zu, dass er seinen Samen ergoss. Noch nicht. Sie beruhigte ihn wieder, knabberte hier, streichelte dort, bis er bebend und beinahe reglos dalag. Er war vollkommen hilflos. Sie ritt ihn, als wäre er ein Schiff auf hoher See, in großen, wiegenden Bewegungen, dann kamen die kleineren Wellen und immer noch keine Erleichterung, obwohl er vor süßen Schmerz stöhnte. Sie hatte ihn in den Händen, streichelte, zupfte, bis er keuchte und gleichzeitig lachte. »Oh!«, sagte sie. »So ein großer Mann bist du!«

Er schrumpfte bei diesen Worten, oder versuchte es zumindest, aber auch das wollte sie nicht zulassen. Ihre Zunge zuckte vor. Wieder bog er sich.

Dann, und erst dann hatte sie Mitleid. Sie bestieg ihn, nahm ihn in sich auf, heißes, süßes Vergnügen, und ritt ihn lange und langsam, bis er ein einziges, gewaltiges Pulsieren war. Er hatte keinen Willen mehr, keinen Verstand. Es gab nur noch die Hitze zwischen ihnen, die schwoll und schwoll und kein Ende fand, keine Erleichterung. Sie würde ihn quälen, bis er starb. Und er konnte ihr nicht widerstehen.

Tod. Ja. Ein kleiner Tod, der schwoll, bis er sich schließlich befreite, mit einem lauten Schrei, der sie auflachen ließ.

Von diesem Höhepunkt fiel er in einen Schlaf, der wie schwarzes Wasser war, tief und bodenlos. Falls er träumte, erinnerte er sich hinterher jedenfalls nicht. Er träumte nicht von Iphikleia und nicht von den Stiertänzen. Und dennoch, in dem grauen Intervall zwischen Schlaf und Wachen erinnerte er sich. Er wusste, wessen Gesicht Ariana – *die* Ariana – hatte. Er hatte sie in jenem ersten Traum gesehen, in diesem Traum, der ihn hergebracht hatte, dem Traum vom Stiertanz. Sie war das Mädchen gewesen, das mit dem Stier tanzte, für das einer der jungen Männer gestorben war, weil er es nicht ertragen konnte, dass sie besser sein sollte als er.

Und hatte der junge Mann Kemnis Gesicht gehabt? Wohl eher nicht. Es war ein Kreter gewesen, dessen war er sich sicher. Kein Ägypter. Nicht Kemni und kein anderer von seinem Volk.

Diese Erinnerung nahm er mit sich ins Tageslicht, das am Morgen schräg durchs Fenster auf das lächerlich große Bett fiel. Jemand, wahrscheinlich ein Diener, hatte die Fensterläden zu einem strahlend blauen Himmel geöffnet.

Er gähnte gewaltig und streckte sich. Ihm tat alles weh, aber es war ein angenehmer Schmerz. Selbst unterhalb seiner Mitte, wo es sich anfühlte, als hätte man ihn mit Fäusten geschlagen.

Ihm war nichts anzusehen, nicht einmal dort. Es hätte gut sein können, dass er alles nur geträumt hatte, hätte er nicht den Abdruck ihres Körpers in den Kissen gesehen, kleiner und schmaler als seinen eigenen, und ihren schwachen, flüchtigen Duft gerochen.

Er erhob sich vorsichtig. Es schien noch alles am richtigen Platz zu sein. Er war nicht mehr so ausführlich befriedigt worden seit – nicht einmal, seit Gebu und ein paar andere junge Prinzen ihn auf einen Streifzug durch die dunklen Ecken von Theben mitgenommen hatten. Für einen fähigen und erfahrenen Mann hatte er sich gehalten, dabei war er ein Kind gewesen, ein Säugling.

Bei der Erinnerung an sie reagierte seine Männlichkeit, und er keuchte, denn ja, ihr Götter, es tat weh. Der kühle Wind auf dem Hügel half ihm, und auf dem Fenstersims fand er einen Krug verwässerten Weins und ein in ein Tuch gewickeltes Brot sowie eine Schale mit Oliven.

Er setzte sich auf das Sims und aß – mit einer Gänsehaut wegen der Kälte, aber er war froh darüber. Sein Herz hatte sich erhoben und begonnen zu singen. Er war nicht in Ägypten, ganz und gar nicht, und dennoch war er froh, hier zu sein, in diesem Palast, an diesem Morgen.

Die gute Stimmung blieb, während er sich anzog und ausging, entschlossen, die Pferde wiederzufinden und, wenn möglich jemanden, der ihm sagte, was er wissen wollte. Ein Gott musste ihn geführt haben. Er wanderte nicht allzu hoffnungslos in diesem Irrgarten herum, bog einer Laune folgend ab und fand sich an einem Tor wieder, das auf den Hügelabhang hinausging. Es war eine Art Hinterausgang, von der Stadt abgewandt. Dort fasste er sich, holte tief Luft und wagte sich auf die Straße, die bald zu einem schmalen, gewundenen Pfad wurde, der den Hügel hinabführte.

Und dort, wie er gehofft hatte, war auch die Herde, die er gestern gesehen hatte, und graste rund um eine Quelle. Jemand anderes war bereits dort: eine Gestalt in abgetragenem Leder, die zwei Pferde an einen Kampfwagen spannte.

Es war eine Frau, das konnte man nicht übersehen. Er wappnete sich gegen Iphikleias klaren, harten Blick, glotzte aber verblüfft, als sie den dunklen Kopf hob. Es war nicht Iphikleia.

Ariana – die Ariana, Herrin und Vorbild aller anderen – lachte vergnügt über seine Miene. »Schöner Mann! Bist du entsetzt?«

»Erschrocken«, sagte er.

»Und hat sie dich erfreut – diejenige, die ich dir geschickt habe?« Er errötete. Er konnte es nicht aufhalten, und je mehr er es versuchte, desto heißer wurden seine Wangen. »Sie… ja… aber…«

»Ich kann es nicht, weißt du«, sagte sie so ruhig und lässig wie eh und je. »Ich diene anderen Zwecken. Aber meine Dienerinnen nehmen gerne meinen Platz ein.«

»Ich würde niemals von einer Prinzessin erwarten, dass sie … dass sie …«

»Sie hat nicht erzählt, dass du schüchtern bist«, sagte Ariana. »Komm her, schöner Mann. Möchtest du nicht lernen, wie man einen Streitwagen lenkt?«

Dieser Themenwechsel war zu schnell für ihn. Es blieb ihm nichts anders übrig als zu gehorchen, denn immerhin war sie die Ariana.

Ein Streitwagen war eine seltsam wackelige Angelegenheit, ruckelte und wiegte sich mit jeder Bewegung der Pferde. Ariana hielt die Zügel leicht, aber mit einer Kraft, die ihn verblüffte. Sie war wie eine Klinge feiner Bronze, schlank und offenbar zerbrechlich, aber dennoch stark.

Er hatte keine solche Kraft und auch keine Anmut. Er klammerte sich an die Seiten des Wagens und geriet mehr ins Schwanken als auf dem Schiff. Die Pferde bewegten sich nicht sonderlich schnell, das wusste er, aber es fühlte sich an, als flöge er mit dem Wind.

Sie stieß gegen ihn, warm und fest, und irgendwie hatte er bei all dem Gewackel und Gerucke plötzlich die Zügel in den Händen. Sie waren ein lebendiges Gewicht, die Pferde, die zerrten – das auf der linken Seite deutlich stärker als das auf der rechten. Der Wagen kam langsam vom Weg ab. Er riss fest nach rechts, sodass der Wagen zur Seite ruckte; das rechte Pferd riss den Kopf hoch.

Kemni keuchte, Ariana lachte. »Geradeaus«, sagte sie. »Langsam. Leicht, aber fest – lass nicht los. Ja, ja, genau so. Sie werden schon geradeaus gehen, wenn du sie nur darum bittest.«

Er hatte genügend Boote gesteuert, das Ruder mit einer Mischung aus Kraft und Geschicklichkeit bedient, die ihm seit seiner Kindheit natürlich vorgekommen waren. Das hier war ein wenig ähnlich. Aber ein Boot war nicht lebendig, obwohl es sich mitunter so anfühlte. Pferde hatten ihren eigenen Kopf, erheblich mehr als Wind oder Wasser.

Es war schwieriger, als er es sich vorgestellt hatte, dennoch spürte er, dass es mit der Zeit leichter werden würde. Wenn er denn genügend Zeit hatte. Wenn die Götter ihm dies Geschenk gewährten.

Die Pferde waren in Schritt gefallen, während er mit den Zügeln kämpfte. Diese Gnade gewährten sie ihm immerhin, und er war froh darüber. Er stellte fest, dass er sie bei diesem langsamen Tempo tatsächlich lenken konnte. Er konnte sie auch veranlassen stehen zu bleiben, und mit Arianas Hilfe brachte er sie dazu, wieder weiterzugehen.

Dann hielt sie ihn auf, obwohl er weiter- und weitergemacht hätte. »Das genügt«, sagte sie. »Morgen sehen wir uns wieder.«

Sie ließ sich nicht überreden, ihr Wille war so stark wie ihr schlanker Körper. Und sie war mit ihrem Unterricht noch nicht zu Ende gekommen. Die Pferde mussten abgeschirrt und abgerieben, der Wagen an einen Ort zurückgebracht werden, der sein Leben wohl als Höhle begonnen hatte, den man aber geformt und gebaut und ausgedehnt hatte, bis es nun ein recht gut verborgener, aber geräumiger Stall war. Es gab tatsächlich viel zu tun, und erst als alles erledigt war, nahm Ariana Kemni mit zurück in einen Palast, der, ein wenig zu seiner Überraschung, inzwischen zum Leben erwacht war. Vielleicht war es ihm vorher nur nicht aufgefallen. Überall waren nun Menschen jeden Ranges, die allen erdenklichen Aufgaben nachgingen, und selbstverständlich auch die unvermeidlichen Faulenzer, die einfach nur irgendwo standen oder saßen und ihre Ansichten über das abgaben, was sich vor ihrer Nase abspielte. Der Palast in Theben war ganz ähnlich gewesen. Die Menschen hier trugen andere Kleidung und sprachen eine andere Sprache, aber es waren unbezweifelbar Höflinge.

Kemni, in Gesellschaft einer Frau, die eine große Priesterin und vielleicht Königin war, erregte Aufmerksamkeit. Er kannte die Anzeichen: Seitenblicke, verborgenes Gemurmel. Er zweifelte nicht daran, dass die Intrigen innerhalb kürzester Zeit beginnen würden. Man würde seine Gunst suchen. Gruppen würden sich bilden und um ihn herumscharwenzeln. Man würde von ihm erwarten, dass er dasselbe Spiel spielte wie an jedem Hof der Welt.

Ariana musste das wissen. Dass sie ihn mit durch diese öffentlichen Bereiche des Palastes nahm, war zweifellos ein Zeichen, eine Botschaft, die die Höflinge entsprechend deuteten. Es hatte begonnen, dachte er: der Tanz, um dessentwillen er hier war. Er holte tief Luft und hielt sich so gerade wie möglich, versuchte tapfer zu sein. Um seines Königs und um Ägyptens willen musste er das tun.

8

Kemni, der den ersten Abend ganz allein in all der Fremdheit Kretas verbracht hatte, näherte sich dem zweiten als der neue Liebling des Palastes. So rasch konnte sich die Stellung eines Menschen ändern, wenn er zum Favoriten eines großen Herrn oder einer Königin wurde. So viel wusste er, schließlich war er als Kampfesbruder, Schützling und Freund des Prinzen Gebu nach Theben gekommen. Es schien sein Schicksal zu sein, sich im Kielwasser hoher Herrschaften zu bewegen.

Hier diente das seinen Zwecken, und er hoffte, damit seinem König dienen zu können. Er nahm sich vor, freundlich zu sein und sich so viele Namen und Gesichter zu merken, wie er konnte. Alle schienen zu wissen, wer er war und warum er sich bei ihnen befand – das war also kein Geheimnis. Er hatte sich schon gefragt, als er allein gewesen war, ob er sich vielleicht bemühen sollte, unsichtbar zu bleiben.

Aber die Kreter waren ganz offen in ihren Fragen und wussten erstaunlich gut über Ägypten Bescheid. Sie wussten von den Retenu, vom Großen Haus, dass Ägypten Verbündete brauchte, um das Untere Reich von den Eroberern zurückzugewinnen. »Sie haben auf dem Meer keine Macht«, erklärte ein Adliger vom selben Alter und Schlag wie Naukrates. »Sie haben all ihre Kriege an Land geführt, mit Streitwagen. Würden sie vom Delta und von flussaufwärts mit Flotten angegriffen, hätte man sie in der Zange. Dann würde Ägypten wieder seinem eigenen König gehören.«

»Das denkt mein König auch«, gestand Kemni. »Und der eure? Wäre er derselben Ansicht?«

Der Adlige zuckte mit den Achseln. »Minos tut, was ihm gefällt. Wir können ihn nur beraten.«

»So ist es wohl immer mit Königen«, erwiderte Kemni.

Der Mann nickte und seufzte ein wenig, wie man es beim Gedanken an Höhergestellte eben tut. Sie trennten sich freundlich, um ihrer Wege zu gehen: der Adlige in seinen eigenen Angelegenheiten, Kemni, um weiter den Palast zu erforschen und mehr über seine Bewohner zu erfahren. Man hatte ihn noch nicht zum König gebracht, und er bat auch nicht darum. Das würde schon noch geschehen.

Er speiste in einer Halle, die zur Hälfte ein Garten war, mit einem Säulengang, der sich auf einen grünen, angenehmen Ort hin öffnete. Süße Düfte drangen herein. Die Gäste schlenderten nach draußen, kamen dann wieder herein, in keiner erkennbaren Rangordnung. Der Wein war stark und süß, die Tische mit wunderbaren Speisen beladen. Es gab gemalte Blüten an den Wänden und echte, die auf den Tischen ihren Duft verströmten und sich über den Säulengang rankten. Kemni bemerkte, dass offenbar erwartet wurde, sich mit diesen Blüten zu krönen und ihren Duft einzuatmen, was die Wirkung des Weins eine Weile aufhielt.

In Ägypten tat man dasselbe und krönte sich mit Kegeln von Salben, die mit Fett vermischt waren. Im Lauf des Abends schmolz das Fett in der Hitze und ergoss seinen Duft über Kopf und Schultern der Feiernden. Eine solche Mode gab es hier nicht; es gab keinen Ägypter hier außer Kemni, überhaupt keinen Fremden, nur die Adligen und die willigen Damen von Kreta.

Und wie willig sie waren! Sie hatten keine Scham und keine Schüchternheit und keine Angst vor Folgen. Kemni hatte sich kaum zum Essen niedergelassen, als auch schon neckende Hände unter seinen Rock krochen und sich um seine Männlichkeit schlossen. Das taten sie gerade fest genug, um ihn niederzuzwingen, und sie streichelten und zupften, dass er beinahe laut aufgeschrien hätte, und dann waren sie so schnell und mutwillig wieder verschwunden wie sie gekommen waren, und er blieb heftig zitternd und unbefriedigt zurück. Nicht, dass er etwas hätte sagen können. In Ägypten konnten Frauen grausam sein, besonders, wenn sie von Wein erwärmt waren, aber dort gab es immer den drohenden Schatten eines Vaters oder Bruders, um die jungen Männer zurückzuhalten.

Hier schien keinerlei solche Kontrolle zu existieren. So weit er sah, bat ein Mann eine Frau nicht um ihre Gunst, sondern wartete, bis sie ihn bat – und wenn sie das tat, hatte er kaum eine andere Wahl, als ihr zu Gefallen zu sein. Niemand schien sich um die Ehre einer Frau zu sorgen – nicht die Männer und ganz bestimmt nicht die Frauen selbst.

Aber Kemni war kein Kreter. Er entzog sich, so gut er konnte, wenn auch nicht ohne Widerstreben, und kehrte zurück in das Haus, das man ihm überlassen hatte.

Jemand lag in seinem Bett. Er konnte nicht sagen, dass es ihn überrascht hätte – er hätte auch nicht leugnen können, dass er erleichtert war. Es war nicht dieselbe wie am Abend zuvor, aber sie war ihr sehr ähnlich. Sie grinste ihn aus den Kissen heraus an und erklärte mit offensichtlicher Zufriedenheit: »Ich habe heute Abend gewonnen. Bin ich nicht hübscher als meine Schwester?«

Zweifellos war sie hübsch. Kemni fragte sich einen Augenblick, ob es ihn ärgern sollte, dass die Priesterinnenschwestern um seine Gunst spielten. Es war in gewisser Weise schmeichelhaft, aber andererseits kaum ein angenehmer Gedanke.

»Du bist ebenfalls Ariana«, sagte er. »Ja?«

»Selbstverständlich.« Sie federte auf den Kissen, nackt wie sie zur Welt gekommen war, mit ihren dreisten kleine Brüsten und ihrem dreieckigen Kätzchengesicht. Es gab hier keine Katzen – das war ihm schon aufgefallen. Aber da es Geschöpfe wie diese Priesterin gab, bezweifelte er, dass die Kreter sie vermissten.

Sie war wilder als ihre Schwester und auch boshafter. Sie wartete nicht einmal, bis er bereit war, sondern fiel sogleich über ihn her, während er noch nicht einmal richtig ausgezogen war. Sie war über ihm und er in ihr, sie hatte die Beine um seine Taille geschlungen, ihre Brüste berührten seine Brust, jede Berührung dieser kleinen, festen Brustwarzen traf ihn, wie wenn man eine Katze im trockenen Wüstenwind streichelt. Er glaubte beinahe, Funken zwischen ihnen zu sehen.

Während seines ganzen bisherigen Lebens in Ägypten, wo der trockene Wind und die intensive Hitze so beständig waren wie das Tosen des Meeres auf Kreta, hatte er die Liebesspiele mit einer Frau nie so weit getrieben, dass die Funken flogen! Sie folgte den

Linien seines Körpers, in kleinen, kribbeligen Explosionen, halb Schmerz, halb Vergnügen. Erst am Ende berührte sie seine Lippen mit ihren, dass es ihm einen Schrei entrang und der Samen in heißer, unwiderstehlicher Glut aus ihm herausbrach.

Er sank keuchend nieder, musste sich anstrengen, nicht hinzufallen. Seine Knie waren weich geworden. Diese Ariana sank mit ihm nach unten, immer noch mit ihm verbunden, obwohl er in ihr schlaff wurde und schrumpfte. Er rutschte heraus, als sie auf dem Boden lagen. Ihr Haar hing ihm ins Gesicht. Er keuchte und nieste.

Lachend erhob sie sich. »Hat man dir schon einmal gesagt, wie wunderbar du bist?«

Er konnte daran, wie er schlaff am Boden lag, nichts Wunderbares erkennen, hatte aber auch nie behauptet, eine Frau begreifen zu können. Er lag da und keuchte und suchte so gut wie möglich Zuflucht im Schweigen.

Sie rückte näher. Ihr langes Haar bedeckte sie beide. »Denke daran«, sagte sie. »Wenn eine Frau dich bittet, gib ihr immer, um was sie dich bittet. Aber versuche nie, es dir zu nehmen.«

»Das … das war mir bereits klar«, gelang es ihm zwischen keuchenden Atemzügen hervorzubringen.

»Ein kluger Mann«, sagte sie anerkennend. »Du wirst gut mit uns zurechtkommen. Für einen Fremden.«

Er war zu schwach, um Einspruch zu erheben. Sie erregte ihn abermals, was er für unmöglich gehalten hätte, aber die kretischen Frauen waren Meisterinnen dieser Magie. Kurze Zeit darauf war ihm keine Willenskraft mehr geblieben, und er konnte an nichts anderes mehr denken als daran, was sie mit seinem Körper anstellte.

Die Tage füllten sich rasch mit den Pferden, den Arianas, dem Hof und dem Palast. Kemni hielt nicht inne, um darüber nachzudenken, wie die Zeit verging. Das gehörte sich nicht, wenn man auf Könige wartete. Er sah den König ein- oder zweimal aus der Ferne und einmal stand er in einem Eingang und sah zu, wie Minos Recht sprach. Minos war ein Kreter, das war alles, was Kemni wirklich erkennen konnte: ein mittelgroßer Mann mit breiten

Schultern und schmalen Hüften, mit schwarzem, ergrauendem Haar und, was bei diesem Volk so selten wie bei den Ägyptern war, einem schwarzen, lockigen Bart. Er saß in der Gerichtshalle neben einer winzigen Frau, die kaum größer als ein Kind war, aber wohl kein Kind hatte je einen so weiblichen Körper gehabt. Das musste die Königin sein, die Herrin der Stiere, Mutter und Herrscherin dieses Palastes und aller, die darin weilten.

Kemni wurde nicht zu ihnen gerufen. Er sah andere Gesandtschaften, bärtige Fürsten aus Asien, wilde Piraten, kohlschwarze Nubier – und es gab eine Gesandtschaft, die Kemni so verblüfft anstarrte, dass ihm beinahe die Augen aus dem Kopf fielen. Sie waren Riesen, um die Hälfte größer als ein hoch gewachsener Ägypter. Ihre Haut hatte die Farbe von Milch, ihr Haar war gelb wie Gold, die Augen blau wie Lapislazuli. Sie kamen, wie ein Diener ihm erzählte, irgendwo aus dem Norden der Welt, und ihre Sprache war so barbarisch wie ihr Gehabe.

Verglichen mit ihnen war Kemni nicht ungewöhnlich. Und dennoch war er der Botschafter des Großen Hauses, des Sohns des Horus, des Herrn von Oberägypten. Und er verlor langsam die Geduld.

Eines Abends, nachdem wieder eine andere Ariana zu ihm gekommen war, ihn ausgewrungen und sich anschließend mit einer Bemerkung verabschiedet hatte, wie viele ihrer Schwestern noch darauf warteten, endlich eine Nacht mit dem Mann zu gewinnen, den ihre Herrin für so schön hielt, setzte sich Kemni im Bett auf und schlug mit der Faust aufs Kissen. »Genug«, sagte er. »Genug des Wartens. Ich werde entweder morgen mit dem König sprechen oder nie.«

Es war niemand da, der das hörte, es sei denn die Gespenster und nächtlichen Geister. Aber Kemni hatte sich selbst einen Eid geschworen. Er hatte vor, sich daran zu halten.

Er schlief tiefer, als er vorgehabt hatte, und erwachte später, lange nach der Morgendämmerung, als die Sonne schon hell in das zerwühlte Bett fiel. Sein Frühstück wartete wie immer, seine Kleider waren zurechtgelegt, und kein Diener war zu sehen. Falls er rief, würde einer kommen, aber er hatte schon lange klar gemacht, dass er morgens lieber allein war.

Jemand wartete auf ihn, als er das Schlafzimmer verließ – eine elegante Persönlichkeit, die wohl kaum ein Diener war, nicht mit dieser arroganten Haltung und den goldenen Armreifen. Er trug einen Elfenbeinstab mit goldenen Hörnern darauf, den er hin und her wiegte, als ob er ihn sehr schätzte. Wie es zweifellos auch der Fall war, denn dieser Stab wies ihn als Boten des Königs aus.

Vielleicht hatten die nächtlichen Geister Kemnis Schwur tatsächlich gehört und beschlossen, es jenen mitzuteilen, die es hören mussten. Kemni grüßte den Boten freundlich, mit aller Höflichkeit, die er aufzubieten vermochte. Es war alles andere als perfekt, und der Mann verzog geringschätzig den Mund.

Kemni zuckte mit den Achseln und bemühte sich nicht, es zu verbergen. Er war ein Krieger und der Freund eines Prinzen, kein großer Herr. Er war, was er war. Sein König war der Ansicht gewesen, er sei gut genug für diesen Auftrag. Nun sollte der König von Kreta sein Urteil abgeben, nicht sein Untergebener. Denn so hochnäsig der Mann sich auch gab, er war nichts anderes als das.

Der Bote schnaubte hörbar. »Du wirst zum König gerufen«, erklärte er ohne weitere Formalitäten.

Kemni nickte. »Geh voran«, erwiderte er ebenso schlicht.

Selbst so früh am Tag ging der König bereits seinen Pflichten nach und saß in der Gerichtshalle. Diese Halle war für einen Palast beinahe klein, und der König saß auf einem Thron, der aus den großen, gebogenen Hörnern von Stieren hergestellt war. Der Sitz bestand aus ihren Häuten und war mit rot, weiß und schwarz gescheckten Fellen bezogen. Daneben stand ein weiterer Thron, und dort saß die Königin, diese kleine Frau mit Haut wie Sahne, schönen, üppigen Brüsten und Hüften so breit, wie ihre Taille schmal war. Sie schien nicht mehr jung, aber das war gleich. Ihre Schönheit war von jener Art, die nie verging und mit dem Alter nur größer wurde.

Er konnte Ariana in ihr wiedererkennen, in den großen, schimmernden Augen und den zarten Zügen. Sie lächelte ihn mit einer Wärme an, die er bei einer Königin nie erwartet hätte. Er blinzelte geblendet.

Dann fiel ihm gerade noch rechtzeitig ein, dass er hierher gekommen war, um mit dem König zu sprechen, nicht um die Königin anzugaffen. Den König schien dies nicht zu stören. Minos lächelte ein wenig, nicht so liebenswert wie seine Königin, aber für einen Mann seines Ranges freundlich genug. Er stand auf, was eine große Ehre darstellte. Einer der anwesenden Diener eilte sich, einen Stuhl herbeizuholen. Er war niedriger als der Thron, bemerkte Kemni, aber nicht viel. Man erwies ihm wirklich große Ehre.

Dies bekundete er mit einem anerkennenden Kopfnicken. Immerhin war er nicht nur Kemni, der Kommandant von hundert Soldaten – hier war er die Stimme Ägyptens in diesem fremden Königreich.

Nachdem er sich hingesetzt und man ihm Wein in einem großen goldenen Becher von der Form von Kopf und Hörnern eines Stieres gereicht hatte, nippte er an dem süßen, schweren Getränk und wartete darauf, dass der König ihn ansprach. Während dieses Wartens sah er sich um. Der Raum war hoch und luftig, wenn auch nicht sonderlich groß, und die Mauern waren mit Bildern von Meer und Himmel bemalt. Von den beiden Thronen und seinem eigenen, geschnitzten Stuhl abgesehen, gab es keine Möbel, nur eine Reihe Lampen und eine Statue: die einer Morgengöttin, wie er sie schon öfter im Palast gesehen hatte. Sie sahen alle wie Damen vom Hof aus, hochmodisch gekleidet, mit goldenen Gürteln um die schmale Taille, die Gesichter geschminkt; alle hatten sie Schlangen in den Händen, die hier so heilig waren wie in Ägypten, und hielten sie wie lebendige Schwerter.

Die Göttin in dieser privaten Audienzhalle trug einen Rock, der mit Gold und Silber bestickt war, dazu eine juwelenbesetzte Weste. Ihr Lächeln war heiter, ihre Schlangen schienen beinahe zu zischen, so lebendig hatte der Bildhauer sie gemacht. Ihr Gesicht war das von Ariana und der Königin, aber diese beiden stellten ja auch lebendige Abbilder der Göttin dar. So viel hatte Kemni inzwischen verstanden.

Der König sprach, während Kemnis Blick noch auf der Statue ruhte. Er sprach von kleinen Dingen: Er grüßte ihn, hieß ihn willkommen und wollte wissen, ob Kemni im Palast alles zu seiner Zufriedenheit vorgefunden habe. Kemni antwortete, wie man es bei Hof tut, mit der Geduld, die er gelernt hatte, und angemessen ausweichend. Es war ein Tanz, bei dem jeder Schritt vorgeschrieben war, ein anmutiger Kreis, der sich endlich und der Laune des Königs entsprechend schloss und zu jenem Thema kam, um dessentwillen Kemni sich hier befand.

Kemni versuchte, sich seine Erleichterung nicht anmerken zu lassen, als der König das Gespräch endlich auf Ägypten und die bärtigen Eroberer brachte. In diesen höfischen Tänzen dauerte es oft Tage, bis ein König zum eigentlichen Thema kam. Dieser kretische König war beinahe vorschnell, aber das war Kemni nur recht so.

»Mein Kapitän und die Tochter meiner Schwester sagen mir«, meinte Minos, »dass der Norden Ägyptens unter den Retenu unruhig geworden ist.«

»So scheint es«, sagte Kemni, und ihm entging nicht, dass Iphikleia offensichtlich von höherem Rang war, als er geglaubt hatte. »Der Süden – das Obere Reich – ist der Ansicht, dass die Gezeiten nun wechseln. Aber das genügt noch nicht. Wir können Armeen aufstellen, und viele Männer aus dem Unteren Reich werden an unserer Stelle kämpfen, aber die Retenu sind stark. Und sie haben Streitwagen.«

»Es könnte von Nutzen sein, wenn ihr eure eigenen Streitwagen hättet«, meinte Minos.

Kemni nickte. »Ja. Ja, das habe ich auch schon gedacht. Aber wenn wir Pferde und Esel anschaffen wollen, um sie zu ziehen, und Männer ausbilden, um sie zu lenken, brauchen wir Zeit. Mehr Zeit, als mein König aufwenden möchte. Ich nehme an, einige der nördlichen Adligen kennen sich inzwischen mit Streitwagen aus; wir können versuchen, diese Männer zu finden und auf unsere Seite zu ziehen. Aber um diesen Krieg zu gewinnen, glaubt mein König, dass wir etwas brauchen, das der Feind nicht hat.«

»Schiffe.« Minos lehnte sich zurück und strich sich über den lockigen Bart. »Sag mir, was ihr mit Schiffen machen wollt. Ihr könnt gegen Männer in Streitwagen keine Seeschlacht ausfechten. Es gibt auch keine Möglichkeit, eure Armeen zum Meer zu bringen, wo unsere Schiffe sie aufnehmen und dann in den Städten der Feinde absetzen könnten.«

»Aber«, sagte Kemni, »wenn wir unsere Armeen in unseren eigenen Booten flussabwärts bringen und ihr mit euren Kampfschiffen ins Delta segeln würdet, könnten wir den Feind zwischen uns zermalmen.«

»Dies setzt voraus, dass der Feind sich nicht rührt und sich zermalmen lässt«, meinte Minos.

»Er ist von seiner Überlegenheit überzeugt«, erklärte Kemni. »Und er hat keine Flotte.«

Minos runzelte die Stirn. »Das wäre ein schwieriges Unternehmen. Wir müssten unseren Weg durchs Delta kämpfen. Memphis wäre zu weit entfernt, zu schwer einzunehmen. Avaris . . .«

»Avaris ist die Stadt des Königs und das Herz seines Königreichs. Wenn wir Avaris einnehmen, hätten wir das ganze Untere Reich in der Hand.«

»So einfach? So leicht?«

»Wir haben es schon zuvor getan, vor zehn Jahren. Aber wir haben die Stadt wieder verloren, weil wir an einer anderen Front kämpfen mussten. Diesmal sind wir darauf vorbereitet. Trotz all seiner Macht ist der Feind nur gering in der Zahl. Er regiert mithilfe der Streitwagen und der Kraft seiner Waffen. Schneidet ihm den Kopf ab, die Stadt und ihren König, und reißt den Bauch auf – die Verbindung mit Asien –, und der Rest wird welken und abfallen. Selbst jene, die nicht mit uns gegen die Retenu kämpfen wollen, werden sich schließlich erheben und helfen, deren Überreste zu zerstören.«

»Du erwartest viel«, sagte Minos. »Vieles hängt vom Schicksal und von Überraschungselementen ab. Es mag sein, dass Apophis es nicht sofort glaubt, wenn er davon hört, dass zwei Flotten gegen ihn segeln – aber wenn dieser Unglaube zu schnell vergeht, verlieren wir den Krieg vielleicht.«

»Ein Sieg ist niemals vollkommen sicher.«

»Das ist wahr.« Minos betrachtete Kemni mit festem Blick. Nun erkannte Kemni auch Arianas Ähnlichkeit mit ihrem Vater. »Sag uns, was unser Nutzen dabei sein soll. Was Ägypten gewinnt, ist offensichtlich. Warum sollte Kreta sein Blut um Ägyptens willen vergießen?«

Kemni beantwortete dies nicht sofort. Er musste die richtigen

Worte finden und sie sorgfältig setzen, sodass dieser König zuhören und verstehen würde. Er hatte keine großen Schwierigkeiten mit der Sprache – Naukrates und Iphikleia waren gute Lehrer gewesen –, aber er musste sicher sein, dass er genau die richtigen Worte wählte.

Schließlich sagte er: »Ägypten erhält mehr, dem kann ich nicht widersprechen. Aber Kretas Preis wird Freundschaft des wiedervereinigten Königreichs sein, der Wohlstand und die große Macht, über die jenes Ägypten dann verfügt. Mein König würde euch einen Anteil seines eigenen Tributs abtreten, Anteile in Gold und Kupferminen, und einen Teil seines Handels mit den Ländern der Welt. Kreta hat große Macht auf dem Meer, Wohlstand und Macht, die aller Welt bekannt ist – aber Ägypten hat mehr, zu Land und zu Wasser. Mein König bietet euch einen Teil davon.«

»Das ist verlockend«, gab Minos zu. »Sogar sehr verlockend. Dennoch, Gold ist vielleicht nur eine schlechte Bezahlung für das Leben unserer jungen Männer.«

»Das ist ein Risiko, das du eingehen musst«, sagte Kemni. Vielleicht hätte er das nicht sagen sollen, aber er war nie im Stande gewesen zu heucheln.

»Nun«, meinte Minos, »geh und sei frei zu tun, was dir beliebt. Du kannst dich überall im Palast und im Königreich bewegen. Man wird dir geben, worum du bittest. Das habe ich befohlen.«

Eine verblüffend großzügige Art, einen Gesandten zu entlassen. Selbst wenn Kemni ein Wort des Widerspruchs eingefallen wäre, hatte er nicht vor, es zu benutzen. Er verbeugte sich wie vor einem hohen Adligen in Ägypten – wenn auch nicht ganz so tief wie vor seinem König –, und tat wie ihm geheißen.

9

Die Aufgabe eines Botschafters bestand darin zu warten, was sogar noch wichtiger war, als im Auftrag seines Königs zu sprechen. Kemni war der Ansicht, dass er genügend Geduld aufbrachte. Er tat dasselbe wie zuvor, er tanzte den höfischen Tanz und nahm sich die Freiheit, die der König ihm gegeben hatte. Alles war wie zuvor, aber der Befehl des Königs machte ihm einiges erheblich leichter. Alle Türen standen ihm nun offen, und die Leute gaben ihm alles, worum er bat. Wenn es um irgendwelche Delikatessen ging, erhielt er sie, ohne auch nur zu fragen. Morgens übte er mit den Streitwagen, und seine Nächte gehörten einer scheinbar unerschöpflichen Folge von Arianas. Dazwischen hatte er vieles zu seiner Unterhaltung, sofern ihm denn nach Unterhaltung zu Mute war.

Der Anlass, aus dem Naukrates zurückgekehrt war, das große Fest des Stieres, begann mit dem Neumond. Vielleicht waren die Vorbereitungen schon seit Kemnis Ankunft im Gange gewesen, aber er hatte nicht danach Ausschau halten können. Plötzlich aber war nicht mehr zu übersehen, wie viele Menschen in die Stadt und den Palast strömten, wie sich immer mehr Schiffe im Hafen sammelten und sich der Markt offenbar bis auf jeden freien Platz der Stadt ausbreitete.

Drei Tage vor dem Fest brachten sie die Stiere. Priester und Priesterinnen waren schon tagelang unterwegs gewesen, hatten die Herden in den Hügeln und Schluchten der Inseln gesucht und die Götter und die Muttergöttin angerufen, die besten und heiligsten Tiere auszuwählen; jene hatte man von den Herden getrennt und zum Meer hin getrieben.

Die Menschen hatten seit der Morgendämmerung darauf gewartet. Der Weg, den die Stiere nehmen sollten, war alt und ihnen heilig, seit der erste König auf dem Thron von Kreta gesessen hatte. Den ganzen Weg entlang warteten festlich gekleidete Kreter mit Girlanden und Fahnen, und es erklangen Lieder und das Lachen, das mehr als alles andere als die wahre Musik dieses Königreichs zu sein schien.

Kemni kam mit einer größeren Menge jüngerer Höflinge in die Stadt. Sie hatten darauf bestanden, dass er ihnen Gesellschaft leistete – er sollte ihnen Glück bringen, sagten sie lachend, denn er war ein Fremder und der Bote eines Königs, und die Götter würden sie dafür segnen. Er hatte seine Zweifel daran, ob sich die Götter um ihn scherten, war aber begierig darauf, die Stiere zu sehen. Es machte ihm nichts aus, unter Gelächter und Tanzen aus dem Palast und dann quer durch die Stadt gelockt zu werden, bis zu einer Stelle, wo sich eine steile, kurvenreiche Straße von der felsigen Höhe niederzog. Diese Straße schien fast zu schmal und schlecht gepflegt für die Ankunft der großen Stiere von Kreta, doch dessen ungeachtet warteten alle dort.

Kemnis Begleiter verscheuchten eine Gruppe anderer Adliger von einem beliebten Platz: Die Straße begann hier etwas gerader zu werden, bevor sie die Außenbezirke der Stadt erreichte. Die Stadtmauer war noch weiter entfernt. Hier gab es kleine Felder und Bauernhöfe, die nutzten, was es an bebaubarem Boden gab. Die Häuser befanden sich auf beiden Seiten der schmalen Straße, es gab aber genug Platz, sich zu versammeln – und für die Stiere.

Kemni hatte auf dem Weg hierher gesehen, dass die klügeren Stadtbewohner sich auf den Dächern und Balkonen ihrer Häuser aufhielten. Aber hier gab es kein geschütztes Gelände. Sie waren auf gleicher Höhe wie die Straße, und Kemni war in dem Gedränge ganz nach vorn geschoben worden.

Er fragte sich einen unbehaglichen Augenblick lang, ob dies vielleicht ein Trick war: ob der Gesandte des ägyptischen Königs den Hörnern und Hufen des heiligen Stieres zum Opfer fallen und König Minos von der Notwendigkeit befreien sollte, eine Entscheidung zu fällen. Aber das wollte nicht zu dem passen, was Kemni von Minos gehört hatte. Der kretische König galt als ein kluger Mann, gerecht und ehrlich, so weit das für einen König möglich war.

Es dauerte einige Zeit, bevor Kemni ein Beben unter den Füßen spürte. Anfangs fiel es ihm kaum auf, bis das allgemeine Gemurmel nachließ und Schweigen sich wie in einer lang gezogenen Welle ausbreitete.

Nun konnte er es hören: ein tiefes Dröhnen und dann einen gellenden Schrei, den einer der Treiber ausgestoßen haben musste. Mit atemberaubender Plötzlichkeit kam die erste Gestalt über den Hügel: Die Hörner dieses Stieres waren gewaltig, beinahe so lang wie ein Menschenkörper. Auf der Hügelkuppe war das Tier als Schattenriss vor dem Himmel zu sehen, dann raste es den Abhang herunter, ein weißer Stier mit roten Flecken, wie Schaum von Blut durchschossen. Ihm folgten, mit donnernden Hufen, seine Brüder.

Jeder Mann, der noch bei Verstand war, hätte sich zurückgehalten und die Herde vorbeirennen lassen, doch wohl in jeder Menschenmenge gibt es Verrückte und heilige Narren. Dies waren junge Männer und manchmal ein schlankes Mädchen mit nackten Brüsten, die neben den Stieren herrannten, auf sie zusprangen, ihre schwitzenden Seiten zu berühren und sie an den Quastenschwänzen zu ziehen. Wenn einer einen Stier berührte, rief er oder sie: »Segen der Götter! Der Segen der Götter auf meiner Familie!«

Kemni war kein Narr. Er war nicht verrückt, er war nicht einmal Kreter. Dennoch, als der erste Stier mit dröhnenden Hufen an ihm vorbeikam, schnaubend und mit dem starken Moschusgeruch seines Fells, rannte auch Kemni, rannte wie ein Wahnsinniger, leicht wie die Luft und viel zu erschrocken, um noch innehalten zu können.

Die Stiere kümmerten sich so wenig um ihn wie um alle anderen. Und dennoch waren diese Hörner spitz wie Speere, und diese Hufe konnten einen Menschen zu blutigem Matsch trampeln; er hätte nur stolpern oder einen falschen Schritt tun müssen.

Trotzdem rannte Kemni. Die ersten Stiere waren schon an ihm vorbei, er befand sich in der Mitte und mitten unter ihnen lief zwischen zwei großen, schnaubenden Tieren, eines rot gefleckt, eines schwarz. Der Wind, den sie aufwirbelten, riss ihn mit. Er hätte ewig weiterrennen können, als wäre ihre Kraft auf ihn übergegangen.

Dann streckte er die Hand aus, weil die Zeit gekommen schien, berührte ein heißes, feuchtes Fell. Der Stier zuckte mitnichten zusammen. Kemni ließ seine Hand dort ruhen und rannte leichtfüßig weiter, sagte dabei kein Wort. Der Segen der Götter lag auf ihm wie die Wärme der Sonne.

Endlich bemerkte er, wie aus dem Augenwinkel, dass er in der Falle saß, umgeben von Stieren. Solange er mit ihnen rannte, war er in Sicherheit. Sollte er innehalten oder stolpern, würden sie nicht stehen bleiben oder zur Seite ausweichen.

Also musste er laufen und auf den Schutz der Götter vertrauen. Sie hatten ihn hierher gebracht, sie allein konnten für seine Sicherheit sorgen.

Inzwischen war er in der Stadt, hörte die Echos in den Straßen, sah, wie es plötzlich dunkler wurde. Die Menschenmengen waren hier dichter, die Leute standen auf Dächern und Balustraden, ließen sich manchmal zwischen die Stiere fallen und sprangen hin und her, um sie zu berühren oder mit ihnen zu rennen.

Aber nur Kemni war so weit gelaufen und so lange bei den Stieren geblieben. Die Häuserwände kamen näher, zogen sich dann wieder zurück: Ein Platz in der Stadt, voller Menschen, aber der Himmel darüber war weiter.

Sein Atem kam einem Schluchzen gleich, seine Lungen standen in Flammen, seine Knie wagten nicht nachzugeben. Neuer Wahnsinn überfiel ihn. Der Gedanke, den er beinahe fürchtete. Aber der Gedanke war da, verlockte ihn. Sein Blick zuckte zu dem großen Bogen eines Horns, zur Biegung eines Rumpfes. Das hier war kein Pferd, es gab keinen zum Sitzen geeigneten Platz.

Iphikleia hatte es getan. Sie hatte sich eine sanfte Färse ausgesucht. Das hier war ein wilder Stier. Und dennoch…

Genauso wie beim ersten Mal sah er, wie seine Hand sich fast wie von selbst ausstreckte und nach einem Horn griff, dann ließ er sich von der Bewegung des Stieres auf den Hals hinter den schwarzen Kopf ziehen. Dort war ein wenig Platz zwischen dem Höcker und den Hörnern, ein Sitzplatz, der genügte, wenn man wirklich wahnsinnig war.

Und so ritt er den ganzen langen Weg von der Stadt zum Palast des Minos auf dem Hals eines schwarz gefleckten Stieres, nicht mehr oder weniger willkommen als ein Vogel, der sich auf diesem breiten Rücken niedergelassen hatte. Er nahm an, dass die Leute ihn anstarrten, versuchte aber, nicht weiter daran zu denken.

Dann wurde die Welt endlich ruhig und der Stier blieb mit bebenden Flanken in einem weiten Innenhof stehen.

Kemni glitt von seinem Rücken und taumelte ein wenig, als seine Beine ihre Kraft wiederfanden. Nicht alle Stiere standen reglos. Einige waren unruhig, schüttelten sich, stampften, waren zwischen diesen Mauern äußerst unzufrieden.

Kemni entkam ihnen unverletzt. Selbstverständlich waren auch hier Menschen, die auf die Stiere gewartet hatten, aber er wollte nicht, dass sie ihn so anstarrten oder murmelten, er wollte nur, dass sie ihn durchließen, um dann einen ruhigen Platz zu finden und wieder zu Atem zu kommen.

Aber diese Gnade wurde ihm nicht gewährt. Vermutlich hatte er eine Lästerung begangen. Konnte man einen fremden Gesandten zum Tode verurteilen? Die Blicke, die auf ihm ruhten, waren allerdings alles andere als entsetzt. Sie waren eher ... fragend? Neugierig? Staunend?

Einige erkannte er unter ihnen, selbstverständlich Iphikleia. Ariana – die Ariana und eine ganze Eskorte von Mädchen mit blitzenden Augen, deren Gesichter er nur zu gut kannte. Kemni vergaß nie ein Gesicht, besonders dann nicht, wenn es ihm eine ganze Nacht lang sehr nahe gewesen war.

Ariana betrachtete ihn nachdenklich. »Schöner Mann«, sagte sie, »du verstehst es wirklich, Aufsehen zu erregen.«

»Ich nehme an, ich werde dafür sterben müssen«, sagte er.

»Nein«, sagte sie. »Wenn die Stiere dich am Leben ließen, steht es uns Menschen nicht zu, das in Frage zu stellen.«

Kemni spürte, wie der Atem aus ihm wich, und damit auch der größte Teil seiner Kraft. Feste, kleine Hände hielten ihn aufrecht: Iphikleia, nicht sanfter als je zuvor, aber er war froh, dass sie da war. Sie bewahrte ihn davor, sich zu schämen. Sie kannte sich aus; sie hatte selbst auf dem Rücken einer Färse gesessen. »Ruh dich aus«, sagte sie. »Wenn du aufwachst, bist du vielleicht wieder bei Verstand.«

»Ich bin bereits jetzt bei Verstand«, antwortete er. »Was immer ich getan habe ... die Götter ...«

»Die Götter, ja«, sagte sie. »Und jetzt geh.« Sie schickte zwei Arianas mit. »Und nicht, um dich wach zu halten. Du musst jetzt schlafen. Hast du das verstanden?«

»Vollkommen, große Dame«, gab er zurück.

Sie gab ein angewidertes Geräusch von sich. »Ach, geh einfach, geh!«

Iphikleia war wie kaltes Wasser ins Gesicht. Aber sie hatte befohlen, dass er schlafen sollte, und er schlief; die Arianas ließen es auch gar nicht zu, dass er sich vorher noch mit ihnen abgab. Sie badeten ihn – wobei sie ihn gnadenlos neckten –, trockneten ihn ab, steckten ihn ins Bett und ließen ihn dort, wo er bereits mehr oder weniger eingeschlafen war, obwohl seine Männlichkeit gerne den Rest wieder geweckt hätte, um sich anderen Dingen hinzugeben.

Er träumte von Stieren, einer großen, bewegten Herde von ihnen. Stiere, die rannten. Stiere, die grasten. Stiere, die die kleineren, sanfteren Kühe bestiegen, ihren Samen in sie hineintrieben und sich dann zufrieden im zertrampelten Gras wälzten. Er träumte, selbst ein Stier zu sein und einer schönen, gefleckten Kuh den Hof zu machen. Sie ignorierte ihn, aber die Art, wie sie das tat, lud ihn ein, sie weiterzuverfolgen.

Es war heißere Leidenschaft, als die Menschen sie kannten. Es ging schneller. Ein Mann hielt länger aus, konnte das Vergnügen ausdehnen. Ein Stier konnte so etwas nicht. Sobald er die Kuh bestiegen hatte, war der Rest unwiderstehlich: Stoßen und stoßen, dann brach es aus ihm heraus, alles auf einmal, mit einer Kraft, die ihm jeden Willen nahm. Es gab nichts anderes in der Welt als dies. Es konnte nichts anderes geben. Niemals.

Er wachte erschrocken auf. Etwas mit dem Licht stimmte nicht, und die Schatten waren verzogen. Irgendwo inmitten der Verwirrung erinnerte er sich.

Es war Abend, die Sonne noch nicht ganz untergegangen, aber nahe daran. Er hatte den größten Teil des Tages verschlafen. Sein ganzer Körper schmerzte, besonders die Beine, aber auch andere Körperteile; in wilder Leidenschaft hatte er sich mit den Decken verheddert.

Steif erhob er sich, säuberte sich, zog sich an und dachte daran, dass er den Diener am Morgen bitten würde, ihn zu rasieren; für den Augenblick musste es so genügen.

Er betrachtete sich in der Scheibe polierter Bronze, die auf einem Tisch neben dem Bett lag. Das tat er sonst nie; er vertraute den Dienern, dafür zu sorgen, dass er präsentabel war, und den Blicken der Frauen, die ihm versicherten, dass er gut genug aussah. An diesem Abend jedoch hatte er das seltsame Bedürfnis, sich zu überzeugen, dass sein Kopf noch sein eigener war, dass er nicht die Hörner und das Maul eines Stieres hatte.

Es war so ziemlich dasselbe Gesicht, das er beim letzten Mal in der Bronze erblickt hatte, nichts Bemerkenswertes daran, ein Ägyptergesicht: schmal mit langer Nase und vollen Lippen. Seine Augen waren dunkel und mit Khol und Malachit gegen eine Sonne umrandet, die hier nicht schien, aber die Gewohnheit war unwiderstehlich, und der Mode konnte er ohnehin kaum entgehen.

Nachdem er schon so lange auf Kreta war und all diese runderen, weicheren Gesichter gesehen hatte, all diese taillenlangen, lockigen Mähnen, kam ihm sein geschorener Kopf mit den scharfen Zügen seltsam vor. Er konnte die Schönheit, von der die Frauen sprachen, darin nicht entdecken. Es gab bessere Gesichter in Ägypten.

Aber er war damit zufrieden. Es war sein Gesicht und nicht der Stierkopf, den er schon befürchtet hatte. Mit einem Seufzen und einem Kopfschütteln machte er sich auf die Suche nach einem Abendessen in angenehmer Gesellschaft.

Kemnis Stellung im Palast hatte sich nicht verändert, weil er auf dem Stier geritten war. Er war immer noch der Fremde, interessant, weil er fremd war, und in Mode, weil er in der Gunst der Ariana stand. Der Stier hatte nur bewiesen, was alle längst schon sagten: dass Kemni der Ägypter bestimmt kein langweiliger Gast war.

Kemni der Ägypter, dazu verurteilt, unterhaltsam zu sein, kam als Gast der Ariana zum Stiertanz. Sie hatte ihren Diener nach ihm geschickt – einen Mann, was er etwas enttäuschend gefunden hatte, aber vielleicht war das ganz gut, denn er brauchte vor diesem Fest keine Ablenkung mehr.

Er trug seine besten Sachen, als ginge er zu einer Audienz beim König, und es war immerhin ein Gott, den er ehrte, der große Stier, das Abbild und der Diener des Erderschütterers. Mit Perücke und goldenem Ehrenkragen geschmückt, folgte er seinem Führer durch den Irrgarten des Palastes zu einem Teil, den er zuvor noch nicht gesehen hatte.

Außer in seinen Träumen. Dies war der Hof, in dem er im Geist schon so oft gesessen hatte, der Hof der Stiere: eine große offene Fläche mit ansteigenden Bankreihen und darunter sauberer, weißer, glatt gerechter Sand, der auf die Tänzer wartete. Kemni saß dort, wo er sich auch im Traum befunden hatte, direkt oberhalb des Sandes, mit der Mauer unter sich und den Mengen geringerer Zuschauer über sich. Sein Platz war mit Kissen gepolstert, über seinem Kopf befand sich ein schützender Baldachin. Er war umgeben von Adligen und Fürsten.

Aber der König saß auf der gegenüberliegenden Seite unter seinem eigenen, goldenen Baldachin, neben seiner Königin. Dort saßen auch ältere Adlige, Damen mit edelsteinbesetzten Röcken und Kopfputz, und es gab Diener mit Fächern und Sonnenschirmen, Weinkrüge und Tabletts mit Süßigkeiten. Hier, auf der Seite der Ariana, waren die jüngeren Leute, die Priesterinnen, die Söhne und jüngeren Brüder, bereits erwärmt vom Wein, und ließen sich mit Süßigkeiten und Gewürzkuchen verwöhnen.

Kemni konnte nichts essen oder trinken. Seit er diesen Hof betreten hatte, war er sich seltsam vorgekommen, als hätten sich eine oder mehrere seiner Seelen vom Körper getrennt.

Ariana war nicht anwesend. Eine andere Priesterin saß auf dem hohen Elfenbeinsessel, der mit Gold eingelegt war. Kemni erkannte erschrocken, dass es sich um Iphikleia handelte. Sie war gekleidet wie eine Göttin, bis hin zu den Schlangen, die sich um ihre Arme wandten. Kemni hielt sie für künstlich, bis sich eine von ihnen rührte, den Kopf hob und fragend in seine Richtung züngelte.

Er saß reglos auf seinem scharlachroten Kissen. Drunten hatte das Ritual begonnen: Riesige Muscheln wurden geblasen und gaben klagende Laute von sich, und dann betrat eine Prozession von Priestern – Männer, denn der Erderschütterer war ein Männergott, obwohl sowohl Männer als auch Frauen ihn im Tanz ehrten – die Arena. Sie trugen die Hörner und Felle von Stieren und bewegten sich wie diese, langsam, stampfend, schnaubend. Hinter ihnen kamen die Tänzer, schlanke Jungen und Mädchen in kurzen und fest gegürteten Röcken. Sie lachten, als sie den Hof betraten, wirbelten herum, sprangen und schlugen Purzelbäume wie Marktakrobaten in Ägypten.

Es lag eine wilde Freude in ihren Bewegungen, die Kemni verstand: Er hatte dasselbe verspürt, als er mit den Stieren rannte. Es war gut möglich, dass einer von ihnen oder auch mehrere sterben würden. Oder dass sie alle überlebten und sowohl den Stier als auch den Segen ihres Gottes eroberten.

In Dreierreihen sprangen und tanzten und wirbelten sie durch den Hof, und in Dreiergruppen hielten sie inne, zunächst, um die Priesterin zu grüßen und dann den König. Mit Gebeten und Rezitationen und dem klagenden Ton der Hörner segneten die Priester sie, und dann waren sie abrupt wieder verschwunden; der Hof war leer. Anschließend rechten Diener den aufgewirbelten Sand glatt, als hätte kein Fuß ihn je berührt.

Es wurde still. Das Gemurmel und Geschwätz einer großen Menschenmenge, das Auflachen, die Gesangsfetzen verklangen. Alle schienen tief Luft zu holen und dann die Luft anzuhalten.

Trommelschläge erklangen, Flöten ertönten. Wieder klagten die Hörner: Der Stier kam.

Kemni kannte ihn. Es war das Tier, das ihn in den Palast getragen hatte. In diesem Hof sah er noch riesiger und viel gefährlicher aus.

Das Tor der Tänzer stand dem Stiertor gegenüber; es befand sich direkt unter dem Platz der Priesterin. Eine Weile lang konnte Kemni sie nicht sehen, obwohl er wusste, dass sie herausgekommen waren: Die Menge war angespannter, und die Blicke der Zuschauer Kemni gegenüber richteten sich auf eine Stelle unter ihm. Der Stier sah sie, er senkte den Kopf. Seine Ohren zuckten. Er scharrte im Sand.

Mit einer plötzlichen Bewegung sprangen alle drei Tänzer in die Mitte des Hofs. Kemni hatte nicht bemerkt, dass er die Luft angehalten hatte. Aber es waren nicht die Tänzer seines Traums, sondern zwei Mädchen und ein Junge, selbst auf diese Entfernung ein wenig blass und auf ihren Tanz konzentriert. Erst lockten und neckten sie den Stier, um ihn aus seinem Tor herauszubringen, und als er sich dann langsam und etwas zögernd vorwärts bewegte, begannen sie mit dem eigentlichen Tanz, dem Springen und Wirbeln und den Purzelbäumen über die gebogenen Hörner.

Der Stier war recht friedlich, wie Kemni bereits feststellen konnte, als er ihn bis zum Palast geritten hatte. Es schien beinahe, als behandelte er die Tänzer gönnerhaft; er drehte sich und kreiste und galoppierte dröhnend von einem Ende zum anderen Ende des Hofs, während die Tänzer leichtfüßig über ihn hinwegsprangen. Es lag eine gewisse Schönheit und Leichtigkeit darin, und es schien beinahe sicher, was die Tänzer vielleicht erfreute, die Menge aber ruhelos werden ließ. Nachdem der Stier dreimal den Hof umkreist hatte, taten sich die Tänzer zusammen, um ihn durch das Tor zu treiben. Er ging, als wäre er ein zahmes Tier.

Die Tänzer verbeugten sich vor dem nicht sonderlich begeisterten Applaus und wirbelten und sprangen hinaus. Wieder kamen Diener, um den Sand glatt zu rechen. Wieder das atemlose Warten: Die Sonne brannte nun, die Menge atmete den Rhythmus, der Stier kam aus dem Tor, und die Tänzer traten ihm entgegen.

Siebenmal tanzten sie in diesem Hof, sieben Gruppen von Tänzern, sieben Stiere zu Ehren des Erderschütterers. Für Kemni, der sich mit den Feinheiten dieser Kunst nicht auskannte, wurde es monoton. Einige Tänzer erhielten mehr Beifall als andere, häufig, wie Kemni dachte, weil ihr Stier wilder, seine Bewegungen bösartiger waren. Für einige Stiere – wie etwa den ersten – schien es beinahe ein Spiel, etwas, das sie taten, um sich zu amüsieren. Für andere war es ein Kampf. Die Tänzer, winzige, springende Gestalten, waren wie Schnaken: Sie reizten das Tier, ärgerten es, trieben es zum Wutanfall.

Endlich, nach dem sechsten Tanz, erinnerte sich Kemni an seine vielen Fragen. Er sprach die Priesterin an, die neben ihm saß, aber Iphikleia antwortete von ihrem Thron aus, wo sie den ganzen, heißen Morgen lang reglos gesessen hatte. »Der Zorn des Stiers macht den Tanz gefährlicher. Das findet die Freude des Erderschütterers. Und wenn Blut vergossen wird ...«

Kemni nickte. »Wenn der Stier friedlich ist, verweigert der Erderschütterer seinen Segen?«

»Nein«, sagte Iphikleia. »Der Tanz ist immer heilig und immer gesegnet. Blut macht ihn stärker, das ist alles.«

Es war bereits Blut geflossen: Eine Tänzerin im dritten Tanz war an einem Horn hängen geblieben und hatte sich die Hand verwundet. Aber sie hatte sich losreißen können, und ihre Genossen hatten den Stier abgelenkt und sie hatte weitergetanzt und eine helle Blutspur im weißen Sand hinterlassen; alle anderen waren unverletzt entkommen. Es war offenkundig, dass man nicht erwartete, geschweige denn sie bat, dem Gott ihr Leben zu opfern.

Der letzte Tanz begann, als die Sonne ihren Höchststand erreichte. Der Hof pulsierte vor Hitze. Selbst für Kemni war es warm, so warm wie in Ägypten. Zum ersten Mal, seit er das Delta hinter sich gelassen hatte, zitterte er nicht vor Kälte.

Dieser Tanz war anders. Die Trommeln und Hörner schienen lauter. Stimmen gesellten sich zu ihnen, ein tiefes, langsames Rezitieren, wie das Tosen der See. Es war die Hymne des Erderschütterers, Beschwörung und Segen und ein Versprechen, dass er hier am Ende des Tanzes alles finden würde, was ihn erfreute.

Wieder hatte Kemni vergessen zu atmen. Das Licht, die Hitze. Die Reglosigkeit der Versammelten, der große Kreis von Gesichtern rings um den Hof.

Mit der Unvermeidlichkeit eines Traums kam der Stier aus seinem Tor: ein großes Tier, weiß und rot wie mit Blut gefleckte Gischt. Und dann die Tänzer, zwei junge Männer und eine junge Frau, die lachten, wild und süß und unheimlich.

Kemni, der Tänzer, hatte sie nicht gekannt. Kemni, der Wache, der Botschafter des Königs in Kreta, kannte sie gut. Unter ihm tanzte die Ariana, tanzte zu Ehren des Gottes, riskierte es zu sterben, damit er ihr Volk segnete.

In seinem Traum hatte sie überlebt, aber einer ihrer Mittänzer war gestorben. Kemni konnte sich nicht rühren, um einen Warnruf auszustoßen, obwohl jeder Schritt so erfolgte, wie er es im Schlaf gesehen hatte, weit weg in Ägypten.

Deshalb war er nicht hier – um das Leben eines Jungen zu retten, der sich dem Gott verschworen hatte. Und dennoch hatte es ihn hierher gebracht. Dies hatte ihn von allen anderen unterschieden, die vielleicht besser geeignet gewesen wären, Gesandter des Königs zu sein.

Er konnte nur zusehen, als der Tanz unter der gnadenlosen

Sonne weiterging. Man konnte einem Gott sein Opfer nicht verweigern, ganz gleich, wie sehr ein Sterblicher das fürchtete und sich danach sehnte, es aufzuhalten.

Der Junge war einer von denen, die er schon hier und da im Palast gesehen hatte. Sie hatten vielleicht zusammen an einem Bankettisch gesessen oder waren mit der gleichen Gruppe in die Stadt gegangen. Kemni erinnerte sich nicht an seinen Namen, waren unter den jungen Männern bei Hof doch so viele wie er.

Er tanzte gut, aber ohne Klugheit. Ariana schien sich wenig um Gefahr oder Tod zu kümmern, dennoch waren ihre Fähigkeiten bemerkenswert, ihre Beherrschung erstaunlich. Die Zuschauer murmelten verblüfft – wie nahe sie diesen schrecklichen Hörnern kam und wie sie ihnen ohne sichtbare Anstrengung auswich. Ihr größerer Partner war beinahe so gut – nach sechs Tänzen konnte Kemni das erkennen. Der etwas kleinere Junge hatte zuvor noch nicht getanzt, flüsterte jemand hinter Kemni einem anderen zu. Er tanzte gut, aber er ging Risiken ein, die unnötig gewesen wären. Er hätte es den anderen überlassen und sich etwas zurückhalten sollen.

Aber Vorsicht gehörte selten zu den Tugenden junger Männer, und Ariana forderte ihn mit ihrer Kunst heraus. Sie sprang, als der Stier sie schon beinahe erreicht hatte, sprang und wirbelte und landete leichtfüßig auf den Schultern des größeren Tänzers. Der Stier trampelte weiter. Er war einer der großen, einer von jenen, die von schrecklichem Zorn erfüllt waren. Seine Hufe donnerten wie die Brandung von Wellen.

Der Junge warf sich auf ihn zu wie ins Meer, und wie das Meer nahm der Stier ihn und brach ihn und warf ihn in den Sand.

Im Traum war Kemni erwacht, als der Junge starb. Dies hier war kein Traum. Er sah ihn fallen, sah das Blut fließen, hörte das tiefe, schreckliche Schweigen.

Stille. Dann gab es eine gewaltige Welle von Geräuschen, einen Aufschrei aus jeder Kehle im Hof: Männer, Frauen, selbst der Stier brüllte. Nur Kemni schwieg. Er war dem Erderschütterer zu nichts verpflichtet. Seine Götter waren von einer anderen Art, an einem anderen Ort.

Das Opfer war dargebracht, der Junge wurde unter großen

Ehren weggetragen. Jene, die ihn hatten sterben sehen, verließen den Hof in einem Schweigen, das ein wenig von Trauer sprach, aber erheblich mehr von Erregung.

10

Am Tag nach dem Stiertanz wurde Kemni abermals zum König gerufen. Es war ein Tag der Ruhe nach dem Fest, beinahe ein Tag der Buße, der Trauer für den, der gestorben war, aber auch der Anrufung der Götter und der großen Göttin, um sie zum Segen für Land und Volk von Kreta zu bitten.

Der Erderschütterer hatte sie an diesem Morgen gesegnet, wie die Leute es bezeichneten. Kemni war gerade aufgestanden und griff nach dem Wasserkrug, als die Erde sich unter seinen Füßen zu bewegen begann. Ums Haar wäre der Krug umgestürzt, und schnell griff er danach, noch zu erschrocken, um sich zu fürchten.

Die Erde hatte sich bewegt. Er schüttelte den Kopf, überzeugt, geträumt zu haben, doch dann sah er den verschütteten Wein. Es entsprach also der Wahrheit: In diesem Land, auf dieser Insel im Meer, konnte sich selbst die Erde bewegen, als wäre sie Wasser.

Die Kreter sahen es als gutes Vorzeichen, der Erderschütterer war offensichtlich mit dem Opfer zufrieden. Kemni, selbst erschütterter als ihm bewusst war, folgte dem Ruf des Königs ohne nachzudenken und mit wenig Erwartungen darüber, was er hören oder sagen würde.

König Minos empfing ihn an diesem Tag nicht in einer Audienzhalle, sondern im Stierhof. Kemni zögerte an dem Eingang, zu dem sein Führer ihn gebracht hatte, und blinzelte, weil die Sonne auf dem Sand blendete. Der Sand war nicht länger von Blut verschmutzt; nach dem Opfer hatte man alles entfernt.

Der König saß lässig auf einer Bank, auf der am Tag zuvor ein einfacher Kreter gesessen hatte. Nur eine einzige Wache war anwesend und es gab keine anderen Begleiter, keinen Zeugen außer dem Diener, der Kemni hierher gebracht hatte.

Kemni hatte schon vor langer Zeit gelernt, die Launen von Königen nicht zu hinterfragen. Daher war er nicht verblüfft, mit solchem Mangel an Zeremonien empfangen zu werden. Aber der Ort – dennoch, er konnte die Frage nicht stellen, wie stark der Drang auch immer war.

Der König wusste das. Seine Augen glitzerten, als er sagte: »Komm her, Mann aus Ägypten. Setz dich. Ich hoffe, es ist hier warm genug für dich?«

»Sehr angenehm«, erwiderte Kemni. Der König schien sich ebenfalls recht wohl zu fühlen, obwohl der Schweiß auf seiner Stirn glitzerte.

Kemni ließ sich auf einer Bank direkt unterhalb des Königs nieder. Minos schaute auf den Sand hinaus. »Du hast vom Tanz geträumt«, sagte er. »Ist es so geschehen, wie du es in Erinnerung hattest?«

»Genau so«, antwortete Kemni. »Ich konnte nicht… wenn ich es hätte aufhalten können…«

»Niemand sollte je versuchen aufzuhalten, was die Götter vorherbestimmt haben.« Minos sprach freundlich, aber in seiner Stimme lag eine Spur von Missfallen.

Kemni neigte den Kopf.

»Der Erderschütterer hat dich auserwählt«, sagte Minos. »Und die Erdmutter – sie hat dich gesegnet. Es sieht so aus, als glaubten sie, dass für uns ein Vorteil darin liegt, auf den Vorschlag deines Königs einzugehen.«

»Vielleicht«, meinte Kemni ein wenig unklug, »glauben sie, dass Ägypten und Kreta zusammen eine große Macht in der Welt sein werden.«

»Vielleicht«, sagte der König. »Und es ist eine Beleidigung oder ein Kompliment, dass euer König keine Bedrohung in uns sieht? Wir könnten euch erobern, nachdem wir die anderen Eroberer vertrieben haben.«

»Ihr könntet es versuchen.«

Der König verblüffte ihn, indem er lachte. »Ah! Das war eine gute, rasche Entgegnung. Ja, wir könnten es versuchen, aber weshalb? Wir haben nicht das Bedürfnis, ein Volk zu beherrschen, das uns verachtet. Und euer Fluss – er ist ohne Zweifel großartig, das leugnet keiner, aber niemals so wie das Meer.«

»Wir lieben unseren Fluss«, sagte Kemni, »und bewundern euer Meer.«

Der König lächelte. »So. Wir sind also sicher voreinander. Werdet ihr einen Preis für unsere Hilfe in unserem Krieg bezahlen?«

»Du brauchst nur zu fordern«, sagte Kemni, »und wenn ich es nicht gewähren kann, werde ich meinem König berichten und er wird entscheiden.«

»Du musst es jetzt tun«, sagte Minos. »Hier, wo die Götter dich hingebracht haben.«

Kemni hatte sich selbst so weit von Ägypten einige Zeit lang nicht mehr allein gefühlt, hatte es irgendwie stumm ertragen und sich geweigert, Opfer der Krankheit zu werden, die einen Mann weit von seinem Zuhause entfernt befallen konnte. Aber nun spürte er es wieder, in diesem Hof, auf diesen Zuschauerbänken, die nichts Förmliches an sich hatten und dennoch zum entscheidenden Platz für seine Gesandtschaft geworden waren: Theben lag am anderen Ende der Welt. Jede Wahl, die Kemni traf, traf er allein, und das gesamte Schicksal Ägyptens ruhte auf ihm.

Minos wusste das. Vielleicht wünschte er sich, dass Kemni diese Gesandtschaft nun aufgab und gestand, dass er weder die Macht noch den Willen hatte, für seinen König zu sprechen. Kemni war jung und wusste nichts von der Klugheit und den Fähigkeiten von Prinzen. Vielleicht war seine Gegenwart eine Beleidigung für Minos – trotz Götter, trotz Träumen.

Er durfte nicht wanken. Er musste den Göttern vertrauen, die ihn hergebracht hatten, und darauf, dass sein König sich an jeden Handel, der hier abgeschlossen wurde, halten würde.

»Dann sag mir, was dein Preis ist«, erklärte er schließlich.

Vielleicht war Minos amüsiert. Jedenfalls war er nicht verblüfft vor Bewunderung – das erkannte Kemni deutlich. Er strich sich über den Bart, wie er es offenbar häufig tat, wenn er Zeit gewinnen wollte. »Das hier ist nicht mein Preis«, sagte er nach einer Weile. »Das solltest du wissen. Ich bin König auf Kreta, aber es gibt andere, die über mir stehen. Sie sind es, die dies von Ägypten fordern, wenn Ägypten unsere Hilfe in seinem Krieg haben will.«

Wer fordert das?, hätte Kemni beinahe laut gefragt. *Eure Götter?* Aber er schwieg.

»Man fordert von euch«, sagte Minos, »diese Allianz sowohl mit Blut als auch mit Gold zu bestätigen. Es muss eine Hochzeit geben, Mann aus Ägypten, zwischen eurem König und einer königlichen Tochter Kretas. Wird er das tun? Kann er das tun?«

Lange Zeit konnte Kemni nicht antworten, es wollte ihm nicht einmal eine Antwort einfallen. Er hatte sich schreckliche Dinge vorgestellt: Berge von Gold, Armeen von Geiseln, das Blut von Fürsten, das im Hof der Stiere vergossen wurde. Aber dies – er hätte beinahe laut gelacht.

»Herr«, sagte er, »königliche Heiraten sind häufig ein Siegel großer Allianzen. Wenn dies euer Preis ist, wird mein König ihn gerne zahlen.«

»Also gut«, sagte Minos, »aber wird er ihn auch zahlen, wie wir es wollen? Es geht nicht um die Stellung einer Konkubine oder der Geringsten in einer Herde von Frauen. Wenn er eine unserer königlichen Damen zur Frau nimmt, muss sie Königin werden. Sie wird keinen geringeren Rang akzeptieren.«

Das würde schwierig werden. Dennoch, unmöglich war es nicht, es sei denn … »Sie kann nicht die Erste unter den Königinnen sein, die Große Königliche Gemahlin. Dieses Amt hat bereits eine ägyptische Dame inne.«

»Königin Nefertari«, sagte Minos. Was bewies, dass er genug über Ägypten und seine Herrscher wusste und außerdem den Namen der Dame mit einem halbwegs brauchbaren Akzent aussprechen konnte.

»Ja, wir wissen von ihr. Unsere Tochter wird nicht versuchen, sie zu verdrängen. Aber im Rang direkt nach ihr zu kommen – ja, das wird sie erwarten. Wird euer König das gestatten? Und seine Große Königliche Gemahlin?«

»Das ist wahrlich eine Wahl, die sie selbst treffen sollten«, erwiderte Kemni.

»Wir haben dich gebeten, es für sie zu tun.«

Minos würde nicht nachgeben, das war klar. Wenn Kemni zustimmte, würde er sich vielleicht dem Zorn seines Königs gegenüberfinden – aber, was noch viel schlimmer war, vielleicht auch dem der Großen Königlichen Gemahlin.

Er hatte Königin Nefertari selbstverständlich schon gesehen; sie saß bei Hof neben ihrem Gemahl, der auch ihr Bruder war, und teilte mit ihm die Herrschaft über das Obere Königreich. Aber er hatte nie mit ihr gesprochen, und auch sie hatte ihn nie ihrer Aufmerksamkeit gewürdigt. Sie interessierte sich wenig für die jungen Männer in der Umgebung der Prinzen.

Nun fürchtete er, dass sie ihn mit der schrecklichen, brennenden Sonne ihrer Aufmerksamkeit strafen würde, wenn er die falsche Wahl traf. Stärkere Männer als er waren unter diesem Glühen dahingewelkt, und man flüsterte sogar, dass sie daran gestorben waren.

Er erinnerte sich plötzlich lebhaft an ihr Gesicht, wie er es einmal im Lampenlicht eines Banketts gesehen hatte, mit einer so unbeherrschten Miene, wie nur eine Königin es sich erlauben kann. Sie war ein wenig müde gewesen, vielleicht hatte sie sich nicht recht wohl gefühlt. Während eine Truppe von Feuertänzern ihrer Vorführung nachgingen, hatte sie den Kopf ein wenig gesenkt und die Wange in die Hand gestützt. Sie war schön, wie man es von königlichen Damen erwartete, in ihrer Perfektion von Schminke und Perücke, Gewand und Juwelen, die einer Königin gebührten. Und dennoch, in diesem Augenblick hatte sie beinahe sterblich gewirkt.

Die Erinnerung tröstete ihn nicht. Königin Nefertari war eine große Macht in Ägypten, einige sagten: größer als der König – man flüsterte sogar, dass Ahmose zwar die Krone trug, es aber eigentlich Nefertari war, die regierte.

Was immer Kemni nun versprach – sie würde das Urteil darüber fällen. Dies war mehr als alles andere eine Frauenangelegenheit: eine rivalisierende Königin in den Palast zu bringen, über den diese Frau gebot.

Dennoch, ihr Gemahl – und daher, wie Kemni mit einem kleinen Schauder erkannte, sie selbst – hatte ihn hierher geschickt. Man hatte ihm die Macht eines Gesandten verliehen und die Möglichkeit gegeben, einen Handel abzuschließen. Sie hätten einen weiseren Mann schicken können, einen, der geeigneter war, über solche Dinge zu entscheiden. Aber das hatten sie nicht. Sie hatten ihn geschickt.

Er holte tief Luft und fasste sich wieder. »Also gut«, sagte er. »Ich spreche für meinen König und für die Große Gemahlin meines Königs. Ich akzeptiere diesen Preis für eure Hilfe in unserem Krieg.«

Minos nickte. Kemni hätte nicht sagen können, ob er erleichtert oder eher bedrückt war.

»So wird es sein. Meine Schreiber werden alles entsprechend niederlegen, und es wird angemessene Zeugen geben. Am Morgen des dritten Tages von heute an segelst du nach Ägypten zurück.«

So plötzlich. So unumstößlich. Kemni hätte es erwarten sollen, und dennoch überraschte es ihn. Er hatte beinahe angenommen, dass er sein Leben in diesem fremden Land zu Ende führen würde, mit einer Sprache, die nicht seine eigene war, und darüber sogar die Melodien des Ägyptischen vergessen würde. Das war dumm, aber nun brauchte er nicht mehr weise zu sein, nur noch gehorsam. Er verbeugte sich vor dem König wie vor einem ägyptischen Adligen und akzeptierte seine Entlassung mit angemessener Anmut.

Doch bevor Kemni ging, hob Minos die Hand. »Warte«, sagte er.

Kemni hielt inne.

»Komm heute Abend zum Abendessen«, sagte Minos. »Ein Diener wird dich abholen.«

Kemni verbeugte sich abermals. Es war eine Ehre, aber kaum weniger, als er verdient hatte. Dann gestattete man ihm zu gehen und den Tag zu seinen eigenen Zwecken zu nutzen – und sich darüber zu freuen, dass er in drei Tagen zurück nach Ägypten segeln würde.

Kemni aß an jenem Abend mit dem König und der Königin und den Großen des Hofes. Ariana war allerdings nicht anwesend, ebenso wenig wie Iphikleia. Kemni wusste nicht, wieso ihn das interessieren sollte. Nachdem man ihn derart geehrt hatte, kam auch keine neue Ariana in sein Bett. Zum ersten Mal seit seiner

Ankunft auf Kreta schlief er allein. Er fragte sich, ob er somit vielleicht für ein Vergehen bestraft wurde. Vielleicht, weil er am Morgen nicht zu seiner Wagenstunde erschienen war, weil man ihn zum König gerufen hatte? Ariana hatte das doch sicher gewusst. Ariana schien alles zu wissen, was im Palast geschah.

Zum Teil aus Ärger darüber, zum Teil aber auch, weil man ihn im Hof der Schreiber für die Unterzeichnung des Vertrags zwischen Ägypten und Kreta erwartete, ging Kemni am nächsten Morgen ebenfalls nicht zum Unterricht. Und wieder schlief er allein, ohne Botschaft oder Erklärung.

Am nächsten Morgen, dem Morgen vor der Abreise nach Ägypten, ging er aus wie so oft zuvor. Er erwartete nicht, jemanden bei den Pferden zu finden, nicht um diese Zeit, aber er wollte die Pferde noch einmal sehen. Er hatte ein paar Süßigkeiten für die beiden Braunen, die ihm regelrecht ans Herz gewachsen waren, mitgebracht; sie hatten gelernt, so etwas zu erwarten.

Sie warteten schon auf ihn, als er den Weg zum Feld entlangkam; er lachte, obwohl seine Augen verblüffend feucht wurden, rieb Ohren und Nasen und gab ihnen die Süßigkeiten. Erst als seine Handflächen leer und sauber geleckt waren, bemerkte er, wer hinter ihnen saß, auf einem vorspringenden Felsen, die Knie an die lederbekleidete Brust gezogen.

Sie hatte den Wagen nicht aus dem Stall gebracht, obwohl sie gekleidet war, als wollte sie ihn fahren. Sie grüßte Kemni auch nicht, schien ihn überhaupt nicht zu sehen, bis er vor ihr stand. »Guten Morgen«, sagte Kemni höflich.

Sie betrachtete ihn und schien ihn kaum zu erkennen. Er hatte sie nie so distanziert erlebt. Selbst Iphikleia behandelte ihn freundlicher – und das hier war Ariana, seine fröhliche Begleiterin und Lehrerin in der Kunst des Streitwagenlenkens.

Vielleicht war es der Stiertanz, der Tod des Jungen, der versucht hatte, so waghalsig zu sein wie sie. Kemni glaubte nicht, dass sie seine Abreise bedauerte. Er war eine Ablenkung, nichts weiter. Wenn er abgereist war, würde sie etwas anderes finden.

Das sagte er ihr auch und hoffte, dass diese Aufmunterung sie lächeln ließe.

Sie runzelte die Stirn, als hätte er Ägyptisch gesprochen, das sie nicht verstand. »Ablenkung? Eine andere? Wieso sollte ich das?«

»Um dich zu amüsieren«, meinte er. »Um dich zu erfreuen.«

»Ah«, sagte sie und versank wieder im Nachdenken.

Etwas unschlüssig zuckte er mit den Achseln, seufzte laut und zog sich dann zu den Pferden zurück. Sie freuten sich darüber, dass er da war, und sie nahmen ihn zur Kenntnis. Im Augenblick waren sie bessere Gesellschaft als Ariana.

Nachdem er die ganze Herde besucht hatte, war Ariana verschwunden. Sie hatte nicht erklärt, was sie in solch seltsame Stimmung versetzt hatte, und sich auch nicht verabschieden wollen. Kemni mahnte sich, nicht enttäuscht zu sein. Sie war eine Prinzessin und eine hohe Priesterin. Er hätte niemals auch nur zu hoffen gewagt, dass sie so viel Zeit mit ihm verbringen, so freundlich zu ihm sein würde. Nun würde sie sich, wie er ihr selbst gesagt hatte, anderen Dingen zuwenden. Sie würde eine andere Beschäftigung finden, mit der sie den Morgen verbrachte. Oder vielleicht würde es ihr genügen, den Wagen allein zu fahren und auf jener grünen Weide Wettrennen mit dem Wind zu veranstalten.

Der Rest der Abschiede war einfacher, vielleicht, weil dieser eine so unerwartet schwierig geworden war. Es würde ihm nicht Leid tun, die Insel zu verlassen, denn schließlich ging es nach Hause. Aber er war hier glücklicher gewesen, als er je erwartet hätte, er hatte sich ruhiger und mehr… ja, mehr zu Hause gefühlt. Darauf war er stolz.

Eine letzte einsame Nacht, in der er unruhig in einem Bett schlief, das ihm plötzlich fremd vorkam, und dann war es endlich Zeit. Der Morgen war sonnig, und ein frischer Wind wehte gen Süden, um ihn nach Hause zu bringen. Seine wenigen Besitztümer waren schon gepackt und zum Schiff gebracht worden. Er zog seine besten Sachen an, den goldenen Ehrenkragen und den blauen Umhang, den man ihm geschenkt hatte, um sich gegen die Morgenkälte zu wappnen.

Ohne großen Aufwand, aber mit großer Ehre war er an der Seite von Ariana hier eingetroffen; nun verließ er den Palast mit überraschend vielen Begleitern. Die meisten Gesichter kannte er, es waren Leute, mit denen er gegessen, getrunken, gejagt, gespielt und getanzt hatte. Sie waren seine Führer und Begleiter auf dem langen, steilen Weg zum Hafen. Sie sangen, sie spielten Trommeln und Flöte und jenes Saiteninstrument, das sie Lyra nannten. Sie bereiteten ihm einen königlichen Abschied.

Das Schiff wartete auf ihn – vertraut, abgenutzt, aber darunter seetüchtig: Naukrates' schnelle *Tänzerin*. Kemni musste bei diesem Anblick lächeln. Und ja, dort war auch der Kapitän selbst an Deck und betrachtete die Menschenmenge mit gerunzelter Stirn. Als er Kemni entdeckte, lächelte er. Er war zweifellos froh, dass er die Flut ausnutzen konnte.

Aber noch würden sie nicht abreisen. Als Kemni an Bord ging, drehte er sich noch einmal um. Eine noch größere Menschenmenge näherte sich mit gewaltigem Lärm. Aus Muschelhörnern erklangen lange, klagende Laute, und man hörte Singen und Händeklatschen. Die Menge näherte sich tanzend, springend und wirbelnd wie Stiertänzer, sodass einem regelrecht schwindelig werden konnte.

Kemni hatte nie eine solche Prozession gesehen. Jeder, der daran teilnahm, schien ein Stiertänzer oder eine Priesterin zu sein, vielleicht auch beides. Er erwartete fast, einen Stier zu sehen, doch waren die Diener des Gottes, nachdem sie ihres Amtes gewaltet hatten, nun wieder auf ihren Weiden.

Der Mittelpunkt all dieses Aufruhrs glitzerte vor Gold und Edelsteinen. Sie trug den Reichtum eines ganzen Königreichs am Körper, war hoch gekrönt mit Gold und wurde leichten Schrittes zum Hafen getragen. Solcher Glanz ging von ihr aus, solche Macht, dass man beinahe nicht erkannte, wer in goldenen Sänften auf den Schultern starker, junger Männer hinter ihr kam: der König und die Königin selbst, die sich verabschieden wollten.

Aber nicht oder nicht nur von Kemni. Ariana, gefolgt von der in ihrem Schatten beinahe unbemerkten Iphikleia, betrat das Schiff mit der Haltung einer Frau, die etwas sehr Mutiges und Großartiges unternimmt und sich wünscht, dass endlich alle aufhören sollten, darüber Bemerkungen zu machen. Der König und die Königin blieben am Ufer. Kemni war immer noch nicht sicher, was geschah, obwohl er es eigentlich hätte wissen müssen. Ariana würde auf der *Tänzerin* mitfahren, so viel sah er nun. Sie befand sich offenbar auf einer Pilgerreise.

Sie war noch zerstreuter als auf der Pferdeweide. Kemni hatte beinahe das Gefühl, dass sie unter Drogen stand. Ihr Gesicht war bleich, ihre Augen hätten blind sein können.

Und dennoch, als sie an Deck stieg und Naukrates sich ihr entgegenbeugte, um ihr zu helfen, und Iphikleia sie von hinten stützte, wurde sie lebendig. Sie blickte zurück zu den Leuten am Ufer und sah alle an, die sich um das Schiff drängten. Sie schauderte sichtlich oder schüttelte sich. Leben kehrte in ihr Gesicht zurück. Sie streckte die Arme aus, breitete sie weit aus.

Die Leute riefen laut. Die Worte waren so durcheinander, dass Kemni sie kaum verstehen konnte, aber dann begann er doch zu begreifen.

Sie reiste tatsächlich ab. Sie fuhr nach Ägypten. Sie würde –

Er konnte kein Wort sagen. Nicht jetzt. Er biss sich auf die Zunge, bis sie blutete.

Endlich war der Abschied vorüber. Endlich ließen der kretische König und sein Volk die Prinzessin widerstrebend ziehen. Das Schiff legte ab, Männer vom Ufer und Seeleute auf dem Schiff schoben es rasch weiter ins Wasser. Kemni spürte deutlich den Wechsel von der Erde zum Meer. Die *Tänzerin* wurde unter ihm lebendig, Ruder senkten sich ins Wasser und zogen das Schiff in den Hafen hinaus.

Musik folgte dem Schiff, Lieder und die Rufe von Menschen, die dieselben klagenden Laute wie Möwen ausstießen. Ihre Prinzessin verließ sie, ging von ihnen, um in Ägypten Königin zu werden.

»Du solltest nicht gleich *jetzt* mitkommen.« Kemni versuchte ruhig zu bleiben, aber es gelang ihm nicht. Sie waren schon weit auf See, die Segel waren gehisst, die Ruder eingezogen, und die *Tänzerin* glitt vor dem Wind dahin. Die Frauen hatten sich in praktischere Kleidung gehüllt, Kemni hatte dasselbe getan und war einen Augenblick auf der Truhe in jener Kajüte sitzen geblieben, die schon auf der Fahrt nach Kreta die seine gewesen war. Er war überrascht, dass man sie ihm abermals zugewiesen hatte, und es störte ihn nicht zu entdecken, dass er sie diesmal mit dem Kapitän teilen würde. Selbstverständlich würden die Frauen die Kajüte des Kapitäns, die größer und bequemer war, benutzen.

Nun standen sie alle an Deck in der Sonne und der Gischt, und die große, grüne Insel Kreta glitt an ihnen vorbei. Ariana war wieder mehr sie selbst, nachdem alles erledigt war – nun, nachdem sie die Segel gesetzt hatten.

Kemni hätte nicht sagen sollen, was er dachte. Aber sie hatten einen Weinkrug herumgereicht, und die Sonne war heiß und die Gischt kühl, und das hier war Ariana.

»Du hättest warten sollen, bis der Krieg vorbei war und dann mit großem Prunk eintreffen, um den Sieg zu besiegeln. Was, wenn die Retenu davon erfahren? Du wärest eine unendlich wichtige und entsprechend wertvolle Geisel. Und falls, *falls* wir tatsächlich unentdeckt an ihnen vorbeikommen, wie willst du in Theben zurechtkommen? Der Rang der Königinnen untereinander entscheidet sich nach der Anzahl und dem Rang ihrer Hofdamen und Diener. Eine einzelne Hofdame, wie königlich und heilig auch immer, wird dir im Palast der Königin nicht viel nützen.«

Sie trank einen Schluck Wein und schien zuzuhören, antwortete aber nicht. Er war sicher, dass sie das tat, um ihn zu ärgern.

»Hör zu«, sagte er. »Was nützt es, wenn du oder irgendwer sonst nach Ägypten kommt, so geheim wie es sein muss, wenn der König dich dort in einer großen, öffentlichen Zeremonie heiratet und der Feind dadurch erfährt, was geschehen ist? Was erwartest du, dadurch zu gewinnen?«

»Zeit.« Das war Iphikleia, die mit dem üblichen Mangel an Geduld gegenüber Kemnis männlicher Dummheit antwortete. »Vielleicht auch Weisheit. Einen Rat für euren König von jemandem, der alle Geheimnisse Kretas kennt. Eine Königin ist etwas Hübsches und eine Hochzeit eine nette Feier. Aber Ägypten braucht mehr. Ägypten braucht uns.«

»Dich auch?«, wollte Kemni wissen. »Wollt ihr meinem König zwei Königinnen anbieten, wenn er nur eine suchte?«

»Unwahrscheinlich«, meinte Iphikleia mit verächtlichem Lächeln. »Er wird diese hier nehmen und mehr als froh darüber sein.«

»Er wäre vielleicht noch froher, wenn sie Pferde mitbringen würde«, sagte Kemni.

»Pferde kann man besorgen«, sagte Ariana schließlich, und sie klang so klar und bestimmt wie immer. Sie war in die Wirklichkeit zurückgekehrt. »Ihr braucht mich. Ich kenne die Flotte, ich weiß, wie sie segelt und wohin, und ich kenne die Signale. Ich kenne mich mit Pferden und Streitwagen aus. Ich weiß vielleicht nicht, wie man eine Ehefrau ist, aber ich kann Priesterin und Königin sein. Und nun unterrichte mich«, sagte sie. »Unterrichte mich, solange wir unterwegs sind. Erzähl mir von Ägypten.«

»Ich sollte unseren Kapitän unterrichten, dich am ersten Hafen abzusetzen.«

Sie lachte. »Das wirst du nicht tun. Und jetzt fang an, denn ich will alles wissen. Alles, was dir einfällt – und so viel von eurer Sprache, wie ich nur lernen kann. Ich habe dir beigebracht, wie man ein Gespann lenkt, jetzt musst du mir von Ägypten erzählen.«

Kemni mochte ihr eine Standpauke halten und ausgesprochen missbilligen, was sie tat, aber am Ende konnte er ihr nur noch gehorchen. Immerhin würde sie seine Königin sein.

Hochwasser

11

Der Fluss trat in diesem Jahr früh über die Ufer und überraschte die Priester, deren Aufgabe es war, das Ansteigen und Fallen des Wassers vorherzusagen. An einem Tag war er noch niedrig und träge, am nächsten tobte das Wasser heran und breitete sich weit über das ausgetrocknete Land aus. Die Menschen flohen, lachten und sangen jedoch dabei, denn dies war der Wohlstand Ägyptens, das Leben und der Reichtum der Zwei Länder.

»Es ist eine Verschwörung«, sagte Ramerit, als sie einen großen Korb schmutziger Wäsche hochhob. »Theben wusste seit Tagen davon. Aber haben sie uns irgendetwas davon gesagt, hier oben hinter Memphis? Selbstverständlich nicht!«

»Nun«, erwiderte Nefer-Ptah, die trotz ihres vollkommen ägyptischen Namens vollkommen nubisch war, »man kann wohl kaum erwarten, dass sie uns hier irgendetwas mitteilen. Wenn man bedenkt, wie die Lage ist.«

Ramerit schnaubte. »Sie hätten es uns sagen müssen.«

Ramerit war nie sonderlich vernünftig gewesen. Iry, die auch nicht sonderlich vernünftig war, aber immerhin wusste, wann es sinnvoll war zu schweigen, packte weiter Wäsche in die Körbe. Wenn sie schnell arbeitete, konnte sie vielleicht entkommen, während Ramerit und Nefer-Ptah sich weiter über Rebellion in Theben stritten.

Iry wollte nicht über Rebellionen in Theben nachdenken. Sie senkte den Kopf, bis das glatte, schwarze Haar ihr Gesicht verbarg, und wandte sich wieder ihrer Arbeit zu. Wie sie halb befürchtet hatte, widmeten sich die beiden Dienerinnen begeistert dem Thema. Sie würden alles wieder ausgraben, was sie jemals gegen beide Hälften Ägyptens gehabt hatten, bis zurück zu den Tagen von König Salitis, der in seinem Streitwagen von Norden gekommen war und das Untere Reich für sich und seine Söhne sowie seine Adligen und Unterkönige eingenommen hatte, und dann weiter durch die Zeit bis zu Ahmose, der nun König war, weit im Süden, in Theben, wo Ägypten noch Ägypten war.

Sie lud sich den Korb auf, während die beiden anderen Frauen irgendwo zwischen den Königen steckten, duckte sich noch tiefer und glitt in den Schatten und war mit einer einzigen, raschen Bewegung verschwunden. Ausnahmsweise folgte dem kein erzürntes Aufkreischen. Sie entkam der atemlosen Stickigkeit des Wäscheraums, schlüpfte durch die dunkle, stinkende Passage zur Küche und durch die Tür hinaus in die plötzliche, blendende Helligkeit des Tages. Die Hitze war drückend, aber Iry war nackt – wie jedes vernünftige Geschöpf hier –, sah man von der blauen Perle an der Schnur an ihren Hüften und dem Bastet-Amulett ab, das zwischen ihren jungen, kleinen Brüsten hing. Sie hielt einen Augenblick inne, um mit reiner, tiergleicher Freude Licht und Hitze zu begrüßen.

Wie eine Katze, dachte sie mit einem leisen Schnurren in der Kehle. Gewissermaßen als Antwort auf das, was halb Gedanke, halb Gebet gewesen war, kam eine der Katzen, die dieses Haus mit ihrer Anwesenheit ehrten, und miaute und glitt ihr zwischen den Fußknöcheln durch. Iry bückte sich. Der braune Rücken bog sich ihrer Hand entgegen.

Als sie sich wieder aufrichtete, streichelte sie eine Hand genauso, wie sie die Katze gestreichelt hatte. Sie hatte sich ihr entgegengebogen, bevor sie noch nachdenken konnte, und sicherlich, bevor sie sah, wer es tat.

Sie fauchte und wich zurück. Er grinste sie an, drehte sie, während sie noch erschrocken war, herum und drückte sie an die Wand. Sie saß gefangen im Käfig seiner Arme und roch diesen Geruch, der unausweichlich *Fremder* verkündete. Und es war gleich, dass sie die letzten zehn Jahre an diese Eroberer gebunden gewesen war.

Dieser Sohn des Eroberers war auf nach ihrer Ansicht ausgesprochen widerwärtige und unerträgliche Weise entschlossen, das Licht ihres Lebens zu sein. Sie sah ihm in das breite Gesicht mit der gebogenen Nase und dem spärlichen, jungen Bart und dachte daran, ihn anzuspucken. Aber darüber würde er nur lachen. Der ehrenwerte Iannek war nicht so leicht zu beleidigen, und es war kaum möglich ihn loszuwerden.

Sie seufzte tief und beschloss, zu einem Nichts zu werden, einem Windhauch, einem Schatten an der Wand. Das war nicht einfach mit diesem heißen und keineswegs wohlduftenden Atem auf ihren Wangen und dem hoch gewachsenen, muskulösen Körper, der über ihr aufragte. Er war gewachsen, seit er sie das letzte Mal an dieser Wand gefangen hatte. Er war … er war beinahe ein Mann.

Unter den schweren Gewändern, die er trug und die für diese Retenu eine Sache des Stolzes waren – ungeachtet der Tatsache, dass die Sonne Ägyptens einen Mann töten konnte, der sich bis zu den Augen in Wolle und Leder und Pelz hüllte –, konnte sie immer noch spüren, dass sich seine Rute zu ihrer Ehre erhoben und hart geworden war. Sie passte nicht zum Rest von ihm, der recht kräftig war; es war nur ein schlankes, schmales Ding.

Aber gierig. Sehr gierig. Nicht zum ersten Mal war Iry dankbar für seine Gewänder. Hätte er einen ägyptischen Schurz getragen, hätte er ihn womöglich innerhalb eines Augenblicks weggerissen und sie auf die Kacheln geworfen.

Zweifellos dachte er jetzt daran, Gewänder oder nicht. Sie fletschte die Zähne.

»*Kleiner Mann*«, sagte sie. »Lass mich los.«

»Kaum«, sagte er. »Und nicht, bevor du mich küsst.«

»Du wirst noch mehr wollen«, sagte sie.

»Es ist ein Anfang«, meinte der ehrenwerte Iannek.

»Du willst mich nur, weil ich dich nicht will«, sagte sie.

»Ich werde dich immer wollen, meine Schöne«, sagte er.

Sie schnaubte. »Versuch es mit Ramerit. Sie ist hübscher als ich, und sie jagt gerne Enten im Ried.«

»Meine Ente sucht eine Frau fürs Leben«, seufzte er. »Und sie hat dich auserwählt.«

»Wie schade, dass dieser Wunsch nicht erfüllt wird«, sagte Iry.

Er beugte sich vor, um sie zu küssen, ob sie wollte oder nicht. Sie duckte sich, drückte sich an die Wand und schlüpfte in die Freiheit. So schnell wie eine Eidechse vor dem Falken flieht, suchte sie Deckung.

Das Lachen des ehrenwerten Iannek folgte ihr. Nie war er beleidigt, nicht einmal von ihrer Grausamkeit. Und nie ließ er sich – die Götter mochten ihr helfen – wirklich abschrecken.

Diesmal wurde ihre Flucht nicht aufgehalten. Es gab keinen bestimmten Ort, zu dem sie wollte, sie wollte nur weg – weg von ihren Pflichten und von diesen unverschämten Söhnen. Sie ging, wohin ihre Füße sie führten, geleitet vom Fall eines Schattens, vom Winkel der Sonne auf einer Mauer. Sie kannte jede Nische dieses Anwesens, dieses Hauses der Aufgehenden Sonne im grünen Land nördlich von Memphis. Wie auch nicht? Sie hatte ihr ganzes Leben hier verbracht.

Die Bitterkeit war zu einer Anspannung hinten in ihrer Kehle geworden. Als sie es versuchte, konnte sie sich so lebhaft daran erinnern, als wäre es gestern gewesen – wie es gewesen war, hier eine adlige Dame zu sein und nicht eine Sklavin; dabei lag das alles nun schon zehn Jahre zurück.

Und es gehörte der Vergangenheit an. Ihr Vater hatte sich der Rebellion gegen die Retenu angeschlossen und war dafür umgekommen, ebenso wie seine Söhne. Seine Frau und Tochter waren dem Eroberer übergeben worden.

Dieser Eroberer hatte einen Namen. Sie sprach ihn nie damit an, sah ihm nie ins Gesicht oder erkannte seine Existenz an, obwohl man von ihr erwartete, dass sie ihn bediente, wenn er einen seiner diversen Landsitze besuchte. Es war eine der Annehmlichkeiten des Hauses, von einer Sklavin bedient zu werden, die die Tochter eines Adligen gewesen war.

Er war seit der letzten Flut nicht hier gewesen, doch niemand hatte ihn sonderlich vermisst. Teti, der Verwalter, damit beschäftigt, die Sahne vom Landsitz abzuschöpfen, wäre entzückt gewesen, den neuen Oberherren niemals zu sehen. Der ehrenwerte Iannek, der ungewöhnlich viel Zeit damit verbrachte, wegen des einen oder anderen Verstoßes aufs Land geschickt zu werden, war nur eine kleine Unannehmlichkeit – so sehr er Iry auch ärgern mochte.

Schließlich war sie oben auf der Mauer und lehnte sich an den Aufbau über dem Osttor. Eigentlich sollte eine Wache hier oben stehen, aber Teti kümmerte sich um diese Dinge nur, wenn der Herr anwesend war. Niemand würde es wagen, in dieses Haus einzudringen, nicht, seit es einem Adligen der Retenu gehörte. Es lag inmitten seiner Felder, nicht weit von der Straße zwischen Memphis und der Stadt der fremden Könige entfernt, aber auch nicht so nahe, dass viele dazu geneigt hätten, sich hier umzusehen. Es gab reichere Häuser im Süden, deren Wohlstand nicht einer schäbigen Wohlhabenheit gewichen war.

Das war schon vor dem Tod von Irys Vater so gewesen, doch sie schämte sich nicht dafür. Ihre Mutter, Herrin Nefertem – das war eine andere Sache. Aber Nefertem blieb im Frauenhaus und ging nie ins Tageslicht hinaus, damit die Sonne ihrer vollkommenen Haut nicht schadete. Sie würde ihrer Tochter nie auf die Mauer hinauffolgen oder auch nur davon erfahren, es sei denn, einer der Diener klatschte.

Auch Nefertem war nun Sklavin. Irgendwie gelang es ihr jedoch, das zu vergessen – außer, wenn der Herr selbst sich im Haus aufhielt. Dann diente sie ihm, wie eine Frau von großer Schönheit ihrem Eroberer dienen musste – nicht so, wie Iry es tat, die ihm Wein eingoss und sein Essen vorschmeckte, sondern in den inneren Räumen des Hauses.

Der ehrenwerte Iannek hätte Iry gern auf gleiche Weise genutzt, aber es fehlte ihm an der Autorität seines Vaters. Das war gut für ihn, und auch für Iry.

Sie lehnte sich an die Mauer und schaute hinaus auf das Land, das anderthalbtausend Jahre lang ihrer Familie gehört hatte. Nun war das Land geschrumpft, bedeckt von einer Wasserfläche, die, wie einige behaupteten, so groß wie ein Meer war. Der Fluss musste seit diesem Morgen noch angeschwollen sein; wenn er die größte Ausdehnung erreichte, würde er sich bald fast bis zum Haus erstrecken, und nichts als ein dünner Strahl von Land würde übrig sein.

Die Hitze war drückend, wie Wassermassen auf ihrem Körper. Kein Wind erhob sich, um sie zu kühlen, doch das machte ihr nicht viel aus. Sie war hier geboren, und es war angenehmer als der heiße Atem und die kratzige Wolle des ehrenwerten Iannek.

Als sie dort verweilte und halb vor sich hin döste, fiel ihr eine

Staubwolke auf. Sie beobachtete sie eine Weile, dachte aber nicht sonderlich darüber nach, obwohl es auf dieser Straße nicht viele Reisende gab. Diese Wolke bewegte sich rasch und auf vier Beinen.

Retenu. Nur Retenu kamen in einem Wagen und im Galopp hinter einem Pferdegespann.

Iry hasste Pferde. Alle guten Ägypter taten das, denn Pferde waren eine Waffe, waren der Feind. Mit Pferden und mit ihren langohrigen Vettern, den Eseln, hatten die fremden Könige die Armeen der beiden Länder niedergetrampelt und die Fürsten des Landes getötet und regierten nun, wo zuvor nur Ägypter regiert hatten.

Sie hasste Pferde. Und dennoch konnte sie nicht aufhören, sie zu betrachten. Sie sahen ein wenig wie Antilopen aus, waren aber schwerer, größer, stärker. Sie hatten keine Hörner, sondern Mähnen, die ihnen über die Hälse fielen, und Schweife, die hinter ihnen herwehten. Sie waren schrecklich – und sie waren schön. Und schnell, so schnell! Wie ein Vogel in der Luft, wie ein Fisch im Fluss. Kein Mensch konnte schneller laufen als ein Pferd. Ein Leopard konnte das und eine Gazelle – aber selbst denen würde es schwer fallen.

Das hier waren besonders schöne, schnelle Pferde. Der Wagen hinter ihnen war von der leichteren Art, ein Rennwagen. Also ein Bote, und noch dazu einer, der es eilig hatte. Er hätte beinahe das Tor niedergerannt. Erst im letzten Augenblick ging es auf und er donnerte in den Hof.

Iry, die oben auf dem Tor stand, unbemerkt und unbeachtet, hörte genau, was der Bote zu Kamut sagte, der am Tor Wache hielt. Er sprach schlechtes Ägyptisch, schlechter als die meisten, aber sie verstand es. »Der Herr ist tot. Wo ist sein Sohn Iannek?« Iannek war nirgendwo zu finden. Iry hätte ihnen sagen können, wo sie suchen sollten, aber sie hockte über dem Tor, starr vor Schreck.

Der Herr tot. Der Eroberer, der Mörder ihres Vaters. Tot. Ein kräftiger, schwarzbärtiger Mann mit einem Lachen, das durchs Haus dröhnte, und einer Rute, wie die Diener sagten, von der Länge eines Kinderarms. Iry hasste ihn noch mehr als Pferde.

Pferde waren Tiere und unschuldig. Er hatte genau gewusst, was er tat, als er einen Rebellen und dessen Söhne und Verwandte tötete, und sich das Land, die Frau und die Tochter des Rebellen nahm.

Nun war er tot, nicht in der Schlacht gestorben, wie der Bote über Wein und Brot erzählte, auch nicht auf einer Jagd, sondern im Bett mit einer seiner Konkubinen.

»Sie hat ihn vollkommen erschöpft«, meinte Nefer-Ptah viel später, als sie endlich alle hätten schlafen sollen. Aber das Haus war in Aufruhr. Man hatte den ehrenwerten Iannek schließlich gefunden, im Bett mit der üppigen Tuty – was Irys Verdacht in solchen Angelegenheiten bestätigte. Man hatte ihn in die Stadt des Königs gerufen, und zwar schnell. Und das bedeutete, dass die Diener die ganze Nacht aufblieben, um für ihn zu packen, für ihn, seine Frauen und Hunde, und alles für die Reise vorzubereiten.

Iry stellte niemals Fragen, wenn andere es hätten hören können; das war eine Sache des Stolzes. Aber Nefer-Ptah war ihre Kinderfrau gewesen, bevor sie beide Sklaven wurden. Bei ihr konnte Iry sich zur Neugier herablassen. Und einmal waren sie allein und falteten Gewänder und Hemden und packten sie in Kisten. »Warum ruft man ihn zum König?«, fragte sie. »Begraben sie ihre Toten nicht, wo sie fallen?«

»So ist es«, sagte Nefer-Ptah, »aber es geht um den Besitz. König Apophis hat wahrscheinlich alle Söhne zusammengerufen, um ihnen zu sagen, wer von ihnen erbt.«

»Was – geht es nicht einfach an den ältesten Sohn?«

Nefer-Ptah zuckte mit den Achseln. »Das würde man annehmen, nicht wahr, aber bei Königen weiß man nie. Ich habe gehört, der Erstgeborene kam unter ähnlich seltsamen Umständen um, und der Rest ist einander wohl an die Kehle gegangen, seit sie auf der Welt sind.«

»Wie viele gibt es?«, fragte Iry.

»Drei oder vier Dutzend«, antwortete Nefer-Ptah, die sich nicht gerne mit Zahlen abgab. »Wer weiß das schon? Zu viele.«

»Schon einer wäre zu viel«, sagte Iry. »Wenn sie alle wie der ehrenwerte Iannek sind.«

»Ach, kleines Vögelchen.« Nefer-Ptah schmunzelte. »Er ist nicht so schlimm.«

Iry würdigte das keiner Antwort. Nefer-Ptah gab ein kehliges Lachen von sich und klappte den Deckel über das letzte Hemd. Es gab immer noch die förmlichen Gewänder zu packen, die Iry bis zuletzt aufgehoben hatte.

Dann hielt sie abrupt inne. »Glaubst du, er wird es bekommen?«, fragte sie. »Wird er unser neuer Herr sein.«

»Das ist unwahrscheinlich«, sagte Nefer-Ptah. »Er ist zu jung. Und ständig macht er Ärger. Außerdem«, fügte sie schließlich das gewichtigste Argument hinzu, »wird er keine Anstrengungen unternehmen, sich bei Hof Freunde zu machen.«

»Das tut seine Mutter vielleicht für ihn«, wandte Iry ein, die, was Höfe anging, nicht vollkommen unerfahren war.

»Seine Mutter ist tot«, sagte Nefer-Ptah. Sie nahm das Staatsgewand aus Irys Fingern und glättete und faltete es rascher und viel akkurater, als Iry je im Stande gewesen wäre. »Nein, du brauchst dir keine Sorgen zu machen. Er wird niemals mehr sein als eine Belästigung. Vielleicht nicht einmal das, wenn ein Bruder diesen Landsitz erbt, der ihn nicht mag. Würde dich das nicht freuen? Dann wärst du ihn endlich los.«

»Bete zu den Göttern, dass das so sein wird«, seufzte Iry.

Und dennoch verspürte sie so etwas wie verstohlenes Bedauern. Nicht, weil sie ihren unwillkommenen Besucher verlieren würde. Nein, selbstverständlich nicht. Aber wer immer nach ihm kam – falls überhaupt jemand kommen sollte –, würde anders sein. Und anders bedeutete nach Irys Erfahrungen niemals besser. Für gewöhnlich war es schlimmer.

12

Der ehrenwerte Iannek reiste am nächsten Morgen ab, sehr viel früher, als ihm lieb war. Aber der Bote des Königs drängte, denn Seine Majestät wünschte diese Angelegenheit schnell zu bereinigen. Er wartete nicht auf Zuspätkommende und betrachtete sie, wenn sie endlich erschienen, ohne Wohlwollen.

Seine Abreise hinterließ Stille. Iry bemerkte erst nachdem er verschwunden war, wie viele Leute er ins Haus gebracht hatte und wie viel Lärm sie gemacht hatten. Es war kaum mehr jemand hier. Ein paar Diener, der Koch, der Gärtner. Teti, der Verwalter und sein Haushalt, die sich überwiegend unter sich hielten und keine Vorstöße in die Räume des Herren oder seiner Damen wagten.

Es war beinahe, als wären sie wieder frei. Iry hatte wenige Pflichten und keine zu unangenehmen. Die meiste Zeit konnte sie tun, was ihr gefiel. Das bestand hauptsächlich darin, Huy, den Schreiber, zu quälen, dass er ihr alles beibrachte, was er wusste. Huy war alt und erblindete langsam, und er hatte keine Söhne oder Verwandte; sie waren alle vor langer Zeit an einer längst vergessenen Seuche gestorben. Er liebte nichts auf der Welt mehr als seine Pinsel und die Palette und die dort bunt aufgetragenen Farben. Diese sah er immer noch, wenn auch nur trübe, denn sein Augenlicht ließ schnell nach. Er erinnerte sich nicht daran, oder tat zumindest so, als erinnerte er sich nicht, dass Iry nun eine Sklavin war. Er nannte sie »junge Herrin« und behandelte sie mit höfischem Respekt, als wäre sie eine große Dame.

Zuerst hatte sie versucht ihn, an die Wahrheit zu erinnern, aber er war bei seiner Überzeugung geblieben, und nun ließ sie ihn in Ruhe. Es war angenehm, in diesem Zimmer zu sitzen, das er behalten hatte, als neuere, jüngere Schreiber kamen, um für Teti zu arbeiten. Es war ein kleiner, aber heller Raum mit einem Leinenfächer, um sich ein wenig abzukühlen; und aus dem Garten wehte manchmal Wind herein.

Iry feuchtete den Fächer mit Wasser aus dem Krug an, wenn sie dort war, und band die Schnur an ihren Fuß, um ihn zu bewegen, während sie las und schrieb und lauschte. Huy war kein Mann vieler Worte, es sei denn, sie waren auf Papyrus verzeichnet. Aber manchmal war er in der Laune, eine Geschichte zu erzählen, und dann war es wirklich wert, ihm zuzuhören. Iry konnte schreiben, während er sprach, sie konnte weiter üben, und weil so wenige seiner Geschichten irgendwo auf den Rollen, die sich in diesem Zimmer häuften und auf dem Flur, aufgeschrieben waren. In den meisten Aufzeichnungen ging es um Haushaltsbuchführung, Gerichtsakten, langweilige alltägliche Dinge, dir für Iry nur eine Verschwendung von Papyrus darstellten.

Aber seine Geschichten waren wunderbar, Geschichten von Königen und Göttern, von großen Abenteuern vor undenklich langer Zeit, von Schlachten, Magie und Wundern, Priesterkünsten und Heldentaten von Fürsten – und vieles davon, wie er behauptete, so wahr wie die Aufzeichnung der ersten Ernte vom südlichsten Feld.

»Vielleicht sogar wahrer«, sagte er an einem der Tage, nachdem die Flut ihren Höchststand erreicht hatte. Sie hatten zu Ehren dieses Ereignisses ein Fest gefeiert, ein recht kleines Fest in diesem nun an Menschen so armen Haushalt, aber es hatte Wein und Gerstenbier und Lieder genug gegeben, dass alle am Tag danach Kopfschmerzen hatten. Irys Kopf tat jetzt noch weh, sie hatte einen ganzen Krug Wein getrunken, weil Tetis Töchter sie herausgefordert hatten.

Huy bemerkte ihr Stirnrunzeln und den fest zusammengekniffenen Mund nicht. Selbstverständlich nicht – schließlich war er beinahe blind. »Gerstenernten sind manchmal so groß wie der Verwalter es will. Oder häufig genug so gering.«

»Er nimmt sich vorher einen Anteil, meinst du«, sagte Iry. »Das wissen alle.«

»Und weißt du, was der Herr mit ihm tat, wenn er das herausfand?«

»Er hat ihm Ohren und Nase abgeschnitten«, erwiderte sie, »und ihn zur Arbeit in die Latrine geschickt.«

»Das würde man meinen«, sagte Huy und rieb sich das lange, schiefe Kinn. »Aber manchmal war dieser Verwalter recht nützlich, und der Herr kniff einfach beide Augen zu und schaffte es irgendwie, die Hälfte von dem, was der Verwalter gestohlen hatte, zurückzustehlen. So entstand eine Art Gleichgewicht.«

»Ich mag die Geschichten von Horus und Seth lieber«, sagte Iry. »Herren und Verwalter sind langweilig. Und ein wenig schmutzig.«

»So ist die Welt der Lebenden«, sagte Huy. »Die Welt der Götter und die Welt der Toten – das ist etwas anderes.«

»Ich wäre lieber dort als hier.«

»Nein, das wärst du nicht«, sagte der alte Mann.

»Und warum nicht?«, wollte Iry wissen. »Sieh dich doch um! Oder erinnere dich – was für eine Welt ist das? Fremde Könige im Unteren Reich, und der König des Oberen Reiches verbeugt sich vor ihnen. Der König, der Gott beugt sich den Fremden! Und hier – und hier –«

»Ach«, sagte Huy, wie er es immer tat, wenn Iry darauf anspielte, was in diesem Haus geschah, und beendete damit das Thema, ehe es so recht begonnen hatte. »Du bist eine Rebellin, wie? Willst du nach Theben ziehen und lernen zu kämpfen wie ein Mann?«

Iry zischte ihn an: »Wenn ich das nur könnte! Ich würde ein großes Schwert schwingen und tausende Feinde umbringen. Aber ich kann es nicht. Ich bin nur ein Mädchen.«

»Eine Frau kann viel erreichen«, sagte Huy mit sanfter Stimme, »wenn sie dazu entschlossen ist.«

»Ja«, meinte Iry verbittert. »Und wenn sie den Rest ihres Körpers ebenso einsetzt wie den Verstand, doch das werde ich nicht tun. Mutter tut es – Mutter hat keine andere Wahl. Ich schon. Ich werde nicht aufgeben.«

»Das ist mutig«, sagte Huy, »wenn auch vielleicht nicht klug.«

»Ich will nicht klug sein«, sagte Iry. »Aber ich bin auch nicht sicher, ob ich mutig sein kann, ich will nur –«

Sie hielt inne. Er wartete mit einer Geduld, die er in seiner Jugend gelernt haben musste, als er zu den königlichen Schreibern gehörte.

Als sie wieder sprach, versuchte sie nicht, den letzten Satz zu beenden. Sie sagte nur: »Erzähl mir noch einmal von Seth. Seth und Osiris.«

Huy zog die Brauen ein wenig hoch, versuchte aber mitnichten, zu dem vorherigen Thema zurückzukehren. »Seth war der Feind von Osiris«, sagte er im Singsang des Märchenerzählers, »sein Bruder und bitterster Feind. Einige sagen, er hatte Grund gehabt: eine Beleidigung, eine Sünde. Andere sagen, nein, es war viel einfacher. Sie waren Rivalen, und Seth war eifersüchtig auf seinen Bruder, der der ältere, kräftigere und erheblich schönere war und der – vielleicht war das am unerträglichsten – um ihre Schwester Isis geworben und sie zur Frau gewonnen hatte.

Und dann kam ein letzter Tag vor den Tagen dieser Welt, als Seth es nicht mehr ertragen konnte. Er lockte seinen Bruder in eine Falle, verlockte ihn mit einem wunderbaren Gegenstand, einer Truhe aus Gold und Edelsteinen, die nur, wie Seth erklärte, dem gehören würde, der darin liegen könnte und genau hineinpasste. Und das war selbstverständlich Osiris. Aber der Kasten war mit einem finsteren Zauber versehen, der Osiris in Schlaf versetzte, und Seth und seine Verbündeten versiegelten den Kasten und warfen ihn ins Meer. Aber Isis fand ihn, nachdem sie überall auf der ganzen Erde gesucht hatte, und versuchte Osiris wieder zum Leben zu erwecken. Das fand Seth noch unerträglicher als den Rest. Er stahl die Leiche, bevor sie wiederbelebt werden konnte, hackte sie in Stücke und warf sie alle ins Flusstal.

Aber immer noch wollte Isis nicht aufgeben und sich dem finsteren Gott nicht beugen. Sie sehnte sich nach dem strahlenden Gott, nach dem schönen Gott, ihrem Bruder und Geliebten. Sie suchte, wie sie es zuvor getan hatte, aber noch angestrengter, um jedes einzelne Stück zu finden und sie wieder zusammenzusetzen und zum Leben zu erwecken.«

»Und genau das hat sie auch getan«, sagte Iry, plötzlich ungeduldig geworden mit dieser Geschichte, die sie schon seit der Kindheit kannte – es war ihr gleich, dass sie selbst darum gebeten hatte, sie zu hören. Sie war im Augenblick ausgesprochen unzufrieden, gereizt und schlechter Laune. »Sie fand jeden Teil von ihm, jeden einzelnen – alles bis auf seine Männlichkeit. Doch auch dieser Körperteil wurde ihr zum Schluss gebracht, als sie schon beinahe verzweifelt war, und sie tat damit, was eine Frau tun sollte, und empfing und brachte ihren Sohn Horus zur Welt. Und er rächte seinen Vater und besiegte den finsteren Gott, aber er verlor beim Kampf ein Auge, und so ist nun die Sonne das Auge des Horus, das sehen kann, und sein blindes Auge ist der Mond.« Iry schüttelte sich, ungeduldig, nervös wie eine Katze. »Ich weiß nicht, warum ich mich daran erinnern möchte. Der Horus in Theben beugt sich dem fremden Seth. Rebellen kämpfen und Rebellen sterben. Oder sie werden in die Sklaverei verschleppt.«

Huy saß da, wo er immer saß, in seinem frisch gestärkten Leinenkittel, den Nefer-Ptah ihm jeden Morgen anzog, und sein rasierter Kopf schimmerte im hellen Licht, während seine Augen ruhig in ihr eigenes Dunkel starrten. »Erinnerung ist ein Geschenk der Götter«, sagte er.

»Erinnerung ist ein Fluch«, erwiderte Iry.

Und dann ließ sie ihn einfach sitzen, doch später sollte sie ihre schlechte Laune bedauern. Im Augenblick aber war sie zu gereizt, als dass sie das gekümmert hätte. Sie war ohnehin spät dran, um ihrer einzigen Pflicht des Tages nachzukommen.

Irys Mutter war für alle im Haus immer noch die Herrin Nefertem. Ihr Mann war tot, sie war versklavt, aber wie Huy der Schreiber schien sie die Veränderungen der Welt nicht zu bemerken. Selbst der neue Herr war nicht in der Lage gewesen, sie aus ihren Räumen zu werfen, obwohl er genug Willenskraft aufgebracht hatte, sie in seinem Bett zu verlangen. Wenn seine eigenen Frauen im Haus waren, suchten sie sich anderswo Schlafplätze.

Die Räume waren seit Irys Kindheit unverändert. Der Duft des Parfüms ihrer Mutter, eine üppige Mischung aus Moschus und Blüten, war bereits wahrzunehmen, bevor sie die Tür erreichte. Der Nubier, der die Räume bewachte, war derselbe massive Eunuch, den ihr Vater ihrer Mutter zu Ehren eines vergessenen Anlasses geschenkt hatte, so riesig und träge wie immer, wie ein Schutzgeist aus schimmerndem, schwarzem Stein. Seine Augen blitzten, als Iry sich näherte. Er sagte nie ein Wort zu ihr, und seine Miene blieb ungerührt, aber seine Augen lächelten immer. Iry lächelte immer zurück.

Aber nicht heute. Mit mürrischer Miene ging sie an ihm vorbei, zornig auf die Welt, und ohne einen guten Grund dafür. Sie hatte immer noch Kopfschmerzen, ihr Rücken hatte beschlossen, ebenfalls wehzutun, und in ihrem Bauch zog sich etwas zusammen. Aber sie würde nicht krank werden, sie weigerte sich einfach.

Herrin Nefertem hielt Hof immer um diese Tageszeit. Sie hatte sich baden und salben lassen und saß nun auf dem Sessel im Empfangsraum. Keine Damen von anderen Landsitzen kamen mehr, um ihren Klatsch mit ihr zu teilen, aber die Frau von Teti, dem Verwalter, kam jeden Tag und brachte ihre Herde Töchter mit. Sie schnatterten wie Gänse und hatten gemeinsam nicht mehr im Hirn, als die Götter einer einzigen Gans gaben.

Sie hießen Iry mit Entzückensschreien willkommen, die ihr beinahe den Schädel spalteten, und zerrten sie zu sich, damit sie sich niedersetzte. Iry hatte nie verstanden, wieso sie so entzückt von ihr waren, selbst wenn sie sich in besserer Laune befand. Wahrscheinlich, dachte sie säuerlich, weil sie die Tochter der Herrin Nefertem war. Das zählte in diesem Haus – fremder Eroberer oder nicht.

Die Herrin hatte Irys Eintreffen mit einem königlichen Nicken zur Kenntnis genommen und sprach nun ruhig weiter mit der Frau des Verwalters. Als der Aufruhr der Töchter sich gelegt hatte, war Iry endlich im Stande, ein paar Worte davon zu verstehen. »Ja, diese Salbe ist wunderbar für die Haut. Hier, versuch ein wenig davon, ist sie nicht weich?«

»So samtig wie ein Kinderpopo«, sagte Tawit, die nicht sonderlich vornehm war. Anders als ihre Töchter wusste sie das, akzeptierte es und tat nichts dagegen. Sie betrachtete ihre dickliche braune Hand neben der schlanken, weißen Hand von Herrin Nefertem und seufzte: »Ich schwöre, Herrin, du siehst jedes Jahr jünger aus. Das ist ein Geschenk der Götter, oder ich müsste ebenfalls schön sein, wenn ich an all die Salben und Lotionen denke, die ich mir ins Gesicht geschmiert habe.«

Herrin Nefertem lächelte dünn – das war alles an Mienenspiel, was sie sich zugestand. Lächeln, wie sie Iry immer einzuschärfen versuchte, bewirkte Falten, und Falten waren nicht erlaubt.

Tawit ließ sich vom Schweigen der Herrin nicht beirren. »Nun, Herrin, wir sind so, wie die Götter uns gemacht haben. Und diese Knochen hier müssen sich damit zufrieden geben.«

Tawits Töchter waren alle nach Schönheit benannt. Nefertem nach der Herrin, Nefertiti, Mut-Nefer, Neferure, Nefer-Maat. Nefer-Maat, die jüngste, zwickte Iry in den Arm, bis diese keuchte, und sagte verärgert: »*Iry!* Du hörst überhaupt nicht zu!«

»Jetzt tut sie es«, meinte Mut-Nefer mit etwas zu viel Genugtuung. »Iry, weißt du es schon? Wir haben einen neuen Herrn.«

»Was macht das schon?«, wollte Iry wissen.

»Ich dachte, du würdest es wissen wollen«, meinte Mut-Nefer.

Iry seufzte gereizt. »Dann ist es wohl Iannek.«

»O nein«, meinte Nefertem die Jüngere. »Wohl kaum.«

»Wohl kaum«, wiederholte ihre jüngste Schwester, kicherte und schlug sich dann vor Schreck über ihre Dreistigkeit auf den Mund.

Mut-Nefer bedachte sie mit einem hochnäsigen Blick. »Nein, es ist nicht Iannek. Iannek ist viel zu jung. Es ist ein anderer – ein älterer Bruder. Es heißt, er sei weit weg gewesen. Noch weiter als das eigene Land der Fremden.«

»Tatsächlich?« Trotz ihres Entschlusses, sich uninteressiert zu zeigen, so gleichgültig wie möglich zu bleiben, reagierte Iry mit einer gewissen Neugier. »Wenn er nicht hier war, wie ist es ihm dann gelungen, den König und seine Minister so weit zu beeinflussen, dass man ihm die Ländereien seines Vaters übergibt?«

»Das ist das Erstaunliche daran«, sagte Mut-Nefer. »Und das Befremdliche. Er hat dafür gekämpft.«

»Dafür *gekämpft*?«

Mut-Nefer grinste über Irys Unglauben. »Ja. Er kam zurück, doch ein anderer Bruder beanspruchte das Erbe. Aber sein Vater hatte sich für ihn entschieden, und der König stimmte zu. Der andere Bruder forderte ihn selbstverständlich heraus – wie hätte er es vermeiden können? Der König musste zulassen, dass ein Zweikampf darüber entschied. Er hat gewonnen. Er hat den anderen getötet und die Herrschaft übernommen.«

»Nein«, sagte Iry.

»O doch«, erwiderte Mut-Nefer. »So machen sie es dort.«

»Vielleicht fangen sie alle an, miteinander zu kämpfen, und bringen sich gegenseitig um«, meinte Iry boshaft.

»Du bist aber blutrünstig heute«, stellte Mut-Nefer fest. Ihre Schwestern kicherten im Chor.

Dumme Gänse. Iry wünschte sich nur, ihr Kopf würde aufhören zu pochen und ihr Bauch würde nicht mehr so wehtun. Als wäre es von irgendeiner Bedeutung, welcher Retenu sich Herr dieses Anwesens nannte! Waren sie nicht alle gleich? Fremde. Sie gehörten nicht nach Ägypten. Sie gehörten, wenn es wirklich Götter gab, nicht einmal in diese Welt.

13

Kein Wunder, dass Iry sich so auffällig unwohl gefühlt hatte. Endlich, und recht spät, hatte der Fluch der Frauen sie getroffen. Es wurde ihr zuerst und am eindringlichsten bewusst, als sie sich von dem Kissen erhob, auf dem sie gesessen hatte, und ihr schwindelig wurde. Nefer-Maat, die neben ihr saß, stieß einen leisen Schrei aus. *»Iry! Du blutest!«*

»Ich blute nicht, was für ein Unsinn!«, gab sie verärgert zurück, bis Nefer-Maat nach dem Kissen griff und es ihr vor die Nase hielt. Da konnte sie kaum mehr leugnen – es war dunkler als Herzblut, ein dunkles, geheimes Etwas, mit dem Iry absolut nichts zu tun haben wollte.

Aber sie konnte es nicht leugnen. Spät, unerwünscht und mit unangenehmen Schmerz und großer Reizbarkeit war Iry zur Frau geworden.

Mit auch nur der geringsten Vernunft hätte sie es erkannt, als es begann, und sich darum gekümmert, bevor alle im Haus darüber sprachen. Der neue Herr war ein gutes Thema für Spekulationen, aber Iry war hier und für alle zu erreichen. Ihre so geschätzte Anonymität, ja mitunter Unsichtbarkeit war verschwunden. Sie hoffte, dass es nicht lange dauern würde.

Die Frauen machten großes Getöse, gaben Ratschläge, versuchten sie zu verwöhnen. Und das Schlimmste war, dass selbst Herrin Nefertem sich bemüßigt fühlte, etwas zu unternehmen. Zum ersten Mal seit beträchtlicher Zeit bemerkte sie nicht nur, dass Iry existierte, sie erinnerte sich auch daran, dass sie ihre Tochter war.

Herrin Nefertem als distanzierte, königliche Persönlichkeit, hatte etwas Tröstliches an sich. Sie befand sich im Herzen dieses Hauses wie die Göttin Isis im Himmel, weit weg und vage wohlwollend. Herrin Nefertem als Mutter war schlicht beunruhigend.

Sie beugte sich besorgt über ihre Tochter, rief ganze Herden von Dienern herbei, die hinter ihrem Rücken nur gähnten und Iry angrinsten.

Iry hätte sich am liebsten wie eine verwundete Katze irgendwohin zurückgezogen und ihr Elend gehätschelt, bis es vorüber war, aber das ließ Herrin Nefertem nicht zu. Sie nahm den Ehrenplatz neben ihrem eigenen Bett ein, in das Iry sich hatte legen müssen, und legte ihrer Tochter mit ihren eigenen, feinen, weißen Händen kühlende Tücher auf die Stirn.

Die Tücher waren feucht, und die Kräuter und Gewürze, mit denen sie getränkt waren, hatten einen erstickend intensiven Geruch. Aber selbst das war immer noch besser als der Heiltrank, den man ihr gab, und der den Geschmack nach aus Ochsendung und Flusswasser zubereitet war. Iry spuckte und warf den Becher quer durchs Zimmer.

Der Becher, der Beste ihrer Mutter, fiel klirrend zu Boden, zerbrach aber gnädigerweise nicht. Das üble Gebräu spritzte heraus. Der größte Teil spritzte auf den Saum eines schweren, wollenen Gewandes.

Die schwatzenden Frauen schwiegen schlagartig. Ein Falke war unter die Tauben gefahren, dachte Iry, ein Löwe unter die Gazellen. Ein großer, breitschultriger, schwarzbärtiger Mann mit einem Schwert an der Seite und einem Stock in der Hand und Augen – solchen Augen –

Die Retenu waren dunkelhäutige Männer, größer und haariger als Ägypter, aber sie hatten dunkle Augen wie man es von einem Menschen erwarten konnte. Dieser hier – wieder fielen Iry der Falke und der Löwe ein. Seine Augen waren hell, beinahe golden. Er hatte sie auf Iry fixiert, und sie wusste, dass er den Fleck an seinem Saum und den Gestank, der von dem Gebräu ausging, selbstverständlich bemerkte. Aber im Augenblick interessierte ihn mehr, wer diesen Fleck verursacht hatte.

Sie nahm an, dass er sie umbringen wollte. Oder vergewaltigen. Retenu wollten stets das eine oder das andere tun. Im Augenblick war sie allerdings zu wütend, um einen weiteren Gedanken daran zu verschwenden. »Was machst du hier?«, wollte sie wissen und vergaß dabei jeden Hauch von Unterwerfung, den sie in zehn Jahren Sklaverei gelernt hatte, ebenso, wie sie ihre Zuschauerinnen vergaß.

Er zog die Brauen hoch. Seine Nase war gebogen wie ein Sichelmond – oder wie der Schnabel eines Falken. Über den Rest seines Gesichts konnte sie nicht viel sagen. Sein Bart war dicht und wuchs ihm hoch in die Wangen. Vielleicht lächelte er, vielleicht hatte er die Lippen zusammengekniffen – man konnte es nicht sehen. Aber seine Augen lächelten, spotteten über sie.

»Was ich hier mache?«, wiederholte er in einigermaßen passablem Ägyptisch, »ich diene als Ziel für Wurfgeschosse, wie es scheint. Soll ich ein wenig näher kommen? Möchtest du ein weiteres Geschoss?«

Das ärgerte sie mehr als alles andere. »Wer bist du? Wie kannst du es wagen, hier hereinzukommen?«

»In der Tat, wie kann ich es wagen?«, murmelte er mit einem Blick, der den ganzen Raum umfasste und jeden Menschen darin – selbst die schweigend starrende Herrin Nefertem. Auf ihr kam sein Blick zur Ruhe. Er zog beide Brauen hoch. Die hellbraunen Augen schimmerten einen Augenblick lang wirklich golden, wie geblendet von der Sonne.

Er beugte seinen arroganten Kopf vor ihr, wie er es niemals Iry gegenüber getan hätte, und sagte mit einer sehr viel sanfteren Stimme: »Ich bitte um Verzeihung, meine Dame.« Dann wich er wie ein Diener in einem Palast rückwärts durch die Tür zurück und zog sie hinter sich zu.

Sobald er verschwunden war, explodierte der Raum. Iry drückte sich die Hände auf die Ohren und vergrub sich in Laken und Kissen. Aber auch das bot keine Möglichkeit, dem Aufruhr zu entgehen, oder den Händen, die an ihr zerrten. Sie gehörten mehreren der fünf Schönheiten, und jede von ihnen schrie sich schier die kräftigen, jungen Lungen heraus. Aus dem ganzen Getöse verstand Iry endlich ein Fragment: »Iry! *Was war das?*«

Iry schüttelte sich los und kam auf die Beine. Gegen eine solche Überzahl brauchte sie jeden erdenklichen Vorteil. Einer davon war ihre Größe: Sie war eine gute Handbreit größer als die anderen. »Das war ein Retenu. Was hat er hier gewollt? Er sollte Teti auf die Nerven gehen und nicht die Frauen beglotzen!«

»Wahrscheinlich hat der neue Herr ihn geschickt«, sagte Mut-Nefer. »Das war das Gewand eines Adligen, und ein gutes Schwert. Und dieser Stoff – der da war kein Diener. Und jetzt wird er dem Herrn sagen, was für eine spitzzüngige Sklavin er hat. Du wirst Glück haben, wenn du mit ein paar Schlägen davonkommst.«

»Still«, ermahnte Tawit ihre Tochter. »Wir wollen keinen Ärger prophezeien. Wenn ein Retenu im Haus ist, dann kann man wetten, dass eine ganze Herde folgt. Wir sollten lieber alles vorbereiten.«

Das riss jede von ihnen aus ihrer Albernheit – obwohl es sie kaum zum Schweigen brachte. Tawit scheuchte sie zusammen wie eine Gans ihre Jungen und trieb sie nach draußen.

Nun war immer noch Herrin Nefertem hier und eine der Dienerinnen, die nichts anderes zu tun hatte, als sich um sie zu kümmern. Die Herrin hatte sich während des ganzen Durcheinanders nicht geregt und schien auch von dem Eindringling keine weitere Notiz zu nehmen, wenn man von jenem ersten, ungläubigen Blick absah. Sie hatte die Gabe, nicht zu sehen, was sie nicht sehen wollte. Das musste ihr im Bett des Herrn seltsame Dienste erweisen. In jeder anderen Hinsicht ersparte es ihr, soweit Iry sagen konnte, viel Leid.

Iry verfügte nicht über diese Fähigkeit. Sie konnte hier bleiben; ihre Mutter würde sie verwöhnen und hätscheln und um den Verstand bringen, aber damit würde sie immerhin einige Zeit den Eroberern entgehen. Ein neuer Herr … der alte war nur durch seine häufige Abwesenheit erträglich gewesen. Was, wenn dieser neue sich als schlimmer erwies?

Sie musste es wissen. Es gelang ihr problemlos zu fliehen, da ihre Mutter nur schwieg und die Dienerin nicht im Stande war mehr zu tun als dazustehen und sie anzustarren.

Im Haus herrschte Chaos. Eine ganze Armee von Retenu war hier eingedrungen, ohne auch nur einen Vorboten zu schicken.

Iry war sicher, dass sie das beabsichtigt hatten. Ein schlauer Herr würde so etwas tun, um seinen Verwalter zu prüfen, um zu sehen, wie es im Haus zuging, wenn keine Aufsicht vorhanden war.

Teti konnte faul sein, und er war nicht vollkommen ehrlich, aber er hielt das Haus einigermaßen in Ordnung. Es war sauber, die Vorratskammern waren so gut gefüllt, wie es in dieser Jahreszeit möglich war, und die Diener fanden schnell ihre Plätze und beugten sich den Pflichten, von denen sie gehofft hatten, ihnen eine Weile entgehen zu können.

Irys Platz war zwischen Küche und Bankethalle, wo immer man sie brauchte. In den Männerquartieren ging es hoch her, wie sie erwartet hatte; überall waren Retenu zu sehen, Bärte und Gewänder und laute Stimmen, die in dieser barbarischen Sprache sprachen. Iry beherrschte sie ebenfalls, obwohl es ihr nicht gefiel. Sie sagten nichts Bemerkenswertes, wenn man vom Namen des neuen Herren einmal absah: Khayan. Und dass er ebenfalls hier war; er hatte sie nicht vorausgeschickt, sondern war gleich selbst gekommen.

Und er hatte Pferde. Eine ganze Herde von ihnen, deren Beherbergung ein Problem darstellte, das Teti nicht bewältigen konnte. Einer der Retenu sagte, als Iry vorbeischlüpfte, verärgert: »Dieser dumme Ägypter! Was ist mit dem Feld, an dem wir auf dem Weg hierher vorbeigeritten sind? Das wird genügen.«

»Das ist das östliche Gerstenfeld«, protestierte Teti. »Wenn wir das verlieren, verlieren wir ein Fünftel unserer Ernte.«

»Jetzt ist es die Pferdeweide«, erklärte der Retenu. »Tubal, kümmere dich darum.«

Ein anderer Retenu nickte und beeilte sich, dieser Anweisung nachzukommen. Teti sah aus, als würde er am liebsten laut schreien, erinnerte sich aber eindeutig, wo er sich befand, und wem er gegenüberstand. Er schluckte den Schrei hinunter, musste aber mächtig das Gesicht verziehen, dann wandte er dem Fremden den Rücken zu und verfügte sich anderswohin.

Iry tat dasselbe. Sie wollte die Pferde nicht sehen, aber irgendwie brachte der Weg, den sie wählte, sie doch zu ihrem Aussichtspunkt über dem Tor. Man hatte die Herden direkt vor dem Tor gelassen, bewacht von Männern in Wagen und von etwas anderem, was sie vorher noch nie gesehen und sich auch nie vorgestellt hatte: Männer, die auf Pferden ritten. Sie saßen auf ihren

Rücken, sie lenkten diese Pferde hin und her, als wären es Hunde an einer Leine.

Verblüfft stand Iry in dem grellen Sonnenlicht und vergaß vollkommen, sich zu ducken, aber keiner blickte auf oder rief nach ihr. Die Hirten waren mit den Pferden beschäftigt.

So viele Pferde. Der alte Herr hatte einige besessen, wie es sich für große Herren gehörte, doch die meisten Tiere, die er bei seinen Besuchen mitgebracht hatte, waren Esel gewesen. Viele, viele langohrige Esel, die Wagen zogen und Lasten trugen und in Karawanen gingen.

Dieser neue Herr hatte ausschließlich Pferde. Einige waren in Farbe und Form vertraut, rötlich oder bräunlich. Aber diese in der Mitte, wie eine Strömung klaren Wassers im schlammigen Fluss, hatten die Farben von Wolken und Nebel und dem seltenen, kostbaren Regen: weiß, silbrig und grau. Einige waren gefleckt wie der Mond, andere waren dunkel, hatten aber dieses silberne Schimmern.

Sie liefen miteinander, bewegten sich wie kleine Wellen auf dem Fluss mit wehenden, hellen Mähnen. Iry hatte noch nie etwas so Seltsames, so seltsam Schönes gesehen. Sie schaute ihnen hinterher, bis sie über die Straße hinweg und über den Hügel zum östlichen Feld verschwanden. Selbst nachdem sie weg waren, blieb Iry, wo sie war.

Sie hasste Pferde. Ihr Vetter Kemni war unter diesen trampelnden Hufen gestorben, zerschmettert von den Rädern von Streitwagen. Sie hatte seine Leiche gesehen, als sie sie zurückbrachten. Die Balsamierer hatten ihr Möglichstes getan, aber sie hatten nicht verbergen können, wie Kemnis Knochen und sein Schädel gebrochen waren. Er hatte kein Gesicht mehr gehabt, von dem man sich verabschieden konnte, selbst nicht mehr das verschrumpelte Antlitz einer einbalsamierten Leiche.

Dennoch, sie konnte die Pferde nicht vergessen. Pferde des Mondes, Pferde von Wolken und Regen. Sie waren nicht von dieser Erde wie die anderen, sie kamen aus einem anderen Land. Vielleicht dem Land der Götter, wenn auch nicht jener Götter, die Iry kannte.

Es dauerte lange, bis Iry ihren Aussichtspunkt verließ. Sie ging nicht freiwillig, aber sie hörte laute Männerstimmen und das Trampeln bestiefelter Füße. Der neue Herr stellte eine Wache auf der Mauer auf. Iry schlüpfte auf einem anderen Weg davon und machte sich endlich daran, ihren Sklavendienst zu leisten.

Der neue Herr hatte eine große Gruppe Untergebene mitgebracht, sogar seine eigenen Köche und Diener, was Rahotep, den Koch, vollkommen aus der Fassung brachte. »Ich teile meine Küche mit niemandem«, erklärte er dem rundlichen Retenu, der sich zum Herren über Feuerstelle und Backöfen aufschwingen wollte. »Such dir ein anderes Königreich. Das hier ist das meine.«

Der Koch des Herrn zog sich auf diesen Befehl hin zurück. Vielleicht würde er einen Platz im Frauenhaus finden, oder er würde ein Leben der Muße führen und es als Geschenk der Götter betrachten.

Befreit von diesem Eindringling, wandte sich Rahotep wieder seiner Arbeit zu: der Vorbereitung eines Festessens für den neuen Herrn und sein Gefolge. Es waren alles Männer. »Aber es sind auch Frauen auf dem Weg«, sagte einer der Diener, der spät und atemlos und voller Neuigkeiten hereinkam. »Ein ganzes Haus voll von ihnen.«

»Wie, legen sie auf den Weg nach Memphis hier eine Rast ein?«, wollte Nefer-Ptah wissen. Ihr Platz war eigentlich nicht in der Küche, aber alle kamen hier durch, wenn es irgendwie möglich war, alle Neuigkeiten und jedes Gerücht in diesem Teil des Deltas wurden hier als Erstes bekannt.

»Sie machen keine Rast«, sagte der Diener. »Sie bleiben.«

»Nein«, keuchte einer der Unterköche, der gerade zwei Gänse in den Ofen geschoben hatte und sich einen Augenblick Ruhe gönnte. »Wieso sollten sie hier bleiben wollen?«

»Sie bleiben alle«, erklärte der Diener. »Der Herr macht dieses Anwesen zu seinem Hauptsitz.«

»Warum nur?«, wollte Nefer-Ptah wissen und verlieh damit auch Irys eigenen Gedanken Ausdruck. »Das ist nicht sein kleinstes Anwesen, aber es ist auch längst nicht das großartigste. Warum will er hier bleiben?«

Der Diener zuckte mit den Achseln. »Das sagen sie jedenfalls. Er will hier wohnen.«

»Verrückt«, meinte Nefer-Ptah nur.

Iry dachte daran, dass sie vielleicht beleidigt sein sollte, aber eigentlich war sie der Meinung der anderen. Und wenn der Herr hier wirklich einzog – dann konnte sie ihrer Freiheit Lebewohl sagen, all den angenehmen Tagen, an denen der Herr woanders wohnte. Selbst wenn er abwesend wäre, auf anderen Anwesen, oder seinem König dienen würde, wenn er in Kriegen kämpfte, würden seine Frauen hier sein, sich einmischen, Befehle geben und die Diener wie – ihr Götter, wie Diener behandeln.

Das waren schlechte Neuigkeiten. Stirnrunzelnd dachte sie weiter darüber nach, ebenso, wie alle anderen es taten. Es war bemerkenswert still geworden in der Küche. In all dem Duft von frisch gebackenem Brot, gebratenem Fleisch und süßen Kuchen, die abkühlten, sagte niemand mehr als notwendig oder hob den Blick von der Arbeit.

Sie tat, was getan werden musste. Sie rupfte Geflügel, rieb Gewürze, knetete Brotteig. Den Schmerz in ihrem Körper hatte sie vergessen, und auch, was er bedeutete. Es würde jetzt kein Fest für sie geben, keine Feier ihres neuen Frauseins. Sie war wieder Sklavin und nicht von Bedeutung.

Es war gleich. Wenn sie die Augen schloss, sah sie mondfarbene Pferde. Wenn sie sie öffnete, war die Welt trüb und schattenhaft und die Menschen darin ohne Substanz, wie Seelen, die noch nicht ganz ihren Weg ins Land der Toten gefunden hatten.

Als endlich alles bereit war, als das Festessen aufgetragen war und die Retenu hereinkamen, war Irys Platz in der Prozession von Mädchen mit Wein. Alle trugen Girlanden um Stirn und Taille und ihr langes Haar offen und keine Kleidung oder anderen Schmuck. Iry, die Letzte und Größte in der Reihe, sollte den Herrn selbst bedienen, wie sie es immer getan hatte. Das war Tetis Befehl, überbracht von seiner Tochter Nefer-Maat, die das mit viel Kichern und Albernheit tat. »Vater sagt, du sollst so höflich wie möglich sein und bezaubernd, wenn du kannst. Dieser Herr hier ist wohlwollender, als der andere war. Er wird sich dir vielleicht als freundlich gesinnt erweisen.«

»Ich kenne die Freundlichkeit der Retenu«, murmelte Iry. »Ich will und brauche sie nicht.«

Nefer-Maat hörte es entweder nicht, oder sie verstand es nicht. Iry war recht froh darüber. Teti versuchte ihr auf seine Weise einen Gefallen zu tun. Das konnte sie ihm kaum übel nehmen.

Sie nahm ihren Platz am Ende der Prozession ein, den hohen Krug aus Kupfer mit den goldenen Einlegearbeiten in den Armen, und hoffte, dass ihre Girlanden an Ort und Stelle blieben und ihr nicht auf Augen oder Knie rutschten. Sie hatte nicht die Illusion, schön zu sein, wenn man von dem einmal absah, worüber jede ägyptische Frau verfügte: dunkle Augen, ein feinknochiges Gesicht und ein schlanker, langgliedriger Körper. Ihre Brüste waren klein, ihre Hüften kaum breiter als die eines Jungen – obwohl sich das nun, nachdem sie eine Frau war, ändern würde, wie Tawit ihr versichert hatte.

Diese ganze Sache war für sich genommen schon unangenehm genug. Das Stück Wolle, das man ihr gegeben hatte, fühlte sich seltsam an an seinem geheimen Ort. Wenn es versagte, würde sie mehr als beschämt sein. Retenu waren seltsam, was Frauenangelegenheiten anging. Sie waren offenbar der Ansicht, dass eine Frau, die blutete, unrein war und von Männern fern gehalten werden sollte. Was Teti eigentlich wissen sollte – und wenn er es tatsächlich wusste und seine Frau und seine Töchter ihm von Irys Zustand erzählt hatten, dann spielte er ein komplizierteres Spiel, als sie ihm je zugetraut hätte.

Nein. Teti wusste es nicht, oder hatte zumindest nicht daran gedacht. Iry hätte ihm widersprechen können, aber sie hatte vor, zu tun, worum er sie gebeten hatte. Sie wollte diesen neuen Herren sehen. Sie wollte wissen, was für eine Art Mann mit so vielen Pferden und mit solchen Pferden unterwegs war.

Sie warteten lange auf das Zeichen, aber so war es immer. Der Flur, in dem sie warteten, war eng, schlecht beleuchtet und drückend warm. Iry lehnte sich an die Mauer und hoffte, dass ihr bald nicht mehr so schwindlig sein würde. Ihr Blick musste klar sein wie ihr Geist, wenn sie die Halle betrat. Das hier war ihr Feind, ihr neuer Herr und Meister. Wenn sie ihn kennen wollte, musste sie ihren Verstand beisammen haben, um ihn zu beobachten.

Die anderen Mädchen schwatzten und bemerkten ihr Schweigen nicht. Sie waren alle schon Sklaven oder Dienerinnen gewesen, bevor Irys Vater starb. Iry hatte ihnen wenig zu sagen, und sie ihr ebenso wenig.

Sie konnten die Geräusche der Feiernden von hinter der Wand her hören, und es wurde noch lauter, wenn die Tür geöffnet wurde. Retenu machten gern viel Lärm, wenn sie feierten – sie waren der Ansicht, das bringe Glück und ehre den Veranstalter des Festessens. Nicht, dass sie Teti als solchen betrachtet hätten. Er war ein Diener, das war alles – nur ein Ägypter. Alle Ehrerbietung galt dem neuen Herrn des Hauses.

Es war Zeit. Die Stimmen wurden lauter und verklangen dann. Iry hörte Trommelschläge: das Zeichen, dass der Wein hereingebracht werden sollte. Sie rückte ihre welkenden Girlanden und ihre welkende Person zurecht und hob den schweren Krug in dem angemessenen eleganten Winkel.

Das tat sie nicht für den fremden Herrn, sie tat das für sich und ihre Familie. Das hier war älter, als diese Fremden sich jemals vorstellen konnten. In all der Zeit hatte es niemals, nicht ein einziges Mal, seinen Kopf vor einem Herren geneigt, der kein Ägypter war. Sie konnte immer noch ihren Stolz behalten, was immer sie sonst verlor. Sie richtete sich gerade auf und reckte den Kopf. Sie betrat die Halle, die sie so gut kannte, mit ihren bemalten Fresken von Herren und Damen, die tanzten und feierten. Kräftige, bärtige Männer saßen jetzt an den Tischen. Der Blütenduft kämpfte gegen den Schweißgeruch und den Geruch von Braten, gewürzten Soßen, Bier und Gerstenbrot.

Zumindest einige von ihnen waren so vernünftig, einen Leinenkilt zu tragen – in der Hitze viel besser als Wolle und Leder. Sie waren allerdings kein schöner Anblick, absolut nicht. Selbst auf den Schultern und dem Rücken hatten sie schwarzes Haar. Als Iry das sah, verstand sie, warum so viele ihre Gewänder beibehielten; sie sahen bekleidet besser aus, selbst mit rot angelaufenen Wangen und schweißnassen Bärten.

Die Prozession bewegte sich langsam zum Trommelschlag vorwärts. So etwas wie Schweigen war eingetreten. Zweifellos kannten diese Retenu die Bräuche, und ebenso zweifellos waren sie inzwischen unempfindlich gegen den Anblick nackter Dienerinnen. Dennoch war es wohl eine Art Neuheit für sie. Ihre Frauen aßen nicht mit ihnen und zeigten sich außerhalb des Hauses nicht ohne Gewänder und Schleier.

Diese Frauen mussten ein seltsames Leben führen. Iry war in der schweren Hitze der Halle froh über ihre nackte Haut und auch froh über die Girlanden, die ihren Duft zu ihr entsandten. Die Männer am Tisch waren nur eine Ansammlung verschwommener, bärtiger Gesichter, dunkler Brauen und Augen, die aus dem Schatten glitzerten. Einer saß auf dem Platz des Herrn, auf dem hohen Sessel, ein schwarzbärtiger Mann wie alle anderen. Als sie seinem Blick begegnete, hätte sie beinahe gelacht. Goldene Augen. Falkenaugen.

Aber selbstverständlich. Selbstverständlich war es der neue Herr gewesen, der in die Frauengemächer eingedrungen war und sich auch diesen Teil seines Besitzes angesehen hatte. Wer sonst hätte es sein sollen?

Und dennoch, als er ihrem Blick begegnete, sah sie wieder dieses Lachen, ein Aufblitzen wie von Sonne, und – ja – den Funken des Wiedererkennens. Sie richtete ihr eigenes Starren dagegen.

Diese Unverschämtheit störte ihn nicht mehr als zuvor. Iry verfügte nicht über die Gabe ihrer Mutter, Männer zu dümmlichem Gestotter zu veranlassen. Über Iry lachten sie nur.

Sie verbeugte sich vor ihm, als wäre er ein König – so tief, dass es beinahe wieder unverschämt war. Auch das bemerkte er. Man erwartete nicht von den Retenu, dass sie solche Dinge bemerkten. Sie biss die Zähne zusammen, presste die Lippen fest aufeinander und füllte seinen Becher mit Wein.

Er hob den Becher, prostete der Halle zu – aber mit einer kleinen Bewegung, der den Gruß am Ende ihr zuwandte. Seine Leute jubelten und hämmerten auf die Tische und tranken ihre eigenen Becher leer.

Er selbst hatte keinen einzigen Schluck getrunken. »Koste«, sagte er mit einem Seitenblick zu Iry.

»Warum – hast du Angst vor Gift?«

»Sollte ich denn?«

»Nein«, erwiderte Iry. Sie nahm ihm den Becher aus der Hand

und trank einen kräftigen Schluck. Es war wunderbarer Wein, tatsächlich der beste, süß und Schwindel erregend. Es machte sie ein wenig wirr im Kopf, als sie ihm den Becher zurückgab, sodass ihre Finger seine berührten: eine kurze Berührung mit einem Funken darin, einem Knistern, das sie zurückweichen ließ.

Er fing den Becher auf, bevor er herunterfiel. »Ich habe nach deinem Namen gefragt«, sagte er.

»Ich kenne den deinen«, erwiderte Iry.

»Das ließ sich ja wohl kaum vermeiden, wie?«

»Und wieso interessiert dich mein Name? Du hast doch bestimmt Hunderte von Sklavinnen hier und anderswo.«

»Aber nur eine wirft mir einen Becher vor die Füße und schleudert eine spitzzüngige Bemerkung hinterher.« Er grinste sie an – ein weißes Glitzern im Schatten seines Barts.

Sie fletschte zur Erwiderung die Zähne. »Was wirst du also tun? Mich pfählen lassen?«

»O nein«, sagte er. »Du bist viel zu unterhaltsam. Komm heute Nacht in meine Gemächer.«

»Nein«, sagte sie.

Ah, endlich. Sie hatte ihn verblüfft. »Nein?«

»Nein«, erklärte sie, und mit klopfendem Herzen, denn nun konnte sie es nicht mehr zurücknehmen. Sie wollte nicht zu ihm gehen, wenn das Fest vorüber war. Ganz gleich, wie geistreich er war und wie boshaft sein Lächeln.

Er konnte sie zwingen. Er war der Herr, der Eroberer, das wusste sie. Er wusste es ebenfalls; sie sah, wie er daran dachte. Aber er sagte nur: »Eines Tages wirst du mich zu deinem Bett rufen.«

»Das glaube ich kaum«, erwiderte sie.

Doch er lächelte nur.

14

Der neue Herr nahm an diesem Abend ein anderes Mädchen mit ins Bett, eines, das er eher zufällig ausgewählt hatte, dachte Iry. Ein Mann musste eben eine Frau im Bett haben. Sie bezweifelte, dass er sonderlich bedrückt darüber war, nicht sie bei sich zu haben, doch das störte sie kein bisschen. Sie verließ die Halle, sobald ihr Krug leer war, und ging zu ihrer winzigen Schlafkammer, die nicht weit von der Küche entfernt lag.

Es war nicht unbedingt ein Sklavenquartier, aber niemand hatte bisher dagegen Einspruch erhoben, und niemand wagte es. Die Kammer war winzig, aber zumindest hatte sie sie für sich allein. Es war ihre Zuflucht, der einzige Ort, an dem niemand sie verfolgte. Hier hatte sie ihre wenigen Besitztümer, die Augenfarben und Bürsten, ihren hölzernen Kamm, eine kleine Schachtel mit kleinen Schätzen, alle in einer größeren Kiste, die neben ihrem einfachen Holzbett mit seinen abgewetzten Lederriemen stand.

Heute Abend waren die Laken sauber und die Lampe frisch mit Öl gefüllt, und sie brannte mit einem klaren, gelben Licht. Nefer-Ptah, die einmal Irys Kinderfrau gewesen war, saß im Lampenlicht wie eine Statue aus schwarzem Stein. Sie hatte die Gabe, im Sitzen schlafen zu können, was einer Sklavin gut anstand. Iry hatte diese Fähigkeit nie entwickeln können.

Nefer-Ptah hatte auch die Gabe, augenblicklich zu erwachen, sobald die Person, auf die sie wartete, einen Fuß auf die Schwelle setzte. Iry blieb dort stehen und runzelte die Stirn. »Was machst du hier?«, fragte sie leicht verärgert.

»Kind«, sagte Nefer-Ptah, »das ist keine Art, mir zu danken.«

»Was, dafür?«, wollte Iry wissen und wies mit der Hand auf die Lampe und die Laken. »Ich danke dir dafür. Aber warum?«

»Weil ich es wollte«, sagte Nefer-Ptah, »und weil sich irgendjemand daran erinnern sollte, was für ein Tag dies für dich ist.« Iry traten die Tränen in die Augen. Sie sagte sich, sie wäre nur müde, und außerdem waren die Schmerzen zurückgekehrt. Das war alles.

»Ich bin froh, dass es auf diese Weise geschehen ist«, sagte sie mit einem Hauch von Schärfe. »Das ganze Theater hat mich wahnsinnig gemacht. Es ist mir viel lieber, wenn alle wegen *ihm* Theater machen als wegen mir.«

»Tatsächlich?« Nefer-Ptah zweifelte offenbar nicht an Irys Worten, sondern war einfach nur interessiert. »Er ist hübsch, nicht wahr?«

»Er sieht aus wie all die anderen. Nichts als Haare und Arroganz.«

»Er ist jung«, sagte Nefer-Ptah. »Viel jünger, als man erwarten sollte. Er ist längst nicht der älteste Sohn. Es muss ein wirklicher Skandal gewesen sein, als er aus dem Osten zurückkehrte und sein Vater ihn zum Erben machte, trotz all der älteren Söhne, die in seiner Nähe geblieben waren.«

»Genau deshalb hat er es wahrscheinlich getan.« Iry ging um Nefer-Ptah herum und ließ sich aufs Bett fallen. »Stört es dich sehr? Ich bin müde.«

»Das kann ich mir vorstellen«, sagte Nefer-Ptah. »Dreh dich um.«

Iry warf ihr noch einen finsteren Blick zu, aber dann tat sie, um was Nefer-Ptah gebeten hatte. Einen Augenblick später kneteten starke Hände die Spannung aus ihren Schultern und den Schmerz aus ihrem Rücken. Sie seufzte und ließ es geschehen.

Als sie aufwachte, ging es ihr viel besser, obwohl sie dringend die Wolle brauchte, die auf der Truhe neben dem Bett wartete. Sie streckte sich, gähnte gewaltig und seufzte. Eine Frau zu sein war lästig, das sah sie jetzt schon.

Aber es war nun einmal das Schicksal, das die Götter ihr zugeteilt hatten. Sie seufzte und ertrug es in einem Haus, das wieder zum Leben erwachte, hektisch von der Gegenwart eines fremden Herrn und all seines Gefolges.

Heute sollten seine Frauen eintreffen, die sich noch Zeit gelassen hatten, seine Angelegenheit zu regeln – das erfuhr Iry später. An diesem Tag wusste sie nur, dass es wieder Getöse am Tor gab, mehr Pferde, mehr Streitwagen, Wachen und knarrende, ratternde Wagen mit schlichten oder bestickten Baldachinen. In den ochsenbespannten Wagen saßen die Frauen des Eroberers in langen Gewändern, verschleiert, vor allen Blicken verborgen.

Erst nach einiger Zeit bemerkte Iry, dass nicht alle Wachen Bärte hatten und nicht alle bartlosen Wachen Jungen waren. Ja, sie hatten weiche Gesichter, aber sie waren runder und unter den Lederhemden sah man die schwache, aber unmissverständliche Rundung von Brüsten. Das da waren Frauen, eine oder zwei zu

Pferd, die anderen in Wagen mit Schwertern und Speeren und Bögen und einer hochmütigen Haltung.

Solche Frauen hatte Iry noch nie zuvor gesehen. Einige waren dunkel, aber andere hatten einmal helle Haut gehabt, bevor Wind und Wetter sie bräunten. Eine hatte Haar von der Farbe des Fells ihres Pferdes, wie alte Bronze. Die Augen der anderen waren von vertrauter Farbe: heller, als Augen sein sollten, beinahe golden. Sie hatte eine Nase, die gebogen war wie der Sichelmond, und hielt sich auf eine Weise, die Iry nur allzu sehr an Khayan, den neuen Herren, erinnerte.

Seine Schwester, hätte Iry wetten können, oder eine sehr nahe Verwandte. Sie hatte nicht die Wärme ihres Bruders. Sie war so hart und klar und kalt wie eine Schwertklinge, ritt an Iry vorbei, die im Schatten des Tors stand, und sprang von ihrem großen braunen Pferd. Noch bevor ihre Füße den Boden berührten, gab sie Befehle in der Sprache der Eroberer, und ihr Ton zeigte, dass sie Gehorsam gewohnt war.

Iry beschloss unsichtbar zu werden. Herren und Diener waren eine Sache; von denen ließ sie sich nur so weit beunruhigen, wie sie wollte. Frauen, die sich wie Männer verhielten – das war etwas anderes.

Sie würden das Frauenhaus haben wollen. Und Herrin Nefertem hatte es bisher keiner der Frauen des alten Herrn übergeben. Er hatte sich daran gewöhnt, seine Frauen zurückzulassen, wenn er hierher kam. Dieser neue Herr hatte das noch nicht erfahren.

Iry dachte darüber nach, was sie tun könnte. Nach einer Weile, als das Durcheinander im Hof sich aufzulösen begann, ging sie zum Frauenhaus.

Sie erreichte es kurz vor den Retenu, strengte sich aber nicht unbedingt an, schneller zu sein. Das Frauenhaus befand sich in seinem üblichen morgendlichen Zustand. Dienerinnen säuberten die Haupthalle, schrubbten und fegten. Andere waren draußen im Hof, hatten Wasser vom Fluss hergebracht, wuschen Wäsche und gingen dann die Treppe zum Dach hinauf, um sie dort zum Trocknen auszubreiten.

Herrin Nefertem war bereits aufgestanden und mit der Vollendung ihrer Morgentoilette beschäftigt. Sie kümmerte sich nicht um Iry, sie war zu sehr damit beschäftigt, zwischen zwei Malachittönen für ihre Augen zu wählen. »Das Dunklere, denke ich«, sagte sie zu ihrer Zofe, »obwohl das Hellere in dieser Jahreszeit vielleicht angemessener wäre. Oder vielleicht … Lapis? Es gäbe eine gewisse Abwechslung.«

Iry machte es sich in einer Ecke bequem. Sie hatte immer gerne zugeschaut, wenn ihre Mutter sich schminken ließ. Der schlichte Anfang, das Gesicht, ohne jegliche Farbe, war im klaren Tageslicht so exquisit und dennoch so unvollendet wie die Skizze eines Bildhauers in Ton. Dann bemalten und schmückten die Zofen es Schicht um Schicht. Erst die Wangen und die Stirn, geglättet zur Weiße von Alabaster, dann der Rotton auf den hohen Wangenknochen und das vollere Rot der Lippen, danach wurden die Augen mit Khol umrandet, damit sie schmaler, länger und schimmernder wirkten, und schließlich folgte, nach einer letzten Diskussion, der dunklere Malachitton. Und als dies alles fertig war – die Auswahl der Perücke. Auch das war eine wichtige Angelegenheit, eine Staatsangelegenheit. Die Zöpfe, die Locken, die glatte, schimmernde Perücke wie ein Helm … selbst die nubische Perücke mit ihrer Kappe fester Locken, wie es zurzeit nicht in Mode war, aber Herrin Nefertem würde sich vielleicht entschließen, es Mode werden zu lassen.

Endlich schüttelte sie den Kopf, legte diese Perücke beiseite und wählte die mit den vielen Zöpfen, mit dem Schmuck aus blauen Perlen und Gold, gebunden mit goldenen Blüten. Es war eine förmlichere Perücke, als sie sie für gewöhnlich am Morgen trug, doch wusste Iry, dass ihre Mutter das Geschehen im Haus nicht vollkommen ignorierte. Auch ihr Gewand war eines der besseren, aus feinem weißem Leinen und so eng geschnitten, dass sie hineingenäht werden musste; wenn sie es ausziehen wollte, würden die Zofen die Stiche wieder auftrennen. Es verbarg nichts von ihrer Schönheit, nicht ihre schönen, runden Brüste mit den rosigen Brustwarzen, nicht die sanfte Wölbung ihres Geschlechts. Mit Verbergen hatte dieses Gewand nichts zu tun. Sie war besser als nackt, ihre Schönheit war betont und noch wunderbarer durch die dünne Schicht von Gaze zwischen ihr und der Welt.

Iry seufzte ein wenig. Schönheit war nicht ihre Gabe oder ihre Kunst. Sie hatte keine Geduld dazu, aber ihre Mutter war eine Meisterin. Die Götter hatten ihr auch die Begabung geschenkt, den richtigen Augenblick zu wählen, und so war sie bereit, gekleidet, geschminkt und saß in ihrem königlichen Sessel im Raum der Wasservögel, als die fremden Frauen das Frauenhaus betraten.

Sie kamen wie eine einmarschierende Armee, was sie ja auch tatsächlich waren. Die mit den gelben Augen führte sie an, dann kam der Rest der Frauen in Lederhemden, die auf Pferden und in offenen Wagen eingetroffen waren, anschließend die schwatzende Herde der Verschleierten. Und das Letzte, als wären die anderen nur eine Vorhut gewesen, ein weiterer Kreis verschleierter Frauen; eine in ihrer Mitte bewegte sich würdevoll wie eine Königin oder wie eine Frau von fortgeschrittenem Alter.

Sie passten nicht alle in dieses kleine Zimmer. Die Mutigen in der Vorhut verteilten sich in die hinteren Räume, gefolgt von den meisten Verschleierten. Aber die Reiterin mit den Falkenaugen und die letzten verschleierten Frauen zogen sich nicht zurück. Auch nicht jene mit dem Schleier und dem hocherhobenen Kopf, die zweifellos Anspruch auf einen solchen Sessel hatte wie den, in dem Herrin Nefertem saß, aber keinen anderen Sitzplatz als den Boden gefunden hätte.

Also blieb sie stehen, und nach dem Aufblitzen ihrer Augen hinter dem Schleier zu schließen, nicht mit der besten Laune. Sie sprach in der Sprache der Retenu – barsche, hochmütige Worte. »Wer bist du? Wieso wagst du es, hier im Haus zu sitzen, als wäre es dein eigenes?«

Iry hätte ihr sagen können, dass Herrin Nefertem nur Ägyptisch sprach, und hätte das vielleicht auch tun sollen. Aber auch sonst niemand hielt es für nötig, das zu erwähnen. Herrin Nefertem saß schweigend da und ignorierte Worte, die ihr ohnehin nichts bedeuteten, wie sie es immer getan hatte und immer tun würde.

Das Schweigen dauerte noch eine Weile. Die fremden Frauen schauten einander an, aber das Schweigen ihrer Herrin verbat ihnen zu sprechen. Dasselbe galt für die Ägypterinnen.

Als mehr als deutlich geworden war, dass Herrin Nefertem das Schweigen nicht brechen würde, fauchte die fremde Dame: »Kann jemand mit diesem Geschöpf in Worten sprechen, die sie versteht?«

Iry dachte ein zweites Mal daran. Niemand war vorgetreten, um etwas zu sagen, und niemand schien dazu geneigt. Ihr gefiel nicht, wie die Retenu ihre Mutter ansah. Retenu konnten sich im Allgemeinen nicht sonderlich gut beherrschen. Und wenn sie zornig wurden, neigten sie dazu zu töten, was immer in ihren Weg kam.

In diesem Fall war es nicht sonderlich klug, dass Iry sich einmischte; aber ihre Mutter war immerhin ihre Mutter. Also sagte sie auf Ägyptisch, ohne sich zu erheben oder ihre Ecke zu verlassen: »Mutter, die Frau fragt dich, was du hier tust.«

Herrin Nefertem zog eine perfekte Braue hoch. »Ich wohne hier«, sagte sie.

Iry biss sich auf die Lippe. Es wäre nicht klug, jetzt zu lachen. Nein, überhaupt nicht. Auf Retenu sagte sie: »Das hier ist ihr Haus.«

Die fremde Dame fuhr in einem Wirbel von Schleiern herum. Wie sie diese Gewänder ertrug, konnte Iry sich nicht vorstellen. Es musste erstickend sein. Und das war zweifellos die Wurzel ihrer schlechten Laune, noch mehr als die Unverschämtheit jener, die sie für Sklaven hielt.

»*Ihr* Haus! Wie kann sie es wagen?«

»Vielleicht«, meinte Iry leichthin, »weil es der Wahrheit entspricht.« Sie betrachtete die Frau von oben bis unten, dreist bis zum Wahnsinn, das wusste sie, aber es war ihr gleich. »Darf ich fragen, wer du bist?«

»Du darfst nicht!« Das war die Frau, die auf dem braunen Pferd gesessen hatte, zornig und mit einer Hand am Schwertgriff, als wäre sie ein Mann.

Aber die andere Frau – von der Iry dachte, sie müsse älter sein, obwohl es schwer festzustellen war – blieb überraschend ruhig. »Ich bin eure Herrin hier. Und wer ist das da?«

»Unsere Herrin hier«, sagte Iry. »Bist du seine Mutter oder seine Frau?«

Die Augen hinter dem Schleier wurden keinen Augenblick lang größer – verblüfft, überrascht. »Keines von beiden. Ich bin seine ältere Schwester. Ich führe seinen Haushalt für ihn.«

»Hat er keine Frau?«

»Wer bist du, solche Fragen zu stellen?«, wollte die Reiterin wissen. »Ich werde dich auspeitschen lassen.«

Aber die andere hatte innegehalten, als hätte sie etwas in Irys Stimme, ihrer Haltung, selbst ihrer Dreistigkeit gewaltig neugierig gemacht. »Er hat keine Frau«, sagte sie.

»Nun denn«, meinte Iry. »Er wird diese hier auch nicht bekommen.«

»Kann sie nicht selbst sprechen?«

»Sie zieht es vor, das nicht zu tun«, sagte Iry.

»Das ist eine Unverschämtheit«, erklärte die Reiterin. »Maryam, werfen wir sie beide raus!«

»Ich denke nicht«, erklärte die namens Maryam.

Als hätte sie sich spontan dazu entschlossen, ließ sie jetzt die Schleier fallen. Sie war nicht schön, aber auch nicht hässlich. Sie hatte ein für dieses Volk recht gewöhnliches Gesicht: ausgeprägte Züge, ein festes Kinn mit einer gebogenen Nase und dichte, schwarze Brauen, nicht die goldenen Augen ihres Bruders und ihrer Schwester. Ihre waren dunkel, und sie richtete sie jetzt mit einem klaren, festen Blick auf Iry.

»Sag mir, wie du heißt.«

Iry sah keinen Nutzen darin, weiter zu trotzen. »Ich heiße Iry«, sagte sie.

»Wie erfrischend kurz«, sagte Maryam. »Und wer ist das da?« Sie wies mit dem Kinn auf Herrin Nefertem.

»Das ist Nefertem«, sagte Iry, »die Herrin des Hauses.« Sie sah keinen Grund, dieser Fremden zu sagen, was Nefertem für sie war. Sie sahen sich ohnehin nicht sonderlich ähnlich. Iry schlug nach ihrem Vater, der recht gut ausgesehen hatte, aber nicht schön gewesen war.

Diese Maryam wollte aber offenbar gar nicht wissen, ob Iry mit der Dame verwandt war. Sie betrachtete Herrin Nefertem, die sie mit königlicher Geringschätzung ignorierte und so reglos und ausdruckslos dasaß, wie sie es stundenlang tun konnte. Iry konnte sich nicht vorstellen, was im Kopf ihrer Mutter vorging, aber es musste recht angenehm gewesen sein, denn um ihren Mund lag die Spur eines Lächelns.

»Sie geht weit weg«, sagte Maryam wie ein Echo von Irys Gedanken. »Oder fehlt es ihr einfach an Geist, um zu verstehen, was in der Welt geschieht?«

Auch daran hatte Iry gedacht, aber dieser Gedanke war schändlich. Die Scham darüber wurde zu Zorn, und der Zorn brach in Worten heraus. »Nicht *sie* ist hier die Närrin! Und nun verschwindet. Die Frauen des alten Herrn hatten einen Platz für sich. Fragt Teti, den Verwalter, er wird euch den Weg dorthin zeigen.«

»Aber«, wandte Maryam ein, »das hier ist das Frauenhaus.«

»Das hier ist das Haus der Herrin Nefertem«, erwiderte Iry. »Ihr werdet ein eigenes Haus haben. Und ihr werdet es zweifellos angemessen finden, man könnte es sogar luxuriös nennen.«

»Und wenn wir dieses Haus wollen?«

»Ihr könnt es versuchen«, sagte Iry.

»Das reicht jetzt!«, rief die Reiterin so laut, dass selbst Herrin Nefertem aus ihren Erinnerungen herausdriftete und sie anstarrte. »Maryam, wenn du diese Sklavin nicht zum Schweigen bringst, dann werde ich das tun.«

»Nein«, sagte Maryam. »Nein. Ich werde mit unserem Bruder sprechen. Und«, fügte sie mit einem Seitenblick auf Iry hinzu, »wenn er uns darum bittet, diesen Ausbund an Dreistigkeit hinauszuwerfen, werden wir es tun.«

Die Reiterin schnaubte. »Khayan! Wann hat *er* je etwas gegen eine Frau unternommen?«

»Ägyptische Frauen«, sagte Maryam.

Ihre Schwester lachte nur.

Aber es war klar, dass Maryam sich entschieden hatte. Sie rief alle zusammen, die mit ihr gekommen waren, und schickte sie wieder hinaus. Sie folgte ihnen, aber erst blieb sie noch einmal stehen und sah Iry lange an, als wolle sie sich ihr Gesicht merken.

Iry wich nicht zurück und wandte auch nicht den Blick ab. Sie war noch nie zuvor so verwegen gewesen, so sorglos, was ihre eigene Sicherheit anging. Gehörte das dazu, eine Frau zu sein? Wie seltsam. Sie hatte so etwas bei Jungen bemerkt, die zu Männern wurden, aber wenn ein Mädchen zur Frau wurde?

Was immer der Grund war, sie würde noch eine Weile am Leben bleiben. Die Retenu waren weg, das Frauenhaus war frei von ihnen, obwohl Iry nicht wusste, wie lange dies dauern und was daraus werden würde.

15

Die Schwestern des neuen Herrn und die restlichen seiner Frauen – Zofen, Dienerinnen und Konkubinen – bezogen das geringere Haus, das vom Frauenhaus durch einen Garten getrennt war. Falls sie sich tatsächlich bei ihrem Herrn und Bruder beschwert hatten, so erfuhr Iry zumindest nichts davon. Vielleicht waren sie, nachdem sie das Haus gesehen hatten, klug genug zu schweigen. Das Frauenhaus war unausweichlich ägyptisch, das andere Haus dagegen von der Hauptfrau des älteren Herrn in der Art der Retenu gewünscht und eingerichtet: schwere Vorhänge, Unmengen Teppiche, Möbel, die auch in ein Zelt in der Wüste gepasst hätten. Für Retenu war es sowohl angenehm als auch luxuriös, obwohl Iry es geradezu erstickend fand.

Und so ließen sie sich nieder, jeder an seinem Platz, mit nicht mehr Unruhe, als man von einem Haus voller Retenu erwarten konnte. Iry versuchte, so unsichtbar wie möglich zu sein: nach diesem schlechten Anfang eher eine verspätete Vorsichtsmaßnahme, aber, wie sie hoffte, nicht zu spät.

Eine Weile schien sie damit Erfolg zu haben, denn niemand störte sie. Sie ging ihren Pflichten nach und tauschte das Amt, dem Herren abends Wein einzugießen, gegen ein paar Stunden in der Wäscherei ein. Das schien ein gerechter Tausch und ein sicherer noch dazu.

Sie sah ihn häufig genug, wenn auch aus sicherer Entfernung. Er hatte einen sorgfältig seine ausdruckslose Miene wahrenden Teti darüber informiert, dass er vorhabe, dieses Anwesen zu seinem Hauptsitz zu machen, und daher jede Ecke davon kennen lernen wolle – auch sämtliche Felder, sowohl flussauf- als auch flussabwärts. Jeden Morgen, wenn es so kühl war, wie es in dieser Jahreszeit sein konnte, fuhr er in seinem Wagen los, um dieses oder jenes Dorf aufzusuchen. Jeden Nachmittag saß er dann in der kühlen Halle, lauschte Bittstellern und schlichtete Streitereien. Dies waren Angelegenheiten, um die sich bislang stets Teti gekümmert hatte, sowohl unter Irys Vater als auch unter dem Retenu, der nach ihm gekommen war. Dieser junge Herr hatte vor, sein Anwesen selbst zu beherrschen und zu verwalten. Nach Irys Einschätzung war das ausgesprochen dumm, obwohl er es selbst für eine gewaltige und gute Tat zu halten schien; er schien eindeutig sehr mit sich zufrieden, wenn sie ihn sah.

Teti war weniger erfreut. Vor dem Herrn wahrte er eine Maske der Schicklichkeit, aber wenn er zu seiner Frau nach Hause kam, war er… schwierig. So drückte sie es jedenfalls aus.

»Schwierig«, sagte sie zur Herrin Nefertem bei deren Morgenaudienz. Sie schüttelte den Kopf und warf ihren Töchtern, die gerne mehr gesagt hätten, erboste Blicke zu. »Bisher war immer er derjenige, der bestimmte, was auf diesem Landsitz geschieht. Nun muss er beiseite stehen, während dieser Eindringling es tut. Wirklich, Herrin, ich fürchte, wenn das so weitergeht, wird er noch zum Rebellen.«

»Ist es Rebellion, dem wahren König zu dienen?«, fragte die Herrin Nefertem so leise und dennoch so klar, dass Iry einen Augenblick lang bezweifelte, es überhaupt gehört zu haben. Aber alle starrten sie an, Tawit und die fünf Schönheiten, selbst die Zofen. Der Herrin schien das so gleichgültig wie eh und je. Sie zupfte eine der vielen Falten ihres Gewandes glatt und faltete sie dann wieder sorgfältig. Dann erklärte sie: »In diesem Haus gibt es zu viele Retenu. Wir sollten versuchen, sie loszuwerden.«

»Das… wird nicht leicht sein«, erklärte Tawit mit für sie beträchtlicher Vorsicht.

»Bist du etwa feige?«, fragte die Herrin.

»Nein«, erwiderte Tawit. »Aber vorsichtig, und ich habe mich an diesen Körper gewöhnt, so unschön er sein mag.«

Die Herrin Nefertem gab ein zartes Schnauben von sich. Das war alles an Kommentar, was es brauchte.

Tawit blieb danach nicht mehr lange. Iry schauderte ein wenig, als die Frau des Verwalters ihre Töchter vor sich aus dem Raum scheuchte. Sollte Tawits Vorstellung von Vorsicht einschließen, den neuen Herrn darüber zu informieren, dass Herrin Nefertem an Rebellion dachte, dann war keiner von ihnen mehr sicher. Die Herrin nicht und niemand, der ihr diente. Und auch nicht Iry, die immerhin ihre Tochter war.

Iry hatte keine Angst, jedenfalls nicht allzu sehr. Die Zeit für Angst war vergangen, nachdem sie erfahren hatte, dass der Mann, zu dem sie so unhöflich gewesen war, der neue Herr des Hauses sein würde. Er hatte ihr damals nichts getan, sogar weniger als nichts, ein gutmütiger, friedfertiger Mann. Er glaubte nicht, dass irgendein Ägypter und schon gar nicht eine ägyptische Frau ihm an Geist oder Willenskraft gleichkommen konnte.

Sie würde ihn gern fallen sehen, niedergestreckt von einem ägyptischen Schwert. Das wäre ein schöner Anblick, mehr als schön. Und wenn jeder Retenu aus Ägypten vertrieben wäre und Ägypten wieder vereint unter seinem wahren König – das wäre das Schönste überhaupt.

Tawit verriet ihre Herrin nicht, oder falls sie es doch tat, hatte es zumindest keine Folgen. Die Retenu machten sich vielleicht nichts daraus, oder sie waren einfach abgelenkt. Sie erwarteten noch einen Gast, einen erheblich wichtigeren als die Schwestern des Herrn und seine Frauen.

So besorgt, wie sie alle waren, hätte Iry zumindest einen Oberherren oder gar den König selbst erwartet. Aber es war kein Mann, der nun eintraf, geschweige denn ein König. Jene, die sich nun in einem Wagen näherte, wie er einer Frau von hoher Stellung zustand, einem Wagen, gezogen von milchweißen Ochsen und eskortiert von einer Gruppe von Reiterinnen, war keine Geringere als die Mutter des Herrn.

Khayan selbst erwartete sie im äußeren Hof, wo er sich mit seinen jungen Männern aufgebaut hatte, wie er es auch getan hätte, um den König zu begrüßen. Seine Schwestern und die verschleierten Frauen warteten ebenfalls: ein zauberhaft königliches Willkommen.

Knarrend kam der Wagen zum Stehen. Einer der Ochsen schüttelte den breiten weißen Kopf und scheuchte die Fliegen weg. Die berittenen Frauen sprangen aus dem Sattel und stellten sich zwischen den Wagen und dem Herrn und seinen Männern auf. Es hätte nur noch Trompeten gebraucht, aber es gab keine Musik, wenn man einmal vom Muhen eines Ochsen absah.

Einen Augenblick lang geschah überhaupt nichts. Iry, die, halb hinter einer Säule verborgen, zuschaute, bewunderte es, wie diese fremde Frau alle Blicke zu dem Vorhang hinzog, hinter dem sie saß. Erst als vollständiges Schweigen herrschte, als selbst die Ochsen sich nicht mehr rührten, zog sie den Vorhang beiseite. Noch immer befand sie sich im Schatten, eine dunkle, in Schwarz gehüllte, schwarz verschleierte Gestalt. Sie erhob sich langsam, mit einer Anmut, die auch Herrin Nefertem bewundert hätte, und stieg mithilfe einer der Reiterinnen aus dem Wagen.

O ja, dies war eine königliche Person. Sie war für eine Retenu nicht sonderlich groß – Iry war nur um ein Geringes kleiner. Aber sie hielt sich vollkommen gerade, nahm die tiefe Verbeugung ihres Sohnes entgegen wie etwas, das ihr zustand, ebenso wie die Verneigungen ihrer Töchter.

Iry hielt den Atem an und wartete darauf, dass die Frau verlangte, zum Frauenhaus gebracht zu werden. Aber als man sie zum geringeren Haus führte, sagte sie kein Wort. Sie hatte überhaupt nichts gesagt – jedenfalls hatte Iry nichts gehört. Es zeugte von großer Macht, schweigend solche Hochachtung entgegenzunehmen. Auch Irys Mutter hätte so etwas tun können, aber es interessierte sie nicht. Diese hier war wacher und hatte ein schärferes Bewusstsein der Welt.

Nachdem seine Mutter eingezogen war, war Khayan noch entschlossener, auf dem Anwesen »Aufgehende Sonne« zu verweilen und hier Herr zu bleiben. Was die Gründe anging …

»Die Pferde«, sagte Pepi. Pepi war in den Tagen von Irys Vater Waffenmeister gewesen. Er war in der Schlacht, in der sein Herr starb, schwer verwundet und deshalb nach Hause geschickt worden, während der Rest der Armee von ihren Siegen zu einer langsamen Niederlage marschiert war.

Pepi war ein ungewöhnlicher Mann, denn er hatte keine Angst vor Pferden. Er … er mochte sie sogar. Für den alten Herrn hatte er die Ställe geführt, der neue Herr hatte allerdings seinen eigenen Stallmeister, doch Pepi kannte sich mit Pferden und mit den Ställen aus, die der alte Herr gebaut hatte. Er wusste, wie er sich nützlich machen konnte, er lauschte, wo immer er konnte, und er vergaß nichts, was er einmal gehört hatte.

Nicht, dass Iry sich in das Reich dieser schnaubenden Ungeheuer gewagt hätte. Pepi und der alte Huy, der Schreiber, waren Freunde – ein recht ungleiches Paar, der zerbrechliche alte Schreiber und der kräftige alte Krieger, aber diese Freundschaft hatte Bestand. Sie saßen gerne morgens beisammen und teilten Brot und Bier miteinander.

An diesem Morgen hatte Iry ein wenig Zeit, bevor sie sich an die Arbeit in der Wäscherei machen musste. Sie hatte Huy unverzeihlich lange nicht besucht und sehnte sich nach seinen Geschichten.

Er war nicht sonderlich geneigt, etwas zu erzählen, aber Pepi barst schier vor Klatsch von der Männerseite.

»Der Herr kennt sich gut mit Pferden aus«, sagte er, »er ist unter den Eroberern einer der Großen. Und er wird einmal Stallmeister des Königs werden, heißt es, wenn der alte stirbt. Hast du die Pferde gesehen, die er mitgebracht hat?«

»Ja«, erwiderte Iry. Sie hatte nicht sprechen wollen, es war ihr unwillkürlich herausgerutscht. Schon die Erwähnung brachte die Erinnerung zurück: Wolken, die über den Mond huschten; weiße, wehende Mähnen. »Sie waren … anders als andere Pferde.«

»Ah«, sagte Pepi und zog die Brauen hoch. »Du hast sie gesehen, nicht wahr? Sie sind tatsächlich anders. Aber er hat auch eine Menge gewöhnliche Pferde. Er züchtet Pferde für die Wagen des Königs. Die, die er mitgebracht hat, gehören zu den besten.«

»Aber was hat das damit zu tun, dass er darauf besteht, hier zu wohnen?«, wollte Iry wissen.

»Viel«, erwiderte Pepi. »Dieses Land hier, sagt er, ist hervorragend zur Aufzucht von Pferden geeignet. Das Gras ist üppig, es gibt genug Heu. Die Felder sind groß und gut bewässert. Und die Straße ist nah, aber nicht zu nah; es wird einfach sein, die Herden junger Hengste zur Stadt des Königs zu bringen, wenn sie alt genug für einen Wagen sind.«

»Es gibt andere Orte, die ebenso geeignet wären«, meinte Iry.

»Aber keinen in solcher Lage mit einem angemessen großen Haus.« Pepi trank seinen Becher leer und rülpste behaglich. Er griff nach dem Krug, um nachzugießen. »Nein, er wird bestimmt noch nicht bald wieder gehen, es sei denn, man ruft ihn zum König. Es gefällt ihm hier.«

»Wie kann das sein? Wir verachten ihn.«

»Glaubst du, das stört ihn?«

Iry kniff die Lippen zusammen und starrte finster geradeaus. Pepi tätschelte ihre Hand mit bierseliger Vertraulichkeit. »Schon gut, Kind. Es ist eine Last, aber es ist der Wille der Götter. Und vielleicht wird es ja nicht so lange dauern.«

»Bist du auch ein Rebell?«, fragte Iry ihn.

Er starrte sie an, als hätte sie etwas vollkommen Unsinniges gesagt. Sie glaubte, er würde etwas erwidern, aber stattdessen trank er nur einen weiteren Schluck Bier. Als er den Becher abermals geleert hatte, wandte sich das Gespräch anderen Themen zu – Iry hätte beinahe geglaubt, mit Absicht, wenn Pepi ein kluger Mann gewesen wäre. Aber Pepi war nicht klug. Er war barsch, er war ehrlich, aber klug – nein.

Iry drängte ihn nicht. Kein Ägypter trug das Los des Eroberten mit Freude. Alle träumten davon, die Retenu zu vertreiben und wieder einem wahren König Tribut zu zahlen. Und jene, die diesen Träumen entsprechend handelten, starben oder wurden ins Exil geschickt. Diese Lektion hatte Iry von ihrem Vater und ihren Brüdern und Verwandten gelernt.

Sie überließ die beiden alten Männer ihrem Bier und ihren Erinnerungen. Sie hätte sich an die Arbeit machen müssen, aber stattdessen ging sie durch den Hof zum Tor. Es stand um diese Tageszeit offen, da der Herr anwesend und das Land im Frieden war – sollte es einen Krieg geben, dann fand er weit im Süden statt, wo Ägypten noch Ägypten war. Die Wachen waren aufmerksam, aber nicht misstrauisch. Sie achteten nicht sonderlich auf Iry, obwohl sie an ihnen vorbei ins offene Land hinausging.

Sie konnte sich kaum erinnern, wann sie das letzte Mal außerhalb dieser Mauern gestanden hatte. Es war dieselbe Luft, dieselbe Sonne, aber seltsam, weil es kein Ende gab. Keine Mauern, die das Land einschlossen. Nur die dicke, feuchte Luft des Deltas und der Fluss, der sich nun wieder zurückzog und die schwarze Erde zurückließ, die den Wohlstand Ägyptens bildete. Ägypten war die Zwei Länder, das obere und das untere Ägypten, Süden und Norden, aber es war auch Rotes Land und Schwarzes Land, staubige Wüste und üppiges Ackerland.

Sie befand sich im Schwarzen Land, und das Rote Land war weit entfernt. Felder erstreckten sich vor ihr, schimmernd bereits von frischem Grün. Der Fluss führte noch immer reichlich Wasser, doch schon bald würde er in sein Bett zurückkehren und den Menschen das Schwarze Land zum Bebauen überlassen.

Die Straße, auf der sie stand, war zerfurcht von Hufen und Wagenrädern. Weder Menschen noch Ochsen zertrampelten den Boden so heftig, wenn sie ihre Lasten zum Haus des Herrn oder von dort wegtrugen. Es waren die Pferde und ihre langohrigen Vettern, die dem Land ihre Stempel aufdrückten wie nichts zuvor.

Als Iry ihre Fassung wiedergewonnen hatte und ihr nicht mehr von diesem offenen Gelände schwindelig war, wandte sie sich dem Hügel im Nordosten zu. Noch bevor sie den Gipfel erreicht hatte, wusste sie, wo die Pferde waren. Sie konnte sie hören: Schnauben, Stampfen, und dann bebte die Erde ein wenig, als eine Herde zu galoppieren begann.

Pferde liefen nicht wie Gazellen. Sie waren schwerer, fester an die Erde gebunden. Aber jene, die dort rannten, die Mondpferde, wie Iry sie bei sich nannte, hatten eine Kraft und eine Anmut, die sie noch bei keinem Tier zuvor gesehen hatte. Sie streiften lediglich den Boden. Sie tanzten darauf. Sie schienen zu lachen, während sie rannten, warfen die Köpfe, ließen die Hufe wirbeln.

Iry konnte sich beinahe vorstellen, dass sie für sie galoppierten. Sie stand oben auf dem Hügel, und die Pferde liefen unter ihr her wie eine Wolkenfahne in einem starken Wind.

Die anderen – die dunkleren, die rötlichen, braunen, schwarzen – grasten oder rannten in ihren eigenen Herden. Aber Iry hatte nur Augen für die Mondpferde.

Eines von ihnen wandte sich von der Herde ab und kam den Hügel heraufgetrabt. Es war dunkler als viele, gefleckt wie der Mond, mit einer breiten Stirn und großen, dunklen Augen. Die Mähne war bläulich silbern, der Schweif bläulich weiß. Es hatte die kleinen Ohren aufmerksam gespitzt.

Iry fiel ein, dass sie wohl lieber Angst haben sollte. Es war kein menschliches Wesen in Sicht. Die Hirten hatten sich Gott weiß wohin zurückgezogen. Sie war allein zwischen Erde und Himmel, keine Mauer, keine Verteidigung gegen dieses Geschöpf, das sich ihr näherte.

Und dennoch hatte sie keine Angst. Diese dunklen Augen waren sanft, die Ohren waren aufmerksam gespitzt. Mit einer solchen Miene würde Iry vielleicht einen Freund begrüßen.

Sie war kein Freund dieses Geschöpfes aus einem anderen Land. Deshalb wollte sie sich zwingen, sich abzuwenden, doch ihr Körper gehorchte nicht.

Das Pferde wurde langsamer, als es näher kam, bis es schließlich still stand, so eben außer Reichweite. Es blähte die Nüstern, atmete leicht, schwitzte ein wenig, ein warmer Duft, deutlich wahrnehmbar, aber nicht unangenehm.

Sie war einem Pferd nie so nahe gekommen, hatte es nie gewollt. Es war größer, als sie erwartet hätte, aber kleiner als sie fürchtete: Der Rücken war etwa in der Höhe ihres Kinns. Der Kopf erhob sich über ihren eigenen, erheblich länger und breiter als der jeder Gazelle.

Dann streckte sie die Hand aus. Sie tat es nicht willentlich, es geschah wie von selbst. Das Pferd scheute nicht zurück. Sein Hals war glatt und warm und sehr stark.

Der große Kopf drehte sich und Iry erstarrte. Das Pferd streifte ihren Arm mit seiner Nase. Eine weiche Nase, nicht annähernd so rau, wie sie erwartet hatte, dazu warm, mit einem Hauch von Atem.

Sie hatte keine Angst. Sie hatte *keine* Angst. Dieses riesige Geschöpf, dieser Feind ihres Volkes, war sanft, berührte sie freundlich und war seltsam liebenswert. Es wollte ihr nichts Böses.

Sie hasste Pferde immer noch, aber nicht dieses hier. Zuversichtlich streichelte sie seinen Hals und die große, flache Schulter und lehnte sich dann waghalsig gegen die Biegung des Rumpfs, drückte ihr Gesicht an den warmen, duftenden Rücken. Es roch nach Gras und Staub und Pferd – ein guter Geruch. Er tröstete sie.

Als sie dort ruhte, löste sich in ihrer Mitte ein Knoten. Sie hatte nicht einmal gewusst, dass er dort gewesen war – bis er verschwand. Ein Schmerz, der länger, als sie sich erinnern konnte, Teil von ihr gewesen war, war nun verschwunden und geglättet. Erst nachträglich bemerkte sie, dass ihr die Tränen über die Wangen liefen.

Tränen? Aber weshalb?

Tränen um alles und jedes. Um ihren Vater und ihre Verwandten. Um ihre Mutter, die sich vollkommen zurückgezogen hatte. Um ihre Welt, die in Scherben gegangen war: um die Freiheit, die man ihr genommen hatte, um ihren Körper unter dem Joch eines Sklaven.

Sie hatte nicht mehr geweint, seit ihr Vater in den Tod marschiert war. Nun weinte sie um alles: um jeden Augenblick, der Jahre dazwischen und um jeden Schmerz und jede Demütigung. Das alles an der warmen, festen Schulter eines Tieres, das dem Feind gehörte.

Als sie sich ausgeweint hatte, hob sie den Kopf von der Schulter des Pferdes. Das Pferd schnaubte sanft und zauste ihr Haar. Sie lachte schmerzlich. »Du bist wie eine Katze«, sagte sie.

Das Pferd würdigte diese Bemerkung keiner Antwort.

Ein Pferd wie eine Katze. Was für ein Gedanke! Iry ging ihm trotzdem nach. Katzen waren Götter, das wusste jeder. Pferde waren alles andere als das – wenn man von diesem hier mit seinem mondhaften Fell absah. Iry starrte ihre schmale, braune Hand auf dem hellen Hals an und schaute von dort aus in das dunkle Auge. »Ich verstehe das nicht«, sagte sie.

Das Pferd miaute oder schnurrte nicht wie eine Katze, und dennoch konnte sie genau erkennen, was es dachte. Was gab es da zu verstehen? Die Welt war, wie sie war. Iry sollte es einfach akzeptieren.

»Nein«, sagte sie. »Ich akzeptiere es nicht. Und ich kann es auch nicht gut ertragen.«

Dann war das eben so, sagte das Pferd mit einem Zucken des Ohres. O ja, es war einer Katze sehr ähnlich. Genauso geheimnisvoll, und es konnte einen ebenso in den Wahnsinn treiben. Und ebenso wie eine Katze hatte es gewollt, dass sie hier war, und nur die Götter wussten weshalb, und nun, da sie hergekommen war, wollte es ihr nicht sagen, warum. Es bat sie nur, alles zu akzeptieren.

Sie wollte dieses Spiel nicht spielen. Nicht, solange sie nicht wusste, um was es ging. Sie drehte sich um. Das Pferd versuchte nicht sie aufzuhalten.

Dann ging sie den Hügel hinab – rasch, aber sie lief nicht. Und darauf war sie stolz. Das Pferd folgte ihr nicht, es hatte sie gehen lassen – für den Augenblick. Und wenn es sie wieder zu sich rief – wenn es sie wieder zu sich rief …

Das Haus wartete, gleichzeitig Zuflucht und Gefängnis. Im Augenblick war sie beinahe froh, zu ihrem Sklavenleben zurückkehren zu können.

16

Khayan kam staubig und schwitzend und alles andere als verführerisch duftend von seiner morgendlichen Wagenfahrt zurück. Er hatte nichts anderes im Sinn als ein Bad und ein sauberes Hemd und vielleicht einen Becher Wein und etwas anderes zu essen als dieses endlose ägyptische Gerstenbrot.

Vollkommen arglos ging er in den Hinterhalt, wich gegen die Mauer zurück.

Seine Angreiferin lachte, wohltönend wie Wasser in der Wüste. Sie schlang die kräftigen, schlanken Arme um ihn, drückte ihn an die Wand. Mit ihren Brüsten gegen seine Brust und ihren Hüften gegen seine Hüften und seinen stärksten Teil, das sich ihr nun entgegenhob.

»Barukha!«, keuchte er. »Was willst du –«

»Dich quälen«, sagte sie. Zum Beweis knabberte sie an seinem Ohr. Er keuchte, sie lachte.

»Solltest du dich nicht um meine Mutter kümmern?«, wollte

er wissen – er klang nicht so barsch, wie er gewollt hatte; dazu hatte er zu wenig Atem übrig.

»Deine Mutter hat genug Zofen«, sagte sie. »Sie wird mich eine Weile nicht vermissen.«

»Und wenn sie es tut, und wenn andere es erfahren und dein Vater und deine Brüder davon hören –«

»Mein Vater und meine Brüder sind in Avaris«, sagte sie, »und dienen dort dem König. Sie werden nie erfahren, was wir hier tun.« Sie hielt inne. »Bist du etwa feige?«

»Das bin ich nicht!«, antwortete er sofort und gedankenlos.

Sie lachte auch darüber. »Du bist so reizend«, sagte sie, schob ihre Finger unter sein Gewand und in sein lockiges Brusthaar. »Wer hätte das geglaubt? Du warst ein so ungelenker Junge, nur Knie und Ellbogen. Das Volk deiner Mutter hat einen Mann aus dir gemacht.«

Er biss sich auf die Zunge, bevor er ein Geheimnis verriet. Aber in der Sicherheit seines Geistes lachte er ein wenig verbittert. Sie würden nie einen Mann aus jemandem machen, nicht so, wie Barukha es verstand.

Barukha wusste nichts von dem Volk weit im Osten, das ihn für einige Zeit aufgenommen und unter sich gelitten hatte. Und er würde ihr auch nichts davon erzählen. »Du bist gewachsen«, sagte er, um irgendetwas zu sagen. »Du bist … schön geworden.«

Und das entsprach nur der Wahrheit. Er hatte sie schon als Kind gekannt, als sie noch zu jung für Schleier gewesen war und so gerade wie ein geschälter Zweig. Nun würde keiner mehr diesen Vergleich für sie benutzen. Sie war in jeder Hinsicht eine Frau.

Er konnte es deutlich erkennen. O ja, sie war verschleiert, aber diese Schleier waren aus ägyptischem Stoff, Gaze wie Spinnweben, die mehr enthüllte als verbarg. Ihr Gesicht mit ihren vollen Wangen, den üppigen Lippen. Ihre Schulter, so süß gerundet. Ihre Brüste – solche Brüste, milchweiß unter dem frostweißen Leinen, die rosenroten, steifen Brustwarzen, die ihn herausforderten. Seine Hände hatten die üppige Biegung ihrer Hüften gefunden, die schmale Taille darüber und darunter –

Er wich zurück. »Das ist unehrenhaft!«

»Unehrenhaft ist, was ich für unehrenhaft erkläre«, sagte sie mit einem Hauch von Schärfe unter all der Süße. »Komm her, mein Schöner, mein Wüstenlöwe. Bin ich nicht schön? Bist du nicht der Beste aller Männer?«

»Ich würde kein Mann mehr bleiben, wenn dein Vater von dieser Sache erfährt.«

»Feigling!« Sie sah aus, als wollte sie ihn anspucken. Stattdessen streckte sie die Hand aus, packte sein Gewand und riss es ihm mit einer Kraft vom Leib, die ihn verblüffte.

Er stand da wie eine gerupfte Gans, nackt bis auf den Lendenschurz. »Barukha!«

»Khayan«, meinte sie spöttisch. »Wenn ich jetzt schreie, kommen die Wachen. Du weißt, was sie denken werden.«

»Ich denke, du wirst ohnehin schreien«, erwiderte er. »Wenn du von mir bekommen hast, was du willst.«

»Das könnte sein«, sagte sie. »Willst du es nicht darauf ankommen lassen? Bin ich nicht schön?«

»Du bist wunderbar.«

Sie umschlang ihn erneut und irgendwie hatte sie sich ihrer Schleier entledigt. Sie war so nackt, wie sie zur Welt gekommen war, bis auf die goldenen Glöckchen an ihren Ohren. Diese klirrten leise, so leise, als sie ihn bestieg – noch im Stehen, er gegen die Wand gestützt, und er hatte nicht mehr Willen und Widerstandskraft als ein Hengst, der eingebrochen wird.

So begann es, aber es endete im Bett, wie es angemessen war – obwohl Khayan sich für sein Leben nicht vorstellen konnte, was daran angemessen sein sollte, wenn die Tochter eines Adligen den ältesten Tanz mit einem Mann tanzte, der nicht ihr Ehemann war.

Sobald es keine Möglichkeit mehr zur Flucht gab, hörte Khayan auf, sich zu wehren. Angst ließ es leidenschaftlicher werden – das stimmte tatsächlich. Und sie war keine Jungfrau mehr. Es erstaunte ihn nicht, diese Entdeckung zu machen. Barukha war immer schon wild gewesen, selbst als kleines, großäugiges Mädchen, das hinter seinen Brüdern herrannte.

Jemand hatte sie hervorragend unterrichtet, ihn aber ebenfalls. Die Ehre war beim Volk seiner Mutter etwas Wichtiges, so stark wie das Leben, das Blut an Knochen band, aber es war nicht dieselbe Ehre, die das Volk seines Vaters kannte. In jener Welt würde eine Frau tatsächlich dasselbe tun wie diese hier. Hatte sie es gewusst? Hatte sie darauf vertraut, als sie ihn in den Hinterhalt lockte?

Eine Weile endete jegliches Denken. Ihre Lippen, ihre Hände überzogen seinen Körper mit Feuerlinien. Er fand ihre heiße geheime Stelle und drang tief ein. Sie keuchte, dann lachte sie.

Ihm fehlten die Worte. Hätte er sprechen können, dann hätte er sie vielleicht verflucht – oder gesegnet. Schön. Ja, schön. Und so tödlich gefährlich.

Sie lagen atemlos und ineinander verschlungen da. Und wieder lachte sie, er dagegen war vollkommen erschöpft, konnte sich aber nicht dem Schlaf hingeben, der so unwiderstehlich lockte. »Wo –«, brachte er hervor. »Meine Diener –«

»Fällt dir das erst jetzt auf?«, sagte sie. Sie hatte ihre Finger in seinem Haar, zupfte leicht, allerdings nicht fest genug, um Schmerz zu verursachen. »Sie werden alsbald zurückkehren und dir dein Bad bereiten. Fühlst du dich nicht wunderbar? Bin ich nicht ein Wunder?«

»Du bist schrecklich!«, beschwerte er sich. »Was willst du von mir?«

»Ah, Misstrauen.« Sie erhob sich über ihn, lächelte auf ihn hinab, beugte sich vor, um ihn zu küssen: Stirn, Wangen, Lippen. »Weißt du«, sagte sie, »es ist seltsam, wieder einen bärtigen Mann zu küssen. Ägypter rasieren sich.«

»Du hast dich mit Ägyptern abgegeben?«

Sie grinste wild wie ein Junge. »Oh! Ich habe dich schockiert.«

»Wenn dein Vater wüsste –«

»Mein Vater möchte mich an einen langweiligen, angemessenen und wenn möglich älteren Mann verheiraten. Dann werde ich einen Sohn zur Welt bringen, und mein Gatte wird uns den Gefallen tun zu sterben, und mein Vater wird all sein Land und seinen Reichtum erhalten, und ich werde die Verwaltung für meinen Sohn führen, um etwas zu tun zu haben. Das ist doch ein vernünftiger Plan, nicht wahr?«

»Ich mag langweilig sein«, sagte Khayan, »und nach allem, was ich weiß, bin ich passend, aber nicht alt genug.«

»Nein«, sagte sie zärtlich und strich mit ihren Brüsten über seine Brust, bis er aus der Mischung von Zorn und Begierde beinahe den Verstand verlor. »Du bist nicht alt genug. Ich werde dich nicht heiraten, mein Schöner. Aber wenn du meinen Sohn zeugen würdest…«

»Was, reist du etwa morgen ab, um einen Greis zu heiraten?«

Sie lachte. »Das ist unwahrscheinlich! Nein, ich werde noch eine Weile hier bleiben. Ich bin die Dienerin deiner Mutter, und ihre Schülerin. Ich werde lernen, was sie mich lehren kann.«

»Warum?«

Sie zuckte mit den Achseln. Das bewirkte wunderbare Dinge mit ihren Brüsten. »Ich habe sie darum gebeten, und sie hat zugestimmt. Es scheint nützlich zu erfahren, was sie weiß.«

Er kniff die Augen ein wenig zusammen. Er war jetzt hellwach, und das war erstaunlich. »Du willst der Göttin dienen?«

»Ich bin gekommen, um mich um deine Mutter zu kümmern«, sagte Barukha. Sie hatte keine Antwort gegeben.

»Und was bin ich? Eine Ablenkung am Nachmittag?«

»Wenn du willst«, sagte sie. Sie kuschelte sich an ihn, den Kopf an seiner Schulter. »Ich habe dich immer begehrt, seit ich wusste, was es bedeutet, einen Mann zu begehren. Als du mit der Stute und ihrem Volk aus dem Osten zurückkamst und die Herrschaft von deinem Bruder gewonnen hast – was für ein Wunder das war, und was für eine Freude! Ich wusste damals, dass ich dich haben würde. Um jeden Preis.«

»Ein sehr geringer Preis«, sagte er, mehr müde als zornig. »Sag mir, dass dein Vater nichts mit dieser Delegation von Fürsten zu tun hatte, die mich überredet hat, um die Herrschaft zu kämpfen.«

»Musste er denn?«

»Ich bin der Sohn der fremden Frau, derjenige, der weggegangen ist, der zurückkam, um seinen Vater sterbend vorzufinden, und dazu einen kurz vor dem Ausbruch stehenden Krieg um das Erbe. Es war kaum anzunehmen, dass er mich wählen würde.«

»Aber das hat er getan.«

»Und woher weißt du das?«

»Deine Mutter hat es mir gesagt.« Sie zeichnete Wirbelmuster auf seine Brust und seinen Bauch. »Es gab ältere Söhne als dich, und nicht wenige davon, darunter einen, der sicher war, der Erbe zu sein. Aber euer Vater hatte dich als Erben benannt.«

»Er hatte schon halb den Verstand verloren«, sagte Khayan. »Und er hatte keine Geduld mehr mit den Geiern, die ihn umkreisten. Sie hatten schon angefangen, sich zu streiten, obwohl er noch lebte. Ich kam herein, er richtete sich auf und zeigte auf mich. Er sagte: ›Der da! Der da ist mein Erbe!‹ Er hat es aus reiner Bosheit getan.«

»Mag sein«, erwiderte sie. »Ein Mann kann gleichzeitig boshaft und weise sein.«

»Weise?« Khayan wäre beinahe an dem Wort erstickt. »Ich musste drei Brüder töten, die ich kaum kannte, und einen, den ich beinahe mochte, als sie mich herausforderten. Und nun habe ich Blut an den Händen und Feinde unter meinen eigenen Verwandten. Er hielt das vielleicht für einen gerechten Preis dafür, dass ich so lange weg war und beim Volk meiner Mutter lebte.«

»Du hast das Erbe nicht abgelehnt«, sagte sie, und ihre Hand zog die Spiralmuster weiter nach unten. »Das hättest du tun können. Du hättest in den Osten zurückkehren können, nachdem du die Stute zu ihrer Priesterin gebracht hattest und frei von allem warst.«

»Das hätte ich«, sagte er.

»Aber du bist geblieben.«

»Ja«, erwiderte er. »Ich bin geblieben.«

»Also«, sagte Barukha.

»Also«, sagte er. »Sag mir, was du von mir willst.«

»Dich«, sagte sie.

»Das kann nicht alles sein«, erwidert er.

»Es ist mehr als genug.« Sie schloss die Hand um seinen Schaft, der schließlich doch wieder erwachte. »Eine Witwe darf sich ihren Mann selbst wählen. Vielleicht wähle ich dich.«

»Und wenn ich nicht gewählt werden möchte?«

Sie lächelte und tat etwas Verblüffendes mit ihren Fingern. Er keuchte erschrocken und dann in plötzlichem Verlangen. »Stell dir vor«, sagte sie, »wann immer du es willst.«

Er konnte nicht antworten. Wieder hatte sie es geschafft, ihm die Worte aus dem Kopf zu vertreiben. Sie war eine Hexe, daran bestand kein Zweifel. Und sie hatte ihn mit einem Bann belegt, dem er nicht entkommen konnte.

Khayan war nicht überrascht, an diesem Abend zu seiner Mutter gerufen zu werden. Er hatte Barukha widerstrebender verlassen, als er zugeben wollte, und sich an seine selbst auferlegten Pflichten gemacht. Als er in seine Räume zurückkehrte, war sie selbstverständlich weg, und die Diener waren alle anwesend, als wäre nichts geschehen.

Aber ein Bote wartete, ein schüchterner kleiner Junge, der rasch in einer Singsangstimme sagte: »Herr, deine Mutter will dich sofort sehen, wenn es dich nicht stört.«

Es störte Khayan, aber er dachte nicht einmal daran, sich einem solchen Ruf zu widersetzen. Er ging so, wie er war, in dem Gewand, das er bei der Gerichtssitzung getragen hatte, mit dem Herrschaftsstab noch in der Hand.

Keine der Frauen hatte sich in jenem Gebäude niedergelassen, das man als das Frauenhaus bezeichnete. Dies war die Domäne jener seltsamen, sehr schönen Frau, die die Herrin dieser Ländereien gewesen war, als sie noch einem Ägypter gehörten. Seine eigenen Frauen – wenn man davon sprechen konnte, denn er hatte keine Ehefrauen und kaum Konkubinen, und davon hatten die meisten seinem Vater gehört und wussten nun nicht wohin – seine eigenen Frauen hatten ein anderes Haus bezogen, freilich eines, das ihnen angeblich besser gefiel.

Nachdem er es betreten hatte, konnte er sehen wieso. Keine leeren, großen ägyptischen Räume hier, keine Wände mit grellbunten Bildern: Tiere, Vögel, Blüten und Bäume und auch Menschen, die in der seltsamen, verrenkten Weise gezeichnet waren, wie sie in diesem Land Mode war. Alle Wände in diesem Haus waren anständig verhängt, und auf den Böden lagen Teppiche. Es roch wie zu Hause: Räucherwerk, Moschus, Lammbraten. Ägypter begeisterten sich zu sehr für komplizierte und schwierige

Düfte, Brot und Gerstenbier und eine Reihe seltsam duftender Blüten.

Die Wachen am Tor hier waren Frauen, Töchter jenes östlichen Stammes, von dem auch er vor kurzem zurückgekehrt war. Er sehnte sich heftig dorthin zurück. Sie grüßten ihn mit mutigem Blick und nicht mehr Respekt, als sie jedem männlichen Wesen erwiesen. Er fand das überraschend tröstlich.

Hier, in dieser Welt, war er kein Herr der Schöpfung, er war nicht einmal Herr dieses Anwesens, sondern allein der Sohn seiner Mutter. Das verlieh ihm eine bescheidene Stellung, aber er stand im Rang weit unter ihren Töchtern.

Sie ließ ihn eine Weile warten. Er zweifelte nicht daran, dass es darum ging, ihn Bescheidenheit zu lehren. Deshalb nahm er sich vor, geduldig zu sein und sich seine Laune nicht anmerken zu lassen. Er saß in einem Zimmer mit dunklen Wandteppichen, aber einen davon hatte man von einem Fenster weggezogen. Nicht, dass dort viel zu sehen gewesen wäre: ein Säulengang, Sonnenlicht, das in einen Hof fiel – hell, selbst so kurz vor Sonnenuntergang. Es war kühler als draußen, aber immer noch warm.

Nicht zum ersten Mal dachte Khayan über die ägyptische Kleidung oder den Mangel daran nach. Ein Kilt aus Leinen, Gesicht, Kopf und Körper glatt rasiert, eine Perücke für die festlicheren Anlässe. Viel Schmuck, um den Rang eines Mannes zu zeigen. Keine schwere, kratzende Wolle, kein schweißdurchtränktes Leder, das einen niederdrückte.

Einige der Adligen in Avaris hatten dieser Versuchung nachgegeben. Khayan konnte das durchaus verstehen. Die Sonne war für Haut, die nicht an sie gewöhnt war, ausgesprochen unbarmherzig, aber wenn man sich unter Baldachinen und in Palästen aufhielt, war diese Bekleidung ausgesprochen vernünftig.

Er fuhr sich mit den Fingern durch seinen dichten, lockigen Bart und seufzte. Einiges konnte man nur schwer aufgeben. Wenn das bedeutete, dass er auch den Rest behalten musste… dann sollte das wohl so sein.

Er hörte Schritte und drehte sich um. Seine Schwester Maryam stand in der Tür. Er lächelte unwillkürlich.

Sie erwiderte das Lächeln liebevoll. Wenn sie lächelte, vergaß man ihre unglückliche Ähnlichkeit mit ihrem verstorbenen Vater: die ausgeprägten Züge, der rundliche, wenig anmutige Körper. Ihre Augen und ihr Lächeln waren wunderschön. Sie hatte ihren Stolz, wie alle in seiner Familie, aber bei ihr war er versetzt mit Anmut.

»Ah«, sagte er. »Meine Lieblingsschwester. Geht es dir gut hier?«

»Sehr gut«, erwiderte sie. »Das Haus ist angenehm, das muss ich zugeben. Es ist nicht schlecht, ein eigenes Haus zu haben, getrennt von den Ägyptern.«

»Ist es denn so schlimm?«

Sie zuckte mit den Achseln. »Sie wurden nie zuvor erobert. Sie wissen nicht, wie man es erträgt.«

Khayan runzelte die Stirn, allerdings nicht wegen ihr und nicht wegen ihrer Worte. »Das stimmt, nicht wahr? Sie hassen uns. Sie nennen uns die Hyksos, die fremden Könige, und die Leute aus Retenu – ihre Bezeichnung für Kanaan – und ›elende Asiaten‹. Sie weigern sich, uns bei unserem Namen zu nennen. Ganz gleich bei welchem. Als könnten sie dadurch vorgeben, dass wir nicht existieren.«

»Ja«, sagte sie. »Sie glauben an die Macht der Namen.«

»Was meinst du, haben sie uns verflucht?«

»Da bin ich sicher.« Sie griff nach seiner Hand und blickte lächelnd zu ihm auf. Sie war viel kleiner als er; das hatte ihn irgendwie immer verblüfft. Sie war beinahe schon erwachsen gewesen, als er zur Welt kam. Nun war er ein Mann, und sie nur eine kleine Frau in mittleren Jahren, unverheiratet und, wie einige dachten, unbeachtet. Aber Maryam war kein schwaches Geschöpf.

»Wir sollten gehen«, sagte sie zu ihm. »Unsere Mutter wartet.«

Er nickte. Sie führte ihn nach drinnen, in das Reich von Schatten, trübem Licht, subtilen Düften und leisen Stimmen, das er immer als das Land der Frauen betrachtet hatte. Hier kam er sich groß und ungelenk vor, Geschöpf der Sonne, des Windes und des offenen Landes, das er war.

Herrin Sarai wartete im Herzen ihrer Domäne. Man hatte dort einen Webstuhl aufgestellt, und Sarai und ihre Frauen webten einen Stoff von erstaunlicher Kompliziertheit – Farben, die subtil und mit solcher Kunstfertigkeit miteinander vermischt wurden, dass das Auge es kaum erfassen konnte. Khayan schaute sich rasch und verstohlen um, aber von Barukha war nichts zu sehen. Er war darauf vorbereitet gewesen, sich schändliche Gedanken über diese nervtötendste aller Frauen zu machen und der Anklage der Unehrenhaftigkeit ausgesetzt zu werden. Und dennoch, in Sarais Gegenwart zählte das alles nicht. Sie betrachtete sie nicht als eine ihrer Dienerinnen. Vielleicht dachte sie ohnehin nur selten an Barukha.

Khayan seufzte kaum wahrnehmbar. Also hatte man ihn nicht deshalb hierher zitiert, und Sarai hatte offensichtlich eine andere Verwendung für ihn. Er nahm sich vor, aufmerksam zu sein, einen Hinterhalt zu erwarten, aber zumindest, was diese Sache anging, war er in Sicherheit.

Sarai blickte von ihrem Webstuhl auf. Er war ihr Alterskind, er und seine Schwester Sadana, die im Jahr vor ihm zur Welt gekommen war. Nach ihm hatte sie keine Kinder mehr gehabt.

Und dennoch, als sie hier an dem großen Webstuhl saß, mit nur einem leichten Schleier über dem Haar und unverhülltem Gesicht, schien sie nicht älter zu sein als ihre Tochter Maryam. Ihr Haar war immer noch rötlich und kaum vom Grau berührt, ihre Augen waren so klar wie immer, große bernsteinfarbene Augen, die sie ihrem Sohn und ihrer jüngeren Tochter vererbt hatte.

So Ehrfurcht gebietend sie sein mochte – als sie vom Webstuhl aufblickte und lächelte, war er so bezaubert, wie jeder einfache Bauernjunge von einer Königin gewesen wäre.

»Khayan«, sagte sie, »komm her. Setz dich zu mir.«

Es war Platz für ihn, weil ihre Frauen dafür gesorgt hatten. Und es war nicht vollkommen unvertraut für ihn, an einem Webstuhl zu sitzen und selbst mit dem Schiffchen zu arbeiten.

Nachdem er einen Fingerbreit zum Muster beigetragen hatte, sagte Sarai: »Du hast dich sehr angestrengt, Herr dieses Anwesens zu werden.«

Er starrte auf den Stoff vor sich, als wäre dort eine Antwort hineingewebt, doch es war nur bunter Faden. »Ich habe getan, was ich konnte, um meine Pflicht zu erfüllen«, sagte er.

»Dafür liebt man dich nicht.«

»Liebe hat wenig damit zu tun.«

»Ja«, sagte sie. Sie webte weiter, dann hielt sie abermals inne. »Warum gibst du dir so viel Mühe?«

»Wie könnte ich es nicht tun?«

»Ja, wie könntest du es nicht tun und gleichzeitig Khayan sein?« Sie tätschelte ihn wie einen braven Hund. »Ja, Kind, so vergebens es sein mag, du wirst es dennoch tun. Aber pass auf. Kein Ägypter in diesem Land ist unser Freund.«

»Wie denn, keiner?«, fragte er. Er verspottete sie nicht, oder zumindest nicht direkt. Immerhin war er lange abwesend gewesen. Es hätte sich viel verändern können, obwohl es nicht danach aussah.

»Wir sind alle Feinde«, sagte sie. »In hundert Jahren hat Ägypten uns nicht akzeptiert. Ich bezweifle, dass das je der Fall sein wird.«

»Spielt es eine Rolle, solange wir es beherrschen?«

»Solange ihr es beherrscht«, erwiderte sie, »nein.«

Er sah sie forschend an. »Was ist, Mutter? Was hast du gehört?«

»Nichts«, sagte sie.

»Dann hast du mich einfach hergerufen, weil du gerne mit mir zusammensitzen wolltest?«

»Darf eine Mutter das denn nicht tun, wenn ihr Sohn die meiste Zeit, seit er erwachsen wurde, nicht in ihrer Nähe war?«

»Selbstverständlich«, erwiderte er. »Aber du hast noch nie etwas einfach so getan. Was ist es? Rebellen in diesem Haus? Mörder unter den Betten?«

»Nicht mehr als je zuvor«, sagte sie. »Nein, es geht mir um etwas ganz anderes. Die Stute.« Er zog die Brauen hoch. Das war eine große Sache und ein Geheimnis, aber eine Angelegenheit von Göttern und ihren Dienern, und er hatte Teil daran. Man hatte ihn als Kind zum Volk seiner Mutter geschickt, weit weg in das Land des Sonnenaufgangs, um dort zum Mann zu werden, wo Männer nicht arrogante Herren der Welt waren, sondern gehorsame Diener der Frauen und der Götter. Sein Vater hatte dem nicht widersprochen; Khayan war noch ein jüngerer Sohn, und die Mutter, die ihn wegschickte, stand hoch in der Gunst ihres Mannes.

Als Khayan dann zum Mann geworden war, hatte man ihm eine Aufgabe übertragen und ihn damit den Frauen der Stämme vorgezogen – von denen sich die meisten für sehr viel geeigneter hielten als dieser junge Mann: Er hatte das lebende Abbild der großen Göttin der Stämme, die Pferdegöttin selbst, in den Westen gebracht. Das war die mondweiße Stute; ihre Vorgängerin, das ältere Abbild der Göttin, war tot. Die junge Stute würde gehen, wohin die ältere gegangen war, weit weg nach Ägypten, um dort die erobernden Könige mit ihrer Anwesenheit zu segnen.

Es war der Wille der Stute selbst, hatten die Ältesten gesagt, dass Khayan sie nach Westen begleitete, und es geschah nicht unbedingt zur Freude dieser Ältesten. Aber die Stute war, was sie war, also musste man ihr gehorchen und ihren Willen nicht hinterfragen.

Die Ältesten waren selbst in ihrem Gehorsam sehr bedrückt gewesen. Die Stute vor dieser hier hatte den Osten verlassen, als sie sich ihre Priesterin erwählte, die ihr dienen würde, bis sie starb, und sie war durch alle Länder des Westens gezogen, bis sie nach Ägypten kam, wo sie deutlich gemacht hatte, dass sie bleiben würde – eine schockierende Angelegenheit und ein großer Verlust für die Stämme, denn die weiße Stute hatte seit Anbeginn der Welt im Osten gelebt. Dann war sie nur zu bald gestorben, und ihre Dienerin mit ihr, getötet von einem Fieber dieses seuchenerfüllten Landes.

Das war eine Tragödie gewesen, aber nicht unerträglich – bis die junge Stute im Osten ihren Priesterinnen deutlich gemacht hatte, dass auch sie nach Westen gehen wollte. Und noch mehr – sie würde ihre Verwandten mitnehmen, die Herde mondweißer Pferde. Die Pferdegöttin hatte sich von den Stämmen verabschiedet, hatte ihnen ihre Anwesenheit und den Segen genommen, und alles ihren entfernten und etwas entfremdeten Verwandten geschenkt.

Das war Grund für große Trauer gewesen, für Tränen und ein großes Trauer- und Abschiedsritual, aber niemand wäre auf die Idee gekommen, die Stute aufzuhalten oder sie zu binden. So etwas tat man nicht mit einer Göttin.

Khayan stand vor seiner Mutter, die die Tochter einer Königin der Stämme war, und fragte: »Was ist denn los? Hat die Stute ihre Dienerin noch nicht gewählt?«

Zum ersten Mal, seit er sich erinnern konnte, sah seine Mutter anders als vollkommen ruhig aus. Eine steile Falte erschien auf ihrer ansonsten glatten Stirn, und sie presste die Lippen fest zusammen. »Nein, das hat sie nicht.«

Khayan blinzelte. »Aber die Stute wählt doch immer –« Er sah sich rasch im Raum um. »Wo ist Sadana? Ist etwas passiert?«

»Sadana ist draußen und ertränkt ihren Kummer«, sagte Sarai. »Mit Reiten, wie sie es immer tut.«

»Aber nicht auf der Stute.« Khayan schüttelte den Kopf. »Mutter, es hat niemals jemand daran gezweifelt, dass sie auserwählt würde. Deshalb haben sie mich geschickt – weil sie glaubten, ich würde die Stute zu meiner Schwester bringen. Sie war die Schülerin der Priesterinnen, sie hätte die Auserwählte sein sollen.«

»Die Stute ist im Ritual an deiner Schwester vorbeigegangen, als wäre sie nicht da.«

»So etwas gab es noch nie«, sagte er tonlos.

»Die Stute tut, was sie will«, erklärte Sarai mit einer Ruhe, die ihr offensichtlich schwer fiel. »Ja, ich dachte, dass meine Tochter auserwählt würde. Ich hätte nie geglaubt, dass sie versagen könnte.«

»Wie konnte sie versagen? Sie ist doch *deine* Tochter.«

»Das ist der Stute gleich«, erwiderte Sarai.

»Ihr Götter«, rief Khayan. »Was muss das für Sadana bedeuten – sie hat nicht einmal mit mir darüber gesprochen.«

»Und was könntest du tun, wenn sie es täte?«

»Sie trösten«, sagte er.

»Das ist nichts, was sie im Augenblick von einem Mann annehmen würde«, erklärte Sarai. »Und am allerwenigsten von dir.«

»Dennoch«, sagte er störrisch und nicht allzu klug. »Warum hat man es mir nicht eher gesagt? Du musst das gleich, nachdem ich die Stute gebracht habe, gewusst haben.«

»Wir haben das Ritual verschoben, als dein Vater starb. Dann hat man dich zum Erben erwählt, und es gab großes Getöse deshalb. Erst als du dich auf den Weg hierher gemacht hast, haben wir getan, was zu tun war.«

»Und die Stute hat niemanden auserwählt.«

»Und die Stute hat niemanden auserwählt.«

Khayan beugte sich über den Webstuhl. Die einfache Arbeit half ihm zu denken. Das hier war keine Männerangelegenheit, aber Khayan war der Sohn seiner Mutter. Dass die Stute niemanden auserwählte war unglaublich. Es sei denn … »Gibt es eine Kandidatin, die du hättest vorstellen können, die aber bei dem Ritual nicht anwesend war? Eine, an die du nicht gedacht hast, oder an die du dachtest und die du sofort abgelehnt hast?«

»Wir haben ihr jede Frau von angemessenem Alter vorgestellt, die sich innerhalb unserer Reichweite befand«, erwiderte Sarai. »Sie hat sie alle ignoriert.«

»Dann musst du eine vergessen haben«, sagte er.

»Was denn eine unserer östlichen Verwandten?«

Khayan zuckte mit den Achseln. »Mag sein. Oder die Frau oder Tochter eines Adligen, die bei der Wahl nicht anwesend sein konnte. Ich bezweifle, das jeder Mann mit Frauen im passenden Alter sie zu euch geschickt hat, wenn man bedenkt, wie die Dienerin der Stute lebt, frei und unverschleiert. Es ist durchaus wahrscheinlich, dass ein paar von ihnen ihre Verwandten versteckt haben und die Suchenden belogen. Nicht jeder hier gehorcht den Göttern wie die Leute im Osten.«

»Wir haben auch daran gedacht«, meinte Sarai ein wenig spitz. »So etwas ist noch nie zuvor geschehen. Bei jeder Wahl wurde eine der Anwesenden auserwählt – ganz gleich, wie viele oder wenige das waren. Aber diese Stute wollte keine von ihnen.«

»Es heißt«, warf Maryam mutig ein, »dass dies eine Botschaft und ein Vorzeichen darstellt. Dieses Land liebt uns nicht. Wir sollten es verlassen.«

»Und dennoch habe ich gehört«, meinte Khayan, »es ist ein Vorzeichen gewesen, dass die alte Stute herkam, ein Zeichen großer Gunst. Die Pferdegöttin hat das Volk meines Vaters gesegnet und es zu ihrem eigenen gemacht.«

Maryam beugte sich über den Webstuhl, wie er es zuvor getan hatte, aber ihre Hände waren reglos und sie trug nichts zum

Muster bei. »Wer weiß schon, was die Götter denken? Wenn die Stute keine Gefährtin hat, dann können die Rituale der Pferdegöttin nicht gefeiert werden. Die Männer haben ihre eigenen Götter. Sie behaupten, dass die Pferde ihnen gehören, aber die Weisen wissen, dass wir ohne die Pferdegöttin den größten Teil unserer Kraft verlieren.«

»Es gibt nicht viele Männer von solcher Weisheit in Ägypten«, sagte ihre Mutter mit einer Andeutung von Erschöpfung. »Nein, mein Sohn, und du gehörst auch nicht dazu. Aber die Pferde haben immer mit dir gesprochen. Wenn du zur Stute gehen könntest –«

»Sie wird nicht mich auserwählen«, sagte er etwas zu rasch.

»Nein«, erwiderte Sarai. »Sie wird keinen Mann zu ihrem großen Diener wählen. Aber sie könnte dir etwas enthüllen, das sie dem Rest von uns verschweigt. Sie hat dich immerhin zu ihrem Beschützer gemacht.«

Khayan setzte dazu an, etwas zu sagen, überlegte es sich dann aber anders. Solcher Logik konnte er kaum widersprechen. Es war Frauenlogik, Stutenlogik. Er beugte sich vor.

17

Khayan konnte nicht gleich nach draußen gehen und die Stute besuchen, denn während seines Gesprächs mit seiner Mutter war es Abend geworden. Die Abendmahlzeit war längst vorbei, und er hatte nicht daran teilgenommen. In seinen Räumen wartete jedoch ein Imbiss und in seinem Bett eine schöne Frau – zu seiner Überraschung nicht die verblüffende Barukha. Das hier war eine der Dienerinnen, eine Ägypterin mit rauchigen Augen und glatten, nackten Gliedern und ohne jede Scheu.

Er aß, was man ihm aufgetischt hatte, und nahm auch die Zofe, weil sie willig war – oder zumindest so tat. Es fehlte ihr an Barukhas Lebendigkeit, aber nicht an Fähigkeiten. Sie war sehr kenntnisreich, selbst mit einem Mann, der zu müde und abgelenkt war, um ihr gerecht zu werden.

Sie beruhigte seinen Körper, sein Geist war jedoch nicht so

leicht zu trösten. Er drehte sich wieder und wieder immer um dasselbe: Barukha, seine Mutter, seine Schwestern, die Stute, die sich an keine Menschenfrau binden wollte. Ebenso wenig wie Khayan, aber das war halb Faulheit und halb die Umstände. Er wollte keine Ehefrau, wollte sich nicht in dem Maß binden, wie eine Frau es verlangte. Man hatte ihm auch nie eine vorgestellt, selbst Barukha nicht. Barukha hatte ihm klargemacht, dass er auf sie warten müsse. Sie wollte zunächst diesen alten, wohlhabenden Mann, damit sie Witwe wurde und daher frei war, wählen zu können. Erst dann würde sie zu Khayan kommen.

Und während der ganzen Zeit, als er an ihr Gesicht und ihre Stimme dachte, streichelte und rieb ihn das Mädchen und brachte ihn dazu, sich gegen seinen Willen aufzurichten. Er schreckte auf und blickte in ein kleines, spitzes ägyptisches Katzengesicht mit schmalen, ägyptischen Augen. Ihre Lippen lächelten, aber die Augen waren dunkel, dunkel und kalt.

Er stöhnte. Sie bestieg ihn und ritt ihn, wie eine seiner Schwestern ihr Pferd reiten mochte, immer noch mit lächelndem Mund, doch leerem Blick. Das hier war Ägypten. Ja, das war alles, was dieses Land dem erobernden Volk gab.

Es dauerte mehrere Tage, bis Khayan tun konnte, worum ihn seine Mutter gebeten hatte. Er konnte sich seinen Pflichten nicht entziehen und hatte das auch nicht vor. Wenn er morgens aufwachte, war Teti, der Verwalter, schon mit seinen Listen der Dinge da, um die der Herr sich kümmern sollte. Nachdem Khayan so viel davon erledigt hatte, wie ein Sterblicher ertragen konnte, war es schon beinahe dunkel, und die Abendmahlzeit wartete.

Eine solche Pflicht wurde ihm an dem Tag, nachdem er mit seiner Mutter gesprochen hatte, vorgelegt. Dass man ihn dorthin gerufen hatte, hatte ihn an jenes andere Haus erinnert, das eigentliche Frauenhaus. Er erinnerte sich nur zu lebhaft daran, wie er an jenem ersten Tag in das Haus gegangen war, noch ganz entzückt angesichts seines neuen Besitzes, und dort eine Gruppe ägyptischer Frauen vorfand, die sich um eine von ihnen drängte, welche offenbar Schmerzen hatte. Diese hatte ihm dann einen Becher vor die Füße geworfen, voll mit einem ekelhaften Gebräu – sehr gesund und vernünftig von ihr, hatte er damals gedacht. Danach war es ihr offenbar recht gut gegangen, wie er herausgefunden hatte. Sie hatte ihm an jenem Abend den Wein eingegossen, wenn auch nicht an den Abenden danach.

Sie war nur eine Sklavin. Aber die, die sich selbst zum Mittelpunkt dieses Raumes machte – die war nicht mehr Sklavin, als sie selbst ertragen wollte. Teti sprach nicht von ihr, ehe man ihn nicht unter Druck setzte, und dann nur mit kaum verhohlener Ehrfurcht.

Die Herrin Nefertem. Sie war die Herrin dieses Hauses gewesen, als es noch in ägyptischer Hand war, verheiratet mit seinem Herrn, der in einer Rebellion gegen König Apophis gefallen war. Man hatte sie versklavt, wie es sich gehörte, aber diese Tatsache war nie bis in ihr Bewusstsein vorgedrungen. Sie hatte ihr Haus, ihre Stellung, ihre Diener behalten.

Khayans Vater war kein Schwächling gewesen, aber er hatte eine Schwäche für starke Frauen gehabt. Und für schöne Frauen. Khayan erinnerte sich nur zu gut an das Gesicht, das sie ihm im trüben Licht dieses Krankenzimmers zugewandt hatte, seine Elfenbeinblässe, die Züge so rein und klar wie in weißen Stein geschnitten. Solche Schönheit, solche Vollendung hatte er zuvor nie erblickt. Sie kannte sich selbst vollkommen, akzeptierte sich vollständig. Sie gab sich nicht einmal die Mühe, eitel zu sein.

Khayan betrachtete es nicht als angemessen für einen Herrn seines Volkes, in einem Haus zu leben, das immer noch halb in ägyptischer Hand war. Besonders da, wenn man gewissen Berichten vertrauen konnte, die Wunde der Rebellion wieder aufgelebt waren. Es genügte, dass der Verwalter der Ländereien ein Eingeborener war: Diese Position brauchte jemanden, der die Sprache sprach und der die Sklaven und Diener und Bauern auf den Feldern dazu bringen konnte, für den Herrn zu arbeiten. Aber es war nicht notwendig, auch noch hinzunehmen, dass das Frauenhaus ein Außenposten des Feindes blieb.

Daher wandte Khayan sich also nach seiner morgendlichen Ausfahrt und vor seinem Nachmittag in der Gerichtshalle dem Frauenhaus zu.

Man hielt ihn nicht auf, nicht mehr als an seinem ersten Tag. Aber diesmal war sein Kommen keine Überraschung. Er fand die Hallen offen, die Wachen unterwürfig. Und im Herzen dieses bunt bemalten und erstaunlich leeren Hauses fand er sie.

Sie saß in einem Sessel aus geschnitztem Elfenbein, ein Elfenbeinbildnis selbst, gehüllt in die durchsichtige Gaze, die ägyptische Frauen als Kleidung betrachteten. Ihre Perücke war streng in ihrer Einfachheit; glattes, schwarzes Haar rahmte ihr Gesicht, schimmerte in diesem Licht wie ein Edelstein. Man vergaß beinahe den Körper, der von dem Gewand kaum verborgen wurde, die Brüste mit ihren rosigen Spitzen, das dunkle Dreieck in der Biegung ihres Schoßes.

Beinahe. Jeder Fingerbreit von ihr war exquisit. Das Gesicht krönte es nur, glatt und kalt in seiner Perfektion.

Sie nahm ihn nicht zur Kenntnis, obwohl er direkt vor ihr stand und sie überragte. Er kam sich hier riesig vor, übergroß und ungelenk. Die Zofen duckten sich vor ihm, sie selbst jedoch schien ihn nicht zu sehen.

»Nefertem«, sagte er.

Der Klang ihres Namens sollte zumindest ein Aufflackern von Aufmerksamkeit bewirken, doch sie war nach wie vor in ihrer eigenen, seltsamen Welt versunken.

Dann tat er etwas, das er nie getan hätte, wenn sie auch nur den Eindruck erweckt hätte, sich seiner im Geringsten bewusst zu sein: Er streckte die Hand aus, legte sie unter ihr Kinn und drückte es nach oben. Es bewegte sich wie ein Kinderspielzeug, mit leblosem Gehorsam. Die Augen, in der er nun sah, waren starr. Sie war so leb- und seelenlos, als wäre sie aus Stein gemeißelt.

Abermals – hätte sie lebendig gewirkt, hätte er nicht getan, was er nun tat. Er hob sie aus ihrem Sessel, sie leistete keine Widerstand. Ihre Zofen flohen kreischend, nicht eine versuchte, ihn aufzuhalten.

In all diesen Häusern gab es einen Raum hinter jenem und ein Bett auf einem Podest, mit Schleiern drapiert. Er legte sie darauf. Sie versuchte nicht, sich zu schützen, blieb einfach liegen, wie er sie abgelegt hatte. Davon einmal abgesehen, dass ihre Haut warm war und ihre Brust sich hob und senkte, wenn sie atmete, hätte sie tot sein können.

Khayan beugte sich in einer Art Verzweiflung über sie. Ein echter Mann seines Volkes hätte sie nun genommen, sie genommen und gemeistert und sich selbst zum wahren Herrn dieses Ortes gemacht.

Khayan war der Sohn seiner Mutter. Er war im Osten aufgewachsen, bei einem Stamm, den Frauen regierten. Er konnte eine Frau auf solche Art nicht nehmen.

Beinahe hätte er sich abgewandt und wäre davongelaufen – er wäre geflüchtet, um ganz ehrlich zu sein. Aber er hatte seine eigene Art von Störrischkeit. Eine Vergewaltigung – das würde er, konnte er nicht über sich bringen.

Also sollte es keine Vergewaltigung sein.

Langsam und entschlossen zog er Gewand und Lendenschurz aus. Sie regte sich nicht. Er widerstand der Versuchung, sie ein wenig hin- und herzuschieben, um es ihr bequemer zu machen.

Er legte sich nackt neben sie. Er war sich heftig, beinahe schmerzlich seiner Größe, seiner Breite, seines schwarzen, lockigen Haares bewusst – alles so fremd gegenüber dieser elfenbeinernen Schlankheit. Was immer sie von ihm dachte, falls sie überhaupt etwas dachte, sie ließ sich nichts davon anmerken.

Nun, sein Vater hatte sie genommen, das hatte man ihm klargemacht. Sie musste kalt wie ein Fisch gewesen sein, aber der alte Mann hatte keine so närrischen Skrupel gehabt wie Khayan jetzt.

Khayan würde sie ebenfalls nehmen, aber so wie es ihm am besten passte. Sanft, kaum wahrnehmbar fuhr er mit der Hand über diesen starren und flach atmenden Körper. Sie bebte nicht. Er zog die Hand nicht zurück, sondern streichelte sie, als wäre sie ein Fohlen, das er zähmen wollte, wieder und wieder, sanft, beständig und unnachgiebig.

Wie weit der Geist einer Frau auch wandern mochte, ihr Körper konnte die Beständigkeit seiner Berührung nicht ignorieren. Ihre Haut wurde unter dem Hauch von Gaze wärmer, ihre Brustwarzen wurden fest. Ging ihr Atem schneller? Er war sich nicht ganz sicher.

Er beugte sich über sie. Sie war so distanziert wie eh und je.

An ihrer Perücke hatte sich nichts gerührt. Oder war es vielleicht ihr eigenes, schimmerndes schwarzes Haar?

Die Schminke maskierte ihr Gesicht auf seltsame Art: Sie ließ ihre Augen lang gezogen und fremd wirken, zog ihre Lippen in einen vollendeten Bogen. Es war, als küsste man eine bemalte Statue, und dennoch fühlte sie sich darunter warm an. »Herrin«, sagte er in seiner eigenen Sprache leise. »Herrin, du bist schön.«

Schönheit ohne Leben, ohne lebendige Reaktion. Er würde sie zum Reagieren bringen, das schwor er sich. Sie würde aufwachen und ihn sehen und ihn als ihren Herrn erkennen.

Arroganz. Plötzlich lachte er, ließ sich auf das Bett neben sie sinken, stützte sich auf einen Ellbogen und sagte, als erwarte er eine Antwort: »Mein Vater hat dich nie angerührt, nicht wahr?«

Zu seinem Erstaunen erwiderte sie: »Er hat es nie gewagt.«

»So bist du also doch kein lebloses Ding.«

Sie regte sich nicht, sah ihn auch nicht an, aber ihre Worte waren deutlich. »Ihr werdet die zwei Länder nie beherrschen.«

»Ich wäre damit zufrieden, dich zu beherrschen.«

»Du kannst es versuchen«, sagte sie.

»Hat er auch mit dir gesprochen?«

»In seiner eigenen Sprache«, erwiderte sie.

»Hast du geantwortet?«

»Manchmal.«

»Tut es dir Leid, dass ich dich verstehen kann?«

»Sie sagen, du wärst weit weg gewesen, bei einem Volk, das wir nicht kennen. Wo hast du die Sprache des einen wahren Volkes gelernt?«

»Ich bin in Memphis geboren«, gestand er. »Meine Kinderfrau war Ägypterin.«

»Eine Schande«, sagte sie.

»Es hat mich korrumpiert«, erwiderte er.

Wie seltsam, hier nackt neben der schönsten Frau zu liegen, die er in seinem Leben gesehen hatte, und sie regte sich nicht, kein bisschen, es sei denn, um mit dieser leisen, klaren Stimme zu sprechen. Er hatte aus der einen oder anderen Bemerkung geschlossen, dass ihre Schönheit einen Geist von nicht sonderlicher

Schnelligkeit und Auffassungsgabe maskierte. Während er hier lag und ihr zuhörte, bezweifelte er das eher. Es war kein Geist wie andere – aber er war auf seine Weise scharf genug.

Plötzlich bewegte sie sich und überraschte ihn damit. Sie hob sich über ihn, ein wenig, wie er es zuvor bei ihr getan hatte. Ihr Haar hing herab, direkt über seinen Wangen. Ihre weißen Brüste schaukelten, und ihre Augen glitzerten wie die Augen der Kobra, die diesem Volk heilig war.

Die Kobra war eine Göttin, geschützt wie ihr Volk. Einige verschlang sie – aber so waren Götter eben manchmal.

Herrin Nefertem fuhr mit langen, bemalten Nägeln über seine Wangen, seine Kehle, seine Brust. Er lag vollkommen reglos da.

Sie küsste ihn. Ihr Kuss war Feuer. Es gab Lieder über solche Dinge, doch er hatte nie daran geglaubt. Küsse waren feucht, warm und – ja, erregend. Aber Feuer?

Das hier war Feuer. Es flackerte mit einem Gefühl über seine Glieder, das dem Schmerz nahe kam. Es ließ seine Rute so plötzlich heftig aufspringen, dass er keuchte.

Sie schloss die Finger darum. Bänder erhitzter Bronze hielten ihn fest, nicht zu fest, aber mit einem Hauch, mit einem Schimmer grausamer Kraft.

Sie lächelte. Ihr Lächeln war süß, distanziert und mehr als nur ein wenig verrückt. »Wer ist hier der Herr?«, fragte sie ihn.

»Du selbstverständlich«, erklärte er, und nicht sonderlich unwillig. »Aber da draußen, wo die Welt es sehen kann, bin ich das. Und um dieser Welt willen kann ich dich nicht in diesem Haus herrschen lassen. Ich hoffe, das verstehst du.«

»Was gibt es da zu verstehen?« Ihre Finger schlossen sich fester um seine Rute. Er biss die Zähne zusammen. Sie begann ihn zu streicheln, langsam, kunstfertig, und fand jeden einzelnen Punkt, der Vergnügen oder Schmerz verursachte.

»Du bist nicht mein Herr«, sagte sie. »Ihr seid keine Herren in den Zwei Ländern. Wir werden euch hinauswerfen, Fremder: dich und all die deinen.«

»Dafür könnte ich dich töten lassen«, sagte er, genauer gesagt keuchte er es, denn sie tat wunderbare, schreckliche Dinge mit diesen kundigen Fingern.

Sie lachte. Es war echtes Lachen, süß und quälend rein. »Du? Du könntest nie einer Frau wehtun.«

»Aber einige meiner Männer könnten es.«

»Sicher«, erwiderte sie. »Doch du würdest sie niemals auf mich hetzen. Du hast ein weiches Herz, Fremder. Du hast keine Grausamkeit in dir.«

»Das kannst du nicht wissen.«

»Ich kenne dich sehr gut«, sagte sie. Sie streichelte und streichelte weiter, ließ ihn schaudern, bis er beinahe in Zuckungen verfiel – immer gerade am Rand eines Ausbruchs, aber niemals darüber hinweg.

Eine Frau konnte in gewisser Weise immer noch denken, selbst inmitten dieses ältesten der Tänze. Mit dem wenigen, was von seinem Geist übrig geblieben war, bedauerte Khayan zumindest diesen Teil des Mannseins. Er war vollkommen in der Gewalt dieser Frau, und das wusste sie.

Vielleicht glaubte sie, ihn so brechen zu können. Wäre er wie andere Männer seines Volkes gewesen, wäre ihr das vielleicht gelungen. Aber er war der Sohn seiner Mutter, hatte diese Künste in den Armen von Frauen gelernt, die erfahrener und kaltherziger waren, als Nefertem jemals sein könnte. Wie sie ihn gelehrt hatten, ergab er sich; er ließ sich beherrschen. So schützte er seinen Geist, so sorgte er dafür, dass sein Herz ganz blieb, obwohl sie mit seinem Körper tat, was sie wollte.

Endlich ließ sie ihn gehen – eine Erleichterung, so willkommen, dass er laut stöhnte. Sie lachte über ihn, ein angenehmes Lachen wie fließendes Wasser.

Er verblüffte sie: Er lachte mit ihr. Sie schwieg und starrte ihn an. Er wäre jetzt liebend gern eingeschlafen, aber das wäre nicht klug gewesen. Also erhob er sich ein wenig taumelnd, hoffte, dass sie es nicht bemerkte, und lächelte sie an. »Du bist recht geschickt«, sagte er. »Für eine Ägypterin.«

Er suchte seine Sachen zusammen, zog sich an und ließ sie einfach stehen. Er wusste nicht, was sie dachte, und es interessierte ihn auch nicht sonderlich.

18

Nachdem Khayan gebadet und frische Kleidung angelegt hatte, zitierte er Teti, den Verwalter, herbei. Der Mann kam rasch, wie zu erwarten war: Er hatte zweifellos mit den anderen in der Gerichtshalle darauf gewartet, dass Khayan mit den Entscheidungen dieses Tages begann. Das würde er auch tun, selbstverständlich. Aber zunächst gab es für seinen Verwalter etwas zu tun.

Teti war selbst für einen Ägypter recht klein. Anders als manche, die wirkten, als wären sie in der Wüstenhitze getrocknet und geschrumpft, bis nach ihrem Tod für die Balsamierer kaum etwas übrig sein würde, war er allerdings rundlich mit einem ordentlichen Bauch und breiten Ochsenschultern. Er bewegte sich mit Autorität und hielt sich wie jemand, der etwas zu sagen hatte.

Tatsächlich herrschte in diesem Haus ein erstaunlicher Mangel an Unterwürfigkeit. Die Ägypter nannten es das Haus der Aufgehenden Sonne, ein großartiger Name für das Anwesen eines unwichtigen Adligen. Die Leute, die hier lebten, benahmen sich allerdings, als ob sie es wirklich glaubten.

Khayan saß auf dem Sessel, den er sich angeeignet hatte, gab sich vollkommen entspannt und betrachtete den Verwalter der Aufgehenden Sonne. Der Verwalter wartete geduldig. Er hatte nun drei Herren gedient, zwei von ihnen Fremde, und er war immer noch am Leben und unverletzt und waltete seines Amtes. Er hatte die Tugend des Schweigens gelernt.

»Teti«, begann Khayan. »Du wirst etwas für mich tun.«

Der Verwalter neigte den Kopf unter der schweren Perücke. Sein Kragen glitzerte. Es war ein massives Ding aus Perlen in blau, weiß, grün und rot, und hier und da blitzte Gold auf.

»Du wirst«, sagte Khayan, »diese Frau namens Nefertem zu meiner Mutter führen. Du wirst meiner Mutter sagen, Nefertem sei ein Geschenk, mit dem sie machen kann, was sie will.«

Teti war schon vorher reglos gewesen, aber nicht so starr wie jetzt. Seine Wangen waren grau. Khayan wusste genau, was seine Schwierigkeiten waren. Er war ein Diener seines Herrn, hatte diese Herrschaft akzeptiert und war daher in Gehorsam an ihn gebunden. Und dennoch war da eine ältere Loyalität und eine tiefe Ehrfurcht.

Khayan hatte nicht vor, ihm das zu ersparen. Ein Herr konnte kein Herr sein, wenn seine Leute nicht gehorchten. Das hatte er von Kindheit an gelernt.

»Geh«, sagte er. »Kümmere dich darum.«

Teti verbeugte sich abermals so tief, dass Khayan sein Gesicht nicht mehr sehen konnte. Er verließ den Raum rückwärts, wie die Audienzhalle eines Königs.

Khayan dachte kurz darüber nach, ob er seine eigenen Männer mitschicken sollte, um dafür zu sorgen, dass der Ägypter gehorchte. Aber das wäre ein Eingeständnis von Schwäche. Stattdessen stand er auf, reckte sich und machte sich daran, über die anfallenden Streitigkeiten zu entscheiden.

Teti kam in die Halle, als Khayan mitten in einer langwierigen, lästigen und zutiefst verwirrenden Debatte zwischen zwei Bauern über den Wert eines Ochsen steckte. Dabei gehörte ihnen der Ochse nicht einmal, sie teilten ihn mit einem dritten Bauern, der ebenfalls anwesend, aber nicht in den Streit verwickelt war. Soweit Khayan verstand, waren sie vollkommen einer Meinung, was die Nutzung des Tieres zu welcher Zeit und welchem Zweck anging. Der Streit schien etwas damit zu tun zu haben, wer den Ochsen füttern und wer seinen Stall reparieren sollte, der ein neues Dach brauchte. Aber daran hingen noch eine gewaltige Anzahl anderer Dinge, von der Ehe der Tochter des einen Mannes bis zur Bosheit der Frau ihres Nachbarn.

Khayan hätte am liebsten alles abgebrochen, die Streithähne nach Hause geschickt und sich angehört, was Teti zu sagen hatte. Aber so etwas tat ein Herr nicht. Solange die Streitenden weiterredeten, müsste er sie anhören; erst dann müsste er so gut wie möglich entscheiden.

Teti hatte seinen angemessenen Platz – neben und ein wenig hinter Khayans Sessel – eingenommen, was ihn aus Khayans Blickfeld brachte. Khayan konnte ihn dort spüren, seine Wärme, das leise Zischen seines Atems.

Der Streit ging weiter und weiter. Das Teilen des Ochsen und die Dachreparatur hatte dazu geführt, dass die Tochter eines der Bauern erst später heiraten konnte. Warum das so war, wurde immer noch nicht vollkommen klar. Es sah so aus, als hätte sie nicht heiraten wollen, während ihr Vater einen Streit mit dem Onkel ihres Zukünftigen hatte. Khayan bekam Kopfschmerzen. Dies war eine erstaunlich blutlose Fehde, aber sie war auch bemerkenswert kompliziert. Und die Schatten marschierten über den Boden der Halle, wurden länger und länger. Er glaubte, einen Hauch von Küchengeruch wahrzunehmen: Fleisch wurde gebraten und Brot gebacken, für die Abendmahlzeit.

Als das Licht endlich zum sanfteren Gold des Sonnenuntergangs überging, schlug Khayan mit dem Stock auf den Boden. Die Streitenden ließen kaum nach. Er erhob sich. Er hob nicht die Stimme, sorgte aber dafür, dass man ihn hören konnte. »Ich habe genug gehört.«

Er hielt den Atem an. Sie hätten ihn jetzt einfach ignorieren können. Aber etwas in seiner Stimme bewirkte, dass sie schwiegen, sich ihm alle zuwandten und ihn anstarrten. Langsam atmete er aus. »Also gut«, sagte er. »Ihr werdet den Ochsen weiter entsprechend der alten Übereinkunft teilen. Ihr werdet ihn an abwechselnden Tagen füttern. Ihr werdet beide den Stall reparieren. Und«, fügte er hinzu, »eure Kinder werden am nächsten Tag, für den gute Vorzeichen bestehen, heiraten.«

»Aber das wäre morgen!«, keuchte einer von ihnen – der Vater des Mädchens, wenn Khayan sich recht erinnerte.

Khayan lächelte. »Dann solltet ihr euch lieber beeilen, nicht wahr?«

Damit war er sie alle los. Und die anderen mussten einen weiteren Tag warten; es war viel zu spät, sie noch anzuhören. Khayan winkte Teti zu sich. »Komm«, sagte er. Den Rest ließ er zurück, alle bis auf einen seiner jungen Kämpfer, der ihm als Leibwache diente.

An den meisten Tagen wäre Khayan zurück in seine Räume gegangen, um sich für die Abendmahlzeit vorzubereiten, aber im Augenblick hatte er genug von Dächern und Mauern. Stattdessen ging er in den Stall.

Das war vielleicht nicht die klügste Wahl, solange er sich in Begleitung eines Ägypters befand – sie hassten bekanntlich Pferde und hatten eine unvernünftige Angst vor ihnen –, aber Khayans Stimmung war zu gereizt, als dass es ihn gekümmert hätte. Hier, in den offenen, sandigen Höfen, im Duft von Pferden und Heu, konnte er atmen und denken.

Er ging zu seinen eigenen Tieren, den Falben, die er gezüchtet und aufgezogen und selbst als Zugpferde eingebrochen hatte. Sie wieherten, als sie ihn sahen, drängten sich ihm entgegnen, um den Gerstenkuchen zu fressen, den er mitgebracht hatte. Er zupfte die Mähnen über der Stirn, rieb Nasen, murmelte unsinnige Worte in Ohren, die sich zu seinen Worten hin spitzten. Die Sprache, in denen er mit ihnen redete, war die Sprache eines älteren Volkes als das seines Vaters, die Sprache der östlichen Stämme.

Beinahe hätte er den Ägypter vergessen, der unruhig in der Tür stand und zitterte, wenn die Pferde ihn ansahen, aber dennoch ergeben auf seinen Herrn wartete. Er drehte sich einen Augenblick lang um und sah sich, wie ein Ägypter ihn sehen musste: umgeben von monströsen Geschöpfen und beinahe von ihnen überwältigt.

Die Vorstellung ließ ihn lächeln. »Erzähle«, forderte er ihn auf, freundlicher, als er es vielleicht getan hätte, wenn sie nicht allein gewesen wären. »Ist sie widerstandslos gegangen?«

Teti hatte die Lippen angespannt. Er war zornig, und er sorgte dafür, dass Khayan das erfuhr. »Ja, Herr«, sagte er. »Sie ist widerstandslos gegangen.«

»Erzähle weiter«, drängte Khayan.

Ein zurückhaltender Mann hätte einfach den Mund geschlossen und sich geweigert, aber Teti war solche Zurückhaltung nicht gegeben. Er hasste es, mit diesem Fremden zu sprechen, das machte er deutlich, aber er sprach. »Sie hat nicht protestiert«, sagte er. »Sie neigte den Kopf und tat, was du ihr durch mich befohlen hast.«

»Und als ihr zu meiner Mutter kamt?«

»Ich bin nicht hineingegangen«, erklärte Teti ernst. »Ich habe sie mit den Wachen deiner Mutter weitergeschickt.«

Khayan biss kurz die Zähne zusammen. Aha – Rache. Es war kleinlich, aber sie musste süß gewesen sein.

Sollte er sie genießen. Khayan würde später ins Frauenhaus gehen und sehen, wie diese hochmütige Dame sich unter Frauen ihrer eigenen Art fühlte, wenn sie auch nicht ihrem Stamm und ihrem Volk angehörten.

»Das hast du gut gemacht«, sagte Khayan zu Teti. »Du darfst gehen.«

Der Mann zog sich mit sichtlicher Erleichterung zurück. Khayan blieb noch in der Wärme der Zuneigung seiner Tiere. Mond hatte eine verfilzte Stelle in der Mähne, und Stern hatte sich den Fuß aufgeschnitten. Khayan kümmerte sich sorgfältig und ohne Hast um sie, einfach nur um der Freude willen, die ihm das brachte.

Aber er konnte nicht aufhören nachzudenken. Er war in diesem Land zur Welt gekommen, unter diesem ungeheuerlichen Himmel. Er liebte es, hatte sich in all den Jahren, in denen er nicht hier gewesen war, danach gesehnt, trotz aller Schönheit des Ostens, trotz allem, was seiner Mutter und ihren Müttern zuvor angeboren war. Als er nach Ägypten zurückgekommen war, hatte er vor Freude geweint.

Und das Volk dieses Landes hasste ihn und alle seiner Art. Sie waren jetzt hundert Jahre in Ägypten, und Ägypten hatte niemals vergeben, nie vergessen. Kein fremder König hatte je auf dem ägyptischen Thron gesessen, bis zu Salitis von den Retenu. Jeder König nach ihm war stets noch verhasster gewesen.

»Und dennoch haben wir uns hier niedergelassen«, sagte Khayan zu seinen Hengsten. »Wir haben hier Wurzeln geschlagen. Wir gehören hierher.«

Die Pferde, die im weiten Grasland des Ostens geboren waren, interessierte so etwas nicht. Pferde schlugen keine Wurzeln. Pferde gingen dorthin, wo die besten Weiden waren und wohin ihr Herr sie schickte. Die Weiden hier waren tatsächlich gut, und er war hier. Für die Pferde genügte das.

An diesem Abend ging Khayan nicht zu seiner Mutter, um sich danach zu erkundigen, wie es seinem Geschenk ergangen war. Sollten sie das miteinander ausmachen, dachte er, als er sich mit den Männern des Hauses zur Abendmahlzeit niederließ. Es gab heute Abend einen Gast, einen, der ihn mit Johlen und einer rippenquetschenden Umarmung grüßte.

»Iannek!«, rief Khayan, als er wieder sprechen konnte. »Wann bist du angekommen?«

Sein Bruder grinste ihn an. »Gerade eben«, sagte er, »und ja, der König hat mich gehen lassen. Er hatte genug von meinem Gejammer, sagte er. Er meinte, ich solle an einen Ort gehen, wo ich wieder lächeln lerne.«

»Hier?«

Khayan hatte offenbar zweifelnder geklungen, als er selbst wusste. Iannek schlug ihm auf die Schulter – nicht gerade sanft – und lachte. »Was kann ich sagen, Bruder? Mir hat eben deine ernste Miene gefehlt, dieser mürrische Blick, dein –«

»Also«, meinte Khayan, »welche war es diesmal?«

Ianneks Miene verriet ihn, noch während er sagte: »Welche was? Wie kommst du darauf, es hätte etwas mit einer Frau zu tun?«

»Weil ich dich kenne«, sagte Khayan, »wenn du ihn die Hälfte der Zeit drinlassen könntest, wärest du ein viel glücklicherer Mann.«

»Ich würde besser schlafen«, gab Iannek zu. »Aber glücklicher? Nein, Bruder, bestimmt nicht.«

»Wer war sie also?« Iannek senkte den Kopf und murmelte leise vor sich hin, aber Khayan hatte gute Ohren. »Prinz Kastans siebte Frau. Aber«, fügte er rasch hinzu, »er hatte sie seit der Hochzeit nicht einmal angesehen, und seine anderen Frauen waren grausam zu ihr und –«

»Du hast dem Lieblingsbruder des Königs Hörner aufgesetzt?« Khayan konnte nicht behaupten, dass es ihn überraschte. Seine Überraschung galt anderem: »Und man hat dir gestattet, dich unverletzt davonzumachen?«

»Nun«, meinte Iannek. »Ich bin ziemlich schnell verschwunden. Wenn du verstehst, was ich meine.«

»Man hat dir nahe gelegt, zu verschwinden, während der König noch so tat, als wisse er von nichts«, sagte Khayan seufzend. »Er muss dich gern haben. So etwas würde er von einem anderen nicht hinnehmen.«

»Das macht mein reizendes Lächeln«, sagte Iannek. »Er sagte, es erinnerte ihn an ihn selbst, als er noch jung war.«

»So schlimm war er nie«, knurrte Khayan. »Er hat dich also auf mich gehetzt. Was soll ich mit dir tun, außer dir die Flügel stutzen?«

Iannek zuckte mit den Achseln. »Mich ignorieren? Ich werde mich benehmen.«

»Schwöre es.«

»Nun«, meinte Iannek, »ich versuche es.«

»Schwöre«, sagte Khayan.

Iannek wand sich und murmelte vor sich hin, aber Khayan gab nicht nach. Endlich sagte der junge Narr: »Ich schwöre.«

»Gut«, erwiderte Khayan, zweifellos zur Erleichterung seines Bruders. »Komm, das Abendessen ist fertig. Setz dich zu mir und erzähl mir all den Klatsch vom Hof.«

Iannek warf ihm einen Seitenblick zu, vielleicht auf der Suche nach weiteren Anzeichen herrschaftlicher Strenge, vielleicht ungläubig, dass ausgerechnet Khayan sich für Hofklatsch interessierte. Khayan interessierte sich auch tatsächlich nicht dafür, aber jeder Adlige musste wissen, wer in der Nähe des Königs mit wem stritt. So viel hatte er gelernt, als er selbst bei Hof gewesen war.

Was immer er von der Sache hielt, Iannek hatte nichts dagegen, Rinder- und Entenbraten zu teilen und über diese und jene Fehde, Allianzen und Heiraten zu berichten, über einen jungen Hitzkopf, der bei einem Messerkampf in den Straßen von Avaris umgekommen war, und darüber, dass nun die Hälfte der anderen jungen Heißsporne bei Hof versuchte, seinem Beispiel zu folgen.

»Wunderbar«, sagte Khayan dazu. »Dann bringen sie sich gegenseitig um, und wir brauchen uns die Mühe nicht zu machen.«

»O nein«, sagte Iannek. »Sie bringen sich nicht gegenseitig um, sondern jagen Ägypter. Es waren Ägypter, die Samiel getötet haben. Also sind jetzt alle auf Rache aus.«

»Ich bin überrascht, dass sie nicht in ihren eigenen Dörfern jagen«, meinte Khayan trocken.

»Oh, das tun sie ebenfalls«, fuhr Iannek fort. »Aber die meisten gehen in die Städte oder sogar nach Memphis. Einige von ihnen bringen die rechten Hände derer, die sie getötet haben, zurück, wie die altägyptischen Krieger.«

»Was, nicht auch ihre Ruten?«

Iannek starrte ihn an.

Khayan schüttelte den Kopf. »Dann müssen sie alle so dumm sein wie du. Die alten Ägypter brachten die rechte Hand und die Rute mit nach Hause, damit ihr König wusste, dass sie tatsächlich einen Mann und keine Frau getötet hatten.«

»Das ist barbarisch«, sagte Iannek.

»Ja«, erwiderte Khayan.

Iannek war solcher Subtilität und Ironie gegenüber immun. »Nun, heute genügt eine Hand. Es ist in einigen Kreisen zur Mode geworden. Nicht in meinen«, fügte er rasch hinzu. »Ich habe nichts für Menschenjagden übrig.«

»Das ist gut«, sagte Khayan. »Ich auch nicht. Krieg ist eine Sache. Aber so etwas – die Ägypter hassen uns schon genug. Das hier wird sie zur Rebellion treiben.«

»Ach«, sagte Iannek und legt den Kopf schief. »Rebellion. Sie rebellieren doch immer. Und wir schlagen sie jedes Mal nieder. Selbst, als sie Avaris eingenommen hatten. Und diese Sache hier könnte uns einen netten Krieg einbringen.«

Khayan schüttelte den Kopf. Es hatte keinen Zweck, sich mit einem so schlichten Gemüt zu streiten. Er kümmerte sich um Becher und Teller, während Iannek weiterschwatzte und sich zum Glück von den Geschichten von den Ägyptern, die man wie Tiere jagte, wieder auf den sicheren Boden einer weiteren Familienfehde begab.

Khayans Männer waren tatsächlich nicht sonderlich älter als das Rudel junger Rabauken, mit dem Iannek es sonst zu tun hatte, aber sie waren im Vergleich dazu schrecklich langweilig. Khayan hatte sie wegen ihrer Nüchternheit und Selbstdisziplin ausgewählt – das waren seltene Tugenden für einen jungen Reiter –, und wegen ihrer Fähigkeiten im Umgang mit Pferden. Wenn er seine Herden vergrößern wollte – noch dazu auf ägyptischem Land, mit so viel ägyptischen Arbeitskräften wie möglich –, brauchte er Männer, die sich beherrschen konnten.

Was allerdings nicht auf Ianneks Gefolge zutraf. Die meisten hatten sich nach allem, was Khayan herausfinden konnte, dem jungen Mann um des Spaßes willen angeschlossen, oder weil sie ebenso wie er Grund hatten, sich eine Weile aus der Königsstadt abzusetzen. Sie waren eine ruhelose, streitsüchtige Bande, faul und immer auf der Suche nach Ärger.

Als sie entdeckten, dass sie sich den Wein nicht einfach nehmen konnten und das Bier an der Küchentür von einer hoch gewachsenen, humorlosen Person ausgegeben wurde, die sich von keiner Drohung einschüchtern ließ und von keinem Flehen zu erweichen war, heulten sie wie Hunde. Sie versuchten tatsächlich, die Vorratshäuser zu stürmen – nur, um sich grimmigen Männern und spitzen Speeren gegenüberzufinden.

Keine Dienerin war vor ihnen sicher. Khayan hatte, sobald Iannek sich im Haus niedergelassen hatte, dafür gesorgt, dass die Frauen über Nacht im Haus seiner Mutter untergebracht wurden, aber diese jungen Wüstlinge waren von morgens bis abends hinter ihnen her. Es verging nicht eine einzige Stunde, wo er nicht ein Schreien und das Geräusch eines Handgemenges hörte und sah, wie eine zerzauste Frau vor einem brüllenden jungen Mann davonrannte. Oder er bog um eine Ecke und fiel über ein Paar, das es willig miteinander trieb, sie so gut wie er. So etwas versuchte er nicht aufzuhalten, aber die anderen Vorfälle ärgerten ihn manchmal doch sehr.

Er musste in diesem Haus Ordnung schaffen, wenn er es weiterhin beherrschen wollte. Und hatte er nicht dasselbe von Herrin Nefertem gedacht? Er hatte sich kaum um sie gekümmert, seit diese neue Seuche ihn überfallen hatte.

Vielleicht hatte sie ihn ja verflucht. Ägypter waren Meister der Magie, so hieß es jedenfalls. Nicht, dass Khayan selbst jemals etwas Erstaunlicheres als einen Scharlatan gesehen hatte, der auf dem Markt von Memphis Stöcke in Schlangen und Wasser in Wein verwandelte. Dennoch, er war noch nicht in den Tempeln gewesen und hatte nicht die großen Rituale gesehen, von denen die Menschen nur im Flüsterton sprachen. Wer wusste schon, wozu diese Frau im Stande war? Ihre Willenskraft war so bemerkenswert wie ihre Schönheit, und sie hasste sein Volk inbrünstig.

Wenn das wirklich so war, dann lachte sie jetzt über ihn. Er konnte diese dummen Jungen nicht zu seiner Mutter schicken, ganz gleich, wie sehr ihn der Gedanke reizte. Er konnte sie wegschicken – aber Iannek war sein Bruder und als Oberhaupt der Familie musste er diese Bürde ertragen.

Irgendwie würde er es schon schaffen. Er dachte darüber nach, als er sich auf seine morgendliche Ausfahrt machte – waren es tatsächlich erst ein paar Tage her, seit er mit seiner Mutter gesprochen hatte? Es kam ihm viel länger vor. Er beabsichtigte, an den Pferdeweiden vorbei zur Ostgrenze seines Besitzes zu fahren und sich das Dorf anzusehen, das zwischen seinem Landsitz und dem benachbarten lag, der immer noch einem Ägypter gehörte. Dieser Mann hielt sich zurück, hatte man Khayan berichtet, verärgerte niemanden, suchte aber auch nicht die Gesellschaft seiner Oberherren. Es hieß, er hätte schöne Töchter und noch schönere Söhne, und sie lebten alle so abgeschlossen von der Welt wie königliche Damen.

Eines Tages würde Khayan diesen Mann besuchen und sehen, ob diese Geschichten der Wahrheit entsprachen. Vielleicht morgen, falls er sein Haus bis dahin nicht besser geordnet hatte. Er könnte sich sogar, dachte er ein wenig verzweifelt, dem Nachbarn für einen oder drei Tage aufdrängen und seine Gastfreundschaft auf eine ebenso harte Prüfung stellen wie das Gefolge seines Bruders es mit der seinen tat.

Aber nicht an diesem Morgen. Er war allein bis auf zwei Wachen, die ihm in einem zweiten Wagen folgten. Selbst hinter dem Tor konnte er noch hören, wie der Aufruhr des Tages begann: erhobene Stimmen, Männer, die nach Wein brüllten, Fetzen betrunkenen Gegröles, die von der Nacht zuvor übrig geblieben waren, und das Kreischen von Frauen, auf die man offenbar einen hungrigen Pöbelhaufen losgelassen hatte. Er hätte beinahe gewendet, aber die nächste Stimme klang wie die des Hauptmanns seiner Wache, ein wunderbares Brüllen, das Khayan laut lachen ließ. Aha, sie hatten sich also auf Bashans Frau gestürzt. Das war nicht klug von ihnen, überhaupt nicht.

Und nun würde er eine Weile frei sein. Er spähte über die Schultern zu seinen Wachen hin. Sie sahen aus, als wären sie ebenso froh wie er, dem Aufruhr entgangen zu sein. Er grinste, sie grinsten zurück. »Um die Wette?«, rief er.

Sie lachten beide. Melech, der Wagenlenker, trieb die schönen, kräftigen Füchse an, sein Bruder Daleth klammerte sich an die Seite des Wagens und johlte.

Schon war Khayan ein wenig zurückgefallen. Stern schüttelte den Kopf und schnaubte. Mond wieherte zornig, denn er verlor ungern ein Rennen. Khayan ließ sie rennen und stützte sich besser ab. Sie begannen zu galoppieren.

Der Wind peitschte sein Gesicht, der Sand stach, doch er lachte über den Schmerz. Sein Haar flatterte hinter ihm her. Sein Hemd wurde an den Körper gedrückt, so fest wie die Umarmung einer Frau. »Schneller«, sang er seinen Hengsten zu, seinen goldfarbenen Schönheiten mit den schwarzen Mähnen. »Schneller!« Sie griffen weiter aus.

Melechs Fuchsstuten waren flach am Boden und galoppierten so schnell sie konnten. Khayans Falben bewegten sich immer noch lässig. Er zügelte sie ein wenig, kam auf die gleiche Höhe mit den Stuten, obwohl Mond protestierte. »Noch nicht«, rief er ihnen zu. »Noch … nicht.«

Der Hügel lag immer noch vor ihnen, diese lang gezogene, niedrige Erhöhung, die das Haus und das dazugehörige Land von den andren Feldern trennte. Erst als sie an den Hang kamen, ließ er die Zügel wieder gehen. Mond musste nicht angespornt werden, und sein Gefährte war derselben Ansicht. Sie waren gegen Melechs Füchse angerannt, nun rannten sie mit dem Wind um die Wette.

Sie überquerten den Hügel weit vor den anderen und waren immer noch frisch genug, um heftig zu protestieren, als er sie wieder zügelte. Aber Khayan wusste, was er tat. Sie hatten immer noch einen weiten Weg vor sich, wenn sie ihr Ziel erreichen wollten. Er brachte die Falben in einen unruhigen Schritt und sprach beruhigend auf sie ein, wenn sie es auch nicht so recht akzeptieren wollten; sie waren zu aufgeregt dafür.

Um langsamer zu werden, hatte er gewendet und war ein Stück über den Hügelkamm gefahren. Als die Pferde endlich im Schritt gingen, wendete er abermals und fuhr ein Stück hügelabwärts.

Unter sich sah er die Herden, all seine Pferde – jene, die er von seinem Vater geerbt hatte, seine eigenen Erwerbungen seit seiner Rückkehr nach Ägypten, und am schönsten von allen, wenn auch am wenigsten zahlreich, jene, die er wie seine Falben aus dem Westen mitgebracht hatte.

Die meisten von ihnen waren ebenfalls Falben, Braune und Rappen. Aber die Herde der Stute war ganz in ihrer Nähe, alles Graue, vom dunklen Fohlen bis zur wolkenweißen Königin. Khayan konnte sie nie ansehen, ohne sich an das Land zu erinnern, aus dem sie kamen: windgepeitschte Grasfelder, Hügel, die bis zum Sonnenaufgang wogten, mit dem Himmelsgewölbe darüber und dem Geist der Erdmutter, der durch sie atmete.

Diese dort waren die Kinder der Mutter, die Kinder der Pferdegöttin. Ihre Urmütter waren in der Morgendämmerung der Welt Fohlen gewesen. Es war immer noch seltsam, sie hier zu sehen, unter diesem Himmel, der nie ihresgleichen gesehen hatte, vor Göttern, die die Gesichter aller möglichen anderen Tiere hatten, aber nie die von Pferden.

Sie schienen zufrieden in diesem Land, in das sie hatten gehen wollen. Die Hitze machte ihnen offenbar wenig aus, obwohl ihre geringeren Verwandten hier häufig litten, krank wurden und starben. Die Sonne schien auf ihr helles Fell, und doch waren sie so kühl wie eh und je. Mit geblähten Nüstern holten sie tief Luft, obwohl diese Luft brannte, als käme sie aus einem Feuerofen. Ihre dunklen Augen spähten unbeeindruckt in die blendende Helligkeit. Sie glitzerten wie schimmerndes Metall oder wie Schnee auf den Berggipfeln, weit am Rand der Welt.

Ausschließlich in ihrer Herde grasten sie, bewegten sich langsam über das breite Feld. Mit der Zeit würden sie so zu dem Kanal kommen, den die Menschen vom Fluss abgezweigt hatten, damit diese Felder grün blieben. Dann würden sie trinken und weiterziehen.

Der Hengst war hinter ihnen, mit seinem kräftigen, weißen Hals und der wehenden Mähne. Er war schön; seine Damen mit ihren geblähten Bäuchen und ihrer weltmüden Haltung waren es weniger. Und dennoch konnte sich kein Pferdekenner, der einmal den Blick auf sie geworfen hatte, einfach wieder abwenden.

Sie kannten nicht ihresgleichen auf der Welt, und das wussten sie.

Endlich kam Melech mit seinen Füchsen auf gleiche Höhe mit Khayan. Khayan grüßte seine Wachen mit einem Nicken und sagte: »Daleth, komm her. Fahr meine Schönheiten auf die Straße zurück und warte hinter dem letzten Feld auf mich. Ich werde mich hier eine Weile umsehen.«

Die Brüder sahen einander an und verdrehten die Augen. Das war eine der Merkwürdigkeiten ihres Herrn, dass er hin und wieder gern zwischen seinen Pferden umherging, dabei aber nicht vergaß, was ein Wagen mit zwei Hengsten mit dem schwankenden Gleichgewicht der Völker innerhalb dieses Feldes anrichten konnte. Ein Mann zu Fuß allerdings, in einem Hemd aus fein gegerbtem Pferdeleder, der nach Pferden roch, beunruhigte nicht einmal die scheuesten Fohlen.

Zwischen den Pferden umherzugehen erfüllte Khayan mit einer tiefen Freude, die er nirgendwo sonst empfand. Die Pferde hoben die Köpfe, als er kam, schnupperten, schnaubten leise, hatten aber keine Angst. Die Jüngeren kamen zu ihm und auch ein paar der Älteren, damit er hier ein Ohr kraulte, dort einen Hals, eine Schulter. Es hatte Ähnlichkeiten mit einer königlichen Parade, aber Khayan war nicht arrogant genug, es so zu betrachten.

Die erwachsenen Kinder der Pferdegöttin erniedrigten sich nicht so weit, zu einem Mann zu kommen, für wie großartig er sich auch halten mochte. Ihre Fohlen waren weniger vorsichtig. Das Jüngste, ein hübsches Fohlen mit einem Stern auf der Stirn, wieherte schrill. Es führte die anderen in großem Angriffsgalopp heran. Khayan wartete furchtlos und von plötzlicher, durchdringender Freude erfüllt. Sie wirbelten um ihn herum, berührten ihn aber nicht, kreisten und kamen endlich zur Ruhe. Sie bliesen ihren warmen Atem in seine Hände, schoben ihre Hälse unter seine Arme. Sie knabberten oder taten so, als wollten sie es versuchen. Er lachte und schob sie weg.

Das Fohlen mit dem Stern war am nächsten und bedrängte ihn am ärgsten. Als Khayan sich endlich losriss, schlenderten die anderen davon, aber der kleine Hengst folgte. Wenn Khayan stehen blieb, sorgte das Tier dafür, dass Khayans Arm auf seinem Rücken ruhte. Es war ein sehr entschlossenes Fohlen.

Die Stuten beobachteten das alles mit klugen, dunklen Augen. Die Pferdegöttin war in ihnen allen. Aber sie, die am wahrhaft göttlichsten war, die zum Vollmond eines großen Jahres geboren war, eines Jahres voller Frauengeheimnisse, war nicht unter ihnen.

Immer noch gefolgt von dem Fohlen, obwohl dessen Mutter nach ihm rief, machte sich Khayan auf die Suche nach der Stute. Sie konnte doch nicht so schwer zu finden sein – ein mondfarbenes Fell unter all dem Schwarz und Grau und Rötlich-Braun, gefleckt wie der Mond und mit einer Mähne wie ein Wasserfall.

Er suchte lange in den Herden, die er hierher gebracht hatte, und über sie hinaus, und fand sie dennoch nicht. Erst als er sich beinahe schon verzweifelt abwenden wollte, als er den ganzen Weg zum Fluss zurückgelegt hatte, der nun fast seinen niedrigsten Stand hatte, entdeckte er sie. Das Gras hier war frischer als anderswo, weich und von lebhaftem Grün. Überall wuchsen Binsen und die Papyrusfächer, die die Ägypter so liebten. Vögel flatterten und zwitscherten im Dickicht; ein wenig flussabwärts tauchte ein Flusspferd auf, drehte sich und riss sein großes Maul zum Himmel auf.

Khayan war durstig, hätte aber niemals einfach so aus dem Fluss getrunken. Krankheitsdämonen lebten in diesem Wasser, und was für einen, der sich bückte, um zu trinken, noch schlimmer sein konnte: Krokodile lauerten auf Beute. Sie konnten mit einem einzigen raschen Sprung zuschnappen, einen Menschenkopf von den Schultern trennen, um den Körper dann den Geiern zu überlassen.

Er schüttelte den Kopf über diese morbiden Ideen, hatte er doch einen Wasserschlauch am Gürtel und klares Wasser darin. Er blieb stehen um zu trinken, in kleinen, vorsichtigen Schlucken, wie man es in der Wüste lernt. Obwohl er immer noch durstig war – dumm von ihm, in dieser grellen Sonne so weit zu gehen und den Wasserschlauch nicht anzurühren –, schloss er den Schlauch wieder, ohne ihn auch nur halb gelehrt zu haben. Er behielt den letzten Schluck auf der Zunge und genoss jeden rasch verschwindenden Tropfen.

Hinter einem hohen Papyrusdickicht bewegte sich etwas – etwas Helles. Der Instinkt eines Jägers veranlasste Khayan, reglos stehen zu bleiben. Dann näherte er sich langsam.

Dort war sie, hinter dem Dickicht, und graste im üppigen Gras. Sie war nicht allein.

Zuerst sah Khayan die Gestalt nicht, die im Schatten saß. Dann fühlte er sich an eine junge Hirschkuh erinnert, obwohl sie unmissverständlich menschlich war, denn wie die meisten jungen Ägypter gleich welchen Ranges ging sie so nackt umher, wie sie zur Welt gekommen war.

Sie erhob sich aus dem Gras, noch während er zusah, ging zur Stute und wand ihre Finger in die helle Mähne und lehnte sich an die kräftige Schulter, als hätte sie das schon viele Male zuvor getan. Was vermutlich auch der Fall war.

Sie war tatsächlich Ägypterin. Ihr schlanker, brauner Körper. Ihr gerades, schwarzes Haar, das auf der Stirn über den Brauen abgeschnitten war und dahinter schulterlang, ihre bemalten Augen und das schmale, spitze Gesicht – so etwas gab es nicht in einem östlichen Stamm. Und dennoch war sie hier, zusammen mit einem Pferd – mit der Stute –, als wäre sie dazu geboren.

Er stand direkt hinter dem Dickicht, aber sie bemerkte ihn immer noch nicht. Sie hatte sich halb von ihm abgewandt, auf die Stute konzentriert und flocht ihr Blüten in die Mähne. Das war etwas so typisch Weibliches, etwas, was nur eine junge Frau tun würde, dass Khayan sich auf die Lippen beißen musste, um nicht zu lachen.

Beinahe hätte das Fohlen ihn verraten, aber er glitt – wieder mit dem Instinkt des Jägers – gerade noch rechtzeitig in den Schutz des Dickichts zurück. Der kleine Hengst wieherte und trabte auf die Stute zu; vielleicht war ihm endlich bewusst geworden, wie weit er von seiner Mutter entfernt war.

Die Stute legte die Ohren an und schnappte nach ihm. Der kleine Hengst wich zurück und gab sich unterwürfig. Hätte er sprechen können, hätte er um Gnade gefleht.

»Herrin!«, sagte die Ägypterin – klar, deutlich und in Khayans eigener Sprache. »Warum hast du das getan? Kleiner, warum bist du von deiner Mutter weggegangen?«

Das Fohlen war nicht dumm – er wusste, dass er eine Verbündete gefunden hatte, also drängte sich der junge Hengst in ihre Arme, genau wie er es bei Khayan getan hatte, und mit demselben Erfolg. Sie kannte sich noch nicht so genau aus, wusste aber, wo sie streicheln musste, und sie tat es mit gutem Willen. Sie hatte nichts von der Angst und zweifellos nichts von dem Hass Pferden gegenüber, den Khayan bei jedem anderen ihres Volkes bemerkt hatte. Khayan zog sich weiter zurück. Die Ägypterin hatte offensichtlich vor, die Mutter des Fohlens zu finden und den Kleinen zu ihr zurückzubringen. Das wäre nicht schwierig: diese Stute und eine Hand voll ihrer Genossinnen waren nicht weit entfernt, weil sie dem Fohlen gefolgt waren, da es sich geweigert hatte, zu ihnen zurückzukehren.

Die Wiedervereinigung war so rührend, wie es bei Pferden sein konnte. Der kleine Hengst stürzte sich sofort auf die Zitze der Mutter. Sie kniff ihn in den Rücken, als er vorbeikam, um ihn zu tadeln. Der Rest stürzte sich auf das üppige, süße Gras.

Die Fremde verhielt sich schließlich doch wie eine Ägypterin; sie wich ein wenig zurück, als die Pferde sie umdrängten, wich zurück zur Stute. Und die Stute bewegte sich, bis sie zwischen dem Mädchen und dem Rest der Herde stand. Sie schützte sie, wie eine Stute ihr Fohlen schützt – oder einen Menschen, der zu ihr gehörte, der ihr gehörte.

19

Khayan hatte viel, worüber er nachdenken musste. Er suchte seinen Wagen, wendete die Hengste und fuhr zurück zum Haus der Aufgehenden Sonne, wo er sich ins Bad begab, bevor ihm endlich wieder einfiel, dass er eigentlich vorgehabt hatte, zum östlichen Dorf zu fahren.

Das würde warten müssen; ebenso wie seine Pflichten in der Gerichtshalle.

»Lass sie warten«, sagte er zu Teti, dem Verwalter.

Teti stellte keine Fragen. Khayan hatte ohnehin nicht vor zu antworten, er zog auch nicht das Gewand an, das sein Diener für ihn bereitgelegt hatte. Er verlangte und erhielt ein Hemd aus Leinen: ägyptischer Stoff, ausländischer Schnitt. Es war kühl, und das war alles, was zählte. Kühl und unaufdringlich.

Er brauchte die Steppe: dieses endlose Meer von Gras, in dem ein Mann ewig reiten konnte, ohne einem anderen zu begegnen. Hier hatte er einen kleinen Garten, einen Teich mit trägen Fischen darin und ein paar grüne Zweige, unter die er sich setzen konnte, um darunter von Freiheit zu träumen.

Im Geist war er immer noch am Flussufer und beobachtete die Stute mit ihrer – ihrer! – Ägypterin. Er konnte sich gut an die Stute vor dieser erinnern, die schon alt gewesen war, als er nur wenige Jahre gezählt hatte, aber diese Geschöpfe lebten lange. Die Frau, die zu ihr gehörte, war ebenfalls alterslos gewesen, eine kleine, rundliche Person von großer Macht unter den Priesterinnen der Pferdegöttin. War ihr Aufstieg zu solcher Bedeutung für jene, die sie kannten, ein Schock gewesen?

Das bezweifelte er. Sie entstammte einer alten Linie des Ostens, wenn nicht gar der ältesten. Ihr Stammbaum war so makellos wie die Zuchtlinie einer Stute.

Aber das hier –

Eine Ägypterin. Ein schlankes Mädchen, an dessen Gesicht er sich erinnerte. Sie war krank gewesen, als er an diesem ersten Tag auf seinem neuen Besitz ins Frauenhaus kam. Und sie hatte ihm an jenem Abend Wein eingegossen, als wäre sie nie krank gewesen. Darüber hinaus erinnerte er sich nicht an sie.

Und das war kein Wunder, wenn sie ihre Tage bei der Stute verbrachte.

»Melech!«, rief er.

Der Krieger, der sich in der Hoffnung, nicht entdeckt zu werden, hinter einer Säule aufgehalten hatte, kam hervor und verbeugte sich. »Herr?«

»Hol meinen Stallmeister«, befahl Khayan. »Und dann ab mit dir ins Bett. Du warst die halbe Nacht auf und hast Kindermädchen für mich gespielt. Es ist Zeit, dass du deine Rolle in diesem Spiel einem anderen überlässt.«

Melech knurrte, gehorchte aber. Khayan wartete. Ein Diener brachte Wein, der in einem Vorratshaus kühl gehalten wurde, und eine Platte mit Spezialitäten des Kochs: kleine Kuchen, gewürztes Obst, Nüsse in Honig gewälzt. Khayan hatte nicht gewusst, wie hungrig er war, bis er wieder auf den Teller schaute und bemerkte, dass er halb leer war.

Als sein Stallmeister erschien, war immer noch etwas vom Kuchen und der größte Teil des Weins übrig. Jerubaal war in Byblos geboren, aber seine Ahnen hatten seit jeher mit Pferden zu tun gehabt, waren Reiter, Streitwagenlenker, Züchter gewesen. Er sah aus, wie man es von solchen Menschen erwartete: dünn, drahtig, nach Jahren in Wind und Sonne noch schmaler geworden. Sah man von dem Lederhemd und dem lockigen, schwarzgrauen Bart ab, hätte er Ägypter sein können.

Jerubaal hatte nichts übrig für Förmlichkeiten gegenüber einem Mann, den er schon gekannt hatte, als dieser noch ein nacktes kleines Kind gewesen war. Es war Jerubaal, der den kleinen Khayan gefunden hatte, als dieser beschloss, sich ganz allein aufzumachen, um die Pferde zu besuchen. Khayan war zu den Stuten gegangen, hatte lange Zeit mit den Fohlen gespielt und war dann mit dem Kopf an der Schulter eines ebenso müden Fohlens eingeschlafen. Das erste Gesicht, das er beim Aufwachen erblickt hatte, war das von Jerubaal gewesen, damals noch jünger und viel weniger grau, aber so schmal und gut gelaunt wie eh und je. »Aha, kleiner Fürst«, hatte der Mann gesagt, »du hast dir also schon deinen Hengst ausgewählt.«

Heute, mehr als zwanzig Jahre später, setzte sich Jerubaal ungefragt zu Khayan und goss sich selbst einen Becher Wein ein. Um diese Tageszeit, wenn es zu heiß war, mit den Pferden zu arbeiten, hatte er sich wohl im Stall aufgehalten, Zaumzeug geflickt, Hufe beschnitten, Pferde gestriegelt. Er hatte nichts dagegen, von dort weggerufen zu werden, er fragte nicht warum und belästigte Khayan nicht mit Klatsch. Wie seine Pferde, verfügte auch er über die Fähigkeit zu schweigen.

Khayan genoss es eine Weile, trank den letzten Rest seines Weins und bedauerte ein wenig, den letzten Honigkuchen noch gegessen zu haben. Es tat ihm fast Leid, das Schweigen zu brechen, aber der Tag ging weiter. »Also«, sagte er leise. »Erzähl mir von der Stute.«

»Ah«, sagte Jerubaal. Er ließ sich Zeit mit dem Rest, trank einen Schluck Wein, steckte sich eine Nuss in den Mund. »Aha. Du hast es gesehen.«

»Ich habe es gesehen«, bestätigte Khayan. »Wer ist sie?«

Jerubaal zuckte mit den Achseln. »Das wissen die Götter. Keine von uns.«

»Ich denke, du weißt es.«

»Nun«, meinte Jerubaal. Er spielte mit seinem Becher, drehte ihn in seinen schmalen, knotigen Fingern. »Sie ist Sklavin in diesem Haus, aber es gab eine Zeit, da war sie die Herrin. Sie ist die Tochter des Rebellen – des alten Herrn, der gefallen ist, als er für den König im Süden kämpfte.«

»Ach ja?« Khayan machte sich nicht die Mühe, sich selbst zu tadeln, hielt aber einen Augenblick inne, um sein Versagen zu bedauern. Er hätte längst herausfinden müssen, wer dieses Mädchen war, schon an dem Tag, als es herkam und sie im Mittelpunkt von so viel Aufmerksamkeit fand. Selbstverständlich hätte Herrin Nefertem einer einfachen Sklavin niemals ihre Aufmerksamkeit geschenkt.

»Jerubaal«, sagte Khayan aus diesen Überlegungen heraus, »ist sie die Tochter dieser Frau, die sich für die Herrin hier hält?«

»Das hat man mir gesagt.« Was bedeutete, dass er sich einige Mühe gemacht hatte, es herauszufinden.

Khayan lehnte sich gegen die kühle Mauer zurück, fuhr sich durch den Bart, zupfte daran. Der kleine Schmerz hielt ihn wach, half ihm nachzudenken. »Weiß meine Mutter das?«, fragte er schließlich.

»Nicht von mir«, erwiderte Jerubaal.

Vielleicht hatte sie es deshalb noch nicht erfahren. Und zweifellos hätte er es gehört, wenn es anders gewesen wäre. »Wann hast du sie zum ersten Mal mit der Stute gesehen?«

Jerubaal runzelte die Stirn und begann, an den Fingern zu zählen. »Nun, Herr, vor vier, nein, vor fünf Tagen. Sie kam mit den Pferden herein, halb verrückt vor Angst, aber sie bewegte sich wie eine Frau, die unter einem Zauberbann steht. Die Stute hat sie gefunden.«

Khayan fuhr auf. »Die Stute? Die *Stute* hat *sie* gefunden?«

Jerubaal nickte. Er goss sich einen weiteren Becher ein und trank ihn leer, als brauchte er den Mut, den das Getränk verlieh. »Sie kam zu den Pferden, aber ich würde wetten, sie wurde gerufen. Die Stute ging direkt zu ihr, berührte sie und brachte sie dorthin, wo sie sie haben wollte. Das Mädchen wirkte nicht wie eine, die so etwas aus eigenem Willen tut.«

»Hatte sie Angst?«

»Nein«, erwiderte Jerubaal. »Nicht vor der Stute.«

»Die Stute hat sie gerufen«, murmelte Khayan. »Ihr Götter. Meine Mutter wird entsetzt sein.«

»Es ist ungewöhnlich«, sagte Jerubaal.

»Ungewöhnlich«, schnaubte Khayan. »Es ist absolut unerhört. Das hier ist eine *Ägypterin.*«

»Und was wirst du jetzt tun?«

»Ich weiß es nicht.« Khayan sprang auf, unfähig, einen weiteren Augenblick der Ruhe zu ertragen. Er ging auf und ab, vom angenehmen Schatten in die brennende Sonne und wieder zurück.

»Das hier ist eine Frauensache«, sagte Jerubaal aus dem Schutz des Baumes. »Warum überlässt du es nicht den Frauen?«

Dieser Rat war klug wie immer. Aber es widerstrebte Khayan seltsamerweise, zu tun, was ihn von der ganzen Angelegenheit befreit hätte. Er hatte getan, was seine Mutter von ihm verlangt hatte, er hatte die Stute gefragt und eine Antwort erhalten. Nun hätte er nur alles weitererzählen müssen, um den Rest seiner Mutter zu überlassen.

So einfach. Und so schwierig. Er blieb stehen und drehte sich um. »Erzähl niemandem davon, bis ich es dir sage. Und sorg dafür, dass deine Männer ebenfalls schweigen. Würdest du das für mich tun?«

»Für dich«, sagte Jerubaal, »ja.«

Khayan nickte. Jerubaal trank den Becher aus, rülpste anerkennend und ging.

Khayan blieb noch, obwohl es Abend wurde. Zuvor hatte er nie vor seiner Mutter oder vor einer anderen Frau ein Geheimnis gehabt. Es war seltsam. Es könnte die Erdmutter erzürnen. Aber nicht, dachte er, die Pferdegöttin.

Sie hatte ihre Gründe. Welche Gründe das waren, würde ein Mann vielleicht nie erfahren.

Aber er konnte zumindest versuchen, sie zu entdecken.

Am Morgen stand Khayan schon vor der Dämmerung auf, schirrte seine Pferde selbst an und schlüpfte durch ein Tor hinaus, das nur von einem gähnenden jungen Rekruten bewacht wurde. Der Rekrut nahm Haltung an, als die flackernde Fackel ihm das Gesicht seines Herrn zeigte, aber Khayan wies ihn an kein Gewese zu machen.

Es war zu dieser Tageszeit noch beinahe kühl, die Sterne begannen erst zu verblassen, und am östlichen Horizont erwachte das allererste Licht. Die Ägypter hatten einen Gott für diese geheimnisvolle Tagesstunde, den Gott der ersten Dämmerung, Khepera, der Ra des ersten Horizonts – mit dem Gesicht eines Mistkäfers, der den brennenden Sonnenball zum Himmel hinaufrollte.

Um ihn herum erwachte die Erde: Vögel zwitscherten, Fische sprangen, ein Flusspferd brüllte aus der Flussmitte, und das Brüllen hallte über dem Wasser wider. Khayan fühlte sich an die erste Morgendämmerung erinnert, die er beim Volk seiner Mutter verbracht hatte, an den Wind im Grasmeer und die klare, ein wenig unheimliche Stimme, die sich darüber erhob: die Mutter des Stammes, die jeden Morgen als Erste erwachte und nach draußen ging, um die Sonne an den Himmel zu singen.

Nun, als er seine Pferde in den erwachenden Morgen lenkte, erinnerte er sich wieder an dieses Lied, an Worte, die so alt waren, dass ihre Bedeutung längst vergessen war, an eine Melodie älter als jede Erinnerung. Er konnte es nicht laut singen, denn das wäre Gotteslästerung gewesen, aber das Lied summte in ihm. Es sang in den Zügeln, in der Leichtigkeit, mit der seine Hengste am Gebiss gingen, und fing sich im Rhythmus der Räder auf dem unebenen Boden.

Die Pferde drängten sich in morgendlichen Gruppen zusammen und grasten, wo der Tau gefallen war. Er fand das Volk der Stute nahe dem Fluss, die Stute graste dort mit einer Hand voll ihrer Schwestern. Die Jüngste davon war noch ein Jährling und ein wenig albern, aber der Rest ermutigte sie nicht.

Khayan versteckte seinen Wagen in einem Binsendickicht, schirrte die Hengste aus und pflockte sie weit von den Herden entfernt an. Das würde genügen, wenn die Pferdegöttin ihm freundlich gesinnt war.

Er hatte alles mitgebracht, was er für einen Tag im Hinterhalt brauchte, aber an Waffen nur sein kurzes Schwert, den Bogen und den Köcher, denn er hatte nicht vor zu jagen und zu töten. Er wollte nur sehen, was zu sehen war.

Sie kam, als der Morgen richtig begonnen hatte, mit stolzem Schritt wie all diese Ägypter: der Gang eines Volkes, das seit der Morgendämmerung der Welt seinen eigenen Füßen traute. Bei Khayans Volk gingen nur die Geringsten zu Fuß, und beim Volk seiner Mutter überhaupt niemand. Sie waren alle Reiter und Wagenlenker.

Nun, da er wusste, wer sie war, versuchte er etwas von ihrer Mutter in ihr wiederzuerkennen. Von ihrer Schlankheit, der dunklen Haut und einer gewissen Anmut, über die die meisten Ägypter verfügten, einmal abgesehen, gab es wenig. Sie war auf ihre Weise gut anzusehen, aber nicht wie Herrin Nefertem – keine schimmernde, strahlende Schönheit. Vielleicht kam sie nach ihrem Vater.

Um ehrlich zu sein: Sie war recht unauffällig. Ein Mädchen oder eine junge Frau des eroberten Volkes, nackt und schlank wie ein Fisch, mit einer blauen Perle an einem Faden um die Mitte ihres Körpers und angemalten Augen. Und dennoch, als sie sich näherte, hoben alle vom Volk der Stute die Köpfe, und ein paar wieherten ein Willkommen. Sie streichelte Hälse und Schultern und Bäuche, als sie an ihnen vorbeiging, furchtlos, wie sie es anderen Pferden gegenüber nicht war. Diese hier kannte sie, diesen hier traute sie.

Die Stute wartete auf sie am Rand der Herde, zu stolz, sich unter ihre Schwestern und Tanten und Basen zu mischen. Das Mädchen war deshalb keineswegs überrascht. Sie begegneten sich, wie Liebende sich treffen, auf eine atemlose Art. Die Stute senkte die Nase zur Handfläche des Mädchens, und das Mädchen drückte den Kopf an den Hals der Stute. So blieben sie stehen, eine ganze Weile, bis die Stute sich erinnerte und wieder zu grasen begann.

Khayan beobachtete sie den ganzen Morgen. Sie taten nichts sonderlich Interessantes, nicht Wildes oder Verblüffendes oder Magisches. Sie verbrachten die Zeit miteinander, das war alles. Und gegen Mittag, als die Sonne sich ihrem Höchststand näherte, verabschiedete sich das Mädchen widerstrebend von der Stute und ging über das Feld und den Hügel zurück zum Haus. Sie hatte Khayan weder gesehen noch gespürt, obwohl die Stute sich seiner wohl bewusst war. Das Mädchen hatte nicht den Instinkt eines Jägers oder eines Pferdes, sie war einfach eine sterbliche Frau, das war alles. Nicht mehr, aber auch nicht weniger.

Immer noch ging er nicht zu seiner Mutter oder zu seinen Schwestern. Er war aufgebracht, entsetzt und auf eine finstere Weise amüsiert. Einfach unerhört, dass die Stute eine Fremde auserwählte! Und was für eine Fremde! Keine Schönheit, keine königliche Abkunft. Ihre Ahnen hatten das Volk der Stute nie gekannt, hatten nicht einmal gewusst, was Pferde waren.

Abends verlangte er, dass die Tochter von Herrin Nefertem ihn bediente. Der Diener fragte einen der Unterverwalter und verdrehte die Augen wie ein erschrockenes Pferd, aber er brachte nicht den Mut auf, dem Befehl seines Herrn zu widersprechen.

Das Mädchen war allerdings etwas anderes. Als der Wein gebracht wurde, trug eine schlanke ägyptische Schönheit den Krug, aber es war nicht jene, die jeden Morgen zur Stute ging.

Khayan ließ die Mahlzeit ohne seine übliche Geduld über sich ergehen. Die Lebhaftigkeit der Freunde seines Bruders half da wenig. Sie hatten sich schon auf den Wein gestürzt, bevor er selbst in die Halle gekommen war, hatten einen Lagerraum ausgeräumt, was sie, wie er sich grimmig schwor, nicht wiederholen würden. Jene, die vornüber auf den Entenbraten fielen, waren noch die erträglichsten; der Rest veranstaltete den üblichen Aufruhr.

Khayan überließ sie ihrer Narretei – und wies die Wachen an, die Eingänge zu sichern. Jeder, der einfach davonschlendern wollte, würde sich hier bis zum Morgen festgehalten finden.

Oder vielleicht sogar noch länger, falls Khayan zufällig vergaß, dass er sie alle in der Halle eingeschlossen hatte. Mit einem schwindenden Vorrat an Wein, aber genug Brot und Fleisch, sie eine Weile aufrecht zu halten. Vielleicht würde er sie einfach dort lassen. Es wäre unpraktisch für größere Mahlzeiten, aber der Friede im Haus war dieses Opfer vielleicht wert.

Ein Herr machte es ich normalerweise nicht zur Aufgabe, jeden Winkel und jede Nische seines Hauses zu kennen, aber Khayan war nicht die übliche Art Herr. Er wusste, wo die Diener schliefen und wo sie sich, wenn denn möglich, von ihren Pflichten erholten. Es war nützlich, so etwas zu wissen, wenn man Herr in einem eroberten Land war.

Das Mädchen, dessen Name, wie er entdeckt hatte, Iry lautete, hatte ein eigenes Zimmer. Es war winzig und stickig und unbequem, aber dennoch bedeutungsvoll. Eine einfache Dienerin sollte kein eigenes Zimmer haben – nicht mehr als die Ehefrau eines gestürzten Herren über das Frauenhaus herrschen sollte, wie sie es getan hatte, als ihr Mann noch lebte. Alle in diesem Haus waren Rebellen, unauffällig, aber unmissverständlich.

Aus der Halle hatte er eine Lampe mitgebracht, um sich im dunklen Flur den Weg zu leuchten. So viel er auch vom Haus kannte, hier hatte er sich nicht häufig aufgehalten. Die Flure im Dienerquartier waren schmal und dunkel, die Mauern aus einfachen Schlammziegeln und ohne Schmuck. Hier gab es keinen Aufmarsch gemalter Ägypter, keine Tiere, keine Vögel in Papyrusdickichten, keine Götter mit seltsamen Gesichtern, die über jene wachten, die hier vorbeigingen. Wo eine Tür offen stand, zeigte ihm das Licht seiner Lampe einen kahlen Raum, manchmal ein paar Menschen darin, Diener, die zusammengerollt schliefen wie Welpen, Männer zusammen, Frauen zusammen, und ein- oder zweimal ein Mann und eine Frau ineinander verschlungen.

Er bewegte sich lautlos wie ein Jäger, hatte vorsorglich sein Obergewand draußen gelassen und trug nur noch das Hemd. Seine Füße waren nackt. Er verfolgte seine Beute bis in ihre Höhle und fand sie dort – wartend?

Sie saß auf einem Bett, das zwar vollkommen schlicht, aber dennoch mehr war, als die meisten Diener hatten. Eine Lampe brannte auf einem Tisch neben dem Bett. Die junge Frau sah aus wie eine jener Statuen, die die Ägypter so gerne in Grabkammern hinterließen: im Schneidersitz und vollkommen reglos, und Augen so dunkel und flach wie Steine.

In der Tür blieb er stehen. Das Zimmer war winzig; wenn er hineinginge, würde es drückend eng werden. Sie betrachtete ihn schweigend, weder überrascht noch ängstlich. Nun erkannte er die Ähnlichkeit mit ihrer Mutter. Sie hatten denselben Stolz, denselben Starrsinn, den nichts brechen konnte. Was immer sie tat, tat sie, weil sie es wollte. Niemand hatte sie je gezwungen, und niemand würde das je können.

Er lächelte. Tatsächlich, das passte zur Stute.

Die Situation war unerträglich: Er starrte sie wütend an, sie blickte kühl zurück. »Du warst heute Abend nicht in der Halle«, sagte er.

Sie antwortete nicht, hob nur kaum merklich die Schultern – die Andeutung eines Schulterzuckens.

»Bist du nicht meine Sklavin?«, wollte er wissen.

»Es war nicht mein Wunsch, deine Sklavin zu sein«, erwiderte sie.

»Warst du immer so trotzig?«

»Nein.«

»Warum also?«

Ein weiteres Schulterzucken, diesmal deutlicher. »Du bist verständnisvoller als dein Vater.«

»Glaubst du?«

»Er hätte mich gewaltsam herbeischleppen lassen, mich gezwungen niederzuknien und um seine Verzeihung zu bitten.«

»Ah«, meinte Khayan. »Daran hatte ich auch schon gedacht. Aber das ist eine so gewöhnliche Sache für einen Herrn. Ich versuche, ungewöhnlich zu sein.«

»Du bist nachgiebig«, sagte sie.

»Und du die Tochter deiner Mutter.« Er hielt inne. »Ich habe sie meiner Mutter geschenkt. Was würdest du tun, wenn ich mit dir dasselbe tun würde?«

Sie wurde weder blass noch zuckte sie zusammen. »Ich würde tun, was mir klug erscheint.«

»Selbst wenn das bedeutete, ihr zu dienen?«

»Mag sein«, erwiderte sie und legte den Kopf schief. »Wirst du mich nehmen, bevor du mich dorthin schickst?«

»Warum? Willst du das?«

Zum ersten Mal bemerkte er das Aufflackern von Gefühlen. Was es war, konnte er nicht genau feststellen, aber es war nicht zu übersehen. Hatte er sie erschreckt? Amüsiert? Vielleicht sogar bedrückt? »Du bist ein seltsamer Mann«, sagte sie.

»Ich bin der Sohn meiner Mutter.«

»Ja«, erwiderte sie.

Schweigen. Khayan dachte daran zu gehen, aber er hatte noch nicht gesagt, was er sagen wollte. Sie konnte ihm nicht entkommen: Es gab nur eine Tür, und das war die, in der er stand. Sie lehnte sich zurück und stützte sich auf den Ellbogen, offensichtlich vollkommen ungerührt. Sie war nackt wie immer und so unschuldig wie ein neugeborenes Kind. Sie erinnerte ihn an das Volk seiner Mutter – und das war ein gefährlicher Gedanke, gefährlich für seinen Zorn.

»Ich habe dich gesehen«, sagte er. »Bei den Pferden.«

Sie regte sich nicht. Hatte sie sich ein wenig angespannt?

»Ist das verboten?«, fragte sie.

»Glaubst du, es sollte verboten sein?«

»Du scheinst es nicht zu billigen«, sagte sie. »Warum? Weil ich den Hof verlasse? Weil ich nicht von der Morgendämmerung bis tief in die Nacht im Haus arbeite?«

»Nein«, sagte er. Er hielt inne. Dann fragte er weiter: »Weißt du, was das für ein Pferd ist, das dich ruft, bis du zu ihm kommst?«

Endlich. Deutlich und ehrlich erstarrte sie, und die Augen in dem schmalen Gesicht wurden größer. »Woher weißt du – was meinst du damit? Ist es ein heiliges Pferd?«

»Heilig«, sagte er, »ja. Das wusstest du doch schon. Oder etwa nicht?«

»Und meine Berührung besudelt sie.« Sie klang nicht bitter, nur nachdenklich. »Du bist also gekommen, um es mir zu verbieten. Das wird ihr nicht gefallen. Was wirst du tun, wenn sie mich wieder ruft und ich hingehe?«

»Nein«, sagte er. »O nein. Sie kann nicht besudelt werden, und sie wird auch von keinem menschlichen Wesen beherrscht. Wenn sie sich entschließt, sich mit dir abzugeben, dann steht es mir nicht zu, es zu erlauben oder es zu verbieten.«

»Das glaube ich nicht.«

»Glaube es ruhig, denn das hier ist die Stute. Sie tut was ihr gefällt. Und es sieht so aus, als gefiele es ihr, dich zu ihrer Dienerin zu machen.«

»Ist sie eine Göttin?«

»Nein«, erwiderte Khayan. »Und ja. Die Pferdegöttin lebt in ihr. Aber die Pferdegöttin ist mehr als nur Fleisch und Blut.«

»Selbstverständlich«, erklärte die Ägypterin und tat das gesamte Mysterium mit einem Zurückwerfen des Kopfes ab. »Also will sie mich als eine Art Priesterin. Warum mich?«

»Wenn ich das wüsste«, sagte Khayan, »wäre ich nie hierher gekommen. So etwas ist noch nie zuvor geschehen.«

»Ah«, rief sie mit plötzlichem Verständnis. »Das ist es, was du nicht billigen kannst. Aber es ist ihr gleich, nicht wahr? Sie will, was sie will.«

»Sie ist die Stute«, sagte er mit einem leichten und gleichzeitig auch gereizten Seufzer.

»Und deine Mutter wird noch weniger erfreut sein als du, ebenso deine Schwestern, besonders nicht die, die reitet und ein Schwert trägt – sie wird versuchen mich umzubringen, oder nicht?«

»Sie wird es nicht wagen«, erklärte er.

»Aber es kann sein, dass sie damit droht.« Iry schien das nicht sonderlich zu bedrücken. »Ich sehe schon, wie unangenehm das alles ist.«

»Es ist schlimmer als unangenehm. Es ist entsetzlich.«

Sie lachte, allerdings nicht, um ihn zu verspotten. Ihr Lachen war ansteckend und er musste sich anstrengen, um nicht mitzulachen. »Wirst du mir beibringen, wie man die Stute reitet?«

Er biss sich auf die Zunge, um eine spontane Antwort zu vermeiden, die ein klares *»Nein«* gewesen wäre. Stattdessen hielt er inne, holte tief Luft, und als er wieder ruhiger war, fragte er: »Warum willst du das?«

»*Ich* will es nicht«, sagte sie. »*Sie* will, dass ich das tue. Aber ich weiß nicht, wie ich es angehen soll.«

Er stöhnte innerlich. Die Stute hatte kein Erbarmen mit ihnen, das sah er genau. »Überwiegend«, sagte er vorsichtig, »lernt man es vom Pferd.«

»Ich denke, ich bin zu alt dafür«, sagte sie. »Und zu ängstlich.«

»Warum fragst du mich das? Ich denke, du solltest auch vor mir Angst haben.«

»Selbstverständlich habe ich keine Angst vor dir«, erwiderte sie. »Und wenn du es mir beibringst, wer könnte etwas dagegen einwenden? Aber wenn ich jemand anderen bitte…«

Khayan lachte ein wenig ungläubig. »Ihr Götter«, sagte er. »Du und meine Schwestern … sie werden dich dafür hassen, dass du Ägypterin bist – und ihnen dennoch so ähnlich.«

»Dann wirst du mich also unterrichten?«

»Das sollte ich wohl lieber«, meinte er, »oder die Stute wird es mir nie verzeihen.«

Sie klatschte nicht in die Hände, gab sich auch nicht einem anderen Anzeichen mädchenhafter Freude hin. Sie war einfach da und schenkte ihm ein Lächeln.

20

Khayan nahm dieses Lächeln mit sich. Es war so warm wie die Sonne auf dem Gesicht nach einem langen, bitteren Winter bei den Stämmen. Ihr Körper hatte wenig dazu beigetragen, ihn zu erregen, aber dieses Lächeln, in all seiner Unschuld – das konnte er nicht vergessen.

Er ging direkt zu seinem Bett, gähnte, war plötzlich todmüde. Diener warteten auf ihn, bereit, ihn zu entkleiden, zu baden, sein Haar auszukämmen. Er schickte sie alle weg, denn er wollte schlafen, wollte – ja, er wollte von diesem Lächeln träumen, von diesem seltsam rasch zupackenden Verstand und diesen ruhigen, dunklen Augen.

Sein Bett war nicht leer. Als Erstes sah er nur die lang gezogene Biegung eines Rückens, Pobacken, breite Frauenhüften. Dann rührte sie sich, drehte sich träge auf den Rücken, bog ihn durch. Ihre Brüste waren wunderschön, rund und voll, die Brustwarzen groß, von tiefem Rot, wie ihre Lippen, die sie zu einem Begrüßungslächeln verzog.

Es war verlockend gemeint, dieses Lächeln, und vielleicht wäre es das zu einem anderen Zeitpunkt auch gewesen. Aber er hatte noch die Erinnerung an ein vollkommen anderes Lächeln im Sinn. »Barukha«, sagte er unfreundlich. »Was machst du hier?«

Sie verzog diese reifen, roten Lippen zu einem Schmollen und runzelte die Stirn, aber immer noch herausfordernd. »Was glaubst du denn, was ich hier tue, Herr?«

»Meine Ruhe stören«, antwortete er und versuchte nicht, den verärgerten Unterton zu unterdrücken. »Ich habe dich nicht gerufen.«

»Das hast du nicht«, sagte sie. »Das hat es elend schwierig gemacht. Ich musste mir alle möglichen Intrigen ausdenken, um den Klauen deiner Mutter zu entgehen. Sie bewacht mich besser, als es meine Brüder je geschafft haben.«

»Ach ja?« Er wandte sich zur Tür und wollte die Wache rufen.

»Herr!«, rief sie leise hinter ihm her. »Rufe eine Wache, und ich werde sagen, was ich auch meinen Brüdern erzählen werde – und deiner Mutter. Du hast mich hierher befohlen, hast mich gezwungen, mich nackt vor dich hinzulegen, du –«

Er wandte sich ihr wieder zu. In ihrem Lächeln lag ein Hauch von Triumph. »Ich verstehe dich«, sagte er. »Gute Nacht. Schlaf gut.«

Er hoffte, dass es sie angemessen verstörte, in seinem Bett allein gelassen zu werden; er wollte es ihr gerne überlassen. Selbst wenn sie die Geschichte erzählen würde, mit der er sie bedroht hatte – er schlief in dieser Nacht, wo ihn viele sehen konnten, im Wachraum, bei seinen eigenen Männern. Sie grüßten ihn erfreut und mit einem bemühten Mangel an Neugier, boten ihm die beste Ecke und einen Becher ihres ziemlich schlechten Weins an und luden ihn zu ihrem Spiel mit Steinen und Knochen ein.

Er fühlte sich hier glücklicher, als er es eine ganze Weile gewesen war, erkannte er, nachdem er hoch gegen einen flaumbärtigen Rekruten verloren hatte. Selbst mit einer schönen Frau, die verlassen in seinem Bett lag, und obwohl seine Männlichkeit vor Mangel schmerzte.

Als er endlich einschlief, eingewickelt in einen Umhang und sicher an die Wand gedrückt, in der warmen, schweißdurchtränkten, schwitzenden Gesellschaft seiner eigenen Leute, träumte er nicht von Barukha, die sich in seinem Bett wälzte, sondern von einer ganz anderen Frau. Sie lag in ihrem winzigen Zimmer, betrachtet ihn mit ihrem festen Blick, bis sie plötzlich und strahlend lächelte.

Wieder fuhr Khayan noch vor der Morgendämmerung aus. Diesmal war er nicht allein: Iry, immer noch halb verschlafen, widerstrebend aus ihrem Bett gezerrt und in seinen Wagen gestoßen, begleitete ihn. Sie klammerte sich blind an die Seite, die Augen fest zugedrückt, als der Wagen von der Straße auf ein gepflegtes Feld ratterte.

Erst jetzt fiel ihm ein, dass sie vermutlich schreckliche Angst hatte. »Bist du noch nie zuvor in einem Wagen mitgefahren?«, fragte er sie.

Zuerst glaubte er, sie hätte ihn nicht gehört, denn sie hatte die Augen immer noch fest geschlossen. Doch dann schüttelte sie den Kopf, ein heftiges Zucken ihres Kinns.

»Warte«, sagte er und balancierte mit Leichtigkeit in dem wackelnden Gefährt. Sie hatte sich fest an die Seite des Wagens geklammert. Er band die Zügel um seine Mitte und löste ihre Hände. Bevor sie sich wieder festhalten konnte, hatte er sie vor sich geschoben, wo sie sicher war zwischen seinem Körper und dem vorderen Rand des Wagens; dennoch war sie steif wie ein Brett.

Er nahm die Zügel wieder in beide Hände, und seine Arme stützten sie, hielten sie zwischen sich; ihr Kopf reichte gerade bis zu seinem Kinn. Sie benutzte nicht die schweren Duftwässer so vieler Ägypter. Der einzige Duft, den sie an sich hatte, war ihr eigener, leicht und sauber, mit einem geringen Hauch von Angst, der sich aber bald verlor.

Sie legte die Hände auf seine Arme, anfangs so leicht, dass er nicht merkte, was sie vorhatte. Sie hatte aufgehört, sich an den Wagen zu klammern, griff nach seinen Händen – nein, nach seinen Händen an den Zügeln, doch versuchte sie nicht, sie zu übernehmen, sondern ließ ihre Hände dort nur ruhen, fest und kalt, aber langsam wärmer werdend.

Er war sich der lebenden Spannung in den Zügeln bewusst wie schon lange nicht mehr, der Pferdemäuler am anderen Ende, ihrem leicht gezügelten Drängen, ihrer Kraft, die sie ihm zur Verfügung stellten. Es war ein Geschenk, ein großartiges Geschenk, aber es hatte sich abgenutzt. Er hatte es entgegengenommen, seit er ein Kind war, geboren und aufgewachsen unter Pferden.

Für sie war es vollkommen neu. Ihre Angst war dem Staunen gewichen. Bald würde sie nun fragen, ob sie die Zügel nehmen könnte, aber das würde er nicht zulassen.

Noch nicht.

Er hatte sie vielleicht falsch eingeschätzt, denn sie bat um nichts. Sie fuhr mit ihm, das war alles, bis zu dem Feld mit den Pferden, und wartete, während er die Hengste ausschirrte und den Wagen versteckte. Nachdem er das getan hatte, sagte sie: »Wäre es nicht einfacher, hierher zu reiten und sich um die anderen nicht zu kümmern?«

Er dachte über mehrere Antworten nach. Am Ende entschied er sich für die offensichtlichste und direkteste. »Dann brauche ich dich also nicht zu unterrichten – du kannst schon reiten?«

»Selbstverständlich nicht«, erwiderte sie.

»Also gut«, sagte er. »Komm. Die Stute wartet.«

Das lenkte sie ab, wie er gehofft hatte. Sie wandte sich mit beinahe beleidigendem Eifer von ihm ab und machte sich auf die Suche nach diesem einen Pferd unter den vielen.

Seufzend folgte er ihr. Eine Frau konnte einen Mann so leidenschaftlich begehren wie ein Mann eine Frau. Sie konnte es aber auch verbergen und tat das häufig, wenn es ihr gerade passte.

Er nahm nicht an, dass diese hier irgendetwas verbarg. Er war für sie nichts weiter als ein Eindringling in ihre Welt und im Augenblick jemand, der ihr etwas Nützliches beibringen konnte. Er hatte immer noch nicht mit seiner Mutter gesprochen, geschweige denn mit seinen Schwestern. Um ehrlich zu sein: Er hatte sich insgeheim davongeschlichen und hielt weiter alles geheim. Als ob er, der Herr dieses Anwesens, das Oberhaupt seiner Familie, etwas verbergen müsse – vor allem vor seiner Mutter und seinen Schwestern.

Er würde mit ihnen sprechen, wenn sich die Gelegenheit ergab. Im Augenblick hatte er eine Schülerin, und diese wartete auf seinen Unterricht. Er hatte Zaumzeug und ein Sattelfell mitgebracht und andere Dinge, um die Stute zu putzen und zu pflegen.

Sie graste an ihrem Lieblingsplatz. Als sie die beiden zusammen sah, schnaubte sie leise, war aber nicht beunruhigt. Sie wich auch nicht vor den Dingen zurück, die Khayan mitgebracht hatte, denn sie waren ihr nicht fremd. Weit im Osten hatten die Priesterinnen der Pferdegöttin sie aufgezogen und ihr beigebracht, was sie wissen musste. Man erwartete von ihr, dass sie bereit war, wenn sie ihre Dienerin wählte – ebenso wie erwartet wurde, dass die Dienerin für diese Wahl ihre Bereitschaft kundtat.

Das hier war vollkommen ungewöhnlich, doch die Stute schien sich daran nicht zu stören. Sie begrüßte die Ägypterin mit den leisen Geräuschen, die Stuten gegenüber ihren Fohlen machen: ein Flattern der Nüstern, ein tiefes kehliges Wiehern. Iry nahm den schönen, hellen Kopf in ihre Arme, legte ihre Stirn an die breite Stutenstirn und ließ sie kurz dort ruhen, mit der Haltung von jemanden, der nach Hause gekommen war.

Gerade als Khayan kurz davor stand, die Geduld zu verlieren, richtete Iry sich auf, und die Stute seufzte und wich ein wenig zurück. Khayan rollte das Sattelfell auf, holte die Sachen für die Pflege der Stute heraus und drückte sie Iry in die Hand. »Also gut«, sagte er, »fang an.«

Er hatte nicht vor, Erbarmen zu zeigen, war aber auch nicht ungerecht. Sie würde alles lernen, wie ein kleiner Junge es beim Volk seines Vaters lernte: erst sich um das Pferd zu kümmern, dann das Zaumzeug anzulegen – hier nur Zügel und Sattelfell. Er zeigte ihr, wie sie das Fell bürsten und die Mähne und den langen, verfilzten Schweif kämmen musste, und er erklärte ihr, wie man die großen, runden Hufe pflegte. Als die Stute glänzte – und erst dann –, zeigte er Iry, wie man mit Zaumzeug und Sattelfell umging.

Nachdem die Stute zu seiner Zufriedenheit gesattelt war, zeigte er ihr, wie man alles wieder abnahm und den Rücken, den Kopf und die Ohren striegelte und der Stute ihre Freiheit gab.

Iry tat, was man ihr sagte, ohne ein einziges Mal Einspruch zu erheben – bis er meinte: »Jetzt lass sie gehen.«

Enttäuscht fragte sie: »Ich werde sie nicht reiten?«

»Nicht heute«, erwiderte Khayan. »Nicht, bis du alles perfekt gelernt hast.«

»Und was, wenn das nie der Fall sein sollte?«

»Kneifst du denn jetzt schon, fremdes Kind?«

»Du bist hier der Fremde«, entgegnete sie. Eine unvorsichtige Äußerung, die Folge eines ganz ungewohnten Temperamentsausbruchs.

Es tat ihm beinahe Leid zu sehen, dass sie sich so schnell wieder fasste. »Ich kneife nicht«, sagte sie dann. »Ich habe nur gefragt.«

»Du wirst es lernen«, antwortete er, »weil ich es dir beibringe.«

»Ziemlich arrogant, wie?« Sie drehte ihm den Rücken zu – ein schockierendes Verhalten einer Sklavin ihrem Herrn gegenüber – und machte sich zu der Stelle auf, wo er den Wagen hatte stehen lassen.

»*Nicht* so schnell«, sagte er. Und als sie stehen blieb und sich beinahe gegen ihren Willen umdrehte, nickte er zu dem Zaumzeug, dem Sattelfell und dem Rest hin. »Du wirst dich darum kümmern«, sagte er, »und es tragen. Nun fang an.«

Schnell und mit beeindruckender Geschicklichkeit rollte sie alles zusammen, bündelte es und klemmte es sich unter den Arm. Dann sah sie ihn an und wartete.

Er drehte sich um und ging auf den Wagen zu. Erst als er ein ganzes Stück von ihr entfernt war, gestattete er sich zu grinsen. Er hatte immer viel für die weniger zahmen Schüler übrig gehabt, seien es nun Menschen oder Pferde.

Aber wenn er ihr gegenüberstand, musste er so streng sein, wie es ein Herr und Lehrer sein sollte. Er erklärte ihr auch den Wagen und das viel kompliziertere Zaumzeug. Sollte sie das als ermüdend empfinden, konnte er ihr nicht helfen. Wenn sie es nicht begreifen konnte, war das schade, denn er würde von ihr erwarten, dass sie es bei ihrem nächsten Ausflug wusste.

Sie wollte nicht mit ihm zurückfahren. »Ich kann laufen«, sagte sie.

Er setzte an zu widersprechen, aber die Klugheit riet ihm davon ab. Es war inzwischen hell geworden. Wenn er ausgerechnet mit dieser Frau in seinem Wagen zurückkehrte, würde der ganze Haushalt sofort wissen, dass etwas nicht in Ordnung war.

Also hielt er den Mund, sprang in den Wagen und griff nach den Zügeln. Iry hatte sich schon mit langen Schritten auf den Weg gemacht und blickte nicht auf, als die Pferde an ihr vorbeitraten, auch sah sie Khayan nicht an. Der Aufmerksamkeit nach zu schließen, die sie ihm schenkte, hätte sie unter diesem endlosen ägyptischen Himmel ganz allein sein können.

Khayan hätte eigentlich wissen müssen, dass er nichts vor seiner Mutter verbergen konnte. Noch an diesem Tag, an dem Tag, an dem er begonnen hatte, Iry reiten zu lehren, wurde er zu ihr gerufen. Zweimal so kurz hintereinander, das war kein gutes Zeichen. Er dachte einen Augenblick daran, nicht zu gehorchen, aber Herr des Anwesens oder nicht, er hatte nicht dieselbe Macht wie Herrin Sarai.

Daher entschloss er sich, sofort zu gehen, und überließ es Teti, dem Verwalter, einen weiteren, ermüdeten und komplizierten Disput zu schlichten. Teti hatte das einfachere Los gezogen, aber Khayan hatte immerhin Hoffnung, früher davonzukommen.

Seine Mutter wartete in ihrem Audienzraum auf ihn. Sie war allein bis auf eine einzige Dienerin. Diese Dienerin bewirkte, dass Khayan einen Augenblick lang innehielt, dann seufzte er und trat vor seine Mutter.

Iry wusste nicht, warum sie dort war, darauf hätte Khayan ein Silberstück gewettet. Sie schien gelangweilt und beträchtlich verärgert, verbarg es aber recht gut. Khayan fragte sich, was seine Mutter getan hatte, um sie so zu reizen. Wahrscheinlich nichts, außer dass sie sie herzitiert hatte und sie zwang, dort mit leeren Händen und ohne sichtliche Aufgabe zu stehen.

Eine bessere Dienerin als ihre Mutter Nefertem war Iry nicht; Khayan verkniff sich ein Lächeln, bevor eine der beiden Frauen es sehen konnte. Er verbeugte sich vor seiner Mutter, wie es sich gehörte, und wartete darauf, bemerkt zu werden.

Sie betrachtete ihn von oben bis unten. »Mein Sohn«, sagte sie. »Geht es dir gut?«

»Sehr gut«, erklärte er ernst. »Und du, Mutter? Finde ich dich bei guter Gesundheit?«

Hatte auf ihrer Stirn etwas gezuckt? »Es geht mir sehr gut«, erwiderte sie. »Dieses Anwesen – wie kommst du zurecht? Sind deine Leute mit dir zufrieden?«

»Nicht mehr oder weniger, Mutter, als sie glauben, dass sie es sein sollten.«

»Ah«, sagte sie. Und dann ließ sie ihn stehen und warten.

Das machte ihm nichts aus. Es störte ihn nicht einmal, dass sie ihn stehen ließ, keinen Stuhl für ihn hatte, ihn auch nicht schickte, sich selbst einen zu holen. Er hatte seit Mittag die meiste Zeit gesessen und war ganz froh, auf den Beinen zu sein.

Endlich sagte Sarai: »Ich habe dich gebeten, etwas für mich in Erfahrung zu bringen. Hast du es herausgefunden?«

Khayan war verblüfft. Das klang erstaunlich offen, und es kam sehr plötzlich. Aber es passte zu ihr, deshalb antwortete er ebenso offen: »Ja, das habe ich.«

»Und was hast du entdeckt?«

»Ich glaube, das weißt du«, sagte er.

»Und warum glaubst du das?«

»Weil«, erwiderte er, »du meine Mutter bist. Die Herrin des Volkes vom Weißen Pferd.«

»Und warum hast du so lange gewartet, es mir zu sagen?«, wollte sie dann wissen.

»Weil ich ein Feigling bin«, sagte er. »Und weil es einfach zu unglaublich schien.«

»Und dennoch ist es so«, erwiderte sie.

Die ganze Zeit prüften sie einander wie Krieger in der Schlacht, ohne dabei einen Blick auf Iry zu werfen. Khayan war sich ihrer Gegenwart deutlich bewusst. Sie hatte aufgeblickt, als seine Mutter nach seinen Leuten gefragt hatte, sich aber sofort wieder offensichtlicher Langeweile ergeben. Schließlich wusste sie nicht, dass sie von ihr sprachen. Wie hätte sie das auch wissen können? Ihrem Volk war nichts bekannt von der Stute oder den Dienern der Stute.

Und nun wandte sich Sarai sich ihr zu und sagte: »Mädchen. Wer bist du?«

Iry starrte sie verblüfft an. »Wer – was macht das für einen Unterschied?«

»Beantworte meine Frage«, forderte Sarai kühl und klar.

Iry zuckte beinahe trotzig mit den Achseln und erklärte: »Ich bin die Sklavin deines Sohnes.«

Sarai machte eine wegwerfende Bewegung. »Halte mich nicht für dumm, Mädchen. Ich weiß, was du und deine Mutter in diesem Haus sind. Sag mir, wer du bist.«

»Wenn du weißt, was ich bin, dann weißt du auch, wer ich bin«, erwiderte Iry. Bei den Göttern, sie hatte wirklich keine Angst! Vielleicht gab sie nichts für ihr Leben. Es war immerhin recht wenig wert, Sklavin, die sie war.

»Ich würde es vorziehen, wenn du es mir sagst«, erklärte Sarai.

Wieder zuckte Iry mit den Achseln. Man musste sich den Wünschen der Alten und jener, die schwach im Geist waren, fügen, sagte diese Geste. »Ich heiß Iry. Ich bin die Tochter von Herrin Nefertem und Meren-Ptah, der nun unter den Gerechten des Osiris ruht. Sie waren Herr und Herrin der Aufgehenden Sonne, Kindeskinder des ersten Herrn und der ersten Herrin, aus jener Familie, die hier anderthalbtausend Jahre herrschte. Und wer«, wollte sie mit einem Aufblitzen von Zorn in ihren Augen wissen, »bist du?«

Sarai lachte, süß und klar wie ein junges Mädchen. »Oh, Mädchen! Wie trotzig du bist! Ich heiße Sarai. *Ich* bin die Tochter von Sadana, der Tochter von Sarai, der Tochter von Savita, der Tochter von Sadana, Tochter der Töchter der Urenkelinnen von Sarama vom Volk des Weißen Pferdes, die im Osten der Welt für tausend und abertausend und noch einmal tausend Jahre herrschte. Und daher, mein Kind, ist meine Familie älter als die deine, und ich denke, du solltest diesen Trotz beiseite schieben und mir eine Frage beantworten.«

»Frage«, gab Iry zurück, nicht sichtlich beeindruckt von einer solch ehrwürdigen Abstammung; zweifellos galt so etwas in Ägypten nicht als sonderlich bemerkenswert.

»Weißt du, was die Stute ist?«, fragte Sarai.

Sie runzelte die Stirn. »Darum geht es also«, sagte sie. »Sie ist eine Göttin – das Abbild einer Göttin. Das hat dein Sohn mir gesagt. Er sagte, du würdest zornig sein.«

»Das ist nicht genau, was ich meinte«, warf Khayan ein.

Aber sie hörten nicht auf ihn. Wie immer, wenn Frauen sich mit Frauenangelegenheiten beschäftigten, waren die Männer nebensächlich, vergessen.

»Warum sollte ich zornig sein?«, wollte Sarai wissen.

»Weil ich Ägypterin bin.« Iry sprach wie zu einem Kind.

Sarais Augen blitzten auf, aber sie ließ sich nicht provozieren. »Das ist ungewöhnlich«, gab sie zu. »Mehr als ungewöhnlich sogar. Verstehst du, was du getan hast?«

»Ich nehme an«, meinte Iry bitter, »du willst, dass ich nicht mehr reagiere, wenn die Stute mich ruft, und stattdessen jemanden hinschicken, der angemessen ist. Ich könnte es versuchen. Aber wenn sie ruft, gehe ich. Ich kann nichts dagegen tun.«

»Das kann niemand«, erwiderte Sarai. »Nein, das verstehst du nicht. Die Stute wählt ihre Dienerin selbst, niemand kann etwas dagegen tun. Aber es ist … Mädchen, es ist ein Vorzeichen. Niemals in dreitausend Jahren und auch nicht vor den unzähligen Jahren davor hat die Stute eine andere als eine Tochter dieses Stammes gewählt. Das wurde als wichtiges Vorzeichen betrachtet, als die letzte Stute ihre Dienerin nach Ägypten brachte und als noch wichtigeres, als diese Stute ihre Verwandten hierher holte. Nun hat sie nicht nur eine Dienerin aus einem anderen Klan oder einer anderen Familie gewählt, nun wählt sie eine Dienerin, die nicht einmal unserem Volk entstammt.«

Iry hatte den Kopf gehoben. Vielleicht gegen ihren Willen hatte ihre Augen zu strahlen begonnen. Sie wusste, was für ein Vorzeichen das war.

»Wir werden dagegen ankämpfen«, sagte Sarai. »Sei dir dessen bewusst. Die Stute sagt uns vielleicht damit, dass Ägypten wahrlich uns gehört; dass wir es genommen haben, wie sie dich nimmt.«

»Oder«, sagte Iry, beinahe zu leise, um verstanden zu werden, »dass wir es uns zurücknehmen und euch vertreiben werden.« Sie hielt inne. Sarai ließ das Schweigen andauern. Schließlich sprach Iry wieder: »Ihr könnt mich nicht loswerden, nicht wahr? Wenn ihr mich tötet – was würde die Stute tun?«

»Das wäre ein Sakrileg«, sagte Sarai. »Niemand wird dich töten. Aber weil die Stute dich erwählt hat, gehörst du zu ihr und daher zu uns. Du wirst viel lernen müssen und viele Pflichten haben; Ämter, die du ausführen musst.«

»Und wenn ich das nicht tue?«

»Du wirst es tun«, sagte Sarai mit schrecklicher Sanftmut. »Und du fängst sofort damit an. Einen Teil des Tages gehörst du der Stute – und meinem Sohn, der es auf sich genommen hat, dich zu einer Reiterin zu machen. Den Rest des Tages und die Nacht gehörst du mir. Du wirst tun, was ich sage und wann ich es sage, ohne eine Frage zu stellen.«

»Ich werde, kurz gesagt, Sklavin sein.«

»Du wirst eine Priesterin sein«, sagte Sarai, »ob du nun willst oder nicht. Das hier ist das Werk der Stute, das ist ihre Wahl. Tu es für sie. Ertrage es für sie und tue dein Bestes. Alles andere würde ihr Schande bereiten.«

»Ich werde davonlaufen«, verkündete Iry. Bekam sie vielleicht doch Angst?

»Die Stute wird dich zurückbringen«, erwiderte Sarai. »Ertrage es, Mädchen. Du gehörst nun ihr, und so war es von dem Augenblick an, als du ihrem Ruf gefolgt bist.«

Iry senkte den Kopf. Es sah nun wie Unterwerfung aus. Khayan bemerkte, wie sie unter ihren schwarzen Stirnfransen blinzelte. »Muss ich ein Gewand tragen?«, fragte sie – eine verblüffende Frage, denn er war davon ausgegangen, dass ihr das vollkommen klar war.

»Wenn du dich bei meinem Volk aufhältst«, sagte Sarai, »wirst du tun, was sich gehört. Den Rest der Zeit kannst du tun, was du willst.«

Iry behielt den Kopf gesenkt. Sie würde nun bei Sarais Volk bleiben und nicht bei ihrem eigenen – so viel musste sie verstehen. Aber sie sagte nichts. Man hätte beinahe glauben können, dass sie sich ins Unvermeidliche fügte. Beinahe – wenn man nicht diese Augen gesehen hätte. In diesem Blick stand keine Unterwürfigkeit.

Und da gab es Leute, die behaupteten, die Ägypter seien servil. Wenn er allein gewesen wäre, hätte Khayan laut gelacht. Stattdessen floh er bei der nächsten Gelegenheit und war so feige, Iry der Gnade seiner Mutter zu überlassen. Das war nur gerecht, so trotzig dieses Kind war, so fremd jeglicher Unterwerfung. Sarai würde ihr vielleicht nicht beibringen können, sich zu unterwerfen, aber wie die Stute selbst mochte sie immerhin lernen, zu gehorchen.

Zwei Herrinnen

21

Kemni segelte an einem gesegneten, glühend heißen Morgen nach Theben, kurz nachdem das Hochwasser seinen Höchststand erreicht hatte. Sie kämpften sich ihren Weg flussaufwärts, schwitzten unter Ruder und Segel und beteten zu den Göttern, dass die fremden Könige sie nicht bemerken und aufhalten würden. Dennoch hatten sie sich in der Nacht durch Memphis geschlichen – im Licht der Sterne – und sich der gewaltigen Breite des Flusses in dieser Jahreszeit anvertraut. Die Fracht, die sie trugen, war zu kostbar, um sie leichtfertig aufs Spiel zu setzen.

Kemnis Herz war wieder heil, von dem Augenblick, als sie an den ersten grünen Rieddickichten des Deltas vorbeigekommen waren. Hier, in der königlichen Stadt des Oberen Reiches, war er nun endlich ganz zu Hause. Er war nie so froh gewesen, diese hoch aufragenden Mauern zu sehen, oder die kahlen Hügel dahinter. Seine Augen hatten einen fremden Himmel erblickt und sein Körper die Kälte eines anderen Landes kennen gelernt. Er war mehr als zufrieden, Ägypten nie wieder verlassen zu müssen.

Ariana trat neben ihn, als er im Bug stand. Wären die Krokodile nicht gewesen, wäre er am liebsten in den Fluss gesprungen und ans Ufer geschwommen. Aber er war vorsichtig. Er sehnte sich zwar danach, aber er blieb an Bord.

Er warf ihr einen Blick zu. Zunächst sagte sie gar nichts, denn sie war gebannt von der Stadt, die in Zukunft ihr Zuhause sein würde. Die Reise hatte sie recht problemlos hinter sich gebracht. Nachdem sie erst einmal an Bord gegangen war, schien sie kein sichtliches Heimweh nach Kreta zu haben und war nicht wieder in jene schweigende Zurückgezogenheit verfallen, die ihn so erschreckt hatte. Ihr Lachen hatte die ganze Reise erträglicher gemacht.

Er war zutiefst froh, nach Hause zurückzukehren, aber es

würde ihm Leid tun, sie ans Haus der Königinnen zu verlieren. Nicht, dass sie ihn je verlockt oder ihm gestattet hätte, sich Freiheiten herauszunehmen. Er hatte nicht einmal gewagt, von ihr zu träumen. Aber er hatte lange Tage in ihrer Gesellschaft verbracht und an vielen Abenden ihre Geschichten, Lieder, Scherze und Albernheiten gehört. Eine Reise, die ansonsten unerträglich langweilig gewesen wäre, hatte sich dadurch als erstaunlich angenehm erwiesen, selbst nachdem sie sich im Land der fremden Könige verbergen mussten.

Und nun ging es zu Ende. Sie sagte: »Versprich mir etwas.«

»Was immer ich kann«, sagte er vorsichtig, »sofern es ehrenhaft ist.«

Sie deutete einen Schlag an. »Selbstverständlich ist es ehrenhaft. Versprich mir, mein Freund zu sein, wenn wir im Palast eingeschlossen sind.«

»Ich werde immer dein Freund sein«, sagte er.

»Selbstverständlich wirst du das sein«, erwiderte sie ein wenig ungeduldig. »Das meinte ich nicht. Ich meinte, mein *Freund*. Jemand, der mich besuchen kommt, mir Gesellschaft leistet und –«

»Dagegen hat der König vielleicht etwas«, meinte Kemni. »Die Königinnen haben nicht die Freiheiten einer Prinzessin auf Kreta.«

»Warum nicht?«

Sie hatten schon zuvor darüber gesprochen – nicht so direkt, aber sie wusste sehr gut, was man von einer Königin erwartete. Sie hatte nie zuvor dagegen protestiert.

Er tat sein Bestes, ihre Frage zu beantworten. »Königinnen sind mehr als einfache Sterbliche. Königinnen sind göttlich, ebenso wie die Könige. Sie leben, wie es sich für Götter gehört, gebunden in Rituale und Zeremonien. Sie können sich nicht einfach mit Sterblichen abgeben.«

»Ich bin keine ägyptische Königin«, sagte Ariana; und einen Augenblick lang sah er sämtliche Arroganz der Göttlichkeit in ihr. Erst dann fiel ihm wieder ein, dass sie schließlich ein Abbild ihrer eigenen großen Göttin war.

Aber das war keine ägyptische Göttin. »Du bist hier Ägypterin«, sagte Kemni, »wenn du den König von Ägypten heiratest.«

Sie biss die Lippen zusammen und sagte nichts mehr. Er wusste, dass er das Scharmützel nicht gewonnen hatte. Er wäre nie in der Lage, einen Kampf mit einer Göttin zu gewinnen.

Theben öffnete die Arme und nahm sie auf. Die *Tänzerin* fand schließlich ihre Zuflucht, müde und abgerackert, aber wie eh und je nicht unterzukriegen. Kemni verabschiedete sich mit echtem Bedauern von ihr.

Er hatte vor, ihre Fracht zurückzulassen, aber Ariana spielte nicht mit. »Wir gehen zusammen«, sagte sie. »Wir alle.« Sie wollte nichts davon hören, dass er einen Boten schickte und auf den Hafenmeister wartete, sondern scheuchte ihn vom Schiff, gefolgt von einer schweigenden Iphikleia – nur Naukrates gab nicht nach. Er musste bei seinem Schiff bleiben. Selbst die Ariana von Kreta konnte ihn nicht dazu bewegen, es zu verlassen.

Sie seufzte, zuckte mit den Achseln und ging, ließ ihn aber zuvor versprechen, zum Palast zu kommen, sobald die *Tänzerin* inspiziert war. Naukrates stimmte zu, oder zumindest widersprach er nicht.

Kemni beneidete ihn beinahe. Jeder kluge Mann hätte einen Boten geschickt, um den König vorzuwarnen vor dem, was seinen Frieden stören würde. Könige mochten keine Überraschungen. Und solche Überraschungen wie diese …

Hätte Kemni Glück gehabt, dann wäre Ahmose vielleicht woanders gewesen, irgendwo auf der Jagd am Fluss oder auf einer Reise in seinem Reich. Aber der König war anwesend. Seine Wachen standen in ihren besten Uniformen am Tor, seine Kämmerer verbarrikadierten gleich dahinter die Wege und brachten alle ins Haus der ausländischen Botschafter, das zu diesem Zeitpunkt noch nicht vollkommen von Menschen überschwemmt war; dort sollten sie in königlichem Luxus warten.

So stellten es sich die Kämmerer zumindest vor. Kemni plante, sobald man sie in Ruhe ließe, nach Prinz Gebu zu suchen. Gebu würde ihnen Einlass verschaffen, da hatte er keine Zweifel.

Aber Ariana hatte nicht vor, ruhig zu warten, bis Kemni sich um alles gekümmert hatte. Sie bedachte den obersten Kämmerer mit ihrem herablassendsten Blick und sagte in gebrochenem, aber erträglichen Ägyptisch: »Du wirst uns zum König bringen. Du wirst uns jetzt sofort zum König bringen.«

»Meine Dame«, sagte der Kämmerer mit einem Zucken der Lippen, das ein Kommentar zu ihrer von der See zerzausten Kleidung, dem salzstarren Haar und ihrem deutlich ausländischen Ursprung war, »das Große Haus der Zwei Länder wird dir eine Audienz gewähren, wenn die Zeit gekommen ist und alles angemessen vorbereitet wurde. Bis dahin –«

»Die Zeit ist jetzt gekommen«, sagte Ariana. »Und du wirst uns zu ihm bringen.«

Der Kämmerer ergab sich soweit seiner Verzweiflung, dass er Kemni einen um Hilfe heischenden Blick zuwarf. Kemni, der für ihn nur akzeptabler war als Ariana, weil er ein Mann und außerdem Ägypter war, fühlte sich alles andere als geschmeichelt, fand die Situation aber amüsant. »Herrin«, sagte er schließlich, »warte zumindest, bis wir uns ein wenig frisch gemacht haben. Soll der König von Ägypten dich denn für eine Barbarin halten?«

»Alle behaupten, der König von Ägypten sei ein vernünftiger und kluger Mann.« Ariana verschränkte die Arme vor der Brust und starrte alle anderen an. »Ich werde jetzt sofort mit ihm sprechen.«

Kemni warf Iphikleia einen Blick zu; sie hielt sich zurück. Die Miene des Kämmerers hatte die reglose Störrischkeit angenommen, die seinen Stand kennzeichnete.

Kemni seufzte tief und sagte auf Kretisch zu Ariana: »Herrin, bitte, lass ihn gehen. Ich kenne einen besseren Weg.«

»Wie bitte?«, wollte sie in derselben Sprache wissen, »zu warten, bis wir alle Greise sind? Du weißt, dass man uns nicht zu ihm lassen wird, wenn wir uns nicht beeilen.«

»Kannst du mir nicht vertrauen?«, gab er zurück. »Ich habe hier gelebt und deshalb einen gewissen Einfluss. Sobald wir aussehen, als kämen wir nicht aus der nächsten Seemannskneipe, werde ich dafür sorgen, dass der König uns eine Audienz gibt.«

»Versprichst du das?«

»Ich verspreche es«, erklärte Kemni leichthin. Sollte Gebu allerdings nicht im Palast sein oder nicht geneigt, Kemni weiterzuhelfen …

Ariana brauchte das nicht zu wissen. Sie schaute immer noch mürrisch drein, sagte aber schließlich: »Also gut. Tu, was getan werden muss. Ich«, verkündete sie und warf den Kopf zurück, »werde im Bad auf dich warten.«

»Mit deiner gnädigen Erlaubnis«, meinte er, »werde ich mich selbst erst waschen. Sogar Gebu, der zufällig mein Freund ist, wird sicher erfreut sein, wenn ich sauber zu ihm komme.«

Sie schnaubte hörbar, verbot es ihm aber nicht. Daher ergab er sich also zunächst einem Bad in königlich ägyptischem Luxus, mit Dienern, die wirklich wussten, wie man jemanden säuberte. Sie massierten und ölten ihn und kleideten und schmückten ihn wie einen Fürsten, was bewirkte, dass er ein wenig die Augen aufriss, denn dies war über seinem Stand. Er hatte nie zuvor so viel Gold getragen, einen so schweren Kragen, dass die Diener schnauften, als sie ihn hoben, dazu Armreifen schwer wie Fesseln und einen Gürtel wie die ausgebreiteten Flügel eines Geiers, jede einzelne Feder grün und rot und blau emailliert. Als er sich auf die Suche nach seinem Kampfesbruder machte, musste er ständig gegen den Drang ankämpfen, über diese Federn zu streichen.

Kemni war als Fremder mit zwei fremden Frauen in den Palast gekommen, wenig beachtet und wenig wichtig. Aber nun, schimmernd von Gold, in einem Kilt aus bestem Leinen und mit einer fürstlichen Perücke, zog er Blicke und Geflüster an. Er kannte viele Gesichter, aber wenige schienen ihn zu erkennen. Selbstverständlich – Kemni, der Kommandant von hundert Kriegern hatte sich niemals so geschmückt. Und er war über ein halbes Jahr weg gewesen. Die Götter allein mochten wissen, welche Gerüchte in seiner Abwesenheit aufgekommen waren.

Es war seltsam, für einen Fürsten gehalten zu werden; er war nicht sicher, ob es ihm gefiel.

Er war allerdings auf der Suche nach einem echten Prinzen und musste sich auf Wege und Muster verlassen, die über ein halbes Jahr alt waren. Prinz Gebu war tatsächlich anwesend, erklärte ein junger Adliger, der viele Male mit Kemni auf der Jagd gewesen war, ihn aber nun ansah, ohne ihn zu erkennen, geblendet vom Gold und dem Prunk. Er brannte vor Neugier, das sah Kemni ihm an, war aber zu höflich, diesen Mann, der zweifellos zu erhaben war, um bekannt zu sein, nach seinem Namen zu fragen.

Ein Adliger aus dem Unteren Reich. Dieses Geflüster ging ihm voraus. Und das entsprach ja tatsächlich der Wahrheit.

Gold und Prunk brachten ihn schließlich an den Ort, wo er mit salzwasserfleckigen Lumpen wohl nie hingelangt wäre. Er betrat das Haus der Prinzen, dieses Chaos aus Allianzen und Streitigkeiten, Aufständen und Besäufnissen und wirren Intrigen. Es war nicht sein Zuhause, aber nahe daran. Dort kannte man ihn. Die Menschen hier waren daran gewöhnt, die goldenen Masken zu durchdringen und das wahre Gesicht eines Mannes zu erkennen.

»Kemni! Kemni ist von den Toten zurück!«

Es schien, dass die Hälfte der Prinzen anwesend war, oder doch zumindest rasch kam, nachdem die Nachricht sich erst einmal verbreitet hatte. Sie drängten sich um ihn, umarmten ihn, schubsten ihn, gaben ihm das Willkommen, das ihm Stadt und Palast verweigert hatten.

Er musste sich anstrengen, nicht einfach zusammenzubrechen und loszuheulen, denn das hätte seine Schönheit befleckt. So umarmte und schubste und johlte er vergnügt zurück.

Sie scheuchten ihn in eine der Hallen, wo es immer Wein und auch alles andere gab, was junge Männer mochten. Heute waren es eine Herde von Mädchen mit verwelkten Girlanden und die Überreste eines Ochsenbratens. Keines der Mädchen war annähernd so hübsch wie Ariana, aber sie waren alle schön, und sei es nur, weil es Ägypterinnen waren.

Aber er konnte sich nicht mit ihnen aufhalten, so sehr er sich auch danach sehnte, deshalb schob er sie bedauernd beiseite und hob die Stimme über den allgemeinem Tumult. »Gebu – wo ist Gebu?«

Es dauerte eine Weile und brauchte eine Menge Gebrüll, aber endlich fand jemand eine Antwort: »Er leistet seinen Dienst im Tempel des Amon.«

»Nein«, sagte ein anderer. »Damit ist er gestern fertig geworden, erinnerst du dich nicht? Er bedient heute den König.«

»Vortrefflich«, rief Kemni.

Sie protestierten heftig, selbst nachdem er versprochen hatte, bald zurückzukommen und seine Rückkehr zu feiern. Aber er musste mit dem König sprechen.

Er hatte mehr freundlichen Zuspruch, als ihm lieb war, aber als er das Haus der Prinzen verließ, wandten sich die jungen Männer und ihr Gefolge wieder ihren Festlichkeiten zu. Niemand ging mit ihm zum König. Das wäre langweilig, meinten sie. Ahmose hielt Audienz oder war damit beschäftigt, Streitigkeiten über Gerstenkörner zu schlichten oder ging einer ähnlich ermüdenden königlichen Tätigkeit nach. Gebu, der gerade seinen Priesterdienst hinter sich hatte, würde es zweifellos aufregend finden, aber diese Prinzen hier waren aus weicherem Stoff gemacht.

Ahmose, der König, war allerdings nicht damit beschäftigt, mit seinen Schreibern die Buchführung durchzugehen, er empfing nicht einmal Gesandtschaften, sondern erfreute sich im königlichen Tierpark am Anblick seiner neuesten Anschaffung.

Kemni blieb am Rand eines Platzes stehen, der aussah wie ein Garten mit Gras. Dort grasten ein halbes Dutzend Pferde, ein Hengst mit einem Harem von Stuten. Sie waren ein wenig größer als die Herde in Kreta und leichter gebaut, zarter, Gazellen ähnlicher als einem Ochsen. Sie waren alle rotbraun, der Hengst hatte eine schwarze Mähne, der Rest war heller mit rötlichen Mähnen oder solchen aus mattem Gold.

»Wo im Namen aller Götter hast du die gefunden?«

Kemni hatte vergessen, wo er sich befand oder wer ihn hören konnte. Ahmose antwortete von hinter den Pferden, wo er zusammen mit Gebu und ein paar Wachen stand. Die Wachen sahen aus, als wollten sie ihren König gegen eine Herde von Krokodilen verteidigen, hielten die Speere bereit und starrten die friedlichen Tiere an.

»Sei gegrüßt, Kemni«, sagte Ahmose. »Willkommen daheim. Ich hoffe, es geht dir gut?«

»Sehr gut, Herr«, erwiderte Kemni mit verspäteter Höflichkeit. Er setzte dazu an niederzuknien, doch Ahmoses erhobene Hand hielt ihn davon ab.

»Nein, nein«, rief der König. »Spar dir das. Gefallen dir meine Pferde, junger Mann?«

»Sie gefallen mir sogar sehr«, sagte Kemni. »Aber was ... wo –«

»Sie kommen aus Libyen.« Ahmose ging an einem verblüfften Soldaten vorbei und streckte die Hand aus. Eine der Stuten hob den Kopf und schnupperte daran. Als sie nichts zu fressen fand, schnaubte sie und wandte sich wieder dem Gras zu. »Du hast doch gebeten, mit Pferden bezahlt zu werden, oder nicht?«

»Nicht –« Kemni hielt inne. Er hatte gelernt, einen Wagen zu fahren, das stimmte. Deshalb nahm er an, das sollte mit Pferden bezahlt werden. »Aber, Herr, die sind nicht für mich.«

»Sie könnten es sein«, erwiderte Ahmose.

Er wartete. Kemni fehlte es an den Feinheiten höfischen Verhaltens; es traf ihn mit einiger Verspätung, was man ihn gerade wortlos gefragt hatte. Er nickte, runzelte aber ein wenig die Stirn. Ahmose zog die Brauen hoch.

Kemni nahm wieder zu Worten Zuflucht, vielleicht nicht allzu schnell, aber er hoffte, dass der König ihm verzieh. »Es gibt ... noch etwas. Einen Preis.«

Ahmose wartete, so viel sagend wie zuvor.

»Eine Ehe«, erklärte Kemni. Ahmose ließ sich davon nicht bedrücken: Zweifellos hatte er es ebenso wie Kemni erwartet, wahrscheinlich aber nicht den Rest. »Der König von Kreta sendet dir seine Tochter, eine Dame von sehr hohem Rang. Er bittet darum, dass sie Königin wird.«

»Das ... ließe sich einrichten«, erwiderte Ahmose.

»Das habe ich ihm gesagt, Herr«, erklärte Kemni. »Aber ...«

»Aber?«

Kemni holte tief Luft, fasste sich und sprach es aus: »Sie ist hier, Herr. Minos' Tochter. Sie ist mit mir gereist.«

»Was – sie und ihr gesamter Hofstaat? Und keiner unserer Spione hat ein Wort davon erfahren?«

»Das liegt daran, Herr«, meinte Kemni, »dass sie allein gekommen ist, bis auf eine einzige Begleiterin. Ich habe ihr gesagt, dass das ausgesprochen ungewöhnlich ist, aber, Herr –«

»Wie interessant«, meinte Ahmose. Und so etwas sagte er nicht oft, das konnte Kemni deutlich sehen: Gebu, der sich, wie es sich gehörte, zurückgehalten hatten, riss die Augen auf. »Und welchen Grund hat sie für diese große Abweichung von der Tradition genannt?«

»Sie sagte«, meinte Kemni, »das du sie jetzt brauchen wirst, dass sie jetzt hier sein müsste.« Er warf den Pferden einen kurzen Seitenblick zu. »Herr, sie weiß, wie man einen Wagen fährt.«

»Tatsächlich?« Ahmose war ernsthaft interessiert, er wurde beinahe lebhaft.

»Sie hat mir ein wenig davon beigebracht«, meinte Kemni.

»Ich verstehe«, entgegnete Ahmose. »Du hast also keine Zeit verschwendet.«

Kemni senkte den Kopf. Es half wenig und war zu spät, aber er wollte nicht noch offener sein, als er bereits gewesen war.

Plötzlich spürte er eine Hand auf seiner Schulter. Er zuckte zusammen und wäre beinahe zurückgewichen. Der König persönlich hatte ihn berührt und ein wenig geschüttelt: »Junger Mann«, sagte Ahmose, und seine Stimme war freundlich, »das hast du gut und mehr als gut gemacht.«

»Selbst wenn ich Ariana – die Prinzessin – nicht davon abhalten konnte, sich so unangemessen zu verhalten?«

»Wir werden schon sehen, was sie für angemessen hält«, sagte Ahmose immer noch freundlich. Er war amüsiert, sogar sehr. »Komm, bring mich zu ihr.«

»Aber –«

»Auch ich habe das Recht«, meinte Ahmose, »mich unangemessen zu verhalten.«

Es war schlimmer als unangemessen, es war entsetzlich. Aber es war ein königlicher Befehl – und Kemni ein Diener des Königs.

Dennoch wagte er zu sagen: »Herr, ich an deiner Stelle würde sie hierher rufen lassen. Und sie wissen lassen, dass es hier Pferde gibt.«

Ahmose dachte darüber nach. Kemni hielt die Luft an, doch dann sagte der König: »Ja. Ja, das ist klug. Kamut – geh zum Haus der ausländischen Gesandtschaften und hol die Dame aus Kreta her.«

Der kleinere der beiden Soldaten verbeugte sich tief und lief los, um dem Befehl seines Herrn nachzukommen. Während sie warteten, rief Ahmose nach Dienern und ließ einen Baldachin neben der Pferdeweide aufstellen, und einen Tisch, Wein und Gebäck bringen. Das alles war längst getan, bevor Ariana erschien – und Kemni begonnen hatte zu befürchten, dass sie sich weigern würde zu kommen.

Aber Ariana war nicht dumm. Sie wusste, wohin Kemni gegangen war und was er gehofft hatte zu erreichen. Sie ließ den König warten, aber nicht lange. Gerade als die Sonne sich von ihrem Höchststand ein wenig nach Westen begeben hatte, erschien sie, mit Iphikleia als Eskorte und Schatten. Der Soldat Kamut, den man geschickt hatte, um sie zu holen, trottete wie ein Hund hinterher, eindeutig in den Bann geschlagen.

Sie trug einen Umhang aus Leinen wie eine alte Frau, ein Stück davon hatte sie über ihr Haar drapiert. Aber als sie sich über den Pfad aus gerechtem Sand näherte, ließ sie den Mantel fallen.

Kemni hörte das Keuchen neben sich. Gebu hatte nie eine kretische Dame in vollem Glanz gesehen. Es war, das musste Kemni zugeben, ein wunderbarer Anblick.

Ariana hatte vom Schiff eine kleine Tasche mitgenommen, das hatte Kemni bemerkt. Mit ihrem Inhalt hatte sie Wunder bewirkt. Den bestickten Rock und die edelsteinbesetzte Weste kannte er, er hatte beides auf Kreta gesehen. Die Edelsteine waren von seltener Qualität. Die Schminke auf Gesicht und Brüsten mutete ägyptisch an, aber was sie damit getan hatte, war ganz kretisch. Sie hatte sich das Haar gewaschen, beim Trocknen zu Locken geflochten und dann in ein Netz gebunden: das Abbild ihrer eigenen Göttin, bis hin zu den Schlangenarmbändern – diesmal waren es jedoch Edelsteine und keine lebendigen Tiere.

Kemni hätte nicht sagen können, was Ahmose von ihr hielt. Das Gesicht des Königs war eine majestätische Miene, ausdruckslos und starr. Noch hätte Kemni sagen können, was Ariana über den König von Oberägypten dachte. Er war kein junger Mann und kein sonderlich schöner, aber Kemni hatte nie den Eindruck gehabt, dass sie sich um solche Dinge kümmerte.

Sie betrachteten einander mit erstaunlich ähnlichem Ausdruck: mit ruhiger Miene, dunklen Augen und mit Schweigen.

Es war Ahmose, der schließlich das Schweigen brach: »Herrin«, sagte er. »Ich heiße dich in Ägypten willkommen.«

Sie neigte den Kopf. In diesem Augenblick schien sie so hochmütig, wie Iphikleia es manchmal sein konnte, aber Iphikleias Augen blitzten nicht so, und es umspielte auch kein Lächeln ihre Mundwinkel. »Herr«, sagte sie in besserem Ägyptisch, als Kemni je für möglich gehalten hätte, »ich bin höchst erfreut, mich in deiner Gegenwart zu finden. Und so bald schon. Ist er nicht ein Wunder an einem Höfling, dieser Botschafter, den du geschickt hast?«

Kemnis Wangen brannten. Es gehörte sich nicht, dass sie von ihm sprachen. Es gehörte sich nicht, dass er anwesend war. Er sollte unsichtbar sein, unberührbar, vergessen.

Aber dies war in keiner Weise eine angemessene Begegnung von Gottkönig und königlicher Braut. Ahmose sagte: »Er hat mir gut gedient, denkst du nicht auch?«

»Ganz hervorragend«, sagte sie. Sie nickte zu den Pferden hin. »Ist das seine Belohnung?«

»Würde es dir gefallen, wenn dem so wäre?«

»Ist es wichtig, was mir gefällt oder nicht?«

»Es würde mich freuen, dich zu erfreuen«, sagte Ahmose.

»In diesem Fall«, erklärte sie liebenswürdig, »würde es mir gefallen, wenn er zum Herrn dieser Pferde würde. Hast du auch Wagen, Herr?«

»Sie werden gebaut«, erklärte Ahmose.

»Morgen«, meinte sie, »werde ich sie anschauen.«

»Wie du wünscht«, erwiderte der Herr.

Sie nickte. »Ich danke dir. Wir sind uns also einig, Herr? Zahlst du den gesamten Preis, den mein Vater verlangt?«

»Du möchtest Königin sein«, sagte der König. »Du musst wissen, dass du nicht Große Königliche Gemahlin werden kannst.«

»Das hat man mir schon mitgeteilt«, erwiderte Ariana, »und es stört mich nicht. Was ich tun will, sollte am besten ohne allzu viele offizielle Pflichten geschehen. Aber ich brauche die Autorität.«

»Was ist es, was du tun willst?«

Sie nickte zu den Stühlen am Tisch. Ahmose gestattete ihr mit einer Verbeugung, Platz zu nehmen. Sie setzte sich mit anmutiger

Sorgfalt hin, wie eine Katze es tut, strich ihre Röcke glatt, nahm Wein in einem goldenen Becher entgegen und knabberte an einem Stück Gebäck.

Als sie sich eingerichtet hatte und als Ahmose ebenfalls saß und die anderen sich entsprechend ihrem Rang oder ihrem Gefühl für das Angemessene um sie gesellt hatten, sagte sie: »Du willst das gesamte Königreich regieren. Mein Vater kann dir mit seinen Schiffen und seinen Seeleuten helfen. Ich bin sicher, deine Armeen stehen bereit. Was du brauchst, sind Streitwagen. Diese Pferde sind ein Anfang, aber du brauchst mehr, viel mehr. Wenn es keine Pferde gibt, finde Esel, wenn möglich welche, die bereits für das Joch ausgebildet sind. Für diesen Anfang brauche ich …«

Sie hielt inne, als zähle sie im Kopf. »Lass uns mit drei mal zwanzig guten Streitwagengespannen beginnen und mit hundert Männern, die willig und in der Lage sind, eine neue Kriegskunst zu erlernen. Gib mir diesen Mann, damit er sie befehligt, und freie Hand, was Ausrüstung und Bezahlung angeht. Und –«

»Und?«, warf Ahmose ein. »Es gibt noch mehr?«

»Es gibt immer mehr«, sagte Ariana. »Willst du diesen Krieg gewinnen?«

»Ich werde diesen Krieg gewinnen.«

»Also gut«, sagte sie. »Gib mir all das, und gib mir den Rang und die Autorität, Befehle zu erteilen. Und dazu ein Haus und Diener, denen ich vertrauen kann. Ein Landsitz wäre das Beste, ich brauche viele Weiden, nicht zu dicht an der Stadt, und nicht zu nah an einer Straße. Wir wollen nicht, dass der Feind erfährt, was wir da tun.«

»Du bittest also darum«, erklärte Ahmose, »zur Herrin eines Landsitzes gemacht zu werden und die volle Macht zu erhalten, dort zu herrschen, wie es dir gefällt. Willst du außerdem Königin sein?«

»Wir sollten so bald wie möglich heiraten«, meinte sie. »All das wird für eine Königin leichter als für eine adlige Dame von Rang sein. Aber wir werden die Heirat nicht öffentlich machen. Wenn dein Krieg gewonnen ist, dann kannst du mich mit allem angemessenen Prunk zur Frau nehmen.«

»Du hast bereits an alles gedacht, wie ich sehe«, sagte Ahmose.

»Ja«, erwiderte sie, offenbar von keiner Ironie berührt. »Du noch nicht? Ihr habt hundert Jahre gewartet, um euch das Untere Reich zurückzuholen. Dein Bruder hat es versucht, aber er hat es wieder verloren. Möchtest du es nicht einnehmen und auch behalten?«

»Allerdings möchte ich das«, sagte Ahmose. In seinem Blick stand ein Lächeln. »Herrin, mir scheint, als hätte dein Vater mir mit dir ein sehr großes Geschenk gemacht.«

Sie sah ihm direkt ins Gesicht. Kemni bemerkte, wie er ein wenig zusammenzuckte, als wäre ihm erst jetzt das Strahlen dieses Blickes aufgefallen. »Ich habe mich selbst beschenkt«, sagte sie. »Ich habe darum gebeten, hierher geschickt zu werden.«

»Warum?«

Sie lächelte. »Weil ich es wollte.«

»Und warum hast du es gewollt?«

Er würde nicht aufgeben, ehe er eine Antwort hatte, die ihn zufrieden stellte. Sie antwortete ernst, obwohl immer noch Lachen in ihren Augen stand. »Mein Volk ist ein Seefahrervolk. Sie kamen vor langer Zeit aus dem Osten, kamen zum Meer und wussten, dass es ihnen gehörte. Ich wurde als Prinzessin geboren und dadurch auch zur Priesterin, und unsere Göttin hat mich zur obersten ihrer Dienerinnen erwählt. Auch im Herzen wusste ich immer, dass sie noch mehr von mir verlangen würde. Als du diesen Mann als Boten geschickt hast, vielleicht, weil er einen Traum hatte, in dem ich vorkam, wusste ich, dass meine Göttin zu mir sprach. Sie rief mich nach Ägypten. Üblicherweise«, fuhr sie fort, »ruft sie uns zu sich. Wir tanzen mit dem Stier, und er holt uns. Aber der Stier hat mich verschont. Es war mir bestimmt, hierher zu kommen, und daher bin ich gekommen, Herr, und daher werde ich bleiben. Du wirst es mir nicht verweigern.«

»Ich bin König und Gott«, sagte Ahmose. »Kein Mann kann mir Befehle erteilen.«

»Aber«, sagte sie, und Lachen schwang in ihrer Stimme mit, »ich bin kein Mann.«

Da lachte er selbst, ein tiefes, plötzliches, verblüfftes Lachen. »Herrin!«, rief er, »o Herrin! Du wirst mir nie Befehle erteilen.

Aber ich kann mich entscheiden, und ich habe mich entschieden zu tun, was du willst.«

»Selbstverständlich wirst du das«, erklärte sie mit wunderbarer Haltung. »Wie auch nicht?«

»Tatsächlich, wie auch nicht?« Ahmose griff nach ihrer Hand. »Also gut, Herrin des Seefahrervolkes. Ich werde dich zu einer Königin machen, und du machst uns zu Streitwagenlenkern. Gewinne diesen Krieg für uns, und du sollst alles andere haben, was dein Herz begehrt.«

»Alles?«, fragte sie und zog die Brauen hoch.

»Alles«, erwiderte er, »du kannst nur nicht meine Große Gemahlin sein.«

»Oh«, sagte sie und zuckte mit den Achseln, »nun gut, nein. Nicht das. Aber wenn der Krieg gewonnen ist... werde ich mich daran erinnern.«

»Ja«, sagte er. »Vergiss es nicht.«

22

Kemni war froh, unbemerkt und unbeschadet von dieser Audienz beim König und seiner neuen Königin flüchten zu können. Doch er sollte nicht mehr als eine Nacht Ruhe haben, denn am Morgen, als er eine durchfeierte Nacht im Prinzenpalast ausschlief, zerrte ihn ein Kämmerer eigenhändig aus dem Bett. Er war angekleidet, trug eine Perücke und wurde auf den Weg gebracht, bevor er wach genug war zu fragen: »Wer bist du? Wo bringst du mich hin?«

»Du wurdest gerufen«, erklärte der Kämmerer. Und mehr wollte er nicht sagen. Kemni überlegte, ob er sich wehren sollte, aber er war schon zu weit mitgegangen. Zweifellos wollte der König ihn sehen, oder vielleicht Ariana.

Man brachte ihn in die Richtung des Palasts der Königinnen.

Ja, dort war der Palast mit seinen gemeißelten Toren, die bemalt waren wie Papyrusfächer, und nubische Wachen standen auf beiden Seiten, Eunuchen, denen man getrost die Bewachung von Frauen anvertrauen konnte. Der Kämmerer übergab Kemni an diesem Tor einer Frau von beeindruckendem Umfang und strenger Miene, die ihn von oben bis unten betrachtete, als wäre er ein Ochse, den sie vielleicht schlachten wollte und den sie deutlich ungeeignet fand.

Er hatte nun einen Verdacht, oder genauer gesagt eine Befürchtung, wer ihn hergerufen hatte. Ariana konnte sich noch nicht im Königinnenpalast niedergelassen haben, sie war noch keine Königin, aber es gab hier eine, die allen Dienern in diesem Haus und im Rest des Palastes Befehle erteilen konnte. Eine, die unter den Frauen herrschte, eine große Dame und Königin dieses Reiches.

Königin Nefertari empfing ihn in einer Halle mit hohen Säulen, wo die Sonne in schrägen Strahlen ins duftende Halbdunkel fiel. Es war kühl in diesem hohen, luftigen Raum und still bis auf das Trillern der Vögel in einem goldenen Käfig. Überall an den Wänden konnte man Prozessionen von Tänzerinnen bewundern: junge schöne Mädchen, die weinselig umherwirbelten.

Ihre lebendigen Abbilder saßen oder standen oder lehnten sich auf die Stufen eines Podests; einige von ihnen waren nackt bis auf eine Perle, ein Amulett oder eine Blütengirlande, andere trugen Leinen, so durchsichtig wie eine Wolke über dem Mond; Letztere waren auf ihre Art verlockender als ihre nackten Schwestern.

Die Königin saß über ihnen auf einem Thron aus Gold und Lapislazuli und Chalzedon. Ihr Gewand war noch dünner, verhüllte kaum die Schönheit ihres Körpers. Ihre Brüste waren hoch und spitz wie die eines Mädchens, ihre Brustwarzen groß und rosig dunkel unter dem dünnen Leinen. Über ihnen trug sie einen großen, goldenen Kragen und einen goldenen Kopfputz mit dem Abbild von Falkenflügeln, die ihren Kopf und ihre Schultern einfassten. Der Kopf des Falken erhob sich über ihre Stirn, der Blick seiner Kristallaugen ruhte auf Kemni, als wäre er ein lebendiger Vogel.

Ihm, der mit Ariana und ihrer Base Iphikleia aus Kreta gekommen war, war königliche Schönheit nicht fremd. Ahmose Nefertari, Königin und Große Königliche Gemahlin, war nicht, wie er zugeben musste, so schön wie sie, und nicht so üppig. Und dennoch war sie reine und vollständige Schönheit, sie war Königin und Göttin, große Herrin des Oberen Reiches, Gefährtin unter Gleichen ihres Königs und Gottes.

Kemni fiel vor ihr nieder. Es war nicht, was er vorgehabt hatte, und es wurde auch nicht verlangt. Es hätte genügt, sich bis zum Boden zu verneigen.

»Du darfst dich erheben«, sagte sie über seinen Kopf hinweg. Ihre Stimme war tief, die Harmonien subtil. Sie hatte nichts Künstliches an sich, sie war einfach nur sie selbst.

Kemni erhob sich gehorsam auf die Knie.

»Komm näher«, sagte die Königin.

Er erhob sich gänzlich, um dem Wunsch der Königin nachzukommen, doch als er den Fuß des Podests erreichte, ließ er sich wieder auf die Knie nieder, setzte sich auf die Hacken und senkte den Blick.

»Sieh mich an!«

Er hatte es getan, bevor er nachdachte, und ihr direkt ins Gesicht gesehen. Es war so gut wie unmöglich zu erkennen, was in diesem Blick hinter der Maske von Schminke stand, und dennoch dachte er, dass sie vielleicht erheitert war.

»Du bist tatsächlich gut anzusehen«, sagte sie wie zu sich selbst. Dann hob sie leicht die Stimme. »Sag mir, Kemni, einstmals aus dem Unteren Reich: Hast du um deinetwillen oder um meines Mannes willen eine Prinzessin aus Kreta mitgebracht?«

Kemni starrte sie an, als hätte sie ihn geschlagen. Er war vollkommen verblüfft, sonst hätte er nie ausgesprochen, was er nun tatsächlich sagte: »Bist du eifersüchtig, Herrin? Wirst du mich dafür büßen lassen?«

Sie erhob sich nicht, befahl aber auch keinem Soldaten ihrer Wachen, ihn umzubringen. Sie saß so reglos wie zuvor und sagte mit dieser tiefen, süßen Stimme: »Eine Königin kann sich Eifersucht nicht leisten. Beantworte meine Frage.«

»Ich habe sie um Ägyptens willen hergebracht«, sagte Kemni. »Weil es uns vielleicht das Untere Reich zurückgewinnt.«

»Und für dich selbst?«

»Herrin«, sagte Kemni mit fester Stimme, »ich bin kein Fürst oder großer Herr, aber ein ehrenhafter Mann. Sie ist die Tochter von Königinnen. Sie ist für einen König vorgesehen.«

»Sie wird einen König bekommen«, sagte Nefertari. »Und sie wird tun, wozu sie hergekommen ist. Aber sie wird nicht die

Große Gemahlin sein, weder in diesem noch in einem anderen Reich.«

»Das versteht sie, Herrin«, erwiderte Kemni. »Ich habe es ihrem Vater gesagt und auch ihr. Sie akzeptieren beide, was sich nicht ändern lässt.«

»Ach ja?« Nefertari beugte sich ein wenig vor. »Traust du ihnen?«

Kemni starrte sie an. »Herrin, zählt es denn, was ich denke?«

»Ja.«

Er holte tief Luft. Es gefiel ihm nicht, dass Könige und große Königinnen sich für ihn interessierten. Es war, als ginge man an einem Krokodilnest vorbei. Man wollte leise und unsichtbar sein und ignoriert werden. Die Aufmerksamkeit von Königen war keine angenehme Angelegenheit, alles andere als ungefährlich.

Aber nun hatte er die Aufmerksamkeit dieser Königin erregt, und sie wartete auf seine Antwort. Er gab sie, so gut er konnte. »Ich … ich traue ihnen, soweit es ihnen nutzt, unsere Verbündeten zu sein. Wir haben vieles, was sie sich wünschen. Sie werden sich an ihre Versprechen halten.«

»Aber?«

»Es gibt kein Aber«, sagte Kemni. »Wenn Ar – wenn die Prinzessin unseren König heiratet, wird sie ihm versprechen, ihm treu zu sein, ihm zu dienen und ihm in allem zur Seite zu stehen. Sie wird dieses Versprechen halten.«

»Ihr Vater ebenfalls?«

»Minos ist ehrenhaft«, antwortete Kemni, »so ehrenhaft, wie ein König sein kann.«

»So unschuldig«, murmelte sie. »Und dennoch … Ahmose hält viel von dir. Und Ahmose ist kein Narr.«

Das konnte Kemni nur hoffen – aber er sprach es lieber nicht aus. Er stand schweigend da und überließ die Königin ihren Gedanken. Ihr Blick ruhte auf ihm, als müsse sie sich irgendwie jeden einzelnen seiner Züge merken.

Sie erinnerte ihn an Iphikleia. Es war ein verblüffender Gedanke und vielleicht ein wenig schockierend. Iphikleia hatte dieselbe spröde Intelligenz und dachte ebenso erbarmungslos. Kemni fragte sich, vielleicht unverschämterweise, ob Nefertari vielleicht früher ein wildes Kind gewesen war. Irgendwie bezweifelte er es, aber er hätte es ja auch nie von Iphikleia geglaubt.

Er hoffte, dass er nicht von ihr, seiner Königin und Göttin, träumen würde, wie er immer noch von der kretischen Prinzessin träumte. Der Gedanke ließ ihn erröten – genau in jenem Augenblick, als Nefertari ihn wieder ansah und sagte: »Ich stelle dir eine Aufgabe, Kemni aus dem Unteren Reich. Geh mit ihr, wie sie es verlangt. Lerne von ihr. Beobachte sie und bewache sie. Und wenn sie versucht, uns zu verraten… dann tu, was du tun musst.«

Töte sie, hieß das. Kemni hatte von dieser Frau nichts anderes erwartet.

»Vertraust du mir, dass ich das Äußerste tun würde?«, fragte er sie.

Sie sah ihn an. »Kann ich?«

Er konnte sie nicht anlügen. »Ich weiß es nicht«, gestand er. »Als wir in Kreta waren, war sie meine Lehrerin und – wenn ich so unverschämt sein darf – meine Freundin. Sollte sie Ägypten verraten… ich weiß nicht, was ich tun würde.«

»Ebenso ehrlich wie ehrenhaft«, meinte Nefertari. »Ja, ich traue dir. Ebenso wie mein Mann, und ebenso wie ich glaube, dass sie dir traut.«

Er verbeugte sich tief. Einen Augenblick lang befürchtete er, sie würde ihn dort behalten und noch weiterquälen, aber sie ließ ihn gehen.

Sein Abschied war fast wie eine Flucht. Er ging aufrecht, die Schultern gerade, aus dieser lang gezogenen Halle hinaus, die Flure entlang und durch die Höfe und hinaus durch das Lotustor ins blendende Sonnenlicht.

Dort blieb er stehen. Beinahe wären ihm die Knie weich geworden, aber er beherrschte sich. Es war keine so lange Audienz gewesen und gar nicht so schrecklich, wie er befürchtet hatte. Und dennoch fühlte er sich wie ausgewrungen, als hätte er einen ganzen Tag lang gekämpft und wäre dabei verwundet worden.

Und nun war er an sie gebunden, wie er an den König und an Ariana gebunden war. Drei Bindungen, drei Loyalitäten. Und es waren keineswegs alles dieselben. Wenn eine mit der anderen in Widerspruch geraten sollte ...

Er durfte jetzt nicht daran denken, denn er hatte viel zu tun, bei all seinen neuen Pflichten, um Stallmeister und Schüler von Ariana zu sein. Das begann, sobald er sich wieder zusammengerissen hatte, denn sie war entschlossen, die Werkstatt zu besichtigen, wo man die Wagen für den König baute.

Diese Werkstatt befand sich innerhalb der großen ummauerten Stadt des Palastes, nicht weit entfernt von der Rüstkammer und den Schmieden des Königs; die Schildmacher arbeiteten in der Nähe. Schmiede hämmerten auf Schwerten und Speerspitzen, Äxten und Dolchen. Der Lärm war ohrenbetäubend, dennoch hatte er etwas Harmonisches.

Ariana war bereits in der Werkstatt der Wagenbauer. Ihre Eskorte war klein: Iphikleia, Prinz Gebu und zwei nubische Wachen. Der König war nicht anwesend. Er wurde anderswo erwartet und konnte sich nicht übermäßig mit dieser interessanten Fremden abgeben, nicht einmal zu seinem eigenen Vergnügen.

Das schadete nicht. Der Palast hatte die kretischen Damen bisher wenig zur Kenntnis genommen, man hielt sie für Botschafterinnen – verblüffend und ungewöhnlich, aber wie ungewöhnlich schien noch niemand erraten zu haben.

Arianas Anwesenheit hier in der Werkstatt blieb ein Geheimnis, indem sie den Besuch so offen durchführte, es weder sonderlich herausstellte noch verbarg. Sie hatte sich wie eine Ägypterin gekleidet, schlicht und bescheiden, aber es war ihr nicht gelungen, ihre Locken zu verbergen. Sie hatte sie in ein Netz gebunden, um sie sich aus dem Gesicht zu halten.

Die Arbeiter hatten innegehalten, als sie die Werkstatt betrat, aber als sie nichts tat, sondern einfach nur am Tor stehen blieb, machten sie sich wieder ans Werk. Sie bauten den Rumpf eines Streitwagens. Die Räder ruhten an der Wand. Ariana ging zu ihnen hinüber, sie betrachtete sie stirnrunzelnd, fuhr mit der Hand über die Biegung, maß, schätzte ab.

Ägypten war der Gebrauch des Rades bislang fremd gewesen, wenn man von der Töpferscheibe absah. Es hatte etwas Neuartiges und Seltsames an sich, doch diese Handwerker besaßen die

Gabe, alles nachzubauen, was sie gesehen hatten. Sie hatten ihr Modell vor sich: einen Streitwagen, den man dem Feind abgenommen hatte. Es befand sich immer noch ein dunkler Fleck darin, vom Blut des Wagenlenkers, der gestorben war, damit Ägypten diesen Preis einheimsen konnte.

Kemni schauderte ein wenig. So sehr er Wagenlenker sein wollte, hatte er immer noch diese alte Angst, dieses Entsetzen der Ägypter vor der Waffe des Feindes. Selbst nun, nachdem er wusste, wie es war, in einem solchen Wagen zu stehen – es hatte sich nicht um einen Streitwagen gehandelt. Der in Kreta war kleiner gewesen, leichter, weniger tödlich.

Das hier aber musste er lernen, musste er beherrschen. Er fuhr über die Bronze, mit der der Rand des Wagens beschlagen war. Das hier hatte Ägypten erobert, bald würde Ägypten es erobern. Und wenn die Götter wollten, würde das Untere Reich wieder seinem wahren König gehören.

»Du musst schneller arbeiten«, sagte Ariana zum König. »Und sorgfältiger. Es ist kein Spielzeug, das du da herstellst, und kein Kunstwerk. Die Räder müssen rauem Untergrund widerstehen, Steinen, den Leichen der Gefallenen. Die Achsen müssen stark sein und schwer zu brechen. Der Wagen muss leicht genug sein, damit zwei Pferde oder zwei Esel ihn ziehen können, aber fest genug, um das Gewicht eines Mannes zu tragen. Wenn du klug wärest, würdest du dir einen Wagenbauer stehlen und dir von ihm alles beibringen lassen, was er weiß.«

»Und wie sollen wir das machen?«, wollte Ahmose wissen.

Es war der Abend eines Tages, der die Hitze eines Schmiedeofens gehabt hatte. Der König hatte Ariana zum Abendessen eingeladen, und Ariana hatte Iphikleia und ein wenig zu seiner Überraschung auch Kemni mitgebracht. Sie waren für ein höfisches Bankett gerüstet, aber es waren nur der König und ein paar seiner Söhne anwesend, und – so ruhig wie eine Kobra in ihrer Höhle – die Große Gemahlin Nefertari.

Ariana zeigte sich wenig beeindruckt, als sie sich so überraschend dieser Frau gegenüberfand. Sie erwies ihr die Ehre, die einer Königin gebührte, grüßte die Prinzen höflich und begann ohne Umschweife von dem Thema zu sprechen, das sie seit dem Morgen, als sie die Werkstatt besichtigt hatte, beschäftigte. Sie wartete kaum darauf, dass das Essen beendet oder der Wein getrunken war.

Nun hatte er sie gefragt, was zu tun sei, und sie war froh antworten zu können. »Der Feind hat jede Menge Wagenbauer. Wenn seine Armee reist, nehmen sie immer ein paar mit sich, die die zerbrochenen Wagen reparieren oder wenn nötig neue bauen können. Es wäre doch sicher möglich, dass ein paar abenteuerlustige Männer den einen oder anderen entführen und ihn überreden können, seine Geheimnisse zu verraten.«

»Das wäre sicher möglich«, stimmte Ahmose zu. »Und wärest du diejenige, die diesen Befehl gibt?«

»Wenn mein Herr es wünscht«, sagte sie demütig, »dann ja. Selbstverständlich. Sie sollten sich allerdings vorher überzeugen, dass es ein Handwerksmeister ist und nicht ein Diener oder Lehrling. Und es wäre nützlich, wenn sie mehr als einen finden könnten.«

»Und dann würdest du diese Gefangenen überreden zu tun, was du von ihnen willst?«, wollte Ahmose wissen. »Werden sie sich nicht einfach weigern oder nichts mehr nütze sein, nachdem eine Folter sie gebrochen hat?«

»Ich würde keine Folter anwenden, Herr«, sagte Ariana. »Habe ich deine Erlaubnis? Darf ich es tun?«

»Du darfst«, stimmte Ahmose zu.

Sie klatschte in die Hände, entzückt wie ein Kind. »Danke, Herr. Ich werde morgen beginnen.«

Ahmose lächelte. Er war nicht gebannt von ihr, das glaubte Kemni nicht, aber er fand sie ausgesprochen unterhaltsam und hätte wohl auch nichts dagegen, sie in seinem Bett zu finden. So viel konnte Kemni sehen.

Was Königin Nefertari dachte …

Kemni versuchte es herauszufinden, aber sie verstand es zu gut, sich hinter der Maske einer Königin zu verbergen. Sie betrachtete dieses Kind, mit dem sie fortan ihren Mann teilen musste, beobachtete sie und dachte nach, ließ sich aber nichts ansehen. Es war alles verborgen hinter diesem schönen, königlichen Gesicht.

Ariana schien das alles nicht zu bemerken. Sie trank ihren Wein und aß eifrig von den Süßigkeiten, die man ihnen vorgesetzt hatte, schwatzte und lachte und bezauberte die Prinzen. Ihr Vater mochte nicht unbedingt im Bann dieser Fremden stehen – sie jedoch waren es eindeutig. Selbst Gebu, als recht ernsthafter Mann bekannt, der sich nicht einfach von einer Frau überzeugen ließ, lauschte jedem ihrer Worte.

Nachdem der König deutlich gemacht hatte, dass er müde war und ins Bett gehen wollte, boten sich die Prinzen Ariana und ihrem schweigenden Schatten als Eskorte an. Sie hätten ihr gerne Gesellschaft geleistet, auch hinter der Tür des Hauses, in dem sie wohnte, aber sie lachte und sagte ihnen alle Lebewohl und ließ sie hechelnd wie Hunde vor einer Tür stehen, die sowohl geschlossen als auch fest verriegelt war. Sie sahen so aus, als wollten sie nun auch wie Hunde kläffen, entschlossen sich dann aber doch lieber zu einem Ausflug in die Stadt. »Denn«, sagten sie, »die Nacht ist noch jung, so wie wir.«

Kemni ging nicht mit ihnen, ebenso wenig wie Gebu. Die beiden kehrten zusammen zum Prinzenhaus zurück, schweigend, bis sie das Tor passiert hatten. Dann sagte Gebu: »Geh noch nicht schlafen. Komm herein und sprich mit mir.«

Kemni seufzte, aber immerhin schlief er noch nicht im Stehen, und er hatte auch noch nicht zu viel des guten Weines getrunken. Königin Nefertaris Anwesenheit hatte ihn viel zu unruhig gemacht, und außerdem, musste er zugeben, Arianas Nähe.

Gebus Gemächer waren still, seine Diener schliefen, alle bis auf einen, der mit dem Wein kam und dann dankbar wieder ins Bett ging. Kemni setzte sich im Schneidersitz auf das Ende des Prinzenbettes, wie er es viele Male zuvor getan hatte, und Gebu saß halb, halb lag er, am Kopfende. Der Weinkrug ging hin und her.

Eine Weile lang sprachen sie von nichts Besonderem. Aber Gebu dachte an anderes als an die Qualität des Weines oder den Ruf einer Tänzerin. Nach einer Weile sagte er: »Das ist eine sehr ungewöhnliche Frau.«

»Sehr«, meinte Kemni trocken.

»Du hast die Seereise mit ihr gemacht«, sagte Gebu. »Sie hat dir beigebracht, einen Wagen zu lenken. Gab es … gab es noch etwas, was du getan hast?«

Kemni dachte daran, beleidigt zu sein. Er sollte es wirklich. Es war eine Frage, die nicht einmal ein Prinz stellen durfte, nicht einmal in Freundschaft. Aber das hier war Gebu, der Kemni so nahe stand wie ein Bruder. Aus diesem Grund antwortete Kemni und forderte ihn nicht zu einem Kampf heraus. »Es gab nichts anderes. Es war ihr nicht gestattet, hat sie mir gesagt. Sie wusste selbstverständlich, dass sie einem König gehören würde. Sie steht viel zu hoch für solche wie mich.«

»Und dennoch hält sie viel von dir«, meinte Gebu.

»Wie kommst du darauf?«

Gebu grinste ihn an, obwohl Kemni nichts Komisches gesagt hatte. »Bist du denn blind? Sie verlässt sich in vielem auf dich. Und sie will eindeutig, dass du diese Expedition durchführst. Wenn sie dich losschickt, nimm mich mit.«

Kemni war ärgerlich und vielleicht ein wenig gelangweilt gewesen, aber das hier verblüffte ihn. »Du willst dabei mitmachen? Warum in aller Götter Namen?«

»Du nicht?«

»Wer immer mitgeht, muss den Verstand verloren haben. Oder verzweifelt nach Ruhm gieren.«

»Und du glaubst, das trifft nicht auf mich zu?«

»Ich denke«, meinte Kemni, »dass du der Sohn des König des Oberen Reiches bist und kaum dein Leben in einem solchen Einsatz aufs Spiel setzen solltest.«

»Aber du wirst es tun.«

»Ich werde ihr Stallmeister sein«, sagte Kemni. »Sie wird nicht riskieren, dass ich umkomme, bevor ich auch nur begonnen habe.«

»Bist du da so sicher?«

Leider war Kemni das nicht. Aber er konnte sich dem anderen, wichtigeren Thema zuwenden. »Du darfst nicht gehen. Dein Vater wird dich nicht lassen.«

»Also fragen wir ihn erst gar nicht.« Gebu begegnete Kemnis ungläubigem Blick mit einem leeren Starren. »Komm schon, Bruder. Du hast genug vom Reisen, da bin ich sicher, du bist bis nach Kreta gesegelt und gerade erst zurückgekehrt. Ich sitze seit einer Ewigkeit in Theben. Wir hatten seit einem Jahr keinen Kampf, nicht einmal ein Scharmützel. Hin und wieder gehen wir jagen und einmal sind wir nach Abydos gefahren und haben Osiris angebetet. Davon abgesehen gab es nur langweilige Pflichten, noch langweiligere Feiern und insgesamt mehr Langweiler, als ich ertragen kann. Wir wären alle froh, einen Krieg anfangen zu können, und sei es auch nur um der Abwechslung willen.«

»Wir werden einen Krieg bekommen«, sagte Kemni, »sobald wir dazu bereit sind. Aber, Bruder –«

»Bruder«, sagte Gebu, »wenn du mich nicht mitnimmst, komme ich von allein.«

»Es ist nicht sehr wahrscheinlich, dass ich überhaupt gehe«, meinte Kemni.

»Du wirst gehen«, sagte Gebu. »Und ich gehe mit dir. Willst du den ganzen Wein allein trinken, oder gibst du mir noch ein wenig ab?«

Kemni setzte dazu an, etwas zu sagen, schloss aber dann den Mund wieder und reichte schweigend den Weinkrug weiter. Er hatte Gebu nicht für einen solchen Narren gehalten. Ja, es musste langweilig in Theben sein, wenn selbst dieser ruhigste aller Männer verlangte, zu einer Mission mitgenommen zu werden, bei der er umkommen könnte.

Wenn die Götter und Ariana halbwegs vernünftig waren, würde Kemni nirgendwohin gehen, außer zu dem Landsitz, den Ahmose seiner Braut versprochen hatte, und jemand anders würde seinen Hals riskieren müssen. Das konnte Kemni nur hoffen.

Als er den Krug zurückbekam, trank er so viel, dass Gebu protestierte. Ihm wurde schwindelig von so viel Wein in so kurzer Zeit, und ein weit entfernter Teil von ihm wusste, dass es ihm am nächsten Morgen Leid tun würde. Aber das war ihm gleich. Er war zu verärgert über Könige und Königinnen – ja, und auch über Prinzen. Er war froh, in diesem Augenblick Zuflucht im Alkohol zu finden.

23

Ahmose der König, das Große Haus von Ägypten, Herr des Oberen Reiches, nahm Ariana, Tochter des Minos, Prinzessin, Herrin des Labyrinths von Kreta, am siebten Morgen nach ihrer Ankunft in Theben zur Frau. Es war nicht das große königliche Fest, das sie ihm versprochen hatte, sobald sein Krieg gewonnen war. Sie gingen getrennt zum Tempel des Amon, der sich nahe beim Palast befand, jeder mit einer kleinen Eskorte – und eine von Ahmoses Begleiterinnen war seine Königin, die Große Gemahlin Nefertari. Soweit alle wussten, begaben sie sich in den Tempel, um Amon ihre Ehrerbietung zu leisten und für den Wohlstand des Königreichs zu beten. Ariana ihrerseits besichtigte die Sehenswürdigkeiten der Stadt und war nur zufällig zur selben Stunde dort anwesend.

Und so traten sie in einem der inneren Gemächer vor den Hohen Priester und sprachen die Worte, die sie aneinander banden. Ohne die öffentlichen Zeremonien war es einfach ein Vertragsaustausch und der Austausch von Schwüren, die sowohl bindend als auch kurz waren; ein einfacher Mann aus der Stadt hätte eine ebenso einfache Frau mit denselben Worten und Gesten heiraten können.

Ariana schien es nicht zu kümmern, dass das Ritual so kurz war. Ahmose war, wie immer in ihrer Gegenwart, recht abgelenkt. Vielleicht, dachte Kemni waghalsig, war er ebenso gelangweilt wie sein Sohn Gebu. Selbst ein König konnte Opfer der Monotonie werden, und Ariana war alles andere als monoton.

Nachdem die Worte gesprochen und die Schwüre und Verträge geschrieben und unterschrieben und versiegelt und in der Truhe des Priesters verriegelt waren, gingen der König und seine neue Königin wieder getrennte Wege. Ariana schien den Mangel eines Festessens nicht zu bedauern, obwohl ihr Mann beim Abschied sagte: »Wir werden zusammen zu Abend essen. Es wird nicht das große Festmahl sein, das es sein sollte, aber es wird genügen müssen.«

»Das Fest wird später kommen«, sagte sie, »wenn dein Krieg gewonnen ist. Guten Tag, Herr. Warte am Abend auf mich.«

Ahmose verließ den Tempel, aber als Ariana noch blieb und wartete, bis der geeignete Zeitpunkt gekommen war, ihm zu folgen, erklang eine Stimme aus dem Schatten des Tempels. »Warte«, sagte sie.

Das war keine Göttin, die da sprach, und auch kein Geist. Königin Nefertari bewegte sich ein wenig, sodass man sehen konnte, dass sie neben einer der großen Säulen stand, die das Dach stützten. Kemni war sicher gewesen, dass er sie gesehen hatte, wie sie mit dem König den Tempel verließ. Hatte sie einen Zauber gewirkt? Oder hatte er nur gesehen, was er zu sehen erwartete?

Aber das war nun unwichtig. Sie war hier, begleitet von nur einer einzigen Zofe, und sie stand ihrer Mitkönigin ohne Ehrfurcht oder Freundlichkeit gegenüber.

Ariana grüßte sie mit Respekt, wie es angemessen war, aber sie wich weder zurück noch duckte sie sich. Sie hatte keine Angst. Sie köchelte sogar ein wenig. »Ich danke dir, dass du zu dieser Hochzeit gekommen bist«, sagte sie mit dieser Stimme, die so hell und klar wie die eines Kindes war.

Dennoch war sie kein Kind, und Kemni dachte, dass Nefertari das wusste. Die Große Gemahlin neigte den Kopf, sagte aber nichts. Sie hoffte vielleicht, Ariana mit ihrem Schweigen aus der Fassung zu bringen.

Ariana war noch nie im Leben aus der Fassung gebracht worden. Sie fuhr fort, als hätte es kein Schweigen gegeben, keine Erwartung einer Antwort. »Ich hoffe, wir werden keine Feindinnen sein. Es gibt vieles, was wir beide tun können, um unserem Gemahl zu helfen, und er wird uns beide brauchen, um zu dem König zu werden, der er sein sollte.«

»Und du erwartest«, fragte Nefertari kühl, »so etwas zu erreichen?«

»Man hat mich deshalb hierher geschickt«, sagte Ariana, »und um euch zu helfen. Eure Götter lieben dich, Herrin. Sie haben dich zu einer großen Königin gemacht und werden dich noch größer machen.«

»Du schmeichelst mir«, sagte Nefertari.

Ariana zuckte mit den Achseln. »Es ist die Wahrheit.« Sie sah sich interessiert um und begann ein wenig umherzuschlendern;

wie unwillkürlich folgte Nefertari ihr. Ihr Weg war hier und da umständlich, aber er führte schließlich zum äußeren Tor. Keine von beiden war wie eine Königin gekleidet, aber beide wie wichtige Damen. Sie würden nicht erkannt werden, wenn sie es nicht wünschten. Man hätte sie für Verbündete halten können, wenn nicht gar für Freundinnen, obwohl das im Augenblick nicht der Wahrheit entsprach.

Ariana würde das ändern, dachte er. Er wusste genau, wie verlockend dieses leichtherzige Schwatzen sein konnte. Es war schwer, sich ihr zu entziehen.

Vielleicht würde es einer Frau leichter fallen, aber Ariana konnte bezaubernd sein. Nefertari sagte wenig und ließ sie reden.

Als sie das Tor erreichten, wo Nefertaris Sänfte wartete, bot diese nicht an, sie mit ihrer Mitkönigin zu teilen. Ariana verabschiedete sich ohne ein Zeichen von Beleidigtsein von ihr und kehrte zu Fuß zurück, wie sie gekommen war: eine Dame, die sich in der Königsstadt die Sehenswürdigkeiten ansieht.

Wie es Ariana in ihrer ersten Nacht als Gattin des Königs erging, wollte Kemni nicht wissen. Aber der Gott oder Geist, der ihn mit Träumen heimsuchte, hatte nicht vor, ihn unwissend zu lassen. Er träumte, dass er als geflügelter Geist über dem großen Bett des Königs schwebte. Und dort unter ihm war Ariana, in ihrer Nacktheit schöner denn je, und tanzte den ältesten Tanz mit diesem Mann, der so alt war wie ihr Vater.

Kemni wollte nicht zornig oder eifersüchtig werden. Aber darüber hatte er keine Macht. Er hatte in jeder Nacht in Kreta eine Ariana in seinem Bett gehabt, aber niemals diese, nie diejenige, die ihm alle anderen geschickt hatte.

Selbst in seinem Traum, während er beobachtete, wie sie diesen müden, alternden Mann dazu überredete sich zu erheben und sie zu lieben, wie ein Mann es tun sollte, fragte er sich, ob Nefertari ebenfalls träumte oder ob sie wach lag und über diese Fremde nachdachte, die ihre Welt in Unordnung brachte.

Kemnis Welt war in Unordnung gewesen, noch bevor er Ariana kennen gelernt hatte, die nun eine Königin des Oberen Reiches war. Sie residierte nicht so aufwändig wie man erwartet hätte, noch zog sie sich in die Welt der Frauengeheimnisse zurück. Nur drei Tage, nachdem sie einen von Ahmoses Königinnen geworden war, übernahm sie den Landsitz, um den sie gebeten hatte. Er lag in beträchtlicher Entfernung flussabwärts von der Stadt, daher näher an Unterägypten, nördlich der heiligen Stadt von Abydos.

Es gab nichts, was diesen Landsitz von so vielen anderen am Fluss unterschied, und tatsächlich hätte jeder, der vorbeigesegelt oder -gerudert wäre, die üblichen Weizen- und Gerstenfelder gesehen, die Bauerndörfer und weiter hinten eine Mauer, die das Haus selbst umgab. Aber dahinter, wo man erwartete, dass das bearbeitete Land der unfruchtbaren Wüste wich, diente die Erde Arianas Zwecken, in dem sie sich zu einer breiten, niedrig gelegenen Ebene ausformte, die in dieser Jahreszeit von einem Seitenarm des Flusses bewässert wurde und in anderen Jahreszeiten dank eines Bewässerungssystemes wie die Bauern es benutzten, um ihre Felder zu nähren, grün blieb.

Dorthin brachte Ariana die Pferde, die der König Kemni anvertraut hatte, und zwar auf keinem anderen Schiff als der *Tänzerin* aus Kreta. Sie reisten unbequem, aber kaum unbequemer als die Seeleute, die in ununterbrochener Angst lebten, dass ein Huf durch den Rumpf dringen könnte. Ariana ging mit den Tieren, flüsterte und sprach mit ihnen und beruhigte sie in genügendem Maß, damit sie dieses Unbehagen ertrugen.

Auf dem Landsitz warteten Diener auf sie, ausgewählt vom König, und, wie er es versprochen hatte, eine größere Herde von Pferden und langohrigen Eseln – alles, was sein Königreich aufbringen konnte. Es warteten auch eine Anzahl von Wagenbauerlehrlingen, wenig genug, um einen großen Krieg zu beginnen, aber Ariana schien zufrieden.

Sie hatte sich durch die Ehe offensichtlich nicht verändert. Manchmal erblühte eine Frau dann, manchmal hatte sie diese geschlagene Haltung wie eine Blüte, die vom Wind getroffen wurde. Ariana blieb sie selbst. Sie weinte nicht oder jammerte, weil sie ihren Mann verlassen musste. Er schien von der Trennung mehr bewegt als sie: Er verharrte einen Augenblick länger, als man erwartet hätte, und folgte ihr mit seinem Blick, als sie das Schiff ihres Onkels betrat.

In den Augen der Welt verabschiedete er sich nur von dieser seltsamen Gesandtschaft und ehrte sie mit seiner königlichen Gegenwart. Die Leute würden Bemerkungen darüber machen, würden sich wundern und Gerüchte verbreiten, würden aber, wenn die Götter es wollten, nicht über die Wahrheit stolpern.

Und als das Schiff im Hafen von Theben ablegte, verließ Kemni abermals die Stadt, die er als seine eigene zu betrachten gelernt hatte. Diesmal war er nicht allein unter den kretischen Seeleuten, denn Prinz Gebu kam mit ihm, und dazu eine Reihe Wachen und Diener des Prinzen. Sie machten sich auf einen Ausflug, erklärten sie, denn Theben war unerträglich langweilig geworden. Da dies der Wahrheit entsprach, brauchten sie sich nicht einmal mit einer Lüge zu beflecken – nicht einmal im Dienst des Königs.

»Wir werden unbeschwert unserem Urteil entgegensehen können, wenn wir einmal tot sind«, meinte Gebu, als sie an den Außenbezirken von Theben vorbeisegelten. Er schaute nicht sehnsuchtsvoll zurück, wie Kemni es gern getan hätte, nein, er hatte sein Gesicht dem Norden und dem Fluss zugewandt. Kemni hatte ihn nicht mehr so strahlend und eifrig gesehen seit – bei den Göttern, seit dem letzten Kampf, in dem sie gestanden hatten. Und das war Jahre her.

»Du hättest nach Kreta gehen sollen«, sagte Kemni.

Gebu zog die Brauen hoch. »Was, ich?«

»Du«, erwiderte Kemni. »Du bist der Sohn eines Königs. Du kennst die richtigen Worte, du tust die richtigen Dinge. Ich bin nur gestolpert. Ein wahres Wunder, dass ich nie gestürzt bin.«

»Mir kommt es vor«, sagte Gebu, »dass du mehr getan hast als zu stolpern. Dass du geflogen bist.« Er nickte zu Ariana hin, die am Bug stand. Sie war ein großartiger Anblick, wieder wie eine kretische Dame gekleidet, ihre schönen Brüste nackt in der ägyptischen Sonne. Eine Zofe – ein Geschenk von ihrem Gemahl – tat ihr Bestes, ihr mit einem Baldachin Schatten zu spenden, aber sie war nicht in der Stimmung, sich schützen zu lassen.

»Die Götter haben um ihretwillen nach dir gerufen«, sagte

Gebu. »Sie hat dich lieb gewonnen. Das wäre mit mir nicht passiert.«

»Woher weißt du das?«, wollte Kemni wissen.

Gebu zuckte mit den Achseln. »Mein Bauch weiß es. Deiner auch, denn sonst würdest du nicht erröten wie ein Mädchen. Diese Gesandtschaft hat dich gebraucht … nun, und diese Sache hier auch, obwohl ich diesmal mitkommen und deinen Ruhm mit dir teilen kann.«

»Rede nicht so«, sagte Kemni. »Das gehört sich nicht.«

»Ach, armes Kind«, sagte Gebu mitleidlos. »Jetzt habe ich dich dazu gebracht, dich zu winden. Und das ist ganz richtig so, wenn du so dumm bist. Kopf hoch, kleiner Bruder, stolziere ein wenig umher. Du stellst jetzt jemanden dar, ob es dir gefällt oder nicht.«

»Ich glaube nicht, dass es mir gefällt«, murmelte Kemni.

»Du wirst es schon lernen.«

Der Landsitz hieß Stier des Re, was Ariana für angemessen hielt und Kemni ein wenig beunruhigend fand – es erinnerte ihn zu sehr an den Traum, mit dem alles begonnen hatte, und an den Stiertanz. Aber es war ein angenehmer Ort, ein Haus im älteren Stil; Ariana behauptete, bezaubert zu sein. Die seltsame Zweiteilung – zur Straße und zum Fluss hin ein Landsitz wie jeder andere, dahinter aber das verborgene Tal – freute sie ungeheuer, umso mehr, als sie das Tal mit Herden von Pferden und Eseln bevölkert sah.

Sie war weniger erfreut angesichts der Versuche der Lehrlinge, brauchbare Wagen herzustellen. »Davon hängen Menschenleben ab«, sagte sie. »Sie müssen perfekt sein.«

Aber sie war noch nicht bereit, Handwerksmeister des Feindes zu stehlen, denn zunächst gab es mit dem Landsitz und sowohl seinen menschlichen wie auch seinen tierischen Bewohnern genug zu tun. Eine Hand voll Wagen in unterschiedlichen Reparaturzuständen waren bereits vorhanden, die zur Ausbildung der Pferde und Esel genügen würden; darüber hinaus gab es Geschirre anzufertigen, Männer auszubilden, und nur die beiden kretischen Frauen waren im Stande, Anleitung zu geben.

»Du lernst rasch«, sagte Ariana zu Kemni. »Jetzt musst du lernen wie noch nie zuvor: so schnell und so gut wie möglich. Du musst leben, essen, atmen, was wir dich lehren. Und es dann allen anderen beibringen.«

Kemni versuchte erst gar nicht, sich zu widersetzen, denn Ariana hätte ohnehin nicht zugehört. Sie gab selten Befehle, bat aber auf eine Weise, der kein Sterblicher widerstehen konnte. Wenn sie ihn bat zu lernen, dann musste er lernen. Er hatte keine andere Wahl.

Der König schickte eine Kompanie von Männern zum Stier des Re, ausgewählte junge Männer aus den königlichen Armeen. Einige kannte Kemni – eine Hand voll von ihnen war früher in seiner eigenen Kompanie gewesen. Sie waren jetzt seine Männer, das sagten sie alle. Der König hatte sie geschickt, um den kretischen Frauen zu dienen, aber sie würden ihre Befehle von Kemni entgegennehmen.

Es war eine Rebellion, lautlos und in gewisser Weise rührend, doch Kemni konnte das nicht zulassen. Er stellte sich ihnen im Hof des Flügels, der ihnen als Unterkunft dienen sollte und wo sie sich alle zur Inspektion formiert und bewaffnet hatten, und erklärte: »Ich werde euer Kommandant sein. Aber euer Gehorsam gebührt der Königin.«

»*Der Königin?* Königin Nefertari?«

Kemni sah den Mann an, der das gefragt hatte. Er war ein aufsässiger junger Bursche, dem Aussehen und der Haltung nach der jüngere Sohn eines Adligen, mit einem Glitzern von Gold in seinem Schmuck. Sein Name, erinnerte sich Kemni, war Seti. Es war ein Name, der in diesem Teil Ägyptens ein wenig aus der Mode geraten war: Die fremden Könige hatten den Gott Seth für sich beansprucht und ihm die Macht ihres eigenen Götterkönigs verliehen.

Dieser Seti wirkte wie einer, dem ein Kampf zusagen würde. Das konnte von Vorteil sein, möglicherweise aber auch eine schreckliche Last. Kemni betrachtete ihn mit kühlem Blick und der Andeutung eines Lächelns. »Hier, an diesem Ort, gibt es nur eine Königin. Diese Königin ist Ariana von Kreta. Sie ist eine große Dame, eine Priesterin und lebendige Göttin. Sie mag nicht unsere Göttin sein, aber sie ist unsere Königin.«

»Sie hält sich für etwas Besonderes«, erklärte Seti. Andere in seiner Nähe nickten, einige grinsten Kemni an.

Kemni lächelte ein wenig breiter, gerade genug, dass seine Zähne aufblitzten. Ohne weitere Vorwarnung trat er Seti die Beine weg und schlug ihn nieder. Als der Mann dann am Boden lag, ächzend und starr vor Schreck, sagte Kemni: »Du wirst gefälligst respektvoll von ihr sprechen.«

Seti gehörte nicht zu denen, die rasch lernen. Er kam wieder auf die Beine und leckte sich das Blut von der aufgeplatzten Lippe. »Respekt?«, maulte er. »Warum?«

»Weil«, sagte Kemni, mit einem Schlag, der den anderen erneut zu Boden schickte, »ich das sage.«

Dem beugte sich Seti. Er hatte nichts gegen Kemnis grobe Behandlung – wenn überhaupt, schien er wie ein Hund froh über den Tritt seines Herrn zu sein, bewies es ihm doch, dass er seinen Gehorsam einem Stärkeren leistete.

Kemni unterdrückte ein Seufzen. Das Rudel würde gehen, wohin sein Anführer es führte. Der Rest würde, wenn er Glück hatte, Ariana um ihrer Selbst willen folgen – und nicht nur, weil ihr Kommandant zuschlagen konnte.

Dann sah er sie wieder an wie auf einem Schlachtfeld. »Ihr habt geschworen, dem König zu dienen. Euer Dienst ihm gegenüber besteht nun darin, dass ihr dieser Dame aus Kreta dient. Und wer dabei versagt, hat sich vor mir zu verantworten.«

Das stellte sie zufrieden. Kemni sah sie ein letztes Mal an, drehte sich auf dem Absatz um und stolzierte davon, wie man es von einem Kommandanten erwartete.

»Heil dem Helden! Heil dem Eroberer.«

Kemni blieb beinahe das Herz stehen. In der plötzlichen Dunkelheit, nachdem er aus der grellen Sonne des Hofs in den Schatten der Säulenhalle getreten war, klang Iphikleias Stimme unheimlich und klar. Ihr Spott traf ihn wie kalte Gischt.

Das machte seinem Stolzieren ein Ende, dem größten Teil seiner Selbstzufriedenheit ebenfalls. »Manchmal«, sagte er, »wäre es ganz gut, einem oder zwei Männern ihre Illusionen zu lassen.«

»Warum sollte ich das tun?«, fragte sie.

Er hätte sie anschreien sollen. Und dennoch war etwas so Erfrischendes an ihr, etwas, das so anders war als alles, was er kannte – sogar anders als Ariana –, dass er nur lachen konnte, wenn es auch ein wenig wehtat, mit den Achseln zucken, seufzen und sagen: »Ja. Selbstverständlich. Wieso solltest du dir die Mühe machen?«

»Es ist nicht gut für einen Mann, sich zu viel einzubilden«, ließ sie ihn wissen. Sie bogen etwa zur selben Zeit ab und gingen gemeinsam die Säulenhalle entlang zum Tor. »Männer sind körperlich so stark, aber so schwach im Geist. Sie sind wie Stiere: Alles, was sie tun, hat mir ihrem Geschlecht zu tun.«

»Ach, komm schon«, sagte er. »Es ist schon noch ein wenig mehr an uns.«

»Selbstverständlich«, meinte sie, »wenn genug Frauen da sind, euch Disziplin zu lehren.«

»Manchmal glaube ich, du sagst solche Sachen nur, um herauszufinden, ob ich den Köder schlucke«, erwiderte er.

Sie blieben im Tor stehen, blinzelten ins Licht des größeren Hofs, waren aber nicht zu geblendet, um das Gesicht des anderen nicht sehen zu können. Lächelte sie? Nein, er war doch geblendet. Oder war es ihr Lächeln, das dies bewirkte?

Ihr Götter! Sie wusste nicht, wovon er träumte – immer noch, so oft, dass es beinahe vertraut geworden war. Sie in ihrem königlichen Rang, ihrer Heiligkeit und ihrer unerschütterlichen Überzeugung, dass sie die Welt beherrschen konnte, konnte zweifellos nicht träumen, was er träumte. Das war ihrer nicht würdig.

Er mochte sie nicht einmal. Sie bat auch nicht darum, gemocht zu werden; es schien ihr nicht sonderlich zu behagen.

Und dennoch, dachte er, vielleicht war das nur eine Maske. Wenn er von ihr träumte, war sie liebevoll und vergnügt, liebevoller und vergnügter selbst als Ariana. Es war immer ein Schock, sie dann im Wachen zu sehen, ihrer Kälte ausgeliefert.

Im Augenblick schien sie allerdings gar nicht so kalt zu sein. Schweigend berührte sie seinen Arm, leicht, als hätte ihn eine Feder gestreift. Er zuckte ein wenig zusammen und hätte fast daran gezweifelt, dass sie es überhaupt getan hatte, aber sein Arm brannte, als hätte sie ihn mit Feuer gestreift.

Sie ging an ihm vorbei in die Sonne hinaus. Er dachte daran zurückzubleiben oder etwas zu sagen, tat aber nichts von beidem. Nach wie vor schweigend, gingen sie über den Hof zum Stall.

Es gab schrecklich viel zu lernen und schrecklich wenig Zeit dafür. Die meisten Pferde, behauptete Ariana, machten den Eindruck, als wären sie schon zuvor vor einen Wagen gespannt worden; das war zu erwarten, da die Ägypter die meisten von ihnen im Kampf erbeutet hatten. Es machte die Angelegenheit ein wenig einfacher, ebenso wie Arianas gnadenlose Einschätzung von Kemnis Rekruten an ihrem ersten Tag und ihre Einteilung der Männer in Kompanien, von denen jede ihre Pflichten und ihren täglichen Unterricht hatte. Seti, der Aufsässige, bemerkte Kemni, war unter den Bevorzugten. Es war ihr offenbar gleich, welche Manieren ein Mann hatte, wenn er nur lernte, was sie unterrichtete.

Seti war tatsächlich zum Umgang mit Pferden begabt. Ihnen gegenüber legte er seine Unverschämtheit ab. Sie reagierten gleichermaßen und zollten ihm sogar Respekt: Das war bei diesen störrischen Tieren nicht leicht zu verdienen.

Kemni musste lernen, was all seine Männer lernten, und sie zusätzlich befehligen und sich um sie kümmern, darüber hinaus musste er Ariana und Iphikleia noch bei ihren Studien der ägyptischen Sprache helfen. Er stand vor Morgengrauen auf und fiel lange nach Sonnenuntergang ins Bett, und sein Kopf schwirrte von all dem, was man versuchte hineinzuzwingen.

Im Schlaf hatte er ebenfalls wenig Ruhe, denn Iphikleia suchte ihn heim. Er kannte sie in diesen Träumen so gut, als wäre er ein Dutzend Jahre mit ihr verheiratet gewesen. Und wenn Männer von ihren Frauen hatten, was Kemni in diesen Träumen von Iphikleia bekam, war die Ehe tatsächlich gesegnet.

Nun, da Kemni im Haus des Stiers des Re war, träumte er, dass er Iphikleia dort begegnete. Das Zimmer, in dem sie zusammentrafen, existierte nur in seinem Traum – er hatte nachgesehen, aber es gab keine Kammer, die sich zum Garten hin öffnete und an ihren Mauern ein Fresko des Stiertanzes hatte. Das Mädchen, das auf diesem Fresko mit dem Stier tanzte, sah Ariana ähnlich. Die jungen Männer waren allerdings nicht die, die er im Tanz gesehen hatte. Einer von ihnen hätte Naukrates vor zwanzig Jahren sein können, der andere war Kemni, seltsam mit seinem ägyptischen Gesicht und den langen, aufgemalten kretischen Locken, der mit einem Stier tanzen wollte, wie der junge Mann, der dafür gestorben war.

Kemni weigerte sich, das als Omen zu betrachten. Es war ein Traum, doch Träume konnten verräterisch sein.

An diesem Abend war er – kurz bevor der Wasserpegel des Flusses anstieg – als Erster ins Zimmer gekommen, nackt wie immer und voller Begierde. Häufig, wenn er hier vor Iphikleia eintraf, legte er sich in das große Bett, das mit Stierhörnern verziert war. Aber in dieser Nacht war er ruhelos, ging auf und ab, zunächst langsam, dann schneller, mit raschen, beinahe zornigen Schritten.

Sie kam sehr spät. Sonst kam sie nie so spät, denn sie war immer kurz hinter ihm und ebenso begierig wie er. Aber in dieser Nacht ging er lange auf und ab, bevor er ihren Schritt draußen hörte.

Er blieb stehen – zufällig oder absichtlich im Schatten einer Säule. Sie kam zur Tür herein, wie immer in den vielstufigen Rock einer kretischen Dame gekleidet. Selbst im Traum war sie nicht so schön wie ihre Base Ariana, doch ihre Schönheit war etwas Tieferliegendes, traf die Sinne langsamer, aber viel dauerhafter.

Sie schien Kemni nicht zu bemerken. Und er rührte sich nicht, um sie zu begrüßen, sondern hielt sich zurück, biss die Zähne gegen den Schmerz in seinen Lenden zusammen und beobachtete sie. Eine Weile ging sie auf und ab, wie er es getan hatte, runzelte die Stirn, biss sich auf die Lippen. Gerade, als er dazu ansetzte, etwas zu sagen, sie zu fragen, was sie so beunruhigte, blieb sie abrupt stehen und drehte sich um. »Göttin!«, rief sie. »Das muss aufhören! Ich kann es nicht länger ertragen.«

Es gab keine Antwort, keine Bewegung der Luft, kein Blitzen im Augenwinkel. Iphikleia warf sich aufs Bett wie ein Kind. »Er darf es nicht wissen«, wehklagte sie. »Er würde nur lachen, mich vielleicht sogar hassen. Jede Nacht stehle ich seinen Geist, weil ich … weil ich …« Sie vergrub ihr Gesicht in den Kissen.

Weinte sie etwa? Iphikleia, die weinte wie jede sterbliche Frau?

Es sah so aus – oder lachte sie, bis ihr ganzer Körper bebte, geschüttelt wie von Schluchzen?

Es musste Lachen sein. Iphikleia war keine Frau, die zum Weinen neigte.

Endlich setzte sie sich auf. Tränen liefen ihr über die Wangen, aber man konnte schließlich auch Tränen lachen. Sie wischte die Tränen weg, eine ungestüme Geste, die ihrem wachen Selbst ähnlicher war als das meiste, was sie sonst in diesem Raum tat. »Ich kann es ihm nicht sagen«, erklärte sie, als stünde jemand vor ihr – jemand, der sie abschätzend betrachtete. »Ich kann es nicht. Mein schöner Mann, mein Stier des Re – wenn er es wüsste, würde er es mir niemals verzeihen.«

Er musste sich jetzt regen oder nie. Also schlenderte er aus seinem Versteck hervor, als käme er aus dem Zwielicht des Gartens, gähnend und sich streckend, seine Rute so steif, dass er es nicht wagte, sie zu berühren, weil er sonst vor Schmerz hätte aufschreien müssen.

Iphikleia schrie tatsächlich – aber nicht vor Schmerz. Sie warf sich in seine Arme, bedeckte ihn mit Küssen; ihre Haut war heiß wie von Fieber. Er konnte sich nur so gut wie möglich verteidigen und sie festhalten, bis sie sich beruhigt hatte. Dann nahm sie ihn in sich auf, wiegte sich langsam … erstaunlich langsam, nach all ihrer vorangegangenen Wildheit.

Sie weinte – sie weinte tatsächlich. Er hielt sie weiterhin fest, passte sich dem langsamen Rhythmus an, der wie das sanfte Wiegen des Meeres war.

Langsam näherte sie sich dem Höhepunkt. Er versuchte sich zurückzuhalten, aber ein Mann konnte sich nur gewisse Zeit beherrschen. Beinahe mit dem Gefühl von Schuld ließ er sich gehen, mit einem Keuchen, was zur Folge hatte, dass sie sich nur noch fester an ihn klammerte.

Sie behielt ihn in sich, solange sie konnte. Er versuchte sich zu entschuldigen, doch sie hörte nicht zu. Sie wiegte ihn immer noch, hielt ihn immer noch fest. Falls ein Geist selbst über den Traum hinauswandern konnte, hatte ihrer das getan.

Häufig blieben sie nach der ersten Leidenschaft beieinander liegen und unterhielten sich zwanglos über dies und jenes. Heute

Nacht sagten sie nichts. Sie war so echt in seinen Armen, so warm und fest und so seltsam traurig.

Wenn es möglich war, in Träumen zu schlafen, dann schliefen sie eng umschlungen. Selbst nachdem er aufwachte, konnte er sie spüren, eine lebendige Gegenwart, als wäre sie wirklich dort gewesen. Aber er war allein. Der Traum war verblasst, wie er es immer tat, bis auf eine Spur, als hinge noch ein Hauch ihres Duftes im Raum, der nur langsam verschwand.

24

Im Tageslicht war Iphikleia, wie sie immer war: zurückhaltend, abweisend, jedoch stets bereit, ihn zu lehren, was sie wusste. Selbstverständlich hatte sie sich nicht verändert. Sie wusste nichts von der Welt, in der er im Schlaf lebte. Wie hätte das auch möglich sein sollen?

Und dennoch bemerkte er, wie sie ihm einen Seitenblick zuwarf, wenn er eines der Pferde anschirrte oder ein Stück Zaumzeug flickte oder eine Gruppe seiner Rekruten unterrichtete, wie man ein Pferd einfängt und pflegt. Diese wilden Burschen hatten sofort und unwiderruflich gelernt, die Hände bei sich zu halten. Einer hatte immer noch die Narbe ihres Messers in der Handfläche.

Kemni konnte sich gut vorstellen, was sie sagen würde, wenn sie von seinen Träumen erführe. Er durfte sich nicht vorstellen, dass er sie kannte, nur weil die Götter ihr Abbild jede Nacht in sein Bett brachten. Diese lebende Frau war eine Fremde und wollte auch nichts anderes sein.

Nachdem sie das Pferd eingefangen, gebürstet und wieder freigelassen hatten, damit es sich in der Schwemme wälzte, die die Herde nahe dem Seitenarm des Flusses hatte, entließen sie die Rekruten zu einer anderen Pflicht. Auch Kemni hatte Pflichten, und zweifellos ging es Iphikleia nicht anders. Aber er wollte noch ein wenig bleiben, und sie hatte innegehalten, um die Pferde dieser Herde zu zählen.

Es war dieselbe Anzahl, die sich vor dem Beginn des Unterrichts im Tal befunden hatte und am Tag zuvor und die Tage davor. Es würden noch mehr kommen, hatte der König versprochen, aber es würde Zeit brauchen sie alle zusammenzuholen und sie zum Stier des Re zu bringen.

Irgendwie geschah es, dass Kemni, als Iphikleia sich umdrehte, um zu dem Wagen zu gehen, der sie vom Haus hergebracht hatte, ebenfalls diese Richtung einschlug. Sie stießen zusammen, sie mit einem leisen Aufschrei, er mit plötzlich laut hämmerndem Herzen. Sie passte in seine Arme wie in seinen Träumen – vollkommen. Einen halben Atemzug lang hielt er sie, und sie sank gegen ihn.

Sie erstarrten im selben Augenblick und wichen zurück. Iphikleia sprang in den Wagen und gab den unruhigen Pferden die Peitsche.

Kemni musste zu Fuß gehen, und es war keine geringe Entfernung. Trotzdem zuckte er mit den Achseln und seufzte. Er hatte seinen Füßen schon lange vertraut, bevor er seinen Fuß in einen Wagen gesetzt hatte, also konnte er es auch jetzt wieder tun.

Es war recht angenehm für einen Spaziergang im vollen Sonnenlicht, außerdem hatte er einen Wasserschlauch am Gürtel und musste keinen Durst leiden. Als er in Sicht des Hauses kam, erhob sich Prinz Gebu von der Mauer, auf der er gesessen hatte und sagte zum Gruß: »Nun, Bruder, was hast du denn zu ihr gesagt?«

»Nichts«, erwiderte Kemni. »Warum? Was hat sie –«

»Sie kam hier an wie der Zorn des Seth«, erklärte Gebu und lächelte bei dem Gedanken daran. »Sie hat den Pferden das Zaumzeug abgerissen und sie einfach stehen lassen, ist durch das halbe Haus gerannt und hat sich im Frauenquartier eingeschlossen. Wir nahmen an, du hättest damit gedroht, sie zum Lachen zu bringen.«

»Ich habe überhaupt nichts getan«, erwiderte Kemni. Was nicht ganz der Wahrheit entsprach, aber sie konnte wohl keinesfalls so zornig sein, nur weil er sie zufällig berührt hatte.

Wäre er klug gewesen, hätte er sich von ihr fern gehalten. Aber er war nicht besonders klug, und er brauchte ihre Hilfe, um seinen rebellischen Rekruten beizubringen, wie man einen Haufen Lederschnüre und Leinen und Bronzeschnallen zusammensetzte, bis sie zu einem Wagengeschirr wurden. Vielleicht würde sie ihre Laune vergessen, wenn er so entschlossen war, sie zu ignorieren.

In einem gewöhnlichen Landhaus, das zum Heim einer Königin geworden war, hätte kein Mann es gewagt, die Frauenräume ohne Eskorte zu betreten. Aber die Frauen in Kreta lebten freier als Damen in Ägypten. Kemnis Anwesenheit ließ eine Herde Zofen erschrocken aufkreischen, aber das waren nur dumme kleine Mädchen, die ihn Myriaden Male zuvor dort gesehen hatten. Gebu hätte vermutlich behauptet, sie täten es nur, um Kemni auf sich aufmerksam zu machen. Kemni fürchtete beinahe, dass dies tatsächlich der Fall war.

Es war daher ein Glück, dass Gebu anderweitig beschäftigt war und Kemni nicht in den Palast folgte. Kemni entzog sich der Mädchenherde und ging, wohin sie ihn trotz ihrer scheinbaren Aufregung wiesen.

Iphikleia hatte den entlegensten und zugleich höchsten Teil des Hauses aufgesucht: einen Raum von etwas überraschender Größe am Ende einer steilen, schmalen Treppe. Es war vielleicht einmal ein Wachtposten gewesen oder ein Turm, in dem man eine geschätzte Tochter einschloss, damit die Berührung der Welt sie nicht beschmutzte. Kemni gefiel der letztere Gedanke. Wachen wären nicht so entzückt von den Wandgemälden gewesen wie ein junges Mädchen: Wälder von Ried, Entenschwärme, Gänse, ein Flusspferd, das seinen Kopf aus dem Wasser hob, und zwei Ibisse, die im Ried tanzten. Die Malerei war ziemlich verblasst und blätterte an einigen Stellen ab, hatte aber immer noch eine gewisse verstaubte Schönheit.

Iphikleia hockte in dem tiefen Fensterschlitz, der wiederum auf einen Wachraum hinwies, obwohl er auch dem Zweck gedient haben konnte, eine Gefangene mit einem so schmalen und entfernten Ausblick auf die Welt zu quälen. Iphikleia hatte ihm den Rücken zugewandt, sich ganz zusammengezogen, und starrte wütend nach draußen.

Die Kraft dieses Blickes ließ Kemni einen Schritt zurückweichen. Vielleicht hätte er warten sollen.

Und dennoch, er war bis hierher gekommen und nun erschöpft und reichlich gereizt. Ein Diener musste alle Launen seiner Herren ertragen, das hatte man ihn gelehrt. Also hatte er sich angestrengt, das zu tun, selbst wenn es ihn ärgerte.

Aber selbst der beste Diener mochte hin und wieder versagen. Kemni war ein schlichtes, sterbliches Geschöpf, und er war dabei, sämtliche Geduld zu verlieren, im Wachen und im Schlaf. Sie starrte wütend zurück.

»Geh weg«, sagte sie.

Er regte sich nicht. »Du wirst unten gebraucht«, sagte er, und seine Stimme war kalt.

»Ich sagte: *Geh weg.*«

Zunächst traute sie offenbar ihren Ohren nicht. »Du ... nein? Das war ein Befehl!«

»Und ich werde ihn nicht befolgen.« Kemni lehnte sich an die Mauer und verschränkte die Arme, um noch trotziger zu wirken.

Es schien keinen großen Unterschied zu machen, aber es war offenbar genug. Sie stürzte sich mit so viel Schwung auf ihn, dass es den Atem aus ihm herauspresste. Sie fielen beide zu Boden, Kemni unten. Er hielt sie kaum fest, und dennoch wehrte sie sich und verfluchte ihn für alles, was er war und nicht war.

Er gab ihr eine Ohrfeige, und sie erstarrte verblüfft. Ihr Gesicht war direkt über dem seinen, ihr Blick wild, aber langsam konzentrierte er sich, konzentrierte sich auf Kemni. Etwas in diesen Augen wurde seltsam. Sie beugte sich nieder und drückte entschlossen ihre Lippen auf seinen Mund.

Es war wie in seinen Träumen. Es hatte zwar keinen staubigen Boden gegeben und keine Prellungen, die ihn hellwach hielten, aber der Rest war derselbe, ihr warmer, biegsamer Körper, die Berührung ihrer Brüste auf seiner Brust, der Geschmack ihres Mundes, der wie süßer Wein war. Sie wusste, wo sie ihn küssen, wo sie knabbern und streicheln musste, bis er sich wie eine Katze bog.

Es geschah alles vollkommen gedankenlos. Sie hatte seinen Kilt weggezupft und einfach fallen lassen; ihre eigene Kleidung war irgendwo verschwunden. Er wusste genau, wann er die Hüften heben und wann er ihre Hände in seine nehmen und sie nach unten führen musste.

Es gab nur einen Unterschied, eine Schwierigkeit – eine Barriere, die er durchbrochen hatte, bevor er wusste, was es war. Und als er es wusste, war es zu spät – als es geschehen war, konnte er nicht mehr aufhören, nicht einmal langsamer werden, obwohl sein Herz vor Schreck eiskalt wurde.

Aber sie hatte ihn genommen, wie er es einer Jungfrau niemals zugetraut hätte. Falls sie Schmerzen hatte, zeigte sie es nicht. Sie nahm ihn mit einer Art wilder Freude, mit einer Leidenschaft, die ihn mitriss, kaltes Herz, bebender Geist und alles andere.

Sie ließ ihn nicht gehen, bis sie ihn ganz und gar gehabt hatte. Es gab einen Punkt tief im Herzen der Angst, wo es, wie er entdeckte, keinen Unterschied mehr machte. Dann war die Angst … nicht verschwunden. Aber verändert. Es war beinahe Vergnügen, kurz vor dem Schmerz. Es war … exquisit. Ebenso wie sie. Exquisit.

Sie brachte sich wieder und wieder zum Höhepunkt, ließ ihn aber kurz davor beharren, bis er beinahe vor Pein aufgeschrien hätte. Dann endlich, mit einem trägen Schwingen dieser wunderbaren Hüften, ließ sie es zu. Er schrie auf, vollkommen willenlos.

Und als es vorüber war, als sein Körper aufgehört hatte zu pulsieren, seine Rute schlaff geworden war, lag er dort wie ein Wrack. Sie kniete keuchend über ihm, und Schweiß lief ihr über den Körper. Ihre Haut war heiß und glitschig, wo sie ihn berührte. Schweißtropfen liefen zwischen diesen wunderschönen Brüsten hindurch. Er konnte nicht anders, er nahm sie in die Hände. Sie waren genau, wie sie sein sollten, fiebrig heiß, fest, aber weich, die großen, dunklen Brustwarzen erwachten wieder und wurden bei seiner Berührung fester. Sein unterer Teil war vorübergehend lahm gelegt, aber in seinen Händen hatte er immer noch Kraft. Er ließ ihre Brüste los, strich ihr über die Seiten, bis zur Biegung ihrer Hüften und darunter. Sie bog den Rücken, hielt die Luft an – genau, wie er es eines Nachts geträumt hatte, wie er geträumt hatte von all diesen Stellen, an denen sie am liebsten berührt wurde. Genau wie in den Träumen ergab sie sich ihm, den Kopf zurückgelehnt, das lange Haar herabhängend. Sie wiegte sich leicht gegen seine Hände, dann fester, ihr Atem ging schneller und schneller.

Sie schluchzte. Sie drängte sich gegen ihn. Er wurde wieder

steif, lange bevor er es erwartet hatte, genau in dem Augenblick, als sie sich seinen Händen völlig ergab. Mit der Andeutung eines Seufzers sank sie langsam nach unten. Sie lag jetzt neben ihm, lang ausgestreckt, ihr Körper quälend vertraut. Selbst seine Unvollkommenheiten waren genau, wie er sie geträumt hatte: der leichte Flaum über ihrer Lippe, das Muttermal an der Schulter, die Narbe auf ihrer Handfläche, wo sie als Kind auf eine Herausforderung hin eine noch glühende Klinge aus der Esse gezogen hatte.

Er küsste die vernarbte Haut dort. Sie strich ihm über die Wange. Sie war still geworden, drängte sich an ihn wie – *wie* –

»Deshalb«, sagte er plötzlich. »Du hast geträumt. Du hast es auch geträumt.«

Sie legte den Kopf schief und starrte ihn an. »Du –« Sie schüttelte den Kopf. »Unmöglich.«

»Doch«, sagte Kemni halb erschrocken, halb jubelnd.

»Du hast es gewagt?«

»Nicht mehr oder weniger als du«, sagte er mit einem Aufflackern von Zorn.

Das überraschte sie. Sie wich beinahe davor zurück … beinahe. »Du hast nie ein Wort gesagt«, erwiderte sie.

»Du ebenfalls nicht.«

»Wie hätte ich denn? Du hättest mich verachtet.«

»Ich verachte dich jetzt auch nicht.«

Sie schüttelte den Kopf. »Das habe ich nicht gemeint. Ich weiß nicht, was ich gemeint habe. Es hätte nie geschehen dürfen!«

»Wenn du es mir befiehlst«, sagte er vorsichtig, »werde ich es vergessen. Und es wird so sein, als wäre es nie geschehen.«

»Nein«, sagte sie. »Nein. Ich will nicht –« Sie löste sich von ihm, kam auf die Knie, beugte sich über ihn. Ihr Haar strich über seinen Bauch und seine Haut zuckte, seine Rute hob sich abermals.

Sie ignorierte das und sah ihm stattdessen ins Gesicht, nahm es in ihre Hände. Ihre Finger waren kalt und ein wenig unruhig, sie ließen ihn beinahe all seine Entschlossenheit vergessen, nichts zu tun, um das sie nicht bat.

»Ich will es nicht vergessen«, sagte sie. »Aber wenn du es nicht anders ertragen kannst –«

»Ich will mich erinnern«, sagte er.

»Schwöre es.«

»Ich schwöre«, sagte er.

Sie seufzte leise, schien aber nicht getröstet. Sie sah … wild aus. So musste sie als Kind gewesen sein: dieser leidenschaftliche Eifer, dieses beinahe erschreckende Entzücken.

»Du verbirgst es«, sagte er bedächtig, »weil es zu viel ist, es ist zu stark. Es erschreckt die Menschen.«

Sie schien es nicht zu hören, oder falls sie es tat, wusste sie nicht, was er meinte. Schnell beugte sie sich vor und küsste ihn, bis er glaubte, ersticken zu müssen, dann ließ sie ihn so plötzlich los, dass er keuchte. »Schöner Mann«, sagte sie. »Schöner, schöner Mann. Sag mir, dass du mich haben willst. *Mich*, nicht eine königliche Vision.«

»Ich träume nicht davon, Ariana zu lieben«, sagte er. »Du … wenn du auch nur eine einzige Nacht nicht in meinen Traum kommst, vergehe ich schier vor Sehnsucht nach dir.«

»Warum?«

Wie sehr das zu ihr passte. Er hätte beinahe gelacht, aber das hätte ihr nicht gefallen. »Die Götter allein mögen das wissen. Ich hätte gedacht, mehr Hoffnungen zu haben, ihr Geliebter zu werden als der deine. Du warst immer so kalt.«

»Nein«, sagte sie. »Niemals kalt. Nicht für einen einzigen Augenblick.«

»Aber –«

Mit einem Finger auf seinen Lippen brachte sie ihn zum Schweigen. »Als ich dich zum ersten Mal gesehen habe, wie du auf dem Deck der *Tänzerin* hocktest wie ein Teil der Fracht, hielt ich dich für den bedrückend schönsten Mann, den ich je gesehen habe. Ich konnte nicht glauben, dass kein Ägypter dich entdeckt hatte. Jeder Mann auf dem Schiff stand in deinem Schatten. Es konnte doch sicher jeder, der Augen im Kopf hatte, sehen, was du warst.«

»Die meisten Menschen«, meinte Kemni mit etwas erstickter Stimme, »haben nicht … deine Art von Augen.«

»Nein, nicht wahr?« Sie strich ihm über die Wange und zog mit dem Finger seine Brauen nach. »Du weißt es nicht. Du glaubst es nicht. Und das ist vielleicht besser so. Ein Mann, der weiß, dass er schön ist, kann unerträglich sein.«

»Aber ich bin nicht –«

»Ja«, sagte sie. »Ja, zweifle an meinen Worten. Das ist entzückend.«

»Besser entzückend als beleidigend«, meinte Kemni. Sie hatte ihre Hand zurückgezogen. Er fühlte sich seltsam beraubt. »Ich … du hast so heftig versucht, mich auszuschließen. Ich hätte dich hassen können.«

»Ich wollte, dass du mich hasst«, sagte sie. »Ich habe es mir geschworen, weißt du. Als ich jung war. Dass ich niemals einem Mann gehören würde. Deshalb –«

Sie errötete – Iphikleia, die errötete; unmöglich … und dennoch war es nicht zu missdeuten. »Deshalb habe ich nie einen in mein Bett gelassen. Es wird erwartet, weißt du, man wird sogar dazu ermutigt. Es sei denn, man ist die Ariana; dann schickt man seine Dienerinnen zu den Männern, die einem gefallen, und bewahrt sich selbst auf, bis man einen König heiraten kann.

Aber ich wollte keinem Mann gehören. Das habe ich geschworen, als ich neun Sommer alt war, bevor meine Brüste noch gewachsen waren.«

»Ich bezweifle«, meinte Kemni, »dass ich hoffen kann, dich je zu besitzen. Du bist kein Besitz.«

»Alle Männer wollen ihre Frauen besitzen«, sagte Iphikleia. »Sie können nichts dagegen tun. Stiere, Hengste – sie tun alle dasselbe. Der Löwe besitzt seinen Löwinnenharem. Aber ich werde niemandem gehören.«

»Es wäre unverschämt von mir, auch nur davon zu träumen«, erwiderte Kemni. »Du bist von königlicher Familie und die Verkörperung einer Göttin. Und ich bin ein vollkommen sterblicher Mann.«

»Geliebter Ägypter«, sagte sie halb verächtlich, halb zärtlich. »Dein Land ist voller Götter. Eure Könige sind Götter. Ich bin hier etwas ziemlich Gewöhnliches, oder? Und du fragst mich, warum ich dich so erstaunlich finde!«

»Du bist niemals gewöhnlich«, sagte Kemni. »Während ich –«

»Vollkommen außergewöhnlich«, sagte sie. »Ich werde dich

nicht heiraten, hast du das verstanden? Ich werde diese Sache nicht vor der ganzen Welt vorführen, aber ich lasse dich auch nicht gehen – wach oder im Schlaf. Kannst du das ertragen?«

»Lässt du mir denn eine Wahl?«

»Du kannst gehen«, sagte sie mit einem Aufblitzen ihrer alten Kälte. »Ich werde dich nicht aufhalten. Aber ich werde dich auch nicht zurückrufen. Jetzt nicht und nicht später.«

Was für eine Wahl. Sie war immer noch in so vieler Hinsicht eine Fremde. Aber irgendwie hatten sie durch den Willen der Götter ihre Träume geteilt. Die Iphikleia, die er auf der anderen Seite des Schlafes gekannt hatte, jene Iphikleia, die nun in seinen Armen lag und der es immer noch gelang, ihn wütend anzustarren, war ihm so wichtig wie sein Leben. Jene andere, die kühle, herablassende Priesterin, war eine Maske.

Er sprach zu der Iphikleia des Geistes, der klaren, leidenschaftlichen Präsenz, die, dessen war er jetzt sicher, ihr wahres Wesen war. »Ich werde nicht gehen. Um deiner Ehre und um deines Namens willen werde ich nicht mit dieser Geschichte durch die Straßen paradieren. Der Rest wird sein, wie es die Götter wollen.«

»Und die Göttin«, sagte sie. »Immer die Göttin.«

Er senkte den Kopf in Hochachtung wie vor einer Königin. Iphikleia zog ihn an sich, lehnte ihn an die Wand. Und dort nahm sie ihn noch einmal so leidenschaftlich und dennoch so zärtlich, dass es beinahe nicht zu ertragen war. Denn gerade als er glaubte, nun sicherlich sterben zu müssen, weil es nichts mehr in dieser Welt zu tun gab, ließ sie ihn los. Sie küsste und sie streichelte ihn, und dann verließ sie ihn und ging, um wieder zu der Iphikleia zu werden, die die ganze Welt kannte.

25

Kemni war den ganzen Rest des Tages so wirr im Kopf, als hätte man ihm über den Schädel geschlagen. In jener Nacht träumte er nicht; sein Schlaf war so tief wie das Meer.

Bis er irgendwann zwischen Mitternacht und Morgendämmerung erwachte, weil boshafte Finger ihn lockten, seine Männlichkeit veranlassten, sich zu erheben und diese unberechenbare Kreatur zu grüßen, die ihn zu ihrem Eigentum gemacht hatte. Er war tief in ihr, bevor er die Augen auch nur geöffnet hatte, genoss ihren Duft und ihre Berührung und ihren Geschmack und ihre Anwesenheit hier, hellwach in seinem Bett.

Es hieß, dass ein frisch zerrissenes Jungfernhäutchen mehr Schmerz als Vergnügen bereitete, und dass eine Frau die ersten Schritte des Tanzes lernen musste, bevor sie erfuhr, welche Freude es sein könnte. Iphikleia hatte es im Geist schon lange gewusst, bevor sie es im Fleisch kannte. Sie hatte herrliche Freude daran, sie lachte sogar leise und kehlig, als sie eine Drehung und eine andere Bewegung ausprobierte, die ihn aufschreien ließ. »Au! Frau, du wirst mich noch umbringen.«

»Eines Tages vielleicht«, sagte sie. »Aber zunächst will ich dich lebendig.«

Sie wollte ihn mehr als lebendig, sie wollte ihn unermüdlich und unersättlich. Aber er war keine Frau, die so von den Göttern gesegnet wurde. Er gab ihr, was er konnte, und sie erklärte sich damit zufrieden.

Und als nichts mehr von ihm übrig war als schlaffe Lenden, hielt sie ihn in den Armen, küsste ihn sanft und sagte: »Ariana wird dich ausschicken, einen Wagenbauer von den Retenu zu stehlen.«

Das hatte er gewusst. Selbstverständlich hatte er das gewusst. Aber – »Das sagst du mir *jetzt*?«

»Wann sonst sollte ich es dir sagen?«

Er öffnete den Mund, aber er war kein vollkommener Narr. Statt Einspruch zu erheben, fragte er einfach: »Wann?«

»So bald wie möglich.«

Sie war kühl und ruhig. Eine andere Frau hätte vielleicht geweint oder zumindest versucht, traurig zu sein. Aber das hier war Iphikleia.

»Ich nehme an, sie wird mich morgen früh gleich sehen wollen«, meinte Kemni nach einer Weile. Dann: »Weiß sie es?«

»Es gibt wenig, was meine Base nicht weiß.« Iphikleia spielte mit seinem Haar. »Schämst du dich meiner?«

Er sah sie verblüfft an. »Das sollte ich dich fragen.«

»Nein«, erwiderte sie. »Ich bin eine Fremde. Mein Rang und meine Herkunft gelten hier wenig. Du bist ein Mann, dem der König vertraut.«

»Ich bin –«

»Hör auf«, sagte sie. »Es gehört sich nicht für einen Mann, sich geringer zu achten, als er ist. Du wurdest als niedriger Adliger geboren, bist aber zu mehr geworden. Glaubst du, der König wird zulassen, dass du dich davonschleichst und versteckst, nachdem er nun erkannt hat, wie nützlich du sein kannst?«

»Wahrscheinlich nicht«, meinte Kemni bedauernd. »Ich passe in seine Pläne. Und man kann mir leicht befehlen.«

»Und dann erfüllst du diese Befehle.«

Er zuckte mit den Achseln. »Du«, sagte er, »solltest dich dem Sohn des Königs an den Hals werfen. Er ist ein angenehmer Mann und vollkommen vertrauenswürdig. Und sein Rang entspricht dem deinen.«

»Ich mag ihn«, meinte sie kein bisschen verstört wegen dieses Themenwechsels. »Er ist tatsächlich angenehm. Er hat überhaupt keine Begabung für Sprachen außer seiner eigenen, und er wird niemals etwas von Pferden verstehen.«

»Er möchte sie verstehen«, gab Kemni zu bedenken.

»Aber er hat die Gabe nicht. Sie sprechen mit jedem Zucken des Ohrs zu ihm, und er ist so taub wie der Erdboden.«

»Er wird es lernen.«

»Das kann man nur hoffen«, erwiderte sie.

»Also«, sagte er. »Während ich mich in Todesgefahr begebe, um dem König einen Wagenmacher zu bringen, wirst du sein Bett wärmen, wie du das meine gewärmt hast?«

»Darauf muss ich keine Antwort geben«, sagte sie.

»Nein«, erwiderte er lachend.

Sie küsste ihn. Ihre Lippen waren wie Feuer, sie weckten ihn vollständig auf. Er zog sie an sich. Sie war bereit für ihn, mehr als bereit.

Ariana ließ Kemni drei Tage, um zu Verstand zu kommen und seine Truppe zusammenzustellen. Er konnte keine Armee mitnehmen, aber er konnte auch nicht allein gehen. Eine Truppe, die klein genug war, um nicht aufzufallen, aber groß genug, um einen oder sogar mehrere Männer zu entführen – Fischer auf dem Fluss mit einem kleinen raschen Boot und ein paar Netzen und Fracht. Niemand achtete auf Fischer und Bauern. Sie waren überall – nackte, sonnengebräunte Männer, die nie die Aufmerksamkeit von Adligen erregten.

Kemni wählte unter seinen eigenen hundert jene aus, von denen er wusste, dass sie mit Netz und Angelschnur umgehen konnten und vorsichtig waren. Einer von ihnen war Seti. Er war wild und aufsässig, aber ein guter Seemann, und Kemni nahm an, dass er vernünftiger war, als er sich gab.

Die anderen waren ruhigere Männer, selbst für Ägypter drahtig und schlank, und sahen daher umso mehr wie arme Fischer als wie des Königs Soldaten aus. Sie zogen sich aus oder gürteten sich in ein paar Lumpen, wuschen und rasierten sich nicht mehr und begaben sich entsprechend verwahrlost an Bord.

Jemand wartete dort auf sie. Kemni hielt die Luft an. »Sag nichts«, meinte Iphikleia. »Ihr braucht jemanden, der einen guten Wagen von einem schlechten unterscheiden kann.«

»Das hier ist kein Handelsschiff«, sagte Kemni. »Du kannst dich nicht verstecken, wie ich es getan habe.«

»Ich werde es schon schaffen«, sagte sie. »Können wir jetzt losfahren?«

Kemni wandte sich Ariana zu, die mit ihnen zum Fluss gekommen war. Sie zuckte mit den Achseln. »Ich kann ihr keine Befehle erteilen«, sagte sie. »Wenn sie gehen will, geht sie.«

Auch Gebu konnte ihm nicht helfen. Gebu saß hinter Iphikleia im Boot und wirkte weniger schmutzig und unrasiert als der Rest, gab aber dennoch einen recht glaubwürdigen Fischer ab. Er grinste, als Kemni ihn zornig anstarrte. »Ich kann euch nicht beide mitnehmen! Was, wenn ihr gefangen genommen oder getötet werdet? Dann werden zwei Könige meinen Kopf verlangen.«

»Dann solltest du lieber auf uns aufpassen«, erwiderte Gebu. »Komm schon, Bruder, verschwenden wir keine Zeit.«

Kemnis sorgfältig ausgearbeiteter Plan brach vollkommen zusammen. Er hatte vorgehabt loszusegeln, zu tun, was zu tun war, und unerkannt zu fliehen. Mit einer kretischen Frau, die nur allzu offensichtlich im Bug des Fischerbootes hockte, und einem königlichen Prinzen, der sich nicht sonderlich gut unter der Besatzung verbarg, würden sie so auffällig sein wie ein Ibis in einer Gänseherde.

Er musste gehen, er hatte Ariana sein Wort gegeben. Und sie weigerte sich, diese Eindringlinge von Bord zu holen!

Mit einem tiefen Seufzen verabschiedete er sich von seiner kretischen Königin und gesellte seine Schulter zu denen, die das Boot ins Wasser schoben. Er war der Letzte, der an Bord kletterte, rasch hereingezogen, bevor ein Krokodil zuschnappen konnte.

Das genügte als Vorzeichen für den Anfang. Kemni entschloss sich, es so zu deuten, dass sie unbehelligt entkommen würden. Das Krokodil, dem man seine Beute entzogen hatte, schlug wütend mit dem Schwanz und verschwand unter Wasser.

Das Boot schaukelte durch die Bewegung des Tieres, aber dann legten sich die Männer in die Ruder. Sie ruderten zur Flussmitte hinaus, setzten das Segel, um den leichten Wind einzufangen, und ließen sich stromabwärts tragen.

Kemni saß am Ruder. Es war eine einfache Aufgabe, für die er nicht zu denken brauchte. Der Wind war beinahe kühl, die Sonne grell, aber das war er von Geburt an gewöhnt. Iphikleia, sah er, hatte sich in die Biegung des Bugs zurückgezogen und einen Umhang über sich gezogen. Selbst aus der Nähe wirkte sie wie ein Bündel Netze.

So ungern er es zugab, es war vielleicht wirklich möglich, dass sie unerkannt entkamen. Weder Iphikleia noch Geou waren dumm. Und dennoch …

Er schob den Gedanken weg. Es würde noch dauern, bis sie sich verbergen mussten. Sie befanden sich immer noch im Oberen Reich. Um des Spieles willen hatte er beschlossen, dass sie tatsächlich fischen sollten und Netze und Leinen benutzten. Was sie fingen, würden sie essen, oder wenn sie genug fingen, konnten sie es in den Dörfern gegen Brot und Bier und andere Vorräte eintauschen.

Es war in jeder Hinsicht anders, als auf der *Tänzerin* zu segeln. Dieses Boot war kleiner, enger, mit weniger Bequemlichkeit. Jeder Fingerbreit Raum musste genutzt werden. Abends gingen sie an Land, schlugen ihr Lager auf, rekrutierten eine Wache und schliefen, so gut sie konnten. Die Waffen, die sie zwischen dem Gepäck und den Netzen verborgen hatten, waren nicht die Waffen einfacher Fischer – Kemni hatte darin der Vernunft nachgegeben; sie hatten die Schwerter von Kriegern dabei, kurze Speere und Jagdlanzen sowie Pfeil und Bogen.

Aber davon einmal abgesehen, lebten und lagerten sie wie die, als die sie sich ausgaben. Es gab keine Baldachine, keine Diener. Selbst Gebu musste für sich selbst sorgen. Die Männer hätten ihm gerne geholfen, aber sie waren zu wenig und hatten zu viel zu tun.

Er behauptete, dass es ihm nichts ausmachte. »Es ist ein gewaltiger Spaß«, sagte er zu Kemni am dritten Abend, nachdem sie den Stier des Re hinter sich gelassen hatten. Sie kamen langsam vorwärts, aber nicht so langsam, wie Kemni befürchtet hatte. Die Strömung war schneller geworden. In diesem Jahr kam das Hochwasser früh.

In ein, zwei oder drei Tagen würden sie Unterägypten erreichen. Dann würden sie vorsichtiger sein und zu den Göttern beten müssen, dass sie bald fanden, wonach sie suchten. Kemni fürchtete halb, dass sie bis nach Avaris segeln mussten.

Aber das war lächerlich, denn es gab bereits viel näher feindliche Festungen. In einer von ihnen würden sie schon Wagenbauer finden.

Iphikleia behauptete zu wissen, wo sich diese Festungen befanden. »Und woher weißt du das?«, wollte Kemni wissen.

»Auf diese oder jene Weise«, sagte sie. Sie mochte ägyptisches Bier nicht, und Wein hatten sie nicht mitgebracht, denn Fischer tranken keinen Wein. Sie trank einen Schluck Bier, verzog das Gesicht und wollte den Becher wieder absetzen.

Gebu hielt sie auf. »Nein«, sagte er. »Nein, meine Dame. An Wein nippt man, Bier trinkt man, so schnell man kann. Los, schließ die Augen und trink.«

Es schien sie nicht zu stören, dass er sie an der Hand gepackt hatte. Sie tat, was er wollte, verzog das Gesicht noch mehr, kniff die Augen zu und trank den Becher ohne abzusetzen leer. Dabei verschluckte sie sich, keuchte, hustete, aber dann öffnete sie die Augen wieder und sagte mit etwas atemloser Überraschung: »Gar nicht so übel!«

»Siehst du«, meinte Gebu. »Es ist einfach kein Geschmack, mit dem man sich aufhalten sollte. Aber wenn man es schnell trinkt, kann es wirklich gut sein.«

»Man… man kann sich daran gewöhnen«, gab Iphikleia zu, dann biss sie wieder in ihr Gerstenbrot.

Kemni beobachtete sie. Gebu saß nahe bei ihr, wie es nicht zu vermeiden war; der Kreis um das Feuer war eng, ein ganzes Stück vom Fluss und den Krokodilen entfernt. Kemni hatte einen Platz gefunden, der nicht zu nahe bei den beiden war, zwischen Seti und einem schweigsamen jungen Mann, der Iphikleia ehrfürchtig anstarrte. Gebu, der Prinz, schien ihn nicht zu stören, aber Iphikleia mit ihrem schäbigen Umhang und ihrem Gestank nach Fisch war ein Gegenstand der Verehrung.

Es störte sie nicht, dass Gebu so nah bei ihr saß. Er berührte sie häufig, zufällig, wie es schien, aber Kemni kannte sich mit diesen Künsten aus.

Es sollte ihn nicht bekümmern. Iphikleia gehörte ihm nicht. Sie hatte ihn, seit sie im Boot war, kaum eines Blickes gewürdigt – als ob alles zwischen ihnen im Stier des Re zurückgeblieben sei.

Und nun gewährte sie dem Prinzen ihre Gunst. Hatte sie denn gelogen, als sie meinte, er interessiere sie nicht? Oder hatte sie einfach ihre Ansicht geändert, wie es Frauen taten, und war ihm nun doch geneigt?

Fruchtlose Gedanken, und vergeblich an diesem Ort, wo jedes Auge sehen und jedes Ohr hören konnte, was zwischen ihnen vorging. Wenn er sich schon der Eifersucht hingab, musste er das allein tun – und wissen, wie dumm es war.

»Das ist wunderbar«, meinte Gebu zur Antwort auf etwas, das Iphikleia gemurmelt hatte. »Ich habe noch nie wirklich für mich selbst gesorgt. Es ist erfrischend.«

»Ich bin froh, dass du so denkst«, sagte sie.

»O ja! Du machst dir keine Vorstellung, wie ermüdend es ist, von königlichem Blut zu sein.«

»Ich fand es nie ermüdend«, erwiderte sie. »Aber ich bin auch häufig geflohen, und sogar auf Schiffen gesegelt. Mehr als einmal war ich in Ägypten.«

»Siehst du?«, meinte Gebu. »Es hat dich gelangweilt. Du bist so oft wie möglich geflohen. Das war mir nicht möglich – bis mein Kampfesbruder hier geholfen hat, mich zu befreien.«

»Er hat dir auch geholfen?« Ihre Stimme war kühl. »Er ist nicht glücklich über seine Begabung – das glaube ich nicht.«

Gebu lachte leise. »Nein, das ist er nicht. Mein armer Bruder. So gesegnet, und so zögerlich.«

Kemni stopfte sich ein Stück von dem groben Sack, der ihm als Decke diente, in die Ohren, und versuchte zu schlafen. Soweit er wusste, schwatzten sie die ganze Nacht weiter, wie es Freunde taten, oder Freunde, die irgendwann Geliebte werden würden.

Es war nur angemessen, schließlich waren sie von gleichem Rang. Kemni stand weit unter ihnen, ob der König ihn nun achtete oder nicht.

Solche Gedanken hatten keinen Platz im hellen Tageslicht. Kemni konnte sie im Dunkeln nicht fern halten und verlor dadurch viel zu viel Schlaf. Aber wenn die Sonne hoch am Himmel stand, konzentrierte er sich auf das, was zu tun war: das Boot zu segeln, den Männern Befehle zu geben, dafür zu sorgen, dass das Fischen so ablief, wie es sollte. Die Strömung des Flusses war jetzt noch schneller geworden, der Wasserstand höher. Das Hochwasser kam, die große Flut, die das Wasser weit über das Land Ägypten ausbreiten und danach üppigen schwarzen Boden zurücklassen würde, auf den sich der Wohlstand der beiden Königreiche gründete.

Kemni begann darüber nachzudenken, dass es vielleicht nicht sehr klug gewesen war, sich in einem Fischerboot auf den Fluss zu wagen, wenn Hochwasser bevorstand. Aber es war ein festes Boot, gebaut aus auf die alte Weise gebündeltem Ried, geboren in diesem Fluss und von ihm gezeugt. Es überließ sich der Strömung, wie ein Holzboot es vielleicht nicht getan hätte, und trieb leicht auf dem Wasser dahin.

Es gab mehr als genug Fische, obwohl sie die Netze tiefer senken mussten. Kemni entschied sich, den Fang weiterhin in kleinen Städten am Fluss einzutauschen, obwohl das gefährlicher wurde, je weiter sie nach Norden kamen. Auf diese Weise konnten sie den neuesten Klatsch und Gerüchte erfahren, die sich rascher bewegten als das Flusswasser. Eines von diesen Gerüchten hielt sich und wurde stärker, je tiefer sie nach Unterägypten eindrangen: dass ein Krieg bevorstand. Die fremden Könige und der König in Theben würden sich im Kampf gegenüberstehen wie vor zehn Jahren.

»Und wieso sollte einer von beiden sich die Mühe machen?«, fragte Seti auf dem Marktplatz einer kleinen Stadt nicht weit südlich von Memphis. Seti hatte ein gutes Ohr; er konnte Dialekte leicht nachäffen, obwohl er nicht so sprachbegabt war wie Kemni. In jeder Stadt gelang es ihm, mit dem Akzent der Stadt zuvor zu sprechen, sodass die Leute dachten, er käme aus der Nachbarschaft. Es war wirklich schlau, und das wusste er auch.

»Also«, meinte er im Dialekt, der eine Tagesreise flussaufwärts gesprochen wurde, »sag mir, wieso es ausgerechnet jetzt Krieg geben sollte? Es ist Jahre her, seit die Könige zum letzten Mal kämpften. Und dürfte Apophis nicht inzwischen ein bisschen alt sein? Er ist nicht mehr der junge Löwe von vor zehn Jahren.«

»Ahmose auch nicht«, meinte einer der Männer, die faul auf dem Marktplatz herumstanden, während ihre Frauen und Diener um Fische feilschten. »Sie haben beide erwachsene Söhne. Aber das hat noch nie einen König aufgehalten.«

Kemni war mit einer überaus unangenehmen Hausfrau und einer noch unangenehmeren Dienerin beschäftigt. Aber er hielt ein Ohr auf das Gespräch und hatte auch ein Auge auf Gebu, der sich geweigert hatte, im Boot zu bleiben. Tage der Sonne und des Segelns ließen auch ihn nun gewöhnlich genug aussehen, aber natürlich hatte er den Kopf gehoben, als er den Namen seines Vaters hörte. Diese Augen hätten nie zu einem einfachen Fischer gepasst.

Seti, dessen Aufsässigkeit hier für jugendliche Narretei durchging – obwohl es den Frauen gefiel –, schnaubte, als er den Namen des Königs hörte. »Ach! Ahmose! Ja, er ist jünger als Apophis, aber ich hatte gehofft, dass er klüger ist. Warum soll er sich in einen Kampf stürzen, den er nicht gewinnen kann?«

»Woher weißt du, dass er es nicht kann?«, wollte ein anderer Mann wissen.

Kemni hatte der Frau schließlich einen Korb Fische verkauft, nachdem sie über jeden einzelnen davon gefeilscht hatten. Er überließ die nächste Käuferin einem anderen aus seiner Truppe und beschäftigte sich nahe bei Seti und Gebu damit, die Fliegen vom Fisch zu verscheuchen und an dem Segel zu zupfen, das ihre Ware vor der Sonne schützte.

Seti tat nicht einmal mehr so, als wolle er mit dem Verkauf helfen. »Dann sagt mir doch, wie Ahmose einen Kampf gegen die Retenu gewinnen soll.«

»Indem er kämpft«, meinte der andere wie zu einem dummen Kind. »Er sitzt in seinem goldenen Haus flussaufwärts, isst von goldenen Tellern, scheißt in einen goldenen Topf und wünscht sich, Herr der Zwei Länder zu sein. Ich sage dir, Mann, wenn er endlich aufstünde und das Mädchen absetzen würde, das er auf dem Knie schaukelt, wenn er nach seinem Schwert griffe und seine Armeen zusammenriefe und sich an die Arbeit machte, wäre er König des ganzen Landes, bevor das Hochwasser auch nur den Höchststand erreicht.«

»So schnell?«, spottete Seti. »Und was ist mit dem König flussabwärts in *seinem* großen Haus mit seinen Kampfwagen und seinen Eselherden? Hätte der nicht auch ein Wörtchen mitzureden?«

»Ach«, meinte der Mann geringschätzig. »Der ist so beschäftigt mit seinen hundert Frauen, dass er keine Zeit hat, sich mit Krieg abzugeben.«

»Aber seine zweihundert Söhne«, meinte Seti, »würden die sich vielleicht die Mühe machen? Es ist dieser Tage sicher nicht einfach, Königssohn bei einem Kriegervolk zu sein. Keine Frauen zu vergewaltigen, keine Städte zu plündern. Gebt ihnen einen Krieg, und sie werden froh sein, kämpfen zu können.«

»Sicher«, meinte der Mann, »ebenso wie gute Ägypter. Ich habe Verwandte oben in Memphis. Sie haben jetzt jahrelang Eselsmist gefressen und hassen jeden Bissen davon. Gebt ihnen einen König, für den es sich lohnt zu kämpfen, und eine Armee, der sie beitreten können, und sie sind bereit zu marschieren.«

»Mein Vater sagt etwas ganz anderes«, meinte Seti.

»Dein Vater ist alt, oder? Das hat ihn sicher weise gemacht, aber auch mutig?«

»Mut ist etwas für junge Männer«, sagte Seti. »Seid ihr hier unten so mutig?«

»Noch viel mutiger!«, erklärten alle im Chor.

Seti schüttelte den Kopf. »Ich hoffe, ihr sagt dasselbe wenn die Retenu kommen, um euch zu erobern.«

»Das haben sie schon getan«, meinte der Anführer der Bande. »Wir haben sie hier nur ermüdet. Weiter flussabwärts haben sie mehr Macht – da brauchen sie eine festere Hand.«

»Wenn wir so klug wären wie du«, brummte Seti, »wären wir alle Könige.«

»Lach so viel du willst«, entgegnete der Mann. »Ich sage nichts als die Wahrheit.«

Gebu erzählte das alles noch einmal am Abend beim Feuer, als sie sich im Schatten des Bootes versammelt hatten. Er war ganz begeistert. »Sie werden kämpfen. Sie werden wirklich kämpfen!«

»Das behaupten sie«, meinte Kemni. »Sie sind hier dem Feind nicht nahe genug, um seinen Atem im Nacken zu spüren. Jene, die direkt unter seiner Knute stehen, sind vielleicht weniger willig, sich und ihre Familie zu gefährden.«

»Du selbst hast den Mut dazu gefunden«, sagte Gebu.

Kemni schüttelte den Kopf. »Ich bin in den Krieg gezogen, weil ich mich gelangweilt habe, weil ich zornig war und wild darauf, gegen Fremde zu kämpfen. Mein Vater hat sich zu Tode gesorgt, nachdem ich gegangen war, heißt es. Mein Onkel und meine Vettern sind alle umgekommen. Wir waren die Einzigen, die den Willen zum Kämpfen hatten.«

»Und vielleicht haben die Jahre sogar deine Leute verändert«, sagte Gebu. »Dass auf den Märkten schon so geredet wird – so etwas habe ich nie zuvor gehört, selbst als wir unter meinem Onkel Kamose das Königreich zurückgewonnen hatten.«

»Wir waren auch nie zuvor einfache Fischer«, sagte Kemni. »Fürsten hören im Allgemeinen nicht, wovon das Volk spricht. Sie glauben, es sei unter ihrer Würde.«

»So denkst du von mir? Dass ich meine Würde verloren habe?«

Kemni lachte verblüfft. »Nein! Selbstverständlich nicht. Ich meinte nur –«

Gebu machte eine wegwerfende Bewegung. »Ich höre mehr, als die Leute denken. Manchmal reden sie, wenn ich es hören kann, oder es vergessen, dass ich in der Nähe bin, und sagen einander die Wahrheit. Wir Prinzen lernen, mehr zu erfahren, als wir sollen.«

»Was für ein Leben«, sagte Iphikleia. Sie lehnte sich gegen das Boot, in ihren Umhang gewickelt. Wenn es sie störte, den ganzen Tag versteckt zu bleiben, gab sie es jedenfalls nicht zu. Irgendwie gelang es ihr auch immer, sauber zu bleiben, ihr Haar in Ordnung zu halten und so auszusehen wie immer.

Ihr Anblick ließ Kemnis Herz schneller schlagen. Sie schien ihn nicht zu bemerken, wie in all der Zeit zuvor. Ihr Blick ruhte auf Gebu, wie das nun so oft der Fall war. »Ein Palast ist eine Welt für sich«, fuhr sie fort. »Es ist schwer, sich zu erinnern, dass es noch andere Welten gibt.«

»Es sei denn, man ist dazu entschlossen«, sagte Gebu.

»Ja«, entgegnete sie. Sie starrte ins Dunkel, über das Feuerlicht hinaus, und runzelte leicht die Stirn, wie immer, wenn sie tief über Dinge nachdachte, die zweifellos zu schwierig waren, als dass ein einfacher sterblicher Mann sie hätte verstehen können.

Als sie wieder sprach, wandte sie sich an niemand im Besonderen. »Das könnte uns nützen. Wenn wir zurückkehren, sollte der König das erfahren; falls er seine Männer hierher schickt, um eine Armee aufzustellen.«

»Und nördlich von hier?«, wollte Kemni wissen. »Was ist mit den Menschen, die direkt von den fremden Königen beherrscht werden?«

»Wenn wir sie gesehen haben«, meinte sie, »und gehört haben, was sie zueinander sagen, werden wir es wissen.«

»Ich denke, du weißt es bereits«, erwiderte er.

Darauf antwortete sie nicht. Das hatte er auch nicht erwartet.

26

Memphis war das Tor zum Unteren Reich, aber die Macht der Retenu reichte ein wenig weiter nach Süden. Kemni wollte nicht bis zu dieser Stadt reisen, in der man ihn kannte – nicht, wenn er das Gesuchte schon zuvor in einer anderen, geringeren Stadt finden konnte.

Wie schon bei seiner Fahrt auf der *Tänzerin* – und vor nicht allzu langer Zeit – sah er, wie das Land sich verändert hatte, selbst während es dasselbe blieb; wie es sich mit Fremden füllte. Die Menschen schienen dieselben, waren aber nicht so offen und mutig wie ihre Verwandten im Süden. Sie senkten die Köpfe, ihr Blick war verschleiert, und sie strengten sich an, ihren fremden Oberherren nicht aufzufallen.

Kemni und seine Besatzung fielen in ihrem Wunsch, unsichtbar zu sein, dort ebenfalls nicht auf. Alles schlich sich geduckt an den Retenu vorbei. Das wurde erwartet.

Das half ihnen zwar im Augenblick, doch nichtsdestoweniger würden sie bald zuschlagen, ein Nest von Retenu finden und dort nach Wagenbauern suchen müssen. Jene, die hier lebten, waren wortkarg und Fremden gegenüber misstrauisch. Das war nur klug angesichts der Tatsache, dass jeder ein Spion sein konnte und die Herren alle Feinde waren.

Und dennoch, wo es Bier gab, gab es auch Hoffnung auf lockere Zungen. Und Kemni hatte Fisch zu tauschen und Gerste und einen Ballen mittelfeinen Leinens, den er von dieser boshaften Vettel im Süden gegen einen Korb Fisch getauscht hatte Er lenkte das Boot zu einer kleinen Stadt, die er von früher her kannte, wo er aber hoffte, in Verkleidung nicht wieder erkannt zu werden.

Die Götter waren auf ihre Weise wohlgesonnen. Die Stadt war seit Kemnis Kindheit gewachsen: Es gab einen neuen Tempel des Retenu-Gottes, den sie Baal, die Ägypter aber Seth nannten, und nahe dem Tempel, auf einem vorspringenden Felsen am Fluss, eine Steinmauer und einen niedrigen Turm. Dort waren Männer damit beschäftigt weiterzubauen, sie schleppten Steine und zogen die Mauer höher.

Jemand erwartete einen Krieg. Obwohl, dachte Kemni, die Retenu waren immer auf einen Kampf vorbereitet. Sie lebten in Erwartung des Krieges, aßen ihn, schliefen damit, atmeten ihn. Alles war Krieg. Es lag kein Ruhm im Frieden und keine Hoffnung, dass der Name eines Mannes unvergesslich bliebe.

Diese hier war zu Kemnis Zeiten eine lebendige kleine Stadt gewesen. Nun war sie hektisch, barst zwischen der neuen Festung und dem neuen Tempel schier aus den Nähten. Der Markt war so groß wie der einer viel größeren Stadt, nicht nur voll mit den begehrten Waren Gerste und Bier, Brot und Fleisch, Zwiebeln, Gemüse, Leinen, mit Amuletten, Kräutertränken, Kräutern, Augenschminke und Düften, sondern auch mit teureren Dingen; es gab hier einen Kupferschmied, selbst einen Goldschmied und einen Edelsteinhändler, und einen lebhaften Sklavenmarkt.

Dort schienen sich die Retenu überwiegend aufzuhalten: große, bärtige Männer in kunstvollen Gewändern mit geflochtenem Haar und lockigen Bärten. Ihre Frauen lebten hinter Mauern weniger frei als die Sklaven, die auf dem Markt nackt zur Schau standen.

Kemni, der am Sklavenmarkt vorbeiging, sah, wie heftig sie miteinander um den Besitz einer einzelnen Frau feilschten, eines ungemein fremdartigen Geschöpfes mit milchweißer Haut und kupferfarbenem Haar. Ihr Gesicht war nicht sonderlich schön – ihre Züge waren grob, die Lippen zu voll, die Nase zu klein und nach oben gebogen. Aber ihr Haar und die Haut waren wunderbar. Ihr Körper war zu üppig für den ägyptischen Geschmack, ihre Hüften breit, ihre Oberschenkel schwer und ihre Brüste so weiß und beinahe so groß wie Zwillingslämmer. Die Retenu sabberten, wenn sie sie sahen. Kemni entdeckte einen am Rand der Menge, der die Hand unter sein Gewand gleiten ließ und begann, sich sanft zu wiegen. Er hatte einen Preis geboten, war aber längst überboten worden.

Jemand stieß mit Kemni zusammen und schimpfte, weil er im Weg stand. Also ging er weiter, verlor sich in der Menge. Irgendwo hinter ihm waren Seti und Gebu. Er konnte sie nicht sehen, aber sie wussten ja, wohin er unterwegs war: zum Markt und auf der Suche nach dem Stand eines Bierverkäufers.

So viele Menschen. Kemni hatte, wenn er ehrlich war, bisher wie ein Fürst gelebt. Er hatte vergessen, wie eine Menschenmenge sein konnte, wie unwiderstehlich ihre Strömungen waren, wie vielfältig ihre Stimmen. Es ging meist um Feilschen und hier und da hörte man Liederfetzen, das Weinen eines Kindes oder das Schimpfen einer Frau auf ihren unmöglichen Mann. Und etwas entfernter das Schreien eines Esels.

Er dachte nicht einmal nach, bevor er sich ausgerechnet diesem Geräusch zuwandte. Esel waren der Wohlstand der Retenu, ihre Ehre, ihr königliches Opfer. Wo es Esel gab, musste es auch Wagen geben. Und wo es Wagen gab…

Er schlüpfte durch die Menschenmenge, arbeitete sich in einen Seitenstrom und von dort zu einer Straße, die sich in die Stadt hineinwand. Die Menschenmengen waren dort weniger dicht und ruhiger, wenn man von einem Rudel Kinder absah, das lärmend vorbeigestürmt kam wie Hunde auf einer Spur. Kemni pflückte seine Tasche mit Gerste aus schlauen Fingern zurück und lächelte in ein schmutziges Gesicht hinab. Das Kind grinste ohne jede Reue und machte sich auf, seineen Freunden hinterherzueilen.

Etwas vorsichtiger, aber immer noch auf seine eigene Jagd konzentriert, ging Kemni rasch die Straße entlang. Sie war länger, als er erwartet hatte, hatte diverse Kurven und Wendungen, und mehr als einmal kreuzte sie eine andere Straße, breiter oder schmaler. Keine von denen führte dorthin, wohin Kemni wollte.

Dann hatte er endlich sein Ziel erreicht: einen breiten Platz umgeben von den niedrigen Ziegelhäusern, wie es sie überall in Ägypten gab. Er befand sich, wie er interessiert feststellte, nicht weit vom neuen Tempel und direkt unterhalb der Festung, die sich auf dem Felsvorsprung erhob.

Der Markt hier war ein Viehmarkt, und das musste er schon seit urdenklichen Zeiten gewesen sein. Aber auf einer Seite gab es nun Reihen langohriger Esel und Gruppen bärtiger Retenu, die in ihrer gutturalen Sprache feilschten.

Es gab keine Pferde und keine Wagen. Das hier waren Packtiere für Karawanen; einige wurden mit Packsätteln verkauft, andere sogar beladen. Kemni fragte sich, ob die Käufer wussten, was sie da erworben hatten, oder sich einfach darauf verließen, mehr Glück zu haben als die ehemaligen Besitzer, die gestorben waren oder sich verirrt hatten und deren Tiere nun hier auf dem Markt verkauft wurden.

Keine Wagen. Aber die Festung erhob sich hoch auf dem Hügel, die Mauern halb vollendet, allerdings bereits mit einem Tor und Wachen versehen. Kemni hatte auf ein Herrenhaus mit offenem Tor und Leuten, die hinein- und herausgingen, gehofft. Das hier war eine Garnison.

Und dennoch – das Tor stand offen, die Leute gingen ein und aus, die meisten waren Ägypter jeglichen Ranges. Offensichtlich war der Kommandant dieser Festung anwesend, und sein Gefolge ebenfalls.

Kemni zögerte einen Augenblick. Er war allein – keine Spur von Gebu und Seti –, unbewaffnet und unauffällig. Bestimmt konnte er mit den anderen unbewaffneten und kaum auffälligen Gemeinen dort hineingehen, sehen, was es zu sehen gab, hören, was zu hören war, und dann wieder verschwinden.

Es schien klug und ungefährlich, obwohl es vielleicht klüger gewesen wäre, seine Begleiter zu finden und ihnen zu sagen, was er vorhatte. Aber sie würden darauf bestehen mitzukommen, und drei Männer zusammen, von denen einer nicht daran gewöhnt war, die Haltung und Manieren eines Prinzen zu verbergen, würden viel mehr Aufmerksamkeit erwecken als ein Mann allein.

Seine Füße entschieden einen Augenblick vor seinem Kopf: Er verließ den Markt lässig, nicht heimlichtuerisch, nicht so, als hätte er etwas zu verbergen. Er war einer von vielen seiner Art, nichts an ihm war bemerkenswert, kein Gold, keine feinen Gewänder, kein Gefolge, und daher war er so gut wie nicht vorhanden.

Und dennoch, als er zwischen den beiden hoch gewachsenen, bärtigen Wachen durch das halb vollendete Tor ging, spannte sich sein Rücken an. Sie konnten nicht wissen, dass er anders war als jeder andere kleine drahtige, rötlich braune Niemand. Er trug keine Edelsteine, verhielt sich unauffällig. Für diese Männer war er ein Nichts. Die Gefahr kam bewaffnet und in Mengen und nicht einzeln und waffenlos. Die Wachen schienen ihn nicht einmal zu sehen.

Er war in Avaris, der Königsstadt, gewesen, eine kurze Zeit sogar als Eroberer, und vor langer Zeit und in Begleitung seines Vaters auch in kleineren Retenustädten. Er hatte auch die eine oder andere Festung betreten, das Haus eines Mannes, der die Herrschaft über Kemnis Land und Volk beanspruchte. Diese hier war ganz ähnlich: halb Palast und halb Militärlager. Sie hatte wenig von der Armut eines ägyptischen Palastes, obwohl dieses Gebäude noch unvollendet war. Überall auf den Mauern, an denen er rasch vorbeiging, waren noch Arbeiter zu sehen, die die Mauern höher zogen.

An der Außenmauer oder direkt davor würde es wahrscheinlich einen Stall geben. Und das erwies sich als richtig: direkt vor der Mauer waren Ziegelgebäude und ein breiter Hof, dessen Sand von den Spuren unzähliger Wagenräder zerfurcht war. Eine Hand voll zerzauster junger Männer spielte dort Krieg, sie johlten und preschten über den Hof, jubelten ihren Mannschaften zu und machten ein großes Getöse ums Wagenlenken und plötzliches Bremsen. Keiner von ihnen hatte Pferde angeschirrt.

Nun, wegen der Pferde war Kemni auch nicht hier. Er schlich sich am Rand des Hofes entlang, hielt sich so gut es ging im Schatten. Außer ihm gab es hier keine Ägypter: Das konnte seine Pläne vereiteln, aber er war noch nicht bereit, sich zurückzuziehen. Noch nicht. Er musste sehen, woher diese schönen, schimmernden Wagen gekommen waren.

Vielleicht hatte man sie aus Memphis oder Avaris hergebracht. Es war nicht unbedingt zu erwarten, dass sich hier eine Werkstatt befand. Und dennoch ging er weiter. Er fand eine Scheune, den eigentlichen Stall, in dem die Esel standen oder lagen, einige angebunden, andere nicht; er fand die leeren Quartiere der Stallburschen, und dann, als er schon begonnen hatte, sich zu fragen, ob er jemals dorthin gelangen würde, fand er den Platz, an dem sie die Wagen und Geschirre aufbewahrten; er war viel größer, als Kemni erwartet hatte. Männer arbeiteten dort, reparierten – nein, *bauten* einen Wagen. Kemni wich so tief in den Schatten zurück wie möglich. Er hatte die Hand unwillkürlich zu seinem

Amulett des Amon gehoben, das er auf der Brust trug, und es umklammert. Tatsächlich, die Götter waren mit ihm. In der ersten feindlichen Festung, die er betreten hatte, fand er bereits, was er suchte ...

Aber wie sollte er dieses Glück ausnutzen? Das war nicht so einfach. Kein feindlicher Festungskommandant wäre so dumm, seine Meisterhandwerker einfach stehlen zu lassen. Er nahm an, dass diese Männer über ihrer Werkstatt wohnten, nahe dem Herzen des Stalles, wo ihre Quartiere von der Wache am Tor gut zu sehen waren.

Doch bei Nacht ...

Kemni wäre gerne gegangen, blieb aber noch, beobachtete und lauschte. Er verstand ihre Sprache, wenn er sich darauf konzentrierte; er hatte sie vor langer Zeit gelernt, wie man alles lernt, was man vom Feind erfahren kann, um ihn besser bekämpfen zu können. Sie sprachen von unwichtigen Dingen, von nichts, das ihn interessierte. Bis schließlich einer sagte: »Ich bin froh, wenn wir hier fertig sind. Wird Zeit, dass wir wieder nach Avaris kommen.«

»Morgen«, sagte ein anderer. »Jetzt rasch, beeil dich mit diesem Beschlag. Je eher wir fertig sind, desto besser – und wir müssen noch packen.«

Der erste Mann seufzte. »Ich kann wirklich nicht schnell genug hier wegkommen. Wenn der König uns das nächste Mal ausschickt, Wagen für einen seiner Lieblinge zu bauen, soll er mich zu Hause lassen. Ich habe genug von diesen Günstlingen des Königs und ihrem ›Tu dies, tu das, tu etwas anderes Unnützes, was mir aber Freude macht‹.«

»Nun«, meinte der zweite, »so sind sie nun mal. Morgen früh reisen wir ab, dem großen Gott sei Dank. Und wir haben gute Arbeit geleistet.«

»Das haben wir«, stimmte der andere zu.

Kemni stieß sich die Faust in den Mund und biss fest zu. Morgen? Sie würden morgen abreisen? Aber das bedeutete –

Er durfte nicht rennen. Er musste so lässig gehen, wie er gekommen war, vorbei an den Wachen, und sich mit nervenzerreißender Langsamkeit durch die Menschenmengen in dieser kleinen Stadt drängen, die solchen Ehrgeiz hatte, größer zu werden.

Es schien endlos zu dauern, bis er endlich zum Boot kam und es fast verlassen fand. Die beiden Männer, die er als Wache zurückgelassen hatte, hockten dort, als hätten sie nichts sonderlich Wichtiges zu tun. Iphikleia war in keinem ihrer üblichen Verstecke. Er konnte nicht wagen zu hoffen, dass sie sich zu klug verborgen hatte: Es war kein großes Boot und bot einer ausgewachsenen Frau nicht viele Möglichkeiten, sich zu verstecken.

Sie war weg, und es hatte keinen Sinn, sie zu suchen. Er hasste sich für diese praktischen Gedanken, aber er war ein praktisch denkender Mann. Innerlich aufgewühlt ging er auf und ab und schnaubte vor Wut und machte sich Sorgen, bis einer der Wachen ihm im Vorbeigehen einen Krug Bier in die Hand drückte; er hätte ihn beinahe fallen gelassen. Der Krug war schwer, fast bis zum Rand gefüllt. Und es war gutes Bier, gut gebraut und nicht zu sauer, mit genau dem richtigen Geschmack nach Gerste.

Aber er konnte sich jetzt nicht betrinken. Er nippte daran – gerade genug, um sich ein wenig zu beruhigen, und nicht mehr. Als das Bier zu wirken begann, trafen die ersten seiner Männer ein. Einige von ihnen waren ziemlich betrunken, die anderen sahen aus, als wären sie es gerne. Als Letzter kam Gebu mit Seti hinter sich, und sie sahen unweigerlich aus wie ein Mann und sein Diener. Sie starrten Kemni wütend an. »Wo bist du gewesen?«, wollte Gebu wissen. »Wir haben dich überall gesucht.«

»Ich erzähle es euch gleich«, sagte Kemni. »Aber zuerst – wo ist Iphikleia?«

»Hier«, sagte sie. Beinahe hätte ihn vor Schreck der Schlag getroffen. Auf dem Rand des Bootes saß sie, in ihrem schäbigen Umhang mit bloßen, schmutzigen Füßen und fest geflochtenem Haar. Wie ein Kind sah sie aus und nicht wie eine Frau von Rang.

Sie war ganz sicher zuvor nicht im Boot gewesen. Sie musste sich von der anderen Seite angeschlichen und gewartet haben, bis er nicht darauf achtete.

Er biss die Zähne zusammen und versuchte seinen Zorn niederzuzwingen. »Und wo bist du gewesen?«

»Hier«, sagte sie.

»Das warst du nicht.«

Sie hob das Kinn. Der Straßenjunge war plötzlich wieder eine Prinzessin, hochmütig und kalt.

Er grinste sie an. »Nun, zumindest bist du jetzt hier, und keine Armeen folgen dir. Ich hoffe nur, du hast nichts allzu Gewagtes unternommen.«

»Wie großzügig von dir.«

»Nicht wahr?« Er wandte sich wieder Gebu zu und schob den Gedanken an sie entschlossen zurück. Sie hatten keine Zeit zu verlieren, die Sonne sank bereits. »Ich habe gefunden, wonach wir suchen«, erklärte er. »Sie sind oben in der Festung.«

Die Mienen, die sich aufgehellt hatten, als er begann, wurden schnell wieder mürrisch. »Da kommen wir nie rein«, sagte Seti für sie alle. »Nicht ohne eine Armee.«

»Nein«, erwiderte Kemni. »Das werden wir nicht. Selbst halb fertig ist diese Festung zu stark, und es wimmelt vor Männern. Aber wir werden sie nicht stürmen müssen. Die Götter sind mit uns. Diese Wagenbauer sind nicht die Leute des Festungsherrn; der König hat sie ihm geliehen. Und morgen … morgen kehren sie nach Hause zurück.«

»Nach Hause?« Gebu runzelte die Stirn. »Nach Avaris?«

»Das haben sie gesagt«, erwiderte Kemni.

»Aber das bedeutet –«

Kemni nickte.

Gebus Miene glättete sich. Er schlang die Arme um Kemni und wirbelte ihn in einem wilden Tanz herum. »Bruder! Kleiner Bruder! Was für ein Wunder du bist!«

Seti war nicht so schnell zufrieden zu stellen. »Glaubst du wirklich, dass sie morgen abreisen werden? Und wenn, wie sollen wir ihnen folgen? Ich möchte wetten, dass sie Wagen benutzen.«

Kemni hatte den ganzen Nachmittag lang darüber nachgedacht. »Sie reisen zu Land, da bin ich sicher. Sie sind Retenu, sie hassen Boote. Aber der Fluss fließt rasch. Wir können Schritt halten. Wir warten, bis sie ein Stück von hier entfernt sind, und auf einsamem Gelände können wir sie dann überfallen.«

»Ich glaube nicht, dass im Boot genug Platz ist«, sagte Seti.

»Wir werden schon zurechtkommen.« Iphikleia sah nicht

freundlicher aus als zuvor, aber sie hatte für Kemni gesprochen, das musste genügen. Sie sprang vom Boot ans Ufer und sagte: »Du bist sicher, dass sie das sind, was wir brauchen?«

»Ja«, sagte er. Er war ruhig, nachsichtig, geduldig.

»Nun dann«, meinte sie. »Jemand sollte gehen und sie beobachten. Es mag sein, dass sie früh abreisen, und wenn –«

»Ich gehe«, sagte Seti. »Ich will nur erst etwas essen und einen Krug Bier. Es wird eine lange Nacht werden.«

Kemni hatte daran gedacht, selbst zu gehen, aber er brauchte Iphikleias Blick nicht, um zu wissen, dass er nicht gleichzeitig die Festung bewachen und seine Männer befehligen konnte. Er wandte sich Seti zu. »Iss«, sagte er. »Und dann geh. Und mögen die Götter dich schützen.«

27

In dieser Nacht schlief keiner sonderlich gut. Soldaten lernen zu schlafen, wann immer sie eine Rast einlegen, aber das hier war kein Krieg. Sie hatten gewusst, dass sie tief im Feindesland waren, aber es hatte wenig bedeutet.

Nun begannen sie mit dem, was zu tun sie gekommen waren. Wenn sie versagten, würden sie ihren König enttäuschen. Selbst wenn das Unternehmen zunächst gelang, konnten sie immer noch aufgespürt und getötet werden, und Ahmose – und seine kretische Königin – würden nicht bekommen, was sie brauchten, um den Krieg zu gewinnen.

Kemni konnte sich mit Angst quälen, er konnte sich aber auch in seine Decken wickeln und versuchen, nicht an Iphikleia zu denken. Sie schlief wie immer im Boot, ein Schatten zwischen den Schatten der Fracht. Was sie im Stier des Re gesagt oder getan hatten, das war hier vergessen. Kemni war hier nicht mehr für sie als jeder andere seiner Männer, vielleicht sogar weniger als Gebu, der Prinz.

Er lag eine Ewigkeit in sternenklarer Nacht lang wach. Die Stadt schlief. Der Fluss stieg immer noch: Sie hatten das Boot an Land und vom Wasser weggezogen, aber nun plätscherte es fast an den spitzen Bug. Wenn sie es am Morgen nicht zu Wasser brachten, würde der Fluss es sich holen.

Als er die ersten Anzeichen der Dämmerung in seinen Knochen spürte, als die Nacht am dunkelsten war, die Luft erfüllt vom Flüstern unsichtbarer Präsenzen, stand er leise auf und ging um das Lager herum. Man hörte hier häufig, dass weder die Krokodile noch die Löwen der Wüste sich in die Stadt wagten. Kemni war dennoch wachsam, denn nicht nur Tiere konnten gefährlich werden.

Seti war noch nicht aus der Festung zurückgekehrt. Kemni hoffte, dies möge bedeuten, dass die Retenu noch nicht abgereist waren, und nicht, dass man Seti gefangen genommen hatte oder noch Schlimmeres. Es war still, und keine Truppen näherten sich, um sie alle gefangen zu nehmen.

Er hockte sich auf einen Haufen Treibholz direkt vor dem Lager, schlang die Arme um die Knie und wartete auf die Morgendämmerung. Langsam, unendlich langsam wurde es heller. Der Osten über den unfruchtbaren Hügeln des Roten Landes wurde unter einem durchscheinenden Himmel klarer und klarer. Die Sterne verblassten. Im Rieddickicht, das nun fast im Wasser versunken war, stimmte ein Vogel sein Lied an.

Alle waren aufgestanden, hatten gegessen und sich für den Tag gerüstet, bis die Sonne über den Horizont geklettert war. Seti war immer noch nicht zurück. Kemni dachte daran, auf ihn zu warten, aber er war unruhig. »Lasst das Boot zu Wasser«, befahl er seinen Leuten. »Wir werden heute früh flussabwärts fischen und sehen, wer auf der Straße nach Norden fährt.«

Sie gehorchten nur zu gerne. Die ganze Reise war eine Art Abenteuer gewesen, aber das hier bildete den eigentlichen Zweck ihres Daseins. Es war eine Leichtigkeit in ihren Bewegungen, ein Eifer, selbst der Beginn eines Liedes erklang und brach dann wieder ab – bis Gebu sagte: »Nein, nein. Singt. Wir sind ehrliche Fischer und machen uns auf, um den Fang des Morgens einzubringen – keine Spione, die bei Nacht umherschleichen. Singt!«

Daher sangen sie, als sie das Boot ins Wasser schoben, hineinkletterten und begannen, flussabwärts zu fahren. Ihre Lieder erinnerten Kemni erheblich mehr an eine Wachstube als an ein Fischerboot, aber er bezweifelte, dass der Feind den Unterschied kannte. Der Fluss war an diesem Morgen unruhig, und Kemni behielt das Ruder in der Hand. Das Hochwasser stieg schnell. Er musste darauf hoffen, dass es sie nicht vom Ufer fern halten würde, sobald der richtige Zeitpunkt gekommen war. Im Augenblick war alles in Ordnung; sie brauchten keine Ruder oder Segel, blieben einfach in der Strömung und fischten mit Angelschnüren an Bug und Heck. Sie beobachteten das östliche Ufer scheinbar zufällig.

Boote kamen vorbei, als der Morgen sich zum Tag wandte. Von einigen wurden sie gegrüßt, andere Besatzungen war zu sehr von ihrer Wichtigkeit überzeugt. Auf keinem dieser Boote befanden sich Wagenbauer aus Avaris. Am Ufer herrschte inzwischen ein wenig Verkehr; zweimal fuhren bärtige Männer in Wagen vorbei. Leute zu Fuß kamen und gingen, ein Adliger und sein Gefolge wurden in Sänften vorbeigetragen.

Das hätte Kemni sein können und hätte Gebu sein sollen – wäre dies das Untere Reich der alten Tage oder jenen neuen Zeit gewesen, die Ahmose zu beginnen hoffte. Nach Fisch stinkend, unrasiert, zerlumpt und recht unauffällig fuhren sie weiter flussaufwärts in Richtung Memphis.

Am Vormittag begann Kemni auf das Ostufer zuzusteuern. Das Ried war dort dicht, außerdem gab es hohe Papyrusfächer. Der Papyrus hatte einen Gänseschwarm verborgen, der nun laut kreischend aufflatterte; mit einiger Sorgfalt würden sie das Boot hier verstecken können. Die Männer, mit Messern und Sicheln bewaffnet, schnitten einen Weg durchs Ried, indem sich einige über die Seiten und den Bug des Bootes lehnten, festgehalten von ihren Genossen. An diesem Morgen jagten hier offenbar keine Krokodile, es war zumindest keines zu sehen. Kemni murmelte ein Gebet an den Gott Sobek, der einen Krokodilskopf hatte, dass seine Kinder sie in Ruhe lassen mochten, damit sie Unterägypten zurückgewinnen konnten.

Als sie mit dem Schneiden fertig waren, ruhte das Boot in einer Lichtung im Ried, den Bug dem Flussufer zugewandt. Sie verankerten es dort, denn niemand konnte es vom Fluss aus sehen, und auch vom Land her war es verborgen.

Kemni schlich sich ans Ufer, um sich zu überzeugen. Noch bevor er ganz aus dem Dickicht heraus war, konnte er das Boot und die Menschen darauf nicht mehr erkennen.

Er blieb am Rand des Dickichts stehen. Ja, die Götter waren ihnen wohlgesonnen: Auf das Ried folgte nackte, sonnenverbrannte Erde, das Schwarze Land, nun beinahe weiß gebleicht von Hitze und Sonnenlicht. Es war deutlich zu erkennen, wie hoch der Fluss für gewöhnlich anstieg, wo der üppigere Boden in die Steine und den Sand des Roten Landes übergingen. Dort, an der Grenze zwischen beiden, verlief die Straße nach Memphis.

Im Augenblick war niemand auf der Straße zu sehen. Frischer Dung zeigte, dass hier vor kurzem Ochsen vorbeigekommen waren – wahrscheinlich ein Bauer. Nichts ließ auf die Esel oder Fremden schließen. Sie waren offenbar immer noch hinter ihnen – falls sie überhaupt kamen.

Kemni musste sich darauf verlassen. Er hockte sich hinter einen Schirm von Ried, als wäre er auf der Jagd nach Wasservögeln und nicht nach Menschen. Er merkte, dass jemand ihm gefolgt war, drehte sich aber nicht um. Es musste Gebu sein. Niemand sonst wäre mutig genug, das Boot ohne Kemnis Befehl zu verlassen.

Eine Gestalt huschte hinter ihn, drängte sich unter seinen Arm hindurch und sagte mit einer Stimme, die alles andere als kühl war: »Du bist ein kluger Mann!«

Er spannte sich an, um vor Iphikleia zurückzuweichen, aber stattdessen schlang er den Arm um sie. Was immer sie tat, wie immer es ihr gelang, sie war plötzlich nackt, ihr Umhang unter ihr ausgebreitet, und sein Lendenschurz war verschwunden.

Ein Teil von ihm fauchte sie an, war verärgert, weil sie ihm zwischen ihrer Abreise vom Stier des Re und diesem Dickicht nicht einmal einen Blick gegönnt hatte. Und was, hätte er beinahe gefragt, ist mit Gebu? Aber sein Körper war nicht so dumm. Er fiel wie ein Verhungernder über sie her. Sie klammerte sich mit plötzlicher Leidenschaft an ihn, schlang sich um ihn und trieb ihn tief hinein.

Er keuchte. Sie fraß ihn bei lebendigem Leib. Küsse, Küsse,

einer nach dem anderen, wo immer sie ihn erreichen konnte. Sie ritt ihn, als wäre er ein Schiff auf hoher See, mit tiefen Ruderschlägen, und brachte ihn beinahe – beinahe – zum Höhepunkt, aber dann entzog sie sich ihm, quälte ihn, nahm ihm jeden Willen. Sie eroberte ihn so vollständig, wie die Retenu das Untere Reich erobert hatten.

Dann endlich, als er sie am liebsten angeschrien hätte, ein Ende zu machen, ließ sie es zu, dass die Flut ihn nahm und ihn keuchend ans Ufer warf.

Als er wieder atmen konnte, sagte er: »Ich glaube, ich hasse dich.«

»Ich bin sicher, dass du mich verachtest«, erwiderte sie. Sie ließ sich auf ihren Umhang fallen, bog den Rücken durch und räkelte sich wie eine Katze. Ihren Körper umspielten Licht und Schatten, Streifen und Klingen von Dunkel und Gold.

Die Erinnerung traf ihn wie ein Schlag. Kemni kam auf Hände und Knie und spähte durch den Schirm aus Ried: Die Straße war leer. Langsam atmete er wieder aus.

Iphikleia strich ihm mit den Händen über den Rücken, rieb die Anspannung weg, entrang ihm ein leises Ächzen, doch er unterdrückte es rasch. Sie lachte in sein Ohr und knabberte daran. Er zog sich ein wenig zurück und kam langsam wieder zu sich.

»Du hast mich nicht einmal angesehen«, sagte er.

»Selbstverständlich nicht«, sagte sie. »Wolltest du eine ganze Bootsladung höhnisch kichernder Zuschauer?«

In diesem Krieg der Worte würde er sie niemals besiegen können. Und dennoch musste er sagen: »Du hast Gebu oft genug angesehen.«

»Ah! Du bist eifersüchtig.«

»Habe ich Grund dazu?«

»Nein«, sagte sie. Sie rutschte von seinem Rücken, legte sich neben ihn, das Kinn auf die Fäuste gestützt, und spähte zur Straße hin. »Aber ich mag ihn. Er ist höflich, geistreich – alles, was ein Prinz sein sollte. Aber ich träume nicht von ihm.«

»Das überrascht mich«, sagte Kemni.

Er meinte das ehrlich, und es sah aus, als hätte sie es auch so verstanden. Sie zuckte mit den Achseln, das Bewegen einer warmen nackten Schulter an seiner. »Wärest du glücklicher, wenn ich es täte?«

»Nein.«

»Also«, sagte sie. Und dann: »Warte.«

Er hatte den Mund schon geöffnet, um zu fragen, was sie damit meinte, aber dann hörte er es ebenfalls: ein entferntes Geräusch – wie das Schreien eines Esels.

Iphikleia bewegte sich neben ihm, ein leichtes Zucken, das darin endete, dass sie wieder in den Umhang gewickelt war. Er hätte seinen Lendenschurz suchen und ihn wieder anlegen sollen, aber er hielt inne und lauschte. Noch ein Eselsschrei. Männerstimmen. Das Klappern von Hufen auf der festgetrampelten Straße, das Rattern von Rädern.

Es konnte eine andere Gruppe von Retenu auf dem Weg nach Memphis sein. Kemni erinnerte sich daran zu atmen und sich wieder zu beruhigen, dann stand er ganz leise auf und legte seinen Lendenschurz wieder an. Ein kurzes Aufflackern von Eitelkeit, währenddessen er bedauerte, dass er dies nicht in einem sauberen Kilt und mit rasiertem Gesicht tun konnte, aber es würde ihm mehr nützen, wenn man ihn für einen Straßenräuber hielt. Straßenräuber wurden in diesem Land nicht so gejagt wie ein Adliger des Oberen Reiches.

»Ich sage den anderen Bescheid«, hauchte er Iphikleia ins Ohr. Und sie nickte und ließ den Blick nicht von der Straße weichen.

Seine Männer warteten, doch war es nicht so, als ob sie vor Eifer bebten. Die meisten schienen zu schlafen oder zu dösen. Aber als sie die Neuigkeiten hörten, erwachten sie abrupt.

Gezielte Befehle musste er nicht geben, das war schon vor längerer Zeit geschehen. Er kehrte zurück an seinen Aussichtspunkt. Iphikleia war verschwunden, die Götter allein wussten, wohin. Er verließ sich darauf, dass sie ihn nicht an den Feind verriet.

Es schien noch eine Ewigkeit zu dauern, bis die Gruppe um die Kurve der Straße bog. Als sie schließlich erschien, waren es weniger, als Kemni erwartet hatte: nur zwei Wagen mit jeweils zwei Männer darin, und eine Reihe beladener Esel und eine Hand voll Männer zu Fuß. Das mussten Diener sein, und sie waren beinahe alle Ägypter. Einer von ihnen –

Kemni biss sich auf die Lippe, bis sie blutete. Seti. Seti, der rasch mit den anderen daherging, so unschuldig, als gehörte er tatsächlich dorthin, und niemand betrachtete ihn misstrauisch oder fragte ihn, wer er war.

Und was, wenn…

Nein, sie waren zu ruhig. Keiner sah sich um oder schien sich Sorgen wegen eines Hinterhalts zu machen. Es gab Wachen, aber die waren ein Stück zurückgeblieben, ein halbes Dutzend Männer zu Fuß und einer in einem Streitwagen, den ein lockenköpfiges Kind fuhr. Kemni sah und hörte nicht mehr als das. Auch seine Männer schienen keine Anzeichen dafür bemerkt zu haben, dass irgendwo eine Armee versteckt lag.

Es war reine Arroganz. Oder die Retenu glaubten nicht, dass die Ägypter sich tatsächlich gegen sie erheben würden.

Was immer der Grund sein mochte, Kemni nahm es als einen Segen, als ein Geschenk der Götter. Sie waren jetzt auf gleicher Höhe wie er, zogen lachend und singend weiter. Kemni gab das Zeichen: ein klarer, schriller Schrei wie der eines Falken, der sich auf seine Beute stürzt.

Atemlose Stille. Selbst die Retenu hielten einen Augenblick lang inne, und ihr Lachen geriet ins Stocken. Gerade als sie sich wieder beruhigt hatten, brach der Angriff über sie herein. Auf dem Boot war es Kemni vorgekommen, als ob sie nur wenige wären. Aber jetzt, wo sich seine Männer von allen Seiten auf die Retenu stürzten, mit Schwertern, Messern und Speeren bewaffnet, schienen sie so zahlreich wie die Armeen des Königs.

Sie überraschte die Retenu völlig. Kemni selbst stürzte sich auf den Hauptmann der Wache, riss ihn aus seinem Wagen, entrang ihm sein Schwert und schnitt ihm die Kehle durch, bevor er Luft holen und schreien konnte.

Der junge Wagenlenker hatte sein Gespann gezügelt, wendete es und schlug auf es ein. Kemni sprang beiseite, rollte sich ab und kam irgendwie in Reichweite des vorbeirasenden Wagens wieder auf die Beine.

Er sprang wie schon einmal zuvor, spürte einen Augenblick der Verzweiflung, bevor er halb in das wackelnde, ratternde Ding fiel, halb stolperte. Der Junge trat nach ihm und Kemni taumelte gegen den Rand des Wagens, der Junge riss fest an den Zügeln und der Wagen geriet ins Schleudern. Kemni taumelte abermals vorwärts, aber in größere Sicherheit. Einen Atemzug lang behielt er das Gleichgewicht. Er griff zu und warf den Jungen hinaus, griff dann nach den Zügeln, bevor sie ihm entgleiten konnten.

Diese langohrigen Geschöpfe waren anders als die weichmäuligen Pferde, die er nach Arianas Anweisung gelenkt hatte. Ihre Mäuler waren wie geschmiedete Bronze. Er fluchte und riss sie herum, missmutig darüber, dass er, ein erwachsener Mann, kaum mit ihnen zurechtkam, und dieser Halbwüchsige sie so lässig gelenkt hatte, als bestünden sie aus Luft.

Aber schließlich gaben sie nach und drehten mürrisch um. Der Kampf war vorüber. Bis auf eine Wache lagen alle am Boden. Die beiden Wagen standen still. Kemnis Männer hielten die Esel. Iphikleia stand in einem dieser Wagen, in einem Rock, wie ihn die Männer auf Kreta trugen, aber ohne Umhang.

Es war vermutlich ihr Anblick, der die Retenu hatte erstarren lassen. Sie war eine wilde Schönheit mit ihrem schwarzen Haar über den weißen Brüsten, wie sie das Gespann mühelos zügelte.

Kemni zwang seine eigenen langohrigen Biester, neben ihr zum Stehen zu kommen. Die Männer, die in den Wagen gestanden hatten, lagen am Boden, Kemnis Männer beugten sich über sie und hielten ihnen ihre Speere an die Kehlen.

Er hatte die beiden in der Werkstatt gesehen. Aber derjenige, der sie offenbar befehligte, stand im dritten Wagen. So weit man bei einem Gesicht, das bis zu den Augen voller Bart war, erkennen konnte, war er zutiefst empört und kein bisschen verängstigt. »Lass meine Zügel los«, forderte er den Mann auf, der sein Gespann an den Köpfen hielt.

Gebu lächelte ihn an, freundlich und unverschämt. Er sprach die Sprache der Retenu nicht – dazu ließ er sich nicht herab –, aber der Tonfall war deutlich gewesen.

Der Fremde störte sich an dem tatsächlich recht provozierenden Lächeln. Es war das Lächeln eines Prinzen im Gesicht eines schmutzigen, unrasierten, in Lumpen gekleideten Gemeinen. »Banditen! Du – Sklave! Sag ihnen, sie sollen den Packesel mitnehmen und uns gehen lassen.«

Der »Sklave«, den er angesprochen hatte, war Seti, der mitten zwischen den verängstigten Dienern stand, umgeben von halb nackten und schlecht rasierten Männern mit schimmernden, blutbefleckten Waffen. Seti ließ sich so wenig aus der Ruhe bringen wie eh und je, und er hatte schließlich auch vor diesen Straßenräubern nichts zu fürchten.

Es war klar, dass er verstanden hatte, was der Fremde sagte. »Sag es ihnen doch selbst«, verkündete er mit seiner üblichen Dreistigkeit.

Der Fremde schnaubte höchst empört. Kemni mischte sich ein, bevor der Retenu vor Wut platzen würde; er war immerhin der Grund und das Ziel dieses Unternehmens. »Ich danke dir«, sagte er in dessen gutturaler Sprache. Er beherrschte sie nicht sonderlich gut, aber es genügte. »Wir nehmen den Esel – und den Rest.«

»Nur den Esel.« Der Fremde wandte sich ihm zu und sprach langsam wie zu einem dummen Kind. »Nur einen Esel. Wir nehmen den Rest. Wir gehören dem König, wir sind auf dem Weg in seine Stadt. Das sind die Esel des Königs.«

»Ah ja?« Nun lächelte Kemni so liebenswert wie zuvor Gebu. »Das wird ja immer besser.« Er nickte den Männern zu, die auf ihn warteten. Sie gehorchten nur zu gerne; stürzten sich auf den Fremden und seinen stumm starrenden Wagenlenker, rissen sie vom Wagen, fesselten sie und banden sie zusammen wie Esel in einer Karawane.

Kemni ließ die Wagen und ihre ausgebildeten Gespanne ungern zurück, aber sie würden auf der Straße keine Chance haben zu entkommen. Es würde schwierig genug sein, gegen die gewaltige Strömung flussaufwärts zu segeln und zu rudern. Und im Boot war kein Platz für Wagen. Ebenso wenig wie für die vielen Männer, die sie gefangen genommen hatten.

Sie mussten lediglich die drei aus der Werkstatt behalten. »Tötet den Rest«, sagte Seti.

Kemni zog die Brauen hoch. »Waren sie so unverschämt?«

»Ziemlich«, erwiderte Seti. »Du kannst sie nicht am Leben lassen. Sie würden sofort zum nächsten fremden Adligen rennen und ihn auf uns hetzen.«

»Das glaube ich nicht.« Kemni ging hinüber zu den Dienern,

die in einer dicht zusammengeduckten Gruppe am Boden kauerten und ihn mit großen, verängstigten Augen ansahen. »Hört mir zu«, sagte er. »Wir werden euch hier lassen und verschwinden. Wir werden euch fesseln und ausziehen, als wären wir Banditen. Aber wir werden euch nicht töten – wenn ihr mir eins versprecht.«

Sie starrten ihn an. Keiner von ihnen schien über genug Verstand zu verfügen, um zu sprechen.

»Versprecht mir«, sagte Kemni, »dass ihr denen, die euch finden, erzählen werdet, Straßenräuber hätten eure Karawane überfallen, eure Herren getötet und sich mit dem ganzen Besitz davongemacht.«

»Ist das denn nicht die Wahrheit?«, fragte einer.

»Das ist, was ihr allen erzählen werdet«, meinte Kemni.

Sie nickten. Kemni betrachtete sie immer noch mit einigem Zweifel. Sklaven sagten immer, was ihre jeweiligen Herren wollten. Aber er war vorsichtig gewesen. Keiner hatte das Boot gesehen, keiner wusste davon. Wenn sie von Straßenräubern erzählten, dann würden die Männer die Hügel nach Leuten zu Fuß oder im Wagen absuchen – an ein Fischerboot auf dem Fluss würden sie wohl kaum denken.

Aber um damit Erfolg zu haben, mussten die Wagen und die Karawane verschwinden. Jemand musste eine Spur in die Wüste legen.

Das hatte Kemni beschlossen, beinahe noch, bevor er Zeit zum Denken hatte. Sie hatten geglaubt, einen einzelnen Mann entführen zu können, nicht drei oder gar vier; Gebu hatte den jungen Wagenlenker eingefangen, der seinen Fahrgast »Vater« nannte. Ein Sohn?

Vielleicht sogar eine Geisel? Noch während Kemni daran dachte, handelte Gebu bereits. Er legte die flache Seite seines Messers an die Kehle des Kindes und sagte zu dem ältesten und größten der Retenu: »Komm mit uns, oder er stirbt.«

Die Sprache schien unwichtig, Geste und Tonfall waren unmissverständlich. Die Miene des Fremden wurde finster; er nickte.

Gebu lächelte. »Besten Dank«, sagte er. Er reichte Kind und Messer dem Mann, der ihm am nächsten stand – was zufällig der höchst zufriedene Seti war – und lässig, wie nur ein Prinz es konnte, machte er sich daran, den Rückzug ins Ried zu befehlen. »Was die Wagen angeht …«, begann er.

Kemni fiel ihm ins Wort. »Ich bringe sie in die Hügel.«

»Aber –«, sagte Gebu.

»Wenn wir sie hier lassen, werden die Leute nach uns suchen. Wenn wir sie im Fluss versenken, müssen wir immer noch an die Tiere denken. Die werden sich wieder auf den Heimweg machen, wenn wir sie lassen. Ich kann sie weit genug wegbringen, damit sie erst viel zu spät zurückkehren werden, um uns zu verraten.«

»Und wie wirst du nach Hause kommen?«, wollte Gebu wissen. »Nein, wir sollten sie lieber mitsamt den Wagen in den Fluss werfen. Bis die Flut sie an Land schwemmt, falls überhaupt, sind wir längst weg.«

»Dafür haben wir keine Zeit«, sagte Kemni. »Es ist nur die Gunst der Götter, dass noch keiner die Straße entlanggekommen ist, seit wir angefangen haben. Beeilt euch und bringt diese Männer zurück zum Stier des Re. Ich komme, sobald ich kann. Ihr werdet auf jeden Fall von mir hören.«

Gebu kniff die Augen zusammen. »Ach ja? Und was hast du vor, Bruder?«

»Mein Prinz«, sagte Kemni, »ich habe gar nichts vor, außer diese Wagen loszuwerden und, wenn möglich, zurückzukehren.«

»Vielleicht mit einem Umweg über Avaris?«, wollte Iphikleia wissen.

Kemni zuckte mit den Achseln. »Mag sein. Vielleicht gehe ich, wohin es mich verschlägt, und lausche und beobachte und sehe, was es zu sehen gibt. Wenn das Untere Reich tatsächlich bereit ist, sein Joch abzuwerfen – umso besser für meinen König.«

»Bruder«, sagte Gebu, »es ist nicht nötig, dass du –«

»Ich weiß«, fiel Kemni ihm ins Wort, »dass dein Vater nicht ganz von diesem Königreich ausgeschlossen ist. Aber jemand, den er kennt, jemand, dem er vertraut, der zu seinen Beratern sprechen kann – wie viele solche Spione hat er?«

»Was hast du vor? Einen Aufstand beginnen?«

»Ich könnte es versuchen«, sagte Kemni.

Gebu schüttelte den Kopf. »Nein. Sie werden dich umbringen.«

»Sie werden uns alle umbringen, wenn wir noch länger hier herumstehen. Geh. Ich komme zurück, sobald ich kann.«

Kemni war auf weitere Auseinandersetzungen gefasst, aber dann hörte er, wonach er schon länger Ausschau gehalten hatte: Lärm auf der Straße. Er sprang in den am nächsten stehenden Wagen und griff nach den Zügeln. Einer der Männer warf ihm das Seil zu, an das die Packesel gebunden waren, und verzweifelt sah Kemni sich nach dem zweiten Wagen um. Wenn er den irgendwie an den Packtieren befestigen könnte …

Iphikleia sprang hinein. »Los«, sagte sie. *»Los!«*

Kemni biss sich auf die Zunge, wand das Führseil um einen Haken an der Seite des Wagens und schlug auf sein Gespann ein. Sie gehorchten mit bewundernswertem Tempo. Die Packesel ließen sich, den Göttern sei Dank, dazu herab zu folgen.

Sie mussten noch eine Weile auf der Straße bleiben. Etwas fiel in den Wagen und Kemni duckte sich. Ein … Gewand? Tatsächlich, und einer der hohen Hüte, wie ihn die Retenu manchmal trugen. Er hatte nicht den passenden Bart, aber aus der Ferne ging er vielleicht für einen bartlosen Jungen durch. Zielstrebig zog er das Gewand über, das nach alter Wolle und frischem Schweiß roch, und zog sich den Hut über die Ohren.

Iphikleia hinter ihm war ebenso gekleidet. Wenn er so seltsam aussah wie sie, dann mochte das alles nur wenig nützen.

Aber keiner kam ihnen entgegen. Wer immer hinter ihnen war, war zu Fuß, bis auf einen Bauern mit einem Ochsen: Dorfbewohner, die den Retenu vor sich sorgfältig aus dem Weg gingen. Gebu und die anderen waren im Ried verschwunden. Kemni betete zu jedem Gott, der zuhören mochte, sie sicher zurück zum Stier des Re zu bringen.

In beinahe unerträglicher Entfernung von dem Rieddickicht gab es endlich eine Abzweigung von der Straße, steil und schmal, aber nicht unmöglich für einen Wagen. Das hoffte Kemni zumindest. Er trieb das Gespann weiter. Die Packesel folgten, und danach kam Iphikleia. Es war schwierig für einen Wagen, aber zu schmal und steil um zu wenden. Mit jedem Rütteln, das bis in die Knochen ging, betete Kemni, dass Räder und Achse halten mochten. Das Gespann strengte sich an, rutschte, stolperte, aber wie durch ein Wunder blieben die Esel auf den Beinen.

Dann wurde der Weg noch schmaler und schien direkt in die Felsen zu führen. Aber gerade als Kemni schon verzweifeln wollte, als er wusste, dass es keine Möglichkeit zum Ausweichen gab – zur Seite, zurück oder auch nur aufwärts in die glühend heiße Luft –, erreichten sie die Kuppe und kamen auf eine lang gezogene Gerade.

Kemni zügelte sein Gespann und gab sich damit zufrieden, eine Zeit lang einfach nur zu atmen. Die Packtiere standen mit hängenden Köpfen da, dann begann eins und schließlich auch die anderen an dem dornigen Gebüsch zu knabbern.

Es gab einen Wasserschlauch im Wagen und eine Tasche, in der sich Brot, Käse und Datteln befanden. Die Packtiere trugen mehr Wasser, mehr Lebensmittel und alle möglichen anderen Dinge: Zelte, Decken und einen ganzen Packen von Gewändern und Leinenhemden.

Iphikleia schien in besserer Verfassung zu sein als Kemni: frischer und weniger bleich und verängstigt. »Wir sollten noch weiterfahren«, schlug sie vor. »Eine ganze Tagesreise. Noch weiter, wenn wir können. Wenn wir dann eine Stelle mit genügend Gras finden, kann es sein, dass die Tiere ein paar Tage lang dort bleiben.«

»Daran hatte ich auch schon gedacht«, erwiderte er. »Es ist so lange her, seit ich in diesem Land war, aber wenn ich mich recht erinnere, gibt es eine solche Stelle nicht allzu weit entfernt. Wenn wir nicht von Räubern überfallen werden, werden wir sie in ein, zwei Tagen erreichen.«

Iphikleia nickte. Sie hatte den Wasserschlauch in ihrem eigenen Wagen gefunden, ihn aber nach zwei kurzen Schlucken sparsam wieder beiseite gehängt.

»Du hättest nicht mitkommen sollen«, sagte er. Er hatte es nicht so aussprechen wollen, wusste er doch, dass es vergeblich war. Sie achtete in der Tat nicht weiter darauf, sondern trieb ihr Gespann wieder an. So hoch oben und so weit von der Straße entfernt, da brauchten sie sich nicht zu beeilen. Nach einer Weile würden sie wieder ein schnelleres Tempo vorlegen, doch vorerst ließen sie Wagen und Packtiere im Schritt gehen. Hier oben auf dieser unfruchtbaren Ebene schien es kein lebendes Wesen zu geben, wenn man einmal von einem Geier absah, der hoch vor der Sonne kreiste. Die Hitze war verblüffend, brachte einen ins Taumeln – sie war wunderbar. Kemni streifte das fremde Gewand ab und warf den Hut zusammen mit ihm auf den Wagenboden. Bald schon sollte er, wenn er klug war, eines der Gewänder und einen Umhang aus dem Gepäck anziehen, doch eine Weile genoss er noch die Kraft des Lichtes und der Hitze auf seinen nackten Schultern.

Iphikleia hatte sich wieder in ihren schäbigen Umhang gehüllt und sah aus wie ein Stammeskrieger aus der Wüste, was sie mit dieser milchweißen Haut auch durchaus hätte sein können. Sie war kein Kind der Sonne wie er. Das Meer war ihr Vater und eine kalte, weit entfernte Insel die Mutter.

Sie ertrug dieses Klima, das für sie heiß wie ein Schmiedeofen sein musste, schweigend und ohne sich zu beschweren. Wäre er ein Gott, hätte er sie auf Flügeln zurück ins Labyrinth geschickt, in diesen kühlen luftigen Hallen, zu diesen blendend weißen Mauern, wo man überall die Stierhörner sah, die gleichzeitig auch Mondsicheln waren.

Aber er war nur ein Sterblicher, und dies hier war sein eigenes Land, sein Ägypten – sein Unteres Reich. Das Tempo, das er vorlegte, war rasch, aber nicht so rasch, dass es die Tiere erschöpft hätte. Er wollte sie nicht umbringen, er wollte sie nur eine Weile verstecken, bis das Boot mit den Gefangenen in Sicherheit war, weit im Oberen Reich.

Also zogen sie auf die langsam sinkende Sonne zu über das unfruchtbare, nackte Land, das Rote Land, ein Meer von Steinen, endlos und wasserlos. Als es dunkel wurde, schlugen sie ein Lager auf und breiteten Teppiche und Felle unter den Sternen aus. Das Zelt ließen sie eingepackt, bereiteten sich aber ein kleines Festmahl und benutzten auch das Bettzeug und tranken einen Wein, der einem König zur Ehre gereicht hätte.

Sie hatten sogar Wasser zum Waschen, wenngleich sie sparsam damit umgehen mussten. Kemni wusch sich den schlimmsten Staub und Flussschlamm ab und fühlte sich zum ersten Mal, seit sie den Stier des Re verlassen hatten, beinahe sauber. Er genoss das Essen und trank nur in Maßen.

Iphikleia war still – sie hatte, wie ihm jetzt auffiel, seit dem Morgen kein Wort mehr gesagt. Er nahm sie in die Arme, um sich davon zu überzeugen, dass sie nicht krank war. Ohne Widerstand schmiegte sie sich an ihn. Ihre Haut war kühl, ihre Stirn keineswegs fiebrig. Sie erwärmte sich jedoch für ihn, und das schnell.

Dort unter den Sternen, weit ab von jedem anderen Menschen, geschützt vom Feuer und Sternenlicht und Kemnis Gebeten an die Götter von Erde und Himmel, tanzten sie den ältesten aller Tänze. Sie tanzten die Sterne in die Morgendämmerung und die Sonne in den Himmel. Und als es wieder Morgen wurde, machten sie sich abermals auf den Weg nach Westen und weiter nach Westen, bis jede Erinnerung an grünes Gras und selbst an den Geruch von Wasser verschwunden war.

28

Als Kemni bereits felsenfest davon überzeugt war, dass sie sich hoffnungslos verirrt hatten, erkannte er die Hügellinie wieder. Dort, die beiden, die so eng zusammenstanden wie dicke Schwestern, und ein lang gezogener Abhang mit Sand und Geröll und, Wunder über Wunder, ein Schimmer von Grün. Die Quelle, an die er sich erinnerte, befand sich zwischen den beiden Hügeln; reines Wasser entsprang dort zwischen den Felsen. Es lief in einen Tümpel und floss dann durch ein schmales Bachbett in eine Wüstenoase.

Genau genommen war es ein jämmerlicher unfruchtbarer Ort, aber in dieser Wildnis schien er dennoch üppig. Es gab Wasser, es gab Gras, das nun ziemlich trocken war, aber den Tieren genügte, und selbst ein wenig Zuflucht unter einem Felssims, ohne dass man hätte von einer Höhle sprechen können.

Sie ließen die Tiere frei, damit sie grasen konnten. Das Gepäck und die Wagen verbargen sie unter den Felsen, bis auf das wenige, das sie mitnehmen wollten: Lebensmittel, Kleidung, Wasser für die Reise. Es würde zu Fuß ein langer Weg sein, lange und gefährlich.

Aber bevor sie aufbrachen, ruhten sie sich aus – einen Tag, zwei, drei. Es gab hier keine Zeit, keine Eile; die Welt und ihre Sorgen waren ausgeschlossen. Sie befanden sich außerhalb dieser Welt, außerhalb der Zeit, als hätte man sie über den Horizont hinweg ins Land der Toten gebracht.

Und dennoch waren sie immer noch intensiv am Leben. Am dritten Morgen erhob sich Kemni von einem weiteren Versuch, das zu beweisen – und er störte sich nicht daran, was es seinem Körper antat, so plötzlich des Vergnügens beraubt zu werden. »Wir müssen gehen«, sagte er.

Sie widersprach nicht. Auch sie stand auf, erheblich sicherer als er, wusch sich im Bach und zog die Gewänder an, die sie vor einigen Tagen beiseite gelegt hatten. Während Kemni sich mit einiger Verspätung anstrengte, dasselbe zu tun, wartete sie neben ihrem Gepäck.

Drei Tage des Glücks, und nun benahm sie sich, als wäre dies nie geschehen. Das war Iphikleia. Er konnte sich davon um den Verstand bringen lassen oder es ertragen, da er es ohnehin nicht ändern konnte. Mit einem Seufzen lud er sich seine eigene Last auf. »Es ist ein langer Weg«, sagte er. »Gehen wir?«

Der Weg war tatsächlich lang und trocken und glühend heiß am Tag und eiskalt in der Nacht. Sie reisten in der Beinahekühle des Morgens und in der etwas nachlassenden Hitze des Abends und ruhten dazwischen. Ihr Wasser ging allmählich zur Neige. Kemni fand eine weitere Oase, an die er sich von einem Kriegszug vor langer Zeit erinnerte. Sie war immer noch vorhanden, der Brunnen immer noch gut. Sie tranken lange und ausgiebig und schliefen besser, nach intensiverer Liebe, als sie gehofft hatten, nachdem sie so ausgetrocknet und erschöpft in die Oase getaumelt waren.

Kemni erwachte erschrocken. Er war im Schatten einer der Palmen eingeschlafen, den Umhang über sich gezogen, um sich vor dem grellen Nachmittagslicht zu schützen, Iphikleia in seinen Armen. Es war immer noch Tag, aber die Sonne stand nun niedriger am Himmel. Die Hitze war atemlos, in der Luft regte sich nichts. Es gab keinerlei Wind, aber an diesem grünen, angenehmen Ort rührte sich einiges. Esel – eine ganze Herde. Einen Augenblick lang glaubte Kemni, die Tiere wären ihnen von dem Versteck im Westen her gefolgt, aber keiner dieser Esel hatte Packsättel wie diese getragen, und sie waren auch nicht von bärtigen Männern in bestickten Roben begleitet gewesen.

Es war eine Karawane, und keine kleine. Packtiere, Zugtiere, Männer zu Fuß und in Wagen – es hätte beinahe eine Armee sein können, so viele waren es und so gut bewaffnet. Sie kamen vielleicht aus Nubien – die Retenu trieben, sehr zum Ärger des Königs in Theben, Handel mit diesem Land. Auf einigen Eseln waren große Elfenbeinzähne befestigt, bewacht von Bewaffneten. Und in diesen Truhen und Kisten befanden sich vielleicht Gold oder Ebenholz oder Gewürze.

Sie hatten Kemni und seine Begleiterin noch nicht entdeckt oder sie für unbedeutend gehalten. Kemni und Iphikleia hatten sich ein Stück von der Quelle entfernt niedergelegt, in einem Dattelhain an einem Abhang. Falls niemand Lust auf grünes Obst hatte, war es recht unwahrscheinlich, dass die Karawanentreiber sich mit diesem Ort oder jenen, die sich dort aufhielten, abgaben.

Das sagte Kemni sich zumindest. Zwei einsame Wanderer, nicht sichtbar bewaffnet, stellten keine Bedrohung für eine solche Karawane dar. Und selbst wenn sie die Köder für eine Falle gewesen wären, hätte das die Karawanenwachen kaum beeindruckt. Es würde eine Armee brauchen, um diese Männer zu berauben.

Sie schienen ein Lager aufschlagen zu wollen, stellten Wachen auf. Die Tiere waren aneinander gebunden, die Wagen in der Mitte wie eine Mauer um das Gepäck gestellt, im Schutz von Bewaffneten. Kemni hätte den Schatzhaufen ein wenig verteilt statt alles zusammenzuwerfen, um es den Räubern einfacher zu machen, aber er war ja nur ein Soldat, wusste wenig von Karawanen.

Er war in diesem Augenblick froh, dass er der Versuchung nicht nachgegeben hatte, einen Esel mitzunehmen, um das Gepäck zu tragen. Ein Esel hätte Fragen aufgeworfen, die er nicht gerne beantworten wollte.

Er blieb eine Weile länger liegen, atmete sorgfältig, wehrte sich gegen die Angst, dennoch überzeugt, dass er nichts an sich hatte, was ihre herrschaftliche Aufmerksamkeit erregen würde.

Ein leises Geräusch veranlasste ihn, sich umzudrehen. Iphikleia war wach geworden und beobachtete die Karawane, wie Kemni es getan hatte. Sie hatte die Stirn gerunzelt, aber das tat sie immer, wenn sie erwachte.

»Ärger?«, fragte er leise.

Zunächst antwortete sie nicht, und er dachte schon, sie würde gar nichts sagen, doch dann meinte sie schließlich: »Nein. Kein Ärger. Es sei denn …«

»Es sei denn?«

Sie warf ihm einen Seitenblick zu. »Es sei denn, wir geben der Versuchung nach.«

»Versuchung? Was …«

»Behaupte nicht, dass du nicht hinuntergehen und lauschen möchtest.«

»Nein, das will ich nicht«, erwiderte er. »Das hier sind Kaufleute, keine Adligen. Sie wissen nichts, was uns von Nutzen sein könnte.«

»Wieso bist du so sicher?«

»Ich würde lieber lebendig und unentdeckt nach Memphis gelangen und dort lauschen, wo Ägypter und Retenu einander begegnen.«

»Edel von dir«, sagte sie. »Kaufleute wissen alles. Und sie reden nur zu gerne darüber.«

»Was möchtest du also tun?«, fragte er und zog die Brauen hoch. »Einfach hingehen und sie fragen, was sie von einer möglichen Rebellion im Unteren Reich halten?«

»Das wäre ziemlich dumm, oder nicht?« Sie erhob sich träge und reckte sich, zupfte ihren Umhang langsam und nicht allzu eng zurecht.

Kemni folgte ihrem Blick. Es waren drei, einer von den Wachen und zwei mit bestickten Gewändern. Der Krieger wirkte auf jene Art alterslos, wie es bei diesen bärtigen Männern immer der Fall war, aber die beiden anderen waren jung. Einer hatte nur einen Schatten um die Lippen, der Bart des anderen war flaumig und dünn. Sie hatten die Augen weit aufgerissen. »Guten Abend«, sagte Iphikleia auf Ägyptisch.

»Guten Abend«, erwiderte der ältere Junge wie in einem Traum oder als könne er nicht anders. Sein Akzent war recht erträglich.

Kemni ballte die Fäuste. Er hasste es, wenn Retenu seine Sprache sprachen. Warum, wusste er nicht, es sollte auch keine Rolle spielen, aber es war so.

Iphikleia, die sich wohl kaum an so etwas störte, sagte in liebenswürdigem und recht verblüfften Ton, der sogar nichts mit ihrer üblichen Art zu tun hatte: »Ist das eine Karawane? Gehört sie euch?«

»O ja«, sagte der Junge. »Oh – o ja. Genauer gesagt, meinem Vater. Unserem Vater. Wir kommen aus Nubien zurück und ziehen nach Avaris.«

»Wir sind auch auf dem Heimweg«, sagte Iphikleia. »Ist das ein Elefantenzahn?«

Kemni hätte sie umbringen können. Wenn sie ihren Mund gehalten und ihr Gesicht verborgen hätte, hätten sie unbemerkt entkommen können oder wären zumindest nicht aufgefallen. Nun waren sie nicht nur sichtbar, sie hatten Gesichter, an die diese Retenu sich erinnern würden.

Es gelang ihr mit all ihrer großäugigen Neugier und ihren Fragen, dass der ältere der Jungen sie ins Herz der Karawane führte. Der jüngere und der Soldat ernteten Datteln von den Bäumen. Kemni, der offensichtlich immer noch unsichtbar war, beschloss, Iphikleia zu folgen, nachdem er ihr Gepäck zusammengesucht und es sich aufgeladen hatte. Es war inzwischen ein jämmerlich kleines Bündel und er ein schändlicher Anblick, unrasiert, schmutzig und so gut wie nackt. Iphikleia war selbst in diesem Zustand schön, und es fiel ihr leichter, als er je geglaubt hatte, ein dummes Mädchen zu spielen. »Wir sind davongelaufen«, sagte sie. Ihr leichtsinniges Schwatzen glich sehr dem ihrer Base Ariana, und sie sah in diesem Augenblick auch sehr nach dieser Meisterin der Verzauberung aus. »Vater war überhaupt nicht zufrieden mit uns und er drohte, Ptahmose auspeitschen zu lassen, weil er mich angerührt hatte. Aber Mutter und die Tanten mögen ihn und haben deshalb Vater bearbeitet. Jetzt lässt er uns zurückkehren. Ich bin so froh. Es ist sehr abenteuerlich, in der Wüste zu leben, aber es ist schrecklich heiß und schrecklich kalt und furchtbar trocken.«

Kemni – oder Ptahmose, wie sie ihn nun nannte –, senkte den Kopf und beugte die Schultern. Sollten sie doch denken, dass er unbedeutend war.

»Fürchtet ihr nicht«, sagte der Junge zu Iphikleia, »dass das eine Falle sein könnte? Dein Vater lockt dich vielleicht einfach nur zurück, damit er deinen Mann verprügeln kann.«

»O nein!«, erklärte Iphikleia überrascht und entsetzt. »Vater würde so etwas nie tun. Eigentlich hat er Ptahmose gern. Er sagt nur, er sei nicht gut genug für mich.«

»Jubal!« Der Junge zuckte zusammen. Der Mann, der ihn angesprochen hatte, saß unter einem Baldachin nahe dem Brunnen, trank Wein und überwachte den Aufbau des Lagers. Es musste sein Vater oder ein naher Verwandter sein: ihre Nasen waren dieselben, großen Bögen, und auch die Kopfhaltung, eine leichte Neigung nach links, fiel als Ähnlichkeit auf, wenn man sich die Mühe machte, es zu bemerken.

»Jubal«, sagte der Mann in der Sprache der Retenu noch einmal. »Wer sind diese Leute?«

»Das ist –« Der Junge wurde rot, fasste sich aber recht gut, das musste Kemni zugeben. »Das da ist Ptahmose aus einem Dorf am Fluss«, sagte er, »und das ist Ptahmoses Braut. Sie sind auf dem Rückweg zu ihrer Familie.«

»Aha.« Der Karawanenmeister betrachtete sie mit klugen Augen, die er ein wenig zusammenkniff, als er Iphikleia ansah. Sie lächelte ihn vergnügt an und ließ ihren Mantel ein Stück über ihre Schulter und eine runde, weiße Brust rutschen. Sein Blick wurde starrer. Sollte er bei dieser angeblichen Ägypterin ein kretisches Gesicht und eine kretische Gestalt bemerkt haben, dann war das nun alles angesichts ihrer Schönheit vergessen.

»Guten Abend, Herr«, sagte Iphikleia. »Ist das deine Karawane? Hast du auch Pferde? Hast du in Nubien Elefanten gesehen?«

Der Mann verstand Ägyptisch und blinzelte jetzt leicht verblüfft angesichts ihrer Dreistigkeit und ihrer völligen Nichtbeachtung der Züchtigkeit, die die Retenu für so wichtig hielten. Aber er sprach in seiner eigenen Sprache weiter. »Jubal, mein Sohn, das ist ein reizendes kleines Kätzchen. Füttere sie und gib ihr etwas Hübsches. Dann tu, was du möchtest. Aber sorge dafür, dass sie dir am Morgen nicht folgt. Diese Geschöpfe können sehr anhänglich sein.«

»Nun –« Jubal errötete immer noch. Das stand ihm überhaupt nicht, er sah nun ziemlich krank aus. »Oh! Aber ich kann doch nicht –«

»Selbstverständlich kannst du«, meinte sein Vater. »Geh und hab ein wenig Spaß. Aber vergiss nicht, was ich dir gesagt habe.«

»Ja … ja, Vater«, stotterte Jubal. »Vater, ich –«

Sein Vater hatte ihn bereits vergessen und konzentrierte sich wieder auf einen gerade ausgebrochenen Kampf zwischen den Packtieren und die Sicherheit von zerbrechlichen Gepäckstücken.

Kemni wäre gern geblieben, um mehr herauszufinden, nun, da er ohnehin nicht mehr ungesehen fliehen konnte, aber Iphikleia zog ihn weiter mit sich ins Lager. Die Leute starrten den Sohn ihres Herren und seine abgerissenen Findlinge an, aber von einem gewissen Interesse an Iphikleias kaum verborgener Schönheit schienen sie vollkommen ungerührt.

Arrogant. Kein Ägypter hätte je eine so erbärmliche Geschichte geglaubt. Und er hätte zweifellos erkannt, dass diese Frau ebenso fremd war wie die Männer, unter denen sie sich nun bewegte, wobei sie vergnügt weiterschnatterte, als hätte sie keinen Sinn für Vernunft oder Schicklichkeit.

Man brachte sie zu einem Zelt – eigentlich sogar einem Pavillon in gewaltiger Größe und Höhe – im Herzen des Lagers, nicht weit von den Wagen und dem schwer bewachten Gepäck entfernt. Diener waren dort beschäftigt, doch zu Kemnis Überraschung schien sich außer ihr keine einzige Frau im Lager aufzuhalten.

Iphikleia musste gehört haben, was der Kaufmann zu seinem Sohn gesagt hatte; es schien sie allerdings nicht zu beunruhigen.

Kemni teilte ihr Vertrauen in die Harmlosigkeit dieser Narren nicht. Der Junge war schrecklich ungelenk, aber ein ganzes Stück größer als Kemni; außerdem wirkte er recht kräftig. Und falls man ihm Widerstand entgegensetzte, hatte er eine ganze Armee von Wachen, um ihm zu helfen, und eine ganze Karawane, die ihm mehr Mut verlieh.

Iphikleia spielte ihre Rolle weiter, klatschte entzückt in die Hände, gurrte und schwatzte, sei es über den Weinkrug, sei es über die Becher aus gehämmerter Bronze, sei es über das Halsband aus blauen Perlen, das Jubal ihr ungeschickt umlegte. Sie tat des Guten eher zu viel, dachte Kemni säuerlich, aber das schien keinem sonst aufzufallen; Jubal war völlig in ihrem Bann. Kemni erkannte seinen Blick gut: Es war der eines Kalbs, das gerade die Schönheit von Färsen entdeckt. Als er Iphikleia das Halsband umlegte, wagte er kaum, sie zu berühren; jedes Mal, wenn er zufällig ihre Haut streifte, zuckte er zurück, als hätte er sich verbrannt.

Gerade als er die Hände wegziehen wollte, griff sie nach ihnen. Sie hatten zufällig oberhalb ihrer Brüste verharrt, wo die Biegung begann und wo – wie Kemni so genau wusste – die Haut so weich war wie frische Sahne. Sie lächelte. »Es ist so hübsch«, sagte sie. »Darf ich es wirklich behalten?«

»Das darfst du«, sagte Jubal stotternd, aber am Ende brachte er den Satz heraus. Er hatte seine Hände angestarrt und das, was direkt darunter war. Sein Geist war offensichtlich noch tiefer gewandert, wenn er denn so viel Mann war, wie es schien.

Iphikleia bewegte sich ein wenig und wie zufällig. Die großen, knochigen Hände des Jungen sackten unvermeidlich nach unten und umfassten ihre Brüste.

Er wich zurück, als hätte sie ihn verbrannt. Sie lächelte strahlend und dümmlich. »Hast du Rubine?«, fragte sie. »Das Wort hat mir immer schon gefallen. Rubine. Die Leute sagen, sie wären rot. Wie Blut. Sind sie das wirklich?«

»Ja«, stotterte Jubal, als hätte sie ihn aus einem Traum gerissen. »Ja – ja, sie sind rot. Aber wir haben … wir haben nur Gold und Elfenbein und noch etwas – hier!«, sagte er, bückte sich und wühlte in einer Kiste, die an der Rückwand des Zeltes stand. Dabei murmelte er vor sich hin und schimpfte, gab aber nicht auf, bis schließlich ein letztes Fluchen zu einem triumphierenden Zischen wurde. »Ja. Ja!«

Er wandte sich ihr wieder zu, mit dem gesuchten Gegenstand in den Händen. Es war riesig und ziemlich scheußlich: große Klumpen polierten Goldes und noch größere Klumpen Bernstein in der Farbe von Honig, und in jedem davon ein geflügeltes, vielbeiniges Geschöpf eingeschlossen.

Kemni fand es scheußlich, aber Iphikleia klatschte in die Hände und krähte: »Oh! *Oh!* Das muss ein halbes Königreich wert sein.«

»Tatsächlich«, meinte Jubal, »war es ein ganzes wert. Ein nubisches Königreich. Dieser König überfiel unsere Karawane, nachdem wir über das Gold und das Elfenbein verhandelt hatten. Es war ein guter Kampf. Wir haben gewonnen. Mein Vater hat den König gefangen genommen und ihn hinter seinem Wagen hergezerrt, bis der König und all sein Volk um Gnade flehten. Wir haben das hier als Lösegeld genommen und alles Gold, was seine Frauen und Söhne besaßen.«

»Oh«, sagte Iphikleia und riss ihre Augen noch weiter auf, »ihr müsst so reich wie ... wie Könige sein.«

»Wir sind so reich wie Kaufleute«, meinte Jubal.

»So viel Gold«, sagte sie und strich über die glatten, schweren Goldklumpen. Ihre Finger verharrten über dem Elfenbein, als genösse sie seine Wärme. »Du kannst es behalten«, sagte Jubal.

Sie quietschte, als hätte sie den Verstand verloren, klatschte in die Hände. »Leg es mir um. Ich muss es sehen!«

Es sah so schauerlich an ihr aus, wie Kemni erwartet hatte, aber sie gab vor entzückt zu sein. Jubal war entweder blind vor Begierde oder er hatte tatsächlich keinen Geschmack. Er schien erfreut, wäre aber bestimmt nicht mehr so begeistert von seiner Großzügigkeit, da war Kemni sicher, wenn sein Vater erst entdeckte, welchen Schatz er da weggegeben hatte.

Die so Beschenkte aß und trank alles, was man ihr vorsetzte, oder tat zumindest so, und sie ermutigte den Jungen, es ihr Becher für Becher und Schale für Schale nachzutun. Kemni, ganz in Vergessenheit geraten, aß wenig und trank noch weniger, war aber nicht so dumm, es vollkommen abzulehnen.

Iphikleia entspannte sich ungemein, während sie aß und trank. Diese Entspannung bewirkte, dass ihr Umhang ihr bis auf die Taille fiel. Das hässliche Halsband, dass an einem großen Bullen von einem Nubier vielleicht gut ausgesehen hätte, glitzerte über ihren Brüsten. Jubal konnte den Blick nicht von ihnen wenden.

Vielleicht hatte er so etwas nicht mehr gesehen, seit er ein Kind an der Brust seiner Amme gewesen war. Die Retenufrauen verbargen sich – soweit Kemni wusste, verbrachten sie ihr Leben in Gewänder und Umhänge und Schleier gewickelt. Iphikleia, vollkommen lässig und sich ihrer Schönheit sehr bewusst, musste für dieses Kind der Gewänder und Züchtigkeit etwas vollkommen Neues sein. Und ein Gegenstand zunehmender Besessenheit. Kemni hatte sich bereits nach Waffen im Zelt umgesehen und einige entdeckt. In seinem eigenen Gepäck befanden sich ein Schwert und ein Dolch – wenn die Retenu sie fanden, würden schwierige Fragen folgen, wenn nicht mehr.

Er konnte sich nur bereithalten, um aufzuspringen, und er hoffte inbrünstig, dass Iphikleia wusste, was sie tat. Jubal hatte einen Blick an sich, der Kemni nicht gefiel. Junge Stiere und junge Hengste schauten so drein; es lag nicht die Spur Intelligenz in diesem Blick.

Plötzlich stürzte sich der Junge auf sie. Iphikleia kicherte, deshalb duckte er sich blinzelnd und verblüfft. Sie war immer noch außer Reichweite. Er tastete nach ihr. »O nein«, sagte sie. »Du musst bitten.«

»Ich muss nicht –«

»Doch«, sagte sie zärtlich. »Was möchtest du gern berühren?«

»Ich möchte deine … deine …«

»Das hier?« Sie streckte die Hand aus, drehte sie, vollführte die Geste einer Tänzerin. Die Hand kreiste und stieß nieder wie ein Vogel im Flug, bis sie sanft auf der Biegung ihrer Brust landete. Sie strich darüber, langsam und träge. Jubal starrte.

Kemni hätte es nicht für möglich gehalten, dass man unter diesen Gewändern etwas vom Körper erkennen könnte. Aber hier hatte er einen Mann von edlen Ausmaßen vor sich oder einen Jungen, der so hingerissen war, dass es wehtat. Er tat Kemni beinahe Leid, denn er war dieser Priesterin aus Kreta nicht gewachsen; kein sterblicher Mann war das.

Sie begann zu singen, leise und honigsüß. Es war ein wortloses Lied, bewegte sich wie ihre Hand, rund und rund. Ihr Körper schwankte mit ihm. Geschmeidig wie eine Schlange, verlockend, wie keine Schlange je gewesen war: weiße Brüste, runde Hüften und ein dunkler, geheimer Ort, den Kemni kannte – oh, so gut kannte! Und auch dieser Junge wollte ihn kennen, träumte davon, sehnte sich danach.

Sie verlockte ihn zum Träumen. Sie verlockte ihn, sich etwas zu erhoffen, was kein Mann nehmen durfte, was nur sie geben konnte.

Kemni biss die Zähne zusammen. Sie wob einen Zauber um den Jungen. Er hatte nicht einmal bemerkt, dass Jubals Wachen verschwunden waren. Wann waren sie gegangen? Er war allein mit Iphikleia und dem Jungen in diesem luftigen, trüb beleuchteten Zelt, dessen Lampe plötzlich heller wirkte als zuvor. Hinter der Zeltwand ging die Sonne unter. Es wurde Abend.

Iphikleia schwankte auf Jubal zu und dann wieder weg. Er schwankte weniger anmutig hinter ihr her. Sie streifte mit ihrer freien Hand über sein Gesicht, zauste den dünnen, jungen Bart. Er bebte. Wieder schwebte sie davon. Er keuchte. Sie schwankte näher als zuvor, berührte seine Brust mit ihren Brüsten. Er sah aus, als würde er jeden Augenblick ohnmächtig werden.

Diesmal zog sie sich nicht mehr zurück. Sie blieb bei ihm, berührte ihn so gerade eben. Ihr Lied war zu einem Murmeln geworden, aber süßer, bezaubernder. Sie streichelte ihm übers Gesicht, langsam und träge, wie sie zuvor ihre Brüste gestreichelt hatte. Seine Augen waren geschlossen, sein Kopf sackte zurück. Sie streifte seine Lippen mit einem Kuss. Er brach seufzend zusammen und lag reglos da. Seine Miene zeugte von reinem Staunen.

Iphikleia stand auf, griff nach ihrem Umhang, wickelte ihn um sich. »Komm«, sagte sie, »bevor sie uns erwischen.«

Kemni war wenig verblüfft darüber, wie rasch sie zu ihrer üblichen Art zurückkehrte, konnte aber dennoch nur fragen: »Ist er tot?«

»Selbstverständlich nicht«, sagte sie ungeduldig. »Schnell! Willst du etwa, dass sie uns hier finden?«

»Nein, aber ich –«

»Er träumt«, zischte sie. »Er träumt – du weißt, was er denkt. Du denkst es selbst oft genug, aber bei dir lasse ich es zu, dass du es im Wachsein ebenso wie im Traum tust.«

»Du hast mich *verzaubert*?«

Ungeduldig zerrte sie ihn mit dem gesamten Gepäck unter der Rückwand des Zeltes hindurch in die gnädige Dunkelheit. Hier waren keine Wachen und nur wenig Licht. Dann trugen Kemnis Füße ihn automatisch weiter. Flucht war seine ganze Welt, Flucht und der Schatten, der sich vor ihm herbewegte. Diese Kaufleute hielten wachsam nach jedem Ausschau, der versuchte, ins Lager zu schauen. Sie achteten nicht auf jene, die sich davon entfernten. Iphikleia schlüpfte hinter einem der Männer durch, beinahe dicht genug, um ihn zu berühren, und huschte hinaus in die Wüste, ein Schatten unter Schatten, beinahe unsichtbar im Licht der Sterne.

29

Kemni folgte Iphikleia, weil er nur zur Hälfte ein Narr war und weil ihm nichts Besseres einfiel. Sie schwiegen, selbst als sie die Oase zwischen den unfruchtbaren Hügeln zurückgelassen hatten. Als Kemni stehen blieb, um sich des wenigen Weines, den er getrunken hatte, zu entledigen, hielt sie nicht inne. Er musste sich anstrengen, sie wieder einzuholen.

»Iphikleia, du hast dieses Kind verzaubert. Und wenn du es mit ihm gemacht hast …«

»Willst du mir sagen, ich hätte es nicht tun sollen?«

»Nein! Ich sage dir –«

»Du sagst mir, dass ich dasselbe mit dir getan habe. Das habe ich nicht. Das haben die Götter getan, Mann aus Ägypten. Deine Götter und meine.«

»Kann ich dir das glauben?«

»Ich lüge nicht«, sagte sie. Ihre Stimme war tonlos.

Kemni biss sich auf die Lippen. Sie waren auf einem langen,

sandigen Abhang, wo sie tief einsanken. Eine Weile brauchte er seinen Atem, um vorwärts zu kommen. Aber seine Gedanken drehten sich weiter, und in seinem Bauch brannte es.

Hinter dem sandigen Hügel machten sie Rast. Es war tiefe Nacht und außerdem kalt. Kemni wickelte sich in seine Decke, trank einen Schluck Wasser aus dem Schlauch, den er in der Oase gefüllt hatte, und ruhte sich eine Weile aus. Alles tat ihm weh. Seine Augen brannten, nicht nur von Sand. Diese Karawane hatte ihm den Schlaf geraubt.

Vielleicht war er eine Weile eingedöst. Er schreckte auf. Iphikleia saß neben ihm, ein Schatten vor den Sternen.

»Sag mir, warum du das getan hast«, verlangte er. »Warum hast du diesen Jungen gequält?«

Sie zuckte zusammen, was ihn rührte, doch ihre Stimme war kühl und ungerührt. »Er wird es nicht als Qual bezeichnen. Soweit er sich überhaupt erinnern wird, hatte er große Freude an unserer Begegnung. Dann bin ich gegangen, weil es spät wurde und meine Verwandten auf mich warteten. Wäre es dir lieber, wenn sie wüssten, wer wir sind?«

»Jetzt kennen sie uns«, sagte er. »Sie werden sich an unsere Gesichter erinnern.«

»Die Gesichter von Bauern«, sagte sie.

»Das Gesicht einer Zauberin.«

Sie lachte so klar und kühl, wie nur Iphikleia es konnte. »Woran auch immer dieser Junge sich erinnert, es werden keine kretische Priesterin und ihr ägyptischer Begleiter sein. Sein Vater hat ihm gesagt, er solle tun, was ihm Spaß macht, und uns dann wegschicken. Soweit er weiß, hat er genau das getan. An mehr wird er sich nicht erinnern.«

»Bete zu den Göttern, dass es so ist«, sagte Kemni. »Aber dieser Halsschmuck – wie konntest du zulassen, dass er dir so etwas gab? Wir mögen seinem Vater gleichgültig sein, aber er wird uns wegen des Schatzes jagen.«

»Das wird er nicht«, antwortete Iphikleia. Sie drehte sich um, sodass er sie im Sternenlicht sehen konnte. Sie trug einen Schmuck um den Hals: blaue Perlen, dunkel in der Nacht. Kein Gold. Kein Bernstein.

»Aber wo –«

»In den Händen des Jungen«, sagte sie, »wo es ihm Ärger genug machen wird, aber keinen, der uns betrifft.«

Widerstrebend gab Kemni auf. Sie war ihm stets einen Schritt voraus, so würde es immer sein. Es wäre dumm, etwas anderes zu erwarten.

Dann tat sie etwas, das seinen Zorn vollkommen zum Schmelzen brachte. Sie schlüpfte in seine Arme, warm und fest und wirklich. »Schöner Mann«, sagte sie, »eines Tages werde ich einen anderen Mann bitten, mich zu lieben, weil es notwendig ist oder weil mein Herz sich danach sehnt. Aber nicht heute. Und nicht dieses Kind. Ich habe ihm Träume geschickt. Er wird niemals mehr von mir haben als das.«

»Habe ich denn mehr?«, fragte Kemni ein wenig verbittert.

»Hör auf damit«, sagte sie, aber ohne Zorn. »Du bist sehr hübsch, wenn du schmollst, aber es ist nur Zeitverschwendung. Hättest du nicht lieber das hier?«

Ihr Kuss war lang, tief und betäubend. Er betrachtete ihn als Antwort: alle Antwort, die er brauchte, allen Beweis dafür, was ihm gehörte.

Sie verließen das Rote Land kurz vor Memphis, kurz bevor der Fluss seinen Höchststand erreichte. Von der Wüste aus sah es so aus, als hätte sich alles grüne Land in Meer verwandelt und als suchten die Menschen Zuflucht in Booten oder in den Häusern, die nur von Wasser getrennt waren.

Die Stadt zur Zeit des Hochwassers, bevor die Hitze, die Feuchtigkeit und die Stechfliegen jedermanns Geduld zermürbten, war ein einziges großes Fest. Zu jenen Zeiten, als die beiden Reiche noch eins gewesen waren, war der König selbst flussabwärts gekommen, um als Priester beim Ritual des Hochwassers zu dienen. Nun machte der König der Retenu einen Ausflug daraus. Was die Priester des Ptah darüber dachten, erfuhr niemand. Der Fluss brachte seinen Segen, ganz gleich, wer auf dem Thron des Unteren Reiches saß. Damit trösteten sie sich zweifellos so gut wie möglich.

Die Stadt schwirrte vor Freude, aber es lag auch einige Hektik darin. Alle waren ungeduldig und gereizt, Besäufnisse endeten in Schlägereien, Rudel junger Retenu zogen durch die Straßen und jagten, was immer sie für Beute hielten. Die Frauen, die sich für Geld anboten, waren erschöpft; jene, die sich für weniger verkauften oder einfach für etwas zu essen, hatten mehr Kunden, als sie brauchen konnten, und manchmal, wenn sie Pech hatten, starben sie.

Kemni und Iphikleia gelangten in diesen Bienenstock voller Menschen, als die Flut ihren Höchststand erreichte. Während sie sich durch die betrunkenen Mengen drängten, stand der Retenukönig neben den Priestern des Ptah, die die Flusshöhe maßen, sie in das Buch der Jahre eintrugen und mit dem großen Ritual segneten. Kemni hatte nicht den Wunsch, diesen bärtigen Fremden neben den dressierten Priestern zu sehen oder ihn mit seinem gutturalen Akzent die heiligen Worte sprechen zu hören.

Iphikleia führte. Da Kemni nichts Besseres einfiel, ließ er das zu. Sie sahen noch unbedeutender aus als gegenüber der Karawane: nach so vielen weiteren Tagen in der Wüste waren sie schmutziger, stinkender und zerlumpter als je zuvor.

Er hielt die Augen nach bekannten Gesichtern offen, sei es aus seiner Jugendzeit oder von der Karawane. Aber es waren alles Fremde, all diese Menschen, die sich zwischen den weißen Mauern und den Ziegelmauern drängten, zwischen dem Fluss und der Wüste.

Iphikleia führte ihn durch ein Viertel, das er kannte, wenn auch nicht sonderlich gut, näher am Fluss als am Palast gelegen, wo die Kaufleute ihre Häuser hatten, die fremden Gesandten und die Reisenden. Die Straßen waren hier ein wenig ruhiger, die Mengen weniger erregt. Die Märkte blieben zu Ehren des Festtags geschlossen, ebenso die Läden. Jene, die sich draußen aufhielten, schienen trotzdem ihrer Arbeit nachzugehen oder wollten einfach gesehen werden.

Kemni schlich unauffällig dahin und versuchte, sich im Schatten zu halten. Aber Iphikleia ging aufrecht, wenn auch in ihren Umhang gewickelt, und kümmerte sich nicht um Geheimhaltung.

Gerade, als er sie ermahnen wollte, nachdem sie beinahe von

einem der Rudel halbwüchsiger Eroberer umgerannt worden war, wandte sie sich abrupt in eine Seitengasse, dann eine weitere. Diese führte zu einem kleinen Platz, kaum größer als der Hof im Haus eines unbedeutenderen Adligen. Es gab hier eine Zisterne und einen Trog, um Tiere zu tränken. Das Haus am Platz sah aus wie jedes andere in der Stadt: leere Mauern und ein verriegeltes Tor. Alles Licht, alles Leben, falls es denn welches gab, befand sich darinnen.

Sie legte die Hand auf das hohe, abschreckende Tor und schob einen Riegel beiseite, den Kemni nicht bemerkt hatte. Im großen Tor öffnete sich ein kleineres. Sie schlüpfte hindurch. Er folgte ihr, bevor sie es wieder schloss.

Ein Haus, wie das in Theben hatte er erwartet, zu dem Gebu ihn geführt hatte, nachdem er zum ersten Mal vom Stiertanz geträumt hatte. Doch jenes Haus war ärmlich und klein gewesen verglichen mit diesem, und außerdem verlassen. Hier gab es Schwärme von Dienern, alles Kreter, und Herren, die die Neuankömmlinge in Ruhe ließen, bis sie sich gesäubert und wieder präsentabel gemacht hatten.

Kemni hatte vergessen, was für einen ungeheuren Luxus ein Bad darstellte. Warmes Wasser, duftende Öle, starke, geschickte Hände, die den Dreck und das Ungeziefer entfernten. Sie rasierten ihn, wie er es wünschte, überall, als wäre er ein Priester auf dem Weg zum Tempel. Es gab keine andere Möglichkeit, wirklich sauber zu werden; und es war eine Art Weihe, der Anfang von … wer wusste schon davon.

Sauber und mit einem gewissen Kribbeln, ja Brennen auf der Haut, wo das Rasiermesser zu heftig zugebissen hatte, ruhte er eine Weile auf einer Bank, die mit weichem Stoff bezogen war. Dort wartete ein Kilt auf ihn, eine Perücke, Augenschminke und Schmuck, wenn er denn wollte. Vielleicht würde er wollen; träge dachte er darüber nach.

Beim Nachdenken döste er ein. Kühl war es in diesem Raum und nicht sonderlich hell. Es lud zum Schlafen ein.

Ein Schatten beugte sich über ihn, ein duftender Schatten. Er blickte auf in Iphikleias vertrautes Gesicht. Vertraut nicht aus den Tagen in der Wüste, sondern aus jener Zeit in Kreta, als sie Herrin und Priesterin war, eine der großen Schönheiten der Insel. Ihr Haar war gewaschen und gekämmt und in der Art einer kretischen Dame aufgesteckt, ihr Gesicht und ihre schönen Brüste waren geschminkt. Sie trug den vielstufigen Rock und die bestickte Weste, die für ägyptische Augen so verlockend waren.

Sie betrachtete ihn… missbilligend? »Was hast du mit deinem Haar gemacht?«

Er fuhr sich über den rasierten Schädel. »Läuse«, sagte er. »Es wird wieder wachsen.«

»Ich hoffe es«, meinte sie spitz. »Du siehst aus –« Sie kniff die Augen ein wenig zusammen, »nicht gerade schrecklich. Aber… seltsam.«

»Sauber«, sagte er. Wieder streckte er sich und gähnte gewaltig. »Ach, Herrin. Was immer ich in Memphis erhofft hatte, es war nicht dieses Wunder.«

»Wie, wolltest du irgendwo eine Gosse suchen und um einen Laib Brot betteln?«

»Nicht ganz so schlimm«, sagte er. »Ich habe ein wenig Silber. Wir hätten es einigermaßen bequem gehabt.«

»Aber das hier ist besser.« Sie setzte sich neben ihn, vorsichtig, wie sie es in diesem engen Rock tun musste, und begann, immer noch vorsichtig, mit der Hand über seinen sauberen, glatten Körper zu fahren. Seine Männlichkeit hob sich ihr entgegen. Iphikleia lächelte. Sie verlockte sie, fuhr mit dem Finger herum und hinauf, berührte ihn kaum, und dennoch traf ihn diese Berührung. Sie zog sich zurück, was ihm ein protestierendes Ächzen entlockte. »Man will uns sehen«, sagte sie.

Sie half ihm, sich anzuziehen und vorzubereiten, nicht ohne weitere Qualen – aber er war dennoch bald fertig, in einem Kilt aus bestem Leinen und Gürtel und Brustschmuck und einer Perücke im so genannten nubischen Stil mit kurzen, dichten Locken, die mit einem Golddraht gebunden waren. Er sah gut genug aus, um einem König gegenüberzutreten.

Es war kein König, aber ein kretischer Adliger. Naukrates erhob sich von seinem Sessel in einer langen Säulenhalle und streckte die Hände aus, um nicht nur Iphikleia, sondern Kemni mit der Umarmung und dem Kuss eines Verwandten zu begrüßen.

Noch andere waren in der Halle, Männer und eine oder zwei Frauen mit der Haltung hochrangiger Persönlichkeiten, wie Kemni sie im Labyrinth kennen gelernt hatte. Er kannte keinen von ihnen, aber vielleicht ihre Verwandten.

Sie waren in Memphis, erklärte Naukrates, als Kemni sich neben ihn gesetzt hatte, als Händler und Reisende. Es gab einen Botschafter am königlichen Hof in Avaris, aber der wusste nichts von dieser anderen Versammlung. »Und das ist gut so«, sagte Naukrates, als seine Diener Wein und Gebäck brachten, »denn wenn wir etwas tun sollten, das der König missbilligt, kann unser Botschafter wahrheitsgemäß schwören, dass er nichts davon wusste.«

»Also«, sagte Kemni, »weißt du, wieso wir hier sind.«

»Wir haben es von flussaufwärts gehört«, meinte Naukrates. »Dein Bruder ist sicher nach Hause zurückgekehrt, und all seine Fracht mit ihm.«

Kemni gestattete sich einen erleichterten Seufzer. Er hatte sich darauf verlassen; aber es zu wissen – das war wirklich eine Erleichterung. »Wenn du ihn benachrichtigen könntest«, sagte er. »Wenn du so freundlich wärst –«

»Ist bereits geschehen«, meinte Naukrates lächelnd. »Sie werden froh sein zu hören, dass ihr uns gefunden habt.«

»Es war keine so verrückte Idee, wie sie glaubten«, sagte Kemni. »Wir waren in Sicherheit.«

»So sieht es aus«, erklang eine andere Stimme – eine Frau mit wettergegerbtem Gesicht wie die Männer, die auch gekleidet war wie sie. Sie hieß Dione, war Kapitän eines Schiffes, wie Kemni erfahren hatte, als man sie einander vorstellte: eine große Seltenheit, aber nicht ganz und gar unmöglich. Sie hatte die Haltung eines Mannes, barsch und aufs Praktische konzentriert, verfügte nicht über die übliche Anmut kretischer Damen, wie er sie kannte. Sie sah ihn abschätzend an und meinte dann: »Die Ariana ist nicht sonderlich mit dir zufrieden.«

»Das hätte ich auch nicht angenommen«, meinte Kemni. »Und nun sag mir, dass es dumm von mir war, sie zu erzürnen.«

»Nein, nicht dumm«, sagte sie. »Waghalsig vielleicht, aber es gab keine andere Möglichkeit. Was den Rest angeht ... wir haben hier unsere Spione, aber das sind Fremde. Ein Mann dieses Landes mag für eine solche Tätigkeit besser geeignet sein.«

»Und dennoch missbilligst du es.«

Sie zuckte mit den Achseln. »Es steht mir nicht zu, es zu billigen oder es zu missbilligen. Der Ariana wäre es lieber, wenn du in Sicherheit wärest.«

»Ich werde nicht lange wegbleiben«, meinte Kemni. »Ich wollte nur –«

»Ja«, sagte Dione. »Du hast dein eigenes Land wieder gesehen und hasstest den Gedanken, es abermals verlassen zu müssen.«

»Das war nicht –«

»Selbstverständlich war es das«, meinte Iphikleia. »Ich hätte dasselbe getan.« Sie trank einen Schluck und knabberte an etwas Grünem, Duftendem: einem Weinblatt, das um ein Stück Fleisch und Zwiebeln gewickelt und in Wein gekocht war. Kemni stellte fest, dass der Geschmack zu intensiv für seinen Magen war. Er beschränkte sich auf Brot und Käse sowie die süßen Kuchen und Honigfrüchte.

Es war ein Festessen, aber er war klug genug, vorsichtig zu sein, denn er hatte nun beträchtliche Zeit erheblich ärmlicher gegessen. Nachdem sie ihn mit ihren Bemerkungen darüber, wieso er sich auf diese Reise gemacht hatte, ordentlich geärgert hatten, wandten sie sich anderen Dingen zu: dem Handel, Schiffen, Hofklatsch sowohl aus Kreta wie auch aus dem Unteren Reich.

»Apophis ist zufrieden«, sagte einer der Männer, dessen Namen sich Kemni nicht hatte merken können. »Sein Königreich ist sicher, seine Söhne sind nicht mörderischer gesinnt, als sie sollten, und er ist überzeugt, den König in Theben angemessen eingeschüchtert zu haben. Es heißt, er denkt sogar daran, eine Art Tribut zu verlangen oder das gesamte Obere Reich einzunehmen; wenngleich er sich fragt, ob es die Mühe wert sei.«

»Er wäre ein Narr, das zu versuchen«, sagte Naukrates. »Selbst wenn er noch nicht von möglichen Rebellionen im Süden gehört hat, muss er wissen, dass er um das, was er eingenommen hat, auch weiterhin kämpfen müsste.«

»Das weiß er«, sagte Dione. »Seine Söhne bedrängen ihn allerdings ständig; sie wollen einen Krieg.«

»Wir werden ihnen einen geben«, sagte Kemni, »wenn sie sich noch ein wenig gedulden.«

»Geduld gehört nicht zu den Tugenden, die dieses Volk kultiviert«, sagte Dione. »Sagt mir, Leute: Habt ihr gehört, was aus dem guten Iannek geworden ist?«

»Was, aus dem Adligen, der eine Frau des Pferdevolks geheiratet hat?« Sie nickte, und Naukrates runzelte die Stirn. »Ich habe gehört, er sei gestorben. Doch woran? Gift?«

»Die Hand der Götter«, antwortete Dione. »Nein, das ist eindeutig, um seinen Tod gibt es keinen Skandal. Aber habt ihr gehört, wer sein Erbe ist?«

»Ich hörte nur, dass sein ältester Sohn sich schon lange, bevor sein Vater starb, aufführte, als wäre er bereits selbst der Herr«, sagte Naukrates. »Wie hieß der Mann noch? Nicht ebenfalls Iannek?«

»Nein, das ist einer der jüngeren Söhne.« Dione trank ihren Becher leer, griff nach dem Krug, füllte ihn abermals bis zum Rand und trank weiter. Sie sprach nicht einmal schleppend, obwohl Kemni schon drei Becher mitgezählt hatte, und das hier war der vierte.

»Überall bei Hof wurde davon geredet. Alle Söhne kamen ans Totenbett ihres Vaters – selbst der, der weggegangen war.«

»Was, der Sohn der wilden Pferdefrau?« Naukrates schien verblüfft. »Ich dachte, er sei im Exil.«

»Er ist weggegangen, weil seine Mutter ihn geschickt hat – um ordentlich unterrichtet zu werden, sagte sie, und das hat natürlich einige gestört, wie man sich vorstellen kann. Es hieß, er kam nicht lange vor dem Tod seines Vaters zurück. Es ist nicht ganz klar, was passierte, aber nachdem der alte Mann gestorben war, forderte sein ältester Bruder ihn heraus – vielleicht nicht einmal um die Herrschaft, vielleicht um eine Frau oder einfach, weil er so lange weg gewesen war, und er hielt ihn für schwach. Aber schwach war er keineswegs, denn er tötete seinen Bruder in diesem Kampf. Dann forderten ihn ein paar der anderen heraus. Nachdem der Staub sich gelegt hatte, waren alle seine Brüder tot oder hatten sich verkrochen, und er war der Erbe seines Vaters.«

»Man stelle sich das vor«, meinte Naukrates. »Ein Sohn *dieses* Volkes, der hier in diesem Land die Herrschaft übernimmt. Ich nehme an, er hat Pferde mitgebracht?«

»Pferde«, erwiderte Dione, »und mehr als das. Er hat alle wissen lassen, dass er sich auf einem der Landsitze seines Vaters niederlassen und die Herden dort unterbringen will. Es heißt, er würde sich auf diesem Anwesen niederlassen, das Aufgehende Sonne heißt.«

Kemni hatte nur beiläufig zugehört. Diesen Iannek kannte er gut – zu gut. Das war der Retenu, der sich als Oberherr seiner Heimatprovinz bezeichnet hatte. Er war froh zu hören, dass das alte Ungeheuer tot war. Aber dieser neue und jüngere – wenn die Gerüchte der Wahrheit entsprachen, hatte er das Anwesen erwählt, das Kemni neben seinem eigenen, dem Goldenen Ibis, am besten kannte, den Besitz, der seinem Onkel und seinen Vettern gehört hatte, bevor sie im Kampf für das Große Haus in Theben gestorben waren.

Er blieb ruhig. Er war stolz darauf. Selbst wenn dieser weibliche Kapitän Recht hatte und er ebenso sehr aus Liebe zum Land zurück nach Unterägypten gekommen war wie aus dem Bedürfnis, seinem König zu helfen, hatte er nicht zugelassen, zu lange darüber nachzudenken, was er um sich herum gesehen hatte. Das hier war sein Land, seine Heimat, zweifellos. Und er würde bis zum Tod kämpfen, um es wieder in ägyptische Hände zu bringen.

Aber als diese Kreter von der Aufgehenden Sonne sprachen, diesem kleinen, aber schönen Anwesen mit seinen vielen üppigen Feldern, spürte er den durchdringenden Schmerz der Sehnsucht danach, wieder zu Hause zu sein, in seinem eigenen Land, unter seinem eigenen Volk, und den Dialekt zu sprechen, über den man in Theben so gespottet hatte.

Seine Verwandten waren wohl alle tot. Kemni hatte auch nichts mehr von seinem Vater und von seiner Mutter gehört, außer einem Gerücht, dass sein Vater gestorben sei. Sein Onkel und seine Vettern waren im Kampf gefallen. Ihre Ländereien – seine

Ländereien – waren in die Hände der Retenu geraten. Diese Hände: die Hände dieses Fremden, der unter Pferdezähmern gelebt hatte.

»Er heißt Khayan«, sagte Dione gerade. »Er ist noch schrecklich jung, obwohl er kein Kind mehr ist. Es heißt, er hat den Geist seiner Mutter. Wenn das der Wahrheit entspricht, ist er eine wahre Pest.«

»Und er kennt sich mit Pferden aus.« Naukrates schien das faszinierend zu finden. »Ich frage mich …«

Aber er sprach nicht aus, was er sich fragte. Und niemand schien es wissen zu wollen, niemand außer Kemni, aber der hielt den Mund. Das Gespräch wandte sich anderen Themen zu und man überließ Kemni seinem Schweigen und seinen Gedanken.

30

»Sag mir, um was es bei diesen ganzen Geschichten um Pferde und Menschen, die mit ihnen umgehen können, geht.« Iphikleia hörte auf, die kunstvollen Locken und Zöpfe ihres Haares zu lösen. Sie hatte die Halle mit Kemni verlassen und war mit in den Raum gekommen, den man ihm zugewiesen hatte; niemand machte eine Bemerkung darüber oder schien es verwerflich zu finden. Frauensachen waren unter jenen aufgetaucht, die man Kemni gegeben hatte, und man hatte das Bett mit Kräutern bestreut wie für eine Hochzeit.

Sie war viel zu lässig für eine Braut, aber so schön, wie eine Braut nur sein konnte. Sie hielt inne, das Haar fiel ihr über die Schultern, ihre Schminke war ein wenig verwischt, und all ihre Röcke ein wenig verknittert, nun, da sie nicht mehr darauf aufpassen musste. Kemni hatte auch ein wenig damit zu tun gehabt. Mehr als ein wenig.

Mit ihrer Antwort ließ sie sich Zeit. Sie war ein wenig nachdenklich, als ob sie selbst überlegen müsste, was Naukrates' Aufmerksamkeit auf sich gezogen hatte. »Bei diesem Volk, bei den Retenu, ist das einfach jemand, der Pferde besitzt. Esel sind heilig und sind die Wurzel ihrer Macht: kräftige Beine, kräftige Rücken und schneller, als ein Mann zu Fuß gehen kann. Pferde sind etwas mehr als heilig.

Diese Retenu sind selbst eigentlich keine Pferdeleute. Sie haben sich in unfruchtbaren Gegenden aufgehalten, sie waren Wilde mit einer Begabung zum Handel, leidenschaftliche Kämpfer, die davon träumten, Königreiche zu regieren. Sie haben die wilden Esel gezähmt und sie sich dienstbar gemacht. Sie haben gelernt zu erobern und dann zu beherrschen. Mit der Zeit haben sie Städte gebaut und sie groß werden lassen. Aber von Pferden wussten sie wenig.

Weit, weit im Osten ihrer alten Städte gibt es noch viel ältere, die nun in Staub versunken sind, und die Menschen, die einmal in diesen Städten herrschten, haben sie vor langer Zeit verlassen und sich in Stämmen weit von anderen Menschen niedergelassen. Diese Stämme werden von Frauen beherrscht. Die Männer haben dort wenig zu sagen, heißt es. Sie werden nur benutzt, wie die Stuten die Hengste benutzen: zum Züchten, und danach lassen sie die Frauen wieder in Ruhe. Ihre Männer und Söhne leben in den Überresten der alten Städte, während die Frauen mit den Herden umherziehen.

Manchmal – nicht oft, aber auch nicht sonderlich selten – wandern Männer oder Frauen dieser Stämme nach Westen. Eure Retenu haben sie immer willkommen geheißen und lebten in Hochachtung vor ihnen, weil sie mit Pferden umgehen können. Sie waren es, die vor langer Zeit den Wagen nach Westen brachten und den Retenu beibrachten, wie sie ihre eigenen Tiere vor einen Wagen spannen und Eroberer sein konnten.

Wenn dieser Khayan sich mit Pferden auskennt«, sagte sie, »oder Sohn eines solchen Mannes ist – oder eher einer Frau von diesem Pferdevolk, denn es ist wohl seine Mutter, die zu diesen Stämmen gehörte –, dann ist es sehr interessant, dass man ihm gestattete, das Land seines Vaters zu erben. Menschen, die sich derart mit Pferden auskennen, sind Gegenstand von Hochachtung und Verehrung, aber man überlässt ihnen keinen Rang oder keine Macht. Es heißt, sie weigern sich ohnehin. Ich jedoch glaube nicht daran. Ich denke, die Retenu haben es ihnen vorenthalten, weil sie sich vor ihnen fürchten. Es heißt, sie haben große Macht, große

Magie. Sie befehlen dem Wind, und das Gras wächst für sie. Und selbstverständlich sind die Pferde ihre Diener – obwohl es auch heißt, das sei umgekehrt: Es heißt, sie dienen den Pferden.«

Kemni dachte über alles nach, so weit er zwischen dem Wein und ihrer Schönheit dazu im Stande war. »Also«, meinte er, »wenn man diesem Mann gestattet hat, den Platz seines Vaters einzunehmen, muss er irgendeine Macht haben, von der niemand spricht. Oder seine Macht ist so gering, dass keiner ihn fürchtet, obwohl sie wissen, was er ist.«

»Er ist jung«, sagte Iphikleia. »Aber das muss nicht bedeuten, dass er harmlos ist. Er hat um seinen Platz gekämpft –«

»Er wurde herausgefordert«, sagte Kemni. »Er musste kämpfen oder er hätte seine Ehre verloren. Die Ehre ist bei seinem Volk furchtbar wichtig.«

»Aber warum hat man ihn herausgefordert? Welchem Zweck sollte das dienen? Er war ein jüngerer Sohn. Er stellte keine Bedrohung dar.«

»Ich bin sicher, dass es einen Grund gab«, sagte Kemni. »Aber das ist es nicht, was mich verblüfft. Wieso ist dein Onkel so fasziniert davon? Es kann nicht viel mit dem Krieg zu tun haben. Dieser Khayan ist nur ein Adliger von vielen und hat keinen sonderlich hohen Rang. Wahrscheinlich ist er einfach schwach – er muss es sein, so jung, wie er ist, und nachdem er sein Erbe erst vor kurzem angetreten hat. Was interessiert es einen kretischen Adligen, ob der Herr gewisser Ländereien von diesem bestimmten Stamm kommt?«

Iphikleia runzelte die Stirn. »Es ist einfach ungewöhnlich. Mein Onkel hat sich immer für ungewöhnliche Dinge interessiert. Man weiß nie, sagte er, wann eine kleine Sache wichtig genug wird, ein ganzes Königreich umzustürzen.«

»Er hält es nicht für eine kleine Sache«, meinte Kemni.

»Wie, hast du mit ihm darüber gesprochen?«, fragte sie spöttisch. »Vielleicht hat es damit zu tun, dass wir Verwandte dieses Pferdevolkes sind, sehr entfernte Verwandte – jener Frauen, die die alten Städte regierten, bevor die Männer mit Pferden kamen und die Welt veränderten. Unsere Urahnen wurden ruhelos, zogen nach Westen und fanden das Meer. Khayans Urahnen blieben im Meer aus grünem Gras. Aber wir interessieren uns immer noch für unsere entfernten Verwandten.«

Kemni schüttelte den Kopf, konnte aber keine Worte für das Kribbeln in seinem Bauch finden. Vielleicht ging es nur darum, dass dieser Mann den Landsitz seiner eigenen Verwandten übernommen hatte und damit, wenn man es so sah, zu seinem eigenen Oberherrn geworden war. Es ging ihm einfach zu nah. Es bedeutete zu viel.

Alles hier bedeutet zu viel. Als er durch Unterägypten nach Kreta gesegelt war, hatte der Fluss ihn weitergetragen. Er hatte seine Sehnsucht nach dem Land beherrschen können, nach diesem Land, das ihm gehörte, aber nachdem er es nun wirklich betreten hatte, nachdem er das Fischerboot verlassen hatte, um den Wagenbauer zu finden, hatte der Zauber des Landes von ihm Besitz ergriffen. Das hier war sein eigenes Reich. Das hier war seine Mutter, seine Geliebte. Er gehörte hierher, obwohl er sterben würde, wenn man ihn erkannte.

Er tat dies nicht für seinen König, obwohl es dem König nutzen mochte. Er tat es, weil er nach Hause zurückgekehrt war und weil er sich aus tiefstem Herzen und tiefster Seele danach sehnte, es wieder zu seinem Land zu machen, frei von allen fremden Eindringlingen.

Iphikleia wandte sich wieder ihrer Toilette zu, ließ sich Zeit, verwandelte die geschmückte Schönheit des Tages in den einfacheren und nach Kemnis Geschmack noch mächtigeren nächtlichen Glanz. Sie wischte sich die Farbe von Gesicht und Brüsten, kämmte ihr langes, lockiges Haar aus, legte den Schmuck und die Kleidung ab und kam zu ihm wie in seinen Träumen, nackt und schimmernd. Ihre Haut war weich und roch nach duftenden Ölen, ihr Haar nach Blüten.

Sie begegneten einander beinahe sanft, ohne Eile, ohne großes Drängen, hatten sie doch noch die ganze Nacht vor sich. Iphikleia schien ein wenig abgelenkt, aber nicht so sehr, dass sie sich von ihm abgewandt hätte. Ihre Berührung war liebevoll und ein wenig zerstreut, ihre Küsse wanderten ziellos. Als sie ihn in sich aufnahm, war es, als könne sie nichts dagegen tun, aber sie war auch nicht verzweifelt darauf versessen, es zu beenden. Sie wiegten sich miteinander, gerade genug, damit er erregt blieb, aber nicht genug, um ihn zum Höhepunkt zu bringen.

Es war auf seltsame Weise friedlich. Ruhig. Bequem – aber nicht, den Göttern sei gedankt, langweilig. Es war Feuer darunter, verdeckt, aber noch klar festzustellen.

Plötzlich entfachte sie es, verblüffte ihn so, dass er lachte, dann keuchte. Er hatte nicht vorgehabt, sich derart überraschen zu lassen.

Sie schliefen eng umschlungen oder taten zumindest so. Kemni schloss die Augen und atmete gleichmäßig, aber er dachte immer noch nach, Gedanken ohne Worte, verstreute Erinnerungen, Fragmente von Träumen, die er beinahe vergessen hatte. Der Stiertanz; einen Wagen zu fahren; unter einem windzerzausten Himmel in einem Meer von grau-goldenem Gras zu stehen, während eine Herde Pferde um ihn herum graste und spielte. Er hatte solche Pferde nie in der wachen Welt gesehen: helle Pferde, grau oder silbern oder weiß. Sie hatten in diesem traumweichen Licht wie der Mond geschimmert.

Er schreckte hoch. Diesen Traum hatte er noch nie zuvor gehabt. Er blieb ohne Angst, aber mit einer Intensität, die ihn – beinahe – laut stöhnen ließ. Die Götter spielten wieder mit ihm.

Er würde gehen. Er lag neben der fest schlafenden Iphikleia im kühlen Morgengrauen und wusste, dass er dies nicht für einen König tat, wenn auch vielleicht für einen Gott – welchen Gott, das wusste er nicht. Er würde nach Avaris gehen, in die Stadt des fremden Königs. Und wenn er dabei unterwegs in seinem eigenen Geburtsland Station machte, um zu sehen, welcher Herr es nun regierte – nun, auch das könnte, wenn man genauer darüber nachdachte, nur als Dienst an seinem König betrachtet werden.

Aussaat

31

Das Leben der Dienerin der Stute war sowohl vollkommen vertraut als auch vollkommen seltsam. Iry lebte so, wie sie immer gelebt hatte, in diesem Haus, das seit Urzeiten schon ihrer Familie gehört hatte.

Selbst wenn sie nun Sklavin eines Retenu war: Dies war ihre Welt. Sie hasste diesen Aspekt, aber er war unausweichlich.

Und dennoch war sie auf eine Weise, die sie kaum verstehen konnte, zu einer dieser Fremden geworden, gehörte nun zum Volk der Retenu. Sie dachte auf keine andere Weise von ihnen. Namen waren Macht. Ein Name, an den man sich erinnerte, verlieh Unsterblichkeit. Ein vergessener Name war tot über den Tod hinaus.

Sie würde den Namen vergessen, den sie für sich selbst benutzten. Das war kleinliche Rache und vielleicht sinnlos: Immerhin war sie immer noch Sklavin, und die Fremden waren Könige. Aber es freute sie.

Jene, die sich nun Herren der Aufgehenden Sonne nannten, waren Fremde unter den Fremden. Herrin Sarai und ihre Töchter waren von anderem Blut, dem Blut von Stämmen weit aus dem Osten der Welt. Sie hatten große Macht und große Magie. Sie sprachen direkt zu ihrer Göttin der Pferde, die für sie auch alles war, was zur Erde gehörte. Sie war ein wenig wie die Mutter Isis, aber ihre Rituale waren älter und wilder.

Es handelte sich um Rituale, die zu windgepeitschtem Grasland und offenem Himmel gehörten, zu kühlen, klaren Räumen, die bis zu einem blauen Horizont reichten. Dort lebten die Götter nicht hinter dem Horizont. Die Götter waren im Boden und im Himmel, im Wind und in der Sonne und im Regen, der vom Himmel fiel. Sie lebten von Blut. Leben war ihr Geheimnis und Tod ihre Fortsetzung. Sie bewegten sich auf den Hufen von Pferden und fielen mit dem Regen auf die Erde nieder.

Und die größte von allen war die Pferdegöttin, die Erdmutter, die Herrin über alles, das ging und schwamm und flog. Sie sah aus wie eine weiße Stute unter anderen. Eine Stute – *die* Stute – war ihr lebendes Abbild unter Sterblichen. Und die Stute verlangte eine Dienerin. Diese Dienerin war aus einem unberechenbaren Grund Iry.

Iry war nicht für die Rituale kalter, leerer Orte gemacht. Sie stammte aus Ägypten, und Ägypten war das Rote Land und das Schwarze Land, Wüste und üppiger schwarzer Boden, Hitze wie gehämmerte Bronze und so grelles Licht, dass es die Augen verletzte. Blut gehörte nicht zu seinen Opfern. Eine Hand voll Gerste, eine Blumengirlande erfreuten die Stute viel mehr als Blut, das sie schnauben und erstarren ließ, oder ein Opfer aus Fleisch, denn es lag nicht in ihrem Wesen, so etwas auch überhaupt nur zu berühren.

Aber diese Frauen wollten davon nichts hören. Sarai hatte nicht nur sich allein die Last auferlegt, Iry zu unterrichten. Ihre älteste Tochter Maryam hatte es übernommen – oder man hatte ihr die Aufgabe überlassen –, eine ägyptische Sklavin zu einer fremden Priesterin zu machen. Sie war am Morgen erschienen, am Tag, nachdem Iry unter Sarais Herrschaft geraten war. Iry hatte interessiert festgestellt, dass man ihr am Abend zuvor ein eigenes Zimmer gegeben hatte, das zum Garten hinaus lag, und eine kleine, stumme Zofe, die darauf bestand, sich um Iry zu kümmern, als wäre sie eine Dame. Was sie auch einmal gewesen war, aber nun war sie Sklavin. Sie war nicht mehr daran gewöhnt, bedient zu werden.

Und am Morgen erwachte sie in dem ziemlich breiten Bett im hellgoldenen Morgenlicht und schaute in ein Gesicht ohne sonderliche Schönheit, aber mit wunderbaren Augen. Sie erinnerten sie an die Augen der Stute: dunkel und stark und recht verschmitzt. Sie waren nicht freundlich oder gnädig, schienen aber auch keine Bosheit im Sinn zu haben.

Und das fand sie selbst halb noch im Schlaf faszinierend. »Du solltest mich hassen«, sagte sie.

»Warum?«, fragte Maryam. »Welchen Nutzen würde das haben?«

»Man hasst nicht wegen des Nutzens«, sagte Iry. »Und ich sollte nicht sein, was ihr alle glaubt, dass ich bin.«

»Du solltest es nicht sein, aber du bist es. Die Stute ist weise«, meinte Maryam, »und eine Göttin. Ob wir sie verstehen oder nicht, interessiert sie wenig. Sie will nur unseren Gehorsam.«

Iry stand auf, denn es machte sie unruhig, im Bett zu liegen, während sich diese Fremde über sie beugte. Die kleine Zofe wartete zusammen mit einer zweiten, die offenbar mit Maryam gekommen war. Sie hatten Befehl, sie zu baden und zu salben und sie auf eine Weise zu kleiden, die diesem Volk angemessen schien. Zumindest war das Gewand aus Leinen und daher weniger unerträglich als die Wolle, die Iry befürchtet hatte. Es war ein einfaches, ungeschmücktes Hemd: das Gewand einer Schülerin. Sie kämmten und flochten ihr Haar, und als sie ordentlich hergerichtet war, übergaben sie sie in Maryams Hände.

Und das konnten harte Hände sein. An diesem Tag gab es für Iry keine Pferde. Khayan war offenbar weg, ebenso wie seine Schwester Sadana, die reiten konnte und bewaffnet war wie ein Mann. Jene Schwester, die die Dienerin der Stute hätte sein sollen… aber die Stute hatte eine andere auserwählt. Es gab ein Krokodil weiter flussabwärts, das Kinder aus der Wiege geraubt und eine Frau umgebracht hatte, die auf dem Feld in einiger Entfernung vom Wasser arbeitete. Sehr traurig und sehr dringlich, aber Iry nahm dennoch an, dass man Sadana vorsichtshalber aus der Nähe der neuen Dienerin der Stute entfernt hatte.

Inzwischen lernte Iry, was es bedeutete, eine Frau der Stämme zu sein, was ihr häufig ziemlich sinnlos vorkam, aber der Tradition entsprach. Es ging darum, wie man ein Haus führte, das im Osten ein Zelt gewesen wäre, um die Ernährung und Versorgung der Bewohner, um das Weben und Sticken von Gewändern und alles, was dazu gehörte, vom Schafscheren zum Färben der Wolle bis zum Spinnen und Verarbeiten des Fadens: Man erwartete, dass sie das alles wusste. Außerdem ging es um weitere Arbeiten, um Feste, um die Riten zum Sonnenaufgang und Sonnenuntergang, die Riten von Neumond und Vollmond, Veränderungen der Jahreszeiten in einem Land, das weder Hitze noch Hochwasser kannte, um die großen und geringeren Opfer und die Auswahl von Opfertieren und Gaben für jedes Tier und die Worte, die man sprach oder sang, die Musik, die Tänze, die Lieder …

An jenem Abend fiel sie ins Bett und war auf eine Weise erschöpft, die sie nie zuvor gekannt hatte. Ihr Kopf fühlte sich an, als würde er von all dem, was man ihr zum Lernen gegeben hatte, bersten. Ihr Bauch hatte sich zusammengezogen, als hätte sie sich bei einem Festessen seltsamen Fleisches und noch seltsamerer Gewürze zu sehr gehen lassen.

Und das sollte nun jeden Tag ihr Los sein?

Sie konnte davonlaufen. Der Gedanke nagte am Rand des Schlafes an ihr. Davonlaufen – aber wohin? Nach Theben? Irgendwohin ins Obere Reich? Ja, wenn sie ein Mann gewesen wäre, hätte sie das schon vor Jahren getan und wäre zweifellos gestorben, wie ihr Vater, ihre Brüder und ihre Vettern gestorben waren. Aber sie wäre frei gestorben.

Und was würde dann die Stute tun? Wenn Iry floh, würde sie ihr folgen? Das würde zweifellos den Zorn der Retenu auf das Obere Reich lenken.

Sie war hier gebunden, gebunden an die Stute. Und ja, an ihre Mutter und ihre Leute auf dem Anwesen, obwohl sie den ganzen Tag keinen von ihnen gesehen hatte. Sie hätte genauso gut in einer anderen Welt eingeschlossen sein können, nach allem, was sie selbst sah oder wusste. Und man hatte ihr keine Wahl gelassen. Götter gaben sich mit solchen Dingen nicht ab. Das sollen sie auch nicht, und die Sterblichen sollten ihnen keinen Widerstand leisten. Aber Iry konnte nichts gegen das Nagen dieser Unzufriedenheit tun.

Diese Unzufriedenheit war vermutlich nichts im Vergleich zu dem, was Sadana umtrieb. Man hielt sie von Iry fern. Das war offensichtlich, als Khayan nach einigen Tagen ohne sie zurückkehrte und den Kopf und die Haut des Krokodils als Trophäe mitbrachte. Seine Schwester, sagte er, war mit ihren Kriegerinnen weitergezogen, um zahmere Beute zu jagen.

Iry blieb ruhig. Nun, da er zurückgekehrt war, ließ man sie wieder aus dem Haus, ließ zu, dass sie sich von einer Lehrerin entfernte, die sie hütete wie eine Tempelwache. Sie wäre ohnehin gegangen, denn die Stute rief nach ihr; aber Sarai hatte es deutlich gemacht: Wenn Iry ging, dann in Khayans Begleitung. Was das bedeutete, wusste Iry genau. Das Geheimnis war verraten. Es würde keine Möglichkeit mehr geben, sich zu verbergen. Iry würde neben dem Herren gesehen werden, und man würde sie als das erkennen, was sie war.

Wie das Sarai oder Khayan diente, wusste Iry nicht. Sie kannte sich mit Intrigen nicht aus, hatte wenig Erfahrung in höfischen Dingen. Sie tat, was man ihr sagte, weil es ihr zufällig passte.

Khayan wartete im Hof am Stall auf sie – ein Herr wartete auf eine Sklavin, wie wunderbar. Sie stolperte über etwas, als sie in die Sonne hinauskam – wahrscheinlich den Saum dieses elenden Gewandes. Khayan kam ihr viel größer vor, als sie ihn in Erinnerung hatte, was absurd war; viel breiter und beeindruckender und dennoch auf seltsame Weise weniger fremd.

Er sah sie ein wenig erstaunt an. Selbstverständlich: Sie sah jetzt anders aus. Ihr Haar, das Gewand, das man ihr aufgezwungen hatte – aber niemand konnte eine Ägypterin dazu bringen, ihre Augenschminke aufzugeben, selbst nicht, um Priesterin eines Stammes vom Rand der Welt zu werden.

Es waren Leute in der Nähe – einige waren Retenu, die meisten von ihnen jedoch Ägypter. Sie starrten sie an. Iry unterdrückte das Bedürfnis, in den Schatten davonzuhuschen und sich zu verbergen. Das hier war keine Schande. Sie konnte den Kopf hochhalten und stolz auf das sein, was sie war.

Ohne ein Wort stieg sie in den Wagen. Auch Khayan sagte nichts, obwohl es ihm offenbar schwer fiel. Mit einem leichten Schulterzucken griff er nach den Zügeln und trieb die Pferde an.

Das hier war ihre Welt, ihr Ägypten: Fluss und Ried, Felder schwarzer Erde, auf denen die neue Ernte wuchs, die Sonne, die auf diese Erde eindrosch, die Hitze, die gesegnet und vertraut aus ihr aufstieg. Sobald sie das Haus hinter sich gelassen hatten, zog sie das Gewand aus, warf es auf den Boden des Wagens und ließ sich vom Wind abkühlen.

Khayan warf ihr einen Seitenblick zu. Fand er das amüsant? Offensichtlich. Sie warf den Kopf zurück wie die Stute, wenn sie schlecht gelaunt war, hielt sich am Wagenrand fest, beinahe versessen darauf, hinauszuspringen und selbst zu laufen. Aber die Pferde waren schneller. Draußen, bei den Herden, hatte sich nichts verändert. Die Stute begrüßte sie, als wäre sie jeden Tag dort gewesen: Es war fast ein wenig enttäuschend, passte aber zur Stimmung der Stute und war dem majestätischen Schmollen vorzuziehen, das Iry erwartet hatte.

Der Unterricht ging weiter wie immer: Wagenlenken, Pferdepflege und schließlich Satteln und Reiten der Stute. Das konnte Iry nicht nackt tun. »Du wirst es schrecklich bedauern«, sagte Khayan. Errötete er etwa? Nein, selbstverständlich nicht. Nicht dieser arrogante junge Retenu.

Er hatte unter den anderen Dingen, die er jeden Tag mitbrachte, ein Kleidungsstück dabei, wie Iry es bei Sadana und ihren Frauen gesehen hatte. Es ging nur jeweils um ein Bein und schloss sich in der Mitte. Hosen nannte er es. »Sie sind bei den Stämmen sehr in Mode«, sagte er.

Sie waren überhaupt nicht schön und darüber hinaus recht abgetragen, aber sie passten. Und sie waren tatsächlich nützlich, wenn man auf einem Pferd saß. Iry hatte sich nicht weiter vorgestellt, wie das sein würde. Sie würde hoch oben sein, ja, aber es war etwas Lebendiges, Atmendes, Sichbewegendes unter ihr. Es bewegte sich langsam und in einem wiegenden Rhythmus, wie ein Boot auf dem Fluss.

Sie durfte sich nicht anklammern, das machte Khayan ihr deutlich. Sie musste ruhig sitzen und sich von der Stute tragen lassen. Das hätte einfach sein sollen, und dennoch war es verblüffend schwer.

Falls Khayan über sie lachte, verbarg er es gut. Er war so geduldig wie eh und je, ließ ihr aber nichts durchgehen. Sie musste genau tun, was er sagte, oder er brachte sie dazu, wieder und wieder und wieder. Sie hatte Einspruch erhoben, als sie anfingen, und das mehr als einmal. Jedes Mal hatte er gesagt: »Ich bin viel nachsichtiger mit dir als die Stute.«

Das stimmte. Die Stute erwartete Vollendung von ihrer Dienerin, denn nichts anderes war ihrer würdig.

Irys Zeit mit ihr war viel zu kurz. Nur zu bald beendete Khayan den Unterricht, wie er es immer in der letzten Zeit getan hatte, indem sie beide die Zugpferde zurückholten und anschirrten. Dann, als sie wieder im Wagen waren, reichte er ihr die Zügel.

Sie war oft genug gefahren, draußen auf dem Feld. Er hatte ihr allerdings nie gestattet, das Gespann zum Haus zurückzulenken. Auch das war ein Beweis, dass das Geheimnis nun gelüftet werden sollte.

Die Pferde waren stärker, wenn sie auf ihren Stall zugingen. Stärker und eigensinniger, und sie rissen fester an Irys Händen. Iry war nicht ihr Herr, und das wussten sie.

Aber er hatte sie gut unterrichtet. Sie hatte nicht seine Kraft, wusste aber, wie sie ihr Gewicht einsetzen und wie sie die Zügel aus den zusammengebissenen Pferdezähnen ziehen musste, um das Gespann zu bremsen, um sie zu beherrschen, bis sie das Tempo anschlugen, das sie von ihnen erwartete. Iry war viel zu beschäftigt, um stolz sein zu können. Und dennoch war sie durchdrungen von einer tiefen, strömenden Freude, spürte sie in dem Wind in ihrem Haar, in den Zügeln in ihren Händen und den Pferden, die sich begierig ihrem Zuhause zuwandten.

Sie konnten Sadana nicht ewig von Iry fern halten, ebenso wenig wie Iry von ihrem eigenen Volk. Aber sie schafften es lange genug, dass Iry das Gefühl hatte, zur Fremden zu werden, sich an dieses elende Gewand zu gewöhnen, die Sprache zu sprechen und selbst darin zu denken – die Götter mochten ihr helfen, dass sie Gedanken in einer Sprache formte, die sie bis aufs Blut hasste.

Und all das für eine weiße Stute, ein herrisches, störrisches Geschöpf, das sich nicht im Geringsten darum kümmerte, was ihre Dienerin ihr opferte. Iry gehörte ihr. Das war alles, was zählte. Und Sadana gehörte ihr nicht – und das war viel zu wichtig.

Iry die Sklavin hätte Spione und Verbündete gehabt, Iry die Novizin hatte nur noch sich selbst. Sie war von ihren alten Freunden, ihren alten Genossen abgeschnitten. Ihre Mutter, die im selben Haus wohnte, sah sie nie. Sie hatte immer zurückgezogen gelebt, und es hätte ihr nicht so viel ausgemacht, wenn sie ihre Spione nicht gebraucht hätte, um ihr zu sagen, wann Sadana heimkehrte.

Da es keine Spione gab, konnte Iry nur warten und vorsichtig sein. Das war ermüdend, aber nicht ermüdender als alles andere, was man ihr aufbürdete.

Und nach all dem gab es keine Vorwarnung für Iry, als Sadana nach Hause kam. Wie an ihrem ersten Morgen im Haus von Sarai erwachte sie, weil eine Fremde sich über sie beugte. Diesmal war es allerdings nicht Maryam; es war Maryams wilde Schwester, die noch zorniger aussah, als Iry sich erinnern konnte, so als wäre sie direkt von draußen gekommen, in einer Böe aus Wind und Sand und Pferden.

Ausdruckslos und ohne ein Wort starrte sie Iry an. Sie hatte keine Waffe in der Hand – so viel Trost konnte Iry finden.

Iry dachte daran sich hinzusetzen, weil sie sich dann weniger verwundbar vorkäme. Aber das wäre auch ein Eingeständnis gewesen, dass sie sich in Gefahr glaubte. Also blieb sie, wo sie war, gähnte, streckte sich, blinzelte ihren Gast schläfrig an und sagte: »Guten Morgen. Bist du gerade erst zurückgekehrt?«

»Vor Morgengrauen«, sagte Sadana mit angespannter Stimme.

»Ah. Dann bist du die Nacht durchgeritten.«

»Es war kühler.«

Nun setzte Iry sich tatsächlich hin, nicht um sich zu verteidigen, sondern nur, um auf gleicher Höhe zu Sadana zu sein. Sie war die Priesterin, die Dienerin der Stute. Ihr Rang musste höher sein. Und das hier war ihr Land, was ihr noch mehr Kraft gab. Es war nicht notwendig, sich zu verbergen oder Angst zu haben.

Sie war keine Kriegerin, konnte nicht mit Bogen und Speer umgehen, auch wusste sie nicht zu kämpfen, wie Männer kämpfen.

Sie sagte: »Wenn du mich umbringst, wird dir das nichts helfen.«

Sadana zog die Brauen hoch. Sie war wirklich ausgesprochen hochmütig. »Wieso sollte ich dich umbringen wollen?«

»Mir ginge es so«, gestand Iry.

»Sie haben gesagt«, meinte Sadana bedächtig, »du wärest … anders.«

»Ich bin Ägypterin«, erwiderte Iry.

Sadana ballte die Fäuste. Nun kam der Zorn heraus, rasch und heftig. »Wer bist du, dass sie dich auserwählt hat?«

»Wenn ich das wüsste«, meinte Iry, »würde ich wissen, wie ich es ablehnen kann.«

»Du würdest die Stute zurückweisen?«

Sadana kochte vor Zorn. Iry staunte nicht sonderlich darüber. Diese Leute waren seltsam, was ihre Göttin anging. Warum sollte sich Sadana von ihnen unterscheiden?

»Man hat mich nicht erzogen sie anzubeten«, erklärte sie. »Ich wurde erzogen, sie zu hassen. Ich wollte ihr nie gehören.«

»Niemand weist die Stute zurück«, sagte Sadana.

»Das will ich auch nicht«, sagte Iry. »Und wie du schon sagtest, ich kann es nicht. Wirst du mir jetzt überall Widerstand leisten, oder dich deiner Göttin unterwerfen?«

»Was du hast, hätte eigentlich mein sein sollen.«

»Das ist mir klar. Aber die Stute hat sich anders entschieden.«

»Ich verstehe das nicht«, murmelte Sadana. »Du hast nichts. Du bist nicht schön, nicht klug, nicht mächtig. Du bist gewissermaßen noch ein Kind, hast aber nicht einmal die Weisheit eines Kindes. Welchen Zauber hast du gewirkt? Was steckt dahinter?«

»Ich habe gar nichts getan«, sagte Iry. »Wenn sich die Götter gegen dich verschwören, ist das ihr Wille. Ich habe keinen Anteil daran.«

»Das ist eine Lüge.«

»Ich lüge nie«, sagte Iry.

Sadana schnaubte angewidert, ganz ähnlich wie eine Stute, und drehte sich auf dem Absatz um. Iry versuchte nicht, sie zurückzurufen. Es herrschte Krieg, so viel wusste sie bereits. Diese da war keine Verbündete. Aber ihr Leben schien offenbar nicht direkt in Gefahr. Doch was war mit ihren Seelen?

Ach, und dieses Volk dachte, ein Mensch hätte nur eine Seele. Iry hatte sieben, konnte aber nicht einmal eine Einzige von ihnen verlieren, es sei denn, um im Traum umherzuwandern oder vor den Göttern für sie zu sprechen.

Vielleicht war es das, was sie tun sollte. Ihren geflügelten *Ba* oder den *Ka*, der ihr Abbild war, ausschicken, um zur Pferdegöttin in ihrem eigenen, weit entfernten Land zu sprechen. Vielleicht würde die Pferdegöttin sie gehen lassen und Sadana geben, wonach diese sich sehnte.

Vielleicht würde auch Ägypten wieder vereint und die Retenu vertrieben. Wer wusste schon, was geschehen würde? Für die Götter war alles möglich. Alles.

32

Khayan war in diesem eroberten Königreich ein Adliger unter Adligen. Es sollte ihn kaum interessieren, welche Intrigen die Frauen spannen oder wie sie ihre Schattenkriege in dem Haus führten, das er ihnen zugestand.

Aber noch bevor er ein Adliger seines Volkes war, war er ein Kind der weißen Stute. Dort, bei diesem Volk, waren die Kriege der Frauen die wichtigen, vor allem, wenn sie mit der Stute selbst zu tun hatten. Die Stute ging ihren eigenen Weg. Die Dienerin der Stute hätte das gern auch getan – das sah Khayan deutlich. Zweifellos war auch seine Mutter dazu im Stande. Seiner Mutter entging nichts. Sie kannte kein Erbarmen, versuchte es nicht einmal. Sie hatte Sadana angewiesen, dem Mädchen das Bogenschießen beizubringen – das hätte vollkommen vergeblich sein sollen, aber man hatte dem Kind vor langer Zeit beigebracht, im Ried Vögel zu jagen, und sie erinnerte sich. Vielleicht hatten die Götter sie selbst damals schon auf das vorbereitet, was einmal geschehen würde.

Khayan fragte sich mutig, wieso seine Mutter ausgerechnet Sadana für diese Aufgabe ausgesucht hatte. Hatte sie keine Angst, dass ein Pfeil sich verirren könnte? Freilich, alle verehrten die Stute und man brachte ihnen von Kindheit an bei, auch die Dienerin der Stute zu achten. Aber hier ging es um eine Ägypterin. Sie war unmöglich – unerträglich.

»Das ist erstaunlich«, sagte Barukha in einer atemlos heißen Nacht aus der Tiefe seines Bettes. Khayan hatte sie nicht eingeladen. Er war aus der Halle zurückgekommen und hatte sie hier gefunden, nackt wie eine Ägypterin, das lange Haar frisch gewaschen, mit Moschus parfümiert und einer Blumengirlande um die Stirn. Der Duft nach Moschus und Blüten in dieser schweren Hitze war überwältigend.

Aber sie schien nicht zu bemerken, wie verlockend sie war. Barukha dachte über die neue Dienerin der Stute nach. »Sie ist so gewöhnlich«, sagte sie. »So unauffällig. Steck sie in eine Menschenmenge ihrer eigenen Art und sie verschwindet. Es ist nichts Bemerkenswertes an ihr.«

»Du hast mit Sadana gesprochen.« Khayan träumte davon, sein Gewand beiseite zu werfen und so kühl wie möglich zu schlafen, aber Barukha hatte andere Absichten. Sie hatte mit viel Genuss alles von ihm genommen, was sie wollte, aber sich wenig darum gekümmert, ihn zu befriedigen. Und dann wandte sie sich so starrsinnig, wie nur Barukha sein konnte, dem Thema zu, das sie so sehr beschäftigt hatte wie jeden anderen.

»Sadana findet sie auch gewöhnlich? Man darf sie nicht einmal ansprechen dieser Tage. Sie beißt jedem sofort den Kopf ab. Selbst ihre Reiterinnen weichen ihr aus.«

»Das kann ich mir vorstellen«, meinte Khayan. Er stützte sich auf einen Ellbogen. Der Schweiß der Anstrengung trocknete, wenn auch langsam. Es kühlte ihn ein wenig ab.

Barukha fuhr mit trägen Fingern über seine Brust, zog die Nägel durch das lockige Haar. Die Berührung ließ ihn erbeben.

Sie lächelte über seine Reaktion, entschied sich aber, es in diesem Augenblick nicht weiterzuführen. »Manchmal denke ich«, sagte sie, »dass für die Stute jede Ägypterin genügt hätte. Die da hat zweifellos nichts, was sie empfiehlt, außer ihrer Abstammung.«

Khayan hatte nicht vor, sich mit ihr zu streiten. Binnen kürzester Zeit würde sie zum Nachdenken zu müde sein – und offensichtlich auch seiner. Sie ließ ihn einfach liegen, griff nach ihrem dunklen Gewand und schlüpfte in den Schatten davon.

Khayan drehte sich auf den Rücken. Es brannte: Sie hatte ihn gekratzt. Er seufzte. Wäre er wie andere Männer gewesen, hätte er sie einfach aus dem Bett geworfen. Aber er war der Sohn seiner Mutter. Sie hatte sich genommen, was sie wollte, und er hatte es ihr zugestanden.

Alles tat ihm weh, sein Rücken brannte, und er war unbefriedigt. Er seufzte und beendete es ohne Vergnügen, dann ging er ins Bad, das zu den großen Vorteilen dieses Hauses gehörte. Diener konnten ein großes Becken mit heißem Wasser füllen, aber an Tagen wie diesem tat das breitere, gekachelte Becken mit seinen treibenden Lotusblättern und den tanzenden bunten Fischen wahre Wunder.

Das Wasser war kühl auf seiner fiebrigen Haut. Es wusch den Schweiß und die Flecken weg und kühlte sowohl die innerliche als auch die äußerliche Hitze ab. Als er so sauber wie möglich war, trieb er im Halbschlaf im Licht einer einzigen, kleinen Lampe dahin.

Er träumte nicht von Barukha. Wenn sie weg war, war sie weg. Das Gesicht und der Körper, die ihm in Erinnerung blieben, waren ganz andere.

Khayan wusste nicht, wann er begonnen hatte, Iry derart faszinierend zu finden. Als er sie lehrte, was sie unbedingt wissen wollte, was sie wissen musste, um der Stute zu dienen, hatte er erfahren, dass sie alles andere als gewöhnlich war. Sie verstand Pferde. Sie verstand auch Menschen, obwohl sie sich dessen nicht bewusst war.

Und sie mochte zwar nicht schön sein, aber … interessant. Sie war hoch gewachsen für eine Ägypterin, hatte die schlaksige Anmut eines Fohlens und eine Lässigkeit, die er, dieser Sohn von Gewändern und Züchtigkeit, nur beneiden konnte.

Als er sie zum ersten Mal im Gewand einer Priesterin gesehen hatte, nachdem sie zuvor meist nur mit einer blauen Perle an einem Faden bekleidet gewesen war, musste er sich anstrengen, vor ihr zu verbergen, wie sehr sie ihn erregte. Es war gut, dass sie so unschuldig war, ansonsten hätte sie guten Grund gehabt, ihn zu verspotten.

Und dann, als sie zu den Pferden gekommen waren, hatte sie die Gewänder ausgezogen, die seine Mutter ihr aufgezwungen hatte, und war wieder zur nackten, ägyptischen Sklavin geworden. Aber für ihn hatte sie sich vollkommen verändert. Die Gewänder seines eigenen Volkes hatten ihm die Augen gegeben, sie zu sehen.

Das war vermutlich nicht sonderlich gut. Als Sklavin war sie ihm unterstellt, als Dienerin der Stute konnte sie ihm befehlen. Sie, die einmal weit unter ihm gestanden hatte, übertraf ihn nun an Rang.

Er schwamm von einem Ende des Beckens zum anderen, nicht weit, aber weit genug, dann wieder zurück, wieder und wieder. Es lenkte ihn von sich selbst ab, von seinen Gedanken, seinem Willen, seinen Sorgen.

Und als er nicht mehr schwimmen konnte, stieg er aus dem Wasser und legte sich auf die kühlen, feuchten Kacheln, bis sein Herz aufhörte, so wild zu schlagen und er langsam und gleichmäßig atmete. Er fühlte sich so sauber wie schon lange nicht mehr, sauber und kühl. Gesegnete, gesegnete Kühle.

Jemand kniete neben ihm, nahm im Lampenlicht Schattengestalt an. Er wusste, dass sie ein Traum war. Sie würde nicht hier sein, nicht um diese Zeit, und ihn ernst mit diesen schmalen, lang gezogenen ägyptischen Augen betrachten. Sie war nackt, wie es ihr am liebsten war, dabei so züchtig und so lässig, wie eine Dame seines eigenen Volkes in all ihren Gewändern und Schleiern. Ihre hohen kleinen Brüste, ihre mädchenhaft schmalen Hüften waren eher reizvoll als schön, eher angenehm als verlockend. Und dennoch bewirkte etwas an ihr, dass er mit ihr all die Dinge tun wollte, die er gar nicht unbedingt mit Barukha tun wollte, auch wenn diese darauf bestand.

Er konnte nicht verbergen, was er empfand. Er war so nackt wie sie, aber für ihn, der Züchtigkeit kannte, war es tatsächlich Nacktheit. Und wenn ein Mann eine Frau begehrte, konnte das niemand übersehen.

Es schien ihr nicht aufzufallen oder es kümmerte sie nicht. Selbstverständlich, für sie war es etwas Gewöhnliches.

Sie interessierte sich mehr für den Rest von ihm. Sie streckte die Hand aus und strich ihm über die Brust, genau dort, wo Barukha ihn vor nicht allzu langer Zeit gestreichelt hatte. Er schauderte heftiger als zuvor. Das hier war eine echte Berührung, echte Wärme. Echte und lebendige Finger, die begriffen, wie sehr er sich von den Männern ihres eigenen Volkes unterschied, wie viel breiter, größer, kräftiger er war, und die über seine haarige Haut staunten.

»Wie das Fell eines Tiers«, sagte sie.

»Ich bin ein Mann«, sagte er ein wenig pikiert.

»Selbstverständlich«, erwiderte sie.

Er setzte sich, rutschte von ihr weg. »Was machst du hier? Wie bist du hereingekommen? Was willst du?«

Sie zuckte mit den Achseln. »Das hier war mein Haus«, sagte sie, »ich kenne jede Ecke hier.«

»Aber was … warum …«

»Ich konnte nicht schlafen«, sagte sie. »Und ich habe dich hier gehört. Tust du das oft?«

»Nein!«

»Das solltest du aber. Dein Volk ist für diese Hitze nicht gemacht. Du wirst dich auch nicht entsprechend anziehen.«

»Kannst du dir mich in einem Kilt vorstellen?«

Sie legte den Kopf schief und kniff die Augen ein wenig zusammen. »Du würdest … gar nicht so schlecht aussehen. Deine Schultern sind glatt, ebenso dein Rücken. Einige von euch sehen allerdings aus wie Affen aus Nubien.«

Beleidigt richtete er sich auf. »Sie sehen aus wie Männer meines Volkes.«

»Nicht meines Volkes«, sagte sie.

»Sie sind es jetzt.«

Sie kniff die Lippen zusammen. Er dachte, sie würde es abstreiten, aber sie sagte: »Ich mag dich so lieber. Du bist recht … ja, du bist schön, das hätte ich nicht erwartet.«

»Du hältst mich für hässlich.«

Er musste beleidigt geklungen haben, denn ihre Lippen zuckten. »Es ist schwer zu sagen. All diese Gewänder, weißt du, und so viel …« Sie berührte seinen Bart. Er erstarrte. Niemand außer einer Geliebten tat so etwas. Und auch eine Geliebte nur, wenn er es zuließ.

Aber dieses seltsame Kind wusste nicht einmal, welche Freiheiten es sich nahm. »Ich wünschte, ich könnte dein Gesicht sehen«, sagte sie.

»Du siehst mein Gesicht.«

»Ich sehe«, sagte sie, »zwei Augen wie die eines Falken und eine Nase wie die Sichel des Mondes. Und dann nichts mehr. Ist es hässlich? Verbirgst du es deshalb?«

»Ich bin ein Mann«, sagte er.

»Das ist mir aufgefallen.« Sie warf einen Seitenblick in eine

Richtung, die ihn erröten ließ wie ein Mädchen – und er war wirklich froh über das schlechte Licht und den Bart auf seinen Wangen. »Ich denke, du bist vielleicht nicht hässlich«, sagte sie. »Ich denke, du bist vielleicht zu schön, als dass es dir behagen würde. Das bist du, nicht wahr?«

»Du hast mit meinen Schwestern gesprochen«, knurrte er.

»Sie nennen dich die Schönheit in der Familie«, sagte sie.

»Kann ich das sein, ohne wie ein Mädchen auszusehen?«

»Du siehst nicht wie ein Mädchen aus«, sagte Iry. »Wie seltsam ihr seid, euch so viele Gedanken darüber zu machen, ein Mann zu sein, und so zu fürchten, einer Frau ähnlich zu sehen. Ich glaube nicht, dass deine Mutter oder deine Schwestern glücklich wären, dich zu hören.«

Khayan biss die Zähne zusammen. Nein, das würden sie wirklich nicht. Bei ihrem Volk konnte ein Mann schön sein und wäre dafür sehr begehrt. Aber… »Für sie ist ein Mann ein Mann. Er muss nicht versuchen, ein bartloser Junge zu werden.«

»Dabei geht es nur um Kühle und Sauberkeit«, sagte sie. »Die Hitze würde dir viel weniger Ärger machen, wenn du weniger Fell hättest.«

»Ich bin, was ich bin«, sagte er.

Sie lächelte ihn an, was immer beunruhigend war. »Ich versuche dich zu hassen, aber das ist sehr schwierig.«

Auch er konnte rasch das Thema wechseln, wenn sie denn wollte. So viel hatten seine Schwestern ihn gelehrt. »Und warum?«, fragte er.

»Sei nicht dumm. Du weißt, was ihr hier seid.«

»Meine Familie hat hier seit hundert Jahren geherrscht.«

»Und meine seit vielen hundert Jahren. Wir werden es uns zurückholen, Retenu. Da kannst du sicher sein.«

Er schauderte in der Wärme der Nacht. Sie hatte ganz ruhig gesprochen, hatte ihn nicht bedroht, einfach nur erklärt, was geschehen würde.

»Ich werde alles tun, was ich kann«, erwiderte er mit ebensolcher Ruhe, »um das zu verhindern.«

»Selbstverständlich.« Sie beugte sich zu ihm, bevor er zurückweichen konnte, und berührte seine Lippen mit den ihren. Dann war sie weg, als hätte ihre eigene Waghalsigkeit sie fliehen lassen. Nicht ein Hauch von ihr blieb zurück.

Es hätte ein Traum sein können. Am Morgen war sie wie immer, kein bisschen schüchtern, und sie erwähnte nicht, was in der Nacht zwischen ihnen vorgefallen war. Er begann zu glauben, dass es tatsächlich ein Traum gewesen war.

Dann, als der Morgenunterricht zu Ende ging – eher als üblich, denn er musste sich um seine Gerichtssitzungen kümmern und danach eine Versammlung von Männern aus der Gegend empfangen –, gerade, als sie die Pferde angeschirrt hatten, streifte sie mit ihren Fingern seine Hand. Es geschah schnell und beinahe unmerklich, und dennoch brannte seine Hand, als hätte ihn eine Flamme berührt.

Sie sprach nicht davon. Und er bemerkte, dass er es ebenfalls nicht konnte.

Er versuchte, es wegzuschieben – es zu vergessen, nicht wieder und wieder darüber nachzudenken, während er seine Bittsteller anhörte, Streitigkeiten schlichtete und die Dorfoberhäupter dazu brachte, mit ihm zu sprechen, als wäre er ihr Herr und nicht ihr Feind. Vielleicht hatte sie es deshalb getan. Weil er der Feind war. Oder weil –

O nein. Sie hatte nichts für ihn übrig. Wie denn auch? Wenn es nicht Feindseligkeit war, die sie dazu getrieben hatte, dann war es Unschuld. Sie fand ihn interessant, als wäre er eines der Pferde. Mehr war nicht daran. Und er sollte nicht versuchen, es wichtiger zu machen, als es war.

Die Dorfoberhäupter gingen, wenn auch viel später, als Khayan lieb gewesen wäre. Er konnte sich kaum erinnern, was er zu ihnen gesagt hatte. Er musste sie allerdings irgendwie erfreut haben: Sie taten sich nicht zusammen, um ihn niederzuschlagen, und verabschiedeten sich gut gelaunt; einige lächelten sogar. Er sandte ein Dankgebet an jenen Gott, der sich aus irgendeinem Grund dazu herabgelassen hatte, an seiner Stelle zu sprechen.

Gern hätte er sich zurückgezogen und weiter nachgedacht, aber zu viele Leute wollten etwas von ihm. Als erstes Teti, der Verwalter, der die Zustimmung seines Herrn für alle möglichen

Angelegenheiten brauchte. Dann kamen sein Waffenmeister und sein Stallmeister, die er anhören musste. Und nachdem diese ihn verlassen hatten, war da noch Iannek. Iannek war für seine Verhältnisse in der letzten Zeit recht ruhig gewesen. Ein großer Teil seines Gefolges hatte sich auf der Suche nach mehr Spaß, als Khayans abgelegenes Anwesen bieten konnte, davongemacht. Jene, die geblieben waren, konnte man im Auge behalten, wenn auch manchmal mit Schwierigkeiten.

Und das war Ianneks Problem. »Es ist langweilig hier«, sagte er. »Tust du denn gar nichts anderes, als dich von einer Pflicht zur anderen zu schleppen?«

»Sollte ein Herr denn etwas anderes tun?«, wollte Khayan wissen.

Iannek schnaubte. »Wie kannst du so steif sein! Und ich dachte, du wärest ein Mann von einigem Temperament. Das warst du einmal, bevor du zu den Stämmen gegangen bist. Was haben sie da getan – dich zum Eunuchen gemacht?«

Khayan war so verblüfft, dass er lachen musste. »Gute Göttin, nein! Sie behandeln ihre Hengste dort recht gut.«

»Ah!«, rief Iannek, dessen Interesse plötzlich aufgeflackert war. »Hast du wirklich... haben sie...?«

»Das würdest du wohl gerne wissen«, meinte Khayan.

»Folterer.« Iannek schlenderte in der Halle herum, in der Khayan sich für einen Zeitraum aufgehalten hatte, der ihm jetzt wie Jahre vorkam. Die meisten Diener waren weg, ebenso alle wichtigen Männer. Die wenigen Verbliebenen waren mit kleinen Dingen beschäftigt: Sie fegten den Boden, sie bewegten die Fächer, die die heiße Luft ein wenig abkühlten, sie brachten Wein für Iannek. Er trank träge und runzelte die Stirn: dasselbe schwer verwässerte Gebräu, das er immer erhielt. »Wasser ist für die Fische«, murmelte er. »Ein Mann trinkt Wein.«

»Dieser Mann trinkt zu viel«, sagte Khayan. »Komm, betrachte es als Geschenk: Du kannst so viel trinken, wie du willst und kannst danach immer noch aufrecht stehen.«

»Und wozu soll das gut sein?« Iannek trank den Becher leer, verzog dabei das Gesicht und goss sich nach. »Erzähl mir, wie es war, ein Hengst unter solchen Stuten zu sein.«

»Das werde ich nicht«, sagte Khayan.

»Du bist wirklich langweilig.« Iannek fläzte sich zu Khayans Füßen hin und ignorierte den sehr angenehmen Sessel, den man ihm bereitgestellt hatte. »Ihr Götter, es ist so langweilig hier!«

»Dann geh«, sagte Khayan.

Iannek verdrehte die Augen. »Du weißt doch, dass ich das nicht kann.«

»Warum nicht? Du könntest nach Memphis gehen. Unsere Onkel und Vettern ärgern. Und dort alle Dienerinnen unglücklich machen. Tatsächlich«, meinte Khayan, »habe ich gerade heute an Onkel Samiel geschrieben und ihm gesagt, er solle dich erwarten.«

»Ihr Götter«, ächzte Iannek. »Nicht Samiel.«

»Warum nicht? Sag mir nicht, dass er ebenfalls Grund hat, dir die Ohren lang zu ziehen.«

»Er wird nichts lang ziehen, er wird etwas abschneiden. Er hat die schönste... die hinreißendste... die verblüffendste Konkubine. Sie kommt aus irgendeinem Land, von dem niemand je gehört hat und wo alle ihr ganzes Leben den Künsten des Schlafzimmers widmen. Und was für Künste! Bruder, wenn du auch nur beginnen könntest dir vorzustellen –«

»Ich glaube, ich bin froh, dass ich das nicht kann«, meinte Khayan trocken. »Also nicht Samiel. Und wahrscheinlich nicht Memphis. Was wäre mit den südlicheren Städten? Oder sogar Nubien? Nubien könnte dich interessieren.«

»Lieber nicht«, sagte Iannek. »Nubische Frauen haben da unten Zähne, das weiß doch jeder. Und wenn man eine von ihnen nimmt – *happs*! Und man ist ein Wallach.«

»Unsinn«, erwiderte Khayan.

»Weißt du das ganz sicher?«, fragte Iannek. »Ganz bestimmt, Bruder?« Khayan lächelte auf eine Weise, von der er wusste, dass sie seinen Bruder unendlich ärgerte. »Ich wette, ich weiß, wer dir das gesagt hat. Jenen gegenüber, die ihr gefielen, war sie sehr zuvorkommend. Und den anderen... hat sie eine Geschichte erzählt. Was für weiße, weiße Zähne sie hatte! Und wenn die Geschichte diesen Punkt erreicht hatte – *happs*! Und schon rannte der arme Dummkopf davon.«

Iannek errötete zutiefst unter den Büscheln seines immer noch spärlichen Bartes. »Ich werde sie umbringen. Ich werde sie fangen und umbringen.«

»Das würde ich gerne sehen«, erwiderte Khayan. Er lehnte sich träge zurück, zum ersten Mal an diesem Tag abgelenkt. Er schuldete seinem Bruder viel dafür, obwohl er es Iannek nie wissen lassen würde. Iannek war schon ohne solches Wissen nervtötend genug.

»Also«, sagte Khayan, als das Schweigen lange genug angedauert hatte. »Nubien?«

»Es ist schrecklich dort«, maulte Iannek. »Das muss so sein. Es ist noch weiter von allem Interessanten entfernt als dieses Anwesen hier. Glaubst du, wir könnten einen Krieg anfangen? Oder ein paar Städte plündern? Es ist eine Ewigkeit her, seit wir gegen die Oberägypter gekämpft haben.«

»Nicht heute«, erwiderte Khayan, »und auch nicht morgen. Für einen Krieg braucht man ein wenig Vorbereitung.«

»Das weiß ich«, sagte Iannek gereizt. »Ein Überfall hingegen – dazu braucht es keine Zeit.«

»Es braucht auch nur wenig Zeit, um zu sterben.« Khayan dachte kurz nach. »Also gut, da du nicht nach Nubien gehen willst und ich nicht zulassen werde, dass du Städte plünderst, würdest du etwas für mich tun?«

Iannek warf ihm nur einen müden Blick zu. »Aber nichts zu Friedliches.«

»Wahrscheinlich nicht«, sagte Khayan, »obwohl es hin und wieder auch ruhig sein könnte. Aber es wird dir viel zu tun geben, wenn du es richtig machen willst.«

Iannek war immer noch nicht überzeugt. »Worum geht es?«

»Du weißt, dass die Stute jetzt eine Dienerin hat«, sagte Khayan.

Ianneks Brauen schossen hoch bis zu dem Netz, in das er sein Haar gebunden hatte. »Es stimmt also? Es ist eine Ägypterin?«

»Du hast sie gesehen«, sagte Khayan. »Alle haben sie gesehen.«

»Ja«, erwiderte Iannek. »Selbstverständlich. Aber sie sagen, es wäre ein Trick. Oder ein Geheimnis. Etwas, das die Frauen tun, um die Ägypter durcheinander zu bringen.«

»Die Stute hat ihre Wahl getroffen«, sagte Khayan. »Kein Mensch hat sie dazu zwingen können.«

»Und es ist…« Iannek schüttelte den Kopf. »Die, die sich einbildet, hier die Herrin zu sein, oder ihre Mutter tut es. Sie tun es beide.«

»Sie waren es einmal«, sagte Khayan.

»Es sieht so aus, als wollte die Stute die Junge wieder dazu machen.« Iannek seufzte und räkelte sich zu Khayans Füßen wie eine Katze. »Sie hat eine spitze Zunge. Ich habe ein paar Mal versucht, sie dazu zu bringen, mich zu küssen, aber das hat sie nicht getan.«

»Du hast versucht sie zu zwingen?«

Iannek richtete sich empört auf. »Wofür hältst du mich?«

»Für einen jungen Wüstling, der ziemlich abrupt den königlichen Hof verlassen musste, weil ein Ehemann zornig geworden ist. Und der es nicht wagt, nach Memphis zu gehen, wegen zorniger Verwandter. Der –«

»Diese Damen waren willig«, erklärte Iannek beleidigt. »Einige sogar mehr als das. Ich habe nie eine Frau genommen, die mich nicht wollte.«

»Das hoffe ich«, meinte Khayan sanft.

»Du wirst doch nicht glauben, dass ich sie auch nur anfasse«, sagte Iannek. »Nicht jetzt. Ich würde sofort auf einem Speerschaft sitzen, mit der Speerspitze im Kopf, wenn ich so etwas mit der Dienerin der Stute tun würde.«

Khayan trat ihn, nicht zu fest, aber fest genug, dass er grunzte. »Idiot! Selbstverständlich will ich das nicht. Ich bitte dich, dich um sie zu kümmern. Bewache sie. Halte ihr die Narren und die Verrückten vom Leib. Schütze sie vor allen, die ihr Schaden zufügen wollen.«

»Selbst im Frauenhaus?«

»Dort wohnt sie«, erwiderte Khayan.

»Aber deine Mutter –«

»Darum werde ich mich kümmern«, meinte Khayan. »Willst du das tun?«

»Das ist eine große Aufgabe«, meinte Iannek ein wenig träge. »Wieso sollte ein junger Wüstling so etwas tun wollen?«

»Vielleicht braucht der junge Wüstling etwas, um sich zu beschäftigen.«

»Hast du sie gefragt, was sie davon hält?«

Nun schloss Khayan den Mund. Diesen Teil seiner brillanten Idee hatte er noch nicht berücksichtigt. Iannek hätte das eigentlich auch nicht tun sollen. Iannek, wie alle gesegneten Narren, war nur klug, wenn man es nicht wollte.

Aber er war ein Narr und ein vergnügter dazu. »Das dachte ich mir«, meinte er. »Mach dir keine Gedanken, Bruder. Ich werde sie bezaubern, bis sie mich anfleht, ihr Diener zu werden.«

Wahrscheinlicher, dachte Khayan, würde sie ihn beschimpfen, bis ein weiserer Mann um Gnade flehen würde. Aber Iannek, dessen Weisheit vollkommen von der zufälligen Art war, würde das für einen gewaltigen Spaß halten. Es würde ihn beschäftigen, und das war alles, was zählte. Außerdem konnte es dazu beitragen, dass Iry tatsächlich ein wenig Schutz hatte.

33

»Schutz vor was?« Iry hatte Iannek behandelt, wie zu erwarten gewesen war, und er hatte es gut gelaunt hingenommen und sich standfest geweigert, sie in Ruhe zu lassen. Er folgte ihr auf dem Fuß wie ein großer, zotteliger und nervtötender junger Hund.

Iry hatte nichts für Hunde übrig. Noch weniger mochte sie Hunde, die glaubten, dass sie Schutz brauchte. »Und wovor?«, wollte sie von Khayan wissen. »Ich bin eure heilige Priesterin. Wer würde wagen mich anzurühren?«

»Ich dachte, du verstehst etwas von Höfen«, meinte Khayan. Er war gerade dabei gewesen, seine Hengste anzuschirren, als sie ihn im Stall gefunden hatte, einige Zeit bevor er sie erwartet hatte. Aber er war im Grunde eher erleichtert, sie zu sehen – und sich von ihr anschreien zu lassen; er hatte es offensichtlich ebenfalls erwartet.

»Ich verstehe etwas von Höfen«, sagte sie. »Aber das hier ist kein Palast.«

»Nein?« Er hielt inne, die Zügel in der Hand. »Du lebst im Frauenhaus und kannst so etwas behaupten?«

»Sadana«, sagte sie. Als sie den Namen aussprach, hatte sie sofort die Frau vor ihrem geistigen Auge: entschlossene Miene, verbitterter Blick, Unterricht, der kein Anzeichen von Ablehnung durchschimmern ließ. Man hatte Sadana befohlen, Iry das Bogenschießen beizubringen, also tat sie es. Sie machte es gut, strengte sich allerdings kein bisschen an, Irys Zuneigung oder auch nur ihren Respekt zu gewinnen.

»Sadana wird mir nichts tun«, sagte Iry. »Sie hasst mich, aber die Stute hat nun mal mich auserwählt. Sie wird sich nicht gegen die Stute stellen.«

»Sadana ist keine Gefahr für dich«, sagte Khayan. »Und ich habe von Höfen gesprochen. Königlichen Höfen. Der König hat darum gebeten, die neue Dienerin der Stute kennen zu lernen.«

Iry erstarrte. Ihr wurde kalt. »Der König? Apophis?«

»Nicht Ahmose«, sagte Khayan trocken. »Ja, Apophis.«

»In Avaris?«

»Er könnte auch herkommen«, fuhr Khayan fort »aber das ist nicht sehr wahrscheinlich. Wir werden nach Avaris gehen, ja. Ich habe ohnehin Pflichten gegenüber dem König, und du ebenfalls.«

»Nicht gegenüber diesem König«, sagte sie tief aus dem Bauch heraus, wo die Kälte am tiefsten war.

»Dann sieh es einmal so: Der König hat Pflichten dir gegenüber.« Er drehte sich um und beschäftigte sich wieder damit, die Pferde anzuschirren.

Bevor er damit fertig war, und noch während er ihr den Rücken zuwandte, war sie verschwunden. Sie hatte ihr Gewand ausgezogen, bevor sie den Stall verließ, es in eine Truhe mit einem Haufen Satteldecken geworfen und war in den Schatten geschlüpft. Es war ihr gleich, wohin sie ging. Am Ende würden sie sie schon finden, vor allen anderen die Stute und Khayan.

Khayan. Sie schob diesen Gedanken beiseite, bis sie einen Platz gefunden hatte, wo sie allein war. Sie befand sich in einem kleinen Garten in einer Ecke der äußeren Mauer, einem Platz, der niemandem viel nützte, aber vor langer Zeit hatte jemand hier eine Dattelpalme gepflanzt, wie in einer Oase, und darunter einen kleinen Teich angelegt. Die Palme gab nicht viel Schatten, aber das Rascheln der Wedel war angenehm, und das Wasser war kühl, als Iry sich Gesicht und Füße wusch.

Dann kamen die Gedanken, die sie weggeschoben hatte, zurück. Das Wasser erinnerte sie daran, das Gefühl des Wassers auf ihrer Haut. Mondlicht und eine weitere solche Flucht vor ununterbrochener Bewachung. Und Khayan, der in einer Pfütze dieses kühlen Lichtes lag, glitzernd von Wasser, sein Bart und das dichte Haar von Feuchtigkeit gelockt. Er hatte ausgesehen wie ein großes, schönes Tier. Sie verstand in diesem Augenblick, wieso diese Retenu sich in Gewänder wickelten – nicht, um ihre Hässlichkeit zu verbergen, sondern um ihre Schönheit zu verschleiern. Ihre Nacktheit war etwas anderes, nicht einfach etwas Natürliches, sondern ein Wunder und ein Geschenk.

Sie hatte nichts dagegen tun können, hatte ihn einfach berühren müssen. Es schien ihn nicht zu stören. Vielleicht hielt er es für einen Traum. Er war kurz vor dem Einschlafen gewesen. Seine Haut war weicher, als sie aussah, ebenso wie sein Haar nicht so rau war, wie sie geglaubt hatte.

Sie wollte ihn wieder berühren. Das wäre überhaupt nicht klug, das wusste sie, aber diese Wünsche wussten nichts von Klugheit. Er war ein Fremder, ein Eroberer. Sie hasste ihn, und dennoch …

Es war seltsam, solche Dinge zu denken, und ausgerechnet über diesen Mann. Andere Frauen taten es, das wusste sie sehr genau. Im Frauenhaus ebenso wie bei den Dienerinnen war das offenbar alles, woran sie dachten. Nur seine Schwestern kümmerten sich nicht darum und waren immun dagegen. Seine Mutter?

Nein, Iry wollte ihre Gedanken nicht diesen Weg einschlagen lassen. Die geringeren Frauen, die Dienerinnen, die Frauen von Rang und Familie, die Sarai dienten, waren vollkommen darin versunken. Eine von ihnen – Barukha hieß sie – schlich sich in den meisten Nächten davon, wenn sie glaubte, dass niemand hinsah, und kam morgens zerzaust, mit schweren Lidern und nach etwas Strengem, Wildem, leicht Widerwärtigem riechend zurückgeschlichen. Sie war überhaupt nicht wie eine rollige Katze, aber irgendwie fühlte sie sich ähnlich an.

Barukha war die Tochter eines Adligen. Solche Dinge waren ihr verboten, hatte Iry geglaubt, und bei Tageslicht benahm sie sich zweifellos auch so, als wäre das der Fall.

Der Dienerin der Stute waren sie nicht verboten. Iry hatte gefragt – hatte sich an Maryam gewandt, die noch am ehesten geneigt schien, auch auf seltsame Fragen zu antworten. Die Dienerin der Stute konnte tun, was sie wollte. Das war ihr Vorrecht, ebenso wie das der Stute. Sie konnte heiraten oder nicht, einen Mann lieben oder viele Männer oder überhaupt niemanden – selbst eine Frau, wenn ihr danach war.

Iry wollte keine Frau lieben. Einen Mann … das hatte sie auch nie gewollt. Nicht, wenn alle Männer, die sie haben konnte, bärtige Retenu waren, oder ägyptische Sklaven der Retenu. Es war so seltsam, was aus ihr geworden war, und alles auf Grund der Laune einer weißen Stute. Sie war immer noch sie selbst, sie war immer noch Iry, aber es war jetzt so viel in ihr, so viele Worte in dieser Sprache, die sie hasste, und die Anfänge einer weiteren Sprache, einer älteren Sprache, der des Volkes der Stute. So viele Dinge, an die sie sich erinnern musste. Zu viele Geheimnisse, so viele Rätsel. Alle vertraute man ihr an, alles wegen der Stute.

Sie hielten sich für Meister der Intrige, und dennoch vertrauten sie ihr, der Ägypterin, ein Wissen an, das kein Ägypter je gehabt hatte. Ein Wissen, das sie gegen sie verwenden konnte – mit dem sie sie verraten konnte. Sie kannte die Namen ihrer Götter und deren Macht. Es gab Rituale und Zauber, die all diese Menschen bewegen konnten – und sie erfuhr davon. Noch wusste sie wenig, aber mit einiger Zeit würde sie diese Macht nutzen können, wie sie wollte, und gegen wen sie wollte.

Sie drehte ihre Hände mit den Handflächen nach oben auf ihren nackten braunen Oberschenkeln. So viel Macht. Sie war als Herrin eines Landsitzes geboren, dann hatte man sie zur Sklavin gemacht und nun war sie – sie war so mächtig wie eine Königin.

Sie ballte die Fäuste. Nein, nicht das. Noch nicht. Sie war immer noch zu jung, wusste zu wenig. Sie hatte gerade erst angefangen zu verstehen. Wenn sie lange genug lebte, würde sie eine Frau von großer Macht und großem Wissen sein, aber jetzt war sie nach wie vor ein Kind mit der Kraft eines Kindes.

Ein Schatten fiel auf sie. Sie blickte auf, nicht sonderlich beunruhigt. Sie hatte das Kratzen von Zehen und Fingern gehört, die Halt an der Mauer suchten. Albern. Ein paar Schritte entfernt gab es ein kleines Tor, um das sich die Wachen niemals kümmerten.

Das sagte sie nun. Der Schatten vor der Sonne, der ein Ägypter war, ein Mann und ein wenig unsicher auf den Beinen, sagte ziemlich gereizt: »Es war von innen verriegelt.«

Sie kniff die Augen gegen die helle Sonne zusammen. Die Stimme erinnerte sie an etwas oder jemanden. Ihr fiel nicht ein, wer es sein könnte. Das Gesicht...

Die Welt kippte aus den Angeln und rückte dann wieder zurecht. Iry bekam plötzlich keine Luft mehr, dann ging es ebenso plötzlich wieder. »Du bist tot«, flüsterte sie. »Ich habe deine Leiche gesehen. Ich habe dein Gesicht gesehen.«

Sein Gesicht. Es hatte kein Gesicht gegeben, nicht an dieser Leiche, die man aus Avaris zurückgeschickt hatte. Pferdehufe hatten es so zerfetzt, dass die Balsamierer nichts mehr hatten tun können.

Vielleicht also – nein, sicherlich – war der Mann, den man mit großem Ritual beigesetzt hatte, nicht Kemni gewesen. Sie traute ihren Beinen nicht, aber sie musste aufstehen, um ihn besser zu sehen. Um ihm ins Gesicht schauen zu können, das sie zerstört geglaubt hatte.

Ja, es war Kemni. Er war selbstverständlich älter, größer, breiter. Sehr gebräunt von Wind und Sonne, unrasiert, nicht sonderlich sauber, aber sehr lebendig.

»Du bist gewachsen«, sagte er, was sie gerade ebenfalls dachte. Er runzelte die Stirn. »Du bist doch Iry, nicht wahr?«

Sie nickte. »Kemni«, sagte sie. »Vetter. Wie –«

»Ich war bei deinem Vater und deinen Brüdern. Ich sah sie sterben. Ich wäre ebenfalls gestorben, aber einer der Prinzen hat mich gerettet und mich weggebracht. Sie müssen einen anderen nahe deinem Vater gefunden und ihn für mich gehalten haben. Es war ein solches Durcheinander: Kampf, Rückzug, Bitterkeit und Zorn. Ich kam erst wieder zu mir, als wir schon südlich von Memphis waren. Inzwischen waren deine Leute längst weg, man hatte sie hierher zurückgeschickt, und ich war – so sagte man mir – im

Oberen Reich und somit in Sicherheit. Ich dachte, ihr wäret alle tot, da dein Vater Rebell gewesen war. Die Retenu waren in keiner gnädigen Stimmung, als wir sie verließen.«

»Meine Mutter hat das nicht zugelassen«, sagte Iry. Sie war wieder ruhig geworden, glaubte sie, aber dann begann sie zu schwanken. Er hielt sie fest, bevor sie fallen konnte. Seine Hände waren warm und fest. Er war tatsächlich am Leben.

»Aber ich habe gehört«, sagte er, »dass ein fremder Herr diesen Landsitz übernommen hat.«

»Ja«, sagte Iry. »Als er gestorben ist.«

»Und deine Mutter? Herrin Nefertem?«

»Sie lebt. Es geht ihr gut.«

Er schloss einen Augenblick lang die Augen. Er sah so aus, wie sie sich fühlte: Als wagte er nicht, sich gehen zu lassen, vor Angst, dann heulen zu müssen wie ein Hund. Als er die Augen wieder öffnete, sagte er das, was er am meisten gefürchtet haben musste: »Meine Familie? Mein Vater?«

Iry antwortete ihm direkt, weil es keine Möglichkeit gab, es leichter zu machen. »Sie sind tot. Nein, niemand hat sie umgebracht. Dein Vater wurde krank und deine Mutter lebte noch lange genug, um sich um seine Beisetzung kümmern zu können, dann ist sie ebenfalls gegangen. Es gab keinen Erben für den Goldenen Ibis, also übernahm der fremde Herr das Anwesen. Er hat dort einen Verwalter, einen Vetter von unserem Teti. So viel ich weiß, kümmert er sich gut um alles.«

Kemni sank auf den gerechten Sand. »Ich wollte zuerst dorthin gehen, aber ich konnte es nicht. Ich konnte es nicht über mich bringen –«

»Nein.« Nun, da er nicht mehr über ihr aufragte, konnte Iry ihn besser sehen. Er sah abgehärmt aus, als wäre er lange unterwegs gewesen, aber er war kräftig und gut genährt. Von dem Dreck, dem Staub und den Bartstoppeln abgesehen, sah er aus, als wäre es ihm gut ergangen. Es war seltsam erschreckend und seltsam berauschend, ihn zu sehen. Als seien die Toten wieder zum Leben erwacht, als könnte das, was gegangen war, wieder lebendig werden.

Aber dieser Mann war einfach nicht tot und auch kein Geist. »Du hast eindeutig nicht im Totenland gelebt«, sagte sie.

Er war froh über den Themenwechsel, das konnte sie sehen. »In Theben«, sagte er. »Ich war in Theben.«

»Ah«, erwiderte Iry.

»Und du?«, fragte er.

»Ich bin hier geblieben.«

»Geht es dir gut? Bist du –?«

»Es geht mir gut«, sagte sie. »Ich denke, ich weiß, warum du hier bist. Wer hat dich geschickt? Das Große Haus?«

Er nickte.

Sie hatte es irgendwie spöttisch gemeint, aber er lachte nicht. »Wirklich? Der König selbst?«

»Der König selbst.« Kemni richtete sich ein wenig auf. »Ich bin der Kampfesbruder einer seiner Söhne. Ich diene ... einer der Königinnen.«

»Du versuchst, einen Aufstand anzuzetteln.« Sie wusste nicht, warum er sie so anstarrte, das war offensichtlich. »Wenn dich jemand hier findet, werden sie dich an der Mauer aufhängen.«

»Warum? Ich bin nur ein weiterer Sklave.«

»Sklaven in diesem Haushalt«, sagte sie, »sind sauber.«

Er sah sich an, als wäre es ihm noch nicht einmal aufgefallen. »Also gut, dann habe ich auf dem Feld gearbeitet.«

»Das ist Bauernarbeit«, erklärte sie. »Haussklaven lassen sich zu so etwas nicht herab.«

Er warf ihr einen wütenden Blick zu. »Du warst immer schon schwierig. Konntest du dich nicht wenigstens ein kleines bisschen ändern?«

»Nein«, erwiderte sie. Und das war eine so offensichtliche Lüge, dass sie sich fragte, wieso er nicht aufstand und ihr eine Ohrfeige gab.

Er hatte sich jedenfalls nicht verändert, außer dass er größer und breiter und hochnäsiger geworden war. Er war ein unverschämter junger Bursche gewesen, als er noch zwischen dem Haus seines Vaters und dem seines Onkels hin- und hergezogen war. Er war immer noch dreist und immer noch nicht sonderlich alt. »Sag mir, wo ich ein Bad finden kann«, sagte er. »Und ein nicht allzu stumpfes Rasiermesser.«

»Du willst hier bleiben?«

»Eine Weile.«

»Das ist nicht klug, überhaupt nicht.«

»Wahrscheinlich nicht«, stimmte er zu. Er runzelte die Stirn. »Bart? Rasiermesser?«

Sie hätte ihn wegschicken sollen – entweder wieder über die Mauer oder zu einem der wenigen Menschen im Haus, denen sie traute. Aber sie konnte sich nicht dazu bringen, ihn gehen zu lassen. Er war in einer Erinnerung aus früheren Jahren ein Name und ein Gesicht, das zu vergessen sie sich gezwungen hatte, außer wenn es Zeit war, sich an die Toten zu erinnern. Nun lebte er wieder warm und fest und nicht sonderlich wohlriechend.

Es war Wahnsinn, was er da vorhatte. Wenn einer der Retenu ihn erwischte, würde er sterben, wie sie ihm gesagt hatte. Und dennoch hatte er wahrscheinlich Recht. Die Retenu konnten keinen Ägypter vom anderen unterscheiden. Wenn man diesen dort badete, ihn rasierte und ihn wieder ordentlich herrichtete, würde er unter dem Rest der unzähligen unbeachteten Sklaven verschwinden.

Aber erst musste sie ihm dieses Bad und dieses Rasiermesser besorgen. Sie führte ihn auf Umwegen durch Flure, von denen sie hoffte, dass sie wenig genutzt wurden, und durch eine Reihe von Höfen und Häusern in ein Zimmer, das die meisten im Haus vergessen hatten.

Dort befand sich, wie sie gehofft hatte, Huy der Schreiber, alt und blind, aber immer noch klug – und durch eine Gnade der Götter auch Pepi der Stallmeister, der mit ihm um der alten Zeiten willen einen Krug Bier teilte. Iry zögerte, bevor sie durch die Tür trat. Sie war nicht mehr dort gewesen, seit man sie weggebracht hatte, um Priesterin der Stute zu werden.

Aber Pepi begrüßte sie sogleich mit einem breiten, zahnlückigen Grinsen, und Huy strahlte, obwohl er blind war. »Kleines!«, rief der alte Schreiber. »O Kind, du hast uns gefehlt.«

»Und ihr mir«, sagte sie mit gepresster Stimme. »Geht es euch gut?«

»Sehr gut«, erwiderte Huy, »jetzt, da du wieder hier bist. Pepi, schaff deine alten Knochen aus dem Weg, wir haben einen Gast.«

»Zwei Gäste«, sagte Pepi und betrachtete Kemni forschend.

Iry wusste nicht, ob er ihren Vetter erkannt hatte, bis er sagte: »Nun gut, nun gut. Also können die Toten doch wieder auferstehen. Wo bist du gewesen, Junge? Hast du in einer Furche gelegen, wo die Vögel an dir pickten?«

»So ähnlich«, meinte Kemni mit einer Spur von Lachen. »Eure Herrin hat mich hierher gebracht, damit ihr dafür sorgt, dass ich wieder für die Gesellschaft anderer Menschen tauge.«

»Ganz bestimmt«, meinte Pepi trocken. »Also gut, Junge. Wir kümmern uns darum.«

Iry hätte jetzt gehen können; sie hätte schon vor einiger Zeit gehen können. Aber nun ging das nicht mehr. Huy war so froh, sie zu sehen, so offensichtlich froh, dass sie blieb. Sie trank einen oder zwei Schluck Bier, lauschte einer seiner Geschichten. Er bat sie nicht, ihm im Austausch eine andere zu erzählen, fragte nicht, was sie inzwischen getan hatte. Er war einfach zufrieden, dass sie da war zu dieser Stunde und ihm Gesellschaft leistete.

Als Kemni zurückkehrte, hatte er sich erheblich zum Besseren verändert: sauber rasiert und sichtlich zufrieden. Iry war ein wenig verblüfft zu erkennen, wie gut er aussah. Eher mehr als gut, wenn man ehrlich war. Früher galt er als hübscher Junge, dieser Mann hier war schön.

Sicherlich wusste er das. Und sicherlich ließ er es sich nicht zu Kopf steigen. Er setzte sich auf den Platz, den Pepi ihm zeigte, nahm den Becher, den man ihm reichte, und verschlang das Gerstenbrot mit mühsam beherrschter Wildheit.

Nachdem er ein Drittel des Brotes gegessen und den halben Becher getrunken hatte – er war klug genug, einen leeren Magen nicht zu überlasten – lehnte er sich zurück, grunzte höflich und sagte: »Ah. Jetzt fühle ich mich wieder wie ein Mensch.«

»Inzwischen siehst du auch so aus«, erwiderte Iry. »Und jetzt sag mir die Wahrheit. Du sammelst wirklich Männer für eine Rebellion?«

Er sah die beiden alten Männer an. Huy trug seine übliche blinde, ungetrübte Miene zur Schau, Pepi war tief in einem frischen Krug Bier versunken. Iry würde nie den Fehler machen, einen von beiden zu unterschätzen, dabei sahen sie so harmlos aus.

Kemni legte den Kopf ein wenig schief und sagte: »Schwöre für euch alle, Iry. Schwöre, dass du keinem Retenu etwas davon verraten wirst.«

Iry zog die Brauen hoch. Aha: Er war also nicht so dumm, wie es schien. »Kein Retenu wird davon erfahren«, sagte sie.

»Gut«, erwiderte Kemni. Er hielt einen Augenblick inne, dann sagte er: »Ich versuche nicht, einen Aufruhr anzuzetteln. Aber ich will herausfinden, wie die Lage hier ist.«

»Und was hast du bis jetzt herausgefunden?«, fragte sie.

»Unzufriedenheit«, antwortete er. »Zorn. Eine ganze Menge Faulheit und nicht wenig Feigheit, aber die Leute wären froh, die Eroberer los zu sein.«

»Selbst die Feldarbeiter?«

»Sie sagen«, meinte er, »ein König sei so schlimm wie der andere, aber wenn sie schon einen haben müssten, würden sie einen bevorzugen, der nicht seine verdammten Esel in ihrem besten Gerstenfeld weiden lässt.«

Pepi schnaubte, hustete und verschluckte sich am Bier. Während Huy ihm auf den Rücken klopfte, sagte Iry: »Hier sind es Pferde. Der hiesige Herr bevorzugt Pferde.«

»Das habe ich gehört«, meinte Kemni. »Und man ... lehnt ihn nicht so sehr ab wie die meisten. Ich nehme an, weil er neu ist und ein wenig nachgiebig.«

Iry war ebenfalls der Meinung, dass man Khayan für nachgiebig halten könnte. Er hatte noch niemanden hinrichten lassen und niemanden an einem Haken an die Mauer gehängt, um die Geier zu füttern. Aber sie machte nicht den Fehler, ihn für schwach zu halten. »Er ist stark genug«, sagte sie.

»Dann kennst du ihn also«, stellte Kemni fest.

Pepi blickte auf, als wollte er etwas dazu sagen, aber Irys Reaktion brachte ihn zum Schweigen. »Jeder kennt den Herrn in diesem Haus.«

»Und du?«, fragte Kemni. »Was bedeutest du ihm? Hat er –«

»Er hat nie Hand an mich gelegt«, sagte Iry, was ja auch stimmte, und sie überraschte sich damit, dass es ihr – beinahe – Leid tat. »Er hat seine eigenen Frauen und scheint mit denen zufrieden zu sein. Seine Mutter kommt von einem Stamm weit im

Osten, einem Stamm von weiblichen Kriegern, die auf Pferden reiten. Er ist bei ihnen aufgewachsen, deshalb würde er niemals eine Frau gegen ihren Willen anrühren.«

»Nicht einmal eine Sklavin?«

»Das gilt für jede Frau«, sagte Iry. »Frauen sind heilig. Die Männer sind dazu auf der Welt, ihnen zu dienen. Das ist das Gesetz, das er an der Brust seiner Mutter gelernt hat.«

»Verblüffend«, sagte Kemni wie zu sich selbst. »Und die Pferde – hat er viele?«

»Hunderte«, antwortete Pepi, bevor Iry noch den Mund aufmachen konnte. »Du kannst Stallbursche werden, wenn du willst, und wenn dein Magen das aushält. Dann wirst du mehr als genug von ihnen zu sehen bekommen.«

Das war ein wenig unverschämt, aber es schien Pepi nichts auszumachen, Kemni ebenso wenig. Seine Augen blitzten auf. Aha, dachte Iry, er fand Pferde also auch unwiderstehlich. »Ich glaube nicht, dass ich davon genug bekommen könnte«, sagte er. »Ja, das wäre gut, das wäre sogar sehr gut. Aber wäre ich nicht der einzige Ägypter, der so etwas wagt?«

»Es gibt ein paar von uns«, meinte Pepi. »Einer mehr würde nicht allzu sehr auffallen.«

»Pepi ist hier Stallmeister gewesen«, sagte Huy in der liebenswerten vagen Weise, die er annehmen konnte, wenn es ihm passte. »Der neue Herr hat seinen eigenen Mann für diese Aufgabe mitgebracht, aber ebenso wie der Koch des neuen Herrn, so hat auch er eine andere Beschäftigung gefunden.«

»Wahrhaftig?« Kemni lachte – ein wenig ungläubig vielleicht, aber auch bewundernd.

»Wahrhaftig«, sagte Huy. »Wir sind hier alle Rebellen, obwohl die Retenu glauben, dass sie uns beherrschen.«

»Wie wunderbar«, sagte Kemni. »Wie seltsam und wunderbar.«

Pepi zuckte mit den Achseln. »So halten wir es hier eben. Hast du etwa geglaubt, dass wir uns einfach ergeben?«

»Die meisten haben genau das getan«, sagte Kemni.

»Ah«, meinte Pepi. »Nun, wahrscheinlich blieb ihnen nichts anderes übrig. Aber das hier ist die Aufgehende Sonne.« Er sagte das, als würde diese Antwort genügen. Und zweifellos traf das für ihn auch zu.

Kemni sprang auf. »Dann bring mich hin. Zeig mir die Pferde.«

Pepi wäre vielleicht gern noch länger bei seinem zweiten Krug Bier sitzen geblieben, aber Iry sah ihn an. Er seufzte und gab nach, doch das schien Kemni nicht zu bemerken. Für ihn zählte nur noch sein eigener Eifer.

Nachdem Pepi ihn weggebracht hatte, saß Iry noch eine Weile schweigend bei Huy. Dann sagte dieser: »Du hast es ihm nicht erzählt.«

»Es war nicht genug Zeit.«

Huy zuckte mit den Achseln und seufzte, wie Pepi zuvor geseufzt hatte. »Er wird es herausfinden. Ich glaube aber nicht, dass er sehr zornig sein wird.«

»Ist es wichtig, ob er es ist oder nicht?«, wollte Iry wissen.

»Wahrscheinlich nicht«, sagte Huy. »Er ist hier nicht der Herr und er war es nie. Aber was du bist, was die Retenu aus dir gemacht haben … das könnte ihn nachdenklich machen.«

»Ich bin immer noch ich selbst«, sagte sie. »Ich stamme immer noch aus den Zwei Ländern. Daran wird sich nie etwas ändern.«

»Ich weiß, Kind«, sagte Huy mit seiner leisen Stimme. »Ich weiß das. Aber –«

»Lieber alter Freund«, sagte Iry. Sie beugte sich über ihn und küsste ihn auf die Stirn. »Ich werde noch einmal mit ihm sprechen, das verspreche ich dir. Wird dich das glücklich machen?«

»Es geht nicht darum, ob ich glücklich bin«, betonte Huy. »Und jetzt geh, Kind, sie suchen dich wahrscheinlich längst überall.«

»Ja, da bin ich sicher«, meinte sie. Sie ging nur sehr ungern, wollte dieses Zimmer, das seit der Kindheit eine Zuflucht für sie gewesen war, nicht so schnell wieder verlassen. Aber sie durfte nicht bleiben. Sie gab ihm noch einen Kuss, tätschelte seine trockene, alte Hand und ließ ihn allein in seiner Dunkelheit mit seinen Träumen, seinen Geschichten und seiner Seele, die so klar und deutlich sah.

34

Kemni hatte nicht vorgehabt zu bleiben. Es war sein Plan gewesen, sich heimlich auf den Landsitz zu schleichen, zu entdecken, was es zu entdecken gab, und sich dann zurückzuziehen, bevor irgendwer erfuhr, dass er dort gewesen war, und nach Avaris zurückzukehren, wohin Iphikleia sich begeben hatte, um dort mit ihren Leuten zu sprechen.

Aber als die Götter ihn über die Mauer und zu seiner Base gebracht hatten, war ein Gott oder ein Geist über ihn gekommen. Festzustellen, dass sie noch am Leben, unverletzt und so offensichtlich frei war, verblüffte ihn. Dann zu hören, dass der Stallmeister hier nicht nur Ägypter war, sondern Pepi, sein alter Freund und mitunter Verbündeter – hinter all dem spürte er die Hand eines Gottes.

So etwas hatte er wahrhaftig nicht auf einem Anwesen erwartet, das von den Eroberern beherrscht wurde. Ja, im Haus selbst wimmelte es von Retenu. Sie stolzierten in ihren Roben und mit ihrer Arroganz umher und bildeten sich ein, die Welt zu beherrschen. Aber dieses Haus beherrschten sie nicht. Die Küche, der Stall, das Sklavenquartier – alles blickte zu einem Ägypter auf. Selbst der Verwalter des Landsitzes war derselbe wie immer, Teti mit seinen breiten Schultern und seiner barschen Art. Seine Frau Tawit, seine Töchter, die fünf Schönheiten – alles war beinahe genauso, wie Kemni es in Erinnerung hatte. Nicht, dass er sich diesen Leuten zeigte. Es war waghalsig genug gewesen, sich Iry, Pepi und dem Schreiber Huy zu erkennen zu geben, der nun traurigerweise blind und schrecklich alt war, aber immer noch so klug wie eh und je. Die Stallburschen kannten ihn offenbar nicht. Sie gaben sich damit zufrieden, dass man ihnen sagte, er sei ein junger Verwandter von Pepi, der nach einem Missgeschick, über das man nicht weiter sprach, aus Memphis gekommen war, um sich hier ein wenig bedeckt zu halten und zu warten, bis es wieder sicher war, nach Hause zurückzukehren.

Das entsprach im gewissen Sinn sogar der Wahrheit. Der Stoff seines erfundenen Lebens war kunstvoller gewoben wie bei einer von Huys Geschichten und band ihn mit jeder Stunde, die er in diesem Haus verbrachte, fester. Während aus Stunden Tage wurden, bemerkte Kemni, dass er sich nicht losreißen konnte. Es gab Dinge, die die Leute ihm nicht sagten. Blicke wurden gewechselt, Gespräche abgebrochen. Er musste es wissen – er musste herausfinden, was hier geschah, bevor er gehen konnte.

Zumindest eines der geflüsterten Geheimnisse hatte mit Herrin Nefertem zu tun, das fand er bald genug heraus. Sie hatte im Frauenhaus geherrscht und hatte den Frauen des Herrn nicht gestattet, dort zu wohnen – hatte es nicht gestattet, als hätte es die fremden Eroberer niemals gegeben. Aber dann war etwas geschehen. Der junge Herr, der Mann, den Kemni dummerweise für nachgiebig gehalten hatte, als er zum ersten Mal von ihm hörte, hatte sie einfach zu seiner Mutter geschickt. Und diese, die Dame aus dem Land hinter dem östlichen Horizont, war alles andere als nachgiebig.

»Sie ist großartiger als eine Königin«, sagte Pepi an jenem ersten Abend, als sie im Duft von Pferden und Heu einen weiteren Krug Bier, einen Laib Brot und einen Korb Zwiebeln teilten. Pepi wohnte und schlief im Stall, wie man erwartete. Kemni, sein angeblicher Verwandter, würde diese Unterkunft, die sich beinahe unter den Hufen der Pferde des Herren befand, ebenfalls mit ihm teilen.

Pepi sprach weiter von der Mutter des Herrn. »Sie hat große Macht. Es heißt, sie sei eine Zauberin. Ganz sicher herrscht sie wie ein König und gibt Männern Befehle. Die Retenu haben Angst vor ihr.«

»Und Herrin Nefertem?«, fragte Kemni. »Hat man ihr etwas angetan?«

»O nein«, meinte Pepi. »Ihr doch nicht! Aber der Herr glaubte, er könnte ihr die Klauen schneiden, indem er sie zur Dienerin seiner Mutter machte. Zu seiner Konkubine konnte er sie nicht machen.«

»Nein?« Kemni hätte beinahe gelacht, aber er war nicht sicher, ob Pepi das billigen würde. Er erinnerte sich gut an seine Tante, die Schwester seiner Mutter – ihre verblüffende Schönheit, die seine Mutter in geringerem Grad besessen hatte; ihre Haltung königlicher Distanz und ihren erstaunlich starken Willen. Sie war ihm zunächst so dumm vorgekommen, wie sie schön war, aber das war überhaupt nicht der Fall, nicht im Geringsten. Das Ganze war eine Maske wie die Schminke, die ihre Schönheit nicht vergrößern, nur betonen konnte.

»Nun«, meinte Pepi, »nein. Er konnte sie nicht nehmen, wenn sie ihn nicht wollte, was bei dem Stamm, von dem seine Mutter kommt, eine Sache der Ehre ist. Aber sie sagen, sie hat versucht ihn zu beherrschen, und das wollte er nicht zulassen. Also hat er sie seiner Mutter übergeben. Das Frauenhaus war tagelang in Aufruhr. Wenn du deine Rebellion willst, Junge, dann ist das der Anfang. Sie würden den Herrn nur zu gerne vertreiben, weil er ihnen ihre Herrin genommen hat.«

»Eine Rebellion der Frauen«, meinte Kemni. »Nun, das wäre wirklich ein Wunder für die ganze Welt.«

»Lach nicht darüber«, meinte Pepi. »Diese Damen sind sehr zornig. Und Herrin Nefertem …« Er hielt inne, als suchte er nach den besten Worten. »Herrin Nefertem ist jemand, mit dem du sprechen solltest. Aber wie du das anstellen sollst, nachdem sie nun gefangen gehalten wird – lass mich nachdenken. Lass mich nachdenken.«

Pepi versank in seinem Bier und in seinen Gedanken und tauchte an jenem Abend nicht mehr daraus hervor. Kemni ging schlafen, als Pepi immer noch nachdachte, schlief fester, als er je vorgehabt hatte, und erwachte von der morgendlichen Unruhe, als Pferde nach draußen gebracht, angeschirrt und für die Arbeit des Tages vorbereitet wurden. Als er nach draußen kam, erfuhr er, dass der Herr sich wie an jedem Morgen zu einer Pflicht aufgemacht hatte, die ihm von seiner Mutter auferlegt war. Und Kemni hatte einiges nachzuholen: Diese Leute hier hielten nicht viel von einem Neuankömmling, der den ganzen Morgen im Bett lag. Kein Wunder, murmelten sie, dass man ihn aus Memphis vertrieben hatte, wenn er so ungeheuer faul war.

Kemni sah sich gezwungen, diesen Anklagen entgegenzutreten. Er hatte nie so gearbeitet wie hier, Knochenarbeit, die offenbar kein Ende fand. Bei Sonnenuntergang war er mehr als bereit, kopfüber in sein Bett aus Heu zu fallen.

Aber Pepi wartete schon auf ihn. »Komm mit«, sagte der alte Mann.

Kemni unterdrückte ein Stöhnen. Man gestattete ihm, ein Stück Brot zu essen und einen Schluck Bier zu trinken, aber die Ruhe musste er aufschieben. Das hier war kein Ruf, dem er sich verweigern konnte, und abgesehen von der Erschöpfung wollte er das auch nicht.

Er hatte das Haus als junger Mann gut gekannt. Ein Teil war nun verändert. Es gab ein neues Haus, wo früher ein Garten gewesen war, ein Haus, das, wie er am Tag entdeckt hatte, von dem ersten Retenu-Herrn für seine Frauen errichtet worden war, weil Herrin Nefertem sie nicht ins Frauenhaus ließ.

Es war an diesem Abend still dort, die Frauen waren nirgendwo zu sehen, obwohl die Hallen und Höfe eindeutig bewohnt waren: Lampen brannten, und man roch Duftsalben. Durch eine halb offen stehende Tür sah er einen zarten Schleier, der auf einem Stuhl lag.

Pepi führte ihn tief hinein zu einem Hof, der sich zu den Sternen hin öffnete. Die Bäume darin waren blütenübersät. Es gab einen Teich mit bunten Fischen; einer sprang, als Kemni stehen blieb, um sich umzusehen.

Zwei Gestalten warteten am Teich. Eine stand aufrecht, riesig und dunkel: eine Nubierin, Schatten auf Schatten, bis auf die Augen, die ihn anblitzten. Er wagte zu raten, wen er vor sich hatte. »Nefer-Ptah«, sagte er.

Die Nubierin neigte den Kopf. »Junger Herr«, sagte sie mit ihrer tiefen, liebenswerten Stimme.

Die andere, die schweigend dort saß, war kleiner, viel kleiner, hielt sich aber königlich aufrecht. Die Lampe, die Pepi mitgebracht hatte, um sie durch die dunklen Flure zu führen, stellte er nun an den Rand des Teichs, und sie warf ein schwaches, flackerndes Licht auf ein Gesicht, das sich in all den Jahren von Kemnis Abwesenheit nicht verändert hatte. Er hatte viel Schönheit gesehen, Königinnen und königliche Konkubinen, große Damen und Kurtisanen und Schönheiten geringeren Rangs, überall in den Zwei Ländern und auf der Insel Kreta. Und dennoch, neben ihr waren selbst Königin Nefertari, selbst Ariana von Kreta Schatten.

Es war eine Schönheit, die beinahe nicht zu ertragen war, als wäre sie eine Göttin und keine sterbliche Frau. Er kniete vor ihr, um ihr besser in die Augen sehen zu können, aber auch in Ehrerbietung.

Sie lächelte nicht. Das hätte diese Schönheit beeinträchtigt. Aber ihr Blick, der auf ihm ruhte, war liebevoll.

»Kind«, sagte Nefer-Ptah über ihren Köpfen. »Du siehst genau aus wie sie.«

Kemni zuckte zusammen und errötete. Stand ein Lachen in Herrin Nefertems Augen? Sie fuhr mit dem Finger über seine Wangen. »Du bist reizend«, sagte sie. »Lieben dich die Damen im Oberen Reich?«

Er wusste nicht, wohin er sich wenden sollte. Sie hob sein Kinn, sodass er sie wieder ansehen musste. »Schon gut, Kind. Wir haben dich in Verlegenheit gebracht. Aber wir sind froh, dich zu sehen – sehr froh. Wir dachten, du wärest im Feld der Blüten verloren.«

»Es tut mir Leid«, sagte er. »Ich hätte eine Botschaft schicken sollen.«

»Mag sein«, erwiderte sie. »Aber das ist geschehen. Nun sagt mir: Welche Neuigkeiten bringst du? Wird es Krieg geben?«

»Bald«, erwiderte er. »Wir haben Verbündete auf dem Meer: Kreta wird kommen, wenn es an der Zeit ist, und den Feind den Fluss hinauftreiben, wie wir ihn flussabwärts treiben. Aber wir brauchen Hilfe. Kann das Volk dieses Reiches für uns kämpfen? Werden sie es tun?«

»Kreta?«, fragte sie, als hätte sie nur das gehört. »Kreta wird für uns kämpfen?«

Er nickte.

»Warum?«

»Für Gold«, sagte er, »und für Gewürze. Für eine königliche Hochzeit.«

»Selbstverständlich«, erwiderte sie. »Und dennoch – bei allem, was sie hoffen zu gewinnen –, ist es die Verluste wert?«

»Das denken sie«, meinte Kemni. »Es gibt ihnen großen Wohlstand und überall in Ägypten die Freiheit, Handel zu treiben. Und es macht aus einer ihrer Prinzessinnen eine Königin.«

»Die Königin, der du dienst.«

»Ja. Sie hat uns Pferde und Wagen gebracht. Sie hat uns die Waffe des Feindes in die Hand gegeben.«

»Das ist ein großes Geschenk«, meinte Herrin Nefertem.

Er nickte. »Deshalb bin ich hergekommen. Ich hörte, es gäbe hier Pferde.«

»Du wirst sie nicht stehlen?«

»Nein«, sagte er. »Aber wenn der Krieg vorüber ist – dann will ich sie haben.«

»Das wäre ein großer Gewinn«, sagte sie.

»Eine gute Verteidigung dagegen, wieder erobert zu werden.« Er setzte sich auf die Hacken, jetzt etwas ruhiger, wenn auch nicht vollkommen sorglos. »Aber zunächst müssen wir den Krieg gewinnen.«

»Ja.« Sie faltete die Hände im Schoß. »Ich bin hier gebunden. Aber was ich tun kann, werde ich tun. Wenn die Armeen des Großen Hauses zur Aufgehenden Sonne kommen, werden wir bereit sein.«

»Und andere Anwesen in der Nähe? Werden sie ebenfalls bereit sein?«

»Wenn das möglich ist«, erwiderte sie.

Er verneigte sich vor einer Königin. »Das wird das Große Haus erfreuen.«

»Und dich?«

»Sehr«, erwiderte er.

»Gut«, sagte Herrin Nefertem.

Nun konnte Kemni gehen, aber er blieb immer noch. Zuerst, weil er nicht nachts weiterziehen wollte. Dann kam am Morgen der Befehl: Pferde und Esel sollten bereitgemacht werden, ebenso die leichteren Wagen und dieser große ungeschlachte Wagen der Retenu, in dem die Mutter des Herrn und einige ihrer Frauen reisen würden. Denn sie fuhren, erklärte der Bote, nach Avaris, weil der König sie dorthin befohlen hatte.

Kemni musste selbst nach Avaris. Daher war es ein Geschenk der Götter, mit dem Gefolge dieses Retenuherren zu reisen. Immerhin musste sich jemand um die Pferde kümmern.

Während er sich an die Arbeit machte, brachte ein anderer Stallbursche die Falbenhengste des Herrn heraus. Am Morgen zuvor waren sie nicht da gewesen – der Herr war seinen Verpflichtungen nachgegangen, worin immer die bestehen mochten. Kemni war neugierig und fand eine Möglichkeit, sich im Hof aufzuhalten, als der Herr herauskam.

Das war der erste Blick, den Kemni auf Khayan, den Herrn und Eroberer der Aufgehenden Sonne, warf. Er war Retenu, daran bestand kein Zweifel: ein großer, bärtiger Mann in dem ledernen Hemd, das sie trugen, wenn sie in ihren Wagen fuhren. Für Kemni war er genau wie alle anderen; verachtenswert, und das aus gutem Grund. Das einzig Seltsame fiel ihm auf, als er sich umdrehte und Kemni seine Augen bemerkte. Sie waren verblüffend: goldfarben wie die eines Löwen oder Falken.

Dann kam eine weitere Gestalt aus der Säulenhalle, eine Gestalt in weißem Gewand und mit geflochtenem Haar, und Kemni vergaß, dass der Herr dieses Anwesens etwas Seltsames an sich hatte. Zunächst erkannte er sie aus reinem Unglauben nicht. Und dennoch war es nur zu deutlich: das war Iry in einem Retenugewand, die nun in den Wagen stieg, so hochmütig wie alle anderen, ohne sich auch nur einmal umzusehen. Der Herr reichte ihr die Zügel, ein Lächeln in den Schatten seines Bartes, und sagte etwas, das Kemni nicht verstand. Sie antwortete kurz in derselben Sprache. Und dann, als wüsste sie genau, was sie tat, wendete sie die Pferde und lenkte sie im Trab nach draußen.

Kemni glotzte wie ein Idiot. Wenn überhaupt, dann hatte er angenommen, dass sie im Frauenhaus arbeitete. Wo sonst sollte sie sein? Sie war in Sicherheit, das war alles, was er gewusst hatte.

Aber das hier –

Pepi striegelte einen der anderen Falben, der den Wagen des Herrn zog, wenn seine Brüder müde oder krank waren. Er grüßte Kemni mit einem kurzen Blick.

»Iry«, sagte Kemni. »Was –«

Pepi grunzte. Er strich über das goldbraune Fell und fügte noch einen Strich am Nacken hinzu, was den Hengst sichtlich freute. Dann endlich, als Kemni kurz davor stand, es aus ihm herauszuprügeln, antwortete er auf die Frage, die nicht einmal laut gestellt worden war. »Er bringt ihr alles über Pferde bei.«

»Aber –«

»Es hat etwas mit dem Stamm seiner Mutter zu tun.« Pepi kämmte den Schweif des Hengstes mit seinen Fingern und richtete den Blick eher darauf als auf Kemni, als gäbe es noch etwas, was er aber nicht sagen wollte. »Du musst es verstehen. Sie wollte uns nicht verraten. Aber es gibt mehr Götter, als wir in Ägypten kennen, und mehr Macht auf der Welt, als die meisten von uns sich vorstellen können. Eine von diesen Mächten hat sie zur Dienerin gewählt.«

Kemni runzelte die Stirn. Einer, der so träumte wie er, hatte kaum das Recht, eine solche Geschichte zu hinterfragen, und dennoch…

»Was sagst du da? Haben die Retenu ihr etwas angetan?«

»Nicht die Retenu«, sagte Pepi.

Kemni wusste, dass er nichts mehr aus dem alten Stallmeister herausholen würde, und es war nun zu spät, dem Wagen des Herrn zu folgen.

Oder doch nicht? Wenn Kemni klug genug war, würde er sie sicher finden können. Sie fuhren bestimmt nicht weit. Am Tag zuvor war der Herr noch vor Mittag zurückgekehrt, und es hatte nicht ausgesehen, als wäre er lange oder schnell unterwegs gewesen.

Am Ende erwies es sich als einfach. Kemni fragte den Man am Tor, durch das die beiden den Hof verlassen hatten. »Wo ist mein Herr hingefahren? Ich habe eine Botschaft für ihn.«

Der Retenu würdigte ihn nicht einmal eines Blickes, antwortete aber deutlich genug. »Er ist bei den Pferden, wie immer am Morgen.«

»Und wo ist das?«, fragte Kemni und hielt den Atem an, weil er befürchtete, sich nun verraten zu haben.

Der Mann zeigte die Straße nach Osten entlang. Kemni folgte ihr und achtete darauf, sich nicht schneller zu bewegen als ein Sklave, der einem Auftrag nachgeht. Es zuckte zwischen seine Schulterblättern, wo jederzeit ein Speer eindringen und all diese Täuschung beenden konnte. Aber die Torwache hatte ihn offenbar schon vergessen.

Als dieses Anwesen noch seinem wahren Herrn gehörte, hatte man auf den östlichen Feldern Gerste angepflanzt. Es gab immer noch Gerstenfelder an der Straße, die nun gepflügt und frisch eingesät waren; die ersten grünen Schösslinge zwängten sich durch den schwarzen Boden.

Über dem Hügel, wo sich die Straße von einem lang gezogenen Feld abwandte, erinnerte sich Kemni daran, was jemand über Esel gesagt hatte, die auf Gerstenfeldern weideten. Aber das hier waren Pferde. Hunderte, wie Pepi gesagt hatte. Mehr Pferde, als Kemni je gesehen hatte, selbst im Kampf. Pferde jeder Farbe, jedes Alters, jeder Größe.

Und Pferde von einer Farbe, die er nur aus dem Traum kannte: Sie waren weiß oder mondfarben und grasten miteinander ein wenig vom Rest der Herde entfernt. Unter ihnen bewegte sich etwas.

Iry saß auf einem mondfleckigen Pferd – einer Stute, wie Kemni erkannte, als er auf sie zuging. Er bewegte sich wie ein Jäger, nutzte jede mögliche Deckung: Gruppen von Pferden, und später das Ried, denn sie befanden sich nah an einem Flussarm. Iry ritt gut, so weit er das sehen konnte, und mit der Haltung von jemand, der schon längere Zeit übte.

Khayan stand im frischen Gras, ein rauchfarbenes Fohlen schnaubte ihm ins Haar. Er gab Iry Anweisungen, hier ein Wort, da eine Geste. Er brachte ihr bei, die Stute zu reiten.

Das war noch unverschämter, als dass Iry überhaupt mit ihm unterwegs war. Er, ein fremder Adliger, ein Fürst, unterrichtete eine ägyptische Sklavin.

Sie schienen gut miteinander zurechtzukommen, vielleicht sogar mehr als das. Sie hatten die Haltung von zwei Menschen, die wenn schon nicht Freunde, so doch Verbündete waren: Sie fühlten sich wohl in der Gegenwart des anderen. Er sprach sie mit Respekt an, sie reagierte mit Vertrautheit, aber nicht herablassend. Sie wechselten zwischen Ägyptisch und der Retenusprache, und manchmal benutzten sie auch Worte, die Kemni nicht kannte, die aber wohl der Sprache der westlichen Stämme entstammten. Es war ein wenig verwirrend, es machte ihn schwindelig, es war, dachte er, wie eine Geheimsprache, wie sie die Spione von Königen vielleicht verwendeten, oder Kinder, die Geheimnisse vor ihren Eltern hatten.

Der Unterricht ging zu Ende, als Iry von der grauen Stute stieg und sie freiließ. Das Tier rannte nicht davon, wie Kemni es von Pferden erwartete. Sie blieb, schob das Maul in Irys Hände und bestand darauf, dass Iry ihr Hals und Schultern streichelte. Khayan sagte auf Retenu: »Ich kann nicht bleiben. Es gibt noch so viel zu tun, bevor wir nach Avaris abreisen.«

»Dann geh«, erwiderte Iry auf Ägyptisch. »Ich komme nach, wenn ich hier fertig bin.«

Er sah aus, als wollte er widersprechen, aber dann zuckte er schließlich mit den Achseln und ging seine Pferde anzuschirren. Sie kamen wie die Stute zu ihm, als wären sie Hunde: Etwas, wonach Kemni sich sehnte. Es musste ein Zauber sein. Es musste einfach. Und dennoch…

Als der Herr mit seinem Wagen und seinen Hengsten weg war, sagte Iry in klarem Ägyptisch: »Du kannst herauskommen, Vetter. Du brauchst dich nicht mehr zu verstecken.«

Kemni kam langsam und ein wenig misstrauisch aus dem Dickicht. »Ich dachte, ich wäre ein Jäger«, meinte er.

»Die Stute ist das Wild«, sagte Iry. Sie betonte die Bezeichnung des Tieres, als wäre es ein Titel, wie man »Großes Haus« sagte, wenn man vom König sprach. »Sie weiß immer, was im Ried lauert.«

Die graue Stute – *die Stute* – schien sich nicht sonderlich für Kemni zu interessieren. Sie trabte davon, als er näher kam, graste hier, schlug da mit dem mondweißen Schweif nach den Fliegen. Von ihrer Farbe und ihrem guten Körperbau abgesehen, schien sie sterblich genug, aber es war mehr an ihr, als man auf den ersten Blick erkannte.

»Habe ich von dir geträumt?«, fragte Kemni sie.

Sie ignorierte ihn. Iry warf ihm einen fragenden Blick zu. Er hatte nicht vor zu erklären, mit welchem Geschenk ihn die Götter gestraft hatten.

Das brauchte er offensichtlich auch nicht. »Aha«, sagte sie. »Du tust es immer noch. Du träumst immer noch.«

»Alle Menschen träumen«, sagte Kemni.

»Nicht wie du.« Sie machte sich auf den Rückweg, er folgte ihr. »Du hast nicht gewusst, dass ich es wusste, oder?«

»Offenbar wusste es jeder«, meinte er müde. »Also gut. Sag mir, was das ist, außer einem Pferd von seltsamer Farbe.«

»Eine Göttin«, antwortete sie.

»Selbstverständlich«, meinte Kemni. »Und du bist ihre Dienerin. So viel hat mir Pepi erzählt. Ich nehme nicht an, dass es Absicht war.«

»Wann ist es das je bei Göttern?«

Er seufzte ebenso wie sie. »Und ist es auch keine Absicht, dass der Herr und Eroberer dieses Landes dich bedient wie ein alter Familiensklave?«

»Er ist nichts anderes«, meinte sie. Und als er ihr einen Blick reinen Unglaubens zuwarf: »Das ist wahr. Die Priesterin der Stute steht über jedem Mann.«

»Du bist…« Er lachte, aber nicht aus Heiterkeit, sondern nur, weil er ansonsten hätte schreien müssen. »Sind sie nicht entsetzt?«

»Vollkommen.«

»Und warum… wie…?«

»Das wissen nur die Götter.«

Kemni brauchte Zeit, er musste nachdenken. »Wir können das ausnutzen. Wir können –«

»Du vertraust mir?«

Er starrte sie an. »Warum sollte ich nicht?«

»Vielleicht«, sagt sie, »bin ich zum Feind übergelaufen.«

»Du? Du würdest lieber sterben.«

»Bist du so sicher?«

»So sicher ich nur sein kann«, meinte er, und das war er auch. Er konnte nicht, wie er da so neben ihr herging, glauben, dass sie jemals etwas anderes als loyal zu ihrem eigenen Volk sein würde.

Aber wenn sie zwischen ihrem Volk und dieser weißen Stute wählen müsste…

Das würde nicht geschehen.

»Ich wünschte, ich wäre so sicher wie du«, erwiderte sie.

»Das ist Glaube«, sagte er. »Vertrau auf dich selbst. Sei stark. Es wird Krieg geben. Wir werden siegen – und wir werden den Krieg mit Pferden gewinnen, und mit Schiffen vom Meer.«

»Oder verlieren und sterben«, sagte sie.

Er schlug ihr leicht mit der Faust gegen die Schulter, wie er es getan hatte, als sie noch Kinder waren. »Wäre es dir lieber, wenn wir es nicht einmal versuchten?«

»Nein«, meinte sie. »Aber ich bin nicht sicher – du solltest mir nicht trauen.«

»Und dennoch werde ich es tun«, sagte er.

Sie schüttelte den Kopf, widersprach ihm aber nicht weiter.

35

Am Morgen machten sie sich auf den Weg nach Avaris – der Herr und seine Frauen und die meisten Retenu, die im Haus gewesen waren, und außerdem Iry sowie Kemni als Stallbursche. Er war nicht der einzige Ägypter: Auch Pepi kam mit und ein anderer Mann, der sich um die Pferde kümmerte. Alle anderen waren Fremde: bärtige Männer oder – sehr erstaunlich für Kemni – unverschleierte und halb wilde Frauen, die auf dem Pferderücken reisten.

Es war also wahr. Es gab Frauen, die Pferde ritten. Sie waren mit Bögen und kurzen Speeren bewaffnet. Nachts im Lager gingen sie umher wie Krieger, und kein Mann wagte es, ihnen zu nahe zu treten. Die meisten sprachen die Sprache des Ostens, beherrschten Retenu nur schlecht und konnten überhaupt kein Ägyptisch.

Sie bewegten sich im Rudel wie junge Männer, meist im Gefolge einer wilden Schönheit mit denselben goldenen Falkenaugen, wie sie Khayan hatte. Das war seine Schwester Sadana. Kemni fragte nach ihrem Namen – nicht, um Macht über sie zu erlangen, sondern um sie vielleicht verstehen zu können.

Sie war ein leidenschaftliches, verbittertes Geschöpf. Die Stute hätte ihr gehören sollen, so war es vorgesehen. Aber Iry hatte sie ihr genommen.

Iry erklärte, das spiele keine Rolle. Sadana könne dem Willen der Stute nicht entgegentreten. Alle beobachteten die beiden, wenn sie einander begegneten, wie Armeen vor einer Schlacht ihre Befehlshaber beobachten.

An jenem ersten Abend schlugen sie ihr Lager in einem Feld vor einem Dorf auf, das diesem Khayan gehörte. Kemni saß mit Pepi und dem anderen ägyptischen Stallburschen beim Bier. Es war ihm recht gut gelungen, dachte er, den Diener zu spielen. Niemand hatte ihn angesprochen oder ihn bezichtigt, etwas anderes zu sein, als er vorgab.

Er brach gerade das Brot und biss hinein, als sich jemand neben ihn stellte. Er blickte auf in ein fremdes Gesicht: eine der wilden Reiterinnen, die zu Fuß und ohne ihre Waffen kaum größer als ein Kind war. Sie starrte ihn an, als hätte sie so etwas wie ihn noch nie gesehen.

Er starrte zurück, und es war ihm gleich, ob das unhöflich war. Ein Lächeln huschte über ihr Gesicht, strahlend und boshaft, obwohl sie es rasch unterdrückte. Das Lächeln machte sie ihm beinahe lieb, denn es erinnerte ihn an Ariana.

»Hübsch«, sagte sie auf Retenu, wobei sie ein wenig Schwierigkeiten hatte, aber entschlossen war, damit zurechtzukommen. »Sie sagt, du kommen.«

Kemni nahm an, dass sie von Iry sprach. Ganz bestimmt nicht von Sadana. Aber er fragte: »Sie?«

»Priesterin?«, sagte das Mädchen. »Du verstehen? Kommen.«

»Ich verstehe. Priesterin – Iry?«

Das Mädchen nickte. »Iry«, sagte sie.

Kemni kam auf die Beine. Ja, die Frau war für dieses Volk ziemlich klein, nicht einmal so groß wie er. In ihrem Blick lag offene Bewunderung. Er spürte, wie er rot wurde. Es war gut, dass es Abend war und das Feuerlicht jedes Gesicht in einen rötlichen Schein tauchte.

Sie führte ihn durch das Lager, machte kein sonderliches Geheimnis daraus und fiel dadurch wahrscheinlich weniger auf, als wäre sie geschlichen und hätte versucht, ihn zu verbergen. Ein paar Blicke trafen sie, aber niemand interessierte sich sonderlich.

Iry war eine bedeutende Person. Sie hatte ein eigenes Zelt, ein eigenes Feuer, und eine Gruppe von Reiterinnen lagerte ringsumher. Sie hatte auch – und das war ihm bisher nicht aufgefallen – die Stute mitgebracht. Er hatte sie nicht unter den Pferden gesehen und auch nicht irgendwo in Irys Nähe, als sie in Khayans

Wagen fuhr, aber dieses helle, gefleckte Fell und diese Haltung königlicher Distanziertheit waren unverwechselbar. Irgendwie, vielleicht so unsichtbar wie nur Götter reisen können, hatte die Stute ihre Dienerin begleitet.

Es war seltsam, sich vorzustellen, dass all dies zu einer Ägypterin gehörte, und auch noch zu einer, mit der er verwandt war. Vielleicht gehörte es nicht zu ihr, vielleicht gehörte sie zur Stute. Vielleicht war Iry eine Gefangene.

Sie kam ihm allerdings nicht so vor, als sie im Lampenlicht im Zelt saß, wo ein Fächer die Luft sanft bewegte und sie zu Kemnis Überraschung ein ägyptisches Gewand statt des fremden trug. Hatte sie das um seinetwillen getan?

Gut sah sie darin aus. Sie sah ihrem Vater erstaunlich ähnlich, der ein angenehm aussehender Mann gewesen war, wenn auch nicht schön. Die Schönheit ihrer Mutter war nicht auf sie übergegangen. Das schien sie nicht zu stören, und es störte auch Kemni nicht. Er sah sie gerne an. Das hatte er immer schon, selbst als sie noch ein kleines, freches Kind gewesen war und er ein überlegener Beinahemann.

Niemand kümmerte sich um sie. Es gab keine Dienerinnen, keine Wache. Die Reiterin war am Zelteingang zurückgeblieben und zu ihren Genossinnen am Feuer gegangen. Sie saßen nicht zu nahe am Zelt, hatte er bemerkt. Es war ein angenehmer Abend für diesen Teil der Welt; aber sie fächelten sich und beschwerten sich leise über die Hitze. Er war beinahe versucht vorzuschlagen, dass sie doch ihre Lederhemden und diese so genannten Hosen ausziehen und so vernünftig wie Ägypter sein sollten.

Dann fiel die Zeltklappe, ohne dass er es ausgesprochen hatte. Iry betrachtete ihn mit eher kühlem Blick. Er bedachte sie mit seinem liebenswertesten Lächeln. »Guten Abend, Base«, sagte er.

»Nenne mich nicht so«, sagte Iry.

»Warum? Von diesen wilden Reiterinnen draußen versteht keine ein Wort. Und es ist sonst niemand nahe genug, um zu lauschen.«

»Das weißt du nicht«, sagte sie. »Setz dich.«

Er gehorchte gerne, besonders, da sie Brot und Käse und eine Schale von etwas anderem hatte, was nahrhaft aussah, und dazu besseres Bier, als bei Pepi zu erwarten gewesen wäre. Letzteres bemerkte er mit einiger Überraschung. »Kein Wein?«, fragte er.

»Da drüben«, erwiderte sie und nickte zu einem anderen Krug hin. »Wieso willst du kein Bier?«

»Bier ist wunderbar«, sagte er. »Bier ist köstlich. Und jetzt sag mir, warum du mich hergeholt hast. Hast du vor, unsere Herren und Meister mit mir zu quälen?«

»In gewisser Weise«, sagte sie. »Ich habe Khayan gesagt, ich wollte eine ägyptische Eskorte. Er hat dich vorgeschlagen.«

Kemni riss die Augen weit auf. »Warum im Namen aller Götter hat er das getan?«

»Weil«, meinte sie, »ich zufällig erwähnt habe, dass Pepi einen jungen Verwandten hier hat, der sich mit Pferden auskennt und auch ein wenig kämpfen kann. Khayan ist daher der Ansicht, dass du für diese Aufgabe gut geeignet bist.«

»Du bist verrückt«, meinte er. »Oder er spielt ein Spiel mit uns, das mit meiner Leiche an einem Haken enden wird.«

»Ich denke nicht«, meinte Iry. »Es wird am besten sein, dich in aller Öffentlichkeit zu verstecken. Du bist nicht sehr gut, wenn es darum geht, dich zu ducken.«

»Bin ich doch!«

»Bist du nicht«, sagte sie. »Und jetzt lass es gut sein und hör mir zu. Wir gehen an einen Ort, wo jedes Wort zählt und jede Miene genau beobachtet wird. Du kannst froh sein, dass Khayan recht harmlos ist und seine Leute damit beschäftigt sind, sich um seine Stellung zu kümmern und mit meinen Probleme zu haben. Solltest du irgendjemandem auffallen, weil du zu mir gehörst, wirst du einfach ein weiterer Teil dessen sein, was ich bin. Ich bin die sicherste Zuflucht, die du nur haben kannst. Glaub mir das.«

»Ich glaube dir«, sagte er. »Aber was, wenn diese Sicherheit eine Illusion ist? Sie könnten beschließen, dass sie uns beide lieber umbringen, trotz allem, was du für sie darstellst.«

»Sie werden mich nicht töten. Das wäre ein Sakrileg.«

»Iry«, meinte Kemni, »ich habe nicht vor zu bleiben, wenn wir nach Avaris kommen. Verstehst du das? Ich werde tun, was ich dort vorhatte, und dann kehre ich wieder dorthin zurück, wo ich hingehöre.«

»Das weiß ich«, sagte sie. »Ich werde dafür sorgen, dass du sicher bist, bis du verschwindest. Bedenke, welchen Vorteil ich dir verschaffen kann: Wenn du bei mir bist, wirst du alles sehen und alles hören können. Dein König würde es dir befehlen, wenn er es wüsste.«

Das würde er tun. Kemni konnte es nicht leugnen, sagte aber dennoch: »Ich will dich nicht in Gefahr bringen.«

»Ich habe die Göttin, die mich schützt«, sagte sie. »Und die Stute.«

Sie goss einen Becher Bier ein und drückte ihn ihrem Vetter in die Hand. »Und jetzt trink. Morgen gibt man mir einen eigenen Wagen. Du wirst mir darin Gesellschaft leisten.«

»Ich würde lieber hinterhergehen«, sagte er.

»Nein«, sagte Iry. »Je offener, desto besser. Du kannst einen Wagen fahren, nicht wahr?«

»Aber Ägypter können nicht –«

»Ich bin auch keine Meisterin. Wir werden eben zusammen unfähig sein. Die Pferde sind gut ausgebildet und sanft, hat Khayan mir versichert. Sie werden uns nicht wie Narren aussehen lassen.«

Kemni zuckte mit den Achseln. Wenn Iry in dieser Stimmung war, hatte es nie Sinn gemacht, ihr zu widersprechen. Und er musste zugeben – er war froh, Wagenlenker spielen zu können, selbst wenn ihn das in Gefahr brachte.

Auf seltsame Weise war es großartig und erregend, in einem Wagen durch Retenuland zu fahren und lange genug zu leben, um darüber staunen zu können. Sicher, wäre Kemni hier Herr gewesen, hätte er allen Ägyptern verboten, etwas über Pferde oder Wagen zu erfahren; sie waren eine zu tödliche Waffe.

Arroganz. Es gab keine andere Bezeichnung dafür.

Dennoch machte Kemni nicht den Fehler, die Menschen zu unterschätzen, die das Untere Reich jetzt seit hundert Jahren beherrschten. Es war ihnen nicht deshalb gelungen, weil sie dumm waren. Sie waren stark und ihre Waffen gut. Sie waren, anders als die Ägypter, ein Kriegervolk; all die jungen Männer wurden von Kind an als Kämpfer ausgebildet. Nicht so wie in Ägypten, wo die meisten Männer den Boden bearbeiteten oder in Tempeln dienten. Diese hier waren alle Krieger, jeder Einzelne von ihnen.

Und sie liebten den Krieg, sie genossen ihn. Für Kemni ebenso wie für die meisten von seinem Volk war es etwas, was er tat, weil er es tun musste. Es war kein Vergnügen, kein Spiel, sondern eine Notwendigkeit.

Diese Menschen kämpften nur zum Vergnügen. Wenn sie nicht gegen den einen Feind kämpfen konnten, kämpften sie gegen den anderen. Sie kämpften um alles Mögliche.

Kemni hatte das gewusst. Aber er wurde sich darüber an diesem Morgen wieder recht deutlich klar, als er Wagenlenker für Iry spielte, die auf so unvorhergesehene Weise zur Priesterin dieses fremden Volkes geworden war.

Es gab immer viel Hin und Her, Menschen kamen und gingen, Boten, Vorläufer, Begrüßungskomitees von diesem oder jenem Anwesen. Die wilden Frauen konnten nicht ruhig in einer Reihe reiten, sie waren unaufhaltsam ihn Bewegung. Und sie fanden ihr Ebenbild in den jungen Männern, die, wie Kemni erfahren hatte, Verwandte Khayans waren – zumindest einige von ihnen.

Einer von ihnen war am Tag zuvor ständig in der Nähe gewesen. Im Lager hatte er sich in der Nähe aufgehalten und nun, wo Kemni darüber nachdachte, kam es ihm beinahe so vor, als hätten die Kriegerinnen ihn in Schach gehalten, indem sie sich um Irys Zelt postierten. Er war am Morgen davongeschlichen, vielleicht war er auch von einer der Frauen verscheucht worden.

Aber als Kemni sich an einem sicheren Platz in der Mitte der Reihe hielt, starr von den Anstrengungen, lässig zu wirken, kam ein Wagen durch ein frisches Gerstenfeld auf ihn zugerast. Ein unverschämter Fremder und zudem ein Idiot. Was er da niedertrampelte, hätte ihre Nahrung für den Winter sein sollen. Nicht, dass es diesem jungen Dummkopf jemals Leid tun würde, er war reich, um so etwas wie Hunger zu kennen.

Er kam direkt auf die Reihe von Wagen und Menschen zu Fuß und zu Pferd zu. Kemni bemerkte ein wenig zu spät, dass der Fremde den Blick auf ihn gerichtet hatte – auf den Wagen, den er fuhr und in dem Iry stand und ihn manchmal berührte, manchmal von ihm wegschwankte.

Er hatte ganz gewöhnliche Augen, keine Falkenaugen wie Khayan: dunkler, runder als ägyptische Augen und ungeschminkt.

An ihrem Blick allerdings war nichts Gewöhnliches. Sie glühten vor Ablehnung. Kemni entgegnete dem Blick offen, furchtlos, aber auch ohne Zorn.

Der andere Wagen wurde plötzlich fest zur Seite gerissen und so schnell, dass er sich auf einem einzigen Rad drehte. Kurz vor dem Kippen fiel er wieder auf beide Räder und war neben Kemnis Gefährt.

In der Stille, die nach all dem Getöse entstand, sagte Iry so leise, dass es wie ein Flüstern schien: »Guten Morgen, ehrenwerter Iannek. Ich hoffe, es geht dir gut.« Der junge Narr öffnete den Mund und klappte ihn dann wieder zu wie ein Fisch. Iry hatte eine Miene aufgesetzt, die Kemni gut kannte. Sie wollte diesen Eindringling provozieren und war vollkommen gnadenlos.

Der junge Iannek versuchte sich zu fassen und schnaubte dann los: »Wer ist das da? Für wen hält er sich?«

»Das hier ist ein Mann, dem ich vertraue«, sagte Iry.

»Du solltest mir vertrauen!«, rief Iannek.

»Vertrauen muss verdient werden«, verkündete Iry kühl.

»Und was hat er getan, um es zu verdienen?«

»Zum einen«, antwortete Iry, »fährt er seinen Wagen nicht so, als wären die finsteren Götter hinter ihm her.«

Das hielt Iannek einen Augenblick lang auf – nicht lange, aber Kemni nahm an, dass selbst das ungewöhnlich war. »Er fährt wie eine blinde, zahnlose alte Frau.«

»Er fährt wie ein vernünftiger Mann«, sagte Iry. »Und deshalb vertraue ich ihm. Hör auf, so zu glotzen, Iannek, sonst bekommst du noch Kopfschmerzen.«

Kemni bemerkte, dass er den Atem angehalten hatte. Es war wirklich ein Zeichen von Irys Macht, dass dieser Fremde, so jung und übermütig er war, nicht sein Schwert zog und sie für diese Worte einfach erschlug. Er beugte sich nicht unbedingt vor ihr, wich aber ein wenig zurück und sagte leiser: »Iry, Herrin, ich will nur auf dich aufpassen.«

»Das kannst du nicht, wenn du mich erdrückst. Und jetzt sei vernünftig und ertrage diesen Wagenlenker, denn ich werde ihn nicht wegschicken. Und«, fügte sie hinzu, »wenn ich herausfinde, dass du ihn auch nur falsch angesehen hast, wirst du Grund haben, es zu bedauern. Hast du mich verstanden?«

»Sehr gut, Herrin«, murmelte Iannek.

»In Ordnung«, erwiderte Iry und ignorierte sein Widerstreben. »Und sei ein braver Beschützer und leiste mir Gesellschaft, wenn du schon darauf bestehst. Du kannst mir Geschichten erzählen.«

Kemni unterdrückte ein Stöhnen. Die Art Geschichten, die ein solcher Narr erzählen würde, drohten ausgesprochen langweilig zu sein.

Aber Iannek schmollte zu sehr, um amüsant sein zu wollen. Er fuhr schweigend neben ihnen her, demonstrativ langsam und vorsichtig, obwohl seine Pferde unzufrieden mit der Geschwindigkeit waren. Seine Hände an den Zügeln waren wunderbar, bemerkte Kemni voller Neid. Sie waren stark, aber leicht, klar und sicher. Kemni hätte viel dafür gegeben, das zu können.

»Ist er wirklich nur eine Wache?«, fragte er leise.

»Wirklich«, antwortete sie nicht sonderlich leise. »Er ist der Bruder unseres Herrn und ein schwarzes Schaf – aber auf seine Art meint er es gut. Khayan hat ihn zu meinem Wachhund gemacht. Nicht, dass er *mich* jemals gefragt hätte. Ich hätte ihm etwas anderes geraten.«

»Ich gehe davon aus, dass du darüber nicht gerade geschwiegen hast«, meinte Kemni trocken. »Das tue ich also hier. Du benutzt mich, um Khayan zu trotzen.«

»Unter anderem«, meinte sie. Sie fragte ihn nicht, ob ihn das störte. Er hatte es auch nicht erwartet.

Das Untere Reich war aus einem Wagen gesehen ein anderer Ort. Die Leuten hielten Abstand und senkten den Blick – bis auf ein paar wenige, die mutig genug waren, demjenigen, der so hoch über ihnen stand, einen glühenden Blick zuzuwerfen. Nein, hier liebte niemand die Fremden; Resignation verbarg nur tiefere Ablehnung.

Auf den Märkten von Memphis hatte man sich eine Geschichte erzählt, eine, von der Kemni wusste, dass es reine Erfindung war, aber man erzählte sie als die Wahrheit. Und vielleicht war es das auf seine Weise ja auch – wie die Geschichten über alte Götter wahr waren, weil sie direkt ins Herz der Dinge drangen.

In dieser Geschichte hatte sich der König in Avaris in den Kopf gesetzt, den König in Theben zu provozieren. Vielleicht langweilte er sich oder hatte nichts Besseres zu tun, oder seine jungen Männer wollten unbedingt kämpfen. Deshalb schickte er eine Botschaft an das Große Haus in Theben. »Das Brüllen der Flusspferde in deinem Garten hält mich nachts wach. Bring sie zum Schweigen, oder ich werde dir meine Missbilligung zeigen.«

Der König in Theben war, wie die Geschichtenerzähler behaupteten, nicht erfreut, eine solch hochmütig und eindeutig falsche Botschaft von einem König zu erhalten, dessen Autorität er nie akzeptiert hatte und der sich, falls er überhaupt schlief, viele Tagesreisen entfernt befand. Daher hatte das Große Haus dem König in Avaris Feindschaft geschworen und war entschlossen, ihn zu vernichten.

Das war eine Geschichte ohne Ende. Manchmal erzählte man sie sich vom letzten König, von Kamose, der schon tot war und der gegen Apophis gekämpft, aber das Untere Reich nicht hatte zurückgewinnen können. Häufiger erzählte man sie sich nun von Ahmose als eine Art Prophezeiung. Die Menschen wünschten sich, dass sie wahr wäre; vielleicht beteten sie sogar darum.

Kemni würde viel zu erzählen haben, wenn er zum Stier des Re zurückkehrte. Falls er zurückkehrte. Er durfte es nicht vergessen: Dieses Sichverbergen in aller Öffentlichkeit war eine gefährliche Sache.

Der junge Iannek war nicht entzückt angesichts eines Rivalen um Irys Aufmerksamkeit – und darum ging es, da war Kemni sicher. Sie reisten an diesem Tag in gereizter Freundschaftlichkeit nebeneinander; gegen Abend machten sie in einem der Landsitze Khayans Halt, einem, der von Anfang an unter Herrschaft der Retenu gestanden hatte und dessen Frieden keine Erinnerungen an seine alten Herren störte. Die meisten Diener hier waren Retenu, ob sie nun vom Volk des fremden Königs selbst oder aus anderen Städten und Völkern Asiens stammten. Nur jene, die die Felder bearbeiteten, waren Ägypter, und die blieben unter sich.

Es war ein reicher Landsitz mit großen Gersten- und Weizenfeldern, mit Flachsfeldern und einem Dorf voller Spinner und Weber. Khayan wollte hier einen oder zwei Tage verweilen, um die Felder zu inspizieren, bevor sie nach Avaris, was weniger als eine Tagesreise entfernt lag, weiterreisten. Er hatte bei seiner Ankunft Boten dorthin geschickt und selbst Boten empfangen, mit denen er sich eine ganze Weile einschloss.

Kemni hoffte, sie informierten ihn nicht darüber, dass die Priesterin der Stute sich einen Spion zum Leibwächter genommen hatte. Zumindest kam niemand, um ihn zu ergreifen, und niemand achtete sonderlich auf ihn.

Mit Ausnahme von Iannek. Kemni aß später im Stall zusammen mit Pepi und dem jungen ägyptischen Stallburschen. Er hätte auch mit Iry essen können, aber diese angenehme Pflicht überließ er Iannek. Das dachte er zumindest. Iannek hatte, wie es schien, andere Absichten.

Er trat Kemni gegenüber, als dieser auf den Stallhof hinausging, um sich zu erleichtern. Das Bier hier war gut, und er hatte viel davon getrunken.

Iannek trat hinter ihn und legte ihm die Hand auf die Schulter. Kemni fuhr herum ohne nachzudenken und hatte den jungen Narren an der Kehle, bevor dieser sich verteidigen konnte. Im Licht der Fackel, die den Hof beleuchtete, erkannte Kemni seinen Mitleibwächter. Er zog die Hände weg, aber nur langsam. »Tu das nie wieder« sagte er in so sanftem Tonfall, wie er sich abringen konnte.

Iannek schluckte vorsichtig. Er kniff die Augen ein wenig zusammen. »Du bist kein Diener«, sagte er.

Kemni spürte, wie sich ihm der Magen zusammenzog und sein Herz kalt wurde, aber er wahrte seine unverschämte Miene. »Was soll ich wohl sonst sein, in dieser Welt, in der wir leben?«

»Du hättest mich getötet«, sagte Iannek, »weil ich dich überrascht habe. Wo hast du das gelernt? Wer bist du?«

»Ein Verwandter von Pepi aus Memphis«, sagte Kemni, »der einen Fehler gemacht und den man deshalb weggeschickt hat.«

Es war eine nackte Lüge und würde seine Seele schrecklich belasten, wenn er zum Urteil kam. Aber Iannek schien es zu glauben. »Das kann ich mir vorstellen«, sagte er. »Wenn du jeden so begrüßt, der dich erschreckt. Was hast du getan – deinen Herrn geschlagen?«

»Ich würde niemals meinen Herrn schlagen«, sagte Kemni steif. »Und jetzt sag mir, warum du hier bist? Will sie mich sehen?«

»Nein«, erwiderte Iannek.

»Und wer passt dann auf sie auf?«

Iannek musste einen Augenblick nachdenken, erholte sich aber rasch. »Sie ist zusammen mit meinem Bruder, meiner Mutter und meinen Schwestern. Wie viel sicherer kann sie noch sein?«

Viel sicherer, dachte Kemni, aber das sagte er lieber nicht. »Und du bist geflohen«, meinte er.

»Nun«, sagte Iannek, »es war langweilig. Du hast in Schlachten gekämpft, nicht wahr?«

Dem war nicht einfach zu entkommen. Kemni dachte daran zu fliehen, aber er hatte sich bereits erleichtert, also würde diese Ausrede nicht genügen. Deshalb antwortete er so gut er konnte: mit einer Gegenfrage. »Du etwa nicht?«

Im Fackellicht ließ es sich nur schwer ausmachen, aber es war möglich, dass Iannek errötete. »Lachst du mich aus?«

»Nicht im Geringsten«, erwiderte Kemni. Und das tat er auch nicht. »Schlachten sind für uns nicht so etwas Großartiges. Sie sind hässlich und blutig und häufig vergeblich.«

»Schlachten sind ruhmreich«, sagte Iannek. »Das ist es, wofür ein Mann lebt.«

»Nicht unsere Art von Mann«, meinte Kemni.

»Ihr seid ein seltsames Volk.«

»Wir sind, was wir sind.«

»Du kannst also kämpfen«, sagte Iannek und kehrte zu dem Thema zurück wie ein Hund zu seinem Knochen. »Deshalb wollte sie dich. Und weil du ihre Sprache sprichst. Es ist seltsam für sie, Ägypterin und gleichzeitig Priesterin der Stute zu sein.«

Iannek mochte ein Narr sein, aber ein seltsam aufmerksamer Narr. Kemni sah die Straße vor sich voller Steine, und jeder davon konnte sein Wagenrad zerbrechen.

Aber er musste weiterziehen. »Einer von uns sollte heute Nacht auf sie aufpassen«, meinte er. »Sollen wir uns die Wachen teilen?«

»Ja«, sagte Iannek mit dem Eifer eines kleinen Jungen. »Ich nehme die erste. Ich hole dich um Mitternacht.«

»Gut«, stimmte Kemni mit der Andeutung eines Seufzers zu. Iry würde gut beschützt sein – vielleicht zu gut, aber wer wusste das schon? Vielleicht brauchte sie tatsächlich Schutz.

36

Iry spürte, wie es um sie herum enger wurde. Die Anwesenheit ihres Vetters war ein Trost, aber er war jeden Augenblick, den er mit ihr verbrachte, in Gefahr. Zweifellos konnte keiner dieser Retenu übersehen, wie er sich hielt, dass er sich wie ein Herr und Krieger bewegte. Aber sie schienen trotz allem blind zu sein, sie sahen nur einen Schatten in ihrem Schatten.

Sobald sie nach Avaris kamen, würde er sich davonstehlen, das hatten sie bereits beschlossen. Er würde seine Verbündeten finden, wo sie auf ihn warteten, und auf geheimen Pfaden ins Obere Reich zurückkehren.

Sie hätte eine ihrer Seelen dafür gegeben, mit ihm entfliehen zu können, doch die Stute band sie hier. Sie hatte zwar keine Gelübde abgelegt, sich nichts und niemandem angeschworen – aber das war auch nicht notwendig. Die Wahl der Stute war alles, was es an Ritus und Weihe brauchte. Durch die Stute war sie zur Priesterin geworden und hatte alle Macht erhalten, die sie haben konnte.

Fremde Macht. Macht eines Volkes, das sie hasste.

Sie würde tatsächlich davonrennen. Wie konnte sie weiter hier bleiben?

»Ich gehörte nicht zu euch«, sagte sie, und im Augenblick war es ihr gleich, in welche Gefahr sie sich brachte.

Sie hatte nicht erwartet, dass sie das von allen Menschen ausgerechnet Khayan gestehen würde. Er hätte eigentlich zu tun haben müssen, er hätte damit beschäftigt sein müssen, Herr dieses Anwesens zu sein. Aber er hatte sich einen Augenblick Zeit genommen, spät am zweiten Tag, den sie dort verbrachten, um sich durch einen Besuch bei seinen Pferden zu beruhigen. Iry hatte dieselbe Idee gehabt, war ihren Wachen und ihren Wärtern entflohen und in den Stall gegangen. Die Stute ertrug es um Irys willen, eingeschlossen zu sein, obwohl es sie reizbar machte: Sie hatte die Ohren angelegt und ging sogar so weit, nach Khayan zu schnappen, als er in die Nähe kam.

Er beruhigte sie, wie er es als geborener Pferdekenner konnte. Das hatte Irys Ausbruch provoziert: die Leichtigkeit, mit der er sich unter Pferden bewegte, die Fremdheit seiner Anwesenheit, in diesem Gewand und geschmückt wie ein Fürst seines Volkes. Aber die goldenen Augen waren seine eigenen, ebenso wie das Lächeln, das er ihr schenkte, als wäre er tatsächlich froh, sie zu sehen.

»Ich bin keine von euch«, sagte sie. »Und das werde ich auch nie sein.«

»Das brauchst du auch nicht«, sagte er mit seiner warmen, tiefen Stimme. »Du brauchst nur die Auserwählte der Stute zu sein.«

»Nein«, sagte sie. »Nein. Heute habe ich gelernt, in einer Sprache zu beten, die mein Volk nie gesprochen und nie gesprochen gehört hat, in einer Sprache, die schon altertümliche Züge angenommen hatte, als mein Land noch ein Dorf am Flussufer war. Ich habe zu einer Göttin gebetet, die mir vollkommen fremd ist. Meine Ahnen kannten sie nicht, *ich* kenne sie nicht. Wie kann sie mich auserwählt haben? Ich bin eine vollkommen Fremde.«

»Und dennoch kennt sie dich«, sagte Khayan, »und hält dich für würdig.«

»Warum? Was tut sie, außer widerspenstig zu sein?«

»Das fragst du mich?«

»Selbstverständlich frage ich dich«, sagte sie bitter. »Du weißt alles.«

»Dafür hasst du mich?«

Sie hätte ihn am liebsten angespuckt oder geschlagen. Ersteres war lächerlich, Letzteres hatte sie begonnen, bevor sie auch nur ansatzweise nachdenken konnte. Es hätte ein fester Schlag sein sollen, der Schlag eines Mannes oder zumindest der eines Jungen. Aber Khayan, ausgebildeter Krieger, der er war, fing ihre Hand ab, bevor sie traf. Wie eine Närrin versuchte sie sich loszureißen, aber er war viel, viel stärker als sie.

Sie hatte jedoch zwei Hände. Mit der zweiten traf sie ihn an der Schulter – sie hatte auf die Wange gezielt, aber er war zu groß. Er grunzte – sie hatte ihn überrascht. Es war wie gegen eine Wand zu schlagen, da er so groß war und fest und muskulös von Jahren des Reitens, Jagens und Fischens.

Nun griff er auch nach ihrer zweiten Hand. Jetzt war sie wirklich gefangen, aber sie ließ sich nicht unterwerfen. Niemals. Wenn er versucht hätte, sie zu verspotten oder sie zu überwältigen, hätte sie sich freigekämpft, wenn schon nicht mit der Kraft ihrer Arme, so mit ihrer messerscharfen Zunge. Aber er stand still, hielt nur ihre Handgelenke fest, als hätte er vergessen, was er tat, und starrte ihr ins Gesicht. Hatte er sie denn nie zuvor gesehen? Was hatte er da erblickt?

»Was ist?«, wollte sie wissen. »Was hast du noch nicht gesehen?«

»Dich«, sagte er wie in einem Traum.

»Und was *hast* du gesehen?«

»Ein Gesicht«, erwiderte er. »Augen, Nase, Mund. Einen Körper wie ein Fisch im Fluss beweglich und schlank. Aber niemals –«

Er brach ab. Sie hätte ihn am liebsten wieder geschlagen, aber er hielt sie immer noch fest. »Lass mich los«, sagte sie leise und ruhig.

Er gehorchte langsam, und sie senkte die Hände. Sie hätte gehen sollen, das wusste sie. Aber etwas war an diesem Mann, an diesem trüb beleuchteten Ort. Mondlicht – Mondlicht stand ihm gut. Und spätes Sonnenlicht, das durch ein Stalltor fiel.

»Du kannst mich bitten«, sagte er.

»Um was?«

Er antwortete nicht, wollte es nicht. Er hatte etwas an sich, das sie beinahe verstand, aber sie war nicht sicher, ob sie es verstehen wollte.

»Du musst mich bitten«, sagte er. Er klang nicht zornig oder bedrückt oder enttäuscht. Er sagte ihr nur, was sie wissen sollte.

Sie war nicht bereit, es zu wissen. »Bitte geh«, sagte sie.

Und das tat er. So einfach, so prompt, als hätte sie das Recht, ihn darum zu bitten.

Als er weg war, lehnte sie sich an die warme, feste Schulter der Stute. Die Stute war froh, ihn los zu sein. Männliche Wesen waren nach ihrer Einschätzung nichts wert, es sei denn, sie war rossig. Dann nahm sie sich, was sie wollte, und ging wieder.

Es war eine gute Art, sein Leben zu leben. Schade, dass Iry das nicht konnte. Alles, was sie hatte, waren ihre Ignoranz und ihr Starrsinn und diese mondweiße Stute.

Sadana hatte keine Geduld mit Narren. Und als das betrachtete sie Iry. Es ging nicht um Khayan, als es geschah. Es ging um Kemni. Sie konnte Irys Leibwächter absolut nicht ausstehen.

Oder vielleicht ging es auch nicht darum. Sadana war nicht gerade unempfänglich für dieses Gesicht – so ägyptisch es sein mochte. »Kein Mann hat das Recht, so hübsch zu sein«, erklärte sie.

»Warum nicht?«, wollte Iry wissen. »Wenn Männer dazu da sind, dass wir mit ihnen spielen, wieso sollten sie nicht schön anzusehen sein?«

»Er ist nicht schön«, fauchte Sadana. »Er ist ein rasierter Fremder. Wenn er sich einen Bart wachsen ließe wie ein Mann, sähe er besser aus.«

»Das glaube ich nicht«, meinte Iry. »Magst du es nicht, wenn du das Gesicht deines Mannes sehen kannst? Er kann sich nicht hinter einem Bart verstecken, nicht mehr als eine Frau. Man kann ihn viel leichter deuten.«

»Warum glaubst du, dass ein Mann etwas an sich hat, das deutenswert wäre?«

Iry zuckte mit den Achseln. »Vielleicht auch nicht. Ich möchte es nur gern sicher wissen.«

Sie konnte Sadana nicht so leicht abtun wie Sadanas Bruder. In dieser seltsamen Welt, in die die Stute sie gebracht hatte, waren Frauen wie Männer und Männer wie Diener. Und Sadana hatte hier große Macht.

Sie hatte etwas gegen diesen Aufenthalt, nur einen Tagesritt von Avaris entfernt. Iry begann sich zu fragen, ob es dort etwas oder jemanden gab, den sie gerne sehen wollte. Feind? Freund? Geliebter?

Oder vielleicht gab es hier etwas, das sie beunruhigte. Sie war immer ruhelos, wurde es aber umso mehr, je länger sie blieben.

Es schien, dass sie Iry ständig plagte, mit dem Bogen zu üben, ihre Lektionen durchzugehen, was Gebete und Rituale anging, selbst das Reiten auf der Stute zu üben, obwohl der Unterricht darin zu Khayans Pflichten gehörte.

Iry hatte nichts gegen den Bogen oder die Stute, aber diese endlosen Stunden, in denen sie Worte in seltsamen Sprachen sprechen und sie sich einprägen musste, verursachten ihr schreckliche Kopfschmerzen. Besonders ein Ritual, das Todesritual der Dienerin der Stute, hatte überhaupt nichts mit ihr zu tun. Die ehemalige Dienerin war gestorben, bevor Iry sie je kennen gelernt hatte. Und wenn Iry starb, würde ihre Nachfolgerin das Ritual durchführen.

Aber Sadana bestand darauf. »Du musst alles wissen«, sagte sie. Selbst die Worte, die die Schülerin sprechen musste, wenn sie die Leiche aufbahrte. Das, was danach zu tun war, erfüllte Iry mit tiefster Ablehnung: Die Knochen vom Fleisch zu trennen, sie zu säubern und sie in den Boden zu legen. Alles, bis auf den Schädel. Der musste ebenso gesäubert, poliert, mit Silber gefasst und zu einem Becher umgearbeitet werden, aus dem die Nachfolgerin dann trank.

»Das ist ein Sakrileg«, sagte Iry. »Ich danke meinen Göttern, dass ich das nie tun musste – und bei allen Göttern, niemand wird es je mit mir tun. Ich werde ganz und vollständig in meinem Grabmal liegen, wie es sich gehört, sodass ich unversehrt ins Land des Osiris gelange.«

»Das ist nicht unsere Art«, erwiderte Sadana. »Es ist schlimm genug, dass du keinen Becher aus dem Schädel deiner Vorgängerin hast, aus dem ihr Geist dich inspiriert und lehrt und dich segnen kann, wann immer du daraus trinkst.«

Iry schauderte. »Was ist eigentlich aus der Leiche meiner Vorgängerin geworden?«

Darüber musste Sadana nachdenken. Oder fühlte sie sich schuldig? Oder war sie einfach überrascht, dass Iry auf die Idee kam zu fragen?

»Sie ist hier in Ägypten an einer Krankheit gestorben, nachdem sie durch den Willen der Stute hergekommen war. Man hat sie mit allen Ehren beigesetzt.«

»Unversehrt?«

Sadana nickte.

»Siehst du«, meinte Iry. »Und jetzt erzähl mir – wieso ist die Stute hier? Sollte sie nicht im Osten sein?«

»Nach dem Tod der Dienerin der Stute erhielten die Ältesten im Osten von der Pferdegöttin selbst den Befehl, meinen Bruder damit zu beauftragen, zum Volk seines Vaters zurückzukehren und jene Pferde mitzunehmen, die gehen wollten. Darunter waren auch die junge Stute und ihre Verwandten.«

»Alle?«

Wieder dieses scharfe Nicken, als beleidigte es Sadana, das eingestehen zu müssen.

»Dann scheint es mir«, sagte Iry, »dass die Stute vorhat, unsere Welt zu verändern.«

»Ich kenne die Entschlüsse der Stute nicht«, sagte Sadana.

»Sadana«, meinte Iry, »wenn ich dir das alles geben könnte, würde ich es tun. Kann ich dich zu meiner Nachfolgerin machen?«

Sadana wusste nicht, wohin sie schauen sollte. Sie riss die Hand hoch, herum und wieder nach unten: um das Übel und jegliche Versuchung zum Bösen abzuwehren. »Das darfst du nicht tun! Du kennst mich überhaupt nicht, und du solltest mir auch nicht trauen.«

»Warum nicht? Du weißt mehr von diesen Dingen, als ich je wissen werde.«

»Was, wenn ich dich töten oder dich in eine Falle locken würde, damit du stirbst? Dann hätte ich das, was ich wollte. Ich hätte alles.«

»Nein«, sagte Iry. »Nicht, wenn die Stute dich nicht wollte.«

»Und wie kommst du darauf, dass sie das tun würde, wenn du weg wärest? Oder ihre Nachfolgerin?«

»Das ist ihre Sache«, sagte Iry.

Sadana warf den Kopf zurück wie ein zorniges Pferd. »Das ist alles Unsinn.«

»Nein«, sagte Iry. »Wenn du mich tötest, hast du gar nichts. Wenn du wartest und Geduld hast, wirst du alles haben.«

»Du bist jünger als ich. Du wirst mich überleben.«

»Vielleicht«, sagte Iry. »Dann wird deine Tochter das Amt bekommen. Bist du deshalb so störrisch? Weil du es sofort willst? Wäre es nicht das Risiko wert? Ich könnte schon in der nächsten Fieberjahreszeit sterben oder vom Wagen fallen oder im Kindbett sterben. Der Tod ist bei jedem Atemzug mit uns.«

»Und in diesem Land«, sagte Sadana, »überragt er uns. Was war mit euren alten Königen, dass sie Grabmale so groß wie Städte gebaut haben?«

»Das haben sie seit tausend Jahren nicht mehr getan«, erwiderte Iry. »Es war etwas, das sie damals taten, weil die Götter es verlangten oder weil sie etwas Großes und Mächtiges tun wollten, das niemandem zuvor gelungen war. Dann hat sich das überlebt, und ihre Nachfolger verbargen ihre Grabmale, wie es immer noch geschieht.«

»Das weiß ich«, fauchte Sadana. »Aber warum? Warum so üppig geschmückte Gräber? Die Toten brauchen nichts.«

»Die Toten brauchen alles. Alles, was sie im Leben hatten, haben sie auch im Tod. Aber sie müssen es mitnehmen – Körper, Besitz, alles.«

»Wie lästig.«

»So ist es eben«, meinte Iry.

»Und du willst, dass ich dir nachfolge.« Sadana schüttelte den Kopf. »Nein. Das werde ich nicht tun. Es war mir bestimmt, Dienerin der Stute in diesem Zeitalter zu sein, doch die Stute hat mich abgewiesen. Ich werde nicht die Zweitbeste sein und keine vergeblichen Jahre auf etwas warten, das nie geschieht. Was ich jetzt bin, werde ich bleiben. Deine Nachfolgerin wird erscheinen, wenn die Zeit gekommen ist, genau wie die junge Stute auftauchen wird, wenn deine Stute alt wird.«

»Ich kann dich nicht zwingen«, sagte Iry. »Aber –«

»Nein«, erwiderte Sadana. »Und jetzt wiederhole noch einmal das Gebet, das du rezitierst, wenn eine der Verwandten der Stute ein Fohlen bekommt.«

Iry holte tief Luft. Das da hatte nichts mit dem Tod zu tun – es war das genaue Gegenteil. Es war erheblich tröstlicher daran zu denken, und auch einfacher, nachdem sie sich erst einmal in ihrem Gedächtnis die Worte und Gesten wieder gefunden hatte. Sadana sprach nicht mehr vom Tod oder von Nachfolgern und verlangte auch nicht weiter, dass Iry Gebete rezitierte und Rituale übte, die sie nie brauchen würde. Vielleicht war es nur eine Prüfung gewesen oder das Ergebnis einer besonders grausamen Laune. Nachdem es einmal vergangen war, war es, was Sadana betraf, auch vergessen.

Es war nicht der Tod, der Sadana unruhig machte, und auch nicht nur ihr Kummer wegen Iry. Nein, es ging, wie Iry entdeckte, um etwas ganz anderes. Es fiel Iry beinahe zufällig gegen Ende der Lektion dieses Tages auf, die sich immer mehr im Kreise drehte, als wäre Sadana ständig abgelenkt. Das Ende kam kurz nach dem Wechsel von Irys halb unerwünschter Wache.

Iannek, der den ganzen Nachmittag durchgeschlafen – und geschnarcht – hatte, schlenderte ohne ein Wort davon. Und dann kam Kemni herein, sehr viel ruhiger, gefasster, ließ sich in einer Ecke nieder und hing seinen eigenen Gedanken nach, während Iry tat, was immer ihre Lehrerin von ihr erwartete.

Schließlich wurden Sadanas Fragen aber seltsamer und seltsamer und weniger zusammenhängend. Sie hatte sich sorgfältig von der Gestalt in der Ecke abgewandt, aber Iry bemerkte die Seitenblicke. Kemni schien es nicht aufzufallen. Sein Gesicht war in diesem Licht von verblüffender Schönheit und verblüffend jenem der Herrin Neferten ähnlich, obwohl er sich nur die Augen schminkte, was kein Ägypter je vergessen würde.

Iry erstarrte. Wenn Sadana es sehen könnte – wenn ihr auffiele –

Aber nein. Das war es nicht, was ihren Blick immer und immer wieder zurückkehren ließ. Iry hatte gesehen, wie ein Hengst eine Stute auf diese Weise ansah. Es war ein seltsamer, beinahe träumerischer Blick, als wäre Sadana nicht ganz sie selbst.

Und es machte sie zornig. Darin war sie wie die Stute. Wenn die Stute rossig war, genoss sie das, aber sie lehnte es auch ab, als ließe dieser Verlust der Beherrschung ihres Körpers und ihrer Vernunft ihren Zorn aufflackern.

»Du solltest ihn einfach bitten«, hätte Iry beinahe gesagt, doch dann erinnerte sie sich an ein anderes Gesicht als Kemnis glattes, rasiertes und an eine tiefe, leise Stimme. *Du musst mich bitten.*

Nein, dachte sie. O nein. Sie sehnte sich nicht nach Khayan wie die Stute nach einem Hengst, oder wie Sadana – zornig, widerstrebend, aber ohne jeden Zweifel – nach Kemni.

Kein Wunder, dass Sadana zornig war. Kemni war Ägypter, ein Fremder und – soweit sie wusste – ein Sklave. Iry war nicht zornig, o nein. Aber sie würde nicht auf jene Weise an Khayan denken. Nicht dieses große, breite, zottelige Ungeheuer von einem Mann mit seinen gelben Augen und einer Stimme wie Trommelschläge!

Diese Welt war einfach zu unordentlich. Sadana sollte sich nach einem ihrer eigenen Art sehen – vielleicht nach Iannek oder einem der jüngeren Adligen, die sich überall im Reich herumtrieben. Iry sollte sich nach gar niemandem sehnen. Oder wenn, dann sollte es Kemni sein. Er sah gut aus, er war ein angenehmer Gesellschafter, er war seit der Kinderzeit ihr Freund. Und er war ihr Verwandter. Sie traute ihm. Wenn sie ihn ansah, freute sie sich und war glücklich, dass er da war – aber sie wollte ihn nicht immer wieder anstarren, wie es ihr bei Khayan geschah.

Sadana beendete den Unterricht abrupt und stolzierte nach einem völlig grundlosen Wutausbruch hinaus. Iry wollte sie gehen lassen, aber ihre Zunge hatte anderes im Sinn.

»Komm zurück«, sagte sie. »Du bist hier noch nicht fertig.«

Sadana drehte sich in der Tür um. Ihre Miene wäre Furcht einflößend gewesen, hätte Iry zur Furchtsamkeit geneigt. »Ich habe alles getan, was ich tun wollte«, sagte sie kühl.

»Willst du ihn nicht fragen?«

Die hohen Wangen wurden scharlachrot. Um die schmale Nase wurde sie ein wenig blass. »Wen fragen? Was fragen?«

»Du weißt, wovon ich rede«, meinte Iry. »Bitte ihn. Frag ihn. Du willst es doch. Wieso bringst du es nicht hinter dich?«

»Weil ich es nicht will.«

»Hast du Angst, dass er sich weigert?«

»Er kann sich nicht weigern.«

»Dann sag es«, meinte Iry.

Sie war grausam. Sie wusste es. Kemni konnte sich nicht nur weigern, er würde es sogar sehr wahrscheinlich tun. Und dann …

Sie brachte ihn in Gefahr. Es war, als wäre sie plötzlich wie besessen. Als wollte sie diese Spannung brechen, die sie alle umfing, dieses zarte und unerträgliche Gleichgewicht von Täuschung und falschen Eindrücken, die dafür sorgte, dass ihr Vetter mitten im Feindesland in Sicherheit war.

Aber Sadana, die sich noch nie einer Herausforderung verweigert hatte, verweigerte sich jetzt. Sie wandte sich von Iry und dem Raum, in dem Kemni saß, ab, und verschwand in den Tiefen des Hauses.

37

Kemni verstand nicht, um was sich seine Base und die Kriegerin Sadana gestritten hatten, und er legte auch keinen Wert darauf. Er war froh, als Sadana weg war, obwohl Iry auf und ab ging und vor sich hin murmelte und eine Weile ziemlich schwierig war. Sie ging nicht zum Essen, wie man es von ihr erwartete, und sie wollte auch nicht gehen, als man sie rief. Eine Dienerin brachte ihr schließlich etwas in das Zimmer, das man ihr überlassen hatte, und sie stocherte darin herum und bestand darauf, dass Kemni es aufaß; nachdem sie selbst dann doch noch ein wenig gegessen hatte, ging sie zu Bett.

Er nahm an, er hätte sie fragen sollen, was los war. Aber die Blicke, die sie ihm zuwarf, waren nicht ermutigend, und er war selbst in merkwürdiger Stimmung. Ihm war, während er Iry bewachte, aufgefallen, dass es einige Zeit her war, seit er Iphikleia gesehen oder sogar von ihr geträumt hatte. Es war, als hätten sich die Götter entschieden, ihn, sobald er das Untere Reich, in dem er zur Welt gekommen war, betreten hatte – dieses Land, in dem er eigentlich Adliger und Krieger sein sollte –, am Tage zu verstören und zu verärgern und ihn in Frieden zu lassen, wenn er schlief.

Aber während er dort in der Ecke saß, die er sich ausgewählt hatte, weil er eine gute Sicht aufs Zimmer und leichten Zugang zur Tür hatte, sah er Iphikleias Gesicht so deutlich, als stünde sie vor ihm. Er hätte beinahe die Hand ausstrecken und sie berühren oder sich vorbeugen und diese reifen, roten Lippen küssen können.

Sie saß in einem Raum, den er noch nie zuvor gesehen hatte, das Kinn nachdenklich in die Hand gestützt, während Naukrates gestikulierend auf und ab ging. Es gab andere in der Nähe, schattenhafte Gestalten, kretische Gestalten: breite Schultern und schmale Hüften, die Wölbung einer Frauenbrust, die nach der Mode dieses Landes nackt war. Es war ein Traum und dennoch kein Traum. Er sah, was in diesem Augenblick geschah, vermutlich in Avaris, und das da musste eine Kapitänsversammlung sein.

Naukrates war lebhaft, Iphikleia nachdenklich, aber sie wirkten beide nicht beunruhigt. Das tröstete Kemni, obwohl er sich danach sehnte, dort zu sein, bei ihnen, und nicht hier in diesem Spiel gefangen, auf das er sich dummerweise eingelassen hatte. Wenn er jetzt ging, an diesem Abend, und auf einem Boot den Fluss entlangruderte, würde er am Morgen in Avaris sein.

Aber er blieb, wo er war, und lauschte Irys tiefem, langsamem Atem. Sie brauchte ihn nicht, um sie zu beschützen, darüber machte er sich keine Illusionen. Aber sie brauchte den Trost seiner Gegenwart. Er war der Einzige von ihrem Volk, den man ihr so nahe kommen ließ – und wenn er in Avaris war, musste er sie verlassen. Er musste seinem König dienen und seiner Königin, von der er so lange getrennt gewesen war, und Iphikleia, die ihm mehr bedeutete als König oder Königin.

Ein Gesicht tauchte über ihm auf, als käme es direkt aus seinem Traum. Aber es war kein kretisches Gesicht. Nicht dieses, mit der gebogenen Nase und den wilden Falkenaugen.

»Steh auf«, sagte Sadana in schrecklichem, aber verständlichem Ägyptisch. »Komm mit.«

»Das kann ich nicht«, sagte er. »Ich halte Wache.«

»Komm«, sagte sie.

»Nein«, erwiderte Kemni.

Sie zischte, packte ihn und riss ihn auf die Füße. Er unterdrückte den Instinkt sich zu wehren. Wenn es zu einem Kampf kam, wäre es besser, wenn er stand.

»Ich muss meine Herrin bewachen«, sagte er vorsichtig. »Ich kann sie nicht allein lassen.«

Wieder zischte sie und stolzierte hinaus, wie sie es zuvor schon getan hatte... wie sie es offenbar immer tat. Kemni sackte wieder in seine Ecke. Erst jetzt fiel ihm ein, was sie gewollt hatte, worüber sie mit Iry gesprochen hatte, und was er vorher kaum hatte bemerken wollen.

Und er hatte sich geweigert. Das war nicht klug. Überhaupt nicht.

Ah, dachte er, es lässt sich nun nicht mehr ändern. Er würde weg sein, bevor sie ihn in Gefahr bringen konnte. Und er hoffte nur, dass Iry in Sicherheit war. Aber die Stute würde sie schützen.

Er schlief beinahe, als Sadana zurückkehrte. Wie dumm von ihm zu denken, dass er sie besiegt hatte. Sie zerrte einen rotäugigen, taumelnden Iannek herein, und der Zweck seiner Anwesenheit war nur allzu deutlich. »Jetzt komm«, sagte sie zu Kemni.

Er wollte nicht. Aber diese Augen waren einfach zu wild, vielleicht stand sogar ein wenig Wahnsinn in diesem Blick. Er konnte zumindest mit ihr gehen und hoffen, sie friedlicher stimmen zu können; das wäre vielleicht für alle am sichersten.

Seufzend stand er auf. Iannek seufzte tiefer und sackte in der Ecke zusammen, die Kemni verlassen hatte. Kemni schubste ihn mit dem Fuß an. »Schlaf nicht ein«, sagte er.

Iannek knurrte ihn an, er knurrte zurück. Sadana wurde ungeduldig. Er musste den betrunkenen Narren hier lassen und hoffen, dass Iry ohne ihn zurechtkam.

Sadana war eine seltsame Frau. In mancher Hinsicht war sie wie Iphikleia: barsch, abrupt und offensichtlich kalt. Aber Iphikleia war unter dieser Kälte warm und stark. Sadana war wie Feuer in trockenem Gras.

Sie führte ihn in einen Raum, der nicht weit von Irys Zimmer entfernt lag. Er schien leer; er war sauber, nur auf dem Boden lag Staub. Es gab Lampen, die sie mithilfe derer, die sie mitgebracht hatte, entzündete – eine ganze Reihe von ihnen. Kemni blieb stehen, wo sie ihn verlassen hatte, direkt hinter der Tür. Vielleicht erwartete sie, dass er floh, aber das würde er nicht tun. Indem er mit ihr gekommen war, hatte er eine Art Versprechen abgegeben.

Das hier war ein wenig wie die Nächte in Kreta, als unverschämte und schöne junge Frauen zu ihm gekommen waren und ihn ihrem Willen unterwarfen. Aber sie hatten es lachend getan, für ihre Herrin und um ihrer selbst willen, weil sie ihn reizvoll fanden. Sadana fand nichts reizvoll, das sah Kemni. Sie war ein Geschöpf von Schwüren und Pflichten. Freuden waren ihr fremd.

Sie waren alle so, diese Frauen aus dem Osten. Vielleicht war sie deshalb so zornig, als sie sich nun im Lampenlicht umdrehte und ihm einen Blick zuwarf, als gäbe sie ihm die Schuld daran, dass sie ihn begehrte.

Frauen waren unberechenbare Geschöpfe. Eine Frau wie diese hier konnte zudem gefährlich sein.

Gefahr war etwas Süßes, wie Honig. Sadana war auf ihre Weise schön, wie es ein Falke ist oder der neue Mond. Obwohl sie auch Furcht erregend war, wenn sie ihn nun mit ihrem schrecklichen Zorn anstarrte, ging er doch mit festem Schritt auf sie zu, über die kühlen Kacheln des Bodens. Sie stürzte sich weder auf ihn, noch drehte sie sich um und flüchtete.

Ihr Haar war nicht vom Schwarz-Blau seines eigenen Volkes oder der meisten ihrer Leute. Sie hatte einen rötlichen Schimmer darin, als wäre es nicht das dunkelste Blau, sondern das dunkelste Rot. Über ihrer Nase waren ein paar schwache goldene Flecken verteilt wie Küsse der Sonne. Sie waren überraschend liebenswert, gerade weil der Rest von ihr einem Schwert so ähnlich war: fest und glitzernd und gierig.

Ihre Haut war weich, glatt wie frische Sahne und weiß wie Milch. Sie schauderte, als er ihre Wange berührte. Er wich ein wenig erschrocken zurück.

Sie griff nach seiner Hand. Er erstarrte. Sie starrte sie an, als hätte sie nie so etwas zuvor gesehen.

Er begann sich zu fragen: Hatte sie niemals … hatte sie je …?

Selbstverständlich. All diese Frauen wurden erzogen, Männer zu lieben, wie Männer in Ägypten Frauen liebten: früh, häufig und mit Freude.

Und dennoch, wenn sie solche Rituale hinter sich gebracht hatte wie die, von denen Iphikleia ihm erzählt hatte, bei denen ein Mädchen zur Frau wurde und ein weiser, geschickter Mann ihres Volkes dafür sorgte, dass sie es mit Freude tat und mit so wenig Schmerzen wie möglich, dann hatte sie diese Freude vielleicht seitdem nicht oft gesucht. Reiten und Kämpfen, ihre Pflichten und Schwüre, lange Zeit der Hoffnung und die große Enttäuschung hatten sie beschäftigt, bis sie nichts anderes mehr wollte.

Vielleicht hatte er sie falsch verstanden. Aber sie war seltsam schüchtern und seltsam steif. Er versuchte sie zu beruhigen, wie er es bei den Pferden ihres Bruders gelernt hatte. Er bewegte sich langsam und vorsichtig, wartete, bis sie sich an seine Berührung ihrer Wange gewöhnt hatte, bevor er es wagte, ihr Haar aus den Zöpfen zu befreien. Es war so fest angespannt wie sie, und fest gebunden. Geduldig arbeitete er daran.

Sie ertrug es mit einer Art bebender Resignation. Er strich ihr mit den Fingern darüber und glättete es. Gewellte Strähnen fielen ihr nun ums Gesicht und verliehen ihr eine ganz andere Schönheit: viel weicher und viel sanfter.

Aber ihr Blick war immer noch wild. Er wurde waghalsiger, griff nach den Verschlüssen ihres Hemdes und öffnete es. Es gab eine lange Reihe solcher Verschlüsse, kunstvoll geschnitzte Knochenknöpfe, die durch eine Lederschlaufe gezogen waren. Sie konnten einen ärgern, man konnte sie aber auch zu einem angenehmen, verlängerten Spiel nutzen, einer langsamen Enthüllung ihrer verborgenen Schönheit.

Ihr Herz raste, sie atmete schnell. Er beeilte sich nicht.

Unter dem Hemd gab es ein anderes Hemd aus feinem Leinen, feucht von ihrer Körperwärme. Kein Wunder, wenn sie sich selbst in der Zeit der Aussaat noch so einhüllte, da die Hitze schwer und drückend war. Das Unterhemd war mit Schnüren gebunden, die viel leichter zu lösen waren. Er streifte es von ihren weißen Schultern und entblößte die kleinen Brüste mit den rosa Spitzen. So liebreizend, so zart. Sie hoben sich hoch über den Bogen ihrer Rippen und ihren flachen Bauch.

Der Gürtel ihrer Hose reizte ihn, aber er ließ ihn vorerst außer Acht. Nicht, solange sie sich wieder anspannte und von etwas anderem als Kälte schauderte. Sie hatte die Augen geschlossen, als könnte sie es nicht ertragen ihn anzusehen.

Er beugte sich vor, um ihre Brüste zu küssen. Sie keuchte. Er umkreiste sie mit der Zunge, sanft, ganz sanft. Sie ballte die Fäuste.

Er lächelte, vorgebeugt, wo sie es nicht sehen konnte, selbst wenn sie ihre Augen geöffnet hätte. Sie reagierte, aber sie war immer noch angespannt, so angespannt.

Er umkreiste jede Brust mit Küssen. Es gab nicht viel davon, aber was vorhanden war, war schön. Dann, als sie den Rücken durchbog und sich an ihn klammerte, öffnete er den Gürtel und ließ ihn fallen. Eine Schnur band die Hose. Dann nicht mehr. Ihre Hose rutschte über Hüften so schmal wie die eines Jungen, aber mit derselben Biegung wie ihre Brüste.

Er befreite sie von dem Kleidungsstück. Nun war sie ganz nackt, und so schön. Er sagte es ihr, mit leisen Worten, um sie nicht zu erschrecken, so langsam, dass sie es verstehen konnte.

»Mach schon«, zischte sie in ihrer eigenen Sprache durch zusammengebissene Zähne. »Mach einfach.«

Es war gut für seine Absicht, dass er sich entschieden hatte, keine andere Sprache als Ägyptisch zu verstehen. Er streichelte sie leicht, lang gezogene, träge Striche, folgte ihren kaum ausgeprägten Rundungen. Sie hätte ihn packen können, niederwerfen, ihn zwingen zu tun, was sie wollte. Aber sie tat nichts. Er hatte es auch nicht angenommen. Sie hatte sich ihm überlassen, obwohl sie sich dessen wahrscheinlich nicht bewusst war. Was immer er von ihr wollte, würde sie tun oder erlauben.

In diesem Teil der Welt hielten Männer solche Geschenke für selbstverständlich. Aber Kemni, der auf Kreta gewesen war, der Iphikleias Geliebter gewesen war und, wenn die Götter wollten, es immer noch sein würde, war kein Mann, der solche Macht über eine Frau einfach voraussetzte. Er bewegte sich mit großer Sorgfalt und Zärtlichkeit. Sie bog sich zu seiner Berührung und öffnete sich wie eine bronzene Blüte.

Und dennoch … noch nicht. Er streichelte sie mit Händen und Zunge, Brüste und Bauch und das raue schwarze Vlies ihres Geschlechts. Sie spannte sich an und entspannte sich wieder, spannte sich und entspannte sich. Und als das trockene Land endlich feucht war, drang er ein. Sie schrie auf, aber nicht vor Schmerz. Er ritt sie, als wäre sie eines ihrer eigenen Pferde, in einem starken, langsamen Schritt, der nur schneller wurde, wenn sie es wollte.

Das Ende war atemlos. Es verblüffte ihn so, dass er erstaunt aufschrie. Aber was aus ihr herausbrach war Lachen.

Kemni sank neben sie, immer noch schwer atmend. Sie lag auf dem Rücken, reizend in ihrer Nacktheit. Das schweißfeuchte Haar klebte ihr an Wangen und Brüsten. Er streckte die Hand aus, um es wegzustreifen, aber sie verschloss sich vor ihm. Er zog die Hand vorsichtig zurück und lag still da.

Nach einer Weile drehte sie sich zu ihm um. »Warum bist du nicht eingeschlafen?«, wollte sie in ihrem gebrochenen Ägyptisch wissen.

»Willst du das denn?«

Sie warf ihm einen wütenden Blick zu. Es war derselbe Blick wie zuvor – als könne sie ihm nicht verzeihen, dass er begehrenswert war. »Du kannst nicht so sein«, sagte sie. »Kein Mann kann das.«

»Nicht einmal im Osten?«

Einen Augenblick lang befürchtete er, sie würde ihn schlagen. Aber sie hielt die Hände an den Seiten und ballte sie nur zu Fäusten. »Ich war niemals dort.«

Ah, dachte er. Das erklärte vielleicht mehr, als sie wusste. Und nach allem, was er von den Retenu gehört hatte, waren sie keine liebevollen Männer – sie waren überhaupt keine Liebhaber, würde Iphikleia sagen. »Es gibt Männer, die paaren sich wie Stiere«, würde Iphikleia sagen. »Es gibt Männer, die paaren sich wie Stiere«, hatte sie einmal zu ihm gesagt. »Drei Stöße, ein Grunzen, dann ist es vorbei. Ich bedauere die Frauen, die mit solchen Männern gestraft sind. Die einzige Freude, die sie je kennen, finden sie aneinander.«

Kemni war entsetzt gewesen. Aber wenn das alles war, was Sadana kannte... »Kein Wunder, dass du so zornig bist«, sagte er.

Sie war angespannt, in sich selbst zurückgezogen: schlimmer als je zuvor. Er bedauerte, etwas gesagt zu haben. Obwohl er wusste, dass sie sich zurückziehen würde, berührte er leicht ihre Brust, nur mit einem Finger. Die Warze wurde steif. Sadana schauderte ein wenig.

Ihm fiel etwas Schreckliches ein. Es musste ein Gott gewesen sein oder ein dunkler Geist, der im Schatten hinter dem Licht lauerte. Auch das hatte ihm Iphikleia erzählt: wie eine Frau lernen konnte, die Liebe eines Mannes zu hassen, vor ihr zurückzuweichen, selbst wenn sie sich danach sehnte.

Es konnte nicht wahr sein. Sadana war eine starke Frau, eine Kriegerin, eine Reiterin und Jägerin. Sie konnte mit Bogen und Speer und Schwert umgehen. Welcher Mann würde es wagen –

Es mochte schon sein, wenn es sich um eine bestimmte Art Mann handelte. Wenn Kraft bei einer Frau ihn störte, wenn er es nur ertragen konnte, indem er sie brach und vernichtete – dann war das wohl möglich.

»Jemand hat dich gezwungen«, sagte er bedächtig »Jemand hat versucht, dich zu brechen. Man hat dich nie geliebt, wie eine Frau geliebt werden sollte. Du bist nur ...«

Sie stürzte sich auf ihn, ohne einen Laut von sich zu geben. Selbst nackt und unbewaffnet war sie ein starker Gegner und gefährlich. Er tat nichts, um sie aufzuhalten, schützte sich nur gegen ihre Schläge. Es waren feste Schläge, und sie prasselten auf seinen Kopf und seine erhobenen Arme nieder.

Gerade, als er schon befürchtete, dass sie ihn bewusstlos schlagen würde, hörte sie auf. Ganz plötzlich, schwer atmend, mit einem Schluchzen in der Kehle. Sie war kreidebleich. Er hatte nie einen solchen Blick gesehen wie den ihren in diesem Moment.

»Sadana«, sagte er, und er wusste, dass ihr Name sie vielleicht wieder veranlassen würde, über ihn herzufallen, aber er vertraute darauf – er betete darum –, dass es ihr wahres Herz berühren würde.

Namen waren Macht. Sie blinzelte, starrte ihn an, als wäre er ihr vollkommen fremd.

»Sadana«, sagte er wieder. Sie schüttelte den Kopf ein wenig. Aber er hatte es geschafft, er hatte sie erreicht. »Sadana«, sagte er ein drittes Mal.

Sie schlug ihn mit einem harten, festen Rückhandschlag. Er sackte zurück wie ein Stein.

Sie beugte sich über ihn. Seine Ohren klirrten, seine Wange brannte. »Wie kannst du es wagen«, sagte sie mit schrecklicher Stimme. »Wie kannst du es wagen, mich zu kennen?«

Darauf hatte er keine Antwort.

»Ja«, sagte sie. »Ja, jemand hat versucht mich zu brechen. Jemand glaubte, er hätte Erfolg gehabt. Und ich habe es niemals erzählt. Nicht einmal meiner Mutter, nicht einmal meiner Schwester. Und vor allem nicht meinem Bruder. Wie konntest du es wissen? Wie konntest du es sehen? *Wer bist du?*«

Das hätte er beantworten können, aber er tat es nicht. Sie zerrte ihn auf die Füße. Er taumelte, aber sie hielt ihn aufrecht. Sie war kaum kleiner als er und beinahe genauso stark. »Es war ein Mann am Hof. Ein Mann, den der König liebte und der große Macht im Königreich hatte. Er hat einen Hinterhalt gelegt. Er hat sich auf mich gestürzt und getan … getan, was er wollte. Das würde mich lehren, sagte er. Das würde mir zeigen, was die Götter von einer Frau halten, die reitet und kämpft wie ein Mann.«

Und sie hatte es niemals erzählt. Selbstverständlich nicht. Ihre Brüder hätten den Mann getötet, aber sie hätten sie ebenfalls bestraft, für die Entehrung ihrer Familie. Sie hätte nichts davon gehabt und den letzten Rest ihres Stolzes verloren.

»Du hast ihn selbst getötet«, sagte er.

»Sie glauben, einer seiner Feinde hätte ihn erwischt«, erwiderte sie. »Ich habe ihn mit seinem eigenen Schwert umgebracht, ihm den Kopf abgehackt. Ich habe ihm das Organ, das er benutzt hat, abgehackt und an ihn verfüttert, tot, wie er war. Es hieß, es müsse jemand gewesen sein, dessen Frau oder Schwester oder Tochter er entehrt hatte – denn er war ein großer Vergewaltiger, dieser Mann. Sie wären nie auf die Idee gekommen, dass es eine der Frauen selbst war.«

Die Worte waren regelrecht aus ihr herausgebrochen. Als sie innehielt, atmete sie schnell, als wäre sie ein Rennen gelaufen. Ihr Blick war wild. »Was bist du? Bist du ein Zauberer? Mit welchem Bann hast du mich belegt?«

»Kein Bann«, sagte er sanft. »Ich bin nur ein Mensch. Ich verfüge über keine Künste oder Mächte.«

»Du bist sehr geschickt«, sagte sie. »Sag mir, wer dich gelehrt hat.«

»Frauen«, sagte er. »Sie sind wie Pferde, weißt du. Beruhige sie und dann kommen sie zu dir. Schlage sie, und sie wehren sich. Reite sie, wie sie geritten werden wollen, und sie geben dir Freude.«

»Dein Volk hat nichts von Pferden gewusst«, sagte sie.

»Ich habe es gelernt«, sagte Kemni und wagte damit vielleicht zu viel, aber sie war ganz auf ihn konzentriert. »Pferde sind in diesem Land neu, aber Frauen hat es hier schon seit vielen tausend Jahren gegeben.«

»Unsere Männer kennen sich mit Pferden aus, aber nicht mit Frauen.«

»Das macht sie nur zu größeren Narren«, sagte Kemni. Sie streckte die Hand nach ihm aus; es fiel ihr schwer, und es war ein Geschenk. Ihre Hand war kühl und ein wenig unsicher. »Was, wenn ich dich behalten will? Was wirst du tun?«

Sein Magen zog sich zusammen. »Meine Herrin hätte vielleicht etwas dagegen«, sagte er.

»Ich werde sie bitten, dich mir zu überlassen.«

»Und wenn sie sich weigert?«

Sie kniff die Lippen zusammen. »Sie hat alles, nicht wahr? Alles, was gut ist.«

»Hasse sie nicht dafür«, sagte er.

»Ich hasse sie von ganzem Herzen«, sagte Sadana. »Aber sie ist die Dienerin der Stute, die Priesterin, sie gehört der Pferdegöttin. Glaube nicht, dass ich ihr je etwas antun würde. Träume nicht einmal davon.«

»Ich denke nicht, dass du es tun würdest«, sagte er. »Du verfügst über große Ehre. Und große Schönheit. Ich bete, dass du einen Geliebten finden wirst, den du behalten kannst.«

»Willst du dich weigern, wenn ich dich wieder frage?«

Das war die erste Äußerung, in der kein Zorn mitschwang. Es lag nur Sehnsucht darin und ein Hauch von Trauer.

»Wenn ich kann«, sagte er zu dieser Traurigkeit, »wenn meine Herrin es gestattet, werde ich mich nie weigern.«

»Jede Nacht?«

»Solange sie mich nicht braucht.«

Das gefiel Sadana nicht, aber sie wurde auch nicht wieder ärgerlich. Sie konnte akzeptieren, was sich nicht ändern ließ, und sie erkannte ein Geschenk, wenn es gegeben wurde. Wie groß dieses Geschenk war, würde sie vielleicht nie erfahren. Aber das brauchte sie auch nicht.

38

»Was im Namen aller Götter hast du mit ihr angestellt?« Sie hatten das Haus endlich verlassen und sich in ihrer Reihe von Wagen und Karren und Menschen zu Fuß wieder auf den Weg nach Avaris gemacht. Iry konnte sich so vertraulich mit Kemni unterhalten, da er ihr Wagenlenker war. Er schien unverändert, aber Sadana bewegte sich wie jemand in einem Traum. Sie hielt immer wieder inne und lächelte beinahe. Und das hatte noch niemand zuvor gesehen.

»Was hast du getan?«, wollte Iry wissen. »Hast du sie verhext?«

»Das hat sie mich auch gefragt«, meinte Kemni. Er war sehr mit den Pferden beschäftigt, obwohl sie ruhig waren und sich nicht widersetzten.

»Und hast du?«

»Ich kann nicht zaubern«, erklärte er. »Das habe ich ihr gesagt.«

»Hat sie dir geglaubt?«

»Das denke ich nicht.«

»Was hast du also getan?«

»Überhaupt nichts Ungewöhnliches«, antwortete er gereizt. »Nur, für sie war es etwas anderes. Sie wusste nicht, dass ein Mann auch sanft sein kann. Dass er ihr Vergnügen bereiten kann.«

Iry hörte, was er nicht aussprach. Sie zischte: »Sie tun es also auch ihren eigenen Frauen an.«

»Haben sie es dir angetan?«

Sie lächelte dünn, weil er sie sofort verteidigen wollte. »Nein, selbstverständlich nicht. Nicht, dass sie es nicht hin und wieder versucht hätten, aber ich war in meinem eigenen Haus. Ich kannte mich dort besser aus als diese Eindringlinge. Und Mutter hat mich geschützt, bevor –«

»Bevor die Stute kam.«

Das ließ sie durchgehen. Sie hatte sagen wollen, bevor Khayan kam, aber das war dasselbe. Mehr oder weniger. Vielleicht.

»Ich bin froh, dass du in Sicherheit bist«, sagte er. »Diese Männer sind brutal.«

»Nicht alle.«

»Genug«, sagte er.

Er war zornig. Er verbarg es gut, aber er hatte die Schultern fest angespannt und die Lippen zusammengekniffen. Seltsam, dass ein Mann sich darum kümmerte, was andere Männer Frauen antaten. Er musste auf eine Art belehrt worden sein, wie es nur wenigen Männern geschah. Und von wem?

»Du warst auf Kreta«, sagte sie.

Er warf ihr einen Blick zu. »Und wie bist du zu diesem Schluss gekommen?«

»Würdest du es verstehen, wenn ich es dir sagte?«

»Wahrscheinlich nicht.«

Er würde es vielleicht, aber sie hatte keine Lust, sich mit ihm über eine solche Kleinigkeit zu streiten. »Dort bist du gewesen, nicht wahr? Die Retenu sagen, die Kreter seien ein seltsames Volk, ein altes Volk, das es schon sehr, sehr lange gibt.«

»Sie sind mit den Reitern des Ostens verwandt«, erklärte Kemni. »Es ist lange her – sehr, sehr lange –, aber sie beten dieselbe Göttin an. Und Frauen herrschen über sie. Sie erinnern sich trübe daran, als sie noch ein einziges Volk waren, bevor einige davongingen und dem Ruf des Meeres folgten. Ein Meer von Wasser, ein Meer von Gras – am Ende ist es alles dasselbe. Selbst Schiffe und Pferde, haben sie mir erzählt.«

»Der König hat dich hingeschickt.« Sie fand das irgendwie erfreulich. Er war ihr Vetter, er war in der Welt aufgestiegen – höher, dachte sie, als es schien, wo er nun Wagenlenker im Gefolge eines fremden Herrn spielte.

»Er brauchte jemanden, der unauffällig war, der tat, was getan werden musste und das Geheimnis vor jenen bewahrte, die es vielleicht verraten hätten.« Kemni sah sich um. Iry wusste bereits, dass niemand in der Nähe war. Die Anführer waren weit voraus, der größere Teil der Prozession ein ganzes Stück hinter ihnen. Dazwischen kam die Stute mit wehendem Schweif; sie hatte alle abgewehrt und Iry die Freiheit gegeben zu sagen, was sie wollte.

Die Stute, das wurde Iry in letzter Zeit immer mehr deutlich, hatte Absichten, die den Retenu überhaupt nicht gefallen würden. Indem sie sich eine Ägypterin erwählte, schien es, als hätte sie sich für Ägypten entschieden. Sie hatte dieses Gespräch ermutigt, damit Iry ihren Verwandten nicht verraten musste.

Vielleicht hatten sich die Götter Ägyptens mit der Göttin zusammengetan, die in der Stute lebte. Die Eroberer waren immerhin keine wahren Pferdeleute. Sie hatten ihre Eselkarawanen, diese Tragtiere mit den langen Ohren. Pferde waren bei ihnen eher selten. Aber Ägypter – zumindest einige von ihnen – waren zutiefst fasziniert von Pferden. Kemni war es, Iry war es. Pepi und die Jungen, die er in den Stall gebracht hatte – sie waren es alle.

Was für ein Gedanke: dass Ägypten Pferde vom Eroberer nehmen und ihn damit erobern konnte. Sie musste lächeln. »Hör zu«, sagte sie zu Kemni, »wenn du … wenn du zurückkehrst, sag ihm, dass es hier eine gibt, die vielleicht helfen kann.«

»Das werde ich tun«, meinte Kemni. »Wenn du etwas für mich tust.«

»Wenn ich kann«, sagte sie.

»Sadana«, erklärte er. »Sie braucht Sanftheit und einen Mann, dem sie vertrauen kann. Ich kann nicht bleiben. Sobald ich nach Avaris komme, werde ich tun müssen, was ich schon länger hätte tun sollen. Kannst du ihr helfen? Wirst du das tun?«

Iry hatte mit nichts Konkretem gerechnet, aber diese Bitte – »Du willst, dass ich für Sadana einen Geliebten finde?«

Er errötete leicht unter der Sonnenbräune. »Du musst nicht so deutlich werden. Aber … aber hilf ihr, jemanden zu finden, der sanft zu ihr ist.«

»In *Avaris*?«

»Vielleicht kennt Khayan jemanden. Oder dein anderer Bewacher.«

»Kemni«, sagte Iry mit sorgfältig beherrschter Geduld. »Kannst du dir tatsächlich vorstellen, dass ich einen Retenu bitten würde, einen Geliebten für die eigene Schwester zu finden?«

»Sie werden dich vielleicht überraschen.«

»Bei Khayan wäre das möglich«, musste Iry zugeben. »Aber ich glaube nicht. Ich kann es irgendwie versuchen, wenn du willst, kann dir aber nichts versprechen.«

»Wenn du es versuchst, wird das genügen.«

»Also gut«, sagte Iry seufzend. »Weil du mich darum bittest, nur deshalb. Und weil sie so leichter zu ertragen ist, wenn sie sich weniger in sich zurückzieht.«

»Gut«, erwiderte Kemni. »Gut. Die Götter werden dich dafür lieben.«

»Ich hoffe nur, dass sie mich nicht hassen werden.«

Sie kamen am Morgen nach Avaris, nachdem sie kurz vor der Stadt ihr Nachtlager aufgeschlagen hatten. Die Mauer sah im feuchten Schimmern der Deltahitze niedrig aus, doch als sie näher kamen, ragte die Stadt hoch auf, immer höher und Furcht erregender.

Es war eine Festung innerhalb eines eroberten Landes. Und sie war riesig. Die Retenu behaupteten, es sei die größte Stadt der Welt. Größer als Theben, größer als Byblos oder Tyros, größer als Ur oder Babylon. Größer als jede von ihnen und wachsend in ihrer Stärke.

Sie stand am Ostrand eines Labyrinths von Fluss und Land, an jener Abzweigung des großen Flusses von Ägypten, die nach Osten in Richtung Pelusium floss. Sie bewachte das östliche Tor des Reiches und blockierte so die besten Wasser- und Landwege, sowohl zum als auch vom Meer. Im Hafen drängten sich Schiffe, innerhalb der Mauern wimmelte es von Häusern, Menschen lebten neben- und übereinander, breiteten sich aus, wo sie konnten, klammerten sich aber an ihre Mauern und Verteidigungsanlagen. So dicht waren die Menschenmengen dort, dass die Toten, wie man Iry erzählt hatte, keinen eigenen Platz hatten. Wer in der Stadt starb, wurde im Hof seines eigenen Hauses begraben. Wie die Verwandten und Abkömmlinge das ertragen konnten, wusste Iry nicht. Nachts, wenn die Toten umhergingen, musste es in der Stadt noch voller sein als bei Tageslicht.

Khayans Karawane von Wagen, Karren und Dienern zu Fuß

durfte sich auf dem Prozessionsweg bewegen, der breiten Straße, die sich direkt auf den hoch aufragenden Baal-Tempel und die nicht ganz so hohen Zinnen des Königspalastes zubewegte. Geringere wurden fern gehalten, sodass der Adel hier unbehindert kommen und gehen konnte. Iry konnte die anderen Menschen in den Seitenstraßen und auf Plätzen sehen, wie sie durcheinander wirbelten wie in einem Ameisenhaufen, den man plötzlich der Sonne öffnet.

So viele Menschen. Und so viele Retenu. Die wenigen ägyptischen Gesichter, die sie sah, gehörten abgerissenen, mageren Geschöpfen, die entweder Sklaven oder sogar Bettler waren, obwohl sie sich kaum vorstellen konnte, wieso irgendein Kind des Unteren Reiches sich entschließen sollte, ausgerechnet in Avaris zu betteln.

Kemni neben ihr war reglos, wenn man von den Bewegungen absah, die ihm der Wagen oder die Pferde aufzwangen. Sie spürte, wie die Spannung ihn durchströmte. So heiß wie die Luft war, so drückend und alles andere als wohlriechend, war ihr seine Körperwärme nicht sonderlich willkommen, aber sie war dennoch froh, dass er da war. Sie brauchte ein ägyptisches Gesicht in diesen fremden Mauern. Die Mauern schlossen sich bereits um sie, und sie war noch nicht einmal zu der großen Festung und dem Gefängnis gekommen, das der Palast darstellen würde.

Am liebsten hätte sie Kemni die Zügel aus den Händen gerissen, den Wagen gewendet und wäre auf dem Weg zurückgerast, den sie gekommen waren. Aber abgesehen von der Tatsache, dass das Gefolge Khayans hinter ihr die Straße blockierte, war sie nicht feige genug – nicht vorsichtig oder vernünftig genug. Wäre sie das gewesen, dann hätte sie sich geweigert, die Aufgehende Sonne überhaupt zu verlassen.

Es war geschehen. Nun war sie gezwungen, diese Mauern innerhalb von Mauern zu betreten. Die Tore erhoben sich vor ihr, bewacht scheinbar von einer ganzen Armee von Männern. Es waren alles riesige Männer, hoch gewachsene Männer, bärtige Retenu und kohlenschwarze Nubier, so groß, dass ihre Augen auf gleicher Höhe mit Irys waren, obwohl sie im Wagen stand; einige waren sogar noch größer.

Kemni hielt seinen Kopf ein wenig höher, als er durch diesen tiefen hallenden Torweg fuhr. Iry tat aus reinem Stolz dasselbe. Sie fragte sich, ob er ebenso verängstigt war wie sie, oder ob er der Ansicht war, dass diese Mauern ihn von allem abschnitten, was er in der Welt kannte. Nun, nachdem er erst einmal hier drinnen war, würde er vielleicht nie wieder hinauskommen. Wenn jemand ihn erkannte, wenn jemand ihn verriet…

Sie würde ihn so gut wie möglich schützen, solange sie konnte. Sie selbst war ja in Sicherheit. Ihr Rang schützte sie und das Amt, das die Stute ihr auferlegt hatte.

Das sagte sie sich, während sich der Palast der Retenu um sie schloss. Man wies ihnen Räume zu und Diener, die sich um sie kümmern sollten, und einen hochmütigen Kämmerer, der sie dorthin führte. Er war vielleicht Halbägypter, bärtig, wie jeder Mann bei ihnen sein musste, aber er hatte den Bart kurz geschnitten, sodass man die Form seines Gesichtes erkennen konnte. Sein Haar in dem Knoten, der goldene Kragen und die Armreife, das kunstvolle und schwer bestickte Gewand jedoch waren alle der fremden Mode entsprechend. Einer sehr höfischen Mode, wie Iry feststellte. Ihr eigenes, einfaches Hemd, ihr schlicht geflochtenes Haar und der vollkommene Mangel an Schmuck brachte ihr einen viel sagend geringschätzigen Blick ein.

Sie hatte keine Angst vor der Verachtung von Höflingen. Vor allem diese Höflinge, die sie ohnehin gerne völlig aus Ägypten verscheuchen würde, grüßte sie mit aller Arroganz, die sie aufbringen konnte. Sie würden sie nur dafür bewundern. So viel wusste selbst sie über das Leben bei Hof.

Sie ließen sich mit einigem Gedränge und Geschimpfe in den Räumen nieder, die man ihnen zugewiesen hatte. So groß die Stadt war, sie war doch zum Bersten gefüllt, ebenso wie der Palast. Es war hier üblich, dass die Leute dicht aneinander gedrängt lebten.

Immerhin erhielt sie ein eigenes Zimmer, eine winzige, luftlose Zelle, aber für sich allein. Es war nicht schlimmer als die Zelle, die sie als Sklavin in der Aufgehenden Sonne gehabt hatte – und nahe an einer Treppe, die zum Palastgarten führte.

Die Gärten dieses Palastes waren ein Wunder. Sie erstreckten sich an der großen Außenmauer entlang und hin und wieder in die Höfe. Jene am nächsten an der Mauer waren Baumgärten, ein wahrer Wald, grün und duftend, in dem kleine Bäche zwischen den Bäumen einherflossen und wo es Quellen und Teiche mit bunten Fischen gab. Es gab auch einen Zoo – nicht viel im Vergleich zu dem, was der König in Theben hatte, aber auch das war für Iry ein Wunder. Es gab selbstverständlich Löwen und Schakale und heimtückische Hyänen; Gazellen, Antilopen und seltsame Tiere aus den Landen hinter dem Oberen Reich: Elefanten, langhalsige Geschöpfe namens Giraffen und Tiere ähnlich wie Pferde oder Esel mit kürzeren Ohren, aber mit einem verwirrend schwarz-weiß gestreiften Fell; es gab einen Teich mit Flusspferden und sogar Krokodile, es gab Vogelgehege und Käfige mit Affen aller Arten. Und dahinter Geschöpfe aus dem Norden: Wölfe, die in der Hitze keuchten, ein riesiger Auerochsenbulle mit Hörnern so breit wie die Prozessionsstraße, und ein Bär, der schlaff in einem flachen Teich lag.

Sie hatte sich dorthin gewandt, um dem Gedränge in den Gästezimmern zu entkommen und vielleicht auch ein wenig, weil man sie kurze Zeit vergessen hatte. Die Stute war nirgendwo zu finden; sie hatte die Karawane verlassen, kurz bevor sie nach Avaris kamen und war unbemerkt davongeschlendert, genau wie Iry es jetzt tat. Iry hatte nicht versucht sie aufzuhalten. Die Stute kam und ging, wie es ihr gefiel; das war ihr Vorrecht.

Iry hatte keinen Anteil an diesem Vorrecht, aber einen Augenblick lang war sie frei. Zumindest so frei, wie es möglich war, mit Iannek, der ihr auf dem Fuß folgte. Kemni hatte sie diesem plötzlich so nervtötend pflichtbewussten jungen Mann übergeben und es dann geschafft zu verschwinden. Sie nahm an, er wollte seine Verbündeten suchen und ihnen alles berichten, was er erfahren hatte.

Immerhin schaffte es Iannek zu schweigen – eine Tugend, die er zuvor nicht sonderlich kultiviert hatte, aber er war vorher ja auch nicht ihre Wache gewesen. Manchmal erwischte sie ihn am Rand seines alten, gnadenlosen Geschwätzes, aber dann nahm er sich augenblicklich zusammen, biss sich auf die Zunge und schwieg. Sie bemerkte, dass sie ihn beinahe mochte, obwohl er ein Retenu war. Wenn er nicht schwatzend wie ein Affe umhersprang, war er recht erträglich; tatsächlich konnte er sogar ganz liebenswert sein.

Es gab andere Leute im Zoo, die spazieren gingen wie sie, allesamt Retenu, einige in Gewändern, einige in praktischen Kilts. Seltsam, so etwas hier zu sehen – seltsam und etwas bedrückend. Jene Männer sprachen einander sogar mit ägyptischen Namen an, in ihren unmöglichen Akzenten, als wäre es eine Mode, die sie angenommen hatten und mit der sie ausgesprochen zufrieden waren.

Iannek knurrte darüber. Sie zog eine Braue hoch, deshalb holte er Luft, dachte einen Moment lang offenbar daran weiterzuschweigen, gab dann aber nach. »Das ist also wieder in Mode«, sagte er. »Es kommt und geht, wie das Hochwasser des Nil. Und selbstverständlich nimmt der König einen ägyptischen Namen an, sodass die Leute wissen, dass er ein Recht hat hier zu herrschen. Aber diese Kilts – und hast du diesen Mann gesehen? Er hat sich das Gesicht rasiert!«

»Schrecklich«, stimmte Iry zu.

Es dauerte einen Augenblick, bis er sich der Ironie bewusst wurde, dann starrte er sie wütend an. »Gut, für dich mag es nicht schrecklich sein. Aber er ist keiner von euch!«

»Nein«, sagte sie. »Das ist er nicht.«

Sie blieb vor einem Affenkäfig stehen. Es hieß, dies seien weise Geschöpfe, die lebenden Abbilder des Gottes Thot, wie die Stute das Abbild der Pferdegöttin war. Sie waren auch gefährlich, mit ihren langen, spitzen Zähnen und so launisch, wie Götter es nur sein konnten. Zwei von ihnen paarten sich gerade; das Weibchen hatte ein Kind an der Brust, während das Männchen mit einem Ausdruck äußerster Konzentration versuchte, ein weiteres zu zeugen. Vielleicht dachte er über die großen Geheimnisse der Welt nach, während sein Körper seine Pflicht gegenüber der Art erfüllte.

Jemand anderes war gekommen, um die Affen zu betrachten. Es war ein Mann, nicht jung, aber auch noch nicht alt, gekleidet in feines goldbesticktes Leinen und eskortiert von zwei diskreten Leibwächtern. Dadurch wusste Iry, dass er ein bedeutender Adliger war, obwohl er sich nicht so gab und sein einziges Zugeständnis an die ägyptische Mode der Stoff seines Gewandes war.

Er beobachtete die Affen mit ruhigem Interesse und der Haltung eines Mannes, der häufig hierher kam.

»Hast du den da gesehen?«, sagte er zu Iry. »Das ist der Vater des Stammes. Er paart sich mit allen Weibchen und vertreibt die jungen Männchen oder tötet sie, wenn sie zu frech werden.«

»Dann ist er sehr wie ein Herr unter den Menschen«, stellte Iry fest.

Der Mann lachte – ein tiefes, warmes Lachen. Es erinnerte sie an Khayan – was sie erröten ließ, doch wollte sie gar nicht wissen, wieso das geschah.

»Menschen können Affen sehr ähnlich sein«, sagte der Mann, der offenbar ihr Unbehagen nicht bemerkt hatte. »Siehst du, da geht er, um eine andere Dame zu becircen. Er hat seine Lieblinge, und das da ist eine davon, eine Königin des Stammes. Ich habe einmal gesehen, wie sie ein jüngeres Weibchen verprügelte, weil dieses sich dem Herrn aufdrängte. Es war ein schrecklicher Kampf, so schrecklich, wie es nur im Haus der Königin sein kann.«

»Gab es Blutvergießen?«

Der Mann nickte. »Die Jüngere hat überlebt, aber sie war nie wieder wie zuvor. Am Ende schickten wir sie in einen Zoo in Tanis, wo sie ohne Angst vor ihrer Rivalin leben kann.«

»Du weißt so viel über diese Tiere«, sagte Iry, »du kommst offenbar häufig hierher.«

»Ich komme so oft her, wie ich kann«, meinte der Mann. »Es lenkt mich ab.«

Iry nickte. »Ich tue dasselbe«, sagte sie, »nur, dass es bei mir Pferde sind.«

»Ach ja?«, sagte der Mann. »Pferde brauchen Platz und Himmel. Innerhalb von Mauern sind sie nicht sie selbst. Jene von uns, die wir in Palästen sitzen – wir versuchen, andere Freuden zu finden.«

»Ich könnte nie in einem Palast leben«, sagte Iry. »Es ist schade, dass du das musst.«

»Nun«, sagte der Mann, »nun gut. Es ist der Wille der Götter.

Also gehe ich und sehe mir die Tiere an. Es ist vergnüglicher, als Höflinge zu beobachten, und häufig zivilisierter.«

»Dann kennst du alle Tiere hier«, sagte Iry. »Erzähl mir von den gestreiften – denen, die beinahe wie Pferde aussehen. Kommen sie aus Nubien? Sind es Pferde?«

»Sie kommen aus dem Süden von Nubien, vom großen Grasland, das sich von dort aus bis zum Rand der Welt erstreckt«, erklärte der Mann. »Man nennt sie Zebras. Sie sind keine Pferde – sie sind wilden Eseln ähnlicher. Es ist sehr schwierig, sie zu zähmen, wenn man es versuchen will. Sie sind nicht so klug wie Pferde und auch nicht wie unsere zahmen Esel.«

»Schade«, sagte Iry. »Ein Gespann dieser Zebras wäre eine schöne Sache für einen Fürsten.«

»Der eine oder andere Fürst war ebenfalls dieser Ansicht«, meinte der Mann, »und hat jämmerlich versagt.«

»Vielleicht wollten die Götter, dass sie wild bleiben«, sagte Iry.

Sie gingen den Weg entlang, vorbei an großen Affenkäfigen und an einem Käfig, in dem ein Löwe schlief. Die Wachen waren weit hinter ihnen, bemerkte Iry aus dem Augenwinkel. Ebenso wie Iannek. Er sah merkwürdig aus, als würde ihm etwas nicht bekommen, das er gegessen hatte. Sie dachte daran, ihn wegzuschicken, damit er sich ausruhte, denn sie war hier sicherlich nicht gefährdet, aber ihr neuer Begleiter erzählte ihr gerade von den Löwen und den Elefanten und dem Auerochsen, der friedlich graste. »Sie leben in Wäldern weit nördlich von hier«, berichtete der Mann. »Mit diesen großen Hörnern brechen sie einfach durch die Bäume. Sie sind schrecklich schwer zu jagen, weil sie so stark und riesig sind und außerdem schnell.«

»Wie Elefanten«, meinte Iry.

»Genau«, stimmte der Mann ihr zu. »Es gibt ganze Stämme, die sie jagen, mit Rudeln riesiger Hunde und Wagen und gewaltigem Mut. Ein Mann, der einen Auerochsen tötet, ist ein großer Held und wird reich belohnt: Er erhält das beste Essen, die schönsten Frauen und das Fell und die Hörner des Auerochsen für sein Zelt.«

»Und sie haben einen hierher gebracht«, staunte Iry. »Welche Armee von Helden hat das gewagt?«

»Ach«, meinte der Mann mit einem geringschätzigen Lächeln. »Keine große Armee. Er kam als Junges, als Kalb, kaum größer als ein Esel. Wir nehmen an, dass jemand seine Mutter getötet, ihn mitgenommen und ihn so weit gezähmt hat, wie man einen Auerochsen eben zähmen kann, und ihn dann als Tribut an den König hierher schickte.«

Iry war ein wenig enttäuscht, aber auch erleichtert. Der Gedanke, dass sich etwas so Riesiges zornig erheben könnte, war beunruhigend. Aber es schien, als wäre der Bulle ein recht friedliches Geschöpf. Er kam, als der Mann ihn rief, und nahm etwas Süßes aus der Hand entgegen, die er offenbar gut kannte. Er schien nicht bedrohlicher als ein Ochse und nicht weniger interessiert an Süßigkeiten als Irys eigene herrische Stute.

Er ließ zu, dass sie seine breite, feuchte Nase berührte und sein Kinn kraulte. Dabei senkte er den Kopf ein wenig, damit sie das tun konnte, denn er war viel größer als sie. Er ragte über ihr auf wie ein Berg in der Wüste. So ein großes, schwarzes, wunderschönes Tier mit seinen Elfenbeinhörnern! Er war beinahe so schön wie die Stute, und größeres Lob konnte sie nicht geben.

Sie ging zufrieden weiter, und ihr Begleiter ging mit bis zu den äußeren Käfigen. Er wollte noch eine Weile bleiben, sagte er, aber sie war lange genug weg gewesen. Wahrscheinlich würden sie bald nach ihr suchen, wenn sie nicht schon damit angefangen hatten.

Immer noch mit Iannek im Gefolge fand sie den Weg zurück zum Gästehaus. Iannek war noch stiller als zuvor, sein Schweigen war so tief, dass sie ihn beinahe angesprochen und gefragt hätte, was es denn war, das er so deutlich nicht aussprach. Aber selbst wenn sie geneigt gewesen wäre, diese Tore aufzuschließen, waren die Vorreiter der Jagd schneller: zwei von Sadanas Kriegerinnen, deren Mienen sogar noch grimmiger waren als üblich. Sie nahmen Iry nicht unbedingt gefangen, das machten sie deutlich, aber sie waren auch nicht geneigt, sie wieder außer Sichtweite zu lassen.

Ianneks Probleme, wenn er denn welche hatte, gingen bei Irys Rückkehr in die Gefangenschaft unter. Sie durfte nicht wieder davonlaufen, das war ihr klar, nicht ohne Sadana und eine Wache von Kriegerinnen. Ihre männlichen Leibwachen genügten nicht. Sie musste in diesem Palast bewacht werden, und zwar gut.

Es war keine geringere als Herrin Sarai persönlich, die ihr das mitteilte, nachdem sie sie in einer Kammer empfangen hatte, die sie mit überraschender Geschwindigkeit zu ihrer eigenen machte. Sie sah tatsächlich genauso aus wie jene in der Aufgehenden Sonne, in der Sarai Gäste empfing und Priesterinnen unterrichtete, die man zu ihr ins Exil schickte. Ihre Miene war nicht strenger als üblich, und sie schien auch nicht zornig zu sein – anders als Sadana, die dreinschaute wie ein Gewitter. Aber Iry erfuhr, dass sie eine Grenze überschritten hatte.

»An diesem Ort«, sagte Sarai, »ist niemand sicher. Nicht einmal der König. In jedem Flur werden Intrigen gesponnen, jede Versammlung von Menschen hat ihre verborgenen Unterströmungen. Ein unkluges Wort am Morgen wird noch vor Sonnenuntergang von den Dächern geschrien. Menschen sind für so etwas gestorben. Und du, Kind, bist nicht gerade für deine Zurückhaltung bekannt.«

Iry senkte den Kopf und biss die Zähne zusammen. Sie würde sich mit dieser Frau nicht streiten, aber sie würde auch keine Versprechungen abgeben, die sie nicht vorhatte zu halten. Schweigend nahm sie den Tadel entgegen und, als es vorüber war, ihre Entlassung. Damit schien Sarai zufrieden zu sein. Es gab Iry zumindest eine gewisse Freiheit, sie konnte zwar nicht gehen, wohin sie wollte, aber man gestattete ihr, ihr eigenes Zimmer aufzusuchen und sich dort auszuruhen. Man legte ihr keine weitere Strafe auf, außer der Last von Sarais Missbilligung. Es würde genügen. Nicht sonderlich, aber es würde genügen.

39

Mit fast verstörender Leichtigkeit gelang es Kemni, aus Avaris' großer Festung davonzuschlüpfen. Selbst hier waren Ägypter einfach unsichtbar; sie bewegten sich im Schatten, erledigten Arbeiten, die Retenu nicht tun würden, machten Botengänge, und es war gut möglich, dass auch andere auf diese Weise unbemerkt spionierten.

Kemni war nur einer von vielen. Zum zweiten Mal ging er unter diesem tiefen, hallenden Tor hindurch, nun in die drangvolle Enge der Stadt. Er war nicht ganz sicher, wohin er sich wenden musste, doch schien es das Vernünftigste, den Fluss und den Hafen zu suchen. Dass Iphikleia vielleicht nicht so lange gewartet hatte – dass alle Verbündeten seines Königs womöglich schon weg waren –, darüber wollte er nicht nachdenken. Sie mussten einfach noch warten. Oder sie hätten Botschaften hinterlassen und sichere Wege, denen er zurück in die Sicherheit des Oberen Reiches folgen konnte.

Er brauchte den ganzen verbleibenden Tag, sich durch die Mengen zu drängen und die Straßen am Hafen abzusuchen, bis er schließlich die *Tänzerin* fand, die ans Ufer gezogen war und deren Besatzungsmitglieder ihn mit aufrichtiger Freude begrüßten. Einer von ihnen führte ihn zu einem nahe gelegenen Haus von der Art, wie Kreter es bevorzugten: außen heruntergekommen und ärmlich, innen großartig. Dort waren fast nur Diener zu finden, aber sie versicherten ihm, dass Naukrates so bald wie möglich zurückkehren würde.

Sie erwähnten Iphikleia nicht, und er fragte auch nicht – wohl eine gewisse Art von Feigheit seinerseits. Er verbrachte die Zeit mit einem Bad und döste in einem kühlen, luftigen Raum, umgeben von Bildern von Schiffen auf dem Meer. Dann glitt er in einen Traum, in dem er auf der *Tänzerin* unterwegs war, die sich mit Spritzern kühler Gischt den Wellen stellte, während Delfine rings um das Schiff sprangen und ein frischer Wind ihn auf eine entfernte Insel zublies.

Ihr Gesicht entstand aus der Wildheit der Gischt, ihr Haar wie das schwarzblaue Schimmern des Meeres im Sturm, ihre Augen, dunkel und glänzend, sogen ihn in sich auf. Wie hatte er jemals glauben können, dass sie kalt war? Sie war wie das Feuer, das einen Schiffsmast entlanglaufen und über die Takelage zucken konnte; sie war ein Blitz aus dem Gewitterhimmel; sie war der kalte Kuss des Meeres und das heiße Brennen der Sonne auf blauem Wasser.

Dann waren alle Worte verschwunden, und es gab nur noch die Begegnung von Körper und Körper. Er erwachte dort hinein, und es war echt, alles vorhanden, ihre warme, vertraute Gegenwart in seinen Armen, ihr Duft, die Art, wie sie zu ihm passte, wie sie ihn in sich aufnahm und tief hielt. Ihre Arme waren so stark, als würde sie ihn nie wieder loslassen wollen.

Bei allem Drängen zögerten sie es doch so lange wie möglich hinaus, ein langes, träges, lässiges Wiegen wie bei ruhiger See. Es lag so viel Schönheit darin wie Vergnügen, und eine Freude, die tiefer wurde, je länger es dauerte, bis er glaubte bersten zu müssen.

Sie keuchte und erstarrte und packte ihn mit erschreckender Kraft. Dann endlich ließ er sich gehen. Sie ritten die letzte lang gezogene Welle hinab in die Stille, und dort ruhten sie eine Weile.

Kemni schreckte auf. Er hatte nicht wieder einschlafen wollen. Iphikleia war immer noch da – den Göttern sei Dank, es war kein Traum gewesen. Sie beobachtete ihn, ihre Miene so unergründlich wie damals, bevor er gelernt hatte, ihr ins Herz zu schauen. Er lächelte und legte ihr die Hand auf die Wange. »Du hast mir gefehlt«, sagte er.

»Man sollte annehmen, dass du zu viel zu tun hattest«, meinte sie milde.

»Ich habe nie zu viel zu tun, um dich zu lieben«, sagte er. »Keinen Augenblick lang.«

»Solch schöne Worte.« Sie drehte den Kopf, bis ihre Lippen seine Handfläche berührten. Dann wich sie zurück – ein wenig, aber genug. Er ließ die Hand sinken. »Du warst lange weg.«

»Ich habe wichtige Dinge über das Untere Reich herausgefunden – und über die Männer, die behaupten, es zu beherrschen.«

»Und die Frauen?«

»Bist du eifersüchtig?«

»Habe ich einen Grund?«

»Nein«, sagte er. »Nein, den hast du nicht.«

»Auch nicht, wenn ich die Hand einer anderen auf dir spüre?«

Sein Herz zog sich zusammen. Albern, aber er war halt nur zum Teil Herr seines Herzens. »Wenn du von meiner Base Iry sprichst, sie war nie mehr für mich, als eine Verwandte sein sollte. Wenn du von… einer anderen redest, dann kann ich dich nur daran erinnern, dass du mich gelehrt hast, mich einer Frau nur dann zu nähern, wenn sie mich bittet. Und diese da brauchte einen Mann, der so etwas tun würde.«

»Erzähl mir von ihr«, sagte Iphikleia. Sie ließ ihm keine Wahl.

Er nahm seine Gedanken und Worte zusammen. Es ging hier um mehr als um die Eifersucht einer Frau, das konnte er spüren. Was er ihr sagte, würde zählen, und ebenso wie er es sagte. »Sie heißt Sadana«, berichtete er. »Sie reitet auf Pferden und trägt Waffen und weiß zu kämpfen wie ein Mann. Das Volk ihrer Mutter kommt aus dem Osten, von den Pferdestämmen, aber sie selbst war niemals dort. Man hat ihren Bruder an ihrer statt geschickt, weil ihre Göttin ihn verlangte. Dann, als er mit dem weißen Pferd, mit der Stute zurückkam, die eine Göttin ist, sollte Sadana die auserwählte Priesterin sein, aber das geschah nicht – sie musste mehr ertragen, als eine menschliche Frau ertragen sollte.«

»Sie tut dir also Leid«, sagte Iphikleia.

»Nein«, erwiderte er. »Nein, sie tut mir nicht Leid. Aber die Götter waren nicht freundlich zu ihr. Sie wusste nicht, dass ein Mann auch sanft sein kann. Sie kannte nur Gewalt.«

»Armes Ding«, sagte Iphikleia. »Und du hast sie verlassen.«

Kemni richtete sich auf, so gut das in einem zerwühlten Bett möglich war. »Erst bin ich tadelnswert, weil ich sie berührt habe, und nun, weil ich sie verlasse? Ich habe meine Base gebeten, ihr zu helfen. Das war alles, was ich tun konnte, bei all dem, was an mir zerrte. Ariana hat schon viel zu lange auf uns warten müssen.«

»Du glaubst doch nicht, dass ich nur versuche, vernünftig zu sein, oder?«, wollte Iphikleia wissen.

»Selbstverständlich nicht«, meinte Kemni.

»Gut«, sagte Iphikleia. »Du hättest sie dennoch nicht verlassen oder am besten ihr gar nicht erst nahe kommen sollen.«

»Sie hat darum gebeten«, sagte er.

»Wie schwierig.« Iphikleia versetzte ihm einen leichten Schlag – für die Frechheit –, aber dann küsste sie ihn. »Weil«, sagte sie, »du bist, was du bist.«

Kemni tat nicht so, als ob er sie verstünde. Es war genug, dass sie verstand.

Er hatte vorgehabt, spät in dieser Nacht in den Palast zurückzukehren, nach Bier und schlechtem Wein stinkend. Aber Naukrates wollte am Morgen segeln. Noch ein Tag, und Kemni wäre hier allein zurückgeblieben.

Die Götter hatten gesprochen, ebenso wie Naukrates. Also würde Kemni sofort verschwinden müssen, und er konnte nur hoffen, dass man ihn vergaß.

Es überraschte ihn, dass er das bedauerte. So wenig Zeit er im Haushalt der Aufgehenden Sonne zugebracht hatte, er war zu einem Teil davon geworden. Es war für ihn ein Zuhause gewesen, als er noch ein Kind war, und selbst zerbrochen und erobert bedeutete das Anwesen ihm immer noch sehr viel.

Er musste ins Obere Reich zurückkehren, zu seinem König und seiner Königin und seinen vielfältigen Pflichten. Wenn er an diesen Ort zurückkehrte, würde er als Eroberer kommen – oder bei dem Versuch sterben.

Kemni war weg. Iry hatte es erwartet, aber nicht so schnell und nicht ohne ein Lebewohl. Sie war zornig – das war dumm, aber sie konnte nichts dagegen tun. Seine Verbündeten hatten ihn wohl mitgenommen. Aber was, wenn man ihn gefangen genommen oder getötet hatte? Sie würde es vielleicht nie erfahren.

Sie musste sich darauf verlassen, dass er seine Kreter gefunden und dass sie ihn nach Theben zurückgebracht hatten. Jetzt hatte sie nur noch die Hälfte ihrer Leibwachen und keine einfache Erklärung dafür.

Am ersten Tag gab es zumindest gewisse Ablenkungen. Selbst Iry, die Erfahrung mit Höfen hatte, wusste, dass der König niemanden sofort empfing, selbst Botschafter aus großen Reichen nicht. Ein König ließ die Leute warten; das gehörte zu den Dingen, die ihn zum König machten.

Und dennoch, beinahe bevor sie aufgestanden und angekleidet war und die Sonne begrüßte hatte, wie man es von der Dienerin der Stute erwartete – im Herzen sang sie eine Hymne an Re, der die Sonne Ägyptens war –, stand ein Bote an der Tür, ein hochnäsiger und wichtigtuerischer, der sie zum König rief. Anders als Könige durften Untertanen niemanden warten lassen. Iry hatte nicht die Zeit, das Frühstück zu sich zu nehmen, das man ihr gebracht hatte. Man hatte sie gerufen, also musste sie sofort gehen.

Sie folgte dem königlichen Kämmerer, und zwar allein, denn Iannek war noch nicht zu seiner Pflicht erschienen und Kemni war selbstverständlich verschwunden. Ihr fiel ein, dass es sich vielleicht um eine Falle handeln und der Kämmerer gar keiner sein mochte, aber wenn das so war, hieß sie die Gefahr beinahe willkommen.

Sie war in seltsamer Stimmung. Die Gegenwart ihres Vetters hatte ihr ein wenig Trost gegeben: ein Verwandter in einer fremd gewordenen Welt. Und nun war er wieder verloren. Die Stute, der sie vertrauen konnte, war vor der Stadt geblieben und tat dort, was immer ihr gefiel. Hier in diesen Mauern, in den Händen ihrer Feinde, war Iry allein

Und sie war beinahe froh darüber. Es war, als spränge sie von einer hohen Mauer in den leeren Raum, oder was das anging, als säße sie auf einem Pferderücken und überließe dem Pferd den Weg.

Im Augenblick führte dieser Weg tief in den Palast, ins Herz dieser hohen Mauern. Alles, was sie umgab, war seltsam, nicht ganz ägyptisch, aber auch nicht ganz Retenu. Die Bilder auf den Mauern und die Reliefs waren manchmal vollkommen fremd, aber häufig auch ägyptisch oder doch beinahe ägyptisch. Könige mit den zwei Kronen und dem angemessenen königlichen Kilt, mit Krummstab und Dreschflegel, aber bärtig wie Retenu; oder Männer in der Haltung eines Schreibers, die mit gekreuzten Beinen dasaßen, aber nie hatte ein Schreiber sein Haar über den Ohren auf diese unsägliche Weise abgeschnitten. Manchmal stellten die gemalten oder gemeißelten Abbilder den Gott Seth dar, wie Iry ihn kannte, aber manchmal auch eine andere Form dieses Gottes – Bal, genauer gesagt den Himmelsvater der Retenu, dessen Tempel sich wie ein Berg in der Stadt erhob. Es gab auch andere Retenugötter, ebenso wie die Götter ihres eigenen Volkes, aber diese waren die größten und jene, die man am häufigsten sah.

Tief im Palast, in einem Irrgarten von Fluren, brachte der Kämmerer Iry zu zwei hohen Türen, die von Männern in schimmernden Rüstungen bewacht wurden. Sie sahen sie aus dem Schatten ihrer Helme heraus an, verbeugten sich aber nicht und ließen sie ihm Gefolge des Kämmerers eintreten.

Selbstverständlich hatten sie die Räume des Königs erreicht. Sie gingen weiter und weiter, noch mehr Räume, noch mehr Flure, alle offensichtlich verlassen, aber die Schatten waren voller Flüstern. Iry konnte spüren, dass Blicke auf ihr ruhten, obwohl sie niemanden entdecken konnte.

Im Herzen all dieser Räume gab es ein erstaunlich kleines Zimmer. Es hatte Fenster, was sie überraschte. Sie gingen auf den Haupthof des Palastes hinaus, einen Hof voller Säulen, der Iry irgendwie an ein Riedbett erinnerte, das hier vergrößert und in Stein abgebildet worden war. Oder an einen Wald, wie Khayan ihn ihr beschrieben hatte, Säulen von Bäumen, die sich weiter und weiter in den grünen Schatten zogen.

Dieser Raum lag hoch über dem Hof und musste sich nahe dem Dach des Palastes befinden. Es war niemand hier, aber es gab Stühle und selbst einen Diwan, falls ihr danach gewesen wäre, sich hinzulegen, und Wein und Kuchen sowie eine Schale mit Blumen, um ihre Sinne zu erfreuen.

Sie wusste, sie sollte sich hinsetzen und geduldig sein. Aber sie hatte erwartet, den König zu sehen und nicht gezwungen zu sein, hier schließlich doch noch zu warten, bis er sich dazu herabließ sie zu empfangen. Unruhig ging sie auf und ab und blieb bei jeder Drehung stehen, um in den Hof hinabzuschauen. Dort unten gingen Menschen vorbei, manchmal allein, manchmal in Gruppen. Sie amüsierte sich damit zu erraten, was sie waren, Herren oder Soldaten, Diener oder Besucher, die mit staunend aufgerissenen Augen durch den Palast wanderten.

Manchmal gab es auch Hunde, die allein herumliefen oder an Leinen geführt wurden: Jagdhunde, und einmal auch die Kriegshunde, von denen Iry gehört, die sie aber bisher noch nie gesehen hatte. Selbst aus dieser Höhe waren sie groß, grau wie Wölfe, um den Hals Bänder mit Bronzestacheln. Die Männer, die sie führten, mussten sich anstrengen, damit ihnen die Leinen nicht entrissen wurden.

Keine Katzen, dachte sie. Sie hatte nicht eine einzige gesehen, seit sie in diesen Mauern weilte. Retenu mochten keine Katzen. Boshafte, unberechenbare Geschöpfe, erklärten sie, die nur herumschlichen und einen Passanten mit einem plötzlichem Sprung und einem Pfotenschlag erschreckten. Was auch vollkommen der Wahrheit entsprach, aber genau deshalb waren sie eben Katzen und nicht einfach nur sehr kleine Hunde.

Iry mochte Hunde nicht. Besonders nicht die Kriegshunde, selbst von so hoch und weit entfernt. Sie war froh, als sie aus ihrem Blickfeld verschwanden.

Inzwischen hatte sie sich am Fenster eingerichtet, hatte sich dort zusammengerollt, als wäre sie selbst eine Katze auf dem warmen Fenstersims, nachdem die Sonne über die Mauern gestiegen war. Sie döste und träumte vor sich hin, bis ein Magenknurren sie erinnerte, dass sie seit dem Aufwachen noch nichts gegessen hatte.

Der Kuchen war nicht so gut wie in der Aufgehenden Sonne, aber angenehm. Der Wein, gut verwässert, war von königlicher Qualität.

Gerade als sie sich die Finger leckte und sich fragte, ob sie noch einen weiteren Kuchen essen sollte, erklangen Schritte – nicht an der Tür, sondern über ihr. Sie blickte verblüfft auf. Die Schritte kamen vorbei, wurden leiser, hielten inne. Dann hörte sie, wie jemand eine Treppe herunterstieg.

Ein Kämmerer – nicht derjenige, der sie hergebracht hatte – öffnete die innere Tür. »Komm«, sagte er in der sanften, hellen Stimme eines Eunuchen.

Man erwartete im Allgemeinen, dass Eunuchen fett waren und zwitscherten wie Vögel. Aber nun hatte sie eine hoch gewachsene, schlanke, elegante Person vor sich, und seine Stimme war zwar höher als die eines Mannes, aber immer noch tief für eine Frau. Er erinnerte sie mit seiner Größe und schlaksigen Anmut an einen Ibis. Er sah überhaupt nicht wie eine Frau aus, außer dass er keinen Bart hatte, aber Ägypter hatten auch keine Bärte.

Sie folgte ihm eher, weil sie fasziniert war, denn aus Gehorsam. Er führte sie in einen Flur und eine Treppe hinauf. Oben gab es blendendes Sonnenlicht und ein weites Dach. Der größte Teil dieses Daches war leer, um besser verteidigt werden zu können, aber nicht weit von der Treppe hatte jemand, König oder Königin, einen Garten anlegen lassen. Er war klein und drängte sich am Fuß einer der vier großen Türme an den Ecken des Palastes; eine niedrige Mauer umgab ihn. Grünes Laub und ein Strom von Blüten ergossen sich über diese Mauer.

Drinnen bemerkte man nicht mehr, wie klein er war. Alles hier war grün und duftete betörend. Über sich konnte Iry die trutzige Mauer des Turms sehen, aber auch sie wurde von Blättern und bunten Blüten verschleiert und weicher gemacht. In der Mitte gab es, wie immer in diesem Land der Wüsten und des kostbaren Grün, einen Teich: dieser hier war mit Steinen eingefasst und glitzerte von Fischen. Es gab Lotusblüten, die wie Monde auf dem Wasser trieben.

Am Teich saß ein Mann. Dieselben Wachen wie am Tag zuvor waren auch jetzt in seiner Nähe: Er hatte sie wohl gern und traute ihnen, wie sie Kemni und – ja – Iannek traute.

Selbstverständlich war der Mann im Zoo der König gewesen. Sie erinnerte sich genau an Ianneks Gesicht – er hatte es gewusst, aber nichts gesagt, der Idiot.

König Apophis, dem sie ewigen Hass geschworen hatte, lächelte sie an und sagte: »Guten Morgen, Herrin, hast du gut geschlafen?«

»Sehr gut, Majestät«, sagte Iry. »Und waren die anderen Tiere so unterhaltsam wie üblich?«

»Ja«, meinte er. »Eine der Löwinnen hat in der Nacht Junge bekommen – ich habe sie noch besucht, ansonsten hätte ich dich nicht warten lassen.«

Ihr Götter, dachte sie. Es war furchtbar schwer, diesen freundlichen Mann zu hassen, der seine Tiere liebte. Und dennoch war er Apophis von den Retenu. Er regierte das Untere Reich, er war der Eroberer der Eroberer, König der fremden Könige. Alles, was sie hasste, alles, wogegen sie zu kämpfen geschworen hatte, verkörperte sich in ihm.

Sie konnte nur tun, was sie gelernt hatte, als der alte Herr sich nach dem Tod ihres Vaters der Aufgehenden Sonne bemächtigt hatte. Sie teilte ihre Seelen. Jenen Teil von ihr, der hasste, legte sie beiseite. Der Rest konnte kühl, wenn auch nicht leidenschaftslos sein, konnte ihm zuhören und sich mit ihm unterhalten und höflich, ja sogar liebenswert sein, wie sie es zuvor zu dem namenlosen Mann im Zoo gewesen war.

Dieser namenlose Mann war es nun, mit dem sie sprach. Namen waren Macht; das wusste jeder in Ägypten. Ohne einen Namen konnte ein Mensch nicht ewig leben, konnte er nicht unsterblich sein.

Und so war für sie der König der fremden Könige einfach ein Mann. Er hatte keinen Namen und daher keine Kraft, sich gegen sie zu stellen, falls sie sich entschied, mit ihm zu kämpfen. »Hast du die Löwenjungen gesehen?«, fragte sie.

»Nein«, meinte er bedauernd. »Die Mutter war noch nicht bereit, sie aus ihrer Höhle in die Welt hinauszubringen. Aber wenn sie es tut, würdest du dann gerne mit mir kommen und sie anschauen?«

»Das würde mir gefallen«, sagte Iry. Und es entsprach der Wahrheit. Dieser Mann ohne Namen war gute Gesellschaft und kannte sich mit Tieren aus. Wenn man von Pferden einmal absah. Davon, das hatte er eingestanden, wusste er nicht viel.

Sie glaubte nicht, dass sie es ihm beibringen würde. Und tatsächlich, als hätte er den Gedanken in ihrem Blick gelesen, sagte er: »Du bist also die Dienerin der Stute. Weißt du, wie erstaunlich du bist?«

»Ich denke, das angemessene Wort wäre ›entsetzlich‹.«

Er lachte herzlich und tief. Iry fragte sich, ob er mit Khayan verwandt sein mochte. Das war möglich. Warum nicht? »Ja, es gibt Leute, die dich entsetzlich nennen. Ich hätte es vielleicht auch gedacht, als ich zum ersten Mal von dir hörte. Aber du bist nicht so, wie man erwartet.«

»Was hättest du denn erwartet?«, fragte sie ihn.

»Angst«, erwiderte er. »Trotz. Spott gegenüber uns allen.«

»Woher weißt du, dass ich das nicht alles auch empfinde?«

»Vielleicht tust du das«, sagte er. »Aber du hast es beherrscht. Oder nicht? Du bist, was du bist. Du tust, was du tun musst. Das ist das Schicksal, das die Stute dir auferlegt hat.«

»Ich bin froh, dass du das so deutlich erkennst. Das tun nicht viele von deinem Volk.«

»Es wird uns Königen beigebracht, klar zu sehen«, erwiderte er.

»Selbst durch die Wolken von Schmeichelei und die Kriecherei von Höflingen?«

»Besonders durch das. Der König, der dabei versagt, ist schwach, und sein Reich wird leiden.«

Oh, nun konnte Iry ihn hassen – weil er so weise war, weil er sprach wie ein guter König. Er durfte kein guter König sein. Er war ein Eroberer, ein Eindringling. Man musste ihn aus Ägypten hinauswerfen.

Und dennoch saß er in diesem Garten auf dem Dach seines Palastes unter einem Himmel, zu dem sein Volk nie geboren war – aber er war in diesem Land zur Welt gekommen, wie Iry selbst –, lächelte sie an und fragte beinahe sanft: »Du wünschst dir, ich wäre schwach, oder nicht?«

»Zählt es denn, was ich mir wünsche?«

»Die Dienerin der Stute stellt eine große Macht in diesem Reich dar. Das weißt du doch sicher. Was du dir wünschst, zählt sehr viel.«

»Warum?«

Er war wohl an schwierige Fragen gewöhnt und deshalb kaum erstaunt. »Eine Göttin hat dich auserwählt. Sie spricht durch dich. Was du tust, was du denkst, bedeutet mehr, als wärest du eine einfache sterbliche Frau.«

»Das hat man mir gesagt – jene, die es übernommen haben, mich zu unterrichten. Ihr habt also alle Angst vor mir?«

»Einige achten dich«, sagte er. »Andere halten dich für gefährlich. Jemand von deinem Volk, der solche Macht erhält, wie die Stute sie dir gibt... du könntest uns vernichten.«

»Und so etwas sprichst du laut aus?«

»Ich bin sicher, dass du daran gedacht hast«, meinte er.

»Glaubst du, ich würde das tun?«

»Ich glaube, du könntest es.« Es schien ihn nicht weiter zu bedrücken.

»Und du würdest nicht versuchen, mich aufzuhalten?«

»Das habe ich nie gesagt.«

Er hielt inne. Mit diesem Satz hatte er Iry gewarnt, dennoch war seine Miene so ruhig wie eh und je; er lächelte sogar ein wenig. Er mochte sie, das sah sie. Aber er war König. Könige konnten auch das vernichten, was sie liebten, im Namen ihres Königtums.

Als sie schließlich sprach, tat sie es vorsichtig, aber nicht ausweichend. »Ich kann nichts versprechen. Nur so viel: Was immer ich tun werde, es wird der Stute keinen Schaden zufügen. Was immer aus dieser Sache wird, es wird ihrem Willen entsprechen. Nicht deinem, König. Nicht dem Nutzen deines Reiches. Aber was sie angeht – was immer sie befiehlt, werde ich tun.«

»Sie gehört uns«, sagte er.

»Sie hat sich entschieden, euch eine Weile zu begleiten. Sie kommt von einem anderen Stamm als dem deinen, und aus einer anderen Welt.«

Das brachte ihn zum Schweigen. Iry hätte sich dafür tadeln können, tat es aber nicht. Sie hatte gesehen, wie er sie anschaute. Er erinnerte sich daran, was sie war. Keine Sklavin, keine Ägypterin, sonder die Dienerin der Stute. Die Auserwählte der Göttin.

Sie hatte immer noch nicht vollkommen verstanden, was sie selbst darstellte und was das bedeutete. Manchmal glaubte sie, sie würde es nie begreifen. Und dennoch würde sie es benutzen. Das wusste sie jetzt, angesichts des Erobererkönigs.

Und was, fragte sie sich, wenn er keine Angst hatte, weil er wusste, was sie nicht ertragen konnte? Was, wenn sich Iry um der Stute willen gegen ihr eigenes Volk wenden musste? Das war es wohl, worauf er hoffte, was er vielleicht sogar erwartete.

Niemals, dachte sie. *Bei den Göttern. Niemals.*

Aber Zweifel nagte dennoch an ihr. Vielleicht hatte Kemni ähnliche Zweifel an ihr gehabt – und daher war er verschwunden, ohne ihr zu sagen, wann oder wohin er ging.

Genug. Sie stand hier immer noch vor dem König, und er hatte Augen, die weit und tief blicken konnten. Für ihn musste sie stark sein und nicht wanken. Er durfte ihre Zweifel und ihre Ängste nicht sehen, nicht einmal wissen, dass sie sie hatte. Sie lächelte ihn an, nicht zu strahlend, aber auch nicht zu zaghaft. »Erzähl mir mehr von den Tieren«, sagte sie. »Von den gefleckten, deren Hälse so lang sind, dass sie aufragen wie Bäume – erzähl mir von denen.«

Er wollte vielleicht mehr über die Stute wissen, aber es sah aus, als hielte auch er es für weise, sich von diesem Thema abzuwenden. Deshalb antwortete er ohne offensichtliches Zögern, sogar beinahe eifrig. Der Rest der Audienz verlief angenehm, und vielleicht dauerte es länger als vorgesehen, denn schließlich kam ein Kämmerer und erinnerte den König, dass er Pflichten im Palast hatte. Dann durfte Iry gehen. Es tat ihr nicht Leid, aber sie hatte es auch nicht eilig.

Sie mochte ihn tatsächlich. Was er war, hasste sie bis ins Herz. Aber den Mann ohne Namen, den angenehmen Gesellschafter, der so viel über Tiere wusste, konnte sie in gewisser Weise als Freund betrachten.

40

Khayan erinnerte sich in Avaris immer wieder daran, wieso er so froh gewesen war, dass man ihn in die Steppe geschickt hatte, weit weg von diesem Hof. Auf seinen eigenen Ländereien ging es ihm gut, er war dazu geboren und erzogen worden zu herrschen, und das konnte er. Aber er war nicht zum König geboren.

»Du bist der geborene Diener von Königen«, sagte seine Schwester Maryam. Sie hatte es selbst übernommen, sich um die Flucht von Räumen zu kümmern, in die sie alle gedrängt worden waren. Von allen, die dort nun wohnten, war sie am zufriedensten.

»Ich kann meinem König auch außerhalb des Hofes dienen«, sagte Khayan. Er hatte nicht unbedingt nach ihr gesucht, suchte aber Zuflucht vor jenen, die sich ihm aufdrängten, weil sie glaubten, dass er Einfluss auf den König hatte. Maryam war dabei, die Diener am Waschtag zu beaufsichtigen. Und mitten im Duft von frisch gewaschenem Leinen und feuchter Wolle war Khayan stehen geblieben, um seine Schwester anzubetteln. Es war nicht mehr als das, er wusste es, aber er hatte es oft genug getan, schon zu der Zeit, als er noch eine Amme hatte.

Maryam war immer freundlich gewesen, hatte ihn aber nicht verwöhnt. Sie beschäftigte sich weiter mit Glätten und Falten, und eine sehr hübsche Dienerin half ihr. Das Mädchen warf Khayan Seitenblicke zu, die er sehr wohl deuten konnte. Sollte er sich später an sie erinnern, wäre sie entzückt, ihm zu Willen zu sein.

Das würde er vielleicht tatsächlich tun. Barukha war eine eifersüchtige Frau, aber hier in Avaris musste sie zu ihren Verwandten zurückkehren. Ihre Erklärungen, dass sie mitten in der Priesterinnenausbildung stand, dass sie sich nicht entfernen durfte, waren nichtig geworden, als Sarai ihr großzügig erlaubte zu gehen. Sarai war vielleicht froh, sie loszuwerden. Khayan war ein wenig überrascht über das Ausmaß seiner eigenen Erleichterung. Barukha brachte sein Blut wunderbar ins Wallen, aber sie war weder eine beruhigende noch eine sichere Gesellschafterin.

Nun war er frei, andere anzusehen, und das gefiel ihm. Er gestattete sich, einem der Blicke des Mädchens zu begegnen und ihr die Andeutung eines Lächelns zu schenken. Sie verstand es richtig. Ihre Augen blitzten, als sie sich wieder fleißig über ihre Arbeit beugte.

Maryams Stimme durchdrang die Ablenkung. »Du wirst schon bald nach Hause zurückkehren dürfen. Sicherlich kannst du es eine kleine Weile ertragen.«

Khayan seufzte tief. »Es wird mir nichts anderes übrig bleiben, oder?«

»Nein«, sagte sie.

Sie hatte ihn entlassen, mit solchem Takt und so elegant, dass er schon ein ganzes Stück weitergegangen war, bevor ihm auffiel, was sie getan hatte. Dann blieb er stehen und lachte. Maryam führte seinen Haushalt, wo immer er war, aber sie diente weder ihm noch einem anderen Mann – ganz gleich, was sie ihn glauben machen wollte.

Er sollte tatsächlich in einem der Höfe sein, sich mit anderen Adligen versammeln, die sich in der Stadt befanden, und von Dingen sprechen, von denen sie schon endlos zuvor gesprochen hatten: Angelegenheiten des Königreichs, die letzten Gesandtschaften und selbstverständlich immer die Frage des Krieges. Ein paar junge Hitzköpfe im selben Alter wie Iannek schrien danach, dass man ihnen erlaubte, den Süden Ägyptens zu erobern. Sie und ihre Vorgänger hatten nun seit hundert Jahren danach geschrien und würden zweifellos auch in weiteren hundert Jahren noch dasselbe tun. Es war nicht machbar, das war alles. Khayan wusste es, die älteren Adligen wussten es, nur die Jungen und Kinder wussten es nicht. Sie wollten, was sie wollten. Es war ihnen gleich, was es kostete oder wie schwierig es sein würde.

Khayan war selbst einmal so jung gewesen, und auch jetzt noch nicht so viel älter. Aber er war in der Steppe gewesen, zu einer Zeit, in der er hier mit den anderen jungen Männern hätte tuscheln und tänzeln sollen. Die Frauen vom Stamm seiner Mutter hatten ihn gezügelt, wenn er übermütig wurde, und ihn gelehrt, sich zu beherrschen.

Es war eigentlich schade. Er wäre gern einmal ein Idiot gewesen. Idioten waren glückliche Geschöpfe, soweit er das sehen konnte. Wenn man ihnen etwas verweigerte, ergaben sie sich ihrem Elend, aber auch das wirkte irgendwie noch fröhlich.

In dieser Stimmung drängte er sich durch die überfüllten Räume. Immer wieder hielt ihn jemand wegen dieser oder jener Angelegenheit auf. Die meisten konnte er zu Maryam schicken, ein paar zu seiner Mutter – obwohl sie bei dem Gedanken erbleichten. Den Rest verschob er bis zum Abend. Es würde ein unruhiges Abendessen sein, aber das würde ihm wieder ersparen, an einem der höfischen Bankette teilzunehmen.

Im Augenblick war er so frei, wie das mitten in einem Gefängnis möglich sein konnte. Er dachte daran, sich in seinem Zimmer zu verstecken, das er, Dank sei den Götter, für sich hatte. Aber auf seinem Weg nach oben begegnete er Iry; sie kam die Treppe heruntergerannt, gerade als er begonnen hatte hinaufzusteigen.

Er war ein mittelgroßer Mann und sie eher klein, dennoch hätte sie ihn beinahe umgerannt. Nur Glück und seine kampfgeschulte Reaktion hielt ihn auf den Beinen, wenn auch atemlos und zerschlagen. Sie klammerte sich an ihn, damit sie nicht die Treppe hinunterfiel.

Irgendwie schien es am vernünftigsten, sie hochzuheben, so leicht wie sie war, und sie den Weg wieder nach oben zu tragen. Der Flur, zu dem die Treppe führte, war lang und trüb beleuchtet, und sein Zimmer lag am Ende desselben. Ihr Zimmer, das wusste er, war irgendwo näher. Aber er ging daran vorbei, und sie versuchte nicht ihn aufzuhalten.

Er fragte sich, ob sie sich irgendwie verletzt hatte, denn sie war so still; auch hatte sie die Augen geschlossen. Er ging schneller, trat die Tür am Ende des Flurs auf und hätte sie beinahe fallen lassen, als sie zum Leben erwachte und sich geschmeidig aus seinem Griff wand.

Sie schien vollkommen unverletzt. Sie sah sich im Zimmer um, das kleiner war als das, woran er gewöhnt war, aber immerhin noch größer als ein Zelt bei den Stämmen. Das Bett war diskret hinter einem Vorhang verborgen, aber sie musste wissen, wo es sich befand. Der Rest war harmlos genug: ein vergoldeter Diwan nach ägyptischer Mode, ein Tisch und zwei Stühle, eine Truhe für den Teil seiner Kleidung, den die Diener in der Nähe behalten wollten, und das Relief eines ägyptischen Königs.

»König Dedumose«, sagte Iry und fuhr mit dem Finger über die Zeichen seines Namens, der von der geschnitzten Schnur der Kartusche gebunden war. »Er muss König gewesen sein, bevor euer Volk kam. Es gab schon eine Stadt hier. Ihr habt sie gefunden und ausgebaut, aber sie hat uns gehört, bevor sie zu eurer wurde.«

»So ist das mit Eroberungen«, sagte Khayan.

Sie warf ihm einen Blick zu. »Erwartest du, dass ich euch dafür liebe?«

»Nein«, sagte er. Sie stolzierte im Zimmer herum, betrachtete stirnrunzelnd die Wände, an die Wandbehänge drapiert waren. Darunter gab es gemalte Festszenen, das wusste er, aber sie sah sie sich nicht an.

Nach einer Weile blieb sie am Fenster stehen und lehnte sich hinaus. Ihre Stimme klang seltsam, als sie nun aus der dicken Mauer zu dringen schien: gedämpft, aber mit einem Echo. »Und der König hat auch ein Fenster, aber auf der anderen Seite und viel höher.«

Er zog die Brauen hoch. »Du stehst also in seiner Gunst.«

»Ich oder die Stute.« Sie schlüpfte wieder aus dem Fensterrahmen und kümmerte sich wenig darum, wie ihr Gewand hochrutschte und ihr Bein bis zum Oberschenkel entblößte. Khayan hatte sich sorgfältig bemüht, an nichts anderes zu denken, während er sie auf den Armen trug, als dass sie hätte verletzt sein können. Aber auf derartige Provokation reagierte seine Männlichkeit sofort. Und es war gleich, dass er längst jeden Teil von ihr gesehen hatte, den es zu sehen gab.

Sie bemerkte nicht einmal die Veränderung seines Schweigens, als sie sagte: »Du warst also auch dort.«

Er brauchte einen Moment, um sich zu erinnern, was sie meinte, denn der Anblick ihres Oberschenkels hatte ihn alles andere vergessen lassen. Aber nun kehrte es zögernd zurück. »Ja, ich stehe in der Gunst des Königs. Nur jene, denen er ausdrücklich vertraut, haben Zutritt zu diesen Räumen.«

»Er sollte mir nicht vertrauen«, sagte sie leise.

Khayan biss sich auf die Zunge, bevor er fragte, warum sie das sagte. Er glaubte es zu wissen. Bei all dem Unterricht, den man ihr erteilt hatte, den Worten, die sie gelernt hatte, den Ritualen und Gebeten, den Künsten von Krieg und Frieden, war sie immer noch Ägypterin. Sie konnte nicht einmal ihr Gewand wie eine Frau seines Volkes tragen. Entweder es verrutschte auf die unzüchtigste Art, oder sie trug es, als wäre es eine Last.

Er wusste, seine Mutter hatte erwartet, dass Iry zu einem der Kinder der Stute werden würde, zumindest nach einiger Zeit und mit viel Belehrung und entsprechend strenger Disziplin. Aber Khayan wusste auch, als er sie nun anschaute, dass sie sich nicht ergeben würde. Sie würde alles lernen, was sie konnte, und tun, was immer sie musste, aber sie würde stets sie selbst bleiben. Und das war gefährlich. Dennoch hatte er keine Angst. Er sagte: »Man wird dich bitten, dich bei Hof zu zeigen, und wahrscheinlich schon bald. Bist du darauf vorbereitet?«

Sie spannte sich vielleicht ein wenig an, sagte aber dann ruhig: »Ich nehme an, ich bin so bereit, wie ich sein kann.«

»Ich werde in der Nähe sein«, erklärte er, gerührt von etwas, das er nicht näher umschreiben konnte. »Wenn es dir zu viel wird, komm zu mir. Wirst du daran denken?«

Sie warf ihm einen seltsamen Blick zu, worauf sie auch alles Recht hatte, aber dann sagte sie nur: »Ich denke daran.«

Er nickte. »Das ist gut. Ja, sehr gut.«

Und dann schwiegen sie wieder. Sie schwiegen häufig miteinander, aber dieses Schweigen fühlte sich für Khayan anders an. Er dachte entgegen jeder Vernunft daran, dass es dort ein Bett gab und dass sie ganz in der Nähe davon stand. Ihr Körper in dem verknitterten Gewand schien so mager wie der eines Jungen, aber er wusste, was unter dem bestickten Leinen verborgen war.

Sie durfte es nicht wissen. Das war sein erster Gedanke und vielleicht der einzige. Es war nicht angemessen, dass er sich gestattete, die Dienerin der Stute auf solche Weise zu betrachten.

Erst jetzt bemerkte er, dass er in der Tür stand, dass er dort weggehen musste, bevor sie das Zimmer verlassen konnte. Er trat beiseite.

Sie floh nicht sofort, wie er angenommen hatte. Sie schaute von ihm zur Tür, zuckte kaum wahrnehmbar mit den Achseln und drehte sich wieder um, um aus den Fenster zu sehen. »Ich habe kein Fenster«, sagte sie. »Hast du Hunger? Würdest du vielleicht nach etwas schicken?«

Das tat Khayan, aber zuvor hielt er inne, um über sie zu staunen. Sie war dreist, das hatte er gewusst. Aber sie konnte ihn immer wieder überraschen.

Er schickte nach einer Mahlzeit für sie beide. Sie verließ das Fenster nicht, während sie warteten. »Schau«, sagte sie. »Mehr Kriegshunde. Ich habe nie welche gesehen, bevor ich hierher kam – und nun sehe ich ganze Rudel von ihnen.«

Sie winkte. Er kam gehorsamer zu ihr, als es vielleicht hätte sein sollen. Es war eng im Fenster für sie beide, dank seiner breiten Schultern. Ihr Arm war warm an seinem. Er wusste genau, welcher Teil von ihr sich wo befand und wie nahe sie ihm war, selbst durch ihr Gewand und das seine.

Es kostete ihn eine gewisse Anstrengung, nach draußen zu sehen und sich anzuschauen, was sie ihm zeigen wollte. Ein paar Männer überquerten den Hof, jeder mit mehreren der großen, wilden Hunde an der Leine, die für einige Adlige eine Mode darstellten.

»Du hast keine Kriegshunde«, sagte Iry. »Und dein Vater hatte auch keine. Warum?«

»Mein Vater sagte immer, dass jedes Tier sowohl im Frieden als auch im Krieg nützlich sein müsse. Ein Hund, der einmal dazu abgerichtet wurde, Menschen zu jagen, ist für nichts anderes gut. Er ist auf den Geschmack von Menschenfleisch gekommen, verstehst du, und schätzt es mehr als alles andere.«

»Das sagen sie auch von Löwen«, meinte sie. »Und von Krokodilen und Flusspferden. Menschenfleisch ist süß. Zu süß.«

»Vergiss nicht«, sagte Khayan, »dass das für einige Adlige alles andere als störend sein mag. Sie behaupten, dass die größte Jagd von allen die nach Menschen sei.«

Sie schauderte. Ohne nachzudenken legte er den Arm um sie und zog sie an sich. Sie erstarrte nicht und leistete auch keinen Widerstand. Einen Augenblick lang, beinahe zu kurz, um es zu bemerken, schmiegte sie sich an ihn.

Dann hatte sie sich ihm wieder entzogen und sagte: »Die Menschen, die sie jagen würden, wären meine Verwandten. Mein Volk. Habe ich diese Macht? Könnte ich es verbieten?«

»Ich nehme an, du könntest es missbilligen«, sagte er, »und das öffentlich machen. Aber die Dienerin der Stute hat sich immer bemüht, sich nicht zu sehr in die Moden und Launen der Menschen einzumischen.«

»Die Jagd auf Unschuldige ist eine Mode?«

»Iry«, sagte er. »Du weißt nicht, warum sie das tun oder ob sie auch nur mehr tun, als daran zu denken. Du kannst nicht verbieten, was nicht bewiesen wurde.«

»Aber du sagtest –« Sie hielt inne.

Ihr Ton hatte sich verändert. Er wusste nicht genau wie, aber es war so. »Ja?«, erwiderte er.

»Khayan«, sagte sie abermals. »Khayan. Ich habe dich gerufen, Khayan. Dreimal habe ich dich beim Namen genannt.«

Es war ein Zauber. Er schauderte, wie sie vor nicht allzu langer Zeit geschaudert hatte, aber sie machte keinen Versuch, ihn zu trösten.

Ihre Augen waren dunkel, ihr Blick ein wenig kalt: Augen wie der Nachthimmel hinter den Sternen. »Du hast meinen Namen gesagt«, sagte sie.

»Ich… ich habe nichts Böses gewollt«, sagte er. Es fiel ihm

nicht leicht, das zu sagen. Die Worte entsprangen seinem Stolz und auch seiner Angst.

»Sag ihn noch zweimal«, forderte sie.

»Aber …«

»Sag es.«

»Iry«, sagte er. »Iry.« So ein kleiner kurzer Name, aber so stark, so sehr Teil von ihr.

Sie nickte bei jeder Wiederholung, als hätte er in gewisser Weise etwas für sie getan. »Dreimal hast du es gesagt«, erklärte sie. »Und nun sind wir gleich. Deine Macht über mich ist ebenso wie meine Macht über dich.«

»Ist das gut?«, fragte er.

»Willst du, dass es so ist?«

»Ich will …«, begann er, schüttelte dann den Kopf. »Ich weiß nicht, was ich will. Ist das ein ägyptischer Ritus? Sollte ich damit vorsichtig sein?«

»Würde ich es dir denn sagen, wenn du das solltest?«

»Es ist ein wenig zu spät, nun, da es ohnehin geschehen ist.«

»Das stimmt«, meinte sie. »Aber weil ich großzügig bin, sage ich dir, dass du tatsächlich etwas zu fürchten hast – falls du mich fürchtest. Wenn du mir vertraust, dann kannst du dich darauf verlassen, dass ich dir nie wehtun werde.«

»Darf ich dir vertrauen?«

»Das kann ich dir nicht sagen.«

Selbstverständlich nicht – sein Volk hatte das ihre erobert. Das würde sie niemals vergessen oder verzeihen.

»Ich werde es tun«, sagte er. »Ich werde dir vertrauen. Weil du meinen Namen hast und ich deinen. Das bedeutet es, nicht wahr?«

»Ja«, sagte sie, nicht allzu willig. »Das bedeutet es.«

»Gut«, entgegnete er. Und so war es. Wie oder warum wusste er nicht, aber es war so.

Der goldene Horus

41

Die Ebene war weit und unfruchtbar und die Sonne Ägyptens brannte darauf nieder. Die Falken des Horus kreisten vor diesem bitteren Licht. Unter ihnen wartete eine Reihe von Wagen; sie waren so still, wie Menschen und Pferde es nur sein konnten.

Ein heißer, trockener Wind zupfte an den Mähnen der Pferde und den Kilts der Wagenlenker.

Kemni stand in der Mitte der Linie. Die Zügel lagen still in seinen Händen, doch konnte er die Bereitschaft der Pferde durch sie spüren. Auch von den Seiten erstreckte sich die Linie weiter. Es war ihm am Anfang wenig vorgekommen, ein halbes Hundert Wagen, hundert Männer und er selbst, der sie anführte, aber aus der Mitte sah es nun wie eine zufrieden stellende Anzahl aus. Auf der anderen Seite der Ebene kennzeichnete ein goldener Schimmer den Pavillon des Königs; Diener hatten ihn dort vor dem Morgengrauen aufgestellt, und der König war am Morgen erschienen, hatte sich in seiner goldenen Sänfte vom Fluss aus hierher tragen lassen. Kemni, der sein Lager außerhalb der Sichtweite des Königs und seines Gefolges aufgeschlagen hatte, hatte durch Boten erfahren, dass es eine vornehme, wenn auch kleine und geheime Gesellschaft war, die diesen Ort nicht weit von Theben besuchte. Der König war dort, die wichtigsten seiner Minister und die Priester des Amon und des Osiris.

Kemni begegnete dem Blick der Wagenlenkerin rechts von ihm: Ariana bedachte ihn mit einem strahlenden Lächeln. Auch sie wusste es, und es war ihr gleich. Sie hatte angekündigt, dass sie mitfahren würde, und das hatte sie getan, mit Iphikleia auf dem Kriegerplatz. Sie boten einen verblüffenden Anblick unter all den Ägyptern mit Röcken, Helmen und bewaffnet, als wären sie ebenfalls Krieger. Aber es bestand kein Zweifel, dass es sich um Frauen handelte. Nicht der geringste.

Der Falke kreiste jetzt direkt vor der Sonne, träge wie der Segen des Gottes. Kemni holte tief Luft. Ja. Ja, es war Zeit.

Er ließ die Zügel ein wenig nach. Seine Hengste waren bereit und warteten auf das Signal. Sie preschten los. Der Rest der Reihe kam hinter ihm, zog sich auf beiden Seiten wie die Spur von Gänsen am Himmel oder Kielwasser auf dem Fluss. Es war nicht die beste Art, einen Feind anzugreifen, aber hervorragend geeignet, um sich vor einem König zu präsentieren.

Im Dröhnen von Hufen und Rattern von Rädern sowie einem Chor von Jubel und Kriegsgeschrei näherte sich die erste Wagentruppe Ägyptens dem königlichen Lager. Kemni hielt nicht auf den Pavillon zu, sondern auf eine Stelle dahinter, in einem glatten Bogen, während sich die beiden Flügel hinter ihm sammelten. Eine doppelte Reihe von ihnen umkreiste das Lager, bis sich der äußere Ring wieder bog und seine Richtung veränderte. Dann waren es immer noch zwei Ringe, aber sie galoppierten in entgegengesetzte Richtungen, rund und rund in einer Schwindel erregenden Spirale.

Sie kamen dicht vor dem königlichen Pavillon zum Stehen, wie sie es geübt hatten, und Kemni selbst brachte seine Pferde knapp davor zum Stillstand. Er sprang aus dem Wagen und kniete zu Füßen seines Königs nieder, atemlos und ein freudiges Lachen unterdrückend.

In der Stimme des Königs, die über ihm erklang, schwang ebenfalls Heiterkeit mit. »Wunderbar«, sagte Ahmose.

Kemni hob den Kopf. Der König lächelte.

»Zeig mir, wie du deinen Wagen fährst«, sagte Ahmose.

Ein paar Höflinge keuchten entsetzt, andere konnten es gerade noch unterdrücken. Der König, der Gott, der Sohn des Horus, zeigte normalerweise nicht solche Launen oder wich von der sorgfältigen Ordnung seiner Tage ab.

Aber Ahmose hatte es befohlen, Kemni konnte also nur gehorchen. Er erhob sich, verbeugte sich und folgte dem König dorthin, wo sein Wagen wartete. Seine Hengste, die Ariana selbst ausgebildet hatte, verharrten gehorsam, obwohl ihre Flanken bebten. Es wäre gut, sie im Schritt weiterzufahren, vor allem, wenn der König lernen wollte, wie das zu handhaben war.

Der Rest der Wagen verließ die Kreisformation, um zu folgen. Der König hatte eine großartige Eskorte und neben ihm, ruhig und ohne Erwartung eines Tadels, war seine neueste Königin.

Kemni hatte keine Frauen im Gefolge des Königs gesehen. Aber hinter ihm hatte sich ein Vorhang befunden, und Kemni war sicher, dass Nefertari und ihre Damen dahinter saßen. Vielleicht waren sie unter denjenigen, die leise aufgeschrien hatten.

Er würde dafür zahlen müssen, aber im Augenblick gestattete Kemni sich, es zu genießen: die offene Ebene, die Gegenwart seiner Männer und seiner Königin und – ja – von Iphikleia und dem König neben ihm, der sich als gar nicht so schlecht mit den Zügeln erwies.

Ahmose schien so unbeschwert wie ein Junge, selbst als er Kemni die Zügel zurückreichte und lachend sagte: »Ich kann das nicht. Zeig mir, wie es ein Meister tut!«

»Dafür, Herr«, sagte Kemni, »solltest du dorthin sehen.« Er wies mit dem Kinn zu Ariana, die ein Stück vorgefahren war.

Ahmose seufzte. »Ah«, sagte er. »Ja. Ja, tatsächlich.«

»Wenn du es wirklich lernen willst, Herr«, sagte Kemni, »dann könntest du keine bessere Lehrerin haben.«

»Das bezweifle ich nicht«, meinte Ahmose. »Aber wenn man erführe, dass ich von einer kretischen Frau lernte, wie man einen Wagen fährt, was würde die Gerüchteküche sagen?«

»Da alles, was wir hier tun, ein Geheimnis ist und es sich bei der Frau um die dir angetraute Königin handelt, ist es unwahrscheinlich, dass jemand etwas darüber sagt.«

»Das stimmt«, sagte Ahmose. »Und nach dem Krieg, wenn wir gesiegt haben, wird es keine Geheimnisse mehr geben.«

Kemni hätte den Mund halten sollen, aber er sagte: »Herr, wenn du in einem Wagen in den Kampf ziehen willst, dann solltest du das tun. Aber such dir einen Wagenlenker und lerne, hinter ihm zu kämpfen. Es wird später noch Zeit genug sein, sowohl das auch als das Wagenlenken zu erlernen.«

»Es wäre sicherlich königlicher, es so zu tun«, sagte Ahmose nachdenklich. »Aber da das in der Zeit, die wir noch haben, kaum möglich sein wird, brauche ich tatsächlich einen Wagenlenker. Wirst du mir beibringen, hinter dir zu kämpfen?«

Kemni hatte nicht vorgehabt, sich selbst vorzuschlagen. Wenn überhaupt, dann hatte er an Seti gedacht, der sich als äußerst begabt erwiesen hatte. Aber wenn der König ihn auserwählte, konnte er sich nicht weigern. Es war eine große Ehre.

Und auch eine große Gefahr. Der König würde im Mittelpunkt jeden Angriffs stehen, die größte Kriegsbeute, der natürliche Mittelpunkt der Kämpfe. Aber Kemni hatte keine Angst vor Gefahr. Jedenfalls nicht genug, um sich abzuwenden und davonzulaufen.

Er nickte und verbeugte sich so tief, wie es mit den Zügeln in seinen Händen und den Pferden, die sich gegen seine starren Finger wehrten, ging. »Es wäre mir eine Freude, dich unterrichten zu können, Herr«, sagte er.

Der König, der Theben unter dem Vorwand verlassen hatte, in der Wildnis Löwen jagen zu wollen, entschied sich, noch ein oder zwei Tage in dieser Ebene am Fluss zu bleiben. Einige seiner Begleiter gingen tatsächlich auf die Jagd nach Löwen, Gazellen und was sich sonst zeigen mochte. Am ersten Abend aßen sie im Lager recht gut, und am Abend danach gab es Gazellen, Enten und Gänse und Fisch aus dem Fluss.

In jenen beiden Tagen, während Kemni und seine Männer die Neugier des Königs und seiner Adligen stillten, was das Kämpfen und Fahren in Wagen anging, zeigten sich die Damen des Königs kein einziges Mal. Es musste doch unweigerlich notwendig sein, dass sie das Zelt verließen, und sei es auch nur, um sich zu erleichtern, aber es gelang ihnen offenbar irgendwie, das im Verborgenen zu tun. Kemni begann daran zu zweifeln, dass sie überhaupt dort waren. Nachts war es Ariana, die den König zu seinem Bett begleitete, und das durchaus erfreut, so weit Kemni es sehen konnte.

Aber am dritten Morgen, als der König immer noch keine Anzeichen zeigte, in seine Stadt zurückzukehren, wurde Kemni, als er gerade auf dem Weg war, seine Hengste und den Wagen zu holen, von einem Diener aufgehalten. Es war ein Schreiber, klein und unauffällig, den Kemni zuvor noch nie gesehen hatte. »Herr«, sagte der Mann, »meine Herrin möchte dich sehen.«

»Deine Herrin Nefertari?«

»Ja«, erwiderte der Schreiber.

Kemni ließ sich mit klopfendem Herzen und schwitzenden Händen hinter den Vorhang führen, der den Pavillon unterteilte.

Er war auf der anderen Seite ganz ähnlich, weder dunkler noch enger. Aber wie alle draußen Männer waren, so waren alle hier drinnen, von einem oder zwei Schreibern und einem Priester abgesehen, Frauen. Kemni hatte kein Problem, die Königin zu erkennen, selbst wenn sie verschleiert neben mehreren ähnlich verschleierten Damen saß. Die Art, wie sie sich hielt, wie die anderen sie umgaben, gab sie so deutlich zu erkennen, als wäre sie in Gold gehüllt.

Er verbeugte sich vor ihr, tief und angemessen ehrfürchtig. Mit einer Geste, die man bei einer anderen Frau vielleicht waghalsig genannt hätte, zog sie den Schleier weg. Ihr Gesicht war genauso, wie er es erinnerte: weit über das Maß einfacher sterblicher Frauen hinaus schön – obwohl er immer noch der Ansicht war, dass Herrin Nefertem schöner war. Aber sie hatte nicht die Haltung dieser Frau. Sie war eine Dame aus guter Familie, das hier aber war eine Königin und Göttin.

Sie blickte auf ihn herab, auf die Ehrfurcht, die er nicht verbarg, und vielleicht war sie erfreut. Oder vielleicht fand sie ihn nur angenehm anzusehen. Iphikleia hatte ihm mehr als einmal gesagt, dass er lernen sollte, das zu akzeptieren, wenn er es schon nicht verstand.

Es ließ ihn immer noch erröten, dass man ihn anstarrte, und Frauen schienen ihn immer anzustarren. Er durfte auch nichts sagen, ohne gegen die höfischen Regeln zu verstoßen. Er musste auf sie warten, und sie hatte es nicht eilig, sein Unbehagen zu beenden.

Aber schließlich sagte sie: »Guten Morgen, Mann aus dem Unteren Reich.«

»Guten Morgen, Herrin«, erwiderte er, nachdem er sich wieder gefasst hatte.

»Der Morgen wird besser sein, wenn wir diesen Ort verlassen«, sagte sie, »und in die Stadt zurückkehren. Aber das ist nichts, worauf ich Einfluss hätte.«

»Nein, Herrin?«, fragte Kemni und biss sich erst zu spät auf die Zunge. Er hatte nicht vorgehabt, unverschämt zu sein. Aber so begabt er für fremde Sprachen war, erstreckte es sich nicht auf die Sprache der Höflinge.

Sie wusste das. Lächelte sie? Wenn, dann nur schwach und schattenhaft, aber es drang in ihrer Stimme durch, als sie sagte: »Ich könnte es vielleicht, wenn ich mich anstrengte. Aber es gibt Kämpfe, die es nicht wert sind, gewonnen zu werden.«

»Er wird nicht mehr viel länger bleiben, Herrin«, sagte Kemni. »Er weiß das, denn er ist ein pflichtbewusster König, obwohl er im Augenblick vielleicht nicht so erscheint.«

»Das weiß ich«, entgegnete sie ein wenig kühl, und er wusste, dass er sich zu weit vorgewagt hatte. Wieder einmal. Aber sie schien nicht zornig zu sein. »Er hat dich zu deinem Wagenlenker gemacht. Bist du damit zufrieden?«

»Ich bin der Wagenlenker des Königs. Könnte ich etwas anderes als zufrieden sein?«

»Einige wären es«, meinte sie. »Es ist ein Amt ohne Vorgänger. Unsere Welt ist reich an Geschichte – überreif davon. Wie sollen wir überleben, wenn es so viel Neues gibt?«

»Das ist die Schuld der Retenu«, erwiderte Kemni. »Wir sind nie zuvor erobert worden. Wir hatten nie zuvor ein Reich zurückzugewinnen. Aber wir werden es tun – mit ihren eigenen Waffen, mit unseren und mit unseren Verbündeten. Aber es wird uns gelingen.«

»Sicherlich«, sagte sie. Kemni war nicht mutig genug, das darauf folgende Schweigen zu brechen. Und dann fügte sie hinzu: »Pass auf ihn auf.«

Das hatte er nicht erwartet. Er war sprachlos.

Sie lächelte. Ja, sie lächelte. »Armer Junge. Sind wir jemals, was du erwartest?«

»Wahrscheinlich nicht«, meinte er nach einem Augenblick. »Herrin.«

»Gut«, entgegnete sie. »Du fängst an, weise zu werden.«

Weisheit war wünschenswert, aber er dachte, er sei vielleicht noch zu jung, sie zu kultivieren. Er setzte dazu an, das zu sagen, aber sie war schneller. »Ich möchte mit der Kreterin sprechen. Würdest du sie für mich holen?«

Kemni hätte sie darauf hinweisen können, dass er kein Sklave war, den man auf Botengänge schickte, oder dass sie genügend Diener hatte, denen sie diese Pflicht übertragen konnte. Aber es gab zweifellos einen Grund, wieso man sie ihm übertragen hatte. Er verbeugte sich und tat, um was sie ihn gebeten hatte.

Ariana hatte ein Zelt direkt vor dem Lager des Königs aufgeschlagen, im Kreis der Wagenlenker. Es war ein Kriegerzelt und nicht das einer Königin, denn sie war hier als militärische Beraterin und nicht als Palastdame. Das einzige Zugeständnis an ihren Rang waren zwei Dienerinnen, die sich um das Zelt und um sie kümmerten. Sie lächelten strahlend, als Kemni zum Zelt kam, hofften sie doch innigst, dass er ein einziges Mal seine kretische Prinzessin für ihre einladenden Arme aufgeben würde.

Vielleicht eines Tages, aber nicht heute. Ariana sei anwesend, erklärten sie ihm, und es stehe ihm frei, das Zelt zu betreten.

Ariana bereitete sich auf den Tag vor: Sie war angekleidet, hatte das Haar geflochten, sich leicht geschminkt, und ging eine Aufstellung der Wagenlenker durch – ausgerechnet mit dem König selbst. Kemni hielt inne und wäre beinahe geflüchtet, aber sie hatten ihn beide schon entdeckt. Arianas Lächeln war so strahlend wie eh und je. »Kemni! Wir haben schon nach dir Ausschau gehalten, aber du warst nirgendwo zu finden. Mein Herr möchte wissen, ob wir die Anzahl der Männer verdoppeln und sie in der nächsten Erntezeit zum Kampf bereitmachen können?«

»Dieses oder nächstes Jahr?«, fragte Kemni – es war das Erste, was ihm einfiel.

»Dieses Jahr«, erwiderte Ahmose.

Kemni runzelte die Stirn. »Das ist nicht sonderlich lange.«

»Aber wenn alle, die wir als Kämpfer ausgebildet haben, Wagenlenker werden, und wir den neuen Männern beibringen zu kämpfen – wäre es dann möglich?«, fragte Ariana.

»Es wäre schwierig«, erwiderte Kemni.

»Aber machbar?«

»Wenn die Männer die Besten wären, die wir bekommen können, und wenn sie Tag und Nacht üben, ja – aber haben wir genügend Pferde? Genügend Wagen?«

Ariana nickte.

»Gut«, sagte Ahmose. »Sehr gut. Sie sollen kurz vor dem Erntebeginn bereit sein. Wir werden Menschen ernten und uns das Untere Reich zurückholen.«

Kemni verbeugte sich. Er hätte beinahe vergessen, wieso er hier war, und es war nicht einfach, da der König neben Ariana saß. Aber er tat sein Bestes. »Herrin, Königin Nefertari …«

Ariana zog die Brauen hoch. »Geh«, sagte der König. »Ich komme hier gut allein zurecht.«

Er hatte sie beide entlassen. Kemni zweifelte, ob vorgesehen war, dass er Ariana wieder zu Königin Nefertari folgte, aber schließlich tat er es. Auf dem Weg durchs Lager begegneten sie Iphikleia. Sie sagte nichts, sondern schloss sich einfach der Prozession an. Kemni war froh darüber und nahm an, dass es Ariana ebenso ging.

Ariana hatte seit ihrer Hochzeit in Theben keine Audienz bei der Großen Königlichen Gemahlin gehabt. Es war ihnen leicht gelungen, einander zu meiden, da Ariana sich im Stier des Re versteckt hatte und Nefertari wie immer an der Seite des Königs war.

Nefertari empfing ihre Mitkönigin mit mehr Zeremonie, als sie zuvor Kemni empfangen hatte. Es war ein anmutiger Tanz, ein Austausch von Höflichkeiten, Komplimenten und sorgfältig gewählten Worten, die wenig bedeuteten. Kemni begann beinahe zu dösen. Er musste sich anstrengen zu lauschen, die subtilen Veränderungen zu bemerken, den Augenblick, als Nefertari das eigentliche Thema anschnitt.

Sie sprachen vom Stier des Re, wie Ariana einen Teil des Hauses umgebaut und die Ställe vergrößert hatte und dies den Landsitz zu einer Zuflucht für die Wagenlenker des Königs machte.

»Gute Arbeit«, sagte Nefertari. »Was du tust, wird nicht in Vergessenheit geraten.«

»Erinnerung ist für euch sehr wichtig«, sagte Ariana. »Oder nicht? Dass man sich an den Namen und an das Leben eines Menschen erinnert.«

Nefertari nickte.

»Wo ich herkomme«, sagte Ariana, »bedeutet der Name wenig. Ich bin die Ariana – das ist mein Titel und mein Amt. Den

Namen, den ich als Kind hatte, habe ich abgelegt und vergessen. Wenn ich alt werde, werde ich einen anderen Namen annehmen und ein anderes Amt. Und wenn ich sterbe, werde ich an der Brust der Erde, meiner Mutter, liegen. Wer ich war, was ich getan habe, wird nicht mehr zählen. Meine Knochen werden im Boden ruhen, und mein Geist wird durch die Lüfte segeln.«

»Dann bedeutet das, was du bist, wer du bist – dein Selbst – nichts?«

»Was ich tue«, sagte Ariana. »Das zählt. Dass ich es getan habe und niemand anders... wenn die Jahre weitergehen und alle, die jetzt leben, zu Erde geworden sind, wen wird es dann interessieren, dass *ich* es getan habe?«

»Dein Name ist deine Unsterblichkeit«, sagte Nefertari. »Wir müssen dir einen verleihen, damit du ewig leben kannst.«

»Welchen Namen du mir auch gibst«, sagte Ariana, »ich bleibe, was ich bin.«

»Ja«, erwiderte Nefertari.

Ariana lächelte flüchtig. »Wenn dies dich glücklich macht, kannst du es gerne tun. Mir bedeutet es wenig. Ich werde weiterhin tun, was ich tue, und euch allen helfen, diesen Krieg zu gewinnen.«

»Und wieso wirst du das tun?«

»Weil«, sagte Ariana, »es das ist, wofür ich geboren bin. Wenn wir jung sind, wenn wir zum ersten Mal bluten wie eine Frau, begeben wir uns in den Leib der Mutter, tief in eine Höhle. Dort träumen wir, was wir sein werden; was wir im Lauf der Jahre tun werden. Ich habe von Sonne geträumt, die heißer war, als ich es je zuvor kannte, von einem Falken und einem Fluss, der Leben in trockenes Land bringt. Ich habe Ägypten geträumt. Der Falke kam zu mir, faltete seine Flügel um mich und wurde eins mit mir. Und ich wusste, dass ich irgendwann nach Ägypten kommen würde.«

»Dann haben dich die Götter gesegnet«, sagte Nefertari. Sie sagte es bedächtig, als müsste sie über alle Aspekte dieser Sache nachdenken, über jegliche Bedeutung der Worte.

»Tust du so etwas?«, wollte Ariana wissen. »Öffnest du dich euren Göttern und bittest sie, dir zu zeigen, was sie für dich geplant haben?«

»Nein«, erwiderte Nefertari. »Nicht ... nicht in solcher Weise. Die Priester sprechen mit den Göttern und der König, der selbst ein Gott ist, spricht für ganz Ägypten. Für andere gibt es Gebete und Träume und für einige den Segen der Priesterschaft oder Dienst an den Göttern.«

»Das ist sehr praktisch«, sagte Ariana. »Fragen die Menschen sich je, wie es wäre, mit den Göttern zu sprechen? Und eine Antwort zu erhalten?«

»Die Götter stehen weit über uns«, gab Nefertari zu bedenken.

»Zweifellos nicht über dir«, erwiderte Ariana. »Bist du nicht Königin und Göttin?«

»Das bin ich.«

»Und sprechen die Götter mit dir?«

»Manchmal«, gestand Nefertari, »habe ich Träume.«

Kemni, der schweigend im Schatten saß, wurde plötzlich hellwach.

»Ach ja?«, fragte Ariana. »Tatsächlich? Sind es Träume, die andere erfahren sollten?«

»Ich spreche nie über sie«, sagte Nefertari. »Aber ... ich habe sie oft, und sie lasten schwer auf mir.«

»Träume vom Krieg?«

»Träume von Krieg«, erklärte Nefertari, »und Träume von Frieden. Träume von der Vergangenheit und Träume von dem, was uns noch bevorsteht. In meinen Träumen schreiten die Götter einher. Die Priester sagen, sie leben hinter dem Horizont, aber in meinen Träumen ist die Welt voll von ihnen.«

»Wenn du träumst, lebst du im Land der Götter«, sagte Ariana. In ihrer Stimme klang mehr Ehrfurcht mit, als Kemni je von ihr vernommen hatte. »Oh, du bist wirklich gesegnet! Sind sie schön? Sind sie schrecklich?«

»Sie sind beides«, erwiderte Nefertari. »Sie sprechen miteinander, aber nicht mit mir. Einmal ... ich habe geträumt, dass einer von ihnen herabstieg in eine langweiligere Welt, in diese unsere Welt, und eine Frau von solch überwältigender Schönheit sah, dass er – selbst ein Gott – stumm war vor Staunen. Da wusste er, was es bedeutete, etwas anzubeten, selbst eine sterbliche Frau. Dann nahm er Gesicht und Körper ihres Mannes an und ging zu ihr und pflanzte einen Funken göttlichen Feuers in ihr. Und dieser Funken wuchs und ließ ihren Bauch wachsen und wurde in Blut und Schmerz geboren wie menschliche Kinder. Und dieses Kind – das Kind hatte mein Gesicht.«

Ariana nickte, als hätte sie ein solches Ende erwartet. »Götter kommen oft zu sterblichen Frauen«, erinnerte sie sich.

»Nicht zu unseren«, sagte Nefertari. »Sie neigen nicht zu solchen Exzessen. Dass ein Gott, dass Amon so etwas tun sollte –«

»Das ist eine sehr große Sache.«

»Oder eine sehr schlimme.«

»Nein«, erwiderte Ariana. »Niemals. Spricht er? Sprechen sie zu dir? Was wollen sie von dir?«

»Sie sprechen nie mit mir. Aber ich sehe die beiden Kronen in ihren Händen und meinen Gemahl, der darauf wartet, gekrönt zu werden.«

»Das ist ein Omen«, rief Ariana.

»Oder eine große Hoffnung und ein Wunsch.« Nefertari schüttelte den Kopf. »Wenn es nützlich sein sollte, werde ich es benutzen. Aber wenn nicht, dann nicht.«

»Aber du hast es mir erzählt«, sagte Ariana.

»Deine Welt ist voller Götter. Für dich klingt das weder seltsam noch verrückt.«

»Ja, ich kann es verstehen.« Ariana nickte. »Ist das alles, was du von mir willst? Verständnis?«

»Ich will nichts von dir«, erwiderte Nefertari, »als dass du dem König treu dienst und ihm bei allem, was er von dir verlangt, gehorchst.«

»Selbstverständlich werde ich das tun«, sagte Ariana.

»Das ist gut«, entgegnete Nefertari. »Du bist nicht wie andere Frauen. Ich ebenfalls nicht. Wir sind seiner würdig.«

»Du erweist mir große Ehre«, sagte Ariana. Es lag Demut in diesen Worten – sie entsprachen der Wahrheit, das war alles. »Und dennoch billigst du mich nicht vollkommen.«

Nefertaris Lippen wurden ein wenig schmaler. »Benötigst du denn meine Billigung?«

»Nein«, sagte Ariana. »Aber ich würde gerne wissen, warum.«

Es gab nichts, was die Große Königliche Gemahlin gezwungen hätte, ihr zu antworten, und dennoch tat sie es. Es war Höflichkeit. Und vielleicht, dachte Kemni, ein Zeichen der Allianz. »Eine Königin in Ägypten«, sagte Nefertari, »fährt nicht in einem Wagen wie ein Mann mit entblößter Brust vor der ganzen Welt einher. Träumst du davon, in den Kampf zu fahren? Willst du kämpfen?«

»Nein«, erwiderte Ariana, aber langsam, wie mit Widerstreben. »Ich weiß schon, dass man mir nicht gestatten wird, in die Schlacht zu ziehen. Ein König nimmt Gefahren auf sich, weil er der König ist. Eine Königin wäre schlecht beraten, dasselbe zu tun. Wenn der Krieg kommt, werde ich im Zelt bleiben, wie es sich für eine Frau gehört. Du brauchst nicht zu befürchten, dass ich wild zwischen den Kämpfern umherrenne.«

Nefertari nickte. Vielleicht war sie erleichtert. Oder vielleicht hatte sie diese Antwort erwartet, sie aber aus Arianas eigenem Mund hören wollen. »Das wird genügen«, sagte die Königin. »Ich bin zufrieden.«

Und vielleicht entsprach das der Wahrheit. Ariana betrachtete sich als entlassen, verbeugte sich und zog sich so rasch zurück, dass es für Nefertari schwierig gewesen wäre, sie noch einmal anzusprechen, selbst wenn sie das gewollt hätte. Kemni hatte nichts dagegen, ebenfalls zu fliehen. Sein Kopf schmerzte, seine Schultern waren angespannt. Nefertari machte ihm Angst, er wusste allerdings nicht, warum. Ahmose war König und Gott, der lebende Horus, und dennoch fühlte Kemni sich in seiner Gegenwart unbeschwert. So unsterblich sein Geist sein mochte, in diesem Leben war er ein Mensch wie jeder andere.

Nefertari war, wie sie zu Ariana gesagt hatte, nicht wie andere Frauen. Vielleicht entsprach es der Wahrheit. Vielleicht hatte ein Gott – Amon selbst, wie sie geträumt hatte – sie gezeugt.

42

Seti, der Wagenlenker, war beunruhigt. Er war ein dreister Mensch, unbeschwert, mit klarem Geist und Augen, die alles gesehen hatten, was man sehen musste. Aber als er zu Kemni kam, nicht lange nach seiner Rückkehr von der Ebene nördlich von Theben, war er ungewöhnlich grimmig.

Er fand Kemni in der Werkstatt des Wagenlenkerhauses, wo er Rechnungen durchging und sich weit, weit weg wünschte. Kemni hatte nichts gegen die Arbeit eines Schreibers, tatsächlich konnte er gut lesen und schrieb nicht allzu schlecht, aber Buchführung machte ihm Kopfschmerzen. Setis Ankunft war ein Gottesgeschenk, eine Rettung von diesen langen, eng geschriebenen Reihen mit den endlosen Ziffern.

Seti, der Narr, sah den Schreiber der Wagenlenker und den Schreiber des Stier des Re und zog sich so rasch wie möglich wieder zurück. Kemni überließ dennoch diese würdigen Herren ihren trockenen Papyrushaufen und machte sich auf die Suche nach seinem Stellvertreter.

Seti war nicht weit gegangen. Er lehnte im Hof an einer Säule und starrte missmutig eine Katze an, die über den sonnigen Hof stolzierte. Seti war für gewöhnlich einer solchen Katze sehr ähnlich, deshalb war es schlimm, ihn mit so finsterer Miene zu sehen.

»Also gut«, sagte Kemni hinter ihm. »Wer ist sie und warum hat sie dich rausgeworfen?«

Seti fuhr herum. »Ich würde für die Königin sterben, aber was geht das irgendwen an? Sie weiß es nicht. Und selbst wenn sie es wüsste, würde es sie interessieren?«

»Ja«, sagte Kemni. »Es interessiert sie. Da bin ich sicher.«

Seti zuckte mit den Achseln, mürrisch und immer noch finster dreinschauend. »Das ist nicht mein Problem.«

»Warum bist du dann so finster?«

»Es ist nichts«, meinte Seti. »Es war dumm von mir, dich zu behelligen. Ich werde gehen, ich sollte mich ohnehin auf die ersten neuen Rekruten vorbereiten. In ein, zwei Tagen wird ein Boot mit ihnen eintreffen.«

Kemni wusste das, und Seti wusste, dass er es wusste. Es war Geschwätz, nichts weiter. »Sag mir, was dich genügend beunruhigt hat, dass du nach mir suchtest. Wenn es nicht um eine Frau geht, um was sonst? Machst du dir Sorgen wegen der Rekruten? Der König hat mir versichert, dass es ausgewählte Männer sind.«

»Da bin ich sicher«, meinte Seti. Er sah aus, als würde er am liebsten wegrennen, aber dann überlegte er es sich anders. Er sah sich um. »Nicht hier. Lass uns irgendwohin gehen, wo es keine Ohren gibt.«

Das war, nach Setis Einschätzung, so weit vom Stier des Re entfernt wie möglich. Kemni hatte ohnehin vorgehabt, sich die Herden anzusehen, sie zu zählen und darüber nachzudenken, ob sie genügend Pferde hatten, die gut genug ausgebildet waren, um zu tun, was der König von ihnen erwartete. Er nahm Seti als Wagenlenker mit. Und so entkamen sie schnell und einfach Haus und Hof und wandten sich dem verborgenen Tal mit den wachsenden Herden zu.

Kemnis Füchse waren frisch und ein wenig störrisch. Es waren nicht die sanften Geschöpfe, die er zunächst unter Arianas Anleitung gefahren hatte. Diese hier waren jünger, kräftiger, feuriger und eher dazu aufgelegt loszugaloppieren als ruhig durch das Tal zu traben. Zunächst ließ er sie laufen, die gerade und glatte Straße entlang, bis sie in der Nähe des Eingangs zum Tal schmaler und gewundener wurde. Sie waren jetzt nicht mehr so unwillig, vorsichtiger zu sein, obwohl sie immer noch die Köpfe warfen und wild schnaubten.

Als sie endlich bei den Herden waren, fielen Kemni unwillkürlich die großen Herden der Aufgehenden Sonne ein, die Stute und ihre Dienerin sowie der Retenuherr und seine Familie, die es so plötzlich mit einer ägyptischen Priesterkönigin zu tun bekommen hatten. Kemni hoffte, dass es Iry gut ging, ebenso wie Sadana, diesem wilden Geschöpf mit ihrem stolzen Gesicht und ihrem schüchternen Herzen.

Er hatte beinahe vergessen, was ihn hierher gebracht hatte, zwischen all den Erinnerungen und dem Zählen der Pferde, die Ariana und der König aufgetrieben hatten. Er hätte viel Gold für die Herden von Khayan bezahlt, für die Stuten und Fohlen ebenso wie für die Hengste. Aber sie waren weit weg und in einem anderen Reich. Was er nutzen konnte, das war hier.

Und das war für den Anfang nicht übel. Das sagte er auch zu Seti.

»Es wird genügen«, meinte Seti. Er drängte nicht, dass man

ihn anhörte. Vielleicht hoffte er, dass Kemni ihn nicht noch einmal fragen würde.

Aber Kemni gehörte nicht zu den Leuten, die etwas lange vergessen. »Sag es mir«, forderte er.

Seti seufzte. »Es mag sein, dass es gar nichts ist. Wirklich, Herr.«

»Und dennoch nagt es an dir«, erwiderte Kemni. Und abermals: »Sag es mir.«

Endlich, und mit einer Haltung, als wolle er Kemni alles vor die Füße werfen, erklärte Seti: »Als wir dem König zeigten, was wir erreicht haben, und als du mit dem König und den Königinnen beschäftigt warst, hatte ich Gelegenheit, mich umzusehen. Du weißt schon, ich treibe mich gern herum. Das sagen alle.« Das erklärte er mit einem Aufflackern seiner üblichen Dreistigkeit.

»Als ich hier und da herumschlenderte, begegnete ich einigen Männern des Königs. Sie saßen dicht beieinander, teilten einen Krug Bier und warteten darauf, dass der König sie rufen ließ. Sie waren nicht glücklich darüber: Es waren recht hohe Persönlichkeiten, und er ließ sie warten wie Diener.

Und es gab noch erheblich mehr, worüber sie klagten. Es gibt offenbar Fraktionen am Hof, die den Krieg des Königs missbilligen. Sie sind der Ansicht, er solle zu Hause bleiben, sich um das Obere Reich kümmern und nichts unternehmen, was den Zorn des fremden Königs provozieren könnte. Sie befürchten, dass unsere Armeen vernichtet werden, und sind der Ansicht, dass wir überhaupt nur durch den Segen der Götter so lange überlebt haben, aber wenn wir die Retenu zu deutlich an unsere Existenz erinnern, kommen sie den Fluss herauf und erobern ganz Ägypten.«

»Feiglinge«, sagte Kemni.

»Jämmerlich«, stimmte Seti ihm zu. »Aber in gewisser Hinsicht sind sie auch sehr mutig. Als ich vorbeikam, sprachen sie gerade über Möglichkeiten, den Krieg zu verhindern. Natürlich sollen jene, die das Ohr des Königs haben, versuchen, ihn zu überreden, aber andere meinten, das sei nicht genug und es müsse mehr geschehen. Sie sprachen darüber, Botschafter ins Untere Reich zu schicken und die Retenu vor dem Krieg zu warnen, den wir vorbereiten.«

»Aber würde das nicht genau das herbeizwingen, wovor sie die meiste Angst haben: dass der Feind sich auf uns stürzt?«

»Sie denken nicht so, sondern meinen, eine Vorwarnung würde die Retenu dazu bringen, die Invasion gleich zu Beginn aufzuhalten und nicht in unser Land vorzustoßen.«

»Das ist lächerlich«, meinte Kemni. »Und Kreta – sprachen sie über Kreta?«

»O ja. Und über die Pferde. Über alles.«

Kemni fuhr eine Weile schweigend weiter, umkreiste das Tal. Die Füchse hatten sich halbwegs beruhigt und waren zufrieden damit, nun zu traben. Kemni war glücklich, wenn er fuhr, selbst wenn diese Gedanken weiter an ihm nagten. Es freute ihn, wie leicht die Füchse auf die Zügel reagierten, wie die Räder unter ihm rollten und der Wind ihm ins Gesicht blies.

Aber das, was in seinem Bauch kochte, ließ sich nicht mehr ignorieren. Er sagte zu Seti: »Sie wollen den König verraten? Wie können sie das tun?«

»Nur zu seinem eigenen Nutzen, sagen sie. Um sein Leben und die Freiheit des Oberen Reiches zu retten. Um zu verhindern, dass wir alle versklavt werden.«

Kemni schüttelte den Kopf, fest genug, dass ihm einen Augenblick lang schwindelig wurde. »Das können sie doch nicht glauben. Einer von ihnen oder sogar mehrere müssen Verräter sein – sie werden von den Retenu bezahlt.«

»Das ist gut möglich«, meinte Seti. »Einer oder zwei waren am wortreichsten, aber vielleicht waren es einfach auch nur jene, die am meisten zum Reden neigen. Abgesehen von diesem einen …«

Er hielt inne. Kemni wartete, aber Seti sagte nichts mehr. »Abgesehen von diesem einen …?«, fragte Kemni.

Seti hinter ihm schauderte. »Es mag sein, dass ich mich irre. Ich war nicht da, als dieses Gespräch seinen Anfang nahm, und ich wurde nicht Zeuge der gesamten Verschwörung. Falls es denn eine war.«

»Du weißt, dass es eine war.«

»Ich will nicht, dass es eine war«, fauchte Seti. »Aber es gab einen, der sie offenbar anführte. Er argumentierte am heftigsten gegen den Krieg. Dann sagte jemand – jemand sagte: ›Was, wenn man den König nicht davon abbringen kann? Was tun wir dann?‹ Und er sagte: ›Dann braucht das Obere Reich vielleicht einen neuen König.‹«

»Das kann nicht sein«, meinte Kemni ohne auch nur nachzudenken. »Der König ist ein Gott. Niemand kann ihn töten. Es wäre ein Sakrileg.«

»Nehmen wir einmal an, der Betreffende hatte einen Traum«, sagte Seti. »Er träumte, ein Gott sprach zu ihm und sagte ihm, dass er und nicht der Lebendige Horus König sein solle.«

»Ich würde sagen, sein Traum hat ihn belogen«, meinte Kemni. Gegen seinen Willen erinnerte er sich daran, was Nefertari zu Ariana gesagt hatte, dass sie von Göttern träumte und dass vielleicht ein Gott ihr Vater war. Das war keine Lüge gewesen. Er hatte sie gehört. Sie hatte aus dem Herzen gesprochen.

Was, wenn dieser Mann dasselbe tat? Nein, undenkbar! »Wer war es? Einer der wichtigen Adligen? Der Kanzler? Ein Priester?«

»Ein Prinz.« Seti sprach es aus, als verursachte es ihm tiefen Schmerz.

Es waren mehrere Prinzen im Lager des Königs gewesen. Gebu selbstverständlich – er war immer noch Wagenlenker und kein schlechter. Einer oder zwei seiner Brüder von derselben Mutter und ein paar Söhne von Konkubinen sowie die königlichen Prinzen, Söhne von Nefertari, und Amenhotep, der Erbe. Vielleicht ein Dutzend, vielleicht mehr. Und einer von ihnen oder mehr dachten daran, ihren eigenen Vater zu verraten.

Kein Wunder, dass Seti so beunruhigt war. Kemni zügelte die Pferde, band die Zügel um den Haken und sah seinen Stellvertreter an. Dies war der Mann, den er geglaubt hatte zu kennen, nicht seit der Kindheit, nicht einmal seit dem Krieg, aber seit er angefangen hatte mit Pferden zu arbeiten. Sie waren Waffenbrüder, wenn schon nicht Kampfesbrüder, aber auch diese Zeit würde kommen – wenn die Verschwörung der Prinzen den Krieg nicht aufhielte.

»Wir sollten mit Gebu reden«, sagte Kemni. »Es sind seine Brüder. Er sollte wissen, was sie vorhaben.«

Setis Miene erstarrte. »Nein. Du solltest nicht zu Gebu gehen.«

»Aber warum nicht? Ich habe keine Macht, sie aufzuhalten, aber Gebu –«

»Gebu hat sie angeführt!«

Kemni hielt inne, mit einem halb ausgesprochenen Wort auf der Zunge. »Was? Ich verstehe nicht –«

»Selbstverständlich verstehst du!«, fauchte Seti. »Du willst es nicht, aber du verstehst es. Gebu ist der Anführer.«

»Nein«, sagte Kemni. »Du musst ihn missverstanden haben. Oder es war ein anderer. Ein paar von seinen Brüdern haben eine ganz ähnliche Stimme.«

»Es war Gebu«, erklärte Seti störrisch.

Aber Kemni konnte genauso störrisch sein. »Gebu würde so etwas nicht tun. Er ist einer von uns – ein Wagenlenker, mein Kampfesbruder. Ich habe keinen besseren Freund auf der Welt. Von allen Prinzen ist er der ehrenhafteste und am wenigsten zu Intrigen neigend. Wie kannst du ihn einer solchen Haltung bezichtigen.«

Seti kniff die Lippen zusammen. »Ich habe gehört, was ich gehört habe. Vielleicht ist er das alles. Aber wenn er Angst hat, und wenn er König sein will – dann neigt er vielleicht dazu, den anderen sein Ohr zu leihen.«

Kemni sträubte sich dagegen, dass das Sinn machte. Aber auf schreckliche Weise schien es wohl doch so zu sein.

Er wandte sich von Seti ab, zog sich von ihm zurück, obwohl sie zusammen im Wagen standen, und trieb die Pferde wieder an. Sie gingen ruhig vorwärts, aber die Pause hatte sie erfrischt. Einen Moment trabten sie noch und begannen schließlich zu galoppieren.

Kemni ließ sie rennen. Er strengte sich nicht an, sie zu zügeln, versuchte nur, sie auf möglichst glattem Boden und von den Herden entfernt zu halten. Ein paar der anderen Pferde wurden vom Drängen der Hengste angesteckt und begannen sich zu bewegen, liefen mit ihnen um das breite, ausgetrocknete Tal herum.

Der Wind war brennend heiß, der Wind Oberägyptens, der blies wie aus einem Schmiedeofen. Er konnte das Fleisch von den Knochen brennen, aber nicht Gedanken aus dem Kopf eines Mannes – nicht solche Gedanken.

Gebu. Nein, nicht Gebu. Wenn es wirklich eine Verschwörung der Prinzen gab, war Gebu der Letzte, der das geduldet hätte. Er war für einen Prinzen ein schlichter Mensch. Er wollte nicht mehr sein, als das, was er war: ein Prinz, aber als Sohn einer geringeren Frau kaum dem Thron nahe.

Was er getan hatte, als er zum Wagenlenker wurde, war ein Geschenk für seinen Kampfesbruder. Er kam nicht sonderlich gut mit Pferden zurecht, war aber ein recht begabter Kämpfer vom Streitwagen aus. Mit einem der geschickteren Männer als Lenker war er in den Übungskämpfen Furcht erregend genug.

Unmöglich, dass er intrigierte, um diesen Krieg aufzuhalten oder noch schlimmer, den König zu stürzen und sich selbst auf den Thron zu setzen! Nicht Gebu. Gebu wollte den Krieg. Er wollte, dass sein Vater Herr der Zwei Länder war, König von Ober- und Unterägypten, Großes Haus eines wieder vereinigten Volkes. Mehr Ehre brauchte er nicht, mehr Ehrgeiz hatte er nicht.

Kemni überzeugte sich in diesem langen, wilden Galopp irgendwie, dass Seti etwas missverstanden haben musste – es gab keine andere Möglichkeit. Es sei denn, Seti hatte sich selbst gegen sie verschworen – aber auch das war unvorstellbar. Seti hatte sich als starker Stellvertreter Kemnis erwiesen. Er hatte tatsächlich Gebu diesen Platz angeboten, aber Gebu hatte sich geweigert. Ein Prinz konnte Wagenlenker sein, aber er war nur Stellvertreter für den König selbst.

Seti sagte nichts mehr, selbst als die Pferde müder wurden und schließlich in Trab fielen und am Ende schnaubend und schwer atmend in Schritt. Kemni hatte ihm nichts mehr zu sagen. Sie kehrten langsam zum Stier des Re zurück, kümmerten sich zusammen um die Pferde, und bevor sie noch mit ihrer Arbeit fertig waren, war Seti verschwunden.

Kemni hatte weitere Pflichten, Übungen zu Fuß und zu Pferd, und am Ende des Tages, als die Schatten länger wurden und die Hitze alles niederdrückte wie eine große, schwere Hand, ein Scheinkampf zwischen den beiden Flügeln der Truppe. Er befehligte einen Flügel, Gebu den anderen.

Es war nichts Klammheimliches an der Art, wie der Prinz mit seinen Männern umging, nichts Feiges. Er war immer ganz vorn, kämpfte hervorragend mit seinem stumpfen Schwert und hielt Kemnis Angriff stand. Ein solcher Mann würde nie den Krieg fürchten, nie würde er kriechen und schleichen, wie es sich für einen Verräter gehörte.

Gebus Flügel gewann diesen Kampf mit großem Jubel. Kemnis eigene Leute versprachen schreckliche Rache, aber später. An diesem Abend, in der Dunkelheit und Kühle einer Wüstennacht, feierten sie ein wildes Fest in der Halle der Wagenlenker.

Gebu saß neben Kemni, und Kemni als der Hauptmann der Besiegten musste ihn am Tisch bedienen. Gebu war erhitzt von Wein und Sieg und großzügig, schenkte jedem seiner Männer, die am besten gekämpft hatten, Gold und anderen Schmuck. Falls die Last einer Schuld auf ihm lag, zeigte er nichts davon.

Nein, Gebu war kein Verräter. Kemni zwang sich dazu, sich zu entspannen und zu vergessen, was er gehört hatte. Seti hatte nicht gelogen, aber er hatte auch die Wahrheit nicht erkannt.

43

»Sag mir, was dich beunruhigt«, meinte Iphikleia.

Kemni hatte nicht angenommen, überhaupt beunruhigt zu sein. Er war müde. Es war schwere Arbeit, die Rekruten des Königs zu empfangen, sie in die Reihen der Wagenlenker zu bringen, dafür zu sorgen, dass sie gut und schnell ausgebildet wurden, aber nicht so schnell, dass es ihnen zu viel wurde und sie flohen. Er stand vor der Dämmerung auf und fiel ins Bett, wenn es schon lange dunkel war. Er hatte keine Zeit, über irgendetwas zu brüten.

Aber Iphikleia hatte ihn bemerkt, als er etwas früher als üblich hereingestolpert war, nachdem es ihm gelungen war, die letzte Bootsladung von Rekruten mit nicht mehr als einem halben Dutzend größerer Probleme oder einem halben Hundert geringerer einzuquartieren. Er wollte nur noch schlafen, obwohl Iphikleias Anwesenheit seinem Körper etwas anderes zu denken gab.

Sie legte sich neben ihn, ohne ihn einzuladen, mehr zu tun, stützte sich auf den Ellbogen und betrachtete ihn forschend. Sie sah ebenso erschöpft aus, wie er aussehen musste, hohlwangig und müde, aber ihre Augen waren klar. »Du bist beunruhigt«, sagte sie. »Du bist seit Tagen nur halb unter uns.«

»Ich bin seit Tagen den Pflichten des Königs nachgekommen«, meinte Kemni ein wenig gereizt.

»Mehr als das«, sagte Iphikleia.

Er wollte es ihr nicht sagen, denn es gab ja nichts zu sagen. Aber seine Zunge hatte ihren eigenen Willen. Sie erzählte ihr, was Seti ihm erzählt hatte, jedes Wort davon so unglaublich, so vollkommen und eindeutig falsch.

Sie lauschte schweigend und mit unveränderter Miene: keine Überraschung, kein Entsetzen. Als er fertig war, sprach sie nicht sofort, sondern kniff die Augen ein wenig zusammen, als müsse sie tief nachdenken.

Er war beinahe eingeschlafen, als sie schließlich sagte: »Kein Wunder, dass du so aussiehst, als würde etwas mit scharfen Zähnen an deiner Leber fressen.«

Er schreckte auf. »Es ist nicht wahr. Nichts, was er je getan oder gesagt hat, weist darauf hin.«

»Und dennoch frisst es an dir.«

»Es *kann* nicht wahr sein.«

»Hast du irgendetwas geträumt?«

Er schüttelte heftig den Kopf. »Nichts. Überhaupt nichts.«

»Ah«, sagte sie, und dann schwieg sie eine Weile. »Du könntest ihn fragen«, meinte sie schließlich.

Er erstarrte. »Hast du den Verstand verloren?«

»Du würdest dann immerhin wissen, ob er lügt«, sagte sie, »oder ob er die Wahrheit sagt.«

»Das kann ich nicht«, meinte Kemni. »Er hätte das Recht, mich zu töten, wenn ich ihn einer solchen Sache bezichtige.«

»Dennoch«, meinte Iphikleia, »wenn er dich liebt wie einen Bruder, wird er dir verzeihen.«

»Nein«, sagte Kemni. »Er hat nichts getan als vielleicht in schlechte Gesellschaft zu geraten. Ich bezweifle nicht, dass eine große Anzahl von Adligen und Prinzen froh wäre, den Krieg aufhalten zu können, oder dass sich einige sogar mit den Retenu verschworen haben. Aber nicht Gebu.«

»Ob er es ist oder nicht«, sagte Iphikleia, »ob es eine Verschwörung gibt oder nicht, der König sollte davon erfahren.«

Kemni lag sehr still. Wenn er sich bewegte, würde er anfangen laut zu weinen. Was für ein Narr er doch war! Selbstverständlich hatte sie Recht. Und er, blind gegenüber allem außer Gebus Unschuld, hatte nie an die Gefahr gedacht – an die wirkliche Bedeutung von Setis Entdeckung.

»Du solltest es Ariana sagen«, meinte Iphikleia. »Sie wird es dem König berichten.«

»Ja«, erwiderte Kemni. »Ja. Morgen früh, bevor ich etwas anderes tue. Ich werde es ihr sagen.«

»Gut.«

Er schlief gut, besser als in den Tagen zuvor. Aber aus dem Schlaf kam er in einen Traum, in grelles Licht wie das Mittagslicht im Roten Land. Er war von Wüste umgeben, nacktem Stein, Sand, und hin und wieder einem braunen, verschrumpelten Ding, das einmal grün gewesen war.

Es war nicht die Ebene am Fluss, auf dem sie dem König ihre Vorstellung gegeben hatten, aber ein Traumbild von ihr. Dort waren die Hügel, die Ebene selbst, dann der Abhang zum Fluss. Und dort war das Lager, gleichzeitig größer und kleiner als im wachen Leben, mit dem Pavillon des Königs, der schimmerte, als wäre die Sonne zur Erde hinabgestiegen.

Kemni wusste, wohin der Traum ihn führen würde – und er wollte nicht gehen, aber der Traum oder die Götter beherrschten ihn. Er flog wie ein Falke am blauen Himmel, kam immer weiter abwärts, bis er schließlich im Lager des Königs landete. Er stand da, wo Seti gestanden haben musste, verborgen von der Ecke eines Zeltes, und wenn er sich vorbeugte, war er im Stande, einen Kreis von Männern zu erspähen, die einen Krug herumreichten, und er konnte sie deutlich hören. Sie hatten ihn nicht bemerkt – dumm genug, angesichts dessen, worüber sie sprachen, der unerträglichen Dinge, über die sie nachdachten.

Er wollte nicht hinsehen, aber es war ihm auferlegt. Wenn er sich weigerte, war er wieder ein Falke oder vielleicht sein eigener *Ba*, der hoch in der Luft über der Versammlung schwebte.

Es waren etwa ein Dutzend Männer. Kemni kannte alle, einige – die Prinzen – recht gut, die anderen dem Namen oder Gesicht nach. Es waren nicht die wichtigsten Adligen des Hofes und nicht die höchsten Prinzen, es waren die Söhne geringerer Frauen, Männer aus dem Gefolge der großen Adligen, selbst einer, den Kemni in der Nähe des Kanzlers des Oberen Reiches gesehen hatte. Keiner von ihnen hatte große Macht, aber zusammen mussten sie über bemerkenswerten Einfluss verfügen.

Der Anführer, der, dem sich alle zuwandten, der, dessen Worte den Kreis begannen und schlossen, war in der Dunkelheit des Traums verborgen. Aber man gewährte Kemni keine Gnade. Er erkannte die Stimme, erkannte das Gesicht, als er es schließlich doch in jenem bitteren Wüstenlicht sah.

Er erkannte diese Züge, diese Stirn, die lange Nase, das eckige Kinn, den für einen Ägypter untersetzten Körper, der für einen Retenu immer noch schlank gewesen wäre. Aber die Miene, die Art, wie er seine Worte setzte, hätte er nicht wiedererkannt. Das da war ein Fremder mit Gebus Gesicht, ein Mann, dessen Geist von altem Zorn und alter Angst verhärtet war. Wenn er vom Thron sprach, zuckten seine Hände, er ballte sie zur Faust, öffnete sie wieder, als wollte er Krummstab und Dreschflegel des Großen Hauses, des Pharao, umklammern.

»König des Oberen Reiches ist nur ein halber König, würden einige sagen«, meinte er, »aber meinem Vater steht es bevor, König von gar nichts zu sein, wenn er die Retenu zu einem Krieg zwingt. Sie werden ihn töten und einen Vasallenkönig bestimmten, einen ihrer eigenen – sie werden ihm einen ägyptischen Namen geben, ein königliches Siegel, alle Amtszeichen, aber er wird immer noch Retenu sein.«

»Es sei denn, einer von uns kann sie überzeugen«, murmelte der Diener des Kanzlers. »Diese Möglichkeit bestünde. Lass den König den Krieg verlieren, oder wir verlieren ihn für ihn. Das wird uns alle aus dem Elend erlösen. Sie sind vielleicht sogar froh über einen Vasallen aus der Familie des alten Königs. Die Leute werden ihn eher akzeptieren, und er wird ihnen zu viel schuldig sein, um sie zu verraten.«

»Mag sein«, sagte Gebu. »Ich wäre lieber kein Vasallenkönig.

Ein unangefochtener König eines Reiches, das, obwohl nur eine Hälfte, ungewöhnlich wohlhabend ist – das würde ich vorziehen. Lasst uns den Krieg also aufhalten. Lasst uns tun, was wir tun müssen.«

»Selbst… den König entfernen…«, fragte der Diener des Kanzlers mit einem Hauch von Ekel. Aber keine Angst, kein Entsetzen lag darin. Er hatte das Undenkbare gedacht und ausgesprochen und fand es nicht einmal schwierig.

Gebu ebenfalls, denn er nickte ohne sichtliches Zögern. »Was immer wir tun müssen. Schickt einen Boten zu den Retenu. Dann lasst uns sehen, was sie sagen.«

Sie nickten, jeder von ihnen, wie es Verschwörer tun müssen. Keiner wich davor zurück oder widersprach. Es war beschlossen. Der König war verraten, der Krieg…

Vielleicht noch nicht. Kemni wusste, wie schwierig es war, unentdeckt ins Untere Reich zu gelangen. Diese Verräter würden keine kretischen Schiffe benutzen – dieser Weg stand ihnen nicht offen. Wie also? Abermals ein Fischer? Eine andere Verkleidung?

Der Traum drehte und wirbelte sich um ihn. Er hing wieder in der Luft, hoch oben am Himmel, bis die Ebene unter ihm zu nichts schrumpfte und sich der Fluss geschmeidig wie eine Schlange durch das schmale Band des Schwarzen Landes wand. Und wie ein Gott, wie der Horus der Mittagssonne, sah er alles, was unter ihm geschah, sowohl von der Ferne als auch von nah, er war hoch darüber und mittendrin. Es war der Norden des Oberen Reiches, immer noch das Schwarze Land, aber davor lagen die weiten grünen Zweige des Deltas, und das Rote Land wich immer mehr zurück. Das Untere Reich war eine andere Welt, eine Welt des Wassers und der grünen Pflanzen, der Flussarme, der großen Rieddickichte, des Grases, der Felder voller Gerste, Weizen, Zwiebeln, Salat, grüner, duftender, nahrhafter Dinge.

Aber er war weit gewandert. Sein Flug brachte ihn wieder zu dem raueren Land südlich der großen Ebene von Memphis und den aufregenden alten Grabmalen. Es waren Schiffe auf dem Fluss, viele Schiffe, dazu Karawanen auf den Straßen, und eine endlose Reihe von Menschen zu Fuß. Die Augen, die man ihm gegeben hatte, die Augen eines Gottes, konzentrierten sich auf die Menschenmenge unter ihm. Ein unauffälliger Mann, der die Last eines Arbeiters trug. Aber in diesem Ballen, tief in ekelhafte Lumpen gewickelt, war Gold: ein Ehrenkragen – der sollte ihm den Weg zum König der Eroberer bahnen. Die darauf eingravierten Zeichen mit Worten des Lobes waren ebenfalls eine Botschaft, vielleicht zu subtil für die Fremden, aber der Bote würde sicherlich wissen, sie ihnen deutlich zu machen.

Der Bote kam langsam vorwärts; er war immer noch ein ganzes Stück von Memphis und noch weiter von Avaris entfernt. Er war –

Bei den Göttern! Er war nahe dem Stier des Re, auf einer Straße, nicht mehr als eine Tagesreise südlich von hier.

Die Götter hatten ihm etwas geschenkt. Wenn es denn wahr war. Wenn es nicht seine eigenen Wünsche waren, die dieses Traumbild formten.

Aber es war ein wahrer Traum. Das Licht darin, die Unausweichlichkeit überzeugten ihn davon.

Er konnte aufwachen. Er musste aufwachen, musste den Wagen nehmen und losfahren. Er musste diesen einzelnen Mann unter all den Männern auf den Straßen finden.

Mühsam kämpfte er sich aus dem Schlaf ins nächtliche Dunkel. Iphikleia schlief neben ihm, mit wirrem Haar. Er glitt unter ihrem Arm hervor und achtete darauf, sie nicht zu stören.

Dennoch erwachte sie und runzelte die Stirn, wie immer beim Aufwachen, war aber sofort bei Sinnen. »Du hast geträumt«, sagte sie.

Kemni starrte sie an. »Du auch?«

Sie schüttelte den Kopf. »Aber ich kann es in dir spüren. Die Luft ist voller Götterstimmen.«

»Böse Geister schreiten in der Nacht umher«, berichtete er ihr.

»Sicher. Aber das hier sind Götter.« Sie stand auf und strich das Haar aus dem Gesicht. »Wohin gehen wir?«

»Du bleibst hier«, sagte er. »Ich gehe.«

»Wir gehen beide«, erwiderte sie und begann in der Kleidertruhe zu wühlen. Die meisten Sachen darin gehörten ihm, aber sie hatte das eine oder andere Kleidungsstück hier, zufällig oder mit Absicht. Eines war ein Hemd, das sie beim Fahren benutzte, das andere das Netz, in das sie ihr Haar band.

Sie war noch vor ihm angezogen, obwohl er weniger anzuziehen hatte – nur einen Kilt und Sandalen. Beinahe hätte er die Augenfarbe weggelassen, aber die Gewohnheit war stark, ebenso wie die Vernunft. So dunkel es auch jetzt sein mochte, die Sonne würde schon morgens heftig brennen. Und es würde heiß werden, obwohl die Kälte ihn nun selbst hier im Zimmer schaudern ließ.

Iphikleia legte ihm den kretischen Umhang um die Schultern und sagte: »Ich hole Brot und Bier. Schirre du die Pferde an.«

Es wäre dumm gewesen, ihr nicht zu gehorchen. Im Stall war es dunkel, aber er hatte eine Lampe mitgebracht, die ihm genügte, den Weg zu seinen Hengsten zu finden. Falke war wach und lebhaft, Löwe hatte sich im Schlaf zusammengerollt, aber er stand auf, als sein Bruder herauskam, um ein wenig Heu zu fressen, während er gebürstet und angeschirrt wurde. Falke fuhr mit seinem Frühstück fort, während Kemni sich um Löwe kümmerte.

Als beide fertig waren, führte Kemni sie hinaus auf den Wagenhof.

Der Wagen, den er normalerweise fuhr, war schwer, ein Kriegswagen, also nahm Kemni Arianas Wagen, der leichter und daher schneller war. Löwe und Falke schnaubten und kauten am Gebiss, als sie ein anderes Gefährt hinter sich spürten, und sie zerrten begierig an den Zügeln.

Gerade als Kemni klar wurde, dass er sie nicht länger halten konnte – und bereit war, sie laufen zu lassen, sodass er bei seiner Rückkehr Iphikleia sagen konnte, er habe es versucht, er habe wirklich versucht, auf sie zu warten –, erschien sie mit zwei in Tuch gewickelten Bündeln. Eines war kleiner, rund und weich, das andere lang und schmal und fest. Es sah aus wie ein Bogen oder zwei in einem Kasten und ein Köcher mit Pfeilen und vielleicht ein Schwert.

Es waren tatsächlich Waffen: klirrend landeten sie auf dem Boden des Wagens. Das andere musste Brot sein, das sie versprochen hatte; auch brachte sie einen Krug mit, den sie vorsichtig zwischen ihren Füßen abstellte. »Ich musste auf das Brot warten«, sagte sie.

Es fühlte sich warm an Kemnis Fuß an, selbst durch das Tuch. Er ließ die Pferde gehen, und sie fanden ihren eigenen Weg aus dem Hof. Am äußeren Tor mussten sie warten, aber der schläfrige Wachsoldat widersetzte sich weder Iphikleia noch seinem eigenen Kommandanten und öffnete geschwind das Tor für sie.

Dröhnend fiel es hinter ihnen wieder zu. Die Straße erstreckte sich in der grauen Morgendämmerung vor ihnen. Kemni ließ Löwe und Falke ihr eigenes Tempo bestimmen, das stetig genug war, nachdem sie erst einmal die Aufregung über den leichteren Wagen, die seltsame Tageszeit und die Unruhe ihres Lenkers erschöpft hatten.

Iphikleia hinter ihm schwieg, lehnte sich leicht an ihn, was sie nicht hätte tun müssen, aber er war froh darüber. Es war kühl in dieser Stunde vor Sonnenaufgang, die Luft war frisch in seinem Gesicht. Sollte sein Traum Wirklichkeit sein und er keinen Schatten verfolgen, war er noch ein ganzes Stück von dem Boten der Verschwörer entfernt. Der Mann würde sich ein Versteck gesucht haben, wo er schlafen konnte; wenn die Sonne aufging, würde er aufstehen und weitermarschieren.

Und wenn es keinen Boten gab, wenn Kemni umsonst hier herausgekommen war, würde er froh sein. Mussten denn all seine Träume wahr werden? Durfte er nicht einmal einen einfachen Traum träumen, wenn er auch so lebhaft war, dass er wahr schien?

Er drehte sich weder wegen dieses Gedankens um noch wegen jener, die hinter ihm stand. Er würde auf dieser Fahrt herausfinden, was die Wahrheit war: das, was er gesehen hatte, das, was Seti glaubte, oder etwas ganz anderes. Die Straße brachte ihn durch Dörfer, die immer noch schliefen, aber einige waren auch hier schon wach und hatten begonnen, Brot zu backen. Der warme Duft folgte ihnen. Je näher sie dem Morgen kamen, desto intensiver wurde der Duft und mischte sich mit dem schärferen Geruch von Bier. Nun waren auch Kinder wach, liefen im Morgengrauen umher und blieben stehen, um den Wagen anzustarren.

Erst jetzt, viel zu spät, fiel ihm ein, dass diese Menschen bisher weder Wagen noch Pferde gesehen hatten. Alles, was zum Stier des Re kam, bewegte sich entweder durchs Rote Land oder war in Booten verborgen. Kein Wagenlenker war so offen durch die Dörfer gefahren, wie Kemni es jetzt in seinem Wahn tat.

Aber wenn er sich zur Seite wandte, wenn er durch die Wüste fuhr, war es möglich, dass er sein Ziel verfehlte. Er musste sich den Blicken und dem Gemurmel stellen und hoffen, dass man den Kindern nicht glauben würde.

Er war jetzt ganz nahe, ebenso wie der Sonnenaufgang. Aber zum Glück befanden sie sich inzwischen außerhalb der Dörfer. In seinem Traum hatte der Bote in einer Ruine Schutz gesucht – ein Bauernhaus, das vor langer Zeit verlassen wurde, als sich der Flutweg des Wassers änderte und es in einer Ecke des Roten Landes zurückblieb, ohne die jährliche Erneuerung des schwarzen Bodens, die einen Bauernhof reich macht.

Das Land war hier, wie er es im Traum gesehen hatte. Er konnte sehen, wo der Fluss sich verlagert und weiter ins abgelegene Ufer gefressen hatte, wo das Rote Land eingedrungen war in einem Feld von Sand und Steinen, wo einmal Weizen und Gerste gewachsen war. Die Ruine stand weiter hinten, nicht im Wasser, aber es gab Überreste alter Kanäle, die der Wind in etlichen Jahren halb weggefressen hatte.

Ein Mann zu Fuß, der sich verbergen wollte, konnte dort leicht hingelangen und sich über Nacht verstecken. Die Ziegelwände standen noch, obwohl das Dach eingestürzt war.

Kemni ließ die Pferde nahe am Fluss, ließ das Steingewicht wie einen Anker fallen, der sie davon abhalten würde, mit dem Wagen weiterzuwandern, und wickelte Iphikleias größeres Bündel aus. Er fand zwei Bögen und ein Schwert, wie er angenommen hatte, dazu einen Köcher voller Pfeile. Iphikleia nahm einen Bogen und den Köcher und ließ ihm den Rest. Ohne ein Wort, lautlos, wie ein Jäger sein sollte, ging sie auf die Ruine zu.

Kemni folgte ein wenig verspätet, aber ebenso leise. Die Sonne würde jetzt bald aufgehen. Der östliche Horizont war mit Licht überflutet. Ein weiser Bote hätte sich längst auf den Weg gemacht, aber dieser war müde und vielleicht krank. In Kemnis Traum hatte er gehustet, als er unter seiner Last weitergestapft war.

Es war still in der Ruine, nicht einmal ein Vogel flatterte auf. Aber als Kemni näher kam, hörte er ein Geräusch wie das Fallen eines Steines – oder das trockene Husten, das jemand einmal das Lied Ägyptens genannt hatte. Das hier war kein einfaches Fieber. Das hier war die Lungenfäule, der Husten, der tötete.

Aber nicht schnell, manchmal jahrelang nicht. Es war dumm, einen so kranken Mann auf eine solche Reise zu schicken, aber andererseits würde er danach vielleicht bald sterben und so das Geheimnis bewahren. Es war eine seltsame, grausame Wahl, aber nicht ganz unmöglich.

Die Ruine war weniger ein einfaches Bauernhaus als vielmehr ein kleiner Landsitz gewesen. Er musste einem recht wohlhabenden Mann gehört haben, der sich ein Haus mit einem halben Dutzend Zimmer und einem kleinen Hof und Obstgarten leisten konnte, welcher nun vertrocknet und tot war. Auch einen Hauch von Schönheit gab es darin: ein Gemälde an einer Wand, das Vieh und einen Hirten zeigte, und eine Lotussäule, die einmal die Seite eines Türrahmens gebildet hatte.

Gerade als die Sonne über den Horizont stieg, schlüpfte Iphikleia in das dunkle Haus; Kemni war ihr direkt auf den Fersen.

Es war sehr dunkel hier, doch fiel genug Licht durch die Tür, dass Kemnis Augen sich nach einem kurzen Kampf daran gewöhnten. Der Raum war leer, der danach ebenfalls. Dahinter befand sich der Hof, hellgolden im Morgenlicht und ebenso leer.

Aber als Kemni den Fuß hob, um den Hof zu überqueren und die Räume dahinter zu durchsuchen, ließ ihn das scharfe Bellen eines Hustens zurückfahren.

Was er für Schatten in einer Ecke gehalten hatte, war ein Mensch. Er hatte vielleicht gehofft, nicht entdeckt zu werden, aber seine Krankheit hatte ihn verraten.

Kemni wandte sich dem Mann zu. Er sprang auf und rannte los.

Aber Iphikleia war da, warf sich ihm entgegen. Sie hatte nicht die Kraft eines Mannes, aber der Bote war von Krankheit gezeichnet. Sie hielt ihn so lange fest, bis Kemni sie beide erreicht hatte, den Mann packte und von ihr wegriss – keinen Moment zu spät. Ein Messer glitzerte in seiner Hand, und er stach nach Kemni. Kemni schlug die Hand weg, griff das Handgelenk und drehte fest, bis der Mann keuchte. Kemni warf ihn gegen die Wand. Er brach zusammen und erlitt einen neuen Hustenanfall.

»Ich«, sagte Kemni, »hätte einen Gesünderen geschickt.«

Er zerrte den Boten auf den Hof hinaus, um sein Gesicht besser sehen zu können. Es war derjenige, den er im Traum erblickt hatte, dünn und unauffällig, mit einem Gesicht wie jeder andere Ägypter. Er blinzelte ins Licht, spähte zu Kemni. »Herr«, sagte er. »Es tut mir Leid – du hast mich geweckt... ich wollte nicht...«

Kemni sah ihn erstaunt an. »Du kennst mich?«

Der Mann nickte. Als seine Augen klarer wurden, richtete er sich ein wenig mehr auf und entspannte sich sichtlich. »Ja, Herr. Er hat dich geschickt, nicht wahr? Er sagte, jemand würde vom Landsitz kommen. Hast du die Dinge dabei, die ich mitnehmen soll?«

Kemnis Gedanken begannen sich zu überschlagen. Dass der Bote ausgerechnet hier vorbeikam – ja, er musste am Stier des Re vorbei, wenn auch nicht in der Nähe, nicht, wenn es nicht beabsichtigt war. Aber das würde bedeuten...

Nicht jetzt. Er durfte sich nicht verwirren lassen. Der Bote hatte ihn selbst für einen Boten gehalten. »Ja«, sagte Kemni, »man hat mich geschickt.« Und er verriet nicht, wer das gewesen sein sollte. »Ich habe nichts bei mir, aber es ist alles auf dem Landsitz. Ich nehme dich mit zurück.«

Er hielt die Luft an, aber der Bote schien keinen Verdacht zu schöpfen. Er nickte. Kemni hielt ihn weiter fest, während er das Bündel aufhob, das er bisher getragen hatte, und dann kehrten sie zum Wagen zurück. Iphikleia folgte schweigend. Sie hatte ihren Bogen gespannt, einen Pfeil in der Hand. Sie war bleich, ihre Miene war entschlossen.

Kemni wagte nichts zu sagen, um sich nicht zu verraten. Der Bote schien sie für harmlos zu halten, obwohl er sie ein wenig seltsam ansah. Und das war kein Wunder, wenn er Kemni für einen aus dem Verräterkreis hielt.

Der Wagen bot genug Platz für zwei, aber für drei wurde es eng – und mit dem Bündel des Boten war es unmöglich. Iphikleia sprang, immer noch ohne ein Wort, auf den Rücken von Falke. Er scheute ein wenig und rollte die Augen, aber sie streichelte ihn und murmelte ihm zu, bis er sich wieder beruhigte.

»Es stimmt also«, sagte der Bote. »Es gibt Frauen, die auf Pferden reiten.«

»Und Waffen tragen«, sagte Kemni, »und kämpfen wie Männer, ja.«

»Erstaunlich«, murmelte der Bote. Der Blick, den er Iphikleia zuwarf, war gierig – der Blick eines Mannes, der lange keine Frau mehr gehabt hatte.

Kemni hätte ihm am liebsten die Augen aus dem Kopf geschlagen, aber er war zu wichtig. Als der Wagen sich in Bewegung setzte, klammerte er sich fest an die Seiten, genau wie Kemni es beim ersten Mal getan hatte. Mit einer gewissen Bosheit ließ Kemni die ausgeruhten Pferde schneller laufen, nicht auf dem Weg, auf dem er gekommen war, sondern auf dem Umweg durch das Rote Land, wie er es gleich zu Anfang hätte tun sollen. Der Bote stellte keine Fragen. Er war viel zu sehr damit beschäftigt sich festzuhalten und so, wie er aussah, auch damit, nicht in ängstliches Geschrei auszubrechen.

Was Kemni da tat, war verrückt, aber alles hier war verrückt. Iphikleia, die vor ihm auf Falke saß, der Bote zwischen seinen Armen, der dort sicherer war als hinter ihm, wo er hätte aus dem Wagen springen können. Und dass Kemni diesen Mann glauben ließ, dass er… ja, dass er Gebus Diener war und Teil der Verschwörung.

Weil ihm nichts Besseres einfiel, kehrte er zum Stier des Re zurück. Er wusste allerdings nicht, was er tun sollte, wenn sie dort eintrafen. Der Weg, den er nahm, führte in das Tal, in dem die Pferde verborgen waren, noch außer Sichtweite des Hauses und seiner Bewohner.

Es war inzwischen fast Mittag und glühend heiß. Der Bote war zu Boden gesunken. Kemni hoffte, dass er lediglich schlief und nicht bewusstlos oder tot war.

Unter den Pferden gingen Menschen umher, Seti und einige von seinem Flügel; sie fingen Fohlen ein, die für das Geschirr eingebrochen werden sollten. Und bei ihnen Ariana, in einem Lederhemd und mit aufgestecktem Haar.

Die Götter hatten auch dafür gesorgt, dessen war Kemni sich sicher. Er fuhr direkt durch die Herden, nachdem er den schmalen, steilen Abhang zurückgelegt hatte, ohne sich auch nur daran zu erinnern, und zügelte das Gespann vor Ariana. »Ich bringe dir ein Geschenk«, sagte er und warf ihr den Boten aus dem Wagen vor die Füße.

Seti, gesegnet sei seine schnelle Auffassungsgabe, hatte sich auf den Mann gestürzt, bevor dieser begreifen konnte, was geschah, und band ihm die Hände mit einem Seil, das er für die Pferde mitgebracht hatte.

Und das war gut so, denn Ariana sah ihn überhaupt nicht an. Iphikleia war von Falkes Rücken gefallen, leblos zu Boden gesackt. Viel zu spät sah Kemni den dunklen Fleck auf ihrem Hemd, das Blut, das geflossen und dann getrocknet war, aber nun wieder begonnen hatte zu fließen.

Sie hatte kein Wort gesagt, kein einziges. Kemni hatte geglaubt, das Messer abgelenkt zu haben, aber er war zu langsam gewesen.

Er sprang auf sie zu, aber andere waren schneller als er. Ariana zuerst.

Sie ließen ihn nicht durch. »Hol Imhotep«, befahl Ariana. Ihre Stimme klang sehr entfernt und kalt.

Imhotep, dessen Name tatsächlich ganz anders lautete, war nach Arianas Einschätzung das beste Geschenk des Königs: ein Arzt, der in den hohen Künsten ausgebildet war und wert, dem König selbst zu dienen. Er war eine alles andere als unbedeutende Persönlichkeit, und dass er geholt werden musste, statt dass man die Verwundete zu ihm brachte, ließ nichts Gutes erwarten.

Tatsächlich erhob Seti Einspruch. »Wäre es nicht schneller, wenn wir sie zu ihm bringen?«

»Sie hat genug durchgemacht«, sagte Ariana. »Du, du und du. Diese Pferde sind erschöpft. Lasst sie frei und spannt ein anderes Paar ein. Schnell. Sofort!«

Löwe und Falke wurden ausgeschirrt, um sich zu wälzen und sich Wasser zu suchen. Ein anderes Gespann, zwei Braune, die Kemni vage erkannte, traten an ihren Platz. Dann sprang einer der Männer in den Wagen und fuhr im Galopp davon.

Es war still. Seti bewachte immer noch den Gefangenen, der am Leben und wach war – Kemni sah, wie er die Augen verdrehte. Er beugte sich über ihn. »Wenn sie stirbt«, sagte er, »hänge ich dich auf Stacheln an die Mauer.«

Der Mann sagte kein Wort. Kemni hätte ihn totgeschlagen, wenn er es auch nur versucht hätte.

Endlich ließen sie Kemni zu Iphikleia. Sie war nicht tot. Er sah, wie sich ihre Brust hob und senkte. Er kniete sich neben sie. »Ich habe das getan«, sagte er. »Ich habe ihr das angetan.«

»Hör auf damit«, sagte Ariana und klang so sehr wie Iphikleia, dass Kemni die Luft anhielt. »Sofort. Sag mir, was das ist.«

Es gab keine Möglichkeit, es kurz zu machen. Aber sie hatten Zeit, es würde eine Weile dauern, bis Ay mit dem Arzt zurückkam. Kemni nahm an, er sollte vorsichtig sein und nicht sprechen, wo so viele es hören konnten, aber irgendwie konnte er sich nicht dazu durchringen. Entweder man konnte ihnen vertrauen oder nicht. Wenn nicht, würde er sie umbringen.

»Das da ist ein Bote«, sagte er, »von einer Versammlung von Prinzen, die im Sinn haben, den Krieg aufzuhalten. Wir haben ihn flussaufwärts gefangen und überrascht. Er hatte ein Messer.«

»Das sehe ich«, sagte Ariana. »Woher wusstest du, wo du ihn finden konntest?«

»Die Götter haben es mir gesagt«, antwortete Kemni. Vor so vielen Menschen sprach er es aus: »Ich träumte, dass er auf dem Weg war, auf dem Weg ins Untere Reich, mit Botschaften für den König dort. Das Bündel bei ihm, es ist Gold darin. Mach es auf und sieh nach.«

Seti setzte bereits dazu an, schnitt die Schnur durch, die es band, und schob die stinkenden Lumpen beiseite, die Kemni im Traum gesehen und gerochen hatte. Gold blitzte auf.

Ja, es war Ehrengold; ein massiver vergoldeter Kragen mit eingravierten Symbolen, emailliert in Rot und Grün und Blau. Nur ein Prinz konnte so etwas anfertigen lassen; selbst hohe andere Adlige hatten nicht die Möglichkeit oder die Macht, einem Goldschmied oder Schreiber zu befehlen. Kemni konnte sich vorstellen, dass man den Schmied am Leben gelassen hatte, aber den Schreiber sicherlich nicht.

»Es muss noch andere Dinge geben«, sagte Kemni mit einer

Stimme, die für ihn selbst sehr weit entfernt klang. »Er war auf dem Weg zum Stier des Re, um sie abzuholen.«

»Hier?« Ariana runzelte die Stirn. »Warum sollten sie hier sein?«

»Weil«, warf Seti ein – sehr waghalsig, und er hätte dafür bezahlt, wenn er Kemni damit nicht etwas erspart hätte –, »das Oberhaupt der Verschwörung sich hier befindet.«

»Gebu«, sagte Ariana. Sie sprach den Namen ohne Zögern und ohne Überraschung aus.

Seti schien nicht erstaunt, dass sie es wusste. Er verehrte sie wie all die anderen Männer und war vollkommen in sie vernarrt. Wären ihr Flügel gewachsen und hätte sie sich zum Himmel erhoben, hätte er das nur für angemessen gehalten. »Soll ich ihn holen, Herrin?«, wollte er wissen.

»Nein«, erwiderte sie. Sie kniete weiter neben Iphikleia und strich ihr über die bleiche Stirn. »Nein. Warte.«

Seti setzte dazu an, ihr zu widersprechen, überlegte es sich dann aber anders.

Ariana lächelte und verwirrte ihn damit vollkommen. »Gut«, sagte sie, als hätte er etwas getan, das ihres Lobes würdig war. »Gut.«

Sie konnte nichts anderes tun als warten und beten. Einer der Männer hatte Kemnis kretischen Umhang bei den Sachen gefunden, die aus dem Wagen gefallen waren, und baute daraus und aus Speeren eine Art Baldachin. Er bot ein wenig Schatten, genug, um die Sonne von Iphikleias Gesicht fern zu halten.

Sie schien es nicht zu merken. Sie war totenbleich und atmete nur flach. Kemni wollte nicht, konnte nicht daran denken, wo sich die Wunde befand, wie die Klinge ihren Bauch durchdrungen hatte. Das war die schlimmste Art Wunde, wenn man von einem Stich direkt ins Herz absah.

Die Götter mussten sie schützen. Sie hatten sie hergebracht, sie konnten sie jetzt nicht nehmen. Nicht so bald, nicht mit so wenig Grund.

Es kam Kemni wie eine Ewigkeit vor, bis Ay mit dem Wagen zurückkehrte, vor den abermals frische Pferde gespannt waren und in dem sich Imhotep, der Arzt, grimmig an den Wagenlenker klammerte. Imhotep war nicht das, was man von einer so erlauchten Persönlichkeit erwarten mochte. Er war jung, kaum älter als Kemni, mit einem langen, angenehmen Gesicht und einem schiefen Grinsen, das er ziemlich großzügig einsetzte.

Jetzt allerdings war nichts davon zu sehen. Noch bevor der Wagen richtig stand, war der Arzt herausgesprungen, stolperte, hielt aber das Gleichgewicht und wehrte die Hände ab, die ausgestreckt wurden, um ihn zu stützen. Er hatte nur Augen für die Gestalt, die am Boden lag, den Kopf in Arianas Schoß. Dann wurde deutlich, welche Gabe ihm die Götter geschenkt hatten: die vollkommene Konzentration seiner sämtlichen Seelen, seines Körpers und seines Geistes auf die Heilkunst.

Er kniete sich neben sie, hielt einen Augenblick inne und sah sich an, was es zu sehen gab. Kemni hätte ihn am liebsten angeschrien, aber Imhotep ließ sich nicht drängen. Das Blut aus Iphikleias Wunde war getrocknet und hatte Hemd an Unterhemd und Unterhemd an Haut geklebt; sehr sorgfältig trennte der Arzt eines vom anderen.

Sie hatte schrecklich viel geblutet. Die Wunde selbst war schmal und tief. Imhotep runzelte die Stirn und murmelte vor sich hin; Worte, die Kemni nicht verstehen konnte. Vielleicht war es eine Rezitation, ein Gebet an die Götter.

Die Wunde blutete immer noch, ein träges Rinnsal. Iphikleias Haut hatte die Farbe von Milch, mit einem grauen Unterton; ihre Lippen waren bläulich.

Ay, der Wagenlenker, hatte die Kiste aus dem Wagen geholt, die Imhotep überall mit hinnahm, seine Kiste mit Arzneien. Imhotep öffnete sie ohne hinzusehen, griff mit sicherer Hand hinein und holte ein paar Behälter, aufgerollte Verbände und den einen oder anderen Gegenstand heraus, dessen Verwendungszweck Kemni nicht einmal erraten konnte. Er säuberte die Wunde sorgfältig, füllte sie mit grauem Puder aus einer der Phiolen und verband sie dann fest. Dann hielt er Iphikleia die andere Phiole an die Lippen und brachte sie dazu zu trinken, obwohl sie nicht bei Bewusstsein war. Zu Ariana sagte er: »Jetzt könnt ihr sie bewegen. Bring sie irgendwohin, wo sie vollkommene Ruhe hat. Sorge dafür, dass sie starken Wein trinkt, wenn sie aufwacht, und Fleisch nach meiner Anweisung isst. Und bete, Herrin, bete. Diese Wunde ist an einem schlimmen Ort. Wenn etwas durchstochen ist, wenn ich nicht alles gesehen habe, was es zu sehen gibt, wird meine Kunst nichts nützen.«

Ariana betrachtete ihn mit dem ernsten Blick eines Kindes. »Sie könnte sterben?«

»Sie könnte sterben.«

Ariana neigte den Kopf. Aber nicht, um in Tränen auszubrechen, obwohl Kemni froh gewesen wäre, das tun zu können. Sie blickte plötzlich auf. »Wir bringen sie zurück. Aber ohne Aufwand. Habt ihr das verstanden? Kein Geschwätz, keine Gerüchte. Meine Base ist zusammengebrochen. Die Sonne war vielleicht zu stark für sie, oder sie hat Fieber. Ay, hast du mit jemandem gesprochen, bevor du Imhotep geholt hast?«

»Nein, Herrin«, erwiderte Ay. »Die anderen waren mit ihren Pflichten beschäftigt. Ich musste Imhotep selbst holen; es gab niemanden, der es für mich getan hätte, bis auf ein oder zwei Jungen im Stall – und ich dachte, es wäre besser, wenn die sich um die Pferde kümmerten.«

»Hervorragend«, sagte Ariana. »Vergesst es also nicht: ein Fieber, das ist alles.«

»Und der da?« Seti stieß den am Boden liegenden Boten mit dem Fuß an.

»Der da kommt als Gepäck mit zurück«, sagte Ariana grimmig. »Versteckt ihn. Bringt ihn zu mir, sobald ich mich um meine Base gekümmert habe.«

Seti verbeugte sich. Kemni wusste, er würde sich darum kümmern, ebenso wie Ariana. Sie nickte und wandte ihre Aufmerksamkeit wieder vollkommen Iphikleia zu.

Die Welt hätte zu diesem Zeitpunkt so geschrumpft sein sollen, dass sie nur noch Iphikleia und nichts weiter enthielt. Wenn sie lebte, würde auch Kemni leben. Wenn sie starb... er wusste nicht, was er dann tun würde. Das Leben war stark in ihm und schön, aber sie war zum Herzen dieses Lebens geworden.

Man gestattete ihm solchen Luxus nicht. Sobald man Iphikleia in Arianas eigenem, großen, luftigen Zimmer untergebracht hatte, mit Imhotep an ihrer Seite und Arianas Dienerinnen, die sich um sie kümmerten, sowie den besten Wachen an der Tür, winkte Ariana Kemni zu sich. Kemni hatte ebenfalls vorgehabt, an Iphikleias Seite zu bleiben, direkt neben Imhotep, aber Ariana setzte sich darüber hinweg, mit einer Leichtigkeit, die ihm in Erinnerung rief, dass sie immerhin sowohl Königin als auch Göttin war.

Sie nahm nur Kemni mit und ging auf Wegen, die für die Diener gedacht waren, weit entfernt von den breiteren, helleren Fluren und den offenen Höfen. Kemni war nicht klar gewesen, wie viele solcher Flure es hier gab und wie geheim sie sein konnten. Jeder, der kein Diener war, brauchte nie zu erfahren, wie leicht und wie unsichtbar Diener kommen und gehen konnten.

Ariana wusste es allerdings. Sie bewegte sich rasch und mit der Haltung von jemand, der sich auskannte. In sehr kurzer Zeit hatten sie das Haus durchquert und waren in die Nähe der Mauer gekommen, in einen der Wachtürme. Dort oben fanden sie Seti und den Boten, der gefesselt und an eine Wand gelehnt war. Der Mann verdrehte die Augen, konnte aber nicht sprechen. Seti hatte ihn geknebelt.

Ariana beugte sich über ihn. »Sie lebt noch«, sagte sie zu ihm, »obwohl das nicht dein Verdienst ist.«

Er starrte zu ihr hoch; vielleicht dachte er an Trotz. Sie beugte sich vor und riss den Knebel heraus. Er keuchte, atmete tief ein und bekam einen Hustenanfall. Blut befleckte seine Lippen. Sie wischte es mit dem Knebel ab, nicht sonderlich sanft. »Nun rede«, sagte sie. »Was solltest du hier abholen?«

Er kniff die Lippen zusammen und antwortete nicht.

Sie zog ein Messer vom Gürtel und legte es sachte, ganz sachte... nicht an seine Kehle, sondern an die schwache Wölbung in seinem Lendenschurz. »In dem Land, in das du dich begibst«, sagte sie, »genießen sowohl Könige als auch Königinnen den Dienst von Eunuchen. Ich werde ihnen einen weiteren schicken, wenn du willst. Es ist deine Entscheidung.«

Es war keine leere Drohung, und das merkte er. Er schwieg noch einen Augenblick, aber ihre Klinge zuckte ein winziges Stückchen näher und drückte nur ein wenig fester. »Ich sollte … ich sollte Briefe abholen. Und Gegenstände, die ich vorweisen muss, um … um in gewisse Häuser zu gelangen.«

»Adlige Häuser?«

Er nickte vorsichtig. Sie hatte das Messer nicht weggenommen. Sollte er sich bewegen, konnte es gut passieren, dass er sich selbst antat, womit sie gedroht hatte.

»Warum Briefe und diese Gegenstände? Würde das Gold nicht genügen?«

»Das ist für den König der Könige. Das soll ich aufbewahren, bis ich zu ihm komme. Der Rest ist für die anderen.«

»Und wer sollte dir diese Gegenstände überreichen?«

»Ein … ein Bote.« Er keuchte, denn sie hatte die Haut geritzt. »Ein Prinz! Es gibt einen Prinzen hier. Er sollte –«

»Aha«, sagte Ariana. Und Kemni konnte es nicht mehr leugnen.

»Briefe, die ihn verraten würden«, sagte er.

»Höchstwahrscheinlich«, knurrte Ariana.

»Soll ich gehen?«, fragte er.

Sie runzelte die Stirn. »Kannst du vorsichtig sein? Bist du stark genug?«

»Vielleicht nicht«, sagte er, »aber ich kann es versuchen.«

Er sah, dass sie daran dachte, es abzulehnen und Seti an seiner Stelle zu schicken. Wäre er Ariana gewesen, hätte er genau das getan. Seti konnte ruhiger bleiben, klarer denken.

Aber Kemni hatte mehr Gründe, sich in Gebus Gemächern aufzuhalten. Es wäre durchaus möglich, dass er hier nach dem Prinzen suchte, oder eine Botschaft an oder von seinem Kampfesbruder überbrachte.

Sie nickte. Wie Iphikleia, so wusste auch sie genau, was er dachte. »Geh«, sagte sie.

Gebu war nicht in seinen Räumen. Kemni hatte damit gerechnet. Er hatte auch darauf gesetzt, ebenso wie er eine gewisse Hoffnung hegte, dass die Briefe und Zeichen dort sein würden und Gebu oder derjenige, der ihm diente, sie nicht bei sich trug. Der Bote war eindeutig gewesen: Er solle sie nicht aus einem Versteck abholen, sondern würde sie von jemandem direkt erhalten.

Gebu hatte keinen Grund zu ahnen, dass man ihn verdächtigte. Es war möglich, dass er diese Dinge ganz offen liegen ließ, um sie so nur noch besser zu verbergen. Genau wie er es mit sich selbst getan hatte, indem er sich hierher einlud, nicht weit entfernt von der Grenze zum Unteren Reich.

Es war alles ein Spiel, ein Muster von Hoffnungen und Wetten, und die Erinnerung an einen Traum. Gebus Tür wurde nicht bewacht. Es bestand keine Notwendigkeit für Wachen, wenn er nicht dort war. Kemni ging in Räume, die er recht gut kannte, wo er so viele Abende über einem Krug Wein oder Bier verbracht hatte, beim Würfelspiel oder Gesprächen über Banalitäten. Früher einmal hätten sie sich auch eine billige Zofe oder zwei geteilt, aber hier, wo Kemni Iphikleia hatte, war das nichts, wozu er aufgelegt war.

Sie war es nun auch, um derentwillen er das tat – für ihr Leben, das nun vielleicht schon bald zu Ende war. Kemni konnte den Göttern die Schuld dafür geben oder sich selbst, ganz bestimmt aber beschuldigte er den Boten. Und den Mann, der diesen Boten geschickt hatte, den Anführer der Verschwörung – falls es überhaupt Schuld gab, dann trug er den größten Teil davon.

Zorn hielt Kemni auf den Beinen, obwohl er sich anstrengen musste, ihn aus seinem Geist zu verbannen. Die schlimmste aller Sünden war der Verrat. Das durfte er nie vergessen. Ein Mann, der seinen Vater und seinen König verriet, würde kaum zögern, dasselbe mit seinem Freund zu tun.

Wenn Kemni Briefe und Gegenstände ganz offen verbergen wollte, würde er es so einfach wie möglich tun: in dem Kasten eines Schreibers, bei den Tinten und Pinseln und den anderen Zeichen seines Berufes. Gebu besaß einen solchen Kasten. Nicht alle Prinzen gaben sich mit so etwas ab, aber Gebu neigte dazu.

Er las immer noch hin und wieder ein wenig und schrieb, weil es ihm Freude machte.

Und da war tatsächlich dieser Kasten neben seinem Bett, wie immer. Ein schlichter Gegenstand, aber von hervorragender Handwerksarbeit, wie es sich für einen Prinzen gehörte. Kemni zögerte, ihn zu berühren. Als ob es irgendwie immer noch Hoffnung gäbe.

Dann wappnete er sich und hob den Deckel. Die Tinten waren da, die Pinsel, die Steinpalette. Und sonst nichts.

Bevor er vor Erleichterung oder Verzweiflung zusammenbrach – es war gleich, was eigentlich in ihm vorging –, hatten seine Finger den Rand der Palette gefunden und sie vorsichtig hochgehoben.

Da! Papyrus in kleinen, festen Rollen, und ein in Leinen gewickeltes Päckchen. Die Briefe waren nicht versiegelt, obwohl Kemni annahm, dass Gebu das noch tun wollte, bevor er sie dem Boten übergab. Mit klopfendem Herzen entrollte er den ersten Brief. Auf den ersten Blick nichts Außergewöhnliches: der Brief eines Prinzen an einen Adligen, dem er eine Allianz bestätigt. Aber der Name des Adligen, wiewohl in ägyptischen Zeichen geschrieben, war ein Retenu-Name, und der Schreiber bat ihn, seine Freunde und Genossen – sowohl Ägypter als andere –, die ihm vertrauenswürdig erschienen, für die gemeinsame Sache zu gewinnen. Zwei weitere des Dutzends Briefe waren ganz ähnlich gehalten. In dem Päckchen befand sich eine Hand voll Scarabäussiegel, jedes aus einem anderen Stein, aber alle mit demselben Namen graviert: Gebus Prinzenname, unter dem er den Göttern nach seinem Tod bekannt sein würde. Hinzugefügt war ein zweiter Name, ein Beiname des Gottes Re. Und dieser Name war von der Schnur einer Kartusche umgeben, als wäre es der Name eines Königs.

Kemni hatte nun einen solchen Scarabäus in der Hand. Er war aus Lapislazuli gemeißelt, tiefblau wie der Himmel über dem Roten Land. Er hatte das ganze Gewicht der Welt und alle Kälte des Wahnsinns.

Keiner, der noch bei Verstand war, keiner, der nicht im Herzen ein Narr war, würde es wagen, seinen Namen so zu schreiben – nicht, solange er nicht tatsächlich auf dem Thron Ägyptens saß.

Hatte jemand Gebu vielleicht dazu gedrängt? Vielleicht jemand, der vorhatte, ihn zu vernichten und sich dann das anzueignen, was Gebu besessen hatte? Dennoch, er musste es gestattet haben. Aus Blindheit oder Stolz, oder einfach, weil er nicht in der Lage war, die Folgen zu verstehen, hatte er diese Steine meißeln lassen und sie hier aufbewahrt, bis man sie zu Fremden schicken konnte, die ihn vielleicht ebenso verraten würden.

Es musste der Geist sein, der über solchen Dingen schwebt, der Kemnis Herz nun verfinsterte und bewirkte, dass er tat, was er tat: Er behielt den Lapislazuli, packte aber den Rest wieder ein wie zuvor, legte dann die Steine zu den Briefen in den Kasten zurück, schob die Palette darüber, ganz vorsichtig, damit die Anordnung der Tintenfässer und Pinsel darüber nicht gestört wurden. Anschließend schloss er den Deckel und verließ den Raum, den Skarabäus immer noch in der Hand, wo er brannte wie glühende Kohle.

Nichts hatte sich verändert, das war deutlich zu sehen. Iphikleia lag da wie tot, Imhotep saß neben ihr, Ariana dem Arzt gegenüber. Die Diener waren verschwunden, aber sie hatten schon vorher nicht gezählt und zählten jetzt auch nicht.

Ariana hob den Kopf, als Kemni hereinkam. Er kniete sich vor sie, nahm ihre Hand in seine – waghalsig genug, aber sie wehrte sich nicht – und legte den Skarabäus hinein.

Sie untersuchte ihn, drehte ihn hin und her, betrachtete die Gravur auf der Unterseite stirnrunzelnd. Dann berührte sie das Oval der Kartusche mit der Fingerspitze. »Der Name eines Königs?«

»Gebus Name.«

»Ah«, sagte sie. Sie schien es zu verstehen. »Ist das alles, was du gefunden hast?«

»Nein«, erwiderte Kemni. »Es waren ein Dutzend davon. Und Briefe.«

»Und?«

»Ich habe alles dort gelassen«, sagte er. Sie sah ihn fragend an. »Ich dachte … wir sollten uns gegen diese Verschwörung verschwören. Wenn wir sie glauben lassen, dass ein Bote gekommen ist und die Briefe mitgenommen hat, dann wird es noch lange dauern, bis sie begreifen, dass keiner von ihren Männern das Untere Reich erreichte. Während, wenn wir alles jetzt aufdecken ...«

»Ja«, sagte sie. Nur das, aber es war alles Lob, was er brauchte. »Wird er wissen, wen man hergeschickt hat? Oder könnte es jeder sein?«

»Wir können doch bestimmt einen Mann mit der Hustenkrankheit finden, der dem Boten ähnlich genug sieht. Wenn er gut geschult wird und sagt, was er sagen sollte, und man ihn dann sieht, wie er sich nach Norden wendet, könnte das die Verräter davon überzeugen, dass alles nach ihrem Plan verläuft.«

»Und was willst du mit ihm tun, wenn das geschehen ist?«

»Wir könnten ihn töten«, sagte Kemni mit kaltem Herzen, »oder wir könnten ihn reich für sein Schweigen belohnen und ihn an einen abgelegenen Ort schicken. Es ist ein Risiko, aber es wäre eine Möglichkeit.«

»Was im Leben ist schon ungefährlich?« Ariana nickte. »Kümmere dich darum. Aber schnell.«

Kemni unterdrückte einen Seufzer. Er hatte gehofft, noch einen Augenblick hier bleiben zu können, um Iphikleias Atemzüge zu zählen und zu beten, dass sie wieder gesund würde. Vielleicht hielt Ariana es für besser, wenn er wach blieb und sich beschäftigte, ganz gleich, wie müde er war, ganz gleich, wie sehr er sich nach Ruhe sehnte. Es würde zu ihr passen, sich wegen solcher Dinge Gedanken zu machen. Aber es war auch typisch für eine Königin, nicht einmal zu bemerken, wie gewaltig die Last war, die sie ihm aufbürdete.

Dennoch trug er sie. Seti würde wissen, wo man den richtigen Mann finden konnte, und tatsächlich, als Kemni ihm erzählte, um was es ging, machte er keinen Hehl daraus, wie begeistert er war. »Herr! Das ist wirklich *schlau.*«

»Bin ich das nicht meistens?«, fragte Kemni trocken.

Seti gehörte nicht zu den Leuten, die über einen solchen Fehltritt erröten. »Nun, Herr, Adlige sind Adlige, und da sie ihr Leben lang Leute haben, die ihnen die Nase putzen, die Ärsche abwischen und in den meisten Fällen für sie denken ... sie können vielleicht intrigieren, aber für gewöhnlich sind sie nicht sonderlich schlau.«

»Dann sollte ich mich wohl geschmeichelt fühlen«, erwiderte Kemni. »Ich kann es schlecht als Beleidigung auffassen, oder ich müsste dich verprügeln. Und ich brauche dich.«

»Selbstverständlich brauchst du mich«, sagte er. »Und dass du das weißt, zeigt ebenfalls, wie schlau du bist.«

Kemni knurrte und deutete einen Schlag an. Seti tänzelte grinsend aus seiner Reichweite. »Ich werde einen passenden Boten für dich finden, mach dir keine Sorgen. Du solltest jetzt lieber gehen und Streitwagenlenkerkommandant sein. Sie werden erwarten, dass du verstört bist, da deine Freundin so krank vom Fieber ist, und du solltest deine Sorgen am besten in Arbeit ertränken.«

Das war eine Unverschämtheit, aber auch unausweichlich wahr. Er musste mitspielen, ganz gleich, wie lange das Spiel dauerte.

Seti fand einen Mann, der demjenigen, welcher immer noch in einem verborgenen Teil der Festung gefangen gehalten wurde, auf beinahe unheimliche Weise ähnlich sah. Als Seti ihn kurz vor Sonnenuntergang in Kemnis Arbeitsraum brachte, hätte Kemni sogar um ein Haar geschworen, es sei derselbe. Aber der andere war ein wenig älter und kleiner gewesen und hatte eine etwas höhere Stimme gehabt, und dieser Mann hier war kräftiger; die Hustenkrankheit hatte ihn noch nicht so ausgemergelt

»Das hier ist Amonmose«, sagte Seti. Kemni nickte dem Mann zu. Amonmose verbeugte sich so tief, wie es sich für einen Mann niederer Geburt angesichts eines Adligen gehört. Sein Blick, bemerkte Kemni, war wach und aufmerksam. Das da war kein dummer Mann.

»Amonmose weiß, was wir von ihm wollen«, sagte Seti.

»Tatsächlich?« Kemni wandte sich direkt an den Mann.

Er nickte. »Es ist für die Königin«, sagte er, »und für das Große Haus.«

»Und für Gold?«

»Und für Gold«, erwiderte Amonmose. »Meine Frau ist bereits an der Hustenkrankheit gestorben, meine Söhne ebenfalls. Auch ich werde bald tot sein – aber nicht, bevor ich etwas getan habe, das etwas wert ist. Wenn sie meine Seele gegen die Feder des Ma'at aufwiegen, wenn ich vor meinem Richter stehe, hätte ich gern etwas, das mir Gewicht verleiht.«

»Diese Sache wird dir genügend Schwere geben und dich für das Leben nach dem Leben segnen«, sagte Kemni.

»Das hoffe ich«, erwiderte Amonmose.

»Du bist also bereit?«, fragte Kemni.

»So bereit, wie ich nur sein kann«, antwortete er.

»Also gut«, meinte Kemni. »Fangen wir an.«

Seti war bereits verschwunden. Während sie warteten, schwieg Amonmose, wenn man von einem Hustenanfall einmal absah. Kemni versuchte, so gut wie möglich zu helfen, aber es gab kaum etwas, was er tun konnte. Nachdem Amonmose wieder zu Atem gekommen war, erklangen Schritte draußen. Kemni wappnete sich, um nicht zu erstarren, und setzte ein Begrüßungslächeln für Gebu auf.

Der Prinz brachte den Geruch nach frischer Luft, Staub und Sonne und der letzten Tageshitze mit sich. Er trug immer noch seine Wagenlenkerkleidung, als wäre er direkt vom Feld gekommen. »Bruder!«, rief er. »Iphikleia – ist sie ...«

»Sie lebt«, sagte Kemni, obwohl er Schwierigkeiten hatte, die Worte herauszubringen. »Sie ist sehr krank, und es mag sein, dass sie sich nicht erholen wird. Aber im Augenblick lebt sie.«

»Ah«, sagte Gebu mit allem Anschein ehrlicher Erleichterung. »Das ist gut. Mögen die Götter gewähren, dass sie sich vollkommen erholt.«

Kemni neigte den Kopf zu dieser Bitte, hob ihn aber sofort wieder. »Bruder«, sagte er und erstickte nicht an dem Wort. »Dieser Mann hier ist ein Bote aus Theben. Er hat darum gebeten, mit dir sprechen zu dürfen.«

»Gut«, erwiderte Gebu. Keine Spur von Schuld zeichnete seine Miene, und es schien ihn auch nicht zu verwirren, dass Kemni von dem Boten wusste.

Und warum auch? Es kamen häufig genug Boten aus Theben, und einige behaupteten, Botschaften zu übermitteln, die der Prinz unter vier Augen hören müsse. Kemni überließ ihm diesen Mann, wie er es schon ein- oder zweimal zuvor getan hatte, mit jedem möglichen Anzeichen guten Willens und dem Versprechen, sich bei der Abendmahlzeit zu ihm zu gesellen.

Sobald er den Raum verlassen hatte, schlüpfte er in den dahinter, von wo aus man gut hören konnte, was im Arbeitsraum geschah.

Solche Zimmer, das wusste Kemni, waren in Palästen weit verbreitet: Räume, in denen die Damen die Angelegenheiten ihrer Gatten belauschen konnten, sei es zu ihrem eigenen Vorteil oder damit sie ihre Männer beraten konnten, ohne dass sie selbst in die Öffentlichkeit traten. »Oder«, wie Iphikleia einmal gesagt hatte, »damit diesen dummen Männern verborgen bleibt, wie ein großer Teil der Welt von Frauen beherrscht wird.«

Dieser Raum diente Kemni nun gut. Einen Augenblick lang schreckte er davor zurück, aber dann musste er an Iphikleia und das Messer, das sie niedergestreckt hatte, denken. Er saß reglos in dieser stickigen kleinen Kammer, das Ohr an die Wand gedrückt.

Die Stimmen waren deutlich zu hören, vielleicht deutlicher, als hätte er mit den beiden im selben Zimmer gesessen: Amonmoses Stimme ein wenig dünn und unterbrochen von Husten, Gebus tiefer, kräftiger und ein wenig herablassend. Er war nicht so liebenswert zu diesem Mann wie zu denen, die er als seinesgleichen betrachtete. »Sag mir«, verlangte er, »wieso du hier in aller Öffentlichkeit erscheinst, wo du doch Befehl hattest, mich insgeheim aufzusuchen.«

»Herr«, sagte Amonmose mit einem gewissen Beben in der Stimme, »ich habe es versucht, aber es gab keine Möglichkeit, durch das Tor zu kommen, ohne dass die Wachen mich bemerkt hätten. Also hielt ich für besser, es ganz offen zu tun, um keinen Verdacht zu erregen.«

Gebu grunzte. »Die Götter schützen die Narren. Und es scheint nicht geschadet zu haben. Ich werde dafür sorgen, dass du über Nacht untergebracht wirst und dich morgen früh mit den Dingen, die du mitnehmen sollst, auf den Weg schicken.«

»Wie du willst, Herr«, sagte Amonmose. »Aber es wäre vielleicht besser, wenn ich jetzt täte, wozu ich gekommen bin, und mich in der Nacht davonschliche. Es gibt hier eine Stelle, wo ich bis zum Morgen warten und mich dann unbemerkt davonmachen kann.«

Kemni hielt die Luft an. Wenn Gebu befahl, dass Amonmose

blieb, würde er keine Wahl haben, als zu gehorchen. Das würde zunächst nicht schaden, aber das Spiel noch länger dauern lassen und damit das Risiko, entdeckt zu werden, vergrößern.

Aber Gebu sagte: »Gut. Einige mögen glauben, dass du verrückt bist, weil du die Wesen, die im Dunkeln umhergehen, herausforderst. Aber es mag sein, dass tagsüber Schlimmere unterwegs sind.«

»Glaubst du denn, hier ist jemand misstrauisch?«, fragte Amonmose – dieser Narr, dieser waghalsige Narr! Gebu antwortete ihm ganz ruhig. »Ich glaube nicht. Was soll verdächtig sein? Ich bin der gute Prinz, der treue Sohn und Diener, der lernt, Wagenlenker zu sein.«

»Gut«, sagte Amonmose, und Kemni erinnerte sich daran, wieder zu atmen. »Man hat mich gebeten, mich davon zu überzeugen. Um der Sicherheit willen, du verstehst.«

»Ich verstehe«, erwiderte Gebu. »Also gut. Ich werde das Nötige holen. Bleib hier und warte. Wenn jemand kommt, sag ihm, du wartest auf mich. Ich lasse dir etwas zu essen und zu trinken bringen, um es glaubwürdiger zu machen.«

»Das ist großzügig von dir, Herr«, sagte Amonmose.

Kemni hörte, wie Gebu sich entfernte: Die Schritte verklangen, und dann ertönte von Amonmose ein langer, tiefer Seufzer. Kemni dachte daran, ihn anzusprechen, überlegte es sich aber anders. Es gab vielleicht einen Spion, oder Gebu mochte unerwartet zurückkehren. Verschwörungen führten zu Misstrauen.

Es war also sicherer, ruhig zu bleiben und zu warten, wie Amonmose wartete, obwohl ihm die Zeit endlos vorkam. Ein Diener erschien mit einer Mahlzeit – gut für Amonmose; Kemnis Magen knurrte wie ein Hund und verlangte nach seinem eigenen Abendessen, doch das würde er nicht erhalten, bevor diese Angelegenheit erledigt war.

Mehr als einmal während dieser Wartezeit war Kemni vollkommen davon überzeugt, Gebu hätte alles erraten, der wahre Bote sei gefunden worden oder geflohen oder – am allerschlimmsten – Iphikleia sei gestorben, während er dort in nutzloser Starre saß und wartete, bis das Spiel beendet war.

Er war gefährlich nahe daran aufzuspringen und davonzurennen, als er endlich Gebus Schritte hörte. Sie waren rasch, nicht langsam oder zögernd, und der Prinz war allein wie zuvor. Keine Wachen, um den falschen Boten umzubringen.

»Herr«, sagte Amonmose, und ein Geräusch wies darauf hin, dass er sich erhoben hatte.

»Bleib sitzen, bleib sitzen«, erwiderte Gebu. »Hier, ich habe dir gebracht, was du mitnehmen sollst. Sorge dafür, dass es die Empfänger erreicht.«

»Wie immer, Herr«, sagte Amonmose.

»Nun gut«, meinte Gebu. »Die Götter mögen dich schützen und deiner Reise gnädig sein.«

Das war die Entlassung – und mit Worten, die Kemni den Magen zusammenzogen. Als ob ein einziger Gott Verrat gutheißen könnte!

45

Amonmose verließ das Zimmer, wie man ihn angewiesen hatte, und ließ Gebu denken, dass er sich durch den Garten davongeschlichen hätte. Aber stattdessen traf er sich mit Kemni am vereinbarten Ort, in einem Stallgebäude vor der Mauer, das neu errichtet war und bisher nur von einer Hand voll Pferde bewohnt wurde.

Seti hatte sich davongemacht, um eine Weile Gebu zu folgen und sich davon zu überzeugen, dass der Prinz tatsächlich keinen Verdacht geschöpft hatte. Zu dieser Abendstunde war niemand im Stall. Der einzelne Mann, der hier Wache stehen sollte, war mit einem Auftrag weggeschickt worden, der ihn einige Zeit beschäftigen würde.

Kemni war daher allein, und Amonmose fand ihn zwischen den Pferden, wo er einen Augenblick lang in ihrer friedlichen Gegenwart Ruhe suchte. Der Mann verdrehte die Augen, als er die Tiere sah, und blieb stehen, als wagte er sich nicht weiter.

Kemni hatte vergessen, welche Angst der Rest seines Volkes vor diesen großen, sanftmütigen Geschöpfen hatte. Er verließ sie bedauernd, aber Amonmose war zu sehr erstarrt vor Angst, um sich näher locken zu lassen. Er seufzte erleichtert, als Kemni schließlich vor ihm stand. »Herr, es ist geschehen«, sagte er. »Ich habe die Briefe.«

Er hatte sie in das Lumpenbündel gesteckt, wo sich bereits der goldene Kragen befand. »Hat der Prinz etwas über die Anzahl der Zeichen gesagt?«, wollte Kemni wissen.

Amonmose schüttelte den Kopf. Eine kurze Bewegung des Schattens im Licht der einzelnen Lampe, die Kemni entzündet hatte. »Nein. Er hat mir das Päckchen gegeben, das war alles.«

Nun war es an Kemni, erleichtert zu seufzen. »Er hat also nicht mehr nachgezählt. Den Göttern sei Dank. Ich werde sie nehmen, und ich danke dir, dass du sie mir gebracht hast. Und du wirst tun, was wir dir gesagt haben, nicht wahr? Ruhe dich so gut wie möglich an jenem Ort aus, von dem du dem Prinzen erzählt hast, und geh am Morgen ein Stück weiter. Seti wird auf der Straße zu dir stoßen und dich auf deinen neuen Weg schicken. Du bist immer noch entschlossen, bis nach Nubien zu wandern?«

»Ich habe es immer schon sehen wollen«, erwiderte Amonmose. »Wenn die Götter mir gestatten, dass ich so lange überlebe, werde ich zufrieden sein. Und wenn nicht, dann habe ich mit dieser Sache eine Belohnung verdient. Ich werde darum bitten, dass mein Geist die Reise vervollständigen kann.«

Kemni betrachtete ihn halb amüsiert, halb mit Hochachtung. »Warum auch nicht? Ich bin sicher, sie werden dir gewähren, worum du bittest. Aber nun geh, und mögen die Götter dich schützen – die Götter guten Glaubens und treuen Dienstes.«

»Und die Götter des Goldes«, sagte Amonmose mit einem leisen Lachen. »Diesen Teil sollte dein Freund nicht vergessen.«

»Ich schwöre bei meinem Namen, dass das nicht geschehen wird«, versprach Kemni.

Amonmose war zufrieden. Zusammen mit Kemni steckte er die Steine, die Kemni mitgebracht hatte, statt des Päckchens in das Bündel und verschnürte es neu. Dann schulterte er es, grunzte ein wenig, weil es schwer war, und schlüpfte in die Nacht davon.

Als er verschwunden und außer den Nachtgeräuschen nichts mehr zu hören war, gestattete Kemni sich einen Augenblick lang zu verschnaufen. Aber er durfte sich nicht aufhalten. Nur zu gerne hätte er geschlafen, aber er durfte diesem Bedürfnis nicht nachgeben. Nicht ehe er wusste, was er wissen musste.

Sie lebte! Rings um sie her waren Lampen entzündet, viel mehr, als notwendig gewesen wären, aber das Licht war ein Segen. Imhotep war weg – er wollte sich ausruhen, sagte Ariana, die selbst Schatten unter den Augen hatte und deren Stimme vor Erschöpfung dünn geworden war.

»Du hast ihn gehen lassen?«

Kemni musste grimmiger geklungen haben als er selbst merkte. Ariana setzte dazu an aufzubegehren, war aber schlichtweg zu müde. »Im Augenblick kann er nichts tun, das ich nicht ebenso gut tun könnte. Es liegt alles in den Händen der Götter.«

»Darum bete ich«, sagte Kemni. Er sank neben das Bett – auf den Stuhl, den, wie er sich vage erinnerte, Imhotep benutzt hatte, als er dort gewesen war. »Es ist erledigt. Der Bote ist weg. Morgen wird Seti nach Plan weitermachen, und dann …«

»Und dann«, sagte sie, »machen wir weiter.«

»Ich weiß nicht, ob ich das kann«, erwiderte Kemni. Es war, als wäre das etwas, worüber er schon eine lange Weile nachgedacht hatte, obwohl es ihm zuvor nicht eingefallen war. »Ich weiß, dass wir einer Meinung waren. Wir lassen ihn denken, dass alles in Ordnung ist, und verraten nichts von dem, was wir wissen, bis der richtige Zeitpunkt gekommen ist, ihn unschädlich zu machen.«

»Nach Beginn des Krieges«, sagte Ariana, »wenn keine Gefahr mehr besteht, dass er aufgehalten wird. Es sei denn, diese Intrige ist komplizierter, als wir wissen.«

Kemni schüttelte den Kopf. »Das kann ich nicht, Herrin. Ich kann nicht so tun, als wäre ich sein Bruder, als liebte und vertraute ich ihm noch. Nicht, nachdem ich nun weiß, was er ist und was er getan hat.«

»Du weißt es schon seit einiger Zeit«, sagte sie, »und er hat keinen Verdacht geschöpft.«

»Aber nun *weiß* ich es«, sagte er. »Herrin, bitte. Ich kann es nicht.«

»Das ist schwierig«, sagte sie. »Ich kann dich nicht wieder

wegrennen lassen – ich brauche dich hier. Und ich kann ihn nicht ohne plausible Ausrede wegschicken.«

»Könnte der König ihn nicht nach Theben zurückrufen? Er ist ein Prinz. Sicherlich gibt es dort in der Stadt irgendetwas, wofür er gebraucht wird.«

Sie kniff die Augen ein wenig zusammen. »Wäre es dir nicht lieber, wenn er hier wäre, wo wir ihn im Auge behalten können, als dort, wo er weiter an seiner Intrige schmieden kann?«

»Aber dort«, erwiderte Kemni, »kann der König ihn beobachten, nachdem er nun weiß, wonach er Ausschau halten muss. Und er wird hier nichts von unseren Geheimnissen erfahren.«

»Er und seine Genossen haben sich vor der Nase des Königs verschworen. Glaubst du, es wäre in Theben besser?«

»Ich frage mich, ob der König es wusste, es aber aus irgendeinem Grund zugelassen hat. Vielleicht hat er von uns erwartet, dass wir den Boten aufhalten?«

»Er ist ein Gott«, gab Ariana zu. »Aber –«

»Nimm einmal an«, sagte Kemni, »du veranlasst, dass er vom König gerufen wird – und während du das tust, schickst du auch einen Boten nach Theben und erstattest Bericht über alles, was hier geschehen ist. Wenn der Prinz die Stadt dann erreicht, wird der König wissen, was zu wissen ist, und auf ihn vorbereitet sein.«

»Und wenn der König nicht tun wird, worum wir ihn bitten?«

»Ich denke, das wird er«, sagte Kemni – was einiges voraussetzte, aber er konnte einfach nicht anders. Er hatte Gebu sein Leben anvertraut, und Gebu war zum Verräter geworden. Was, wenn der König nicht mehr Ehre hatte als er?

Der König war der König, der lebende Horus. Kemni musste sich auf ihn verlassen, oder er konnte niemandem mehr vertrauen.

Ariana dachte darüber nach. Während das Schweigen andauerte, beugte Kemni sich zu Iphikleia, die so reglos dalag wie seit dem Augenblick, als er hereingekommen war, und er legte ihr sanft die Hand auf die Wange. Ihre Haut war kalt, wenn auch nicht so kalt wie der Tod. Sie atmete, aber nur schwach, kaum wahrnehmbar.

Imhotep hatte ihn davor gewarnt, dass sie so starr daliegen würde, dass die Arzneien, die er ihr eingegeben hatte, das Feuer ihres Lebens niedrig halten würden – um die Kraft ihres Körpers besser zu bewahren. Sie war bleich und geschrumpft, ihr Gesicht reglos, seine Schönheit erschöpft. Und dennoch liebte er sie mehr als je zuvor, liebte sie mit einer Kraft, die ihn bis tief in die Seele erschütterte.

Sie wäre für ihn gestorben, für seinen Traum, an den sie noch stärker geglaubt hatte als er. Sie konnte immer noch sterben. Der Tod hatte seine Klauen in ihr Herz geschlagen. Vielleicht genügten Imhoteps Kunst und seine Magie nicht, es ihm wieder zu entreißen.

Kemni hatte ihr nur Liebe zu bieten. Liebe und auch Zorn. Wenn dies den Göttern etwas bedeutete, würden sie sie vielleicht am Leben lassen, hoffte er.

Es war eine kalte Welt. Kalt und finster, wenn sie nicht da sein würde. Sein Bruder ein Verräter, seine Verwandten tot oder erobert – was hatte er denn außer dieser einen Frau?

Ariana sprach über sie hinweg und schreckte ihn aus seiner Versunkenheit. »Wenn ich tue, was du willst, musst du mir etwas versprechen.«

»Wenn ich das kann«, sagte Kemni.

Ihre Lippen zuckten. »Oder wenn du willst? Also gut. Versprich mir, wenn du kannst oder willst, dass du in dieser Welt bleiben wirst. Ganz gleich, was geschieht.«

»Selbst wenn mir nichts mehr bleibt?«

»Ich hoffe, dass ich etwas bin: ich und unser König.«

Kemni senkte den Blick. Sie hatte nicht betrübt geklungen, und sie tadelte ihn auch nicht. Dennoch fühlte er sich ausgesprochen beschämt.

»Darf ich das als Versprechen nehmen?«

Er nickte.

»Dann werde ich meinen Teil hinter mich bringen. Er wird hier verschwinden, sobald ich eine Botschaft an ihn veranlassen kann – und sein Vater wird erfahren, was ich getan habe und warum. Was immer daraus folgt, werde ich selbst verantworten.«

»Aber – ich habe dich nicht gebeten –«

»Doch«, sagte sie mit Fassung. »Es ist gleich. Ich brauche dich. Er ist besser an einem Ort aufgehoben, wo sein Vater ihn überwachen kann.«

»Er wird nicht getötet?«

»Noch nicht«, sagte sie, »und nicht, weil ich darum bitte.«

Kemni seufzte. »Es wäre vielleicht das Beste. Aber... auch nicht auf meine Bitte oder von mir. Das habe ich nie gewollt.«

»Die Götter formen uns«, sagte Ariana, »und die Erdmutter gebiert uns. Was wir danach tun, tun wir aus eigenem Willen. Er wird den Preis zahlen, den die Götter oder sein Vater, der Gott, verlangen. Nicht du oder ich.«

Kemni beugte sich dem. Ihm blieb nichts anderes übrig.

Es war eine lange endlose Nacht, gemessen in Iphikleias langsamen Atemzügen. Ariana war auf Kemnis Drängen gegangen, um sich auszuruhen, und sie hatte versprochen, sich um Gebu zu kümmern, bevor sie zurückkehrte. Kemni wachte allein. Hier und da kam eine Dienerin und brachte etwas zu essen oder zu trinken. Niemand blieb. In den Stunden dazwischen senkte sich das Schweigen tief über ihn.

Irgendwo, in der Mitte der Nacht, streckte sich Kemni auf dem Bett aus, dicht neben ihr, aber ohne sie zu berühren, bis auf die Hand, die er um ihre schmale, kalte Hand schlang. Er schlief nicht, dessen war er sicher. Er träumte auch nicht. Er hatte genug geträumt, dass es für ein ganzes Leben reichte.

Während die Stunden vor der Dämmerung dunkler wurden und die Kälte hereingeschlichen kam, die Kälte des Roten Landes, die das Schwarze Land in diesen Stunden am stärksten überfiel, veränderte sich etwas. Kemni lag reglos, als könne jede Bewegung, jedes Geräusch stören, was ihn aufmerksam gemacht hatte.

Es war still, vollkommen still. Das einzige Geräusch war das Rauschen des Blutes in seinen Ohren.

Kein Atem. Sie atmete nicht, hatte einfach damit aufgehört.

Ein gewaltiger Schrei stieg in ihm auf, wogte immer höher, bis er kurz vor dem Ausbruch stand.

Sie keuchte, verkrampfte sich urplötzlich.

Er packte sie an den Schultern. Sie atmete schwer, aber tief, und ihre Augen standen offen. Ihr Blick war nicht vollkommen leer. Er sah das Spiegelbild seines eigenen Gesichts darin.

»Schöner Mann«, sagte sie mit einem Hauch.

»Stirb nicht«, sagte er. Er bat sie nicht, es war ein Befehl.

»Ich werde es versuchen«, erwiderte sie.

»Sprich auch nicht.«

Aber nun gehorchte sie nicht. »Sag mir etwas –« Sie bewegte sich und keuchte. »Es tut weh!«

»Du bist wirklich noch am Leben«, seufzte er.

Sie lag nun völlig reglos da. »Ich erinnere mich – er hatte ein Messer. Ich wollte nicht, dass du wusstest –«

»Das war dumm.«

»Ja. Aber es hätte dich abgelenkt. Ist er –«

»Ariana hat ihn. Man kümmert sich um ihn.«

»Tot?«

»Ich weiß nicht, ich habe nicht gefragt.«

Sie nickte, schloss die Augen, seufzte ganz vorsichtig. Sie war immer noch wach. »Und ... der Rest?«

»Wir haben uns um alles gekümmert.«

»Sag mir –«

»Später. Wenn du dich ausgeruht hast.«

»Ich habe nichts anderes getan als mich auszuruhen.«

Kemni antwortete nicht darauf und widersprach nicht. Er rückte ein wenig näher, bis er sie leicht berührte. Sie seufzte und ließ zu, dass er sie ganz vorsichtig in die Arme nahm, weil auch die geringste Bewegung ihr Schmerzen verursachte.

»Sag mir nur«, sagte sie, »wie schlimm es ist? Werde ich überleben?«

»Ich bete darum.«

»Selbstverständlich tust du das.« Sie streifte mit den Lippen seine Schulter. »Schöner Mann. Ich liebe dich unermesslich.«

»Du redest Unsinn.«

»Dann bin ich tatsächlich noch am Leben.«

Sie hatte Angst. Die strahlende, starke, unermüdliche Iphikleia, die sich nie vor irgendetwas gefürchtet hatte, hatte davor Angst: vor der Dunkelheit, die jedes lebende Geschöpf verschlang, wenn nicht früher, dann später.

»Du wirst nicht sterben«, sagte er zu ihr und legte alles an Kraft und Überzeugung hinein, das er aufbringen konnte. »Falls je eines meiner Gebete zählte, irgendein Wort, das ich je gesprochen, irgendein Ritus oder ein Dienst an den Göttern, die ich je vollzogen habe, dann werden sie dich nicht sterben lassen. Ich schwöre es dir bei all meinen Seelen.«

»Du liebst mich tatsächlich«, sagte sie.

»Das hast du bezweifelt?«

»Nein.« Sie ließ den Kopf an seiner Schulter ruhen und gähnte wie ein Kind. »Ich bin müde. Wirst du auf mich aufpassen?«

»Immer.«

»Dann kann ich schlafen«, sagte sie. »Versprich mir, dass du hier sein wirst, wenn ich aufwache.«

»Das verspreche ich.«

Sie nickte an seiner Schulter, seufzte, gähnte abermals und glitt in den Schlaf.

Es war Schlaf, nicht Tod. Tiefer, heilender Schlaf, umfangen von seinen Armen.

46

Gebu verließ das Haus am zweiten Morgen, nachdem Iphikleia verletzt worden war. Ein Bote war zu ihm gekommen, angeblich von seinem Vater, der seine Anwesenheit beim Hof in Theben forderte. Kemnis Angst, dass Gebu schließlich doch Verdacht schöpfen würde, schien unbegründet. Der Prinz bereitete sich mit angemessener, aber nicht übertriebener Eile auf die Abreise vor.

Am Abend, bevor er abreiste, schickte er einen Mann zu Kemni und lud ihn zu einem Abschiedsessen. Kemni lehnte höflich ab. »Die Herrin, der ich diene«, sagte er dem Diener, »ist immer noch sehr krank. Ich habe versprochen, nicht von ihrer Seite zu weichen.«

Der Diener verbeugte sich vor diesen Sätzen, die schließlich der Wahrheit entsprachen.

Kemni war nicht sonderlich überrascht, Gebu einige Zeit später selbst an seiner Tür zu finden, als wäre der Prinz ein Bittsteller. Iphikleia schlief, wie den größten Teil der Zeit – ein Heilschlaf, sagte Imhotep und verbot jedem, ihn zu stören.

Kemni ließ sie ungern allein, aber Gebu wollte nicht weichen. Und Kemni konnte ihm auch nicht entkommen. Das zu tun, hätte alles verraten.

Er musste eben für eine Stunde lang das Gesicht wahren. Das würde ihm doch sicherlich gelingen.

Er ging daher zur Tür, legte den Finger auf die Lippen und nickte zu Iphikleia hin, dann folgte Gebu ihm in den äußeren Raum. Gebus Miene täuschte das Mitgefühl überzeugend vor, und das gestattete Kemni, sich jedes Lächeln oder Willkommen zu verbeißen.

»Geht es ihr gut?«, fragte Gebu, als sie sich im Licht der Lampen niederließen und eine Dienerin Wein brachte.

»Nicht gut«, antwortete Kemni, »aber sie lebt. Imhotep denkt, sie könnte sich erholen.«

»So plötzlich«, sagte Gebu seufzend, drehte den Becher in seinen Händen und schaute in den Wirbel aus Wein hinab. Kemni spannte sich an, aber Gebu fragte nicht weiter nach der Lüge. »Ich bete darum, dass das Fieber sie ebenso schnell wieder verlassen wird.«

»Das tun wir alle«, erwiderte Kemni.

Er ließ die Konversation hier versickern und überließ es Gebu, damit wieder zu beginnen, wenn er denn wollte. Seine Erschöpfung und die Angst um Iphikleia waren Ausrede genug.

Gebu tat ihm gern den Gefallen. »Ich reise am Morgen ab. Mein Vater will, dass ich mich um bestimmte Dinge kümmere, die den Krieg und das Königreich angehen. Ich würde dich bitten mitzukommen, aber sie sagen mir, dass du hier gebraucht wirst. Und«, fügte er hinzu, »ich weiß, dass du sie ohnehin nicht verlassen würdest.«

»Nein«, sagte Kemni. »Das werde ich nicht tun. Ich kann es nicht.«

»Mein armer Bruder«, sagte Gebu mit mehr Wärme als Mitgefühl. »Ich werde im Tempel des Amon für sie beten, sobald ich dort bin.«

»Ich danke dir«, sagte Kemni.

»Das ist das Mindeste«, erklärte Gebu. »Hast du Botschaften, die ich mitnehmen soll? Vielleicht für meinen Vater?«

Kemni spannte sich an. Hier war die Gefahr des Verrats, des Verdachts am größten. »Sag ihm nur«, meinte er, »dass ich mein Bestes für den Krieg und das Königreich tue.«

»Das werde ich«, sagte Gebu.

Kemni senkte den Kopf; tatsächlich ließ er ihn mit einer Müdigkeit hängen, die nicht vollkommen vorgetäuscht war. »Darf ich –«

»Ja«, sagte Gebu. »Geh zurück zu ihr. Leb wohl, Bruder.«

»Leb wohl«, erwiderte Kemni. So viel konnte er in einem verklingenden Flüstern noch herausbringen.

»Ruhe dich aus«, sagte Gebu. »Sei unbesorgt. Sie wird überleben.«

Kemni biss sich auf die Lippen, damit er diesen Lügner, diesen Verräter nicht anschrie. Er hoffte, dass das, was eigentlich eine Flucht war, wie ein müdes Zurückschlurfen an die Seite seiner Herrin aussah. Er umarmte den Mann, der sein Bruder gewesen war, nicht. Als er die Tür schloss, war Gebu auf der anderen Seite. Und so die Götter freundlich waren, würde er Kemni nicht mehr zwingen, die Maske der Freundschaft zu tragen, wenn darunter nur Hass lag.

Gebu war weg. Iphikleia erholte sich langsam, und viel eher, als es Kemni recht war, drängte sie ihn, zu seinen Pflichten zurückzukehren, nicht nur zu jenen, die er keinem anderen übertragen konnte. Je näher der Krieg rückte, desto mehr dieser Pflichten gab es und desto vollständiger musste er sich ihnen widmen.

Jeden Abend, wenn er nach der Arbeit eines langen Tages neben sie ins Bett fiel, betete er, dass sie am Morgen, wenn er erwachte, noch lebte. Sie hatte Fieber bekommen, als wollte sie die Wahrheit der Geschichte, die sie allen erzählt hatte, beweisen, und es hatte sie schrecklich geschwächt, aber sie hatte es durchgestanden. Imhotep beharrte darauf, dass es besser würde. Aber langsam, so langsam. Atemzug um Atemzug und Tag um Tag, bis sie ein bleicher Schatten mit großen dunklen, hohlen Augen war.

»Bauchwunden sind am schlimmsten«, erklärte Imhotep eines

Morgens müde, als Kemni ein Dutzend Dinge gleichzeitig hätte tun müssen, aber stattdessen geblieben war, um sich um Iphikleia zu kümmern. »Sie entzünden sich häufiger und oft erst dann, wenn man glaubt, der Patient habe sich erholt oder sei nahe daran, stirbt er unerwartet. Aber«, sagte er, bevor Kemni protestieren konnte, »wenn das eine Möglichkeit gewesen wäre, wäre es schon lange geschehen.«

»Warum ist sie denn immer noch so schwach?«, wollte Kemni wissen. »Warum geht es ihr noch nicht besser?«

»Es geht ihr besser«, antwortete Imhotep. »Die Wunde und dann das Fieber haben sie gewaltig geschwächt. Es wird Zeit brauchen, bis sie wieder stark wird.«

»Wie viel Zeit? Den Rest ihres Lebens?«

»Das hoffe ich wirklich nicht«, sagte Imhotep. »Und jetzt geh, bevor du sie noch aufweckst. Hast du keine Wagen zu fahren? Wilde Pferde zu zähmen? Rekruten einzubrechen?«

Kemni holte tief Luft, erfüllt von einem Zorn.

»Geh«, sagte der Mann, der, wie die Leute sagten, das lebende Abbild des Heilergottes Imhotep war – der ebenfalls einmal ein sterblicher Mensch gewesen war. »Bilde deine Wagenlenker aus. Vertrau mir, dass ich im Stande bin, deine Geliebte am Leben zu erhalten.«

Dazu konnte Kemni nichts mehr sagen, jedenfalls nichts, worauf Imhotep hören würde. Er drehte sich auf dem Absatz um und stolzierte hinaus.

Zorn trug Kemni durch den größten Teil dieses Morgens. Er wusste, dass die Leute ihm aus dem Weg gingen, aber es war ihm gleich. Während er tat, was er tun musste, genügte ihm das.

Unglücklicherweise half ihm der Zorn bei den Pferden nichts. Sie übernahmen ihn und gaben ihn zehnfach zurück, indem sie sich aufbäumten und sich ihm widersetzten. Für sie musste er den Zorn beiseite schieben, für sie musste er ruhig sein und leise sprechen. Gegen seinen Willen verlor er den Zorn irgendwann auf dem niedergetrampelten Feld zwischen den Wagenrädern.

Im Zustand dieser schwer errungenen Ruhe sah er, wie ein Bote auf ihn zugelaufen kam, einer der leichtfüßigen Jungen, die überall im Stier des Re Botengänge erledigten. Dieser hier hatte die Augen so weit aufgerissen, dass man fast das ganze Weiß sah, und er war verzweifelt außer Atem, als wäre er den ganzen Weg vom Fluss gelaufen ohne innezuhalten. Es dauerte eine Weile, bevor er sprechen konnte. Und als er das konnte, verstand Kemni, dass er richtig geraten hatte: Er war zum Fluss gekommen und brachte eine zutiefst verblüffende Nachricht. »Die Königin«, keuchte er, »die Große Königliche Gemahlin – Nefertari – sie –«

Königin Nefertari war insgeheim aus Theben gekommen, und auf keinem anderen Schiff als der *Tänzerin*. Ihre Aufmachung und ihr Gefolge waren die einer Frau aus gutem Haus, aber zweifellos nicht einer Königin – als befände sie sich auf einem Verwandtenbesuch flussabwärts und das kretische Schiff hatte sich als nützlich erwiesen; sein Kapitän war vielleicht ein wenig verliebt in sie, sodass er ihr die beste Gastfreundschaft bot.

So viel Geheimhaltung, so viele Intrigen. Kemni wusste, dass er verbittert war, aber das war ihm gleich. Es fiel ihm sogar schwer, Naukrates entsprechend willkommen zu heißen, den er eigentlich gern hatte. Der Kapitän segelte zurück zum Meer, weil er vorhatte, sich dort der kretischen Flotte anzuschließen.

Denn der Krieg stand kurz bevor. Es würde schneller beginnen, als Kemni erwartet hatte. Noch einige Zeit vor der Ernte, aber Nefertari erklärte, der König sei entschlossen.

Sie sprach nach dem Willkommensessen mit ihnen, in Arianas Garten, im trüber werdenden Tageslicht: Ariana und Naukrates, Kemni, und – ungerufen, aber mit jedermanns Zustimmung – Seti. In ihrer Verkleidung einer Dame aus gutem Haus, aber von sterblicher Herkunft, schien Nefertari ein warmherzigeres, menschlicheres Geschöpf; aber Kemni konnte immer noch das helle Licht der Göttlichkeit hinter diesen Augen sehen.

»Als ihr seinen Sohn mit der Nachricht seines Verrats zurückgeschickt habt«, sagte sie, »versuchte mein Herr, die Wurzeln dieses Verrats zu finden und seine Zweige zu verfolgen. Wie ihr klugerweise vorgeschlagen habt, unternahm er nichts, als sie noch eine Weile unwissend weitermachen zu lassen. Aber es ließ ihn nachdenklich werden. Es mag sein, dass sie mit diesem Plan versagt haben, aber es muss andere geben, die vielleicht erfolgreicher waren. Also beschloss er, schneller zu handeln als alle erwarteten, und schon jetzt zu drängen und mit dem Krieg zu beginnen, solange noch die Möglichkeit der Überraschung besteht.«

»Aber sind wir denn bereit, Herrin?«, fragte Kemni, weil niemand sonst dazu geneigt schien. »Können wir so bald schon kämpfen?«

»Könnt ihr?«, beantwortete sie die Frage mit einer Frage.

Er setzte dazu an zu erklären, es sei unmöglich, aber ein Hauch von Vorsicht ließ ihn innehalten. So viele Vorbereitungen, noch so viel zu tun und die Rekruten – die Pferde – die Wagen –

»Ich denke...«, begann er zögernd. »Ich denke, wenn ich muss, kann ich. Aber es wird schwierig sein.«

»Aber nicht unmöglich.«

»Nein«, sagte er. »Nicht ganz.«

»Dann werdet ihr es tun«, sagte sie. »In einem Monat bei Vollmond wird die Armee am Stier des Re vorbeikommen. Ihr werdet bereit sein.«

So bald schon. Früher noch, als er erwartet hatte. Er holte tief Luft, um sich zu beruhigen, und betete zu den Göttern, dass alles rechtzeitig erledigt werden könnte. Der König würde es erwarten. Kemni musste ihm irgendwie geben, was er wünschte.

»Und du wirst bei uns bleiben?«, fragte er die Königin.

Sie nickte. »Das Herz des Krieges wird sich hier befinden. Im Augenblick ist es noch verborgen, aber es schlägt kräftig. Wenn mein Herr kommt, wird es mit ihm ins Untere Reich weiterziehen. Und dann wird alles geschehen, wie die Götter es wünschen.«

»Glaubst du«, fragte Kemni nach einiger Zeit, »dass wir unsere Vorbereitungen so lange geheim halten können?«

»Das bezweifle ich«, erwiderte sie. »Aber je später es entdeckt wird, desto besser für uns.«

Er nickte. Das hatte er ebenfalls gedacht. »Und der Prinz, der Verräter. Was ist aus ihm geworden?«

Sie tadelte ihn nicht für die Unverschämtheit, so viele Fragen zu stellen. »Der König hat ihm einen Auftrag gegeben«, sagte sie, »der ihn von der Stadt fern halten und verhindern wird, dass er vom Krieg erfährt, bevor die Armee bereit ist zu marschieren.«

»Und dann?«

»Und dann«, sagte sie auf eine Weise, die ihn vor weiteren Fragen deutlich warnte, »wird es so sein, wie die Götter es wollen.«

Kemni nickte. Er konnte sich vorstellen, dass die Götter – unter ihnen der König und die Königin, Gott und Göttin – sich um den Sohn des Königs kümmern würden, der seinen Vater verraten hatte. Am Ende gab es nur eine einzige mögliche Strafe für ihn.

Iphikleia war wach, als Kemni, spät wie immer, zu Bett kam, denn nach seiner Audienz bei der Königin hatte er immer noch zu tun gehabt – Dinge, die nicht bis zum Morgen warten konnten. Erst tief in der Nacht hatte er sich losgerissen, gähnend und taumelnd, und war in den von Lampen beleuchteten Raum mit dem breiten, lockenden Bett gekommen und nun ruhte ihr Blick auf ihm, offen und aufmerksam, wie es lange Zeit nicht mehr gewesen war.

Er blieb auf halbem Weg von der Tür zum Bett stehen und schwankte ein wenig. »Schöner Mann«, sagte sie. »Hast du zu viel getrunken?«

»Ich habe wieder zu viel gearbeitet«, sagte er. Sein Herz hatte einen Sprung gemacht und zu singen begonnen: Ihre Stimme war – obwohl immer noch schwach – ihre eigene, ein wenig scharf, ein wenig spöttisch, und ihre Miene war so lebendig, wie sie immer gewesen war.

»Du siehst aus, als hättest du einen ganzen Monat lang nicht geschlafen«, sagte sie.

»Mag sein«, erwiderte er. »Ich erinnere mich nicht.«

»Komm her«, sagte sie, »bevor du noch umfällst.«

Er gehorchte gerne. Es kostete sogar Anstrengung, sich sanft neben sie zu setzen und nicht einfach umzufallen. Ihre Hand – so schmal und mager und immer noch zitternd – streifte seine Wange. »Armer hübscher Mann. Du arbeitest dich tot.«

»Du bist wach«, sagte er. »Du sprichst. Du neckst mich.«

»Selbstverständlich«, sagte sie.

»Aber es ist so lange her, seit –«

Mit einer Berührung ihrer Finger an seinen Lippen bedeutete sie ihm zu schweigen. »Imhotep hat es mir gesagt. Ich habe geträumt.« Sie schüttelte den Kopf. »Nein. Das ist jetzt gleich. Ich bin wach. Wenn ich wieder schlafe, wird es ein einfacher, sterblicher Schlaf sein. Ich werde leben, mein Geliebter, ob es dir gefällt oder nicht.«

Er konnte keine Worte finden, darauf zu antworten. Stattdessen nahm er sie in die Arme, drückte sie an sich, und sie fühlte sich so leicht und zerbrechlich an wie ein Vogel. Sie seufzte und ruhte an seiner Brust, aber sie war noch längst nicht müde.

»Erzähl mir«, sagte sie. »Ich habe es nicht geträumt, nicht wahr? Mein Onkel ist hier.«

»Ja. Und die *Tänzerin.*«

»Also beginnt der Krieg?«

»Bald.«

Sie seufzte abermals. »Dann muss ich jetzt wirklich gesund werden, nicht wahr?«

Es dauerte einen Augenblick, bevor er das verstand. »Du wirst nicht mit in den Krieg ziehen!«

»Ich werde auch nicht hier bleiben.«

»Du kannst nicht –«

»Ich habe es vor«, erklärte sie.

Er biss sich auf die Lippen. Sie konnten sich später streiten. Dass sie wach war und so störrisch darauf beharrte, das Verrückteste zu tun – die Freude war so unerträglich, dass er glaubte, daran sterben zu müssen.

47

Nachdem die Große Königliche Gemahlin sich nun im Stier des Re aufhielt und der Krieg kurz vor der Tür stand, schlief auf dem Anwesen kaum noch jemand, und es herrschte keinen Augenblick mehr Ruhe. Die Waffenschmiede, die Männer, die die Geschirre für die Pferde herstellten, die Wagenbauer in ihrer Werkstatt, die halb Gefängnis war, arbeiteten Tag und Nacht, um sich auf das vorzubereiten, was unweigerlich kommen musste. Die letzten Rekruten wurden gedrängt, schneller und mehr zu lernen, als menschlicher Geist und Körper es vielleicht ertragen konnten. Aber Kemni hatte keine Gnade, das konnte er sich nicht erlauben.

Sie hassten ihn, doch Hass konnte auch etwas Gutes sein, denn es schärfte den Geist und stärkte den Willen. Sie würden schneller lernen und besser kämpfen, weil sie ihn zutiefst ablehnten.

Es war ein anderer Hass als der, mit dem er es in der Wagenbauerwerkstatt zu tun hatte. Im Duft frisch geschnittenen Holzes und frischer Farbe und dem scharfen, heißen Gestank von geschmiedetem Metall bauten die Gefangenen und ihre ägyptischen Lehrlinge Wagen für den König. Sie arbeiteten gut – dafür sorgte Ariana, und Iphikleia hatte es getan, als sie noch dazu im Stande gewesen war; aber die Männer arbeiteten nicht willig.

Am Ende waren vier von ihnen aus dem Unteren Reich zum Stier des Re gekommen. Der Meister war nicht der Älteste, aber er schien um seines Ranges willen den längsten und üppigsten Bart zu pflegen. Kemni fand es faszinierend, wie es diesem Mann gelang dafür zu sorgen, dass der Bart sich bei der Arbeit nie verfing oder beschmutzt wurde. Die anderen schnitten ihre Bärte kurz, der jüngste hatte noch gar keinen: ein mürrischer, überraschend hübscher Junge, der am besten Ägyptisch sprach, sich aber selten dazu herabließ, es wirklich zu tun. So jung er war, hatte er bereits mit seinem Vater zusammengearbeitet, und er war es, der die Wagen als Erster fuhr, wenn sie fertig waren, um sich zu überzeugen, dass alles in Ordnung war.

Es war nicht Kemni gewesen, der sie hierher gebracht hatte, aber sie schienen alle der Ansicht, dass er hier der Herr war, und konzentrierten all ihren Hass für diese Gefangenschaft auf ihn. Dieser Hass roch wie heiße Bronze und traf Kemni mit der Wucht eines Schlages, wann immer er sich in ihre Werkstatt begab. Dennoch ging er oft dorthin, denn er fand ihr Handwerk faszinierend. Sie hatten eine Möglichkeit geschaffen, mehrere Wagen zur gleichen Zeit zu bauen: Jeder übernahm einen Teil und überwachte die Arbeiter, die damit beschäftigt waren. Dann gab der Meister selbst die Anweisungen zum Zusammensetzen, und er duldete keine Schwächen, keinen Fehler in Achse oder Rad oder einem anderen Teil, der brechen konnte, wenn der Fahrer es am wenigsten brauchte.

Kemni hatte ihn gefragt, wieso er nicht bewusst darauf hinarbeitete, fehlerhafte Wagen herzustellen. Der Mann hatte Kemni mit äußerster Verachtung beäugt und erklärt: »Weil ich meinen Stolz habe.«

»Deine Wagen sind dir wichtiger als das Wohlergehen deines Volkes?«

Der Mann spuckte aus. »Verdreh mir nicht das Wort im Mund! Meine Wagen sind die besten. Ich werde keinen bauen, der Fehler hat, nur um meines Bedürfnisses nach Rache willen.«

»Nicht einmal, wenn das dein Volk schützen würde?«

»Glaubst du denn«, hatte der Wagenbauer ihn verächtlich gefragt, »dass ein halbes Hundert Wagen, ganz gleich wie gut gebaut, den hunderten des Königs standhalten können?«

»Vielleicht nicht«, erwiderte Kemni. »Aber selbst wenig ist besser als nichts.«

An diesem Tag – eine Hand voll Tage, nachdem Iphikleia erwacht und wieder zu sich gekommen war – vollendeten sie den letzten Wagen. Die Türen wurden wie immer bewacht, und die ägyptischen Lehrlinge waren königstreue Männer. Einigen im Stier des Re wäre es lieber gewesen, wenn man zumindest den Meister angekettet hätte, aber Kemni gestattete es nicht. Es war eine Beleidigung, die, wie er tief drinnen wusste, selbst diesen stolzen Handwerker dazu getrieben hätte, sein Wort zu brechen und zu fliehen.

Der Meister, der auf den Namen Ishmael hörte, grüßte Kemni, wie er es immer tat: überhaupt nicht. Er überwachte die Bemalung eines Wagens und runzelte die Stirn, als einer der ägyptischen Maler die Arbeit im Stil der Zwei Länder ausführte. »Hässlich«, murmelte er und nahm Kemni immer noch nicht zur Kenntnis. Aber es war sonst niemand in der Nähe, der seine Worte hören konnte.

»Es mag hässlich sein«, sagte Kemni freundlich, »aber es gehört zu uns. Und wie geht es dir an diesem schönen Morgen, Herr?«

Ishmael schnaufte. »Nenne mich nicht Herr. Ich bin ein Sklave.«

»Das bist du nicht«, sagte Kemni, wie er es schon oft zuvor getan hatte.

»Darf ich dann gehen?«

»Selbstverständlich nicht«, erwiderte Kemni, »wir brauchen dich.«

»Was wirst du tun, wenn ich fertig bin? Mich in eine Zelle sperren? Mich töten?«

»Du wirst weiterhin Wagen bauen«, sagte Kemni. »Was sonst?«

»Du könntest mich töten«, sagte er. »Ich bin schwierig. Es geht mir schlecht. Ich habe diesen Narren alles beigebracht, was ich weiß.«

»Nicht deine Jahre der Meisterschaft«, erwiderte Kemni, »und nicht dein unvergleichliches Auge. Komm schon, gib es zu. Es geht dir nicht schlecht. Das alles macht dir Freude: uns alle zu verachten, Tag und Nacht Wagen zu bauen und der erste Wagenbauermeister im Oberen Reich zu sein.«

Ishmael fauchte: »Du da! Dummkopf! Nicht so. So.« Und er stolzierte davon, um einen Mann zu korrigieren, der mit einem Rad beschäftigt war.

»Wir könnten ihn freilassen«, sagte Ariana neben Kemni und erschreckte ihn damit, denn er hatte sie nicht hereinkommen hören. »Wenn er erst fertig ist, hat er ein Recht darauf: Seine Lehrlinge werden genügen.«

»Das glaube ich nicht«, meinte Kemni.

»Hast du jemals darüber nachgedacht«, fragte sie ihn, »dass wir seiner Familie mit seiner Entführung großen Kummer bereitet haben? Er hat doch sicher eine Frau, die um ihn trauert, und noch andere Kinder, die hungern.«

Kemni verkniff sich eine scharfe Erwiderung. »Das hier ist Krieg. Wäre es dir recht, wenn wir ihn verlören, weil uns die Kinder dieses Mannes Leid tun – um die man sich zweifellos gut kümmert? Falls er tatsächlich welche haben sollte außer diesem finster blickenden Jungen.«

»Es ist typisch für einen Mann«, meinte sie, »so etwas zu sagen.«

Er starrte ihr hinterher, als sie davonging. Sie war immer seltsam; sie war die Ariana von Kreta. Aber das hier war seltsamer als üblich.

Er blieb nur noch eine Weile bei den Wagenbauern, um sich davon zu überzeugen, dass alles so gut verlief wie zu erwarten war, und als er sich dann der nächsten seiner endlosen Pflichten zuwenden sollte, wandte er sich stattdessen noch ein wenig weiter und folgte Ariana.

Das war vielleicht nicht sonderlich klug, denn sie war auf dem Weg zu einer Besprechung mit der Großen Königlichen Gemahlin. Dennoch schickte sie ihn nicht weg, als er einen Schritt hinter ihr auftauchte, sondern sagte nur: »Du warst langsamer, als ich erwartet habe.«

»Manchmal muss ich innehalten, um nachzudenken«, sagte er.

»Erstaunlich«, erwiderte sie.

»Beunruhigt dich etwas?«, hatte er gefragt, bevor er noch weiter nachdenken konnte.

»Nein«, sagte sie. »Warum?«

Er zuckte mit den Achseln. »Man sollte glauben, du bedauerst den Krieg.«

»Kaum«, meinte sie. »Ein vereintes Ägypten wird Kreta viel besser dienen als ein halb erobertes Land.«

»Aber den Krieg selbst fürchtest du.«

»Du etwa nicht?«

Er antwortete nicht sofort. »Ich bin kein Feigling. Ich stehe zu meinem König. Ich will diesen Krieg, und ich will, dass er gewonnen wird. Ich werde tun, was ich muss, um das zu erreichen.«

»Aber du fürchtest ihn.«

»Nein«, sagte er.

»Männer«, schnaubte Ariana.

Kemni hielt inne, ging dann aber weiter, bevor es ihr zu weit entfernt war. »Welche Botschaft hat der König dir mit Königin Nefertari geschickt? Hat er dir befohlen hier zu bleiben, wenn die Wagen und die Männer in den Krieg ziehen?«

Sie antwortete nicht, aber ihre Miene genügte.

»Wirst du ihm trotzen?«

»Er ist der König.«

»Wird dich das aufhalten?«

Sie blieb stehen und drehte sich so rasch um, dass er beinahe mit ihr zusammengestoßen wäre. »Was bedeutet es dir?«

Dass sie so aufbrauste, war ungemein selten. Kemni sah sie verblüfft an – nicht zuletzt deshalb, weil sie ihn in diesem Augenblick an ihre Base erinnerte. »Jemand muss das Obere Reich halten, während wir weg sind«, sagte er.

»Die Große Königliche Gemahlin wird das tun«, erwiderte Ariana.

»Nicht alleine.«

»Nein, nicht alleine. In der Gesellschaft von hundert Adligen und Schreibern und Priestern und Dienern.«

»Und zusammen mit dir.«

Sie schüttelte leicht den Kopf. Nicht um abzustreiten, was er gesagt hatte, sondern eher, als wolle sie den Gedanken an die Rebellion abschütteln, der das in ihr erweckte. Nie hatte sie so gedacht, wie Kemni es von einer Frau erwartete, hatte niemals das Schicksal akzeptiert, das ihr mit ihrem Geschlecht zugefallen war. Vielleicht hatte es damit zu tun, dass sie aus Kreta kam, wo der oberste Gott eine Göttin war.

Den Rest des Weges legte sie schweigend zurück, wie zuvor gefolgt von Kemni. Man hatte der Großen Königlichen Gemahlin ein eigenes Haus überlassen und damit einen Schwarm Diener und eine Hand voll Wagenlenker ihres Heimes beraubt, für die Kemni anderswo Raum hatte finden müssen. Die Wachen am Tor hätten Kemni nicht durchgelassen, aber Ariana sprach mit ihnen. Sie gaben nach, wenn auch mit finsteren Blicken und den Händen an den Waffen. Kemni bemerkte, dass es Eunuchen waren. Männer waren in Nefertaris Haus wohl eher ungewöhnlich.

An den Höfen Asiens, hatte Kemni gehört – und sicherlich auch an den Höfen der Retenu –, konnte ein Mann, der ohne Erlaubnis des Königs das Frauenhaus betrat, weggeschafft werden, um die Reihen der Eunuchen zu vermehren, oder man tötete ihn. Er hoffte, dass dies hier nicht der Fall war. Ob Ariana froh über seine Begleitung war oder ihn einfach nur duldete – sie nahm ihn jedenfalls mit zur Königin.

Diesmal wartete Nefertari nicht in statuenhafter Reglosigkeit auf sie. Sie saß zusammen mit zwei Schreibern in einem kleinen, unordentlichen Arbeitszimmer, hatte Tinte an den Fingern und war nicht aufwändiger gekleidet als jede adlige Dame in ihrem eigenen Haushalt. Es dämmerte Kemni, dass Nefertari diese Angelegenheit vielleicht als Flucht betrachtete – eine kurze Erholung von den Zwängen von Hof und Palast. Der König liebte solche Fluchten, warum also nicht auch die Erste seiner Königinnen?

Kemni betrachtete sie nun etwas anders, obwohl kaum mit weniger Ehrfurcht, schließlich war sie immer noch Nefertari.

Sie blickte von den Schriftrollen und beschriebenen Papyrusfetzen auf und runzelte leicht die Stirn, als hielte sie inne, um noch kurz einen Gedanken zu Ende zu bringen, bevor sie sich ihren Besuchern zuwandte. Mit einem leichten Kopfschütteln glättete sie ihre Stirn wieder, obwohl sie nicht lächelte. »Guten Morgen«, sagte sie zu Ariana. Und dann zu Kemni: »Kommandant. Willkommen.«

Er errötete und widerstand dem Drang, unsicher den Blick zu senken, denn er hatte nicht erwartet, dass sie ihn auch nur wahrnahm, und erst recht nicht, dass sie ihn mit seinem Rang ansprach.

Sie rollte den Papyrus fein säuberlich und mit der Geschicklichkeit langer Übung zusammen, verschloss ihn und reichte ihn einem der Schreiber, damit er ihn verstaute. »Es sieht besser aus, als ich dachte«, sagte sie, »wenn auch nicht so gut, wie es sollte. Wir müssen noch innerhalb dieses Monats bereit sein.«

»Das werden wir«, sagte Ariana und ersparte Kemni damit zu antworten. Sie setzte sich lässig und ohne zu fragen auf einen Stuhl, der dem Arbeitstisch gegenüberstand. »Ich habe eine Frage.«

Nefertari zog die Brauen hoch.

»Habt ihr die Verschwörung vollkommen aufgedeckt, bis zu den letzten Wurzeln?«

»Das können wir nur hoffen«, sagte Nefertari. »Warum? Gibt es noch etwas, das wir wissen sollten?«

»Nein«, meinte Ariana. »Ich habe nur überlegt... was, wenn wir ihnen falsche Informationen übermittelten? Sollen sie doch einen eiligen Boten ins Untere Reich schicken, der ihren Verbündeten dort mitteilt, dass wir schneller und unvorbereiteter in den Krieg ziehen, als wir tatsächlich sind?«

»Sodass sie bereits auf uns warten?«

»Das ist unwahrscheinlich«, sagte Ariana, »wenn wir sie denken lassen, dass wir den Krieg anderswo beginnen, als wir es vorhaben. Nehmen wir an, sie warten an einem anderen Seitenarm des Flusses auf eine andere Art von Angriff – sagen wir, wir ziehen in Richtung Tanis statt Pelusium und greifen nördlich und westlich von Memphis an statt rund um Avaris. Und dass sie statt Armeen in Booten marschierende Armeen an Land erwarten. Und mehr – dass die kretischen Botschaften in Theben einen Streit inszenieren und sich störrisch zurückziehen und das Bündnis gefährdet scheint. Lässt sich das einrichten?«

»Ja«, meinte Nefertari bedächtig, »aber es müsste jetzt geschehen und von hier aus und in großer Eile. Mein Herr, der König, ist in Theben und stellt seine Armee auf. Es mag sein, dass er nicht –«

»Du weißt«, sagte Ariana, »dass der König alles tun wird, worum du ihn bittest.«

Nefertari hob das Kinn ein wenig. »Das mag sein. Aber man muss die Politik und den Schein bedenken. Die Leute dürfen nur das denken, was wir wollen, das sie denken.«

»Dass es der König ist, der das Land regiert, und nicht die Große Königliche Gemahlin?«

Ariana zuckte mit den Achseln. »Nun, dann lass es bleiben. Es ist ohnehin wahrscheinlich, dass die Verräter von diesem neuen und schnelleren Krieg erfahren und wir nicht alle ihre Boten aufhalten können. Es war der Wille der Götter und Glück, dass wir einen von ihnen erwischt haben, der in der Nähe des Stier des Re vorbeikam. Wenn wir ins Untere Reich vorstoßen, wird der Feind auf uns warten – vielleicht nicht seine gesamten Armeen, aber er wird uns erwarten.«

»Ich habe nie gesagt, wir sollten es nicht tun«, erwiderte Nefertari. »Es ist möglich. Aber wir müssen sorgfältig und gleichzeitig schnell vorgehen. Wer ist der Beste deiner Läufer?«

»Das wäre Nakhtmin«, sagte Kemni, als Ariana ihn mit einem Blick anwies zu sprechen.

»Schick ihn sofort zu mir«, sagte Nefertari, »und ohne Aufsehen. Ich werde ihm erklären, was er sagen soll – ich und meine königliche Schwester.«

Kemni verneigte sich. Nefertaris Blick ruhte beunruhigend lange auf ihm, als erfreute sie sich einfach an seinem Anblick. Dann ließ sie ihn so abrupt gehen, wie man eine Tür schließt.

»Sie hätte dich gern im Bett«, sagte Iphikleia. Sie war aufgestanden und saß auf dem Sessel, bleich und ausgemergelt, aber entschlossen, als Kemni endlich einen Augenblick fand, sie zu besuchen. Er hatte ihr nicht von seiner Audienz bei der Großen Königlichen Gemahlin erzählen wollen, aber nun, nachdem er schon hier war, um sich mit ihr zu unterhalten, und sie zudem darauf bestand, dass er das Frühstück einnahm, das er vollkommen vergessen hatte, war er gesprächiger, als er vielleicht sein sollte. Sie war gierig nach Neuigkeiten – die Dienerinnen, beschwerte sie sich, sagten ihr nichts, und Imhotep wusste von nichts anderem als seiner Arbeit.

»Sie begehrt dich«, sagte Iphikleia. »Hör auf, vor dem Gedanken zurückzuschrecken! Sie wird dich niemals nehmen – nicht mehr als Ariana. Aber ich bin sicher, dass sie dich nur zu gerne ansieht.«

»Es kann nicht sein, dass jede Frau auf der Welt mich in ihrem Bett haben will«, sagte Kemni gereizt. »Ich sehe nicht so gut aus.«

»Meinst du?«, fragte sie. »Nein, vielleicht nicht alle Frauen. Nur Frauen mit gutem Geschmack.«

»Und du tobst nicht vor Eifersucht?«

»Sollte ich?«

»Frauen«, sagte Kemni in demselben Tonfall, in dem Ariana oft von Männern sprach. »Und nun hör auf, mich zu quälen, und sei vernünftig. Denn bei den Göttern, eine von euch Frauen muss es sein. Ariana wird versuchen, sich ins Kriegsgeschehen zu schmuggeln, das sehe ich so deutlich wie die Sonne am Mittag. Gott weiß, was die Große Königliche Gemahlin plant, aber ich wette, auch sie wird nicht einfach in Theben bleiben, wie es sich für eine königliche Untertanin gehört, und nichts weiter tun, als was der König ihr befiehlt.«

»Glaubst du, sie wird den König verraten?«, wollte Iphikleia wissen.

»Nein!«, erwiderte Kemni. »Aber sie erschreckt mich. Am liebsten würde ich mich umdrehen und davonrennen. Doch sie ist loyal. Darauf wette ich all meine Seelen.«

»Das würde ich ebenfalls tun«, sagte Iphikleia, »wenn ich all diese ägyptischen Seelen hätte und nicht die eine, die wir Kreter besitzen. Aber man könnte glauben, dass sie mehr im Sinn hat als die Wünsche ihres Königs. Ich denke, wenn die Götter vom Horizont her auf dieses Reich hinabblicken und einander fragen, wessen Wille hier am stärksten ist, würden einige in ihrer Göttlichkeit zu der Einsicht kommen, dass Ahmose zwar König sein mag, Königin Ahmose Nefertari aber diejenige ist, die in den Ratssitzungen des Königreiches am meisten zählt.«

Iphikleia schien diesen Gedanken kein bisschen schockierend zu finden. »Und wenn? Das Reich wird gut regiert, davon sind alle überzeugt. Ist es wichtig, wer es tatsächlich tut?«

»Aber Ahmose ist der König!«

»Ahmose ist ein weiser Mann, der weiß, was er an seiner Großen Gemahlin hat. Ich bewundere ihn. Wäre doch jeder Mann so vernünftig!«

»Ihr Frauen seid widerwärtig«, meinte Kemni. »Und ihr seid alle *hier*. Vielleicht sollte ich mich selbst zum Boten machen und davonlaufen, um mich hinter meinem König zu verstecken.«

»Das wirst du nicht tun«, sagte Iphikleia. »Komm her und küss mich. Und dann geh. Du hast dich lange genug aufgehalten, und ich möchte schlafen.«

Kemni küsste sie gern, zornig, wie er war – und es war ein langer, tiefer, wunderbarer Kuss mit dem Versprechen von mehr. Aber nicht jetzt und nicht an diesem Abend. Sie war immer noch schwach und brauchte viel Ruhe.

Bald. Wenn der Krieg es gestattete. Wenn sein König und seine Königinnen und der Rest von Kemnis Folterern es gestatteten.

48

Die Armeen des Königs kamen langsam den Nil herab. Jene, die sich in Theben gesammelt hatten, waren die Letzten. Dies hier waren die Adligen und Beamten des Nordens, die zur Königin Nefertari im Stier des Re kamen und sich am Fluss entlang nördlich und südlich des Anwesens zusammenfanden. Inzwischen befand sich kein kretisches Schiff mehr auf dem Fluss. Die *Tänze-*

rin war am Tag, nachdem sie Nefertari abgesetzt hatte, wieder davongesegelt, so rasch wie möglich, in Richtung Feindesland und, wenn die Götter es wollten, darüber hinaus zum Meer. Alle Boote hier waren nur ägyptisch, eine dicht gedrängte Flotte von ihnen. Und noch mehr tauchten auf, mit Vorräten, Ausrüstung, Waffen; sie kamen wieder und wieder und entleerten die Vorratshäuser des Oberen Reiches, ergossen alles, was sie hatten, in den Krieg des Königs.

Es war ein gewaltiges Unternehmen, alle zu sammeln; nicht so früh, dass sie ruhelos wurden, nicht so spät, dass sie den Hauptteil der Armee verpassten. Der Strom von Läufern und Boten ließ nie nach, wurde nie langsamer. Alle kamen zum Stier des Re, zu den beiden Königinnen im Herzen des Anwesens, die all diese Menschenmengen mit einer Leichtigkeit zusammenhielten, die ihnen zweifellos von den Göttern verliehen wurde.

Kemni mit zweimal hundert Männern und Streitwagen, mit all den Stallknechten, Heilern sowohl für Männer als auch für Pferde, Dienern, Waffenschmieden und Männern, die die kostbaren Wagen reparieren und in Stand halten sollten, kamen sich vor wie belagert, denn Nefertari und Ariana kommandierten so viele mehr als er. Er versuchte, ebenso gefasst zu sein wie die beiden Frauen, stets ruhig zu bleiben, niemals sichtlich gereizt zu sein oder die Stimme zu heben, nicht einmal, um einen großen Fehler zu tadeln. Und die Königinnen tadelten tatsächlich, verurteilten sogar zum Tode, wenn sie solche Strafen für angemessen hielten.

Kemnis Wagenlenker waren, die Götter waren seine Zeugen, nicht besser oder schlechter als andere junge Männer, aber ihre Verstöße waren geringer. Sie hielten sich auf Befehl der Königinnen unter sich, hatten tatsächlich Pferde und Wagen aus dem Anwesen geräumt und sich ins Tal der Pferde zurückgezogen, als sich die Armee zu sammeln begann. Wie geheim sie dort waren, hätte Kemni nicht sicher sagen können. Aber wenn es ihnen gelang, nichts als ein Gerücht zu bleiben, würde das den Zielen des Königs nur dienen.

Sie hatten daher ihr Lager im Tal aufgeschlagen, hielten Wache, als befänden sie sich bereits im Krieg und hielten ihre Moral mit seltsamen Dingen aufrecht. Kemni brauchte sich nichts auszudenken, um sie zu beschäftigen. Pferde brauchten eine Menge Pflege, und Pferde in Kombination mit Wagen waren beinahe zu fordernd. In Augenblicken der Verzweiflung war Kemni so gut wie sicher, dass sie das Untere Reich niemals erreichen würden; sie würden hier für immer festsitzen, ihre Pferde pflegen, ihre Wagen reparieren und entdecken, wie wenig über diese Kunst sie immer noch wussten.

Anfangs hatte er versucht, abends zum Haus zurückzukehren, aber als er zum dritten Mal, lange nach Sonnenuntergang, noch im Tal geblieben war, war der Bote, den er zu Iphikleia geschickt hatte, mit einer Botschaft von ihr zurückgekehrt: »Mach dir keine Gedanken. Bleib bei deinen Leuten. Sie brauchen dich.«

Er war nicht mehr daran gewöhnt, allein zu schlafen, aber erschöpft wie er war, wenn er sich schließlich ein wenig hinlegen konnte, hatte er kaum Zeit, über die Leere neben sich nachzudenken. Es hätte Frauen gegeben, wenn er sie gewollt hätte: Mädchen aus den Dörfern, Dienerinnen aus dem Haus, die anscheinend immer noch nicht genug von ihren Pflichten beansprucht waren und sich um Geheimhaltung keine Sorgen machten.

Eines Abends nahm Kemni eine mit, ein junges Ding mit blitzenden Augen, einem biegsamen Körper und einer scharfen Zunge. Sie war nicht die Erste gewesen, die ihn hatte wissen lassen, dass sie nichts gegen eine Nacht in seiner Gesellschaft hätte; immerhin war er der Kommandant, und dann war da dieses schöne Gesicht.

»Oh, nicht nur dein Gesicht«, sagte sie, als sie ihm den Kilt auszog und einen Schritt zurücktrat, um ihn zu bewundern. »So ein schöner Mann! Alle anderen werden so eifersüchtig sein.«

Sein Körper hatte sich ganz von selbst für sie erwärmt, wie es sich gehörte: Er hatte seit Iphikleias Verletzung keine Frau mehr gehabt. Aber als sie sich daran machte, ihn zu streicheln und zu tätscheln, erkaltete er. Ihre Hände waren nicht die, die er wollte. Ihre Stimme war angenehm, aber sie konnte nicht aufhören zu schwätzen. Ihr Gesicht war hübsch, aber hübsch genügte nicht.

Sie tat ihr Bestes, mit Lippen und Händen, mit unermüdlicher Geduld und gutem Willen. Endlich schob er ihre Hände weg und entzog sich ihren Lippen. »Das genügt«, sagte er so sanft er konnte. »Du bist reizend, und es tut mir Leid … aber nicht heute Nacht.«

Sie lachte nicht, sondern seufzte, tätschelte seine schlaffe Rute, die schwach bebte, sich aber nicht erheben konnte, und sagte: »Keine Sorge. Ich verstehe. Du kannst nichts dagegen tun. Sie hat einen Zauber auf dich gelegt – und das ist klug. Wenn ich einen solch schönen Mann hätte, würde ich ihn auch ganz für mich wollen und dafür sorgen, dass das so bleibt.«

Dann verließ sie ihn, und er konnte nur hoffen, dass sie die Geschichte nicht all ihren Genossinnen erzählte; sie nahm auch nicht das Halsband aus Lapissteinen, das er ihr anbot. »Ich habe es nicht dafür getan«, sagte sie.

»Dennoch«, meinte er, »willst du nicht etwas für deine Mühe haben?«

»Es war keine Mühe«, sagte sie. »Aber eines will ich doch noch.« Und sie nahm sich einen Kuss, einen langen, intensiven, bevor sie in die Nacht davonschlüpfte.

Er schlief allein, ebenso wie in den folgenden Nächten. Manchmal glaubte er, dass die Frauen im Lager ihn anstarrten und kicherten, wenn er vorbeikam, aber dann sagte er sich, dass er sich das nur einbildete.

Bis Seti eines Morgens, als sie Brot, Bier und die Buchhaltung miteinander teilten, sagte: »Erzähl mir, was du neulich nachts mit Meretamon gemacht hast.«

Kemni blickte von einer Zahlenreihe auf. »Meret – wer?«

»Die Hübsche. Brüste wie grüne Melonen. Hört nie auf zu reden.«

Kemni erinnerte sich gut genug, nachdem man ihn erinnert hatte. »Was behauptet sie denn, das ich getan habe?«

»Sie sagt gar nichts«, meinte Seti. »Sie hat nur dieses Lächeln auf den Lippen und einen verträumten Blick. Wenn sie sich dazu herablässt, sich mit einem von uns hinzulegen, ist sie nur halb anwesend. Sie hat alle anderen Frauen dazu gebracht, dass sie ebenfalls ins Träumen und Schwärmen geraten, aber alle lamentieren darüber, dass der ›schöne Mann‹ nicht zu haben sei.«

Kemni hätte sich beinahe an seinem Bier verschluckt. »Sie tun was? Haben sie den Verstand verloren?«

»Das würde ich auch sagen«, meinte Seti. »Immerhin verweigern sie sich dem Rest von uns nicht – obwohl sie uns das Gefühl geben, nur zweitrangig zu sein.«

»Ich habe gar nichts mit ihr getan«, sagte Kemni durch zusammengebissene Zähne hindurch.

Seti starrte ihn an. »Irgendwas musst du getan haben.«

»Nichts.« Kemni starrte Seti wütend in die ungläubig aufgerissenen Augen. »Das schwöre ich bei meinem Namen. Sie behauptet, meine Herrin hätte mich mit einem Bann belegt. Vielleicht ist das so. Ich weiß nur, dass ich keine andere Frau will.«

»Erstaunlich«, sagte Seti. »Sie machen Liebe wirklich zum Traum.«

»Oder sie verspotten uns alle.«

»Nein«, meinte Seti, der mit einer Feder spielte und auf einem Papyrus herumkratzte, als wisse er, wie man schreibt. »Frauen sind so, weißt du. Nichts ist so gut für sie wie der Mann, den sie sich vorstellen. Sie können dich nicht haben, und daher sind wir anderen neben dir nichts. Ein paar der Männer würden sie am liebsten umbringen, und dich dazu.«

»Also sag es ihnen nicht«, meinte Kemni mit einem leisen Knurren.

»Warum nicht? Du bist bereits ein halber Mythos.«

»Unsinn.«

»Doch«, sagte Seti und hob die Hände wie zum Schwur. »Sieh dich doch an. Du hattest einen Traum, und der König hat dich über das Große Grün geschickt. Du kamst zurück mit einer Königin für ihn und einer Priesterin für dich sowie einer Allianz, die uns, wenn die Götter wollen, den Krieg gewinnen hilft. Du hast einen weiteren Traum geträumt, und wir hatten Wagen und wurden zu Herren der Pferde – wir, die wir mithilfe von Wagen erobert wurden und uns vor Pferden zu Tode fürchteten. Die Große Königliche Gemahlin spricht mit dir, als wärest du ein hoher Fürst – und dabei spricht sie mit niemandem außer dem König und ihren Mitköniginnen. Die Götter kennen dein Gesicht, sagen die Leute. Und die Götter kennen nur Könige und Priester. Da du nichts von beidem bist, musst du etwas anderes sein – entweder einer von ihnen oder einer ihrer Auserwählten.«

»Das ist jetzt wirklich Unsinn«, sagte Kemni. »Und noch schlimmer als Unsinn, wenn die Leute tatsächlich anfangen, mich für einen Gott zu halten. Das ist Verrat.«

»Leute denken, was sie wollen«, sagte Seti. »Sie sagen nur den Königen für gewöhnlich nicht, was sich in ihren Bäuchen abspielt.«

»Und das soll mich trösten? Sobald sie anfangen, meinen Namen zu verwenden, wenn sie einander verfluchen, wird es jemand dem König ganz bestimmt weitererzählen.«

»Der König liebt dich. Und außerdem kennt er dich. Es wird ihn nicht beunruhigen, und ich bezweifle, dass er ärgerlich sein wird.«

»Sein eigener Sohn«, sagte Kemni, »hat sich gegen ihn gewandt und daran gedacht, sich selbst zum König zu machen. Ich bin der Kampfesbruder dieses Sohnes. Glaubst du, dass er das vergessen hat?«

»Ich denke, der König kennt den Unterschied zwischen einem gut aussehenden Lügner und einem Mann, der sich lieber seine eigene Rute abschneiden würde, bevor er seinen König verriete.«

»So viel weißt du von Königen«, murmelte Kemni. »Bei den schwarzen Eiern des Seth! Das ist unerträglich.«

Seti starrte ihn an. Kemni, als Gott oder Kind eines Gottes, schien ihn wenig zu beeindrucken. Kemni, der fluchte wie der gemeinste Soldat, verblüffte ihn völlig. »Herr! Wo hast du gelernt, so zu reden?«

»Du weißt sehr genau, wo ich –« Kemni schluckte den Rest des Satzes herunter. »Willst du mich wütend machen?«

»Ich versuche, dich zum Lachen zu bringen.« Seti warf ihm einen bedauernden Blick zu. »Aber das gelingt mir nicht sonderlich gut. Bist du nicht ein wenig in Versuchung, das alles für einen großen Witz zu halten?«

»Es ist ein großes Durcheinander.«

»Ach, komm, es ist nicht so schlimm. Ein Kommandant muss ein wenig ein Mythos sein – das hält die Männer bei der Stange.«

»Es bewirkt auch, dass größere Herren nervös werden und diesen Kommandanten loswerden wollen«, meinte Kemni grimmig.

»Daran hättest du denken sollen, bevor du angefangen hast,

Götter in deine Träume einzuladen«, sagte Seti. »Komm, Herr, trink dein Bier und mach weiter mit deiner Buchhaltung. Und danach müssen wir üben; die Männer warten schon.«

»Ich weiß, dass ich die Männer selbstverständlich nicht warten lassen darf.« Kemni trank den Becher leer und starrte wütend den Papyrus an. »Hier steht, wenn wir uns nicht bald in Bewegung setzen, werden wir mehr Vorräte brauchen. Wie lange wird es noch dauern, bis alle da sind?«

Einen Augenblick lang glaubte Kemni, Seti würde sich dem Themenwechsel widersetzen, aber er hatte immerhin selbst damit angefangen. Mit einem schwachen Seufzer sagte er: »Drei Tage, hab ich gehört. Die Truppen von den weit abgelegenen Anwesen werden bis dahin eingetroffen sein. Es hat ein wenig Unruhe gegeben – ein paar von ihnen sind nicht allzu entzückt, hierher gerufen zu werden. Aber niemand hat sich ernstlich gewehrt.«

»Drei Tage.« Kemni schüttelte den Kopf. »Das sind noch fünf oder mehr, bevor wir endlich losmarschieren können. Und wann kommt der König?«

»In drei oder vier Tagen, schlimmstenfalls in fünf.«

»Knapp«, sagte Kemni. »Verdammt knapp. Aber dagegen kann man nichts tun. Wir werden das Beste daraus machen.«

Seti neigte dazu den Kopf.

»Mach weiter«, sagte Kemni. »Sorge dafür, dass die Männer bereit sind. Ich werde rauskommen, sobald ich hiermit fertig bin.«

Die Männer waren wie immer dem Rang entsprechend aufgestellt; jene, die allein fuhren und kämpften, jene, die fuhren, aber nicht kämpften und jene, die hinter den Wagenlenkern kämpften. Wie immer bei einfachen Übungen, hatten sie den Schmuck der Pferde weggelassen und einfache Kilts statt ihrer Bronzerüstungen angelegt, aber ihr Zaumzeug war sauber, die Waffen in gutem Zustand und die Pferde gestriegelt, bis sie schimmerten; sie waren eine gut aussehende und stolze Kompanie.

Kemni erwartete, dass sie ihn gehorsam betrachteten. Aber mit Ehrfurcht? Er konnte das nicht erkennen. Es waren starke Männer, er kannte jeden Einzelnen beim Namen und wusste ein wenig von jedem – seiner Familie, seinen Freunden, was er mochte und was nicht. Ein Kommandant wusste diese Dinge, es machte ihn stärker und band seine Männer fester an ihn.

Er fuhr durch die Reihen, begegnete hier einem Blick, erwiderte dort ein Lächeln. Wenn sie einen Mythos aus ihm machten, ließen sie es ihn jedenfalls nicht merken. Keiner wich vor seinem Blick zurück oder flüchtete vor seinem Lächeln.

Sie alle waren bereit und eifrig. Nach dieser Übung würden sie sich ausruhen und sich darauf vorbereiten zu marschieren, aber heute ließ er sie noch einmal all ihre Gangarten durchgehen, vom langsamen Schritt bis zum rasselnden, donnernden Galopp, in Kompanien und alle zusammen, Rad an Rad, über die ganze Breite des Tales. Dann zerstreuten sie sich und gaben sich Scheingefechten mit den spitzenlosen Speeren und stumpfen Schwertern hin, unter viel Gejohle und Geschrei und wilden Drohgebärden.

Kemni hielt auf einem Hügel an, zügelte seine unruhigen Hengste und beobachtete sein Heer mit Stolz und Freude; Setis Worte hatte er beinahe vergessen.

Einer der Kommandanten von zehn kam mit einer Hand voll Männer den Hügel heraufgerast und hielt inne, um Luft zu schnappen. Dann grinsten sie alle Kemni an, er grinste zurück. »Nun, Rahotep«, sagte er zu dem Hauptmann, »sind wir bereit für den Krieg?«

»So bereit es geht, Herr«, sagte der Hauptmann, und er schob sein Schwert zurück in die Scheide und wischte sich den Schweiß von der Stirn. »Was liegt vor uns, Herr? Werden wir siegen?«

»Wenn es die Götter wünschen«, erwiderte Kemni.

»Mit Sicherheit, Herr«, sagte Rahotep. »Aber du kannst es doch bestimmt sehen. Ist es der Sieg? Werden wir alle lebendig nach Hause kommen?«

»Das hoffe ich«, entgegnete Kemni. Er wurde ein wenig nervös. Es lag an der Art, wie Rahotep ihn ansah, mit dieser seltsamen ungewohnten Intensität.

»Aber *du* weißt es«, sagte Rahotep.

Dann zuckte er mit den Achseln. »Nun, aber das ist nichts, was einfache Sterbliche fragen sollten, wie?«

»Ich bin ebenso ein einfacher Sterblicher wie du«, entgegnete Kemni scharf.

»Oh, sicher, Herr«, sagte Rahotep, aber nicht, als ob er das glaubte. »Es steht mir nicht zu, zu fragen, aber ... werde *ich* überleben? Werde ich unverletzt zurückkehren?«

»Wenn die Götter dir freundlich gesinnt sind«, sagte Kemni, was keine Antwort war.

Aber Rahotep betrachtete es als eine. Er strahlte, verbeugte sich, trieb seine Pferde an und kehrte im Galopp zu dem nächsten Haufen fröhlich aufeinander einschlagender Männer zurück. Seine eigene Truppe verharrte, betrachtete Kemni mit ... ihr Götter, ja, das war Ehrfurcht ... bevor auch sie ihre Pferde wieder bewegten.

Kemni schnaufte. Aus ein paar vagen Worten machten sie eine Prophezeiung.

Aber war das nicht tatsächlich die Funktion eines Orakels? Eine unverständliche Äußerung, ein Wort, das man auf ein Dutzend Weisen verstehen konnte – und dann aus dem Nichts eine Vorhersage dessen, was geschehen würde.

Selbst wenn Rahotep sterben sollte, was die Götter verhüten mochten – sie würden sagen, das sei die tiefere Bedeutung von Kemnis Worten gewesen, eine Bedeutung, die die einfachen Menschen damals nicht verstanden hatten. Kemni wusste nur zu gut, wie die Menschen lernten, von Göttern oder denen zu sprechen, die die Götter liebten.

In einem Zornesausbruch schickte er die Hengste wieder aufs Feld hinunter. Es gab genug Männer, die willig, ja sogar gierig gewesen wären, ihr Schwert mit ihm zu kreuzen. Aber niemand trat ernsthaft gegen ihn an, sie alle wichen zurück, verbeugten sich, gaben nach einem Schlag oder zweien auf. Je fester er zuschlug, desto rascher gaben sie nach.

Nur ein Rest von Vernunft hielt ihn davor ab, den letzten Mann halb bewusstlos zu schlagen. Stattdessen wendete er den Wagen, schrie den Pferden zu und ließ sie laufen, wie sie wollten.

Und sie folgten, alle zweihundert, Männer und Wagen, wie Gänse ihrem Anführer folgen oder Schafe dem Hirten. Sie waren tatsächlich untrennbar an ihn gebunden. Und er konnte nichts tun – überhaupt nichts – um sich von ihnen zu befreien. Er wollte es nicht einmal. Er gehörte ebenso ihnen, wie sie die seinen waren.

49

Als der König nur noch eine Tagesreise vom Stier des Re entfernt war, war alles, was vorbereitet werden konnte, erledigt. Der Haushalt war bereit, die Armeen hatten ihre Lager aufgeschlagen und ihre Rationen sowie eine gewisse Menge Bier erhalten, denn sie sollten vor den Augen des Königs wach und lebendig sein.

Alle ruhten, es wurde nur wenig gefeiert. Selbst Kemni fand ein wenig Zeit sich auszuruhen, und das so gar nicht allzu lang nach Einbruch der Dunkelheit. Wäre er klug gewesen, wäre er in seinem Zelt bei den Wagenlenkern geblieben, aber Klugheit hatte wenig mit dem zu tun, was er wollte. Er schirrte seine Hengste an, und im Mondlicht, das beinahe so hell wie der Tag war, fuhr er zurück zum Stier des Re.

Das Anwesen war still, beinahe alle in den großen Lagern schliefen. Der Kreis dieser Lager war gewachsen, seit Kemni sie zum letzten Mal gesehen hatte; die ganze Ebene am Fluss war voll von ihnen, und die Feuer so unzählig wie die Sterne. Er fuhr mit leisem Räderrasseln und Hufklappern hindurch, ungesehen, als hätte er tatsächlich wie ein Gott die Gabe, sich unsichtbar zu bewegen. Aber er war kein Gott, er war nur Kemni aus dem Unteren Reich, der Wagenlenker des Königs.

Am Tor stand eine Wache, ein Mann, den er kannte, der Kemni grüßte und ihn durchließ. Der leere Stall verstörte ihn ein wenig, aber es gab Heu und eine saubere Box, die groß genug war für beide Hengste. Sie waren zufrieden, sich dort auszuruhen, zu fressen und ihre Hengstträume zu träumen.

Kemni hoffte auf mehr als einen Traum. Leise ging er durch ein schlafendes Haus in das Zimmer, in dem er Iphikleia schwach und krank, wenn auch voller Überlebenswillen, zurückgelassen hatte.

Sie war nicht da. Ihre Sachen waren an ihrem Platz, das Bett gemacht, aber niemand hielt sich dort auf, nicht einmal eine Dienerin.

Vielleicht war sie bei Ariana. Oder im Bad. Sie badete gerne am Abend, wenn die Luft sich ein wenig abgekühlt hatte und die Wärme des Wassers angenehm war. Ein Krug Wein wartete auf sie, neben einem Korb Kuchen. Kemni aß und trank ein wenig, wusch sich den Straßenstaub mit Wasser aus dem Becken am Bett ab und dachte daran, sie zu suchen. Aber sie würde schon zurückkommen. Er zog Rock, Schmuck und Schwertgürtel aus und setzte sich aufs Bett, um auf sie zu warten. Eine Weile später legte er sich hin, und es dauerte nur noch einen Augenblick, bis er schlief.

Er träumte vom Krieg. Es lag kein großer Schrecken darin, nicht mehr, als ein Regen von Speeren und Pfeilen bewirken sollte. Es war ein Kampf, Angst gehörte dazu ebenso wie wilde Freude. Es hätte sogar einer seiner früheren Kämpfe sein können, als er noch jünger war, denn er kämpfte zusammen mit Männern, die er kannte, und auch Gebu war bei ihnen, sein alter Freund und Kampfesbruder. Sie waren alle zu Fuß, nur Kemni fuhr in einem Wagen über ihnen, viel schneller als sie.

Hier war Gebu kein Verräter. Darin lag eine seltsame, durchdringende Freude. Er kämpfte tapfer, wie sie alle. Alle – die Lebenden und ja, auch die Toten. Er sah seinen Onkel, diesen sanften Mann, der im Kampf so wild sein konnte, seine Vettern, die Arm in Arm und singend kämpften, und ganz in der Nähe Rahotep, den Wagenlenker, mit einer Hand voll seiner Männer und einen oder zwei andere von seinen Hauptleuten. Und hinter ihnen, hoch über ihnen auf dem Rücken einer nachtschwarzen Stute, Iphikleia mit ihrem Bogen, wie sie über ihre Köpfe hinweg zielte und die Reihen der bärtigen Feinde mit einem raschen Pfeilhagel dezimierte.

Sie kam auf ihn zugeritten, langsam, weil die Männer dicht gedrängt waren, aber er war deutlich ihr Ziel. Hier und da, wenn sie innehalten konnte, warf sie ihm einen Blick zu. Einmal lächelte sie. Sein Herz erwärmte sich von diesem Licht.

»Kemni«, sagte sie.

Plötzlich war sie neben ihm, dann über ihm – sie schaute auf ihn herab. Er lag in ihrem Bett. Sie beugte sich über ihn, nicht in einen Schuppenpanzer aus Bronze gekleidet, sondern wie eine Dame aus Kreta mit vielstufigem Rock, geschminkten Brüsten und Armreifen wie Schlangen. Sie war wach und lebendig und beinahe wieder so stark, wie sie früher gewesen war; nur eine gewisse Magerkeit erinnerte an ihre Wunde und ihre lange Krankheit.

Kemni setzte sich so rasch auf, dass ihm schwindlig wurde. Der Traum zerfiel und verschwand. Das, was er beinahe verstanden hätte, was die Götter ihm mitteilen wollten, war verschwunden, bevor er es begreifen konnte.

Er versuchte nicht, ihm zu folgen. Sie war hier, warm und lebendig und wunderbar geschmeidig in seinen Armen, sie lachte, während sie ihn mit Küssen verschlang. »Schöner Mann! Sag mir nicht, dass sie dich haben gehen lassen.«

»Ich habe mich selbst gehen lassen«, sagte er, als er wieder sprechen konnte. Er packte sie so fest, dass sie keuchte, dann schob er sie ein wenig von sich weg und nahm ihren Anblick in sich auf, überzeugte sich mit seinen Händen, dass das, was immer seine Augen sahen, der Wirklichkeit entsprach. »Du bist geheilt! Aber wie –«

»Die Götter haben Imhotep wirklich gesegnet«, sagte sie.

»Und mögen sie ihn weitere tausend Jahre segnen.« Zusammen fielen sie ins Bett. Er erhob sich über sie. Sie war nackt, hatte aber das Haar immer noch kunstvoll geflochten und gelockt und war mit schimmernden Armbändern, Ohrringen und Armreifen geschmückt. Sein Begehren war beinahe schmerzlich, dennoch ließ er sich Zeit. Er küsste jeden Fingerbreit von ihr, verharrte um ihre Brüste, ihre Nabelgrube und vor allem die schmale grelle Narbe, die einzige Erinnerung an das Messer des Boten.

Sie packte ihn mit plötzlicher Kraft, warf ihn auf den Rücken und nahm ihn im Sturm. Er keuchte vor Schreck, dann lachte er. »Es gab nie eine Frau wie dich!«

»Das will ich doch hoffen«, sagte sie. Dann hatte sie keine Worte mehr, und es blieb nur noch der Tanz der Körper.

Kemni hatte, seit er sich erinnern konnte, nicht mehr so gut geschlafen und war nicht mehr so zufrieden aufgewacht. Iphikleia lag immer noch in seinen Armen, mit dem Kopf an seiner Schulter und an ihn geschmiegt. Er hasste es, sie zu stören, aber es war kurz vor Sonnenaufgang – er hätte längst in seinem Wagen und auf dem Rückweg ins Lager sein müssen.

Sie öffnete die Augen und lächelte träge. »Schöner Mann«, sagte sie. »Liebst du mich noch einmal?«

»Wir haben keine –«

Einen Augenblick lang glaubte er, sie würde darauf bestehen – und er hätte nachgegeben. Aber sie seufzte und gähnte und küsste ihn bedauernd. »Geh, geh«, sagte sie. »Vielleicht heute Abend …«

»Vielleicht«, erwiderte er ohne viel Hoffnung. Heute Abend würde der König da sein. Und wer wusste schon, wann er sie dann wieder sehen würde? Sie würden in den Krieg ziehen, und Iphikleia würde zurückbleiben, wie es die Frauen von Anbeginn der Welt an getan hatten.

Er beugte sich zu ihr, um sie zu küssen, bevor er ging, und er hätte beinahe seine ganze Entschlossenheit vergessen. Aber sie schob ihn weg. »Heute Abend«, sagte sie.

Es war nicht so spät, wie er gefürchtet hatte, und er hatte noch Zeit, die Pferde ordentlich anzuschirren, und war wieder im Lager, bevor die Sonne am Himmel stand. Dort gab es keine Ruhe für ihn, denn heute sollten sie sich der ägyptischen Armee zeigen.

Der Läufer kam, wie erwartet, am Vormittag, mit der Meldung, auf die Kemni gewartet hatte: Der König war eingetroffen. Seine Flotte war eingelaufen und drängte sich an das ohnehin überlaufene Ufer. Die Armeen sammelten sich, die Musterung ging weiter – und das war ein wenig unerwartet. Die Königinnen hatten ein königliches Willkommen vorbereitet, Festessen und Versammlungen für ein, zwei oder drei Tage, bevor sich die Armeen in Bewegung setzen sollten.

»Er will, dass wir morgen weiterziehen«, sagte der Junge. »Die Große Königliche Gemahlin sagt, du sollst sofort kommen. Kommt bewaffnet mit Gepäck und allem, was ihr mitnehmen könnt. Ihr könnt heute Abend euer Lager am Fluss aufschlagen, und in der Morgendämmerung brecht ihr auf.«

Im Lager war es bereits unruhig geworden, Zelte wurden abgeschlagen, Männer liefen hin und her, schirrten Pferde an und trieben jene zusammen, die als Verstärkung mitkamen. Kemni fand sich in seinem Zelt gefangen, mit zweien der Diener, die darauf bestanden, dass sie ihn ankleiden und bewaffnen mussten. »Ganz Ägypten wird dich heute sehen«, sagten sie. »Beschäme uns nicht.«

Selbstverständlich durfte er die Diener nicht beschämen. Er ließ sie tun, was sie wollten, aber rund um ihr Striegeln und Zupfen und Schnüren gelang es ihm, den Befehl zum Abbruch des Lagers und zum Abmarsch zu geben.

Endlich ließen sie ihn gehen. Und es war an der Zeit: Das Zelt wurde bereits abgebaut. Die Wagen standen bereit, jeder Mann war gerüstet und schimmerte wie eine Bronzestatue. Sie jubelten, als Kemni herauskam, Rufe der Freude und des Stolzes, ein Willkommen und ein Versprechen. Sie waren die seinen, sie würden ihm bis in den Tod dienen.

Im strahlenden Morgenlicht kamen sie aus dem Versteck, kurz vor Mittag, als die Hitze stärker wurde und die Sonne unbarmherzig auf Bronzehelme und -rüstungen herniederbrannte. Sie litten, aber voller Stolz, denn sie waren die Ersten, die je für das Große Haus von Ägypten in Streitwagen in den Kampf gefahren waren.

Die Straße vor ihnen war leer, aber auf den Feldern zu beiden Seiten drängten sich die Armeen. Auf dem Nil wimmelte es von Booten. Die Flussmitte war eine goldene Flamme, die Barke des Königs mit ihrem goldenen Rumpf und goldenem Baldachin und den Reihen goldener Ruder. Er selbst saß an Deck, hoch erhoben auf einem Thron aus Gold und Lapislazuli und blutrotem Karneol. Auch seine Rüstung war mit Gold überzogen; von so weit entfernt sah er nicht aus wie ein lebender Mensch, sondern wie eine Götterstatue.

Kemni gestattete den Hengsten weiter auszugreifen. Ein Murmeln folgte ihm, wurde zu einem Dröhnen, als die Armeen begriffen, was da auf sie zukam. Dieser Jubel trug ihn weiter. Er ließ die Hufe der Pferde leichter werden und hob den Wagen wie auf Flügeln.

Bis sie zum Fluss kamen, war die ganze Welt eine einzige Welle von Jubel. Kemni war wie betäubt davon, von der Hitze und von der Geschwindigkeit. Löwe und Falke hatten die Gebisse zwischen den Zähnen. Er kämpfte mit ihnen, damit sie nicht vom Land ins Wasser rannten – und vielleicht, so schnell sie waren, direkt zur Barke des Königs.

Kurz vor dem Wasser kamen sie mit einem Aufbäumen zum Stehen. Kemni begegnete über das Wasser hinweg dem Blick des Königs. Ein weit entfernter Teil von ihm wusste, dass ein einfacher Adliger und Kommandant so etwas nicht tat; dass er sich eine Unverschämtheit gegenüber einem Gott herausnahm. Und dennoch konnte er nicht anders.

Der König lächelte. Nicht mit den Lippen: Sein Gesicht war eine gefasste königliche Maske. Aber die Augen, in ihrer schützenden Augenschminke, unter der blauen Kriegskrone – in denen stand Lachen.

Er erhob sich von seinem Thron, legte Krummstab und Dreschflegel, die Zeichen seiner Königswürde, nieder und winkte herrisch. Die Diener beeilten sich. Sie hoben ihn vom Schiff, setzten ihn in ein erstaunlich schlichtes Boot und brachten ihn an Land.

Dort ging er wie ein sterblicher Mann auf seinen eigenen Füßen zu Kemni in seinem Wagen hinüber und sprang leichtfüßig hinein.

Das Jubeln der Armeen, das fast zu einem Flüstern erstorben war, als der König sich so vollkommen ungewohnt benahm, erhob sich abermals, bis es den Himmel erschütterte.

Und wie schon auf der Ebene nördlich von Theben fuhr der König mit Kemni als Wagenlenker und umkreiste nun diese erheblich größere Armee. Der Anblick des Königs in einem Wagen erzürnte und empörte die Männer nicht, sondern erfüllte ihre Herzen mit Stolz und gewaltiger Kampfeslust. Die eigenen Waffen des Feindes zu nehmen und sie gegen ihn zu wenden – so jämmerlich und klein diese Truppe in Wahrheit war, im Herzen war das eine mächtige, gewaltige Sache.

Der König spürte es. Er richtete sich höher auf. Das Licht traf ihn heftiger. Er war tatsächlich ein Gott, stark im Glauben seines Volkes.

Glaube, dachte Kemni, als er die Pferde im Schatten des Königs antrieb. Es ist der Glaube, der einen Gott macht. Und wenn seine Männer glaubten, dass er ein Gott war …

Das durfte er nicht. Der König, und nur der König, war der lebendige Gott dieses Reiches.

Mit dem König, dem lebendigen Gott, zeigte er der Armee das Antlitz des Sieges. Nachdem sie alle Lager umkreist hatten, kehrten sie zum Fluss und der goldenen Barke zurück, wo die Königinnen warteten: Nefertari, endlich in ihrem angemessenen Glanz, und Ariana, gekleidet wie eine ägyptische königliche Gemahlin.

Die Königinnen begleiteten den König an der aufmarschierten Armee vorbei bis zum Stier des Re. Auch sie fuhren in einem Wagen, den Ariana lenkte: So einen Anblick hatte Ägypten noch nie erlebt, vielleicht nicht einmal die Retenu. König und Königin, Seite an Seite in goldenen Wagen, ihre Pferde Kopf an Kopf auf der Straße, die zum Anwesen führte.

An diesem Tag gab es das erwartete Festessen, aber König und Königinnen verließen es früh, kurz nachdem man begonnen hatte, den Wein auszuschenken. Sie machten alle glauben, dass sie sich zur Ruhe begaben. Aber tatsächlich setzten sie sich zu einem Kriegsrat zusammen.

Kemni drängte sich nicht auf, aber als die Hoheiten davongingen, warf Ariana ihm einen Blick zu. *Komm*, sagte dieser Blick.

Er blieb noch eine Weile, um von sich abzulenken. Gebu war dort und andere Prinzen; es war Kemni schwer gefallen, ihnen aus dem Weg zu gehen. Also ließ er sich von ihnen sehen, grüßte sie mit scheinbarer Freude und bestand darauf, dass sie einen Becher Wein teilten.

»Ich hoffe, du hast einen Wagen für mich übrig«, sagte Gebu so warmherzig wie eh und je und zog Kemni in eine halbe Umarmung. Kemni tat sein Bestes, nicht zurückzuweichen; er musste sich mit Gewalt daran erinnern, was dieser Mann zehn Jahre lang für ihn gewesen war, bevor der Verrat ihn befleckte.

»Du willst immer noch einen Wagen?«, fragte Kemni ihn. »Was sagt dein Vater dazu?«

»Er gibt mir seinen Segen«, sagte Gebu.

»Nun dann«, meinte Kemni, »wenn du dich wieder meinem Befehl unterstellen willst, werde ich tun, was ich kann.«

»Hervorragend«, sagte Gebu in offenem Entzücken.

Es war schwer, so schwer, sich daran zu erinnern, was dieser Mann getan hatte. Zehn Jahre von Liebe und Vertrauen gegen ein paar Monate des Misstrauens und des wachsenden Hasses – das Gleichgewicht schwankte. Kemni war froh, sich auf eine berstende Blase herausreden zu können, um zur relativen Sicherheit des Hauses der Königin zu fliehen.

Sie hatten nicht auf ihn gewartet. Selbstverständlich nicht. Aber als er mit gesenktem Kopf und angemessen unauffällig hereinkam, grüßte ihn Ahmose so erfreut, wie sein Sohn das getan hatte, winkte ihm und zeigte auf einen Stuhl. Hier sollte es eindeutig keine Förmlichkeit geben. Sie hatten alle ihren Putz abgelegt, die Königinnen – und Iphikleia, die neben Ariana saß – hatten die Gewänder gegen einfaches Leinen eingetauscht, der König trug einen Kilt und nur sein eigenes kurz geschnittenes ergrauendes Haar. Kemni fühlte sich in seiner Festkleidung fehl am Platz, bis Ahmoses Worte ihn solche Kleinigkeiten vergessen ließen.

»Ich bin immer noch nicht sicher, dass der Feind nichts von diesem Krieg weiß«, sagte er. »Er hatte genug Gelegenheit, Spione zu schicken. Es besteht kein Zweifel daran, dass ich meine Armeen aufgestellt habe, und auch nicht an ihrer Marschrichtung. Nubien liegt sicher hinter uns – jedenfalls so sicher wie es sein kann; ich werde nicht den Fehler meines Bruders dort wiederholen und das Untere Reich abermals verlieren, weil ich das Königreich in meinem Rücken vergessen habe.«

»Dennoch«, meinte Nefertari, »der Feind ist vielleicht nicht so bereit, wie er sein könnte.«

»Mag sein«, erwiderte Ahmose. »Aber er wird die Tore des Unteren Reiches schließen und Avaris für eine Belagerung befestigen. Das wäre jedenfalls das Vernünftigste, oder nicht? Mein Bruder hat gewonnen, indem er direkt den Fluss entlang bis zur Hauptstadt segelte.«

»Du hast einen anderen Plan?«, fragte Ariana.

»Ich dachte«, erwiderte Ahmose, »dass wir aus einer anderen Richtung angreifen könnten. Die Kraft des Feindes stammt aus Kanaan. Dort sind seine Verwandten, sein Volk, sein Handel, sein Wohlstand. Was immer er braucht, das Ägypten ihm nicht geben kann oder will, nimmt er aus dem Land der Retenu. Nehmen wir an«, fuhr er fort, »dass wir ihn von seinem Heimatort abschneiden. Das Tor dorthin liegt in Sile. Wenn wir dieses Tor nehmen und es halten, können wir ihn überraschen – oder es zumindest hoffen –, und all seine Kräfte werden in den inneren Teilen des Reiches abgeschnitten sein.«

»Sile.« Nefertari runzelte die Stirn. »Ja, das ist das Tor nach Kanaan. Aber es liegt noch hinter Avaris. Gibt es Flussstraßen dorthin, die die Retenu nicht bewachen?«

»Es gibt das Meer«, sagte Ahmose. »Nehmen wir an, dass wir die Flotte direkt südlich der Grenze zum Unteren Reich postieren und einen großen Teil der Armee – und meine Kampfwagen – nach Sile schicken. Wenn die Kreter uns dorthin entgegenkommen und wir die Stadt sowohl vom Wasser als auch von Land aus einnehmen und sie dann mit kretischer Hilfe halten, wird der Feind seine Verstärkung verlieren. Er wird sich auf sich selbst und jene von seinem Volk verlassen müssen, die sich im Unteren Reich befinden.«

»Und das sind wenige.« Nefertari nickte bedächtig. »Und wenn Sile gefallen ist, kann die Flotte weitersegeln und Avaris belagern. Wirst du die Flotte befehligen, Herr? Oder den Angriff auf Sile?«

»Ich gehe nach Sile«, sagte Ahmose. »Was die Flotte angeht … meine Damen, glaubt ihr, dass sich die tapferen Flussseeleute des Oberen Reiches von zwei Königinnen befehligen lassen?«

Kemni hatte nach dem plötzlichen Aufblitzen in Arianas Augen Ausschau gehalten, aber es war Nefertari, die zu strahlen begann. »Wie, Herr«, sagte die ältere Königin, »hast du keine Söhne oder Befehlshaber, die dieses Amt übernehmen können?«

»Nun«, meinte Ahmose, »ich gebe dir einen Admiral oder zwei und mehr als genug Prinzen und Adlige, um mit den Männern zurechtzukommen. Aber ich brauche jemanden, dem ich vertrauen kann, der sie alle befehligt.«

Nefertari nickte. »Wenn sie mich akzeptieren, werde ich tun, was du willst.«

»Sie werden dich akzeptieren«, sagte er freundlich, aber darunter lag eiserne Kraft.

Kemni fragte sich, ob Ahmose bemerkt hatte, dass Nefertari *ich* und nicht *wir* gesagt hatte. Sollte dies der Fall gewesen sein, hatte er sich entschlossen, es zu ignorieren. Ebenso wie offensichtlich Ariana.

Ahmose erhob sich mit zufriedenem Lächeln. »Also gut. Nun ist alles beschlossen, und man wird sich darum kümmern. Ich rate, dass wir uns ausruhen. Der nächste Tag beginnt schon vor der Dämmerung. Wir werden bei Sonnenaufgang marschieren und segeln.«

»Wie du wünschst, Herr«, erklärte Nefertari ungetrübt.

50

Es war für Kemni kein sonderliches Problem, dass sich die Richtung, die seine Streitwagen nehmen würden, geändert hatte. Ein Marsch war ein Marsch, ob er nun direkt nach Avaris oder auf dem Umweg über Sile führte. Aber er hatte etwas anderes im Sinn, worum er sich vor dem Schlafen noch kümmern musste.

Iphikleia versuchte nicht, ihn im Haus zu halten. Er wäre versucht gewesen zu bleiben, wenn sie das getan hätte, aber sie küsste ihn und schob ihn weg. »Geh. Wir haben alle viel zu tun.«

Selbst dann wäre er noch geblieben – denn wenn die Königinnen die Flotte befehligten, dann würde Iphikleia am Ende doch mit in den Krieg ziehen; aber nicht, bevor Sile eingenommen war. Er würde sie lange nicht mehr im Arm halten können; vielleicht länger als eine ganze Jahreszeit, wenn sich der Krieg schwieriger erwies, als der König erwartete.

Aber sie hatte nie zu langen Abschieden geneigt. Noch während sie sprach, machte sie sich auf den Weg, folgte Ariana und ließ Kemni allein und mit kaltem Herzen zurück.

Er nahm sich zusammen. Es war noch nicht so spät – gerade erst nach Sonnenuntergang – und das war gut; er hatte einen langen Abend und eine lange Nacht vor sich. Also machte er sich auf die Suche nach seinen Wagenlenkern, die diese Nacht wieder im Stier des Re untergebracht waren, bis auf jene, die hinter der Mauer die stark vergrößerte Pferdeherde bewachten.

Seti war, wie er gehofft hatte, immer noch wach und immer noch nicht von Wein oder Bier getrübt. Er saß im Wachraum, reichte dort einen Krug herum und spielte Hunde und Schakale mit einer ganzen Verschwörung von Wagenlenkern. Es gab Wetten und Gelächter und ein oder zwei Mädchen.

Sie wurden ein wenig leiser, als Kemni hereinkam – eine Auswirkung, die er aus anderen Zeiten kannte: *Der Kommandant kommt,* bedeutete das.

Aber sie erinnerten sich schon bald an ihre Fröhlichkeit. »Herr!«, rief Seti. »Komm her und hilf mir. Ich bin vollkommen unterlegen.«

»Sicher«, sagte Kemni, »wenn du vorher einen Augenblick Zeit hättest.«

Seti zögerte nicht. »Wir werden zurückkehren und euch alle erobern«, versprach er den anderen, bevor er ging.

Kemnis altes Arbeitszimmer war nun aufgeräumt, die Schriftrollen weggeräumt oder für den Marsch verpackt, der Tisch ungewöhnlich leer. Immerhin war die Lampe noch da und mit Öl gefüllt. Kemni entzündete sie an der Lampe im Wachraum und stellte sie auf den Tisch. Er setzte sich nicht, obwohl Seti sich auf einen Hocker niederließ und mit der Geduld eines Dieners darauf wartete, dass sein Herr endlich sprach.

Das war beinahe unverschämt – aber das meiste, was Seti tat, hätte diese Bezeichnung verdient. »Du musst etwas für mich tun«, sagte Kemni zu ihm. »Prinz Gebu ist hier. Er will einen Wagen, und der König hat es ihm nicht verboten. Wer ist unbeirrbar, loyal, kann gut mit Pferden umgehen und wäre bereit, sowohl als Wache wie auch als Wagenlenker eines Prinzen zu dienen, der ein Verräter sein kann?«

»Sein kann?« Seti schüttelte den Kopf. »Nun gut. Vielleicht hat er seine Ansicht ja noch geändert. Lass mich nachdenken.«

Kemni tat ihm den Gefallen. Er wünschte sich, er hätte einen Krug Wein oder Bier aus dem Wachraum mitgenommen, denn plötzlich hatte er Durst. Aber es gab nichts als eine verschlossene Schriftrollentruhe, den leeren Tisch und einen oder zwei Hocker.

Seti brauchte nicht sonderlich lange, um die Wagenlenker im Kopf durchzugehen. »Es gibt einen solchen Mann«, sagte er, »einen ziemlich jungen, aber er weiß, was er tut. Er heißt Ahmose, wie der König. Sie nennen ihn Ahmose si-Ebana – Ebanas Sohn. Er hat darum gebeten, dass man ihm einen anderen Kämpfer zuteilt, denn er hat bis jetzt den Wagen für einen der Rekruten gelenkt, der sich als schlechter Kämpfer erwies. Wenn du diesen Mann zur Verstärkung schickst, kann der Prinz mit si-Ebana fahren.«

»Und wird si-Ebana unbeirrbar sein, wenn es Anzeichen von Verrat gibt?«

»Ich fand ihn vertrauenswürdig«, meinte Seti, »und auch recht interessant. Er war ein Schreiber, bevor er zur Armee kam. Er kann lesen, und er schreibt gut. Falls der Verrat sich in irgendeiner Weise ebenso schriftlich wie gesprochen ankündigen sollte, wird er im Stande sein, es zu bemerken.«

»Bring ihn her«, sagte Kemni. »Lass mich mit ihm sprechen.«

Seti zeigte sich nicht beleidigt, dass Kemni sich nicht auf sein Wort verließ. Aber es gab auch nicht viel, das Seti störte. Er tat, was Kemni ihm gesagt hatte, und Kemni blieb zurück, allein, durstig und voller Bedauern über seinen Entschluss, hier geblieben zu sein.

Der Junge, der Brot und Bier brachte, hatte keine Ahnung, wieso Kemni lachte. Seti, der Weise, Seti, der Vorausahnende, hatte Kemnis Unbehagen bemerkt und sich darum gekümmert – und das ohne ein Wort.

Gerade als Kemni den ersten Becher Bier getrunken und begonnen hatte, an dem harten Gerstenbrot zu knabbern, erschien Seti mit einem jungen Mann hinter sich – wahrhaftig, es war nur ein Junge, dessen Wangen das Rasiermesser noch kaum kannten. Aber er hatte die Augen eines viel älteren Mannes, misstrauisch und weise.

In dieser Hinsicht war er Seti sehr ähnlich – der selbst nicht viel älter als zwanzig sein konnte. Er verbeugte sich vor Kemni, nicht zu tief, aber tief genug, um seinen Respekt zu zeigen. »Herr«, sagte er mit einer hellen Knabenstimme.

»Ahmose si-Ebana«, erwiderte Kemni. »Hat Seti dir gesagt, was ich brauche?«

Der Junge nickte. »Einen Wagenlenker, Herr, für einen Prinzen, der den Ehrgeiz hat, König zu sein.«

»Und du bist nicht zu korrumpieren?«, fragte Kemni ihn.

Diese welterfahrenen Augen glitzerten vergnügt. »Herr, man kann jeden korrumpieren. Aber belohne mich gut und befehlige mich angemessen, und ich bin der Deine, bis die Götter mich von meinem Schwur entlassen.«

»Welche Belohnung verlangst du?«

»Darüber muss ich nachdenken«, sagte er.

»Man wird dich in Gold bezahlen«, sagte Kemni, »und der König wird dich ehren. Wird dir das genügen?«

»Ja«, erwiderte Ahmose si-Ebana.

Sie marschierten am Morgen ab. Die Armee teilte sich auf, wie der König es befohlen hatte, die Flotte segelte flussabwärts, wo sie warten würde, bis man sie ins Untere Reich befahl. Die meisten Kämpfer und die Wagen machten sich auf den langen Weg nach Sile.

Kemni war der Wagenlenker des Königs. Hätte er überhaupt nachgedacht, dann hätte er erwartet, dass der König sich in einer Sänfte tragen ließ, wie die Könige Ägyptens seit urdenklichen Zeiten in die Schlacht gezogen waren. Aber Ahmose wollte bei diesem Marsch nicht zurückbleiben. »Wenn ich nach Sile komme«, sagte er an diesem ersten Morgen zu Kemni, als er in den Wagen stieg, »werde ich wissen, wie man von diesem Ding aus kämpft. Wirst du es mir zeigen?«

»Gerne, Herr«, sagte Kemni und hoffte, nicht allzu zweifelnd zu klingen.

Der König grinste wie ein Junge. Es war eine Freude für ihn, sich an die Spitze eines Marsches zu setzen, wie es noch kein Pharao vor ihm getan hatte.

Die Königin, in einer Sänfte, wie es sehr viel angemessener war, begleitete ihren Gemahl zum Rand des Anwesens. Ariana und Iphikleia waren nirgendwo zu sehen. Sie erschienen auch nicht bei der Abschiedszeremonie. Diese Zeremonie war vollkommen ägyptisch: die Priester, die Prinzen, die Worte und Gebete, die den König auf den Weg schickten. Und als dies geschehen war, als der König und seine Große Königliche Gemahlin einander umarmten, so förmlich wie ein Ritual in einem Tempel, waren immer noch keine kretischen Gesichter unter den Zuschauern zu bemerken.

Kemni war bedrückt. Er hörte kaum die Worte, die die Königin zum König sprach, leise und seltsam: zärtliche Worte. »Geh mit den Göttern, Herr und Bruder«, sagte sie, »und kehre in Triumph zu mir zurück.«

»Ich werde dir einen größeren Sieg bringen als unser Bruder vor zehn Jahren«, sagte Ahmose. »Das schwöre ich dir.«

»Ja«, sagte sie. »Sorge dafür, dass du das, was du einnimmst, auch hältst.«

»Leb wohl, Herrin«, sagte Ahmose.

»Du ebenfalls, Herr«, erwiderte Nefertari.

Dann trennten sie sich, und die Armee machte sich auf, die ganze lange Reihe Soldaten und Diener, Gepäck, Waffen und Ochsen, die trugen, was Männer nicht tragen konnten, und selbst hier, in Ahmoses eigenem Reich, ganze Kompanien von Wachen zu Fuß oder in Wagen. Sie würden vielleicht nicht gebraucht werden, bis sie das Untere Reich erreicht hatten, aber, wie Ahmose sagte, es war gut, so zu beginnen, wie man weiterziehen wollte.

Kemni lenkte seinen Wagen blind, selbst während er sich dafür tadelte, dumm gewesen zu sein. Es war weise von Ariana, sich zu verbergen und sich nicht in den Abschied des Königs von der Ersten seiner Königinnen einzumischen. Und selbstverständlich war Iphikleia bei ihr geblieben. Sie hatten zu Hause im Stier des Re mehr als genug zu tun.

Dennoch, keine von beiden hatte sich von Kemni verabschiedet. Nicht einmal ein Wort. Er bezweifelte nicht, dass Ariana sich in aller Abgeschiedenheit vom König verabschiedet hatte. Von Iphikleia hatte er nichts gehört. Und wenn er in diesem Krieg umkam – und bei Kriegen war das nicht unwahrscheinlich –, würde er sie nie wiedersehen oder nie wieder mit ihr sprechen.

Dumm. Schlimmer als dumm. Was sie hatten, brauchte keine Worte und keine Rituale. Er würde am Leben bleiben und sie nach der Eroberung von Avaris wiedersehen, oder sie würden sich im Land der Götter treffen. Selbst wenn seine Götter nicht die ihren waren und ihr Tod nicht wie seiner wäre – sie würden sicherlich bei den Göttern sowohl Kretas als auch Ägyptens einen Weg finden, wieder zusammen zu sein.

Mit diesem Gedanken wandte er sich resolut seiner Aufgabe zu, seine Wagen zu befehligen, ihren Marsch zu ordnen und des Königs Wagenlenker zu sein.

Ahmose si-Ebana folgte, auf Kemnis Befehl, nicht weit hinter Kemnis eigenem Wagen im ersten Flügel der Wagenlenker. Gebu, der Prinz, befand sich sicher hinter ihnen. Für einen Mann, der inzwischen wissen musste, dass sein Versuch, den Krieg aufzuhalten, versagt hatte, schien er erstaunlich vergnügt. Oder erwartete er, dass die Retenu auf der Straße nach Sile auf sie lauerten?

Vielleicht wusste er nicht, wohin sie sich wendeten. Man hatte den Männern nur gesagt, dass die Armee aufgeteilt würde – das konnten sie auch selbst sehen. Aber Ahmose hatte sich nicht vor ihnen aufgebaut, um zu verkünden, was er vorhatte. Er hatte ihnen einfach befohlen zu marschieren.

Kemni nahm seinen Mut zusammen. Es dauerte eine ganze Weile, aber sie hatten schließlich den ganzen Tag. Endlich sprach er. »Herr.«

»Ja?«, sagte Ahmose hinter ihm. Eine leise, ruhige Stimme, wie die Stimme eines Gottes.

»Herr«, sagte er. »Dein Sohn – weiß er, wohin wir gehen?«

»Er wird es erfahren«, sagte Ahmose. »Dagegen kann ich nichts tun. Aber im Augenblick … nein. Er weiß nur, was alle anderen wissen, dass wir auf dem Weg ins Untere Reich sind.«

»Glaubst du«, fragte Kemni, »dass er etwas versuchen wird? Sobald wir die Grenze überschritten haben?«

»Ich hoffe nicht«, sagte Ahmose, so ruhig wie immer, aber mit deutlich wahrnehmbarer Kälte.

Sich darum zu kümmern, das verstand Kemni, war seine Aufgabe. Am Abend würde er mit Seti und mit si-Ebana sprechen.

Dann sagte der König: »Er wurde bewacht, seit er nach Theben zurückkehrte. Er bleibt unter Bewachung. Wenn er mit jemanden spricht, sich jemandem nähert, werde ich es wissen.«

»Du hättest ihn zum Tode verurteilen können«, sagte Kemni.

»Ja«, stimmte ihm der König zu.

»Aber du hast es nicht getan.«

»Es war von größerem Vorteil, sie weitermachen und glauben zu lassen, dass wir nichts wissen. Das ist jetzt sogar noch mehr so, da niemand weiß, wohin wir gehen.«

»Er weiß es nicht?«

»Er sollte es nicht wissen.«

»Wird er es je?«

»Das liegt in den Händen der Götter.«

Ahmose seufzte leise, kaum hörbar im Wind und dem Rasseln der Wagenräder.

Kemni bedrängte ihn nicht weiter. Wie das sein musste, so verstohlen vorzugehen, dass ein Prinz von Gebus Rang und Intelligenz nichts erfuhr von dem Netz, das um ihn gesponnen wurde – Kemni hätte für alles Geld der Welt kein König sein wollen.

Und nun war es seine Aufgabe, dafür zu sorgen, dass Gebu weiter unwissend blieb. Der erste Flügel, Setis Flügel, war gut platziert, um den Prinzen von allem abzuschirmen, das er nicht wissen sollte.

Aber am Ende würde er es erfahren. Was dann?

Kemni konnte fragen, aber er zog es vor, das nicht zu tun. Er hatte in diesem Augenblick nicht das Bedürfnis, die Antwort zu wissen.

Seti, und durch ihn der erste Flügel, wussten bereits, was der König mit seinem Sohn vorhatte. Kemni hätte nicht überrascht sein sollen, aber er hatte sich wegen der Frauen zu viele andere Gedanken gemacht.

Sie marschierten durch das Rote Land, lagerten nachts weit von den Städten entfernt und drangen so in den Osten des Unteren Reiches vor. Dies hier war Wüste, ohne jedes Grün und unbewohnt. Aber je weiter sie vordrangen, desto mehr veränderte sich das Land. Es wurde sumpfig, überall waren Fliegen und stechende Insekten; nackter Sand und unfruchtbare Felsen wichen einer Reihe von Seen mit Rieddickichten am Ufer.

Inzwischen musste selbst der Dümmste begriffen haben, dass sie nicht auf dem Weg nach Avaris waren. Wie es bei Armeen so geht, die schnell alles begreifen, wussten bald alle, dass sie nach Osten und dann nach Norden marschieren würden; dass sie sich den östlichen Toren des Unteren Reiches näherten.

»Sile«, hörte Kemni die Männer an den Lagerfeuern sagen. »Es muss um Sile gehen. Dort beginnt die Straße nach Kanaan.«

Kluge Männer, das so deutlich zu erkennen. Wenn Kemni Zeit gehabt hätte, um zu bleiben, hätten sie ihm den ganzen Feldzug erläutert und ihm deutlich gezeigt, dass sie es genauso gut begriffen wie der König selbst.

Sogar Gebu. Kemni begegnete ihm eines Abends unter den Sternen dieses feuchteren Landes, im leichten Nebel, der sich aus dem Marschland erhoben hatte. Er saß beim Feuer und schauderte in der feuchten Kälte, während bestimmte Männer seines Flügels sich in der Nähe ausruhten. Er war ein Prinz; es fiel ihm nicht weiter auf, dass immer Menschen in seiner Nähe waren und stets Blicke auf ihm ruhten.

Er begrüßte Kemni mit einem müden Lächeln und einem Niesen. »Guten Abend, Bruder«, sagte er.

Kemni hockte sich am Feuer auf die Hacken. »Geht es dir gut?«, fragte er.

»Gut genug«, erwiderte Gebu, obwohl er sich mit einem weiteren Niesen widersprach. »Wir marschieren nicht nach Avaris, nicht wahr?«

»Doch«, erwiderte Kemni. »Nur nicht –«

»Nur nicht auf dem kürzesten Weg.« Gebu wärmte sich die Hände über den Flammen. »Es ist also wahr? Wir nehmen Sile ein?«

Kemni nickte. Es war immerhin eine direkte Frage, und Gebu stand unter Bewachung. Wenn er sie danach noch verraten konnte, dann war er ein größerer Meister der Intrige, als Kemni je von ihm geglaubt hätte.

»Das ist schlau«, sagte Gebu, »die Lebensader abzuschneiden, bevor man das Herz einnimmt. Hast du dir einmal überlegt, was geschehen wäre, wenn mein Onkel Kamose daran gedacht hätte? Nachdem er Nubien in seinem Rücken gesichert hatte?«

»Er tat nichts von beidem«, sagte Kemni.

»Er war jung«, sagte Gebu. »Älter, als wir jetzt sind, aber … jung. Er hätte auf seine Mutter hören sollen, als sie ihm sagte, wie er seinen Krieg führen soll. Aber er hat die Ohren vor ihr verschlossen. ›Krieg ist Männersache‹, sagte er. ›Bleib zu Hause, Herrin, und herrsche, wo du am besten herrschen kannst.‹«

Kemni erinnerte sich an Königin Ahhotep, die Mutter von Kamose, der König gewesen war, und von Ahmose, der ihm auf den Thron folgte und auch von Königin Nefertari. Falls eine Frau tatsächlich größer oder schrecklicher als Nefertari sein konnte, dann war es sie gewesen.

Und dennoch hatte sie sich dem Willen ihres Sohnes unterworfen – widerstrebend, wie Gebu erklärte, aber am Ende hatte sie gehorcht.

»Vielleicht hätte sie ihm trotzen sollen«, meinte Gebu nachdenklich. »Sie hätte den Krieg gewonnen.«

»Wäre es dir denn recht gewesen, wenn das geschehen wäre?«

Gebu warf Kemni einen Seitenblick zu. »In diesem Fall«, sagte er, »würden wir nicht in diesem Sumpf sitzen und ich müsste mich nicht über meine Erkältung ärgern.«

»Würdest du den Krieg aufhalten, wenn du könntest?«

Das war eine schreckliche Frage – reine Dummheit. Aber Kemnis Zunge hatte ihren eigenen Willen.

Gebu wandte sich ihm zu. »Wieso sollte ich das wollen?«

Kemni zuckte mit den Achseln. »Weil du es könntest?«

»Das ist doch verrückt.«

»Nicht, wenn du dadurch etwas gewinnen könntest. Macht. Wohlstand. Einen Thron.«

Einen Augenblick lang wusste Kemni, dass er es geschafft hatte: Er hatte diese Maske durchstoßen. Darunter war Finsternis, schwarz wie der Raum zwischen den Sternen.

Dann war die Maske wieder ganz. Gebu sagte mit geübter Lässigkeit: »Ich habe Wohlstand und Macht, dazu bin ich geboren. Aber nur die Götter geben einem einen Thron.«

»Würdest du ihn nehmen, wenn man ihn dir gäbe?«

»Du etwa?«

»Nein«, sagte Kemni. »Selbst wenn Amon ihn mir anböte. Ich habe nicht den Wunsch, König zu sein.«

»Glücklicher Mann«, erwiderte Gebu.

»Das war verrückt«, sagte Seti. Er hatte selbstverständlich gelauscht; die meisten Männer des Flügels hatten das getan.

»Was kann er schon tun?«, wollte Kemni wissen. »Er steht unter Bewachung.«

»Er kann denken«, sagte Seti.

Gebu war außer Hörweite, sicher in dem Zelt, das er mit si-Ebana und zwei anderen vom Flügel teilte. Kemni hatte vor, bald sein Bett in seinem eigenen Zelt aufzusuchen, in dem er allein hauste, aber er war beim Feuer geblieben. »Ein Mann kann denken, was er will«, sagte Kemni. »Ich denke hin und wieder, dass es alles nur Täuschung war. Vielleicht hat er nichts von alledem getan. Selbst wenn ich es gesehen und gehört habe – es war vielleicht ein Traum oder etwas, das ich nicht verstanden habe.«

»Es war die Wahrheit«, erwiderte Seti.

»Warum ist er dann so ruhig? Warum scheint er so zufrieden damit, Wagenlenker zu sein?«

»Vielleicht«, meinte Seti, »weil er zwar König werden, aber auch einen Wagen fahren möchte. Und vielleicht, wenn er die Gelegenheit findet, wird er diesen Wagen benutzen, um zum Feind überzulaufen.«

»Weit wird er nicht kommen«, sagte Kemni ein wenig grimmig. »Er kann nicht sonderlich gut mit Pferden umgehen, und si-Ebanas Gespann neigt dazu, störrisch zu sein.«

»Das ist mir aufgefallen«, meinte Seti. Er seufzte, gähnte, streckte sich. »Ich gehe jetzt schlafen, Herr. Wirst du noch hier bleiben?«

»Nicht lange«, meinte Kemni.

»Dann schlaf gut, Herr«, sagte Seti.

Kemni sah ihm nach und dachte dabei an nicht viel mehr als an sein eigenes Bett. Die Last seiner Sorgen, selbst jener um den Mann, der einmal sein Bruder gewesen war, aber nun nicht mehr, war ein wenig geringer geworden; er wäre beinahe im Sitzen eingeschlafen.

Und dennoch sah er, wie Seti an seinem eigenen Zelt vorbeiging und im Schatten verschwand. Ohne nachzudenken stand Kemni auf und folgte ihm. Als er schließlich doch nachdachte, fiel ihm auf, dass er seinen Stellvertreter mitunter an seltsamen Orten gesehen hatte, weit weg von dem Flügel, wo er hingehörte. Es ging sicherlich nicht um Verrat. Vielleicht war es eine Frau? Es sollte zwar keine bei der Armee geben, aber Kemni wusste, dass man einige unter die Zelte und die Ausrüstung geschmuggelt hatte. So war es immer bei Armeen.

Kemni wollte schlafen, nicht Seti zu einer Verabredung folgen. Und dennoch gab er nicht auf, obwohl er Seti vertraute. Er hatte auch Gebu vertraut; er wollte ihm immer noch verzweifelt vertrauen. Und Gebu war ein Verräter.

Seti ging nicht weit. In den miteinander verbundenen Kreisen und Plätzen des Lagers waren die Zelte manchmal beinahe aufeinander aufgebaut, und ein Flügel ging in den nächsten über. Dieses Zelt gehörte vielleicht zum ersten oder zum vierten Flügel, eventuell auch zu keinem von beiden. Es war im Dunkeln aufgestellt, nahe einem Rieddickicht, sodass jemand, der kam oder ging, nicht leicht zu sehen war.

Es befand sich eine Frau darin, oder mehrere Frauen. Seti kratzte an der Öffnungsklappe, und eine leise Stimme antwortete, die zu hoch und angenehm für die eines Mannes war.

Kemni wusste, er hätte sich abwenden und davongehen sollen. Es war nicht seine Sache, dass die Wagenlenker ein paar Frauen mitgenommen hatten, es sei denn, es führte zu Unzufriedenheit; doch davon hatte er bislang nichts gehört.

Aber er hatte keine Frau mehr gesehen, seit er den Stier des Re verlassen hatte. Und vielleicht hatte er auch ein gewisses, nicht sonderlich lobenswertes Bedürfnis, Seti für seine Lüge zur Rede zu stellen.

Seti war inzwischen ins Zelt geschlüpft. Drinnen brannte Licht: Es schimmerte kurz heraus, als die Klappe geöffnet wurde, dann war nichts mehr zu sehen. Kemni verließ sich auf seine Erinnerung daran, näherte sich beinah lautlos und fand die Zeltöffnung, wo er sie vermutet hatte. Dort hielt er inne und spitzte die Ohren.

Drinnen waren Stimmen zu hören, aber nicht von jener Art, wie man sie von einer Verabredung in der Nacht erwartete: Sie waren leise, konzentriert und alles andere als unbeschwert.

Dies war eine Nacht, in der der Körper tat, was ihm gefiel, trotz aller Vorsicht der Gedanken. Kemni hob die Zeltklappe, wie Seti es getan hatte, und trat ins helle Lampenlicht.

Eigentlich war es eher trüb, aber nach der Dunkelheit draußen wirkte es heller. Kemni konnte bald genug wieder sehen, während er verblüfft dastand und die drei Gestalten anstarrte, die vor ihm saßen. Einer war Seti. Die anderen …

Er war nicht erstaunt. Eigentlich hätte er es erwarten müssen, als sie beim Abschied des Königs nicht erschienen waren und sich auch nicht von ihm verabschiedet hatten. Kein Wunder, wenn sie damit beschäftigt gewesen waren, sich in die Armee zu schmuggeln.

»Wie?«, fragte er, die einfachste Frage, die ihm einfiel.

»Gepäck«, erwiderte Ariana ebenso knapp. »Wer bemerkt schon Dienerinnen bei den Ochsen? Oder eine weitere Tasche oder zwei unter all den Bergen?«

»Der König wird dir die Haut abziehen lassen«, sagte Kemni.

»Vielleicht«, meinte sie ungerührt. »Aber er wird feststellen, dass er mich braucht, sobald wir nach Sile kommen. Ich kann für ihn mit den kretischen Kapitänen sprechen. Sie werden mir den Respekt entgegenbringen, den sie ihm bei all seiner Göttlichkeit nie entgegenbringen würden. Sie werden seinen Befehlen folgen, wenn ich dort bin, sie zu unterstützen.«

»Warum? Denkt Kreta an Verrat?«

»Selbstverständlich nicht«, erwiderte sie, schien aber nicht beleidigt zu sein. »Aber wir haben unsere eigene Art und unsere eigenen Götter. Sie werden auf mich hören, während sie mit deinem König streiten werden.«

»Ich kann nur hoffen, dass er das glaubt«, sagte Kemni.

»Wirst du uns noch heute Abend zu ihm zerren?«

Kemni hätte das gerne getan, aber immerhin war ihm auch ein wenig Vernunft geblieben. »Nicht heute Abend«, sagte er, »aber vor Sile schon. Er sollte wissen, wo ihr seid, bevor er mit dem Kampf beginnt.«

»Warum? Damit wir ihn ablenken können?«

»Damit er für eure Sicherheit sorgen kann.« Kemni sank auf einen Boden, der dick mit Teppichen bedeckt war – er nahm an, das war ein Teil des Gepäcks, in dem die Frauen sich verborgen hatten – und ließ sich einen Augenblick Zeit, die Königin und ihre Priesterin einfach nur anzustarren. Iphikleia schien entschlossen, ihn zu ignorieren. Wieso sie wütend auf ihn sein sollte, nachdem sie es doch gewesen war, die sich bewusst dem Befehl des Königs widersetzt hatte, konnte Kemni sich nicht vorstellen. Es war vermutlich eine Frauenangelegenheit. Waren es nicht immer Frauenangelegenheiten?

Aber es gab auch einen Mann, der an dieser Sache beteiligt gewesen war; einen, der unter Kemnis eigenem Befehl stand. Er starrte Seti erbost an. »Du hast dir dafür eine Auspeitschung verdient«, sagte er grimmig.

Seti zuckte zusammen, aber nicht sonderlich heftig. »Das habe ich, Herr. Darf ich dich bitten, sanft zu sein? Du brauchst mich, um deine Wagenlenker in Schach zu halten.«

»An der Peitsche gibt es nichts Sanftes«, sagte Kemni.

»Ein paar Schläge«, sagte Seti, »denn die habe ich verdient – aber die Männer werden wissen wollen, warum. Du wirst doch nicht –«

Schlauer, boshafter Seti. Selbstverständlich würden die Männer sich fragen, wieso ihr Kommandant seinen Stellvertreter auspeitschte, und wenn Kemni antwortete, würde er die Frauen verraten. Das sollte er eigentlich auch tun, aber er wusste, dass er schweigen würde. Ariana lächelte ihn an. Iphikleia wandte ihm endlich ihren Blick zu, und das erwärmte ihn noch mehr als Arianas Lächeln. Er hätte nicht so leicht aufgeben sollen, aber es ging nicht anders. Keine Hoffnung. Die hatte es nie gegeben. Dafür gehörte er ihr zu vollständig.

Ernte

51

Iry hatte geglaubt, dass sie nur kurz in Avaris bleiben, aber es schien, als ob der König alles, was er erst einmal in den Klauen hatte, nur unwillig wieder gehen ließ. Khayan und Iry entzückten ihn ungemein. Sie waren, wie Iry klar wurde, seine Lieblinge.

Es hätte ihr viel besser gefallen, wenn er sie abgelehnt hätte – denn dann hätte man sie schon lange wieder weggeschickt. So war sie hier in diesem riesigen Berg aus bearbeitetem Stein gefangen, im Palast des Erobererkönigs. Sie hatte nicht einmal den Trost der Stute, denn diese hatte sich, wie es jedes vernünftige Geschöpf getan hätte, geweigert, Stadt oder Festung zu betreten. Sie wartete irgendwo auf den Feldern und Marschen des Unteren Reiches darauf, dass man Iry wieder freiließ.

Es gab zumindest einige Ablenkung, als Iry sich an ihr Versprechen an Kemni erinnerte, Sadana einen Geliebten zu finden. Iry war kein Höfling, tatsächlich war sie es am allerwenigsten von allen an diesem Hof, aber als Priesterin der Stute und Favoritin des Königs konnte sie gehen, wohin sie wollte. Wenn sie sich also unter die trinkenden, kämpfenden und tanzenden jungen Männer begab, stellte sich ihr niemand entgegen; sie hätte sogar dabei sein können, wenn sie hurten, aber das ging ihr denn doch ein wenig zu weit.

Sie hatte nicht wirklich erwartet zu finden, wonach sie suchte. Sadana würde ihr vermutlich nicht einmal für die Suche dankbar sein, aber das war immer noch besser, als in dem Zimmer zu sitzen, das man ihr zugewiesen hatte, langsam vor Langeweile den Verstand zu verlieren oder Sarais alles andere als liebevolle Anweisungen darüber entgegenzunehmen, was die Dienerin der Stute wissen sollte. Das hatte nicht aufgehört, nur weil Iry in Avaris war.

Aber der Rest, der Unterricht durch Khayan und Sadana, hatte ein Ende gefunden: Khayans, weil die Stute nicht da war, und Sadanas, weil sich die Kriegerin seit Kemnis Verschwinden nicht mehr hatte sehen lassen; niemand wusste, wo sie steckte. Iry hoffte, dass sie ihn nicht gesucht oder gar gefunden und entdeckt hatte, wer er war.

Sie musste sich darauf verlassen, dass ihr Vetter geflohen und in das Obere Reich zurückgekehrt war. Sein Verschwinden war kaum jemandem aufgefallen; die Leute glaubten oder erklärten, dass sie glaubten, sie hätte ihn zu seinen Verwandten nach Memphis zurückgeschickt, obwohl Iannek nur zu gerne gewusst hätte, warum.

»Er ist nicht lange geblieben«, sagte er kurz nach Kemnis Verschwinden. »War es so leicht für alle, ihm zu vergeben, was immer er getan haben mag?«

»Offensichtlich«, meinte Iry so uninteressiert wie möglich.

Aber Iannek ließ sich nicht so leicht abweisen. »Findest du das nicht seltsam? Dass er, sobald wir hier waren, wieder verschwunden ist? Gibt es hier vielleicht jemanden, dem er nicht begegnen wollte?«

»Das ist möglich«, meinte Iry.

»Ziemlich unangenehm. Es ist wohl sonst niemand da, der seinen Platz einnehmen könnte?«

»Sollte denn jemand da sein?«

Iannek musste nachdenken. »Irgendwer muss dich beschützen.«

»Wovor?«, fragte Iry. »Vor mir selbst?«

Iannek zuckte unbehaglich mit den Schultern. »Du weißt nicht, wozu die Leute hier vielleicht fähig sind. Niemand ist glücklich darüber, dass eine Ägypterin dem König so nahe steht. Da du darauf bestehst, dich überall herumzutreiben, kann dich jeder sehen.«

»Alle sehen mich und gewöhnen sich an mich«, meinte sie gereizt. »Ist es nicht zu meinem Vorteil? Ich bin ein vertrauter Anblick geworden. Niemand muss mehr über mich staunen.«

»Aber du könntest immer noch etwas sein, was man gern loswerden will.« Iannek seufzte tief. »Ich denke, für dich gibt es keine Hoffnung. Ich werde mir von den Dienern heute Nacht einen Strohsack vor deine Tür legen lassen. So etwas gehört sich bei meinem Rang eigentlich nicht, aber es ist das Sicherste.«

»Das brauchst du nicht«, sagte Iry. »In diesem Teil des Palastes gibt es überall Wachen, besonders in der Nacht.«

Iannek schaute störrisch drein. »Du weißt nicht, wem diese Wachen dienen. Mein Bruder hat mir befohlen –«

»Dein Bruder hat das einfach als eine Möglichkeit betrachtet, dich davon abzuhalten, noch mehr Unheil zu stiften«, erwiderte Iry.

»Und hat er nicht Recht gehabt?«, meinte dieses nervtötende Geschöpf. »Vielleicht hat er es nur deshalb getan, aber wer sagt, dass du mich nicht brauchst?«

Iry hob abwehrend die Hände. »Du machst mich wahnsinnig.«

»Zumindest wirst du in Sicherheit wahnsinnig werden.«

Manchmal glaubte Iry tatsächlich, sie würde den Verstand verlieren, würde sich losreißen und kreischend davonrennen, auf der Suche nach etwas, irgendetwas, das nicht Retenu, sondern einfach und ehrlich ägyptisch war. Sie hatte den Palast schon einmal verlassen wollen, war aber nicht durch das äußere Tor gekommen. Versucht hatte sie es, doch die Wachen verweigerten ihr höflich und respektvoll, aber unbeirrbar die Flucht. Sie war tatsächlich bei all ihrem Rang und ihrer Freiheit innerhalb dieser Mauern eine Gefangene.

Dann gab sie auf. Sie gab einfach auf, saß in ihrem Zimmer und weigerte sich aufzustehen, zu essen, sich anzuziehen, sich zu bewegen. Wenn sie nicht nach draußen kommen könnte, würde sie gar nichts tun. Überhaupt nichts. Sie gehorchte nicht, als Sarai sie zu ihrem Unterricht rief; sie ging nicht zum König, als er um ihren Besuch bat; sie tat überhaupt nichts mehr.

Die Leute versuchten etwas dagegen zu unternehmen, aber diesmal erwies sich Iannek als nützlich: Er hielt sie fern. Nicht ohne sich deswegen heftig aufzuplustern, aber dagegen war sie gefeit. Das konnte sie ignorieren.

Sie wusste nicht, wie lange sie in diesem trüb beleuchteten Zimmer gesessen hatte. Nach einer Weile fragte ihr Magen nicht mehr nach Nahrung. Sie trank ein wenig Wasser, wenn ihr Mund zu trocken wurde. Es war recht friedlich, sobald Iannek begonnen hatte, die Besucher zurückzuhalten. Sie hatte ohnehin den Überblick über diese Leute verloren, und es war ihr gleich, wer vorbeikam. Iannek sagte, einmal sei sogar der König erschienen, aber er hatte auch den abgewiesen. »Und das wird nicht gerade dazu führen, dass ich in seiner Gunst aufsteige«, meinte er.

Sie schloss die Tür und verriegelt sie; dann war sie allein.

Eine Weile. Selbstverständlich überließen diese Leute eine Frau nicht ihrem Schmollen. Sie begannen an die Tür zu hämmern, nach ihr zu rufen, und – schlimmer – daran zu denken, durch das Fenster hereinzukommen, so hoch und klein es war.

Sie drückte sich die Hände auf die Ohren und vergrub sich in ihrem Bett. Es nutzte nicht viel, aber es gab ihr etwas zu tun.

Als die Tür aufgebrochen wurde, befand sie sich halb in einem Traum, in dem die Retenu das Untere Reich niemals erobert hatten, ihr Vater und ihre Brüder immer noch lebten und sie die Herrin ihres eigenen Haushalts war. Dieses Anwesen sah dem Goldenen Ibis recht ähnlich, und der Mann, der in ihrem Traum neben ihr stand, hatte große Ähnlichkeit mit Kemni. Nur, dass er viel größer war. Und kein Ägypter hatte je ein solches Gesicht gehabt, gemeißelt wie mit einer Klinge und mit einer Nase mit dem Bogen des Sichelmonds.

Eigentlich sah er überhaupt nicht wie Kemni aus, wenn man davon absah, dass er jung und männlich war. Er sah im Grunde sehr ähnlich aus wie dieser Mann, der sich jetzt über sie beugte, als sie aus ihrem Traum schreckte, nur dass dieses Gesicht halb hinter einem schwarzen, lockigen Bart verborgen war.

Die Tür hinter ihm war offen, der Riegel zerbrochen. Es war sonst niemand bei ihm, nicht einmal Iannek. Iry blinzelte. »Was hast du mit deinem Bruder gemacht? Er hat nur getan, worum ich ihn gebeten habe.«

»Ich habe ihm etwas zu tun gegeben«, meinte Khayan.

»Die Tür wieder reparieren?«

»Das und anderes.« Khayan streckte die Arme unter die Decken, packte sie, hob sie hoch, als wäre sie ein Kind, und stellte sie auf die Beine. Dann hielt er sie fest, was gut war, denn sonst wäre sie gefallen. »Und jetzt sag mir, was der Grund ist.«

»Mauern«, erwiderte sie.

Er runzelte die Stirn, aber er hatte es verstanden. »Sie lassen dich nicht nach draußen?«

»Nicht weiter als bis zum äußeren Tor.«

Seine Miene wurde noch finsterer. Plötzlich hob er sie wieder hoch, erschreckte sie damit so, dass sie sich kaum regte, und trug sie mit zielsicheren Schritten nach draußen.

Kurz bevor sie sich entschloss, sich zu wehren, sah sie, wohin er sie brachte: zu den Bädern des Frauenflügels. Die Bäder waren nicht leer. Iry sah mehrere Gesichter, denen sie keine Namen zuordnen konnte, und hörte erschrockene Schreie. »Hinaus«, sagte Khayan mit seiner tiefen Stimme. Das hätte Iry nicht dazu bewegt zu reagieren, aber diese Geschöpfe von Schleiern und Gefangenschaft gehorchten, wie man es ihnen beigebracht hatte.

Als sie verschwunden waren, ließ er Iry einfach ins Becken fallen. In ihrem Retenugewand sank sie wie ein Stein. Das Wasser schloss sich über ihr. Sie schlug wild um sich, kam wieder nach oben in die gesegnete Luft, keuchte und hustete und spuckte Wasser. In reiner, gedankenloser Wut schlug sie nach Khayan.

Er packte sie an den Handgelenken, als sie ihn kratzen wollte, hielt sie fest und packte mit der freien Hand die elenden Gewänder. Sie hörte auf, sich zu wehren, um ihn anzustarren, leistete aber keinen Widerstand, als er ihr all die nasse Wolle und das Leinen vom Leib riss.

Frei und schließlich sauber stand sie im Becken und starrte ihn immer noch unversöhnlich an. Sowohl das als auch der Anblick ihres nackten Körpers schien ihn nicht zu beeindrucken. »Dafür könnte ich dich auspeitschen lassen«, sagte sie.

»Sicher«, sagte Khayan. »Aber es hat dich aufgeweckt. Und es ist so viel angenehmer für die Nase.«

»Ich war nicht –«

»Nein, es war nicht so schlimm«, meinte er freundlich, »aber das hier ist besser. Kommst du jetzt heraus?«

Er streckte ihr die Hand hin. Sie starrte ihn wütend an. Er senkte die Hand nicht. Sie griff danach, aber nicht weit genug. Er beugte sich vor. Als er so weit vorgebeugt war, wie es ging, packte sie ihn und zog.

Er fiel kopfüber ins Becken. Genau wie sie schlug er um sich und kam keuchend wieder hoch. Aber er lachte.

Sie wollte einfach nur das Lachen aus seinem Gesicht wischen. Grimmig packte sie seine Gewänder und zerrte an ihnen. Die Wolle war fest, aber schließlich gaben die Verschlüsse nach. Wie er es mit ihr getan hatte, zog sie ihn aus und ließ ihn in einer Pfütze von Wasser, Wolle und Leinen stehen.

Sein Lachen erstarb, aber nicht zu dem Entsetzen, auf das sie gehofft hatte. Er war so schön, wie sie ihn in Erinnerung hatte, eine Schönheit allerdings, die nichts mit ägyptischer Schönheit zu tun hatte.

Und er ließ zu, dass sie ihn ansah. Er versuchte nicht, sich zu bedecken. Sein geflochtenes Haar war ihm über die Schulter gefallen. Sie löste es. Das ließ ihn schaudern. Irgendjemand hatte ihr irgendwann einmal gesagt, dass bei diesem Volk nur Diener oder Geliebte das Haar eines Mannes berühren durften.

Sie war nicht seine Geliebte. Man hätte sagen können, dass sie seine Dienerin war – oder vielleicht war er ihr Diener. Bedächtig strich sie die schweren Locken aus dem Zopf, der so dick war wie sein Handgelenk. Dick und lockig und nachtschwarz, aber mit einem schwachen rötlichen Hauch. Sie liebte es, dieses Haar zu berühren.

Er schloss die Augen. Er tat nichts, um sie aufzuhalten. Und warum? Weil er es nicht wagte? Oder weil er es nicht wollte?

Ein Mann kümmerte sich wie ein Hengst wenig darum, wer eine Frau war, wenn sie nur eine Frau war. Iry zwang ihre Hände, angewidert zurückzuzucken. Irgendwie fuhren sie stattdessen über seine Brust, strichen leicht durch das lockige Haar dort. Er schauderte – offensichtlich vor Vergnügen. Zweifellos war seine Männlichkeit dieser Ansicht. Es war ein wunderbares Ding, klein verglichen mit dem eines Hengstes, aber für einen Mann mehr als groß genug.

»Wenn ich dich bitten würde«, sagte sie zu ihm, »würdest du es tun?«

Er öffnete die Augen. Sie waren immer ein wenig verblüffend

unter diesen schwarzen Brauen: bernsteingolden und sonnenklar, wo man die Dunkelheit tiefen Wassers erwartete. »Weißt du«, sagte er zu ihr, »dass die Legende behauptet, die Dienerin der Stute hätte, als sie zum ersten Mal aus der Morgendämmerung ins Land der Erdmutter ritt, den Sohn der großen Königin dasselbe gefragt?«

»Und was hat er geantwortet?«, wollte Iry wissen.

»Er antwortete«, entgegnete Khayan, »dass er sie, wenn sie ihn auserwählt hatte, akzeptieren müsse.«

»Aber hat er auch sie auserwählt?«

»Es heißt, er habe es getan«, meinte Khayan »und alles unternommen, was in seiner Macht stand, um sie dazu zu veranlassen, ihn zu begehren.«

»Geschieht es so im Osten der Welt?«

»Ja«, erwiderte er.

»Und du? Bist du so? Oder bist du wie die anderen Retenu?«

»Wenn ich wie die anderen Retenu wäre«, sagte er, »hätte ich schon an jenem ersten Abend in der Aufgehenden Sonne mit dir getan, was ich wollte.«

»Auch nachdem sich herausgestellt hat, dass ich die Dienerin der Stute bin?«

»Das wusste ich damals nicht«, sagte er. »Und wenn hätte es mich vielleicht aufgehalten, aber nicht lange.«

»Du könntest dafür getötet werden.«

»Ein Mann der Retenu, der tut, worum eine Frau eindeutig bittet? Eine fremde Frau ohne Familie und daher ohne Ehre, selbst eine, die eine Göttin auserwählt hat? Man würde mich vielleicht auspeitschen oder ins Exil schicken, aber nicht mehr.«

Solche Worte hätten kalte Distanz zwischen ihnen schaffen sollen. Aber während sie sprachen, bewegten sie sich unmerklich weiter aufeinander zu, bis sie einander fast berührten. Iry war sich seiner Körperwärme bewusst und des Geruchs, Salz und Moschus und Schweiß, und des angenehmen Dufts nach Pferden. Er war so viel größer als sie – und dennoch, das waren Pferde auch. Sie hatte keine Angst vor ihnen, jetzt nicht mehr. Sie hatte gelernt, sie nicht zu hassen.

Sie würde niemals lernen, die Retenu nicht zu hassen. Und dennoch, dieser Mann gehörte nicht ganz zu ihnen; das Volk seiner Mutter hatte das Untere Reich nicht erobert.

Er war ein Adliger der Retenu. Er hatte gekämpft und getötet, um diesen Rang zu erreichen. Um in Ägypten zu herrschen, um seinen Fuß in den Nacken eines eroberten Volkes zu setzen.

Und es war ihr gleich. Es interessierte sie nicht, nicht so nahe an ihm, und wenn er sich nicht regen würde, ohne dass sie darum bat. Es war unmöglich für einen Mann, sich so zurückzuhalten, und dennoch tat er es. Es war eine Qual: Sie sah, wie er bebte und wie sein Atem schneller wurde. Aber er konnte sich selbst ebenso zügeln wie seine Pferde.

Wenn er sie einfach gepackt hätte, hätte sie sich gegen ihn wehren können. Diese Reglosigkeit um solchen Preis brach all ihre Verteidigungsmauern.

Sie musste ihn nun bitten. Aber wenn sie das tat – was dann? Was würde er von ihr erwarten, oder sie von ihm?

Wenn sie wie ein Mann sein könnte, wenn sie nehmen könnte wie ein Mann, nur für den Augenblick, und den Rest sich selbst überlassen – würde sie diesen Mann nehmen?

Sofort.

Keine Distanz mehr. Körper an Körper, Haut an Haut.

Er keuchte, als hätte sie ihm wehgetan. Sie konnte dieses harte, heiße Ding zwischen ihnen spüren, geschwollen, als würde es bersten. Ein Wunder, dass dies noch nicht geschehen war.

»Tu es«, sagte sie. »Bring es zu Ende.«

Er schüttelte den Kopf. Sein Bart streifte ihre Stirn. Etwas schwoll tief in ihr, erhob sich und wuchs und blühte wie eine Blume. Aber er sagte: »Das kann ich nicht.«

»Du *kannst es nicht*?«

Er würde es nicht tun. Dieser elende, störrische Mann.

Sie wusste, was ein Mann tat und was eine Frau tat. Sie hatte es oft genug gesehen, aber nie selbst getan. Sie hatte es nie gewollt, hatte bislang auch keinen Mann gekannt, von dem sie es hingenommen hätte.

Bis dieser gekommen war, dieser Feind, dieser Mann eines verhassten Volkes.

»Ich bitte dich«, sagte sie. »Und du akzeptierst. Ja?«

»Nein.« Aber es war keine Antwort, es war mehr ein schmerzliches Stöhnen.

Sie schlug ihn fest mit der Faust auf die Brust. Er grunzte, wich aber nicht zurück. »Was ist los?«, schrie sie ihn an. »Willst du mich nicht? Ist es das? Bin ich hässlich? Bin ich zu klein? Ist es, weil ich nicht von deinem Volk bin?«

Auf jedes Wort folgte ein Schlag, und diese Schläge trieben ihn zurück, Schritt um Schritt, bis er am Rand des Beckens angekommen war und darüberfiel. Sie beugte sich über ihn und schlug weiter auf ihn ein. »Ich hasse dich!«

Er keuchte und riss die Hände hoch, aber nicht, um sie wegzuschieben. Er zog sie an sich, zu nah, als dass sie noch hätte schlagen können. So nah, dass es nichts mehr auf der Welt gab als diesen warmen, großen Körper und dieses heiße, drängende Ding dazwischen. Es gab etwas, was man tat – was der Körper tat. Man öffnete sich, man bewegte sich, man nahm es in sich auf – mit einem Keuchen, einem langen Augenblick der Unmöglichkeit – so groß, so groß, und sie so klein. Und es tat weh, aber das Drängen war größer. Sie musste es tun. Sie *musste*.

Der Schmerz wurde heftiger, bis sie es nicht mehr ertragen konnte, bis sie zurückweichen musste.

Etwas gab nach. Hingebung. Öffnen, entspannen, gestatten. Und es tat immer noch weh, aber nicht mehr so sehr. Es war beinahe – es war – angenehm.

Sie lagen am Rand des Beckens. Er war in ihr, füllte sie zum Bersten. Sie hatte die Augen weit aufgerissen. Entsetzt?

Nein. Erstaunt. Vielleicht ein wenig verängstigt, aber nicht entsetzt.

»Zeig mir«, keuchte sie, »zeig mir – was –«

Nun gehorchte er, beinahe freudig. Und sanft. Das hatte sie nicht erwartet, selbst nachdem sie gesehen hatte, wie er mit den Pferden umging. Er war so groß und so stark wie ein Hengst. Aber er bewegte sich sanft und langsam, war sich ihres Schmerzes bewusst und erweckte den Beginn anderer Empfindungen. Er streichelte sie, folgte ihren Schultern mit Küssen. Er erregte ihren gesamten Körper, nicht nur den Teil, mit dem sie ihn in sich hielt, bis sie schon stöhnte, wenn er nur mit seinem Mund den ihren streifte.

Dann begann er den Tanz, den sie gesehen, aber nie gekannt hatte, zunächst langsam, aber er wurde schneller, als sie begriff, um was es ging. Es war wie die Stute vom Schritt zum Trab, zum Kanter, zum Galopp zu reiten, dasselbe Auf und Nieder, dasselbe reine Entzücken an der Bewegung des Körpers.

Aber es gab noch mehr. Ein verborgener Teil von ihr erinnerte sich – es gab etwas, das außerdem geschah. Etwas …

Das. Wie das Anschwellen einer Woge. Wie ein Falke, der ins Himmelsgewölbe aufsteigt bis zum Zenith und wie ein Stein niederstürzt. Abwärts und abwärts und abwärts, blind nur auf die Beute konzentriert.

Und das Zuschlagen, fest und gnadenlos, die Explosion von Federn, die plötzliche gewaltige atemlose Stille.

Ihr Körper pulsierte von der Mitte bis in die äußersten Extremitäten. Ermattet lag sie auf ihm. Er war immer noch in ihr, obwohl er nun weicher wurde und schrumpfte. Sie versuchte ihn zu halten, aber er rutschte heraus.

Er war ganz schlaff, ebenso wie sie. Sie hob mit großer Anstrengung den Kopf und sah ihm ins Gesicht. Fast hatte sie erwartet, dass er schlief, aber er hatte die Augen offen. Als sie ihn ansah, erwärmte sich sein Blick so plötzlich und vollständig, dass sie beinahe geweint hätte.

Tränen machten sie immer zornig. »Ich nehme an, so lächelst du all deine Frauen an«, sagte sie boshaft.

»Nur jene, die mein Herz zum Singen bringen.«

»Alle«, murmelte sie.

Er schüttelte den Kopf, lächelte immer noch. Er lachte über sie.

Wenn sie ihn wieder schlüge, würde auch der Rest wieder geschehen, und dazu tat ihr alles viel zu weh. Stattdessen küsste sie ihn. Seine Lippen zuckten. Sie war starr vor Zorn – dennoch steckte das Lachen sie an, und sie konnte nicht mehr aufhören. Es warf sie auf die kühlen Kacheln nieder, rollend und um sich tretend und ohne jeden Grund laut johlend, einfach nur darüber, dass die Welt ein einziger, großer, wunderbarer Witz war und sie mittendrin.

52

Khayan war verzaubert, gebannt. Vollkommen überrascht, vollkommen im Sturm genommen.

Was hatte Iry nur geglaubt…

Seine Mutter und sein Bruder Iannek waren einfach nur dankbar, dass es ihm, wie auch immer, gelungen war, Iry aus ihrem Zimmer zu schaffen. Er bezweifelte, dass sie sich vorstellen konnten, wie das geschehen war, oder dass sie entzückt wären, wenn sie es wüssten. Die Dienerin der Stute war an keine Gesetze gebunden, außer an jene, die für die Frauen des Stammes galten, und diese gaben ihr die Freiheit eines Mannes, zu lieben, wen und wie sie es wünschte. Aber dies war eine andere Dienerin der Stute als alle zuvor. Sarai hatte es ihm bereits gesagt: »Ich werde sie so streng bewachen wie ein Vater seine Tochter und sie gegen jeden schützen, der sich auf sie stürzen will. Sie ist unschuldig. Ich werde nicht zulassen, dass man ihr diese Unschuld nimmt.«

Und Iannek war selbstverständlich Iannek – ein so störrischer junger Idiot, wie man es nur sein konnte. Er würde versuchen, Khayan zu finden und ihn zu töten, oder etwas ähnlich Lächerliches.

Iry, nicht mehr unschuldig, entehrt, ihrer Jungfernschaft beraubt, hatte sich ihrem Gelächter ergeben und saß nun mit einem Schluckauf da und kämpfte gegen ihr Kichern, und es schien ihr gerade erst aufzufallen, dass sie wieder neben ihm war. Sie starrte ihn an, alles von ihm, schaute dann an sich herab. Sie riss die Augen ein wenig auf. »Ich – ich bin –«

Sie berührte das Blut an ihrem Oberschenkel. Einen Augenblick lang dachte er, sie würde weinen oder schreien, aber sie starrte es nur an.

Mit aller Sanftheit, die er aufbringen konnte, brachte er ihr Wasser vom Becken und ein weiches Tuch und wusch das Blut weg. Sie ließ ihn das tun, widersetzte sich nicht, bis er sich zurückziehen wollte. Dann legte sie die Hand auf seine und hielt sie an ihren Oberschenkel. Er hielt den Atem an. Sie wollte doch nicht, dass er dachte, was er dachte – sicherlich wollte sie das nicht!

»Du solltest vielleicht«, meinte er bedächtig, »für ein oder zwei Tage tun, was du tust, wenn du blutest, denn manchmal –«

»Manchmal blutet es weiter.« Sie nickte. »Ich weiß. Das hat man mir gesagt. Da ich es, wie deine Schwester ausdrückte, wohl kaum von meiner eigenen Mutter erfahren hätte.«

»Meine Schwester? Maryam?«

»Sadana.« Iry nahm seine Hand in ihre beiden und hob sie zwischen ihre Brüste. Ihr Herz klopfte ein wenig schneller, ihr Atem war ein wenig flach, aber sie war erstaunlich gefasst. »Ich werde dir nicht befehlen zurückzukommen. Aber wenn du es willst… dann darfst du.«

»Und wirst du mich willkommen heißen?«

Ein wenig schaudernd holte sie Luft. »Ich – wenn du mich willst –«

»Wie könnte ich dich nicht wollen?«

»Aber ich bin nicht –«

»Hör auf damit«, sagte er. Es war vielleicht nicht weise oder respektvoll, aber er nahm sie in die Arme, zog sie an sich, zog sie wie ein Kind auf seinen Schoß und mit dem Kopf an seine Schulter. Sie wehrte sich nicht. Tatsächlich seufzte sie und schmiegte sich an ihn.

»Was machen wir jetzt?«, wollte sie wissen. Ihre Stimme war heller als sonst, so kindhaft wie ihre Haltung auf seinem Schoß, aber er kannte sie gut genug, um zu wissen, dass ihr Geist nicht der eines Kindes war.

»Was machen wir jetzt?«, wiederholte er ihre Worte. »Was immer du willst.«

»Nein«, erwiderte sie mit einem Hauch von Geduld. »Sag mir, was ich tun sollte. Sollte ich davongehen? Sollte ich so tun, als wäre dies nie geschehen? Was ist angemessen? *Ist* irgendetwas angemessen?«

»Im Osten«, sagte er, »hättest du die Wahl. Du könntest mich als unbefriedigend davonschicken. Du könntest dich zufrieden erklären und mich wieder in dein Bett einladen. Du könntest sogar, wenn ich dich wirklich erfreut habe, befehlen, dass ich mit meinen Sachen in dein Zelt einziehe.«

»Und du? Könntest du irgendwie mitreden?«

»Ich könnte mich weigern zurückzukommen, oder ich könnte nicht darauf bestehen wiederzukommen, wenn du es mir verbietest.«

»Was, wenn ich dir befehlen würde, in mein... nicht mein Zelt, in meine Gemächer zu ziehen. Was würdest du tun?«

»Es gäbe einen Skandal«, sagte er.

»Würdest du dich weigern?«

»Nein«, erwiderte er. Er wusste nicht, was er sagen sollte, bis er es ausgesprochen hatte, aber das war die Antwort, die ihm einfiel. Es war nicht vernünftig, es war die Antwort seines Herzens, als er diesem klaren Blick begegnete.

»Was, wenn ich dir befehlen würde davonzugehen und nie wieder mit mir zu sprechen?«

Gegen seinen Willen zog sich sein Magen zusammen. »Ich ... würde gehorchen.«

»Gerne?«

»Du weißt, dass das nicht so ist.«

»Weiß ich das?« Sie runzelte die Stirn, legte den Kopf schief. »Du lügst nicht, nicht wahr? Viele an diesem Hof leben in einem Gewebe aus Lügen. Alles, was sie tun, ist falsch, manchmal ein wenig, manchmal vollkommen. Sie tanzen einen langen Tanz von Worten, die nicht wahr sind, mit Gesichtern, die Masken sind, und mit einem Lächeln, das nie bis zu den Augen vordringt.«

»Ist das an einem ägyptischen Hof nicht so?«

»Ich habe gehört, es sei überall so, wo es Könige gibt«, sagte sie. »Aber du sprichst die Wahrheit. Sie müssen dich hassen.«

»Glaubst du das?«

»Es wäre mir nicht aufgefallen«, sagte sie.

Selbstverständlich nicht. Sie stand über den kleinlichen Intrigen des Hofes.

Khayan merkte, wie vollkommen bezaubert er von ihr war. Es traf ihn wie eine Erleuchtung, obwohl es schon eine ganze Weile klar gewesen war, dass er sie mehr als nur interessant fand. Als er sie nun ansah, schmolz sein Herz, und ein anderer Teil von ihm wäre entzückt gewesen fortzuführen, was sie nicht allzu lang zuvor begonnen hatten.

Sie bemerkte das nicht mehr, als ihr aufgefallen war, ob man

Khayan am Hof von Avaris liebte oder nicht. Frauen waren eben so. Sie konnten an ein Dutzend Dinge gleichzeitig denken und das ignorieren, was für einen Mann am wichtigsten war.

Er seufzte leise.

Sie hörte das. »Du musst jetzt doch sicher irgendwo sein«, sagte sie.

Er zuckte mit den Achseln. »Es gibt keinen Ort, der wichtiger wäre, oder wo ich lieber wäre.«

»Das ist reizend«, sagte sie, »aber ich bin sicher, dass man dich wahrscheinlich schon sucht. Wenn ich verspreche, dass ich mich benehme und mich zu meinem Unterricht mit deiner Mutter begebe, wirst du dann gehen, wohin du auf dem Weg warst, bevor du mich gerettet hast?«

»War es eine Rettung?«

»Vor mir selbst.« Sie hielt einen Augenblick inne, als müsse sie ihren Mut zusammennehmen. Dann sagte sie: »Heute Abend sollten wir beide ruhen. Morgen Abend … komm zu mir. Wenn du willst. Und nur wenn du willst.«

»Ich werde kommen«, sagte er. »Mein Wort darauf.«

Das Aufleuchten ihrer Augen hätte ihn beinahe niedergestreckt. Er konnte sich nur darauf konzentrieren, sich anzuziehen – mit ihrer Hilfe, was ihn viel verlegener machte, als er sich jemals hätte zeigen wollen – und sich herzurichten und sich zusammenzunehmen, um sich der großen Welt zu stellen.

Sie schob ihn beinahe nach draußen, mit dem Versprechen, ihm nach einer Weile zu folgen, ordentlich und züchtig gekleidet. Das war von ihr kein kleines Versprechen.

Es tat beinahe weh, von ihr wegzugehen und wieder ein Adliger zu werden, ein Mann und Krieger und nicht ein Liebender. Er musste einmal stehen bleiben, in einem gnädig leeren Flur, und sich an die kalte Steinmauer lehnen und einfach nur atmen.

So etwas geschah ihm sonst nicht mit Frauen. Er hatte mehr als einmal geliebt, wie er glaubte: eine Priesterin des Stammes, eine Häuptlingstochter und, ja, die reizende launische Barukha, die er – den Göttern sei Dank – heute Abend wahrscheinlich nicht in seinem Bett finden würde; ihr Vater hielt sie eingeschlossen. Er hatte große Freude mit ihnen erlebt und großes Vergnügen. Aber wenn er nicht mit ihnen zusammen war, dachte er kaum an sie, es sei denn, wenn seine Männlichkeit es müde war, darauf zu warten, dass er ihre Abwesenheit bemerkte.

An diese Frau dachte er häufig. Das hatte er schon immer getan, selbst am Anfang, als sie nur ein verblüffendes und ausgesprochen freches Kind gewesen war, eine Sklavin unter Sklaven. Und selbstverständlich hatte er, nachdem die Stute sie auserwählt hatte, ohnehin an sie denken müssen. Immerhin war er einer ihrer Lehrer. Aber was er sie nun lehren wollte, hatte nichts mit Wagenlenken zu tun, oder mit dem Beherrschen der Pferde – es sei denn, es waren rossige Stuten.

Er musste aufhören, musste sich konzentrieren. Es war spät, aber noch nicht zu spät, um sich den Dingen zu widmen, die er vorgehabt hatte, als seine Mutter nach ihm geschickt hatte und ihn bat, die Dienerin der Stute aus ihrem Abstieg herauszureißen. Er bezweifelte allerdings, dass sie sich von ihm gewünscht hätte, es auf diese Weise zu tun, wenn sie auch sicherlich mit Irys neuem Fleiß zufrieden sein würde.

Und wenn Iry seiner Mutter sagte, was er getan hatte … nun, er konnte nur einmal sterben.

Mit einem kurzen Auflachen richtete er sich wieder auf, zupfte sein Gewand zurecht und ging mit neuer, festerer Entschlossenheit weiter.

Die Götter waren offenbar wohlgesinnt, denn die Wachen des Königs grüßten ihn so freundlich wie immer. Einer, mit dem Khayan einen oder drei Krüge Wein und ein oder sechs Spiele mit dem Knochen geteilt hatte, grinste ihn an und sagte: »Du hast Glück, Herr. Er war länger unterwegs als erwartet. Er ist gerade erst zurückgekommen. Es sind Männer bei ihm, aber er sagte, wir sollten dich hereinschicken, sobald du hier wärst.«

Khayan seufzte erleichtert. »Ah. Das ist gut.«

»Wir haben heute Abend ein Spiel geplant«, sagte der Soldat. »Komm und spiel mit, wenn der König dich gehen lässt.«

»Das werde ich tun«, erklärte Khayan. Wenn er nicht zu Iry konnte, würde ein Spiel im Wachraum genügen müssen.

Mit einem Lächeln und einem Nicken ging er an den Wachen

vorbei in die Gemächer, die er seit seiner Rückkehr aus dem Osten so gut kennen gelernt hatte. Der König befand sich vermutlich in dem kleineren Audienzraum, wenn er Gäste unterhielt, und tatsächlich, dort hatte sich eine größere Gruppe zusammengefunden, als Khayan erwartet hätte. Khayan erkannte die meisten von ihnen: den Kanzler des Königreiches, einen oder zwei Armeebefehlshaber, den königlichen Stallmeister und ein paar der höher stehenden Höflinge. Khayan war nicht gerade von niederem Adel, aber in dieser Gesellschaft war er sowohl der jüngste als auch der unwichtigste.

Er ließ sich sein Zögern nicht anmerken. Der König hatte nach ihm geschickt. Es war unangenehm, so spät zu kommen, aber Apophis schien nicht ärgerlich zu sein. Tatsächlich erhob er sich, winkte Khayan zu sich und bat ihn, sich zu seiner Rechten niederzulassen. Dann rief er die Diener, um Khayan zu bringen, was er sich wünschte.

Solche Zeichen großer Gunst konnten kaum unbemerkt bleiben. Khayan stellte sehr genau fest, wer ihm Seitenblicke zuwarf und welche Gesichter ein wenig zu ruhig wurden. *Welpe,* dachten diese hohen Herrschaften wahrscheinlich, aber blieben höflich und versuchten nicht, ihn herauszufordern; dazu würde später noch Zeit sein.

Sobald Khayan sich mit einem Becher Wein niedergelassen hatte, kehrte die Beratung – denn darum handelte es sich – zu dem Thema zurück.

»Du glaubst es also wirklich?«, fragte Apophis seinen Armeegeneral.

Dieser alte Soldat, der in einer längst vergangenen Schlacht eine Hand verloren hatte, aber immer noch ein mörderischer Kämpfer war, nickte mit dem vernarbten, grauen Kopf und sagte: »Vor zehn Jahren hätten die Ägypter diese Stadt beinahe eingenommen, weil man uns überrascht hat. Ohne deine Voraussicht Herr, Nubien um Hilfe zu bitten, hätten wir dieses Reich, das unsere Väter erobert haben, verloren.«

»Wir haben den Ägypter zurückgeschlagen«, sagte einer der anderen. »Er ist kurz darauf umgekommen, im Kampf mit den Nubiern, heißt es. Sein Bruder, der den Thron übernommen hat –

sein Bruder hat uns nie auch nur ein Scharmützel geboten. Er wird von Frauen beherrscht, heißt es: erst war es seine Mutter, dann die Gattin, die er von seinem Bruder geerbt hat.«

»Man sagt mir, sie sei seine Schwester«, warf der Mann ein, der neben ihm saß. Er schauderte. »Barbarisch, das Kind seines eigenen Vaters ins Bett zu nehmen.«

Alle murmelten empört vor sich hin, bis auf Apophis und General Khamudi, die sich auf etwas Wichtigeres konzentrierten. »Ich glaube tatsächlich«, sagte Khamudi, »dass die Gerüchte der Wahrheit entsprechen. Der Ägypter hat seine Armeen zusammengezogen. Hast du seit dem letzten Vollmond aus Nubien gehört? Hast du Boten dorthin geschickt? Es ist ruhig, Herr. Als hätten die Ägypter uns von unseren Verbündeten abgeschnitten.«

»Wie soll das möglich sein?«, fragte ein Adliger. »Oder, falls er es wirklich getan hat, marschiert er vielleicht in Nubien ein. Es ist ein reiches Land, und alle begehren es. Warum nicht der Ägypter?«

»Weil«, erklärte Khamudi mit sorgsam gewahrter Ruhe, »der Ägypter es viel zufrieden stellender findet, uns anzugreifen und sich zurückzuholen, was seine Vorgänger besaßen.«

»Rebellion«, murmelte der Stallmeister. Er schien nicht überrascht zu sein. »Ja, ich habe Gerüchte gehört, ein unterirdisches Grollen. Diese Leute sind untertänig, aber einige von ihnen haben ihren Stolz. Sie würden viel dafür zahlen, uns dahin zu schicken, wo wir hergekommen sind.«

»Wir sind aus diesem Land gekommen«, sagte der Kanzler. »Ich bin in dieser Stadt geboren. Ich bin so ägyptisch wie jeder dieser angeblichen Rebellen.«

»Denk daran, was der letzte Pharao gesagt hat«, meinte Khamudi, »als er vor diesen Mauern stand und uns mit seinem Sieg verhöhnte. ›Elende Asiaten‹, hat er uns genannt ›Fremde Hunde.‹«

»Und dann ist er geflohen«, fügte der Kanzler hinzu, »und kurz darauf gestorben. Zweifellos versteht sein Volk, was die Götter ihnen damit mitteilen wollten.«

»Dennoch gibt es Gerüchte«, sagte der König, »dass sein Nachfolger uns angreifen wird.«

»Nur Gerüchte«, sagte der Kanzler. »Ich habe Spione und

Läufer ausgeschickt. Es heißt, dass sich weit südlich von Memphis eine Flotte sammelt, aber niemand hat gesehen, dass sie nach Norden segelt. Falls sie überhaupt existiert, nehme ich an, dass es nur darum geht, uns zu verschrecken. Der Ägypter ist kaum stark genug, unsere Armeen herauszufordern – und er hat nicht mehr, als sein Reich ihm liefern wird, während wir die ganze Macht von Asien im Rücken haben.«

»Nehmen wir an«, wagte Khayan sich vor, »dass er eine Möglichkeit findet, uns davon abzuschneiden. Es ist nur eine schmale Straße, die uns an unser Volk bindet. Was, wenn er sie zerschneidet?«

Sie betrachteten ihn alle, als wäre er ein Kind, das sich in die Betrachtung der Älteren mischt. Selbst der König beäugte Khayan mit mehr Geduld als Interesse.

»Wie sollte er die Straße nach Asien abschneiden?«, wollte der Kanzler wissen. »Wir halten alle Wege dorthin. Und selbst wenn ihm das gelingen sollte – welche Kraft sollte er haben? Wir haben große Armeen. Er hätte nicht mehr, als er durch die Wüste oder über die Marschen und Moore bringen kann, die ziemlich undurchdringlich sind. Sein Versuch wäre jämmerlich und zum Scheitern verurteilt.«

Khayan schloss vorsichtshalber lieber wieder den Mund, obwohl eine Menge Worte darum bettelten, herausbrechen zu können. Sie nickten alle, einige lächelten ihn mitleidig an, andere waren viel zu erfreut über das, was sie für seine Dummheit hielten.

Vielleicht war er dumm. Es wäre ein schreckliches Unternehmen und unmöglich, diese Stellung zu halten, selbst wenn man sie einmal eingenommen hätte. Aber wenn er der ägyptische König wäre, würde er sich nach einer Möglichkeit umsehen. Besonders, wenn er sich auf die Ägypter innerhalb des Reiches verlassen könnte – die im Vergleich zu den schrecklich wenigen von Khayans eigenem Volk sehr zahlreich waren – und darauf, dass sie sich erheben und für ihn kämpfen würden.

»Also«, meinte Apophis in das sich ausdehnende Schweigen hinein, »hat niemand mehr als Gerüchte gehört. Falls die Flotte sich bewegt, falls sie existiert – dann werden wir es erfahren, nicht wahr?«

Alle nickten. Khamudi sagte: »Ich würde die meisten Gerüchte ignorieren, Herr. Aber dieses ist unsere Aufmerksamkeit wert. Wenn es sich als falsch erweist – nun, unsere jungen Männer könnten ein wenig Übung gebrauchen. Ein paar Tage in der Sonne und Nächte in den Sümpfen und vielleicht das eine oder andere Scharmützel – das würde sie für einige Zeit beruhigen.«

»Du würdest also eine Kompanie oder zwei nach Süden bringen«, wollte Apophis wissen, »und nachforschen, was es mit diesen Gerüchten über eine Flotte auf sich hat?«

»Vielleicht drei große Kompanien«, sagte Khamudi, »oder vier. Eine Demonstration der Kraft könnte uns nichts schaden.«

»Dann tu es«, sagte Apophis.

Khamudi verbeugte sich im Sitzen.

»Herr«, wandte Khayan ein. »Wenn das so einfach ist und eine solche Kleinigkeit, warum dann nicht auch eine Kompanie nach Sile schicken? Wenn sonst nichts, wird der Marsch ihnen etwas zu tun geben, und sie könnten ihre Verwandten in Asien besuchen, wenn sie wollen.«

Apophis dachte darüber nach, das musste Khayan ihm lassen. »Das wäre vielleicht nicht schlecht«, sagte er. »Aber wenn wir angegriffen werden, dann aus dem Süden. Am besten sollten wir unsere Kräfte nicht verteilen, indem wir noch eine Kompanie so weit nach Norden schicken.«

»Aber wenn sie aus dem Norden angreifen –«

»Mein lieber junger Vetter«, sagte Apophis freundlich, aber mit einem warnenden Unterton, »deine Sorge ist bewundernswert. Aber es besteht keine Gefahr aus dem Norden.«

Khayan senkte den Kopf. »Dann ... Herr, dürfte ich vielleicht meine eigenen Männer, und nur diese, auf einen Übungsmarsch mitnehmen? Und vielleicht machen wir in Sile Halt und versichern uns, dass meine Befürchtungen unbegründet sind?«

»Demnächst vielleicht«, erwiderte Apophis. »Im Augenblick ziehe ich es vor, dich hier zu behalten.«

Dagegen konnte Khayan nichts sagen. Apophis war der König, und diese Männer hier waren die weisesten seiner Berater. Wenn sie keinen Sinn in seinem Vorschlag sahen, dann war es vielleicht tatsächlich nur albern.

So schloss die Beratung, indem Khayan aufgehalten wurde und Khamudi Befehl erhielt, sich auf die Suche nach der Flotte des ägyptischen Königs zu begeben. Khayan hätte die Gemächer mit den anderen verlassen, aber Apophis hielt ihn mit einem Wort und einem Blick zurück.

Das wurde nicht sonderlich erfreut entgegengenommen, aber Apophis ignorierte das. Als der Letzte der Berater das Zimmer verlassen hatte und nur noch die Diener und Khayan sich in diesem plötzlich leeren Raum befanden, sagte Apophis: »Schon gut, Junge. Du brauchst nicht zu schmollen. Hast du schon genug von dieser Stadt?«

»Nein, Herr«, erwiderte Khayan. »Aber –«

»Ich verstehe«, sagte Apophis lächelnd. »Dann komm. Was würdest du zu ein paar Tagen der Flucht sagen? Eine Jagd – wir werden jagen, was immer das Land hergibt.«

»Könnten wir im Norden jagen?«, fragte Khayan mutig, obwohl es ihm letztlich gleich war.

Apophis lachte. »Du gibst wirklich nicht auf! Ja, wir können uns nach Norden wenden, wenn du das möchtest. Geh und ruf deine Leute zusammen. Wir reisen morgen ab.«

Khayan blieb verblüfft stehen. »Morgen, Herr?«

»Es ist ein wenig zu spät, heute noch anzufangen«, erwiderte Apophis.

Khayan wollte dazu ansetzen, ihn zu verbessern, überlegte es sich dann aber anders. Was hätte er sagen können? Die Wahrheit? *Herr, ich habe die Dienerin der Stute entehrt, und sie hat mir befohlen, morgen Abend zu ihr zu kommen. Wenn du die Jagd vielleicht noch einen weiteren Tag verschieben könntest –*

Nein, die Wahrheit würde nicht genügen. Und wie Iry schon festgestellt hatte, log Khayan nicht. Also schwieg er. Er verbeugte sich, nahm den Segen entgegen und war entlassen.

53

Iry konnte es nicht glauben, als sie es sah. Ihre Gemächer waren in Aufruhr, alle Männer trafen Vorbereitungen zur Jagd – sie würden am nächsten Morgen mit dem König losreiten. »Eine große Jagd«, sagte einer der jungen Idioten in einem entzückten Singsangton. »Tage und Tage. Vielleicht einen ganzen Monat – wir reiten und leben in einem Zelt und jagen, was uns die Götter bringen.«

»Und wessen göttliche Eingebung war das?«, wollte sie wissen.

Der Junge starrte sie an. Das Letzte, was er gehört hatte, war, dass sie sich in ihrem Zimmer eingeschlossen hatte und vor sich hin schmollte. Aber er war gehorsam genug, ihre Frage zu beantworten. »Khayans Idee.«

»Khayan –« Sie hielt inne. »Es war nicht der Vorschlag des Königs?«

»Ich weiß es nicht, Herrin«, sagte der Junge.

»Aber morgen sollte er doch –«

Das brauchte dieses Kind nicht zu wissen. Sie ließ ihn gehen, wohin er eindeutig verzweifelt gehen wollte, zu irgendeiner Beschäftigung, die große Geschwindigkeit und Begeisterung erforderte.

Einige sagten, der König habe diesen Ausflug befohlen, aber die meisten waren der Ansicht, es sei Khayans Idee gewesen. Iry brauchte sich kaum nach dem Grund fragen. Er wollte sie also doch nicht. Wie schlau von ihm, den König zu überreden, ihn mitzunehmen, bevor er gezwungen sein konnte, sie wieder zu lieben.

Sie war nicht zornig, o nein. Sie war zu sehr auf Mord versessen, um zornig zu sein.

Selbstverständlich nahmen sie keine Frauen mit. Das war ein Männerunternehmen, obwohl es zweifellos Dienerinnen und Diener geben würde, und auch angemessene Vergnügungen am Abend. Und daran würde er zweifellos teilnehmen.

Sie hatte nicht vor, sich wieder in ihrem Zimmer einzuschließen. Nein, diesmal würde sie bei Herrin Sarai Zuflucht suchen. Diese Furcht erregende Dame schien zufrieden mit Irys erneutem

Fleiß und ihrer erhöhten Aufmerksamkeit für den Unterricht, der immer komplizierter wurde. Diesmal ging es um die Kunst des Regierens, die Beherrschung von Stämmen und Nationen. Das hätte Iry nicht interessiert, wenn sie nicht irgendetwas gebraucht hätte, um sich von diesem schrecklichen Mann abzulenken.

Aber ihr Körper erinnerte sich nicht an Schrecken. Küsse, so tief und liebevoll wie seine Stimme und Hände, die Empfindungen erwecken konnten, von denen sie vorher nichts geahnt hatte. Ihr Körper erinnerte sich an die Wärme seiner Arme und sein dichtes, weiches Haar, das ihm über die Schulter fiel und ihre Brüste streichelte.

Solche Erinnerungen hätten sie ablenken sollen, aber indem sie sich von ihnen abwandte, konzentrierte sie sich nur noch intensiver, auf die angemessenen Formeln aller Arten von Botschaftern eines fremden Königs anzusprechen, von einem fürstlichen Gesandten bis zu einem niederen Boten.

»Ich bin keine Königin«, sagte sie. »Warum muss ich diese Dinge wissen?«

»Weil du über einer Königin stehst«, sagte Sarai so ruhig wie immer. »Was immer eine Königin tun kann, musst du besser können.«

Da dies der Wahrheit entsprach, hielt Iry den Mund und machte sich daran zu lernen, was sie lernen konnte. Und sie ignorierte das Durcheinander ringsumher, das für eine solche kleine Expedition ziemlich ausgedehnt war. Sie machten sich doch nicht in den Krieg auf, es ging nur um eine Jagd mit dem König.

Dieser Gedanke bewirkte, dass sie sich anspannte, aber so weit sie wusste, ahnte keiner von ihnen, dass tatsächlich ein Krieg auf sie zukommen würde.

Sie war tief in den Einzelheiten eines weiteren Rituals versunken – ein Geburts- und gleichzeitig ein Sterberitual –, als sie draußen eine Stimme hörte, die sie nur zu gut kannte. Khayan war gekommen, um seine Männer zusammenzurufen, wie immer mit viel Gelächter und unbeschwerter Kameradie. Sie bemerkte, dass so etwas ungewöhnlich war. Er war als Fremder hierher gekommen, als Eindringling, der in einem fremden Land zum Mann geworden war, und dennoch liebten ihn die vom Volk seines Vaters. So etwas war nicht leicht zu erreichen.

Sie war allerdings nicht in der Stimmung, ihn zu bewundern. Er hielt sich von seiner Mutter und von den anderen Frauen fern. Das passte Iry ausgesprochen gut.

Wirklich gut, in der Tat.

Am Morgen machten sie sich auf den Weg, übermütig und laut. Von dem Pomp, der eine königliche Jagd in Ägypten begleitete, war hier wenig zu sehen. Der König fiel nur dadurch auf, dass sein Schuppenpanzer vergoldet war, ebenso wie sein Wagen. Seine Wachen wirkten schlicht und nicht mehr neu, wie der Mann selbst.

Iry hatte nicht vorgehabt, sie zu beobachten, wenn sie sich auf den Weg machten, aber sie war zufällig nahe dem Fenster, als der Lärm begann. Sie sah sie alle mit ihren Wagen, die meisten von Eseln gezogen, wenn auch der Wagen des Königs und selbstverständlich Khayans hinter einem Pferdegespann rollte. Khayan hielt sich in der Nähe des Königs und von seinem Wuchs her war er ganz bestimmt nicht der größte oder beeindruckendste dieser großen, bärtigen Männer, und dennoch war etwas an ihm, das den Blick anzog.

Sie hatte nicht vor, ihm mit dem Blick zu folgen, aber ihre Augen hatten ihren eigenen Willen; wieder war es der Körper, der sich erinnerte.

Wenn eine Begegnung von Körper und Körper genügte, einer Frau den Verstand zu rauben, dann war es kein Wunder, dass so viele Frauen dumm waren. Iry wandte dem Fenster und der Jagdgesellschaft, die vom Hof fuhr, einen letzten Blick zu und kehrte zurück zu ihrem Unterricht in den Künsten von Priesterinnen, die mehr waren als Königinnen.

Khayan versuchte dreimal Zugang zum Frauenquartier zu erhalten, bevor er sich auf die Jagd machte. Aber Herrin Sarai hatte jedem Mann für diesen Tag und diesen Abend verboten näher zu kommen, weil sie, wie die Wache erklärte, der Dienerin der Stute eines der großen Rituale beibrachte.

Das entsprach vielleicht sogar der Wahrheit. Oder vielleicht hatte sie erraten, was Khayan mit Iry gemacht hatte. Frauen wussten so etwas, es gehörte zu ihrer Art Magie.

Sie ließen nicht einmal einen Boten oder eine der Dienerinnen hinein. Ohne Hilfe und ohne Vergebung verließ Khayan also den Palast von Avaris.

Er war auf beinahe feige Weise froh, diese Mauern hinter sich zu lassen und frei sein zu können von dieser großen und engen Stadt. Die Jagdgesellschaft des Königs hatte die Straße frei vor sich: Passanten flohen eilig, Karawanen hasteten aus dem Weg. Geringe Adlige und Fürsten wichen entweder zurück oder riefen: »Herr! Wohin geht es?« Und als sie ihre Antwort erhielten, gesellten sich etliche der Jagdgesellschaft zu, einige gleich, andere später am Morgen.

Khayan hatte Iry nicht vergessen. Wie könnte er! Aber unter diesen Männern seiner eigenen Art war ihm unbeschwerter zu Mute, und die Angespanntheit von so vielen Tagen hinter Mauern fiel von ihm ab.

Abends im Lager erinnerte er sich an sie, als er allein auf seiner Decke lag. Viele Männer hatten Frauen zu ihrem Vergnügen mitgebracht, zusammen mit den Dienern und dem Gepäck. Sie hätten gerne mit ihm geteilt, aber er lehnte lächelnd ab. Wein, Gesellschaft, Tanz und Lieder nahm er entgegen, aber Frauen … nein, bitte nicht.

Oh, er war bezaubert. Er lachte über sich selbst, während er dort lag und den Lauten anderer lauschte, die sich vergnügten. Als er einschlief, träumte er von ihr, keine Wahrträume, keine prophetischen Träume, aber Erinnerungen, die wegen ihrer Kürze umso süßer waren.

Wenn der König ihm gestatten würde, nach Avaris zurückzukehren, würde er sich bei ihr entschuldigen, so gut er konnte, und sie mit ganzem Herzen lieben. Aber nun, solange es keine Hoffnung dazu gab, wollte er jagen, wie es der König wünschte, und so froh sein, wie sein Geist es zuließ.

Wo immer sich der König aufhielt, kamen und gingen Boten, die Nachricht von Dingen brachten, um die sich selbst ein König auf der Jagd kümmern musste. Khamudis Kompanie ausgewählter Männer war nach Süden marschiert; sie hatten noch keine Anzeichen von Eindringlingen gefunden, weder auf dem Fluss noch an Land.

»Haben sie auch die Wüste durchgekämmt?«, fragte Khayan.

»Nichts«, sagte der Läufer. »Alles ist ruhig. Die jungen Männer sind nicht sonderlich zufrieden.«

»Das kann ich mir vorstellen«, sagte Khayan trocken.

Mit solchen Neuigkeiten, die sie sehr erleichterten – obwohl Khayan immer noch nervös war, misstrauischer Narr, der er war, zogen sie weiter nach Nordwesten in die Marschen, wo die Jagdbeute üppig war. Ebenso üppig waren die Stechfliegenschwärme und die Krokodile in den verflochtenen Seitenarmen des Flusses, aber das genügte nicht, um die Männer fern zu halten. Sie jagten den ganzen Tag, und am Abend verzehrten sie die Früchte ihrer Jagd.

An dem Tag, als sie auf die großen Flusspferde stießen und der König selbst den großen Bullen tötete – und dabei einen treuen Diener verlor, der von den gewaltigen Kiefern und den Elfenbeinzähnen entzweigerissen wurde – kam ein Bote aus einer neuen Richtung zu ihnen – aus Nordosten. Er fuhr in einem Wagen hinter zwei taumelnden und beinahe zuschanden gefahrenen Eseln und war selbst verwundet und ausgemerkelt, als wäre er Tag und Nacht ohne Rast und Essen unterwegs gewesen.

»Sile«, sagte er. »Sie nehmen Sile ein.«

Der Blick des Königs wanderte zu Khayan. Einen Augenblick lang befürchtete Khayan, dass er nun bezichtigt würde, ein Spion zu sein. Aber der König tat nichts dergleichen, sondern sagte einfach nur: »Wir bleiben hier. Schickt nach den Dienern.«

Wein aus dem Weinschlauch des Königs, Brot und Zwiebeln und ein Stück Käse brachten den Boten wieder halbwegs ins Leben zurück. Er wollte sich nicht in dem Lager, das sie in sicherer Entfernung von den Flusspferden errichtet hatten, niederlassen und ausruhen, bevor er dem König alles gesagt hatte, was er wusste.

»Er belagert Sile«, sagte er. »Der König aus Theben – der Ägypter. Er kam aus dem leeren Land mit seinen Armeen – und mit Kampfwagen, Herr. Er hatte Kampfwagen. Er hat eine ganze Herde von Pferden und –«

»Pferde?«, warf der König ein. »Keine Esel?«

»Pferde«, sagte der Mann. »Gute Tiere, schnell und gut ausgebildet. Aber das ist noch nicht alles. Er hat eine Flotte. Eine riesige Flotte von Schiffen auf dem Meer.«

»Meeresschiffe?«, wiederholte Apophis. »Aber Ägypten hat keine –«

»Kreta schon«, erwiderte der Bote.

Der König war aufgesprungen und ging auf und ab, wie er es gerne tat, wenn er zuhörte. Er sagte immer, es helfe beim Denken. In diesem Augenblick aber blieb er stehen, fuhr herum und wäre beinahe gestürzt. Er tastete nach seinem Sessel und setzte sich hin. »Kreta? Sie haben sich mit Kreta verbündet?«

»Es sind kretische Schiffe, Herr«, sagte der Bote.

»Sile«, murmelte Apophis, »und Kreta.« Er hob den Kopf und starrte stirnrunzelnd zum Himmel auf. »Ihr Götter, wie dumm wir waren. Wie arrogant und dumm.«

»Herr«, wagte Khayan zu sagen. »Wir sind hier genug Männer, und wir sind bewaffnet. Wenn wir so bald wie möglich losziehen, könnten wir –«

»Nein«, sagte der König. Und dann zu dem Boten. »Erzähle mir den Rest.«

Der Mann verbeugte sich, trank noch einen Schluck Wein, wie um Mut zu sammeln, und berichtete dann weiter: »Die Armee kam aus dem leeren Land und die Flotte vom Meer. Sie hatten uns umzingelt, bevor wir noch wussten, was geschah. Es gelang uns, die Verteidigungsstellungen und die Mauern zu bemannen, aber es sind viele, und sie haben die Straßen blockiert. Sie haben die Verbindung nach Kanaan abgeschnitten.«

Apophis nickte. Es war ihm nun ebenso deutlich, wie es Khayan deutlich gewesen war, obwohl er sich geweigert hatte, Khayan gehen zu lassen, um es aufzuhalten, bevor es begann.

Wieder wagte sich Khayan vor: »Herr, wenn sie die Stadt belagern – wie lange schon? Seit zwei Tagen? Seit dreien? Es ist noch Zeit. Wir können die Stadt zurückgewinnen und sie zermalmen, bevor sie sich nach Süden wenden.«

»Sie werden den Fluss herabkommen«, sagte Apophis, als hätte er ihn nicht gehört. »Es gibt eine Flotte im Süden, selbst wenn Khamudi sie nicht finden kann. Sie bedrohen uns von beiden Seiten.«

Krieg. Khayan wusste nicht, wer das Wort zuerst ausgesprochen hatte, aber in kaum mehr als einem Dutzend Herzschlägen war es durchs Lager gewandert. *Krieg. Es herrscht Krieg.*

Der König wollte allerdings nicht zulassen, dass sie sich jetzt schon aufmachten. Nicht alle. Nach seiner ersten Verstörung hatte er sich schnell erholt, war so willensstark und klug wie immer und gab die Befehle beinahe schneller aus, als die Männer folgen konnten.

Jene Adligen, die sich der Jagd auf dem Weg angeschlossen hatten, und jene mit Anwesen in der Nähe und in Richtung Sile, bat er, so schnell wie möglich nach Hause zurückzukehren und jeden ihrer Männer aufzustellen, der kämpfen konnte. Sobald das geschehen war, sollten sie südlich von Sile eine Mauer bilden und den Ägypter und seine Verbündeten vom Meer daran hindern, weiter ins Reich vorzudringen. Es war nicht Khayan, dem er das Kommando über diese Truppe übergab. Es war einer der Generäle, die ebenfalls bei der Beratung anwesend gewesen waren und in Khamudis Schatten gesessen hatten.

Der Rest, Khayan eingeschlossen, würde nach Avaris zurückkehren. »Ich brauche dich dort«, sagte Apophis, bevor Khayan widersprechen konnte. »Du wirst deinen Kampf bekommen, das verspreche ich dir. Dieser Krieg wird sowohl von Süden als auch von Norden her kommen. Ich will dich an meiner Seite, wenn der zweite Angriff erfolgt.«

Khayan hatte keine andere Wahl, als sich dem zu beugen. Es gab keine Belohnung für Voraussicht und keinen Vorteil darin, vor allen anderen gesehen zu haben, wie der Feind über das Königreich herfallen würde.

So schnell hatte sich alles von der Jagd zum Krieg verändert! Die jungen Wüstlinge im Gefolge des Königs waren vor Freude außer sich. Die meisten von ihnen, bemerkte Khayan, wurden mit Khamudis Stellvertreter losgeschickt. Die vernünftigeren, verlässlicheren blieben beim König.

Er nahm an, er sollte sich geschmeichelt fühlen, dass man ihn dazu zählte. Und es stimmte, es würde noch genug Krieg für alle geben.

In kürzester Zeit hatten jene, die die Grenzen nach Asien bewachen sollten, ihre Waffen und ihr Gepäck zusammengesucht und sich auf den Weg gemacht. Der König selbst hatte es nicht so eilig, aber er hatte auch nicht vor, sein Lager an diesem Ort zu lassen. Er hielt nur noch einen Augenblick inne, um dem Flusspferd die großen Zähne herauszubrechen. Den Rest überließ er den Krokodilen und den Geiern, die seit Beginn der Jagd über ihnen gekreist hatten. Als die Sonne ihren Höchststand hinter sich gelassen hatte, waren sie auf der Straße nach Avaris, mit Boten, die ihnen in schnellen Wagen vorauseilten, um der Stadt die Nachricht zu überbringen.

Khayan behielt er zu seiner Rechten. Khayan hoffte, dass es aus Zuneigung und nicht aus Misstrauen geschah.

Seine Laune war schrecklich. Er war dumm, und das wusste er auch. Es war nicht notwendig, dass er nach Sile fuhr. Aber den Befehl über dieses Unternehmen zu erhalten – das wäre eine Ehre gewesen, über die er sich gefreut hätte.

Viele würden sicherlich behaupten, es sei eine größere Ehre, in der Nähe des Königs zu bleiben und an all seinen Beratungen teilnehmen zu können. Apophis war angesichts des Krieges nicht mehr der gutmütige, liebenswerte Mann, der sich so an seinem Zoo erfreut hatte. Dies hier war ein harter Mann, ein König und ein Befehlshaber von Armeen.

Armeen, die er nun hastig zusammenstellen und vorbereiten musste. Während er auf Avaris zufuhr, zogen seine Boten unermüdlich zu allen Adligen und Landsitzen und forderten sie auf, ihre Kämpfer zusammenzurufen.

Am Abend waren ihnen, wie das so ist, die Neuigkeiten bereits weit voraus. Das Königreich war erwacht, die Adligen riefen zu den Waffen. Die Geringeren, das eroberte Volk, arbeiteten unbeachtet von allen, mit Ausnahme vielleicht von Khayan, weiter. Krieg oder nicht, die Ernte musste eingebracht werden, Weizen und Gerste und auch die nicht ganz so wertvollen Früchte des Bodens.

»Herr«, sagte Khayan, als sie rasch an Feldern mit reifer Gerste und kleinen, dunkelhäutigen Menschen vorbeifuhren, die das Getreide mit Sicheln schnitten. »Könnte die Ernte vielleicht schneller eingebracht werden? Wenn der Feind so weit kommt und nur leere Felder vorfindet, wird er sich nicht ernähren können. Und wenn die Ernte eingebracht und in sicherer Entfernung gelagert ist und so gut bewacht wie möglich …«

»Das stimmt«, sagte Apophis. »Ein guter Gedanke. Kümmere dich darum.«

Khayan verneigte sich: sowohl vor dem Vertrauen als auch vor dem Befehl. Es war ein Geschenk, ob der König es wusste oder nicht. Khayan entschied sich, es so zu betrachten.

54

Am dritten Tag kehrten sie nach Avaris zurück, der König und seine stark verringerte Jagdgesellschaft. Das Reich hinter ihnen war in Aufruhr, Adlige musterten ihre Truppen, Männer bewaffneten sich für den Krieg. Und noch weiter hinter ihnen, an den Grenzen nach Asien, hatte der Krieg bereits begonnen.

Die Stadt schien auf den ersten Blick nicht überfüllter zu sein als eh und je. Aber die Menschenmengen waren undurchdringlich, der Tumult ohrenbetäubend. Wer immer die Möglichkeit dazu hatte, hatte hinter diesen hohen Mauern den Schutz des Königs gesucht.

Apophis fuhr zu dröhnendem Jubel und einen Sturm der Freude in seine Hauptstadt ein. Khayan konnte spüren, wie Kraft ihn erfüllte, selbst von vorn, wo die Hengste, die von dem langen Weg in schneller Geschwindigkeit ein wenig erschöpft waren, nun zum Jubel der Menge tänzelten. Die Liebe des Volkes war eine starke Droge, stärker als Wein. Sie ließ ihn schwindelig werden.

Die Palastmauern hielten das Schlimmste draußen, obwohl es immer noch toste wie das Meer, als der Rest der Armee ihren Weg durch die Stadt nahm. Es gab Angst – Krieg brachte das immer mit sich, Angst vor dem Tod, Angst vor Schmerzen –, aber keine

Angst vor der Niederlage, das wusste Khayan instinktiv. Sie waren ein starkes Volk, und sie hatten dieses Land seit hundert Jahren beherrscht. Sie würden diesen Krieg gewinnen.

»Und diesmal«, sagten Apophis' Fürsten im Rat, »werden wir das Land für immer erobern. Lasst uns den Ägypter und all seine Armeen zermalmen. Und wenn wir das erledigt haben, verfolgen wir ihn bis nach Theben und tun, was wir schon längst hätten tun sollen: Wir nehmen die andere Hälfte Ägyptens ein.«

Zuvor hatte Apophis immer, wenn er so etwas gehört hatte, mit niederschmetternder Logik darauf hingewiesen, dass sie zwar stark waren, aber nur wenige, und die Länge dieses Landes mit all diesen vielen Menschen kaum zu halten war. Jetzt allerdings nickte er nur. »Wir müssen darüber nachdenken«, sagte er, »ja. Oder sie werden immer wieder zurückkommen und uns trotzen, bis es ihnen gelingt, uns zu vernichten.« Sie schickten eine starke Truppe zu Khamudi, südlich von Memphis, um die Flotte aufzuhalten, sobald sie flussaufwärts kam. So, sowohl im Norden als auch im Süden bewacht, mit der eigenen befestigten Stadt dazwischen, ließ er sich nieder, um zu warten und sein Reich zu regieren, während seine Generäle weit entfernt den Krieg führten.

Khayan kam spät in seine Gemächer, tatsächlich sehr spät und leicht taumelnd. Er war direkt vom Marsch zur Beratung gegangen und hatte mit dem König hinterher gesessen – verblüfft über Apophis' Unermüdlichkeit. Als er die Audienzhalle verließ, war Apophis immer noch da, reichte Wein herum und befahl die Entsendung seiner Armeen.

Khayan hatte eigene Befehle. Seine Leute in der Aufgehenden Sonne sollten bleiben, wo sie waren, und die Pferdeherden bewachen – zumindest jene von ihnen, die nicht zu dem einen oder anderen General geschickt wurden, um im Krieg eingesetzt zu werden. Er würde gut dafür bezahlt werden, in Ländereien und Schätzen.

Und er sollte beim König bleiben, er war der Wagenlenker des Königs. Es war ein Amt von großer Ehre und großer Macht, wenn er es tatsächlich übernahm – was durchaus möglich war. Er hatte aus dem Becher des Königs getrunken, draußen in der Stadt. Er hätte nichts gegen einen weiteren Schluck gehabt.

Gefährliche Gedanken, sagte er sich wachsam, als er an der Wache an seiner eigenen Tür vorbeikam. Er blieb im Vorraum stehen und gähnte gewaltig. Kein Diener wartete hier, um ihm beim Ausziehen zu helfen. Endlich: Die Palastdiener hatten verstanden, dass Khayan sich lieber selbst um sich kümmerte, bevor er schlief. Obwohl er am Morgen nichts gegen Hilfe hatte. Er ließ seine Gewänder mit einem erleichterten Seufzen fallen und streckte sich, bis seine Knochen knackten. Ein weiteres Gähnen packte ihn, als er halb gehend, halb taumelnd in den inneren Raum kaum.

Die Lampen waren entzündet, die Nachtlampe in ihrer Nische und die Lampengruppe am Bett. Sie warfen einen sanften Schein über die Decken. Diese waren frisch und duftend nach Kräutern. Jemand hatte auch Blütenblätter darüber gestreut, als wäre er ein Fürst. Er schüttelte den Kopf und legte sich mit einem Seufzen nieder, das halb ein Ächzen war.

Er hätte wieder aufstehen und die Lampen löschen sollen, aber das Bett war wunderbar bequem. Er spielte mit dem Schlaf, der aber gerade außer Reichweite blieb. Erinnerungen flackerten hinter seinen Augen auf. Das Gesicht des Königs, das sterbende Flusspferd, der Bote und seine müden Esel, Rufe und Schreie und der gedämpfte Lärm des Krieges.

Weiche Hände strichen über seinen Rücken, warmer Atem kitzelte seinen Nacken, ein geschmeidiger Körper passte sich seinem an.

Plötzlich war er wieder vollkommen wach. Während der ganzen Jagd und dem Beginn des Krieges hatte er die Erinnerungen im Zaum gehalten, hatte sich vergessen lassen, dass er Iry ohne ein Wort verlassen hatte. Aber es schien, dass sie ihm vergeben hatte. Ihre Hände strichen über seine Brust und den Bauch und ergriffen seine erwachende Rute, packten fester, streichelten und neckten, wusste genau, wo –

Iry hätte *das* nicht gewusst. Nur ein einziges paar Hände würde ihn auf diese Art berühren.

Er spannte sich an, um sich umzudrehen, aber sie hielt ihn fest. »Barukha«, sagte er. »Ich dachte, du wärst bei deinem Vater.«

»Mein Vater ist mit Khamudi in den Süden gezogen«, sagte sie.

»Er hat mir gestattet, zu deiner Mutter zurückzukehren. Freut dich das nicht? Bist du nicht entzückt, mich wiederzuhaben?«

»Du solltest nicht hier sein.«

»Dummer Mann«, sagte sie nachlässig. »Selbstverständlich nicht. Aber freust du dich nicht?«

Seine Männlichkeit war entzückt. Der Rest von ihm, so weit er noch den Verstand hatte zu denken, sah nur ein einziges Gesicht. Und das war nicht das von Barukha.

Irgendwie – er wusste nicht wie – riss er sich los, stand schwankend da. Barukha lag in seinem Bett, nackt und schön. Sie streckte sich, bog den Rücken durch, bis ihre Brüste dreist vorstanden.

»Geh«, sagte er zu ihr. »Lass mich in Ruhe.«

Ihr Lächeln ließ nicht nach. Sie zog ein Knie an und ließ es träge zur Seite fallen, öffnete sich für ihn, schwarzes, lockiges Haar, feuchte, rosafarbene Lippen wie Blütenblätter.

Er riss den Blick von diesem verheißungsvollen Ort los. »Ich sagte: geh.«

»Mein Liebster«, erwiderte sie, »was ist über dich gekommen? Hat dich ein erzürnter Vater eines Nachts erwischt? Hat er dich ausgepeitscht? Lass mich sehen – ich werde die Erinnerung daran vertreiben.«

»Barukha«, sagte er mit so tiefer Stimme, dass es wie ein Grollen in seiner Brust klang. »Ich will, dass du gehst.«

Endlich schien sie zu begreifen, dass er keinen Spaß machte. Vielleicht hatte sie sein Gesicht überhaupt nicht gesehen, nur seinen Körper. Und der hatte ihm nun auch gehorcht, indem er abkühlte. Sie war wunderschön, sie war verlockend – aber er wollte sie nicht.

Dann blickte sie auf und an ihm vorbei. Er wusste nicht, was sie in seinem Gesicht entdeckte, aber sie erstarrte. »Du willst … du willst wirklich …«

Er nickte.

Sie schüttelte den Kopf nur einmal. »Das kannst du nicht.«

»Ich tue es gerade.«

»Ich sagte, du kannst es nicht.« Sie erhob sich inmitten der Decken auf die Knie. »Sag mir, wer sie ist.«

Khayan kniff die Lippen zusammen. Er sollte jede andere Frau abstreiten, das wusste er. Aber er konnte nicht lügen, dazu war er nie im Stande gewesen. Daher schwieg er.

»Sag es mir«, drängte Barukha, »*sag es mir*!«

Das würde er nicht tun.

Sie sank zurück. »Das sollte gleich sein, oder nicht? Alle Frauen müssen teilen. Männer nehmen so viele wie sie wollen. Ich werde dich teilen. Es wird mir nicht gefallen, aber so ist es nun einmal, oder nicht?«

»Ich will nicht geteilt werden«, sagte er. Sein Herz war so kalt wie seine Stimme. Es entsprach der Wahrheit. Das wollte er nicht. Er hatte es nicht erwartet. Barukha war schön. Sie war eine großartige Liebhaberin. Und die Götter wussten, dass er nicht der Erste war, den sie je genommen hatte, ebenso wenig wie er erwartet hatte, der Letzte zu sein.

Er wollte sie nicht, vielleicht hatte er sie nie gewollt. Was er wollte, war dieses schlanke, ägyptische Mädchen, die weder Kunstfertigkeit noch Geschicklichkeit besaß, aber hinreißender war als jede andere, die er gekannt hatte. Das konnte er Barukha nicht sagen. »Geh«, sagte er. »Wenn du es dir nicht befehlen lassen willst, dann bitte ich dich. Es gibt sicher einen anderen Mann, der dir geben kann, wonach zu suchst. Wahrscheinlich ist er sogar noch hübscher.«

Sie lächelte nicht darüber, ihre Miene war vollkommen ausdruckslos. »Du wirfst mich also raus.«

»Ich bitte dich zu gehen. Mehr um deiner eigenen Sicherheit willen als für mich. Wenn dein Vater erfährt –«

»Mein Vater.« Sie lachte. Es war ein seltsames, irgendwie brüchiges Geräusch. »Weißt du, was ich getan habe, Khayan, weißt du, was mit mir passiert ist? Als ich in seinem Haus eingeschlossen war, in Schleier gewickelt, bis ich beinahe erstickt wäre und niemand in der Nähe außer Frauen und Eunuchen, wusste ich, dass ich nie so leben könnte. Ich könnte nicht den Harem eines alten Mannes zieren. Ich brauche einen jungen Mann, einen starken Mann, einen Mann, der mir frische Luft lässt. Da wusste ich es. Es war, als hätte ein Gott zu mir gesprochen. Ich will dich. Keinen anderen Mann. Dich. Wenn mein Vater aus dem Krieg zurückkommt, wirst du ihn um mich bitten. Du wirst im Reich hoch aufsteigen; der König liebt dich. Mein Vater wird dich für würdig halten. Du wirst schon sehen.«

»Barukha«, sagte Khayan mit einer gewissen Verzweiflung.

»Es wird eine sehr passende Partie sein«, plapperte sie weiter. »Selbst mein Vater muss das einsehen.«

»Barukha«, sagte Khayan, »ich kann nicht –«

»Der Brautpreis ist selbstverständlich hoch. Aber du kannst ihn zahlen. Du bist ein königlicher Favorit. Du kannst den König um alles bitten, was mein Vater verlangt.«

»Barukha!«, rief Khayan scharf – mit einem kleinen Schreck, als es ihm einfiel. Ein Name wurde dreimal ausgesprochen … so gewannen Ägypter Macht übereinander.

Barukha ließ sich von keinem Mann beherrschen, es sei denn mit Gewalt. Aber sie hörte auf zu reden, starrte ihn an.

»Ich werde dich nicht heiraten«, sagte Khayan, »ich werde nicht mit dir schlafen. Wo sind deine Kleider? Ich bringe dich zurück in deine Räume. Du schläfst im Quartier meiner Mutter, ja?«

»Ja«, sagte sie beinahe leise.

»Gut«, erwiderte Khayan. »Gut. Hier.« Ihr Gewand war ganz in der Nähe, den Göttern sei Dank: direkt neben seinem Bett.

Er hob es hoch und schüttelte es aus. Sie regte sich nicht, um es ihm abzunehmen. Mit einem Seufzen legte er es um ihre Schultern, hob ihre schlaffen Arme, um sie durch den Ärmel zu ziehen, streckte die Hände aus, um es zu schließen. Sie regte sich bei der Berührung, bewegte sich ein kleines bisschen, bis ihre Brust seine Hand berührte. Er zog die Hand schnell zurück. Das Gewand klaffte auf, doch sie versuchte gar nicht erst, sich zu bedecken, ganz im Gegenteil: Sie hob ihre Hand zur Brust und streichelte die Brustwarze, damit sie fester wurde. »Ich bin schön, nicht wahr?«, fragte sie.

»Sehr schön«, sagte er steif. Dann zog er das Gewand vorsichtiger wieder über Brust und Bauch und schloss es, wie es angemessen und züchtig war. »Komm. Ich bringe dich dahin, wo du hingehörst.«

»Ja«, sagte sie mit einer Stimme, die beinahe ein Seufzen war. »Tu das.« Er wusste es besser als zu glauben, dass sie aufgegeben hatte. Aber sie hatte sich dem Unvermeidlichen gestellt. Ein wenig verspätet erinnerte er sich daran, selbst etwas anzuziehen. Das Erste, was ihm einfiel, war ein Nachtgewand wie das ihre, leicht und offen. Er schloss es mit einer Schnur und nahm an, dass es genügen würde. Er hatte nicht vor, mit ihr die belebteren Wege des Palastes zu nehmen.

Sie gingen auf dem Weg, auf dem sie wahrscheinlich gekommen war, durch eine kleine, innere Tür zu einem Flur, der am Ende zu den Räumen seiner Mutter führen würde. Es war ein Flur, den die Diener benutzten, schmal und schlecht beleuchtet, aber ein oder zwei Lampen in einer Nische spendeten genügend Licht. Barukha klammerte sich an ihn und taumelte ein wenig. Es mochte ein Trick sein, aber es war dunkel. Er ließ zu, dass sie sich an ihn lehnte.

Es war nicht weit, aber mehr als weit genug, bis sie endlich sagte: »Hier, mein Zimmer ist hier.«

Die Tür öffnete sich zu einer überraschend großen Kammer mit einem breiten Bett und einer goldenen Lampe. Barukha stolperte auf der Schwelle und wäre beinahe hingefallen. Khayan fing sie auf, und sie schlang die Arme um ihn.

Er riss sich los. Sie schlug nach ihm, kratzte, spuckte, versuchte, seine Augen zu erreichen. Er hob die Hand, um sich zu verteidigen, und traf ihr Gesicht, als hätte sie es in den Weg gehalten. Erschrocken wich er zurück, aber sie folgte ihm und schlug auf ihn ein, bis er sie packte, damit sie aufhörte.

Sie schmiegte sich an ihn – kurz bevor er sich zusammennahm und zurückwich. Dann tobte sie wieder, wehrte sich, kreischte wie eine Wahnsinnige. »Lass mich los! *Lass mich los*!«

Er versuchte verzweifelt, genau das zu tun, aber bei jeder Bewegung umklammerte sie ihn fester. Er drückte ihr die Hand auf den Mund. »Bist du verrückt! Willst du etwa –«

Sie biss ihn. Er fluchte. Sie schrie nur lauter.

Die äußere Tür ging auf. Gesichter – Augen – Starren, aufgerissene Münder, glitzernde Waffen, als die Wachen in den Raum kamen. Da endlich gab sie ihr Kreischen auf. Sie sackte in seinen Armen zusammen, die Hände in sein Gewand gekrallt. Als sie zu Boden sank, riss sie es mit sich und enthüllte ihn den starrenden Augen.

Sie lag zu seinen Füßen. Ihr eigenes Gewand hatte sich geöffnet, ein langes, hübsches Bein enthüllt, eine runde, weiße Brust. Das Gewand war zerrissen. Sie musste das irgendwie getan haben, als sie auf ihn einschlug.

Er blickte auf. Das Entsetzen in den Gesichtern der anderen war ein Spiegelbild seines eigenen. Irgendwie fand er seine Stimme: »Jemand soll einen Arzt holen. Ich glaube, sie hat einen Anfall.«

Seine Worte begegneten tödlichem Schweigen. Alle starrten nicht sie an, sondern ihn. Und das war kein Wunder, mit seinem Gewand zu seinen Füßen und der armen, wahnsinnigen Kreatur, die darauf lag. Er bückte sich, um es aufzuheben.

Die Wachen fielen über ihn her wie Hunde über einen Löwen. Sie rissen ihn von ihr weg und warfen ihn mit solcher Wucht nieder, dass es ihm den Atem raubte. Er setzte dazu an, sich zu wehren, aber es waren zu viele. Sie waren zu stark.

Erst als sie ihn festhielten und er ein Schwert an der Kehle und ein anderes an seiner Männlichkeit hatte, fiel ihm plötzlich auf, was sie geglaubt hatten zu sehen. Ein Mann, mitten in der Nacht in den Frauenquartieren, im Kampf mit einer Frau, er nackt und sie beinahe. Wenn er es gesehen hätte, hätte er genau dasselbe gedacht.

Er hörte auf sich zu wehren. Sie rissen ihn hoch, alles andere als sanft, und fesselten ihm die Hände auf dem Rücken – sie rissen ihm beinahe die Arme aus den Gelenken. »Das geschieht dir recht«, murmelte einer. »Hundesohn.«

Er biss die Zähne zusammen, als weitere Beschimpfungen folgten. Barukha lag immer noch am Boden, umgeben von einem Schwarm schwatzender Frauen. Auch diese warfen ihm Seitenblicke zu – mörderische Blicke, obwohl einige sich mit dem Wegschauen Zeit ließen.

War es überhaupt ihr Zimmer? Er erkannte diese Frauen nicht. Sie waren alle Fremde. Falls seine Mutter nicht sämtliche Dienerinnen weggeschickt hatte, waren das nicht die Frauen seiner Mutter. Die Wachen rissen ihn nach draußen, bevor er die Frauen fragen konnte, wer sie waren. Er wehrte sich nicht, fügte sich einfach. Sie murrten, als sie ihn plötzlich tragen mussten, aber das war besser für ihn als zu kämpfen.

Sie warfen ihn nicht ins Gefängnis – vielleicht, weil es von hier sehr weit bis zu den Kellern der Festung war. Sie warfen ihn in einen unbewohnten Raum und ließen ihn dort liegen.

Es gab kein Licht. Es war dunkel hier, wie in der Grube von Seths Herz. Khayan lag eine Weile auf dem Bauch, wie man ihn hingeworfen hatte. Aber seine Schultern schmerzten gewaltig. Er drehte sich um, kam irgendwie auf die Knie und schließlich mit großer Anstrengung auf die Beine. Er wäre beinahe wieder hingefallen, aber irgendwie gelang es ihm aufrecht zu bleiben.

Einen Augenblick lang stand er nur da und atmete, dann bewegte er sich. Vorsichtig, ein Fuß vor den anderen, ertastete er sich das Zimmer. Es war größer, als er erwartet hatte. Er stieß sich das Schienbein schmerzlich an etwas, das ein Stuhl oder vielleicht eine Truhe war.

Es gab eine innere Tür Sie gab nach, als er sie mit der Schulter aufdrückte.

Licht. Es war trüb, der Schein einer Fackel weiter unten im Hof durch ein Fenster, aber es genügte, um zu sehen, dass er in Räumen war, die jenen, in denen er gewohnt hatte, sehr ähnlich waren.

Er setzte sich auf das Bett, weil es am nächsten war. Es gab nichts in diesem Raum, womit er seine Fesseln durchschneiden konnte, keine Waffe, nichts Scharfkantiges.

Daher setzte er sich hin und ließ den Kopf hängen, bis seine Schultern wieder protestierten. Hätte er sie durch Schläge zum Schweigen bringen können, dann hätte er es getan.

Irgendwann in dem Kampf mit Barukha, bei all ihrem Kreischen und Heulen, hatte sie etwas gesagt. Er hatte es in diesem Augenblick nicht weiter bemerkt, nun fiel es ihm wieder ein, lebhaft bis hin zum Schmerz: »Wenn ich dich nicht haben kann, wird dich keine haben.«

Er hätte nie geglaubt, dass sie verrückt war. Nun gut, er wusste, sie war waghalsig und kümmerte sich wenig um die Folgen ihres Tuns. Wenn sie wütend war, wild vor Eifersucht …

Konnte Eifersucht eine Frau dazu bringen, einen Mann zu vernichten?

Eine dumme Frage. Und er war noch dümmer, weil er in die

Falle gegangen war. Wenn er sie einfach weggeschickt hätte, hätte sie ihm das nicht antun können; nicht ohne zu erklären, warum sie in seiner Kammer war.

Aber er war noch nicht tot. Sie hatten ihn auch nicht entmannt. Er war intakt, bis auf seine Ehre.

Sie holten ihn viel früher ab, als er erwartet hatte. Wieder wurde er mitgeschleppt, diesmal eine längere Strecke, aber hinauf in die höheren Bereiche des Palastes und nicht in den Kerker. Er kannte diese Flure: Sie führten zu den Gemächern des Königs.

Selbstverständlich würde der König das Urteil fällen. Es gab keine höhere Autorität, und Khayan war sein Günstling gewesen.

Um diese Tageszeit, kurz vor der Morgendämmerung, waren die Flure bereits erstaunlich voll. Alle starrten ihn an, als er vorbeitaumelte, und flüsterten miteinander. Vom Krieg einmal abgesehen, würde das der größte Skandel sein, den sie seit langem erlebt hatten. Ein Adliger und Günstling des Königs war bei dem Versuch erwischt worden, die jungfräuliche Tochter eines anderen Adligen zu vergewaltigen – köstlich. Erschreckend.

Der König wartete auf ihn. Apophis sah aus, als hätte er nicht geschlafen; und vielleicht hatte er das auch nicht. Sein Gewand war ein Nachtgewand, als wäre er im Bett gewesen oder im Begriff sich hinzulegen.

Khayan hoffte, er würde nie wieder in solche Augen sehen müssen. Augen, die alles gesehen hatten, was es zu sehen gab, und denen das nichts als Kummer bereitete.

Die Wachen traten ihm die Füße weg, und er fiel fest auf seine Prellungen von den Stürzen zuvor. Er versuchte nicht aufzustehen; es war nicht so, dass es ihm an Mut fehlte, das zu tun, er sah einfach keinen Sinn darin.

»Schneidet die Fesseln durch«, sagte der König.

Darüber waren die Wachen gar nicht glücklich. Der Mann, der die Fesseln durchschnitt, war alles andere als vorsichtig und verwundete Khayan am Arm. Khayan spürte es kaum, da seine Arme taub geworden waren. Sie fielen ihm leblos an die Seiten.

»Hebt ihn auf«, sagte der König.

Feste Hände rissen ihn hoch. Sie mussten ihn halten. Seine

Knie waren zu Wasser geworden. Aber er konnte den Kopf heben. Immerhin. Das konnte er.

Der König sah ihn von oben bis unten an. Er bot vermutlich einen erschreckenden Anblick. Die Wachen hatten dafür gesorgt, dass er auf dem Weg an jede einzelne Treppenstufe gestoßen war. Ein Faustschlag hatte seine Lippen aufplatzen lassen, ein Auge war fast zugeschwollen. Er erinnerte sich beinahe nicht mehr, wie das geschehen war.

»Setzt ihn auf einen Stuhl«, sagte der König, »und geht.«

Das gefiel ihnen noch weniger, aber der König hatte gesprochen. Sie mussten gehorchen.

Es waren immer noch andere anwesend: Diener, ein Soldat oder zwei, jedoch keine Adligen, keine Fürsten. In deren Abwesenheit waren sie so allein, wie es nur möglich war.

»Sag mir warum«, forderte Apophis.

Khayan konnte das nicht beantworten, nicht auf eine ehrenhafte Weise. Er setzte sich auf den Stuhl, den die Wachen gebracht hatten, bemüht, nicht vollkommen würdelos zu Boden zu sacken und schwieg.

»Man hat dich inmitten der Gemächer gefunden«, sagte der König, »die meine Königinnen bewohnen, wie du dich einer Dame von beträchtlichem Rang aufzwangst. Die Dame ist krank. Sie will uns nicht sagen, warum sie sich dort aufhielt, in einer Entfernung von den Räumen, in denen sie eigentlich untergebracht war. Es ist allerdings klar genug, wieso du dort warst und was du tatest.«

Khayan schloss die Augen. Wenn er sich verteidigte, würde er Barukha entehren. Unehre war für eine Frau schlimmer als für einen Mann. Kein Mann von Rang würde eine Frau nehmen, die einen Mann verfolgt und verführt hatte. Aber eine Frau, die man gezwungen hatte… man könnte ihr vergeben, wenn sie rasch einen Mann von makelloser Ehre heiratete.

Schweigen war seine Zuflucht. Er hatte keine andere.

»Warum?«, fragte Apophis abermals. »Warum, Khayan? Du von allen Männern – das ist das letzte Verbrechen, das ich von dir erwartet hätte. *Bist du denn schuldig?* Oder gibt es etwas, das man uns nicht gesagt hat?«

Khayan ließ den Kopf nach vorn sinken. Hätte er sich nur ein wenig mehr gehen lassen, wäre er nach vorn ins Dunkel gestürzt, aber dazu war er zu störrisch. Er wollte nicht aufwachen und sich als Eunuch wiederfinden.

Eine starke, aber nicht grobe Hand hob seinen Kopf hoch. Er blickte auf und sah verschwommen das Gesicht des Königs. »Ich sollte dich töten lassen«, sagte Apophis zu sich selbst, »aber nicht für etwas, das du vermutlich überhaupt nicht getan hast. Nur dafür, ein solch blinder und vollkommener Idiot gewesen zu sein. Ich denke nicht, dass du den Namen des Mannes nennen wirst, der diese Falle gestellt hat?«

Kein Mann hat eine Falle für mich gestellt. Die Worte lagen auf Khayans Zunge, aber wollten sich nicht aussprechen lassen.

»Du verstehst«, sagte Apophis, »dass auch ich dich nicht verteidigen kann, wenn du dich nicht selbst verteidigst. Die Familie der Frau ist auf Blut aus. Man hat nach ihrem Vater geschickt. Wenn er hier ist, wird er deine Juwelen als Halsschmuck wollen. Nenn mir einen Grund, wieso ich sie ihm nicht geben sollte.«

»Meine.« Dieses Wort gehorchte Khayan und ließ sich aussprechen. »Sie gehören mir. Er darf sie nicht haben.«

»Nach dem Gesetz hat er ein Recht darauf«, sagte Apophis.

»Nein«, sagte Khayan. »Das geht nicht.«

»Wenn ich sie dir lasse«, sagte Apophis, »und dir gebe, was du offensichtlich willst, was gibst du mir im Gegenzug dafür?«

»Treue«, sagte Khayan.

»Ja«, meinte der König. »Das ist etwas Wertvolles. Was, wenn ich deinen Rang nehme und deine Ländereien?«

Khayan zuckte mit den Achseln, obwohl ihn der Schmerz beinahe zu Boden streckte. »Wenn du weise bist, holst du meine Brüder nicht von dort zurück, wo sie sich verstecken – nach allem, was ich weiß, könnten sie sogar etwas damit zu tun haben. Wenn du willst, Herr, sei so freundlich und lass meine Mutter die Ländereien in deinem Namen verwalten. Sie wird in deinem Sinn handeln. Während meine Brüder, oder Barukhas Vater …«

»Barukhas Vater ist ein Narr«, sagte Apophis, »und er wird mich mit seinem Geschrei taub machen, wenn er erst hier ist. Was deine Brüder angeht, je weniger man über sie spricht, desto besser. Ja, ich kann deine Mutter zur Regentin der Ländereien machen und sie gegen alle schützen, die sie ihr abnehmen wollen, aber was soll ich mit dir tun?«

»Schick mich in den Krieg«, sagte Khayan.

Apophis schwieg, doch seine Augen glühten. »Hast du es deshalb getan? *Deshalb?*«

»Nein«, sagte Khayan.

»Ich glaube dir nicht.«

Khayan seufzte. Sein Atem blieb an einem Stachel von Schmerz hängen. Er wartete, bis er daran vorbeigekommen war, bis er wieder sprach. »Herr, wenn du glaubst, dass ich ein solches Verbrechen begehen würde, um in den Kampf geschickt zu werden, dann musst du das eben glauben. Du bist der König.«

»Das bin ich«, sagte Apophis. »Wenn ich dir das gebe – wenn ich dich in den Norden schicke –, wirst du dann froh sein?«

»Wie werde ich in den Norden geschickt werden?«

»Als Anführer einer Kompanie von Fußsoldaten. Du wirst ein Kommandant von hundert sein, mein einstmals stolzer junger Mann, nicht mehr als das. Es wird Befehlshaber geben, die über dir stehen. Der General wird wissen, dass du in Ungnade bist. Es bleibt ihm überlassen, was er mit dir tut. Willst du immer noch gehen? Oder willst du mir eine Möglichkeit geben, dich von dieser widerwärtigen Anklage zu befreien?«

»Ich werde gehen«, erklärte Khayan. »Und ich danke dir, Herr. Das ist großzügig und ausgesprochen gnädig.«

»Gnädig? Ich habe dich wahrscheinlich in den Tod geschickt.«

»Ich habe nicht vor zu sterben«, sagte Khayan. »Ich habe vor, dieses Königreich gegen die Eindringlinge zu verteidigen. Ich werde helfen, sie zurückzutreiben, Herr. Und wenn sie erst besiegt sind … vielleicht wird es eine Begnadigung für mich geben. Hältst du das für möglich?«

Apophis schüttelte den Kopf. »Junger Narr«, seine Stimme war rau, aber seltsam sanft. »Elender Idiot. Ich sollte dich mit eigenen Händen erwürgen.«

»Überlass das den Ägyptern«, meinte Khayan.

Apophis lächelte, ein beinahe schmerzliches Auflachen. Khayan versuchte es ihm nachzutun, aber plötzlich wurde es dunkel, und er konnte seine Stimme nicht finden. Nach einer Weile waren auch das Licht und Apophis' Gesicht vollkommen verschwunden, und es gab nur noch Finsternis.

55

Iry hasste Khayan, hasste ihn abgrundtief. Er war davongegangen, hatte sie gequält und blutend zurückgelassen und kein einziges Wort gesagt. Dann war er zurückgekehrt, und am selben Tag, am selben Tag noch war er nicht nur mit einer Frau von berüchtigt unbeständiger Tugend ins Bett gegangen, sondern hatte es auch noch geschafft, sich dabei erwischen und dafür verurteilen zu lassen.

»Du glaubst doch nicht wirklich, dass er das getan hat«, sagte sie zum König. Sie war zu ihm gegangen, sobald die Sonne aufgegangen war und man hatte sie erstaunlich prompt vorgelassen, was immerhin ihr Vorrecht war: Sie war die Dienerin der Stute. Der König war abgehärmt und müde, aber er fand immer noch ein Lächeln für sie und bot ihr an, sein Frühstück mit ihr zu teilen. Sie lehnte so höflich sie konnte ab, aber ihre Gedanken waren anderswo. »Er hat diese Frau nicht vergewaltigt.«

»Kind«, sagte der König müde, »glaubst du nicht, dass ich das weiß?«

»Warum –«

»Bedenke«, sagte der König der Retenu, »dass die beteiligte Frau die Tochter eines meiner wichtigeren Adligen ist. Er kann tausend Mann aufstellen und ein halbes tausend Kampfwagen. Wenn man ihm sagt, dass seine Tochter aus irgendeinem Grund einen jungen Mann in die Falle gelockt und ihn der Vergewaltigung bezichtigt hat, wird diese Entehrung ihn zwingen, in den Krieg gegen mich zu ziehen. Ich brauche ihn, Kind. Ich kann mir nicht leisten, ihn zu verlieren. Und dein junger Mann weiß das auch.«

»Er ist nicht *mein* Mann«, sagte Iry ein wenig fester, als unbedingt notwendig gewesen wäre. »Und ich bezweifle, dass er an dich denkt. Es würde zu ihm passen, die Frau zu schützen, ihre Ehre zu verteidigen.«

»Da bin ich sicher«, sagte Apophis. »Und ich würde ihn gerne dafür erwürgen.«

Sie musste innehalten, um Luft zu holen, bevor sie wieder sprechen konnte. »Was wirst du mit ihm machen?«

»Ihn ins Exil schicken«, antwortete er, »zumindest in gewisser Weise. Ich habe ihm seinen Rang genommen und schicke ihn in den Krieg im Norden. Wenn er sich dort bewährt – und das erwarte ich –, wird er alles zurückerhalten. In der Zwischenzeit behalte ich es, und seine Mutter wird Regentin.«

»Wird der Vater der Frau davon erfahren?«

»Er braucht nur zu wissen, dass Khayan ins Exil geschickt wurde. Wenn er der Ansicht ist, dass ich den jungen Mann zu seinen Verwandten im Osten zurückgeschickt habe – nun, die Straße dorthin wird von ägyptischen Armeen blockiert. Man kann es ihm kaum übel nehmen, wenn er sich dem Krieg anschließt.«

»Er könnte sterben.«

Apophis nickte. »Ja. Wie jeder andere auch.«

»Ich denke«, meinte Iry nach einem Augenblick, »dass der König, um die Ehre der Frau zu retten, zweierlei tun könnte. Er könnte sie an einen Mann von angemessenem Rang und großer Willenskraft verheiraten. Oder er könnte sie so weit wie möglich von dem jungen Mann wegschicken.«

»Was, soll ich sie an einen Mann in Memphis verheiraten?«

»Das würde genügen, oder?«, meinte Iry. »Wäre dein General Khamudi vielleicht froh, eine Frau zu bekommen, deren Ehre ein wenig befleckt ist, an deren Schönheit aber kein Zweifel besteht?«

»Mein General ist mitten im Krieg«, sagte Apophis.

»Ich weiß, dass er ein Dutzend seiner Frauen mitgenommen hat. Warum schickst du ihm nicht eine andere mit deinen Komplimenten und dem Segen ihres Vaters?«

Apophis runzelte die Stirn. Es schien, als gefiele es ihm nicht, dass sie dachte wie eine verlassene Geliebte. Wenn diese Barukha mit General Khamudi verheiratet wurde, einem älteren, aber willensstarken Mann, der für seine Eifersucht berüchtigt war, würde sie nie wieder aus den Frauengemächern herauskommen und keinen anderen Mann als ihren eigenen mehr sehen.

Nach Irys Einschätzung war das eine angemessene Strafe. Sie

öffnete den Mund, um das zu sagen, aber Apophis war schneller. »Ich werde darüber nachdenken. Inzwischen befindet sich die Frau in Abgeschiedenheit – zu ihrem eigenen Schutz, wie man ihr sagte.«

»Gut«, sagte Iry.

Er warf ihr einen seltsamen Blick zu. Was immer er dachte, er sprach es nicht aus. Und das war gut so. Sie verabschiedete sich vielleicht ein wenig abrupt, aber sie versuchte immerhin, höflich zu bleiben.

Khayan verließ den Palast ohne Fanfaren, verborgen in einer Kompanie von Männern, die in den Krieg geschickt wurden. Iry sagte sich, dass sie froh war, ihn so erniedrigt zu sehen, humpelnd und zu Fuß, mit geschwollenem Gesicht, der Rücken ebenso steif von Schmerz wie von Stolz. Es wäre gnädig gewesen, ihn bis zu seiner Heilung im Gefängnis zu behalten, aber wahrscheinlich wäre er dort nicht sicher gewesen, nicht wenn Barukhas Vater mit angemessener väterlicher Wut in die Zitadelle eingedrungen wäre.

»Eine halbe Tagesreise nördlich wartet ein Wagen auf ihn, und dazu hundert Männer, die er befehligen soll.«

Iry zuckte zusammen und fuhr im Schatten des Säulengangs herum. »Sadana! Ich dachte, du wärest –«

»Ich bin heute früh zurückgekommen«, sagte Khayans Schwester, »infolge dieses Aufruhrs. Mutter und Maryam haben mir alles erzählt. Du solltest kein zu großes Mitleid mit ihm haben. Er bekommt, was er will, und er hat nie viel für Rang und Amt gegeben.«

»Nein«, sagte Iry kalt. »Das hat er nie.«

»Was – kannst du ihm nicht verzeihen, so dumm gewesen zu sein?« Sadana seufzte. »Ich auch nicht.«

Iry drehte sich um und ging davon. Sadana war freundlich genug, ihr nicht zu folgen. Oder es war ihr einfach gleich. Und das war auch in Ordnung. Iry hatte nicht das Bedürfnis, irgendjemandem zu sagen, warum sie so zornig auf Khayan war. Es ging niemanden außer ihr etwas an – und außer ihm, falls er jemals wieder daran denken würde.

Er war weg. Man hatte Barukha davongeschickt, auf dem

Wind des Zorns ihres Vaters, um sie eilig an General Khamudi zu verheiraten und ihr einen Namen und einen Rang und Ehre zu geben, weit weg von dem Skandal, der den Hof in trägeren Augenblicken immer noch erregte. Iry hatte nicht widerstehen können, ihrem Abschied beizuwohnen. Sie wurde verschleiert und in einem verhängten Wagen weggebracht, aber zuvor musste sie die Frauenquartiere durchqueren. Bei dieser Gelegenheit sah Iry sie, sah, wie aufrecht sie sich hielt. Das war Zorn, darauf hätte Iry wetten können. Zorn und eine Art Angst. Barukha hasste es, eingeschlossen zu sein, flüsterten die Frauen. Sie hatte sich zu Sarai schicken lassen, weil den Frauen der Stämme größere Freiheit erlaubt war als denen der Retenu.

Dies würde für sie Gefangenschaft bedeuten, unerträgliche Gefangenschaft. Iry war froh darüber. Wenn Barukha einfach nur mit Khayan geschlafen hätte, wäre das beinahe erträglich gewesen. Aber mit ihm zu schlafen und dann zu versuchen, ihn zu vernichten – das konnte Iry nicht verzeihen.

Sie waren weg. Und Iry war in diesen Mauern eingeschlossen, beinahe so, wie Barukhas neuer Mann seine Frau einschließen würde. Sie war die Dienerin der Stute; daher hatte sie großen Rang und man brachte ihr Respekt entgegen. Aber sie war auch Ägypterin. Niemand sprach von Verrat oder Misstrauen, aber die Wachen an den Toren, die Augen, die auf ihr ruhten, wohin auch immer sie ging, sagten ihr alles, was sie wissen musste. Man klagte sie nicht an, gestattete ihr aber auch keinerlei Freiheit, sich gegen die Retenu zu wenden.

Sie konnte sich nicht in sich selbst zurückziehen wie zuvor, denn Khayan hatte dem ein Ende gemacht. Sie hatte keine Zuflucht, nicht innerhalb dieser Mauern, wo jeder Gedanke, jedes Wort sich um den Krieg gegen ihr Volk drehten. Nicht in dem Unterricht, zu dem man sie zwang, in den Belehrungen, die von und für die Frauen eines Stammes geformt waren, der hinter dem Rand der Welt lebte.

Sie brauchte den Himmel. Und noch mehr als das brauchte sie die Stute. Sie brauchte den warmen, süßen Atem und diesen starken Rücken und diesen Geist, der sich nicht um die Narreteien der Menschen kümmerte.

Die Stute war weit weg von diesem Ameisenhügel von einer Stadt. Und Iry war hier gefangen. Fremde umgaben sie. Jeder hier war ihr Feind und der Feind ihres Volkes.

Eine Hand voll Tage ertrug sie es noch. Sie tat, was man ihr sagte, ging ihren Pflichten nach und kümmerte sich in den kurzen Augenblicken, wenn er dem Krieg den Rücken zukehren konnte, um den König.

Am fünften Tag war sie in seinem Dachgarten allein bis auf den schweigenden, leicht dösenden Iannek. Der König war vorbeigekommen, um einen Augenblick des Friedens mit ihr zu teilen, aber ein Bote hatte ihn weggerufen – eine Kriegsangelegenheit.

Sie schlenderte aus dem Garten hinaus zum Rand des Daches. Das Geländer war hoch, aber es gab Möglichkeiten, durch die Steinmetzarbeiten auf die Stadt hinunterzuschauen. Tief unter ihr.

Es gab eine Fluchtmöglichkeit, das wusste sie, als sie dort stand. Ein langer, flügelloser Flug, ein Augenblick blendenden Schmerzes – und dann nichts mehr. Oder das Land der Götter. Würde sie dasjenige sehen, in das ihr eigenes Volk sich begab, oder würde das Volk der Stute sie beanspruchen?

Sie kletterte zwischen die Verzierungen und kniete dort nieder. Es wäre ganz einfach, sich vorzubeugen, bis sie das Gleichgewicht verlor. Und dann –

Hände rissen sie zurück. Die von Iannek und von Sadana.

Iry lag auf dem sonnengewärmten Stein des Daches und starrte die Kriegerin an. »Bist du jetzt auch mein Wachhund?«, fragte sie.

»Es sieht so aus, als wäre das notwendig«, sagte Sadana. »Was hast du dir nur gedacht?«

Iry zuckte mit den Achseln. »Ich wollte die Stadt sehen.«

»Du wolltest in die Stadt fallen. Warum? Ist das Leben hier so unerträglich?«

»Ja!« Iry hatte nicht schreien wollen, aber es war wie ein Schmerzensschrei aus ihr herausgebrochen.

Beide starrten sie an. Iry war zuvor nicht aufgefallen, wie ähnlich sie sich sahen. Ihr Vater hatte seine Spuren in beiden Gesichtern hinterlassen, obwohl die Mütter den Rest geprägt hatten.

Sie konnte es nicht für sich behalten, all das, was in ihr tobte. Aber sie konnte es so erscheinen lassen, als ob einiges davon nicht zählte.

»Ich brauche den Himmel«, sagte sie. »Ich brauche die Stute. Ich bin seit… seit Monaten von ihr abgeschnitten. Ich muss sie sehen.«

»Wir können sie herbringen –«, setzte Iannek an.

»Wir können es nicht«, warf Sadana ein. »Die Stute betritt Städte nie, es sei denn in der größten Not.«

»Und das hier ist keine?«, wollte Iannek wissen.

Sadana seufzte. »Vielleicht. Aber keiner von uns kann ihr Befehle erteilen.«

»Dann muss Iry zu ihr gehen«, erklärte Iannek mit überwältigender Schlichtheit.

»Der König hat befohlen, dass sie im Palast bleiben muss«, sagte Sadana.

»Und steht sie nicht über dem König?«

Sadana öffnete den Mund, dann schloss sie ihn wieder. »Sie kann nicht einfach hinausspazieren. Die Wachen gehorchen dem König. Und der König hat befohlen, sie hier zu behalten.«

»Das kann er nicht.«

»Aber er tut es.«

Iry fand es faszinierend, dass man über sie sprach, als wäre sie unsichtbar. Sie hätte es weitergehen lassen sollen – die Richtung dieses Gesprächs war sehr erfreulich –, aber sie war zu dumm dazu. »Ihr denkt doch nicht etwa daran, dem König nicht zu gehorchen.«

»Warum?«, fragte Sadana. »Du nicht?«

»Wenn Tod Ungehorsam ist«, sagte Iry, »dann ja. Aber ich bin Ägypterin. Ich habe ihm nie meine Dienste geschworen. Und ich werde es nicht tun.«

»Du darfst nicht sterben«, sagte Iannek. »Das werden wir nicht zulassen.«

»Dann lasst mich gehen.«

Iry hätte das nicht sagen sollen. Aber keine ihrer Empfindungen war sehr vernünftig. Sie wollte die Stute. Die Stute… die Stute wollte sie. Aber dieser stolze, schimmernde Geist würde keine so große Stadt betreten. Nicht allein. Es würde sie zerbrechen.

Sie kam auf die Beine und schoss wieder auf das Geländer zu. Sie hatte ein paar trübe, halb ausgegorene Gedanken daran, über die Stadt hinauszuspähen, ob sie dort in den Feldern eine weiße Gestalt entdecken konnte. Aber die anderen dachten offenbar, sie wollte den Sprung beenden, den sie schon begonnen hatte.

Wieder rissen sie sie zurück. Diesmal setzte sich Sadana auf sie und schüttelte sie, bis ihr ganz schwindelig war. »Hör auf damit! Es gibt eine Möglichkeit, und dafür brauchst du nicht zu sterben. Lass mich versuchen –«

»Wo?«, fragte Iry. »Was für eine Möglichkeit ist das?«

»Ein Hintereingang«, sagte Sadana. »Im Dunkeln, und wenn wir vorsichtig sind, könnten wir –«

»Woher weiß ich, dass ich dir trauen kann? Oder«, sagte sie mit einem Blick auf Iannek, »dir?«

»Ich bin dein Diener«, sagte Iannek.

»Und ich?«, fügte Sadana ein wenig langsamer hinzu, als müsste sie die Worte genau durchdenken, bevor sie sie aussprach, »gehöre der Stute, obwohl sie mich nicht haben wollte. Ich habe mich ihr angeschworen, als ich ein Kind war. Niemals einem Mann, niemals einem König.«

»Und wenn ich mich entscheide, den König dieser Stadt zu verraten?«, fragte Iry. »Werdet ihr mich töten? Mich ins Gefängnis werfen?«

»Du bist die Dienerin der Stute«, sagte Sadana.

»Und dafür hasst du mich.«

»Nein«, erwiderte Sadana.

Iry würde vielleicht ihren eigenen Weg nach draußen finden, nachdem sie nun wusste, dass es einen gab. Aber sie würden sie noch sorgfältiger bewachen, als es die Wachen des Königs getan hatten. Wenn sie ihnen vertrauen konnte, wenn sie ihr helfen konnten, würde sie vielleicht Erfolg haben. Wenn sie es allein versuchte, würden sie sie aufhalten.

Sie hatte nicht darüber nachgedacht, was sie tat oder was sie tun sollte, sobald sie erst einmal diesem Gefängnis entronnen war. Aber die Antwort war deutlich genug. Ägypten hatte sich erhoben. Sie kam aus Ägypten. Aber diese beiden – nein!

Sie würde einen Weg finden. Irgendwie. Und wenn man den beiden nicht trauen konnte, oder wenn sie sich gegen sie wandten und sie töteten, dann sollte es eben so sein. Es war alles besser, als hier hinter Mauern gefangen und von Feinden umgeben zu sein.

Vorsicht und Geheimnisse waren ihr nicht fremd, ebenso wenig, wie sich gegen die Retenu zu verschwören. Aber diesmal waren Irys Mitverschwörer selbst Retenu, zumindest Iannek. Sadana war etwas anderes.

Iry überlegte, ob Sadana auf diese Weise vielleicht versuchen wollte, den Eindringling zu vernichten, der ihr die Stute abgenommen hatte. Aber was machte das schon? Ob sie von den Mauern sprang oder einen Pfeil in den Rücken bekam, während sie sich durch eine Hintertür schlich – es war alles gleich. Und die Hintertür bot vielleicht wirklich die Möglichkeit zur Flucht, während ein Sprung von den Mauern nur den Tod bedeutete.

»Gib mir zwei Tage«, sagte Sadana. »Dann zieh dich zurück. Erfinde einen Ritus, wenn du musst, der es dir erlaubt, dich so lange wie möglich zurückzuziehen. Drei Tage werden genügen. Sieben wären besser.«

»Aber deine Mutter –«, begann Iry.

»Überlass meine Mutter mir«, sagte Sadana. »Sag ihr nichts.«

Iry hätte sich wohl kaum Sarai anvertraut. Noch mehr als Sadana gehörte diese Frau zum Volk der Stute, ihr Blut war nicht mit dem der Retenu vermischt. Und dennoch hatte sie ihr Schicksal mit dem dieses Volkes verbunden. Sie hatte Iry hierher gebracht und dazu beigetragen, dass sie hier eingeschlossen wurde. Sie war keine Freundin, niemand, dem Iry vertraut hätte.

Die Gewohnheiten aus der Sklavenzeit erwiesen Iry nun gute Dienste. Schweigen, gesenkte Blicke und Gehorsam. Es unterschied sich nicht sonderlich von ihrer vorherigen Haltung gegenüber Sarai.

Und am zweiten Abend, als Iry im Bett lag, mit offenen Augen im Schein der Nachtlampe, kam Sadana hereingeschlüpft. »Es ist Zeit«, sagte sie.

»Aber ich habe dem König noch nicht gesagt –«, begann Iry.
»Der König wird es erfahren«, sagte Sadana.
Iry setzte sich hin und betrachtete Sadana misstrauisch.
»Ich weiß immer noch nicht, ob ich dir trauen kann.«
»Nein«, erwiderte Sadana.
Iry schüttelte den Kopf. »Nein. Aber wenn man uns erwischt, weiß ich, dass du mich verraten hast.«
»Ich habe dich nicht verraten«, erwiderte Sadana. »Kommst du jetzt?«
Iry stand auf, zog das dunkle Gewand an, das Sadana ihr gebracht hatte, und lud sich die Tasche auf, die sie für sich gepackt hatte. Sadana hatte mehr: Essen, einen Wasserschlauch und Waffen. Einen Bogen für jede, Pfeile und lange Messer. Iry nahm ihren Anteil, dann führte Sadana sie ohne ein Wort durch die Dienerflure hinaus.
Iry kannte diese Wege. Sie waren ihre eigene Fluchtmöglichkeit gewesen, als sie hier festsaß. Aber die Hintertür, die Sadana gefunden hatte – die kannte sie noch nicht. Sie war gut verborgen, in einer Nische der Mauer, schien Teil der Mauer selbst, bis Sadana sie berührte und sie zum Gestank der Abfallgrube hin öffnete.
Was tatsächlich erklärte, wieso niemand davon wusste. Iry zog den Umhang über die Nase und versuchte, so flach wie möglich zu atmen.
Der Mond leuchtete nur schwach, aber es genügte, um zu sehen, wo sie hingingen und einen Weg zwischen den Abfallhaufen und den stinkenden Tümpeln zu finden. Sadana war eine hoch gewachsene Gestalt in einem Umhang, die vor Iry hereilte. Sie sagte kein Wort, und es schien ihr gleich, ob Iry ihr folgte. Als Iry stolperte und in eine der Dreckpfützen fiel, blieb sie nicht einmal stehen oder wurde langsamer. Iry kam mühsam wieder auf die Beine, würgte und lief beinahe, um sie wieder einzuholen, aber vorsichtig, damit sie nicht wieder stürzte.
Hinter der Abfallgrube gab es ein Stück offenes Land, Parks und Gärten, dunkel unter dem Mond, und dann ein Seitenarm des Flusses, der an der ganzen Stadt vorbeizog. Sie würden sich nach Norden wenden, das wusste Iry, eine Weile am Fluss ent-

langwandern und sich dann von ihm abwenden, damit man sie nicht entdeckte.

Die Stute wartete. Iry konnte sie spüren wie Wärme an der Haut, am intensivsten, wenn sie sich nach Norden wandte, schwächer, wenn sie sich in eine andere Richtung drehte. Diese Wärme gab ihr Kraft. Sie wollte nicht einmal innehalten, um den Gestank abzuwaschen, aber sie tat es vorsichtshalber, auch um Sadanas willen. Mit nassen, an ihr klebenden Röcken eilte sie an Sadana vorbei auf den Nordstern zu.

Als der Morgen nahe war und sie die Stadt weit hinter sich gelassen hatten, holte Sadana Iry ein und brachte sie zum Stolpern und Fallen. Iry lag einen Moment erschöpft da, dann wollte sie sich wieder aufraffen. Sadana setzte ihr den Fuß auf die Brust. »Hör auf«, sagte sie. »Sei still. Komm mit.«

Sie ließ Iry aufstehen, packte sie aber am Arm und zog sie in das Rieddickicht am Flussufer. Iry setzte zum Widerspruch an, wollte sie an Krokodile, Schlangen und die Fliegenschwärme erinnern, aber Sadana legte ihr die Hand auf den Mund. »Still«, hauchte sie.

Iry hörte auf, sich zu wehren. Dann vernahm sie, was Sadana schon lange vorher gehört haben musste: Hufschlag auf der Straße, der sich rasch näherte. Ihr Herz machte einen Sprung. Wenn das die Stute war –

Aber die Stute war vor ihnen. Das hier kam von hinten, aus Avaris. Sie duckte sich ins Ried.

Es war ein Wagen, gezogen von einem Pferdegespann, mit einem einzelnen Mann darin. Iry biss sich auf die Zunge. Es war Iannek.

»Ich habe ihm doch befohlen –«, sagte sie.

Sadanas Hand vor ihrem Mund hielt sie wieder auf. Iannek fuhr rasch vorbei, ohne sie zu bemerken; er konzentrierte sich vollkommen auf die Straße, die vor ihm lag. Iry spitzte die Ohren, aber niemand folgte ihm.

Als er eine ganze Anzahl von Atemzügen entfernt war, ließ Sadana Iry endlich aufstehen und weitergehen – in die Richtung, in die auch Iannek sich gewandt hatte. Sie konnte nicht schneller sein als er. Sie hätte rennen können, aber sie wäre erschöpft gewesen, bevor sie den Mann im Wagen einholte. Wenn er vorhatte, die Stute einzufangen, würde er versagen. Wenn er sie verraten wollte, hätte er vielleicht Erfolg.

Sie war bewaffnet und bewegte sich so schnell sie konnte. Das musste genügen.

Graues Licht ergoss sich langsam über sie. Mond und Sterne verschwanden. Sie mussten die Straße bald verlassen, bevor man sie dort sah. Der Verkehr nach Norden war zu einem Rinnsal ausgetrocknet, wenn man von den Läufern des Königs und seinen Armen absah, aber der Verkehr nach Süden war eine endlose Flut.

Sadana hatte sich von der breiten Straße abgewandt und war in die Felder gegangen. Die Gerste war bereits geerntet und weggebracht; sie eilten so rasch wie möglich über die Stoppeln. Es gab Bäume dahinter, Obstgärten, einen Weinberg.

Als es endlich richtig hell wurde, waren sie bereits unter den Bäumen des Obstgartens, wo sie von der Straße aus kaum mehr zu sehen sein würden. Iry war sich trübe bewusst, dass ihre Füße voller Blasen waren und bluteten und dass sie stolperte. Aber sie musste zur Stute gelangen, musste Iannek finden und ihn aufhalten – ihn von allem abhalten, was er vorhaben mochte.

Sie führte Sadana, wie sie es getan hatte, seit sie den Palastgarten verlassen hatten. Sadana hatte sich bisher nie beschwert und auch nicht Erschöpfung vorgeschoben. Sie bestand vielleicht aus Bronze oder war schärfer geschliffen, als die meisten Frauen für möglich gehalten hätten.

Iry konnte nicht weitergehen. Ihr Körper wusste das, nun begann auch ihr Geist, es zu begreifen.

Gerade, als sie wusste, dass sie stehen bleiben, in ein Versteck kriechen und wie tot schlafen musste, bis es wieder Nacht wurde, war der Obstgarten zu Ende. Wildes Land lag vor ihnen, Marschen und Dickichte, ein gutes Gelände zur Jagd und zum Verstecken.

Eine helle Gestalt schimmerte in all dem Grün. Iry vergaß die Müdigkeit, vergaß den Schmerz, vergaß sogar die Angst. Sie begann zu laufen.

Die Stute rief ihr zu, ein klarer, durchdringender Ruf kam aus dem Dickicht. Sie begegneten sich am Rand des Feldes, die Stute kam mit dröhnenden Hufen zum Stehen, und Iry sackte beinahe gegen ihren Hals. Die Stute schwitzte, aber nur leicht. Ihre Mähne war gebürstet und glatt, nicht verfilzt, wie Iry erwartet hatte. Sie sah tatsächlich aus, als hätte man sie frisch gestriegelt, ihre Hufe waren gepflegt, und sie war so verwöhnt, wie sie es verdiente.

Aus dem Gebüsch grinste ein Gesicht mit einem schütteren Bart sie an. »Guten Morgen, Herrin«, sagte Iannek.

Iry hätte sich auf ihn gestürzt, aber die Stute war im Weg. Also ließ sie es bei einem mörderischen Blick bewenden. »Ich habe gesagt, du sollst in der Stadt bleiben. Was fällt dir ein –«

»Ich hatte ältere Befehle«, sagte er, »bei dir zu bleiben, ganz gleich, was geschieht. Diese Befehle sind nie aufgehoben worden.«

»Wie praktisch«, murmelte Iry. »Und jetzt mach dich auf den Weg nach Hause. Und bete zu den Göttern, dass niemand fragt, was du in einem gestohlenen Wagen auf dem Weg nach Norden gemacht hast.«

»Er ist nicht gestohlen!«, protestierte er. »Ein Freund hat ihn von einem anderen Freund geliehen. Ich habe versprochen, ihn zurückzugeben. Und das habe ich getan. Der Mann, dem er gehört, hat ein Haus nicht weit von hier.«

»Und die Pferde?«

»Nun«, meinte er, »wäre es dir nicht lieber, wenn wir alle reiten könnten und nicht nur du?«

»Ihr Götter!«, rief Iry. Sie sah sich um. Sie konnte wohl kaum hier am Feldrand stehen bleiben und diesen Narren über eine einfache Vorsichtsmaßnahme belehren. Entschlossen wandte sie sich dem Dickicht zu. Wie sie erwartet hatte, folgten die anderen. Iannek und die Stute, und dazu Sadana in einigem Abstand, als hätte sie sich endlich der Erschöpfung ergeben.

Iannek hatte sein Lager tief im Dickicht aufgeschlagen, wo eine Art Lichtung Platz bot, und den Rändern nach zu schließen, hatte Iannek diesen Platz ein wenig vergrößert, bis er groß genug war für drei Pferde und drei Menschen. Die beiden Falben standen angepflockt nebeneinander, der eine graste, der andere döste, obwohl die Ankunft der Stute sie beide weckte.

Iry kannte diese Hengste. Es waren Khayans Tiere, seine Lieblinge, die er im Osten gezüchtet und selbst aufgezogen hatte. Ihre Mutter, sagte er Iry, gehörte zum Volk der Stute, der Vater war der Hengst der Herde einer großen Königin. Er liebte sie, als wären sie seine Kinder.

Der Ältere, der einen Stern auf der Stirn hatte, wieherte zur Stute hin; der Jüngere, dessen Stirn ein Sichelmond zierte, behielt den Kopf gesenkt.

Die Stute ignorierte beide. Sie begann zu grasen, wo das Gras nicht allzu zertrampelt war, und überließ es Iry, sich um Iannek zu kümmern.

Iannek schien die Gefahr nicht zu bemerken. Selbst als Iry näher kam, wich er nicht zurück. Er lächelte und sagte: »Da ist Brot. Und Bier. Yakub, der Mann, dem der Wagen gehört... er sagte, es sei das beste Bier im Delta.«

»Als ob ein Retenu das wüsste!« Iry stand ihm direkt gegenüber, Angesicht zu Angesicht, oder genauer gesagt, Gesicht zu Brust. Wann war er so gewachsen? Er war so groß wie Khayan.

Aber er war immer noch ein elender Idiot. Ihre Faust schnellte in seinen Bauch. Mit einem leichten Keuchen ging er in die Knie.

Sie legte ihm die Hände auf die Schultern und hielt ihn fest. »Du Idiot! Sieh, was du getan hast! Du hast diese Pferde gestohlen, du hast deine Anwesenheit angekündigt, indem du den Wagen zurückgegeben hast, und jetzt glaubst du, dass du mit uns kommen kannst? Sie werden die Pferde suchen, darauf kannst du wetten.«

»Sie werden das nicht tun«, sagte er bekümmert und immer noch ein wenig ächzend. Sie war der Ansicht, er könne froh sein, dass sie nicht tiefer geschlagen hatte, denn dann hätte er wirklich Schmerzen. »Man hat mich beauftragt, sie zur Aufgehenden Sonne zurückzubringen. Der Rest der Pferde kann in den Krieg ziehen, aber Mutter wollte diese hier in Sicherheit bringen.«

»Und du solltest ihnen folgen?«, wollte Iry wissen.

»Nun«, meinte er, »nein. Aber ich habe jeden glauben lassen, dass ich auf dem Weg dorthin war. Wenn sie überhaupt nach mir suchen, dann wenden sie sich nach Süden.«

»Oder nach Norden, wohin dein Bruder gegangen ist – da man erfahren wird, dass du den Wagen über diese Straße zurückbrachtest. Schließlich wissen alle, wie treu du zu deinem Bruder stehst, gegen dessen Exil du dich deutlich und hörbar gewandt hast.«

»Mag sein«, erwiderte Iannek, »aber wenn sie dort suchen, wo die Armee ist, werden sie mich nicht finden, oder? Sie sind mit dem Krieg mehr als genug beschäftigt, Herrin. Sie werden sich nicht die Mühe machen, mich zu jagen, wenn man weiß, dass ich nur für meine Mutter einen Auftrag erledige.«

Iry hätte widersprechen können und begann auch damit, aber Sadana unterbrach sie beide. »Gib auf, Herrin. Wenn wir ihn wegschicken, folgt er uns einfach. Wir sollten ihn lieber in der Nähe behalten. Dann sind wir vielleicht in der Lage, auf ihn aufzupassen.«

Iannek warf ihr einen erbosten Blick zu. Aber als er sich wieder Iry zuwandte, war er dreist wie eh und je. »Nun? Und wohin gehen wir wirklich? Zur Armee?«

»Zur Armee, ja«, sagte Iry. »Zur ägyptischen Armee.«

Keiner von beiden zuckte zusammen oder schien überrascht zu sein.

»Werdet ihr mir immer noch folgen?«, fragte sie, »und mir treu sein?«

Sie nickten.

»Ihr versteht«, sagte sie, »wenn ihr das tut, werdet ihr den König in Avaris verraten. Wenn er euch erwischt, werdet ihr sterben.«

»Ich weiß das«, sagte Iannek. Seine Stimme war fest. »Mein Bruder hat es mir befohlen, Herrin. Beschütze sie, hat er gesagt. Bleibe bei ihr. Das muss ich nun tun.«

»Aber du hast dem König einen Eid geleistet«, wandte Iry ein.

Er schüttelte den Kopf. »Das habe ich nicht. Ich habe meinem Bruder einen Eid als meinem Herrn und Kommandanten geleistet. Ich habe geschworen, ihm in allem zu gehorchen und zu tun, was er mir befiehlt. So ist es bei uns, das weißt du. Dann leistet der Höherstehende seinen Eid dem König. Khayan muss dem König dienen. Ich diene Khayan. Und da Khayan es mir befohlen hat, diene ich dir.«

Von Ianneks Logik bekam Iry immer Kopfschmerzen. »Es ... es beunruhigt dich nicht?«

Er zuckte ein wenig zusammen. Hatte er auch Kopfschmerzen? »Ehre ist eine einfache Sache. Sie ist aber nicht immer leicht.«

Iry seufzte und schüttelte den Kopf. »Dann bin ich wohl an dich gebunden. Ich hoffe, du wirst es nicht bereuen.«

56

Die Armeen des Oberen Reiches überraschten Sile vollkommen. Auf dem Weg dorthin waren sie überwiegend durch leeres Land gezogen, aber auch durch Städte und Dörfer, und nicht einer der Einwohner hatte sie den Eroberern verraten. Tatsächlich hatten sie ihre Ernten mit ihnen geteilt und das Große Haus mit Gebeten und Segen und mit der Anbetung weiterziehen lassen, wie sie einem König und Gott gebühren.

Die Götter wachten über sie, Kemni brauchte keinen weiteren Beweis dafür. Aber der Krieg war längst nicht gewonnen. Sie mussten immer noch Sile erreichen und kämpfen. Und die Kreter mussten rechtzeitig eintreffen und auf dem Meer warten, bis der richtige Zeitpunkt gekommen war. Sollte es einen Sturm gegeben haben, sollte sich das Meer gegen sie wenden und sie das Ufer nicht erreichen können ...

Der Feind hatte immerhin eigene Götter. Sie hatten Seth, den Zerstörer, für sich beansprucht, den Feind von Horus und Osiris, und ihn zu ihrem Herrn und Beschützer gemacht. Sein Tempel ragte über Sile auf wie über jeder anderen Stadt, die diese Retenu ausgebaut hatten. Ein großes, hässliches Ding mit hohen breiten Mauern, ohne Schönheit oder Kraft. Er war einfach nur massiv.

Sie näherten sich der Stadt aus dem leeren Land, beinahe zerfressen von den Fliegenschwärmen der Marschen, gegerbt von Sonne und Wind und ermüdet vom Weg. Sie fanden das große Tor offen, Karawanen auf dem Weg, der Markt lebhaft, die Mauern nur leicht bewacht. Der Gouverneur der Stadt, behaupten die

Spione des Königs, weilte in einer Oase in Asien, um dort das Wasser zu genießen; er hatte ein halbes Dutzend seiner Lieblingskonkubinen und seine neueste, hübscheste Frau mitgenommen.

Solche Arroganz war zu erwarten gewesen, und dennoch verblüffte es Kemni. Für ein Volk, das so starke Mauern baute und das für seine Kriegskünste lebte, waren sie erstaunlich abgeneigt, an den Krieg zu glauben, wenn er endlich über sie hereinbrach.

»Sie erwarten nichts von uns«, sagte Ahmose. Er hatte Kemni befohlen, den Wagen aus den mittleren Reihen, wo sich die gesamte Armee daran erfreuen konnte, ihn zu schützen, an die Spitze der Marschlinie zu bringen.

Er trug seine goldene Rüstung und die blaue Kriegskrone, und all seine Waffen schimmerten golden. Dennoch – es waren Waffen und kein Schmuck, mit scharfen Schneiden und gut ausbalanciert, und er wusste sie zu nutzen.

Als sie auf das offene Feld hinausfuhren, sagte Ahmose ruhig: »Selbst nach den Siegen meines Bruders halten sie uns für Kriecher. Wir sind ein Volk von Sklaven, ein erobertes Volk. Und wie könnten wir je *hier* angreifen? All unsere Kraft liegt im Süden. Das hier ist das nördliche Tor ihrer Eroberung.«

Kemni nickte. Und dennoch staunte er über die Sorglosigkeit der Retenu. Hatte es keine Überfälle aus der Wüste gegeben, keine Banditen aus Kanaan?

Offenbar nicht. Ihre Ankunft versetzte die Stadt in Chaos. Männer – auch Frauen und Kinder – schwärmten auf die Mauern. Die Tore fielen zu. Die Reisenden der Karawanen, die sich noch vor der Stadt befanden, rannten verängstigt herum. Die Karawanenführer und Wachen bewiesen schließlich genug Vernunft, sich zu sammeln, Wachen aufzustellen und sich nach einem Weg für den Rückzug umzusehen. Es gab keinen. Ahmoses Armee näherte sich in einem weit gezogenen Bogen. Jene, die versuchten zu fliehen, begegneten Speerspitzen oder duckten sich am Ufer des Sees, der sich zum Meer hin öffnete.

Und vom Meer her kam eine gewaltige Flotte weinfarbener Segel, Schiffe mit lang gezogenen strahlenden Augen und Mannschaften aus Kriegern, die lachend mit der Hilfe von Wind und Rudern auf den Wellen ritten. Das große Schiff, das sie anführte, das Flaggschiff, zeigte auf dem Segel einen goldenen Stier und eine Doppelaxt, und sein Bug hatte Hörner wie ein Stier. Der Admiral an Deck hob seine Waffen, als er näher kam: eine Doppelaxt, hell vergoldet, die in der Sonne glühte.

Ahmoses Armee jubelte, und die Männer auf den Schiffen gaben den Jubel zurück. Sie schlossen die Zange vom Meer und vom Land aus, umzingelten die Stadt Sile und belagerten die hoch aufragenden Mauern.

Die Belagerung sollte nicht lange dauern, so lautete der Befehl des Königs. Sie mussten die Tore rasch niederreißen, die Stadt einnehmen und die Straße nach Norden gegen Verstärkungen aus Asien abriegeln.

Auf dem Marsch hatte sich Ahmoses Alter deutlicher gezeigt. Er war kein junger Mann mehr, und trotz all seiner Willenskraft zeigte sein Körper die Jahre. Aber hier, vor Sile, in dem Lager, das sie hinter den Belagerungsmaschinen aufgebaut hatten, gewann er seine Jugend zurück.

Der große kretische Admiral war von seinem Schiff gekommen, um mit dem König zu sprechen. Er war ein hoher Fürst, der Anführer der Meereskrieger – und dennoch war er trotz allem auch immer noch der Kapitän, den Kemni auf der Reise nach Kreta kennen gelernt hatte. Naukrates, nun wieder in seinem wahren Rang, kleidete sich aufwändiger – viel aufwändiger –, aber er hielt sich nicht anders und war sich nicht zu schade, einen einfachen Kommandanten von hundert und Wagenlenker des Königs zu begrüßen.

Tatsächlich legte er großen Wert auf diese Begrüßung, bei der er Kemni mit Wärme als Freund und Verwandten ansprach. Kemni brauchte seine Freude nicht vorzutäuschen. »Herr! Du warst wunderbar pünktlich.«

»Selbstverständlich«, sagte Naukrates, leerte den Becher Wein, den man ihm zur Begrüßung gereicht hatte, in einem Zug und ließ sich nachgießen. Sie ließen sich im Lager zu einem Festessen nieder, Ägypter und Kreter teilten ihre Vorräte, und für die Gefolgschaft des Königs bedeutete das Fisch aus dem Meer und das Fleisch eines fetten Ochsen, den sie als Tribut von einer der Karawanen genommen hatten.

Naukrates trank einen Schluck aus seinem neu gefüllten Becher, leerte ihn aber nicht gleich wieder. »Und jetzt sag mir«, meinte er, »wie geht es meiner Nichte? Geht es ihr gut?«

Kemnis Kehle schnürte sich zusammen. Der König wusste immer noch nicht, wer beim Gepäck verborgen mitreiste und nachts das Lager unter Kemnis Männern aufschlug, versteckt und geschützt, sonst hätte dieser Naukrates jetzt einfach sagen können, dass Iphikleia sich nicht nur im Lager befand, sondern in einem Zelt, das ihr Onkel, wenn er nur den Kopf gehoben hätte, unter den tausend anderen hätte sehen können.

Kemni hatte auch nicht vor, Naukrates von ihrer Verletzung zu erzählen. Gebu war zu nah, lachte dröhnend in einer Menge von Prinzen und Adligen. Kemni entschied sich für ein paar leere Worte: »Soviel ich weiß, geht es ihr gut.«

»Ach«, meinte Naukrates, »sie ist nicht hier?«

Kemni biss sich auf die Lippen.

Naukrates kniff die Augen ein wenig zusammen. »Ah«, sagte er, »der König hat es verboten?«

»Der König hat seine Königinnen gebeten, seine Flotte im Süden zu befehligen. Sie werden sich nach Norden wenden, wenn wir wieder nach Süden ziehen.«

Das schien Naukrates zufrieden zu stellen. »Das ist klug. Ja, sogar sehr klug. Und du – du siehst großartig aus. Stimmt es, was ich höre? Du bist Wagenlenker des Königs?«

Kemni nickte mit einem schwachen Seufzer der Erleichterung, dass er diesem schwierigen Thema entkommen war. »Der König ist mit seinen Wagen sehr zufrieden.«

»Gut!«, sagte Naukrates. »Hast du keinen Durst? Trink aus! Wir haben einen Krieg vor uns.«

»Und rings um uns her«, sagte Kemni, als er seinen Becher hob. »Mögen die Götter uns den Sieg schenken.«

Vielleicht hatten die Frauen gelauscht, vielleicht waren sie auch einfach zu der Ansicht gekommen, dass es Zeit war. Als die Diener den Ochsenbraten hereinbrachten, duftend von Kräutern und Zwiebeln, gab es Unruhe bei den Zelten: Gemurmel und unterdrückter Jubel.

Ariana war als Ariana von Kreta erschienen, die Fleisch gewordene Göttin, Priesterin und Königin. Ihre Röcke entsprachen der Mode in Knossos, ein ganzes Dutzend Stufen fein gewebten Stoffes, bestickt mit Gold und Silber. Ihre Weste war mit Edelsteinen besetzt, sie trug Gold und Edelsteine am Hals, an Taille, Hand- und Fußgelenken, goldene Glöckchen klingelten an ihren Ohren, und goldene Schlangen ringelten sich um ihre Arme. Ihr Haar war hoch aufgesteckt und von einer goldenen Krone gehalten.

Jeder Blick war auf sie gerichtet. Jeder Mann im Lager glotzte wie ein Tölpel vom Land angesichts ihrer strahlenden Schönheit.

Kemni riss sich los, um Ahmose zu beobachten. Der König schien nicht sonderlich überrascht, allerdings auch nicht, den Göttern sei gedankt, verärgert. Er erhob sich, als sie näher kam, so strahlend in seiner Rüstung wie sie in ihrer hübschen Kleidung. Er streckte die Hände aus. »Herrin«, sagte er in das sich ausbreitende Schweigen hinein. »Willkommen.«

Aha, dachte Kemni. Er hatte es gewusst. War er ärgerlich gewesen, als er entdeckt hatte, dass seine Königin ungehorsam war? Er ließ sich nichts anmerken.

Sie kam zu ihm und lächelte strahlend und mit solcher Wärme, dass Kemni mehr als nur ein paar tiefe Seufzer hörte. Ahmose nahm ihre Hände, brachte sie zu seinem eigenen Sessel, stand neben ihr, als sie sich hinsetzte, lächelte seine Fürsten und Generäle an, seine Söhne, seine Kommandanten, und ja, auch seine Diener. »Ihr Herren«, sagte er, »ich präsentiere euch meine Herrin und Königin.«

Es gab einen Augenblick weiteren Schweigens – sicherlich Staunen, obwohl es Gerüchte gegeben haben musste. Dann ertönte plötzlich Jubel, ein Aufbrausen von Grüßen und Freude.

Aha, dachte Kemni wieder. Sie hatte diesen Augenblick erwartet. Selbstverständlich. Es gab keine bessere Gelegenheit – und es war hervorragend berechnet, um den Zorn des Königs über ihren Ungehorsam abzuwehren. Falls er tatsächlich wütend gewesen war. Kemni konnte sich durchaus vorstellen, dass Ahmose auch diesen Ungehorsam erwartet hatte.

Iphikleia, im Schatten ihrer Herrin, setzte sich still neben Kemni und griff nach seinem Weinbecher. Ihr Onkel an ihrer anderen Seite umarmte sie so fest, dass sie keuchte, aber sie schimpfte nicht mit ihm, weil der Wein nun verschüttet war.

Er lachte und füllte den Becher abermals. »Schön, dich zu sehen, Schwestertochter. Schön, dich zu sehen! Wie geht es dir?«

»Gut«, sagte sie, und es entsprach der Wahrheit. Der Marsch hatte ihr gut getan, sie war kräftiger geworden, hatte sogar ein wenig zugenommen.

Diener brachten ihr einen eigenen Becher, aber sie war damit zufrieden, Kemnis Teller zu teilen, und es störte sie nicht, dass alle wussten, was es bedeutete, dass sie so nahe beieinander saßen. Warum auch? In Kreta war das völlig akzeptabel.

»Das war sehr mutig von dir«, sagte Kemni.

Sie schmiegte sich in seine Arme und streichelte ihn träge. Er war vollkommen schlaff, selbst jener Teil von ihm, der sich zu gerne wieder erhoben und sie angebetet hätte. »Mutig? Ich? Was habe ich getan?«

»Du und Ariana«, sagte er, »so vor dem König zu erscheinen.«

»Wie sonst hätten wir es tun sollen?«

»Ihr hättet bleiben können, wo man euch hingeschickt hat.«

»Ah«, wiederholte er und dehnte es aus, bis sie ihm einen Klaps versetzte, damit er schwieg. Er grinste ihr Gesicht an seiner Schulter an. »Also gut, ich gebe es zu. Ich bin froh, dass du hier bist. Ich bin mehr als froh, dass du hier bist –«

Diesmal brachte sie ihn zum Schweigen, indem sie seine Rute als Geisel nahm. Aber sie konnte sein Lachen nicht aufhalten. »Ihr Götter«, sagte er, »ich liebe dich.«

»Schöner Mann«, sagte sie. »Zeig mir, wie du mich liebst.«

»Ich habe es dir gezeigt und wieder gezeigt und –«

»Zeig mir mehr.«

Bei einer Belagerung werden Kampfwagen kaum gebraucht. Aber der König hatte nicht vor, sie ruhen zu lassen. Er schickte sie in kleinen Truppen als Späher aus, um Vorräte ausfindig zu machen, die größere Kompanien zu Fuß dann zurückbringen konnten, oder um Flüchtlinge aus der Stadt zu jagen. Ihre Geschwindigkeit und die Entfernung, die die Zugtiere zurücklegen konnten, entzückte Ahmose ohne Ende. »Könige früherer Zeiten konnten von so etwas nur träumen«, sagte er, wenn Kemni von den Abenteuern des Tages berichtete. Er liebte seine Wagen; er war wie ein Kind mit einem Spielzeug, benutzte sie in jeder erdenklichen Weise und spielte so viel er konnte.

Die Belagerung verlief für eine Belagerung recht gut. Die Stadt war abgeschnitten, die Straße nach Asien ebenfalls. Aber die Menschen innerhalb der Mauern hielten aus; zweifellos zogen sie den Hunger oder den Tod der Gefangenschaft vor.

Kemni konnte das verstehen. Das Untere Reich hatte seit hundert Jahren so gelebt.

Er fuhr mit den anderen, obwohl man es von ihm als Kommandanten nicht verlangte, aber es war eine Möglichkeit, der Langeweile der Belagerung zu entkommen, diesen Tagen, an denen die Männer im Lager saßen, während die Belagerungsmaschinen auf die Mauern eindroschen und Bogenschützen von den Schiffen und vom Land aus Brandpfeile abschossen. Jene, die kämpfen würden, wenn die Tore fielen, hatten nichts anderes zu tun, als zu warten, es sei denn, sie hatten das Glück, dass man sie ebenso wie Kemnis Männer ausschickte.

Er fuhr weit nach Süden, bis er alle Dörfer innerhalb einer Tagesreise von Sile kannte. Er wusste, dass man in Avaris inzwischen von der Belagerung erfahren hatte; sie hatten nicht jeden Boten abfangen können. Aber ebenso wenig konnten die Retenu verhindern, dass die Armee erfuhr, was im Süden geschah. Der fremde König hatte Armeen zur Verteidigung von Sile ausgeschickt. Und dennoch berichteten Kemnis Späher, dass sie sich nur langsam bewegten; sie schienen keine Eile zu haben.

»Sie kommen nicht bis Sile«, sagte Seti. »Das sind nur Voraustruppen aus Avaris – sie verteidigen das Herz des Königreiches.«

Kemni konnte ihm nicht widersprechen. So gering der Feind an Anzahl war, nur Oberherren in einem fremden Land, waren sie gut beraten, ihre Männer nicht zur Verteidigung abgelegener Standorte auszuschicken. Wenn sie ihre Macht behalten wollten, mussten sie das von der Mitte aus tun, von ihren stärksten Festungen aus.

Der König hatte nicht vor, sie jetzt schon zu bekämpfen. Noch nicht. Erst würde er Sile einnehmen. Dann würde er nach Süden marschieren.

57

Kemnis Späher hatten die Armee des fremden Königs gefunden. Wie Seti vorhergesagt hatte, versuchten sie nicht, Sile zu retten. Sie hatten zwei Tagesreisen südlich der Stadt ein Lager aufgeschlagen und sich daran gemacht, etwas zu errichten, was wie eine Festungsmauer über der Straße aussah.

Sie konnten jedoch keine Festungsmauer über den Fluss bauen. Kemni bemerkte, dass sie ihm beinahe Leid taten, armselige Seefahrer, die sie waren, und die daher nicht ebenso ans Wasser wie ans Land dachten – selbst nach hundert Jahren nicht.

Eines Morgens, als es so aussah, als stünde die Belagerung kurz vor ihrem Ende, ging er auf die Jagd. Er hatte ein paar schöne Gänse geschossen, genug, um einige Männer zu ernähren, und auch seine Begleiter hatten ihre Wagen voll fetter Beute. Es war Zeit zurückzukehren, obwohl der Tag noch jung war. Wenn sie den Köchen ihre Beute übergeben hatten, würden sie danach noch Zeit für Übungskämpfe haben.

Sie legten eine Rast ein und ließen die Pferde auf einem Feld nahe dem Flussarm grasen. Ein paar Männer aßen und tranken in Ruhe, obwohl sie ihre Waffen bei der Hand hielten und die Pferde nicht allzu weit davonwandern ließen. Einer oder zwei waren ein Stück weitergegangen, Kemni nahm an, um sich zu erleichtern.

Ein Ruf ließ ihn aufschrecken. Keiner von ihnen vergaß auch nur einen Augenblick lang, dass sie sich im Krieg befanden. Er spannte den Bogen und legte einen Pfeil auf die Sehne, blieb aber neben seinem Wagen. Seine Braunen hatten die Köpfe gehoben, um zum Rand des Felds zu starren. Ihre Nüstern bebten. Falke, immer der Anführer, schnaubte; Löwe stieß ein beinahe betäubendes Wiehern aus.

Seti und einer der anderen – es musste Ay sein, denn sein Wagen zeigte einen Ibis – kamen langsam über den Hügel gefahren. Andere folgten ihnen, Männer des vierten Flügels, wie Kemni sah, die er ausgeschickt hatte, um Wache über den Feind zu halten. Sie fuhren in einem Kreis um etwas anderes herum: drei Pferde, jeweils mit einem Reiter.

Reiter, keine Wagen. Zwei Pferde waren recht gewöhnlich, wenn auch schöne Tiere: goldfarbene Falben. Das dritte war so hell wie der Mond.

Kemni wusste nicht einmal, dass er darauf zurannte, bevor er das Feld halb überquert hatte. Die anderen hatten sich nicht geregt, sie starrten alle die Neuankömmlinge an und warteten drauf, dass Seti und Ay und der vierte Flügel zu ihnen stießen.

Die Reiter waren Gefangene, sie konnten nichts anderes sein, aber weder sie noch ihre Pferde waren gefesselt. Zwei von ihnen waren Retenu. Von diesen beiden – bei den Göttern, eine war eine Frau, ein hoch gewachsenes, wildes Geschöpf mit Falkenaugen. Und der dritte …

»Iry!«, rief Kemni, und es war ihm ganz gleich, wer das hörte oder was sie dachten. »Iry!«

Sie hob die Hand. Sie war, wie er sie aus Avaris in Erinnerung hatte, so ruhig und gefasst wie immer, bis er ihrem Blick begegnete. Dann konnte sie ihr strahlendes Lächeln nicht mehr unterdrücken. »Kemni!«, rief sie zurück. »Vetter! Wie schön, dich zu sehen!«

Alle glotzten. Sie hatten die drei wohl für feindliche Spione gehalten. Kemni konnte sich nicht vorstellen, wie er das schnell erklären konnte, also nahm er Zuflucht zu Befehlen: »Lasst sie gehen«, sagte er. »Sie sind Freunde.«

Seinen Männern passte das nicht, aber sie waren an Gehorsam gewöhnt. Er brachte Iry und die anderen zurück zum Rest der Wagen, zu Brot und Bier und einem so herzlichen Willkommen wie möglich. Auch die andere Frau kannte er recht gut, aber sie schien sich nicht an ihn zu erinnern oder in einer Art Traum zu verharren. Der Mann war ein großer, schlaksiger, ungelenker Junge gewesen, als Kemni ihn zum letzten Mal sah, und nun ein hoch gewachsener kräftiger Mann mit breiten, bulligen Schultern und dem Anfängen eines richtigen Bartes, aber dieses breite, täuschend dumme Grinsen war nicht zu verwechseln. Iannek von den Retenu und seine Schwester Sadana waren Iry nach Norden gefolgt. Sie waren ihr gefolgt, hatten sie nicht geführt. So viel war deutlich.

Unglaublich. Und dennoch waren sie hier. »Ihr seid tatsächlich Freunde?«, fragte er Iry.

Sie nickte ein wenig ungeduldig. »Selbstverständlich. Ja, auch die anderen. Sie gehören zu mir. Wie weit ist es nach Sile?«

»Ein halber Morgen«, antwortete Kemni und kümmerte sich einen Augenblick nicht um das, was sie gesagt hatte: dass sie diesen Retenu Befehle erteilte.

»So nah?« Sie seufzte. Einen Augenblick lang sah er, wie müde sie sein musste, wie weit sie schon gereist war. »Den Göttern sei Dank. Ich dachte schon, wir würden es nie erreichen.«

Auch darauf ging Kemni nicht ein. Es würde noch Zeit genug sein, wenn er sie zum König gebracht hatte.

Er ließ sich von einem der Männer einen Wagen bringen und übergab ihn Iry und Iannek. Das machte notwendig, dass Sadana mit ihm fuhr. Die Pferde folgten: Die Falben an ihren Seilen hinter Kemnis Wagen, die Stute frei, aber sie blieb in der Nähe.

Es gab so vieles, woran er denken musste, so viele Erinnerungen. Kemni hatte die Stute bisher nicht aus der Nähe gesehen. Auf den ersten Blick machte sie, von ihrer Farbe abgesehen, einen recht gewöhnlichen Eindruck: eine kräftige, kurzbeinige Stute, von einer ganz anderen Art als die schlanken Hengste, die der König aus Libyen gebracht hatte. Und dennoch war sie in Bewegung wunderbar, von herzzerreißender Schönheit. Sie hatte nur Augen für Iry. Diese Intensität war verblüffend; sie konzentrierte sich auf ihre Dienerin, als gäbe es nichts anderes auf der Welt.

Nun, dasselbe konnte fast auch von den beiden Menschen gesagt werden, die seiner Verwandten folgten. Iannek war ihr so ergeben wie ein Hund seinem Herrn. Sadana…

Sie hatte kein Wort gesagt, seit sie vor Kemni gestanden hatte. Als Iannek in den zweiten Wagen sprang, war Iry selbstverständlich ebenfalls eingestiegen, und das war klug, falls er vielleicht an Flucht dachte. Kemni bezweifelte das allerdings.

Und daher hatte Sadana mit Kemni fahren müssen. Sie hatte ihm immer noch keinen einzigen Blick gegönnt.

War sie wütend? »Es tut mir Leid«, sagte er, als der Wagen vom Feld auf die glattere Straße rollte. »Ich hätte dich nicht auf diese Art verlassen, wenn etwas anderes möglich gewesen wäre. Aber –«

»Das hast du also getan«, sagte sie abrupt, als begänne sie das Gespräch in der Mitte. »Du hast spioniert.«

»Ja«, sagte er.

»Du warst gar kein Diener. Das dachte ich mir allerdings schon, denn du warst zu eingebildet für einen Sklaven.«

»Nicht wenige Sklaven in diesem Reich sind in einem anderen Rang zur Welt gekommen.«

»Und was ist deiner?«

»Ich bin der Kommandant der Streitwagen des Königs«, antwortete er nicht ohne Stolz. »Und ich bin der Wagenlenker des Königs. Aber bevor ich das wurde, war ich Erbe des Goldenen Ibis, nicht weit von der Aufgehenden Sonne entfernt.«

»Und ihr Vetter.«

Kemni warf Iry einen Blick zu. »Ja. Unsere Mütter waren Schwestern.«

»Wo ich herkomme«, sagte Sadana, »würde euch das so eng verbinden wie Bruder und Schwester und euch von Geburt bis zum Tod aneinander binden.«

»Das trifft auch beinahe auf uns zu«, sagte er. »Ich bin als Junge mit ihren Brüdern herumgezogen. Sie folgte uns, wenn das möglich war, obwohl sie so viel jünger war. Sie war damals genau wie heute, nur kleiner.«

»Ich kann mir vorstellen, dass sie ein sehr selbstbewusstes Kind war«, sagte Sadana kühl.

»Ja.« Kemni ließ die Pferde eine Weile weitertraben. Dann sagte er: »Du bist wütend auf mich.«

»Warum denkst du das?«

»Ich habe dich verlassen.«

Sie lachte – ein kurzes heftiges Geräusch. »Das passt zu einem Mann! Du glaubst also, dass das Vergnügen einer Nacht dich zum Mittelpunkt meiner Welt gemacht hat?«

»Nein«, sagte Kemni. »Aber ich bin nicht zurückgekommen. Ich habe nicht mehr mit dir gesprochen.«

»Du musstest verschwinden«, sagte sie. »Du hattest spioniert.«

»Ja«, sagte er ein wenig erschöpft. Und es gab noch etwas anderes, aber das würde er ihr gegenüber nicht erwähnen. Iphikleia hatte auf ihn gewartet. Er konnte einer Frau wohl schlecht sagen, dass er sie um einer anderen willen verlassen und seitdem im Licht der Anwesenheit dieser anderen, kaum mehr an sie gedacht hatte.

Sadana sagte nichts mehr. Sie berührte ihn auch nicht, es sei denn, die Bewegung des Wagens veranlasste sie dazu.

Er fragte sich, ob Iry es geschafft hatte, ihr einen Geliebten zu finden, der bei ihr blieb und sanft zu ihr war. Wahrscheinlich nicht. Es war lächerlich gewesen, darum zu bitten. Niemand außer Sadana konnte einen Mann finden, der sie liebte. Wenn Sadana ihn nicht wollte oder ihn nicht finden wollte, war das ihre Entscheidung.

Sie würde ihn hassen, wenn sie wüsste, um was er Iry gebeten hatte. Es roch nach Mitleid und nach Herablassung. Und sie verdiente nichts von beidem.

Er hätte sich beinahe noch einmal entschuldigt. Aber das hätte nichts geholfen. Stattdessen fuhr er schweigend weiter, zurück zur Ebene und zur Stadt und zum König in seinem großen Lager unter dem Gehämmer der Belagerungsmaschinen.

Die Tore waren bereits verbogen; bald würden sie fallen. Kemni fand den König direkt hinter der großen Ramme, wo er unter einem Baldachin saß, zusammen mit seinen Adligen und Generälen und einer ganzen Menge Priester, die bei jedem Schlag der Ramme die Götter anflehten. Sie waren, als Kemni eintraf, bereits alle großen Götter der beiden Reiche durchgegangen und hatten mit den kleineren begonnen.

Bei diesen Rezitationen und dem Donnern der Ramme gab es keine Möglichkeit, sich zu unterhalten. Aber Ahmose tat etwas Seltsames: Als Kemni auf ihn zufuhr, erhob er sich von seinem goldenen Sessel, ging auf eigenen Füßen in die Sonne hinaus und brüllte Kemni ins Ohr: »Kommt mit!«

Alle starrten die beiden an. Es war das Zeichen ungeheurer, mächtiger Gunst, dass ein einfacher Adliger vom König angesprochen wurde. Aber Ahmose ignorierte das. Er führte Kemni und seine drei Gäste oder Gefangenen zurück in die relative Ruhe seines Zeltes. Sein Gefolge war ausgeschlossen, und außer einem einzelnen ruhigen Diener war niemand zugelassen.

Dort, im matten Licht unter dem Zelttuch, sagte Ahmose: »Sei gegrüßt, Herrin der Pferde. Es ist gut, dich endlich zu sehen.«

Iry neigte den Kopf. Sie schien der Ehrfurcht vor Königen gegenüber immun. »Du hast mich erwartet, Herr?«

»Ich hatte eine Vorahnung«, sagte Ahmose mit der Spur eines Lächelns, »und meine Große Königliche Gemahlin… sie steht den Göttern näher als die meisten. Sie sagte mir, ich könne einen solchen Gast erwarten. Und ein solches Vorzeichen.«

»Ich nehme an«, meinte Iry, »das bin ich.«

»Die weiße Stute der Eroberer erwählt als ihre Priesterin eine Ägypterin«, sagte Ahmose. »Und sie gestattet, dass diese Ägypterin zu ihrem eigenen Volk zurückkehrt. Man könnte behaupten, dass sie damit ihre Gunst von den Eroberern zu den Eroberten gewendet hat.«

»So könnte man sagen«, meinte Iry, »und so wird man sagen.«

»Dann muss es wahr sein.« Ahmoses Lächeln entkam seinen Fesseln. »Ich heiße dich herzlich willkommen. Sei willkommen in großer Freude.«

Die Gunst eines Gottkönigs hatte viele Vorteile. Sie brachte Iry und ihren beiden schweigenden Schatten ein eigenes Zelt, die beste Weide für ihre Pferde, Diener, die sich um sie kümmerten und die Tatsache, dass alle in der Armee sie – wenn auch manchmal mit Zähneknirschen – akzeptierten.

Es war, wie Ahmose gesagt hatte, ein Glück verheißendes Vorzeichen. Noch wichtiger wurde es, als kurz nachdem Iry das Zelt des Königs betreten hatte, die Ramme das Tor von Sile niederriss. Die Armee war etwas überrascht, aber die Männer fassten sich rasch, griffen zu den Waffen und kletterten über das geborstene Holz hinweg in die Stadt.

Bei einem Kampf in der Stadt gibt es wenig Platz für Wagen. Aber Kemni war Fußsoldat gewesen, lange bevor er Wagenlenker wurde. Er fand eine Kompanie, die ihn gerne aufnahm, unter einem Kommandanten, den er seit seiner Jugendzeit kannte. Er stürmte die Stadt mit allen anderen in einer Art finsterer Begeisterung. Endlich – endlich Rache für all die Jahre der Sklaverei, für die Siege unter Kamose, die am Ende zu Niederlagen geworden waren, für die Demütigung und die Eroberung der beiden Länder durch Barbaren aus Asien.

Sie kämpften und, ja, sie töteten. Der Feind wich vor ihnen zurück. Kemni zählte seine Schläge nicht mehr, nur die Schritte seines Vordringens, Straße um Straße, bis zur Stadtmitte und zur Zitadelle.

Dort blieb er stehen, wie alle. Die Zitadelle war offen. Der Kommandant hatte sich in Angst um sein Leben ergeben.

Kemni erwachte wie aus einem Traum. Übergabe – Bedingungen – der König!

Er hatte nicht gewusst, dass er noch die Kraft hatte, durch die gesamte gefallene Stadt zu rennen, durch die dicht gedrängten Armeen, an dem geborstenen Tor vorbei, ins Lager und zum König zurück.

Und das nicht zu früh. Der Streitwagen des Königs war nahezu bereit. Iphikleia stand mit einem Krug besten Biers bereit, mit einem Becken voll Waschwasser und mit frischer Kleidung. Sie wischte ihm rasch Blut, Schweiß und Staub ab, während er den Krug leer trank. Dann überreichte sie ihm einen schönen neuen Kilt, seine besten Schmuckstücke und die Perücke, die er für Feste reservierte. Sie schüttelte den Kopf angesichts der Wunden, die er nicht einmal bemerkt hatte, doch es waren nur Kratzer, um die man sich nicht weiter kümmern musste.

Der König trug seine goldene Rüstung und die blaue Krone, Krummstab und Dreschflegel vor der Brust verschränkt, und selbst den falschen Bart, mit dem er sich sonst nur selten abgab: Das Große Haus von Ägypten in aller Vollkommenheit.

Kemni sprang in den Wagen und griff nach den Zügeln. Die Pferde waren frisch und ein wenig störrisch, Kemni dagegen alles andere als frisch, aber das Bier hatte seine ausgetrocknete Leere gefüllt, und Iphikleias Säuberung – und ihre Anwesenheit, die Berührung ihrer Hände, ihrer Lippen – hatte ihn wieder zum Leben erweckt. Er war so bereit, wie er nur sein konnte, um den König in seinem Wagen zur Zitadelle von Sile zu bringen.

Der Kommandant der Garnison ergab sich dem Großen Haus im Hof der Zitadelle. Er war nicht der Gouverneur – dieser Würdenträger war immer noch abwesend und würde wohl kaum zurückkehren. Dies hier war sein Stellvertreter, der Mann, der, da war Kemni sicher, die Stadt tatsächlich beherrscht hatte: ein verbitterter, grauhaariger Soldat, nicht sonderlich groß für einen Retenu, aber untersetzt und kräftig. Er weinte und jammerte nicht vor dem König, sondern überreichte sein Schwert mit Bedauern, aber ohne Zögern; er erhielt die Freiheit, seine Verwundeten aufzusammeln und sich um die Toten zu kümmern und stimmte zu – als ob er hätte widersprechen können! –, dass er danach seine Männer nehmen und sich nach Kanaan zurückziehen würde, selbstverständlich unbewaffnet.

»Und zu Fuß«, beschied ihm der König. »Eure Wagen und Gespanne behalten wir.«

Das war ein Schlag: Der Kommandant zuckte ein wenig zusammen, aber er verbeugte sich. »Herr«, sagte er, »ich kann mich kaum widersetzen. Aber wenn du uns vielleicht genug Packtiere lassen könntest, um unsere Sachen und unsere Verwundeten –«

»Ihr könnt Ochsen haben«, sagte der König, »und die Esel, die wir nicht brauchen.«

»Das wird genügen, Herr«, sagte der Kommandant. »Und ich danke dir dafür.«

Ahmose neigte den Kopf. Er konnte es sich leisten, großzügig zu sein. Sein Sieg war vollständig. Er hatte viel mehr als eine Stadt voller Kriegsbeute gewonnen: Er hatte den nördlichen Weg und die Straße nach Asien erkämpft.

58

Sile war gefallen. Khayan konnte sich nicht vorstellen, dass es jemand nicht erwartet hatte, und dennoch war das verzweifelte Aufheulen, als die Armee davon erfuhr, ausgedehnt und laut. Ohne Zweifel hatten endlich zumindest ein paar dieser brüllenden Bullenkälber verstanden, dass Sile ein Opfer war, ein Stück frisches Fleisch, das man einem Krokodil vorwirft, damit der König Zeit hatte, den Mittelpunkt seines Reiches zu festigen.

Nein, sie hatten es nicht begriffen. Khayan hatte sich zwar nicht als sonderlich von Glück bevorzugt, aber auch nicht als unglücklich betrachtet. Der Grund seines Hierseins suchte ihn in den Nächten heim, aber im Tageslicht war er recht zufrieden. Er hatte Rang, wenn auch geringen; er hatte Männer, die willig schienen, für ihn zu kämpfen; er war nicht allzu schrecklich gedemütigt, wenn man bedachte, was geschehen war.

Das sagte er sich zumindest. Aber all die Dummheit, die er hier bei der Armee wahrnahm, führte dazu, dass er sich wieder danach sehnte, ein hoher Adliger zu sein, ein königlicher Favorit – denn ein Kommandant von hundert Fußsoldaten war nicht vor dem Generalsrat zugelassen, erst recht nicht, um den Befehlshabern vorzuwerfen, wie dumm sie waren.

Sie hatten eilig diese Festung über der Straße nach Sile gebaut und sich offenbar nicht darum gekümmert, dass der Feind immerhin über Schiffe verfügte und einfach daran vorbeisegeln konnte. Selbst wenn seine Armee für die kretischen Schiffe zu groß war, konnten sie den Ägypter immer zum anderen Ufer bringen und er konnte dort weitermarschieren, grinsen und diesen idiotischen Barbaren seinen braunen Hintern zeigen.

Und nun wollten sie diese Festung schon wieder aufgeben und nach Imet zurückfallen, das nicht weit entfernt von Avaris lag. Es war eine Stadt, erfuhr man, oder zumindest ein Städtchen, und die Mauern waren höher und stärker als alles, was sie hier errichten konnten. Sie sprachen nicht von Kämpfen, nur von Rückzug. Hatte der König ihnen nicht befohlen standzuhalten?

Er hätte nicht einmal bei der Beratung innerhalb der hastig errichteten Mauern anwesend sein sollen, aber er stand nicht unter Bewachung, und man hielt ihn nicht davon ab, sich in der Nähe dieses Kreises herumzutreiben. Andere der niederen Ränge hatten offenbar derselben Neugier nachgegeben. War sie ebenso morbid wie Khayans eigene Neugier? Adlige, hatte er gelernt, wurden von den niederen Rängen als notwendiges Übel betrachtet, als ein Rudel von Idioten, deren Befehle insgesamt nichts mit Vernunft oder Verstand zu tun hatten. Dazu brauchte man einen

Kommandanten von zehn oder hundert, einen Mann, der wusste, was die Männer dachten, der dafür sorgte, dass sie überlebten, um auch noch in den nächsten Kampf ziehen zu können, in den die Dummheit ihrer Herren sie verwickelte.

Khayan, einstmals Adliger und nun wegen eines – vermeintlichen – Verbrechens Kommandant einer Hundertschaft, hatte sich das Vertrauen seiner Genossen erwerben müssen, aber nun sagten sie relativ unbeschwert auch in seiner Hörweite, was sie dachten.

Einige lauschten ebenso wie er, verdrehten die Augen, wenn die Herren es nicht sahen, und murmelten »Adlige«. Einen Augenblick lang sind sie ganz begeistert vom Krieg, im nächsten zittern sie schon. Und es ist nie das, was angeraten wäre.

»Was wäre denn angeraten?«

Vielleicht hätte Khayan lieber den Mund halten sollen. Aber er hatte zu viel gehört und war zu gereizt.

»Nun, Welpe«, meinte der narbige Veteran, der ihm am nächsten stand – der Mann war kaum älter als Khayan, aber nach Kämpfen betrachtet ein Greis –, »wenn du daran denkst, werden sich deine Därme entweder verschlingen, oder sie werden es dir sagen.«

»Wir sollten standhalten und nicht flüchten«, sagte Khayan.

Alle grinsten ihn an, das halbe Dutzend, das sich in der Nähe herumtrieb. »Bei Seths schwarzen Eiern!«, knurrte der Größte von ihnen, ein wahrer Riese, wie ein großer zottiger Bär. »Der Welpe kann denken.«

»Deshalb hat man den Welpen wahrscheinlich degradiert«, meinte der Narbige. »Und nicht bloß, weil er die hübsche Blüte gepflückt hat.«

Das entsprach auf seine Art der Wahrheit: Khayan zuckte mit den Achseln. »Ist das nicht gleich? Das Reich geht vor unserer Nase verloren. Sollten wir nicht etwas dagegen tun?«

»Aber sicher«, meinte der Bär. »Wir halten unsere Jungs zusammen, wir sorgen dafür, dass sie etwas zu essen und einen Schlafplatz bekommen, und wenn wir können, werden wir dafür sorgen, dass sie am Leben bleiben.«

»Wir könnten zum Rat gehen«, meinte Khayan mit wachsender Sicherheit. »Wenn wir alle gehen, so viele wie möglich, müssen sie uns doch zuhören.«

Der Riese betrachtete ihn mit etwas, das man nur als Mitleid bezeichnen konnte. »Wo hast du denn gelernt, *so* zu denken? Nein, gib keine Antwort. Ich erinnere mich. Du warst eins der Schoßtiere der Kriegerinnen, bevor sie dich dem König gegeben haben. Sie regieren einander so, ja? Jeder kann im Rat sprechen und wird angehört, ganz gleich, welchen Rang er hat. So viel Vernunft – die Götter müssen sie hassen.«

»Die Pferdegöttin liebt sie«, sagte Khayan. »Kommt schon, warum können wir es hier nicht ebenso machen? Wir sind nicht so weit von diesen Stämmen entfernt. Wenn wir ihnen alle unsere Argumente vorlegen, werden sie doch zuhören!«

»Sie werden uns rauswerfen«, sagte der Narbige, »und die Anführer auspeitschen. Nein, Welpe. Das hier ist kein Stamm. Das ist eine Armee. Die Herren geben die Befehle, wir führen sie aus. Die Männer gehorchen.«

»Aber wenn die Befehle –«

»Befehle sind Befehle«, sagte der Narbige.

Khayan biss sich auf die Zunge, bis sie blutete. »Und wenn ich es versuche? Ihr werdet mir nicht den Rücken stärken?«

»Welpe«, sagte der Riese, »du wirst jemanden brauchen, der dir den Rücken flickt, wenn sie mit dem Auspeitschen fertig sind. Wir verschwinden. Wir befolgen Befehle – und sorgen für unsere eigenen Rücken.«

Sie ließen ihn stehen, kehrten zu ihren Pflichten zurück und befolgten zweifellos ihre Befehle. Khayan blieb allein am Rand des Kreises. Drinnen kamen die Herren zu einer Übereinstimmung. Sie würden nach Imet ziehen, auf der Straße nach Avaris; den Rest des Nordens würden sie sich selbst überlassen. »Immerhin«, erklärten sie einander, »wird es uns wieder gehören, wenn wir den Krieg gewinnen. Aber um ihn zu gewinnen, brauchen wir Avaris und die Städte im Süden. Hier können wir nichts mehr tun.«

Dummheit. Reine Dummheit. Khayan ging tatsächlich einen Schritt auf den Kreis zu, aber irgendetwas – sei es Feigheit, sei es Vorsicht – hielt ihn zurück. Er hätte nichts dagegen, für eine gute

Sache ausgepeitscht zu werden, aber für nichts – nein. Er brachte es nicht über sich.

Vermutlich war er ein Feigling. Jedenfalls würde er tun, was man ihm sagte.

Sie bereiteten sich darauf vor, die Festung zu verlassen, aber nicht allzu eilig. Es war noch Zeit, sagten die Herren. Der Feind genoss die Früchte seines Sieges und ruhte sich in Sile aus. Lange bevor sie nach Süden kamen, würden sie verschwunden und sicher hinter den Mauern von Imet sein.

Khayan konnte sich ihrem Befehl nicht widersetzen, aber er konnte Vorsichtsmaßnahmen treffen – so wie alle Kommandanten seines niedrigen Ranges. Er sorgte dafür, dass er mit seinen Männern auf Wache vor der Festung postiert wurde und die Straße nach Norden im Auge behielt. Die Spione und Boten hatten sicherlich die Wahrheit gesagt, aber seine Gedärme, verschlungen oder nicht, waren nicht so recht zufrieden. Wäre das nicht genau das, was der Feind sie glauben machen wollte? Er hatte das Königreich schon mit der Einnahme von Sile überrascht. Warum sollte er sie nicht erneut mit dem Tempo seines Angriffs überraschen?

Es war keine unangenehme Pflicht. Es war fast kein Wild mehr übrig, aber noch Fische im Fluss. Und die Luft war sauber, unberührt vom Gestank zu vieler Männer, die zu lange dicht beieinander eingeschlossen waren. Sie entschlossen sich, in dieser Nacht ein Lager aufzuschlagen, während sich die Festung weiter in aller Ruhe auf den Abmarsch vorbereitete.

Die Nächte waren immer am schlimmsten. Khayan versuchte nicht zu träumen, sich nicht zu erinnern, aber sein Herz war störrisch. Wieder und wieder sah er Barukhas Gesicht, als sie schrie und schrie, und er hörte ihr Zischen an seinem Ohr, als man ihn gefangen nahm. »Wenn ich dich nicht haben kann, wird dich auch keine andere bekommen.«

Manchmal, wenn er Glück hatte, verwandelten sich die Erinnerungen in einen Traum. Er lag mit Iry beinahe immer in einem Blütenfeld – einem Feld, wie Ägypten es nie gesehen hatte, die Steppe aber gut kannte. Rings um sie her grasten Pferde. Weiße

Pferde, graue Pferde, dunkle Fohlen, die später einmal grau sein würden. Die Herde der Stute, und die Stute war bei ihnen.

Iry lächelte. Er hatte sie in der wachen Welt selten lächeln sehen. Sie war nicht finster, aber sie war ein ernster Mensch. Sie lächelte niemals leichtsinnig.

Nun schenkte sie ihm dieses Lächeln. Er streckte die Hand aus, um es zu berühren. Es war so flüchtig, so substanzlos, wie eine Flamme. Und wie eine Flamme verschwand es, als er zu nahe kam.

Khayan schreckte hoch. Es war Morgen – später, als er gedacht hätte, es dämmerte schon, und einer seiner Männer beugte sich über ihn: Shimon, der am schnellsten und weitesten von allen Spähern laufen konnte. Er sah aus, als wäre er die ganze Nacht durchgerannt.

»Herr«, sagte er, denn er bestand darauf, Khayan so anzusprechen, »Hauptmann, ich habe sie gesehen – sie kommen. Der Feind ist auf dem Weg hierher.«

»Wie nah?«

»Sie haben Halt gemacht, als es dunkel wurde, aber ich habe gewartet, um zu sehen, ob sie weiterziehen. Ich könnte die Entfernung in einer Stunde zurücklegen.«

»So nah?« Khayan setzte sich hin, strich sich das Haar aus dem Gesicht. »Und du hast so lange gebraucht, mich zu finden?«

»Ich habe sie viel weiter von hier gesehen«, sagte Shimon ein wenig mürrisch. »Ich musste sehen, wie nah sie kommen würden. Ich habe Lamech geschickt, um es dir zu sagen. Hat er das nicht getan?«

»Lamech ist hier nie –« Khayan schloss den Mund wieder. »Sie haben ihn erwischt.«

»Aber wie –«

»Boote«, sagte Khayan. »Es gibt immer Boote auf dem Fluss, Fischer, Händler. Ich wette, die Hälfte davon sind Spione, und die anderen stehen ebenfalls im Dienst der Ägypter. Sie haben Lamech erwischt. Aber dich nicht. Vielleicht, weil sie wussten, dass du zu spät hierher kommen würdest, um noch von Nutzen zu sein?«

»Es ist immer noch Zeit zum Kämpfen, Herr«, sagte Shimon.

»Ja«, erwiderte Khayan. Er sagte es mit einer gewissen Befriedigung. »Also gut. Wir werden schließlich doch standhalten. Die Herren werden nicht erfreut sein.«

»Du schon«, sagte Shimon, dessen Auflehnung immer alles andere als subtil gewesen war.

»Aber ich«, sagte Khayan, »durfte ja auch kein Herr bleiben. Schließlich kann ich denken.«

Die Ägypter griffen die Festung bei Sonnenaufgang an, von Land und vom Fluss her. Es waren viele – viel mehr, als die Späher gezählt hatten. Ihr eigenes Volk war aus dem gesamten Norden zu ihnen gestoßen. Und selbstverständlich waren da die Armeen aus Theben und die Schiffe aus Kreta. Eine recht beleidigende Anzahl dieser Schiffe segelte einfach weiter, während der Kampf um die Festung tobte. So stark die Retenu an Land sein mochten, den Fluss hatten sie nie beherrschen gelernt. Und das, so wusste Khayan nun, als er sah, wie der Feind wie ein Fluss bei Hochwasser über sie hinwegschwemmte, würde ihr Untergang sein.

Er hatte seine Männer zu den Mauern zurückgebracht, aber die Tore waren geschlossen. Es waren andere draußen, die man zum Lager zurückgerufen hatte, sodass sie in zwei oder drei Tagen abmarschieren konnten, wenn die Herren es für angemessen hielten.

Khayan hatte einen Läufer vorausgeschickt, um Alarm zu geben. Dies war die Antwort: geschlossene Tore, Männer vor den Mauern. Die Herren selbstverständlich waren sicher drinnen, und ein paar auserwählte Truppen ebenfalls. Die draußen hatten den Befehl, zu tun, was sie konnten, um den Feind fern zu halten – vermutlich, nahm Khayan an, damit die Herren durch das Südtor fliehen und nach Imet flüchten konnten.

Er war nicht sonderlich versessen darauf, sich umzudrehen und zu fliehen. Seine Stimmung war recht seltsam; sie war seltsam gewesen, seit er Avaris verlassen hatte. Es kümmerte ihn noch, ob er leben oder sterben würde, aber nicht genug, um sich zu retten. Immerhin hatte er Männer, um die er sich kümmern musste, und einen Kampf auszufechten.

Ohne die Einmischung der Adligen hatten die Kommandanten nun so gut wie möglich einen Schlachtplan erstellt. Die Festung lag in ihrem Rücken, Bogenschützen mit Feuerpfeilen warteten an den Flussufern, um die Schiffe fern zu halten. Die Kampfwagen, jedenfalls die wenigen, die die Herren ihnen überlassen hatten – der Rest war damit beschäftigt, nach Süden zu flüchten –, standen ganz vorn. Die Masse der Fußsoldaten befand sich dahinter: Schwertkämpfer, Speerkämpfer, Bogenschützen. Auch die Bogenschützen waren nur gering an der Zahl, der Rest von ihnen hinter den Wagen unterwegs. Die meisten waren Speer- und Schwertkämpfer, eine Mauer von Körpern zwischen dem Feind und der Festung.

Khayan, als einer davon, ruhte sich so gut wie möglich aus, während der Morgen heller wurde. Er konnte die Trommeln auf den Schiffen hören, die den Ruderern den Rhythmus angaben; das tiefe Dröhnen hallte weit über den Fluss. Nach einer Weile schien ihr Herzschlag sich diesem Geräusch anzupassen, schlug kräftig und langsam, während sich der Horizont ausbreitete und dunkler wurde und sich zu bewegen begann. Die aufgehende Sonne brachte die Speerspitzen zum Glitzern und zum Glühen.

Der größte Teil des Krieges bestand im Warten, und das schlimmste Warten war das von Soldaten, denen man befohlen hatte standzuhalten, während der Feind aufmarschierte. Die Sonne drosch auf Khayans Helm ein. Schweiß lief ihm über den Rücken, sein Mund war trocken, aber er wagte es nicht, zu viel aus dem Wasserschlauch zu trinken, denn das Wasser würde vielleicht den ganzen Tag reichen müssen. Wenn überhaupt, trank er nur einen Schluck und genoss jeden Tropfen der warmen, nach Leder schmeckenden Flüssigkeit.

Der Feind näherte sich, vorn und an den Seiten die Kampfwagen. Es entsprach also der Wahrheit: Sie hatten Pferde und Wagen. Einige Pferde waren von der asiatischen Art, aber viele nicht. Es waren libysche Tiere, täuschend zart gebaut und Hirschen ähnlicher als die kräftigen Pferde, die Khayan seit seiner Kindheit kannte.

Die Wagenlenker fuhren gar nicht schlecht für Männer, die bis zu Beginn des Jahres nie in einem Wagen gestanden hatten; nicht sonderlich kunstvoll, aber gut genug.

Die Armee, die hinter ihnen marschierte, war riesig. Und dahinter kam die Flotte, Wind in den Segeln, rhythmisch schlagende Ruder, schwarze Schiffsrümpfe, die sich gegen die Strömung des Flusses bewegten. Die Welt bestand nur noch aus Trommelschlägen.

Haltet stand, lauteten Khayans Befehle. *Lasst den Feind näher herankommen.* Das war einfach zu befehlen – für einen Herrn, der es selber nicht ertragen musste, reglos dazustehen, während eine Armee auf ihn zumarschierte. Aber Soldaten waren dazu da zu tun, was ihre Herren befahlen.

Als der erste Pfeilregen fiel, hatte Khayan das bereits erwartet; dennoch überraschte es ihn. Es sah so harmlos aus, bis ein Mann, der in Khayans Reichweite stand und zu dem tödlichen Regen aufblickte, ohne einen Laut fiel; ein Pfeil war ihm ins Auge gedrungen.

»Schilde!«, brüllte Khayan seinen eigenen Männern und jedem, der es hören wollte, zu. »Schilde hoch!«

Schilde wurden hochgerissen, zu spät für einige und zu wenig für andere, aber sie taten, was sie konnten. Und der Feind marschierte weiter vorwärts. Die Streitwagen waren seitlich abgebogen und ließen den Bogenschützen und Speerkämpfern ein klares Feld.

Der Kampf hatte begonnen, als der erste Pfeil von der Sehne flog. Aber als die Speere die Hände ihrer Werfer verließen, wurde es blutig. Die Verteidiger begannen sich zu wehren.

Khayan sah, wie sein Speer tief in den Körper eines schlanken braunen Mannes mit bemalten Augen eindrang. Er trug keine Rüstung. Der Schild, mit dem er sich hatte schützen wollen, war leicht und kaum groß genug. Seine Miene, als er fiel, zeigte tiefste Überraschung.

Khayans Schild lenkte einen Speer ab. Er war gespickt mit Pfeilen. Einige der Pfeile brachen ab. Das Gewicht zerrte an Khayans Arm, aber er ließ den Schild nicht fallen; dazu war er nicht dumm genug.

Es wäre nützlich gewesen, gegen den Feind vorzudringen, ihn

von der Mauer wegzudrängen, aber die Befehle waren klar. Sie sollten standhalten, weder angreifen noch sich zurückziehen.

Also blieben sie stehen. Als ihre Speere verbraucht waren, zogen sie die Schwerter.

In vielen Kämpfen gab es ruhige Augenblicke, in denen man stehen bleiben, Luft holen, dem Schwertarm eine Pause gönnen konnte. Aber ob es nun daran lag, dass der Feind eine so unwiderstehliche Kraft darstellte, oder weil dieser Teil der Mauer den schlimmsten Angriffen ausgesetzt war, es gab keine Ruhe, keine Pause. Und keine Verstärkung. Der Feind hatte Reihe um Reihe, die er in den Kampf schicken konnte; die Verteidiger hatten nur sich selbst.

Das war wirklich eine Ironie des Schicksals: Der Eindringling von weit weg hatte genügend Männer, aber der Verteidiger in seinem eigenen Land nur jene, die hier standhielten. Khayan musste lachen, als er sein Schwert zog. Zwischen den Armeen lag keinerlei Entfernung mehr. Die Welt war voll kleiner brauner Männer. Sie waren so zahlreich wie Ratten in einem Kornspeicher, und sie stürzten sich auf Khayan oder die Mauer hinter ihm.

Die Mauer war seine Zuflucht. Er passte so gut wie möglich auf die Männer unter seinem Befehl auf, hielt sie zusammen, hielt sie in Reihen, schickte jene, die vorn standen, nach hinten, wenn ihre Arme müde wurden. Der Feind schien niemals müde zu werden, und er hatte viel mehr Reihen als Khayan.

Männer fielen. Nicht so viele von seinen, er hatte sein Bestes getan, sie gut auszubilden, und offenbar erinnerten sie sich. Die Schreie der Verwundeten waren durchdringend, aber nach einer Weile nahm er sie nicht mehr wahr. Schlimmer waren die Schreie der Pferde. Khayan zuckte jedes Mal zusammen. Er hatte kein Tier getroffen. Alle, die ihn angriffen, waren zu Fuß. Darüber war er froh. Er hasste es, Pferde zu töten; selbst bei Opfern, selbst im Dienst der Götter hasste er es. Sein Arm tat schrecklich weh, deshalb nahm er das Schwert eine Weile in die linke Hand, war aber damit weniger sicher und kräftig. Die Männer sagten ihm immer wieder, er solle nach hinten gehen, dort Zuflucht suchen und die anderen für ihn kämpfen lassen. Aber er war der Kommandant, er musste vorn stehen. Das war es, was ein Kommandant tat.

Es war seine eigene Dummheit, die dem ein Ende machte. Er wusste es, noch während es geschah. Eine frische Welle von Ägyptern brach über sie herein. Khayan, direkt davor, stolperte über seine eigenen Füße und fiel auf die Knie. Ein Ägypter, der an ihm vorbeirannte, stach beinahe lässig mit dem Schwert zu.

Der Schmerz kam nicht sofort. Khayan fiel weiter, ringsum sah er trampelnde Füße, etwas stieß ihn, er spürte Schmerz, aber nur aus der Ferne, als gehörte er jemand anderem. Es wurde dunkel. Wie seltsam. Er hätte schwören können, dass es immer noch Morgen war. Aber die Zeit beim Kämpfen verlief anders als sonst. Vielleicht ging die Sonne tatsächlich unter. Diese Dunkelheit war wunderschön, weich und warm und still, aber völlig ohne Sterne.

59

Der Kampf verlief gut. Die meisten Verteidiger vor den Mauern waren tot oder gefangen genommen. Die Männer in der Festung waren beinahe alle geflohen. Ahmose selbst hatte das südliche Tor gesichert, durch das die letzten Feinde flüchteten.

Gegen Ende des Morgens hatten sie gesiegt, bis auf die letzten Scharmützel, die Flammen, die noch einmal aufflackerten. Ahmose ließ die Flotte dicht zum Ufer kommen, die Diener und das Gepäck und Ärzte für die Verwundeten bringen. Sie schlugen ihr Lager ein wenig von der Festung und dem Kampf entfernt auf, aber nahe genug für jene, deren Pflicht darin bestand, die Verwundeten und Sterbenden vom Schlachtfeld zu holen.

Kemni als Wagenlenker des Königs fuhr auf Befehl des Königs hin und her. Der König kämpfte nur, wenn er dazu gezwungen war: Das war nicht die Art der ägyptischen Könige, offensichtlich auch nicht die der Retenu-Adligen.

Kemnis Männer hatten genug zu kämpfen, jagten Fliehenden hinterher und verfolgten die Retenu-Adligen in ihren eigenen Wagen. Ein Trupp dieser Fliehenden war aus Blindheit oder Bosheit mit beträchtlicher Kraft über das Lager hergefallen. Vielleicht hatte der Kommandant vorgehabt, einen Schlag gegen das Große Haus zu führen, bevor er nach Süden flüchtete.

Ahmose war weit vom Lager entfernt, aber nahe genug, um den Angriff zu bemerken. Er braucht Kemni keinen Befehl zu geben. Der Wagen wendete. Die Pferde wurden langsam müde, aber als sie das Knallen der Peitsche hörten, hatten sie noch Kraft genug.

Andere folgten dem König im Wagen und zu Fuß, aber die Wagen waren rasch weit vor den Fußsoldaten. Das Lager wurde zwar bewacht, doch der Angriff war stark. Ahmoses Männer waren anderswo beschäftigt, jene in der Nähe waren dem Gegner zahlenmäßig unterlegen.

Kemni hatte nur noch den einen Gedanken, das Lager zu erreichen, bevor der Feind es übernahm. Sie würden dort kaum etwas finden, was sie zufrieden stellte, keinen Wohlstand, keine Beute. Das befand sich alles auf den Schiffen weit draußen auf dem Fluss. Aber es gab Verwundete und Diener. Und die Ärzte, darunter Imhotep, den Favoriten des Königs, der allein das Gewicht eines Königreichs in Gold wert war.

Ahmoses Wagen war ein wenig vor den anderen, flog hinter seinen starken, eifrigen Pferden her. Es waren Libyer, die aus reiner Freude mit dem Wind um die Wette liefen. Selbst nach dem Kampf eines langen Morgens waren sie froh, ihre Beine strecken und galoppieren zu können.

Die Verteidiger des Lagers jubelten, als die Kampfwagen des Königs auf sie zubrausten. Die Angreifer hielten kurz stand, aber sie waren zu Fuß, also rollten die Wagen über sie hinweg. Wer konnte, flüchtete, am Lager vorbei oder sogar mitten hindurch. Die Letzten richteten so viel Schaden an, wie sie konnten. Im Laufen schlugen sie auf Zeltseile ein oder auf Menschen, die ihnen in den Weg taumelten.

Einer kleinen Gruppe war es gelungen zusammenzubleiben, und nun rasten sie hinter einem riesigen Mann auf das Zelt mit den Verwundeten zu. Sie saßen in der Falle, dennoch würden sie so viel Schaden wie möglich anrichten, bevor man sie gefangen nahm oder tötete.

Kemni, im Wagen des Königs, sah sie und wie sie zusammenblieben, während alles andere um sie im Chaos auseinander lief. Er sah, wie sie in das Zelt hineinstürzten und Heiler und Diener niederstreckten, die sie aufhalten wollten.

Er war weit, viel zu weit entfernt. Selbst wenn er aus dem Wagen gesprungen und gerannt wäre, hätte er nicht –

»Los«, sagte der König an seiner Schulter.

Er fragte nicht, was Ahmose meinte. Ein letztes Mal ließ er die Peitsche über den Kopf der Pferde knallen, während Ahmose seine Männer zu sich rief. Doch die Pferde waren nicht so schnell wie zuvor …

Kemni konnte im Wagen kämpfen – aber nicht mit dem König hinter sich. Er konnte nur die Pferde lenken und Ahmose den Rest überlassen und beten, dass das genügte.

Die Pferde kamen mit einem Aufbäumen vor dem Zelt zum Stehen. Drinnen hatten sich selbst ein paar der Verwundeten erhoben und wehrten sich mit allem, was ihnen in die Hände fiel.

Ahmose sprang vom Wagen und warf Kemni etwas zu. Es war sein eigenes vergoldetes Schwert; Ahmose selbst behielt einen Speer in der Hand.

Kemni ließ die Pferde stehen und rannte los. Das Schwert des Königs war wunderbar ausbalanciert, wie ein lebendiges Geschöpf, schön und tödlich. Es wirbelte beinahe aus eigener Kraft und schlug einen bärtigen Barbaren nieder, der sich über einen Schwerverletzten beugte. Der Mann fiel zu Boden. Kemni trat ihn von dem bewusstlosen Ägypter weg, stach ihm das Schwert in die Kehle und drehte es. Der Retenu gurgelte, verkrampfte sich und starb. Kemni stürmte weiter. Er sah, dass auch Frauen bei den Heilern waren, und sie duckten sich nicht in die Ecken. Sie hatten die Verwundeten gepackt und zogen sie so gut wie möglich aus dem Weg. Eine oder zwei von ihnen waren sogar bewaffnet. Sadana – Sadana kämpfte gegen einen von ihrem eigenen Volk über einem Verwundeten, den sie wohl kaum je zuvor gesehen hatte. Iry hatte einen Speer. Und hinter ihnen schwang Ariana ein Schwert, und Iphikleia stand in ihrem Wagenlenkerhemd da, als segelte sie auf dem Schiff ihres Onkels.

War sie tatsächlich dort gewesen? Er hatte sie nicht auf dem Feld gesehen und auch ihren Wagen oder ihre Pferde nicht.

Er kämpfte sich auf sie zu, dazu brauchte er nicht nachzudenken. Der König bewegte sich in dieselbe Richtung. Die meisten Angreifer waren am Boden. Ein paar, ihr riesiger Hauptmann unter ihnen, kämpften mit der Wildheit von Tieren, die in der Falle sitzen. Sie kämpften sich auf die Frauen zu, als hätten sie Hoffnung, noch Geiseln zu nehmen und fliehen zu können.

Alles kam auf diesem engen Raum zusammen. Sie kämpften Mann gegen Mann, und Kemnis Gegner war beinahe so riesig wie der Hauptmann. Aber dieser Mann war nicht zu besiegen, er war stärker als jeder Ägypter und warf alle brüllend beiseite. Sie waren wie Kinder rings um ihn her, bewaffnete und tödliche Kinder, aber dennoch Kinder.

Kemni sah, wie der Riese durch die Reihen der Gegner brach. Hörte ihn grunzen, als Arianas Schwert seinen Arm traf, und sah, wie er nun selbst das Schwert hob, das in seinen Händen nur wie ein langes Messer aussah. Aber dann war jemand zwischen ihnen, warf sich in das Schwert des Riesen, trieb es mit aller Kraft zurück. Trieb ihn auf Kemnis Waffe zu.

Die wunderschöne Klinge des Königs stach zu, tief unter diesen Mantel aus Leder, durch Haut, durch Fleisch. Der Riese brüllte vor Schmerz und wand sich gegen die scharf geschliffene Waffe.

Kemnis Arm allein hätte die Klinge nicht so tief in den Körper treiben können wie der Widerstand des Riesen. Der riesige Mann fiel und hätte Kemni beinahe mitgerissen. Der Riese fiel auf das Schwert, hing einen Augenblick lang noch über dem Boden, als es sich in seinen Knochen verfing und gegen den Brustpanzer stieß, und sank dann mit einer Art Seufzen nieder. Eine Handspanne gekerbter Bronze drang aus seiner Brust, hellrot von Herzblut.

Kemni sah es kaum, denn noch jemand war gefallen, jemand erheblich Kleineres, Leichteres … aber nicht weniger schrecklich verwundet.

Er fing sie auf, bevor sie den Boden erreichte. Ihre Augen waren offen, sie sah ihn, runzelte die Stirn, als wollte sie ihn fragen, was er hier tat, wo er doch auf dem Feld sein sollte. Doch als sie den Mund zum Sprechen öffnete, gingen die Worte in Blut und Schaum unter.

Er sank langsam nieder, mit der blutüberströmten Iphikleia in den Armen. Sein Geist war leer, so leer wie ihr Blick. Sie war tot, er wusste es, konnte es nicht leugnen. Aber es hatte nichts Wirkliches an sich.

Die Leute versuchten, sie ihm wegzunehmen; einige schienen zu glauben, dass sie noch lebte, dass sie gerettet werden konnte. Aber sie war gestorben, im selben Augenblick, als sie ihn erkannte.

Der Kampf war vorüber. Der Riese war als Letzter gefallen – und viel zu spät für Iphikleia. Kemni spürte nichts, keine Trauer, keinen Zorn. Nicht einmal die schreckliche Ironie, dass sie erneut verwundet worden war, so kurz nachdem sie fast gestorben wäre, als wären die Götter entschlossen gewesen, sie unbedingt zu sich zu holen. Er sah überhaupt nichts. Und er wollte sie nicht loslassen.

Selbst als der König es versuchte. Kemni erkannte Ahmose und verbeugte sich, so gut er konnte. Aber er hielt sie fest. Imhotep kam und erklärte ihm mit weniger Geduld, dass er im Weg war. Er achtete nicht darauf. Ariana beugte sich über ihn und weinte. Er hätte sie getröstet, wenn er es gekonnt hätte, aber er hatte nicht einmal Trost für sich selbst.

Selbst Iry kam, aber ohne ihren Wachhund – ohne Iannek, der getötet worden wäre, wäre er zu diesem Zeitpunkt hier aufgetaucht. Kemni hätte ihr vielleicht nachgegeben, wenn er irgendeine Nachgiebigkeit in sich gehabt hätte. Sie hatte Recht, sie brauchten den Platz, an dem er saß, denn Iphikleia sollte für ihre Reise ins Land der Götter vorbereitet werden. Die Einbalsamierer waren bereits beschäftigt, wickelten die Toten ein und trugen sie weg.

Sie würden seine Geliebte nicht bekommen. Nicht die Hälfte seiner Seele. Nicht, ehe er sie beklagt hatte.

Eine klare Stimme drang durch die Wolken von Schmerz.

Sadana hockte sich vor ihm hin. Sie hatte ebenfalls gekämpft; war schmutzig und hatte einen blauen Fleck am Wangenknochen; und der Art nach zu schließen, wie sie sich bewegte, hatte sie vielleicht auch irgendwo sonst noch eine Wunde, vielleicht sogar mehrere. Sie sagte nichts. Stattdessen machte sie sich daran, ihr Schwert zu säubern, sorgfältig, liebevoll, mit einem Tuch, das vermutlich immer diesem Zweck diente. Dann holte sie einen Stein hervor und begann es zu schärfen.

Ihre Konzentration war bemerkenswert. Die Heiler gingen ringsumher ihrer Arbeit nach, ließen sie aber in Ruhe – sie setzten ihr nicht zu, wie sie Kemni zugesetzt hatten. Sie war wie ein Stein in einer Flut, und die Flut teilte sich vor ihr.

»Du hast für uns gekämpft«, sagte er.

»Ich habe für die Dienerin der Stute gekämpft«, antwortete sie und ließ den Blick nicht von ihrer Arbeit weichen; sie war ausgesprochen sorgfältig.

»Gegen dein eigenes Volk?«

»Mein Volk lebt im Osten, hinter eurem Horizont«, sagte sie.

»Meine Herrin ist tot«, sagte Kemni.

»Ja«, sagte sie.

Da erst fiel es ihm auf. »Du wusstest es?«

»Jeder weiß es.« Sie schliff ihre schöne Bronzeklinge, schärfte und schärfte sie. Wenn sie fertig war, würde sie selbst den Wind schneiden können.

»Aber ich habe dir nie gesagt –«

»Wir wussten es.«

»Du weißt also ... warum ...«

»Ich weiß, was sie für dich war.« Sadana probierte die Klinge an ihrem Arm aus, schüttelte den Kopf leicht, machte sich wieder ans Schleifen. »Du solltest sie gehen lassen. Ihr Geist ist gegangen. Das ist nur ihre Hülle, an die du dich klammerst.«

»Nein«, sagte er. »Nein. Sie braucht beides. Damit sie ins Land der Götter gehen kann.«

»Sollten sich dann nicht die Balsamierer um sie kümmern, bevor sie zu faulen beginnt?«

»Sie wird nicht – man wird sie nicht –« Seine Stimme brach.

»Sie kommt aus Kreta«, fuhr er dann leise fort, »dort *verbrennen* sie ihre Toten. Und Priesterinnen – Priesterinnen werden für immer weggeholt, ihre Namen, ihr Leben, alles, was sie waren. Man gibt sie der Erdmutter zurück. Die Balsamierer werden sie den Kretern übergeben, das weiß ich. Dann werde ich sie verlieren. Verstehst du das? Ich kann sie nicht verlieren!«

»Du hast sie schon verloren.«

»Nicht, wenn ich eine Möglichkeit finde«, sagte er. »Es muss eine geben. Vielleicht, wenn der König es befiehlt? Aber wird ihr Gott wissen, wohin er gehen soll? Was, wenn er dahin geht, wo ihre eigenen Götter sind? Ich kann dort nicht hingelangen. Ich weiß nicht einmal, wo es ist.«

»Kannst du es nicht herausfinden?«

Er riss die Augen auf. Daran hatte er nicht gedacht. Er hatte nur an diese schreckliche Sache gedacht, diese Sache, die ihm alles andere nahm: dass sie im Tod nicht zusammen sein konnten. Sie hatten verschiedene Götter. Das Leben im Tod, das Iphikleia erwartete, war anders, als das, wozu man ihn erzogen hatte.

Und dieser Gedanke war unerträglich.

»Du kannst es herausfinden«, sagte Sadana. »Lass ihre Leute sie nehmen. Lass zu, dass sie sie auf den Weg schicken, wie es ihre Art ist. Dann sollen sie dich den Pfad lehren. Wenn deine Zeit kommt, kannst du ihr folgen.«

»Es wird nicht Ägypten sein«, sagte er langsam. »Es wird nicht –«

»Du wirst bei ihr sein.«

Er schaute sie an. Sie war das Erste, was er wirklich sah, seit Iphikleia gestorben war, mit Ausnahme von Iphikleias Gesicht. Das hier war ein ganz anderes Gesicht, mit seinen seltsamen gelben Augen und den ausgeprägten Knochen. Dieser Unterschied war irgendwie tröstlich – falls es für ihn jemals wieder so etwas wie Trost geben sollte.

Er nickte. Seine Arme lockerten sich. Hände nahmen Iphikleia weg, sanft, als schliefe sie und als wollte man sie nicht aufwecken. Er wusste, wie schwer sie war. Der Tod ließ einen Körper schwerer werden, machte ihn zu Stein: kalt und starr und reglos.

Sie war tot. Wäre sie Ägypterin gewesen, hätte er die drei mal zwanzig und zehn Tage ihrer Einbalsamierung gehabt, um Tränen für sie zu finden. Aber sie kam aus Kreta.

Sie würden am Abend ihren Scheiterhaufen errichten und das Fleisch vernichten, das ihren Geist beherbergt hatte. Das befreite ihn, sagten sie. Wenn der Körper ganz bliebe, sei der Geist gefangen und müsse damit verfaulen, es sei denn, er würde die Kraft aufbringen, weiter umherzuschweifen und die Lebenden heimzusuchen.

Wenn Kemni ihr folgen wollte, musste er lernen, auf diese Weise zu denken. Er wusste nicht, ob er das konnte.

Aber es war zu spät, sie noch zurückzurufen. Als er versuchte aufzustehen, wollten seine Knie nicht gehorchen. Nicht alles Blut an ihm war das ihre. Er war verwundet, nicht schwer, das glaubte er nicht, aber genug, um ihn zu schwächen.

Er würde nicht daran sterben. Das war gut so. Er musste lernen, musste sich beibringen, zu gehen, wohin sie gegangen war. Ansonsten gab es kein Leben für ihn, nicht in dieser Welt und nicht in der anderen.

60

Sadana hatte den Wahnsinn von Kemnis Trauer durchdrungen und ihn überredet, die kretische Priesterin loszulassen. Das war gut so, dachte Iry. Es war schrecklich, was der Feind getan hatte, und schrecklich unklug. Ahmose wäre den Gefangenen dieser Schlacht gegenüber vielleicht gnädig gewesen, vielleicht hätte er sogar einige freigelassen. Aber als ihre Genossen seine Verwundeten angriffen und eine große Dame des verbündeten Volks töteten, gab er den Befehl, die am schlimmsten verwundeten Feinde zu töten und mit ihren Toten auf einem Scheiterhaufen zu verbrennen – eine schreckliche Rache für einen Ägypter. Jene, die überhaupt nicht oder nur leicht verwundet waren, wurden ohne Essen und mit nur wenig Wasser eingesperrt. Er würde ein Exempel statuieren, erklärte er. Er würde sie nach Avaris bringen und sie dort vor den Augen ihres Königs und ihrer Verwandten töten.

Seine Berater wandten sich gegen diesen Entschluss. Die meisten wollten, dass er sie jetzt umbrachte und der Armee nicht diese Last aufbürdete; einige wiesen darauf hin, dass für Männer dieses Volkes eine schreckliche Strafe darin bestünde, geschoren, ausgepeitscht und versklavt zu werden, ja, dass es eine schlimmere Strafe als den Tod darstellte.

»Das ist wahr«, sagte Ariana bei der Beratung.

Sie hatte um ihre Verwandte geweint und würde wieder weinen. Aber wie es sich für eine Königin gehörte, hatte sie sich zusammengenommen und sich dem gestellt, was unausweichlich war. »Es ist wahr – für sie liegt im Tod Ehre, aber Sklaverei ist die schlimmste Unehre. Nehmt ihnen das Haar, auf das sie so stolz sind, und die Bärte, die sie als Männer kennzeichnen, peitscht sie aus, bis sie Narben haben, lasst sie dann als Erstes ihre eigenen Toten verscharren und setzt sie danach für die schmutzigste Arbeit ein, die ihr euch ausdenken könnt – sie werden zu all ihren Göttern flehen, dass sie bald sterben dürfen.«

Ahmose war seinem großen Feind Apophis ähnlicher, als er jemals hätte wissen wollen: liebenswert für einen König, warmherziger als die meisten seiner Art. Aber an diesem Tag war er ein unnachgiebiger König und vor Zorn so hart wie geschmiedete Bronze. Er kniff die Augen ein wenig zusammen, als seine Berater und dann seine Königin sprachen. Sie hatten ein Tor zu seinem Zorn gefunden, das sah Iry deutlich.

»Ja«, sagte er bedächtig. »Ja. Das wäre für sie schlimmer als der Tod. Und wenn der Feind sie sieht – einige ihrer hohen Adligen, vielleicht sogar einen Fürsten oder zwei – werden sie wissen, wie schrecklich sie uns aufgebracht haben.«

Also war es beschlossen. Über dem Lager hing Finsternis, sogar während der Siegesgesänge. Das lag nicht am Tod einer kretischen Priesterin, obwohl das schrecklich genug war. Es lag daran, dass Männer gegen Verwundete und Sterbende gekämpft hatten, dass ihre Befehlshaber geflohen waren wie Feiglinge und Narren und jene von niederem Rang nach Gutdünken hatten toben lassen.

Einige dieser Befehlshaber waren gefangen genommen worden, entweder weil sie erst als Letzte geflohen waren oder weil ihre langohrigen Esel nicht so schnell gewesen waren wie die Pferde des ägyptischen Königs. Man hatte sie ein wenig von den geringeren Gefangenen abgesondert, und sie trugen immer noch ihre Rüstungen, obwohl ihre Edelsteine und das Gold verschwunden waren: aus Ohren gerissen, sodass sie bluteten, von Fingern, Armen und Hälsen gezerrt.

Iry war anwesend, als der Befehl des Königs ausgeführt wurde.

Sie begannen mit den adligen, hochmütigen Männern, die darauf gefasst waren zu sterben oder in Ketten vor den ägyptischen König gezerrt zu werden. Das wäre für sie ein akzeptables Schicksal gewesen. Sie waren erschrocken und dann entsetzt, als starke Männer sie packten, auszogen und in die Mitte des Lagers zerrten, wo die Barbiere mit ihren scharfen Rasiermessern warteten – davon überzeugt, dass eine neue, qualvolle Art zu sterben auf sie wartete.

Ein paar rissen sich los und versuchten zu fliehen, andere richteten sich gerade auf, tapfer bis zum Letzten, obwohl das alles ein wenig untergraben wurde durch die Art, wie sie versuchten, ihre Männlichkeit mit den Händen zu verbergen. Keiner entkam. Sie wurden um sich tretend, um sich schlagend und schreiend in den Kreis gezerrt, niedergeworfen, festgehalten, und dann machten die Barbiere sich an die Arbeit.

Dann brüllten selbst die Tapferen wie Stiere. Die Ägypter dagegen brüllten vor Lachen, verhöhnten sie, rissen sich die Kilts ab und fuchtelten ihnen mit ihren Ruten vor der Nase herum.

Die Barbiere machten nicht bei Haupthaar und Bart Halt. Sie hatten Befehl, die Gefangenen von Kopf bis Fuß zu rasieren. Das war ein gewaltiges Unternehmen, zottig, wie diese Fremden waren, und so heftig, wie sie sich wehrten. Es floss nicht wenig Blut – obwohl ein schlauer Barbier eine Kur dagegen fand: Er ließ seine Klinge nur ein wenig verrutschen, während er die Juwelen eines Mannes rasierte. Der Mann schrie so schrill wie eine Frau. Er glaubte wohl, man wolle ihn entmannen. Es brachte den Rest eine Weile zum Schweigen, und das war nach Irys Einschätzung gut. Die Ägypter indes hielten in ihrem Johlen nicht einmal inne.

Am Ende wurden sie alle geschoren wie die Schafe. Ahmoses Soldaten rissen sie wieder vom Boden, ein Dutzend weiße, geschälte Stöcke von Männern, immer noch groß und massiv, aber seltsam verringert.

Es war reine Grausamkeit und eine großartige Rache. Iry hätte damit zufriedener sein sollen, als sie tatsächlich war. Die Zeit in Avaris hatte sie verändert, hatte sie korrumpiert. Das hier waren jetzt Menschen für sie; von einigen kannte sie sogar die Namen.

Sie konnte sie nicht so vollkommen hassen, wie sie es sich gewünscht hätte.

Sie hatte vorgehabt zu gehen, als sie mit den Adligen fertig waren. Viele der anderen wichtigen Persönlichkeiten im Lager taten das, obwohl die Soldaten des Königs sich in noch größerer Anzahl sammelten, um zu sehen, wie Männer ihres eigenen Ranges auf diese einfache Weise erniedrigt wurden. Sie hatte auch denjenigen, den sie halb erwartet hatte zu sehen, nicht entdecken können. War er tot? Oder geflohen?

Nein. Tot. Khayan wäre nicht davongerannt wie die anderen, das war ihm nicht gegeben. Sie sollte unter den Toten suchen. Oder Sadana schicken oder Iannek von dem Schiff holen, wo er in wütendem Exil schmollte – denn er war hier, wo jeder bärtige Fremde sofort gefangen genommen oder getötet wurde, in großer Gefahr.

Aber sie blieb. Sie hasste Khayan. Sie wollte ihn nicht tot sehen.

Die einfacheren Männer wurden nicht so vollständig geschoren wie ihre Befehlshaber. Es waren zu viele, und sie waren zu unwichtig. Die Barbiere zogen sie nur aus, schnitten ihnen die Bärte ab und das Haar kurz, so schnell es ging. Es war immer noch eine gewaltige Schande für sie, jetzt ägyptischen Sklaven so ähnlich zu sehen. Einer oder zwei versuchten, die Barbiere dazu zu bringen, ihnen die Kehle durchzuschneiden, aber die Barbiere waren zu geschickt und zu wachsam.

Es gab einen, ganz am Ende, der ihre Aufmerksamkeit erregte. Er war verwundet – das war überraschend, denn die meisten Verwundeten waren getötet worden. Vielleicht hatte er es verborgen, bis man ihn ausgezogen hatte? Er war jung und groß; kein Riese, aber groß genug, und schlanker als die meisten, weniger bullig und breit. Er sah aus… wie…

Als hätte sie den Gedanken laut ausgesprochen, hob er den Kopf. Sein Gesicht war ein ausdrucksloses Retenugesicht, eine gebogene Nase, die aus dem Bartdickicht hervorragte, aber die Augen kannte sie. Kein anderer Mann dieses Volkes hatte solche Augen: golden wie die eines Falken. Auch sie waren nun ausdruckslos, als wäre er erblindet. Er schien Iry nicht zu sehen, oder falls er sie sah, nicht zu wissen, wer sie war.

Als die Wachen ihn packten, wehrte er sich nicht. Sein Lebenswille war verschwunden. Sie warfen ihn zu Boden und hielten ihn fest wie den Rest; inzwischen machten sie das so lässig wie Schafscherer. Der Barbier schärfte sein Messer – er ignorierte diejenigen, die ihn ermutigten, das nicht zu tun; die Qual für den Gefangenen war mit einer stumpfen Klinge größer.

Iry stieß einen leisen Schrei aus, als der Mann die Klinge an dieses dichte, schöne Haar setzte. Aber sie rührte sich nicht, versuchte nicht ihn aufzuhalten. Es war mit ein paar raschen Schnitten fertig.

Die Wachen rissen ihn auf die Beine.

Er sah … sehr gut aus. Wirklich sehr gut. Beinahe so hübsch wie Kemni, und Kemni war die größte Schönheit der Männerwelt, die Iry kannte. Seine Augen schienen jetzt nur noch seltsamer, als sie aus einem wirklichen Gesicht und nicht dem Schatten eines Barts herausblickten.

Sie erhob die Stimme, trat einen Schritt vorwärts. »Der da«, sagte sie. »Ich nehme den da.«

Zunächst glaubte sie, man würde sie nicht beachten. Aber alle wussten, wer sie war. Die Wachen sahen einander an, dann ihren Kommandanten. Im Augenblick befand sich kein höherer Befehlshaber in der Nähe, selbst der König ging anderen Pflichten nach.

»Ich nehme ihn«, sagte sie, »als Entschädigung für das, was man meiner Familie angetan hat.«

Ein paar von den Soldaten, die in der Nähe standen, grinsten einander zu und machten eine Bemerkung über ihren Geschmack. »Ein hübscher Bursche«, sagte einer von ihnen mit gierigem Blick. »Ein richtiger junger Stier des Baal. Du wirst deinen Spaß mit ihm haben.«

Iry war stets im Stande gewesen, einen kühlen Blick zu wahren, selbst wenn sie innerlich errötete. Es war eine Gottesgabe, und sie war froh darüber. Wenn einer dieser Männer gewusst hätte, was er ihr bedeutete …

Was er ihr nicht mehr bedeutete. Er erkannte sie nicht einmal. Wahrscheinlich sahen alle Ägypterinnen für ihn gleich aus: zu klein, zu dünn, und hinter ihren Masken aus Schminke verborgen.

»Du«, sagte sie zu dem Soldaten, der das Seil hielt, mit dem seine Hände gefesselt waren. »Bring ihn zu meinem Zelt, sobald dein Hauptmann einen Augenblick auf dich verzichten kann.«

Der Hauptmann verbeugte sich tief. Sie sah, dass er sich ein Grinsen verkniff. Dafür würde er zahlen müssen – später. Im Augenblick genügte es, dass er ihr einen seiner Männer überlassen hatte.

Sie erwartete nicht, dass Khayan einen Fluchtversuch unternahm. Er sah aus wie ein Mann, der sich selbst zurückgezogen hatte, so weit, dass er nichts mehr spürte, nichts mehr sah, nichts mehr hörte. Unter den geschorenen schwarzen Locken glaubte sie, eine Schwellung und möglicherweise auch das Glitzern von Blut zu sehen.

Deshalb und wegen der nässenden Wunde an seiner Seite brachte sie ihn nicht direkt zu ihrem Zelt, sondern zu den Heilern. Sie hatten begonnen, sich von der Schlacht zu erholen. Ein neues Zelt war für sie errichtet worden, und man hatte ihre Instrumente und ihre Kästen mit Arzneien so gut wie möglich aus den Trümmern herausgeholt. Außerdem hatte man mehr Hilfsmittel von den Schiffen gebracht, die Toten weggetragen und sich um die Verwundeten gekümmert.

Als sie hereinkam, war Imhotep gerade dabei, einen schlaffen, bewusstlosen Mann zu verbinden; Schüler eilten diskret mit einem in Tuch gewickelten Bündel davon.

Der Mann hatte ein Bein verloren. Iry schauderte und schluckte Galle. Nun würden die Balsamierer es nehmen und diesen Teil von ihm vorher auf die Reise schicken, damit er wieder damit vereint werden konnte, wenn er starb.

Imhotep lächelte sie an. Er hatte sie vom ersten Augenblick an gemocht, sie wusste nicht weshalb. Vielleicht, weil sie ein wenig über Heilkunst wusste und gebeten hatte, mehr lernen zu dürfen. Imhotep hatte keine Geheimnisse, obwohl andere Ärzte es nicht gern sahen, dass er sie unterrichtete.

Sein Lächeln erstarb allerdings, als er sah, wer ihr folgte. Sie trat einen Schritt zur Seite, um ihn genauer hinsehen zu lassen.

Khayan tat ihnen den Gefallen, zu ihren Füßen zusammenzubrechen. Imhotep trat zur Seite, um ihm Raum zum Fallen zu geben, dann beugte er sich nieder und zählte stirnrunzelnd Schnitte und Prellungen, und selbstverständlich betrachtete er die offensichtliche Wunde. Als er zum Kopf kam, hielt er inne. »Ein Schlag auf den Kopf«, sagte er mit einem Blick zu Iry.

Sie nickte. Das hatte sie bereits vermutet.

Die schmalen, schlanken, klugen Finger suchten unter den kurz geschnittenen Locken. »Nichts gebrochen. Aber das Hirn könnte …«

Der Rest verklang zu einem Murmeln.

Iry schwieg, während Imhotep Schüler nach dieser oder jener Arznei schickte und einem von ihnen auftrug, den Riss in Khayans Seite zu säubern und zu nähen. Erst als Imhotep sich einen Augenblick lang zurücklehnte, um Atem zu schöpfen, fragte sie: »Ist er schwer verletzt?«

Imhotep zuckte mit den Achseln. »Bei Schlägen auf den Kopf weiß man das nie. Der Rest ist unwichtig, es sei denn, es entzündet sich. Ich habe getan, was ich kann. Falls du zum Beten neigst, wäre das nützlich.«

Iry konnte beten. Sie wollte, dass dieser Mann überlebte. Nicht, weil sie ihn liebte oder weil sie ihn glücklich sehen wollte. Sie wollte, dass er litt.

Imhotep schickte Khayan weg, und Iry und die Wache mit ihm. »Pass auf ihn auf«, sagte der Heiler. »Wenn er zu lange schläft, wenn er dir verwirrt vorkommt, wenn er sich seltsam benimmt – bring ihn zu mir zurück. Er sollte morgen früh schreckliche Kopfschmerzen haben, aber nicht mehr als das.«

»Und vielleicht ein wenig Wundfieber?«

»Das hoffe ich nicht«, sagte Imhotep. Er hatte sich bereits einem anderen zugewandt, der ihn brauchte.

Sie ließ ihn gehen. Der Soldat war bereit, weiterhin ihren Befehlen zu folgen, zumindest so lange, bis sie zu Irys Zelt gekommen waren. Was sie dann machen sollte …

Es gab wenig zu tun, zumindest nicht mit diesem Gefangenen, abgesehen davon, einen Strohsack für ihn ausbreiten zu lassen und ihn zu bewachen. Iry schickte den Soldaten weg, obwohl er protestierte – was sie verblüffte. Selbst nachdem sie ihm ein Silberstück gegeben hatte, wollte er bleiben. Ein seltsamer Mann.

Aber sein Hauptmann wartete auf ihn, und er hatte andere Pflichten, die nichts mit der Dienerin der Stute oder ihrem plötzlichen Gefangenen zu tun hatte.

Also bewachte sie ihn selbst, obwohl es auch andere Dinge gab, die sie hätte tun können. Khayan schlief unruhig, wälzte sich hin und her und murmelte leise vor sich hin. Seine Stirn war allerdings kühl – kein Fieber. Sein Gesicht war bleich, ebenso wie der Rest von ihm. Seine Haut war weißer als die jedes Ägypters, weiß wie Milch, wo die Sonne sie nicht berührt hatte.

Sie hasste ihn. Er hatte mit ihr geschlafen, sie verlassen, sie vergessen. Dann hatte er sich wie ein elender Dummkopf für diese unmögliche Anklage verurteilen lassen. Niemand hatte es geglaubt, abgesehen vom Vater dieser Frau. Und dafür hatte er seinen Rang und seine Ehre und nun seine Freiheit verloren.

»Idiot«, sagte sie zu ihm. *»Idiot.«*

Er hörte es nicht. Sie machte es sich bequem, bereitete sich darauf vor, so lange zu warten, wie es nötig wäre. Ein Teil von ihr wusste, dass sie das einem Diener überlassen und nach draußen gehen sollte, um ein Glück verheißendes Vorzeichen zu sein und so gut sie konnte zu helfen. Aber das Große Haus hatte Diener und Untertanen in eher erstaunlicher Menge. Khayan hatte niemanden. Nicht, dass er jemanden verdient hätte, aber es schien irgendwie nicht richtig, ihn der Obhut von Fremden zu überlassen.

Sie würde Sadana rufen müssen. Später. Und wahrscheinlich auch Iannek. Sie waren nahe Verwandte. Aber nicht, bevor er über die Schrecken, über die er hinwegkommen musste, hinweggekommen war, nachdem er erst einmal erwacht war und entdeckt hatte, was aus ihm geworden war. Sie tat das nicht aus Sorge um ihn, sagte sie sich, sondern um der anderen willen. Er war ihr Bruder. Welche Schande ihm auch zuteil wurde, sie teilten sie zu einem gewissen Grad.

Sie schlief … vielleicht. Der Himmel verdunkelte sich. Das Lager wurde langsam still, obwohl die Geräusche der Feiernden weiterhin zu hören waren. Der König würde eine Marschpause einlegen müssen, damit sich seine Männer erholen konnten.

Das würde ihr helfen. Sie schreckte auf und bemerkte, dass er die Augen geöffnet hatte. Sie waren klar – ein wenig verblüffend. »Sag mir nicht, dass ich das alles nur geträumt habe«, meinte er.

Es war seltsam, diese vertraute Stimme aus diesem fremden Gesicht zu hören. Diesem schönen und schutzlosen Gesicht. Ein Mann, der sich bisher hinter einem Bart versteckt hatte, wusste vielleicht nicht, wie man verbarg, was man dachte.

Zumindest jetzt noch nicht. Wenn er sich seltsam fühlte, konnte das viele Gründe haben, ganz abgesehen von den vielen kleinen und größeren Wunden.

»Das hier ist nicht Avaris«, sagte er und sah sich im Lampenlicht um. »Das ist – sind wir im Lager? Erinnere ich mich … Ich bin in den Krieg gezogen? Aber was machst du dann hier?«

»Das hier ist eine Festung südlich von Sile«, sagte sie. »Du bist im Lager.«

»Ich erinnere mich …« Er seufzte, dann keuchte er. Es musste ihm wehgetan haben. »Es gab einen Kampf. Ich habe gekämpft. Es war kein Traum, nicht wahr? Ich habe wirklich – Barukha –«

»Ja.«

»Also ist der König doch gekommen? Und hat dich mitgebracht?«

»Ich habe mich selbst gebracht«, sagte sie. »Das hier ist das ägyptische Lager. Du hast den Kampf verloren. Die meisten eurer Adligen sind geflohen.«

Sein Mund, der erstaunlich gut geformt war, verzog sich verächtlich. »Adlige. Die haben nicht mal genug Verstand, um aus der Sonne zu gehen.«

»Du weißt es wohl am besten«, meinte sie.

Er verzog das Gesicht. Dann schien er endlich zu begreifen, dass etwas nicht stimmte. Er hob die Hand. Sie dachte kurz daran, ihn aufzuhalten, aber er musste es wissen. Es wäre wohl am besten, wenn er es gleich hinter sich brachte.

Er betastete sein Gesicht, das zweifellos für ihn noch seltsamer war als für sie, und sein geschorenes Haar. Dann senkte er die Hand langsam wieder. Er lag sehr still da. »Ich habe gekämpft«, sagte er leise und ruhig. »Dann bin ich aufgewacht und fand mich hier.«

»Du erinnerst dich an nichts?«

»Nein. Haben wir verloren?«

Sie nickte.

»Dann ... was ...«

Die Ruhe war nur eine dünne Schale, darunter lauerte Hysterie. Das wusste sie, hatte sie es doch selbst oft genug gespürt. »Du bist verwundet worden. Man hat dich auf den Kopf geschlagen. Dann wurdest du gefangen genommen.«

»Und nicht getötet?«

»Der König hat beschlossen, alle Gefangenen am Leben zu lassen«, sagte sie.

»Als Sklaven?«

»Als was immer er sie brauchen kann.«

»Sklaven.« Khayan hob abermals die Hand zum Gesicht. »Du auch?«

»O nein. Ich bin ihr Vorzeichen. Ich kam mit der Stute, weißt du. Sie hat mich zu meinem eigenen Volk gebracht.«

»Selbstverständlich.« Er hätte verbittert klingen sollen, aber er wirkte nur müde. Allerdings begriff er schnell genug. »Ich nehme an, ich war dein Anteil von der Beute?«

»Ich weiß nicht«, sagte sie. »Ich habe dich einfach genommen und bin weggegangen.«

»Warum?«

»Wäre es dir lieber, wenn ich dich gelassen hätte, wo du warst?«

»Das hängt davon ab, was du mit mir machen willst.«

»Ich will gar nichts«, sagte sie. »Du solltest schlafen. Sind deine Kopfschmerzen sehr schlimm?«

»Schrecklich.«

»Dann schlafe. Es sollte dir morgen früh besser gehen.«

»Das glaube ich nicht«, murmelte er, und nun klang die Verbitterung durch. Aber er schloss die Augen, vielleicht gegen seinen Willen.

Iry hätte jetzt gehen können, aber sie blieb und sah ihm beim Schlafen zu. Sie dachte an nichts Bestimmtes, obwohl es vielleicht nützlich gewesen wäre, darüber nachzudenken, was sie tatsächlich mit ihm machen wollte. Nun gehörte er ihr, wie sie einmal ihm gehört hatte. Er hatte sie nur mit leichter Hand berührt – das musste sie ihm lassen. Ob ihre Hand so leicht sein würde, wusste sie nicht.

Morgen, dachte sie. Sie würde morgen darüber nachdenken. Heute Nacht würde sie schlafen, ebenso wie er. Ein Teil von ihr vermutete, dass er sich nur schlafend stellte und sobald sie eingeschlafen war aufstehen und fliehen würde, aber der Rest wusste, dass es nicht geschehen würde. Wohin sollte er gehen? Wie sollte er wagen, sich den Männern seines eigenen Volkes zu zeigen? Er war bereits zuvor entehrt gewesen. Nun war es noch schlimmer.

Nein. Er würde bleiben. Er wusste nicht, wohin er sich wenden sollte.

König von Ober- und Unterägypten

61

Die Welt war ein seltsamer, sich ständig verändernder Ort. Khayan war so tief gesunken, wie ein Mann sinken konnte, weil er dumm gewesen war. Er war Gefangener, er war Sklave. Es wäre besser gewesen, wenn er gestorben wäre, als diesem Zustand ausgesetzt zu sein.

Andere von seinem Volk hatten nach Möglichkeiten gesucht, sich umzubringen. Einem war das sogar gelungen: Er hatte einen gereizten Soldaten dazu provoziert, ihn mit dem Schwert zu erstechen. Man warf ihn in den Fluss, damit die Krokodile ihn fraßen – ein schreckliches Schicksal, wenn er Ägypter gewesen wäre, aber für Retenu nicht schrecklicher als das, was die Ägypter ihm zuvor schon angetan hatten.

All das wusste Khayan. Und dennoch hatte er nicht den Wunsch zu sterben. Es gehörte zu den schwierigsten Dingen, die er je getan hatte, nun aus Irys Zelt in die gnadenlose Sonne hinauszugehen, wo alle sein vor der Welt entblößtes Gesicht sehen konnten. Er hätte lieber seinen Rock ausgezogen, den man ihm gegeben hatte, als seine nackten Wangen zu zeigen.

Dennoch, nachdem es erst einmal geschehen war, war es geschehen. Die Ägypter starrten ihn kurz an, dann ignorierten sie ihn. Ein bartloser Mann war für sie etwas vollkommen Natürliches, viel weniger unnatürlich als der Bart, dessen man ihn beraubt hatte.

Er konnte sich daran immer noch nicht erinnern, wusste nur noch, dass er mit seinen Männern nahe der Mauer der Festung Stellung bezogen hatte. Diese Mauer rissen sie nun ab. Von seinen Männern war nichts zu sehen. Sie waren vermutlich tot oder geflohen. Keiner von ihnen war unter den Gefangenen, dessen war er sicher.

Niemand hinderte ihn daran, durch das Lager zu gehen. Er war allein aufgewacht, hatte gegessen und getrunken, was er neben sich gefunden hatte – Brot und Bier und eine Schale mit

Zwiebeln –, und war nach draußen gegangen, bevor sein Mut nachließ. Er wusste nicht, wo Iry war. Hoffte sie, dass er fliehen würde? Wollte sie, dass er bei dem Versuch umkam?

Sie war wütend auf ihn. Das hatte er bemerkt, obwohl sie es recht gut verbarg. Das hier war ihre Rache an ihm, diese Sklaverei und vielleicht auch, dass sie ihn nun allein gelassen hatte.

Die Festung, die seine Leute gebaut hatten, fiel unter großem Getöse und Jubel. Nachdem die Mauer erst einmal gefallen und in den Boden getrampelt war, würde die Armee weiterziehen. Man hatte sich um die Toten und Verwundeten gekümmert. Die Schäden des Kampfes waren so gut wie beseitigt.

Man hatte seinen Mitsklaven die niedrigsten Arbeiten zugeteilt: neue Latrinen graben und alte zuschütten. Mehr als einer trug die Zeichen der Peitsche. Man hatte sie nicht gewaschen wie ihn, sie hatten kein Essen und keine saubere Kleidung bekommen; jeder von ihnen war schmutzig und nackt.

Dorthin gestattete man ihm nicht zu gehen. Ein Soldat mit einer vielschwänzigen Peitsche stellte sich ihm in den Weg. Der Mann war halb so groß wie Khayan, aber die Peitsche hatte etwas Überzeugendes, deshalb wich Khayan zurück. Der Mann lächelte. Es war kein boshaftes Lächeln. Es war, als ob –

Khayan ging weiter, ausgesprochen verwirrt und unsicher, ob er wütend sein sollte. Als er die Ohren spitzte und versuchte, die Ägypter zu verstehen – was nicht so einfach war, wie er gedacht hatte; in Theben sprach man einen anderen Dialekt als in Memphis –, ließ ihn das, was er hörte, innehalten. Sie wussten alle, wer er war. *Fass den da nicht an,* sagten sie. *Er gehört der Weißen Priesterin.* So nannten sie sie wegen ihres weißen Gewandes und wegen der weißen Stute, der sie diente.

Ihr zu gehören …

Nun, das taten alle, das ganze Volk der Stute. Er war …. nicht zornig, nein. Eher amüsiert. Sogar ein wenig aufgeregt, als ob …. nein, er konnte nicht glücklich sein. Erleichtert – er würde es als Erleichterung bezeichnen. Die Welt war ein seltsamer Ort, und dennoch war er froh, darin zu leben.

Er fand sie, wo er sie erwartet hatte, in der Nähe der Pferde. Sie sprach mit einem Mann in einem einfachen Kilt, mit einer kurzen Perücke, der dennoch eine Person von Rang sein musste, denn er trug einen goldenen Kragen. Es waren auch andere in der Nähe, eine große Anzahl von ihnen, aber die waren unbedeutend.

Bis auf eine. Seine Schwester Sadana sah ihn über das Feld hinweg an. Er schrumpfte innerlich und dachte einen Augenblick lang daran, davonzurennen – aber etwas ließ ihn verharren, wo er war. Was bei allen Göttern tat sie hier?

Sie ging auf ihn zu, wie es keine Frau vom Volk seines Vaters tat, mit so viel Stolz und Selbstvertrauen, wie es sonst nur Männer hatten. Aber sie war vom Volk der Stute und eine ausgebildete Kriegerin.

Sie blieb vor ihm stehen, sah ihn von oben bis unten an und ließ sich dabei Zeit. Er biss die Zähne zusammen und ertrug es. Sie zog die Brauen hoch. »Du bist noch hübscher, als du als Kind warst. Ich denke, es gefällt mir.«

Er rieb sich das Kinn, das bereits stoppelig war. »Ich nehme an, ich weiß, warum du hier bist. Aber warum ist sie hier?«

»Die Stute hat sie gerufen«, antwortete Sadana.

Khayan seufzte. Er hatte die Stute bei seiner Ankunft nicht gesehen, aber noch während er dort stand, bewegten sich ein paar dunklere Pferde zur Seite, und da war sie, mit ihrem schimmernden, mondbleichen Fell.

Und sie war nicht allein gekommen. Khayan vergaß Sadana, vergaß sogar, wo er war. Er ging einen Schritt weiter, legte die Finger an die Lippen, stieß einen durchdringenden Pfiff aus.

Seine Falbenhengste, seine Schönheiten, seine Geliebten rissen die Köpfe hoch und wieherten zur Antwort. Mond stampfte mit dem Fuß. Stern schüttelte den Kopf, bis seine schwarze Mähne wehte. Zusammen drehten sie sich um und galoppierten auf ihn zu – direkt durch die Menge von Ägyptern.

Die kleinen braunen Männer rannten davon, einige sogar ausgesprochen würdelos. Nur der, der neben Iry stand, regte sich nicht, und die Falben machten einen Bogen um sie, wie sie ihn auch um die anderen gemacht hätten, wären diese stehen geblieben.

Vor Khayan verharrten sie schließlich schnaubend. Er lachte –

ein Lachen, das halb ein Schluchzen war. »Meine schönen Brüder! Ihr erkennt mich nicht, oder?«

Wieder schnaubten sie und näherten sich mit tänzelnden Schritten. Er streckte die Hände aus, und ihre weichen Nüstern berührten seine Handflächen, atmeten hinein. »Ja«, sagte er. »Ja, ich bin es.«

Aber sie mussten sich überzeugen. Sie stupsten ihn an und beschnupperten ihn überall, leckten und versuchten zu knabbern, bis er sie aufhielt. Er streichelte ihre Köpfe, Hälse und Schultern, rieb ihnen den Nacken, wo sie nur zu gerne gekrault wurden, und kämmte mit den Fingern die dichten Mähnen aus. Sie bewegten sich um ihn herum, schlossen ihn von der Welt ab, sodass die Welt nur noch aus goldenem Fell, schwarzer Mähne und blitzenden Augen bestand.

Nur mit großem Bedauern beendete er diese Begrüßung und spähte über die Pferde hinweg. Sadana betrachtete ihn lachend. Iry – Iry lächelte. Ebenso wie der Mann, der neben ihr stand, ein Mann, der seine Jugend lange hinter sich hatte und ein wenig in die Breite gegangen war, der sich aber auf jene gewisse Weise hielt, die ihn als Adligen kennzeichnete.

Irys Lächeln verging und Khayan hatte das Gefühl, als hätte sich eine Wolke vor die Sonne geschoben. Nur mit einiger Schwierigkeit verstand er die Worte des Mannes, die nicht an ihn, sondern an Iry gerichtet waren. »Aha. Das ist dein Retenu?«

»Er gehört mir doch, oder nicht?«, fragte Iry. »Ja, das ist der Gefangene, den ich mir genommen habe. Willst du ihn zurückhaben?«

»Nein«, sagte der Mann. »Du kannst ihn behalten. Aber sorge dafür, dass er sich benimmt.«

Khayan spürte, wie Zorn in ihm aufstieg. Selbst der Gedanke, dass er jetzt ein Sklave war, konnte ihn nicht beruhigen – aber Irys Blick bewirkte, dass ihm die Zunge am Gaumen kleben blieb. »Komm her«, sagte sie.

Widerstrebend verließ er seine Hengste. Der Ägypter betrachtete ihn neugierig – er schätzte ihn ab, als wäre er selbst ein Hengst. Khayan biss die Zähne zusammen, ignorierte den Mann und verbeugte sich vor Iry.

»Wir haben einige Pferde erbeutet«, sagte sie, »und viele Esel. Die Esel werden wir als Packtiere verwenden. Über die Pferde sind wir froh – aber wir brauchen mehr Wagenlenker. Meinst du, wir sollten sie nach Norden schicken und sie dort lassen, bis wir das ganze Reich zurückerobert haben?«

»Ihr werdet es vielleicht überhaupt nicht zurückerobern«, sagte Khayan unklugerweise. Dafür hätte er ausgepeitscht werden können, aber wie er schon angenommen hatte, war sie nicht daran interessiert, ihn zu bestrafen, weil er zu frei sprach. Sie ignorierte diese Bemerkung und wartete, ob er noch mehr zu sagen hatte. »Wenn es meine Entscheidung wäre – und ich weiß, dass es das nicht ist –, würde ich sie mitnehmen. Ihr habt noch längst nicht alle unsere Streitwagen gesehen. Wenn ihr ihnen gegenübersteht, werdet ihr alle Ersatzpferde brauchen, die ihr finden könnt. Unsere Männer sind ausgebildet. Sie greifen die Pferde an.«

Iry erschauerte. »Ja, ich weiß.«

Sie warf dem Ägypter einen Blick zu.

Er nickte. »Das ist klug. Also behalten wir sie. Hast du genug Leute, die sich um sie kümmern können?«

»Das sollte möglich sein«, erwiderte Iry.

Der Ägypter sah zufrieden aus, wie es Herren mitunter tun. Er schlenderte zurück zur Herde. Die anderen folgten, Iry an seiner Seite. Khayan folgte ebenfalls, von seinen Hengsten flankiert. Sadana war nicht mehr zu sehen.

Er hatte begriffen, wer dieser unauffällige Mann mit dem Bauchansatz sein musste. Die Art, wie die Leute ihn ansahen und dass niemand außer Iry ihn direkt ansprach, die so unbeschwert mit ihm umging wie mit jedem anderen – das musste das Große Haus von Theben sein, der Pharao.

Khayan war ein wenig enttäuscht. Der Pharao, hatte er immer gehört, lebte wie ein Priester in einem Ritual, vom Aufwachen bis zum Schlafen, ohne Pause. Und er war stets gekrönt, er trug immer den Krummstab und den Dreschflegel, die Insignien seines Amtes.

Ahmose, schien es, hatte noch nicht gehört, dass man von ihm erwartete, sich ununterbrochen wie ein König aufzuführen. Er ging so unbeschwert mit Iry um wie sie mit ihm und legte eine beinahe kindhafte Freude über die Pferde an den Tag. So viel, dachte Khayan, zum Hass der Ägypter auf Pferde und ihre langohrigen Vettern.

Dennoch, Ahmose war tatsächlich der König. Er konnte nur kurz bleiben, ehe seine Pflichten ihn wieder beanspruchten. Als er ging, nahm er die meisten seines Gefolges mit, und nur Iry und eine Hand voll Männer, die offenbar Pferdehirten waren, und Khayan blieben zurück.

Nun ergab sich Iry einen Augenblick lang ihrer Erschöpfung, aber beinahe ebenso schnell fasste sie sich wieder. Sie richtete sich auf und holte Luft, betrachtete Khayan forschend. »Du! Du bist verwundet. Du solltest dich ausruhen.«

»Nicht, ehe du dich nicht auch ausruhst«, erwiderte er.

»Das kann ich nicht. Es gibt zu viel zu tun.«

»Nur eine Stunde.«

Sie schüttelte den Kopf. »Ich kann nicht …«

Sie schien einen Entschluss zu fassen. »Nicht jetzt. Ich muss mich um all das hier kümmern. Der, dessen Aufgabe es war – er ist … er ist im Augenblick nicht in der Lage dazu.«

»Verwundet?«

»Bis in die Seele«, sagte sie.

»Und er hat keinen Stellvertreter?«

»Ja, aber –«

»Dann schick nach ihm«, sagte Khayan. »Du musst dich ausruhen.«

»Du bist nicht mein Herr!«, fauchte sie ihn an.

Er wich zurück. Ihr Blick blieb kühl, aber die Anspannung ihres Körpers ließ ein wenig nach. »Ich schicke nach Seti. Obwohl vielleicht nicht –«

»Er wird kommen, wenn du es befiehlst.«

Sie nickte. Sie war nicht daran gewöhnt, Befehle zu erteilen, auch jetzt noch nicht; es war eine Gewohnheit, nahm er an, die einige Zeit brauchte. Während er es sich nicht abgewöhnen konnte. Selbst beschämt und seines Ranges beraubt, war er immerhin noch Kommandant gewesen; es war ein langer, tiefer Sturz von selbst diesem Rang zum Los eines Sklaven.

Sie gab den Befehl, und der Mann kam: ein weiterer drahtiger Ägypter, dieser dreister als die meisten, mit dem üblichen abschätzenden Blick zu Khayan und einem entzückten zu Iry. Khayan bezweifelte, dass sie es bemerkte, aber dieser Mann betete sie an.

»Seti«, sagte sie. »Wie geht es ihm? Ist er –?«

Setis Blick verfinsterte sich; der Spott wich echter, tiefer Trauer. »Unverändert, Herrin.«

Sie seufzte. »Ich nehme an, es wird Zeit brauchen. Hast du ihn unter Bewachung zurückgelassen? Haben sie noch weitere Messer gefunden?«

»Die Männer beobachten ihn – und es gibt nichts Scharfkantiges, das ihm in die Hände fallen könnte. Auch keine Seile oder Schnüre.«

»Gut«, sagte sie. »Ich überlasse dir den Befehl über die Pferde und die Wagen. Nur für eine Weile, bis ich mich ein wenig ausgeruht habe.«

»Herrin«, gelobte Seti, »wir sind für immer dein. Aber es besteht keine Notwendigkeit, dass du dich ermüdest, indem du den Platz deines Vetters einnimmst. Ich werde es in deinem Namen tun. Du ruhst dich besser aus.«

Sie hätte vielleicht widersprochen, aber Seti winkte ab. »Geh nur«, meinte er. »Ich werde mich darum kümmern, und ich werde es gut machen. Darauf gebe ich dir mein Wort.«

Dann ließ sie sich wegführen, mit einer Nachgiebigkeit, die von einer, vielleicht auch von mehreren schlaflosen Nächten kündete – und von dem Gewicht der Müdigkeit, das sie niederzwang.

Khayan war von heftiger Neugier erfüllt, aber er wollte sie nicht mit weiteren Fragen ermüden. Ihr Vetter? Und es schien, als hätte der Mann großen Kummer, obwohl Khayan sich nicht vorstellen konnte, warum. Wer wusste schon, was einen Ägypter umtrieb? Vielleicht war es nur der Schreck darüber, erst relativ spät im Leben mitten in die Hitze und das Blut eines Kampfes geworfen zu werden.

Er begleitete Iry zu dem Zelt zurück, in dem er erwacht war; dort fand er jemanden, der Wein und Brot holte, obwohl der Krug, als er schließlich gebracht wurde, mit dem unvermeidlichen Bier gefüllt war, und sorgte dafür, dass sie zumindest genug aß und trank, um einen Vogel am Leben zu erhalten. Sie, die niemals rundlich gewesen war, war nun beinahe hager. »Du wirst dich noch so anstrengen, dass es dich umbringt«, murmelte er.

»Und das interessiert dich?«

Ah, dachte er. Zorn. »Streite mit mir, so viel du willst«, sagte er, »aber erst, wenn du dich ausgeruht hast.«

»Ich werde es jetzt tun«, erklärte sie.

Er setzte sich zu ihren Füßen auf den Boden und machte es sich bequem. Sie starrte ihn an.

»Du hast mich verlassen«, sagte sie ein wenig abgelenkt, als hätte sie ihre Gedanken noch nicht ganz zusammen. »Du bist weggegangen. Du hast kein Wort gesagt.«

»Ich habe Botschaften geschickt«, erwiderte er. »Mehrere. Die Tür war verschlossen. Du durftest nicht gestört werden.«

»Ich habe nie –«

»Nein«, sagte er. »Aber meine Mutter.«

Sie starrte ihn an. »Hat sie … weiß sie …«

»Schon möglich«, meinte er, »obwohl ich es bezweifle. Sie wollte für deine Sicherheit sorgen, das war alles.«

»Ich habe dich gehasst«, sagte sie. »Ich werde jetzt nicht aufhören. Was hast du getan, damit man dich –«

»Ich habe es nicht getan.«

»Ich bin sicher, dass du *das* nicht getan hast. Aber du hast dich in die Falle locken lassen. Ich hätte mehr von dir erwartet.«

»Das haben alle«, sagte er. Der Schmerz war nur noch matt, so sehr hatte er sich daran gewöhnt. Er war inzwischen mehr müde als beschämt. »Denkst du nicht auch, dass ich dafür gezahlt habe? Ich würde sogar sagen, einen ziemlich hohen Preis.«

»Du hast es dir selbst ausgesucht«, sagte sie.

Das verblüffte ihn so, dass er lachen musste. »Du hast wirklich nicht vor, mir zu verzeihen, wie?«

»Kann man so etwas denn verzeihen?«

»Ich –« Er hielt inne. Es fiel ihm schrecklich spät auf, dass sie, so dünn, wie sie war, so ausgemergelt und so entschlossen in ihrem Zorn, immer noch überraschend gut anzusehen war. Nicht schön wir ihre Mutter, aber vielleicht gab es ja etwas Besseres als Schönheit. Sie war …

Sie wurde geliebt. Das war kein Gedanke, den er erwartet hatte, und dennoch entsprach es der Wahrheit. Das war es, wovor er davongerannt war. Und ja, er war davongerannt. Zunächst, weil der König es befahl, dann weil ihm nichts anderes eingefallen war. So weit wie möglich von ihr weg – und ihr direkt wieder in die Arme.

Und nun bot sie ihm alles andere als ein freundliches Willkommen. Dennoch – sie hatte ihn vor der Sklavenarbeit bewahrt, zu der er verdammt worden war. Sie musste doch etwas anderes als Zorn spüren.

»Ich denke«, sagte er aus all dem heraus, »dass du mir vielleicht die Möglichkeit geben solltest, dich zu entschädigen.«

»Wie solltest du das tun?«

»Ich kann dir dienen«, schlug er vor, »da die Götter mich ohnehin zu deinen Füßen niedergeworfen haben. Immerhin dienen wir alle der Dienerin der Stute.«

»Deine Schwester hat dasselbe gesagt«, sagte Iry. »Ist es für euch so einfach?«

»Es ist die schwierigste Sache der Welt«, erklärte er.

»Dann werde ich es akzeptieren.«

Sie war wirklich seltsam. Was er ihr angeboten hatte, hätte er niemand anderem gegeben – niemals.

»Ich denke«, sagte er, »ich verstehe, warum die Stute dich auserwählt hat.«

»Warum? Weil ich so störrisch bin, dass man es kaum beschreiben kann?«

»Das«, bekräftigte er, »und weil du nicht denkst wie andere Frauen. Die Göttin singt in dir.«

»Ist es das?«

»Könnte es etwas anderes sein?«

»Ich könnte einfach sehr, sehr störrisch sein.«

Er lachte. »Das auch. Aber denkst du nicht, dass die Göttin dich so gemacht hat? Dich geformt hat? Und auserwählt?«

»So sieht es aus.«

»Also«, fuhr er fort. »Ich habe ganz vergessen, dass du deine Vorgängerin nicht kanntest. Sie ist vor ihrer Zeit gestorben; sie hatte noch keine Schülerin auserwählt. Die junge Stute war bereits geboren und wuchs in ihrer Macht, was eine Warnung hätte sein sollen, aber sie zogen es vor, nicht darauf zu achten.«

»Niemand wollte es wissen«, sagte Iry. »Sie haben es mir erzählt: Wenn die Stute ihre eigenen Wege geht, verändert sich die Welt. Das gefällt den Menschen meist nicht sonderlich gut.«

»Ich habe sie hierher gebracht«, erklärte er ihr noch einmal. »Oder sie mich. Ich wäre im Osten geblieben, wenn ich gekonnt hätte. Aber sie hat den Osten verlassen, zusammen mit ihren Verwandten. Die Priesterinnen haben mich zu ihrem Wächter gemacht, bis sie dorthin gelangte, wohin sie wollte.«

»Hierher«, sagte Iry. »Ins Untere Reich.«

»Sie suchte nach dir.«

»Ja.« Iry war es endlich müde zu stehen. Sie hockte sich neben ihn, ruhig und gefasst wie immer. Sie streckte die Hand aus und berührte ihn – streifte seine Wange.

Die Berührung war seltsam, und dieses Gefühl ließ nicht nach. Der Bart, der ihn so gut vor der Welt abgeschirmt hatte, fehlte ihm immer noch.

»Er wird wieder wachsen«, sagte sie, weil sie, wie immer, verstanden hatte, was er dachte.

»Wirst du das zulassen?«

Sie legte den Kopf schief. »Ich finde, du siehst sehr gut aus, wenn auch ein wenig seltsam. Und es ist bestimmt kühler. Das wirst du zugeben müssen.«

»Es ist viel kühler«, gab er zu. »Aber ich –«

»Du wirst dich daran gewöhnen.« Sie seufzte und gähnte, aber ihre Aufmerksamkeit gehörte ihm weiterhin. »Außerdem bist du verwundet. Du musst völlig erschöpft sein.«

»Ich spüre nichts«, sagte er. Das entsprach überwiegend der Wahrheit. Seine Seite machte ihm zu schaffen, wenn er sich zu schnell bewegte, und sein Kopf schmerzte auch weiterhin, aber er hatte nach einer schweren Nacht in der Banketthalle schon Schlimmeres erlebt.

Sie beobachtete ihn immer noch aus halb geschlossenen Augen. Die Pferdegöttin allein mochte wissen, welche Gedanken hinter diesen bemalten Augen lauerten.

Wieder berührte sie ihn, diesmal leichter, fuhr mit den Fingern über seine Wange zum Hals und der Schulter. Sie sah aus, als versuchte sie, sich an etwas zu erinnern, das sie vollkommen vergessen hatte. »Ich habe dich gehasst«, sagte sie. »Das war sehr befriedigend. Bis ich dich wiedergesehen habe.«

Er wusste nicht, was er sagen sollte, außer: »Ich habe dich nie gehasst.«

»Warum auch? Du hast ja nicht einmal an mich gedacht.«

»Ich habe jeden Tag an dich gedacht. Ich konnte kaum etwas anderes tun.«

»Beweise es.«

Er war träge und müde. Einen langen Augenblick verstand er einfach nicht, was sie wollte. Gerade als sie begann, sich an ihren Zorn zu erinnern, wurde es ihm klar. »Du willst doch nicht –«

»Ich werde dich nicht zwingen«, sagte sie. »Ich werde es dir auch nicht befehlen. Du musst deine Wahl selbst treffen. Wenn nicht, werde ich dich nicht bestrafen. Das schwöre ich bei meinem Namen.«

»Iry«, sagte er. »Iry. Iry.«

»Und dreimal Khayan«, sagte sie. »Deine Macht gegen meine, und meine gegen deine.«

»Ja«, bestätigte er. Er nahm sie in die Arme. Sie erstarrte ein wenig. Diese dumme Frau – hatte sie tatsächlich erwartet, dass er sie abweisen würde? Dazu wäre er doch nie in der Lage gewesen.

Sie beugte sich zu ihm, bis sie zusammen auf den Teppichen lagen, die das Zelt gegen den Erdboden schützten. Er war schwächer, als er erwartet hatte, und sie war müde. In gewisser Weise erwies sich das für beide als befreiend. Es ließ zu, dass sie einander mit Lippen und Händen erforschten und einander wieder etwas näher kennen lernten. Sie fand die Stelle unter seinen Rippen, die ihn hilflos vor Lachen zusammenbrechen ließ; er fand eine unten an ihrer Wirbelsäule, der sie zu einem jämmerlich kichernden Häuflein machte.

Sie beugte sich über ihn, setzte sich auf ihn, als wäre er ein Hengst, den sie zähmen wollte. Sie schien vollkommen versunken in sein Gesicht, rahmte es mit ihren Händen und küsste es, langsam, ausführlich, von der Stirn bis zum Kinn.

Seine Hände wiegten ihre Hüften und die sanfte Biegung ihrer Pobacken. Sie bewegte sich und nahm ihn mit einer so glatten Bewegung in sich auf, dass sicher … oh, sicher –

Aber sie schien so verblüfft wie er, als hätte ihr Körper ohne ihren Willen gehandelt. Sie blieb vollkommen reglos, bis er begann, sich sanft zu wiegen: wie ein Boot auf den Wellen oder ein Pferd in leichtem Galopp, lang gezogene Schritte über einem hügeligen Feld. Sie ritt es aus, wie sie die Stute geritten hätte, überließ sich ihm vollkommen, wurde selbst zu der lang gezogenen, weichen Bewegung. Er, nicht so beschenkt, trank ihren Anblick in sich hinein, ihre schlanke Gestalt, die festen, jungen Brüste. Sie hatte den Kopf zurücksinken lassen. Ihre Augen – da gab es für ihn keinen Zweifel – waren geschlossen.

Sie nahm alles in sich auf, das ganze Entzücken. Seine Freude mischte sich mit der ihren. So etwas hatte er nie zuvor erlebt: zu nehmen, ebenso wie er gab, Augenblick für Augenblick; ihr Vergnügen ganz dem seinen voranzustellen; ein Teil von ihr zu werden, ein Teil von ihr zu sein.

Es war seltsam. So seltsam, wie seiner Ländereien und seines Titels entblößt zu werden, geschoren und seiner Freiheit beraubt. Und dennoch war diese Seltsamkeit wunderbar. Indem er zum Spiegel ihres Begehrens wurde, verwandelte er sich in reine Freude.

Die Götter lachten zweifellos, als er seinen Weg zum Höhepunkt fand und sie ihn dort erwartete. Sie hatte die Augen weit geöffnet, verblüfft. »Ich wusste nicht«, sagte sie, »dass es so sein könnte.«

Er küsste sie, bis sie schwieg. Es würde danach noch Zeit genug sein, ihr zu sagen, dass auch er es nicht gewusst hatte. Es war eine Seltenheit, ein Geschenk der Götter. Oder der Göttin – der Pferdegöttin, die diese Frau zu ihrer Dienerin erwählt hatte.

Bedeutete das, dass er ebenfalls auserwählt war? Nein, das war ein zu arroganter Gedanke. Wenn er den Göttern irgendetwas bedeutete, dann als Spielzeug. Er war nicht der Geliebte der Götter, nicht wie sie, die sie zu einer der ihren gemacht hatten.

62

Die Festung des Feindes war niedergerissen, die Trümmer in die Erde gestampft. Der König schien zufrieden und gab den Befehl zum Aufbruch. Über die Flussstraße und auf dem Fluss selbst machten sie sich auf den Weg nach Avaris.

Sie begegneten wenig Widerstand. Die Menschen, die von Anfang an in diesem Land gelebt hatten, flohen entweder bei ihrer Ankunft oder hießen sie willkommen. Die Fremden, die sie erobert hatten, versuchten nicht, sich zu widersetzen. Für Krieger, die die schreckliche Geschwindigkeit des Wagens nach Ägypten gebracht hatten, waren sie erstaunlich verliebt in ihre hohen Steinmauern und ihre befestigten Städte.

»Das ist Ägypten«, sagte Iannek. »Ägypten hat uns verändert.«

Er war bei bemerkenswert guter Laune geblieben, aber selbst er wurde finster, als sie in Sichtweite von Avaris kamen. Die Wahl, die er getroffen hatte, beunruhigte schließlich auch dieses leichtsinnige Herz.

Er war immer noch Irys Wachhund, aber er hatte sich auch zu Kemnis Wachhund ernannt. Kemnis Herz war ihm aus der Brust gerissen und seine Seelen waren verstreut, aber er hatte immer noch genug Verstand, um zu wissen, dass man ihn bewachte. Iannek versuchte nicht einmal so zu tun, als wäre er einfach nur um des Vergnügens von Kemnis Gesellschaft willen hier.

Vielleicht war er weiser, als er zugeben wollte. Kemnis Finger zuckten immer noch auf Messer und Schwerter zu. Manchmal stand er an Deck der *Tänzerin*, fuhr nun so offen auf diesem kretischen Schiff, wie er es einst im Verborgenen getan hatte, und er wusste, wenn er losließe, einfach losließe, würde er fallen. Dann würden ihn der Fluss und die Krokodile nehmen. Und dann gäbe es keinen Schmerz mehr. Aber Iannek schien immer in der Nähe zu sein, oder Naukrates, oder einer von der Besatzung

Er versuchte ihnen zu erklären, dass er noch nicht sterben wollte. Nicht nur, weil er es Ariana versprochen hatte, sondern auch, weil er mehr über das Land von Iphikleias eigener Göttin erfahren musste, um zu lernen, wie er dort am besten hingelangte. Das würde Zeit brauchen. Ariana, die ihn hätte am besten lehren können, hatte unzählige andere Pflichten. Und sie trauerte ebenso wie er, wenn sie die Zeit dazu hatte. Im Augenblick bestand einfach nicht die Möglichkeit, sie zu bitten, ihm den Weg dorthin zu weisen, wo er hingehen musste.

Die anderen waren überzeugt davon, dass er gehen würde, wann immer sie ihn einen Augenblick aus den Augen ließen. Vielleicht sahen sie eine Wahrheit, für die er zu blind war; es hätte ihn nicht erstaunt. Er war zu nicht vielem gut, außer dorthin zu gehen, wohin man ihn schickte, und sie alle ihrem Krieg zu überlassen.

Seti kommandierte nun die Streitwagen, jemand anders fuhr den Wagen des Königs. Kemni sah sie am Ufer, wie sie mit der Flotte Schritt hielten. Manchmal spürte er eine Sehnsucht, dort zu sein und nicht hier, aber sie war trüb und sehr weit entfernt.

Man verwöhnte ihn wie ein Kind oder wie einen Fürsten, dessen Launen Gesetz waren. Der Zorn darüber war ebenfalls gedämpft. Alles war gedämpft und weit entfernt. Wach sein, schlafen – manchmal konnte er es kaum unterscheiden. Es war alles ein einziger, schwarzer, leerer Traum.

In der Mitte dieses Traums stand er am Bug der *Tänzerin*, und ein starker Wind trieb sie gegen die Flussströmung aufwärts, auf die hoch aufragenden Mauern von Avaris zu. Vom Fluss aus sahen diese Mauern aus wie die hohen Klippen einer der Inseln im Großen Grün, und dennoch war alles von Menschen gemacht. Auch das musste der Einfluss Ägyptens auf die Eindringlinge aus Asien sein, dass sie höher, breiter, größer bauten als je in ihrem eigenen Land.

Es hatte schon zuvor Kämpfe gegeben. Imet war zunächst heftig verteidigt worden, bis er derselben Feigheit zum Opfer fiel, die die Retenu diese namenlose Festung an der Straße gekostet hatte. Alle schienen fest daran zu glauben, wenn sie sich nur nach Avaris zurückzögen, konnten sie irgendwie das Land wiedergewinnen, das Ahmose ihnen abnahm.

Kemni dachte, dass sie nicht mit der Macht eines ägyptischen Königs rechneten, der sein Land zurückeroberte. Für jeden Retenu gab es hundert oder tausend Menschen, deren Urgroßväter dieses

Land bearbeitet oder es für urdenkliche Zeiten regiert hatten. So leicht sie zu erobern gewesen waren, so stumm sie für beinahe hundert Jahre unter der Knute der Eroberer verharrt hatten – als sie nun einen König hatten, dem sie folgen konnten, erhoben sie sich voller Freude gegen die fremden Eroberer.

Kamose hatte das gewusst und deshalb viel erreicht, bis die Bedrohung aus Nubien und – wie Kemni bei sich dachte – das Versagen seiner eigenen Willenskraft ihn am Rand des Sieges zum Umkehren veranlassten. Ahmose hoffte, erfolgreich zu sein, wo sein Bruder versagt hatte.

Zweifellos war dies hier eine größere Armee, als Kamose aufgestellt hatte, und zudem erhob sich Kretas Doppelaxt im Namen Ägyptens, und die Schiffe des Inselreichs standen dem König zur Verfügung. Naukrates, der Admiral, hatte seinen Kapitänen befohlen, eine Mauer aus Schiffen zu bilden, eine Barriere über die diversen Seitenarme des Flusses. Ahmoses eigene Flotte hatte etwas Großartiges getan: Sie hatte Memphis beinahe ohne Kampf eingenommen, nachdem die Ägypter in der Stadt sich gegen die wenigen verbliebenen Retenu gewandt hatten. Sie segelten danach weiter flussabwärts, während Ahmoses Armee im Norden der Stadt ihr Lager aufschlug und mit der Belagerung von der Landseite begann, während die kretischen Schiffe Avaris vom Wasser aus belagerten.

Kemni sah die Flotte kommen, sah das blitzende, goldene Flaggschiff, als wäre die Sonne zur Erde gesunken. Hoch auf dem Deck saß eine Gestalt in königlichem Glanz, gekrönt mit einer wunderbaren goldenen Krone mit den nach unten gebogenen Fittichen eines Geiers: Nekhbet, Königin und Göttin. Nefertari war mit der gesamten Macht des Oberen Reiches erschienen.

Sie begegneten sich auf dem Fluss, das goldene Flaggschiff und die *Tänzerin* mit neuem Anstrich und weindunklen Segeln, goldenes und schwarzes Schiff Seite an Seite. Ahmose trug die Krone des Oberen Reiches, aber noch nicht die des Unteren. Er saß auf einem goldenen Thron, mit Naukrates, dem Admiral, zu seiner Linken, und Ariana, der Königin, zu seiner Rechten, beide in kretischem Putz.

Sie wussten genau, dass überall auf den Stadtmauern Menschen standen und mit weit aufgerissenen Augen zusahen. Es gab auch Bogenschützen auf diesen Mauern, aber die Schiffe waren weit außer Schussweite; die Kapitäne hatten darauf geachtet.

Dennoch waren sie nahe genug, damit alle sahen, wie sie in der Sonne glitzerten, wie sie einander begegneten und königliche Begrüßungen austauschten, obwohl nur jene, die an Bord waren, hörten, welche Worte gesprochen wurden. »Sei gegrüßt«, sagte der König, »und willkommen.«

»Sei auch du gegrüßt«, erwiderte die Königin. »Ist der Norden erobert?«

»Der Norden ist erobert«, antwortete der König, »und der Süden ist gesichert?«

»So ist es.«

Es gab ein Willkommensmahl auf dem goldenen Flaggschiff, an dem die *Tänzerin* längsseits vertäut war. Die Furchtlosen sprangen hin und her, fanden ein wenig Ruhe auf dem stilleren Deck der *Tänzerin* oder schwangen sich zum Flaggschiff, um den guten Wein der Königin zu probieren.

Kemni hielt sich in derselben Ecke auf dem Deck der *Tänzerin*, in der er den größten Teil der Reise nach Kreta zurückgelegt hatte. Jemand hatte ihm etwas zu essen und Wein gebracht. Er ließ es unberührt, hatte einfach nicht die Kraft zu essen, obwohl er wusste, dass er das tun sollte. Er musste noch eine Weile leben.

Einige der jüngeren Adligen machten ein Spiel daraus, sich an Seilen von Schiff zu Schiff zu schwingen. König und Königin duldeten es; es war harmlos, wenn auch laut. Hier und da hielt sich einer nicht gut genug fest oder ließ einfach los und fiel ins Wasser. Seine Genossen fischten ihn mit großer Heiterkeit wieder heraus.

Eine Gestalt jedoch schwang sich mit sparsamen Bewegungen und zielgerichtet hinüber und nicht mit dem vergnügten Johlen der anderen. Sie landete an Deck, rollte sich ab und erhob sich neben Kemni.

Gebu, der einmal sein Bruder gewesen war, setzte sich neben ihn und betrachtete den Teller und den Becher. »Jemand hier liebt dich«, sagte er. »Selbst die Prinzen haben nichts von diesem Honiggebäck bekommen. Es hat geradeso für den König und seine Königinnen gereicht.«

Kemni antwortete nicht. Gebu zuckte mit den Achseln, aß das Gebäck, trank die Hälfte des Weins und stellte den Rest des Krugs neben Kemnis schlaffe Hand. Dann stand er auf und glitt rasch über die Seite weg vom goldenen Flaggschiff in ein anderes Boot.

Auch dieses Spiel hatten die jungen Männer gespielt: Sie waren von Boot zu Boot quer über den Fluss gesprungen. Kemni wusste nicht genau, was ihn nun veranlasste, Gebu zu folgen. Vielleicht hatte er genug davon, reglos dazusitzen. Vielleicht lag es auch daran, dass Gebu sich nach Avaris gewandt hatte und Kemni das Gefühl in seinem Bauch nicht gefiel. Sein Bauch hatte so lange Zeit nichts so Entschiedenes mehr gespürt, dass er jetzt nur folgen konnte.

Diesmal erwies es sich als recht nützlich, dass es ihm gleich war, ob er lebte oder starb, ob er in einem Boot landete oder im Wasser. Er wartete, bis Gebu zwei Boote voraus war, bevor er mit der Verfolgung begann, so lautlos er konnte. Er war schlaff von den Tagen der Ruhe, aber irgendwie erinnerte sich sein Körper an einen Teil seiner Kraft und seinen Jagdinstinkt.

Wie er angenommen hatte, war Gebu auf dem Weg ans Ostufer, ein wenig entfernt von dem Lager, das dort aufgebaut war, und bewegte sich in Richtung Stadt. Ein- oder zweimal schlüpfte er tief in den Schatten: vertrieben, weil eine Wache vorbeikam oder eine Gruppe nach Bier stinkender Soldaten. Sie hielten ihn auf, aber nicht lange.

Vielleicht war Gebu nur auf dem Weg ins Lager. Die Möglichkeit bestand, aber der Knoten in Kemnis Bauch wollte einfach nicht verschwinden. Ein königlicher Prinz musste nicht auf diese Weise schleichen und sich verbergen, es sei denn, er hatte etwas vor, das selbst einem Prinzen nicht anzuraten war.

Gebu schlüpfte am Lager vorbei und hielt nur inne, um sich vor Passanten zu verstecken. Hinter dem Lager war ein offener Bereich am Fuß der Mauern. Dort hielt er sich einige Zeit auf, ein ganzes Stück vom Nordtor entfernt. Kemni, dicht auf seinen Fersen, war wie der Schatten eines Schattens.

Aber es folgte noch ein weiterer, ein Flüstern im Wind, ein leises Knirschen im Sand. Kemni hielt inne und machte sich unsichtbar, regte sich nicht, hielt den Atem an. Ein Schatten kam vorbei, wachsam, aber nicht wachsam genug. Kemni brachte ihn zu Fall, setzte sich auf ihn, hielt ihm den Mund zu.

In dem wenigen Sternenlicht konnte er das Gesicht kaum erkennen. Seine Hand sagte ihm mehr, ebenso wie das Gefühl des Körpers unter ihm. Es war ein Ägypter – das war verblüffend, denn er hatte Iannek von den Retenu erwartet, aber dies war nicht der hoch gewachsene, bärtige Mann. Das hier war Gebus Wagenlenker, der junge Mann, der denselben Namen trug wie der König, Ahmose si-Ebana.

Kemni kam taumelnd auf die Beine und riss si-Ebana mit sich hoch. Gebu war schon beinahe außer Reichweite, fast nicht mehr zu sehen. Kemni folgte so schnell wie möglich, mit si-Ebana auf den Fersen. Er hielt nicht inne, um den jungen Mann davon abzuhalten, ihm zu folgen. Ein loyaler Mann, ein Mann, der wusste wie man kämpft, mochte sich als nützlich erweisen – wenn er vernünftig genug war, sich nicht von der Stelle zu rühren, bis Kemni es ihm gestattete.

Gebu bewegte sich weniger verstohlen, als er der Mauer näher kam. Er hatte die ägyptische Armee bereits hinter sich gelassen. Die Mauer war dunkel und still. In großen Abständen hörte Kemni die Schritte einer Wache; aber die Stadt schlief oder tat zumindest so.

Hinter der Biegung der Mauer, weit vom Fluss entfernt, gab es ein hinteres Tor. Es war verborgen zwischen zwei Steinvorsprüngen, lag im Schatten und war versteckt im Gestank einer Abfallgrube, aber Gebu wusste, wohin er sich wenden musste. Das Tor öffnete sich, und er schlüpfte hinein.

Kemni hielt keinen Augenblick inne. Er folgte Gebu, und si-Ebana folgte ihm, weil si-Ebana es nicht besser wusste.

Drinnen war es hell: Fackeln, die beinahe niedergebrannt waren, aber immer noch einen Durchgang beleuchteten, der zur Zitadelle gehören musste. All das war vorbereitet, ein verlassener Flur, was in einer so überfüllten Stadt unter Belagerung nicht einfach sein konnte.

Gebu sah sich nicht nach Verfolgern um, und auch jene, die ihm diesen Weg geöffnet hatten, schienen nicht damit zu rechnen. Der Weg führte über viele Stufen, durch trüb beleuchtete Gänge und endlich auf ein breites Dach unter blitzenden Sternen. Es gab einen Garten auf diesem Dach, klein, aber kunstfertig angelegt, der nun von einem Ring von Fackeln beleuchtet war. Dort warteten Männer, große, bärtige Männer in üppig bestickten Gewändern.

Gebu, in seinem Rock aus feinem weißen Leinen, mit seinem blau-rot-goldenen Kragen und seiner Prinzenperücke, wirkte hier seltsam fehl am Platz. Aber er hielt sich aufrecht, wie es sich für einen Prinzen gehörte.

Kemni wurde zum Schatten in den Schatten des Gartens.

Si-Ebana schlüpfte in seinen Schatten, beugte sich zu ihm und hauchte ihm ins Ohr: »Da. Ich wette ein gutes Bier darauf, dass das Apophis ist.«

Er saß inmitten der anderen, auf keinem höheren oder kunstvoller geschmückten Stuhl, er war auch nicht aufwändiger gekleidet als die meisten, aber alle saßen so, dass er sich, ganz gleich, was er tat, in ihrem Mittelpunkt befand. So war es mit Königen. Es war eine der Gaben, die sie zu dem machten, was sie waren.

Er erinnerte Kemni unwillkürlich an Ahmose, war er doch eine ganz ähnliche Art von Mann, im selben Alter, auf dieselbe Art mit seinem Amt vertraut. Er trug sein Königtum mit Leichtigkeit und hatte nicht das Bedürfnis zu Pomp – es sei denn, selbstverständlich, es wäre notwendig.

Er betrachtete Gebu mit ausdruckslosem Blick, und auch seiner Miene unter diesem Dickicht von einem Bart war nichts anzusehen. Gebu wich nicht zurück, denn er war ein tapferer Mann, was immer er sonst sein mochte. Das hatte Kemni von Anfang an gewusst.

Apophis sprach Ägyptisch, wie es viele der Retenu beherrschten, ohne Schönheit oder Eleganz, aber seine Worte waren deutlich zu verstehen. »Also, Mann aus Ägypten – du hast mir einen Handel anzubieten?«

»Vielleicht«, sagte Gebu. »Sag mir, was du von mir willst.«

»Nein, nein«, erwiderte Apophis. »Zuerst sagst du mir, was dich herbringt. Was sollte einen Prinzen dazu bringen, den König, seinen Vater, zu verraten?«

»Es heißt, er sei nicht mein Vater«, erklärte Gebu. »Meine Mutter war eine Konkubine. Sie ist bei meiner Geburt gestorben. Wer weiß, mit wem sie geschlafen hat, während der König anderswo beschäftigt war?«

»Wie praktisch«, sagte Apophis. »Es heißt, du sähest ihm ähnlich.«

»Er hat Brüder«, sagte Gebu. »Und er hatte einmal noch mehr Brüder. Ich biete dir dasselbe, was zu Kamoses Zeiten geschah. Die Belagerung wird aufgehoben. Die Armee zieht sich nach Theben zurück.«

»Und wie willst du das erreichen? Ist dein König ins Wanken geraten?«

»Es wird einen neuen König geben«, sagte Gebu.

Apophis blinzelte einmal, wie ein Krokodil es tut, das im Ried liegt. »Wie kann ich wissen, dass ich einem König trauen kann, der einen König getötet hat, um seinen Thron zu besteigen?«

»Ein König mit einer solchen Last würde sich verpflichtet fühlen, allen anderen gegenüber loyal zu sein, oder nicht?«

»Wahrscheinlich nicht«, meinte Apophis. »Ich würde erwarten, dass ein solcher König mir mehr als sein Wort gibt. Dass er einen feierlichen Eid schwört zu tun, was er vorgeschlagen hat – und dass er, nachdem er es getan hat, in Theben entsprechend meinem Rat und meinen Anweisungen regieren wird.«

»Als tributpflichtiger König?«, fragte Gebu mit großer Ruhe.

Apophis zuckte mit den Schultern. »Nein, o nein. Nichts so Schreckliches. Sagen wir lieber, dass wir Verbündete werden – denn du wirst wohl der neue König sein, nicht wahr? Wirst du deinen Vater töten lassen oder es selbst tun?«

Zum ersten Mal schien Gebu unsicher. »Es wird geschehen«, sagte er, ein wenig barsch. »Wie es geschieht, ist meine Sache.«

»Das ist wahr«, stimmte Apophis ihm freundlich zu. »Ich möchte nur, dass meine Hälfte des Handels sicher ist.«

»Ich habe dir vertraut«, sagte Gebu, »indem ich, wie du mich gebeten hast, allein hierher gekommen bin – und davon haben meine Verbündeten nicht gerade viel gehalten. Wirst du mir im Gegenzug vertrauen, dass ich dir gebe, was ich versprochen habe?«

»Ich muss wohl«, erwiderte Apophis. »Oder ich hätte dich hier einfach töten und darauf vertrauen können, dass meine Armeen die deines Vaters besiegen und beide Reiche einnehmen.«

»Glaubst du wirklich, du könntest diesen Krieg gewinnen? Ägypten beherrscht den Fluss. Das Land gehört ebenfalls dazu – das Volk hat sich erhoben, um das Große Haus willkommen zu heißen, wo immer er sich befindet.«

»Ich könnte dich dasselbe fragen. Wenn du den König beiseite schaffst, dich selbst krönst und dich dann zurückziehst, was wird Ägypten tun?«

»Ägypten wird sich ergeben«, sagte Gebu, »weil der König ein Gott ist.«

»Nicht, wenn man ihn töten kann.«

Kemni im Schatten fragte sich, ob Gebu die Drohung in diesen Worten vernahm. Vielleicht schon, vielleicht auch nicht. Er sagte: »Man wird seinen Tod für den Willen der Götter halten. Ich hatte nicht vor, ihm einfach ein Messer in den Rücken zu stoßen.«

»Tatsächlich.« Apophis ließ das Schweigen noch einen Augenblick andauern. Dann fragte er: »Warum? Warum tust du das?«

»Ist das wichtig?«

»Ja«, erwiderte Apophis.

Das gefiel Gebu nicht: Er stand so kurz vor einem Wutausbruch, wie Kemni es noch nie bei ihm gesehen hatte. »Die Götter treiben mich dazu. Sie haben in mir den Wunsch geweckt, König zu sein.«

»Du gibst also den Göttern die Schuld.« Apophis zuckte mit den Achseln. »Vielleicht entspricht es sogar der Wahrheit. Obwohl ich denke, dass ein jüngerer Sohn, der Sohn einer Konkubine, dessen Vaterschaft in Zweifel steht, immer wieder feststellen muss, dass sein Ehrgeiz an Grenzen stößt, bis er etwas unternimmt. Was wirst du mit deinen Brüdern tun, was ist mit dem Erben – wie heißt er noch?«

»Amenhotep«, sagte Gebu. »Auch darum werden wir uns kümmern.«

»Eine Verschwörung von – was? Priestern?«

»Adlige des Oberen Reiches«, antwortete Gebu. »Einige davon sind für einen Teil des Jahres Priester.«

»Und sie sind immer noch auf deiner Seite, nun, nachdem dein Vater bei der Eroberung dieses Reiches so viel Erfolg hat?«

»Glaubst du, er könnte siegen?«

»Das ist möglich«, meinte Apophis. »Er hat bereits viel mehr erobert, als ich geglaubt hätte, wenn auch weniger, als er offensichtlich behauptet – oder als du glaubst. Er beherrscht einen Seitenarm des Flusses und zwei Städte – Sile und Memphis. Ich beherrsche den Rest. Nun, nachdem alle seine Kräfte hier versammelt sind, werde ich die Zange schließen und ihn zerquetschen. Und dennoch, deine derzeitigen Verbündeten sehen das vielleicht nicht so. Du wirst sie vielleicht zögernd finden, und geneigt, sich an den König zu klammern, den sie kennen, und ihre Hoffnungen nicht auf einen geringeren Prinzen zu setzen.«

»Einige von ihnen vielleicht«, sagte Gebu. »Aber die meisten haben andere Gründe, den König nicht zu lieben. Könige machen sich Feinde, wie du gut weißt. Urteile, die gegen bestimmte Männer aus dem Reich gefällt werden, Eifersüchteleien, Pflichten, die verteilt werden und lästig oder unwillkommen sind – selbst Männern den Krieg aufzudrängen, die lieber in Frieden leben: Nein, Herr, diese Feinde werden nicht wieder einem König treu sein, der sie so schlecht behandelt hat.«

»Und sie glauben vielleicht, dass sie dich beherrschen können, während Ahmose gezeigt hat, dass er unnachgiebig ist.« Apophis nickte und stand plötzlich auf. »Also gut. Schwöre vor diesen Männern meines Rates. Und dann geh und tu, was du versprochen hast. Der Weg nach draußen wird offen sein, wie es der Weg nach drinnen war. Achte nur darauf, dass du nicht davon abweichst. Jeder Ägypter von offensichtlichem Rang wird in bestimmten Vierteln einer Stadt auf der Stelle getötet.«

Gebu nickte. Es war keine Verbeugung. »Ich werde schwören«, sagte er, »und dann gehen. Wir werden uns als König und König wieder begegnen, vor den Toren dieser Stadt.«

»So wird es sein«, entgegnete Apophis. »Sag mir nur eins, bevor du deinen Schwur leistest: Hat bis jetzt niemand Verdacht von dieser Verschwörung geschöpft?«

»Niemand«, sagte Gebu mit fester Stimme. »Wir haben uns gut verborgen.«

»Und dennoch sagt man mir, du hättest, bevor der Krieg begann, einen Boten geschickt, mit dem Angebot, den Krieg aufzuhalten. Er hat mich nie erreicht, und der Krieg begann trotzdem.«

»Es war nur ein einzelner Mann«, sagte Gebu. »Ich hätte mehr geschickt – eine ganze Gruppe von Boten, und ich hätte mich auch an Adlige in Memphis gewandt, die dir damals untertan waren, aber man hat mich überstimmt.«

»Du hast nie daran gedacht, dass man den Boten vielleicht abgefangen und die Verschwörung entdeckt hat?«

»Wenn das der Fall wäre«, meinte Gebu, »glaubst du, man hätte mich am Leben gelassen und mir sogar gestattet, im Wagen hinter dem König zu fahren?«

»Das wäre ausgesprochen tückisch von ihnen«, musste Apophis zugeben. »Also gut. Schwöre. Und dann geh.«

Gebu verschwor seine Seelen vor den Adligen des Retenurats und band sich mit Blut – ein barbarischer Ritus, aber Gebu ergab sich dem. Er schien froh darüber zu sein, als wäre tatsächlich ein Gott in ihm, vielleicht sogar Seth selbst, der Feind des Horus. Hatte Seth nicht seinen Bruder Osiris vernichtet und mit Horus um die Herrschaft über die beiden Länder gekämpft?

Seth war der Baal der Retenu. Und es war bei Seth und daher Baal, bei dem Gebu schwor. Nachdem er die Worte gesprochen und mit seinem Blut besiegelt hatte, ließ man ihn gehen. Allein, wie er gekommen war, verließ er das Dach und den Garten und den König der fremden Könige.

63

Kemni folgte Gebu aus dem Retenupalast und der Stadt, gefolgt von dem schweigenden si-Ebana. Ein- oder zweimal warf er einen Blick zurück, konnte aber die Miene des Wagenlenkers nicht erkennen.

Auf den schmalen, beleuchteten Fluren, wo sie sich weit hinter Gebu hielten, traf Kemni eine Entscheidung. Ein Königsmord stand bevor – bald, wenn Gebu hoffte, seinen Eid zu erfüllen. Kemni würde zu Ahmose gehen, selbstverständlich. Aber er würde es so tun, wie er es für angemessen hielt.

Er blieb stehen, bevor sie das hintere Tor erreichten, so abrupt, dass si-Ebana gegen ihn stieß. Er grunzte, fiel aber nicht. »Si-Ebana«, sagte er leise, aber deutlich. »Würdest du mir bei etwas helfen?«

»Ja«, erwiderte si-Ebana prompt.

»Aber du weißt nicht einmal –«

»Ich weiß es.« Endlich zeigte si-Ebanas Gesicht einen deutlichen Ausdruck, einen grimmigen Ausdruck.

»Es ist gefährlich«, sagte Kemni. »Er wird es dir nie verzeihen, wenn er weiß, was du getan hast.«

»Ich gehöre dem König«, erklärte sich si-Ebana. »Schnell. Sonst ist er weg, bevor wir ihn erreichen.«

Kemni wollte noch mehr sagen, aber si-Ebana hatte Recht. Sie würden Gebu aus den Augen verlieren, wenn sie sich länger aufhielten. Mit einem Achselzucken und einem leisen Seufzen schlich er aus dem hinteren Tor in die stinkende Nacht.

Gebu war immer noch in Sicht, wenn auch kaum zu erkennen. Kemni rannte so schnell er konnte, mit si-Ebana lautlos im Rücken. Die Armee war ganz in der Nähe. Wenn Gebu in eines der Zelte schlüpfte, konnte er verschwinden, bevor sie ihn einholten.

Ein Teil von Kemni wusste, dass es absurd war. Gebu, der Prinz, konnte sich nicht einfach in Luft auflösen. Aber wenn er seine Mitverschwörer erreichte, bevor Kemni tun konnte, was er plante, ging vielleicht alles sehr schnell – zu schnell, und Ahmose würde sterben.

Hätte Kemni sich vollkommen in dieser Welt befunden, wäre er zu entsetzt gewesen, um etwas zu unternehmen. Aber diese Versunkenheit in schwärzeste Trauer machte es wenn nicht erträglich, so doch denkbar.

Gebu war schneller geworden.

Er merkte vielleicht, dass er verfolgt wurde, oder er brannte darauf zu vollenden, was er begonnen hatte.

Kemni war nicht so stark, wie er es hätte sein sollen. Si-Ebana überholte ihn, lief mit langen, leichten Schritten. Er lief einen weiten Bogen um Gebu und verschwand im Lager.

Kemni kam taumelnd zum Stehen und schnappte nach Luft. Gebu war nun zwischen den Zelten – es war zu einfach; jemand sollte sich darum kümmern, einen Graben, vielleicht einen Zaun errichten, oder der Feind würde sich ebenso unbemerkt nähern können.

Kemni schlüpfte ins Lager, wie Gebu es zuvor getan hatte, in der Nähe einer ausklingenden Festlichkeit. Er fand den Prinzen einem mittelgroßen, offensichtlich betrunkenen und sehr freundlichen jungen Wagenlenker gegenüber. Der Mann ließ einen schweren Arm auf Gebus Schulter fallen, bespritzte ihn mit Bier aus einem Krug, den er gefunden hatte – die Götter mochten wissen, wo, aber das war wirklich klug gewesen. »Freund«, sagte si-Ebana mit schleppender Stimme. »*Guter* Freund. Willst du einen Becher Bier?«

Gebu saß in der Falle. Wenn er flüchtete, machte er sich verdächtig, wenn er blieb, konnte er nicht gehen, wohin er gehen musste, und si-Ebana hatte den Arm fest um seinen Hals. Kemni musste das Taumeln nicht vortäuschen und am Ende auch nicht die schleppende Sprechweise, denn er fühlte sich erschreckend kraftlos. Es gelang ihm, einen Bogen zu machen, wie si-Ebana es gemacht hatte, und scheinbar aus dem Lager und nicht von außerhalb zu kommen, als sei er auf der Suche nach dem, was er in si-Ebanas Hand fand: »Bier! Wo hast du Bier gefunden? Wo immer ich hinsehe, gibt es nur Wein.«

Gebu biss hinter seinem starren Lächeln wohl die Zähne zusammen. Kemni stieß einen Freudenschrei aus, als hätte er einen verloren geglaubten Verwandten gefunden. »Gebu! Bruder! Da bist du also. Ich habe dich *überall* gesucht. Und du warst auf der Suche nach Bier!«

»Und du siehst, ich habe es gefunden«, meinte Gebu lachend.

»Hervorragend«, erklärte Kemni. »Wunderbar!« Er hängte sich von der anderen Seite an Gebus Hals und führte ihn beinahe gewaltsam vom Ostrand des Lagers weg, wohin Gebu sich gewandt hatte, und auf den im Sternenlicht glitzernden Fluss zu.

Die Flotte war wie ein Funkenschauer, so viele Lichter brannten immer noch.

Nahe dem Ufer begann Gebu endlich, sich zu wehren. »Meine Freunde«, sagte er, und tat immer noch vergnügt, »es ist mir eine Freude, aber ich muss –«

»Du musst mit uns kommen!«, rief si-Ebana. »Das Lager ist so langweilig wie toter Fisch, aber die Flotte ist immer noch lebendig.«

»Nein, wirklich«, sagte Gebu. »Ich habe versprochen …«

»Ach«, sagte si-Ebana mit einer ausholenden, abwinkenden Bewegung, die den Bierkrug in den Fluss fliegen ließ. »Versprechen. Sie kann warten. Es ist noch früh, und wir haben kein Bier mehr.«

»Ich muss gehen«, erklärte Gebu nun erheblich weniger freundlich. »Wirklich, Freunde, ich muss.«

»Glaube ich nicht«, sagte si-Ebana. Sein freier Arm umschlang Gebu in einer Umarmung, die sich anfühlen musste wie Bronzefesseln. Er riss seine Last mit überraschender Kraft hoch und ließ ihn mit einiger Gewalt in ein Boot fallen, das am Ufer wartete. Kemni wusste, dass dieses Boot nicht zufällig hier lag; si-Ebana war ein erheblich fähigerer Mann, als jeder geglaubt hätte.

Es lagen Seile im Boot, denn ursprünglich musste es ein Fischerboot gewesen sein. Mit einem dieser Seile band Kemni Gebus Hände, während si-Ebana vom Ufer ablegte und zu rudern begann. Er konnte sehr gut mit den Rudern umgehen und schien vollkommen vertraut mit dem Boot – tatsächlich vertrauter als mit einem Wagen.

Gebu lag zu Kemnis Füßen, gebunden und hilflos, aber er schien immer noch nicht zu bemerken, dass seine Verschwörung aufgedeckt war. »Bruder«, sagte er, »was soll das? Ist das ein Witz? Wenn, dann ist es ein sehr schlechter. Lass mich los.«

Kemni antwortete nicht. Nicht, weil er hinter der Mauer eines Traums festsaß; das war nicht der Grund. Die Mauer war eingestürzt. Er konnte wieder fühlen. Und der Schmerz – ihr Götter, der Schmerz!

Er konnte sich nicht einmal krümmen, er musste den Gefangenen bewachen. Si-Ebana ruderte sie zwischen die anderen

Boote und hielt unbeirrbar auf das goldene Flaggschiff und die damit vertäute *Tänzerin* zu. Die Lichter dort schienen weicher, die Feiernden ruhiger. Es gab Musik, den tiefen, reinen Klang des kretischen Aulos, und die durchdringende Süße einer in Ägypten geschulten Stimme. Es war ein Lied von Liebe und Verlust, Schönheit und Trauer. Es hätte beinahe genügt, Kemnis schwer errungene Ruhe zu brechen.

Aber es gab etwas, das er tun musste. Das war immer so und würde vielleicht immer so bleiben. Als das Boot beinahe geräuschlos neben die *Tänzerin* glitt, packte er eines der Taue, die genau zu diesem Zweck über dem Rumpf hingen, und band das Boot fest. Si-Ebana, nun kein taumelnder Betrunkener mehr, warf sich Gebu über die Schulter und zog sich an der Seite hoch. Kemni folgte, leichter, aber ungelenker, ein wenig erholt von der Ruhe, die er im Boot gehabt hatte, aber dennoch über alle Maßen erschöpft. Der König war dort, flankiert von seinen Königinnen, und teilte den letzten Wein mit ihnen. Sie waren vom Alkohol erwärmt, hatten sich aber nicht darin verloren.

Si-Ebana ließ den gefesselten Gebu zu ihren Füßen fallen. Alle starrten ihn an, und dann die beiden, die ihn gebracht hatten.

Die weinbedingte Wärme wich aus Ahmoses Gesicht. »Ist es geschehen?«, fragte er Kemni.

Kemni nickte.

»Ah«, sagte der König, mit einer Traurigkeit, die beinahe so tief schien wie Kemnis eigene. »Er hat keine Zeit verschwendet.«

»Womit?«, fragte Gebu zu Füßen des Königs. »Zu viel Wein, Herr?«

»Zu viel Ehrgeiz.« Ahmose machte eine Geste zu dem Soldaten hin, der in der Nähe stand. »Heb ihn hoch.«

Der Mann gehorchte und half Gebu auf die Knie. Seine Perücke war verschwunden, irgendwo zwischen dem Lager und dem Schiff verloren gegangen. Auch Gebus Schmuck war verrutscht, dennoch behielt er seine unschuldige Haltung bei, die Lüge, die er gelebt hatte – wie lange nun? Seit Kemni ihn kannte?

»Was sollte ich wollen, Herr?«, fragte er. »Du warst immer ausgesprochen großzügig.«

»Außer mit meinem Thron«, sagte Ahmose. Er beugte sich

nach vorn. »Gib es auf, Kind. Ich wusste von Anfang an, was du tatest. Hast du dich nie gefragt, was wirklich aus deinem Boten geworden ist, den du zu den Adligen der Retenu geschickt hast?«

»Herr, ich weiß nicht –«

»Keine Lügen mehr«, forderte Ahmose.

Und dennoch beharrte Gebu darauf. Kemni hatte ihm beinahe selbst geglaubt, wenn er nicht diese andere Seite gesehen und gehört hätte, dieses Gesicht, das er dem Feind gezeigt hatte, den er zu seinem Verbündeten machen wollte. »Habe ich dich jemals angelogen, Vater? Sicher –«

Ahmose stieß zu wie eine Kobra, rasch und ohne jede Vorwarnung. Gebu fiel zu Boden. »Das genügt! Deine Verbrechen sind bekannt, das Urteil ist ergangen. Seit du damit begonnen hast, dich gegen mich zu verschwören, mich zu töten und meinen Thron zu rauben, warst du lebendig tot. Wenn du es nicht gestehen wirst, werden jene Aussagen es dir bezeugen können.«

»Ich habe Feinde«, sagte Gebu. »Glaubst du denn –«

Wieder schlug Ahmose zu. Es war ein fester Schlag, der von Schmerz zeugte, und von Trauer – mehr Trauer als Zorn. So schlug ein Vater seinen Sohn, der sich gegen ihn versündigt hatte. »Du weißt nichts von der Wahrheit. Wenn über deine Seele Gericht gehalten und sie gegen die Feder der Wahrheit aufgewogen wird, wird die Feder nach unten sinken und deine Seele wird welken und in den Schlund des Seelenfressers fallen. Ist es das, was du willst, Kind? Du hättest mich in diesem Leben vernichtet. Willst du dich im nächsten Leben selbst vernichten?«

Gebu schüttelte den Kopf. Endlich schwieg er, vielleicht hatte er Angst.

Und Ahmose sagte: »Nehmt ihm die Fesseln ab.«

Sie starrten ihn an. Es waren inzwischen viele, die sich um sie drängten, gebannt vom Anblick eines gefesselten Prinzen, aber Ahmose beachtete sie nicht. »Nehmt ihm die Fesseln ab.«

Eine der Wachen gehorchte, nachdem so viele andere sich nicht regten. Gebu nickte, rieb sich die Handgelenke, betrachtete stirnrunzelnd eine Stelle zwischen sich und seinem Vater. »Lässt du mich gehen?«

»Nein«, sagte Ahmose. »Ich lasse dich gestehen.«

»Werde ich dafür länger leben?«

»Du wirst schneller sterben.«

Gebu zuckte mit den Achseln. »Ich habe nichts zu gestehen.«

»Dann stirbst du langsam«, entgegnete Ahmose.

Nicht einmal die Wachen bemerkten, wie Gebu sich bewegte. Es wäre auch Kemni kaum aufgefallen, aber er stand am nächsten, und sein Blick ruhte – zufällig oder durch den Segen der Götter – auf Gebu, als dieser sich auf den König warf. Er hatte eine Klinge in der Hand, glitzernde Bronze – die Messerscheide eines Wachsoldaten war leer, der Mann stand hilflos da, wie von einem Zauberbann gebunden.

Aber der Bann lag nicht auf Kemni. Vielleicht war er dem Land der Toten schon zu nah, um so einfach in die Falle zu gehen. Er warf sich zwischen Gebu und den König, spürte den Biss der geschliffenen Bronze, aber weit entfernt und unbedeutend, nur ein Brennen an seiner Seite. Kemnis Hände griffen von selbst zu, packten die Hand mit der Klinge und drehten sie scharf zur Seite. Beide Männer stürzten zu Boden, Gebu verrenkt und mit blinder Kraft um sich schlagend.

Plötzlich erschlaffte er. Kemni sah sein Gesicht so dicht vor sich wie das einer Geliebten. Die Lippen waren immer noch höhnisch verzogen, der Blick aber starr. Der Geist war aus ihm gewichen.

Leblos sackte er auf Deck, fiel über Kemni, mit einem Dolch tief im Rücken. Si-Ebana beugte sich mit leeren Händen und einer zutiefst entsetzten Miene über ihn.

Aus der Stille heraus brach plötzlich der Lärm. Kemni beachtete ihn nicht, er kämpfte sich unter Gebu hervor und stellte sich neben si-Ebana, starrte auf die Leiche, ebenso wie der Junge hinstarrte. Dieser Mann war sein Kampfesbruder gewesen, dieser Mann war der Sohn des Königs, dieser Mann hatte in höchster Verzweiflung versucht, den König zu töten.

Die beiden wurden beiseite geschoben von Menschen, die sich um die Leiche drängten, viel zu spät, als wollten sie den König jetzt noch verteidigen. Kemni sah, dass si-Ebana schauderte. Er ergab sich seinem Schock und einem Gewitter von Tränen. Kemni hielt ihn im Arm, während er weinte, und wünschte sich vage, er hätte selber weinen können. Aber er hatte nicht einmal um Iphikleia geweint, und konnte nun kaum Tränen für Gebu, den Prinzen, finden.

Es schien am vernünftigsten, zu bleiben, wo sie waren, am Rand der Menge, zusammengedrängt an der Reling. Entweder man würde sich an sie erinnern oder sie vergessen; und im letzteren Fall würden sie flüchten können. Aber noch nicht jetzt. Kemni musste wissen, was der König sagen und tun würde.

Es schien lange zu dauern, bis sich Ahmoses Stimme über den Lärm erhob. »Das genügt! Lasst mich allein! Alle. Geht!«

Die Umstehenden gehorchten nur zögernd, aber die Wachen drängten sie beiseite, schoben sie schließlich mit roher Gewalt weg. Sie wurden alle vertrieben, auf Boote oder andere Schiffe der Flotte oder ins Lager an Land. Nur die Königinnen blieben, und jene von den Wachen, die man nicht ausgeschickt hatte, die restlichen Verschwörer gefangen zu nehmen und zu töten, und ein paar Diener – und Kemni und si-Ebana in ihrer geschützten Ecke. Und Gebu, der am Boden lag, wie er gestürzt war, ohne Würde und Anmut.

Ahmose erhob sich von seinem Thron, setzte die Krone ab und kniete sich neben die Leiche seines Sohnes. Sein Gesicht im Licht der Lampen und Fackeln war starr, eher grimmig als traurig. »Die Götter mögen dir verzeihen«, sagte er. »Ich bezweifle, dass ich es je können werde. Und nein – nicht, weil du versucht hast, einen König zu töten. Weil du geglaubt hast, du könntest es tun. Ich hätte dich nie für einen Narren gehalten, mein Kind. Was hast du dir nur gedacht, so etwas zu tun?«

»Die Götter machen Menschen zu ihrem Spielzeug«, sagte Ariana hinter ihm. Nefertari hatte sich nicht bewegt, aber Ariana hatte ihren Thron verlassen. »Wer weiß schon, welches Vergnügen es ihnen bereitet hat, ihn vom Weg abzubringen, um ihn dann zu vernichten?«

Ahmose schüttelte den Kopf. »Nein. Die Götter haben große Macht, aber die Menschen haben oft die Möglichkeit, eine Wahl zu treffen. Und mein Sohn hat dies hier gewählt.«

Ariana sah einen Augenblick aus, als wollte sie widersprechen, überlegte es sich dann aber wieder anders.

Nefertari sagte: »Ehrgeiz kann einem Mann Schreckliches antun. Dieser hier wollte mehr, als ihm je zustand.«

»Und nun hat er alles verloren«, sagte Ahmose. Er winkte den Wachen zu. »Bringt ihn weg und tut mit ihm, was ich euch gesagt habe.«

Die Wachen verbeugten sich und gehorchten.

Endlich widmete Amose seine Aufmerksamkeit Kemni und si-Ebana. »Kommt her.«

Sie näherten sich ohne Widerstand und ohne Angst. Kemni sah gleich, was aus ihm werden würde. Si-Ebana, nahm er an, stand immer noch tief unter Schock.

Sie standen vor dem König. Er betrachtete beide forschend, als wolle er sich ihren Anblick einprägen. »Ich schulde euch viel«, sagte er schließlich. »Bittet, und ich werde es euch geben.«

»Alles?«, fragte si-Ebana.

»Alles, was in meiner Macht steht«, erwiderte Ahmose.

Dann gib mir meine Geliebte zurück. Aber Kemni sprach es nicht aus, biss sich stattdessen auf die Zunge.

Si-Ebana antwortete als Erster. »Wenn ich haben darf, was immer ich mir wünsche, könnte ich dann in der Flotte kämpfen?«

»Nicht im Wagen?«, fragte Ahmose.

»Herr«, sagte si-Ebana, »ich war kein schlechter Wagenlenker, und es hat mir nichts ausgemacht. Aber mein ... mein Krieger ist tot. Ich habe ihn getötet. Ich musste es tun, aber – Herr, ich würde diese Erinnerungen gerne bald vergessen. Ich wurde auf dem Fluss geboren, und ich bin auf dem Fluss herangewachsen. Ich würde gerne, wenn du es mir gewährst, auf die Schiffe zurückkehren.«

»Dann sollst du bekommen, was du willst«, sagte Ahmose, »mit meinem Segen und meiner ganzen Dankbarkeit.«

Si-Ebana verbeugte sich bis aufs vergoldete Deck.

Nun wandte Ahmose sich Kemni zu. »Und du, mein Sohn? Gibt es eine Belohnung, die ich dir geben könnte?«

Es gab nichts, was Kemni eingefallen wäre, es sei denn ...

»Herr«, sagte er, »lass mich wieder dein Wagenlenker sein. Lass mich in der nächsten Schlacht kämpfen.«

»Das kann ich dir nicht gewähren«, erwiderte der König.

Kemni seufzte.

»Ich muss hier auf dem Flaggschiff bleiben«, fügte der König hinzu. »Aber ich kann dir deine Wagen und deine Wagenlenker zurückgeben, wenn du sie an meiner Stelle anführen willst.«

Es klang, als würde er dies tatsächlich bedauern – als hätte er lieber aus dem Wagen gekämpft und nicht vom Deck dieses goldenen Flaggschiffs aus regiert. Aber ein König tat, was er tun musste.

Und Kemni würde kämpfen. Vielleicht würde er sterben, vielleicht nicht. Es interessierte ihn nicht. Er hatte lange genug im Dunkeln gelegen, es war Zeit, sich wieder der Sonne zu stellen, und dem bitteren Tageslicht.

64

Khayan hatte gehört, was alle gehört hatten: dass der Sohn des Königs versucht hatte, seinen Vater zu töten. Der Zorn in der Armee war groß und hatte sich irgendwie gegen die Retenu gewandt – die Leute dachten offenbar, dass die Retenu etwas mit der Tat des Prinzen zu tun hatten. Khayan bezweifelte das, sagte es aber nicht. Er gehörte zu den verhassten Feinden und war nur deshalb ungefährdet, weil man wusste, dass er der Priesterin Iry gehörte. Allerdings war er sich bewusst, dass man ihn beobachtete, wohin er im Lager auch ging. Wenn ein königlicher Prinz zum Verräter werden konnte, dann musste man zweifellos von einem Retenusklaven erwarten, dass er dasselbe tat.

Der Mann, der den Prinzen getötet hatte, der junge Wagenlenker, hatte als Belohnung darum gebeten, auf die Schiffe zurückkehren zu können. Er diente nun auf einem, das *Er, der in Memphis erscheint* hieß: ein seltsamer Name für ein Schiff, aber Ägypter waren nun einmal seltsam. Der junge Mann verhielt sich ausgesprochen demütig und bescheiden, aber alle wussten, wer er war und was er getan hatte. Er war nicht froh darüber, hatte Khayan gehört. Man hatte ihm den Auftrag gegeben, über den Prinzen zu wachen, während sie zusammen im Wagen fuhren, und er hatte schon damals gewusst, was der Prinz war. Und dennoch schien es, als hätte er den Mann lieb gewonnen und als trauerte er nun um ihn.

Khayan stand kein Urteil zu, Khayan war ein Gefangener. Was immer er tat, er konnte sein Volk nicht verraten. Dieses Recht hatte man ihm zusammen mit seiner Freiheit genommen.

Er vergaß das alles in Irys Zelt, in den Nächten, wo es nur sie beide gab. Es gab keine Stämme, keine Völker, keine Nationen und keinen Gedanken an Krieg.

Wie seltsam, solche Freude zu finden, nachdem er alles verloren hatte, wenn er eigentlich beten sollte zu sterben und dadurch frei zu sein. Er wollte nicht sterben. Nicht, solange es Iry auf dieser Welt gab.

Man hatte ihn erniedrigt, man hatte ihm alles abgenommen, und dennoch trauerte er nicht darum. Bei Tag war er ihr Schatten, manchmal zusammen mit seinem Bruder Iannek, häufig allein, zu Fuß oder auf einem seiner falben Hengste. Nachts legte sie sich mit ihm in ihrem Zelt nieder und behauptete, so froh darüber zu sein wie er. Manchmal war das bei Iry schwer zu sagen, so gefasst, wie sie häufig war, aber er hatte gelernt, hinter diese ruhige Haltung zu blicken.

Er hätte viel dafür gegeben, so gesegnet zu sein. Was immer er dachte, es stand ihm ins Gesicht geschrieben, nun, da er keinen Bart mehr hatte, um es zu verbergen – und sie ließ auch nicht zu, dass er ihn wieder wachsen ließ. Das war die einzige Tyrannei, die sie über ihn ausübte. Sie sagte, sie liebte sein Gesicht. Sie brachte ihn in schreckliche Verlegenheit, indem sie alle Lampen anzündete, sie rund um das Bett aufstellte und darauf bestand, dass er sich hinlegte, während sie seinen Anblick in sich aufsaugte. Wenn er errötete oder unruhig wurde, lächelte sie nur. Als er dasselbe von ihr verlangte, legte sie sich ruhig an seine Stelle und ließ sich so lange betrachten, wie er wollte. Kein Gefühl für Züchtigkeit verstörte sie, keine Demut, nichts, was ihm erlaubt hätte, sich zu rächen.

In der Welt außerhalb des Zeltes kam der Krieg zu seinem Ende. Am Tag, nachdem Prinz Gebu für seine schrecklichen Absichten, einen König, der außerdem sein Vater war, töten zu wollen, umgekommen war, hatte Ahmose seine Leiche als grausige

Trophäe vor das Haupttor von Avaris gehängt. Geier kreisten darüber. Männer bewachten die Leiche, um die Geier fern zu halten. Auf den Stadtmauern standen immer Menschen, die das Lager anstarrten oder Wache hielten, Pfeile abschossen oder Steine nach den Belagerern warfen. An diesem Tag waren die Menschenmengen dichter, die Stimmen lauter. Sie wussten, worum es ging, und wieso man diese Leiche hier aufgehängt hatte. Khayan glaubte, Zorn in ihren Stimmen zu vernehmen, aber den meisten schien es gleich zu sein. Es war nur ein Ägypter. Wer konnte es ihrem König übel nehmen, dass er genommen hatte, was man ihm anbot? Und dass es nun schief gegangen war – das war schade, aber die Götter hatten es offenbar so gewollt.

Iry stand lange Zeit so nah an der Stadt, dass Khayan den Atem anhielt, weil er befürchtete, ein Pfeil, der über die übliche Reichweite hinausging, könnte sie durchbohren. Ein paar fielen tatsächlich in ihrer Nähe nieder, aber keiner traf. Die Pferdegöttin beschützte sie, sagte sie schließlich. Es stand Khayan kaum zu, ihr zu widersprechen.

Gerade, als er kurz davor war, sie gewaltsam davonzuschleppen, wandte sie sich der Stute zu und ritt wieder zur Armee zurück. Die Männer des Königs machten ihr Platz, und einige jubelten. Für sie war sie wie eine Kriegsfahne, die Priesterin der Göttin des Feindes, die als Vorzeichen ihres Sieges zu ihnen gekommen war.

Iannek kam ihnen entgegen, als sie die Linie der Belagerungsmaschinen hinter sich gelassen hatten. Er hatte seine Dienste zwischen Iry und ihrem Vetter aufgeteilt, der seit dem Tod seiner kretischen Geliebten so sehr in Trauer versunken war. Dieser Mann hatte geholfen, den Verräter zu entlarven, hatte Khayan gehört, und war dabei wieder zum Leben zurückgekehrt.

Tatsächlich fragte Iry nach ihm, und Iannek antwortete: »Ich denke, er wird jetzt leben, falls er sich nicht in jemandes Schwert wirft, wenn wir endlich in den Kampf ziehen.«

»Und du – wirst du auf unserer Seite kämpfen?«, wollte Iry wissen.

Seine Miene verfinsterte sich kurz, aber Iannek konnte nie lange grimmig sein. »Ich kämpfe für dich.«

Iry nickte. Als sie weiterritt, folgte Iannek neben Khayans Falben Stern. »Du könntest in die Stadt gelangen«, sagte Khayan.

»Das glaube ich nicht«, sagte Iannek.

»Mutter ist da«, meinte Khayan. »Ich bezweifle, dass man ihr angelastet hat, was man uns vorwirft. Sie könnte vielleicht erreichen, dass der König dir vergibt.«

»Nein«, erwiderte Iannek. »Ich gehöre der Stute.« Er hielt einen Augenblick inne. »Du könntest fliehen. Du bist kein Verräter, du bist ein Gefangener. Man würde dich mit offenen Armen empfangen.«

»Nach diesem Verbrechen, das ich nicht begangen habe, aber für das man mich bestraft hat?« Khayan lachte leise. »Das glaube ich nicht.«

»Du hast dafür bezahlt«, sagte Iannek. »Man würde dich als großen Helden willkommen heißen.« Er beugte sich dichter zu seinem Bruder. »Besonders, wenn du sie mit dir zurückbringst.«

»Als Gefangene?« Es versetzte Khayan nicht unbedingt in Unruhe, dass sein Bruder einen solchen Gedanken hegte, aber dass sein eigener erster Gedanke war, ob es durchzuführen wäre. Die Stute gehörte dem Volk. Und Iry –

Die Stute gehörte sich selbst. Was Iry tat, tat sie, weil die Stute sie auserwählt hatte. Wenn Khayan wieder zu seinem Volk zurückkehrte, würde er ohne sie gehen.

Und das konnte er nicht. Nicht mehr, wie es schien, als Iannek es konnte, oder Sadana, oder die anderen Frauen, die vor der Stadt aufgetaucht waren, um der Dienerin der Stute zu dienen. Die Göttin hatte etwas Schreckliches getan, indem sie sie von all ihren Verwandten ausschloss. Und dennoch wünschte es sich Khayan nicht anders. Nein, nicht einmal, um wieder ein Herr unter Herren seines Volkes zu sein. »Ich kann es auch nicht«, sagte Iannek, in Khayans Schweigen hinein. »Schrecklich, nicht wahr? Die Götter sind nicht gütig.«

»Güte ist eine menschliche Untugend.« Khayan zuckte mit den Achseln, gleichmütiger, als er sich fühlte. »Wir sind, was die Götter aus uns machen.«

»Und wir lieben, wen die Götter uns geben.«

Khayan errötete. Iannek lachte ihn aus, er wusste selbstverständlich Bescheid. Alle taten das. Es verblüffte Khayan nur, dass ihn niemand damit quälte.

Während dieses Gesprächs war Iry weitergeritten. Sie hatte sich der Mitte des Lagers zugewandt, wo der König sich mit seinen Befehlshabern traf. Sie saßen alle in dem Pavillon, der errichtet wurde, wo immer der König seinen Rat abhielt, geschützt von der Sonne, aber offen gegenüber dem Wind, und vor Stechmücken nur durch dünne Gaze geschützt.

Iry ließ die Stute am Rand dieses Lagerkreises, die daraufhin schnaubte und ihrer eigenen Wege ging, und Khayans Hengst folgte gehorsam. Khayan mit Iannek als Schatten folgte Iry in den Rat.

Das tat er normalerweise nicht. Wenn Iry sich mit dem König traf, war sie so sicher, wie sie nur sein konnte; und es war das Beste für ihn, sich ein wenig zurückzuziehen. Aber heute blieb er bei ihr, obwohl er nicht sagen konnte, aus welchem Grund. Etwas in der Art, wie sie sich bewegte, hatte ihn gewarnt.

Als sie den Pavillon betrat, sprachen sie gerade von einem Angriff entlang mehrerer Flussarme in die Stadt hinein – sie würden sich des Flusses bedienen, der ihre größte Waffe war, wie Kampfwagen die des Feindes. Aber Irys Ankunft brachte sie zum Schweigen. Sie grüßte sie mit einem Blick und einem leichten Neigen des Kopfes. Aber ihre Hauptaufmerksamkeit galt dem König.

Er begrüßte sie, wie er es immer tat: mit einer Wärme, die er nur wenigen entgegenbrachte. »Herrin«, sagte er, »hast du eine Botschaft für mich?«

Es war immer klug, den Dienerinnen der Stute gegenüber direkt zu sein. Der König war ein kluger Mann, das musste Khayan ihm lassen.

Iry verbeugte sich nicht vor ihm. Die Dienerin der Stute stand über einem König. Sie sprach ihn allerdings mit Respekt an, und mit einer Wärme, die seiner gleichkam. »Herr, du wirst also eine Schlacht erzwingen?«

»Ja«, antwortete Ahmose. »Eine Belagerung ist zu nichts gut, wenn sie zu lange dauert. Sie nimmt den Belagerern ebenso die Kraft wie den Belagerten.«

»Und sie gibt den Verbündeten der Retenu in Kanaan Zeit, Sile wieder zurückzuerobern und den anderen Retenu im Unteren Reich die Gelegenheit, dir in den Rücken zu fallen, wenn deine Armee von all der Langeweile und den Krankheiten, die immer auf eine lange Belagerung folgen, im Laufe der Zeit schwächer wird.« Sie nickte. »Ja, du solltest schnell ein Ende machen. Was, wenn es ein Ende ohne Blutvergießen sein könnte?«

»Ich bezweifle, dass das möglich sein wird«, sagte der König.

»Aber wenn es möglich wäre?«

Er erwiderte ihren Blick. Die Leute taten so etwas sonst nie, sie schauten ihrem König nie direkt ins Gesicht, aber Iry war, was sie war. Sie wandte den Blick nicht ab.

»Sag mir, was du tun willst«, forderte er.

»Ich würde in meinem Amtsgewand nach Avaris gehen«, antwortete sie, »und mit dem König der Retenu sprechen. Um der Göttin willen wird er sich vielleicht zurückziehen und dir dieses Reich überlassen.«

Irgendwo im Rat lachte jemand, schwieg aber gleich wieder.

Ahmose lachte nicht, und er lächelte auch nicht. »Glaubst du, dass das möglich wäre?«

»Vielleicht nicht«, gab sie zu. »Aber es wäre den Versuch wert. Wenn sonst nichts, würde es die Leute in der Stadt davon überzeugen, dass einer ihrer großen Götter sie verlassen hat.«

»Das wissen sie schon«, sagte einer der Befehlshaber. Nur wenige von ihnen kamen Khayan wie Krieger vor, und dieser war keine Ausnahme: ein schlanker, beinahe dünner Mann von nicht festzustellendem Alter, geschmückt mit Gold und Edelsteinen und mit einer kunstvoll geflochtenen Perücke sowie einem zur ausdruckslosen Maske geschminkten Gesicht.

Iry sprach zu der Maske wie eine, die von Kindheit an gelernt hat, das Gesicht darunter zu erkennen. Ihre Stimme war kühl, ihre Worte präzise. »Selbstverständlich wissen sie das. Aber wenn sie es auch noch sehen, wird es sie entmutigen.«

»Das ist wahr«, sagte der König. »Und lasst mich überlegen … Seth ist unser Gott, obwohl sie ihn beansprucht haben. Ist nicht auch Seth zu uns zurückgekehrt?«

»Von Seth weiß ich nichts«, sagte Iry. »Ich kenne nur die Pferdegöttin. Und sie hat sich von ihnen abgewandt.«

»Sicher«, warf ein anderer der Befehlshaber ein und sprach damit Khayans eigene Gedanken aus – die er niemals äußern könnte, nicht an diesem Ort –, »wird, was immer du tun kannst, Herrin, ganz gleich, wie gut du es tust, dich weit mehr gefährden, als es uns helfen kann.«

»Vielleicht«, meinte sie. »Ich glaube aber nicht. Der König der Retenu ist ein ehrenhafter Mann; er wird mich anhören, und dann wird er mich gehen lassen. Und wer weiß? Die Göttin veranlasst ihn vielleicht, sich zu ergeben.«

»Oder er könnte dich als Geisel nehmen und uns dazu zwingen aufzugeben«, gab der zweite Adlige zu bedenken.

»Er wird mir niemals wehtun«, sagte sie. »Das würde keiner von ihnen wagen. Wenn er mich gefangen nimmt, dann ist es nur umso besser für den Krieg – es wird eure Soldaten zornig machen und ihnen nur noch mehr Grund geben zu kämpfen.«

»Ich bin nicht sicher –«, setzte der König an.

»Ich werde gehen«, sagte sie. »Das ist etwas, was die Göttin mir befiehlt. Ich würde mich über deinen Segen freuen, aber selbst ohne ihn muss ich ihr gehorchen.«

Ahmose schüttelte den Kopf. »Herrin«, sagte er, »das ist gefährlich. Was, wenn es jemand wagt, dich anzugreifen?«

»Dann hat die Göttin das gewollt«, sagte Iry. »Wirst du mir deinen Segen geben, Herr? Selbst wenn du nicht segnen kannst, was ich tue?«

»Du hattest meinen Segen immer schon«, sagte Ahmose. »Aber –«

»Ich danke dir, Herr.«

»Eines Tages«, sagte Khayan, als sie ihr Zelt erreicht hatten, »wird ein König vergessen, wer du bist, wird dich fesseln und knebeln und dich in einen Käfig stecken.«

Iry zuckte mit den Achseln. »Vielleicht wird der König der Retenu das tun. Aber ist das nicht gleich? Ich muss gehen. Niemand kann mich aufhalten.«

»Dann komme ich mit dir«, sagte Khayan.

»Nein.«

»Du wirst mich nicht aufhalten können.«

»Aber es ist gefährlich für dich.«

Sie hielt inne, und das war klug so. »Genau«, sagte er. »Ich nehme an, du willst heute gehen? Je länger es dauert, desto wahrscheinlicher wird der Rat einen Weg finden, dich aufzuhalten.«

»Ich werde jetzt gehen«, sagte sie. »Aber nicht, wenn du darauf bestehst mitzukommen.«

»Gut«, meinte Khayan.

Sie zischte vor Zorn. »Du bist unerträglich.«

»Dann passen wir doch gut zueinander.« Er setzte sich auf die Truhe mit ihren Priesterinnengewändern und lächelte sie liebenswürdig an. »Da du es ohnehin nicht tun wirst, sollen wir stattdessen ein wenig ruhen?«

Er meinte damit nicht, dass sie schlafen sollten. Aber sie war nicht in der Stimmung ihm nachzugeben. Sie schob ihn von der Truhe, holte ihr weißes Gewand heraus und alles, was dazu gehörte: den Gürtel aus Knotenschnüren, den schwarzen Dolch in seiner uralten Scheide, die Tasche mit heiligen Dingen. Darin, das wusste er, befanden sich Amulette und Abbilder der Göttin und Kräuter für die Rituale und andere Dinge, die er als Mann und Sterblicher nicht kennen durfte.

Sie zog das Gewand an, gürtete es, wie es der Brauch vorschrieb und befestigte den Dolch am Gürtel. Die Tasche legte sie beiseite. Wenn sie hinausging, würde sie sie über der Schulter tragen. Aber nun holte sie einen Kamm aus Elfenbein oder fein geschnitztem Knochen heraus, schloss die Truhe, setzte sich darauf und kämmte ihr Haar. Es war noch nicht lang genug, um es zu flechten, aber sie konnte es in ein kunstvoll geflochtenes Netz aus weißem Pferdehaar binden, das mit gehämmerten Goldscheiben verziert war: goldene Bänder waren daran befestigt.

Khayan hatte diesen Kopfschmuck nie an einer lebenden Frau gesehen. Er wurde nur für die wichtigsten Rituale angelegt, die zu sehen ihm verboten gewesen waren. Iry trug diesen Kopfschmuck wie eine Königin, mit hoch erhobenem Haupt und Stolz, aber nicht so überwältigt von ihrer eigenen Bedeutung, dass sie an nichts anderes mehr denken konnte.

Sie war beinahe fertig. Wenn er mit ihr gehen wollte – wenn er seinem Volk gegenübertreten wollte, wie er nun war, mit dem Gewicht der Schande so schwer, dass es ihn beinahe erdrückte – musste er zumindest ihr Ehre machen. Er hatte einen zweiten Kilt, der zufällig sauber war, neue, nicht allzu bequeme Sandalen und überhaupt keinen Schmuck.

Aber als sie fertig angezogen war, drückte sie ihm eine Schachtel in die Hand. Sie war sehr schwer für ihre Größe, und er ließ sie beinahe fallen. Es war einer jener Kragen, wie sie die Ägypter bevorzugten, und goldene Armreifen. Er sah Iry an. »Wie –«

»Leute machen mir Geschenke«, sagte sie. »Das hier ist Schmuck für einen Mann.«

»Aber ich kann nicht –«

»Wenn du schon darauf bestehst, dass du mit mir kommen musst, trotz allem, was dir das antun wird, dann sollst du zumindest mit allem Stolz gehen, den du je hattest. Sie werden dich verspotten, Khayan. Sie werden dich verspotten und nach dir spucken. Und du wirst es ertragen müssen wie ein König, als würdest du weit darüber stehen.«

»Ich werde nicht hier bleiben«, sagte Khayan, durch zusammengebissene Zähne, obwohl er sich am liebsten in der hintersten Ecke des Zeltes verkrochen hätte und da geblieben wäre, bis sie zurückkam.

Falls sie zurückkam. Das brachte ihn dazu, den Kopf wieder zu heben. Mit ihrer Hilfe legte er den Kragen an – und er fand ihn, nachdem er erst auf seinen Schultern ruhte, nicht so schwer. Die Armreifen waren weit genug, was ihn ebenfalls überraschte. Sie waren wunderbar graviert: Pferde und Wagen, die einander rund und rund durch eine Riedlandschaft verfolgten. Er zog die Linien mit dem Finger nach. »Das hier war kein Geschenk.«

»Doch«, erwiderte Iry.

Er sah sie forschend an.

Sie warf den Kopf zurück, sodass die goldenen Bänder tanzten. »Also gut. Das Gold war ein Geschenk, und der Goldschmied hat getan, was ich ihm befohlen hatte. Es gefällt dir nicht?«

»Es ist fürstlich«, sagte er. »Und ich bin das nicht.«

»Du bist mein Prinz!«, rief sie. »Und nun trag es und halte den Kopf hoch. Die Stute hat mich auserwählt. Ich habe dich auserwählt. Im Osten würde dich das zu einem großen Herrn machen.«

Das stimmte. Und dennoch –

Sie drehte sich um und ließ ihn stehen, die Armreifen immer noch in der Hand. Er musste sie schnell anlegen, wenn er Iry noch einholen wollte, und sich beeilen. Als er sie schließlich erreichte, war er zu atemlos, um irgendetwas von dem, was er ihr ins Gesicht schleudern wollte, tatsächlich auszusprechen.

Und das war vermutlich nicht schlecht so. Die Stute wartete. Sie trug Zaumzeug wie für ein hohes Fest und war gestriegelt, bis sie schimmerte. Khayan hätte sich gefragt, wie das sein konnte, hätte er nicht Ianneks breites Grinsen hinter der Stute entdeckt. Selbstverständlich. Iannek würde nie darüber nachdenken, in welche Gefahr Iry sich begab. Gefahr war für Iannek wie das tägliche Brot.

Und tatsächlich hielt er die Züge von Khayans eigenen geliebten Falben, angemessen fürstlich angeschirrt, vor einem Wagen, der dem König gehören musste: Er war vergoldet, die Deichseln mit Gold besetzt. Iannek trug eine Rüstung, und wie er das geschafft hatte, da er unter diesen Menschen wie ein Bulle in einer Gazellenherde umherging, konnte Khayan sich kaum vorstellen. Aber sie schienen gut zu passen, und er sah auf eine seltsam barbarische Weise gut darin aus.

Khayan sollte der Wagenlenker sein, Iannek den Platz des Kämpfers einnehmen. Und wie er nun begriff, warteten auch noch unvermeidlich Sadana und ihre Kriegerinnen, zu Pferd und gerüstet und bereit.

Zusammen waren sie eine kleine, aber sehr edle Truppe, und sie folgten Iry auf ihrer weißen Stute, der sie alle dienten. Khayan wäre gern ihr einziger Bewacher gewesen, aber diese Frauen hier würden sie beschützen, wie es kein Mann konnte.

Man konnte sie letztlich trotz allem auch angreifen und töten. Aber dann sollte es wohl so sein.

Sie ritten ohne jede Feierlichkeit durch das Lager, und dennoch wurde es zu einer Prozession. Die Ägypter machten Iry Platz, wie immer, und viele folgten ihr leise murmelnd, als sie auf das Tor zuritt. Die Leute oben auf der Mauer hatten sie erspäht, sie schauten ihr mit weit aufgerissenen Augen entgegen und zeigten mit dem Finger auf sie. Niemand schoss – so viel Macht strahlte sie aus, und das schimmernde, mondweiße Fell der Stute schien die Sonne aufzusaugen und in kaltes Feuer zu verwandeln. Sie ritt an den Belagerungsmaschinen in den offenen Bereich zwischen Armee und Mauer. Vor ihr ragte das Tor auf; es war gerissen, aber noch nicht zerbrochen. Das hier war nicht Sile. Diese Stadt würde nicht fallen, wie Sile gefallen war. Es war die größte Stadt der bekannten Welt, die am besten geschützte.

Sie blieb vor dem Tor stehen und hob die Hand.

»Öffnet«, sagte sie, nicht sonderlich laut.

Das Tor ging auf. Nicht das große, sondern nur das kleinere Tor im Tor. Aber das genügte, um Pferde und einen Wagen durchzulassen, und Iry, die sie auf dem Rücken der Stute anführte. Khayans Herz war kalt. Er hatte die Angst bereits hinter sich gelassen. So hatte er sich einmal gefühlt, als er einen Bären in seine Höhle verfolgt hatte und, während die Hunde ausschwärmten und bellten, in das stinkende Dunkel vorgedrungen war.

Der Bär war seinem Speer zum Opfer gefallen. Vielleicht würde er bei dieser Jagd selbst umkommen. Aber nicht, bevor Iry starb. Das schwor er, tief im Herzen, wo alle Eide am meisten zählten.

Wie Iry quer durch die ägyptische Armee geritten war, so ritt sie nun auch durch Avaris, die Straße des Königs entlang, an den Menschenmengen vorbei. Wie immer hatte sich die Nachricht schnell verbreitet. Die Stute war in Avaris, wohin sie nie einen Huf gesetzt hatte, und die Dienerin der Stute war zum Volk zurückgekehrt.

Der Palast stand ihnen offen, das abweisende Gesicht der Zitadelle ein wenig gemildert durch das weit offen stehende Tor. Für Khayan sah es wie ein klaffendes Maul aus.

Er kannte Männer, die dort warteten, fürstliche Kämmerer, die direkt dem König unterstanden. Sie begrüßten Botschafter wichtiger Verbündeter und kümmerten sich darum, dass diese Leute es bequem hatten.

Iry war nicht auf Bequemlichkeit aus. Die anderen ließen ihre Pferde im ersten Hof, doch die Stute wollte dort nicht bleiben.

Sie ging neben Iry her, ihre Hufschläge hallten auf dem Pflaster wider, während sie durch die Höfe in die Halle des Königs schritt.

So sehr Khayan sich gefürchtet hatte, es schien ihn niemand zu bemerken, zumindest niemand, der ihn erkannte. Er war so unsichtbar wie die anderen. Alle Blicke waren auf Iry und die Stute gerichtet.

Der König wartete in seiner Audienzhalle, gekrönt mit der Krone des Unteren Reiches, die Salitis, der erste König, als seine eigene übernommen hatte. Seine Gewänder waren die des Volkes, aber sein Thron, die Lotussäulen der Halle und die bemalten Wände waren ägyptisch. Sein Name stand auf den Wänden, gebunden in der Kartusche. Khayan konnte die ägyptische Schrift nicht lesen, diesen Aufmarsch von Tieren und Vögeln und seltsamen Formen und Teilen des menschlichen Körpers, aber er wusste, wofür einige von ihnen standen. Genug, um den Namen eines Königs zu erkennen, wenn er ihn sah.

Apophis hatte sich nicht verändert. Er sah nicht älter und nicht erschöpfter aus. Und überhaupt hockte er recht lässig auf diesem goldenen Thron. Seine Höflinge wirkten ein wenig aufgeregt, als spürten sie den Schrecken der Belagerung, aber er selbst war ruhig.

Sein Herold grüßte Iry, wie es bei einer förmlichen Audienz angemessen war, und nahm, wie es sich gehörte, keine Notiz von ihrer Eskorte. Außergewöhnlich war allerdings, dass sie alle ihre Waffen immer noch trugen; und das passte den Wachen überhaupt nicht, die ihren üblichen Platz am Tor und an den Mauern eingenommen hatten. Sie standen angespannt bereit, um einzugreifen, falls jemand sich auf den König stürzen sollte.

Er bedeutete ihnen mit einer Geste, sich zurückzuhalten, und fiel dem Herold ins Wort. »Das genügt«, sagte er zu dem Mann, der seinen Mund zuklappte, seine Miene reinster Empörung sofort wieder glättete, sich verbeugte und sich zurückzog.

Der König erhob sich. »Du kommst mit«, sagte er zu Iry.

Khayan kannte den Raum hinter dem Thron. Er hatte dort öfter in Gesellschaft des Königs oder mit den großen Herren des Hofes gesessen. Als er Iry folgte, hielt man ihn nicht zurück – vielleicht, weil er unbewaffnet war. Die anderen fanden sich den Wachen gegenüber, mit Speeren an der Kehle.

Iannek hätte vielleicht versucht, sich vorbeizudrängen, und wäre am Ende dabei gestorben, aber Iry drehte sich rechtzeitig noch einmal um. »Bleib, wo du bist«, sagte sie zu ihm.

Er war kaum so zahm wie ein Schoßhund, aber er gehorchte; unwillig verzog er das Gesicht und blieb stehen.

Iry hatte sich bereits umgewandt.

Der König war nicht allein in dieser Audienzhalle. Es gab selbstverständlich Wachen, und außerdem zwei verschleierte Frauen.

Khayan wäre beinahe nicht in der Lage gewesen, durch die Tür zu gehen. Ein Mann des Volkes lernte, die Gestalt hinter einem Schleier zu erkennen, und diese beiden kannte er wirklich gut.

Und sie kannten ihn. Die Blicke auf ihn waren fest und klar.

Es war schwierig, die Miene des Königs zu lesen. Er drehte sich um und zog Khayan in eine feste Umarmung. Khayan erstarrte, erwartete halb den Stich eines Dolches im Rücken, aber Apophis weinte – ihr Götter, es waren Tränen der Freude!

Was Khayan empfand, war weniger einfach. Als der König ihn losließ, versuchte er, sich zu verbeugen, aber Apophis ließ es nicht zu. »Nein, mein Kind. Nein. Keine Förmlichkeiten. Ich danke nur den Göttern, dass sie dich am Leben ließen.«

»Ich lebe, aber als Sklave«, sagte er.

»Du dienst der Dienerin der Stute.« Das war nicht Apophis' Stimme, es war die von Sarai. Sie gehörte nicht zu denen, die sich für jemanden erheben, nicht einmal für einen verlorenen Sohn. Aber als sie eine königliche Hand ausstreckte, hatte Khayan keine andere Wahl, als sie zu ergreifen. Sie zog ihn zu sich. Sie betrachtete ihn forschend – ganz ähnlich, wie Iry es häufig tat, aber nicht so liebevoll. »Aha. Die Welt verändert sich, bist zu zufrieden?«

»Ich –« Khayan hätte gern gesagt, dass er das nicht war. Aber sein Blick fiel auf Iry, die ruhig dastand, wie sie es so gut konnte, und ihr Anblick ließ ihn vor Freude schwindlig werden, selbst hier, am Rande des Schmerzes. »Die Göttin macht ihre Geschenke, wo sie will«, sagte Sarai, »und erwählt, wen sie möchte.«

Khayan senkte den Blick. Wieder errötete er; in letzter Zeit errötete er häufig.

Seine Mutter legte eine kühle Handfläche gegen seine brennende Wange. Vielleicht lächelte sie; unter ihrem Schleier war das schwer zu erkennen.

»Es wäre besser«, sagte er, »wenn du mich verfluchen und ausstoßen würdest.«

»Einfacher«, sagte sie, »vielleicht auch für dich? Und wie könnte ich das tun? Du gehörst der Göttin.«

»Ich denke«, meinte er, »wäre ich nicht bei deinen Verwandten aufgewachsen, dann hätte ich mich schon längst in mein Schwert gestürzt.«

»Und jetzt hältst du dich für einen Feigling, weil du es nicht getan hast.« Sie schüttelte den Kopf. »Kind, nur ein Feigling sucht Zuflucht im Tod. Ein tapferer Mann lebt das Leben, das die Götter ihm vorbestimmt haben.«

»Das lehren sie bei den östlichen Stämmen.« Er seufzte. »Herrin, Mutter, wir sind im Krieg, und wir sind auf feindlichen Seiten.«

»Sicher. Und wir haben vor, zu siegen.« Das sagte sie ohne Zweifel und Zögern.

»Selbst bei solchen Vorzeichen?«

»Die Stute geht, wohin sie geht«, sagte Sarai. »Und das Volk ist das Volk. Dieses Reich hat ihnen seit hundert Jahren gehört. Sollen sie es einfach gehen lassen?«

»Sie werden belagert. Der Fluss ist von Schiffen blockiert. Es kann keine Verstärkung aus Asien kommen. Jene, die sich nicht in der Stadt aufhalten –«

»Sie sind immer noch ein großes Volk. Und sie sind hier zur Welt gekommen – genau wie du. Das hier ist ihr Land. Wenn sie vertrieben werden, wohin sollen sie gehen?«

»Zurück nach Asien«, sagte Iry ruhig. Sie stand nun neben Khayan. »Eure Zeit hier ist zu Ende. Wir bieten euch die Freiheit zu gehen, mit all eurem Besitz, euren Familien, und so viel Wohlstand, wie ihr tragen könnt.«

»Wir haben nicht vor, es wegzutragen«, sagte Apophis. »Wir herrschen hier, wir haben vor, hier zu bleiben.«

»Das Große Haus wird euch vernichten«, sagte Iry. »Er lebt, trotz der Verschwörung gegen ihn. Die Götter dieses Reiches lieben ihn und wollen, dass ihr geht.«

»Unsere Priester sagten«, meinte Apophis, »dass Baal, der auch Seth ist, uns verteidigen und die Armeen, die gegen uns marschieren, zermalmen wird.«

»Seth ist ein Zerstörer«, sagte Iry. »Jene, die er sich auserwählt, sind sein Spielzeug, das er hätschelt und tätschelt, bis er es wegwirft.«

»Bist du eine Priesterin des Seth, dass du solche Dinge weißt?«

»Ich bin die Dienerin der Stute«, sagte Iry. »Ich weiß, was die Göttin mir erlaubt zu wissen.«

»Wir werden nicht aufgeben«, sagte Apophis. »Nein, Herrin, nicht einmal für dich.«

»Auch nicht für Wohlstand und Leben und Freiheit und das Ende des Krieges?«

»Der Krieg erfreut die Götter und Baal, ihren König«, sagte Apophis. »Blut ist ihr Opfer. Wir werden ihnen so viel geben, wie sie wollen, und damit unser Reich zurückgewinnen.«

Iry starrte ihn an, als hätte er sie verblüfft. Vielleicht war das der Fall. Ägypter, wusste Khayan, waren keine Krieger und hielten es nicht für eine Tugend, kriegerisch zu sein. Ganz im Gegenteil. Iry konnte einen Mann nicht verstehen, für den Krieg keine Bedeutung, sondern ein Versprechen war, einen Mann, der geboren und erzogen war, um zu kämpfen.

»Du würdest kämpfen?«, fragte sie, »selbst wenn du wüsstest, dass du es vermeiden kannst?«

»Vermeiden? Wie? Indem ich mich ergebe? Nein«, sagte Apophis, »das würde ich nicht tun, selbst wenn mein Volk es mir gestattete. Selbst für dich nicht, Herrin, auch nicht für deine Göttin. Ich kann es nicht.«

»Du willst nicht«, sagte sie leise und ein wenig verbittert.

»Das auch«, stimmte er ihr zu.

»Wirst du mich nun gefangen nehmen und zur Geisel machen?«

»Nein«, sagte er. Und als sie die Augen ungläubig aufriss, fuhr er fort. »Ich werde dich gehen lassen. Es würde vielleicht etwas nützen, dich gefangen zu nehmen, aber nicht sonderlich viel.«

»Diese Gnade wird dir nicht helfen, wenn du verlierst.«

»Das habe ich auch nicht erwartet.« Er lächelte sie an. »Du hast hier etwas Lobenswertes und sehr Tapferes getan – vielleicht tapferer, als du weißt. Unsere jungen Männer werden dich dafür bewundern, aber sie werden nicht aufgeben. Das wäre undenkbar.«

»Wir können es denken«, sagte sie.

»Ah«, meinte Apophis, »aber du bist Ägypterin.«

»Ich verstehe dich nicht«, erwiderte sie.

»Nein.« Er nahm ihre Hände in die seinen und beugte sich darüber. »Es ist auch nicht notwendig, dass du das verstehst, du musst es nur akzeptieren. Wenn wir diesen Krieg gewinnen, Herrin, wenn du dich entschließt, zu uns zurückzukehren, wird es keine Strafe, keine Rache geben. Wir verstehen, dass die Stute tut, was der Stute gefällt.«

»Ich werde nicht zurückkehren«, sagte sie.

»Wir werden sehen«, meinte Apophis.

65

Als Iry die Stadt verließ, hatte der Kampf bereits begonnen. Ahmose hatte es befohlen, als sie hineinging, hatte den Kampf nur kurz für ihr Unternehmen aufgeschoben. Er wich diesem Tor aus und hielt die Belagerungsmaschinen zurück, aber seine Schiffe kamen auf dem Fluss näher und griffen die Stadt dort an, wo sie sich nicht verteidigen konnte. Es gab kein Kampfgelände für Wagen. Aber sobald Iry herausgekommen war, bleich und wortlos, und sich in Sicherheit bringen ließ, befahl der König seinen Kampfwagen, dass sie eine Mauer aus lebender Bronze auf dieser Seite der Stadt bildeten.

Kemni war bereit für diesen Ruf. Alles, was er bisher seiner Trauer überlassen hatte, gab er nun dem Krieg. Als er seinen Wagen holte, fand er ihn bereit, die Pferde angeschirrt, und einen Wagenlenker, der wartete.

»Ich hatte vor, allein zu kämpfen«, sagte er – dumme Worte und schwach, aber mehr fiel ihm nicht ein.

»Hier kämpft niemand allein«, erwiderte Sadana. »Warum? Hast du etwas gegen mich?«

»Nein, aber –«

»Ah«, sagte sie. »Ich bin eine Frau. Ich bringe dir kein Unglück, Mann aus Ägypten. Das kannst du mir glauben.«

»Das hätte ich auch nicht angenommen«, meinte er. »Aber –«

»Steig ein«, sagte sie. »Der König will uns jetzt da draußen sehen, nicht in einem oder drei Tagen.«

Das stimmte, und der Rest der Kampfwagen wartete bereits auf sein Zeichen. Kemni seufzte tief und stieg in den Wagen.

Das war das Zeichen, auf das sie gewartet hatten. Der Trompeter blies zum Angriff. Die Streitwagenreihe rollte vorwärts auf die Stadt zu. Sie sollten sich nicht zu weit nähern. Am Flussufer ritten Sadanas Frauen auf ihren leicht gebauten, schnellen Pferden. Es würde keine Flucht aus Avaris geben, außer in den Tod.

Die Schiffe griffen die schwächste Stelle der Stadt an, das Flussufer und die Kanäle, die in die Stadt selbst führten. Und der Feind wartete. Er war vielleicht geflohen, er hatte Ahmose vielleicht den Norden überlassen, aber er würde ihm diese Stadt nicht kampflos übergeben.

Es war nun ein Flussgefecht, die Kampfwagen des Feindes blieben hinter den Mauern. Kemni hatte nicht viel mehr zu tun als auf und ab zu fahren, zu lauschen und zu beobachten und zuzusehen, wie die Schiffsbesatzungen mit den Männern an Land kämpften. Sadanas Frauen ritten am Flussufer hin und her, stürzten sich ins Handgemenge und brachten die Verwundeten und Sterbenden hinaus, wenn sie konnten, entweder zu den Schiffen oder ins offene Land. Kemni hätte das tun können, aber der König hatte genaue Befehle gegeben. Die Kampfwagen sollten nicht willkürlich verschwendet werden; sie sollten kreisen, bedrohlich aussehen und warten. Wenn der König bereit war, würde er sie rufen.

Eine gewisse Herausforderung bestand darin, den Pfeilen von den Mauern zu entgehen, und einmal erwischten sie ein paar fliehende Retenu – Männer von geringem Rang und geringerem Mut, die flohen wie die Ratten. Wie Ratten starben sie auch, und wurden in den Fluss geworfen, damit die Krokodile sie fraßen.

Sadana schien damit zufrieden, die Pferde hin und her zu lenken, sodass es bedrohlich wirkte, aber nicht tatsächlich so war. Für leeres Geschwätz hatte sie nichts übrig. Kemni war einmal ein Mensch gewesen, der sich gerne unterhielt, bis die Trauer ihn veränderte. Es war ein beinahe tröstliches Schweigen, das Schweigen jener, die keine Notwendigkeit sehen, die Luft mit ihrem Geplapper zu füllen.

Gegen Sonnenuntergang schickte der König einen Ruf, aber nicht zur Schlacht; es war der Befehl, sich auszuruhen. Der nächste Tag sollte ähnlich verlaufen, und der Tag danach, solange die Retenu sich gegen Ahmose wehrten.

Die Flusskämpfer waren an jenem Abend prahlerisch, zeigten die rechten Hände getöteter Feinde und einige das Gold, das nur den Tapfersten verliehen wurde. Die Landkämpfer hockten vor ihren Zelten und waren mürrisch. Auch ihre Zeit würde kommen – aber wahrscheinlich nicht so bald.

»Das nenne ich einen Sieg«, erklärte Iannek an Kemnis Lagerfeuer. Er war nicht lange nach Einbruch der Dunkelheit erschienen, so selbstzufrieden wie immer, und sah auf vergnügte Weise zerschlagen aus.

»Du bist auf einem Schiff gewesen«, sagte Seti. Sein Neid war ihm deutlich anzumerken. »Wie, im Namen aller Götter, hast du das geschafft?«

»Ich bin an Bord gegangen«, meinte Iannek. »Es war nicht schwierig. Der Namensvetter des Königs, si-Ebana ... sie haben ihn zum Kapitän gemacht. Ich habe ihn gefragt, ob er Hilfe brauchen könnte. Er hat es mir gestattet.«

»So einfach kann das nicht gewesen sein«, meinte Seti.

»Bei Iannek ist es immer so einfach.« Sadana verblüffte einige, wenn auch nicht Kemni: Er nahm an, die anderen hatten nicht gesehen, dass sie direkt außerhalb des Lichtkreises saß, die Knie an die Brust gezogen und reglos. Bis sie sprach; dann war es unmöglich, sie zu ignorieren. »Iannek hat das Leben eines gesegneten Narren. Wohin er auch geht, die Menschen nehmen ihn auf.«

»Ich würde mich nicht als Narren bezeichnen«, sagte Iannek ein wenig gereizt. »Si-Ebana ist ein guter Kämpfer! Er hat einem Adligen am Hafen die Hand abgeschnitten und ein Dutzend mehr Männer verwundet. Er sagte, früher hätten sie mehr als die rechte Hand genommen, aber in diesen Tagen seien die alten Sitten fast vergessen.«

»Du kämpfst gegen dein eigenes Volk«, bemerkte Seti.

Iannek schüttelte den Kopf, mit Bart, schweren Zöpfen und allem. »Ich kämpfe, wo die Stute ist.«

»Sie haben dich ausgestoßen.« Seti stocherte im Feuer herum, bis Funken flogen. »Es heißt, du wärest ein guter Mann, jemand, den man gerne in seinem Rücken wüsste. Würdest du hinter mir kämpfen, wenn ich dich bitten würde?«

»Wenn du mir einen Kampf bieten kannst«, erwiderte Iannek.

»Eines Tages vielleicht«, meinte Seti seufzend. »Ich denke, ich hätte bei den Booten bleiben sollen.«

»Bei euch Männern«, meinte Sadana, »geht es immer ums Kämpfen. Ich dachte, die Ägypter seien ein friedliches Volk.«

»Nicht, wenn es Krieg gibt«, meinte Seti.

Sadana schnaubte angewidert, fügte aber nichts hinzu.

Nach einer Weile gingen die beiden jungen Männer – sie mussten ungefähr im selben Alter sein – davon. Kemni blieb, wo er war. Er war nicht so viel älter als die beiden, und dennoch fühlte er sich so alt wie die Welt.

Sadana saß nun wieder reglos im Schatten und schaute in die Flammen des Lagerfeuers. »Sag mir eins«, meinte sie nach einer Weile.

Kemni zog die Braue hoch.

»Bist du so wie sie?«, fragte sie. »Lebst du, um zu kämpfen?«

»Ich denke, so war es früher einmal«, meinte er.

»Ah«, sagte sie. »Bis du bemerkt hast, dass Männer sterblich sind … und Frauen.«

Der Schmerz war so heftig und so plötzlich, dass es Kemni beinahe die Luft abschnürte.

»Und nun lebst du, um zu sterben«, fuhr sie fort und durchschaute ihn damit viel zu gut. »Hast du einmal daran gedacht, dass sie, wenn sie das an jenem Ort, an den ihre Götter und ihr Glaube sie gebracht haben, erführe, sich vielleicht ebenfalls Sorgen machen würde, dass du so sehr trauerst?«

In plötzlichem Zorn sprang er auf. »Was weißt du schon davon? Was weißt du von dem, was zwischen Männern und Frauen geschieht?«

Er hatte sie verwunden wollen, und das war ihm gelungen. Sie wurde bleich. Aber sie sprach ruhig weiter, ohne den Zornesausbruch, den er erwartet hatte. »Ich weiß«, sagte sie, »dass Tod etwas Schreckliches ist, und vorzeitiger Tod das Schlimmste. Aber ich weiß auch, dass sie das Leben sehr geliebt hat. Sie würde wollen, dass du lebst, und in Freude lebst.«

»Ohne sie gibt es keine Freude.«

»Nicht einmal in der Erinnerung?«

»Erinnerung.« Er spuckte den Geschmack daran aus dem Mund. »Erinnerung kann einen in der Nacht nicht wärmen.«

»Da hast du Recht«, sagte sie.

Er war sprachlos. Sie stand ebenfalls auf, stellte sich ihm gegenüber. Sie war so groß wie er, vielleicht sogar größer. Ihr Körper bestand nur aus scharfen Linien und spitzen Winkeln, die Wölbungen etwas zu wenig ausgeprägt für seinen Geschmack. Aber wenn er es zuließe, würde er sich daran erinnern, wie überraschend weich sie sein konnte.

Niemals jedoch so wie die, die von ihm gegangen war. Es würde nie mehr eine wie sie geben.

»Ich denke«, sagte Sadana, »dass du dich in dieser Trauer suhlst. Das überrascht mich ziemlich. Ich hatte dich immer für einen vernünftigen Mann gehalten.«

»Was ist am Tod schon vernünftig?«

»Sehr wenig«, erwiderte sie. »Deshalb haben wir all diese Rituale – und niemand hat mehr davon als ihr Ägypter.«

»Sie war keine Ägypterin. Sie hatte ihre eigenen Rituale.«

»Ah«, sagte Sadana.

»Ja, das war schmerzlich, aber es ist vorüber.«

»Ach ja?«

Er hätte sie gerne dafür geschlagen, was sie ihm antat, aber er bemerkte, dass er die Hand nicht heben konnte. Er wusste, dass sie gefährlich war wie eine fein geschliffene Klinge, ausgebildet in allen Kriegskünsten. Dennoch, als sie jetzt vor ihm stand, war sie so schlank wie ein Grashalm, und ebenso zerbrechlich.

Das war eine Waffe, und sie war sich dessen sicherlich bewusst. »Was soll ich tun?«, wollte er von ihr wissen.

»Nichts«, erwiderte sie.

»Lüg mich nicht an.«

»Wirklich nicht«, meinte Sadana. »Ich will nichts von dir, was ich nicht auch von jedem anderen Menschen wollte. Dass du lebst, und dass du wenigstens halbwegs vernünftig bist.«

Er lachte überrascht. »Ihr Götter! Du klingst genau wie sie.«

»Dann war sie ein vernünftiger Mensch.«

»Sie konnte sein wie eine Hand voll kalten Seewassers im Gesicht«, sagte er, »oder wie der Wind, der über die Klippen der Inseln fegt, auf der sie geboren wurde. Sie hatte keine Geduld mit etwas, das sie für Unsinn hielt. Und dazu gehört das meiste, was Männer taten.«

»Die meisten Männer sind ausgesprochen unvernünftig«, sagte Sadana.

»Und Frauen sind anders?«

»Vollkommen.« Das Feuer verglühte. Sie kniete sich nieder, um Gras und getrockneten Dung nachzulegen. Ihre Konzentration auf diese Arbeit war wunderbar vollständig.

Er hätte davongehen können, und er nahm an, sie hätte ihn nicht aufgehalten, aber er blieb. Wohin hätte er auch gehen sollen als in sein Bett, wo die Träume und die schwarze Trauer ihn erneut einholen würden.

Als das Feuer wieder richtig brannte, richtete sie sich auf und setzte sich auf die Hacken. Ihr Zopf war ihr über die Schulter nach vorn gefallen. In diesem Licht war er tintenschwarz, aber in der Sonne hatte er, wie Kemni sich erinnerte, einen rötlichen Ton, anders als das Blau-Schwarz des Haars bei seinem eigenen Volk oder dem Iphikleias.

Sie war noch fremdartiger als die fremden Könige. Er wusste kaum, was sie war, nur ein paar Dinge, die Iry und ein paar andere ihm erzählt hatten. Er verstand sie überhaupt nicht.

Aber das war eigentlich gleich. An ihrer Gegenwart war etwas Beruhigendes, etwas, das beinahe angenehm hätte sein können. Als wären sie auf seltsame Weise miteinander verwandt.

Er bemerkte, dass er nun an Schlaf denken konnte, selbst wenn er Träume brachte, ohne sich so sehr zu fürchten wie zuvor. Nach einer Weile stand er auf und sagte Gute Nacht. Sie nickte, machte aber keine Anstalten, sich selbst zu erheben.

Er blieb stehen. »Willst du nicht schlafen?«, fragte er.

Sie zuckte mit den Achseln. »Ich schlafe nicht viel. Das konnte ich nie.«

»Aber wenn es morgen zum Kampf kommt –«

»Dann werde ich wach sein und so stark wie immer.« Sie hob den Kopf und spähte ihm ins Gesicht. »Mach dir keine Sorgen, ich werde auch bald schlafen.«

»Versprochen?«

»Versprochen«, erklärte sie feierlich.

Er beschloss, sich damit zufrieden zu geben, aber als er in sein Zelt schlüpfte, hielt er noch einmal inne und schaute zurück. Sie blickte wieder ins Feuer. Es war beinahe so, als hielte sie Wache – aber worüber? Über Kemni?

Was für ein dummer Gedanke. Er ließ die Zeltklappe fallen und tastete sich durch das vertraute Dunkel in sein Bett.

66

Die Schiffe griffen Avaris weiterhin von jedem Seitenarm und Kanal des Flusses aus an, bis die Stadt zu einem großen Teil verwüstet war. Die Retenu hatten eine Mauer aus Trümmern gegen die gnadenlosen Eindringlinge gebaut. Es war eine langsame, ermüdende, erschöpfende Arbeit, so um jede Handbreit Land zu kämpfen, gegen Feinde, die sich schlicht weigerten aufzugeben.

Endlich hatten die Kampfwagen etwas zu tun. Adlige von außerhalb hatten ihre Männer zusammengerufen und marschierten auf die Stadt zu. Sie hatten eine große Armee zusammengebracht, die von Aufständen der Ägypter behindert wurde, bis Ahmose den Befehl gab: *Lasst sie kommen. Lasst sie glauben, dass wir schwächer sind, als wir es tatsächlich sein werden.* Inzwischen hatte er seine Streitkräfte auf dem Land aufgeteilt und einige ausgeschickt, als sollten sie neue Vorräte beschaffen – das taten sie auch, aber ihre wichtigste Pflicht bestand darin, es so aussehen zu lassen, als hätte er seine Kraft über die dem Land zugewandten Stadtmauern verteilt. Nur ein paar Kompanien von Fußsoldaten und seine Streitwagen blieben dort.

Es war eine fein säuberlich ausgelegte Falle, und Kemnis Kampfwagen waren der Köder. Iry sah sie an dem Tag, als sie sich auf das kretische Flaggschiff begab – aus Neugier, aber auch, um ein Zeichen zu setzen. Der kretische Admiral hatte sich das einfallen lassen, zusammen mit der Kreterin, die eine von Ahmoses Königinnen war. Aus irgendeinem Grund glaubten sie, dass Irys Gegenwart den Kämpfern Mut und Kraft geben und sie vielleicht zum Sieg führen würde.

Selbstverständlich war Iry schon häufig auf Booten gewesen, aber nie auf einem Schiff, das gebaut war, um auf dem Meer zu segeln. Es war größer und höher, und es bestand aus behauenem Holz, was in Ägypten ausgesprochen kostbar war; hier wurden Boote häufig aus Ried hergestellt, oder aus gebündeltem Papyrus. Sie hatte sich zunächst alles genau angesehen, zum ausgesprochenen Vergnügen der Besatzung: schlanke, lachende Männer mit langem, lockigem Haar, die sie aus irgendeinem Grund entzückend fanden. Sie gaben ihr einen Namen, der, wie Ariana, die Königin, sagte, *schöne Frau* bedeutete, und brachten ihr, als sie sich unter dem Baldachin an Deck niedergelassen hatte, Geschenke: ein Halsband aus durchscheinenden Muscheln, einen aus Knochen geschnitzten Fisch, eine seltsam silberne Perle, die, wenn sie sie richtig ins Licht hielt, genauso schimmerte wie die Stute, wenn sie schnaubend vor sich hin stolzierte und die Hengste quälte.

Offenbar hatten Ariana und der Admiral es ganz richtig vorhergesehen: Sie war hier mehr als willkommen, und sie war in Sicherheit, so sicher, wie man mitten in einem Krieg sein konnte. Das Flaggschiff hielt sich zurück, der Admiral beaufsichtigte den Kampf. Der Rest der Schiffe, größere und kleinere, war flussauf- und -abwärts verteilt, die Besatzungen schleuderten und schossen Wurfgeschosse von Deck, und Kompanien von Kämpfern gingen an Land, um die Stadt zu erobern.

»Bald werden wir uns den Weg zur Zitadelle gebahnt haben«, sagte Naukrates, der Admiral, der neben ihr saß. Er blieb nie lange an einem Ort, er war hier und da, an den Seiten, am Bug, am Heck, schickte Boten in kleinen, schnellen Booten aus, oder befahl, dass diesem oder jenem Schiff oder der gesamten Flotte Zeichen gegeben werden. Er hatte nur einen Augenblick hier verharrt, schirmte nun die Augen mit der Hand ab und spähte zu den Mauern hinauf. »Ja, wir werden sie umzingeln, und dann werden wir sie einnehmen.«

»Wenn die Retenu das zulassen«, sagte Iry unwillkürlich.

Er grinste sie an. Er war kein junger Mann, aber er konnte so vergnügt wie ein Junge sein – das konnten sie alle, diese Tänzer und Segler aus Kreta. »Oh, das werden sie schon. Wir werden sie überreden und ihnen mit unseren Speeren und Schwertern zeigen, wie sehr wir sie lieben, bis sie uns anflehen, uns zu Willen sein zu dürfen.«

Khayan, der hinter Iry stand, lachte. Er war seit ihrer Rückkehr aus der Zitadelle bemerkenswert fröhlich. Sie hätte eher erwartet, dass er in Trauer versinken würde, aber er hatte sich verhalten, als hätte man ihm eine große Last vom Herzen genommen. Sie fragte nicht, warum; es kam ihr nicht wie eine Frage vor, die sie stellen sollte.

Er hatte sie auch auf andere Weise überrascht. Er mochte Krieger und Wagenlenker sein, war aber auch auf dem Wasser zu Hause. Darin war er nicht wie der Rest seines Volkes. Aber er war auch in Memphis zur Welt gekommen, und seine Kinderfrau war Ägypterin gewesen. Er war ihrem Volk ähnlicher, als irgendjemand zugeben wollte, sogar Khayan selbst.

Khayan stand hinter ihr, wie meist, und war hier gelassener als im Lager – vielleicht, weil auch die anderen an Bord Fremde waren und Verwandte von vor langer Zeit. Er war für sie eine Art Fürst, soweit sie verstand, sowohl, weil er zu ihr gehörte, als auch, weil er der Sohn einer großen Königin der Stämme hinter dem östlichen Horizont war.

Und es gab mehr als das – hier legte er hin und wieder die Hand auf ihre Schulter, eine leichte, vertrauliche Berührung, und gesegnet; aber das hätte er nie getan, wenn sie sich bei ihrem eigenen Volk befand. Sie lehnte sich leicht dagegen, gerade genug, damit er wusste, dass sie sich darüber freute.

Khayan und der Admiral hielten nun beide Ausschau, aber nicht mehr nach der Zitadelle, sondern nach dem Himmel. Der Himmel sah tatsächlich seltsam aus: dunkel am Horizont, und Streifen von Wolken direkt über ihnen. Wolken waren hier im Unteren Reich nicht ganz so selten wie in den Wüstenregionen des Oberen Reiches.

Dennoch, diese Wolken waren anders als alles, was Iry je gesehen hatte. Wären sie dem Roten Land näher gewesen, hätte sie sich gefragt, ob vielleicht ein Sandsturm auf den Fluss zufegte.

Sie öffnete den Mund, um zu fragen, was das wohl sein könnte, aber Naukrates war schneller. Er sprach zu niemandem in der Nähe, sondern rief mit lauter Stimme die Männer zu sich, die für die Signale zuständig waren.

Sie kamen von überall ringsumher, so schnell sie konnten, denn sein Ruf war drängend genug gewesen. »Beendet den Kampf. Ruft die Flotte zurück, sie soll hinter der Stadt Anker werfen, so nah wie möglich, aber weit genug entfernt, um in Sicherheit zu sein. Dann streicht die Segel. Bittet um die Erlaubnis des Pharao, dass seine Schiffe dasselbe tun. Schnell.«

»Warum?«, fragte Iry.

Naukrates sah sie an, als wollte er sie anfauchen, aber er erinnerte sich beinahe zu spät daran, wer sie war. Er murmelte etwas in seiner eigenen Sprache und wechselte dann ins Ägyptische. »Ja, er wird ebenfalls widersprechen – er weiß nicht, um was es geht.«

»Sagt dem Großen Haus«, erklärte Khayan dem Boten, der am häufigsten zum König ruderte, »dass ein Sturm aufkommt. Es wäre das Beste, wenn seine Schiffe an Land gezogen sind, bevor das Wetter zuschlägt.«

»Ein Sturm?«, fragte Iry. »Aber in diesem Land gibt es keine Stürme. Das hier ist nicht das Meer oder eure Steppe. Das hier ist das Untere Reich von Ägypten.«

»Umso mehr Grund haben wir, uns dagegen zu schützen«, sagte Khayan. »In anderen Ländern wissen die Menschen, was zu tun ist. Hier weiß es niemand. Die wenigsten von euch haben jemals Wasser vom Himmel fallen sehen.«

»Aber das ist –«

Niemand hörte ihr mehr zu. Naukrates drehte sich nach allen Seiten und spürte in den Wind. Sein Stirnrunzeln wurde heftiger, je länger es dauerte. Khayan mit seinen dichten Brauen, mit seinen ausgeprägten Zügen, wirkte noch Furcht erregender. »Auf dem Meer«, sagte er, »könnte man versuchen davonzusegeln, aber hier …«

Alle Ruder wurden herausgebracht, und das Schiff kämpfte sich flussabwärts, auf den Rest der Flotte zu. Der Feind am Ufer hatte aufgehört zu kämpfen, einige waren sogar auf die Barrikaden geklettert, um zu sehen, was los war. Hier und da ertönte Jubel. Vielleicht glaubten sie, dass die Flotte sich zurückzog, und das tat sie auch – aber nicht vor ihnen.

Die Nachricht hatte auch die Armee erreicht. Als das Flaggschiff am südlichen Rand der Stadt vorbeikam, sah Iry die Zelte fallen, und Männer, die sich eilten, sie einzupacken und zu sichern. Man hatte die Streitwagen vom Feld hereingebracht; sie bildeten die Nachhut, als die Armee sich auf den Weg machte. Flussabwärts sollten sie sich mit der Flotte treffen und ebenfalls hinter den an Land gezogenen Schiffen Schutz suchen, da die Stadtmauern ihnen immer noch verschlossen waren. Die Belagerungsmaschinen ließen sie höchst ungern stehen, aber die kretischen Kapitäne waren einer Meinung: Sie hatten keine Zeit mehr.

Iry fragte sich, ob der König angezweifelt hatte, was man ihm sagte – dass ein Sturm auf dem Weg war, und zwar ein tödlicher. Wenn dieser Sturm nicht kam, war es durchaus möglich, dass sie dadurch die Stadt und diesen Krieg verloren hatten. Vielleicht war es sogar Ergebnis einer Verschwörung, einer viel klügeren als jener, für die Prinz Gebu gestorben war.

Aber nein. Sie konnte die Wolkenmauer nun sehen, die sich vom Westen her näherte, bläulich-schwarz und durchzuckt von Blitzen. Zur allgemeinen Verblüffung öffneten sich nun die Tore von Avaris, und heraus kam eine Armee, Regimenter zu Fuß, verstärkt von Streitwagen. Sahen sie den Sturm denn nicht? Oder glaubten sie, dass ihre Götter ihn gesandt hatten? Baal war ein Gott der Stürme. Das hier konnte sein Werk sein – der Zorn des Himmels. Vielleicht hatten die Priester ihn in ihrer Verzweiflung heraufbeschworen, als sie ihre Zitadelle bedroht sahen.

Hatte Apophis nicht erklärt, dass Seth seine Feinde vernichten würde?

Die Präsenz im Herzen von Irys Geist, diese strahlende Wärme, die, wie man ihr versichert hatte, von der großen Göttin kam, blieb ruhig. Die Stute war weg; sie lebte, aber Iry wusste nicht, wo.

Iry hatte unweigerlich geglaubt, dass die beiden Länder wieder vereint würden, dass Ahmose siegen und Ägypten vereinen würde. Aber nun, auf einem flüchtenden Schiff mit einem Sturm, der sie wie der Zorn der Götter verfolgte, und der Armee der Retenu auf dem Weg, begann ihr Glaube ins Wanken zu geraten.

Der Wind blies nun von Westen, leicht, aber ständig. Naukrates befahl seinen Männern, das Segel zu setzen, sich aber bereit zu halten, es sofort wieder zu reffen, sollte der Wind stärker werden. Im Augenblick war diese Bö ihr Verbündeter und brachte sie rasch den Fluss hinunter. Ringsum hatten die Schiffe, sowohl kretische als auch ägyptische, dasselbe getan. Das goldene Flaggschiff, ein etwas ungelenkes Gefährt, befand sich relativ weit hinten in der Flotte, wurde aber gut geschützt von kleineren, schnelleren Schiffen und Booten.

Sie fuhren flussabwärts, bis die Stadt außer Sichtweite lag, bis sie eine Stelle gefunden hatten, die die Kapitäne kannten: eine Biegung in einem Seitenarm vor einer Landschaft aus Feldern, die inzwischen abgeerntet waren, und einer Kette kleiner Dörfer. Die Menschen dort waren herausgerannt, um die Schiffe zu empfangen, und riefen verzweifelt: »Ist das die Niederlage? Haben wir verloren?«

»Sucht Schutz«, brüllten die Männer auf den Schiffen zurück. »Sucht Schutz und betet. Der Zorn des Seth kommt über uns!«

Die Dorfleute jammerten und flohen. Die Schiffe näherten sich dem Ufer, die Besatzungen holten Segel ein und legten Masten um, wenn das möglich war. Die Kämpfer gingen an Land, steckten ein Lager ab und umzingelten es, um es mit den Waffen zu halten, die sie zur Hand hatten, zusammen mit den Streitwagen, die sich nun ebenfalls näherten. All dies geschah in großer Eile, angesichts eines stärker werdenden Windes, eines Atems von solcher Kälte, wie Ägypten ihn nicht kannte, feuchter Kälte, die Iry an tiefes Wasser denken ließ.

Die Armee zu Fuß war immer noch in Marsch, der Feind kam langsam näher. Kemnis Streitwagen fuhren einen großen Bogen und griffen an. Diese hundert Wagen, die ihnen zu Beginn des Krieges so viel vorgekommen waren, erwiesen sich nun angesichts der Kraft des Feindes als jämmerlich wenig. Und dennoch, vom Schiff aus gesehen schienen weder der Hauptmann noch seine Wagenlenker Angst zu haben. Sadanas Kriegerinnen waren mittendrin, nicht weit hinter dem Kommandanten, wie eine Ehrengarde.

Der Wind wurde immer stärker, peitschte das Ried und das Marschgras hinter den Feldern. Die meisten Schiffe waren an Land gezogen, die Besatzungen hatten Zuflucht dahinter oder unter den umgekippten Rümpfen gesucht.

Die Diener und Packtiere näherten sich taumelnd vor Erschöpfung – niemand hatte erwartet, so schnell so weit rennen zu müssen. Einige in der Nachhut waren verwundet von den Pfeilen des Feindes. Er hatte sie nicht eingeholt, aber die Nachhut hatte sich nun hinter der Mauer aus Streitwagen aufgestellt. Es war eine gefährlich dünne Linie, doch es war alles, was sie hatten.

Iry ging durch den weiter auffrischenden Sturm zum Schiff des Königs, wo dieser alles andere als glücklich über die Notwendigkeit war, Schutz suchen zu müssen. Noch während Iry sich näherte, hörte sie, wie er seinen Adligen und seinen Königinnen widersprach. »Ich will meinen Kampfwagen. Wenn ich schon den Krieg wegen dieses falschen Entschlusses verliere, will ich ihn mitten im Kampf verlieren.«

»Du hast ihn noch nicht verloren«, sagte Iry.

Das kam ihr offensichtlich vor, aber alle betrachteten sie, als hätte sie etwas Unglaubliches gesagt, und verdrehten die Augen. Der Himmel verdunkelte sich noch vor Mittag, der Wind heulte, es blitzte und donnerte, und all das hatte ihnen den Mut genommen. Noch während sie hier schwankend stand, zuckten neue Blitze über den Himmel, verzweigt wie der Fluss im Delta, Nebenfluss um Nebenfluss um Nebenfluss, bis sie mit einem Zischen erstarben. Der Donner grollte danach und wurde zu einem Dröhnen.

Iry sprach darüber hinweg, erhob ihre Stimme, wie man es

Priesterinnen beibrachte. »Der Krieg ist nicht verloren. Halte aus, Herr, und warte. Vertrau auf die Götter.«

Das festigte ihn ein wenig. Er schnaubte immer noch wie ein eingeschlossener Hengst, bestand aber nun nicht mehr darauf, sich selbst in den Kampf zu werfen. Man brauchte ihn hier, wo jeder ihn sehen konnte und wo ihn seine Boten erreichen konnten, um seine Befehle entgegenzunehmen.

Aber nachdem sie ihm diesen weisen Rat gegeben hatte, versuchte Iry selbst sich davonzustehlen, nur um gegen eine große, lebendige Mauer zu stoßen. Iannek und Khayan standen ihr im Weg. Erst jetzt fiel ihr auf, dass beide genau gleich groß waren. Es war, als betrachtete man zwei Abbilder des gleichen Mannes, einer geschoren und gekleidet wie ein Ägypter, der andere von seiner Krone aus Zöpfen bis zu den bestiefelten Füßen ganz und gar Retenu.

Sie ließen sie nicht gehen, hielten sie fest wie den König.

Und dann ging die Welt unter.

Der Wind schlug zu wie eine riesige Faust. Der Himmel riss auf, als ergösse sich ein eisiger Fluss auf die Erde. Es donnerte, donnerte und donnerte abermals. Blitze durchzuckten den nachtschwarzen Himmel.

Hier war kein Kampf mehr möglich außer dem Kampf zwischen Himmel und Erde. Selbst die Mutigsten duckten sich und suchten Zuflucht. Die Masse des Rumpfs der *Tänzerin* konnte kaum den Regen abhalten – dabei war dieses Schiff gebaut, um selbst dem Meer zu widerstehen. Iry sah, wie ein Mann wie eine Feder von dem Boot, an das er sich geklammert hatte, gerissen und weit davongeschleudert wurde. Sie sah, wie der Blitz in ein umgekipptes Boot einschlug, es in zwei Teile riss und die Männer darunter ihres Schutzes beraubte. Der Regen riss Männern die Kilts vom Leib, die Helme von den Köpfen, die Waffen aus den Händen. Er hatte keine Gnade, kannte nur eins: zerbrechen und zerstören.

Iry in ihrer Zuflucht, geschützt von zwei großen, warmen Körpern, konnte sich nur ducken und es ertragen. Starke Arme umschlangen sie. Sie hätte ihr Gesicht gern in Khayans Brust vergraben, aber sie musste sehen, was geschah, sie musste es wissen: Was dieser Sturm brachte, was auf sie zukam, ob es nun Blitze oder Wind oder Regen waren.

Es schien ewig zu dauern. Tatsächlich dauerte es insgesamt vielleicht eine Stunde, vielleicht mehr, vielleicht weniger. Solche Stürme, versicherten ihr die kretischen Seeleute, konnten viel länger andauern. Aber für dieses Land genügte eine Stunde.

Als der Sturm zu Ende war, war die Stille so vollkommen, dass Iry sich fragte, ob der letzte Donnerschlag sie vielleicht taub gemacht hatte. Der Regen ließ mehr und mehr nach, bis er ganz aufhörte. Der Wind erstarb. Die Wolken blieben, schwarz und drohend, aber im Westen wurde der Horizont langsam heller.

Einer nach dem anderen krochen sie heraus, große Herren und einfache Krieger, die plötzlich zu verängstigten Kindern geworden waren. Alle waren sie nass und schlammig, viele von ihnen nackt. Sie standen auf einem Feld aus Schlamm und Wasser. Die Dörfer waren verschwunden; an ihrer Stelle gab es nur noch Haufen von Trümmern und zerlaufenem Ziegelschlamm. Auch hier schlichen die Menschen umher wie um die Boote und die zerschlagenen Schiffe. Es gab Verwundete und Tote – ein Schlachtfeld der Götter. Langsam nahm darauf die Armee wieder Gestalt an. Auch sie war zerschlagen und verängstigt, hatte aber weniger Verluste hinnehmen müssen, als alle befürchtet hatten, selbst die Streitwagen. Ein paar Pferde hatten sich losgerissen und ihr Heil in der Flucht gesucht, ein paar Wagen waren zerbrochen oder mit den Pferden verschwunden, aber als sie sich sammelten, stellten sie fest, dass die meisten von ihnen noch lebten, bei Bewusstsein und nur die wenigsten schwer verwundet waren.

Von der Armee des Feindes schien nur wenig geblieben zu sein. Der Zorn des Sturms hatte sie getroffen, Blitze hatten sie verfolgt. Die Überlebenden waren geflohen.

»Aber sie haben den Sturm doch heraufbeschworen«, sagte Iannek und sprach damit für alle.

»Ihre Götter waren scheinbar nicht erfreut, in dieser Weise gestört zu werden«, meinte der König. Er war so erschüttert wie sie alle, aber dabei, seinen Mut und seine Kraft wieder zu finden. Auf seinen Befehl sammelten die Männer das, was vom Gepäck übrig geblieben war, zusammen, und schlugen ein Lager auf, das sie mit den Waffen schützten, die zur Hand waren. Andere machten sich an die Arbeit, die Verluste zu zählen, festzustellen, welche Schiffe noch seetüchtig waren und schließlich Dankgebete an die Götter zu sprechen, weil sie verschont geblieben waren. Einige gingen sogar in die Dörfer. »Denn das hier ist mein Volk«, sagte Ahmose. »Wenn ich es beherrschen will, sollte ich es auch beschützen können.«

Vor Sonnenuntergang trafen die ersten Boten ein, bleiche, erschrockene Läufer, die berichteten, dass der Sturm über das gesamte Untere Reich hinweggefegt war, von Memphis bis Avaris, und darüber hinaus. Baal, der Sturmgott, Seth, der Zerstörer hatte sich voller Zorn erhoben. Avaris hinter seinen hohen Mauern hatte weniger gelitten als die meisten Städte, aber auch hier waren Dächer abgerissen, Mauern eingestürzt, und das Tor war zerbrochen, wo die Belagerungsmaschinen es bereits geschwächt hatten. Der Blitz hatte in die Bronzebeschläge eingeschlagen und sie halb verbrannt, halb zerrissen.

Apophis hatte sich nicht ergeben. »Noch nicht«, sagte Ahmose.

Den Rest des Tages konnten sie sich nicht von der Stelle rühren. Aber am Morgen würden alle seetüchtigen Schiffe wieder segeln, und jeder Soldat, der sich noch bewegen konnte, würde auf Avaris zumarschieren. Die Verwundeten würden zurückbleiben. Ahmose würde Avaris einnehmen oder von den Retenu gefällt werden, wie es selbst die Blitze der Götter nicht geschafft hatten.

67

Es war verrückt von ihnen, durch dieses sturmverwüstete Land zurückzumarschieren und zu rudern, über einen Fluss, der so ausgedehnt war wie in der Hochwasserzeit, aber wenn sie warteten, würde ihr Rückzug zur unveränderlichen Wahrheit werden. Avaris würde sich fassen, seine Verteidiger sammeln und die Tore erneuern. Und Ahmose hätte nicht mehr die Kraft, die Stadt einzunehmen. Noch mehr – wenn der Sturm das Obere Reich ebenso getroffen hatte wie das Untere, und die Gerüchte ließen darauf schließen, würde er sich umdrehen und zurückziehen müssen wie Kamose vor ihm, um seinem Volk zur Hilfe zu kommen.

Aber zuerst würde er, wenn irgend möglich, Avaris einnehmen. Er überraschte die Stadt vollkommen. Die Tore waren offen, die Menschen damit beschäftigt, die Trümmer zu beseitigen, die Wachen auf den Mauern mehr auf das konzentriert, was zu ihren Füßen vorging, als auf eine Armee, von der sie glaubten, sie sei geflohen und dann zerstört worden.

Die Flotte – oder das, was von ihr den Sturm überlebt hatte – stürzte sich auf sie. Ahmoses Fußsoldaten und seine Streitwagen drangen durch das geborstene Tor ein. Es gab nur eine einzige Chance, eine einzige Schlacht, das wussten sie alle. Wenn sie nun verloren, wäre der Krieg zu Ende. Sie hatten keine Kraft mehr für weitere Schlachten, keine Vorräte, keine Waffen für eine neue Belagerung.

Die Verzweiflung trieb sie. Das hier war das Ende, sei es durch Sieg oder durch Niederlage. Wenn die Sonne unterging, würde es nur noch einen König in den Zwei Ländern geben – aber das konnte vielleicht auch Apophis sein.

Kemni stellte fest, dass es ihn tatsächlich kümmerte, was aus ihnen werden würde. Er hatte nicht den Wunsch, Sklave der Retenu zu sein. Nicht abermals. Iry, die für die fremden Könige sowohl Sklavin als auch mehr als eine Königin gewesen war, hatte die Stute vorgefunden, als sie in der Morgendämmerung erwachte, wie sie weiß und schimmernd im letzten Sternenlicht stand. Sie ritt nun mit Kemni, wenn man das so bezeichnen konnte. Sadanas Frauen waren ihre Eskorte. Die beiden Retenubrüder Khayan und Iannek hatten einen Wagen verlangt – und Ahmose hatte Kemni befohlen, ihnen einen zu geben. Zwei andere Kämpfer marschierten daher bei den Fußsoldaten, und das nicht zu ihrer Freude, aber sie konnten sich dem König nicht widersetzen.

Immerhin, dachte Kemni säuerlich, waren die beiden, falls sie sich nicht als Verräter erwiesen, zweifellos fähigere Wagenlenker als die meisten seiner eigenen Männer. Nach einem kurzen Streit, entschieden von Khayans Faust, nahm Iannek die Zügel, und Khayan stand in der Rüstung seines Bruders auf dem Platz des Kämpfers. Ianneks Auge schwoll bereits zu und nahm ein sattes Purpurschwarz an. Trotzdem wirkte er erstaunlich vergnügt und sah in einem ägyptischen Kilt ausgesprochen seltsam aus.

Sie waren von einer wilden Freude erfüllt angesichts dieses letzten Wurfs der Schicksal spielenden Götter, in dem es um Sieg oder Niederlage, Leben oder Tod ging. Die Luft war nach dem Sturm sauber, die Sonne strahlend wie neues Gold. Eingestürzte Mauern, abgerissene Dächer, überflutetes Land – all dies war eins geworden mit dem letzten Angriff auf Avaris. Die kretischen Schiffe hatten ihre weindunklen Segel gesetzt und segelten vor einem Wind, der sie direkt ins Herz der Stadt trieb. Die ägyptische Flotte, der es weniger gut ergangen war, folgte so gut wie möglich, das goldene Flaggschiff ein wenig mitgenommen, aber immer noch seetüchtig, und der König hoch aufgerichtet in seiner goldenen Rüstung.

Die Flotte fügte dem Feind den größten Schaden zu. Jene, die an Land kämpften, verhinderten vor allen Dingen die Flucht der Feinde und hielten jeden auf, der auf dem Landweg entkommen wollte. Kemni hielt den Norden: Das, so nahm der König an, war die Richtung, in die es Apophis und seinen Hof am ehesten locken würde, da ihr eigenes Land und eine gewisse Hoffnung zu entkommen in dieser Richtung lagen.

Kemni hoffte, dass Ahmose das richtig gesehen hatte; dass Apophis sich nicht einfach in seiner Zitadelle verriegeln und ausharren würde, bis die Ägypter wieder verschwanden. Aber es gab ein Reich wiederzugewinnen, und das konnte man nicht von einer Zitadelle inmitten einer Belagerung aus tun. Auch Apophis, dachte Ahmose, würde es hinter sich bringen wollen.

Die Streitwagen sollten nicht in die Stadt fahren – so viel hatte der König ausdrücklich befohlen. Die Kompanien zu Fuß würden in die Stadt eindringen, wenn das möglich war, aber Kemnis Männer sollten das offene Feld halten. Das hatte ihnen nicht gepasst: Ay, der Störrische, sprach für alle, als er murmelte: »Was, sollen wir wieder irgendwo herumfahren und warten und alle Hoffnung auf Ruhm aufgeben?«

Nicht diesmal. Die großen Tore hingen schief und geborsten in den Angeln. Dahinter sah man lebhafte Bewegungen. Frauen schrien, Kinder weinten. Männerstimmen bellten Befehle.

Kemni berührte Sadanas Schulter. Sie zügelte die Pferde. Er hob seine Hand, um anzudeuten, dass alle es ihm nachtun sollten. Sie kamen in einer langen Reihe vor dem Tor der Mauer zum Stehen, so gerade, wie es zwischen den Trümmern von Belagerungsmaschinen, den Resten ihres eigenen zurückgelassenen Lagers und den immer noch offenen, stinkenden Latrinengruben möglich war.

Die Fußsoldaten eilten weiter und ließen die Kampfwagen bald hinter sich. Als sie sich dem Tor näherten, begannen Männer herauszustürzen, bärtige Männer in Rüstungen aus Leder oder Bronzeschuppen.

Die Reihen stießen klirrend wie zwei Schwerter aufeinander. Kemni hielt die Linie, obwohl seine Männer schnauften und tänzelten wie ihre eigenen Hengste. Körper stieß gegen Körper, Bronze gegen Bronze.

Kemni sah aufmerksam zu. Ahmose hatte den Zeitpunkt, an dem die Wagen angreifen sollten, genau angegeben.

Da. Die Linie der Ägypter wich zurück; verharrte einen Augenblick, schwang dann wieder vorwärts.

»Jetzt«, sagte Kemni zu Sadana.

Seine Hengste preschten vorwärts. Er hielt sich am Wagen fest, bevor es ihn hinausreißen konnte – das wäre bei der Einnahme von Avaris tatsächlich würdelos gewesen. Der Fahrtwind sang in seinen Ohren.

Die Fußsoldaten machten den Kampfwagen Platz, öffneten ihnen Wege direkt zum Feind. Der Feind blickte auf und sah den Tod auf sich zukommen.

Aber sie hatten ihre eigene Waffe – wie Kemni schon gewusst hatte. Ihre Streitwagen waren hinter den Trümmern des Tors verborgen gewesen. Das war allerdings ein Makel in ihrem Plan: Es konnten nicht mehr als zwei oder drei gleichzeitig die Stadt verlassen, und auch das nur langsam und über unebenen Boden und vorbei an ihren eigenen Truppen zu Fuß.

Die ägyptischen Fußsoldaten schlossen die Reihen hinter den

Streitwagen und um sie herum und kehrten mit erneuter Kraft in den Kampf zurück. Die Wagen drängten vorwärts – aber nicht bis zum Tor, denn sie hatten ihre Befehle. Sie bildeten eine Mauer vor der Mauer. Die Wagen des Feindes konnten nur auf diesem Weg fliehen.

Kemni hatte den Bogen gespannt – einen Retenubogen, der größer war als die ägyptischen und einen starken Arm brauchte. Er legte einen Pfeil auf die Sehne. *Konzentriere dich auf die Wagenlenker.* Das war der Befehl, den er erhalten hatte und den er an seine Männer weitergab. Nicht die Pferde – die Pferde konnten sie noch brauchen. Und nicht die Kämpfer, oder erst wenn die Lenker bereits am Boden waren.

Er hob den Bogen, zielte, schoss. Noch bevor der Pfeil traf, hatte er den nächsten auf der Sehne. Der Wagen wackelte und schleuderte unter seinen Füßen. Er passte sich an, hielt den Pfeil so gerade er konnte, konzentrierte sich auf das Ziel. Ein Mann im Lederhemd mit einem Bart bis auf die Brust. Kein Gesicht, das ihn ablenkte. Nur die Form von Brust und Schultern und die Sicherheit, dass sich dort das Herz befand, wie bei jedem Menschen. Kemni schoss, zog einen weiteren Pfeil aus dem Köcher, legte ihn auf die Sehne, zielte.

Noch einer. Diesen sah er von weitem, der Wagen kam auf ihn zu, die Pferde mit weit aufgerissenen Augen und schäumendem Maul. Der Krieger darin hatte keinen Bogen – Narr, sich auf einen Speer zu verlassen, für dessen Einsatz es größere Nähe brauchte.

Plötzlich schleuderte der Wagen, riss Kemni zur Seite. Der Aufprall drückte ihm die Luft aus der Lunge, aber der Speer ging harmlos vorbei, an einer Stelle, wo Kemni sich noch einen Atemzug zuvor befunden hatte.

Er hauchte ein Dankgebet und lächelte Sadana zu. Sie grinste wie eine Wahnsinnige, lenkte durch das Durcheinander der Armeen, gab ihm Gelegenheit, so gut wie möglich zu kämpfen. Sie waren so weit gekommen, wie es ihnen nach dem Befehl des Königs gestattet war; Sadana wendete und lenkte die Pferde an der Mauer entlang, der Rest seiner Leute hatte dasselbe getan. Die berittenen Kriegerinnen mischten sich unter sie, brachten die Verwundeten hinter die Linien, schafften die Toten weg. Es war eine seltsame Pflicht, noch seltsamer deshalb, weil sie, wenn sie angegriffen wurden, kämpften, und das gut. Aber sie kämpften nicht ausschließlich.

Stets in Kemnis Nähe waren der Retenu Khayan und sein Bruder, die für die Stute und ihre Dienerin kämpften. Sie taten das mit großer Kunstfertigkeit. Kemni hatte nicht den Eindruck, dass sie es bedauerten, einen von ihrem Volk zu verwunden oder zu töten.

Er durfte nicht abschweifen, musste wissen, wo sich jeder Mann, jeder Wagen befand. Sie durften nur ein gewisses Stück an der Mauer entlangfahren, dann mussten sie umkehren. Ihr Ziel war das Tor; sie durften es nicht zu weit hinter sich lassen.

Er gab das Zeichen zum Umkehren, wandte sich wieder dem Tor zu. Immer noch kamen dort Wagen und Männer heraus. Es sah aus wie eine Wunde, als ergösse die Stadt ihr Blut auf die Straße nach Norden. Der Fluss hatte ihnen nie gehört. Im Süden lag Ägypten. Wohin anders konnten sie sich wenden als nach Norden?

Sie kämpften nun heftiger. Die neuen Männer, die aus dem Tor stürzten, waren frisch, Kemnis Leute dagegen müde. Aber sie mussten standhalten. Der König hatte es befohlen.

Niemand konnte von hier aus sagen, wie es der Flotte ergangen war; die Masse der Stadt lag dazwischen. Aber die Seeleute mussten weit vorgedrungen sein: Unter denen, die die Stadt verließen, befanden sich nun auch andere, unbewaffnete oder leicht bewaffnete Männer, Kinder, selbst verschleierte Frauen, die den Schrecken der Streitwagen allem vorzogen, was in der Stadt geschah.

Frauen und Kinder ließ er durch, die Männer starben. So ging es im Krieg. Er fuhr über sie hinweg, mähte sie mit Speer oder Schwert nieder. Das taten alle. Nicht einer hatte die Retenu vergessen, die unter den ägyptischen Verwundeten und Sterbenden frisches Blut vergossen hatten.

Er war beinahe froh, einem weiteren Streitwagentrupp entgegenzustehen. Diese Wagen waren üppiger als die letzten, die Wagenlenker trugen goldenen Schmuck. Sie kämpften heftiger – sie hatten mehr zu verlieren.

»Ist das –?«, fragte er Khayan in einem Augenblick der Stille, als sie nebeneinander standen, um die Pferde ausruhen zu lassen.

Khayan war ein Beweis für Kemnis Theorie, dass die Retenu die Bärte nicht wachsen ließen, um männlicher auszusehen, sondern um Gesichter zu verbergen, denen man zu viel ansehen konnte. Khayan war so durchsichtig wie klares Wasser. Und seine Gedanken bestanden nun halb aus Zorn, halb aus Schuld – da er diese Schlacht genoss, obwohl er gegen sein eigenes Volk kämpfte.

Was immer er tatsächlich dachte, er antwortete willig: »Das hier sind die Höflinge«, sagte er. »Offenbar geben sie die Zitadelle auf.«

»Oder sie haben sie schon aufgegeben.« Seti zügelte seine Pferde neben ihnen. Sein linker Arm war mit einem Lappen verbunden, und seine Wange so beeindruckend geschwollen wie Ianneks Auge, aber er grinste, als hätte er keine einzige Sorge auf der Welt. »Wer wettet darauf, dass wir gewinnen?«

»Nicht, wenn noch mehr kommen«, sagte Kemni. »Es scheint kein Ende zu nehmen. Und für uns gibt es keine Verstärkung.«

»Es muss ein Ende nehmen«, erwiderte Seti. »So groß kann die Zitadelle nicht sein.«

»Sie ist größer, als du denkst.« Kemni lehnte sich einen Augenblick an die Seite des Wagens. Seine Beine und Füße schmerzten – der Preis, den jeder Mann dafür zahlte, in einem Wagen zu fahren. Sadana schien das nicht zu spüren, aber sie mischte sich auch nicht in das Gespräch ein. Offenbar konzentrierte sie sich vollkommen auf die Pferde. Die Tiere waren müde, hatten die Köpfe gesenkt. Sie würden bald Wasser und Gras brauchen, wenn sie weiter bei Kräften bleiben sollten.

Alle sahen zu, wie eine Kompanie von Fußsoldaten einen Fürsten in vergoldeter Rüstung und in einem Wagen, der kunstvoller gearbeitet war als der ihres eigenen Königs, überwältigten und zu Boden rissen.

»Das ist Apophis«, sagte Seti.

»Nein«, sagte Khayan. »Das ist ein Mann, dessen Wohlstand vom Handel kommt und der sich eine adlige Frau gekauft hat. Der König wird erst als Letzter herauskommen.«

»Glaubst du, er wird es hier versuchen?«

Khayans Miene war entschlossen. Sein Gesicht hatte auch die geringe Farbe, über die es verfügte – denn er war ein hellhäutiger Mann, so hellhäutig wie eine Frau –, verloren. »Das ist unwahrscheinlich«, sagte er. »Wenn er sich ergibt, wird er das am Fluss tun, von einem König zum anderen.«

»Es sei denn, er hat vor zu fliehen und sich nicht zu ergeben«, sagte Seti.

»Das ist möglich.« Khayan schüttelte sich, zog die Schultern nach vorn, richtete sich dann wieder auf, sodass er so breit schien wie das Stadttor. »Da kommen die nächsten. Iannek –«

Iannek hatte sich bereits geregt und trieb die Pferde an, zurück in den Kampf. Kemnis Braune folgten, dann Setis Füchse mit den Blessen. Sie fielen mit vereinten Kräften über die feindlichen Kampfwagen her, mit Bogen, Speer und Schwert und keiner Erinnerung an ihre vorherige Müdigkeit, bis zur nächsten Kampfpause.

Die Männer, die die Stadt zuvor verlassen hatten, hatten die Retenu unter den Ägyptern kaum bemerkt. Aber dies hier waren Adlige – vielleicht sogar Ianneks alte Saufkumpane. Sie betrachteten seine Anwesenheit als persönliche Beleidigung, sie und alle, die ihnen folgten, ein jeder üppiger geschmückt als der nächste, konzentrierten sich wieder und wieder auf diesen einen Wagen. »Bewegt euch!«, rief Kemni. »Geht ihnen nicht in die Falle.«

Diesen Rat musste er auch selbst befolgen: Nach Iannek war der ägyptische Kommandant Ziel des größten Hasses. Alle, die sich nicht nur darauf konzentrierten, die Linie zu durchbrechen – und diese Kriegeradligen verlangten ihren Blutzoll –, stürzten sich beinahe ebenso häufig auf Kemni wie auf Iannek. Er bekämpfte sie mit einem Arm, der bei jedem Angriff schwerer wurde. Wenn Seti Recht hatte und es tatsächlich kein Ende gab, würde Kemni vor Erschöpfung sterben, noch bevor ihn seine Wunden niederstreckten.

Er durfte nicht daran denken. Kämpfen – er musste kämpfen. Seine Pfeile waren längst verschossen, sein Speer zerbrochen, sein Schwert stumpf geworden. Und immer noch kamen mehr. Die Stadt spuckte Wagen um Wagen aus. Sie drehten sich nicht um, nachdem sie die Linie durchbrochen hatten, kehrten nicht hinter die Mauern zurück. Jene, die entkommen waren, entkamen nach Norden.

Nun folgten die Wagen immer schneller aufeinander, und einige der Männer darin waren verwundet, hatten frische Blutflecken. Kemnis Leute hielten stand – tapfere Narren, ein jeder von ihnen, und er liebte sie dafür umso mehr. Endlich rief er sie zurück, ließ den Weg offen.

Es waren weniger als zuvor, viel weniger. Leere Wagen, herrenlose Pferde waren auf dem Feld zu sehen. Von den Fußsoldaten waren kaum welche übrig geblieben, und diese wenigen hatten sich jetzt ebenfalls zurückgezogen. Es war ein Rückzug, das konnten alle sehen.

Avaris wurde vom Fluss aus eingenommen und vom Land her gesichert. Apophis kam als Letzter aus der Zitadelle – aber hätte Seti tatsächlich eine Wette mit Khayan abgeschlossen, hätte er gewonnen. Apophis ergab sich dem Großen Haus nicht im Hafen. Er führte die Letzte seiner Truppen zum Nordtor und erkämpfte sich den Weg nach draußen. Selbst als die Ägypter zurückwichen, um ihn durchzulassen, stürzten sich seine Männer auf sie, wie sich ein Eber, den man in die Enge getrieben hat, auf die Hunde stürzt, die ihn zum Speer des Jägers treiben wollen.

Kemni sammelte seine Männer beinahe zu spät und zu unentschlossen. Dies war der Tod. Dies war endlich, worum er gebetet hatte: Er würde von der Hand eines Retenufürsten fallen, nachdem Avaris eingenommen und das Untere Reich wieder Ahmose zugefallen war.

Aber er konnte sich nicht töten lassen. Er musste es sehen, musste sich selbst davon überzeugen, dass der Krieg tatsächlich gewonnen war.

Sadana rief den Pferden etwas zu, die fast am Ende ihrer Kraft waren. Sie hatten Wasser bekommen, das letzte aus dem Schlauch, und nur wenig war für Kemni oder Sadana übrig geblieben. Entweder würden sie trinken, wenn sie in die Stadt kamen, oder sie würden sterben.

Sie bewegten sich kaum schneller als im Schritt, aber schließlich fanden sie einen Rest Geschwindigkeit, genug, um der Truppe des Königs entgegenzufahren, als diese die Stadt verließ. Sie stürzten sich von allen Seiten auf sie, unterstützt von den Fußsoldaten. Kemni sammelte alle Wagen um sich, um ein letztes Mal zuzuschlagen. Er setzte sich an ihre Spitze und warf sich auf den König und seine Wache. Hundert Jahre Unterdrückung, Eroberung, Sklaverei ließen müde Arme wieder stark werden und fachten ihren Hass erneut an. Sie griffen an, ohne sich um Leben oder Sicherheit zu kümmern, nur um diesem langen Krieg ein Ende zu machen.

Apophis' Wagen wichen vor dem Angriff zurück. Aber Kämpfer und Pferde waren erheblich frischer, und sie beschützten ihren König. Sie fassten sich, schlugen zurück. »Nehmt den König lebendig«, brüllte Kemni seinen Männern zu. »Was den Rest angeht – keine Gnade!«

Er hätte Apophis nach jener Nacht, in der er Gebu in den Garten auf der Zitadelle gefolgt war, kaum erkannt. Der stille, recht durchschnittliche Mann hatte sich in einen Kriegerkönig in goldenem Wagen und mit goldener Krone verwandelt. Der Bart unter dem Helm mochte grau sein, aber die Schultern in der vergoldeten Rüstung waren breit, die Arme sehnig-stark, und sie schwangen ein breites Schwert und einen gewaltigen Speer. Dieser Kriegerkönig hatte keine Angst vor dem Kampf, und obwohl er in seinem Kreis aus Wachen gut geschützt war, brach er aus ihm heraus und stürzte sich mitten in die Schlacht.

Vielleicht hatte auch er die Götter herausgefordert, ihn zu vernichten. Kemni fuhr auf ihn zu, aber zwischen ihnen war eine Mauer aus Wagen, bärtigen Männern mit ausdruckslosem Blick und grimmigen Gesichtern. Ihre Hengste forderten Kemnis Tiere heraus, bäumten sich auf, traten und wollten, ebenso wie ihre Lenker, bis auf den Tod kämpfen.

Dabei ging es nur noch um diesen einen Mann und diesen einen Zweck – um König und Sieg. Die Verteidiger zwischen ihm und Apophis waren Schatten, wenn auch Schatten, die mit Bronze bewaffnet waren. Scharf geschliffene Bronze konnte sie bannen.

Es gab andere, links und rechts von ihm. Seti, unermüdlich, mit Ay als Wagenlenker – so waren sie nicht aufgebrochen;

Kemni würde sie später fragen, wann sie diesen Pakt geschlossen hatten. Vermutlich, als Ays Kampfwagen gebrochen oder sein Krieger getötet worden war. Und zu Kemnis Rechter Iannek von den Retenu und sein Bruder Khayan. Sie lagen ein winziges Stück zurück, mehr nicht.

Sie folgten Sadana. Kemni hätte vielleicht gar nicht daran gedacht, wenn der Wagen nicht bei der Fahrt über ein Hindernis – einen gefallenen Krieger oder Trümmer der Mauer – ins Schlingern geraten wäre, er kurz gegen sie geprallt wäre und ihr Gesicht gesehen hätte. Sie war bleich, ihre Miene schrecklich und entschlossen. Nicht, dass sie sterben wollte, aber sie hatte auch nicht unbedingt das Bedürfnis zu leben.

Und das, dachte er zerstreut, war schade. Sie war schön und stark und mutig. Sie sollte in Freude leben und nicht in Blut sterben.

Und während der ganzen Zeit, da seine Gedanken abschweiften, hob und senkte sich sein Arm und schlug wieder und wieder zu. Er sah nicht, wen er verwundete oder tötete. Nur, dass nun der Weg zu dem goldenen Schimmer, der der König war, freilag.

Noch ein einziger Mann, ein weiterer bronzebewaffneter Verteidiger. Dieser hier verteidigte seinen König leidenschaftlich, und er war ein hervorragender Schwertkämpfer. Kemnis Kraft ließ weiter nach, Schmerz zerrte am Rand seines Bewusstseins, die Schwäche nagte an ihm. Er war verwundet, aber er gab sich nicht die Mühe, daran zu denken, wo.

Nehmt den König lebendig. Seine eigenen Worte, die in seinem Schädel widerhallten, als hätte ein Fremder sie gesprochen. Er versuchte sie abzuschütteln. Er sah den Schlag kommen, wich aus, aber nicht weit genug. Die Klinge traf den Rand seines Helms und riss ihn zur Seite, warf ihn kopfüber aus dem Wagen. Hufe donnerten an ihm vorbei, Räder rollten weiter, kaum eine Handspanne von seinem Kopf entfernt.

Er lag in einer Pfütze aus Blut und Schlamm auf dem Boden. Der Kampf war an ihm vorbeigegangen, doch er war bei Bewusstsein und sein Kopf bemerkenswert klar. Er konnte nicht sonderlich gut hören: Seine Ohren klirrten wie Bronze in der

Schmiede. Aber er konnte sehen, nach einer Weile konnte er sich sogar aufrecht hinsetzen.

Apophis war verschwunden, fuhr mit den wenigen Wachen, die ihm verblieben waren, nach Norden. Kemnis Männer verfolgten ihn nicht mehr, ihre Pferde keuchten und taumelten, die Gesichter der Männer waren ausdruckslos vor Erschöpfung.

Dort fanden sie ihre eigenen Genossen, Fußsoldaten und Seeleute im Dienst des Großen Hauses von Theben, die die Stadt, die sie eingenommen hatten, durch das Nordtor wieder verließen.

Inzwischen war Kemni auf den Beinen und hatte seinen Wagen wieder gefunden. Sadana hatte die Zügel noch in der Hand. Sie warf ihm einen seltsamen Blick zu und versuchte etwas zu sagen, aber er hörte sie nicht. Er lehnte sich an die vertraute Seite des Wagens, so zufrieden, wie er es sich nur vorstellen konnte, auch ohne den Retenukönig gefangen genommen zu haben. Es machte keinen großen Unterschied, dass er versagt hatte. Wäre er Retenu gewesen und dem feindlichen König so nahe gekommen, hätte er sich nun vielleicht in sein Schwert gestürzt.

Aber er war Ägypter. Seine Götter hatten einen Sinn für Ironie und manchmal einen grausamen Humor.

Nun kam auch Ahmose, zu Fuß und in einer Rüstung, der man den Kampf ansah; er schien nach Kemni zu suchen. Kemni versuchte sich zu verbeugen, aber ihm war zu schwindlig. Er klammerte sich stattdessen an den Wagen und setzte ein Lächeln auf. »Herr. Es tut mir Leid – ich habe –«

»Wir werden ihn erwischen«, sagte Ahmose forsch und kühl, wie man von ihm erwartete. Er sah sich um. »Ihr habt euch gut geschlagen, sehr gut.«

»Wir haben es versucht, Herr«, sagte Kemni. Und dann, weil er es unbedingt vom König hören wollte und von keinem anderen: »Ist es vollbracht? Hast du die Stadt eingenommen?«

»Die Stadt gehört mir«, sagte Ahmose leise, aber mit tiefer Zufriedenheit.

68

Apophis selbst war nach Norden geflohen, aber er hatte seine Familie und deren Dienerschaft in der Zitadelle zurückgelassen: seine Königinnen, seine Konkubinen, Damen des Hofes und die Herrin Sarai, deren Kinder, bis auf eins, im Dienst des ägyptischen Königs gekämpft hatten. Sie ergaben sich, wie es anders nicht möglich war, und baten durch den Obereunuchen, der ihr Bote war, um die Erlaubnis, ihren Männern zu folgen.

Ahmose empfing sie in der Halle, an die Khayan sich nur zu gut erinnerte: in der großen Audienzhalle mit dem goldenen Thron. Sein Herz zog sich zusammen, als er diesen kleinen, braunhäutigen Affen dort sitzen sah, wo die großen Bullen Kanaans so lange gesessen hatten. Der Thron war zu hoch für Ahmose; er musste die Füße auf einen Schemel stellen. Er hatte sich von seinen Dienern Kissen bringen lassen, damit er auf diesem riesigen Thron nicht allzu winzig aussah.

Die Würdelosigkeit schien ihm allerdings wenig auszumachen. Wie durch ein Wunder und durch die Kunstfertigkeit seiner Diener war er sauber in makellos weißes Leinen gekleidet, mit einem glitzernden Goldkragen, goldenen Armreifen und der blauen Kriegskrone geschmückt. Die Leute murmelten, dass irgendwo ein Mann von großer Ehre und Fähigkeiten damit beschäftigt war, das herzustellen, was niemand gesehen hatte, seit das Untere Reich den Eroberern zugefallen war: die zwei Kronen der Zwei Länder, die weiße Krone umfangen von der roten. Es hieß, Ahmose würde sie tragen, wenn er sein Reich offiziell wieder in Besitz nahm, nicht hier in der Stadt der Eroberer, sondern im Memphis der alten Könige.

Aber das lag noch in der Zukunft – und Khayan wagte immer noch, wie unklug das auch sein mochte, zu hoffen, dass es nicht geschehen würde. Denn an diesem Tag war Ahmose Herr in Avaris und Sieger des Krieges. Er ließ die königlichen Damen zu sich bringen, obwohl er zweifellos wusste, welche Entehrung das für sie darstellte, sich – selbst verschleiert – von fremden Männern ansehen zu lassen.

Aber nach den Gesetzen des Krieges konnte er mit ihnen tun, was ihm gefiel. Wäre er Retenu gewesen, hätte er sie in seinen eigenen Harem gesteckt. Dass er so etwas nicht tat, dass er mit ihnen sprach, als wären sie Männer und Könige, war seltsam und vielleicht Unheil verkündend.

Khayan wäre nicht hergekommen, und Iry hätte ihn auch nicht dazu gezwungen, aber er konnte nicht fern bleiben. Er kam als das, was er war – der Sklave einer Ägypterin. Sie waren alle dort, Iannek, Sadana, ihre überlebenden Kriegerinnen oder zumindest jene, die im Stande waren, das Krankenzelt zu verlassen. Auch die Kreter waren dort, jene großen Verbündeten, und die kleine Prinzessin, die den König geheiratet hatte. Sie stand neben und ein wenig hinter ihm, saß nicht auf einem Thron, den man neben den seinen gestellt hatte, wie die Große Königliche Gemahlin, aber sie befand sich in seiner Nähe und an einem Ehrenplatz.

Sie lächelte, als sie bemerkte, dass Khayan sie so unbedacht anstarrte. Sie hatte nicht viel für Förmlichkeiten übrig, es sei denn, ihre Pläne verlangten es. Und es hieß, dass sie gut aussehende Männer recht gern sah. Es gab ein Gerücht, sie könne sich zwar niemals mit einem anderen Mann niederlegen als dem ihr angetrauten Herrn, aber Dienerinnen in ihrem Namen schicken, die einigen auserwählten Glücklichen großes Vergnügen bereiteten. Es hieß, Kemni, der Ägypter, sei einmal einer ihrer Favoriten gewesen, bis er der Geliebte ihrer Verwandten wurde. Nun kam keine Frau mehr in sein Bett, und keine war dort erwünscht, denn er trauerte zu sehr um die Priesterin, die er verloren hatte.

Sadana stand in seiner Nähe, zufällig oder aus eigenem Entschluss, ebenso wie sie sich zu seiner Wagenlenkerin gemacht hatte. Wenn dies alles vorüber war, würde Khayan auch darüber nachdenken.

Nun konzentrierte er sich auf die Frauen, die in einer langen Prozession verschleierter Gestalten in ungeschmücktem Schwarz hereinkamen. Allerdings konnte man an so mancher unter dem Schleier einen goldenen Schimmer oder das Aufblitzen eines Edelsteins wahrnehmen.

Hinter den Wachen, die ihnen vorausgingen, und dem Eunuchen, der sie führte, erkannte Khayan den geraden Rücken und die stolze Haltung seiner Mutter und eine ganz ähnliche Gestalt direkt hinter ihr, seine Schwester Maryam. Sie mussten ihn auch sehen können: Er stand als Wache für Iry auf dem Thronpodest – immer noch in Ianneks Rüstung, ein wenig zum Ärger seines Bruders. Er versuchte, ihnen nicht in die Augen zu sehen, die ohnehin hinter schwarzer Gaze verborgen waren.

So hatte der Krieg ihn von seinen Verwandten getrennt, und das alles, weil die Stute eine Frau des eroberten Volkes auserwählt hatte. Khayan konnte sich nicht überwinden zu bedauern, was zum Teil sein Fehler war, weil er sich hatte überreden lassen, die junge Stute nach Westen zu bringen, als man bei den Stämmen erfuhr, dass die alte dahingegangen war. Es war alles der Wille der Götter – der Schmerz ebenso sehr wie die Freude.

Sarai blieb am Fuß des Podestes stehen, während die Wachen nach beiden Seiten auswichen. Sie verbeugte sich ehrfürchtig. Hinter ihr taten alle großen Damen dasselbe, so steif und unwillig einige auch waren. Die ganze Szenerie hatte die Anmut eines Gerstenfeldes im Wind.

Ahmose neigte den Kopf, ein großes Zugeständnis für diese Kriegsgefangene. »Herrin«, sagte er zu Sarai, »erhebe dich und sieh mich an.«

Sie gehorchte ohne Untertänigkeit, erhob sich wie eine Tänzerin oder vielleicht wie ein Krieger. Sie mochte erwartet haben, dass er sie bat, sich zu entschleiern, aber das tat er nicht, sondern sagte: »Ihr habt darum gebeten, gehen zu dürfen. Wohin wollt ihr euch wenden?«

»Nach Norden, großer König«, antwortete sie, »nach Kanaan.«

»Es ist euch klar, dass ich euren König verfolgen werde?«

»Das erwarte ich«, erwiderte sie ruhig.

»Es könnte euch dienlich sein, eine Weile mit uns zu reisen, wenn deine Begleiterinnen mit unserem Tempo standhalten können.«

Sie hob den Kopf ein wenig und richtete sich noch gerader auf. »Großer König, ich will dich sicher nicht beleidigen, aber wenn wir mit deiner Armee reisen, werden wir nicht Gefangene sein?«

»Ich würde sagen, wir sind eure Eskorte, und wenn wir euren

König und seine Leute finden, werden wir euch ihm ehrenvoll übergeben. Das schwöre ich dir bei meiner Krone und meinem Königtum.«

»Das ist ein großer Eid«, sagte sie, nachdem sie einen Augenblick innegehalten hatte. »Dennoch, großer König –«

»Wenn ihr getrennt von uns reist«, sagte Ahmose, »kann ich euch eure Sicherheit nicht garantieren. Es ist jedoch anzunehmen, dass ihr eure Männer erst spät finden werdet, wenn sie vielleicht bereits besiegt, aber mit Sicherheit bekämpft sind.«

»Dann wirst du dich schon bald auf den Weg machen«, sagte sie, als hätte sie das nicht erwartet.

»Am Morgen nach dem morgigen Tag«, erklärte Ahmose, »werde ich abmarschieren. Meine Königinnen werden tun, was notwendig ist, um diese Reiche zu sichern. Um meiner Ehre und meines Amtes willen muss ich dafür sorgen, dass die Zwei Länder nie wieder überfallen und erobert werden. Diese Pflicht haben mir meine Götter auferlegt.«

»So ist es«, sagte sie, »großer König. Also gut. Auf deinen Schwur hin und um unseres Schutzes willen nehmen wir dein Angebot entgegen. Sollten, was die Götter verhindern mögen, unsere Männer besiegt werden, bevor wir zu ihnen zurückkehren können, wirst du mir einen weiteren Eid schwören? Wirst du uns freilassen, um zu unseren Verwandten in Kanaan zurückzukehren?«

Dies war eine dreiste Forderung, aber Khayan hatte nichts anderes erwartet; offensichtlich ging es Ahmose ebenso. Seine Augen blitzten in ihrer Maske aus Schminke, als er abermals nickte.

Sarai verbeugte sich noch einmal tief. »Du bist wahrhaft ein großer König«, sagte se, »und ein großer Fürst dieser Welt.«

»Und nicht der nächsten?«

Iry war nur noch kurz geblieben, nachdem die Retenudamen die Audienzhalle verlassen hatten. Khayan hätte erwarten sollen, dass sie ihnen folgen würde, nachdem sie ihnen eine Weile Zeit gegeben hatte, sich für diese vorletzte Nacht in den Gemächern der Königinnen in der Zitadelle niederzulassen. Dann ging sie, wie so oft zuvor schon, zu Sarais Räumen.

Wie schon zuvor bat sie Khayan nicht, in ihrem Schatten zu bleiben, aber er konnte nicht anders. Es war wie ein Abszess: Er musste ihn aufstechen, oder der Schmerz würde kein Ende nehmen.

Sarai überwachte die Vorbereitungen zur Abreise, obwohl bis dahin noch mehr als ein Tag blieb und sie sich zweifellos bereits länger vorbereitet hatten. Er nahm an, es gab ihnen etwas zu tun: So konnten die Frauen beschäftigt werden, damit sie weniger dazu neigten, in Hysterie zu verfallen.

Sarai begrüßte Iry, als wären sie nie getrennt gewesen, und warf Khayan nur einen kurzen Blick zu, nicht mehr und nicht weniger. In diesen Blick legte sie alles, was er wissen musste, und alles, was sie ihm geben würde: jedes Geschenk, jeden Segen.

Sie saß mit Iry in einem kleinen Zimmer, aus dem bereits alle persönlichen Gegenstände ausgeräumt waren, obwohl es immer noch üppig möbliert war. Es gab Wein, es gab Brot und einen Topf Honig. Khayan lehnte ab, aber Iry behauptete, Hunger zu haben. Sie aß und trank mit ihrer üblichen Ruhe.

Sarai teilte einen Becher Wein mit ihr, nippte aber nur daran. Hier waren die Schleier nun verschwunden. Ihr Gesicht war wie immer, vielleicht ein wenig schmaler und bleicher, aber so ausdrucksstark wie eh und je.

»Ihr werdet wirklich gehen?«, fragte Iry nach einer Weile.

Sie nickte. »Es ist Zeit«, sagte sie.

»Du kehrst zu den Stämmen zurück?«

»Ja«, erwiderte Sarai.

Iry seufzte ein wenig. »Ich wünschte, du würdest bleiben.«

Das verblüffte vielleicht Sarai, aber nicht Khayan: Er sah, wie seine Mutter die Augen ein wenig weiter aufriss. »Wieso solltest du das wünschen?«

»Um mich zu unterrichten«, sagte sie. »Um Mutter deiner Kinder zu sein.«

»Meine Kinder sind erwachsene Männer und Frauen. Und du«, meinte Sarai, »bist über mich hinausgewachsen.«

Iry schüttelte den Kopf mit einer Miene, die Khayan nur zu gut kannte: fest zusammengepresste Lippen, die Augen ein wenig zusammengekniffen. »Ich hatte mit meinem Unterricht bei dir erst begonnen.«

»Alles, was ich dir beigebracht habe, kannst du fortsetzen, oder meine Kinder können es dir beibringen. Ich würde gern meine Verwandten wiedersehen und über das weite Grasmeer reiten und unter offenem Himmel schlafen.«

Dem konnte Iry sich nur beugen. Aber sie hatte noch nicht aufgegeben. Niederlage war ein Wort, dessen Bedeutung Iry nicht kannte. »Du könntest gehen und eine Weile dort bleiben und dann zurückkommen.«

»Das glaube ich nicht«, sagte Sarai beinahe sanft. »Wenn ich gehe, dann gehe ich, um dort mein Leben zu Ende zu führen und zu sterben. Ich habe nicht den Wunsch, im Sand Ägyptens dahinzuwelken oder in diesem Sumpf zu verfaulen. Ich möchte einen sauberen Tod und einen langen Schlaf unter dem Gras.«

»Hasst du denn Ägypten so sehr?«, fragte Iry sie.

»Nein«, sagte sie mit fester Stimme. »Nein. Ich könnte sogar sagen, dass ich es geliebt habe. Aber es war nie mein Zuhause. Du verstehst das, Kind. Du verstehst besser als die meisten, dass Ägypten Gäste vielleicht willkommen heißt, aber dass es sich auch, wenn sie versuchen, es für sich selbst zu beanspruchen, gegen sie wendet und sie ausstößt.«

»Aber deine Kinder –«

»Meine jüngeren Kinder sind hier zur Welt gekommen. Meine älteste Tochter ist eine Tochter der Steppe.« Sarai hielt inne, erstaunt über Irys Reaktion. »Wie, das wusstest du nicht? Ja, Maryam ist bei den Stämmen zur Welt gekommen. Sie kam mit mir, als sie noch sehr klein war, als die Stute vor der deinen ihre Dienerin wählte und sie nach Ägypten brachte. Auch ich wurde auserwählt, wenn auch nicht als Dienerin der Stute.«

»Und als du hierher kamst, gab man dich einem Retenu.« Iry sprach sehr langsam, als müsse sie das unbedingt verstehen.

»Ich gab mich selbst«, sagte Sarai. »Ich habe ihn gewählt. Er war schön damals und sanftmütig. Sein Erbe ist ihm sehr ähnlich.«

Khayan wurde rot.

Sie lachten über ihn, aber nicht allzu grausam. »Also«, sagte

Iry, als das Lachen verklungen war, »wirst du gehen. Ich bete, dass du die Stämme sicher erreichst und noch lange unter deinen östlichen Sternen leben wirst.«

Sarai verbeugte sich tief, tiefer als vor dem König. »Ein solches Gebet«, sagte sie, »wird große Macht haben, wenn es von dir kommt.«

Sie schwiegen einen Augenblick. Iry erhob sich und ging hinaus.

Das ließ Khayan mit seiner Mutter allein. Er war sicher, dass beide das beabsichtigt hatten. Frauen verschworen sich immer auf eine Art und Weise, die Männer nicht verstanden. Manchmal war er sicher, dass sie direkt von Geist zu Geist miteinander sprachen, ohne dass es Worte brauchte.

Sarai betrachtete ihn wie so oft mit einem klaren, abschätzenden Blick. Als er jünger gewesen war, hatte er sich immer gefragt, welche Mängel sie wohl sah. Nun, da er ein Mann war, fragte er sich das immer noch, aber es zählte nicht mehr so viel. Was immer seine Mängel waren, sie war großzügig genug, sie zu verzeihen.

»Komm her, Kind«, sagte sie.

Er tat, worum sie ihn gebeten hatte, und setzte sich zu ihren Füßen. Sie strich ihm über das kurz geschnittene Haar und über die rasierten Wangen. Er schauderte ein wenig. Es fühlte sich nicht mehr so seltsam an, sein Kopf kam ihm nun ohne das Gewicht des Haares leichter vor als früher, aber bei ihrer Berührung erinnerte er sich lebhaft daran, wie es gewesen war, zum ersten Mal nackt vor der Welt zu stehen.

»Mein schönes Kind«, sagte sie. »Du weißt, dass wir uns nie wieder sehen werden.«

»Nein«, sagte er. »Das weiß ich nicht. Ich habe lange Zeit im Osten gelebt. Was soll mich davon abhalten, wieder dorthin zu gehen?«

»Nichts«, erwiderte Sarai. »Aber ich bin nicht mehr jung, und es gibt in Ägypten viel zu tun.«

Er setzte dazu an, das abzustreiten, aber sein Blick war zu klar: ihr Geschenk, und eine Art Fluch. »Auf Kreta«, sagte er stattdessen, »heißt es, die Gezeiten der Jahre tragen alles davon und bringen nur wenig zurück. Ich wünschte, das wäre nicht so.«

»Ich ebenfalls«, erwiderte Sarai. Sie würde nicht zusammenbrechen und weinen, das war nicht ihre Art, aber ihre Augen waren verdächtig feucht. »Du machst mich sehr stolz, mein Kind.«

»Selbst als das, was ich jetzt bin?«

»Der Erwählte der Dienerin der Stute. Du wirst wieder ein Fürst sein, Khayan. Das haben die Sterne mir gesagt.«

»Ich hätte beinahe gesagt, es macht keinen Unterschied«, sagte er nach einem Augenblick, »aber das stimmt nicht. Dafür bin ich schließlich doch zu viel Mann.«

Ihr Lächeln hatte einen Hauch von Bosheit, der ihn seltsam an Iry erinnerte. »Du bist Mann genug für alles.«

Wieder brannten seine Wangen, wie es jetzt so oft geschah. Sie legte die kühlen Handflächen darauf und bog seinen Kopf, bis er sie ansehen musste. »Ich gebe dir keinen Rat«, sagte sie, »und auch keine Weisheit. Nur dies: Liebe sie, Khayan. Liebe sie einfach.«

»Und darf ich mich an dich erinnern?«

»Wenn du das willst.«

»Was ich will…« Seine Kehle war wie zugeschnürt; er musste sich dazu zwingen weiterzusprechen. »Es wird mich traurig machen, wenn du gehst – aber ich werde auch froh sein, weil du nach Hause zurückkehrst.«

»Du warst immer schon zu weise für einen Mann.« Sie küsste ihn auf die Stirn, auf jede Wange und dann auf die Lippen. »Möge die Göttin dich lieben und dich weiter als einen der ihren betrachten.«

69

Ahmose, der König, verfolgte den fliehenden Feind und ließ Nefertari, die Große Königliche Gemahlin, und Ariana, die Königin, und seine Verbündeten aus Kreta zurück, zusammen mit einer großen Armee aus Adligen und Gemeinen des Unteren Reiches, die sich versammelt hatten. Zusammen würden sie die Schäden des Sturms und des Krieges beseitigen: ein gewaltiges Unternehmen, gewaltiger als das Verschließen der Tore Ägyptens vor den Eindringlingen aus Kanaan, aber nicht mehr oder weniger lebenswichtig für die Zwei Länder.

Bevor Ahmose sich auf den Weg machte, tat er drei Dinge, an die man sich erinnern würde. Er krönte sich mit den beiden Kronen; er nahm abermals Ariana von Kreta zur Frau, diesmal mit so viel Prunk und Pomp, wie seine Eile und der Krieg gestatteten; und er übergab Iry die Herrschaft über das Anwesen Aufgehende Sonne und bat sie, dort Pferde zu züchten, die seine Streitwagen ziehen sollten. Zusammen mit dem Stier des Re im Oberen Reich würde ihm das eine große Waffe für einen späteren Krieg geben.

Er fuhr in einem Wagen davon, aber Kemni war nicht sein Wagenlenker. Kemni hatte die Schlacht, wie er glaubte, bei halbwegs guter Gesundheit verlassen, aber gegen Sonnenuntergang war er plötzlich zusammengebrochen; daran, oder an die Stunde zuvor erinnerte er sich kaum mehr. Als er wieder aufwachte, befand er sich in der Zitadelle von Avaris, in den Gemächern eines Fürsten, und Imhotep, der Arzt des Königs, beugte sich über ihn; ebenso wie, mehr zu seiner Überraschung, die Kriegerin Sadana.

Zunächst schienen sie nicht zu begreifen, dass er wach war. Sie starrten einander an, als hätte sie sich gestritten. »Selbstverständlich weißt du nichts von dieser Pflanze!«, fauchte Sadana in ihrem gebrochenen Ägyptisch. »Sie wächst auf den Steppen Asiens. Sie beschert einem Träume und Visionen, aber sie heilt auch.«

»Und sie kann töten«, zischte Imhotep durch zusammengebissene Zähne. »Das habe ich gehört. Und du hast es auch selbst angedeutet.«

»Nicht dieser Kräutertrank. Und nicht so, wie ich es ihm verabreiche. Kannst du deine Arroganz nicht einen Augenblick beiseite schieben und zugeben, dass es vielleicht – vielleicht – Dinge gibt, von denen du nichts weißt?«

»Es gibt Myriaden von Dingen, über die ich nichts weiß. Aber Arzneien gehören nicht dazu.«

»Du magst dich mit ägyptischen Arzneien auskennen, aber das hier hat nichts mit Ägypten zu tun. Ich werde es ihm geben. Und jetzt tritt beiseite.«

Imhotep wich nicht von der Stelle. Sadana hob die Hand.

Kemni rührte sich und versuchte zu sprechen, es kam jedoch nichts dabei heraus, außer einem mühsamen Stöhnen.

Das genügte. Sie starrten ihn an, ihr Streit war vergessen. Er starrte zurück. Es gab Worte, wenn seine Zunge sie nur formen wollte. Sie fühlte sich dick und ungelenk in seinem Mund an. »Ich will … ich muss … wo …«

»Den Göttern sei Dank!«, rief Imhotep.

Aber Sadanas Miene blieb finster. »Sieh dir seine Augen an. Er ist verwirrt.« Sie drängte sich an Imhotep vorbei, nahm Kemnis Kopf in ihren Arm und goss ihm flüssiges Feuer in den Mund.

Er keuchte und verschluckte sich. Sie hielt ihm den Mund zu, bis er schlucken oder ertrinken musste. Der Kräutertrank rann weiter in seinen Magen, wie er in seinen Mund geflossen war: in einem Strom glühender Hitze.

Er atmete schwer, mit heftig klopfendem Herzen und schmerzendem Kopf. Aber seine Gedanken hatten aufgehört, hin und her zu schwanken, und waren klarer geworden. »Was im Namen aller Götter –«

»Etwas, das dir helfen wird, gesund zu werden«, sagte sie.

»Und das mich träumen lassen wird?«

»Das ist möglich.«

Er ächzte und schloss die Augen. Von allen Dingen, die sie ihm hatte geben können, brauchte er Träume am wenigsten.

Aber das feurige Zeug hatte seinen Kopf verlassen, und nach einer Weile hörte der Kopf sogar auf zu schmerzen. Beide waren immer noch da, beobachteten ihn, als fürchteten sie, dass er zwischen zwei Atemzügen sterben würde. »Ich bin nicht so schwer verletzt«, sagte er.

»Du hast einen Schlag auf den Kopf bekommen«, sagte Imhotep, »der dir beinahe den Schädel gespalten hätte. Der König hat mir mitgeteilt, wenn du nicht gesund wirst, wird er mir meinen Schädel spalten lassen. Du bist ihm sehr lieb und wichtig.«

»Die Götter allein wissen, warum«, murmelte Kemni.

»Alle lieben dein hübsches Gesicht«, sagte Sadana.

Dennoch, Kemni stand am Tor, als der König sich auf den Weg machte, gestützt von Sadanas kräftigem und liebenswerten Bruder Iannek. Ahmose hatte seine Befehle mit allem Nachdruck gegeben: Kemni würde nicht mitkommen. Er war verwundet worden und immer noch kaum im Stande, aufrecht zu stehen.

Der König würde die Retenu aus dem Land treiben, sie den ganzen Weg bis in ihr eigenes Land verfolgen und es erobern, wenn das möglich war. Er war auf Rache aus, hatte aber auch das Reich, das er in der Obhut seiner Königinnen zurückließ, nicht vergessen. »Wenn es dir wieder besser geht«, hatte er zu Kemni gesagt, bevor er in seinen Streitwagen gestiegen war, »habe ich etwas für dich zu tun. Willst du mein Stallmeister werden?«

Kemni war immer noch ein wenig wirr im Kopf. Er konnte den König nur anstarren und sagen: »Stallmeister? Aber –«

»Ich gebe dir den Stier des Re und das umliegende Land«, sagte Ahmose, »wie ich deiner Verwandten die Aufgehende Sonne gegeben habe. Du im Oberen Reich, sie im Unteren, und ihr werdet etwas beginnen, das uns stärker als je zuvor machen wird. Gib mir Pferde, mein Sohn. Gib mir Wagen. Eine so große Armee von ihnen wie die Armee zu Fuß, über die ich bereits verfüge.«

Das war eine große Aufgabe, zu groß für seinen dröhnenden Kopf und seine vielen Wunden und Prellungen. Aber er wollte nicht im Bett bleiben. Er sah den König mit einem großen Teil seiner Armee davonziehen – viel mehr, als Kemni geglaubt hatte –, mit jenen, die auf den Schiffen in Reserve geblieben waren und anderen, die sich von überall aus dem Unteren Reich sammelten. Der Sturm hatte schreckliche Zerstörung angerichtet, daher gab es weniger Kämpfer, als sie gehofft hatten, aber die Anzahl war immer noch gewaltig. Und obwohl Lagerhäuser eingestürzt und Vorräte von Krieg und Sturm zerstört waren, gab es immer noch genug, um die Armee bis ins Land der Retenu zu bringen.

Ein Teil der kretischen Flotte zog mit ihnen, solange der Fluss dies zuließ, und würde ihnen dann auf dem Meer folgen und ihre Vorräte tragen. Der Rest blieb im Dienst der Königin aus Kreta, unter ihnen der Admiral selbst, ihr Verwandter Naukrates.

Sie aßen am Abend nach dem Abschied des Königs miteinander, keine förmliche Versammlung, sondern als man Kemni beinahe in die Gemächer, die alle als seine bezeichneten, zurücktragen musste, erschien Naukrates an der Spitze einer Prozession von Dienern und mit allem, was zu einem Festessen gehörte, und befahl, dass es in einem der Räume aufgetragen werde. Kemni wurde mehr oder weniger selbst aufgetragen: Man legte ihn wie eine zu Ohnmacht neigende Dame auf einen Diwan, und er wurde von zwei jungen Frauen bedient, die er glaubte zu erkennen. Als sie unter seinem Blick zu kichern begannen, erkannte er sie tatsächlich. Sie waren Arianas – Dienerinnen der Ariana von Kreta.

Als wäre das ein Zeichen gewesen, erschien sie selbst, gekleidet, wie er es so liebte, in einen vielstufigen Rock und die Weste, die ihre Schönheit noch betonte. Der Schmerz der Erinnerung an eine andere, die sich so gekleidet und so gelächelt hatte, wenn sie allein gewesen waren, war seltsam weit entfernt – vielleicht wegen Sadanas Kräutertrank, den sie ihm weiter in feurigen Schlucken einflößte.

Sie aßen zusammen in dem Stil, an den er sich, wie Ariana ihm lachend mitteilte, nun gewöhnen musste, »denn du bist jetzt ein Fürst«.

»Ich habe im Haus der Prinzen gewohnt, seit ich kaum mehr als ein Junge war.« Und auch darin lag etwas Trauriges: sich an Gebu zu erinnern, daran, was er gewesen und was aus ihm geworden war. Kemni würde, wenn es den Göttern gefiel, niemals der Versuchung anheim fallen, die Gebu zerstört hatte. Er wollte kein König sein.

»Aber du bist jetzt mehr als der Günstling eines Prinzen«, sagte Ariana. »Du bist selbst von fürstlichem Rang.«

Das stimmte. Kemni hatte das nicht begriffen, er war immer noch durcheinander. Königlicher Stallmeister war ein hoher Rang, kam beinahe dem eines königlichen Prinzen gleich. Und warum nicht? Er würde so viel Wohlstand brauchen, wie der König oder die Königinnen ihm gewährten, um zu tun, was sie von ihm wollten. Und er brauchte auch die Macht, damit man seinen Befehlen gehorchte.

Es war zu viel, plötzlich an all das zu denken. Stattdessen aß er, was man ihm gab, oder versuchte es zumindest. Dieses Festessen war wie die Gedanken, die sich in seinen Kopf drängten: köstlich berauschend, aber zu üppig für seinen geschwächten Geist.

Bald würde er wieder stark sein. Sowohl Imhotep als auch Sadana hatten ihm in den seltenen Augenblicken, wenn sie sich einig waren, gesagt, dass es so sein würde. Heute Abend gestattete man ihm, sich seiner Schwäche hinzugeben.

Naukrates hatte viel Wein getrunken. Er gehörte zu jenen Männern, die der Wein warmherziger und großzügiger macht, aber niemals streitsüchtig. Er legte Kemni den Arm um die Schultern und zog ihn an sich. »Armer Junge! Du siehst ganz überwältigt aus. Warum fliehst du nicht vor alldem? Komm mit mir auf die *Tänzerin* und flieh aufs Meer. Wir werden bis zum Rand der Welt und darüber hinaussegeln. Wir werden den Weg der Sonnenbarke kreuzen.«

Nach einem weiteren Schluck Wein war Kemni noch berauschter als Naukrates. »Das«, sagte er mit großer Vorsicht, nicht über seine Zunge zu stolpern, »wäre großartig. Großartig – großartig.«

»Das kannst du tun«, meinte Ariana spitz, »wenn du dem König seine Pferde geliefert hast. Und nicht vorher.«

»Nicht nur Pferde liefern«, murmelte Kemni, »Pferde *machen*. Viele, viele, viele, viele –«

»Viele Pferde«, sagte Naukrates hilfreich. »Und dann aufs Schiff.«

»Dann aufs Schiff«, erklärte Ariana.

Kemni erinnerte sich daran, eine ganze Zeit nachdem er sich vom Wein und wirrem Kopf erholt hatte – wenn man bedachte, sogar relativ kurze Zeit danach. Der König hatte Avaris bei Vollmond verlassen. Zur Zeit des neuen Mondes ging es Kemni wieder gut, und alles war so weit in Ordnung, dass er mit einer Kompanie von Soldaten der Königinnen und anderen, die zurückkehrten, um sich um ihre Anwesen zu kümmern oder Anwesen wieder zu übernehmen, die ihnen als Kriegsbeute zugefallen waren, auf den Weg machte. Überall in Unterägypten waren Landsitze, die den Retenu gehört hatten, wieder in ägyptischen Händen, und dort gab es viel zu tun.

Es würde Jahre dauern. Sollte Kemni je aufs Meer entkommen, wäre der Bart, den er sich nicht wachsen ließ, zweifellos so grau wie der von Naukrates.

Aber das war, wie Naukrates ihn erinnerte, nicht so schrecklich alt. Inzwischen, in seiner Jugend, stand Arbeit vor ihm.

Ebenso wie vor Iry. Sie reiste mit ihnen, zusammen mit ihrem Gefolge: Kriegerinnen, ein einzelner bärtiger Retenuadliger und der Geschorene, der, wie alle wussten, ihr Geliebter war. Sie würden die Aufgehende Sonne übernehmen, wie Kemni den Stier des Re. Und Kemni hatte vor, dort zunächst eine Rast einzulegen, wenn er durfte.

Zur Aufgehenden Sonne zurückzukommen war wie eine Heimkehr – für Kemni ebenso wie für Iry. Es war nicht sein eigenes Anwesen, war es nie gewesen, aber er kannte es seit seiner Kindheit. Der Sturm hatte auch hier Schaden angerichtet, aber nicht so schlimm, wie man befürchtet hatte. Eines der Häuser innerhalb der Mauern – ausgerechnet das der Retenu – hatte kein Dach mehr. Dem Rest war es besser ergangen. Selbst in den Dörfern standen viele Häuser noch, und die Menschen bauten jene neu, die eingestürzt waren: eine Zurschaustellung von Fleiß, die das Herz jedes Herren erwärmt hätte.

Den Pferden ging es gut. Es gab bereits Fohlen, einige davon im oder kurz vor oder nach dem Sturm geboren, und die meisten von ihnen neben mondhellen Müttern. Das Volk der Stute war gewachsen.

Iry wäre einfach auf den Hof geritten, als täte sie das jeden Tag, aber ausgerechnet die Fremden unter ihren Begleitern wollten das nicht zulassen. Sie bestanden darauf, dass sie ihre Gewänder und den goldenen Kopfschmuck trug und die frisch gebadete und schimmernde Stute ritt wie eine Königin in einer Prozession. Alle trugen ihre besten Kleider, die Brüder in dem Kampfwagen, den sie sich angeeignet hatten, mit Khayans Falben als Gespann, und wieder trug Iannek einen Kilt und diente als Wagenlenker; auch Khayan war gerüstet, wie es sich für einen Krieger gehört. Kemni hatte gehört, dass sie gewürfelt hatten, um über ihre Plätze zu entscheiden, und Iannek hatte laut geflucht, als er verlor. »Bei den schwarzen Eiern des Seth! Ich verliere jedes Mal!«

Und Khayan hatte gelacht und gesagt: »Dann schwör das nächste Mal bei Mutter Isis' Brüsten, vielleicht lässt sie dich dann ein einziges Mal die Rüstung tragen.«

Nun lachte Khayan nicht. Kemni, ganz in seiner Nähe, versuchte ihm anzusehen, was er davon hielt, als Sklave auf ein Anwesen zurückzukehren, das er als Herr und Fürst verlassen hatte. Aber diesmal standen ihm seine Gedanken nicht so klar im Gesicht, als wären sie auf Papyrus festgehalten. Er sah aus wie eine Statue aus Elfenbein, mit seiner gebogenen Nase und dem festen Kinn, und sein für gewöhnlich so beweglicher Mund war fest zusammengekniffen.

Iannek schien das alles für einen großen Spaß zu halten, wie die meisten Dinge. Er sang vor sich hin und sprach mit den Hengsten, füllte das Schweigen seines Bruders mit vergnügtem Lärm. Kemni nahm an, dass auch dem eine Art von Weisheit zu Grunde lag. Es machte vieles bemerkenswert einfacher und brachte die Menschen zum Lächeln.

Das Anwesen wartete auf sie. Das Tor stand offen, und drinnen warteten viele Menschen: Wachen mit polierten Helmen, würdevolle Männer und Frauen in gutem Leinen mit ihrem besten Schmuck, und junge Mädchen und schlanke Jungen mit Blütengirlanden. Kemni sah vertraute Gesichter, von denen er vielen einen Namen zuordnen konnte. Da war Nefer-Ptah, die Nubierin, schwarz und hoch aufragend unter den kleineren, braunhäutigen Menschen; Teti, der Verwalter, mit seinen breiten Schultern und seiner befehlsgewohnten Haltung; seine Frau Tawit und seine Töchter, die fünf Schönheiten, die schnatterten wie eine Gänseherde; und sogar Huy, der Schreiber, der sich auf die Schulter von Pepi, dem Stallmeister, stützte und vielleicht auf die größte Freude wartete, die er je gekannt hatte: die Rückkehr einer Herrin vom alten Blut mit dem Segen und der Autorität eines ägyptischen Königs.

Aber es gab ein Gesicht, das er nicht entdecken konnte, ein Gesicht unvergleichlicher Schönheit. Herrin Nefertem lebte noch, das hatte man ihm versichert. Man hatte ihnen auch erklärt, sie hielte sich weiterhin in der Aufgehenden Sonne auf, wo sie das Frauenhaus wieder übernommen hatte und es beherrschte wie immer – selbst während die Retenu noch Herren im Unteren Reich waren.

Sie wurden mit Liedern und Tanz und einem Blütenregen empfangen. Kemni hatte hier zuvor niemals solche Freude erlebt, nicht einmal als Kind. Er fühlte sich seitdem – als müsse er lachen, aber wenn er das getan hätte, wäre er in Tränen ausgebrochen.

Der Hof war voller Menschen, alle Diener, Schreiber, Wachen, Frauen. Jeder Einzelne im Haus musste herausgekommen sein, um zu sehen, wie das Anwesen wieder in ägyptische Hände überging, und den Sieg zu feiern.

Herrin Nefertem saß im zweiten Hof, dem Hof der Lotussäulen, im Schatten eines Baldachins und umgeben von ihren Frauen. Kemni lächelte, als er sie sah. Ja, sie würde sie zu sich kommen lassen. Selbst ihre Tochter, die nun Herrin hier war.

Ihre Schönheit war so makellos wie eh und je. Sie verdarb sie nicht mit einem Lächeln, aber ihre Augen blitzten vor Freude. Als sie näher kamen, erhob sie sich und tat etwas, das sie in ihrem königlichen Leben noch nie getan hatte: Sie kam von dem Podest herunter, auf dem ihr Sessel stand, und streckte die Arme nach ihrer Tochter aus.

Iry beäugte ihre Mutter eher zweifelnd, ließ sich aber von ihr umarmen. Es musste ihr fast den Atem genommen haben, denn sie ächzte; aber sie versuchte nicht zu fliehen.

»Mein Kind«, sagte Nefertem. »Oh, mein Kind.«

Endlich befreite sich Iry und überließ Kemni das Feld. Zu ihm sagte Nefertem kein Wort, hielt ihn einfach nur sehr fest und lange. Der Trost dieser Umarmung einer Verwandten verblüffte ihn, rührte ihn aber auch zutiefst.

Schon bald würde er zum Stier des Re kommen und ein Fürst der beiden Reiche sein. Aber hier, in der Aufgehenden Sonne, war er zu Hause.

70

Herrin Nefertem hatte für alle ein Willkommensessen vorbereiten lassen. Sie war nicht sonderlich erfreut gewesen, auch die Überreste der Retenu, wie sie sie betrachtete, auf ihrem Anwesen wiederzufinden oder von ihrer Tochter informiert zu werden, dass diese Männer beim Festessen anwesend sein würden. »Sie sind Sklaven«, hatte sie gesagt. Aber Iry hatte sie niedergestarrt.

Iry bebte immer noch von der Erinnerung daran. Niemand, nicht einmal die Adligen der Retenu, hatten sich der Herrin Nefertem widersetzt. Nur ein Mann hatte es je wirklich versucht. Und dieser Mann saß nun neben ihr, nicht sonderlich willig, aber sie ließ nicht zu, dass er sich anderswo aufhielt.

Khayan war in dieser Halle, die vor dem Fall des Reiches seines Volkes einmal die seine gewesen war, still und recht bleich. Iry bedauerte ein wenig, dass sie ihn gezwungen hatte, mitzukommen; es tat ihm weh. Aber sie brauchte ihn hier: seine Festigkeit, seine Wärme, seine Kraft, die selten ins Wanken geriet.

Alle anderen waren schwindlig vor Freude. Selbst Kemni, der seit dem Tod seiner kretischen Prinzessin ein ernster Mann geworden war, trank viel und schloss sich dem Singen an. Es war eine Freude, ihn zu sehen: Die Trauer hatte seine Schönheit nur noch verfeinert und ihr eine Deutlichkeit verliehen, die ans Herz ging. Frauen seufzten, wo immer er sich aufhielt, und waren bekümmert, wenn er sie nicht bemerkte.

Alberne Geschöpfe. Es war nur ein Gesicht, sagte er sich. Er, der den größten Grund zur Eifersucht gehabt hatte, war es selbst am wenigsten.

Morgen würde die Welt wieder wirklich werden. Es gab Häuser, die wieder aufgebaut werden mussten, Menschen zu ernähren und zu kleiden, Pferde zu züchten. Der König sollte in ein starkes Reich zurückkehren. Dieser Teil des Reiches war Iry übergeben worden, um dafür zu sorgen.

Unter dem Tisch streckte sie die Hand aus und griff nach Khayans Hand. Seine Hand war kalt, sein Griff jedoch fest. Sie beugte sich zu ihm. »Bald. Wir sind bald fertig.«

Er seufzte leise. Sie hätte gern seine Brust berührt, die Finger durch dieses lockige Haar gezogen, und wenn sie dann sein wunderbares Lachen hörte, ihre Hände tiefer und tiefer gleiten lassen. Und dann…

Eine andere Hand berührte ihren Arm. Eine viel leichtere, aber ebenfalls feste Hand. Ihre Mutter flüsterte ihr etwas zu. Was sie sagte, bedeutete nicht viel. Es lenkte sie von Khayan ab, was vielleicht die Absicht der Herrin Nefertem gewesen war.

Also gut – zumindest im Augenblick. Später würden sie alle in ihren Gemächern sein, und Iry würde sich mit Khayan niederlegen und die Welt würde versinken. Dann würde es nur noch sie beide geben und das Lampenlicht und den schönsten Tanz der Welt.

Sie dachte daran, dass vielleicht – die Götter allein wussten, dass sie vermutlich zu viel hoffte, aber ihre Blutungen, die bisher jedes Mal exakt am Tag nach dem Neumond eingetreten waren, ließen immer noch auf sich warten, und der Mond nahm jede Nacht mehr zu.

Manchmal, wenn niemand hinsah, legte sie eine Hand auf den Bauch und fragte sich, ob dort etwas war – jemand, ein lebendes Wesen, ein Kind. Dann war ihr Herz so voller Freude, dass es zu bersten drohte.

Wenn, dann hätte es am Abend nach dem Fall von Avaris begonnen, als sie in der Zitadelle zusammengelegen hatten. Er hatte geweint, sich damit selbst verblüfft und war dann zornig geworden und hatte sich einen Narren genannt. Sie hatte versucht, ihn zu trösten, und dieser Trost hatte schließlich nur einen Weg nehmen können.

An diesem Abend tröstete sie ihn auf dieselbe Art. Das Zimmer, in dem sie lagen, war einmal das seine gewesen und davor das seines Vaters und davor das ihres eigenen Vaters. Keiner hatte etwas daran verändert. Die Retenu hatten die Wände mit schweren Vorhängen verhängt und die Kacheln unter Teppichen begraben. All dieser Dinge entledigt, war es ein schöner Raum, ein wenig mitgenommen von der Zeit, dessen einstmals lebhafte Farben verblasst waren, bis sie nun beinahe sanft schimmerten. Es gab Tänzerinnen an den Mauern, lange Reihen von ihnen, junge Mädchen mit geflochtenem Haar und junge Männer, die sprangen wie Akrobaten, und in einer Ecke sogar einen Affen, der mit boshafter Miene den Tänzer über sich nachäffte.

Sie hatten ihren eigenen Tanz getanzt und lagen nun ineinander verschlungen und schwer atmend da. Als Iry sich wieder bewegen konnte, beugte sie sich über Khayan und sah ihm ins Gesicht; er lächelte unwillkürlich.

»Tut es sehr weh?«, fragte sie.

Er schüttelte den Kopf. »Ich dachte, es würde schlimmer sein.«

»Und du willst immer noch bleiben?«

»Habe ich eine Wahl?«

»Du hättest mit deiner Mutter gehen können. Oder mit Apophis.«

»Was, nach Saruhen?« Er seufzte. »Nein, denn du bist nicht in Saruhen. Und du wirst nie nach Osten gehen.«

»Ich würde dich gehen lassen. Wenn sich dein Herz danach sehnt.«

»Mein Herz ist hier.« Er legte die Hand auf ihre Brust.

Sie legte ihre eigene Hand darauf. »Aber jeder Tag tut dir weh. Jeden Tag wirst du gedemütigt. Die Menschen nennen dich einen Sklaven. Manchmal spucken sie dich an. Als wir herkamen – ich habe gesehen, wie sie dich anstarrten und flüsterten. Hätte ich zugelassen, dass du im Sklavenquartier schläfst, wie du es wolltest, dann hätten sie dich dort gequält.«

»Das hätten sie nur ein einziges Mal versucht.«

Sie wich ein wenig zurück, nicht weil sie angewidert war, aber verblüfft. Wie dumm von ihr: Sie hatte ganz vergessen, was er war.

Das ärgerte sie nun. »Sollte ich dich einfach freilassen? Dich kämpfen lassen wie einen Hengst, der sich die Herde gewinnt?«

»Warum nicht?«

Sie lehnte sich abrupt zurück. »Ja, warum nicht? Was, wenn du dabei umkommst?«

»Niemand wird mich töten, denn ich gehöre immer noch dir.«

War er verbittert? Wahrscheinlich nicht. Das war das Volk der Stute in ihm. Sie konnten akzeptieren, was ein Krieger der Retenu niemals hoffen konnte zu dulden.

Herrin Nefertem rief ihre Tochter am Tag vor dem Vollmond zu sich. Ein paar der Diener, die sich Iry angeschlossen hatten, waren nicht erfreut: Sie war die Herrin dieses Anwesens und nicht Nefertem. Aber Iry gehorchte gern.

Auf dem Weg begegnete sie Kemni, der seinen eigenen Angelegenheiten nachging. Ihr war aufgefallen, dass er sich offenbar nicht ganz überwinden konnte weiterzuziehen. Sie fragte sich, ob er wusste, wie viel das mit der Frau zu tun hatte, die ihn nun so oft begleitete. Auch Sadana wusste es vielleicht nicht: wie sie zueinander hingezogen wurden. Sie waren nicht Geliebte; wäre Sadana ein Mann gewesen, hätte man sie Waffenbrüder genannt. Immer waren sie irgendwie mit den Pferden oder den Wagen oder den jungen Männern beschäftigt, die sie auszubilden begonnen hatten. Der König brauchte so viele, wie man ihm schicken konnte, bis nach Kanaan, bis in das Reich namens Saruhen, wo Apophis mit seinem Eroberungszug innegehalten hatte.

Aber nun erklärte Kemni einfach: »Ich komme mit dir. Es ist einige Zeit vergangen, seit ich deiner Mutter meine Aufwartung gemacht habe.«

Iry beäugte ihn misstrauisch. »Gibt es etwas, das ich wissen sollte?«

»Nein«, sagte er. »Vielleicht davon abgesehen, dass sie eigentlich zu dir kommen sollte und nicht du zu ihr. Du bist hier die Herrin.«

»Meine Mutter hat immer den Herren des Anwesens zu sich kommen lassen«, sagte Iry. »Warum sollte ich eine Ausnahme machen?«

Kemni schnaufte. »Ja, warum? Die Götter haben sie zur Königin gemacht. Die Menschen brauchten einfach etwas länger, um das zu begreifen.«

Iry hielt inne. »Was sagst du da? Soll ich sie mit dem König verheiraten?«

»Würdest du das gerne tun?«

Es war kein so unverschämter Gedanke, wie man vielleicht angenommen hätte. Bis auf…

»Sie würde ihn nie mit jemandem teilen«, sagte Iry. »Und er hat bereits zwei Königinnen.«

»Dann soll sie hier Königin sein. Aber du kannst nicht zulassen, dass sie dich beherrscht.«

»Das habe ich auch nicht vor«, sagte Iry.

Sie hatten das Frauenhaus erreicht und kamen nun an den Wachen vorbei, die sich verbeugten und lächelten – sie konnten ihre Mienen nie so ausdruckslos halten, wie es sein sollte, nicht in diesen Tagen. Sie freuten sich zu sehr, sich vor einer der Ihren verbeugen zu können.

Iry ging zu ihrer Mutter mit dem Gehorsam einer Tochter, aber dem Herzen einer Herrin. Nefertem war mit den Dingen beschäftigt, die sie liebte, mit der Buchhaltung des Landsitzes, und Teti, der Verwalter, war bei ihr. Sie grüßte Iry ruhig und Kemni ohne Überraschung – tatsächlich sogar mit Freude – und schickte Teti höflich weg. Er ging ohne Widerstreben, mit einem kurzen Lächeln zu Iry hin, als wüsste er, warum man sie hergerufen hatte und als sei er sehr erfreut darüber.

Herrin Nefertem war entschlossen, alles in angemessener Weise durchzuführen, mit Essen und Trinken und bedeutungsloser Konversation. Iry seufzte, ertrug es aber. Ihre Mutter ließ sich nicht hetzen, und sie konnte auch nicht gezwungen werden, etwas zu tun, was sie nicht wollte.

Nach einiger Zeit – lange nachdem Iry eigentlich mit Khayan bei den Wagen zusammentreffen sollte – kam Nefertem auf den eigentlichen Grund ihrer Einladung zu sprechen. »Mir ist aufgefallen«, sagte sie, »dass es zwar sehr gut ist, dich nun hier im Namen deines Vaters und deiner Brüder herrschen zu sehen, es aber noch angemessener wäre, wenn dieses Anwesen zu einem Herren von angemessenem Rang und Abstammung aufblickte.«

Iry weigerte sich, sich verblüffen zu lassen. »Herrin«, sagte sie, »Mutter. Der König selbst hat mich zur Herrin hier eingesetzt. Mein Amt, meine Stellung, machen mich zu mehr als einer Frau.«

»Dennoch, du bist immer noch eine Frau. In vergangenen Tagen hätte man dir, nachdem du zum ersten Mal geblutet hast, einen Mann gesucht. Nun sind die Zwei Länder wieder vereint und ein König trägt die beiden Kronen. Es ist Zeit, dass wir uns wieder angemessen verhalten.«

»Die Länder sind vereint«, sagte Iry, »und die fremden Könige werden bald vergessen und ihre Namen ausgemerzt sein. Aber einiges hat sich verändert. Der König fährt nun einen Wagen. Wo einst Rinder grasten und Gerste wuchs, ziehen wir Wagenpferde auf. Diese Pferde sind meine Aufgabe. Der König hat nichts davon erwähnt, dass ich sie einem Mann übergeben sollte.«

Sie hatte nicht vorgehabt, zornig zu werden. Männer beherrschten diese Welt, das wusste sie. So war es nun einmal. Aber sie war die Auserwählte der Stute. In der Welt der Stute herrschten die Frauen. Und dahinter konnte sie nicht zurück; nicht um ihrer Mutter willen.

»Ich bitte nicht darum, dass du deine Pferde aufgibst«, meinte Nefertem kühl. »Aber der Rest, das Anwesen, die Herrschaft – was kann daran so schlecht sein, wenn ein Mann den Titel hat? Es ist angemessen, man akzeptiert es, es mag dir bei Hofe dienen, wenn du dorthin gehst. Du wirst dorthin gehen. Oder glaubst du etwa nicht?«

»Ich weiß es«, sagte Iry und bemühte sich ruhig zu bleiben. »Und dieser Hof, Mutter, wird von zwei Königinnen regiert.«

»Im Namen des Königs«, erklärte Nefertem mit vernichtender Logik. »Komm, Kind. Wenn schon an nichts anderes so solltest du wenigstens an die Frage eines Erben denken. Den kann dir nur ein Mann schenken.«

Irys Bauch zog sich um das, was tatsächlich ein Erbe sein mochte, zusammen; aber darüber wollte sie jetzt nicht sprechen.

»Denk darüber nach«, meinte Nefertem, »worüber ich nachgedacht habe. Es gibt einige Männer, die genügen könnten. Aber vor langer Zeit, als du noch ein Kind warst, haben dein Vater und ich von einer Partie gesprochen, die ihn sehr erfreut hätte.« Sie wandte sich Kemni zu. Man musste zu seinen Gunsten sagen, dass er so verblüfft dreinschaute wie Iry selbst.

»Jawohl«, sagte die Dame mit deutlicher Freude. »Ich sehe, dass ihr versteht. Und warum auch nicht? Ihr seid verwandt, ihr seid zusammen aufgewachsen, ihr habt denselben Rang und steht in der Gunst des Königs gleich hoch. Und ihr teilt ein Amt: ihm Pferde zu liefern. Was könnte eine bessere Verbindung sein?«

Nun, dachte Iry, wenn man das so betrachtete, hatte sie Recht. Und die Götter wussten, dass Kemni schön war, angenehm und ein guter Freund. Er hatte alles, was sich eine Frau an einem Mann wünschen konnte. Was nichts daran änderte, dass sie beide wussten, was ihre Mutter zweifellos nicht wusste: dass keiner von beiden den Wunsch hatte, den anderen zu heiraten. Irys Geliebter war draußen bei den Wagen, Kemnis Herz war mit einer kretischen Priesterin gestorben, obwohl Iry annahm, dass es irgendwann wieder zum Leben erwachen würde, mithilfe einer Frau, die Pferde ritt und kämpfte wie ein Mann.

Das konnte sie nicht aussprechen, noch nicht. Sie erhob sich abrupt, und es war ihr gleich, ob das unhöflich wirkte. »Danke, Mutter«, sagte sie. »Ich werde darüber nachdenken.«

Kemni folgte ihr, wie sie es gewünscht hatte. Sie führte ihn in den kleinen Garten, wo sie an jenem Tag miteinander gesprochen hatten, als er über die Mauer gestiegen war, um die Retenu auszuspionieren. Es war nun ebenso still und ebenso einsam hier wie an jenem Tag.

Sie sah Kemni an. Er begegnete ihrem Blick und wartete darauf, dass sie sprach: eine Kunst, die er in Kreta oder von Sadana erlernt haben musste. Im Rest der Welt taten Männer so etwas nicht.

»Willst du das etwa?«, wollte sie wissen.

Er zog eine Schulter hoch, ein halbes Schulterzucken, als könnte er es sich zur Hälfte vorstellen. »Und du?«

»Wirst du beleidigt sein, wenn ich Nein sage?«

»Vielleicht ein wenig«, meinte er.

Sie schüttelte gereizt den Kopf. »Das ist albern. Du willst mich überhaupt nicht.«

»Ich könnte es«, sagte er, »wenn es meine Pflicht wäre. Genauso, wie du es könntest. Man hat uns erzogen zu heiraten, wie die Familie befiehlt. Wenn du mich nicht akzeptierst, wer weiß, was für einen Mann deine Mutter dir suchen wird.«

Das ließ sie schaudern. »Sag mir nicht, dass du nicht weißt, wieso ich mich weigern muss.«

»Ich weiß«, meinte er, »dass deine Mutter vollkommen entsetzt wäre, wenn sie wüsste, wer dich in den Nächten warm hält.«

»Bist du es etwa?«

Er schüttelte den Kopf.

»Und würdest du es sein? Wenn wir heiraten würden – würdest du versuchen, es mir zu verbieten?«

»Ja«, erklärte er ohne zu zögern.

»Aber du würdest andere Frauen nehmen, wenn du wolltest.«

Er war so freundlich, zu erröten und den Kopf zu senken. »So ist es nun einmal hier. Obwohl, wenn du es verbieten würdest –«

»Wie, damit wir beide leiden?« Sie kniff die Augen ein wenig zusammen. »Ja, ich würde es tun. Und dann wären wir beide elend dran.«

»Vielleicht nicht unbedingt elend«, sagte er. »Wir könnten gut miteinander auskommen. So war es doch immer.«

»Als Verwandte«, meinte sie. »Als Freunde. Und was würde aus meinem Geliebten? Müsste ich ihn wegschicken? Ich kann ihn nicht hier behalten. Und dann ginge es uns wirklich schlecht.«

»Schick ihn in den Süden«, sagte Kemni, »zum Stier des Re. Er wird dort gebraucht und wäre sehr willkommen.«

»Du wirst also tatsächlich darüber nachdenken«, sagte sie.

Er nickte mit den Achseln. »Du nicht? Es wäre vernünftig, es wäre nützlich, es würde unseren Zwecken dienen. Und es würde deine Mutter zufrieden stellen.«

»Und Mutter muss um jeden Preis zufrieden gestellt werden.« Iry fauchte geradezu. »Du kannst so etwas sagen? Wo du weißt, was ich habe? Oder ist das der Grund? Wenn du die Deine nicht haben kannst, darf ich den Meinen auch nicht bekommen? Gehst es darum?«

Er stand mit dem Rücken an der Wand, lehnte sich dagegen, nicht unbedingt verschreckt, aber wachsam.

Und das war auch gut so. Sie trat zurück, ließ ihn gehen. »Geh«, sagte sie, »und lass mich nachdenken.«

Er gehorchte ohne ein Wort. Sie bemerkte, dass sie halb wünschte, er hätte ihr widersprochen. Dann wäre es leichter gewesen, sich gegen diese Sache aufzulehnen.

Sie hatte ihn gern, sehr gern. Aber liebte sie ihn? Ja. Wie einen Bruder, wie einen engen Verwandten. Das hätte sie kaum von einer Heirat abgehalten, nicht in Ägypten, obwohl so etwas die Retenu entsetzte. War Königin Nefertari nicht die Schwester des

Königs? Aber wenn ihr Herz sang, dann sang es den Namen Khayans. Und das war vollkommen unmöglich. Er war ein Fremder, ein Gefangener. Er war Herr dieses Anwesens gewesen und hatte sich bewährt, aber die Menschen hatten ihn gehasst – sie hassten ihn immer noch, weil er Retenu war.

Ägypten strengte sich bereits an zu vergessen, dass sie jemals existiert hatten, ihre Namen, ihre Erinnerungen, alles würde ausgelöscht, das Land von allen Monumenten getilgt, im Sand und im schwarzen Schlamm des Delta begraben. Die verbliebenen Gefangenen, die nicht getötet oder verkauft worden waren, mussten, so weit sie konnten, Ägypter werden – so gut, wie es jemand konnte, dessen Gesicht nie etwas anderes als fremd sein würde.

»Herrin«, sagte sie an diesem einsamen Ort zu der Göttin, »hättest du einen auch nur annähernd unbequemeren Mann für mich wählen können?«

Die Göttin antwortete nicht, wie es ihr gutes Recht war. Sie hatte auch Iry auserwählt – über alle Frauen der Stämme und der Retenu; sie hatte all diese anderen Kandidatinnen abgelehnt, um ihre Hand auf eine Ägypterin zu legen, die keine Pferde kannte, die im Hass gegen sie aufgewachsen war. Dass sie dann das Herz dieser Ägypterin an einen Retenu band, passte zu ihr.

Und nun musste es ein Ende finden. Ägypten musste wieder Ägypten sein. Iry würde ihren Vetter heiraten, wie ihre Mutter es befahl, in einer Ehe, die eine Allianz von Fürsten war. So hatte die Ariana von Kreta den König von Theben geheiratet. So geschah es in der Welt, so war es richtig und angemessen.

Sie richtete sich auf und nahm sich zusammen. Sie ging, um ihren Pflichten nachzugehen, die viel zu lange schon gewartet hatten, während sie sich diesem lächerlichen Widerstand hingab.

Und als sie diese Pflichten hinter sich gebracht hatten, tat sie, woran Kemni sie erinnert hatte. Sie rief ihre Mutter zu sich.

Auch andere waren anwesend. Dies hier war keine förmliche Audienz, aber was sie sagen musste, musste sie vor jedem aussprechen, der damit zu tun hatte. Daher hatte sie sich in der kleineren Empfangshalle niedergelassen, auf dem Sessel, der seit urdenklichen Zeiten dem Herrn gebührte. Kemni war hier und Teti, der Verwalter, seine Frau und unvermeidlich auch seine Töchter. Darüber hinaus Sadana und Iannek, weil man ihn kaum fern halten konnte, und Huy, der Schreiber, der sich erinnern konnte, was er gehört hatte, obwohl er nicht mehr genug sah, um es niederzuschreiben. Und selbstverständlich, da auch alle anderen hier waren, stand Khayan schweigend und hoch aufgerichtet hinter Iry.

Herrin Nefertem ließ sie warten, aber Iry war darauf vorbereitet. Es gab Wein, es gab Kuchen. Die fünf Schönheiten füllten die Stille mit ihrem Schwatzen und ersparten den anderen die Notwendigkeit, sich zu beteiligen. Sie hatten offenbar vergessen, dass ihr ehemaliger Herr Ägyptisch verstand, denn sie betrachteten ihn offen abschätzend.

»Was für Schultern«, sagte Mut-Nefer. »Wie ein Bulle. Ich frage mich… glaubt ihr, dass der Rest von ihm…?«

Die anderen brachen kichernd zusammen. »Oh! Jede Wette!«, rief Neferure. »Aber diese Augen – ich bin mir nicht sicher, ob sie mir gefallen würden. Sie ähneln zu sehr denen einer Katze. Oder eines Falken. Falkenaugen sind kalt, voller Mord.«

»Nicht diese Augen«, meinte Mut-Nefer. »Sie sind warm wie Bernstein.«

»Ich wette, dass er Menschen getötet hat.« Neferure gab nicht nach. »Das haben sie alle. Alle von seinem Volk. Mit diesen großen Händen.« Sie schauderte entzückt. »Oh! Solche Hände auf mir zu spüren.«

Zum Glück ließ Herrin Nefertem sich dazu herab, in diesem Augenblick mit einer Prozession von Dienerinnen zu erscheinen, denn sonst wäre Iry aufgesprungen und hätte diesen beiden dummen Kühen die Köpfe zusammengestoßen. Das Eintreffen der Herrin brachte sie abrupt und gnädig zum Schweigen. Es dauerte einige Zeit, bis Nefertem sich in angemessener Bequemlichkeit niedergelassen hatte, selbstverständlich in der Mitte, wo sich alle um sie drängten und sie eifrig bedienten.

Alle, bis auf Iry und Khayan, der seinen Platz nicht verließ, nachdem er ihn erst einmal bezogen hatte. Er war wie die Stute. Wenn Iry anwesend war, interessierte ihn nichts anderes.

Endlich legte sich die Unruhe wieder. Der Raum hatte einen neuen Mittelpunkt, jene strahlende Schönheit, jene sichere Überzeugung, dass die ganze Welt nur existierte, um Herrin Nefertem zu dienen. Iry ließ es sie eine Weile genießen – nicht, wie sie sich sagte, weil ihr Mut nachließ, sondern weil es ihrer Mutter so sehr gefiel.

Aber nun konnte sie es nicht mehr aufschieben. Die fünf Schönheiten wurden schon unruhig; einen Moment länger, und sie würden sich erneut die Mäuler wegen Khayan zerreißen.

»Meine Freunde, meine Verwandten«, sagte sie. Ihre Stimme kam ihr selbst sehr dünn vor, und sie strengte sich an, fester zu sprechen, wie man es ihr beigebracht hatte, wie eine Priesterin, die vor das Volk tritt. »Ich habe euch hier versammelt, um euch etwas mitzuteilen. Heute früh hat meine Mutter mich an meine Pflichten erinnert, nicht nur im Namen des Königs hier zu herrschen, sondern auch an die angemessene Bewirtschaftung dieses Anwesens und die Fortführung der Linie zu denken. Sie wies darauf hin, dass in den Zwei Ländern eine Frau durch ihren Mann und mit ihrem Mann herrscht, dass der Name des Königs allein nicht genügt und dass es ihr zweifellos keinen Erben schenken kann.«

Eine oder zwei der Schönheiten begannen leise zu murmeln, bis ihre Mutter sie knuffte. Als das Geschrei verebbt war, fuhr Iry fort. »Meine Mutter hat mich darüber informiert, dass sie, wie es angemessen ist, einen Mann auserwählt hat, der mit mir über dieses Anwesen herrschen wird.« Sie streckte die Hand aus. Kemni nahm sie ein wenig zögernd entgegen, den Blick voller Misstrauen.

Alle schienen auf einmal aufeinander einzureden, ein recht freudiger Lärm. Aber hinter ihr war es still.

Iry begegnete Kemnis Blick. Seine Hand, das fiel ihr zwangsläufig auf, passte gut zu ihrer eigenen. Khayans Hand war leicht zweimal so breit, sodass sie immer beide Hände brauchte, um sie zu halten. Kemni war erheblich kleiner, aber für einen Ägypter relativ groß. Sie würden gut zusammen aussehen, passend in Höhe und Breite und im Aussehen, obwohl Iry keine Schönheit war und Kemni ein ausgesprochen schöner Mann.

Immer noch mit dem Blick auf Kemni, zog sie ihre Hand zurück. »Ich habe die Gründe meiner Mutter vernommen«, sagte sie mehr zu ihm als zu jedem anderen, »und sorgfältig darüber nachgedacht. Es sind hervorragende und sehr angemessene Gründe. Niemand könnte etwas dagegen einwenden.

»Und dennoch«, sagte sie, »kann ich dich nicht heiraten.«

Er sagte nichts. War er erleichtert? Vielleicht. Er hätte vielleicht widersprochen, wenn sie ihn ließe.

Das hatte sie aber nicht vor. Sie würde sich nicht mit ihm und mit keinem anderen streiten. »Ich bin als Tochter dieses Hauses zur Welt gekommen, als Kind der Aufgehenden Sonne«, sprach sie weiter. »Aber als ich zur Frau wurde, wurde mir ein anderes Schicksal auferlegt. Ich wurde auserwählt, einer Göttin zu dienen, die keiner von uns damals kannte, einer Macht, die die Gestalt einer weißen Stute annimmt. Diese Göttin hat mir, indem sie mich auserwählte, andere Entscheidungen auferlegt. Entscheidungen, denen ich mich nicht entziehen kann. Selbst wenn ich es wollte, könnte ich es nicht. Und eine Entscheidung«, sagte sie mit laut klopfendem Herzen und einem wortlosen Gebet um Ruhe, »ist diese hier.«

Sie erhob sich, nahm Khayans Hand in beide Hände. Er wehrte sich nicht, er war sehr, sehr still. »Das hier«, sagte sie, »ist der Vater meiner Tochter, die ich in mir trage, und der Vater der Kinder, die ich danach zur Welt bringen werde. Er ist nach dem Gesetz der Stämme mein Mann, mein Auserwählter vor der Göttin.«

Es war interessant zu sehen, wie wenig die anderen überrascht schienen, selbst ihre Mutter. Aber schockiert waren sie dennoch, entsetzt und empört, sogar zornig. »Das ist ein Retenu!«, rief Mut-Nefer.

Sie sprach für alle, dachte Iry, vielleicht mit Ausnahme der Retenu selbst, und mit Ausnahme von Kemni, der nun unverschämterweise zu lächeln begann. Sollte er laut lachen, würde sie ihn schlagen.

»Das ist ein Mann vom Volk der Stute, dessen Vater zufällig Retenu ist«, erwiderte Iry. »Er ist ein Mann, der viel von Pferden versteht. Er versteht auch viel von Landsitzen – diesem hier eingeschlossen – und von unserem Volk.«

»Er ist kein Ägypter«, sagte Nefertem mit eisiger Verachtung. »Wirklich, Kind, er sieht recht gut aus, wie einer seiner Hengste, und zweifellos dient er recht gut als Hengst, aber ist er ein angemessener Gefährte für eine Herrin in den Zwei Ländern?«

»Absolut nicht«, erwiderte Iry. »Und dennoch ist er mein Gefährte.«

»Ich verbiete es.«

»Das kannst du nicht. Es ist bereits geschehen.«

»Dann löse es auf. Du wirst deinen Verwandten heiraten, wie ich dir befehle, und diesen jungen Hengst wegschicken. Es gibt sicherlich genügend Stuten für ihn, wo immer er sich hinwenden mag.«

Oh, sie war zornig, die Herrin Nefertem, sich so gewöhnlich auszudrücken. Iry hatte sie nie so zornig erlebt.

Angst konnte, wie Iry im Krieg festgestellt hatte, nur ein bestimmtes Ausmaß erreichen, bevor sie einen entweder um den Verstand brachte oder eine vollkommene, beinahe bittere Klarheit bescherte. Irys Geist war wie klares Wasser, das der Wind berühren und sogar hin und her bewegen konnte, aber es kehrte immer wieder zu der Ruhe zurück, mit der es begonnen hatte.

Sie hielt immer noch Khayans Hand, ihre kleinen Finger weit ausgestreckt, um seine großen zu umfassen, aber zufrieden damit. »Ich werde ihn nicht wegschicken«, sagte sie aus der tiefen Stille in ihrer Mitte zu ihrer Mutter. »Wenn seine Anwesenheit hier dich stört, werde ich dir ein eigenes Anwesen geben, einen Ort, an dem du herrschen kannst, wie es dein Herz begehrt. Denn hier wirst du nicht herrschen. Ich bin die Herrin, die der König für dieses Anwesen eingesetzt hat, die Herrscherin, die er auserwählt hat. Das hier ist mein Gemahl, den ich mit dem Segen der Göttin für mich erwählt habe.«

Nefertem schwieg. Iry glaubte nicht, dass ihr jemals zuvor jemand getrotzt hatte. Es war schrecklich, aber Iry konnte nichts anderes tun.

Schließlich sagte Nefertem mit sehr leiser, ruhiger Stimme: »Du bist also tatsächlich entschlossen?«

»Ich kann nicht anders.«

»Ich werde nicht gehen«, sagte Nefertem.

»Dann wirst du meine Wahl akzeptieren.«

Nefertem schüttelte den Kopf. Aber sie sagte kein Wort mehr. Iry nahm es als Zustimmung, soweit einem diese stolze Dame überhaupt zustimmen konnte.

»Wird sie mich je akzeptieren, was meinst du?« Iry saß auf dem breiten herrschaftlichen Bett, hatte die Knie an die Brust gezogen und freute sich schlicht daran, dass Khayan nackt vor ihr lag. Er hatte sich auf die Seite gelegt, träge wie ein Löwe in der Sonne, aber seine Augen waren wie klarer Bernstein, beinahe golden, und sein Blick war sehr wach.

»Glaubst du, dass sie das je tun wird?«, fragte er abermals.

»Wahrscheinlich nicht«, erwiderte sie. »Meine Mutter ist beinahe so störrisch wie ich und sehr stolz. Aber sie wird nicht gegen dich intrigieren oder versuchen, dich zu vertreiben oder töten zu lassen. Das wird sie um meinetwillen tun, weil ich ihre Verwandte bin.«

»Ich werde sie für mich gewinnen«, sagte er mit einer Sicherheit, die bei einem anderen Mann arrogant gewirkt hätte. Aber Khayan konnte es vielleicht tatsächlich schaffen. »Sie wird mich sicher nie als deinen Mann akzeptieren, aber am Ende wird sie eingestehen müssen, dass ich das Recht habe, hier zu leben.«

»Das wäre ein Sieg«, gab Iry zu. Und dann: »Bedauerst du, was ich getan habe? Wenn du nicht –«

»Das hängt davon ab, was ich sein soll. Kann eine Frau in diesem Land einen Sklaven heiraten?«

»Du warst niemals ein Sklave«, sagte sie. »Nicht in meinem Herzen. Du bist mein Herr und mein Geliebter.«

»Ich bin ein Fremder in dem Land, in dem ich zur Welt gekommen bin. Die Leute spucken in meine Fußspuren, wenn ich an ihnen vorbeigehe.«

»Das wird ein Ende haben«, erklärte Iry mit ruhiger Entschlossenheit. »Wir werden mutig sein, du und ich, und Seite an Seite sitzen, wie es sich in Ägypten gehört. Wirst du das tun? Komm mit mir am Morgen nach draußen, gekleidet wie ein Herr, und geh neben mir, so stolz und aufrecht wie eh und je, und sitz auf einem Sessel, der meinem gleichgestellt ist, während wir uns um die Angelegenheiten des Anwesens kümmern. Seite an Seite, Hand in Hand. Wäre das möglich?«

»Ich kann es versuchen«, sagte er.

»Du wirst es tun.«

»Wie meine Herrin wünscht«, erwiderte er.

»Nein«, sagte sie. »Wie mein Herr es wünscht. Seite an Seite.«

»Seite an Seite.« Er sprach die Worte, als verstünde er ihre Bedeutung nicht ganz, aber als wäre er willig zu lernen.

Sie lächelte. »Seite an Seite und stolz.«

»Stolz.« Das verstand er. »Ja. Das kann ich tun. Und mit Freude. Ich kann ihnen trotzen, wenn sie mich hassen. Und ich kann sie herausfordern, mich zu lieben.«

»Und wenn sie nachgeben«, sagte sie, »lass sie dein großes Herz und deinen starken Geist erkennen. Vielleicht habe ich dich ihnen aufgezwungen – aber am Ende werden sie froh über dich sein.«

»Das kann ich nur hoffen«, meinte Khayan, immer noch ein wenig zögernd, aber sie hatte nicht den geringsten Zweifel.

Sohn des Re

Kemni träumte. Er war sein geflügeltes Abbild, sein *Ba*-Geist, und er ritt auf dem Wind über den Visionen, die die Götter ihm zeigen wollten.

Er spähte hinab auf weiße Mauern, blendend in der hellen Sonne, und weiße Berge, die von Menschen hergestellt waren: die Grabmale der Könige in Memphis am Tor zum Unteren Reich, und die Pyramiden dahinter, die sich hoch aus dem Roten Land erhoben. Es war ein großer Festtag, das Fest zum Höhepunkt des Hochwassers, wenn der König in die weiße Stadt kam und mit den Priestern des Ptah neben dem alten Hochwassermaß stand und es mit großem Pomp benutzte.

Dies war das erste Mal seit hundert Jahren, dass der König bei diesem Ritual die beiden Kronen trug, die weiße in der roten, und wieder ein ägyptischer König war. Die fremden Könige waren vertrieben, ihr Reich in Kanaan besiegt, ihre Städte zerstört. Ihre Namen waren aus den Annalen der Zwei Länder getilgt. All ihre Werke waren zunichte gemacht worden, ihre Denkmale niedergerissen oder zurückerobert. Selbst ihre große Stadt, ihre Hauptstadt Avaris, hatte der König seiner kretischen Königin geschenkt.

Ariana war bei diesem Ritual anwesend, neben und ein Stück hinter der Großen Königlichen Gemahlin, der Königin Nefertari. Sie waren umgeben von Prinzen, Herrn und Damen ihrer Familie, Dienern und Kindern. Die Freude sang in ihnen, die Freude über den Sieg.

Der Wind trieb Kemni in einer Spirale abwärts, damit er die Gesichter rund um den König besser erkennen konnte. Er fand jene, nach denen er Ausschau gehalten hatte, und das schnell: Iry, in Gewand und Perücke einer ägyptischen Dame, aber der Kopfschmuck war die goldene Krone der Priesterin der Stute. Neben ihr – nicht hinter ihr – stand eine hoch aufragende Gestalt in fürstlicher Kleidung und mit viel Goldschmuck. Ein kleineres Geschöpf klammerte sich an sein Bein: ein kleines nacktes Mädchen mit geschorenem Kopf, wie man es bei Kindern tat, bis auf die Seitenlocke, die selbst geflochten noch Locken zeigte. Sie sah Iry als Kind bemerkenswert ähnlich, aber ihre Augen waren hell, beinahe golden, und ihre Haut hatte nicht ganz das warme rötliche Braun der Ägypter. Statt der üblichen blauen Glücksperlen trug dieses Kind ein Amulett: ein grob geschnitztes weißes Pferd an einer Schnur aus geflochtenem Rosshaar.

Diese drei standen dicht nebeneinander, und Kemni konnte sehen, dass sie schon bald zu viert sein würden. Während er zusah, legte Khayan Iry den Arm um die Schultern, und sie lehnte sich an ihn.

Kemnis Geist verspürte ein kurzes Bedauern und einen Stich der Eifersucht. Zwei Menschen zu sehen, die einander so liebten, dass sie ihrem ganzen Land, ihrer Familie und ihrem Blut trotzten und sich dennoch freuen konnten, und er – er hatte nichts.

Er riss sich zusammen. Er würde sich freuen, sie so glücklich zu sehen. Und noch mehr, weil Herrin Nefertem nicht weit von ihnen entfernt stand – allerdings nicht wie jemand, der auf diese Distanz beharrt. Tatsächlich war ihr Blick, wenn er auf ihr Enkelkind fiel, beinahe sanft. Nefertem würde den Vater nie akzeptieren, aber Kemni hätte darauf gewettet, dass das Kind der Augapfel seiner Großmutter war.

Andere standen ebenfalls in der Nähe: Iannek, wachsam und in Rüstung; ein paar von Sadanas Kriegerinnen; selbst Kemni, halb verborgen hinter der Masse des jungen Retenu.

Der Anblick seines eigenen Körpers bewirkte, dass er ruckartig abwärts fuhr. Augen, die zuvor die ganze Menschenmenge erblickt hatten, sahen nun nur noch, was ein Mann zu Fuß sehen konnte, und das ausschließlich entsprechend dem Willen des Geistes hinter ihnen. Kemnis Traumgeist hatte keine Macht über diesen Körper.

Dennoch, er sah, was er sah, und spürte, was er spürte. Dieser Körper war schwindlig vor Freude, und nicht nur darüber, bei diesem Ritual anwesend sein zu dürfen. Etwas anderes war geschehen. Etwas Wunderbares. Etwas, das mit der Wärme der Person zu tun hatte, die neben Kemni stand, die er nicht anzusehen wagte, als könnte sie das verschwinden lassen. Es war eine Frau, das wusste sein Geist. Wer es war, gestattete man ihm nicht zu wissen.

Sein Geist erstarrte bedrückt und in einer Art Schrecken. Die Liebe seines Herzens war tot. Wie konnte er sich, selbst nach Jahren, einer anderen zuwenden. War er so unbeständig?

Es schien, dass er es zumindest in seinen Träumen war. Diese Freude war hinreißend, mehr, als er je geglaubt hatte, wieder erfahren zu können. Er hatte nicht einmal Angst, sie zu verlieren. Diese Angst hatte ihn gequält, das wusste sein Geist, aber er war ruhiger geworden. Er nahm, was der Augenblick ihm bot. Es wäre dumm, etwas anderes zu tun.

Beinahe mit Bedauern erwachte er, denn eine Stimme rief nach ihm. Er öffnete die Augen, blinzelte, immer noch halb blind von Schlaf.

Sadana beugte sich über ihn. Er keuchte verblüfft, war dann plötzlich erleichtert. »Ist es schon Morgen?«

»Es dämmert«, sagte sie. »Die lahme Stute hat in der Nacht gefohlt. Ihre Schwester ist jetzt seit mehr als einer Stunde unruhig.«

Kemni sprang auf, ein wenig stolpernd, behielt aber das Gleichgewicht und tastete nach seinem Kilt. »Eine Stunde? Sie wird fohlen, bevor ich dort bin!«

»Das glaube ich nicht«, sagte Sadana. »Sie wird auf dich warten.«

Sie hatte gewartet. Sie war im Stall, wie einige andere Stuten, die ihrer Zeit nah waren: Lieblingsstuten oder Verwandte der Stute. Ihre Schwester säugte ein hübsches, hoch gewachsenes Fohlen, das sich dunkel und schlaksig vor dem mondbleichen Fell der Mutter abhob. Die andere war immer noch unruhig, schlug mit dem Schweif, sah sich um.

Kemni ließ sich still vor der Box nieder, wie er es gelernt hatte. »Weiß Iry Bescheid?«, murmelte er Sadana ins Ohr.

Sadana zog die Brauen hoch. »Sollte sie?«

»Dies hier sind Verwandte der Stute.«

»Aber nicht diese Stute«, sagte Sadana. »Und Iry ist vielleicht beschäftigt.«

Kemni biss sich auf die Lippen. Beschäftigt. Tatsächlich. Vielleicht damit, das Kind zu empfangen, das er im Traum gesehen hatte – oder dafür zu sorgen, dass es im Leib blieb, wo es hingehörte.

Sadana stützte die verschränkten Arme auf die brusthohe Wand der Box, beinahe nahe genug, um Kemni zu berühren, aber nicht ganz. Kemni tat dasselbe, stützte das Kinn auf die Arme und wartete, bis die Stute begann.

Während er dastand, sich auf die weiße Stute konzentrierte, sich aber auch der Person neben ihm sehr bewusst war, fiel es ihm auf: Er kannte dieses Gefühl – diese Wärme, diese Gegenwart. Diese Freude, die so tief war, dass er sie nicht einmal bemerkt hatte.

In dieser wachen Welt konnte er seinen Augen Befehle erteilen, er konnte sie ansehen. Sie schien ihn nicht zu bemerken. Sie beobachtete die Stute.

Sadana? Sadana war die Frau in seinem Traum?

Warum nicht?

Er liebte sie nicht so, wie er Iphikleia geliebt hatte. Keine Frau würde das je wieder von ihm bekommen. Und dennoch, vielleicht liebte er Sadana nicht weniger. Es war nur anders. Liebe, die aus Freundschaft entstanden war, aus dem Band zwischen Krieger und Wagenlenkerin. Sie hatte ihn einmal zu ihrem Liebhaber erwählt, aber nicht wieder; sie schien nicht dazu geneigt zu sein. Er hatte diese Nacht nie vergessen, aber der Gedanke war ihm nicht zur Besessenheit geworden.

Im Traum hatte sie ihn geliebt, wie er sie liebte, und das war das Schönste gewesen. Aber es konnte auch allein seinen Wünschen entsprungen sein. Zweifellos bemerkte sie ihn jetzt kaum, es schien ihr gleich, wie dicht er neben ihr stand, und dass er beinahe nackt war.

Die Stute hatte sich hingelegt und atmete schwer; er sah die silberne Blase der Glückshaube und einen Elfenbeinschimmer darin: Der Fuß des Fohlens kam heraus.

Sadana runzelte die Stirn. Nun sah auch er es: nur ein Fuß, wo zwei sein sollten, und die Stute spannte sich an. Sadana sprang über die Trennwand und ließ sich an der Seite der Stute nieder, griff hinein, suchte, hielt inne. Wieder spannte die Stute sich an. Glatt und sauber holte Sadana das Fohlen heraus, dunkel und nass im wolkigen Silber der Haut. Sie faltete sie von der runden Schnauze und den Ohren zurück, die sich an den Spitzen bogen, von einem dünnen, feuchten Hals und breiten Schultern.

Das Fohlen rührte sich, erhob sich weiter von seiner Mutter weg. Sadana hielt sich zurück, als es sich bewegte, ließ es nun den Rest der Geburt selbst hinter sich bringen. Es versuchte, ihr auf den Schoß zu klettern. Sie wiegte es und drehte es um, bis es seine Mutter ansah. Die Stute hatte den Kopf gehoben, ihre Nüstern bebten. Sie berührte die kleine, feuchte Nase mit ihrer Nase.

Sadanas Lächeln kam ganz plötzlich, und es war strahlend und vollkommen unbewusst. Es wärmte Kemni wie Sonnenlicht, und er setzte sich neben sie und sah zu, wie die Stute ihr Fohlen begrüßte.

»Ein kleiner Hengst?«, fragte er.

»Eine Stute«, erwiderte Sadana zufrieden. »Eine Stute vom Volk der Stute. Sie wird sehr schön werden.«

Kemni war noch dabei zu lernen, wie man die ersten Anzeichen von Schönheit bei Fohlen erkennt, und er beherrschte diese Kunst nicht sonderlich gut. Sadana, die es als Kind gelernt hatte, sprach mit Selbstvertrauen und nicht geringem Stolz. Es war eine große Sache, einem dieser Geschöpfe auf die Welt zu helfen, so selten sie waren und der Göttin so lieb.

Schweigend sahen sie zu, wie das Kind der Stute sich selbst beibrachte aufzustehen, das übervolle Euter zu suchen, zu saugen. Es bestand keine Notwendigkeit etwas zu sagen, das Unbehagen mit einem Schleier von Worten zu überdecken. Alles, was ausgesprochen werden musste, sagten die Stute und ihr Fohlen.

Kemni hätte es dabei belassen können, wie es immer gewesen war, seit Sadana sich zu seiner Hüterin ernannt hatte. Stattdessen sagte er, nachdem das Fohlen sich sattgetrunken hatte, seufzend eingeschlafen war und die Stute ihre Aufmerksamkeit dem Heu zuwandte, das sie am Abend zuvor abgelehnt hatte: »Komm mit mir. Wenn ich zum Stier des Re weiterziehe, wie ich es bald tun sollte – komm mit und hilf mir.«

Sie sah ihn fragend an. »Gibt es niemanden sonst, der das tun könnte?«

»Niemanden vom Volk der Stute.«

»Nun«, meinte sie, »eine oder zwei meiner Frauen wären sicher entzückt, mit dir ins Obere Reich zu reiten.« Er lauschte ihr mit einer Art Verzweiflung, aber er wollte noch nicht aufgeben. »Ich habe dich gefragt.«

Sie zog die Brauen hoch. Wenn sie ihn auslachen würde, würde er sich ein Schwert suchen und sich hineinstürzen. »Was kann ich tun, das eine meiner Frauen nicht tun könnte?«

»Sadana sein«, antwortete er.

»Ah«, entgegnete sie. Und dann schwieg sie lange genug, dass er beinahe verzweifelt wäre. Sie wollte nicht mitkommen. Sie wollte hier bleiben, wo ihre Brüder waren und die Dienerin der Stute und die Stute selbst. Selbstverständlich. Wie auch nicht?

Dann sagte sie: »Du willst eine Freundin.«

»Ich bin sicher, dass ich Freunde finden kann«, meinte er steif, »sobald ich dort angelangt bin.«

»Nein«, sagte sie. »Nein. So habe ich es nicht gemeint. Ich meinte –«

Sie brach ab und zischte verärgert und hilflos. »Bittest du mich um etwas anderes?«

Er spürte, wie die Hitze ihm in die Wangen stieg. »Ich will nicht unverschämt sein«, sagte er.

»Ach nein?« Wieder beobachtete sie die Stute und das Fohlen. »Was, wenn ich Ja sagte? Zu allem?«

»Zu allem?«, wiederholte er.

»Zu allem, um das du bittest. Zu dem, was du glaubst, das du von mir willst, und zu dem, was dein Herz wünscht.«

Sein Herz klopfte bei diesen Worten fest, als wolle es ihm aus der Brust springen. »Und dein Herz?«, fragte er. »Will dein Herz dasselbe?«

»Von Anfang an«, sagte sie.

Er hatte Angst, spürte Kälte an seiner Haut, ein Schaudern im Herzen. Bei Iphikleia hatte er nie Angst gehabt.

Das war etwas Neues, das gefiel ihm nicht. Nicht, dass sich dieses Gefühl etwas daraus machte, ob es ihm gefiel oder nicht. Es war einfach vorhanden. So bald schon wieder zu lieben, nach so viel Schmerz – selbst mit der Kraft seines Traumes, die ihn stützte, konnte er den Gedanken kaum ertragen.

Die Götter hatten wenig Geduld mit menschlichen Abschweifungen, Sadana ebenfalls. Sie ging auf ihn zu. Er wich nicht aus, er hätte es auch nicht gekonnt: Er stand mit dem Rücken zur Wand.

Dort stellte sie ihn und ließ ihm keine Möglichkeit zu fliehen. »Ja«, sagte sie. »Ja, ich komme mit.«

Darum hatte er sie gebeten, und nun sollte er froh sein. Und dennoch sagte er: »Ich kann dir nicht alles von mir geben. Ich würde es nie können.«

»Das weiß ich.« Sie strich ihm über die Wange. »Das ist mir gleich.«

»Du hast mehr verdient.«

»Das weißt du nicht«, sagte sie. »Ich werde nehmen, was du hast, und mich daran freuen. Es wird genügen.«

»Was, wenn es nicht genügt?«

»Es wird genügen.«

Er schüttelte den Kopf, wusste nicht, wieso er so störrisch war, aber er konnte nicht anders. »Es tut mir Leid, dass ich gefragt habe. Wenn du eine der anderen mitschicken willst, werde ich mich zufrieden geben. Du gehörst hierher. Vielleicht, eines Tages –«

»Hör auf«, sagte sie. »Du hast gefragt. Ich habe geantwortet. Ich gehe mit dir zum Stier des Re.«

»Als meine Frau?«

Das verblüffte sie, aber nicht lange. »Ja«, sagte sie. »Das werde ich tun.« Dann lachte sie. »Große Göttin! Meine Verwandten werden entsetzt sein. Erst mein Bruder und Iry und jetzt –«

»Ich nehme dich nicht deshalb, weil sie mich nicht wollte. Glaub das nicht.«

»Selbstverständlich nicht«, sagte sie, als wäre sie erstaunt, dass er auch nur auf den Gedanken kam. »Sie hatte niemals Augen für einen anderen als Khayan. Einige Frauen sind so. Auch einige

Hunde. Und die eine oder andere Stute. Sie lieben immer nur einen einzigen Mann.«

»Ich habe geglaubt«, sagte er mit einer Spur Bitterkeit, »dass ich ein Mann für eine einzige Frau wäre.«

»Immer nur eine Frau zur selben Zeit«, sagte sie. »Ich werde zufrieden sein. Vertraue darauf, schöner Mann. Ich werde glücklich sein.«

Das meinte sie ernst. Ihre Augen glänzten. Er hatte sie nie so gesehen, ohne all diese angespannte Wildheit. Sie war sehr schön – schön genug, um einem das Herz zu brechen.

Er berührte sie, wie sie ihn berührt hatte, nur mit einem Finger an der Wange. Sie schloss die Augen, schauderte. Er wäre zurückgewichen, aber sie ergriff seine Hand und hielt sie fest. »Manchmal«, sagte er, »werde ich trauern. Kannst du damit leben?«

»Wir trauern alle«, sagte sie. »Ich werde dich heilen.«

»Ich will nicht vergessen«, sagte er ein wenig widerspenstig. »Zwing mich nicht dazu.«

»Niemals«, sagte sie. »Aber der Schmerz – den kann ich dir nehmen. Wenn du das willst.«

»Ich will auch den Schmerz behalten. Um mich zu erinnern.«

»Den Schmerz sollst du haben. Aber du sollst dich nicht darin suhlen.«

Er starrte sie wütend an. Und dennoch war seine Hand immer noch auf ihrer Wange und ihre darüber, warm und fest, beinahe wie eine Männerhand.

»Kein Suhlen«, sagte sie, »es sei denn in Liebe. Das sind die Regeln, die ich aufstelle.«

»Und wenn ich nicht danach leben will?«

»Das wirst du schon.«

Sie schwiegen beide. Kemni begann sich zu fragen, wer hier wen auserwählt hatte.

Sie ließ seine Hand los. Wie von selbst senkte sich die Hand nun auf ihre Schulter. Sadana versuchte nicht, sie abzuschütteln. »Willst du das wirklich tun?«, fragte er. »Du willst wirklich als meine Frau mit mir gehen?«

»Mit großer Freude.«

Und, dachte er, ohne ihn falsch zu verstehen. Sie kannte ihn, sie kannte ihn genau, sein Herz und seine trauernden Seelen. Sie wusste auch, was fehlte, was er nicht mehr geben konnte. Und sie konnte sich immer noch darüber freuen, so sehr, dass er es kaum ertragen konnte.

Es gab nur eine Möglichkeit – ebenso froh zu sein wie sie. Das war weniger schwierig, als er befürchtet hatte. Als er die Arme ausbreitete, schmiegte sie sich an ihn – ein seltenes Geschenk von einer so stolzen Frau. Sie umarmte ihn, wie er sie, zunächst ein wenig schüchtern, vielleicht ein wenig ängstlich. Auch sie kannte Schmerz und Angst und lange verschwiegenen Kummer.

Nichts von dem würde verschwinden, nicht vollständig. Aber selbst die tiefsten Wunden heilen mit der Zeit, wenn sie nicht töten. Sie, die Kriegerin, würde sich an Narben nicht stören.

Er ebenso wenig. Schließlich war er nun doch glücklich, zutiefst und staunend glücklich. Ebenso wie in seinem Traum – aber mit einer Spur von Schuld, einer aufkommenden Erinnerung.

Sie spürte, wie er zurückwich, und umschlang ihn fester. »Erinnerungen«, sagte sie, »aber keine Schuld. Niemals Schuld.«

»Das kann ich nicht versprechen.«

»Versuche es.«

Er schüttelte den Kopf. Ihre Hand hielt ihn auf, zog ihn zu sich. Ihre Lippen begegneten den seinen.

Es gab Vergessen, wenn auch nur kurz. Es gab Heilung, ob er wollte oder nicht.

Er würde das akzeptieren und jene, die die Heilung brachte. Er würde es nehmen und sich daran freuen.

Plötzlich lachte er. Sadana wich zurück, beendete den Kuss. Sie war verwirrt und vielleicht ein wenig zornig.

»Nein«, sagte er. »Nein, ich lache nicht über dich. Ich lache über mich selbst. Dass ich so dumm gewesen bin, und dass ich so lange gebraucht habe, zu sehen, was vor meiner Nase war.«

»Du warst nicht bereit zu sehen«, erwiderte sie.

Er öffnete den Mund, um mehr zu sagen, vielleicht viel mehr, aber sie hielt ihn mit ihrer Hand und dann mit ihren Lippen auf. Als er wieder zu Atem kam, gab es keine Worte mehr. Sie brauchten auch keine.

Bis auf eines. »Geliebte«, sagte er.

»Geliebter«, stimmte sie zu. Sie eroberte ihn, wie das Volk ihres Vaters Ägypten erobert hatte – aber hier gab es weder Sieger noch Besiegte, keine Gefangenen und keine Freien. Nur sie beide und die Liebe zwischen ihnen, die aus Feindschaft gewachsen und im Krieg erblüht war. Und nun, dachte Kemni mit dem kleinen Rest an Verstand, der ihm geblieben war: nun, in Frieden, würden sie ernten.

Anmerkung der Autorin

Bis vor kurzem war das Volk, das man als Hyksos bezeichnete, eines der größten Rätsel der Ägyptologie. Wer sie waren, woher sie kamen, selbst wie sie sich nannten, war Angelegenheit von zahlreichen Diskussionen und Spekulationen. Selbst der Name, den man ihnen gegeben hatte, die »Hirtenkönige«, entsprang einer Fremdübersetzung. Das Wort *Hyksos* bedeutet im Ägyptischen »fremde Könige«. Dieses unbekannte und vielleicht semitische Volk sollte angeblich das Pferd in Ägypten eingeführt und das Land für etwas mehr als hundert Jahre beherrscht haben, dann war es verschwunden, und alle Erinnerungen daran schienen aus den Annalen getilgt.

In den vergangenen Jahren haben Ausgrabungen im Nildelta allerdings eine bemerkenswerte Anzahl von Informationen über dieses geheimnisvolle Volk zu Tage gefördert. Man glaubt nun, dass es sich um Invasoren aus Kanaan handelte, vielleicht aus Byblos. Ihre Hauptstadt, Avaris, wurde im heutigen Tell el-Dab'a gefunden, wo die Ausgrabungen noch fortgesetzt werden und zu einigen großen Überraschungen führten – darunter einen üppigen Schatz an Fresken in eindeutig minoischem Stil. Manfred Bietak, der für die Ausgrabungen verantwortliche Archäologe, nimmt an, dass eine Allianz mit den Kretern eine Rolle bei der Wiedereroberung des Unteren Reiches gespielt haben könnte und vermutlich durch eine königliche Heirat bekräftigt wurde. Er und andere haben auch entdeckt, dass die frühere Darstellung der Hyksos als Pferdezüchter nicht unbedingt korrekt ist. Ihre Wagen wurden größtenteils von Eseln gezogen, und ihre Karawanen waren Eselkarawanen. Pferde waren viel seltener, und es gab sie in Ägypten schon lange vor der Invasion der Hyksos.

Die Hyksos waren allerdings tatsächlich für die Einführung des Streitwagens, jener großen Kriegswaffe des Bronzezeitalters, in Ägypten verantwortlich. Ägypten eignete sich diese Waffe an, schirrte Pferde davor und stieg zu einer großen Macht in diesem Teil der Welt auf.

Diese neuen Entdeckungen und die veränderte Wahrnehmung der Hyksos, wie sie besonders in Donald Redfords *Egypt, Canaan and Israel in Ancient Times* (Princeton, 1992) und am neuesten und besten zusammengefasst in *The Hyksos: New Historical and Archaeological Perspectives*, hrsg. von Eliezer D. Oren (Philadelphia, 1997) dokumentiert sind, haben meine Geschichte maßgeblich geprägt. Um der Handlung willen habe ich mir mit der Kultur und Geografie Kretas große Freiheiten erlaubt, ebenso wie mit seiner politischen und gesellschaftlichen Struktur. Mit Ägypten war ich weniger freizügig, aber Gelehrte werden sich zweifellos nicht mit all meinen Interpretationen archäologischer und historischer Beweisstücke anfreunden können. Soweit bekannt ist, hatte Pharao Ahmose keinen Sohn namens Gebu, und es ist auch nichts von einer Verschwörung gegen diesen Pharao bekannt. Von seiner kretischen Königin, falls es sie gab, gibt es keine Zeugnisse, aber Königin Ahmose Nefertari hat tatsächlich existiert und war eine Frau von großer Macht und gewaltigem Einfluss. Sie behauptete tatsächlich, Tochter des Gottes Amon zu sein, und man verlieh ihr das Amt und den Priestertitel einer Großen Gemahlin des Amon.

Ebenso historisch ist der Seemann Ahmose si-Ebana, der so freundlich war, künftigen Generationen seine Beschreibung des Sturzes der Hyksos zu hinterlassen, dessen Augenzeuge er von Bord der ägyptischen Flotte aus wurde; er war allerdings niemals Wagenlenker gewesen, sondern erklärt, zuvor als Fußsoldat gedient zu haben. Auch König Apophis ist eine historische Gestalt, obwohl Khayan (nach einem von Apophis' Vorgängern, König Re Khayan benannt) und seine Familie erfunden sind, ebenso wie Iry und all ihre Verwandten, die Stute und das Volk der Stute – obwohl es gewisse Beweise dafür gibt, dass es tatsächlich irgendwo in Zentralwestasien einen Stamm oder Stämme von Amazonen gab. Diese Beweise sind allerdings tausend und mehr Jahre zu spät für diesen Roman. Und abschließend muss ich noch anmerken, dass der große Sturm, der im Roman zum Fall von

Avaris beiträgt, tatsächlich während der Regierungszeit von Ahmose stattfand und sich sogar noch zerstörerischer auswirkte, als ich es beschrieben habe; aber er hatte, so viel wir wissen, nichts mit dem Krieg gegen die fremden Könige zu tun.